Jacqueline Susann verließ mit sechzehn Jahren Philadelphia, um Schauspielerin zu werden. Dreizehn Jahre lang spielte sie am Broadway, in Fernsehdramen und Werbefilmen. Und dann schrieb sie eines Tages auf, was sie gesehen und erlebt hatte. Die 1974 verstorbene Autorin kannte ihr Thema als Insider. Ihre Bücher decken schonungslos und sozialkritisch die Schwächen der Welt des Showgeschäfts auf. *Life* urteilte: »Diese Frau hat auf Anhieb den großen Bestseller geschrieben. Sie ist die meistgelesene amerikanische Schriftstellerin unserer Tage und schreibt die rasantesten Dialoge von allen Autoren, deren Erfolge nach internationalen Bestsellerlisten gemessen werden...«

Von Jacqueline Susann sind außerdem als Knaur-Taschenbücher erschienen:

»Geliebte Josephine« (Band 457)
»Diese eine Liebe« (Band 575)
»Yargo« (Band 1105)

Vollständige Taschenbuchausgaben 1989
Droemersche Verlagsanstalt Th. Knaur Nachf., München
Umschlaggestaltung Manfred Waller
Umschlagfoto G + J Fotoservice / Guido Mangold
Druck und Bindung May & Co., Darmstadt
Printed in Germany 5 4 3 2 1
ISBN 3-426-02922-7

Jacqueline Susann:

Das Tal der Puppen

*

Die Liebesmaschine

Zwei Romane in einem Band

Knaur

Das Tal der Puppen

Wie die meisten jungen Mädchen dieser Welt träumten sie davon, glücklich, reich und berühmt zu werden. Was nur den wenigsten gelingt, sie schafften den Weg nach oben – um schließlich nichts zu finden als Pseudoparadiese, das »Tal der Puppen«, das nur für Stunden künstliches Vergessen schenkt. Drei Frauen sind es, die den Gipfel erreichen: Anne Welles, die kühle Neuengland-Schönheit, die sich dem falschen Mann hingibt; Jennifer North, die ihr einziges Kapital – einen makellosen Körper – schließlich doch falsch investiert; und Neely O'Hara, liebenswertes Kellerkind aus der Varietéwelt, das zum Star aufsteigt und zum gierigen, unersättlichen Monstrum wird. Sie lernten, diejenigen zu lieben, die ihnen von Nutzen sein konnten – und die anderen, die »unten« blieben, zu vergessen. Sie lernten Ehemänner und Liebhaber voneinander und von anderen zu stehlen. Und sie lernten, um jeden Preis nach oben zu gelangen, nach oben, in die schwindelnde Höhe des Erfolgs, dort, wo das Nichts ist – und der Sturz endgültig. Denn unter ihnen stehen und lauern schon andere, ehrgeizbesessen, rücksichtslos ihren Sex einsetzend wie sie selbst – bereit, das Erbe anzutreten.

Lizenzausgabe mit freundlicher Genehmigung des Scherz Verlages, Bern/München/Wien

Titel der Originalausgabe »Valley of the Dolls«
Aus dem Amerikanischen von Gretl Friedmann

Anne

September 1945

Am Tage ihrer Ankunft zeigte die Quecksilbersäule dreiunddreißig Grad. New York dampfte wie ein erbostes Betonungeheuer, das unversehens von einer Hitzewelle überrollt worden ist. Aber sie stieß sich weder an der Hitze noch an dem abfallübersäten Kernstück der Stadt, das sich Times Square nennt. In ihren Augen war New York die atemberaubendste Stadt der Welt.

Nie wieder wollte sie nach Lawrenceville zurück. Sie war nicht bloß von dort abgereist, sie war geflohen. Geflohen vor der Ehe mit einem braven, biederen Jungen namens Willie und dem biederen, gesitteten Leben, das ihr dort bevorstand. Das gleiche gesittete Leben, das ihre Mutter geführt hatte. Und die Mutter ihrer Mutter. Beide im selben adretten Haus. In diesem Haus hatte eine ehrbare neuenglische Familie seit Generationen gelebt, und alle Bewohner waren von nicht ausgelebten Emotionen erstickt worden, die man hinter dem knarrenden eisernen Korsett, genannt »gute Manieren«, zum Schweigen gebracht hatte.

Lawrenceville hatte sie bis ins College von Radcliffe verfolgt. Oh, natürlich hatte es dort Mädchen gegeben, die miteinander tuschelten, die lachten und weinten und die Hoch- und Tiefstimmungen des Lebens auskosteten. Aber sie hatten sie nie in ihren Kreis einbezogen. Es war, als trüge sie ein großes Umhängeschild mit der Aufschrift: »Abstand halten. Kalter, reservierter Neuengland-Typ.«

So hatte sie während des letzten Collegejahres beschlossen, zu flüchten und Mutter und Tante Amy ihren Entschluß in den Osterferien mitgeteilt.

»Mama ... Tante Amy ... wenn ich mit dem College fertig bin, fahre ich nach New York.«

»Fahr du nur in dein New York. Ich werde dir nicht im Weg stehen«, hatte ihre Mutter gesagt. »Ich bin überzeugt, Willie Henderson wird auf dich warten. Aber denk an meine Worte, Anne: Du wirst nach wenigen Wochen heimgerannt kommen und froh sein, der schmutzigen Stadt den Rücken zu kehren.«

Schmutzig war New York am Tage ihrer Ankunft tatsächlich gewesen. Und heiß und voll von Menschen obendrein. Mit dem Schmutz, dem Dunst und der Fremde vermischte sich für Anne jedoch eine ungemeine Erregung und das Gefühl, endlich wirklich zu leben.

Henry Bellamy traute seinen Augen kaum. Das konnte nicht wahr sein. In ihrer Art war sie vielleicht eines der schönsten Mädchen, das ihm je begegnet war, und er war an schöne Mädchen gewöhnt. Statt diese Keilschuhe zu tragen, die jetzt modern waren, und sich die Haare zu einem unvorteilhaften Aufbau hochzukämmen, fielen sie glatt und natürlich herab. Außerdem hatten sie jenen lichten Blondton, der echt wirkt. Vor allem waren es jedoch ihre Augen, die ihn verblüfften. Sie waren himmelblau und eisig wie ein Bergsee.

»Warum möchten Sie diesen Job haben, Miß Welles?« Sonderbar, aber er fühlte sich nervös. Sie trug ein schlichtes Leinenkleid und bis auf eine zierliche Armbanduhr keinerlei Schmuck. Trotzdem wäre man bei ihrem Auftreten nie auf den Gedanken verfallen, sie könnte Arbeit suchen.

»Weil ich in New York leben möchte, Mr. Bellamy.«

Er überflog das Formular, das die Stellenvermittlung mitgeschickt hatte. »Zwanzig Jahre alt und ein Abschlußexamen in Englisch, wie? Radcliffe. Keinerlei Büropraxis. Und was, glauben Sie, soll Ihnen dieser pompöse Hintergrund hier nützen? Kann er mir helfen, mit einem Luder wie Helen Lawson fertig zu werden oder einen versoffenen Tunichtgut wie Bob Wolfe dazu zu bringen, seinen wöchentlichen Radiotext pünktlich abzuliefern? Oder irgendeinen Schnulzensänger davon zu überzeugen, daß er den Kontrakt mit seinem Agenten lösen und zu mir überwechseln soll?«

»Muß ich denn das alles tun?«

»Nein, das erledige schon ich. Aber Sie müssen mir dabei helfen.«

»Ich dachte, Sie seien Anwalt.«

Er bemerkte, daß sie nach ihren Handschuhen griff. Sofort setzte er sein beschwichtigendes Lächeln auf. »Ich bin Theateranwalt. Das ist eine besondere Art von Anwalt. Ich setze für meine Klienten die Verträge auf, und die müssen so ausgeklügelt sein, daß sie keinerlei Rückzieher gestatten, außer zugunsten meiner Klienten. Daneben erledige ich ihre Steuerangelegenheiten, berate sie bei ihren Investitionen, hole sie aus sämtlichen Klemmen heraus, schlichte ihre Eheprobleme, halte ihre Frauen und Freundinnen auseinander, bin Taufpate ihrer Kinder und Säuglingsschwester der Eltern, besonders vor einer Premiere.«

»Ich habe immer gedacht, Schauspieler und Autoren hätten ihre Manager und Agenten.«

»Haben sie auch.« Er bemerkte, daß die Handschuhe wieder in ihrem Schoß ruhten. »Aber ›Große Tiere‹, wie meine Klienten das sind, brauchen darüber hinaus mich als Berater. Ein Agent, zum Beispiel, drängt sie natürlich zu dem Engagement, das am meisten einbringt. Er ist an seinen zehn Prozent interessiert. Ich aber überlege, welches Engagement für sie am vorteilhaftesten ist. Kurz, ein Theateranwalt muß eine Mischung von Agent, Mutter und liebem Gott sein. Und Sie, falls Sie diesen Posten bekommen, müssen die Schutzpatronin spielen. So, jetzt wissen Sie, was Sie erwartet. Fühlen Sie sich der Aufgabe gewachsen?«

Anne lächelte ernst. »Ich würde es gern versuchen. Maschinenschreiben kann ich ziemlich gut, aber mit meiner Stenographie ist es nicht weit her.«

Er fegte den Einwand mit einer Handbewegung fort. »Ich habe draußen zwei Mädchen sitzen, die jede Stenokonkurrenz gewinnen könnten. Ich brauche jemand, der mehr als nur eine Sekretärin ist.«

Ihr Lächeln gefror. »Ich fürchte, ich verstehe Sie nicht ganz.«

Verdammt! So hatte er es gar nicht gemeint. Er drückte seine Zigarette im Aschenbecher aus und zündete sich eine neue an. Himmel, saß diese Person kerzengerade! Unwillkürlich straffte auch er die Schultern.

»Hören Sie, Miß Welles, mehr als nur Sekretärin sein heißt, daß man sich nicht an die gewohnte Arbeitszeit von neun bis fünf klammert. Es wird Tage geben, an denen Sie vormittags nicht ins Büro zu kommen brauchen. Wenn Sie Überstunden machen, werde ich Sie nicht am nächsten Morgen um neun erwarten. Mit anderen Worten, Sie teilen sich Ihre Arbeit selbst ein. Allerdings müssen Sie auch an manchen Abenden zur Verfügung stehen. Angenommen, ich esse mit einem künftigen Klienten zu Abend. Wenn ich das richtige Souper bestelle und die passenden Worte finde, können Sie ziemlich sicher sein, daß er bei mir unterschreibt. Es ist aber oft nötig, daß ich sechs oder sieben Gläser mit ihm trinke und mir die Klagen über seinen gegenwärtigen Agenten anhöre. Natürlich schwöre ich Stein und Bein, daß er bei mir auf Rosen gebettet sein wird. Ich verspreche ihm alles, selbst den Mond mit seinem Monogramm drauf. Klar kann ich nicht alles halten, was ich ihm zusage. Das könnte kein Mensch. Aber ich werde mich ehrlich bemühen, die Fehler seines derzeitigen Agenten zu vermeiden und das Menschenmöglichste für ihn zu tun. Bloß erinnere ich mich am nächsten Morgen an kein einziges Wort mehr, das ich gesagt habe. Und hier treten Sie in Aktion. Sie werden keinen Kater haben, weil Sie während dieses angeregten Abends nur einen einzigen Sherry genippt haben und noch alles wissen, was ich sagte. Am nächsten Tag legen Sie mir eine Liste meiner sämtlichen Versprechen vor, und ich kann sie mit klarem Kopf studieren.«

Sie lächelte. »Ich wäre also so etwas wie ein lebendiges Diktaphon?«
»Genau. Trauen Sie sich das zu?«
»Tja, mein Gedächtnis ist gut, und Sherry ist mir verhaßt.«
Diesmal lachten sie beide.
»Okay, Anne. Wollen Sie morgen anfangen?«
Sie nickte. »Werde ich auch für Mr. Bellows arbeiten? Auf dem Türschild steht doch Bellamy und Bellows.«
Er blickte ins Leere und sagte leise: »Es gibt keinen Mr. Bellows. O ja, da ist George, sein Neffe, aber George ist nicht der Bellows von Bellamy und Bellows. Das war Georges Onkel, Jim Bellows. Er ist auf einem U-Boot an einem Herzanfall gestorben, der verdammte Narr!« Seine erbitterte Stimme unterstrich die Zuneigung, die er für den Toten empfand. Unvermittelt riß er sich aus seinen trüben Betrachtungen und wandte sich ihr mit herzlichem Lächeln zu. »Schön, Anne, ich glaube, wir wissen jetzt genug voneinander. Ich kann Sie für den Anfang mit fünfundsiebzig Dollar die Woche einstellen. Paßt Ihnen das?«
Sie hatte nicht soviel erwartet. Das Zimmer, das sie in der Zweiundfünfzigsten Straße gefunden hatte, kostete achtzehn, die Verpflegung etwa fünfzehn Dollar. Sie sagte ihm, daß sie damit recht gut auskommen würde.

Oktober 1945

Der September war ein guter Monat gewesen. Anne verdankte ihm einen Job, der ihr zusagte, eine Freundin namens Neely und einen unaufdringlichen Begleiter mit Namen Allen Cooper.
Der Oktober aber brachte Lyon Burke.
Anne hatte zur Empfangsdame und den beiden Sekretärinnen bei Bellamy und Bellows sofort Kontakt gefunden. Sie aß täglich mit ihnen in der kleinen Imbißstube an der Ecke zu Mittag. Lyon Burke war das liebste Gesprächsthema der Mädchen, und Miß Steinberg, die ältere Sekretärin, warf auf diesem Gebiet Fachmann. Sie arbeitete bereits seit zehn Jahren bei Henry Bellamy und kannte Lyon Burke daher persönlich.
Lyon war zwei Jahre in der Firma tätig gewesen. Dann war der Krieg ausgebrochen, und er war am Tag nach dem Angriff auf Pearl Harbor eingerückt. Sämtliche Büroangestellten hatten seine militärische Laufbahn gespannt verfolgt, und als er die Streifen eines Captain erlangte, hatte Henry sich einen halben Tag freigenommen, um zu feiern. Der letzte Brief war im August aus London gekommen. Lyon lebte und ließ grüßen, aber er erwähnte mit keinem Wort, daß er zurückkommen wollte.

Anfangs hatte Henry täglich ungeduldig auf die Post gewartet. Als jedoch der September ohne Nachricht verstrichen war, fand er sich mißmutig damit ab, daß Lyon sich endgültig von der Firma zurückgezogen hatte. Nur Miß Steinberg wollte die Hoffnung nicht aufgeben. Und Miß Steinberg behielt recht. Das Telegramm traf im Oktober ein. Es war knapp und präzise:

LIEBER HENRY, ES IST ÜBERSTANDEN, UND ICH BIN NOCH IMMER HEIL. BESUCHTE VERWANDTE IN LONDON UND MACHTE KURZ URLAUB IN BRIGHTON. BIN IN WASHINGTON UND ERWARTE OFFIZIELLEN ENTLASSUNGSBESCHEID. SOBALD ICH DIE UNIFORM MIT MEINEM ALTEN BLAUEN ANZUG VERTAUSCHEN DARF, KOMME ICH ZURÜCK. GRÜSSE. LYON.

Henry Bellamys Gesicht verklärte sich, als er das Telegramm las. Mit einem Satz sprang er aus seinem Stuhl. »Lyon kommt zurück! Verdammt, ich hab's doch gewußt!«

In den nächsten zehn Tagen gehörte die Firma den Dekorateuren. Es herrschte helle Aufregung, und die wildesten Vermutungen wurden ausgetauscht.

»Ich kann's kaum mehr erwarten!« seufzte die Empfangsdame. »Er scheint genau mein Typ zu sein.«

Miß Steinberg lächelte wissend und rätselhaft. »Er ist jedermanns Typ, Kindchen. Sollte sein Äußeres Sie nicht umwerfen, dann gibt Ihnen sicher sein englischer Akzent den Rest.«

»Er ist Engländer?« fragte Anne überrascht.

»Geborener Amerikaner«, erklärte Miß Steinberg. »Seine Mutter war Nell Lyon. Sie war lange vor Ihrer und meiner Zeit ein berühmter englischer Operettenstar, kam beruflich herüber und heiratete einen amerikanischen Anwalt, Tom Burke. Dann zog sie sich von der Bühne zurück, und Lyon wurde hier geboren. Daher ist er amerikanischer Staatsbürger. Seine Mutter behielt ihre englische Staatsbürgerschaft bei, und als Lyons Vater starb — ich glaube, Lyon war damals etwa fünf Jahre —, nahm sie ihn mit nach London. Sie ging wieder zur Bühne, und er besuchte drüben die Schule. Nach ihrem Tod kam er zurück und studierte hier Jura.«

»Ich weiß, daß ich mich hoffnungslos in ihn verlieben werde«, schmachtete die jüngere Sekretärin.

Miß Steinberg zuckte die Achseln. »Jedes weibliche Wesen im Büro war verrückt nach ihm. Aber ich bin schon wahnsinnig gespannt auf sein Gesicht, wenn er Sie sieht, Anne.«

»Mich?« fragte Anne verdutzt.

»Jawohl, Sie. Ihr beide seid von der gleichen Unnahbarkeit. Bloß blendet Lyon mit seinem Lächeln und täuscht einen zuerst damit. Man hält ihn für einen umgänglichen Menschen. In Wirklichkeit kommt keiner an ihn heran. Er begegnet jedem mit der gleichen Liebenswürdigkeit, und macht dadurch den Eindruck, daß ihm an nichts und niemand liegt. Außer natürlich an seiner Arbeit. Dafür tut er alles. Na, ihr werdet ihn trotzdem anbeten.«
Das zweite Telegramm traf zehn Tage später, an einem Freitagvormittag, ein:

LIEBER HENRY, HABE BLAUEN ANZUG. ANKOMME NEW YORK MORGEN ABEND. SUCHE DICH GLEICH IN DEINER WOHNUNG AUF. BITTE BESORGE MIR HOTELZIMMER. WILL MONTAG ANFANGEN. GRUSS. LYON.

Beim Essen hörte Anne dem endlosen Klatsch über Lyon Burke nur mit halbem Ohr zu und dachte an Allen Cooper. Allen war ihr einziger männlicher Bekannter in New York, und er war ungemein nett. Eines Tages war er ins Büro geplatzt, um eine Versicherung abzuschließen, wie sie später erfuhr. Henry war ziemlich abweisend gewesen und hatte ihn rasch vor die Tür gesetzt. Unwillkürlich regte sich bei Anne Mitleid mit dem erfolglosen Besucher. Als sie ihn hinausbegleitete, hatte sie ihm zugeflüstert: »Mehr Glück beim nächsten Kunden.« Ihre Herzlichkeit schien ihn zu überraschen.
Zwei Stunden später klingelte das Telefon. »Hier Allen Cooper. Wissen Sie noch? Die Verkaufskanone. Ich wollte Ihnen bloß mitteilen, daß die Unterredung mit Henry im Vergleich zu meinen übrigen Besuchen ein umwerfender Erfolg war. Bei Bellamy habe ich zumindest Sie kennengelernt.«
»Haben Sie denn gar keinen Auftrag bekommen?« Er tat ihr ehrlich leid.
»Nein. Überall eine glatte Abfuhr. Heute scheint eben nicht mein Glückstag zu sein ... es sei denn, Sie würden für ein Happy-End sorgen und sich von mir auf einen Drink einladen lassen.«
»Nein, das tue ich nicht ...«
»Trinken? Ich auch nicht. Also einigen wir uns auf ein Abendessen.«
Er war ein angenehmer, humorvoller Mensch. Sie sah in ihm eher einen Kameraden als einen Verehrer. Sie aßen in bescheidenen kleinen Restaurants, und sie wählte regelmäßig das billigste Menü auf der Speisekarte. Sie hätte gerne ihre Rechnung selbst bezahlt, aber sie fürchtete, ihn damit erst recht an seine Erfolglosigkeit zu erinnern.

Er erkundigte sich nach Lawrenceville, nach ihrer Schulzeit, sogar nach ihrer Arbeit im Büro und behandelte sie, als sei sie das fesselndste, hinreißendste Mädchen der Welt.
Da er keinerlei Forderungen an sie stellte, traf sie ihn auch weiterhin. Manchmal hielt er im Kino ihre Hand. Er machte keinen Versuch, sie zum Abschied zu küssen. Darüber war sie zwar recht froh, schämte sich aber beinahe, daß sie in dem armen Allen keinerlei Leidenschaft erwecken konnte.

Die Empfangsdame trug ein neues, enganliegendes Kleid. Die Frisur der jüngeren Sekretärin war um fünf Zentimeter höher als gewöhnlich. Selbst Miß Steinberg hatte sich in ihr neues Kostüm vom letzten Frühjahr geworfen. Anne saß in ihrem Glasabteil vor Henrys Büro und versuchte sich auf die Post zu konzentrieren. Aber auch ihre Blicke wurden magisch von der Tür angezogen.
Um elf Uhr erschien er. Trotz Büroklatsch und höchster Erwartungen war sie auf eine so auffallende Erscheinung wie Lyon Burke nicht vorbereitet.
Henry Bellamy war groß, aber Lyon Burke überragte ihn um gut acht Zentimeter. Sein Haar war pechschwarz, und seine Haut sah aus, als sei sie ständig braun gebrannt. Henry warf sich stolz in die Brust, als er Lyon überall herumführte und vorstellte. Die Empfangsdame lief dunkelrot an, als sie ihm die Hand schüttelte, die jüngere Sekretärin kicherte albern, und Miß Steinberg wurde vor Aufregung direkt kindisch.
Zum erstenmal war Anne für ihre steife, neuenglische Reserviertheit dankbar. Sie wußte, daß sie viel gelassener wirkte, als sie es bei Lyon Burkes Händedruck tatsächlich war.
»Henry hat mir pausenlos von Ihnen vorgeschwärmt. Jetzt, wo ich Sie sehe, begreife ich ihn.« Der englische Akzent paßte wunderbar zu ihm. Anne gelang eine liebenswürdige Antwort und sie war erleichtert, als Henry Bellamy Lyon in das renovierte Büro führte.
»Anne, Sie kommen mit uns«, befahl Henry.
»Umwerfend«, sagte Lyon. »Ich kriege richtig Angst, welche Leistung du dafür von mir erwartest.«
Er machte es sich in einem Sessel bequem und lächelte träge. Anne begriff plötzlich, was Miß Steinberg mit ihrer Äußerung gemeint hatte. Lyon Burke hatte wirklich für jeden das gleiche Lächeln, hinter dem er sich wie hinter einer Wand verschanzte.
Henry strahlte wie ein stolzer Vater. »Anne, Lyon braucht eine Wohnung. Vorläufig logiert er bei mir. Ob Sie es glauben oder nicht, wir konnten kein Hotelzimmer für ihn auftreiben.«

Sie glaubte ihm, aber sie wußte nicht, was sie das anging.
»Sie sollen eine Wohnung für ihn finden«, sagte Henry.
»*Ich?*«
»Klar, Sie schaffen das bestimmt. Sie sollten ja von Anfang an mehr sein als eine Sekretärin.«
Diesmal lachte Lyon laut auf. »Sie ist eine Schönheit, Henry. Du hast nicht übertrieben. Aber trotzdem ist sie kein Zauberkünstler.«
Er zwinkerte Anne zu. »Henry führt ein sehr zurückgezogenes Leben. Er hat schon lange keine Wohnung mehr in New York gesucht.«
Henry schüttelte den Kopf. »Dieses Mädchen kam vor zwei Monaten hier an und konnte die Seventh Avenue nicht vom Broadway unterscheiden. Trotzdem hat sie nicht nur am ersten Tag eine Wohnung gefunden, sondern auch diesen Job ergattert, und ich fresse ihr aus der Hand.«
»Ach, Wohnung ist zuviel gesagt. Es ist ein winziges Zimmer ...«
»Sie werden schon etwas finden«, beharrte Henry. »Versuchen Sie es an der East Side. Wohnzimmer, Schlafzimmer, Bad und Küche, möbliert, etwa hundertfünfzig monatlich. Wenn's unbedingt nötig ist, gehen Sie auf hundertfünfundsiebzig. Fangen Sie gleich an, noch heute nachmittag. Nehmen Sie sich frei, solange Sie brauchen ... aber kommen Sie nicht ohne Wohnung zurück.«
»Wer weiß, ob wir sie jemals wiedersehen werden«, warnte Lyon.
»Ich setze auf Anne. Sie wird schon etwas auftreiben.«

Annes Zimmer lag im zweiten Stock. Heute erschien ihr die Treppe endlos. Ehe sie die letzten Stufen in Angriff nahm, klopfte sie an Neelys Tür. Keine Antwort. Sie schleppte sich über die knarrenden Stufen und schloß ihre Türe auf. Dankbar hörte sie das Pfeifen des Dampfes in dem uralten Heizkörper.
Trotz Lyon Burkes kühner Behauptung, er »würde alles nehmen«, konnte sie sich ihn in einem solchen Zimmer einfach nicht vorstellen. Nicht, daß es ein übles Zimmer gewesen wäre. Es war sauber und günstig gelegen. Aber im Vergleich zu ihrem geräumigen Schlafzimmer in Lawrenceville war es natürlich grauenhaft!
Sie hörte Neelys vertrautes Klopfen an der Tür und rief, ohne aufzusehen: »Herein!«
Neely trat ein und ließ sich in den ächzenden Sessel fallen, der gefährlich nah daran war, aus den Fugen zu gehen.
»Wozu brauchst du die Anzeigen in der *Times?* Willst du ausziehen?« fragte sie und zeigte auf die zerknüllte Zeitung mit den Wohnungsanzeigen.

Anne berichtete von ihrem jüngsten Auftrag, und Neely lachte laut auf. »Und er besteht nicht einmal auf einem Balkon und vier eingebauten Riesenschränken?« Dann tat sie das Problem als unlösbar und daher beendet ab und wandte sich einem wichtigeren Punkt zu. »Anne, hast du heute davon reden können?«
»Ja, wie denn, Neely?« Ausgerechnet heute, wo Lyon Burke zurückgekommen war!
»Aber wir müssen in dem neuen Stück, im *Siebenten Himmel*, unterkommen. Helen Lawson hat eine Schwäche für unsere Nummer. Man hat uns dreimal hinbestellt, und sie hat sich jede Vorführung angesehen. Ein einziges Wort von Henry Bellamy, und wir haben es geschafft.«
»Wir« — das waren Neely und ihre beiden Partner. Neelys richtiger Name lautete Ethel Agnes O'Neill, aber der Spitzname Neely hing ihr seit der Kindheit an, und da sie nur ein unselbständiges Drittel einer Tanzgruppe war, die sich »Die Gauchos« nannte, war es nicht nötig, ihren langatmigen Namen zu ändern.
Annes Bekanntschaft mit Neely hatte mit einem flüchtigen Nicken im Treppenhaus begonnen und sich rasch zu einer herzlichen Freundschaft entwickelt. Neely sah wie ein kichernder, chronisch begeisterter Teenager aus. Sie hatte eine Stupsnase, große braune Augen, Sommersprossen und braunes Ringelhaar. Und Neely *war* ja auch ein Teenager, allerdings einer, der seit seinem siebenten Lebensjahr mit dem Varieté unterwegs war.
Man konnte sich Neely nur schwer auf der Bühne vorstellen. Eines Abends aber hatte sie Anne zu einer Vorstellung in einem Vorstadthotel mitgezerrt. Und dort war eine merkwürdige Veränderung mit Neely vorgegangen. Die Sommersprossen verschwanden unter einer dicken Schicht Schminke, und die kindliche Figur rundete sich mit Hilfe eines knappsitzenden trägerlosen Kleides. Es war ein annehmbarer Akt von Parterre-Akrobatik. Zwei Männer mit ausgefransten Sombreros und engen Hosen wirbelten mit einem Stampfen und Fingerschnalzen umher, das spanisch wirken sollte. Anne hatte schon früher ähnliche Nummern gesehen, aber ihr war noch nie jemand wie Neely begegnet. Sie wußte nicht, ob Neely ausnehmend gut oder entsetzlich schlecht war. Nie verschmolz sie mit ihren Partnern zu einer Einheit. Zwar tanzte sie im Takt mit den beiden Männern, kreiste und verneigte sich mit ihnen, aber es war kein Trio. Man sah ausschließlich Neely.
Ohne Kostüm und Schminke aber war sie nur eine erwartungsvolle Siebzehnjährige und die erste Freundin, die Anne jemals gehabt hatte.

»Ich wollte, ich könnte dir helfen, Neely, aber ich kann Mr. Bellamy nicht mit Privatangelegenheiten belästigen. Unsere Beziehung ist streng geschäftlich.«

»Na und? Die ganze Stadt weiß, daß er einmal der Liebhaber der Lawson war und daß sie noch immer auf alles hört, was er sagt.«

»Was war er?«

»Ihr Liebhaber. Ihr Freund. Na, sag mir nicht, du hast das nicht gewußt!«

»Neely, wo hast du nur diesen Unsinn her?«

»Unsinn? Menschenskind, du machst mir Spaß! Es ist ja schon lange her, und sie war inzwischen dreimal verheiratet, aber die beiden waren doch jahrelang unzertrennlich. Was glaubst du denn, warum ich dir so in den Ohren liege, daß du mit Bellamy reden sollst? Kannst du ihn morgen drauf stoßen?«

»Morgen bin ich auf Wohnungssuche. Außerdem gehört es sich einfach nicht, Privatprobleme im Büro zu erörtern.«

Neely seufzte. »Deine hochherrschaftlichen Manieren werden dir noch oft im Weg sein, Anne. Man muß sich direkt auf das stürzen, was man will. Man muß es einfach verlangen.«

»Und wenn man eine Absage einstecken muß?«

Neely zuckte die Schultern. »Wenn schon! Dann bist du auch nicht schlechter dran, als wenn du es gar nicht erst probiert hättest.«

Anne mußte über Neelys Logik lächeln. Neely war völlig ungebildet, aber sie hatte die angeborene Schläue eines jungen Straßenköters, war auch genauso tollpatschig, offen und voller Lebensfreude, und in ihre Naivität mengte sich unerwartet ein Schuß Weltklugheit.

Neely hatte die ersten sieben Jahre ihres Lebens in Waisenhäusern verbracht. Dann lernte ihre um zehn Jahre ältere Schwester Charlie einen der Gauchos kennen und heiratete ihn. Sie erweiterten die Nummer zum Trio, und sie befreite Neely sofort von der Eintönigkeit der Waisenhäuser und der regelmäßigen Unterrichtsstunden und machte sie mit dem Leben einer drittklassigen, ständig reisenden Varietégruppe bekannt. Damit war für Neely die Schule beendet, aber es fand sich immer ein Artist, der Neely beim Lesen und Rechnen half. Geographie lernte sie aus den Fenstern der Eisenbahnzüge, und ihre Geschichtskenntnisse bezog sie aus den historischen Nummern, die im gleichen Programm gezeigt wurden. Und es gab überall einen Portier, der sie warnte, wenn ein Fürsorgebeamter auftauchte.

Als Neely vierzehn Jahre alt war, zog sich ihre Schwester zurück, um ein Baby zur Welt zu bringen. Neely, die die Nummer im

Schlaf beherrschte, sprang für sie ein. Und jetzt, nach vielen mageren Jahren, hatten die Gauchos eine Chance bei einer Broadway Show.

»Vielleicht kann ich mit George Bellows darüber sprechen«, überlegte Anne, während sie ihr Gesicht zurechtmachte. »Er hat mich zur Premiere vom *Siebenten Himmel* eingeladen.«

»Das ist zwar nicht der direkte Weg«, sagte Neely, »aber immerhin besser als gar nichts.« Sie sah Anne zu, die sich ein Tweedkostüm anzog. »Oh, gehst du heute mit Allen aus?«

Anne nickte.

»Das hab' ich mir gleich gedacht. Bei Mr. Bellamy trägst du das Schwarze. Hängt dem das ewige Schwarze nicht schon längst zum Hals heraus?«

»Mr. Bellamy sieht mich gar nicht, wenn ich mit ihm ausgehe. Das ist Dienst, weiter nichts.«

»Hah!« krähte Neely. »In so einem Büro möchte ich auch arbeiten. Im Vergleich dazu ist das Varieté die reinste Tretmühle. Du hast George für die bevorstehende Premiere in petto, Mr. Bellamy führt dich in die nobelsten Lokale zum Souper, und sogar Allen hast du im Büro gefunden. Und jetzt auch noch Lyon Burke. Ehrlich, Anne, du hast vier Männer, und ich keinen einzigen!«

Anne lachte. »Mr. Bellamy zählt in diesem Zusammenhang nicht, die Premiere findet erst im Januar statt, und für Lyon Burke bin ich bloß eine Wohnungsvermittlerin. Und Allen ... tja, wir treffen uns eben nur so.«

»Trotzdem ist bei dir immer noch viermal so viel los wie bei mir. Ich habe noch kein einziges richtiges Rendezvous gehabt. Außer meinem Schwager und seinem Partner Dickie kenne ich keine Männer. Und Dickie ist ein Schwuler. Mein tolles Privatleben besteht darin, daß ich in Walgreens Buffet hocke und mich mit den andern arbeitslosen Artisten unterhalte.«

»Hast du noch nie einen Schauspieler getroffen, der mit dir ausgeht?«

»Ha! Da sieht man wieder, daß du die Schauspieler nicht kennst. Ausgehen? Die stiften dir nicht einmal ein Cola für fünf Cent. Nicht, daß Schauspieler von Haus aus geizig wären, aber sie sind so oft ohne Engagement, daß ihnen gar nichts anderes übrigbleibt.«

»Geht ihr bald wieder auf Tournee?« Anne erkannte plötzlich, wie sehr ihr Neely fehlen würde.

»Hoffentlich nicht. Meine Schwester sagt, das Baby fängt eben an, seinen Vater zu kennen. Deshalb reißt Charlie sich ja um jeden

Auftritt in einem Nachtlokal. Aber Dickie beginnt schon zu stänkern. Wir können mehr verdienen, wenn wir auf Tournee gehen. Man will uns für eine Nachtlokaltour nach Buffalo, Toronto und Montreal verpflichten. Darum müssen wir ja so dringend in deinem Stück unterkommen. Die Shows mit Helen Lawson schlagen immer ein. Dann könnten wir eine ganze Saison lang in New York bleiben, vielleicht sogar noch länger. Und vielleicht könnte ich dann einen anständigen Kerl kennenlernen und heiraten.«

»Willst du deshalb hier engagiert werden? Um einen Heiratskandidaten zu treffen?«

»Klar, denn dann wär' ich jemand. Ich wäre *Frau* Soundso. Ich hätte eine feste Adresse und Freunde. Die Leute im Wohnblock würden mich kennen.«

»Na, und die Liebe? Es ist nicht so einfach, jemand zu finden, den man wirklich liebt.«

Neely rümpfte die Nase. »Paß auf, wenn mich einer liebt, dann liebe ich ihn auch. Och, Anne, wenn du bloß zu Mr. Bellamy gehen wolltest ...«

Anne lächelte. »Na schön, Neely. Ich will's versuchen. Bei der ersten Gelegenheit.«

In Annes Zimmer ertönte der Summer. Allen war an der Haustür. Sie nahm ihren Mantel und die Tasche. »Komm, Neely, ich muß gehen.«

»Augenblick – hast du noch ein paar von diesen tollen Schokoladeplätzchen übrig?« Neely stöberte in Annes Schrank.

»Nimm dir die ganze Schachtel«, sagte Anne und hielt die Tür auf.

»Prima!« Neely preßte die Schachtel eng an sich. »Ich hab' mir aus der Leihbibliothek *Vom Winde verweht* geholt, außerdem hab' ich ein viertel Liter Milch daheim und jetzt noch diese Plätzchen dazu. Kinder, wird das eine Orgie!«

Sie gingen in ein kleines französisches Restaurant. Allen hörte ihr aufmerksam zu, als sie ihm von ihrem neuen Auftrag erzählte. Nachdem er den letzten Schluck Kaffee hinuntergespült hatte, verlangte er die Rechnung.

»Anne, ich glaube, es ist jetzt an der Zeit.«

»Wofür?«

»Daß ich dir die Wahrheit sage und du Henry Bellamy als sieghafte Heldin verläßt.«

»Aber ich will doch gar nicht von ihm fort!«

»Überlaß das mir.« Sein Lächeln war sonderbar selbstbewußt. Sein

ganzes Benehmen hatte sich verändert. »Wenn du Lyon Burke eine Wohnung verschaffst, dann wird man sicher vor dir in die Knie sinken.«
»Heißt das, du kennst eine freie Wohnung?«
Er nickte und lächelte geheimnisvoll. Draußen winkte er ein Taxi heran und nannte dem Fahrer eine Adresse auf dem Sutton Place.
»Wohin fahren wir denn, Allen?«
»Wir besichtigen Lyon Burkes neue Wohnung.«
»Jetzt am Abend? Wem gehört sie überhaupt?«
»Das wirst du schon sehen. Nur Geduld.« Der Rest der Fahrt verlief schweigend.
Das Taxi hielt vor einem modernen Gebäude beim East River. Der Portier grüßte unterwürfig. »Guten Abend, Mr. Cooper.« Der Liftführer nickte und hielt automatisch im zehnten Stockwerk. Allen steckte lässig einen Schlüssel in die Wohnungstür. Er knipste das Licht an, und sie standen in einem geschmackvoll eingerichteten Wohnzimmer. Er drückte auf einen anderen Knopf, und leise Musik ertönte. Ein Wunschtraum von einer Wohnung! Sie sah aus, als wäre sie eigens für Lyon Burke geschaffen worden.
»Allen, wem gehört diese Wohnung?«
»Mir. Komm, schau dir den Rest an. Das Schlafzimmer ist ziemlich groß, und die Schränke sind geräumig.« Er öffnete eine Schiebetür. »Das Badezimmer ist hier, die Küche dort. Zwar klein, aber sie hat ein Fenster.«
Sie folgte ihm stumm. Es war unbegreiflich. Hier wohnte der sanfte kleine Allen.
»Ich finde es einfach hinreißend. Aber weshalb willst du eine solche Traumwohnung aufgeben, Allen?«
»Weil ich eine bessere gefunden habe. Ich kann schon morgen einziehen. Zuerst aber möchte ich, daß du sie siehst. Es ist sehr wichtig, daß sie auch dir gefällt.«
Du lieber Himmel, gleich würde er ihr einen Heiratsantrag machen! Der liebe, gute kleine Allen? Sie wollte ihn nicht kränken. Vielleicht konnte sie so tun, als hätte sie ihn nicht verstanden.
Sie zwang sich zu einem unpersönlichen, leichten Ton. »Weil ich für Lyon Burke eine Wohnung beschaffen muß, bin ich noch lange keine Expertin auf diesem Gebiet, Allen. Wenn du eine neue Wohnung hast, dann brauchst du ganz bestimmt nicht meinen Rat ...«
Sie wußte, daß sie zu hastig sprach.
»Du sagst, er will hundertfünfzig zahlen«, sagte Allen, »aber er würde sogar bis hundertfünfundsiebzig gehen. Ich mache dir einen

Vorschlag — wir überlassen sie ihm für hundertfünfzig. Damit wirst du erst recht zur Heldin. Er kann meinen Mietvertrag übernehmen. Soviel zahle ich nämlich, unmöbliert allerdings, aber die Möbel überlasse ich ihm als Draufgabe.«

Sie war plötzlich besorgt. »Aber du wirst sie in deiner neuen Wohnung brauchen«, protestierte sie. »Außerdem muß das alles sehr viel Geld gekostet haben ...«

»Das spielt keine Rolle«, sagte er vergnügt. »Kann Lyon Burke sofort einziehen?«

»Ja, ich denke schon —«

»Komm, jetzt zeige ich dir mein neues Quartier.« Er schob sie aus der Wohnung und in den Lift und kümmerte sich nicht um ihre Einwendungen gegen die unpassende Stunde.

Als sie unten anlangten, stürzte der diensteifrige Portier sofort herbei. »Taxi, Mr. Cooper?«

»Nein, Joe, wir gehen nur ein paar Schritte.«

Er führte sie einige Häuser weiter und in ein anderes Gebäude, das über dem Fluß zu hängen schien.

Die neue Wohnung sah aus wie eine Filmkulisse. Der Fußboden des Wohnzimmers war mit einem zwölf Meter langen, dicken weißen Teppich ausgelegt. Rund um die Bar machte der Teppich italienischen Marmorfliesen Platz. Eine breite Treppe führte zu weiteren Räumen nach oben. Das atemberaubendste aber war die Aussicht.

Glastüren gingen auf eine riesige Terrasse hinaus. Die Schönheit des Anblicks war überwältigend. Die Brücke schwang sich über den Fluß mit unzähligen funkelnden Lichtern, die sich im Wasser spiegelten.

»Wem gehört diese Wohnung?« fragte sie leise.

»Mir, wenn ich will.«

»Aber wem gehört sie zur Zeit?«

»Einem Mann namens Gino. Aber angeblich ist sie ihm zu groß. Er wohnt im Waldorf, das sagt ihm besser zu.«

»Aber Allen, das kannst du dir doch nie im Leben leisten?«

»Du wirst dich wundern, was ich mir alles leisten kann.«

Sie kehrte ins Zimmer zurück. »Ich glaube, Allen, ich gehe jetzt lieber. Ich bin sehr müde und ziemlich durcheinander.«

»Anne ...« Er faßte ihren Arm. »Anne, ich bin reich — sehr, sehr reich.«

Sie starrte ihn wortlos an. Und plötzlich wußte sie, daß er die Wahrheit sprach.

»Ich liebe dich, Anne. Am Anfang konnte ich es einfach nicht glauben, daß du die ganze Zeit mit mir ausgingst, ohne es zu wissen.«

»Was zu wissen?«

»Wer ich bin.«

»Und wer bist du?«

»Oh, nach wie vor Allen Cooper. Das ist das einzige, was du von mir weißt. Meinen Namen.«

Sie riß sich von ihm los. »Woher hätte ich denn wissen sollen, wer du bist, Allen, wenn du es mir nicht gesagt hast?«

»Es ist mir ein Rätsel, daß du es nicht erfahren hast. Ich stehe ständig in den Klatschspalten. Ich habe gedacht, daß eine deiner Freundinnen dich aufklären würde. Oder zumindest Henry Bellamy.«

»Den Gesellschaftsklatsch lese ich nicht, und außer Neely habe ich keine Freundin. Die liest nur das *Varieté*. Und mit Mr. Bellamy oder sonst jemand im Büro erörtere ich keine Privatangelegenheiten.«

»Na, dann kannst du ihnen jetzt eine gigantische Nachricht mitteilen. Über uns!« Er nahm sie in die Arme und küßte sie.

Sie stand schlaff da, entwand sich ihm brüsk und trat vor den Spiegel, um sich mit zittriger Hand die Lippen nachzuziehen. Etwas stimmte nicht mit ihr. Warum ekelte sie sich so schrecklich, wenn ein Mann sie küßte? Viele Mädchen küßten gern, egal wen. Angeblich war das normal. Und sie mochte Allen gern, er war kein Fremder für sie.

Er stand hinter ihr. »Ich liebe dich, Anne. Natürlich ist alles sehr schnell gekommen. Jeder wäre dadurch verwirrt. Aber ich möchte dich heiraten. Und ich will, daß du Gino, meinen Vater, kennenlernst.«

Er gab ihr einen Schlüssel. »Gib den morgen Lyon Burke und sage ihm, er soll mich in meinem Büro anrufen. Ich werde den Mietvertrag sofort auf ihn umschreiben lassen.«

Während der Heimfahrt war sie sehr nachdenklich. Sie kannte jetzt die Wahrheit. Sie war frigid. Dieses peinliche Wort, über das die Mädchen in der Schule verstohlen tuschelten. Vielleicht konnte sie von Glück sagen, jemand wie Allen gefunden zu haben. Er war gutherzig. Vielleicht konnte er ihr helfen. Warum sollte sie ihn nicht heiraten? Zumindest war sie Willie Henderson und Lawrenceville entronnen. Manche Menschen konnten nicht einmal die Hälfte ihrer Träume verwirklichen.

Er ließ das Taxi warten, als sie bei ihrem Hause angekommen waren. »Versuch, von mir zu träumen, Anne.« Er neigte sich vor und küßte sie sanft auf die Wange. »Gute Nacht!«

Anne lag noch lange in der Dunkelheit wach und überlegte. Allen war kein armer kleiner Versicherungsagent, sondern ein reicher Mann. Gab es sonst noch etwas, was sie über ihn wissen mußte? Wie konnte sie mehr über ihn erfahren? George Bellows! Natürlich. Wenn es etwas Wissenswertes über Allen oder sonst jemand gab, dann war George Bellows die beste Informationsquelle.

George Bellows blickte erstaunt auf, als sie am nächsten Morgen in sein Büro kam. »Nanu, sollten Sie nicht auf Wohnungssuche sein?«

»Kann ich mit Ihnen reden, George? Es ist privat.«

Er erhob sich und zog die Tür hinter ihr zu. »Jederzeit. Nehmen Sie Platz. Und werden Sie so persönlich, wie Sie nur wollen. Möchten Sie Kaffee haben?« Er schenkte ihr eine Tasse aus einer Thermosflasche voll. »So, und jetzt schießen Sie los.«

Sie starrte angelegentlich in ihren Kaffee. »George, kennen Sie Allen Cooper?«

»Wer kennt den nicht?« Er musterte sie forschend. »Nanu, erzählen Sie mir nicht, daß Sie sich mit ihm eingelassen haben.«

»Ich kenne ihn. Angeblich ist er sehr reich.«

»Reich!« Er lachte unangenehm auf. »Mein Kind, für diese Art Vermögen ist noch keine passende Bezeichnung gefunden worden. Natürlich hat sein Vater Gino den Grundstein dazu gelegt. Den beiden gehört die halbe Stadt. Sollten Sie mit Allen Cooper verkehren, kann ich Ihnen nur einen guten Rat geben: Nehmen Sie ihn nicht ernst. Er ist ein übler Bursche.«

Sie stand auf. »Vielen Dank, George.«

»War mir ein Vergnügen, Herzchen. Ich kann Sie mit dem Steckbrief eines jeden Schürzenjägers in der Stadt versorgen. Bei Ihrem Aussehen werden Sie sie bestimmt alle kennenlernen.«

Henry Bellamys Gesicht wurde lang vor Enttäuschung, als er sie sah. »Sie haben doch nicht etwa schon aufgegeben! Hören Sie, Anne, ich weiß, daß es schwierig ist. Ich habe heute selbst einige Wohnungsvermittlungen angerufen. Aber Sie müssen es weiter versuchen.«

»Ich habe die Wohnung für Mr. Burke.«

»Nein! Also Sie sind wirklich einmalig!« Er läutete in Lyons Büro und rief ihn zu sich.

»Da ist der Schlüssel«, sagte sie. »Mr. Burke kann sie heute nachmittag besichtigen.«

»Warum nicht am Vormittag?« fragte Lyon beim Eintreten. »Ich will den Leuten gar nicht die Möglichkeit geben, es sich anders zu überlegen. Anne, Sie sind ein Genie! Wie ist die Adresse?«

Er notierte sie. »Noble Gegend. Kann ich mir das leisten?«
»Die Miete beträgt hundertfünfzig monatlich.«
Er schüttelte den Kopf. »Sie sind eine Zauberkünstlerin! Aber weshalb der Schlüssel? Ist der Mieter verreist?«
»Nein, er ist vermutlich in seinem Büro.«
»Und wie heißt er?«
»Allen Cooper«, sagte sie ruhig.
Lyon schrieb sich bloß den Namen auf, aber Henry betrachtete sie neugierig. »Wie haben Sie diese Wohnung gefunden, Anne? Durch eine Anzeige?«
»Nein, Allen Cooper ist ein guter Freund von mir.«
Henrys Gesicht entspannte sich. »Dann kann er nicht der Allen Cooper sein, den ich meine.«
»Ich habe seine Bekanntschaft hier im Büro gemacht, Mr. Bellamy.«
»Hier?« fragte Henry verwundert. »Aber ja, das stimmt!« Er stand so ungestüm auf, daß sein Sessel an die Wand geschleudert wurde. »Anne! Sie und Allen Cooper! Nein ...« Ungläubig schüttelte er den Kopf.
»Ich habe ihn erst für einen Versicherungsagenten gehalten.«
»Dieser Gauner war hier, um eine kleine Statistin loszuwerden. Eine unserer unbedeutenden Klientinnen. Ich sollte sie ausbezahlen und einschüchtern. Den habe ich aber rasch hinausgeworfen. Anscheinend doch nicht rasch genug«, endete er mit einem wütenden Blick auf Anne.
»Henry!« sagte Lyon scharf. »Anne ist bestimmt imstande, sich ihre Freunde selbst auszusuchen.« Mit gewinnendem Lächeln setzte er fort: »Du bist wirklich nicht fair. Zuerst schickst du Anne mit einer unlösbaren Aufgabe fort, und wenn sie erfolgreich zurückkehrt, überhäufst du sie mit Vorwürfen und steckst deine Nase in ihr Privatleben, statt sie in den Himmel zu heben.«
»Allen Cooper ...« wiederholte Henry ungläubig. »Lyon, wenn du diesen Allen Cooper kennen würdest —«
Lyon lächelte. »Ich will ihn gar nicht kennen. Ich will nur seine Wohnung haben. Und die möchte ich jetzt gerne sehen. Hast du was dagegen, wenn Anne mich begleitet, Henry?«
Henry entließ die beiden mit einer Handbewegung. Anne hörte ihn tief seufzen, als sie sein Büro verließen.

Sie sah während der Fahrt aufmerksam aus dem Fenster des Taxis. Es war einer jener prächtigen Oktobertage, an denen die Luft mild ist und die blasse Sonne den Frühling vortäuscht.

»Seien Sie nicht ärgerlich«, sagte Lyon leise. »Henry war nur so wütend, weil Sie ihm sehr ans Herz gewachsen sind und er Sie vor Enttäuschungen bewahren möchte.«
»Ich bin nicht ärgerlich, bloß durcheinander.«
»Da Ihnen jedermann ungebetene Ratschläge zu erteilen scheint, kann ich ja auch noch einen anbringen. Beurteilen Sie niemals einen Menschen nach der Meinung anderer. Wir alle haben verschiedene Seiten, die wir verschiedenen Leuten zeigen.«
Das Taxi war am Ziel. Ein anderer Portier tat heute Dienst. »Wir wollen Mr. Coopers Wohnung besichtigen«, sagte Anne.
»Mr. Cooper hat mich bereits informiert. Zehnte Etage.«
Sie reichte Lyon den Schlüssel. »Ich warte in der Halle.«
»Was? Keine Fremdenführung? Nein, ich erwarte von Ihnen, daß Sie mich auf sämtliche Vorzüge der Wohnung aufmerksam machen. Wo die Bettwäsche liegt, wie man die Heizung bedient, wo die Sicherungen versteckt sind ...«
Sie fühlte, daß sie rot wurde. »Ich war selbst nur ein einziges Mal dort, und das, um die Wohnung für Sie zu besichtigen.«
»Dann kennen Sie sich immer noch besser aus als ich«, lenkte er geschickt ein.
Ihm gefiel alles an der Wohnung. »Ich werde Allen Cooper noch heute nachmittag anrufen und mich bei ihm bedanken. Und wir beide gehen jetzt auf Henrys Kosten erstklassig essen.«
Sie gingen ins Barberry, und Anne ließ sich zu einem Sherry überreden. In den letzten vierundzwanzig Stunden hatten sich zu viele Dinge zu schnell ereignet. Sie war nervös und aus dem Gleichgewicht gebracht.
Lyon drang nicht mit Fragen in sie. Er plauderte zwanglos von den Annehmlichkeiten der neuen Wohnung, über das Vergnügen, als Privatmann zu essen und nicht länger in Uniform zu stecken. Allmählich ließ ihre Spannung nach. Sie fand seine Ausdrucksweise reizvoll, die besänftigende Atmosphäre des Lokals tat ihr wohl, und sie verfolgte mit Vergnügen sein lebhaftes Mienenspiel, sein plötzliches Lächeln.
»Sie werden sich damit abfinden müssen, daß Henry sich um Ihr Privatleben kümmert«, sagte er, als er sich zu ihr beugte, um ihr Feuer zu geben. »Aber er will wirklich nur das Beste für Sie. Er hat Sie sozusagen auf ein Piedestal erhoben.«
»Das hat er mit Ihnen getan«, widersprach sie. »Auf ein ziemlich hohes sogar. Sie sind die Zukunft von Bellamy und Bellows.«
»Das dachte er vor vier Jahren. Innerhalb von vier Jahren verändern sich die Menschen.«

»Mr. Bellamy hat seine Meinung über Sie nicht geändert.«
Er griff nach ihrer Hand. »Anne, können wir nicht diesen ›Mister‹ weglassen? Ich bin Lyon. ›Mister‹ Bellamy ist Henry.«
»Gut«, lächelte sie. »Lyon, Sie müssen wissen, wie sehr Henry auf Ihre Rückkehr gewartet hat.« Sie brach plötzlich ab. Das ging sie nichts an.
»Ich kenne Henrys Hoffnungen und Pläne«, antwortete Lyon. »Und vielleicht werde ich ihn auch nicht enttäuschen. Aber er ist schon eine elende Mischung von Beruf, weder Anwalt noch Agent.«
»Das klingt so, als möchten Sie ganz etwas anderes tun.«
»Kann sich denn irgendein Mensch den Luxus leisten, genau das zu tun, was ihm Spaß macht?«
»Mir jedenfalls macht meine Arbeit Spaß.«
Er strahlte sie an. »Da fühle ich mich aber sehr geschmeichelt.«
»Aber was möchten Sie denn gerne tun, Lyon?«
Er streckte seine langen Beine unter dem Tisch aus. »Ich möchte zum Beispiel als stinkreicher Mann in einer Prachtvilla auf Jamaika sitzen, mich von einer Reihe schöner Mädchen, die alle so aussehen müßten wie Sie, verwöhnen lassen, und einen Bestseller über den Krieg aus dem Handgelenk schütteln.«
»Sie möchten schreiben?«
»Natürlich.« Er zuckte die Achseln. »Bildet sich nicht jeder ein, der aus dem Krieg kommt, den einzigen echten Kriegsroman in seiner Brust zu tragen?«
»Warum schreiben Sie ihn dann nicht?«
»Erstens einmal, weil mir meine Arbeit bei Henry dafür keine Zeit läßt. Und für die bezaubernde Wohnung, die ich erbe, muß auch Miete bezahlt werden.«
»Komisch, aber Sie kommen mir gar nicht wie einer vor, der gleich aufgibt«, sagte sie kühn.
Seine Augen wurden schmal. »Wie, bitte?«
»Kampflos und ohne jeden Versuch. Wenn Sie schreiben möchten und das ehrliche Bedürfnis haben, etwas zu sagen, dann tun Sie es doch. Jeder sollte sich bemühen, das zu tun, wozu er Lust hat.«
Er beugte sich vor und nahm ihr Kinn in seine Hand. Ihre Blicke trafen sich, und er sah sie forschend an. »Henry kennt Sie aber wirklich nicht. Sie sind ja bei Gott eine geborene Kämpfernatur.«
Sie lehnte sich in ihren Sessel zurück. »Ich bin heute nicht ganz ich selbst.« Sie fühlte sich ausgepumpt. »Nach zwanzig ereignislosen Jahren stürmt plötzlich alles gleichzeitig auf mich ein. Ich meine ... diese Sache mit Allen Cooper.«

»Lassen Sie sich von Henrys Urteil nicht beeinflussen. Wenn nötig, wird er Ihre Verehrer mit Handgranaten abwehren.«
»Allen ist nur ein guter Freund.«
»Das höre ich gern.« Diesmal sah er sie nachdenklich an.
Sie wurde verlegen, deshalb sagte sie rasch: »Ich habe meine Bemerkung von vorhin ernst gemeint. Niemand soll sich von einem Traum trennen, ohne wenigstens versucht zu haben, ihn zu verwirklichen.«
»Ich habe keine Träume, Anne. Die hatte ich nie. Diese Idee mit dem Schreiben kam mir erst nach dem Krieg. Vorher wollte ich erfolgreich sein und viel Geld verdienen. Aber jetzt bin ich nicht mehr überzeugt, ob ich das noch möchte. Ich weiß überhaupt nicht, ob ich mir etwas wirklich wünsche.« Rasch schlug seine Stimmung wieder um, und er lächelte. »Doch, ich habe einen Wunsch. Ich möchte jede Minute und Sekunde bewußt erleben.«

Sie nahm sich den Rest des Nachmittags frei, spazierte durch die Fifth Avenue und sah sich die neuen Wintermoden an. Dann setzte sie sich auf eine Bank auf der Plaza und dachte an Lyon Burke. Neben ihm schrumpfte jeder ihrer Bekannten zusammen.
Sie stand auf. Es war schon spät. Sie mußte heimgehen und sich umziehen. Allen holte sie ab. *Allen!* Sie konnte ihn nicht heiraten! Sie würde es ihm beim Abendessen behutsam und taktvoll beibringen.
Aber dann kam es ganz anders. Die Tage der versteckten kleinen französischen Restaurants waren vorbei. Allen brauchte sich nicht mehr zu verbergen. Sie gingen ins »21«. Kellner verneigten sich tief vor ihm, und jeder nannte ihn beim Namen. Er schien die meisten Gäste zu kennen.
»Übrigens, Anne, hast du das Landleben gern?« fragte er unvermittelt. »Wir haben da dieses Haus in Greenwich...«
Das war das Stichwort. »Nein, davon hatte ich in Lawrenceville mehr als genug. Aber ich möchte dir etwas sagen, Allen, etwas, was du begreifen mußt...«
Er sah auf seine Uhr und winkte plötzlich den Kellner heran.
»Allen!«
»Sprich nur, ich höre zu.« Er unterschrieb die Rechnung.
»Es handelt sich um das, was du gestern abend sagtest —«
»Oh, ich bin froh, daß du mich daran erinnert hast. Ich habe Lyon Burke den Mietvertrag geschickt und heute nachmittag mit ihm gesprochen. Scheint recht sympathisch. Engländer, nicht wahr?«
»Er wurde in England erzogen. Allen, hör mir zu.«

Er stand auf. »Du kannst es mir im Taxi erzählen.«
»Bitte, setz dich. Ich würde lieber hier mit dir sprechen.«
»Im Taxi ist es dunkel und romantischer. Außerdem sind wir schon verspätet.«
Hilflos erhob sie sich. »Wohin gehen wir denn?«
»Ins El Morocco.« Unter reichem Trinkgeldregen verließ er das Lokal. Im Taxi lehnte er sich zurück und lächelte. »Mein Vater ist dort. Ich sagte ihm, wir kämen auf einen Sprung vorbei. Also, was wolltest du mir sagen?«
»Allen, deine Zuneigung schmeichelt mir sehr. Ich bin dir auch für die Wohnung sehr dankbar. Damit hast du mir viel Laufereien erspart. Du bist bestimmt einer der nettesten Menschen, die ich kenne, aber —« sie erblickte die Neonreklame des El Morocco, und hastig sprudelte es aus ihr hervor — »aber wegen der Heirat — wirklich, Allen, es tut mir leid, ich —«
»Guten Abend, Mr. Cooper!« posaunte der Portier des El Morocco, als er die Taxitür öffnete. »Ihr Vater ist drinnen.«
»Danke, Pete.« Wieder wechselte eine Banknote den Besitzer. Allen ging ihr voran in die Bar. Sie hatte sich nicht durchgesetzt. Oder hatte Allen einfach nicht verstehen *wollen?*
Der Kellner führte Allen zu einem Tisch an der Wand. Es war halb elf, für das El Morocco noch früh. Gino kam sofort an ihren Tisch. Ohne eine Vorstellung abzuwarten, packte er Annes Hand und schüttelte sie heftig.
»Das ist sie also, was?« Er stieß einen leisen Pfiff aus. »Junge, da hast du recht gehabt. Die war es wert, daß du auf sie gewartet hast. Das Mädchen ist Klasse, das sehe ich auf den ersten Blick.« Er schnalzte mit den Fingern. Ein Kellner erschien wie hergezaubert. »Bringen Sie Champagner«, sagte er, ohne den Blick von Anne zu wenden.
»Anne trinkt nicht«, begann Allen.
»Heute abend wird sie trinken«, entschied Gino wohlgelaunt. »Das ist ein besonderer Anlaß.«
Anne lächelte. Ginos Herzlichkeit war ansteckend. Er hatte einen dunklen Teint, war untersetzt und sah auffallend gut aus. Sein dichtes schwarzes Haar war von grauen Strähnen durchzogen, aber seine ungemeine Vitalität und Begeisterungsfähigkeit hatten etwas beinahe Jungenhaftes an sich.
Als der Champagner eingeschenkt war, trank er ihr zu. »Auf die neue Dame in unserer Familie.« Mit einem Zug leerte er das halbe Glas. Dann wischte er sich den Mund mit dem Handrücken ab und sagte: »Bist du katholisch?«

»Nein, ich —« setzte Anne an.
»Dann wirst du konvertieren, wenn du Allen heiratest. Ich werde einen Termin mit Pater Kelly vereinbaren. Er kann das mit Privatstunden schnell erledigen.«
»Mr. Cooper —« Es war eine körperliche Anstrengung für sie, ihre Stimme wiederzufinden.
Allen fiel ihr aber hastig ins Wort. »Wir haben uns noch nicht über Religion unterhalten, Dad. Und es besteht gar kein Grund für Anne zu konvertieren.«
Gino überlegte. »Na, ja... wenn es ihr sehr gegen den Strich geht, dann eben nicht. Hauptsache, es gibt eine kirchliche Trauung und sie verspricht, die Kinder katholisch zu erziehen —«
»Mr. Cooper, ich habe nicht die Absicht, Allen zu heiraten!« Endlich! Jetzt hatte sie es laut und deutlich gesagt!
Seine Augen wurden schmal. »Warum? Bist du antikatholisch?«
»Nein, gar nicht.«
»Woran hängt's dann?«
»Ich liebe Allen nicht.«
Zuerst starrte Gino sie verständnislos an. Dann wandte er sich verdutzt an Allen. »Was, zum Teufel, sagt sie da?«
»Daß sie mich nicht liebt«, antwortete Allen.
»Also, ist das ein Witz, oder was soll das? Du hast mir doch erklärt, du wirst sie heiraten.«
»Stimmt. Und das werde ich auch. Aber zuerst muß ich sie in mich verliebt machen.«
»Seid ihr beide übergeschnappt?«
Allen lächelte. »Ich sagte dir doch schon, Dad. Bis gestern abend hat mich Anne für einen erfolglosen kleinen Versicherungsagenten gehalten. Sie muß sich erst umstellen.«
»Was gibt's da lange umzustellen? Seit wann ist Geld ein Fehler?«
»Wir haben nie von Liebe gesprochen, Dad. Ich glaube, Anne hat sich gar nicht gestattet, mich ernst zu nehmen. Sie hat sich viel zu große Sorgen darüber gemacht, daß ich meinen Job verlieren könnte.«
Gino sah Anne neugierig an. »Du bist tatsächlich seit Wochen mit ihm in diese Bumslokale gegangen, von denen er mir erzählt hat?«
Anne lächelte gequält. Allmählich fühlte sie sich unbehaglich. Ginos Stimme dröhnte durch das Lokal, und sie war überzeugt, daß die Hälfte aller Gäste ihnen interessiert zuhörte.
Gino schlug sich auf die Schenkel und lachte schallend. »Das ist

gut!« Er schenkte sich Champagner nach. »Du gefällst mir! Herzlich willkommen in unserer Familie.«
»Aber ich werde Allen nicht heiraten.«
Er machte eine abfällige Handbewegung. »Hör zu, mein Kind. Wenn du sechs Wochen bei schlechtem Essen durchgehalten und ihn als Niete akzeptiert hast, dann wirst du ihn jetzt lieben. Trink deinen Champagner. Fang an, kostspielige Gewohnheiten zu entwickeln, du kannst sie dir jetzt leisten. He, Ronnie.« Ein magerer junger Mann stand plötzlich schweigend an ihrem Tisch.
»Das ist Ronnie Wolfe«, erklärte Gino. »Setz dich, Ronnie.« Gino schnalzte mit den Fingern und rief laut: »Das übliche für Mr. Wolfe.« Schon sauste ein Kellner herbei und stellte ein Tasse Kaffee vor den Fremden.
»Jetzt sag mir bloß nicht, du hättest noch nichts von Ronnie gehört. Alle Leute lesen seine Berichte«, sagte Gino stolzerfüllt.
»Anne ist neu in New York«, sprang Allen rasch ein, »sie kennt nur die *Times*.«
»Gutes Blatt«, sagte Ronnie kurz. Er zog ein abgegriffenes Notizbuch hervor. Seine dunklen Augen sprangen zwischen Allen und Anne hin und her. »Also, dann heraus mit ihrem Namen. Wer beansprucht sie für sich, der Vater oder der Sohn?«
»Diesmal sind wir es beide«, sagte Gino. »Das kleine Mädchen wird bald mit mir verwandt sein. Anne Welles. Daß Sie mir den Namen richtig schreiben, Ronnie. Sie wird Allen heiraten.«
Ronnie pfiff anerkennend vor sich hin. Er betrachtete Anne voll neugierigem Respekt. »Das gibt eine prima Schlagzeile. Fotomodell aus der Provinz fängt den begehrtesten Junggesellen der Stadt ein. Oder sind Sie Schauspielerin?«
»Ich arbeite in einem Büro«, sagte Anne kalt.
Ronnie blinzelte belustigt. »Jetzt werden Sie mir vermutlich gleich sagen, daß sie sogar maschinenschreiben können.«
»Ich glaube kaum, daß das Ihre Leser interessieren wird. Und ich bin der Meinung, daß Sie wissen sollten, daß Allen und ich—«
»Aber, Anne«, sagte Gino rasch. »Ronnie ist ein guter Freund.«
»Nein, lassen Sie sie doch.« In Ronnies Augen lag etwas, das der Hochachtung nahekam.
»Ach, trinken wir doch Champagner«, sagte Gino und füllte ihr Glas nach.
Sie nahm einen kleinen Schluck und bemühte sich, ihren Ärger nicht zu zeigen. Sie hatte beiden, Vater und Sohn, klar gesagt, daß sie Allen nicht heiraten würde. Verstopfte der Reichtum den Menschen die Ohren?

»Bei wem arbeiten Sie?« fragte Ronnie.
»Henry Bellamy«, antwortete Allen. »Aber das ist nur vorübergehend.«
»Allen!« sagte sie erbost, aber Ronnie fiel ihr ins Wort.
»Hören Sie, Miß Welles, ich lebe davon, die Leute auszufragen.« Er lächelte ihr offen und gewinnend zu. »Ich finde Sie reizend. Es ist ein Vergnügen, endlich ein Mädchen kennenzulernen, das nicht mit der Absicht nach New York gekommen ist, Schauspielerin oder Fotomodell zu werden.« Er musterte sie prüfend. »Feingeschnittenes Gesicht. Sie könnten ein Vermögen damit verdienen, wenn Sie wollten. Falls Sie eine der großen Mannequinagenturen entdeckt, könnten Sie sogar noch reicher werden, als Ihr Freund es ist.« Er zwinkerte Gino zu.
»Falls sie arbeiten möchte, würden wir ihr eine Modellagentur kaufen«, bellte Gino. »Aber sie wird sich häuslich niederlassen und Kinder bekommen.«
»Mr. Cooper –« sagte Anne mit brennenden Wangen.
Allen sprang ein. »Dad, wir wollen doch lieber die richtige Reihenfolge einhalten.«
Ronnie lachte. »Da kommt Ihre Freundin, Gino. Weiß sie die große Neuigkeit schon?«
Ein hochgewachsenes, bildschönes Mädchen kam auf ihren Tisch zu. Gino winkte sie heran und klopfte auf einen leeren Stuhl. »Das ist Adele Martin. Setz dich, Goldkind, und gib Anne Welles, der Braut meines Sohnes, das Pfötchen.«
Adeles nachgepinselte Augenbrauen schnellten in die Höhe. Ohne Anne zur Kenntnis zu nehmen, sah sie, nach Bestätigung suchend, von Allen zu Ronnie.
Ronnie nickte. Seine Augen funkelten belustigt über Adeles Verblüffung. Aber das Mädchen fing sich rasch. Sie kuschelte sich dicht neben Gino in einen Stuhl und bedachte Anne mit einem blassen Lächeln. »Wie haben Sie das geschafft, Herzchen? Ich versuche schon seit sieben Monaten, diesen Affen vor den Altar zu schleppen. Verraten Sie mir Ihre Zauberformel, und wir lassen eine Doppelhochzeit steigen.« Sie blickte anbetend zu Gino auf.
Ronnie stand auf und verabschiedete sich mit einem Nicken. Anne sah ihn an einen anderen Tisch treten, und schon erschien auch ein Kellner mit einer frischen Tasse Kaffee. Ronnie schlürfte ihn langsam, zog sein ledernes Notizbuch hervor und sah mit aufmerksamen Augen wieder zur Tür, um niemanden zu übersehen.
Allen folgte Annes Blick. »Ronnie ist ein netter Kerl.«
»Ein Wichtigtuer«, urteilte Adele verächtlich.

»Du bist nur eingeschnappt, weil er geschrieben hat, daß wir vorhaben, etwas miteinander vorzuhaben«, sagte Gino.
»Einfach unverschämt. Wie steh' ich denn da.« Dann lächelte sie süß. »Na, wie wär's, Herzblatt? Du kannst dich doch auf dem Weg zum Altar nicht von deinem Sohn überrunden lassen.«
»Ich war schon einmal vor dem Altar«, erwiderte Gino. »Mit Rosannas Tod war mein Eheleben zu Ende. Ein Mann kann nur eine Frau haben. Abenteuer jede Menge. Aber nur eine Frau.«
»Wo steht das geschrieben?« fragte Adele rebellisch.
Gino schenkte ihr Champagner ein. Anne hatte den Eindruck, daß die beiden dieses Thema schon oft durchgekaut hatten. »Laß das, Adele«, sagte er kalt. »Selbst wenn ich wieder heiraten sollte, kämst du nicht in Frage. Du bist geschieden.«
Als Adele das Gesicht verzog, sagte er: »Oh, übrigens habe ich Irving gesagt, er soll dir morgen zwei Mäntel in die Wohnung bringen. Such dir einen aus.«
Schlagartig änderte sich Adeles Miene. »Beides Nerzmäntel?«
»Was denn? Bisam vielleicht?«
»Ach, Gino ...!« Sie schmiegte sich eng an ihn. »Manchmal machst du mich ganz wild, aber ich kann dir einfach nicht böse sein. Ich liebe dich so.«
Gino blickte auf Annes Seidenmantel, den sie achtlos auf den Stuhl geworfen hatte. »Sag, Allen, ist's dir recht, wenn ich Anne einen als Verlobungsgeschenk schicke?« Ohne die Antwort abzuwarten, wandte er sich an Anne. »Was für eine Farbe magst du?«
»Farbe?« Anne hatte immer angenommen, jeder Nerz sei braun.
»Er meint Wildnerz oder Zucht, Schätzchen«, erklärte Adele. »Ein Wildnerz würde hinreißend zu Ihrer Haarfarbe passen.«
»Ich fürchte, das kann ich nicht annehmen«, sagte Anne.
»Und warum nicht?« Ginos Stimme klang sehr beleidigt.
»Vielleicht läßt Anne sich ihren Mantel lieber von mir schenken – nach der Hochzeit«, lenkte Allen rasch ein.
Gino lachte. »Ah, du meinst, wenn schon einen Nerz, dann nur einen legalen?«
»Was ist illegal daran, einen Nerzmantel anzunehmen?« fragte Adele. »Ich finde es illegal, ihn auszuschlagen.«
Anne fühlte sich äußerst unbehaglich. Gino bestellte frischen Champagner. Mädchen, die wie das getreue Spiegelbild Adeles aussahen, blieben am Tisch stehen, gratulierten Allen und blinzelten Adele verständnisinnig zu. Manche begrüßten Allen mit größter Vertraulichkeit, umarmten und küßten ihn, beteuerten ihre

ewige Zuneigung, nannten Anne einen Glückspilz und starrten sie neugierig oder neidisch an.
Sie saß sehr gefaßt da und ließ sich ihre steigende Panik nicht anmerken. Auf dem Heimweg mußte sie die Sache mit Allen eindeutig klarstellen. Dann konnte er Ronnie Wolfe und die anderen Klatschspaltenschreiber anrufen. Er mußte sie einfach endlich begreifen.
Sanft tippte sie ihm auf den Arm. »Allen, es ist ein Uhr. Ich muß nach Hause.«
Gino sah sie ungläubig an. »Nach Hause? Was für ein unanständiges Wort. Der Abend fängt ja erst richtig an.«
»Ich muß morgen arbeiten, Mr. Cooper.«
Ein breites Lächeln legte sich über Ginos Gesicht. »Meine kleine Dame, du mußt überhaupt nichts mehr, außer nett zu meinem Jungen sein.«
»Aber ich habe einen Job —«
»Dann gibst du ihn eben auf«, entschied Gino und schenkte nach.
»Meine Stelle aufgeben?«
»Warum denn nicht?« Diesmal kam die Frage von Adele Martin. »Wenn Gino mich bitten würde, ihn zu heiraten — ich würde meine Karriere in Sekundenschnelle aufgeben.«
»Ich höre immer Karriere«, lachte Gino. »Dabei spielst du nur allabendlich zwei Stunden Hintergrund.«
»Mir macht mein Job Spaß, und ich würde niemals jemand im Stich lassen«, versetzte Anne.
»Na schön, das sehe ich ein«, sagte Gino achselzuckend. »Du hast eben Klasse. Dann kündigst du morgen und bleibst, bis er Ersatz gefunden hat.« Er winkte nach der Rechnung. »Uns wird es wohl allen nicht schaden, zur Abwechslung mal früh ins Bett zu gehen.«
Anne schlüpfte in ihren Mantel. Sie hatte vor, die Angelegenheit im Taxi mit Allen endgültig zu regeln.
Aber es kam kein Taxi. Ein langer schwarzer Wagen samt Chauffeur wartete bereits. Gino schob sie alle hinein. »Steigt ein«, sagte er. »Wir wollen unsere schwerarbeitende Anne als erste absetzen.«
Als sie bei ihrem Miethaus angelangt waren, warteten Gino und Adele im Wagen, und Allen begleitete sie bis zur Tür.
»Allen, ich muß mit dir sprechen«, flüsterte sie.
Er neigte sich zu ihr und küßte sie sanft. »Ich weiß, daß der heutige Abend etwas aus dem Rahmen fiel, Anne, aber du hast Gino ja

kennenlernen müssen. Damit haben wir unsere Pflicht erfüllt. Morgen abend gehen wir allein aus.«

»Ich finde Gino sehr nett, Allen, aber du mußt es ihm sagen!«

»Was denn?«

»Daß ich nicht deine Frau werde, Allen! Ich hab' dir nie mein Jawort gegeben!«

Er strich ihr sanft über die Haare. »Ich mach' dir ja keinen Vorwurf, wenn dir die Nerven durchgehen. Der heutige Abend war ziemlich hektisch. Aber morgen ist alles anders.« Er nahm ihr Gesicht zwischen seine Hände. »Und ob du mir glaubst oder nicht, du *wirst* mich heiraten.«

»Hallo!« brüllte Gino aus dem Wagen. »Schluß mit dem Geschmuse. Gib ihr einen Gutenachtkuß.«

»Ich hole dich morgen um halb acht Uhr ab«, sagte Allen, küßte sie flüchtig und rannte die Stufen hinunter.

Sie sah dem davonrollenden Auto fröstelnd nach. Nun, sie hatte es jedenfalls versucht. Falls Ronnie Wolfe etwas über die bevorstehende Hochzeit schrieb, dann muß er es eben dementieren.

November 1945

Beim Schrillen des Weckers erwachte Anne mit dem gewohnten Gefühl des Wohlbehagens. Während sie sich räkelte und ganz wach wurde, überfiel sie plötzlich heftige Unruhe. Etwas stimmte nicht...

Allen! Gestern abend! Ronnie Wolfe! Sie zog sich eilig an. Sobald sie im Büro war, wollte sie Allen anrufen und die Sache ein für allemal bereinigen.

Mehrere Männer standen in der Eingangshalle vor dem Büro, als sie ankam. Sie machten Platz, um sie durchzulassen. Plötzlich rief einer von ihnen: »Hey, Jungs, das ist sie!« Blitzlichter flammten auf, Fragen wurden gebrüllt. Aus dem Durcheinander klang Allens Name auf. Sie zwängte sich an den Leuten vorbei, aber sie drängten hinter ihr in die Büroräume und schrien ihren Namen. Es war wie in einem der Angstträume ihrer Kindheit, wenn sie verfolgt wurde und keiner ihr zu Hilfe kam. Die Empfangsdame war zwar da, lächelte aber nur. Die Sekretärin und Miß Steinberg lächelten ebenfalls. Endlich hatte sie sich zitternd hinter ihren Schreibtisch gerettet, aber die Reporter umringten sie. »Wann haben Sie Allen Cooper kennengelernt, Miß Welles?« Blitzlichter flammten auf und blendeten sie. »He, Annie, schau hierher, ja.. so ist's brav... Lächeln, Annie...« Blitz... Blitz... »Gibt es eine kirchliche Trau-

ung, Miß Welles?« »He, Annie! Wie fühlt man sich als Aschenbrödel?«
Am liebsten hätte sie laut geschrien. Sie schlug einen Haken um die Meute und floh in Henry Bellamys Büro. Lyon Burke fing sie auf, als sie hineinstolperte. Sie wollte etwas sagen, aber die Tür wurde aufgerissen. Sie verfolgten sie auch hierhin! Und Henry lächelte und begrüßte die Reporter. Auch Lyon lächelte.
Henry legte ihr väterlich den Arm um die Schultern. »Tja, Anne, daran werden Sie sich gewöhnen müssen. Es geschieht nicht jeden Tag, daß sich ein Mädchen mit einem Millionär verlobt!« Er spürte, daß sie bebte, und hielt sie fester. »Na, Kindchen, nur keine Angst, sagen Sie ein paar Worte. Schließlich müssen sich diese Burschen auch ihren Lebensunterhalt verdienen.«
Sie wandte sich den Reportern zu: »Was wollen Sie?«
»Eine Fortsetzung davon.« Henry angelte eine Morgenzeitung von seinem Schreibtisch. Sie starrte das große Foto auf dem Titelblatt an. Ihr eigenes Gesicht lächelte ihr entgegen. Daneben Allen... Fettgedruckte Lettern verkündeten: BROADWAYS NEUESTES ASCHENBRÖDEL — ALLEN COOPER HEIRATET SEKRETÄRIN.
Wieder legte Henry den Arm um sie. »Na schön, meine Herren. Ein Bild noch.« Erneut flammte das Blitzlicht auf. Jemand forderte sie auf zu lächeln... ein anderer bat um eine weitere Aufnahme... jemand kletterte auf einen Stuhl und fotografierte sie von oben. Dann schüttelte Henry viele Hände und komplimentierte die Reporter aus dem Büro. Beim Schließen der Tür hörte sie ihn noch sagen: »Ja, sie haben sich hier im Büro kennengelernt...«
Wie betäubt starrte sie auf die Tür. Die unvermittelte Stille wirkte noch unwirklicher als das Stimmengewirr. Lyon gab ihr eine angezündete Zigarette. Sie inhalierte tief und hustete.
»Nehmen Sie's nicht tragisch«, sagte er freundlich.
Sie sank in einen Stuhl und sah zu ihm auf. »Was soll ich tun?«
»Sie halten sich prächtig. Sie werden sich daran gewöhnen. Mit der Zeit haben Sie vielleicht sogar Ihren Spaß daran.«
»Ich werde Allen Cooper nicht heiraten.«
»Lassen Sie sich nicht ins Bockshorn jagen. Jeder erschrickt, wenn er seinen Namen auf allen Titelseiten liest.«
Henry kam ins Zimmer geschossen. »Erledigt!« Er betrachtete sie voll Stolz. »Warum haben Sie mich gestern soviel Unsinn schwatzen lassen? Wenn ich geahnt hätte, daß der Bursche es ernst meint, hätte ich doch nichts von alldem gesagt.«
»Anne hat ein sehr rares Talent: Sie läßt andere reden!« bemerkte Lyon.

Ihre Kehle war wie zugeschnürt. Es war zum Verrücktwerden. Lyon mit seinem kalten Lächeln, Henry, der sich wie ein stolzer Vater benahm.
»Ich werde sofort die Stellenvermittlung anrufen«, sagte Henry. »Bestimmt haben Sie ein Riesenprogramm zu bewältigen, Anne. Machen Sie sich keine Sorgen um das Büro. Wir werden es schon schaffen. Ich werde jemand finden.«
Ein sonderbares Schwindelgefühl erfaßte sie. Es begann irgendwo unter ihrem Magen und schien den Kopf vom Körper zu trennen. Alle zogen sich von ihr zurück. Henry blätterte bereits das Telefonbuch nach der Nummer der Stellenvermittlung durch!
»Sie erwarten, daß ich meine Stelle aufgebe?« fragte sie gepreßt.
Henry faßte sie bei den Schultern und lächelte sie herzlich an. »Kindchen, ich glaube, Sie haben noch nicht ganz begriffen. Warten Sie erst, bis Sie mit der Liste für die Hochzeit beginnen, die Einladungen, die Anproben, die Reporter. Sie werden selbst eine Sekretärin brauchen.«
»Ich muß mit Ihnen reden, Henry.«
»Ich gehe«, sagte Lyon. »Henry schätzt einen ungestörten Abschied.« Er nickte Anne zu und sagte augenzwinkernd: »Viel Glück. Sie verdienen es.«
Die Tür schloß sich hinter ihm, und sie wandte sich an Henry. »Ich kann es einfach nicht glauben. Keinem von euch scheint es wirklich was auszumachen.«
Henry sah sie verblüfft an. »Aber wieso? Wir freuen uns doch für Sie!«
»Aber Sie rechnen einfach damit, daß ich hier verschwinde und Sie mich nie mehr wiedersehen ... Lyon ist es auch egal.«
»Lyon?« sagte Henry verdutzt. »Warum sollte es Lyon nicht egal sein? Miß Steinberg erledigt seine Post und —« Er brach plötzlich ab. Mit veränderter Miene sagte er: »Nein, nur das nicht!« Es klang beinahe wie ein Stöhnen. »Doch nicht Sie, Anne. Ein schäbiger Lunch, und schon hat es Sie erwischt?«
Er sank auf die Ledercouch. »Kommen Sie her.« Sie setzte sich, und er ergriff ihre beiden Hände. »Hören Sie, Anne, wenn ich einen Sohn hätte, dann würde ich mir wünschen, daß er genau wie Lyon ist. Aber wenn ich eine Tochter hätte, dann würde ich ihr raten, um Himmels willen die Finger von ihm zu lassen.«
»Das verstehe ich nicht.«
»Kindchen, es gibt Männer, die, ohne es zu wollen, einer Frau schaden können. Allen war so einer, aber Sie haben ihn aus dem Verkehr gezogen.«

»Henry, ich liebe Allen nicht. Ich habe ihn sechs Wochen lang völlig unverbindlich getroffen. Ich wußte nicht einmal, wer er ist. Und dann, vor zwei Abenden, hat das alles ganz plötzlich angefangen.«
Henrys Augen wurden schmal. »Er ist für Sie ein Fremder, wie?«
»Ja.«
»Aber ein einziges Mittagessen mit Lyon, und schon ist die Seelenverwandtschaft da.«
»Das stimmt nicht. Ich spreche jetzt von Allen. Ich liebe ihn nicht. Lyon hat damit nichts zu tun.«
»Sie lügen.«
»Ich schwöre es, Henry. Allen hat mir nie etwas bedeutet.«
»Weshalb sind Sie dann so oft mit ihm ausgegangen? Er war ganz in Ordnung, bis Lyon auftauchte.«
»Nein. Ich kannte einfach niemand außer ihm. Und er hat mir leid getan. Zwischen uns war von Liebe nie die Rede. Er hat nicht einmal versucht, mir einen Gutenachtkuß zu geben. Und dann, vorgestern ...« Mühsam fuhr sie fort: »Henry, ich habe Allen gesagt, daß ich ihn nicht liebe, und ich habe es auch seinem Vater gesagt.«
»Und wie haben sie reagiert?«
»Gar nicht, das ist ja das Unbegreifliche. Sie ignorieren einfach alles, was sie nicht hören wollen. Allen behauptet, daß er mich liebt und daß ich ihn mit der Zeit ebenfalls lieben werde.«
»Das gibt es«, sagte Henry ruhig. »Manchmal ist es am besten, sich einfach lieben zu lassen.«
»Nein! Ich will mehr!«
»Klar – hierbleiben, zum Beispiel!« herrschte Henry sie an. »Soll ich für Sie in die Zukunft blicken, Kindchen? Sie geben Allen einen Korb. Natürlich, warum auch nicht. Heiratsanträge von Millionären kriegt man schließlich jeden Tag. Mit der Zeit wird Gras über die Affäre wachsen. Allen wird mit anderen Mädchen gesehen, und dann wird Lyon bei Ihnen anklopfen. Das wollen Sie doch, nicht wahr? Ach, es wird wunderbar sein – am Anfang. Vielleicht einen Monat lang. Dann werden Sie eines Tages mit roten Augen im Büro erscheinen, und Sie werden etwas von Kopfschmerzen murmeln. Aber die Augen werden immer wieder rot sein. Also werde ich mit Lyon sprechen. Er wird die Achseln zukken und sagen: ›Sicher bin ich mit ihr ausgegangen, Henry. Ich mag sie gern. Aber ich bin nicht ihr Eigentum. Red du doch mal mit ihr, ja? Schaff sie mir vom Hals.‹«
»Sie sprechen von ihm wie von einem gewissenlosen Don Juan.«

»Wieso das? Er ist ein normaler, freier, unabhängiger Mann. Und jedes Mädchen, das ihm gefällt, ist die Richtige — für den Augenblick. Und es gibt verdammt viele Augenblicke und verdammt viele Richtige hier in der Stadt.«

»Ich glaube nicht, daß jeder Mann so ist.«

»Lyon Burke ist nicht ›jeder‹. Gut, vielleicht wird er eines Tages genug haben und heiraten. Aber bis dahin wird er sein Leben noch in vollen Zügen genießen. Und selbst später wird er niemals gänzlich treu sein.«

Das Telefon klingelte. Anne stand automatisch auf, um den Hörer abzuheben. Er schob sie beiseite. »Bleiben Sie sitzen, Prinzessin. Vergessen Sie nicht, daß Sie nicht mehr hier arbeiten.« Damit ging er zum Schreibtisch. »Hallo .. klar, verbinden Sie mich mit ihr. Hallo, Jennifer. Ja, alles in Ordnung ... Was? Sie sitzt neben mir. Natürlich ist sie selig. Sie sollten sie sehen, die tanzt mir noch den Teppich durch.« Er drehte sich zu Anne. »Jennifer North läßt Ihnen gratulieren.« Dann sprach er wieder in den Hörer. »Das glaub' ich, daß sie Glück hat. Hören Sie, Kindchen, die Verträge müßten heute fertig sein. Sobald ich sie durchgesehen habe, schicke ich sie Ihnen zur Unterschrift ... Wunderbar, Herzblatt .. Ich rufe Sie so gegen fünf wieder an.« Er legte auf. »Das ist ein kluges Kind, diese Jennifer North.«

»Wer ist das?«

»Ja, lesen Sie denn nie die Zeitungen?« ächzte Henry. »Sie hat eben erst einen Prinzen abgehängt. Beinahe täglich stand etwas über sie auf den Titelseiten. Sie ist wie ein Orkan über die Stadt hereingebrochen. Eigentlich kommt sie aus Kalifornien und ist etwa so alt wie Sie. Und peng! — schon ist dieser Prinz da. Echter Adel und Geld obendrein. Er macht ihr den Hof nach Strich und Faden, samt Nerzmantel und Brillantring. Sämtliche Presseagenturen greifen die Sache auf. Ein Bürgermeister in Jersey nimmt die Trauung vor. Jede Berühmtheit von New York geht zum Empfang. Vier Tage darauf, ebenfalls auf allen Titelseiten zu lesen, verlangt sie eine Annullierung.«

»Aber Sie sind doch kein Scheidungsanwalt.«

»Nein. Das erledigt bereits ein anderer Anwalt, aber er hat mich als Manager empfohlen. Und den braucht sie auch. Trotz ihrer Klugheit hat sie einen sehr schwerwiegenden Fehler begangen. Scheint, daß sie so etwas wie einen Ehevorvertrag unterschrieben hat. Wenn sie die Ehe nicht aufrechterhält, kriegt sie nicht einen Groschen. Und sie will von dieser Ehe nichts wissen. Sie sagt nicht warum. Sie will ihn nur loswerden. Also muß sie arbeiten.«

»Ist sie begabt?«
Henry grinste. »Das hat sie nicht nötig. Wenn sie will, landet sie auf der Stelle beim Film. So ein Gesicht haben Sie noch nie gesehen. Und die Figur ... Also ich würde sagen, diese Jennifer North ist ungefähr das schönste Mädchen der Welt.« Er setzte ab. »Stimmt eigentlich nicht. Sie sind schöner, Anne. Je länger man Sie ansieht, desto schöner werden Sie. Aber Jennifer North blendet. Schon der erste Blick löst tausend Volt aus. Die hat's in sich. Sobald wir diese Annullierung haben und sie im *Siebenten Himmel* herauskommt, verschaffe ich ihr einen erstklassigen Filmkontrakt.«
»Singt sie?« fragte Anne.
»Ich habe es Ihnen doch schon gesagt. Sie tut gar nichts.«
»Aber wenn sie auftritt...«
»Ich habe ihr eine winzige Rolle eingebaut, quasi als Edelkomparsin, die groß im Programm steht. Helen war damit einverstanden. Aber warum rede ich von Helen oder Jennifer? Sie sind es, um die ich mir Sorgen mache. Die beiden knöpfe ich mir später vor.«
»Henry, ich möchte, daß Sie mir diese Stelle offenhalten.«
»In schlichte Umgangssprache übersetzt: ›Henry, ich will mir Lyon Burke angeln‹«, sagte er wütend.
»Ich werde ihn nicht mal beachten, falls Sie das beruhigen sollte.«
Henry schüttelte den Kopf. »Sie bitten um ein gebrochenes Herz, und damit will ich nichts zu tun haben. Und jetzt hinaus mit Ihnen — Sie sind entlassen. Heiraten Sie Allen Cooper und seien Sie glücklich.«
Sie stand auf. »Na schön, ich gehe. Aber ich werde Allen Cooper nicht heiraten, sondern einen anderen Posten suchen.« Sie wandte sich zur Tür.
»Lassen Sie sich nicht aufhalten. Wenn Sie sich schon unbedingt Ihr Leben ruinieren wollen, muß ich es wenigstens nicht mitansehen.«
Er schwieg. Schließlich sagte er nach kurzer Überlegung: »Okay. Sie können bleiben. Unter einer Bedingung. Sie halten die Verlobung mit Allen aufrecht.«
»Sind Sie verrückt, Henry? Oder haben Sie mir nicht zugehört? Ich will ihn nicht heiraten.«
»Ich habe ja nicht von heiraten gesprochen, sondern von verloben. Auf diese Art sind Sie abgesichert, und ich muß zumindest nicht befürchten, daß sich zwischen Ihnen und Lyon etwas anspinnt. Eines muß man Lyon nämlich zugute halten — er stiehlt keinem anderen sein Mädchen.«

Sie lächelte leise. »Dann halten Sie ihn also doch wenigstens in einer Hinsicht für einen Ehrenmann.«
»Wieso? Er hat solche Komplikationen bloß nicht nötig. Schließlich gibt es zahllose bequemere Möglichkeiten.«
»Und was wird aus mir? Was tue ich mit Allen, wenn ich verlobt bleibe?«
»Halten Sie ihn hin. Das wird Ihnen bestimmt gelingen. Wenn Sie schlau genug waren, ihn zu kapern, können Sie ihn auch vertrösten.«
»Aber das wäre unanständig. Wenn ich Allen auch nicht heiraten will, so achte ich ihn doch als Mensch.«
»Letzten Endes wird dieser Ausweg der anständigste sein. Erstens werden Sie mir nicht zusätzlich zu der kommenden Show auch noch die Sorgen um Sie aufbürden. Zweitens werden Sie Allen gegenüber fair sein, denn im Augenblick sehen Sie nichts weiter als Lyon Burke.« Er hob beschwichtigend die Hand, als sie etwas einwenden wollte. »Was Sie sich auch vormachen, Sie haben sich in ihn verliebt. Aber bleiben Sie hier, lesen Sie die Klatschspalten und überzeugen Sie sich selbst davon, wie rasch er von einer zur anderen wechselt. Der verzauberte Lunch wird seinen Glanz einbüßen. Und Sie werden sich einen voreiligen Schritt und sehr viele Tränen erspart haben.« Er grinste, als sie rot wurde. »Hören Sie, Anne, Sie stehen weit über dem Durchschnitt, da müssen wir Sie schon ein wenig behüten. Wann werden Sie volljährig?«
»Im Mai.«
»Wunderbar. Dann sagen Sie Allen, er soll sich so lange mit der Hochzeit gedulden.«
»Und dann?«
»Bis Mai kann noch vieles geschehen. Vielleicht haben Sie sich bis dahin sogar in Allen verliebt. Vor allem aber können Sie sich's im Mai immer noch anders überlegen. Und selbst vor dem Altar können Sie noch umkehren, ehe die bindenden Worte gesprochen sind.«
»Aus Ihrem Mund klingt alles so einfach.«
»Wenn man den Mount Everest besteigt, ist nichts einfach. Man kann immer nur schrittweise vordringen, darf nie zurückblicken und den Gipfel nie aus den Augen verlieren.«

Am Abend holte Allen sie mit der Limousine ab. »Wir essen heute allein«, sagte er, »aber Gino kommt dann zum schwarzen Kaffee. Ich weiß, daß ich dir versprochen habe, allein zu sein, aber er besteht darauf, mit uns heute zu Tony Polars Premiere ins La Ronde zu gehen.«

»Tony Polar?« fragte sie.
»Zählst du denn etwa nicht zu seinen Bewunderinnen?« lächelte er.
»Ich habe noch nie von ihm gehört.«
Allen lachte. »Er ist die größte Schlagersensation seit Sinatra.« Er beugte sich vor und sagte zum Chauffeur: »Leon, fahren Sie uns durch den Park, bis ich Ihnen sage, daß Sie halten sollen.« Dann kurbelte er das Fenster hoch. »Du bist vermutlich schon schrecklich hungrig, aber ich habe einen besonderen Grund für diese Fahrt.«
Er griff nach ihrer Hand, die sie ihm sofort entzog. »Allen, ich muß mit dir reden.«
»Nicht jetzt. Mach die Augen zu.« Sie hörte das Aufschnappen eines Verschlusses. »Jetzt darfst du schauen. Ich hoffe, er paßt.«
Selbst im dämmrigen Wagen, der nur von den unregelmäßigen Straßenlampen erhellt wurde, war der Brillant überwältigend.
»Das kann ich nicht annehmen«, wehrte sie sich entsetzt.
»Gefällt er dir nicht?«
»Gefallen! Das ist der unwahrscheinlichste Ring, den ich je gesehen habe.«
»Zehn Karat«, sagte er lässig. »Aber durch den quadratischen Schliff wirkt er gar nicht so protzig.«
»Natürlich nicht«, lachte sie nervös. »Jede Sekretärin hat so einen.«
»Apropos, hast du Henry Bellamy gekündigt?«
»Nein, und ich werde es auch nicht tun. Kannst du denn wirklich nicht begreifen, was ich dir klarzumachen versuche, Allen?«
»Doch. Daß du mich nicht liebst.«
»Warum benimmst du dich dann so?«
»Weil man in dieser Welt alles erreicht, wenn man es nur intensiv genug wünscht. Und ich habe noch nie etwas unbedingt haben wollen, ehe ich dich kennenlernte. Ich will und werde dich haben, Anne. Du mußt mir nur eine Chance geben. Mehr verlange ich gar nicht von dir. Kennengelernt hast du mich als schüchternen kleinen Angestellten. Wenn du einen Monat mit dem Mann lebst, der ich wirklich bin, wirst du mich entweder lieben oder hassen. Das Risiko nehme ich auf mich.«
Er kurbelte das Trennungsfenster wieder hinunter. »Das genügt, Leon. Fahren Sie uns jetzt in den Stork Club.«
Für den Rest der Fahrt schwieg sie niedergeschlagen und hatte ihm auch wenig zu sagen, als sie unter den Bücklingen eines Heers von Kellnern an den besten Tisch im Stork Club geführt wurden.
Gino traf um zehn Uhr ein und begrüßte mit schallender Stimme

seine Freunde an verschiedenen Tischen, so daß Allen gereizt die Stirne runzelte. Endlich ließ sich Gino an ihrem Tisch nieder und stürzte sich auf den Champagner.

»Dad, du solltest hier wirklich nicht die Honneurs machen«, mahnte Allen leise. »Du weißt, daß man das hier nicht gerne sieht.«

»Na, und?« erwiderte Gino laut. »Diese Bude gehört schon dir, mein Kleiner. Ich mache mir nichts aus Snobismus. Wenn jemand bereit ist, mein Geld einzustecken, dann will ich mich auch so benehmen können, wie es mir paßt, und die lächerlichen ungeschriebenen Gesetze sind mir herzlich egal. Was du tust, ist deine Sache.«

Allen war sichtlich erleichtert, als sie den Stork Club verließen und ins La Ronde fuhren.

Nach dem trinkgeldhungrigen Diensteifer zu schließen, mit dem Gino von sämtlichen Kellnern begrüßt wurde, zählte La Ronde zu seinen bevorzugten Lokalen. Er klopfte mehreren Kellnern jovial auf die Schulter, als sie ihn zu einem erstklassigen Tisch an der Tanzfläche eskortierten. Es war elf Uhr und das Nachtlokal bereits voll. Gino bestellte Champagner und eine Flasche Whisky. »Adele hat Whisky lieber«, erklärte er. »Sie kommt nach der Vorstellung her. Angeblich macht der Champagner sie zu dick.«

Anne beobachtete die Leute, die sich an die Tische drängten, um bessere Plätze stritten und den Kellnern diskret Geldscheine in die beflissenen Hände drückten.

Um halb zwölf rauschte Adele in voller Bühnenschminke an.

»Was soll diese Kriegsbemalung?« fragte Gino unfreundlich. »Du weißt, daß ich das Zeug hasse.«

»Ach, Schatz, ich habe Puder darübergestäubt und die falschen Wimpern abgenommen. Ich wollte nichts versäumen, und es dauert so lange, bis ich abgeschminkt bin und mir ein frisches Gesicht aufgelegt habe.« Sie sah sich während des Redens um. »Das ist die größte Premiere der Saison. Alle sind hier.«

»Vor zwei Jahren war es Sinatra«, bemerkte Allen. »Jetzt sind die Frauen nach Tony Polar verrückt. Ich verstehe das nicht.«

»Seht doch!« rief Adele und wies zur Tür. »Dort ist Helen Lawson. Also schau dir ihren Nerz an, der ist schon ganz fuchsig. Ich wette, er ist zehn Jahre alt. Dabei ist sie stinkreich. Angeblich ist die das geizigste ... Oh, das muß Jennifer North sein!«

»Donnerwetter!« Gino hieb begeistert mit der Faust auf den Tisch. »Die Figur laß ich mir gefallen. Neben der siehst du aus wie ein Knabe, Adele!«

Auch Anne war auf Jennifer North aufmerksam geworden, um die sich die Fotografen drängten. Das Mädchen war atemberaubend schön. Sie war groß und hatte eine provozierende Figur. Ihr weißes Kleid, an dem Kristalltropfen schimmerten, war tief genug ausgeschnitten, um zu beweisen, daß ihr bemerkenswerter Busen echt war. Ihr langes Haar war so blond, daß es beinahe weiß wirkte. Vor allem aber war es das Gesicht, das Anne fesselte, ein makelloses Gesicht mit ebenmäßigem, wohlgeformtem Kinn, hohen Backenknochen und einer intelligenten Stirn. Die Augen blickten warm und freundlich, und die kurze, gerade Nase hatte etwas kindlich Naives, genau wie die gleichmäßigen Zähne und die Schulmädchengrübchen.
Schließlich gelang es den Kellnern doch, sie irgendwie an einen Tisch an der Tanzfläche gegenüber von Anne zu führen. Erst als die Gesellschaft Platz nahm, bemerkte Anne Henry Bellamy.
»Dein Chef versteht es aber, sich seine Partnerinnen auszusuchen«, sagte Allen. »Helen Lawson und Jennifer North. Das nenne ich Treffsicherheit.«
»Es ist ja noch ein zweiter Mann dabei«, sagte Adele. »Siehst du, eben setzt er sich. Der muß Jennifers Partner sein. Alle Achtung, der sieht toll aus.«
»Das ist Lyon Burke«, sagte Anne leise.
»Oh, das ist er also«, meinte Allen.
Anne nickte, als sie Lyon zusah, wie er Jennifer dabei half, ihren Pelz über die Stuhllehne zu hängen. Jennifer bedankte sich mit einem betörenden Lächeln für seine Aufmerksamkeit.
Allen pfiff anerkennend. »Möchte bloß wissen, ob diese goldhaarige Venus heute nacht in meinem alten Bett weiterfeiern wird.«
»Sie ist Henry Bellamys Klientin«, berichtigte Anne kalt. »Lyon Burke agiert wohl nur als Begleiter.«
»Bestimmt. Und Henry muß ihm für einen derart unerfreulichen Auftrag Überstunden bezahlen.«
»Mit Helen Lawson hat sich Henry jedenfalls eine Goldmine zugelegt«, sagte Gino. »Die alte Schachtel wirft bessere Dividenden ab als mancher Großkonzern. Sie hat schon eine Menge Kilometer hinter sich, aber ich zahle immer noch fünfzig Dollar für zwei Plätze, wenn ich sie sehen will. Die hat was los mit ihrer Stimme.«
Allen gab Anne einen kurzen Steckbrief aller Berühmtheiten, die pausenlos nachdrängten. Anne zeigte sich zwar interessiert, aber ihre Augen wanderten immer wieder zu Henrys Tisch. Was konnte ein Mädchen wie Jennifer so ungemein Erheiterndes sagen? Mit

ihr hatte er kein einziges Mal so gelacht. Als er eine Zigarette anzündete und sie Jennifer reichte, sah sie weg.
Plötzlich verdämmerten die Lichter, und das Orchester stimmte einen Schlager Tony Polars an. Der Scheinwerfer fiel auf die Bühne, und dann trat Tony unter rauschendem Beifall ein. Er verneigte sich und nahm den Applaus mit sympathischer Bescheidenheit entgegen. Er war groß und hübsch und hatte etwas Knabenhaftes an sich, das ihn verwundbar und rührend erscheinen ließ. Bei jungen Mädchen erweckte er Vertrauen, bei Frauen den Wunsch, ihn zu bemuttern.
Obwohl er einen schüchternen Eindruck machte, sang er gut und verstand es, sein Publikum sofort für sich zu gewinnen. Nach seinen ersten Schlagern lockerte er die Krawatte, nahm sich ein Handmikrophon und schlenderte damit durchs Lokal. Als er an Jennifer vorbeikam, trafen sich ihre Blicke. Er verhedderte sich im Text und ging rasch weiter. Dann aber kam er nochmals zurück, als wollte er seinen Augen nicht trauen, wandte sich an Jennifer und richtete die Worte seiner Songs nur an sie. Wie bei vielen Schlagern konnte der Text eine ungemein persönliche Bedeutung annehmen. Jetzt schien er einzig geschrieben worden zu sein, damit Tony Polar Jennifer und den achthundert Anwesenden gestehen konnte, daß plötzlich die Liebe seinen Weg gekreuzt hatte.
Nach einer letzten Zugabe wurde es trotz beharrlichen Beifalls hell, und das Orchester stimmte Tanzmusik an.
Allen forderte Anne zum Tanzen auf. Als sie sich erhob, sah sie, daß Lyon Jennifer zur Tanzfläche führte. Er bemerkte sie und winkte ihr zu.
»Anne! Und das muß Allen sein, mein Wohnungsgönner.« Sein Lächeln war spontan und herzlich. Namen wurden ausgetauscht, während sie sich alle im Rhythmus der Musik bewegten. Einige Male wurde Anne von Leuten angestoßen, die sich näher drängten, um Jennifer anstarren zu können.
Jennifer lächelte Anne verständnisinnig zu. »Ist das nicht entsetzlich? Bei jeder Bewegung springen Tropfen von diesem Kleid.«
Anne suchte nach einer Antwort, aber sie brachte nur ein mühsames Lächeln zustande. Sie trennten sich, und Allen lenkte sie zu einem anderen Teil der Tanzfläche.

Einige Tage später stand Annes Name wieder in den Klatschspalten. Ronnie Wolfe hatte über ihren Verlobungsring geschrieben. Als sie im Büro ankam, warteten Miß Steinberg und die Mädchen in kichernder Spannung auf sie.

»Zeigen Sie ihn her!« sagte die Empfangsdame. »Wann haben Sie ihn bekommen?«
»Hat er wirklich mehr als zehn Karat?« fragte Miß Steinberg.
Widerwillig streckte Anne die Hand aus und ließ ihren Ring bestaunen. Sie hatte ihn bisher immer mit dem Stein nach innen getragen, damit er nicht auffiel. Er war zu kostbar, um ihn in ihrer möblierten Wohnung zu lassen, und sie hatte sich geschworen, ihn Allen bei der ersten Gelegenheit zurückzugeben. Mittlerweile aber hatte sich die Presse seiner bemächtigt.
Sie sah eben die Post durch, als Lyon Burke hereinkam. Er blieb vor ihrem Schreibtisch stehen, hob ihre Hand hoch. pfiff und ließ sie wieder sinken. »Hübsch schwer, was?« Dann fügte er hinzu: »Scheint ein sehr anständiger Bursche zu sein, Anne.«
»Ja, er ist sehr nett«, sagte sie ohne Überzeugung. »Und Jennifer North scheint ebenfalls sehr nett zu sein.«
Seine Miene wurde sonderbar spöttisch. »Jennifer North ist eines der nettesten Mädchen, die ich je gekannt habe«, erwiderte er gelassen. »Wirklich in Ordnung.« Damit ging er in sein Büro.
Sie ließ sich unglücklich in ihren Sessel fallen. Hatte ihre Bemerkung unaufrichtig geklungen? Sie drückte sich vor dem Lunch mit den Kolleginnen und schlenderte in ihrer einstündigen Mittagspause über die Fifth Avenue.
Bei ihrer Rückkehr fand sie auf ihrem Schreibtisch eine Zeitung vor. Vermutlich hatte eines der Mädchen sie hingelegt. Wahrscheinlich wieder ein Artikel über den Ring. Schon wollte sie die Zeitung in den Papierkorb werfen, als sie das angeheftete Memorandum entdeckte. In Maschinenschrift stand darauf: Memo von Lyon Burke, und darunter hatte er gekritzelt: »Vielleicht für Anne Welles interessant. Siehe Story auf Seite zwei.«
Es war eine wunderbare Aufnahme von Jennifer — und Tony Polar! Mit fetten Lettern prangte der Titel: DIE NEUESTE BROADWAY-ROMANZE. Der Artikel war ironisch abgefaßt. »Es traf mich wie ein Blitz«, wurde Tony zitiert. Jennifers Aussage war weniger dramatisch, aber sie gestand errötend, daß die Zuneigung nicht einseitig sei. Sie waren einander nach der Show von einem gemeinsamen Freund, Lyon Burke, vorgestellt worden.
»Lyon brachte sie einfach ins Lokal und gab sie an mich weiter«, fuhr Tony fort. »Er sagte mir: ›Ich hab' dir doch ein Premierengeschenk versprochen, Tony.‹«
Anne faltete die Zeitung und setzte sich. Sie war so lächerlich erleichtert, daß sie ganz schwach in den Knien wurde. »Lyon gab sie an mich weiter . . .«, flimmerte die Zeile in ihrem Gedächtnis.

»Anne...«
Sie schreckte aus ihrer Träumerei hoch. Vor ihrem Schreibtisch stand Neely.
»Anne, ich weiß, es ist gräßlich, daß ich hier hereinplatze. Aber ich konnte einfach nicht nach Hause gehen. Ich mußte dich sehen.«
Neelys Gesicht war ganz aufgedunsen vom Weinen.
»Warum bist du denn nicht auf der Probe?«
Neely brach in haltloses Schluchzen aus.
Anne warf einen unruhigen Blick auf die geschlossene Tür zu Henrys Büro. »Setz dich, Neely.« Sie drückte Neely in einen Stuhl. »Bleib und nimm dich zusammen. Ich hole nur meinen Mantel. Wir gehen heim.«
»Ich will nicht heimgehen«, sagte Neely störrisch. »Ich kann das Zimmer nicht sehen. Ich war so selig, als ich heute früh fortgegangen bin. ›Die Gauchos erobern den Broadway‹, habe ich mit Lippenstift auf den Spiegel geschrieben. Ich kann das jetzt nicht sehen.«
»Aber du kannst doch hier nicht sitzen und — und heulen.«
»Warum nicht? Mir ist ums Heulen zumute. Und wenn ich heulen will, dann tu' ich's, egal wo. Und zufällig bin ich eben hier.« Die Tränen rollten über ihr Gesicht und auf das Kleid. »Uuuuh!« schluchzte sie lauter. »Da, schau, mein neues Kleid, voller Tränenflecken. Jetzt ist's hin, nicht?«
»Knöpf deinen Mantel zu. Es wird sich schon reinigen lassen.« Sie sah Neely gehorsam die Knöpfe schließen. Insgeheim tat es ihr nicht leid um das Kleid. Es war scheußlich.
»Anne, ich bin nicht in der Show.«
»Sind denn die Gauchos nicht engagiert worden?«
»Och, Anne, es ist schrecklich. Sie sind engagiert und auch wieder nicht...«
»Also erzähl mir der Reihe nach, was geschehen ist.«
»Ich bin heute früh hingegangen, sogar fünf Minuten vor der Zeit. Dann ist so ein verhungerter Homo mit kurzgeschorenem Haar dahergekommen mit einem Textbuch in der Hand. Als nächstes kamen Dick und Charlie —«
»Komm zur Sache, Neely.«
»Es gibt keine. Ich erzähl' dir alles, wie es sich abgespielt hat. Dann sind die Girls eingetrudelt. Ich bin mir ganz schäbig vorgekommen. Sogar in meinem neuen Kleid. Du solltest mal sehen, wie die teilweise angezogen sind. Sechs hatten echte Nerzmäntel und die übrigen Biber oder Silberfüchse. Keine einzige in einem Stoffmantel! Und jeder kennt jeden, bis auf uns. Und als diese

Jennifer North dahergerauscht ist, hätte man meinen können, Rita Hayworth persönlich tritt auf. Sogar der Regieassistent kam dahergeschossen und hat ihr mit süßer Stimme versichert, wie froh er sei, daß sie mitmacht. Dabei war sie zehn Minuten zu spät dran, und er hat sich aufgeführt, als ob er sein Glück nicht fassen könnte, daß sie überhaupt gekommen ist. Ich hab' das Gefühl gehabt, ich passe überhaupt nicht dorthin. Wir haben richtig nach Schmierbühne und billigen Nachtlokalen ausgesehen. Charlie war schlecht rasiert, und Dick sah schwuler aus als sonst, und mein Taftkleid wirkte plötzlich wie aus dem Ausverkauf. Eine volle Viertelstunde hat jeder jeden begrüßt, und sie haben sich über die letzte gemeinsame Show unterhalten. Sogar die Revuegirls haben sich alle gekannt. Dann ist der Regisseur gekommen. Ich glaub', der ist auch ein Warmer.«

»Neely...« Anne versuchte ihre Ungeduld zu verbergen. »Bitte erzähl mir nur, was passiert ist.«

»Das tu' ich doch. Ich lasse keine Kleinigkeit aus. Dann ist Helen Lawson hereingerauscht wie die Königin von England. Der Regisseur hat sie vorgestellt. ›Liebes Ensemble, das ist euer Star, Miß Lawson‹, hat er gesagt, als ob wir alle gleich aufstehen und die Nationalhymne oder so etwas singen müßten. Der Regisseur hat sie überall rumgeführt und ihr die Leute präsentiert, die sie noch nicht gekannt hat. Dann ist sie zu uns gekommen ...« Neely brach ab. Ein neuer Tränenschwall ergoß sich über ihr Gesicht.

»Und dann?« drängte Anne.

»Dick und Charlie hat sie zugenickt, aber durch mich hat sie durchgeschaut, als ob ich gar nicht da wäre. Das ist ein eiskaltes Luder, Anne. Dann hat sie so richtig ordinär zu Dick und Charlie gesagt: ›Ah, ja, ihr seid die Gauchos. Wir legen miteinander eine Sohle aufs Parkett. Eßt mal 'ne Menge Spinat, ihr beiden, denn ihr werdet mich herumwerfen müssen.‹«

»*Sie?*«

»Eben. *Sie.* Ich bin aufgestanden und hab' gesagt: ›Hallo, Miß Lawson. Sie müssen wissen, es gibt drei Gauchos. Ich bin einer davon. Ich heiße Neely...‹ Und ohne mich auch nur anzusehen, wendet sie sich an den Regisseur und sagt: ›Ich dachte, das sei alles erledigt?‹ Damit hat sie sich umgedreht und ist gegangen. Ein paar Minuten später hat der Regisseur Charlie beiseite gerufen, und sie haben sich miteinander unterhalten. Es sah so aus, als ob der Regisseur Charlie hinauswerfen wollte, und Charlie schien ihm etwas zu erklären. Dann kam Charlie zurück und sagt: ›Hör mal, Neely, die haben uns nicht wegen unserer Tanznummer engagiert. Sie

wollen, daß wir eine komische Nummer daraus machen, eine Parodie unseres Tanzes. Es ist eine Traumszene, und wir sollen Helen Lawson herumschleudern.«
»Und was wird aus dir? Du hast doch einen Vertrag?«
Neely schüttelte den Kopf. »Charlie unterschreibt die Verträge. In dem jetzigen ist bloß von den Gauchos die Rede. Der Vertrag läuft auf fünfhundert wöchentlich. Charlie und Dick sollten je zweihundert bekommen und ich einhundert. Jetzt sagt Charlie, daß ich meine hundert auf jeden Fall kriege, auch wenn ich nicht arbeite. Aber ich trau' ihm nicht. Wenn er mich so leicht ausgebootet hat, wer garantiert mir dann, daß er zahlt? Außerdem, was soll ich anfangen? Nur in den miesen Zimmern hocken und Trübsal blasen? Ich kenne keinen Menschen. Mein ganzes Leben dreht sich um unseren Auftritt.«
»Das ist wirklich bitter«, nickte Anne. »Aber ich kann Charlie auch verstehen. Wenn man ihm diese Bedingung stellt, kann er nicht einfach gehen und das ganze Geld schwimmen lassen. Vielleicht könntest du dir eine andere Beschäftigung suchen, um dir die Zeit zu vertreiben?«
»Als was denn?«
»Nun... das besprechen wir zu Hause. Es wird uns schon etwas einfallen. Ich kann dich zu der Stellenvermittlung schicken, bei der ich war —«
»Ich kann nicht tippen. Ich habe kein College besucht. Ich kann überhaupt nichts — außerdem will ich auftreten!« Wieder begann Neely ungestüm zu weinen.
»Neely, bitte«, sagte Anne. Sie wußte, daß Miß Steinberg und die Mädchen bereits alle herüberstarrten, aber was sie am meisten befürchtet hatte, geschah, indem Lyon Burke seine Türe öffnete. Sie lächelte ihm mühsam zu, als er eintrat und verblüfft auf die aufgelöste Neely starrte.
»Das ist Neely. Sie ist ein bißchen durcheinander.«
»Das nenne ich eine klassische Untertreibung.«
Neely blickte auf. »Ach, entschuldigen Sie. Aber wenn ich heule, dann heule ich laut.« Sie betrachtete ihn aus großen Augen. »Sie sind nicht Henry Bellamy, was?«
»Nein, ich bin Lyon Burke.«
Neely lächelte ihn tränenfeucht an. »Aha, jetzt verstehe ich erst, was Anne meinte.«
»Neely hat eben eine bittere Enttäuschung erfahren«, sagte Anne rasch.
»Enttäuschung? Ich könnte auf der Stelle sterben.«

Neely bewies ihre Verzweiflung mit einem neuen lautstarken Tränenstrom.

»Es muß höchst unbequem sein, hier draußen in einem so harten Stuhl zu enden«, sagte Lyon. »Warum verlagern wir den Sterbeort nicht in mein Büro?«

Angenehm in Lyons Lederfauteuil gekuschelt, wiederholte Neely die ganze Geschichte und untermalte sie mit weiteren Schluchzern. Als sie geendet hatte, sah Anne Lyon an und sagte: »Wirklich eine scheußliche Geschichte. Diese Show hat ihr so viel bedeutet.«

Lyon nickte mitfühlend. »Aber ich kann mir nicht vorstellen, daß Helen so was tut.«

»Das ist eine Bestie«, schrie Neely.

Lyon schüttelte den Kopf. »Oh, ich verteidige sie gar nicht. Sie ist hart, aber diese Sache sieht ihr nicht ähnlich.«

»Es hat sich genauso abgespielt, wie ich es erzählt habe. Ich habe nichts erfunden«, beharrte Neely.

Lyon zündete sich eine Zigarette an und überlegte kurz. Dann sagte er: »Wären Sie einverstanden, in der Show aufzutreten, auch wenn Sie nicht zu den Gauchos gehörten?«

»Diese Nieten! So wie die mich abgeschoben haben, tu' ich alles, wenn ich nur nicht mehr mit ihnen arbeiten muß. Aber was könnte ich schon in der Show machen?«

»Ein Musical ist sehr elastisch«, meinte Lyon. »Jetzt liegt es an uns, es ein wenig zu dehnen.« Er griff nach dem Hörer, wählte eine Nummer und verlangte Gilbert Case, den Produzenten der Show. Lyon begrüßte ihn liebenswürdig und besprach die nächsten Fußballspiele mit ihm. Dann sagte er, als wäre ihm eben erst der Gedanke gekommen: »Übrigens, Gil, hast du eine Nummer engagiert, die sich die Gauchos nennt . . . Ja, ich weiß, daß Helen eine Tanzparodie mit ihnen machen will. – Aber war dir bekannt, daß es drei Gauchos gibt? . . . Ja . . . natürlich ist das deine Sache.« Er bedeckte den Hörer mit der Hand, während Gil Case weitersprach, und flüsterte Neely zu: »Ihr Schwager ist wirklich ein Gauner. Er hat Sie fallenlassen, *ehe* er den Vertrag unterschrieben hat.«

»Den bring' ich um«, murmelte Neely.

»Hör zu, Gil«, sagte Lyon freundlich. »Ich weiß, daß man dir vom technischen Standpunkt aus keinen Vorwurf machen kann. Wenn die Jungen dir versprochen haben, sich um ihre Partnerin zu kümmern, hast du dich natürlich darauf verlassen.«

Anne sah, wie er Neely anstarrte. Sie wußte, daß er Zeit zu gewinnen suchte. Wieder flüsterte er: »Wie alt sind Sie, Neely? Ehrlich!«

»Neunzehn –«

»Sie ist siebzehn«, zischte Anne.
»Ich muß mich in manchen Staaten für neunzehn ausgeben, sonst engagieren die mich nicht«, verteidigte Neely sich.
Ein triumphierendes Lächeln huschte über Lyons Gesicht. »Schau, Gil, wir wollen doch keinen Ärger haben«, sagte er vergnügt. »Wir haben Helen Lawson in der Show, plus den Choreographen und Jennifer North. Es ist nur dein Vorteil, wenn alles glatt geht. Ein Prozeß wäre das letzte, was uns fehlt. Jawohl, ich sagte Prozeß. Diese kleine Partnerin, die von den Gauchos aufs Eis gelegt wurde, ist erst siebzehn, Gil. Und die Kerle haben sie schon eine ganze Weile mitgeschleppt und ihr Alter verheimlicht. Wenn sie gegen die beiden einen Prozeß anstrengen wollte, wäre das äußerst peinlich. Der Vertrag lautet wohl nur auf die Gauchos und enthält keine Klausel darüber, die derzeitige Nummer aufzulösen. Ich *weiß*, Gil, daß sie dich in Sicherheit gewiegt haben, aber die Sache stinkt nun mal. Woher ich weiß, daß sie prozessieren wird? Weil sie hier bei mir sitzt.« Er zwinkerte Neely zu und zündete sich genußvoll die nächste Zigarette an.
»Wir können die Sache jetzt gleich am Telefon bereinigen, Gil. Die Gauchos haben einen normalen Kontrakt für fünfhundert Dollar, stimmt's? Du kannst sie jederzeit innerhalb der ersten fünf Tage rauswerfen, ohne ihnen einen Pfennig zu zahlen, nicht wahr? Dann heiz ihnen mal ein und mach ihnen einen neuen Vertrag mit vierhundert und einen anderen für ihre kleine Partnerin mit einhundert. Bring sie im Chor unter und verwende sie als zweite Besetzung, das spielt ja keine Rolle. Hauptsache, sie ist engagiert. Das kostet dich keinen Pfennig mehr, und alle sind zufrieden. Natürlich. Ich sag's ihr, sie soll sich morgen zur Probe melden ... Aber gern ... In der Copa? Heute abend? Wunderbar, bis dann also.«
Er legte auf und grinste Neely an. »Meine Beste, Sie sind engagiert.«
Sie rannte zu ihm und warf ihm in überschäumender Dankbarkeit die Arme um den Hals. »Oh, Mr. Burke ... Sie sind einfach großartig!« Dann lief sie zu Anne zurück und umarmte sie. »Oh, Anne, ich liebe dich! Ich werde dir das nie vergessen. Du bist meine einzige Freundin. Sogar mein Schwager war gegen mich. Und meine Schwester — dieses Mistvieh muß davon gewußt haben. Ach, Anne, ich werd' dir ewig dankbar sein, ich schwöre es, ich —«
Anne machte sich behutsam aus der stürmischen Umarmung frei. »Ich freue mich für dich, Neely. Wirklich.«
Das Telefon läutete. Lyon hob ab. »Es ist nochmals Gil Case«, flüsterte er. Anne sah ihn bestürzt an, bis sie ihn lachen hörte.

»Ich weiß es nicht, Gil.« Er wandte sich an Neely. »Wie heißen Sie denn übrigens?«
Die kindlichen Augen wurden groß. »Neely.«
»Neely«, wiederholte Lyon. »Ja, N-e-e-l-y.« Dann fragte er: »Und weiter?«
Sie sah ihn mit runden Augen an. »O weh ... ich weiß nicht. Bisher war das nämlich egal, weil ich nur einer der Gauchos gewesen bin. Ethel Agnes O'Neill ist unmöglich.«
Lyon legte die Hand über den Hörer. »Soll ich ihm sagen, er soll bis morgen warten, damit Sie sich etwas einfallen lassen können?«
»Damit er sich's anders überlegt? Nur über meine Leiche! Anne, wie soll ich mich denn nennen? Darf ich deinen Namen verwenden? Neely Welles?«
»Da würde ich mir doch etwas Klangvolleres ausdenken«, lächelte Anne.
Hilfesuchend blickte Neely zu Lyon. »Mr. Burke?«
Er schüttelte den Kopf. »Neely Burke klingt nicht.«
Neely überlegte krampfhaft, dann leuchteten ihre Augen auf. »Neely O'Hara!«
»Wie?« fragten Lyon und Anne erstickt.
»Neely O'Hara. Das paßt wunderbar. Ich bin Irin, und Scarlett ist meine Lieblingsheldin.«
»Sie liest eben *Vom Winde verweht*«, erläuterte Anne.
»Ja, Gil, ich bin noch dran«, sagte Lyon. »Wir halten bloß eine kurze Lagebesprechung über einen Namen ab.«
»Ich will Neely O'Hara heißen«, sagte Neely störrisch.
»Der Name lautet Neely O'Hara«, wiederholte Lyon grinsend. »Jawohl, du hast richtig gehört. O'Hara. Und bring den Vertrag morgen zur Probe mit. Sie ist ein nervöser Typ.« Er legte auf. »Und jetzt, Miß Neely O'Hara, gehen Sie am besten gleich zur Schauspielergewerkschaft und melden Ihre Mitgliedschaft an. Die Einschreibegebühr ist ziemlich hoch. Sie kann mehr als hundert Dollar betragen. Falls Sie einen Vorschuß brauchen ...«
»Ich habe mir siebenhundert Dollar gespart«, sagte Neely.
»Prächtig. Und wenn Sie wirklich entschlossen sind, diesen Namen beizubehalten, dann erledige ich gern die nötigen Formalitäten, um ihn legalisieren zu lassen.«
»Damit ihn mir niemand stehlen kann, meinen Sie?«
Er lächelte. »Na, sagen wir, um die Dinge zu vereinfachen. Ihr Bankkonto, die Sozialversicherung ...«
Wieder klingelte das Telefon. »O Gott, jetzt hat er sich's überlegt«, flüsterte Neely.

Lyon hob ab. »Hallo? Hi... Ja, ich hab' den Zeitungsartikel gelesen. Ich habe dir gleich gesagt, daß ich nur den Amor gespielt habe... aber, aber...« Er lachte. »Diane, mein Engel, ich habe Leute in meinem Büro. Wir besprechen das heute abend. Möchtest du das Programm in der Copa sehen? Gil Case hat uns eingeladen ... Gut, ich hole dich gegen acht Uhr ab ... Gutes Kind. Wiedersehen.«

Anne erhob sich. »Wir haben Sie lange genug aufgehalten. Vielen Dank, Lyon.«

»Nicht der Rede wert. Ich war Ihnen einen ganz großen Gefallen schuldig. Schließlich verdanke ich Ihnen immerhin das Bett, in dem ich schlafe. Zumindest sind wir jetzt bis zu einem gewissen Grad quitt.«

Im Vorraum drehte sich Neely um die eigene Achse und schloß Anne stürmisch in die Arme. »Anne, ich bin so selig, daß ich am liebsten laut schreien würde.«

»Ich freue mich für dich, Neely.«

»He, wo fehlt's denn? Was machst du für ein Gesicht? Bist du bös, weil ich so hereingeplatzt bin? Entschuldige bitte. Aber Lyon war gar nicht bös, und Mr. Bellamy weiß nicht einmal, daß ich hier war. Du siehst, es hat alles wunderbar geklappt. Bitte, Anne, sag, daß du nicht bös bist, sonst ist mir der ganze Tag verdorben.«

»Ich bin nicht böse, nur ein wenig müde. Ehrlich, Neely.« Anne setzte sich hinter ihren Schreibtisch.

Neely betrachtete sie verdutzt. »Ja, wir haben wohl beide einige Aufregungen hinter uns.« Sie beugte sich zu Anne und küßte sie. »Ach, Anne, eines Tages werde ich mich dafür revanchieren. Das schwör' ich dir!«

Der *Siebente Himmel* war zum festen Bestandteil von Annes Leben geworden. Anfangs hatte sie bloß Neelys genaue Berichte über die täglichen Proben über sich ergehen lassen müssen. Neely tanzte im Ballett mit, und drei Tage hindurch zeigte sie Anne jeden Tanzschritt. Dann kam die große Neuigkeit: Neely hatte eine »Rolle« — drei Zeilen in einer Massenszene. Die Krönung aber war, daß sie zur zweiten Besetzung ernannt wurde.

»Hast du Töne?« fragte Neely. »*Ich* als zweite Besetzung für Terry King! Terry hat die zweite Hauptrolle, und im allgemeinen sucht sich Helen dafür die widerlichste Naive aus, die sich auftreiben läßt. Aber Terry King ist sexy und schön. Stell dir vor, ich sexy und schön!«

»Weshalb hat man dich dann genommen?«

»Ich glaub', die waren in Verlegenheit. Ich bin die einzige Statistin, die singen kann. Und außerdem engagieren sie im allgemeinen keine zweite Besetzung, ehe die Premiere in der Stadt steigt. Ich bin nur die Notlösung für unterwegs.«

»Kannst du gut singen, Neely?«

»Was? Ach, ich sing' genauso, wie ich tanze. Obwohl ich sagen muß, daß ich die Schritte viel rascher kapiere als die meisten anderen.« Sie machte einen hohen Sprung. »Jetzt fehlt mir bloß noch ein Freund, dann bin ich mit der Welt zufrieden.«

»Gibt es keinen netten Mann in dem Stück?«

»Du machst wohl Witze! Ein Musical ist wie eine sexuelle Wüste – außer man ist schwul. Dickie treibt sich mit sämtlichen Burschen aus dem Chor rum. Da heißt's jeder gegen jeden. Der männliche Hauptdarsteller ist normal, sieht sogar gut aus. Aber er hat 'ne Frau, die könnte seine Mutter sein; sie hockt ständig hinter der Bühne und läßt ihn nicht aus den Augen. Der Partner von Terry King hat eine Glatze, wenn er seine falschen Haare abnimmt. Der einzige normale Mann ist der alte Lüstling, der Helens Vater spielt. Der Kerl ist fünfundsechzig und versucht ständig, einen zu tätscheln. Aber eines der Revuegirls hat einen Freund, und der hat wieder einen Freund namens Mel Harris. Er ist Presseagent, und sie wird ein Treffen zu viert arrangieren. Hoffentlich kommt was dabei heraus ... Furchtbar, wenn ich bei der Premiere ohne Freund dastände!«

In der Woche darauf hatte Neely ihr Rendezvous mit Mel Harris. Er war himmlisch, versicherte sie. Er hatte sie zum Essen eingeladen und ihr alles über sich erzählt. Er war sechsundzwanzig Jahre alt, hatte die Universität von New York absolviert, arbeitete als Presseagent und hoffte, eines Tages unter die Produzenten zu gehen. Er wohnte in einem kleinen Hotel und fuhr jeden Freitagabend nach Brooklyn, um bei seiner Familie zu essen.

»Juden haben nämlich einen ausgeprägten Familiensinn«, erklärte Neely.

»Gefällt er dir wirklich?«

»Ich liebe ihn!«

»Aber Neely, ihr habt euch doch erst einmal getroffen. Wie kannst du da schon sicher sein?«

»Hört, hört! Du hast doch selbst nur einmal mit Lyon Burke zu Mittag gegessen.«

»Neely! Zwischen mir und Lyon ist nicht das geringste. Ich denke nicht einmal an ihn. Allmählich mag ich Allen wirklich gern.«

»Na, ich weiß jedenfalls, daß ich Mel liebe. Er ist schön. Nicht so schön wie Lyon, aber toll. Und er hat gar nicht versucht, unverschämt zu werden. Nicht einmal, als ich ihm vorgeschwindelt habe, ich sei schon zwanzig. Ich hatte nämlich Angst, daß er bei siebzehn einen Schreck kriegt.«
Neely legte den Kopf schief und lauschte. Sie saßen in Annes Zimmer, und das Telefon befand sich unten vor Neelys Tür. Das war gleichzeitig angenehm und unbequem. Ständig mußte sie sämtlichen Hausbewohnern Nachrichten übermitteln.
»Diesmal ist's für mich«, quietschte sie, als sie das blecherne Läuten hörte.
Fünf Minuten später kam sie atemlos und triumphierend angehüpft. »Das war er! Wir gehen heute abend ins Martinique. Dort tritt eine Sängerin auf, für die er Publicity macht.«
»Er muß recht gut verdienen.«
»Nein, er kommt nur auf hundert in der Woche. Er arbeitet für Irving Steiner, und der hat etwa zwölf große Kunden. Aber er wird sich bald selbständig machen, obwohl er versucht, beim Radio unterzukommen. Weißt du, Juden sind himmlische Ehemänner.«
»Das habe ich gehört. Aber was halten sie von irischen Mädchen?«
Neely zog die Stirn kraus. »Schau, ich kann ihm ja noch immer sagen, daß ich zum Teil jüdisches Blut habe und O'Hara nur mein Bühnenname ist.«
»Damit würdest du niemals durchkommen, Neely.«
»Wenn es sein müßte, dann könnte ich's auch. Ich werde ihn heiraten. Paß nur auf.« Sie verschränkte die Arme, tänzelte durchs Zimmer und summte leise vor sich hin.
»Das ist eine hübsche Melodie. Was ist das?«
»Die ist aus dem Musical. Du, Anne, warum nimmst du den Nerzmantel von Allens Vater nicht an und verkaufst mir deinen schwarzen Mantel? Ich brauche 'nen schwarzen Mantel.«
»Sing das noch einmal, Neely.«
»Warum?«
»Frag nicht, sing.«
»Das ist Terry Kings Nummer. Aber ich glaube, Helen Lawson will sie ihr wegnehmen. Sie hat schon eins von Terrys Liedern kassiert. Die arme Terry hat bloß noch zwei übrig, das und ein anderes. Eins ist richtig herzzerreißend traurig. Das kann Helen ihr nicht klauen. Es würde sich nicht mit ihrer Rolle vertragen.«
»Sing das Lied von vorhin, Neely.«
»Verkaufst du mir dann deinen schwarzen Mantel, wenn du den Nerz bekommst?«

»Ich schenke ihn dir, falls ich den Nerz annehmen sollte. Aber jetzt sing.«
Neely seufzte, stellte sich wie ein Kind, das ein Gedicht aufsagen muß, in die Zimmermitte und sang. Anne konnte es kaum glauben. Neely hatte eine außerordentlich gute, glockenklare Stimme. Ihre tiefen Töne waren kräftig und melodisch und die höheren Lagen tragfähig und wohlklingend.
»Neely, du kannst ja wirklich singen!«
»Och, singen kann jeder«, sagte Neely lachend. »Wer beim Tingeltangel groß wird, kann vieles. Ich kann tanzen, jonglieren und kenne sogar einige Taschenspielertricks. Wenn man sich ständig in den Kulissen herumtreibt, schnappt man mancherlei auf.«
»Aber du singst richtig gut, Neely, wirklich.«
Neely zuckte die Achseln. »Kann ich mir auch nichts für kaufen!«

Am Ende der zweiten Probenwoche machte Anne persönlich mit dem *Siebenten Himmel* Bekanntschaft. An einem späten Nachmittag, als sie eben das Büro verlassen wollte, rief sie Henry zu sich.
»Ein Glück, daß Sie noch da sind, Anne. Hören Sie, Herzchen, Sie könnten mir das Leben retten. Ich sitze bei N.B.C. fest. Die Ed-Holson-Show wird heute abend um neun Uhr gesendet, und die letzten zwanzig Minuten müssen umgeschrieben werden. Ed ist ein Sargnagel. Die Textschreiber wollen kündigen, und den Produktionsleiter hat er schon rausgeworfen. Ich kann nicht fort von dort. Und Helen Lawson erwartet, daß ich ihr ihre neuesten Aktien bringe. Sie liegen dort auf meinem Schreibtisch.«
»Soll ich sie ihr durch einen Boten schicken?«
»Nein, gehen Sie selbst hin. Aber sagen Sie ihr ja nicht, daß ich beim N.B.C. bin. Erzählen Sie ihr, ich sitze in einer Aufsichtsratskonferenz über den Grundstücksvertrag, der ihr am Herzen liegt, und kann nicht fort. Solange sie glaubt, daß ich für ihre Tasche arbeite, wird sie nicht böse sein. Übergeben Sie ihr die Sachen persönlich und sehen Sie um Himmels willen zu, daß die Ausrede überzeugend klingt.«
»Ich werde mich bemühen«, versprach Anne.
Unangenehm, daß Henry sie noch erwischt hatte! Wäre sie nur früher gegangen! Solche Aufträge lagen ihr nicht. Helen Lawson so plötzlich gegenüberzustehen, war nicht nach ihrem Geschmack.
Sie war ziemlich nervös, als sie beim Theater anlangte. Die Probe war noch in vollem Gange. Sie tastete sich durch den finsteren, leeren Zuschauerraum. In der dritten Reihe saß Gil Case. Er hatte

sich den Hut ins Gesicht geschoben, um seine Augen vor dem grellen Probenlicht der Bühne abzuschirmen. Helen stand in der Bühnenmitte und sang mit einem großen, gutaussehenden Mann ein Liebesduett. Ihr Lächeln war strahlend vergnügt, aber ihre Figur zeigte Ansätze des beginnenden Alters. Die Taille war plump geworden und die Hüften nicht mehr die einer jungen Frau. Anne erinnerte sich an die Helen von früher und hatte das Gefühl, die grausame Parodie einer attraktiven Frau vor sich zu sehen.

Helen hatte seit drei Jahren nicht mehr am Broadway gespielt. Ihr letztes Stück lief zwei Jahre lang, und anschließend ging sie ein Jahr damit auf Tournee. Dabei hatte sie ihren letzten Mann kennengelernt. Auf eine blitzartige Liebe in Omaha, Nebraska, folgte eine gigantische Hochzeit, bei der Helen der Presse mitgeteilt hatte, daß sie sich sofort nach Beendigung dieser Tournee auf die Ranch ihres Mannes zurückziehen würde. Dort wolle sie ihre größte und letzte Rolle spielen, nämlich die der lieben Gattin.

Helen war seßhaft geworden. Zwei Jahre hatte sie es ausgehalten. Dann machte ihr Bild wieder die Runde durch sämtliche Zeitungen, und sie ließ die Welt wissen, daß das Leben auf der Ranch die Hölle und ihre Heimat der Broadway sei. Henry hatte rasch die Scheidung in Reno durchgepeitscht. Komponisten und Textdichter stürzten sich mit ihren jüngsten Werken auf Helen, und jetzt war sie wieder dort, wohin sie gehörte: bei der Probenarbeit für den *Siebenten Himmel.*

Mit dem feisten Doppelkinn eignete sie sich zur Liebhaberin eigentlich nicht mehr, urteilte Anne. Trotzdem sang sie ein Liebeslied. Ihre Augen sprühten immer noch, ihr Temperament war unverändert, und die lange, schwarze Lockenpracht fiel ihr genau wie früher bis auf die Schultern. Man mußte zugeben, daß Helens Anziehungskraft nicht von ihrem Gesicht oder der Figur abhing. Etwas zwang den Zuschauer in ihren Bann, und man vergaß schnell die breiten Hüften und die schlaffen Wangen und fühlte nur noch die ungeheure Warmherzigkeit und den unverwüstlichen Humor, der von dieser Frau ausging.

Sobald sie geendet hatte, rief Gilbert Case: »Wunderbar, Helen! Einfach großartig!«

Sie trat knapp an die Rampe, blickte zu ihm herunter und sagte: »So ein Bockmist!«

Er zuckte mit keiner Wimper. »Du wirst dich schon noch damit anfreunden, meine Beste. Am Anfang war dir noch immer jedes Liebesduett zuwider.«

»Hältst du mich für blöd? Red mir ja nicht ein, daß mir das Lied

je gefallen wird. Es ist einfach miserabel, nichtssagend und konstruiert. Die Melodie ist in Ordnung, aber sag Lou, er soll sich gefälligst einen besseren Text dafür einfallen lassen.«
Damit wandte sie sich ab und verließ die Bühne. Alle waren plötzlich unerhört geschäftig, und keiner schien Helens Urteil über das Lied ernst zu nehmen, auch Gilbert Case nicht. Langsam stand er auf, zündete sich eine Zigarette an und verschwand im Hintergrund des Theaters.
Sobald die Bühne geräumt war, ging Anne zögernd zu Helens Garderobe.
Sie klopfte, und die berühmte, rauchige Stimme rief: »Herein!«
Helen blickte überrascht auf. »Wer sind denn Sie?«
»Ich heiße Anne Welles, und ich —«
»Hören Sie, ich bin müde und habe zu tun. Was wollen Sie?«
»Ich bringe Ihnen diese Mappe.« Anne legte sie auf den Schminktisch. »Mr. Bellamy schickt sie Ihnen.«
»Ach so. Und wo steckt Henry?«
Anne sagte ihr Sprüchlein auf, und Helen winkte ab.
»Schon gut, schon gut.« Sie wandte sich wieder dem Spiegel zu und entließ Anne mit einer Handbewegung. Anne ging zur Tür. Da rief Helen: »He, warten Sie mal. Sind Sie nicht das Mädchen, von dem ich gelesen habe? Die sich Allen Cooper und den Ring und das alles unter den Nagel gerissen hat?«
»Ich bin Anne Welles.«
Helen grinste. »Ja, dann ... freut mich, Sie kennenzulernen. Setzen Sie sich. Ich wollte nicht unfreundlich sein, aber Sie sollten mal sehen, was für Typen sich am Portier vorbeischwindeln und in meine Garderobe kommen. Jeder will mir was verkaufen. Sie, zeigen Sie mir mal den Ring!« Sie packte Annes Hand und pfiff anerkennend. »Donnerwetter, das ist ein Pflasterstein! Ich hab' einen, der ist zweimal so groß, aber den hab' ich mir selber gekauft.« Sie stand auf und schlüpfte in ihren Nerzmantel. »Den hab' ich mir auch selbst gekauft. Mir hat noch kein Mann ein nobles Geschenk gemacht.« Es klang betrübt. Dann zuckte sie die Achseln. »Na ja, kann ja immer noch werden. Vielleicht kreuzt eines Tages ein richtiger Mann auf, der mich mit Geschenken überschüttet und aus diesem Narrenhaus holt.«
Sie lachte über Annes erstauntes Gesicht. »Ja, Sie haben schon richtig gehört. Oder glauben Sie, es sei ein Vergnügen, diese vier gräßlichen Probewochen durchzustehen und anschließend die Nervenbelastung, wenn das Stück in der Provinz ausprobiert wird? Und sogar wenn's ein Bombenerfolg wird — na und? Großartig!

Nachher sitzt man doch bloß mit den Zeitungen da.« Sie wandte sich der Tür zu. »Wohin wollen Sie? Ich hab' einen Wagen, ich kann sie wo absetzen.«
»Oh, ich kann zu Fuß gehen«, sagte Anne hastig. »Ich wohne ganz in der Nähe.«
»Ich auch, aber so steht's nun mal in meinem Vertrag. Der Produzent zahlt den Wagen und den Chauffeur, damit er mich abholt. Während der Proben und nach den Vorstellungen im Stadtgebiet von New York. Außer ich hab' Glück und bin verabredet«, setzte sie mit trockenem Lachen hinzu.
Es regnete leicht, als sie aus der Bühnentür traten, deshalb nahm Anne Helens Angebot an. »Setzen Sie zuerst mich ab«, rief Helen dem Chauffeur zu, »und dann bringen Sie Miß Welles, wohin sie will.«
Als sie bei Helens Haus angelangt waren, griff Helen mit impulsiver Bewegung nach Annes Hand und sagte: »Kommen Sie einen Sprung zu mir rauf und trinken Sie was. Allein schmeckt es mir nicht. Es ist erst sechs Uhr. Sie können Ihren Freund von meiner Wohnung aus anrufen. Er soll Sie hier abholen.«
Anne hatte einen anstrengenden Tag hinter sich und wäre gern nach Hause gegangen. Aber die einsame Helen erweckte ihr Mitleid, und so kam sie mit.
Oben in der Wohnung schlug Helens Stimmung um, als sie stolz um sich sah. »Gefällt es Ihnen, Anne? Ich hab' dem Schwulen, der's eingerichtet hat, ein Vermögen dafür gezahlt. Das dort drüben ist ein echter Vlaminck . . . und das ein Renoir.«
Es war eine anheimelnde, stimmungsvolle Wohnung. Anne betrachtete die düstere Winterlandschaft Vlamincks mit tiefer Bewunderung. Diesen kultivierten Geschmack hätte sie Helen niemals zugetraut . . .
»Ich kann zwischen Kitsch und Kunst überhaupt nicht unterscheiden«, fuhr Helen fort. »Aber ich hab' gern nur das Allerbeste um mich. Schließlich kann ich es mir jetzt leisten. Deshalb habe ich Henry gebeten, er soll mir ein paar gute Bilder aussuchen, die in die Wohnung passen und eine vernünftige Kapitalanlage sind. Der Renoir ist nicht übel, aber diese Winterlandschaft – huch! Doch Henry behauptet, daß ein Vlaminck seinen Wert verdreifachen wird. Kommen Sie weiter. Das ist mein Lieblingszimmer. Hier steht nämlich die Bar. Wie trinken Sie Ihren Champagner am liebsten – pur?«
»Ich möchte gern ein Cola, wenn Sie nichts dagegen haben«, sagte Anne.

»Oh, seien Sie nett, trinken Sie doch mein Brusselwasser. Das ist das einzige, was ich trinke, und wenn Sie mir dabei nicht helfen, trink' ich die Flasche heute nacht noch allein aus. Und glauben Sie mir, das Zeug macht fett.« Sie klopfte sich einsichtsvoll auf den Magen. »Ich plage mich noch immer damit, das Übergewicht loszuwerden, das ich mir auf der Ranch zugelegt habe.« Sie reichte Anne ein Glas. »Du lieber Himmel! Haben Sie schon einmal auf einer Ranch gelebt?«
»Nein. Ich komme aus New England.«
»Ich hab' mir eingebildet, ich könnte den Rest meines Lebens auf dieser Ranch verbringen. Kommen Sie ...« Sie zerrte Anne ins Schlafzimmer. »Sehen Sie das Bett dort? Zweieinhalb Meter breit. Das habe ich mir eigens vor meiner Trauung mit Frank anfertigen lassen. Er war der einzige Mann, den ich jemals geliebt habe. Nach meiner Hochzeit mit Red habe ich das Ungetüm bis nach Oklahoma transportieren lassen und nachher wieder hierher zurück. Wetten, daß ich mehr für den Transport gezahlt habe, als das Bett gekostet hat? Das ist Frank.« Sie zeigte auf ein Foto auf ihrem Nachttisch.
»Sieht sehr gut aus«, murmelte Anne.
»Er ist tot.« Tränen schossen Helen in die Augen. »Zwei Jahre nach unserer Scheidung ist er bei einem Autounfall ums Leben gekommen. Das Luder, mit dem er nach mir verheiratet war, hat ihn in den Tod getrieben.« Sie stieß einen tiefen Seufzer aus.
Anne schielte auf die Uhr. Es war halb sieben. »Darf ich Ihr Telefon benützen?«
»Kommen Sie ins andere Zimmer und rufen Sie von dort an.«
Helen schenkte Champagner nach, während Anne Allen anrief.
»Wo bist du?« fragte er. »Ich habe dich dreimal angerufen, und jedesmal war Neely am Apparat. Ich bin ihr schon ziemlich auf die Nerven gegangen, besonders, da sie sich für ein Rendezvous mit ihrer großen Liebe anzieht. Apropos, ich bin bei Gino. Er läßt fragen, ob du etwas dagegen hast, wenn er heute abend mit uns essen geht.«
»Im Gegenteil, Allen. Das weißt du doch.«
»Wunderbar. Wir holen dich in einer halben Stunde ab.«
»Gut, aber ich bin nicht zu Hause, sondern bei Helen Lawson.«
Nach einer winzigen Pause sagte Allen: »Darüber kannst du mir während des Essens erzählen. Soll ich dich also von dort abholen?«
Er notierte sich die Adresse. »Sie ist bei Helen Lawson«, hörte sie ihn zu Gino sagen. »Was? Du machst wohl Witze!« Auch das galt Gino. Dann sprach er wieder zu ihr. »Ob du es glaubst oder nicht,

Anne, Gino sagt, du sollst Helen Lawson zum Essen mitbringen.«
»So! Ja, kennen sich die beiden denn?«
»Nein, aber was macht das?«
»Aber, Allen, ich kann doch nicht –«
»Frag sie!«
Anne zögerte. Man lud eine Frau von Helen Lawsons Format nicht so formlos zu einem Rendezvous mit einem Unbekannten ein. Und noch dazu mit Gino! Allen bemerkte die Pause. »Bist du noch da, Anne?«
Sie wandte sich an Helen. »Allen läßt fragen, ob Sie mit uns kommen möchten. Sein Vater wird auch dabei sein.«
»Und für den soll ich die Partnerin spielen?«
»Nun... wir wären jedenfalls nur zu viert.«
»Klar!« rief Helen. »Ich hab' ihn im El Morocco gesehen. Der Bursche wirkt irgendwie sexy.«
»Sie nimmt gerne an«, sagte Anne kühl. Dann hängte sie auf. »Sie holen uns in einer halben Stunde ab.«
»Was? Wie wollen Sie denn in dieser kurzen Zeit nach Hause gehen und sich umziehen?«
»Ich bleibe einfach, wie ich bin.«
»Aber Sie tragen einen Sportmantel. Und ein Tweedkostüm.«
»Allen hat mich früher in der gleichen Aufmachung ausgeführt. Ihn wird das nicht stören.«
Helens Gesicht verzog sich schmollend. Sie sah plötzlich wie ein aufgedunsener Säugling aus. »Och, Annchen, und ich hätte mich so gern richtig fein gemacht! Jetzt geht das nicht. Wenn Sie so einfach angezogen sind, würde ich neben Ihnen wie ein Weihnachtsbaum aussehen. Und ich möchte einen guten Eindruck auf Gino machen. Der Bursche hat was los.«
Das konnte doch nicht wahr sein! Helen Lawson benahm sich nicht anders als eine Gymnasiastin, der die Aufregung über ein Rendezvous in die Knochen gefahren war.
»Rufen Sie zurück, daß die beiden uns etwas später abholen sollen«, schlug Helen vor. »Dann können Sie rasch nach Hause laufen und sich umziehen.«
Anne schüttelte den Kopf. »Dazu bin ich viel zu müde. Ich habe den ganzen Tag gearbeitet.«
»Und was, glauben Sie, hab' ich getan?« fragte Helen im Tonfall eines Kindes, das nicht mitspielen darf. »Ich bin heute schon um neun Uhr aufgestanden und hab' drei Stunden lang mit diesen Vollidioten, den Gauchos, die Tanznummer geprobt. Dabei bin ich

mindestens sechsmal auf den Hintern gefallen. Hundertmal hab' ich diese Schnulze wiederholt. Und trotzdem brenne ich darauf, auszugehen. Und ich bin ein wenig älter als Sie. Ich bin... vierunddreißig. Wie alt sind Sie, Anne?«

»Zwanzig.«

»Hören Sie mir mit dem Scheibenhonig auf. Das hab' ich in den Zeitungen gelesen. Wie alt sind Sie wirklich?« Bei Annes erstauntem Blick wechselte Helen den Ton. Sie flüchtete in ihr Kleinmädchenlächeln. »Sie werden doch nicht etwa bei einem herzhafteren Wort gleich in Ohnmacht fallen? Meine alte Dame erstickt fast, wenn ich solche Ausdrücke verwende. Ich mach' Ihnen einen Vorschlag: Ich werde versuchen, mich zu bessern. Sooft ich heute abend ein unartiges Wort verwendete, durchbohren Sie mich mit Ihrem Eisesblick.«

Anne lächelte. Helens unvermittelter Stimmungswechsel hatte etwas Entwaffnendes. Sie war völlig unbekümmert in ihrer Aufrichtigkeit und trotz ihrer Berühmtheit so leicht verletzbar.

»Sind Sie wirklich erst zwanzig, Anne?« Dann fuhr sie hastig fort: »Es ist bloß so unwahrscheinlich, daß Sie es derart rasch geschafft haben, jemand wie Allen Cooper einzufangen. Ich ziehe mir ein schwarzes Kleid an und werde nur ganz wenig Schmuck tragen.« Sie zog sich ins Schlafzimmer zurück. Dabei plauderte sie pausenlos weiter. »He, kommen Sie herein. Wenn ich auch angeblich die tollste Stimme vom Broadway hab', so kann ich doch nicht so schreien.«

Helens Redeschwall plätscherte während des Umkleidens ungebrochen weiter. Hauptsächlich sprach sie von ihren Ehemännern und davon, wie schlecht sie von ihnen behandelt worden war. »Nie wollte ich was anderes als Liebe«, betonte sie immer wieder betrübt. »Frank hat mich geliebt. Er war ein Künstler. Herrgott, wenn er mich bloß mit einem echten Renoir sehen könnte! Ständig träumte er von dem Tag, an dem er die Illustrationen aufgeben und einfach malen dürfte, was ihm Spaß machte.«

»Dann haben Sie damals erst am Anfang Ihrer Karriere gestanden?«

»Keine Spur. Ich war bereits der Star in *Sadie läßt bitten,* als wir geheiratet haben. Das war meine dritte Starrolle. Ich hab' dreitausend die Woche verdient und er bloß hundert Dollar. Sie sehen also, daß es für mich wirklich eine Liebesehe war.«

»Aber warum hat er dann nicht malen können, was er wollte?«

»Und ich hätte ihn aushalten sollen? Lächerlich! So habe ich wenigstens gewußt, daß er mich aus Liebe und nicht aus Berechnung

geheiratet hat. Ich hab' da gleich reinen Tisch gemacht. Ich hab' damals eine große Wohnung gehabt, und ich lebe gern und gut. ›Frankie‹, hab' ich ihm gesagt, ›du kannst zu mir ziehen. Die Miete übernehme ich. Die hätte ich ja auf jeden Fall gezahlt. Ich werde auch für das Dienstmädchen, für meine Garderobe, die Getränke und das Essen aufkommen. Aber wenn wir ausgehen, zahlst du.‹ Meistens hat er sich darüber beklagt, daß bei zwei durchbummelten Abenden seine gesamte Wochengage draufging. Wo er doch gratis gewohnt und sonst alles gehabt hat! Herrgott, hab' ich diesen Mann geliebt! Ich hab' sogar versucht, ein Kind von ihm zu bekommen, obwohl ich dazu auf eine volle Saison hätte verzichten müssen. Aber ich bin einfach nicht schwanger geworden. Da, ziehen Sie mir den Reißverschluß zu. Na, wie sehe ich aus?«
Sie sah sehr gut aus. Anne fand zwar, daß sie etwas zu viel Schmuck an sich hatte, aber schließlich war sie ja auch Helen Lawson. Sie konnte sich das leisten.
Der Summer ertönte. Helen griff nach einem knallroten Seidenmantel. »Zu auffallend?« fragte sie.
»Warum nehmen Sie nicht den Nerzmantel von heute nachmittag?« fragte Anne.
»Biederer geht's nicht mehr. Ein schwarzes Kleid und ein brauner Mantel. Hören Sie, Kindchen, ich finde, was man hat, soll man auch sehen lassen. Zurückhaltung liegt mir nicht.«
Wieder summte es. »Ja, ja!« brüllte Helen. Nach sekundenlangem Zögern griff sie nach dem Nerzmantel und lächelte. »Sie haben gewonnen, Herzchen. Ich weiß, Sie haben Geschmack.«
Gino und Helen verstanden einander vom ersten Augenblick an. Sie entschieden sich für das El Morocco, das sie beide liebten. Sie bestellten die gleichen Speisen, prusteten unaufhörlich über die Witze des anderen und tranken irrsinnige Mengen Champagner. Reporter blieben an ihrem Tisch stehen, um Helen zu begrüßen. Das Orchester spielte immer wieder Helens ehemalige Erfolgsschlager. Anne wurde rasch von der allgemeinen Fröhlichkeit angesteckt und lachte sogar über manche von Helens reichlich gewagten Witzen. Es war unmöglich, Helen nicht zu mögen.
Gino brüllte vor Begeisterung. »Die ist in Ordnung!« rief er und schlug Helen auf die Schulter. »Was sie denkt, das sagt sie auch. Alles echt. Ich sag' Ihnen was, Helen, wir lassen nach Ihrer Premiere eine Riesenfeier steigen.«
Schlagartig verwandelte sich Helen. Ihr Lächeln war schüchtern, und sie sagte mit zaghafter Kinderstimme: »Oh, Gino, das ist herrlich! Ich ginge mit niemand lieber als mit Ihnen.«

Gino war überrumpelt. Anne wußte, daß er Adele hatte mitnehmen wollen. Er hatte selbstverständlich angenommen, Helen würde ihren eigenen Begleiter mitbringen.
»Wann ist denn eigentlich Premiere?« fragte er gedehnt.
»Am sechzehnten Januar. In zwei Wochen reisen wir nach New Haven. Dann spielen wir drei Wochen in Philadelphia.«
»Wir werden nach New Haven kommen«, sagte Gino hastig. »Anne, Allen und ich –«
»Nein!« jammerte Helen. »New Haven ist ein Provisorium. Wir geben nur drei Vorstellungen, um die Aufführung noch vor Philadelphia auf Hochglanz zu polieren.«
»Wir werden ein Auge zudrücken«, sagte Gino gewinnend.
»Das ist es nicht«, schmollte Helen, und ihr Gesicht verzerrte sich zu der für sie wenig schmeichelhaften Babymiene. »Aber die Premiere findet Freitagabend statt, und am nächsten Tag geben wir eine Matinee, vor der oft noch geprobt werden muß. Wenn Sie da sind, will ich mir die Nacht um die Ohren schlagen. Und das kann ich vor einer Matinee nicht.«
»Januar ist für bindende Abmachungen noch viel zuweit entfernt«, entschied Gino energisch. »Bei meinem Beruf ist es durchaus möglich, daß ich dann nicht mal hier bin. New Haven ließe sich einrichten – es sei denn, Sie wollten nicht, daß wir kommen.«
Helen rückte dichter an Gino heran, schob ihm den Arm unter und blinzelte ihn schelmisch an. »O nein, mein Lieber, so leicht geb' ich Sie nicht wieder her. Dann bin ich eben mit New Haven einverstanden. Und falls Sie in New York sind, kommen Sie auch zu der hiesigen Premiere.«
»Ich soll mir das Stück zweimal ansehen?«
»Hören Sie, Sie Gauner, es gibt Leute, die kommen fünfmal ins Theater, um mich zu sehen«, versetzte Helen gutmütig. »Kommen Sie, Annie«, sagte sie. »Wir ziehen uns zurück und restaurieren uns ein wenig.«
Die Toilettenfrau schloß Helen in die Arme. »Sie war meine erste Garderobiere«, erklärte Helen.
»Sie hätten sie sehen sollen«, sagte die Frau zärtlich. »Sie hatte tolle Beine, und freundlich war sie wie ein junger Hund.«
»Meine Beine sind immer noch in Ordnung«, erwiderte Helen, »aber ich muß ein paar Pfund loswerden. Na, das kommt bei der Tournee von selbst.« Sie setzte sich und puderte sich das Gesicht. Als die Toilettenfrau sich einem anderen Neuankömmling zuwendete, sagte Helen: »Anne, dieser Gino gefällt mir.«
Sie sagte es ganz still und mit einem ausdruckslosen Gesicht, das

die Heftigkeit der Empfindung, die hinter diesen Worten steckte, noch zu verstärken schien. Helen zupfte an ihrer Frisur und ließ den Blick nicht von ihrem Spiegelbild. »Er gefällt mir wirklich, Anne. Glauben Sie, daß er mich mag?«
»Aber sicher«, erwiderte Anne, bemüht um einen leichten Tonfall. Helen drehte sich zu ihr und sagte mit Nachdruck: »Ich brauche einen Mann – ehrlich, Anne, mehr will ich gar nicht, bloß jemand, den ich lieben kann.«
Annes Herz schlug diesem verlebten, rührenden Gesicht entgegen, das um Anerkennung bettelte.
»Ach, Annie, ich mag Sie. Wir werden dicke Freundinnen werden. Und oft zu viert ausgehen. Ich habe keine Gelegenheit, viele Freundinnen zu haben. Hallo, Amelia«, sagte sie mit dröhnender Stimme zu der Toilettenfrau, »gib mir einen Bleistift und ein Stück Papier.« Die Frau brachte einen Notizblock. Helen schrieb eine Nummer auf und gab sie Anne. »Das ist meine Telefonnummer. Verlieren Sie sie nicht, ich steh' nicht im Telefonbuch. Und geben Sie sie um Himmels willen nicht weiter – außer an Gino. Dem prägen Sie sie ein, wenn's geht. Da, schreiben Sie mir Ihre Nummer auf.«
»Sie können mich jederzeit in Henry Bellamys Büro erreichen.«
»Ja, ja, das weiß ich, aber falls ich Sie zu Hause anrufen will.«
Anne schrieb die Nummer des Apparates auf, der sich in ihrem Treppenhaus befand. »Aber ich bin von halb zehn bis fünf im Büro«, wiederholte sie. »Und abends gehe ich meistens mit Allen aus.«
»Okay.« Helen stopfte den Zettel in ihre Handtasche. »Und jetzt gehen wir besser wieder zu den anderen, sonst glauben sie noch, wir sind in die Schüssel gefallen.«
Es war beinahe drei Uhr, als der schwarze Wagen vor Annes Haus vorfuhr. Helen hatten sie bereits abgesetzt. Gino schlief schon fast, und Allen schien müde zu sein, aber Anne fühlte sich nach dem aufregenden Abend sehr aufgekratzt. Da unter Neelys Tür Licht hervorschimmerte, pochte sie leise an.
»Ich hab' auf dich gewartet«, sagte Neely. »Ich hab' vielleicht einen Abend hinter mir! Ich hab' Mel gestanden, daß ich erst siebzehn bin. Und es macht ihm nichts aus. Er sagt, ich hätte mehr vom Leben gesehen als die meisten Zwanzigjährigen. Ich hab' ihm auch gesagt, daß ich noch Jungfrau bin.« Dann setzte sie hinzu: »Woher kommst du so spät?«
Anne erzählte Neely von dem Abend mit Helen Lawson und begann mit der Begegnung während der Probe. Als sie mit ihrem Bericht fertig war, schüttelte Neely ungläubig den Kopf. »Du hast

dich anscheinend großartig amüsiert. Jetzt wirst du mir gleich sagen, daß du Helen Lawson sympathisch findest.«
»Das tu' ich auch, sehr sogar, Neely. Die vielen Gerüchte über sie stammen von Leuten, die überhaupt nichts von ihr wissen. Kennt man sie erst einmal, dann muß man sie auch gern haben.«
»Na klar, sie ist anbetungswürdig.«
»Ehrlich.«
»Spinnst du?« fragte Neely und tippte Anne gegen die Stirn. »Sie ist ein grauenhaftes Weib. Keiner kann sie ausstehen.«
»Das ist nicht wahr. Jeder, der sie verleumdet, kennt sie eben nicht.«
»Du machst mich schwach, Anne. Da gehst du einen ganzen Monat mit Allen aus und weißt nichts über ihn. Aber peng, ein Abend mit Helen Lawson, und schon kennst du sie wie kein zweiter. Du verurteilst sämtliche Leute, die mit ihr gearbeitet haben, die sie kennen und hassen und verachten. Sie ist brutal, gefühllos, ordinär und verdorben. Vielleicht hat sie sich heute von ihrer zuckersüßen Seite gezeigt, oder vielleicht will sie was von dir. Aber glaub mir, wenn du ihr in den Weg kommst, zertritt sie dich wie einen Wurm. Sogar Mel, der sie nur ein einziges Mal bei einer Wohltätigkeitsvorstellung gesehen hat, nennt sie ›Jack the Ripper‹.«
»Ich will nicht mit dir streiten«, sagte Anne müde. »Aber ich will nicht, daß du vor mir schlecht von Helen sprichst. Ich mag sie.«
Vor der Tür schrillte das Telefon.
»Welcher Irre ruft denn um diese Zeit an?« fragte Neely. »Muß die falsche Nummer gewählt haben.«
»Ich nehm's schon.« Anne ging zum Apparat.
»Hallo, Goldkind...« ertönte Helens herzliche Stimme.
»Helen! Fehlt Ihnen etwas?«
»Helen!« rief Neely durch die offene Tür. »Also, ihr seid ja wirklich dick befreundet!«
»Ich wollte Ihnen bloß noch gute Nacht wünschen«, sagte Helen fröhlich. »Ich habe mich ausgezogen, mein Höschen und die Strümpfe gewaschen, mir das Gesicht eingeschmiert, die Haare aufgewickelt, und jetzt bin ich im Bett.«
Anne stellte sich Helen in dem riesigen, luxuriösen Bett vor und fröstelte unwillkürlich in dem ungeheizten Treppenhaus. Obwohl Neely nicht von ihrer Seite wich, gewann schließlich doch die Neugier die Oberhand in ihr. »Haben Sie gesagt, daß Sie sich die Wäsche selbst gewaschen haben?«
»Das kann doch nur ein Witz sein!« zischte Neely.
»Aber natürlich«, antwortete Helen. »Ehrlich. Das hat mir meine

alte Dame beigebracht, und obwohl ich eine Kammerzofe habe, mache ich das jeden Abend, ehe ich mich hinlege. Da meldet sich wahrscheinlich die irische Ader in mir, die O'Leary-Seite.«
»Ist das Ihr richtiger Name?«
Neely ertrug es nicht länger. »Ich bin gleich wieder da. Ich zieh' mir nur den Bademantel über, wenn wir noch tratschen wollen. Hier draußen erfriert man ja.« Sie rannte ins Zimmer.
»Nein, mein richtiger Name ist Laughlin«, erwiderte Helen. »Das ist schottisch. Meine Vorfahren waren Schotten, Franzosen und Iren. Aber ich habe aus Laughlin Lawson gemacht. Ich habe mir gedacht, das macht sich besser in Neonlicht.«
»Sie scheinen schon immer gewußt zu haben, daß Ihr Name einmal in Leuchtbuchstaben erscheinen würde.«
»Worauf Sie sich verlassen können. Ich hab' schon mit zehn Jahren bei Wohltätigkeitsveranstaltungen gesungen. Mit sechzehn habe ich dann begonnen, Gesangsunterricht zu nehmen. Nach zwei Jahren sah ich mich nach einem Engagement um. Meine erste Rolle war in einer Broadway-Show. Ich habe nur ein einziges Lied gehabt, und trotzdem schrieben die Kritiker ausschließlich über mich. Alle waren ziemlich überrascht, mit Ausnahme von mir. Wenn ich nicht überzeugt gewesen wäre, daß ich eine großartige Sängerin bin, hätte ich mich nämlich gar nicht um die Rolle beworben.«
»Dann haben Sie also niemals Schwierigkeiten gehabt und mußten nie mühsam nach Engagements jagen?«
»Sie hat es auf Anhieb geschafft.« Neely war zurückgekehrt. Sie hatte sich in einen warmen Bademantel gehüllt und knabberte an einer getrockneten Feige. »Deshalb behandelt sie Leute wie mich so gemein. Sie weiß nicht, was es heißt, sich durchzubeißen.«
»Nein, bei mir ging alles wie am Schnürchen«, fuhr Helen fort. »Ich will ja zugeben, daß es nicht alle so leicht haben. Aber in wem was steckt, der setzt sich auch durch. Punkt. Ich kann das ewige Gejammer der unentdeckten Talente nicht hören.«
Anne trat von einem Fuß auf den anderen und seufzte. Sie hatte ihren Mantel in Neelys Zimmer liegenlassen. »Helen, ich muß jetzt wirklich ins Bett. Die Heizung ist abgedreht, und ich erfriere.«
»Ich warte solange.«
»Aber das geht nicht. Das Telefon ...«
»Ist die Schnur nicht lang genug?«
»Der Apparat hängt im Treppenhaus.«
»Waaas?«
»Im Treppenhaus. Ich wohne möbliert. Ich habe kein eigenes Telefon.«

»Also, wenn das keine Schnapsidee ist!« Anne vernahm ein Gähnen und das Rascheln einer Zeitung. »Oh, ich sehe, da sind zwei Rubriken über mich drin«, sagte Helen schläfrig. »Na, schön, Herzenskind, gehen Sie schlafen. Kommen Sie morgen auf einen Sprung zur Probe, wenn Sie mit Ihrer Arbeit fertig sind.«
»Ich höre ziemlich spät auf. Und dann rase ich nach Hause und ziehe mich für Allen um.«
»Ja, da tun Sie recht. Machen Sie sich nur schön. Ehrlich, Anne, Sie sind ein hübsches Kind, aber dieses Sport- und Tweedzeug muß verschwinden. Vergessen Sie nicht, daß es nichts Wichtigeres auf der Welt gibt als einen Mann, der einen liebt. Putzen Sie sich für ihn heraus. Ich ruf' Sie morgen im Büro an.« Es knackte in der Leitung.
Anne ging in Neelys Zimmer zurück und holte ihren Mantel und die Handtasche. Neely begleitete sie bis zur Tür. »Ich versteh' das nicht, Anne«, sagte sie kopfschüttelnd. »Ich versteh' es einfach nicht. Wenn ich es nicht mit eigenen Ohren gehört hätte, ich würde es nicht glauben.« Dann fuhr sie mit verändertem Gesichtsausdruck fort: »Aber ich sag' nach wie vor, daß sie mit so viel Honigsüße einen Zweck verfolgt.«
»Nein, du irrst. Sie hat sich heute herrlich amüsiert. Sie ist in Wirklichkeit sehr einsam, und Gino hat ihr gut gefallen.«
»Da haben wir's!« rief Neely triumphierend. »Sie benutzt dich bloß, um sich an Gino heranzumachen.«
»Das ist nicht wahr. Sie war von Anfang an herzlich und freundlich, noch ehe ich sie eingeladen habe. Sie hat mich in ihre Wohnung gebeten –«
Neely grinste. »Vielleicht wechselt das alte Schlachtroß auf seine alten Tage noch ins andere Lager über.«
»Neely!«
»So was kommt vor. Ein paar ganz große Stars, besonders Weiber wie Helen, die gern ins Bett gehen, kriegen derart genug von der chronischen kalten Schulter, die die Männer ihnen zeigen, daß sie sich ihr Vergnügen bei Frauen suchen. Da war diese verblühte Filmdiva –«
»Neely, Helen ist absolut normal!«
Neely gähnte. »Na schön, kannst ja recht haben. Sie ist ja dafür bekannt, daß sie hinter allem herjagt, was Hosen anhat. Sie war schon immer so. Auf diese Art hat sie ihren ersten Mann verloren. Der hat sie in der Wohnung mit einem Ganoven überrascht, mit dem sie früher gegangen ist.«
»Das ist eine Lüge, Neely. Sie hat ihren ersten Mann geliebt.«

»Aber Anne, ich sitz' den ganzen Tag mit den Mädchen zusammen, und wir klatschen. Jeder weiß, daß Helen in einem verbotenen Alkoholausschank gesungen hat, der Tony Lagetta gehörte. Sie war verrückt nach ihm. Aber er war Italiener und katholisch obendrein und hatte eine Frau und sieben Kinder. Natürlich hat er mit ihr geschlafen, aber sonst nichts. Nach ihrem Erfolg in ihrer ersten Show hat Henry Bellamy sich eingeschaltet und ihr nahegelegt, Tony fallenzulassen. Sie hatte schon einen bekannten Namen, und falls seine Frau sie wegen Ehebruchs angezeigt hätte, dann wäre das für Helens Popularität sehr schädlich gewesen. Sie hat lange Zeit ein Verhältnis mit Henry gehabt, aber heimlich hat sie es nach wie vor mit Tony getrieben. Bis auf Henry haben das alle gewußt. Er war für sie der Manager und hat sie zum Star und zur Millionärin gemacht. Dann hat Tony sich eine andere zugelegt, und Helen war darüber so sauer, daß sie den ersten geheiratet hat, der ihr über den Weg lief. Diesen Maler. Mittlerweile war die Prohibition vorbei, und es gab keine heimlichen Kneipen mehr, und Tony hat dann irgendein vornehmes Lokal geführt. Ein französisch-italienisches Restaurant. Und dorthin ist Helen immer mit dem Maler gegangen und hat mit ihm poussiert, um Tony eifersüchtig zu machen. Scheint auch gewirkt zu haben, denn eines Tages kommt der Maler heim und erwischt Helen und Tony bei ihrer kleinen Versöhnungsfeier ... Er hat sich von ihr getrennt, aber nie von dem Schock erholt. Er hat zwar wieder geheiratet, ist aber zum Trinker geworden.«

»Und woher hast du diese Schauermärchen?«

»Die Sache mit Tony weiß ich schon lange. Mein Gott, keiner hat Helen anders als ›Tonys Freundin‹ genannt. Aber den Teil mit Henry Bellamy und dem Ehemann hab' ich von den Komparsinnen erfahren. Jeder weiß —«

»Jeder weiß es«, fiel Anne ihr ungeduldig ins Wort, »genau wie du — nur vom Hörensagen. Aber warst du dabei? Ich habe mit Helen gesprochen und bin im Bild, wieviel ihr ihr Mann bedeutet hat. Sie spielt nur die Kaltschnäuzige, weil sie fürchtet, verletzt zu werden.«

»Meinetwegen. Ich geb's auf. Sie ist bewunderungswürdig und süß, und nachdem ihr beide anscheinend unzertrennlich seid und du die einzige bist, die sie versteht, könntest du ihr doch sagen, was für ein großes Talent deine zweitbeste Freundin ist. Vielleicht läßt sie ein paar Brosamen in der Show für mich abfallen.«

»Neely, dich kann niemand ersetzen«, sagte Anne lächelnd. »Geh doch morgen zu Helen hin und sag ihr, daß du meine Freundin bist.«

»Natürlich. Wir können ja unsere Erfahrungen im Strümpfewaschen austauschen; sie verrät mir vielleicht, welches Seifenpulver sie dazu verwendet. Ich kann ihr auch gern ein paar Schlüpfer von mir zum Waschen schicken, falls sie das auf Touren bringt.«
»Gute Nacht, Neely.«
»Gute Nacht, Anne. Aber du, ich meine es ganz ernst. Falls diese einmalige Freundschaft anhält und sich eine Gelegenheit dazu bietet, erwähn mich doch mal. Versuch es bitte, ja?«

»Das nenne ich ein ungewöhnliches Kleeblatt«, sagte George Bellows, als er die Morgenzeitung auf Annes Schreibtisch legte. Sie betrachtete das Foto, das gestern abend im Morocco gemacht worden war. Helen sah grotesk aus; Gino grinste übers ganze Gesicht; Allen war nur zum Teil im Bild. Sie selbst war mehr als schmeichelhaft davongekommen.
Sie lächelte mühsam. »Wer ist Nick Longworth?«, fragte sie, als sie die Nachrichten auf ihrem Schreibtisch durchsah.
»Eine der führenden Fotomodellagenturen von New York. Warum, hat er Ihnen ein Angebot gemacht?«
»Keine Ahnung, hier steht nur, daß ich ihn anrufen soll.«
»Dann tun Sie es. Sie sind das geborene Fotomodell.«
Das Telefon läutete. George winkte ihr zu und zog sich in sein Büro zurück.
Es war Allen. »Hast du dich von gestern abend erholt?«
»Es war doch wirklich lustig, nicht?« fragte sie heiter.
Er gab keine Antwort.
»Allen?«
»Ich kann doch wohl nicht recht gehört haben.«
»Ich finde Helen Lawson sehr nett«, sagte sie verteidigend.
»Was findest du denn so nett an ihr? Ihre reizenden Witze? Ihr damenhaftes Benehmen? Gino kann oft recht mühsam sein, aber er ist nun mal mein Vater. Aber Helen —«
»Ich mag deinen Vater gern.«
»Du brauchst nicht höflich zu sein, Anne. Verwandte kann man sich nicht aussuchen, aber bei Fremden ist das was anderes.«
Sie verspürte einen stechenden Schmerz im Kopf. »Allen, ich habe sehr wenig geschlafen. Ich glaube, ich muß mich für heute abend entschuldigen. Ich möchte früh zu Bett.«
Er zwang sich zu einem Lachen. »Na schön, dann bist du eben müde, und ich geb' dich für heute abend frei. Aber Anne... Ich weiß, ich hab' dir versprochen, dich nicht zu drängen, aber denk doch einmal darüber nach, wann du mich heiraten willst.«

Der Tag schleppte sich mühsam hin. Die Agentur Longworth rief ein zweites Mal an. Anne sagte, daß sie keinerlei Interesse hätte, ein Longworth-Modell zu werden. Jawohl, sie würde sich melden, falls sie es sich jemals anders überlegen sollte.
Nach dem Lunch kam Henry ins Büro. Sie brachte ihm die Post, aber er schleuderte sie beiseite. »Setzen Sie sich.« Er zündete sich eine Zigarette an. »Wir haben gute Kritiken über die Ed-Holson-Show, aber diese Nervensäge ist eine Pest.«
»Die Show oder Ed Holson?« Sie lehnte den Kopf gegen den Ledersessel und massierte ihre klopfenden Schläfen.
»Holson. Was tut man, wenn man einen Säufer zum Klienten hat? Ein Genie zwar, aber ein Säufer.« Er schüttelte den Kopf. »Hat sich nach der Show vor dem Geldgeber vollaufen lassen. Natürlich hab' ich so tun müssen, als wäre das noch nie passiert. Zwanzigtausend pro Woche, und er betrinkt sich mit dem Finanzier. Und dabei kann ich noch von Glück sagen, daß er seine weiche Tour eingeschaltet hat.«
»Weshalb vertreten Sie ihn?«
»Rechnen Sie sich fünfundzwanzig Prozent von zwanzigtausend wöchentlich aus, dann haben Sie die Antwort. Wenn ich mir Freunde aussuche, zählt die Sympathie, die sie in mir wecken, bei Klienten zählt nur das Talent.«
Das Privattelefon auf seinem Schreibtisch schrillte. »Hallo, hallo, Schätzchen, wie geht's denn? Ja, natürlich hab' ich's gesehen. Du siehst wunderbar aus, Baby. Klar, sitzt bei mir.« Er übergab Anne den Hörer. Sie sah fragend auf. »Helen«, erklärte er.
»Hi!« zwitscherte Helen vergnügt. »Wie geht's der Berufstätigen?«
»Bißchen müde.«
»Ich auch. Mußte schon um zehn auf der Probe sein. Ich hab' nur eben mal fünf Minuten Pause eingelegt. Hören Sie, ab heute läuft im Copa eine neue Show. Ich hab' Gino angerufen und ihm vorgeschlagen, zu viert hinzugehen. Er war hell begeistert. Zur zweiten Vorstellung können wir eben zurecht kommen. So haben wir beide Zeit, uns zuerst ein wenig aufs Ohr zu legen.«
»Weiß Allen davon?«
»Das fragen Sie mich?« Helen schwieg einen Moment und fragte dann mit ihrer Kleinmädchenstimme: »Wollen Sie nicht ins Copa gehen, Anne?«
»Tja ... doch, das wird sicher lustig. Besonders, wenn ich mich vorher noch ein wenig ausruhen kann.«
»Bestimmt. Und ziehen Sie sich recht hübsch an!«
»Meinen Sie ein Abendkleid?«

»Nein, nur etwas Kurzes, aber elegant. Und eine Pelzjacke, bitte. Dieser Sportmantel muß verschwinden.«
»Ich hab' einen schwarzen Mantel ...« Anne sah plötzlich auf. Lyon Burke war ins Büro getreten.
»Wunderbar. Oh, wenn Sie heimkommen, werden Sie ein kleines Geschenk von mir vorfinden.«
»Ein Geschenk? Ja, weshalb denn?«
»Ach, nur so, aus bloßer Freundschaft. So, jetzt muß ich mich beeilen und Brötchen verdienen.« Sie hängte ab.
»Anne ist Helens neue Freundin«, sagte Henry lächelnd.
Lyon setzte sich und streckte die langen Beine von sich. »Anne stammt aus einer robusten neuenglischen Familie. Sie wird es überleben.«
Anne lächelte schwach. »Allmählich ermüdet mich die ewige Beteuerung, daß ich Helen Lawson ehrlich gern mag.«
»Gut«, sagte Henry forsch. »Helen braucht eine aufrichtige Freundin. Im Grunde dürfte sie ein sehr einsamer Mensch sein.«
Lyon lachte. »Helen hat ja jede Saison eine neue Freundin.«
Wieder läutete Henrys Telefon. Er nahm ab und gab Anne den Hörer. »Allen.«
»Ich kann draußen mit ihm sprechen«, sagte sie hastig.
Henry winkte ab. »Wozu denn, Sie sind hier unter Freunden.«
Sie nahm den Hörer und spürte, daß Lyon sie beobachtete.
»Für ein zurückgezogenes Abendessen mit mir warst du zu müde«, nörgelte Allen. »Jetzt höre ich, daß wir alle in die Copa gehen.«
»Das haben Helen und Gino arrangiert«, sagte sie lahm.
»Verstehe. Mich kann man ja leicht abhängen, aber zu Helen kannst du natürlich nicht nein sagen. Hast du plötzlich eine Schwäche für Berühmtheiten entwickelt?«
»Allen, ich spreche aus Mr. Bellamys Büro. Wenn du willst, streichen wir den heutigen Abend.«
»Nein ... warte. Ich wollte nicht unfreundlich sein. Natürlich gehen wir.«
Henrys Privattelefon begann zu klingeln. Er hob ab und hielt den Hörer wartend in der Hand. Sicher war es Helen.
»Bis heute abend, Allen«, sagte Anne und legte auf. Henry reichte ihr den anderen Hörer. »Wir werden bald eine Privatsekretärin für sie engagieren müssen«, blinzelte Henry Lyon zu.
»Sagen Sie, wo wohnen Sie eigentlich«, trällerte Helen. »Ich brauche Ihre Adresse, damit mein Geschenkchen abgeliefert werden kann.«
Anne nannte sie.

»Verdammter Mist, jetzt ist wieder kein Bleistift da. Warten Sie –«
»Fragen Sie doch Neely O'Hara, Helen«, warf Anne rasch ein.
»Wen?«
»Neely O'Hara. Sie arbeitet in der Show. Wir wohnen im gleichen Haus. Sie wird Ihnen die Adresse aufschreiben.«
»Was tut sie? Ist sie im Chor?«
»Ja. Ursprünglich gehörte sie zu den Gauchos.«
Es entstand eine winzige Pause. »Ach, die ist es.«
»Wir sind sehr befreundet, Helen. Sie ist erst siebzehn. Sie tanzt in der Show, aber sie kann auch singen. Sie ist wirklich ungemein begabt.«
»Okay«, sagte Helen strahlend. »Dann hole ich mir die Adresse von ihr. Sie hat eine Stimme, sagen Sie? Na, vielleicht kann ich etwas für sie tun. Man ist ja recht unsanft mit ihr umgesprungen, aber ich hab' nichts damit zu tun gehabt, ehrlich. Vielleicht kann ich ihr jetzt ein wenig unter die Arme greifen. Mir fällt da was ein.«
Anne kehrte an ihren Schreibtisch zurück und verschanzte sich hinter ihrer Arbeit. Ihr Kopf hämmerte noch immer, als es endlich fünf Uhr war. Zu Hause angelangt, rannte sie die Stufen hinauf. Sie wollte sich so rasch wie möglich hinlegen. Neelys Tür stand sperrangelweit offen. Sie schoß heraus und lief hinter Anne her.
»Ich bin wirklich müde, Neely. Wir unterhalten uns später.«
»Ich bleib' nicht. Ich möchte nur dein Gesicht sehen, wenn du Helens Geschenk entdeckst. Es steht in deinem Zimmer. Ich habe vom Theater aus den Portier angerufen und ihm gesagt, er soll deine Tür aufschließen.«
Anne blickte sich in ihrem Zimmer um. Sie sah nirgends ein Paket oder irgend etwas Neues.
»Dort.« Neely zeigte auf den wackligen Nachttisch. Ungläubig betrachtete Anne den schimmernden schwarzen Telefonapparat.
»Sie zahlt die Installation und die Rechnung der ersten zwei Monate. Bis dahin wirst du vermutlich schon mit Allen verheiratet sein, hat sie gesagt.«
»Aber, das kann ich doch nicht zulassen.«
»Sie hat schon alles arrangiert. Ich weiß nicht, Anne, vielleicht hast du sie wirklich behext. Jedenfalls war sie äußerst nett zu mir, nachdem sie von dir erfahren hat, daß ich deine Freundin bin.« Auf Annes Lächeln sagte Neely ungestüm: »Aber das ändert gar nichts. Ich halte sie nach wie vor für ein Ekel.«

Die Copa war eine Wiederholung des vorhergehenden Abends. Alle Blicke galten Helen, ihrem schrillen Gelächter und der gutgelaunten, rauhen Stimme, mit der sie jeden ihrer Bekannten begrüßte. Gino spornte sie an und schenkte ihr fleißig Champagner nach. Von Helens Aufmerksamkeit erwärmt und angeregt von einem zweiten Glas Champagner, stimmte Anne in die herzliche Kameradschaft ein. Allen verhielt sich zurückhaltend und schweigsam.

»Wir setzen zuerst Annie ab«, entschied Helen, als sie schließlich alle ins Auto stiegen.

»Ja, ich wohne am nächsten«, sagte Anne rasch und vermied dabei Allens Blick. Als der Wagen vor ihrem Haus anhielt, stieg sie schnell aus, ohne sich erst vom Chauffeur die Tür öffnen zu lassen. »Bleib nur«, sagte sie zu Allen. »Es ist bitter kalt.« Sie winkte und lief rasch die Stufen hinauf, obwohl sie recht gut bemerkte, daß Allen trotzig die Lippen zusammenpreßte. Selbst in der Dunkelheit ließ sich sein Unmut deutlich erkennen.

Zwanzig Minuten später wurde das neue Telefon mit seinem ersten Schrei lebendig.

»Ich habe es einweihen müssen«, sagte Helen aufgeräumt. »Hab' ich dich aufgeweckt?«

»Nein — ich bin zwar schon im Bett.« Sie kam sich unerhört verwöhnt vor. Selbst in Lawrenceville hatte ein Telefon neben dem Bett als frevelhafter Luxus gegolten.

»War ein netter Abend, wie?«

»Wunderbar. Ich hab' mich noch nie so gut amüsiert.«

»Tja ...« sagte Helen gedehnt. Mit veränderter Stimme fuhr sie fort: »Annie, ich komme bei Gino nicht weiter.«

»Aber er hat sich blendend unterhalten«, versicherte Anne ihr aufrichtig.

»Er hat nicht einmal versucht, mir einen Gutenachtkuß zu geben«, jammerte Helen. »Den Sonny Boy haben wir gleich nach dir abgesetzt. Ich war überzeugt, daß Gino auf einen kleinen Drink zu mir kommen würde. Ich hab' mich an ihn gedrückt und ihm gesagt, daß ich eine Flasche Dom Perignon auf Eis habe. Aber als wir da waren, hat er mir nur einen Klaps auf den Po gegeben und gesagt: ›Gute Nacht, Kumpel.‹«

»Das zeigt bloß, daß er dich respektiert«, sagte Anne, die rasch nach passenden Worten gesucht hatte.

»Wer will schon respektiert werden? Schlafen soll er mit mir.«

Anne schnappte hörbar nach Luft, aber Helen fuhr ungeniert fort: »Hör zu, meine Süße, wenn du erst meine Erfahrung hast, dann wirst du mich begreifen. Nur so kann ein Mann einer Frau beweisen, daß sie ihm etwas bedeutet.«

»Das glaubst du doch selbst nicht, Helen. Genau umgekehrt, würde ich sagen.«
»Blödsinn! Wie soll er es ihr sonst zeigen?«
»Aber Helen, ich war unzählige Male mit Allen verabredet, und er hätte nie versucht, zudringlich zu werden.«
»Das kannst du deiner Großmutter erzählen.«
Einen Augenblick lang hing das Schweigen schwer zwischen ihnen. Dann wurde es von Helens Kleinmädchenstimme gebrochen. »Jetzt sei mir nicht böse, Annie-Kindchen. Ich glaub' dir ja. Aber sag, wünschst du es dir denn nicht? Wie willst du wissen, ob dir die Ehe mit dem Burschen Spaß machen wird? Vielleicht ist er im Bett stinklangweilig. Du wirst ihn doch zuerst ausprobieren, wie?«
»Ganz bestimmt nicht.«
Diesmal verschlug es Helen die Sprache. Dann sagte sie mit harter Stimme, in der tiefe Bewunderung mitschwang: »Dann bist du nur scharf auf sein Geld.«
»In den ersten sechs Wochen, die ich mit Allen ausging, hielt ich ihn für einen kleinen Versicherungsagenten.«
Kurze Stille. »Ja, zum Teufel, bist du vielleicht eine von den Frigiden?«
»Das glaub' ich nicht.«
»Was heißt hier glauben? Jetzt wirst du mir gleich sagen, daß du eine Jungfrau bist. Anne? Bist du noch da? Du lieber Himmel, ich könnte wetten, du bist noch unberührt.«
»Du sagst das, als wäre es ein Gebrechen.«
»Nein, aber auch mit zwanzig sind das die meisten Mädchen nicht mehr ... Teufel noch einmal, wenn dir ein Bursche gefällt, dann willst du doch auch, daß er dich nimmt. Dann kannst du es kaum erwarten.«
»Empfindest du so für Gino?«
»Klar — dabei bin ich vorläufig nicht einmal in ihn verliebt. Aber ich könnte mich in ihn verlieben.«
»Dann laß die Sache doch erst ein wenig reifen«, sagte Anne müde.
»Ich werde es morgen abend versuchen. Im La Martinique ist morgen ein neues Programm.«
»Bist du mit ihm verabredet?«
»Noch nicht. Ich werde ihn morgen im Büro anrufen und das nachholen.«
»Helen, warte doch lieber, bis er sich bei dir meldet.«
»Und falls er es nicht tut?«
»Aber du wirst doch nicht mit ihm ausgehen wollen, wenn du ihn erst dazu zwingen mußt?«

Sie hörte Helen gähnen. »Warum nicht? Manchmal wird man für einen Mann einfach zur Gewohnheit, ob er einen nun haben wollte oder nicht.«

Anne war überzeugt, daß Gino seine Adele nicht drei Abende hintereinander versetzen konnte. Vor allem aber wollte sie Helen eine Demütigung ersparen. »Tu mir einen Gefallen, Helen, und rufe Gino morgen nicht an. Überlasse ihm die Initiative.«

»Na schön«, seufzte Helen. »Aber trotzdem halte ich meine Methode für die bessere. Ich laß ihm einen Tag Zeit, mich anzurufen. Bloß hätte ich gern die Premiere im La Martinique gesehen.«

»Kann dich denn niemand anders begleiten?«

»Ach, irgend jemand kann ich immer auftreiben. Entweder meinen Kostümberater oder Bobby Eaves, meinen Pianisten. Aber beide sind schwul. Das ist es ja. Heutzutage gibt es keine richtigen Männer mehr. Schwule jede Menge, aber keine Männer. Ich hasse es, mich mit einem Warmen bei einer Premiere zu zeigen. Das ist, als hätte man ein Schild umhängen: ›Was Besseres konnte ich nicht kriegen.‹«

»Aber du wirst dich doch nicht über zuwenig Verehrer beklagen können?«

»Jede, die zum erstenmal nach New York kommt, bildet sich ein, sich hier mal richtig ausleben zu können. Früher einmal, in der guten alten Zeit der Prohibition, war es auch so. Damals hat es noch ein Nachtleben gegeben! Ach, da hat es Spaß gemacht, sich richtig herauszuputzen und die ganze Nacht durchzulumpen ... Damals hat sich Tony gar nichts dabei gedacht, wenn er fünfzig Dollar Trinkgeld gegeben hat. Heutzutage hält sich ein Mann schon für einen Verschwender, wenn er dir fünfundzwanzig Cent für die Toilette gibt. Ach, ich hab' diesen Tony geliebt. Das war ein Mann.«

»Hast du mir nicht gesagt, Frank war der einzige, den du jemals geliebt hast?«

»Stimmt ja auch. Tony war aufregend, ein toller Schlafzimmerhecht, aber im Herzen ein rechter Ganove. Frankie war anständig und gut und ..« Helen begann plötzlich zu schluchzen. »O Annie, Frankie habe ich wirklich geliebt... ehrlich... nur ihn und keinen anderen. Und jetzt ist er tot.«

»Aber du hast zumindest einmal die große Liebe erlebt«, stotterte Anne.

»Da magst du recht haben ...« Helen schien getröstet zu sein.

»Okay, mein Engel«, sagte sie gähnend. »Du hörst morgen wieder von mir. Schlaf gut...«

Drei Tage verstrichen, und Gino meldete sich nicht. Helen hielt Anne das mehrmals täglich vor. Sie rief sie im Büro an, sie rief an, wenn Anne sich umzog, um mit Allen auszugehen, sie ließ das Telefon um zwei Uhr früh läuten.
Auch Neely forderte energisch ihren Rat. Sie war nach Brooklyn eingeladen, um bei Mels Familie zu Abend zu essen. Sie zerrte ihre gesamte Garderobe hervor, und Anne mußte ihr bei der Kleiderfrage helfen. Natürlich war sie davon überzeugt, das violette Taftkleid sei das einzig richtige. Sie wollte das bloß bestätigt hören. Ein hitziger Streit entbrannte, als Anne auf einem karamelfarbenen Wollkleid bestand. »Aber das ist schon zwei Jahre alt.« Sie verhandelten endlos. Schließlich gab Neely nach und machte sich widerwillig in dem Wollkleid auf den Weg.
Im Büro herrschte wegen Ed Holsons Radiosendung hektisches Treiben. Anne genoß die Rastlosigkeit, die sie umgab. Die Arbeit füllte sie aus. Henry brauchte sie; Helen und Neely brauchten sie; sie erkletterte den Mount Everest, und die Luft war prickelnd und wunderbar.
Am vierten Tag von Ginos Schweigen riß Helen die Geduld. »Hör mal, es ist mir herzlich egal, wie beschäftigt er ist«, brüllte sie ins Telefon. »Wenn einem ein Kerl schöne Augen macht, dann kann er sich zumindest hinter den Hörer klemmen und guten Tag sagen.«
»Tja, ich habe mich vielleicht getäuscht, vielleicht liegt ihm nichts daran«, sagte Anne vorsichtig. Allen hatte Theaterkarten besorgt, es war schon spät, und sie wollte nach Hause gehen und sich umziehen.
»Ich hab' ihm gefallen, das spüre ich«, sagte Helen eigensinnig. »Und jetzt werde ich ihn anrufen.«
»Helen, bitte ...«
»Dein Rat war für die Katz. Ich hab' auf dich gehört, und jetzt stehe ich mit leeren Händen da. Ich hab' es zu lange aufgeschoben. Hätt' ich ihn gleich angerufen, wäre ich schon zu einer festen Gewohnheit für ihn geworden.«
Anne empfand tiefes Mitleid. Sie fühlte sich auch verantwortlich. Schließlich hatte sie die beiden bekannt gemacht.
»Helen, warte noch einen Tag ... bitte.«
Am gleichen Abend, nach dem Theater, schlug Anne vor, ins El Morocco zu gehen. Gino saß an seinem Stammtisch. Er winkte ihnen überschwenglich zu und bestand darauf, daß sie sich zu ihm setzten. Adele strahlte in ihrem neuen Nerz. Sie hatte den Arm mit Besitzermiene unter Ginos Ellenbogen geschoben. Anne fragte sich

plötzlich, was sie eigentlich zu erreichen gehofft hatte. Sie hatte vergessen, wie schön Adele war. Ronnie Wolfe setzte sich zu ihnen.
»Komm, Anne, tanz mit mir«, sagte Gino und erhob sich zu seiner vollen Größe. »Ich hab' noch nie mit der Zukünftigen meines Sohnes getanzt.« Er blinzelte Ronnie Wolfe zu. »Diese Gelegenheit darf ich mir nicht entgehen lassen.«
Nachdem sie eine Runde getanzt und Gino sämtlichen Bekannten zugenickt hatte, sagte er leise: »Hör zu, Anne, du mußt mir einen Gefallen tun. Schaff mir diese Lawson vom Hals.«
»Ich verstehe dich nicht ...« Sie zwang sich zu einem unschuldigen Ton.
»Sie hat mich heute abend angerufen. Will wissen, wann wir wieder miteinander ausgehen. Sie war so unverfroren, mich zu fragen, ob ich krank sei, weil ich mich nicht bei ihr gemeldet habe.«
»Aber weshalb hast du sie nicht angerufen? Ich habe gedacht, du findest sie nett.«
»Sicher, sie ist ein guter Kumpel. Ich hab' sie gern ausgeführt. Wir hatten großen Spaß miteinander. Ich würde auch wieder mit ihr ausgehen. Wenn das alles wäre, was sie möchte.«
»Ich glaube, du hörst das Gras wachsen«, sagte Anne kühl.
»Anne ...« Er senkte die Stimme zum Flüstern. »Ich wollte es dir eigentlich nicht sagen, aber du mußt es wissen, damit du mich verstehst. Nachdem wir damals dich und Allen abgesetzt haben, hat mir diese alte Schachtel doch richtig zwischen die Hosenbeine gegriffen ... und mich bestürmt, ich solle auf einen Drink zu ihr in die Wohnung kommen. Ich hab' getan, als hätte ich nicht begriffen, und bin abgehauen wie ein geölter Blitz!« Bei der Erinnerung an den Vorfall schüttelte es ihn.
»Ich halte sie für reizvoll ...« sagte Anne mühsam.
»Weil sie alt genug ist, deine Mutter zu sein, und du vor älteren Leuten und ihrem Talent Respekt hast. Aber glaub mir, Anne, für einen Mann ist sie gar nicht anziehend. Natürlich, wenn sie im Rampenlicht steht und ihre Songs hinlegt, da ist sie unübertrefflich. Aber wenn es sich um privatere Beziehungen handelt ...« Er warf einen Blick zu dem Tisch, an dem Adele saß.
Anne schöpfte tief Atem. Es war ihr unerträglich, Helen dieser Demütigung aussetzen zu müssen.
»Du erstaunst mich, Gino«, sagte sie ruhig. »Du bist ein Mann von Format, eine Wirtschaftsgröße, und du verliebst dich in irgendein Mädchen, bloß, weil es eine gute Figur hat? Helen Lawson hat doch schon heute einen legendären Ruf. Du müßtest stolz darauf sein, mit ihr gesehen zu werden. Diese Frau hat Niveau.«

»Aber Herzchen, du bist völlig auf dem Holzweg. Wer hat schon von Liebe gesprochen! Ich will nichts als ein Mädchen, das hübsch ist und eine gute Figur hat. Mir genügt es völlig, wenn sie gut aussieht und mich befriedigt. Dafür bekommt sie ein paar Pelze und andere Geschenke, und wir beide sind glücklich.« Er zuckte die Achseln. »Was soll ich mit Helen Lawson? Sie ist wie ein hitziger Stier. Wirklich, Anne, tu mir den Gefallen und schaff sie mir vom Hals, sonst bin ich gezwungen, grob zu werden.«
»Aber du fährst doch zu ihrer Premiere nach New Haven?«
»Du liebe Zeit, New Haven! Das bedeutet eine stundenlange Bahnfahrt. Ich muß völlig betrunken gewesen sein. Außerdem ist ihr gar nicht soviel an unserem Besuch gelegen. Sag ihr, daß ich nach Philadelphia komme.«
»Und du wirst das auch tun?«
»Nein, aber bis dahin ist noch lange Zeit. Mittlerweile wird mir schon etwas eingefallen sein. Wozu sollte ich hinfahren? Damit sie neue Hoffnung schöpft?«
»So maßlos würde ich mich auch wieder nicht überschätzen«, versetzte Anne kalt. »Du bist ein sehr gut aussehender Mann, aber ich glaube kaum, daß Helen an einem gebrochenen Herzen sterben wird, wenn du sie vernachlässigst. Leider hab' ich dich mit ihr bekannt gemacht, und ein Versprechen soll man auch halten.«
»Na schön. Ich werde mich doch nicht mit einem zukünftigen Familienmitglied auf einen Streit einlassen. Ich mach' dir einen Vorschlag zur Güte: Ich fahre nach Philly. Es gibt einen Nachtzug, mit dem ich am gleichen Abend wieder zurückfahren kann. Dafür versprichst du mir, daß du sie mir bis dahin vom Leib hältst. Abgemacht?«
»Gut, Gino. Abgemacht.«

In der Woche bis zur Abreise nach New Haven herrschte pausenlos Krise. Im Büro fand eine hysterische Besprechung nach der anderen wegen der Ed-Holson-Show statt. Helen rief mehrmals täglich an, um sich über Gino zu beschweren, der mit Adele Martin an drei Abenden hintereinander im El Morocco gesehen worden war.
Mitten in diesem Chaos wurde Allen unerwartet energisch. Da Helen vorläufig nicht mehr mit ihnen ausging, hatten sie zu dem entspannten Verhältnis von früher zurückgefunden. Sie saßen im Stork Club. Anne quirlte gelangweilt ihren Champagner und nahm ab und zu einen höflichen kleinen Schluck.
Plötzlich sagte er: »Anne, wie lange soll das so weitergehen?«
»Was meinst du damit?«

»Wann werden wir endlich heiraten? Ich hab' dir versprochen zu warten. Das tue ich jetzt bereits seit einem Monat.«
»Ich will nicht heiraten, Allen.«
Er sah sie merkwürdig an, als er sagte: »Eines interessiert mich. Ist dir der Gedanke an die Ehe oder an mich zuwider?«
»Aber du weißt, daß du mir nicht zuwider bist. Ich finde dich riesig nett.«
»O Gott ...« Es klang wie ein Stöhnen.
Sie rührte wieder in ihrem Champagner und starrte in die aufsteigenden Bläschen.
»Anne, ich glaube, du hast Angst vor der Liebe.«
Sie sah ihn fest an. »Vermutlich wirst du mir erklären, daß ich noch nicht geweckt worden bin und du das alles ändern wirst.«
»Genau. Wahrscheinlich hat man dir das schon früher gesagt«, meinte er.
»Nein, aber ich kenne diesen Satz aus schlechten Filmen.«
»Ein Dialog klingt oft banal, weil er echt ist. Und es ist immer am einfachsten, sich über die Wahrheit lustig zu machen.«
»Welche Wahrheit?«
»Daß du Angst vor dem Leben hast.«
»Das glaubst du? Bloß, weil ich mich nicht auf der Stelle in eine Ehe mit dir stürze?« In ihren Augen lag die Andeutung eines Lächelns.
»Hältst du es für normal, mit zwanzig Jahren noch unberührt zu sein?«
»Unberührtheit ist keine Krankheit.«
»Willst du für den Rest deines Lebens bei Henry Bellamy arbeiten? Ist das das höchste Ziel deiner Ambitionen?«
»Nein ...«
»Also, was willst du dann, Anne?«
»Ich weiß es nicht. Ich weiß nur, was ich nicht will! Ich will nicht nach Lawrenceville zurück. Ich würde lieber sterben.« Er schüttelte sie. »Ich will auch nicht heiraten, ehe ich mich verliebe. Und ich will mich verlieben, Allen, ich wünsche es mir von ganzem Herzen. Ich möchte Kinder haben, eine Tochter. Ich möchte sie ganz liebhaben und ihr ganz nahe sein ...«
Er strahlte sie an. »Gutes Mädchen. So offen wie heute hast du noch nie mit mir gesprochen. Vielleicht liebst du mich nicht, aber du wünschst dir alles, was ich mir wünsche. Wir werden dieses Töchterchen haben – nein, keinen Widerspruch.« Er legte ihr den Finger auf die Lippen, als sie zu sprechen versuchte.
»Aber ich liebe dich nicht, Allen ...«

»Du liebst überhaupt niemand. Aber ich habe deine Augen aufleuchten sehen, als du gesagt hast, du möchtest dich verlieben und ein Kind haben. Du wirst eine ungemein leidenschaftliche Frau sein, wenn erst einmal ...«

»Allen!«

Er lächelte. »Sprich nicht geringschätzig von Dingen, die du nicht kennst. Ich will ja nicht prahlen, aber ich habe einiges erlebt. Ich hole dich so aus deiner Reserve, daß du nach mehr bettelst —«

»Das höre ich mir einfach nicht mehr länger an!«

»Schon gut, ich schweige. Und ich werde dich nicht mehr länger drängen ... bis Weihnachten. Dann werden wir den Hochzeitstermin festsetzen.«

»Nein, Allen ...«

»Ich bekomme immer, was ich will, Anne — und ich will dich. Ich will, daß du mich liebst. Und das wirst du! Und jetzt reden wir nicht mehr darüber bis Weihnachten.«

Das geschah am Dienstag.

Am Mittwoch reiste das Ensemble des Musicals nach New Haven ab, um die Premiere am Freitag vorzubereiten.

Am Donnerstag sagte Henry Bellamy: »Übrigens, Anne, wir fahren morgen mit dem Einuhrzug nach New Haven. Ich habe für Sie ein Zimmer bestellt.«

»Für mich?«

»Möchten Sie denn nicht hinfahren? Lyon und ich müssen hin, und ich hielt es für selbstverständlich, daß Sie auch dort sein wollen. Schließlich ist Helen Ihre Freundin, und die kleine O'Hara tritt ebenfalls in dem Stück auf.«

»Ich fahre wahnsinnig gern. Ich war noch nie bei einer Premiere.«

»Na, dann schnallen Sie sich an, und machen Sie sich aufs Schlimmste gefaßt.«

Dezember 1945

Sie trafen sich auf dem Bahnhof. Es war ein kalter Tag. Henrys glattrasiertes Gesicht sah aufgedunsen und müde aus. Lyon Burke begrüßte sie mit einem warmen, spontanen Lächeln.

Sie ließen sich im Abteil nieder. Beide Männer öffneten ihre Aktentaschen und beugten sich über Verträge und Dokumente. Die Fahrt war nur eine Verlagerung ihres gewohnten Arbeitsplatzes. Anne versuchte, sich in ihre Zeitschrift zu vertiefen.

Als der Zug in den dunklen Bahnhof von New Haven einfuhr,

schnappten beide Aktenmappen zu, und die Männer standen auf, um sich die Beine zu vertreten. Henry betrachtete den Bahnhof mit müdem Argwohn.
»So, jetzt geht's in den Kugelhagel«, sagte er.
Lyon nahm Annes Arm. »Kommen Sie, Mädchen, Sie sollen Ihre erste Premiere in New Haven genießen. Wir werden nicht zulassen, daß Henry Ihnen die Freude verdirbt.«
»Fünfzigmal war ich schon in New Haven«, sagte Henry anklagend, »und jedesmal vergesse ich, wie sehr ich es hasse. In New Haven gibt's immer Schwierigkeiten. Außer bei einer Helen-Lawson-Show. Da kommt's zur Katastrophe.«
Das Hotel machte einen düsteren, abweisenden Eindruck. »Machen Sie sich frisch. Wir treffen uns in der Bar«, sagte Henry zu ihr. »Und ich an Ihrer Stelle würde Helen nicht anrufen. In New Haven ist sie eine gereizte Tigerin. Vermutlich steckt sie noch im Theater. Ich geh' auf einen Sprung hinüber und sehe nach. Es ist nur ein paar Häuser weiter.«
Anne packte ihre Reisetasche aus. Ihr Zimmer war klein und unfreundlich. Aber nichts konnte ihre Begeisterung dämpfen. Sie kam sich wie ein Mädchen vor, das zum erstenmal allein verreist und bebend darauf wartet, daß im nächsten Augenblick etwas Wunderbares geschieht.
Sie trat ans Fenster und sah auf die Straße hinab. Schon senkte sich die Dämmerung des Winterabends über die Stadt, und die Straßenlampen schimmerten im Zwielicht auf. Das Telefon schrillte, und sie wandte sich jäh um.
Es war Neely. »Ich bin eben von der Probe zurückgekommen. Mr. Bellamy war im Theater und hat Helen besucht. Er hat mir gesagt, daß du hier bist. Ich bin ja so aufgeregt!«
»Ich auch. Wie geht's denn?«
»Grauenhaft!« Neely rang nach Luft. »Gestern abend war Kostümprobe, die hat bis vier Uhr früh gedauert. Helen will Terry King noch eine weitere Nummer streichen. Terry ist wütend aus dem Theater gerannt. Heute nachmittag war ihr Agent hier, und es gab eine tolle Szene zwischen ihm und Gil Case. Terry sagt, Helen darf ihr das Lied nicht nehmen. Und der Tanz mit den Gauchos ist einfach furchtbar. Der wird bestimmt gestrichen, und Charlie und Dick fliegen«, berichtete sie hocherfreut.
»Das klingt ja schrecklich. Ist Helen schon zurück?«
»Nein, sie ist noch im Theater und hat sich mit Henry Bellamy in ihre Garderobe eingeschlossen. Ich kann mir nicht vorstellen, wie das alles noch klappen soll.«

»Dann wird die Premiere heute abend also nicht stattfinden?«
»Ach, sie werden den Vorhang schon irgendwie hochkriegen«, plapperte Neely heiter. »Aber es wird natürlich verheerend sein. Du, Anne, Mel ist da.«
»Er ist vermutlich mit dem gleichen Zug gekommen wie wir.«
»Nein, er ist schon seit gestern abend hier.« Nach einer Pause sagte Neely: »Anne ... ich ... wir haben's gemacht.«
»Was?«
»Du weißt schon.«
»Du meinst ... du hast ...«
»Mhm. Hat sehr weh getan und war gar kein Vergnügen für mich. Mel hat's dann mit der Zunge gemacht, und dann hat's geklappt.«
»Neely!«
»Ach, tu doch nicht so spießig, Anne. Nur, weil du nicht in Allen verliebt bist, bin ich noch lange kein Flittchen. Zufällig liebe ich Mel nämlich.«
»Und das hältst du für einen Freibrief?«
»Da hast du verdammt recht! Wir sind verrückt nach einander. Heutzutage heiratet man nicht mehr bloß deshalb. Mel achtet und liebt mich heute genauso wie gestern. Mehr sogar – weil er mich jetzt wirklich liebt. Und ich liebe ihn. Außerdem können wir noch nicht heiraten. Er unterstützt seine Angehörigen. Aber wenn die Show einschlägt und ich mit meinen hundert Dollar wöchentlich rechnen kann, dann werden wir heiraten.«
»Aber Neely ... was du da getan hast ...« stammelte Anne verlegen.
»Weil er's mit der Zunge gemacht hat? Weißt du, Mel sagt, wenn zwei sich lieben, dann ist alles normal, was sie miteinander machen. Außerdem ist es ein tolles Gefühl. Huh, ich kann kaum warten bis heute abend.«
»Neely, ich bitte dich!«
»Wart du nur, bis du es erst erlebt hast. Du wirst schon sehen. Wir treffen uns nach der Vorstellung. Paß auf meinen Auftritt auf. Ich habe drei Zeilen in der zweiten Szene.«

Lyon wartete an einem Tisch in der Bar. »Henry ist noch im Theater.« Er verzog mitfühlend das Gesicht. »Ich habe Ingwerbier für Sie bestellt. Ist Ihnen das recht?«
Sie betrachtete lächelnd das Glas. »Vielleicht sollte ich doch endlich lernen, Whisky zu trinken. Allmählich kommt es mir so vor, als ob mich sämtliche Kellner verächtlich ansähen.«

»Lassen Sie sich nicht einschüchtern. Wahren Sie Ihre Persönlichkeit.«
»Ich glaube, daß ich vorläufig noch gar keine habe.«
»Die hat jeder Mensch. Eine für den Privatgebrauch und eine für die Umwelt. Ihnen macht es Spaß, der Umwelt die Bescheidene, Passive vorzuspielen, während Sie nach Ihrem eigentlichen Ich suchen.«
»Soviel ich mich erinnere, haben Sie mich eine Kämpfernatur genannt.«
»Das sind Sie auch, aber nur, wenn es um andere geht.«
Sie nahm einen Schluck aus ihrem Glas, und er bot ihr eine Zigarette an. »Habe ich etwas Verkehrtes gesagt?«
»Nein, ich glaube, Sie haben genau ins Schwarze getroffen.« Dann sah sie strahlend auf. »Aber für etwas habe ich doch gekämpft. Ich –«
»Ja, Sie sind nach New York gekommen. Aber verraten Sie mir eines, Anne: Soll das die einzige Leistung Ihres Lebens bleiben?«
»Und wie steht es mit Ihnen?« fragte sie in plötzlicher Entrüstung.
»Der Krieg ist vorbei, und das Leben geht weiter. Werden Sie wieder kämpfen?«
»Ich tue es zum Beispiel jetzt«, erwiderte er ruhig.
»Und worum kämpfen Sie, Lyon?«
»Um Sie.«
Ihre Blicke trafen sich. »Da brauchen Sie nicht zu kämpfen«, sagte sie leise.
Er faßte nach ihrer Hand. Allens Brillant grub sich unbarmherzig in ihr Fleisch. Aber sie ließ sich nicht anmerken, daß sie die harte Kante fühlte. Lyons Augen waren dicht vor ihr.

»Na, soviel ich sehe, habt ihr beide schon einige Gläser getrunken.« Henry Bellamy kam mit großen Schritten auf sie zu. Er winkte gutgelaunt dem Kellner und bestellte.
Hastig zog Anne ihre Hand zurück. Der Ring hatte sie richtig in den Finger geschnitten. Henry setzte sich seufzend.
»Laßt euch von mir nicht beim Händchenhalten stören«, sagte er lässig. »Mein Gott, ihr seid beide jung. Genießt es. Das ist mein voller Ernst. Man bildet sich immer ein, man hätte die Jugend gepachtet, bis man eines schönen Tages aus dem Wahn erwacht und über fünfzig ist. Und in den Todesanzeigen stehen plötzlich nicht mehr die Namen irgendwelcher unbekannter alter Leute, sondern die der eigenen Zeitgenossen und Freunde.« Sein Glas wurde gebracht. Er leerte es in einem Zug.

»Na, komm, Henry«, sagte Lyon lachend. »So schlimm kann es gar nicht gewesen sein.« Unter dem Tisch griff er mit einer liebevollen Geste nach Annes Hand.
»Noch viel schlimmer«, beharrte Henry. »Alle Zeichen sprechen dafür, daß es noch nie so schlimm war wie diesmal. Entweder wird Helen immer härter, oder ich werde alt.«
»Helen ist jedesmal ein blutrünstiges Raubtier, bis die New Yorker Premiere endlich über die Bretter geht«, erwiderte Lyon beschwichtigend.
Henry zog ein Notizbuch hervor und starrte sein Gekritzel an. »Willst du ein paar Kostproben hören? Und die sind erst der Anfang: Schlechte Beleuchtung bei der Tanznummer; Abendkleid der zweiten Szene ist eine Zumutung; bei dem Liebeslied ist das Orchester zu laut; Terry Kings Lied verschleppt die Show, und sie singt es fürchterlich; der Chor in der Traumszene ist zu lang; alle meine Lieder enden mit einem Blackout — ich will mich wenigstens einmal verneigen können; das Duett mit dem Burschen ist in ein Solo für mich umzuändern — er hat kein Gehör; Terry King spielt ihre Rolle zu keß, darunter leidet die Atmosphäre des ganzen Stückes.« Er schüttelte den Kopf und bestellte noch einen Whisky.
Sie aßen im altmodischen Speisesaal des Hotels zu Abend. Henry und Lyon kannten beinahe alle Gäste. Von den Schauspielern ließ sich niemand blicken. Die würgten alle in ihren Garderoben hastig ein Sandwich hinunter und ließen sich noch rasch auffrisieren. Über das angeregte Geplauder hinweg sah sie Lyon ständig an. Ab und zu trafen sich ihre Blicke und tauchten für einen flüchtigen Augenblick ineinander. Sie konnte kaum glauben, daß sie es war, die das alles erlebte — und zwar genauso, wie sie es gehofft und erträumt hatte.
Henry winkte nach der Rechnung. »Ich sehe, daß Sie schon wahnsinnig aufgeregt sind, Anne. Sie haben kaum etwas gegessen. Na, das können Sie nach der Premiere nachholen. Gil Case gibt nach der Vorstellung einen großen Empfang.«
Das Theater war ausverkauft. Da so viele Bühnenleute gekommen waren, pulsierte eine Erregung im Zuschauerraum, wie sie sonst nur bei einer New Yorker Premiere herrschte. Anne saß zwischen Lyon und Henry in der dritten Reihe. Die Lichter verloschen, und das Orchester setzte zur rauschenden Ouvertüre an. Lyon griff nach ihrer Hand. Schwindlig vor Glück, erwiderte sie seinen Händedruck.
Das Stück begann mit einer beschwingten Musiknummer. Die Kostüme waren sauber, bunt und neu. Die Komparsinnen, die

noch vor wenigen Stunden müde und reizlos ausgesehen hatten, strahlten in ihrer pfirsichfarbenen Schminke. Schon nach Minuten lag der Erfolg knisternd in der Luft – ein unsichtbarer Funke war von den Schauspielern aufs Publikum übergesprungen.

Als Jennifer North inmitten eines Scheinwerferkegels über die Bühne schritt, hörte man, wie das ganze Haus ungläubig den Atem anhielt. Sie ging bewußt langsam. Jeder Muskel bewegte sich im Rhythmus der Musik unter einem goldbestickten Kleid, das ihren aufreizenden Körper hauteng umspannte.

»Donnerwetter«, stieß Henry zwischen den Zähnen hervor und beugte sich zu Anne. »Das muß einschlagen. Weiss von der Twentieth und Meyer von Paramount sind hier. Da springt garantiert ein Fünfjahresvertrag heraus.«

»Der wird aber sehr verlockend sein müssen«, erwiderte Lyon. »Sie ist verrückt nach Tony Polar und wird ihn nicht hängenlassen. Es sei denn, das Angebot ist zu gut, um es auszuschlagen.«

»Tony wird sie nie heiraten. Verlaß dich auf mich.«

»Da ist deine kleine Freundin«, sagte Lyon rasch. Anne sah Neely gerade noch von der Bühne verschwinden.

Sobald Helen auftrat, stockte die Handlung, denn das Publikum empfing sie mit einer Begeisterung, die an Hysterie grenzte. Helen nahm die Huldigung gelassen entgegen. Es war von Anfang bis Ende Helens Show. Jedes Lied löste einen neuen und immer stärkeren Beifallssturm aus. Das war kein Publikum mehr, sondern eine anbetende Gemeinde, die sich eingefunden hatte, um Helen Lawson zu feiern. Ihr heiseres Lachen, das Anne in einem Lokal so peinlich war, rollte mitreißend und unwiderstehlich über die Bühne. Neely funkelte in ihrer winzigen Rolle. Jenifer North erschien in einer neuen offenherzigen Robe, und das Publikum donnerte. Terry King erntete mit ihren beiden Liedern, die sie süßer, schmeichelnder sang als Helen, anerkennenden Applaus. Helen aber war umwerfend.

In der Pause drängte sich alles in dem kleinen Foyer. Gilbert Case gab Henry einen Wink, und sie folgten ihm in eine Bar nebenan.

»Gil, das ist Helens größte Show«, sagte Henry.

»Das finde ich auch, mein Bester«, antwortete Gil mit breitem Lachen. »Ein paar Striche da und dort, mehr ist gar nicht nötig. Wir werden Boston nicht brauchen. Vier Wochen in Philadelphia genügen uns sicher.«

»Ganz sicher. Wenn an den richtigen Stellen gekürzt wird.«

Sie musterten sich stumm. Dann zwang sich Case rasch zu einem schwachen Lächeln. »Seien Sie vernünftig, Henry. Sie wissen, mir sind die Hände gebunden. Ich kann Terry King nicht hinauswerfen. Ihr Kontrakt gilt für die gesamte Show.«

»Wie hat sie das erreicht?« fragte Lyon.

Er zuckte die Achseln. »Eine ausgezeichnete Frage. Glauben Sie, daß irgendeine brauchbare Naive ohne diesen Passus für eine Helen-Lawson-Show abschließt? Erinnern Sie sich doch: Betty Mobile — sie wurde in Boston hinausgeworfen. Zu gute Kritiken. Sherry Haines — ihre Rolle wurde in Philly gestrichen. Zu gute Kritiken. Muß ich weitermachen? Ohne einen Vertrag für die gesamte Laufzeit bekommt man keine Naive für eine Helen-Lawson-Show. Es sei denn, man findet sich mit einer Null ab.«

»Helen läßt sie nie bei der Premiere in New York auftreten, das kann ich Ihnen jetzt schon sagen«, bemerkte Henry.

»Ich flehe Sie an, Henry — reden Sie mit ihr«, bat Gil. »Wie könnte ich es vor meinen Geldgebern verantworten, Terry hinauszuwerfen? Ich habe für diese Saison zwei weitere Shows in Vorbereitung. Ich brauche meine Finanziers. Entlasse ich Terry, muß ich bis zum ersten Juni wöchentlich vierhundert Dollar an sie zahlen, und die gleiche Gage bekommt das Mädchen, das für sie einspringt. Bei Helens Gage plus ihrer Beteiligung ... nein, ich kann es mir einfach nicht leisten.«

»Wenn Sie Terry behalten, wird Sie das schließlich noch viel teurer zu stehen kommen und Ihnen außerdem viel Ärger bringen. Bleibt Terry, dann wird Helen über die Einlagen und das Orchester meckern. Sie werden drei Wochen in Boston einschieben müssen. Bei vorsichtiger Schätzung der Transport- und Reisekosten verlieren Sie sicherlich achttausend die Woche. Dann wird Helen urplötzlich mit ihren Kostümen unzufrieden sein. Außerdem wird sie neue Textdichter verlangen. Das bedeutet zusätzliche fünfundzwanzigtausend. Setzen Sie aber Terry vor die Tür, dann wird Helen eitel Wonne sein und alles und jeden lieben, Sie selbst inbegriffen, und Sie ersparen sich Boston. Eine ganz einfache Rechnung.«

Gil schauderte. »Es gibt natürlich immer noch einen anderen Ausweg ...«

Henry nickte stumm.

Gil seufzte. »Ich werde es versuchen. Aber allmählich fühle ich mich für derartige Hinrichtungen zu alt.«

Henry legte ein paar Banknoten auf die Theke, und sie kehrten ins Theater zurück.

Der zweite Akt wuchs sich zu frenetischem Jubel aus. Helen wurde nach zwei Einlagen zu drei Zugaben gezwungen. Die Show war

ein elektrisierender Erfolg. Das Publikum ließ Helen einfach nicht von der Bühne. Es klatschte noch immer, als sich der Vorhang endgültig gesenkt hatte.
Henrys Programm war mit Ausrufungszeichen und Anmerkungen für Streichungen und Änderungen gespickt. Mit sorgenvoller Stirn stand er im überfüllten Foyer.
»Nach Ihrer Miene könnte man meinen, daß es ein Durchfall war«, sagte Anne heiter.
»Mein Engel, ich weiß, welche Kämpfe uns noch bevorstehen.« Dann lächelte er. »Das war bisher ihr größter Erfolg. Sie hat sich selbst übertroffen.« Er drückte seine Zigarette aus. »Kommt, boxen wir uns zu den Garderoben durch.«
Was sich vor Helens Garderobe abspielte, sah aus wie eine Massenszene. Im Korridor drängten sich die Gratulanten, die geduldig warteten, bis sie dem Star einen flüchtigen Kuß geben oder ein Kompliment machen durften. Helen stand in der Tür. Aus der Nähe sah die dicke Bühnenschminke grotesk aus. Sie lächelte und nahm die Schmeicheleien mit gespielter Herzlichkeit entgegen. Dann sah sie Henry, der sich mit Anne und Lyon durch die Menge zu schieben versuchte. »Hallo!« rief sie vergnügt. »Kommt nur herein!« Sie deutete auf den Eingang ihrer Garderobe. Als Anne an ihr vorbeikam, flüsterte Helen ihr zu: »Sobald ich diese Langweiler los bin, gehen wir zu Gils Empfang.« Dann wandte sie sich strahlend dem nächsten Wartenden zu und setzte ihre überschwenglichen Begrüßungen fort.

Die Gesellschaft war in vollem Gang, als sie eintrafen, aber bei Helens Erscheinen hörte alles auf zu sprechen und wandte sich zur Tür. Für den Bruchteil einer Sekunde herrschte Stille, aber dann brach der Begeisterungssturm los. Helen nahm ihn mit einem Lächeln und freundlichem Winken zur Kenntnis. Der Presseagent der Show war mit einem Satz neben ihr, um sie zu den Reportern und einigen der bedeutenden Geldgeber zu geleiten. Lyon führte Anne in einen stillen Winkel und brachte ihr ein Bier und Sandwiches.
»Dort drüben gibt es warmes Essen«, sagte er, als er sich neben sie setzte. »Ich werde mich durchkämpfen, sobald sich die Menge ein wenig lichtet.«
»Ich bin eigentlich nicht hungrig«, wehrte Anne ab und knabberte an dem Brötchen. Ihre Augen suchten den Raum ab. »Ich sehe Neely nirgends.«
»Ich fürchte, daß zu dieser Feier nur die Hauptdarsteller eingeladen wurden. Chor und Statisten haben ihre eigene Party.«

»Das finde ich aber nicht gerade nett.«
»O doch. Sie treffen sich im Zimmer eines der Mädchen und unterhalten sich prächtig damit, die anderen durch den Kakao zu ziehen.«
Schlagartig setzte die Konversation ein zweites Mal aus. Automatisch wanderte Annes Blick zur Tür. Jim Taylor, ein führender Reporter aus New Haven, war soeben mit Jennifer North eingetreten. Sooft sie Jennifer sah, war sie von der unwahrscheinlichen Schönheit dieses Mädchens betroffen. Sie sah die Geldgeber zu Jennifer strömen, um sich ihr vorstellen zu lassen, und sie staunte über Jennifers Herzlichkeit und die Wärme, die sie jedem entgegenbrachte.
Helen kam auf sie zu und zog sich einen Stuhl herbei. »Ihr seid schlau, euch einfach in eine Ecke zu verdrücken. Du liebe Zeit, wie ich diese Empfänge hasse! Aber das ist Gilberts Art, sich bei den Geldgebern zu revanchieren. Da dürfen sie sich einen Abend lang unter die Wundertiere mischen«, sagte sie grinsend.
Gil Case gesellte sich zu ihnen. »Dort drüben gibt es wunderbare Hähnchen. Und chinesisches Essen.«
»Warum servierst du bei diesen Empfängen immer solchen Dreck, Gil?« fragte Helen.
»Das Essen ist ausgezeichnet! Das Hotel hat es sehr empfohlen.«
»Es hat bestimmt auch Roastbeef empfohlen, aber das war wohl zu kostspielig.«
»Meine teure Helen, dieser Abend gehört dir«, sagte Gil liebenswürdig. »Genieße ihn.« Damit verschwand er in dem Getriebe.
»He, Gil!« kreischte Helen. »Wir haben noch was zu besprechen.« Sie schoß von ihrem Stuhl auf und folgte ihm.
»Der ist verloren«, sagte Lyon lächelnd.
»Glaubst du wirklich, sie besteht darauf, daß Terry King geht«? fragte Anne.
»Die gibt nicht nach. Um keinen Fußbreit.«
»Vielleicht sollte ich mit ihr reden«, sagte Anne nachdenklich. »Terry King ist gut. Sie verdient eine Chance. Und sie ist keine Konkurrenz für Helen. Ich bin sicher, sie überzeugen zu können, daß –«
»Versuch es nicht, Anne. Sie wird dir den Kopf abreißen.«
»Nein, Lyon, wir sind befreundet. Das ist ja der Haken. Keiner behandelt Helen wie ein menschliches Wesen. Man kann ganz aufrichtig mit ihr reden. Ich weiß, daß sie auf mich hören wird.«
Er ergriff ihre Hand und sah ihr in die Augen. »Du scheinst das allen Ernstes zu glauben. Anne ... wunderbare Anne ... wie konnte

sich ein so liebliches Wesen wie du in diese Treibjagd verirren? Du glaubst bloß, Helen zu kennen. Unter der Bühnenschminke ist sie stahlhart.«
»Oh, Lyon ...«
Plötzlich entstand ein Gedränge an der Tür. Ein Page erschien mit den Vorabdrucken der Morgenzeitungen. Helen riß ihm einige Blätter aus der Hand und überflog rasch die Kritiken. Gil Case las sie laut vor.
Die Show war ein eindeutiger Erfolg. Die Kritiker lobten die Musik, waren vom Libretto entzückt und hoben Helen in den höchsten Himmel. Auch Terry King wurde mit einigen lobenden Bemerkungen bedacht, und die Kritiker schwelgten in Superlativen über Jennifer Norths Schönheit.
Jeder beglückwünschte jeden. Die Geldgeber wanderten mit törichtem Lächeln umher, schüttelten Hände und beglückwünschten Helen.
»Das ist eine einmalige Gelegenheit für uns, zu verschwinden«, schlug Lyon vor.
Sie waren schon bei der Tür angelangt, als Henry ihnen den Weg verstellte. »Habt ihr was Bestimmtes vor?« fragte er obenhin.
»Wir wollten ins Büfett rübergehen und uns etwas Anständiges zu essen besorgen«, antwortete Lyon.
»O nein, mein Junge – ihr laßt mich hier nicht allein in der Patsche.«
»In welcher Patsche?« fragte Lyon unschuldig. »Die Schlacht ist gewonnen.«
»Klar. Bloß besteht Helen auf einer sofortigen Besprechung mit Gilbert!«
»Wann?«
»In zehn Minuten, in Gils Appartement. Ich brauche dich, und wäre es nur zur moralischen Unterstützung.«
Anne verbarg ihre Enttäuschung unter einem Lächeln. »Geh nur, Lyon. Es ist spät, und ich bin nicht hungrig.«
»Das könnte dir so passen«, versetzte er und hakte sich bei ihr unter. »Du hast doch Helens goldenes Herz entdeckt. Vielleicht kannst du heute für uns daran appellieren. Wir werden jede nur mögliche Hilfe brauchen.«
Die Stimmung in Gil Cases Suite unterschied sich kraß von der des festlichen Empfangs. Helen hockte auf einer Couch, nahm ab und zu einen Schluck aus ihrem Champagnerglas und schmollte, was ihr gar nicht gut stand. Die Bühnenschminke war zerflossen und hob ihre Runzeln besonders stark hervor.

»Das ist heller Wahnsinn!« Gil Case warf verzweifelt die Arme hoch. »Da sitzen wir wie eine Trauergemeinde, und dabei haben wir einen traumhaften Erfolg in der Tasche.«
»Natürlich war es ein traumhafter Erfolg«, fauchte Helen. »Das ist jede meiner Shows. Du wirst dich daran krumm verdienen, Gil. Du wirst einen fetten Filmkontrakt einstecken, und ich sitze da und kann zusehen, wie Betty Grable oder Rita Hayworth meine Rolle spielt. Okay, so ist das Leben. Aber ich muß nicht zusehen, wie ein kleines Flittchen wie Terry King dank meiner Leistung eine Freikarte nach Hollywood einheimst.«
»Aber Helen, sie wurde doch kaum genannt.«
»Was du nicht sagst! Eine Zeitung nennt sie einen Haupttreffer für den Film. Außerdem hat sie das beste Lied der ganzen Show.«
»Das haben wir alles schon einmal durchgekaut, Helen«, meldete sich Henry zu Wort. »Es ist unmöglich, dieses Lied so umzuschreiben, daß es in deine Rolle paßt. Die Jungens sind zwei Nächte wachgesessen und haben es versucht. Es ist das Lied einer Naiven.«
»Und die Kritiker haben auch Jennifer North einen Haupttreffer für den Film genannt«, fügte Gil hinzu.
»Jennifer North singt nicht.«
»Helen, Terry kann dir nicht gefährlich werden«, drängte Henry.
»Worauf du dich verlassen kannst. Weil sie nämlich gar keine Gelegenheit dazu haben wird. Das ist *meine* Show, und ich bin nicht der Weihnachtsmann. Der einzige Star, der aus einer Lawson-Show hervorgeht, ist die Lawson.«
»Aber die Kleine ist gut«, wandte Gil ein. »Ihre beiden Lieder bereichern das Stück. Und was gut für das Stück ist, ist gut für dich. Wie du selbst gesagt hast, ist es *deine* Show.«
»Na, wenn sie so verdammt gut ist, bring sie doch in deiner nächsten Show als Star heraus! Wieviel Geld würden deine Finanziers in sie investieren?«
Henry stand auf. »Helen, das ist deiner nicht würdig. Die Kleine kann dir nicht in die Quere kommen, und sie hat es verdient, daß man ihr eine Chance gibt. Auch du hast einmal anfangen müssen. Erinnerst du dich an dein erstes Stück? Angenommen, Nancy Shaw hätte darauf bestanden, daß man dich in New Haven hinauswirft. Wo stündest du heute?«
»Und wo, zum Teufel, ist Nancy Shaw heute?« fuhr Helen ihn an. »Mein lieber Henry, sie war beinahe vierzig, als ich aufgetaucht bin. Wenn sie helle gewesen wäre, hätte sie mich aus dem Weg geschafft. Aber sie war arrogant. Sie war eine Schönheit, und

Schönheiten sind alle arrogant. Sie hat geglaubt, ich könnte ihr in puncto Aussehen nicht das Wasser reichen. Möglich – trotzdem ist es mir gelungen, ihr die Show zu stehlen. Nicht, daß mir das mit Terry King passieren könnte. Die ist keine Helen Lawson. Wenn man's genau nimmt, war auch Nancy Shaw keine Helen Lawson. Aber ich habe aus ihren Fehlern gelernt. Keine wird mich oder meine Show als Sprungbrett zum eigenen Ruhm benützen.«
Gil zuckte die Achseln. »Ihr Vertrag gilt für die gesamte Laufzeit.«
Helen grinste hämisch. »Diese Kinkerlitzchen kenne ich.«
»Aber Helen, sie hat anständige Kritiken bekommen. Ich kann nicht zu meinen Geldgebern gehen und sagen, ich muß sie entlassen, weil sie nichts taugt.«
»Richtig«, sagte Helen süß.
»Und es würde in Fachkreisen keinen guten Eindruck machen, wenn bekannt wird, daß sie hinausgeworfen wurde.«
»Stimmt!« pflichtete Helen bei. »Das ist das letzte, was wir beide uns wünschen. Darüber zumindest sind wir uns einig.« Ihre Augen wurden schmal. »Und jetzt keine Ausreden mehr. Werd sie auf vernünftige Art los. Du kannst das sehr gut. Du hast das früher schon gemacht.«
Gil Case schien einige Zentimeter zusammenzuschrumpfen. Dann sagte er mit tiefem Seufzer: »Na schön. Aber ich möchte damit lieber bis nach der Premiere in Philadelphia warten.«
»O nein, das wirst du nicht tun!« keifte Helen. »Damit sie weitere Kritiken bekommt? Ich will, daß sie noch dieses Wochenende verschwindet!«
Allmählich riß Gil die Geduld. »Und was dann, meine Teuerste? Wer soll Montag für sie in Philadelphia einspringen?«
»Laß Penny Maxwell kommen. Sie hat sich um die Rolle beworben, und sie lernt rasch. Außerdem hab' ich sie von Anfang an haben wollen.«
»Sie probt für Max Sellers neues Stück.«
»Das ist doch unmöglich! Du lieber Himmel! Sie hat eine Stimme wie eine Säge und ist eine Null.«
»Das wäre also erledigt«, sagte Gil. »Terry tritt bei der Premiere in Philadelphia auf. Es geht nicht anders. Selbst wenn ich morgen früh jeden New Yorker Agenten anrufe, werde ich keine finden, die in so kurzer Zeit die Rolle studieren könnte.«
»Ich wüßte jemand«, sagte Anne unvermittelt. Alle wandten sich nach ihr um und sahen sie groß an. »Ich weiß, daß mich die ganze Sache nichts angeht«, setzte sie nervös hinzu.

»Wen kennst du, mein Herz?« fragte Helen freundlich.
»Neely O'Hara. Sie ist Terrys zweite Besetzung. Sie kennt jeden Song und hat eine sehr hübsche Stimme.«
»Kommt gar nicht in Frage«, sagte Gil hochmütig. »Ich habe ihr bloß die zweite Besetzung gegeben, um unterwegs einen Notnagel zu haben. Sind wir aber erst in New York, dann brauche ich einen vollwertigen Ersatz. Sie ist viel zu unbedeutend, dieses Waisenkind.«
Helen bekam ganz schmale Augen. »Und wie soll eine Naive denn aussehen? Wie eine verlebte Rothaarige mit riesigem Busen?«
»Helen, es handelt sich um eine gute Rolle. Ich kann mich in Philadelphia nicht mit einer völlig Unbekannten auf ein Risiko einlassen.«
»Sie ist beim Varieté großgeworden«, beharrte Anne. »Sie ist an Publikum gewöhnt. Wirklich, Mr. Case, Neely könnte sich ausgezeichnet eignen.«
Er zögerte. »Nun ... wir könnten es ja vielleicht mit ihr versuchen. Ist sie nicht gut genug, so habe ich in Philly immer noch drei Wochen, um einen Ersatz zu finden.«
Helen stand auf. »Dann ist ja alles geregelt. Wir können schlafen gehen.«
»Wie die kleinen Rehlein«, sagte Gil wütend. »Bloß darf ich die Suppe mit Terry King auslöffeln.«
»Du hast bestimmt schon einiges mit ihr ausgelöffelt, ehe du sie unter Vertrag genommen hast«, sagte Helen bissig. Sie ging zur Tür. »Du kannst morgen vormittag um elf für alle eine Probe ansetzen. Ich selbst komme natürlich nicht. Da bringst du die Sache ins Lot. Ich muß mich ausschlafen. Wir haben noch eine Matinee vor uns.« Sie wandte sich zu Anne. »Ich freue mich, daß du heute gekommen bist, Schätzchen. Ich ruf' dich noch an, wenn ich im Bett bin.«
Gil schloß hinter Helen die Tür. »Ihr Helden wart mir auch keine Hilfe«, sagte er vorwurfsvoll.
»Ich hab's versucht«, sagte Henry und zog die Schultern hoch. »Aber ich habe gleich gewußt, daß es keinen Sinn hat.« Er betrachtete Lyon und Anne. »Na, geht und eßt eure Würstchen. Ich bleibe bei Gil, und wir sprechen die Schlachtung durch.«
Als sie nach dem Aufzug läuteten, sagte Lyon: »Sollen wir es in dem kleinen Büfett an der anderen Straßenseite versuchen?«
»Ich bin nicht hungrig.«
»Müde?«
»Kein bißchen.« Ihre Augen schimmerten.

»Ich würde ganz gern ein bißchen frische Luft schnappen. Was meinst du, wollen wir dem New Havener Winter trotzen?«
Sie wanderten die verlassene Straße hinab. »Was werden sie wegen Terry King machen?« fragte Anne.
»Sie zwingen, von ihrem Vertrag zurückzutreten.« Lyons Atem formte kleine Dampfwölkchen in der Dunkelheit.
»Aber wie?«
»Komm morgen auf die Probe. Falls du einen guten Magen hast.«
Anne fröstelte. »Zumindest wird Neely eine Chance haben.«
»Du warst wunderbar. Ich hätte gern einen Freund, wie du es bist.«
Sie blickte ihn plötzlich an. »Was meinst du denn, was ich bin, Lyon? Glaubst du, ich marschiere nur deshalb durch die kalte Dezembernacht, weil ich so gerne friere?«
»Ich marschiere, weil ich ein Freund bin, Anne. Überdies bin ich Realist. New Haven wird vorbeigehen, aber du trägst einen mächtigen Brillanten am Finger, und daran hängt ein anständiger Bursche. Du bist für ein flüchtiges Abenteuer viel zu gut.«
»Mehr wäre es nicht?«
»Könnte es mehr sein?« Er blieb stehen und sah auf sie hinab.
»Es kann alles sein, was du willst, Lyon.«
Wortlos machte er kehrt und führte sie zum Hotel zurück. Sie sprachen kein Wort, bis sie in sein Zimmer kamen. Lyon nahm ihr den Mantel ab. Einen Augenblick betrachtete er sie zärtlich, dann breitete er die Arme aus. Sie warf sich hinein, ihre Arme schlossen sich um ihn. Sie war überrascht von der Heftigkeit, mit der sie seinen Kuß erwiderte.
Als sie sich losriß, sah sie ihn mit Tränen in den Augen an. »O Lyon, ich danke dir, daß du mich glauben machst...«
»Glauben?«
»Ich — ich kann es nicht erklären. Halt mich nur fest.« Wieder umschlang sie ihn.
Plötzlich hielt er sie auf Armeslänge von sich. Seine Stimme klang heiser, aber zärtlich. »Anne, ich sehne mich schrecklich nach dir, aber die Entscheidung mußt du treffen.« Er sah auf ihren Ring hinunter. »Du kannst unserer Begegnung die Tragweite einräumen, die dir paßt. Sollte es aber nur für New Haven Geltung haben — dann würde ich es auch verstehen.«
»Ich will nicht, daß es nur ein verstecktes Abenteuer ist, Lyon.«
»Setz dich, Anne.« Sanft führte er sie zum Bett. »Wenn ich das angenommen hätte, dann hätte ich gar nicht davon gesprochen.

Und falls ich nur eine Frau fürs Wochenende haben wollte, das gibt es hier mehr als genug — ich hätte nicht nach einem Mädchen greifen müssen, das nicht mehr frei ist. Doch bei einer Premiere in New Haven setzt immer eine sonderbare Hysterie ein. Der heutige Abend vergeht, und der Montag wird kommen. Montag bist du wieder in New York. Es wird eine andere Welt sein, und das ganze Wochenende mag dir unwahrscheinlich erscheinen. Du sollst wissen, daß ich es verstehen würde, falls es so kommen sollte.«
»Und was ist mit dir?« fragte sie. »Bist du auch nur von einer allgemeinen Hysterie angesteckt?«
Er lachte. »Du lieber Gott, Anne! Weißt du, wie viele New Havens, Philadelphias und Bostons ich hinter mir habe? Es ist eine Nacht wie viele zuvor, mit einem einzigen, wunderbaren Unterschied. Du bist hier.«
Vorsichtig berührte sie mit den Fingerspitzen sein Gesicht. »Ich liebe dich, Lyon.«
»Auch daran würde ich dich nicht erinnern.«
»Glaubst du mir nicht?«
»Ich glaube, daß du es im Augenblick ernst meinst. Du bist sicher kein Mädchen, das mit einem Mann schläft, wenn es nicht annimmt, ihn zu lieben.«
»Ich habe das noch zu niemand gesagt, Lyon. Ich liebe dich.«
Er stand auf und zündete sich eine Zigarette an. Als er sich umwandte, war sein Gesicht entschlossen. »Ich schick' dich jetzt auf dein Zimmer zurück.« Er holte ihren Mantel.
Sie saß auf dem Bett. »Lyon... ich verstehe nicht...«
»Wir brauchen nichts zu überstürzen. Warten wir ab, wie dir am Montag zumute ist. In New York.«
»Nicht anders als jetzt.«
»Das Risiko kann ich nicht eingehen.«
Langsam erhob sie sich. »Du willst wirklich, daß ich gehe?« Tränen standen in ihren Augen.
»Du liebe Zeit, Anne, das ist das letzte, was ich will. Aber deinetwegen... ich...«
»Ich möchte bleiben, Lyon«, sagte sie, beinahe demütig.
Er musterte sie neugierig, als wollte er die Bedeutung ihrer Worte abschätzen. Dann huschte plötzlich jenes unerwartete Lächeln über sein Gesicht, das Anne so gut kannte, und er schleuderte seinen Rock fort. Er kam mit ausgestreckten Armen auf sie zu. »Komm her, du schönes, goldenes Frauenzimmer. Ich habe versucht, edelmütig zu sein, aber du hast mich um meinen letzten Rest von Widerstand gebracht.«

Er nahm sie flüchtig in die Arme und gab sie wieder frei. Und jetzt? Er löste seine Krawatte. Was sollte sie jetzt tun? Sie hatte den ehrlichen Wunsch, mit ihm zu schlafen, aber es gab doch sicher eine gewisse Etikette dabei. O Gott, weshalb hatte sie nur ihren neuen Unterrock nicht an! Und warum hatte sie sich nie erkundigt, wie man sich in einer solchen Situation benimmt?
Er öffnete seinen Gürtel und zeigte auf das Badezimmer. »Möchtest du dich dort drinnen ausziehen?«
Sie nickte verstört und rannte ins Bad. Hinter der sorgfältig verschlossenen Tür zog sie sich aus. Und jetzt? Sie konnte doch nicht splitternackt ins Schlafzimmer marschieren. Sie hatte von dem Augenblick geträumt, in dem sie sich einem Mann schenken würde, den sie liebte. Aber nicht so! Nicht in einem kleinen Hotelzimmer in New Haven! In ihren Träumen war ihr ein üppiges Doppelbett vorgeschwebt, und sie hatte sich in einem weißen, hauchdünnen Nachtgewand gesehen, wie sie bei gedämpftem Licht schwerelos unter die Bettdecke und in die zärtlichen Arme ihres Geliebten gleiten würde. Hier hatte ihr Traum regelmäßig geendet. Und jetzt stand sie nackt und fröstelnd unter der grellen Lampe des Badezimmers und wußte nicht, was sie tun sollte.
»Hallo, du! Ich bin schrecklich einsam hier draußen!« rief Lyon.
Sie sah sich verzweifelt um und packte ein großes Badetuch. Das drapierte sie um den Körper und öffnete dann schüchtern die Tür.
Lyon lag im Bett. Die Decke hatte er bis über die Hüften hochgezogen. Er drückte seine Zigarette aus und streckte ihr die Arme entgegen. Von dem Badetuch behindert, tastete sie nach dem Lichtschalter.
»Laß es brennen«, sagte er. »Ich will dich sehen. Damit ich glauben kann, daß ich dich wirklich bei mir habe.«
Sie näherte sich dem Bett, und er griff nach ihren Händen. Das Badetuch glitt zu Boden. »Meine wunderschöne Anne«, sagte er leise. Seine Bewunderung und die unbefangene, selbstverständliche Art, wie er sie musterte, verscheuchte ihre Verlegenheit. Er warf die Decke beiseite und zog sie in seine Arme. Daß sein kräftiger Körper sich an sie drückte, empfand sie plötzlich als das Natürlichste von der Welt. Genau wie das unwahrscheinliche und berauschende neue Gefühl, das er in ihr auslöste, als er sie innig auf den Mund küßte. Sie spürte, daß sie mit einer Hingabe auf seine Umarmung reagierte, die sie sich niemals zugetraut hätte. Seine Hände streichelten ihren Körper. Zärtlich zuerst, dann fordernd. Trotzdem überstieg ihre seelische Verzückung jedes physische Empfinden.

Und dann geschah es. O Gott, jetzt war es soweit. Sie wollte gut für ihn sein, aber der Schmerz traf sie unvorbereitet, und sie schrie auf. Sofort ließ er von ihr ab.
»Anne...« Sie sah das ungläubige Staunen in seinen Augen.
»Mach weiter, Lyon«, bettelte sie, »es ist schon in Ordnung.«
Er beugte sich über sie und küßte sie sanft. Dann ließ er sich auf den Rücken fallen, verschränkte die Arme unter dem Kopf und starrte ins Halbdunkel.
Sie war ganz still. Er griff nach einer Zigarette und bot ihr auch eine an. Sie lehnte ab und beobachtete ihn schweigend und unglücklich. Er inhalierte tief und sagte: »Anne, du mußt mir glauben. Ich hätte dich niemals berührt, wenn ich gedacht hätte —«
Mit einem Satz sprang sie aus dem Bett, rannte ins Badezimmer und warf die Tür hinter sich zu. Sie vergrub ihr Gesicht in ein Handtuch, damit er ihr Weinen nicht hören sollte.
Er kam ihr augenblicklich nach und stieß die Tür auf. »Wein doch nicht, mein Liebling. Es ist nichts geschehen. Du bist unberührt geblieben.«
»Deshalb weine ich ja nicht.«
»Weshalb denn?«
»Wegen dir! Du willst mich nicht!«
»Oh, mein Dummchen...« Er schloß sie in die Arme. »Natürlich will ich dich haben. Sehr sogar. Aber es geht nicht. Schau, mir wäre nie im Schlaf eingefallen...«
Langsam brach der Zorn durch ihre Tränen. »Was hast du denn erwartet? Ich bin kein Flittchen!«
»Natürlich nicht. Ich habe bloß angenommen, daß irgendwann einmal — im College — oder natürlich mit Allen...«
»Allen hat mich nie berührt.«
»Das merke ich.«
»Ist es denn so wichtig, daß ich noch nichts erlebt habe?«
»Das Wichtigste auf der Welt.«
»Tut mir leid.« Sie vernahm völlig ungläubig ihre eigenen Worte. Die ganze Situation war verrückt. Da standen sie beide nackt unter dem scheußlichen harten Licht im Badezimmer und stritten um etwas, das heilig sein sollte. Sie griff nach einem Handtuch und bedeckte sich damit. »Bitte, geh jetzt, damit ich mich anziehen kann. Ich hätte nie gedacht, mich einmal dafür entschuldigen zu müssen, daß ich — unerfahren bin. Ich habe gedacht, das würde den Mann, den ich liebe... freuen...« Die Stimme brach ihr und sie wandte den Kopf ab, um die Tränen zu verbergen, die ihr die Demütigung wiederum in die Augen trieb.

Mit rascher Bewegung hob er sie hoch und trug sie ins Schlafzimmer. »Er freut sich auch«, flüsterte er. »Er ist bloß überwältigt ... und benimmt sich unverzeihlich blöd.«
Sanft ließ er sie aufs Bett gleiten und legte sich neben sie. »Ich werde sehr behutsam sein«, versprach er leise. »Und wenn du nicht weiter willst, dann sag es mir.«
»Aber ich will ja ...« Sie vergrub ihr Gesicht an seinem Hals und sagte mit erstickter Stimme: »Ich liebe dich, Lyon. Ich will dich glücklich machen.«
»Aber wir müssen beide glücklich dabei sein, und das wird dir vielleicht gar nicht leichtfallen. Beim erstenmal kommt es kaum soweit, soviel ich gehört habe.«
»Weißt du das denn nicht? Hast du noch nie mit einer Jungfrau —«
»Nie«, gab er lächelnd zu. »Ich bin also genauso nervös wie du.«
»O Lyon, ich will ja gar nichts weiter, als daß du mich liebst. Daß du mir gehörst.«
Sie schmiegte sich dicht an ihn. Der Schmerz machte ihr nichts aus, und als er einsetzte, biß sie die Zähne aufeinander und gab keinen Laut von sich. Und als sie fühlte, wie die Spannung in seinem Körper aufstieg, war sie nur überrascht, daß er sich von ihr zurückzog. Aber er hatte vor Lust gestöhnt. Und dann begriff sie plötzlich und war doppelt glücklich. Auf dem Höhepunkt der Leidenschaft hatte er daran gedacht, sie zu beschützen.
Später hielt er sie mit ungewohnter Sanftmut in den Armen. »Du hast heute nicht viel davon gehabt«, sagte er. »Doch das wird besser werden, ich verspreche es dir. Aber jetzt wird geschlafen.« Er hielt sie zärtlich an sich gepreßt und schloß die Augen.
»Lyon ... ich kann nicht hier übernachten.«
»Warum nicht?« Seine Stimme klang bereits schlaftrunken.
»Ich weiß nicht ... falls Helen oder Neely am Morgen anrufen.«
»Denk nicht an sie. Ich will dich in meinen Armen haben, wenn ich aufwache.«
Sie küßte sein Gesicht, seine Stirn und die Augen. Dann wand sie sich aus seinen Armen. »Das werden wir noch oft haben, Lyon. Aber nicht heute.« Sie ging ins Badezimmer und zog sich rasch an. Es war nicht wegen Helen oder Neely. Es war ihr nur zuviel auf einmal. Sie hätte kein Auge zugetan, wenn sie neben ihm liegen geblieben wäre.

Um neun Uhr stand sie auf. Es war ein klarer, windiger Tag. Sie sah aus dem Fenster. Unten stemmte sich ein Mann gegen den

Wind und hielt seinen Hut fest. Ein Mädchen wartete auf einen Autobus. Die beiden taten ihr leid. Alle Menschen der Welt taten ihr leid, weil sie nicht so maßlos glücklich sein konnten wie sie.
Sie nahm ein heißes Bad, und das Wasser weckte die Schmerzempfindlichkeit ihres Körpers, daß sie zur greifbaren Erinnerung an ihn wurde. Sie war fast übermütig vor Glück.
Um neun Uhr fünfzehn wurde sie unruhig. Wollte er sie nicht im Theater treffen? Hatte er gesagt: »Komm mit«, oder hatte er gesagt: »Komm hin«?
Als das Telefon klingelte, rannte sie durchs Zimmer. Es war Neely.
»Du hättest mir gestern nach der Premiere wenigstens guten Tag sagen können«, beschwerte sie sich.
»Ich habe gedacht, du feierst.«
»Ich? Ich zähle zur Statisterie. Und jetzt habe ich eine Probe. Ob das den Schlußpunkt bedeutet – eine Probe vor der Matinee? Der arme Mel ist völlig erledigt.«
»Wo ist er denn?«
»Unten im Café. Ich treffe ihn dort.«
»Wir sehen uns bei der Probe.«
»Wozu kommst du hin? Es wird nur anstrengend.«
»Hör zu, Neely, und halt den Mund. Es besteht die Möglichkeit, daß du für Terry King einspringst. Du kannst doch ihre Lieder, nicht wahr?«
»Können? Im Schlaf! Anne, machst du dich über mich lustig?«
»Nein, die haben etwas vor. Ich war gestern bei der Besprechung dabei. Aber daß du mir kein Wort verrätst. Sei bloß da.«
»Du heiliger Strohsack! Ich kann's nicht glauben. Na, wart nur, bis ich das Mel sage! Wiedersehen dann im Theater.«
Zehn Uhr fünfundzwanzig. Lyon hatte sich nicht gemeldet. Dreimal war sie zum Telefon gegangen, um ihn anzurufen, und jedesmal hatte sie sich's anders überlegt. Sie zündete sich eine Zigarette an und starrte aus dem Fenster in die winterliche Sonne. Die Minuten tickten vorbei ... Irgendwo läuteten Kirchenglocken. Was nun? Sollte sie den ganzen lieben Tag hier im Zimmer stehen? Oder allein ins Theater gehen? Lächerlich! Energisch ging sie zum Telefon und verlangte sein Zimmer.
Seine Stimme klang anfangs belegt. Dann wurde er plötzlich lebendig. »Du liebe Zeit, Herzchen! Ist es tatsächlich schon fünf vor elf? Hab' ich denn nicht den Auftrag gegeben, daß man mich um zehn Uhr weckt?«
»Wann denn? Höchstens, wenn du mitten in der Nacht aufgewacht wärst.«

Er lachte verlegen. »Komm zu mir und leiste mir Gesellschaft, während ich mich rasiere. Ich bestell' uns Kaffee.«

Seine Tür stand offen und er rief auf ihr leises Klopfen vergnügt: »Herein!« Er stand in Unterhosen im Badezimmer. Er zog sie an sich und gab ihr einen Kuß. Die neue Vertraulichkeit zwischen ihnen machte sie glücklicher, als sie es je zuvor gewesen war.

Als Lyon fertig angezogen war, verlangte er Henry Bellamys Zimmer. Auch Henry hatte sich verschlafen. Lyon lachte. »Schön, du Feigling, vergleichen wir unsere Uhren. Bei mir ist es halb zwölf. Sagen wir, daß wir beide um elf Uhr vierzig einmarschieren.« Er legte auf und wandte sich grinsend an Anne. »Fühlst du dich stark genug, der Hinrichtung beizuwohnen?«

»Ich will sie auf keinen Fall versäumen. Was wird geschehen?«

»Nichts Besonderes. Einige starke Männer werden sich zusammenrotten, um ein schwaches Mädchen zum Rücktritt zu zwingen.«

»Du tust, als hättest du das schon früher miterlebt.«

»Hab' ich auch. Kann recht unsauber werden. Ab und zu begegnet man einer Terry King, die sich als embryonale Helen Lawson entpuppt. Man stößt ihr das Messer in den Rücken, aber sie blutet nicht. In dem Fall verliert man.«

Im Aufzug trafen sie Henry. Falls er überrascht war, sie mit Lyon zu sehen, so ließ er sich nichts davon anmerken.

Mit Ausnahme von Helen war das gesamte Ensemble im Theater versammelt. Anne setzte sich mit Henry und Lyon in die vierte Reihe. Jennifer North rauschte herein und entschuldigte sich bei jedem dafür, daß sie sich verschlafen hatte. Der Regisseur unterbrach sein Gespräch mit dem Dirigenten und nickte gutmütig. »Für Sie hat sich nichts geändert, Prinzessin. Wenn Sie wollen, können Sie sich noch ein paar Stunden aufs Ohr legen.«

Jennifer lächelte und kam in den verdunkelten Zuschauerraum. Henry lud sie mit einer Handbewegung ein, sich neben ihn zu setzen. Sie erkannte Anne und nickte ihr herzlich zu. »Ist das nicht herrlich!« sagte sie begeistert. »Wir haben einen Bombenerfolg! Ich dürfte nicht *wir* sagen, denn ich tue gar nichts. Aber es ist ein großartiges Stück. Ich bin ganz aufgeregt, mitmachen zu dürfen.«

»Sie waren zauberhaft«, sagte Anne aufrichtig.

»Vielen Dank, aber ich bilde mir nicht ein, daß mein Name auch nur einen Zuschauer zur Kasse locken wird.«

»Unterschätzen Sie sich nicht«, gab Henry zurück. »Wenn diese Show erst in New York anläuft, werden Sie in sämtlichen Zeitungen stehen. Ich garantiere Ihnen einen Filmkontrakt innerhalb von sechs Wochen nach der Premiere.«

In Jennifers Wangen erschienen kleine Grübchen. »O Henry ... da wäre ich selig.« Dann zeichnete sich eine kleine Falte zwischen den Augen ab. »Aber nur, wenn es ein erstklassiger Vertrag ist. Nicht einer dieser Starletkontrakte.«
Henry sah ihr fest in die Augen. »Seien Sie ehrlich, Jennifer. Liegt Ihnen überhaupt an einem Filmvertrag? Oder einer Karriere? Ich will mir nicht die Füße wundlaufen, wenn Sie es nicht ernst meinen. Und was ist mit Tony Polar? Wie ernst ist es zwischen euch beiden?«
»Die Zeitungen bauschen es auf«, erwiderte Jennifer lächelnd. »Ich finde Tony himmlisch, aber ich glaube nicht, daß einer von uns so rasch heiraten möchte. Außerdem bin ich vor dem Gesetz immer noch mit Prinz Mirallo verheiratet.«
»Die Annullierungspapiere sind so gut wie unterzeichnet. Sie dürfen bloß nicht vergessen, was Sie dem Richter sagen müssen: daß Sie ein anständiges katholisches Mädchen sind und sich Kinder wünschen und dieser Kerl keine haben wollte.«
»Sind Sie katholisch?« fragte Lyon.
Jennifer zuckte die Achseln. »Meine Mutter war es, mein Vater nicht. Sie sind geschieden. Ich wurde nie getauft. Aber das wird doch keiner nachprüfen, oder, Henry?«
»Tun Sie, was ich Ihnen sage. Sie sind Katholikin. Sie wollten eine kirchliche Trauung, aber der Prinz entschied sich für das Standesamt. Damit haben Sie schon halb gewonnen. Dann reden Sie von den Kindern, die Sie haben wollten. Anne wird Ihre Zeugin sein.«
»Wie bitte?« fragte Anne verdutzt.
»Wir brauchen eine Zeugin. Ich wollte es Ihnen schon längst sagen. Keine Angst, es wird eine geschlossene Verhandlung sein. Sie brauchen nur zu sagen, daß Sie eine Freundin Jennifers sind und daß sie Ihnen vor Ihrer Hochzeit mit dem Prinzen anvertraut hat, wie sehr sie sich die Ehe mit ihm wünschte, und daß sie sogar bereit war, nach Italien zu übersiedeln und Dutzende von Kinderchen zu haben. Aber vergessen Sie ja nicht die Kinderchen.«
»Aber dann würde ich unter Eid lügen«, wandte Anne ein.
»Dann falten Sie dabei die Hände«, sagte Henry. Damit wandte er seine Aufmerksamkeit wieder der Bühne zu und flüsterte: »Achtung jetzt geht's los.«
Terry King stand auf der Bühne und sah den Regisseur ungläubig an.
»Das *Lied* streichen!« schrie sie. »Sind Sie verrückt? Haben Sie die Kritiken gelesen?«

»Die Show ist zu lang, Herzchen, und wir haben genügend Gesangseinlagen«, sagte der Regisseur gleichmütig.
»Na, und? Dann streichen Sie eine andere. Sie wissen verdammt gut, daß meine die beste des ganzen Stückes ist.«
»Ich habe meinen Auftrag«, sagte er müde.
»Wo ist Gil Case?«
»Nicht da. Er ist mit den Textautoren beschäftigt. Bill, he, Bill Towles!« Ein magerer Jüngling erschien. »Bill, die Liebesszene zwischen Ihnen und Terry ist gestrichen. Wir arbeiten an einem neuen Tanzsolo, das Sie statt dessen in Philadelphia machen sollen. Statt Terry eine Liebeserklärung zu machen, werden Sie tanzen. Damit kommt ein wenig Schwung in die Handlung.«
Bill nickte begeistert und verschwand.
»Und was wird aus mir, während er tanzt? Sitze ich in der Garderobe?« kreischte Terry. »Ist Ihnen klar, daß mir nach Streichung der Liebesszene und des Liedes zwei Zeilen im ersten Akt und eine Tanznummer im zweiten bleiben, und damit Schluß?«
»Die Bewegungsnummer bleibt«, antwortete der Regisseur. »Aber wir stellen das Ballett hinter Sie. Das wird bei der zweiten Strophe tanzen.«
»Und was tue ich?«
»Sie werden sich auf die linke Bühnenseite begeben, statt zu singen. Dort stehen Sie... dann schwenkt der Scheinwerfer von Ihnen fort, und Sie gehen unbemerkt ab, während das Ballett beginnt.«
»Das könnte Ihnen so passen!« Sie packte ihren Mantel und rannte von der Bühne und aus dem Theater. Der Regisseur fuhr mit seinen Streichungen und Anweisungen fort, als sei nichts geschehen.
Zehn Minuten später kam Terry mit einem Mann zurück, der wie ein Waschbär aussah. Der Waschbär trat mit gesträubtem Barthaar an die Rampe. »Also, was ist los?« fragte er herausfordernd.
Der Regisseur wandte sich um und betrachtete ihn. »Was meinen Sie?» fragte er unschuldig.
»Hören Sie, Leroy!« brüllte der Waschbär. »Bilden Sie sich nicht ein, daß Sie mich mit Ihrem unschuldigen Mädchengesicht hinters Licht führen können. Ich weiß, was hier gespielt wird. Helen hat Angst vor Terry. Bloß hat Terry diesmal ein bißchen Glück. Ihr Lied ist nämlich das beste der ganzen Show. Sie können mir nicht einreden, daß die Jungens Helen gestatten, das beste Lied des Stückes zu streichen.«

»Rufen Sie doch an«, schlug Leroy vor.
»Ist bereits geschehen. Sie sind in einer Sitzung mit Gil Case. Und glauben Sie außerdem, daß Gil Case bereit ist, Terry vierhundert Scheinchen für zwei Zeilen und eine halbe Tanznummer auszuzahlen?«
»Falls sie trotz dieser Striche bleiben will, wird er wohl keine andere Wahl haben.«
»Aha, von daher weht der Wind. Vertragsbruch seitens der Schauspielerin. Sie möchten wohl, daß Terry kündigt. Dann könnten Sie an ihre Stelle jemand anders für einen Pappenstiel engagieren. Aber wenn Sie Terry hinauswerfen, müssen Sie bis nächsten Juni ihre Gage zahlen und die für ihren Ersatz obendrein.«
»Kein Mensch wirft Terry King hinaus.«
»Weil Sie sich das nicht leisten können. Deshalb wollen Sie es ja so weit treiben, daß sie freiwillig geht.«
Der Regisseur saß auf der Rampe und sagte mit übertriebener Geduld: »Keiner will Terry vertreiben. Wir lassen uns nicht von Gefühlen leiten, sondern denken an die gesamte Show. Als Agent haben Sie bloß die Interessen Ihrer Klienten im Kopf. Daraus mache ich Ihnen keinen Vorwurf, Al, das ist Ihr Job. Ich aber muß die Show im Auge behalten. Und die ist zu lang. Ich kürze, wo Gil Case, die Textautoren und wir alle finden, daß gestrichen werden sollte, gleichgültig, wer darunter leidet.«
Der Waschbär trat seine Zigarette auf dem dicken Teppich des Theaters aus. »Ersparen Sie mir das Gewäsch! Sie vollziehen die Befehle, die Case von Helen Lawson bekommen hat. Er hat keine Wahl — er muß das alte Schlachtschiff beschirmen. Bei ihrer blechernen Stimme muß man sie vor jeder guten Sängerin schützen.«
»Werden Sie nicht persönlich«, sagte Leroy scharf.
»Warum nicht? Wir beide wissen, daß sie überholt und sentimental ist. Wenn die alte Schachtel heute starten wollte, würde sie nicht einmal über die erste Probe hinauskommen —«
»Ich denke, das reicht!« brach Henrys Stimme aus der Dunkelheit.
Der Agent drehte sich mit einem Ruck um. »Ich hab' Sie nicht gesehen, Mr. Bellamy. Na, es war doch nicht persönlich gemeint. Ich verteidige bloß meine Klientin, genau wie Sie es vermutlich vor zwanzig Jahren für Miß Lawson getan haben.«
»Ich habe nicht damit für Helen gekämpft, daß ich einen großen Star in dessen Abwesenheit angegriffen habe«, donnerte Henry. »Wer zum Teufel sind Sie schon? Ein kleiner Fisch mit einem

Schreibtisch in der Sechsundvierzigsten Straße. Wie können Sie es wagen, einer der größten Stars der Gegenwart zu beleidigen!«
Der kleine Mann krümmte sich. »Mr. Bellamy ... was würden Sie an meiner Stelle tun?«
»Das hinge ganz von meiner Klientin ab. Wenn Sie Helen Lawson hieße, dann hätten wir unsere Kündigung eingereicht und wären mit Anstand gegangen. Eine Helen Lawson hätte nämlich jederzeit eine andere Show gefunden, selbst als Anfängerin. Mit Ihrer Klientin aber würde ich nach jedem Brosamen greifen, der mir geboten wird. Ich würde trotz der zwei Zeilen und der halben Tanznummer bleiben und den Produzenten dazu zwingen, die Gage zu zahlen. Was macht es schon, wenn sie bei der Broadway-Premiere zum Gespött aller anderen Produzenten wird? Es ist ihr Begräbnis, nicht Ihres. Vielleicht finden Sie nach ihrem Fehlstart ein anderes Rennpferdchen. An Ihrer Stelle würde ich sie anflehen zu bleiben, damit Sie Ihre jämmerlichen zehn Prozent einstreichen können, denn es ist ja ganz eindeutig, daß Sie sich fürchten.«
Terry King wurde plötzlich lebendig. »Hören Sie, bei meiner Stimme nehme ich es jederzeit mit Helen Lawson auf! Al und ich haben keine Angst! Diese dreckige Show ist nicht die einzige auf der Welt, und ich werde noch viel berühmter, als Helen Lawson es jemals war. Verlassen Sie sich darauf, daß ich gehe! Und mit Anstand! Auf der Stelle!« Sie schrie aus vollem Halse.
»So warten Sie doch, Herzchen ...« bettelte Al. »Genau das bezwecken diese Leute doch.«
»Und was erwarten Sie von mir?« herrschte sie ihn an. »Daß ich als Chargenspielerin in Philadelphia und New York auftrete? Nur, damit Sie Ihre schäbigen zehn Prozent kassieren können?« Terry packte Als Arm. »Kommen Sie, Al. Wir gehen!«
»Augenblick. Sie haben noch einen Vertrag, und Sie müssen in der Matinee auftreten«, erinnerte Al sie.
»Bei diesen Strichen setze ich keinen Fuß auf die Bühne.«
»Ich fürchte, dazu sind Sie verpflichtet«, antwortete Henry. »Sie müssen die zweiwöchige Kündigungsfrist einhalten und in Philadelphia spielen.«
»Was ist denn hier los, Kinder?« rief Gil Case, als er durch den Zuschauerraum kam.
»Mr. Case!« Beinahe weinend rannte Terry auf ihn zu. »Sie haben meine Rolle gekürzt. Ich kann nicht als Chargenschauspielerin auftreten.«
»Ich hab' ihr gesagt, daß sie es tun muß«, erklärte Henry langsam. »Selbst wenn sie auf der Stelle kündigt.«

»Augenblick«, sagte Gil freundlich. »Keiner will Sie unnötig verletzen.« Er blickte Terry mitfühlend an. »Mein liebes Kind, mir ist gar nicht aufgefallen, wie winzig Ihre Rolle nach diesen Strichen geworden ist.« Er machte ein sorgenvolles Gesicht.
»Ich kann das nicht spielen«, beharrte Terry.
Plötzlich flog ein Lächeln über sein Gesicht. »Das müssen Sie auch nicht.«
»Und die Matinee?« fragte Henry.
Gil winkte ab. »Keine Angst. Die Rolle ist so klein, daß wir die zweite Besetzung einspringen lassen können. Das ist wirklich keine Sache.« Er legte seinen Arm um Terry. »Gehen wir in mein Appartement zurück. Sie auch, Al. Terry kann eine formelle Kündigung schreiben, und ich gebe ihr als Abfindung die Gage von zwei Monaten.« Er hielt an und überlegte. »Ich sag' Ihnen was. Ich werde meinen Presseagenten rufen, damit er die New Yorker Zeitungen informiert, und Sie werden eine unerhörte Publicity damit gewinnen. Mein Kind, nächste Woche wird sich jeder Produzent um Sie reißen. Man muß schon Charakter haben, um aus einer Helen-Lawson-Show auszusteigen.«
Er führte sie durch den Zuschauerraum und aus dem Theater. Der Waschbär trottete hinter ihnen her.
Kaum waren sie verschwunden, stieg Henry auf die Bühne und besprach sich kurz mit dem Regisseur. Der nickte und wurde lebendig. »Neely O'Hara!« rief er. Neely stürzte zu ihm hin. »Können Sie bis halb drei die eine Strophe der Tanznummer gelernt haben?«
»Ich kann schon jetzt beide Strophen.«
Er lächelte leise. »Okay, dann machen wir die eine Strophe und schieben den Tanz ein. Kommt, Kinder, an die Arbeit! Neely, Sie gehen in die Garderobe. Mal sehen, wie Ihnen Terrys Kostüme passen. Der Chor soll sich aufstellen. Wir fangen an!«
Henry stand auf. »Gehen wir. Ich glaube, wir können alle frische Luft brauchen.«
Draußen standen sie in betretenem Schweigen. »Ich werde noch ein wenig schlafen«, sage Jennifer. Sie ging in Richtung ihres Hotels davon. Henry starrte stumm ins Leere. Lyon drückte Annes Hand.
»Ich finde das abstoßend«, sagte Anne. Dann zwang sie sich zu einem blassen Lächeln und sagte: »Aber vermutlich ist das beim Schaugeschäft so.«
»Das stimmt nicht«, wetterte Henry. »Es war eine Gemeinheit. Wie man es auch dreht und wendet, es stinkt zum Himmel. Mir kehrt

sich der Magen um. Ich bin mir vorgekommen wie Joe Louis mit zwei verkrüppelten Zwergen im Ring. Herrgott! Na, ich werde Helen anrufen und ihr die gute Neuigkeit mitteilen.« Langsam wanderte er zum Hotel.

Lyon ging mit Anne zum Essen. »Henry hat nicht recht«, stellte er fest. »Wir haben das Kätzchen gekratzt, und es hat nicht zurückgekratzt. Sie hat es eben nicht in sich.«

»Aber wie hätte sich denn Terry bei dieser radikalen Streicherei wehren können?«

Lyon machte sich über das Essen her. »Glaubst du wirklich, daß das Lied gestrichen bleibt? Sobald Terrys Kündigung unterschrieben ist und sie im Zug nach New York sitzt, werden alle Streichungen rückgängig gemacht. Terry hatte sämtliche Trümpfe in der Hand, aber Henry hat so überzeugend geblufft, daß sie aufgab.«

Fünfzehn Minuten später setzte sich Henry zu ihnen. Er würgte ein trockenes Sandwich mit Huhn hinunter und sagte, daß sich seine Magenbeschwerden wieder bemerkbar machten. Um halb zwei kamen einige Statistinnen und verschlangen hastig ein paar Brötchen. Sie hockten in kleinen Gruppen zusammen. Neely war die Sensation des Tages.

Später sah sich Anne mit Lyon die Aufführungen an. Neely bewältigte ihre Rolle ungemein routiniert. Soweit Anne es beurteilen konnte, war sie weder ein Gewinn noch ein Nachteil für die Show. Die Rolle war derart gestutzt worden, daß sie kaum noch etwas bedeutete.

»Ich weiß, Anne, daß du was damit zu tun hast«, sagte Neely atemlos, als Anne hinter die Bühne ging, um ihr zu gratulieren. »Helen hat es mir heute gesagt. O Anne, ich liebe dich wahnsinnig. Du bist wirklich wie eine Schwester. Ach ... das ist Mel.«

Anne wandte sich an den jungen Mann, der sich möglichst unauffällig in einen Winkel gedrückt hatte. Er eilte herbei, schüttelte ihr die Hand und zog sich wieder zurück. Er war groß, zu mager, und seine wachsamen, dunklen Augen hingen in unverhüllter Begeisterung an Neely. Anne fühlte sofort seine Warmherzigkeit, und sie war plötzlich sehr froh für Neely.

»War sie nicht sensationell?« fragte Mel stolz.

»Einfach wunderbar«, sagte Anne herzlich.

»Und Montag in Philly bekomme ich das Lied und die Liebesszene zurück«, platzte Neely heraus. »Und Helen Lawson hat gesagt, sie wird sich darum kümmern, daß ich für New York neue Kostüme kriege. Sie meint, in Terrys Kostümen wirke ich aufgedonnert.«

Helen schwärmte von Neely. »War deine Freundin nicht toll?« schrie sie, als Anne einen Sprung in ihre Garderobe machte.
Anne war überrascht. Helens Begeisterung schien reichlich übertrieben. »Neely ist genau der richtige Typ für die Rolle – ein liebes, unschuldiges Dingelchen. Paß nur auf, wenn sie am Montag erst den Hit singt. Ein naives kleines Mädchen mit einem richtigen Hit von einem Lied, das macht das Publikum immer schwach.«
Anne ging zur Tür.
»Warum hast du es denn so eilig?« fragte Helen.
»Lyon Burke wartet unten.«
Helen warf ihr einen sonderbaren Blick zu. »Ich hab' euch beide gestern abend händchenhalten gesehen. Wenn du dir ein nettes Wochenende in New Haven machen willst, nur zu. Aber vergiß nicht, das Wahre ist der Eisbrocken an deinem Finger.«
»Ich gebe ihn zurück.«
»Waaas?« schrie Helen. »Annie, ich flehe dich an – nimm doch diese Eine-Nacht-Affäre nicht ernst.« Anne wandte sich ab. Helen wurde sofort weich. »Hör auf mich, Engelskind ... du bist jung. Ich weiß, wie das ist, und er ist wirklich ein tolles Stück Mann. Genieße, was sich bietet, man lebt nur einmal. Aber gib Allen nicht für ein kurzes Abenteuer auf.«
Anne lächelte bloß und griff nach der Klinke.
»Fährst du jetzt nach New York zurück?« fragte Helen.
»Ich glaube.«
»Wir fahren morgen früh nach Philly zurück und proben dort. Da bauen wir das Lied wieder ein und machen noch ein paar kleine Änderungen. Bis Montag wird dann die Show sicher vor der Kritik bestehen können. Und deine Freundin hat eine gute Rolle. Ich habe Gil Case bereits gesagt, daß er sich in New York nach niemand anders umzusehen braucht. Ich bin einverstanden mit Neely.«
»Hals- und Beinbruch am Montag«, sagte Anne.
»Wir sehen uns ja, wenn du mit Gino und Allen kommst. Vergiß nicht, nach der Show steigt unsere große Feier.«
Allen! Die Premiere! Gino!
»Wiedersehen!« rief Helen fröhlich.
Lyon wartete draußen. »Sämtliche Pflichtbesuche erledigt?«
Sie nickte. Er hakte sich bei ihr ein. »Ich hab' uns einen Freibrief verschafft«, sagte er. »Wir dürfen mit dem nächsten Zug heimfahren. Ich hatte Angst, wir müßten hierbleiben, aber das hat Henry übernommen. Er fährt von hier aus nach Philadelphia weiter, und wir treffen ihn am Montag dort.«

Sie aßen im Zug und gingen ohne weitere Erörterung gleich in Lyons Wohnung. Beim Eintritt überlief sie ein leichtes Frösteln. Die Wohnung machte einen beinahe vertrauten Eindruck auf sie.
Als hätte er ihre Gedanken gelesen, sagte Lyon: »Genaugenommen ist es ja deine Wohnung... Ich habe sie immer als solche betrachtet.«
»Dann hast du also wirklich an mich gedacht... schon früher?«
Er zog sie in seine Arme. »Glaubst du denn, Anne, daß ich dich in New Haven urplötzlich zum erstenmal gesehen habe?«
Sie drückte sich dicht an ihn. »Du bist mir vertrauter als jeder andere Mensch. Ich will alles von dir wissen. Zwischen uns darf es keine Geheimnisse geben. Wir sind eins, Lyon, jeder ist ein Teil des anderen. Ich gehöre zu dir.«
Er rückte ab und nahm sich nachdenklich einen Schluck Whisky. »Ich frage mich, ob ich dieser absoluten Liebe gewachsen bin, Anne, ich möchte dich nicht kränken. Ich empfinde wirklich sehr viel für dich. Das sollst du wissen. Aber ich habe dir alles gegeben, was ich vielleicht zu geben imstande bin. Ich –«
»Und das genügt! Mehr will ich nicht als deine Liebe. Ich hatte nie die Absicht, Allen zu heiraten. Es geschah bloß alles so schnell, daß ich überrumpelt wurde. Aber selbst wenn du mir nicht begegnet wärst, hätte ich Allen nicht geheiratet.«
»Ich wollte, ich könnte das glauben, Anne. Dann hätte ich ein besseres Gewissen.«
»Wieso, Lyon, liebst du mich denn nicht?«
Er sah vor sich hin, als suchte er nach einer Antwort. Er sah, wie ihr die Tränen in die Augen schossen. »Anne!« Er packte sie bei den Schultern. »Ja, ja, ich liebe dich. Ich liebe dich und will dich haben. Aber deine Art zu lieben ängstigt mich – und ich weiß nicht, ob dir meine Liebe genügen wird.«
Erleichtert schloß sie die Augen. »Ach, Lyon, hast du mich erschreckt! Natürlich kannst du mich nicht so lieben wie ich dich. Das erwarte ich gar nicht. Kein Mensch kann derart maßlos lieben.«
Am nächsten Tag erwachte sie in seinen Armen. Behutsam stand sie auf und ging in die Küche. Es war Mittag vorbei.
Als sie die Eier auf den Tisch stellte, erwachte er. Nach dem Frühstück vertiefte er sich in die *Times*, während sie duschte.
Überrascht blickte er auf, als sie angezogen vor ihm stand, den Mantel über dem Arm.
»Verläßt du mich?« Er zog sie auf die Couch herab. »Du bist das flüchtigste Abenteuer, das ich je hatte.« Er küßte ihren Hals, und sie fühlte sich schwach werden. Gewaltsam riß sie sich los.

»Lyon, ich kann nicht morgen im gleichen Kleid ins Büro gehen. Ich brauche frische Strümpfe und Wäsche. Ich muß nach Hause.«
Er sah auf seine Uhr. »Sehe ich ein. Ich hole dich um sieben ab. Und bereite dich darauf vor, daß du von hier aus ins Büro gehst.«
Sie küßte ihn dankbar. Einen Moment lang hatte sie befürchtet, daß er sie nicht bitten würde, zurückzukehren. Sie gönnte sich den Luxus eines Taxis. Es war bereits drei Uhr, und sie hatte bis sieben noch so viel zu erledigen.
Kaum betrat sie ihr Zimmer, nahm die Umwelt von ihr Besitz. Auf der Anrichte stand eine große Vase mit Blumen. Die beiliegende Karte stammte von Allen. »Hoffentlich habe ich Dir genauso gefehlt wie Du mir. Ruf mich sofort an, wenn Du da bist. Ich liebe Dich, Allen.«
Sie sah die Rosen an. Nein, sie durfte es nicht aufschieben. Morgen fuhr sie mit Lyon nach Philadelphia, und Allen rechnete damit, sie zu begleiten — mit Gino!
Sie wählte Allens Nummer, hielt aber mittendrin inne und legte auf. Vielleicht konnte sie ihm ein Telegramm schicken. Aber sie mußte ihm den Ring zurückgeben. Er hing leblos und schwer an ihrem Finger.
Sie griff nochmals zum Apparat. Beim zweiten Läuten meldete er sich. »Na, wie war es in New Haven und bei deiner Freundin, dem alten Schlachtschiff?«
»Die Show war ein durchschlagender Erfolg.«
»Das weiß ich. Gino hat gestern abend im Morocco ein paar Leute getroffen, die in New Haven gewesen sind.«
»War es nett im Morocco?«
»Ich war nicht dort. Erinnerst du dich noch an mich? Ich bin schwer verlobt. Beide Abende bin ich mit einem Buch daheimgesessen und habe auf die Rückkehr meines Mädchens gewartet.«
»Allen . . . ich muß dir was sagen.« Sie redete hastig, denn sie mußte es rasch hinter sich bringen, ehe sie die Nerven verlor. »Allen, ich bin nicht dein Mädchen, und ich bin nicht mit dir verlobt, und ich möchte dir den Ring zurückgeben.«
Es folgte eine lange Stille. Dann sagte er: »Ich komm' sofort zu dir, Anne.«
»Nein, Allen, wir treffen uns irgendwo, und ich gebe dir den Ring.«
»Ich bin gleich dort!«
»Komm nicht, Allen!« rief sie entsetzt. »Ich habe mich verliebt!«
Diesmal dauerte das Schweigen länger. Schließlich sagte sie zögernd: »Allen? Verstehst du?«

»Wer ist es?«
»Lyon Burke.«
Sein Lachen klang unangenehm. »Du meinst den obdachlosen Vorstadt-Engländer, der in meiner früheren Wohnung haust? Jedenfalls freue ich mich, daß ich dir ein anständiges Absteigequartier verschafft habe.«
»Allen, es ist einfach passiert.«
»Na, schön, Anne, dann viel Glück.«
»Und wie gebe ich dir den Ring zurück?«
»Der ist mein geringster Kummer. Weshalb machst du dir darüber Sorgen?«
»Ich will aber, daß du ihn zurückbekommst.«
»Ach so, wahrscheinlich stößt sich Lyon Burke daran, ihn an deinem Finger zu sehen. Oder hat er ihn bereits durch einen anderen ersetzt? Nach allem, was man sich über ihn erzählt, wird er dir höchstens einen Ring durch die Nase ziehen.«
»Bitte, Allen, wir wollen nicht so auseinandergehen.«
»Was willst du eigentlich? Soll ich dir ein Glückwunschtelegramm schicken? Das ist doch wirklich die Höhe! Zum erstenmal in meinem Leben behandle ich ein Mädchen anständig, und dann läßt sie mich sitzen! Aber ich werde dich noch durch viele Hände wandern sehen. Mit Lyon Burke wird der Weg zum Altar sehr weit sein.«
»Bitte, Allen, kann ich dich morgen mittag treffen und dir den Ring geben?«
»Nein, mein kleiner Eisberg, behalte ihn.«
»Wie?«
»Behalt ihn, du Luder!... Ich brauch' den Ring nicht. Ich kann mir jede Menge Ringe kaufen. Aber du wirst ihn nötig haben. Den kannst du gegen teures Geld verpfänden. Oder noch besser, trage ihn. Damit er dir jedesmal am Finger brennt, wenn ein Mann dich so niederträchtig behandelt wie du mich. Meine Ahnung sagt mir, daß Lyon Burke der erste sein wird!« Der Hörer wurde hingeknallt.
Sie rief ihn sofort zurück. »Ich weiß, daß du wütend bist, Allen, und daß du alles in der Wut sagst. Ich möchte, daß wir Freunde bleiben.«
»Ich ziehe männliche Freunde vor«, sagte er kalt.
»Allen, warte doch!« Sie wußte, daß er gleich wieder abhängen würde. »Ich wollte dich nur daran erinnern, daß Gino versprochen hat, morgen nach Philadelphia zu fahren.«
»Das ist also noch nicht ins Wasser gefallen?« fragte er mit neu erwachter Hoffnung.

»Mißversteh mich nicht. Ich kann dich jetzt nicht mehr begleiten. Aber das ist kein Grund, daß Gino nicht fährt. Helen erwartet ihn.«

»O nein, das ist doch nicht dein Ernst!« Sein Lachen klang fast wie ein Stöhnen.

»Warum? Helen hat ein Zimmer für ihn bestellt. Was zwischen uns ist, berührt ihn doch nicht. Warum sollte Helen unsertwegen enttäuscht werden?«

»Bist du jetzt fertig? Hast du dir eingebildet, daß Gino gerne gefahren wäre? Glaubst du, daß es ihn reizt, sich mit diesem alten Schlachtschiff in einen Nahkampf einzulassen?«

»Hör auf, sie so zu nennen! Sie ist eine sehr nette Frau, und dein Vater sollte stolz sein, daß sie Wert auf seine Gesellschaft legt. Sie ist ein berühmter Star und —«

»Und eine langweilige, verlogene Nervensäge. Mein Vater kann haben, wen er will. Natürlich wäre er morgen gefahren, aber glaub nur ja nicht, daß er nicht alles versucht hat zu kneifen. Aber ich hatte ihn soweit gebracht. Ist das nicht zum Schreien? Deinethalben habe ich ihn bearbeitet. Und ich habe mir über das Wochenende den Kopf zerbrochen, wie ich ihn dazu bewegen könnte, daß er über Nacht in Philadelphia bleibt. Er war bereit zu kommen, aber er schwor, daß er unmittelbar nach der Vorstellung zurückfahren würde. Kannst du dir das vorstellen? Ein junger Mann kompromittiert seinen eigenen Vater, nur um seinem Mädchen eine Freude zu machen!

Das ganze Wochenende habe ich ihm in den Ohren gelegen, und du hast ...« Die Stimme brach ihm beinahe. »Na, kein Schaden ohne Nutzen. Gino bleibt wenigstens verschont. Jetzt bist du dran — und Lyon Burke. Soll doch sein Vater deiner Freundin den Gefallen tun.« Die Leitung war tot.

Die Premiere in Philadelphia war bedeutend ausgefeilter und flüssiger, als die von New Haven. Anne saß neben Lyon und identifizierte sich eher mit den Schauspielern als mit dem Publikum. Er hielt ihre Hand, und sie fragte sich insgeheim, ob er bemerkt hatte, daß der große Brillant fehlte. Der lag in einem schlichten Briefumschlag in ihrem neuen Bankfach.

Lyons Geflüster holte sie in die Gegenwart zurück. Neelys großer Augenblick war gekommen. Man hatte das Lied wieder aufgenommen. Anne saß auf der Kante ihres Sitzes, als Neely zu singen begann. Es war eine grundlegend andere Interpretation. Terry King hatte in ihrem anliegenden roten Seidenkleid trotzig und herausfordernd gewirkt. Neely, in einem blauen Kleid mit kindlich rundem Kragen, machte einen hilflosen, rührenden und einsamen Eindruck. In ihrer Stimme schwang eine bebende Klage mit. Das Lied war erst jetzt richtig zur Liebesballade geworden. Sie erhielt ungeheuren Applaus.

Anne warf während der Vorstellung mehrmals nervöse Blicke auf die drei leeren Sitze in der vierten Reihe. Helen hatte diese Plätze reservieren lassen. Und sie hätte dort zwischen Allen und Gino sitzen sollen. Sie hatte Helen noch nichts gesagt, weil sie befürchtete, die Vorstellung könnte darunter leiden.

Um elf Uhr fünfzehn senkte sich der Vorhang zum letztenmal. Auch hier war die Show ein unbestrittener Erfolg. Selbst Henry Bellamy sah nicht so gequält aus wie sonst meistens. Er kam an Lyon und Anne vorbei, als sie hinter die Bühne gingen. »Die Feier findet im Warwick statt.«

Lyon sah auf seine Uhr. »Du möchtest doch nicht wirklich hingehen, oder?«

Darauf war sie nicht vorbereitet. Sie hatte angenommen, daß Henry im Hotel Zimmer für sie bestellt hatte. Sie waren direkt vom Zug ins Theater gekommen. Sie trug eine große Handtasche bei sich, in die sie ein Nachthemd und eine Zahnbürste gestopft hatte. Plötzlich bemerkte sie, daß Lyon seine gewohnte Aktenmappe nicht bei sich hatte.

»Wenn wir nur schnell einen Sprung in die Garderoben machen und Helen und Neely gratulieren, können wir gerade noch den Zug um zwölf Uhr fünfundzwanzig nach New York erreichen.«

»Wie du willst, Lyon.«

»Ich möchte lieber im Speisewagen ein Glas Wein mit dir trinken. Wir beide müssen einmal gründlich ausschlafen, und diese Feier wird bis in die frühen Morgenstunden dauern.«

Sie boxten sich durch das Gedränge auf den Korridoren zu den Garderoben. Anne ging direkt auf Neelys Zimmer zu. Sie stand inmitten einiger Reporter vor der Tür. Verschiedene Mitwirkende kamen vorbei und beglückwünschten sie. Mel stand stumm vor Stolz neben ihr.

Anne umarmte sie. »Neely, du warst wunderbar!«

»Wirklich? Findest du? Wenn ich mich erst eingewöhnt habe, werd' ich noch viel besser sein. Und die Kostüme sind nur behelfsmäßig. Für New York werde ich neu ausgestattet.«

Auch Lyon gratulierte ihr. Neely sah ihn verblüfft an. »Wo ist Allen?«

»Das erzähl' ich dir ein andermal«, sagte Anne leise.

»Es ist doch hoffentlich alles in Ordnung?« bohrte Neely. »Also, Helen hat sich heute wie ein Schulmädchen aufgeführt, bloß, weil Gino im Zuschauerraum saß. Und du solltest mit Allen hier sein.«

Anne spürte, wie ihr die Röte in die Wangen stieg. Neelys klare Stimme war über den halben Korridor hinweg zu hören.

»Allen ist nicht hier«, flüsterte Anne.

»Das merke ich. Aber falls Gino auch nicht da ist, dann bring dich lieber rasch in Sicherheit.«

Sie drängten sich durch die Wartenden in Helens Garderobe. Sie löste sich von einer kleinen Gruppe und eilte Anne mit ausgestreckten Armen entgegen. »Hi!« sagte sie fröhlich. Dann wanderte ihr Blick erwartungsvoll an Anne vorbei. Als sie Lyon sah, betrachtetete sie Anne fragend. »Wo sind sie denn?«

»Sie sind nicht gekommen.«

»Was?«

»Das ist eine lange Geschichte, Helen.«

»Dieser Schurke! Was ist denn geschehen?«

»Das erzähle ich dir später.«

»Hoffentlich hast du eine glaubwürdige Ausrede bei der Hand. Komm rein, während ich mich umziehe.«

»Helen — Lyon und ich fahren mit dem Zug um zwölf Uhr fünfundzwanzig nach New York zurück.«

»Das ist doch wohl ein Witz!«

Anne schüttelte den Kopf.

»Du willst nicht zur Feier kommen?«

»Ich muß morgen früh im Büro sein, Helen.«

»Quatsch! Wenn ich sage, daß ich dich hier haben will, dann gilt das! Das ist das mindeste, was Henry für mich tun kann. Er ist heute zurückgefahren, also bleibst du hier.« Dann wandte sie sich an alle, die in ihrer Garderobe standen, und rief: »He, die Party steigt im Warwick. Verschwindet jetzt, damit ich mich umziehen kann.«

Sobald sie allein waren, wandte sich Helen an Anne und Lyon. »Lyon, Sie warten draußen. Anne soll hier sitzen bleiben.«

Er blickte auf seine Uhr. »Wir müssen aufbrechen, wenn wir den letzten vernünftigen Zug erreichen wollen.«

»Großartig! Henry läßt dich nicht mal als Ersatz zurück? Als nächstes wird er mir den trübseligen George Bellows schicken. Na, der bekommt was von mir zu hören! Wer, zum Teufel, soll mich denn zu der Party begleiten?«

»Warum ist Henry nicht geblieben?« fragte Anne.

»Weil ich ihm gesagt habe, daß Gino hier sein wird«, herrschte Helen sie an. »Also, schieß los. Was ist denn eigentlich passiert?«
Lyon sah wieder auf seine Uhr. »Ich besorge uns ein Taxi, Anne.« Er lächelte Helen flüchtig zu und verließ die Garderobe.
»Du liebe Zeit, heute läßt mich aber auch jeder im Stich!« stöhnte Helen. Sie setzte sich an ihren Toilettentisch und überpuderte die Bühnenschminke.
»Helen, die Show war heute wirklich einmalig«, sagte Anne. »Es tut mir leid, daß ich jetzt fort muß, aber Lyon will den Zug erreichen...«
»Dann laß ihn doch gehen, in drei Teufels Namen. Was hat das mit dir zu tun?«
Anne suchte nach einer Ausrede. »Ich habe kein Zimmer bestellt.«
»Na und? Ich habe ein Appartement mit zwei Betten. Du kannst bei mir übernachten.«
»Aber ich bin mit Lyon gekommen.« Sie blickte sehnsüchtig zur Tür.
Helens Augen wurden groß. »Oh, jetzt begreife ich. Die Sache mit Lyon ist noch nicht vorbei. Verdammt, du bist genau wie alle anderen. Du, das einzige Mädchen mit Anstand, das ich so ins Herz geschlossen habe, das meine engste Freundin war – und du drehst mir einfach den Rücken. Aber mach nur so weiter. Verflucht, das war immer schon mein Schicksal. Ich verschenke großzügig mein Herz, vertraue immer den Menschen...« Tränen strömten ihr über die Wangen. »Ich habe an dich geglaubt, Annie. Aber du gibst mir einen Tritt in den Hintern und läßt mich fallen, wenn ich dich brauche. Da steh' ich allein und ohne Mann nach meiner Premiere da, und meine einzige Freundin hat auch was Besseres vor...«
»Helen, ich bin wirklich deine Freundin. Vielleicht gibt es einen späteren Zug. Ich werde mit Lyon reden.«
»Nein, nach dem Zug um halb eins gibt's nur noch Bummelzüge.« Helen tupfte sich die zerlaufene Wimperntusche vom Gesicht. »Aber geh nur. Ich war verrückt, in dir eine Ausnahme zu vermuten.«
»Warte, ich werde mit Lyon sprechen.« Sie rannte aus der Garderobe.
Lyon stand neben dem wartenden Taxi. Sie lief auf ihn zu. »Lyon, wir können sie nicht allein lassen. Sie ist tief gekränkt. Sie hat geweint.«

»Helen hat die Tränen immer bereit. Die verschwinden so rasch, wie sie kommen. Glaub mir, Anne, die Helen Lawsons ist selbst an ihrer Einsamkeit schuld.«
»Aber ich kann ihr das nicht antun.«
»Wir sind Helen nichts weiter als geschäftliche Loyalität schuldig. Einfache Dinge, wie die Kreuzigung Terry Kings. Das weiß sie, und das fordert sie. Aber in meinem Vertrag steht nichts davon, daß ich sie abends begleiten muß.«
»Aber, Lyon, sie ist meine Freundin.«
»Und du möchtest bleiben?«
»Ich finde, das sollten wir..«
Er lächelte. »Na schön. Lebewohl, Freundin«, sagte er und stieg ungerührt ins Taxi.
Zuerst konnte sie es nicht fassen. Aber das Taxi war fort. Sie wußte nicht, ob sie sich ärgern oder fürchten sollte. Plötzlich fühlte sie, wie ihr die Tränen in die Augen schossen. Eine Welt stürzte für sie ein. Jetzt hatte sie glücklich jeden verletzt – am meisten sich selbst.

Der Empfang im Warwick war eine Wiederholung des Abends in New Haven. Die einzige Ausnahme war Neely, die als neue Hauptdarstellerin anerkannt wurde. Helen trank hemmungslos und war vom Scheitel bis zur Sohle der umgängliche Star mit den Allüren des Naturkindes. Bei Annes Rückkehr waren Leute in Helens Garderobe herumgestanden, und Anne hatte keine Gelegenheit, Ginos Abwesenheit zu erklären. So saß sie die Party ab, fühlte sich als Außenseiterin und war wie betäubt. Als sie um zwei Uhr früh bemerkte, daß Neely und Mel sich fortstahlen, beneidete sie die beiden von ganzem Herzen. Lyon mußte eben in New York ankommen. Ob er wohl wütend war oder genauso unglücklich wie sie?
Es war drei Uhr früh, als sie endlich in Helens Appartement ankamen und Helen eine kleine Champagnerflasche entkorkte. Sie schenkte sich ein großes Glas voll. »So, und jetzt erzähl – was ist mit Gino los?«
Anne suchte nach passenden Worten. »Vermutlich bin ich an allem schuld«, sagte sie vorsichtig. »Ich habe mich nämlich von Allen getrennt.«
»Warum?«
»Weil Lyon und ich... wir waren beisammen...«
»Na und?« fragte Helen. »Ich hab' längst gewußt, daß du in New Haven was mit ihm angefangen hast. Was hat das mit Allen zu tun?«

»Ich kann doch nicht mehr mit Allen zusammenkommen, wenn ich Lyon liebe.«
Helens Augen wurden schmal. »Bist du verrückt? Du glaubst doch nicht, daß er dich heiraten wird, bloß, weil du mit ihm geschlafen hast.«
»Natürlich wird er das —«
»Hat er von Ehe gesprochen?«
»Das Ganze ist doch erst vor drei Tagen geschehen.«
»Und wo steckt der große Liebende jetzt? Soviel ich sehe, ist er nicht bei dir geblieben.«
Anne gab keine Antwort. Helen fuhr unerbittlich fort: »Hör zu, wenn ein Mann ein Mädchen liebt, dann rührt er sich nicht von seiner Seite. Allen war immer bei dir, und ihm ist jetzt bestimmt elend zumute. Sicher ist Gino deshalb nicht gekommen. Wahrscheinlich hält er mich für das gleiche Flittchen, wie du es bist.«
»Helen!«
»Du bildest dir wohl ein, eine Dame zu sein? Trägst den Ring eines anständigen Mannes am Finger und hüpfst mit diesem Engländer in die Federn. Und schlägst zwischen mir und Gino alles kurz und klein. Natürlich wirft er uns in einen Topf. Er hat Angst, mich jetzt zu treffen, weil er fürchtet, ich könnte genauso grob mit ihm umspringen wie du mit seinem Sohn. Ich habe einen Mann verloren, den ich liebe, nur weil du eine kleine Nutte bist.«
Anne rannte durchs Zimmer und packte ihren Mantel.
»Wohin willst du denn?« fragte Helen und schenkte sich nach.
»Irgendwohin — nur weg von dir!«
»Ha!« höhnte Helen. »Mein Kind, dein Weg kann dich nur nach unten führen. Glaubst du, auch nur einer macht sich was aus dir und deiner Hochnäsigkeit? Ich bin zumindest ehrlich und nenne die Dinge beim rechten Namen. Aber du hast die Vornehme gespielt. Klar, solange du den Brillanten getragen hast, warst du jemand. Da hab' ich mich mit dir abgefunden. Ich habe mir gedacht, es wird schon etwas an dir dran sein, wenn dich Allen Cooper haben will. Ohne ihn bist du eine Null. Ein Mädchen mehr, mit dem Lyon Burke geschlafen hat.«
Anne starrte sie an. Die Wut hatte sie ganz ruhig gemacht. »Jetzt hast du die einzige aufrichtige Freundin verloren, die du jemals hattest, Helen.«
Helen schnitt eine Grimasse. »Es stände ziemlich mies um mich, wenn ich auf deine Freundschaft angewiesen wäre.«
Anne ging zur Tür. »Lebewohl, Helen. Und viel Glück.«
»Nein, meine Süße, du bist es, die das Glück bitter nötig hat. Du

hast höchstens noch ein paar schwache Stunden mit Lyon Burke vor dir, ehe du ihm langweilig wirst. Und er langweilt sich sehr rasch. Ich weiß das. Schließlich hab' ich vor sechs Jahren selbst ein Verhältnis mit ihm gehabt.« Sie grinste bei Annes ungläubigem Blick. »Du hast ganz richtig gehört, ich und Lyon. Ich war eben in einer neuen Show aufgetreten, und er hatte knapp vorher für Henry Bellamy zu arbeiten begonnen. Er hat es sehr schlau eingefädelt. Hat mir die große Liebe vorgegaukelt. Es hat ihm geschmeichelt, mit mir gesehen zu werden. Aber zumindest war ich nicht so eine Gans wie du. Ich hab' mir nichts vorgemacht, sondern meinen Spaß mit ihm im Bett gehabt, und wie's vorbei war, war's vorbei. Und, glaub mir, ich habe ihm mehr zu bieten gehabt als du, die kleine Tippmamsell.«

Anne riß die Tür auf und rannte hinaus, krank vor Wut und Ekel. Vor dem Aufzug blieb sie plötzlich stehen. In wachsender Angst durchstöberte sie ihre Handtasche. Sie war ohne Geld. Sie hatte sich derart beeilt, Lyon zu treffen, daß sie nicht daran gedacht hatte, einen Scheck einzulösen. Schließlich kramte sie insgesamt fünfundachtzig Cents zusammen. Es war vier Uhr vorbei. Zu Neely konnte sie nicht. Aber zu Fuß kam sie auch nicht nach New York.

Sie setzte sich neben dem Aufzug auf einen Stuhl. Wenn sie in die Hotelhalle ging und dort bis neun Uhr früh sitzen blieb, konnte sie Neely anrufen. O Gott, sie hatte alles kaputtgemacht. Das Gefühl eines unermeßlichen Verlustes überkam sie. Helen war nicht mehr ihre Feundin. Aber anscheinend war sie das nie gewesen. Alle hatten sie gewarnt. Auch vor Lyon. O Gott! Warum hatte ihr Helen die Sache mit Lyon erzählen müssen? Sie hielt die Hände vors Gesicht und begann zu schluchzen.

Sie hörte den Aufzug anhalten, tupfte sich mit dem Taschentuch die Augen und hielt den Kopf gesenkt. Ein Mädchen stieg aus, ging an ihr vorbei, blieb dann aber stehen und kam zurück.

»Das ist doch Anne, nicht wahr?«

Anne fuhr sich nochmals hastig über die Augen. Es war Jennifer North.

»Was ist denn geschehen?« fragte Jennifer.

Anne sah auf. »So ungefähr alles, fürchte ich.«

Jennifer lächelte mitleidig. »Das habe ich auch schon erlebt. Kommen Sie mit, mein Zimmer ist dort vorne. Vielleicht können wir uns ein bißchen aussprechen.« Sie nahm Anne bei der Hand und führte sie energisch durch den Korridor.

Anne saß auf dem Bett, rauchte eine Zigarette nach der anderen und erzählte Jennifer die ganze Geschichte.

Zum Schluß grinste Jennifer. »Na, Sie haben ja ein prächtiges Wochenende hinter sich.«
»Tut mir leid, Sie damit belästigt zu haben. Und noch dazu zu dieser Stunde.«
»Das macht nichts. Ich schlafe ohnedies nie«, lächelte Jennifer. »Das ist nämlich *mein* großes Problem. Aber eines Ihrer Probleme ist zumindest gelöst. Sie bleiben heute nacht hier.«
»Nein, ich möchte nach New York. Wenn Sie mir das Geld leihen würden, schicke ich es Ihnen morgen per Post zurück.«
Jennifer langte in ihre Tasche und warf ihr die Börse zu. »Bedienen Sie sich. Aber ich halte Sie für verrückt. Ich habe zwei Betten, Sie können sich hier anständig ausschlafen und morgen mit einem vernünftigen Zug abreisen.«
»Ich will sofort zurückfahren.« Anne nahm einen Zehndollarschein aus der prachtvollen Geldbörse. »Ich schicke Ihnen einen Scheck.«
Jennifer schüttelte den Kopf. »Nein, warten Sie lieber, bis ich in New York bin. Dann dürfen Sie mich zum Mittagessen ausführen. Ich möchte das Ende hören.«
»Das haben Sie bereits gehört.«
Jennifer lächelte. »Ja, soweit es um Helen geht, und vermutlich auch um Allen. Aber nicht um Lyon. Sie sollten Ihr Gesicht sehen, wenn Sie nur seinen Namen aussprechen.«
»Aber ich kann doch nach dem, was Helen mir gesagt hat, nicht mehr zu ihm?«
Jennifer sah sie ungläubig an. »Das bedrückt Sie? Aber Sie haben doch nicht geglaubt, daß Sie die erste Frau in seinem Leben sind?«
»Nein, aber ausgerechnet Helen ... Er schien so gar nichts von ihr als Frau zu halten.«
»Vielleicht war es vor sechs Jahren noch anders. Wahrscheinlich hat sie ihm imponiert. Schließlich hat er für Henry Bellamy gearbeitet und wollte erfolgreich sein. Ich mache ihm keinen Vorwurf daraus, daß er was mit Helen gehabt hat. Allerdings finde ich ihre Indiskretion niederträchtig, wo sie doch weiß, daß er Ihnen soviel bedeutet.«
»Aber sie sagt, er verliert sofort jedes Interesse, wenn er erst sein Ziel erreicht hat.«
»Anne, ich bin überzeugt, bei Helen ergeht das jedem Mann so. Und um ihre Selbstachtung zu wahren, redet sie sich ein, daß sich die Männer bei jeder Frau so benehmen. Sie macht sich sogar vor, daß Gino von ihr hingerissen ist. Ich bin überzeugt, Anne, daß

Lyon wirklich an Ihnen hängt. Vielleicht liebt er Sie nicht, aber bestimmt bedeuten Sie ihm viel.«
»Aber ich habe jetzt alles ruiniert.«
»Hören Sie, Kindchen. Wenn Sie Lyon morgen sehen, seien Sie recht freundlich zu ihm. Weinen Sie ein bißchen. Erzählen Sie ihm, daß Sie mittlerweile begriffen haben, wie dumm Sie waren, auch nur die leiseste Freundschaft für Helen zu verspüren. Geben Sie sich reizend und unglücklich. Und erwähnen Sie um Himmels willen nichts von dem, was Ihnen Helen über ihn gesagt hat!« Sie begleitete Anne zur Tür. »Vergessen Sie nicht, daß ein Mann einer Frau nur dann gehört, wenn sie es versteht, sich begehrenswert für ihn zu machen. Und das nicht mit Worten. Und jetzt überschlafen Sie das Ganze. Eigentlich sollte ich Sie einige Tage hier anbinden, damit Sie keinen Unsinn machen.«
»Nein, ich will nach New York.«
»Anne ...« Jennifer war Anne zur Tür gefolgt. »Ich mag Sie. Wir werden gute Freunde sein. Vertrauen Sie mir und befolgen Sie meinen Rat, wenn Sie Lyon halten wollen.«
Anne lächelte mühsam. »Ich werde es versuchen, Jennifer...«

Die Rückfahrt nach New York kam ihr endlos vor. Die Sonne stand schon am Himmel, als sie schließlich ankam, und die Menschen strömten von Long Island ins Zentrum. Sie würde gerade Zeit genug haben zu baden, zu frühstücken und ins Büro zu laufen. Ihre Augen schmerzten, und ihre Beine waren bleiern schwer, als sie die Stufen zu ihrem Zimmer hinaufstieg.
Sie sah das Telegramm unter ihrer Tür hervorschauen. Lyon! Es mußte von ihm sein. Hastig riß sie es auf.

TANTE AMY HEUTE NACHT GESTORBEN. BEGRÄBNIS MITTWOCH. WÄRE NETT, WENN DU KÄMST. KÜSSE. MUTTER.

Sie starrte auf das Telegramm. Das war typisch Mutter. Kein »Bitte komm« oder »Ich brauche dich«, sondern ein »Wäre nett...«
Nein, sie fuhr nicht hin. Im Grund lag Mutter nichts daran. Sie wollte sie gar nicht bei sich haben. Es ging ihr nur darum, was die Leute sagten. Aber sie gehörte hierher, zu Lyon. Sie griff nach dem Telefon und wählte ungestüm seine Nummer. Nach viermaligem Läuten meldete er sich. Seine Stimme klang verschlafen. Das ärgerte sie. Sie hatte die ganze Nacht im ungeheizten Zug gesessen, und er hatte ruhig geschlafen.

»Hallo?« Jetzt war er wach und gereizt. Sie hielt den Hörer in der Hand, ohne zu sprechen.
»Hallo, wer ist da?« fragte Lyon scharf.
Sie bekam Angst. Es klang so wütend.
»Bist du es, Elizabeth?«
Elizabeth? Sie starrte das Telefon fassungslos an.
»Also, sei nicht kindisch«, sagte Lyon unfreundlich. »Wenn du mit mir reden willst, dann tu's, Elizabeth, oder ich hänge ab.«
Er wartete kurz, dann fiel der Hörer mit leisem Klicken auf die Gabel.
Elizabeth? Wer war Elizabeth? Ihr wurde ganz übel bei der Erkenntnis, daß sie praktisch keine Ahnung von Lyons Privatleben hatte. Genaugenommen kannte sie ihn erst seit vier Tagen. Du liebe Zeit, was waren schon vier Tage! Natürlich gab es eine Elizabeth – wahrscheinlich sogar viele.
Sie rief die Telegrammaufgabe an und kabelte ihrer Mutter, daß sie sofort kommen würde. Dann erkundigte sie sich nach den Zügen. Der nächste Zug nach Boston fuhr um halb zehn. Sie warf ein paar Dinge in eine Reisetasche. Es war halb neun. Also blieb ihr genügend Zeit, um zur Bank zu gehen und einen Scheck einzulösen. Das Büro war allerdings noch nicht offen. Sie mußte Henry verständigen, daß sie nicht kam. Wieder rief sie die Telegrammaufgabe an.

LIEBER HENRY. MUSS IN EINER FAMILIENANGELEGENHEIT VERREISEN! ALLES NÄHERE NACH MEINER RÜCKKEHR AM FREITAG. ANNE.

Sie fuhr nach Boston, ohne zu ahnen, daß ihre lakonische Nachricht mißverstanden werden könnte.

Henry zerknüllte wütend das Telegramm. »Verdammt noch mal, bestimmt ist sie mit Allen Cooper durchgebrannt.« Er behielt seinen Verdacht für sich, war aber mit Miß Steinberg und dem übrigen Personal ungewöhnlich kurz angebunden. Als er am Freitag ins Büro kam und Anne hinter ihrem Schreibtisch saß, starrte er sie freudig überrascht an.
»Sie sind wieder da!« rief er.
»Ich habe doch geschrieben, ich würde Freitag hier sein.«
»Ich war überzeugt, daß Sie geheiratet haben«, antwortete er.
Sie sah ihn verdutzt an. George Bellows war eingetreten. Auch er schien über ihre Anwesenheit erstaunt zu sein. »Geheiratet?« wiederholte sie. »Wen denn?«

»Es war bloß so eine Vermutung...« sagte Henry verlegen. »Ich dachte, Sie hätten sich mit Allen aus dem Staub gemacht.«
»Was für eine Idee! Meine Tante ist gestorben, und ich mußte nach Boston fahren. Das Büro war noch zu, deshalb habe ich Ihnen telegrafiert. Wer hat behauptet, ich wäre durchgebrannt«?
Henry schloß sie in die Arme. »Das ist ja egal. Hauptsache, Sie sind wieder da. Ich bin ja so froh.«
In diesem Augenblick kam Lyon ins Zimmer. Bei ihrem Anblick blieb er wie angewurzelt stehen. Henry ließ sie los und drehte sich in jungenhafter Erleichterung um. »Sie ist wieder da, Lyon.«
»Das sehe ich.« Lyons Stimme verriet keinerlei Erregung.
Anne senkte den Blick. »Tut mir leid, daß ich Sie alle unabsichtlich irregeführt habe.«
»Ihre Tante ist gestorben«, erklärte Henry jubelnd. Dann zwang er sich zu einer ernsten Miene und fügte hinzu: »Mein Beileid, Anne.« Zu Lyon gewandt, sagte er: »Sie ist nur zum Begräbnis nach Boston gefahren.«
Lyon lächelte und zog sich in sein Büro zurück.
»Kommen Sie doch herein«, drängte Henry. »Da, wollen Sie eine Tasse Kaffee? Oder einen Whisky? Eine Gehaltserhöhung? Sie dürfen sich alles wünschen. Ich bin selig! Sagen Sie nur, was Sie wollen.«
Der Summer auf seinem Schreibtisch ertönte. Er betätigte einen Schalter, und Anne vernahm Lyons knappe Stimme. »Henry, könntest du Anne mit dem Vertrag für Neely O'Hara zu mir schicken?«
Henry blinzelte und schaltete das Sprechgerät ab. Er öffnete seinen Aktenschrank und blätterte diverse Unterlagen durch. »Wir vertreten Ihre kleine Freundin. Sie hat keinen Agenten. Ihre Erfolgschancen sind zwar nicht überwältigend, aber Ihretwegen haben wir's getan.« Er übergab Anne die Papiere und begleitete sie bis zu Lyons Tür.
Er stand auf, als Anne eintrat. »Henry hat Ihnen vermutlich gesagt, daß wir Neelys Interessen vertreten. Sie besteht darauf. Angeblich hat sie dadurch das Gefühl, ein Star zu sein.«
Anne hob die Augen nicht von dem Vertrag. »Ja, Henry hat es mir gesagt.«
Er kam zu ihr hin und nahm ihr die Unterlagen ab. »Hat er dir auch gesagt, daß ich die letzten Tage wie ein verlorenes Schaf durch die Gegend geirrt bin?«
Sie blickte zu ihm auf, und er schloß sie in die Arme. »O Lyon... Lyon...« Sie klammerte sich an ihn.
»Tut mir leid wegen deiner Tante. Keiner von uns wußte, warum

du verschwunden warst. Henry hat sich benommen, als ob du wirklich nie wieder zurückkommen würdest. Ich konnte es nicht glauben. Ich habe mich einfach geweigert zu glauben, daß du aus meinem Leben verschwunden bist. Ich weiß, ich habe mich schlecht benommen, Anne — ich hätte damals warten sollen. Helen ist deine Freundin und ...«

»Nein, ich habe einen Fehler begangen. Nie wieder will ich dir jemand vorziehen. Helen war es nicht wert. O Lyon, ich liebe dich so.«

»Ich liebe dich, Anne.«

»Wirklich, Lyon?« Sie klammerte sich noch fester an ihn.

Er küßte sie auf den Scheitel. »Ganz bestimmt«, sagte er leichthin. Aber als sie ihn ansah, wußte sie, daß er es ernst meinte. Und wieder einmal sagte sie sich, daß sie nie wieder so glücklich sein könnte wie eben jetzt.

Sie verbrachte das Wochenende in Lyons Wohnung. Sie reagierte begierig auf seine Zärtlichkeiten. In der zweiten Nacht ließ sie sich zitternd und erschöpft in die Kissen sinken. Er hielt sie sanft im Arm und streichelte ihr Haar.

»O Lyon, jetzt hat es geklappt.«

»Zum erstenmal«, sagte er.

»Ich hab' mir allmählich schon Sorgen gemacht.«

»Dummchen. Es passiert sehr selten, daß ein Mädchen am Anfang wirklich etwas fühlt oder den Höhepunkt erreicht.«

Voll Hingabe küßte sie sein Gesicht. »Lyon — ich bin eine richtige Frau!«

In jener Nacht war sie unersättlich. Sie hatte sich niemals eine so starke Leidenschaftlichkeit zugetraut, und sie war gleichzeitig glücklich und verstört. Sie liebte Lyon nicht nur aus ganzem Herzen, sondern sie hungerte auch körperlich nach ihm.

Ein einziger quälender Gedanke trübte das vollkommene Wochenende. Montag mußte sie vor Gericht und bei Jennifers Eheannullierung aussagen.

»Ich weiß, Anne, wie ungern Sie es tun«, hatte Henry gesagt. »Aber Sie sind die einzige, der ich vertrauen kann. Jennifer ist fremd in New York. Sie hat keine Freundinnen. Es wird in Sekundenschnelle vorbei sein. Machen Sie sich keine Sorgen. Seien Sie um halb zehn im Büro. Wir müssen um halb elf vor Gericht erscheinen. Jennifer kommt auf einen Tag aus Philadelphia herüber. Wir werden hier im Büro durchprobieren.«

Sie sprach am Wochenende mehrmals davon. Und manchmal mußte sie sogar in Lyons Armen daran denken.

»Wenn du solche Gewissensbisse dabei hast, dann brauchst du es nicht zu tun«, sagte Lyon.
»Ich weiß ja, daß es dumm von mir ist, Lyon. Aber es ist doch ein Meineid, nicht wahr?«
»Theoretisch ja. Aber solche Dinge geschehen täglich. Niemand macht sich etwas daraus. Nicht einmal der Richter. Wenn du es aber nicht mit deinen Grundsätzen vereinbaren kannst, dann rufe ich Henry sofort an.« Er griff nach dem Hörer. »Schließlich bist du weder Henry noch Jennifer etwas schuldig, warum solltest du also –«
»Du lieber Schreck!« Sie setzte sich im Bett auf. »Lyon, ruf Henry nicht an.«
»Warum nicht?«
»Weil ich Jennifer eine ganze Menge schulde – unter anderem auch zehn Dollar. Ich hab' das völlig vergessen. Ich wollte ihr das Geld schicken. Aber kaum in New York angekommen, habe ich das Telegramm gefunden und bin dann Hals über Kopf nach Lawrenceville gefahren.«
»Na, beruhige dich. Ich bin überzeugt, daß Jennifer sich wegen dieser zehn Dollar keine grauen Haare wachsen läßt. Ich gebe ihr das Geld morgen zurück.«
»Trotzdem. Sie war damals riesig nett zu mir. Ich werde mich zumindest mit meiner Zeugenaussage bei ihr revanchieren müssen.«
»Gut, wenn du meinst, daß ihr dann quitt seid.«
Sie sah ihn an. »Das klingt so, als wäre ein Mensch für einen erledigt wie eine bezahlte Rechnung. Ich weiß noch, wie du bei mir diesen Ausdruck gebraucht hast. Mir war, als hättest du mir die Tür vor der Nase zugeschlagen.«
»Wann war denn das?«
»Als ich mich bei dir wegen Neely bedankt habe. Weil du ihr das Engagement verschafft hattest. Da hast du gesagt, jetzt wären wir wegen deiner Wohnung quitt.«
»Wegen *unserer* Wohnung«, berichtigte er.
»Unsere?«
»Warum nicht? Ich finde, daß wir hier reichlich Platz haben. Und ich bin ein ordnungsliebender Mensch, mit dem es sich leicht leben läßt.«
Sie schloß ihn stürmisch in die Arme. »O Lyon! Wir kennen uns zwar noch nicht lange, aber ich glaube, ich habe es immer gewußt. Gleich, als ich dich zum erstenmal sah, war mir klar, daß du der einzige bist, den ich heiraten könnte.«
Behutsam löste er sich aus ihrer Umarmung. »Ich habe dich ge-

beten, zu mir zu ziehen, Anne. Mehr kann ich im Augenblick nicht tun.«

Sie wandte sich beschämt von ihm ab. Lyon nahm sie bei den Schultern und drehte ihr Gesicht zu sich. »Anne, ich liebe dich wirklich.«

Sie versuchte die Tränen zurückzudrängen. »Wenn zwei Menschen sich lieben, dann heiraten sie auch.«

»Vielleicht in Lawrenceville, wo jeder einer sicheren Zukunft entgegengeht.«

»Aber deine Zukunft ist doch gesichert. Henry hat eine sehr hohe Meinung von dir...«

»Ich weiß noch gar nicht, ob ich bei Henry bleiben möchte. Eines aber weiß ich bestimmt.« Ernst fuhr er fort: »Nach dem Krieg wollte ich gar nicht zu Henry und in mein altes Leben zurück. Ich habe es aber doch getan, und Henrys Eifer hat mich angesteckt. Beinahe wäre ich wieder in den alten Schlendrian gerutscht. Und dann haben wir beide zu Mittag gegessen. Du hast mich damals ganz schön aufgerüttelt und mich zum Nachdenken veranlaßt. Dann kam das Wochenende in New Haven und die Sache mit Terry King.« Er machte eine Pause. »Und dann der Tiefschlag, als du verschwunden warst. Damals habe ich die Bilanz gezogen und einen Entschluß gefaßt. Ich werde ernstlich versuchen zu schreiben.«

»Das ist großartig. Aber was würde eine Heirat daran ändern.«

»Sagen wir, ich habe noch immer einige altmodische Vorstellungen. So finde ich zum Beispiel, daß ein Mann seine Frau erhalten sollte. Wenn ich dich heirate, dann würde ich mich hundertprozentig in Henrys Beruf stürzen. Ich würde sehr viel verdienen, aber unsere Ehe wäre nicht glücklich.«

»Wirst du von Henry fortgehen?«

»Das kann ich mir leider nicht leisten. Ich habe genug gespart, um mir ein paar Monate Urlaub zu leisten, aber das ist mir zu gewagt. Ich werde bei Henry bleiben und nebenher das Buch schreiben. Ein paar gestohlene Stunden am Abend und ab und zu ein Wochenende. Es ist nicht das Ideale, aber im Augenblick leider die einzige Möglichkeit. Ich habe keinen Landsitz, auf den ich mich zurückziehen kann. Und angenommen, das Buch wird verlegt, so bekomme ich als unbekannter Autor nur einen kleinen Vorschuß. Bis es erscheint, vergehen sechs bis acht Monate, und manchmal verdient man selbst an einem guten Buch recht wenig. Bestseller sind selten. Mir stehen also zwei Wege offen: entweder ich bleibe bei Henry und arbeite in meiner Freizeit, oder ich finde eine reiche alte Frau, die mich erhält.«

»Ich bin zwar weder reich noch alt, aber ich habe ein bißchen Geld und könnte ja weiter arbeiten.«
Er fuhr ihr mit der Hand durchs Haar und sah zu, wie die schweren Strähnen durch seine Hand fielen. »Mit deinem Spitzenverdienst bei Henry und meinen Ersparnissen könnten wir uns noch immer nicht diese Wohnung leisten.«
»Aber ich habe dir doch gesagt, daß ich Geld habe. Mein Vater hat mir fünftausend Dollar hinterlassen, und jetzt eben habe ich siebentausend von meiner Tante geerbt. Das macht zwölftausend, Lyon, das ist mehr als genug.«
Er pfiff vor sich hin. »Du lieber Gott, ich habe einen Goldfisch gefangen.« Er gab ihr einen zärtlichen Kuß. »Ich bin wirklich gerührt, Anne. Aber so geht es nicht. Vorläufig weiß ich noch nicht einmal, ob ich überhaupt schreiben kann.«
»Ich bin überzeugt, daß du's kannst«, beharrte sie. »Ich will es einfach.«
»Dann weißt du mehr als ich. Das ist ganz wunderbar, und ich liebe dich dafür.«
»Lyon . . . wenn das Buch fertig ist, wirst du mich dann heiraten?«
»Mit Begeisterung — falls es gut ausgefallen ist.«
Sie schwieg ein Weilchen. »Aber du hast selbst gesagt, daß sogar ein gutes Buch nicht immer viel einbringt.«
»Ich habe nicht behauptet, daß Geld ein Maßstab ist. Falls es ein gutes Buch ist, würde ich weiter schreiben, wenn ich auch keinen Cent daran verdiente. Ich würde sogar noch viel angestrengter arbeiten, weil ich dann wüßte, daß ich keinem Wunschtraum nachjage. Und wir würden uns schon irgendwie durchschlagen. Falls aber jeder Verleger das Manuskript ablehnt, dann würde ich mich mit doppelter Kraft in meinen Job bei Henry stürzen. Ich würde den alten Lyon Burke hervorkehren und die verlorenen Jahre nachholen — und ich bin nicht überzeugt, daß ich dir dann besonders sympathisch wäre.«
»Wie war denn der alte Lyon Burke?«
Er überlegte kurz. »Keine ungenützte Minute. Ja, ich glaube, das ist das richtige Wort. Ich habe keinen einzigen Schritt getan, ohne von vornherein meine guten Gründe dafür zu haben. Nicht einmal das —« Seine Hand streichelte ihre Brust.
Helens schrille Stimme gellte in ihren Ohren. Dann stimmte es also. Er hatte es praktisch zugegeben.
Er zog sie in seine Arme. »Aber dieser Lyon Burke ist gestorben.«
Sie umschlang ihn. »Du könntest nie mehr werden wie früher. Wenn dieses Buch kein Erfolg wird, dann wirst du ein zweites und

ein drittes schreiben. Ich werde warten, und wenn ein Dutzend Bücher nötig sind. Nur darfst du dir selbst nicht untreu werden.«
»Wenn du mich da nur nicht überschätzest! Aber immerhin ist es besser, sich auch nur als Schriftsteller zu versuchen, als ein Henry Bellamy zu sein. Und genau in diese Richtung hat mich mein Weg geführt. Ich wäre sogar noch viel erfolgreicher geworden als Henry, weil ich nicht seine Skrupel habe. Ich wäre ein überlebensgroßer Henry geworden – ein erfolgreicher Agent und im Privatleben ein Versager.«
»Glaubst du, daß Henry das ist?«
»Henry hat sich dreißig Jahre abgerackert, um dorthin zu gelangen, wo er jetzt ist. Er nennt diesen Platz Mount Everest. Vom finanziellen und beruflichen Standpunkt aus kann er zufrieden sein. Aber wie sieht es in seinem Privatleben aus? Wenn man über Henry in *Who is Who* schreiben wollte, dann müßte man seinen Erfolgen als Anwalt und Theaterfachmann wohl mehrere Absätze widmen. Für sein Privatleben würde eine einzige Zeile genügen – ledig, keine Angehörigen. Kurz, er steht völlig allein auf dem Gipfel seines Mount Everest.«
»Aber das meine ich ja, Lyon. Henry hat die Heirat hinausgezögert. Du tust das gleiche.«
»Nein. Denn auf dem Gipfel des Mount Everest hat eine Ehe jeden Sinn verloren. Nehmen wir mal an, Henry hätte geheiratet. Seine Kinder wären mittlerweile verheiratet und kümmerten sich um den eigenen Nachwuchs. Die Frau verbrächte die Wintermonate in Florida. Sie würde Henry keine Szenen mehr wegen seiner unregelmäßigen Bürostunden machen, sondern wäre es gewöhnt, ohne seine Gesellschaft auszukommen, die sie kaum jemals gehabt hätte. Sie würde sich mit den Annehmlichkeiten begnügen, die ihr aus Henrys Berufseifer erwüchsen – mit der großen Wohnung oder der Villa, den Pelzen, dem Luxusleben. Es gibt viele verheiratete Henrys, die schließlich doch völlig allein auf ihrem Gipfel stehen. Sie können gar niemand neben sich haben, weil sie sich im Lauf ihrer Karriere mit allen verfeindet haben. In diesem Wettlauf hurt, lügt und betrügt man und bedient sich jeden Tricks, um dorthin zu kommen, wo Henry ist. Und genau dagegen wehre ich mich. Nicht gegen Henry persönlich, sondern gegen den Menschen, zu dem jeder wird, der lange genug bei diesem Beruf bleibt.«
Sie schwiegen beide eine Weile. Lyon sprach als erster. »Entschuldige diesen Erguß.«
»Nein, ich bin froh, daß du es gesagt hast. So verstehe ich dich besser. Mir geht nur eine einzige Frage durch den Kopf.«

Er sah sie zärtlich an. »Und zwar?«
»Wann wirst du mich eigentlich heiraten?«
Er lachte laut auf. »Ich will dir was verraten – du wirst die erste sein, die das fertige Manuskript zu lesen bekommt, und dann kannst du mir die Antwort geben.«
Sie kuschelte sich dicht an ihn. »Ich werde jetzt besser schlafen«, flüsterte sie. »Ich habe morgen viel zu tun.«
»Ach ja, die Sache bei Gericht.«
»Mm.. und Lyon ... hast du einen zweiten Wohnungsschlüssel?«
Er drückte sie an sich. »Ich lasse einen machen. Dann ziehst du also ein?«
»Nein, aber ich bringe gleich morgen früh eine Schreibmaschine und einen Stoß Papier herüber. Eine funkelnde, nagelneue Schreibmaschine. Die ist mein Vorhochzeitsgeschenk für dich.«
»Ich nehme an – unter einer Bedingung. Du ziehst gleichzeitig hier ein.«
»Nein. Ich werde jederzeit kommen und bei dir bleiben, wenn du es haben willst. Ich werde die Wochenenden mit dir verbringen und dein Manuskript ins reine schreiben. Aber leben werde ich nicht mit dir. Ich werde *für* dich leben. Und warten.«
Er gab ihr einen Kuß auf die Stirn. »Als Rechtsberater muß ich dich darauf aufmerksam machen, daß du bei diesem Handel den kürzeren ziehst. Als dein Geliebter jedoch verspreche ich dir, mein möglichstes zu tun, dich nicht zu enttäuschen.«

Die Gerichtsverhandlung war sehr kurz. Alle Befürchtungen Annes wurden zerstreut, als sie das trockene Verfahren mit ansah. Henry übergab dem Richter mehrere schriftliche Unterlagen. Der Richter tat, als ob er sie lesen würde. Einige Fragen wurden gestellt. Jennifer sagte ihr eingelerntes Sprüchlein auf. Anne spielte ihre Rolle, und in weniger als zehn Minuten hatte Jennifer die Annullierung ihrer Ehe in der Tasche.
Henry lud die beiden Mädchen zum Lunch ein. Er schlang sein Essen hastig hinunter. »Auf mich wartet eine Menge Arbeit«, erklärte er, »aber ihr beiden könnt euch Zeit lassen und nach Herzenslust klatschen. Nehmen Sie sich für den Rest des Tages frei, Anne.«
Kaum war Henry gegangen, wandte sich Jennifer an Anne und fragte: »Erzählen Sie, wie ist die Sache mit Ihnen und Lyon ausgegangen?«
Jennifer hörte aufmerksam zu, während ihr Anne wahrheitsgetreu Bericht erstattete. Anne war selbst überrascht, wie leicht und rück-

haltlos sie Jennifer ins Vertrauen ziehen konnte. Jennifers Wesen erlaubte einfach kein Mißtrauen.
Jennifer schüttelte den Kopf. »Scheint ein schwieriger Mensch zu sein. Den werden Sie niemals lenken können.«
»Aber das will ich ja gar nicht.«
»So habe ich es auch nicht gemeint. Ein Mann muß das Gefühl haben, daß alles nach seinem Kopf geht. Aber Sie müssen ihn erst so weit bringen, daß er Ihnen den Ring an den Finger steckt, dann können Sie seine Sklavin sein, wenn es Ihnen Spaß macht.«
Anne betrachtete ihre unberingte Hand. »Das ist nicht so wichtig. In meinem Bankfach liegt der dickste Ring, den ich jemals gesehen habe.«
Jennifer musterte sie mit neuem Respekt. »Sie konnten Allen loswerden und gleichzeitig den Ring behalten?«
»Er wollte ihn nicht zurücknehmen.«
Jennifer schüttelte den Kopf. »Sie müssen schon wirklich Ihr Geheimrezept fürs Schlafzimmer haben. Und ich hab' mir eingebildet, alles Einschlägige zu wissen.«
»Ich habe nie mit Allen geschlafen.«
Im ersten Moment war Jennifer sprachlos. Dann grinste sie verständnisvoll. »Das war also Ihre Masche. Allen hat sich durch Sie einfach herausgefordert gefühlt.«
»Ich fürchte, das läßt sich von Lyon nicht behaupten.«
»Trotzdem halte ich Ihnen den Daumen. Jedenfalls war es sehr vernünftig von Ihnen, nicht zu ihm zu ziehen. Ich mache es mit Tony Polar genauso. Er will, daß ich meinen Vertrag löse und mit ihm reise. Von Heirat redet er genausowenig wie Ihrer. Aber ich bin kein treuer Schatten. Wie groß ist übrigens Ihre Wohnung?«
»Ein Zimmer. Im gleichen Haus, in dem Neely wohnt.«
»Ich weiß noch gar nicht, wo ich wohnen werde, wenn die Show nach New York kommt«, sagte Jennifer. »Es wäre doch nett, wenn wir eine Wohnung finden könnten, die wir uns teilen.«
»Das klingt sehr verlockend, aber ich kann mir, genaugenommen, auch keine halbe Miete für eine richtige Wohnung leisten.«
»Moment mal!« rief Jennifer mit funkelnden Augen. »Ich habe eine wunderbare Idee. Sie sagen, Neely hat auch nur ein Zimmer. Warum sollen wir drei uns nicht gemeinsam eine Wohnung nehmen? Dann käme es nicht so teuer.«
»Sehr gern«, sagte Anne.
»Wir kommen in drei Wochen nach New York. Vielleicht könnten Sie bis dahin etwas Passendes auftreiben.«
»Ich werde mich umsehen, aber es ist sehr schwierig. Lyons Woh-

nung habe ich auf Anhieb gefunden, aber das verdanke ich Allen.«
Jennifers blaue Augen wurden plötzlich schmal. »Sagen Sie, Anne, was wollen Sie eigentlich mit dem Ring machen?«
Anne zuckte die Achseln. »Ich werde ihn wohl im Safe liegen lassen. Tragen will ich ihn auf keinen Fall.«
»Verkaufen Sie ihn doch lieber, und legen Sie das Geld an.«
»Aber er gehört mir doch nicht.«
»Sie wollten ihn zurückgeben, und er hat ihn nicht genommen. Also gehört der Ring Ihnen. Und Sie haben sich ihn ehrlich verdient. Wenn man die Gesellschaft eines Mannes erträgt, den man eigentlich nicht ausstehen kann, sollte man dafür auch entschädigt werden.«
Anne dachte an Lyon. Vielleicht hatte Jennifer recht. Falls das Buch kein Erfolg wurde und sie zum Jahresende einen nennenswerten Betrag besaß.. »Die Idee ist nicht schlecht. Ich könnte den Ring verkaufen, das Geld auf die Bank legen und die Zinsen anwachsen lassen.«
»Kommt gar nicht in Frage«, lehnte Jennifer ab. »Sie verkaufen ihn und bitten Henry Bellamy, Ihr Geld an der Börse für Sie anzulegen. In ein paar Jahren können Sie Ihr Kapital verdoppelt haben. Nach jedem Krieg setzt eine Hausse ein.«
»Aber ist das nicht riskant?«
»Zur Zeit nicht. Und nicht, wenn Henry sich um Ihr Geld kümmert. Er hat mir gesagt, daß der Markt unglaublich anziehen wird. Ich wollte, ich hätte Vermögen, aber ich besitze keinen Dollar; bloß das, was ich auf mir trage und was ich bei der Show verdiene. Aber wenn ich erst mal einen größeren Betrag in den Händen habe, dann lasse ich ihn durch Henry anlegen.«

Jennifer

Dezember 1945

Der *Siebente Himmel* mußte nur dreimal in Philadelphia aufgeführt werden. Henrys Prophezeiungen hatten sich bewahrheitet. Man konnte Boston streichen und früher als geplant den Sprung nach New York wagen. Das Ensemble fieberte dieser Premiere entgegen. Zwar waren alle vom Erfolg des Stückes überzeugt, aber das Lampenfieber schlug hohe Wellen. Die New Yorker Kritiker waren unberechenbar, und daher ließen sich keinerlei Prognosen stellen.

Jennifer spürte nichts von dieser premierebedingten Nervosität. Für sie war Philadelphia ein höchst einträgliches Engagement. Sie stand im Foyer ihres Hotels und strahlte den beharrlichen Herrn, der sie unbedingt noch zu einem letzten Drink überreden wollte, mit ihrem charmantesten Lächeln an.

»Es ist schon drei Uhr«, sagte sie bittend, »und ich muß endlich schlafen gehen.«

»Du kannst morgen den ganzen Tag schlafen. Komm doch, ich kenne eine entzückende Bar, die noch offen hat. Gleich hier in der Straße.«

»Es ist kalt. Und ich möchte zu Bett, Robby, wirklich. Außerdem trinke ich keinen Alkohol, und wenn ich noch ein einziges Cola trinke, explodiere ich.«

»Wie kann dir in diesem Mantel kalt sein?« Er betrachtete ihren neuen Biber mit vielsagendem Blick.

Sie strich zärtlich über das Fell. »Du warst ein Schatz, ihn mir zu schenken. Er ist wirklich wärmer als ein Nerz. Aber ich muß einfach jetzt schlafen.«

»Dann lad mich ein«, bat er.

»Du warst erst gestern nacht bei mir, Robby.«

»Und sind zwei Nächte hintereinander verboten?«

»Wenn ich arbeite, ja. Ruf mich morgen an.« Sie lächelte ihm verheißungsvoll zu.

»Wann?«

»Gegen sechs. Dann essen wir vor der Vorstellung gemeinsam zu Abend.«

»Und nachher ...?«

»Da sind wir auch zusammen«, nickte sie. Sie warf ihm einen Kuß zu und trat in den Aufzug.

Unter ihrer Zimmertür lagen mehrere Nachrichten auf dem Boden. Eine stammte von einem Reporter. Mit zwei Zetteln wurde sie aufgefordert, Cleveland anzurufen. Nun, jetzt war es zu spät, um ihre

Mutter anzurufen. Sie sah auf den Zeitvermerk des letzten Clevelandtelefonats – halb zwei Uhr. Nicht einmal ihre Mutter würde die Ausdauer haben, so lange auf den Rückruf zu warten. Auch von Anne fand sie eine Nachricht vor. Sie hatte den Mietvertrag für die Wohnung, die sie entdeckt hatte, abgeschlossen, und alles war in bester Ordnung. Anne war ein feines Mädchen. Jennifer beneidete sie um ihre Liebe zu Lyon. Es mußte wunderbar sein, sich derart verlieben zu können. Allerdings blieb einem dann die andere Möglichkeit versperrt. Sie streichelte ihren Bibermantel – eine Nacht mit Robby. Dazu hatte man eben eine gute Figur – um das zu bekommen, was man sich wünscht. Wie es wohl sein muß, wenn man sich wirklich etwas aus einem Mann macht, überlegte sie. In Lyon Burke konnte man sich leicht verlieben. Das hatte sie gleich bei ihrer ersten Begegnung gedacht.

»Wir gehen heute abend zur Premiere Tony Polars«, hatte Henry gesagt. »Sie müssen gesehen werden, damit Ihre Publicity nicht sinkt. Lyon Burke wird Sie begleiten. Ich nehme Helen mit.« Sie war auf jemand wie Lyon Burke nicht vorbereitet gewesen. Eine prickelnde Erregung stieg in ihr hoch, als sie in Lyon einem Mann gegenüberstand, den sie aus keinem anderen Grund als zu ihrem eigenen Vergnügen haben wollte. Sie hatte sofort beschlossen, noch in der gleichen Nacht mit ihm zu schlafen – aber dann war Tony Polar aufgetaucht. Einen Augenblick stand die Entscheidung auf des Messers Schneide. Tony im grellen Kegel der Scheinwerfer; Tony sang für sie allein; alle Besucher des Lokals glotzten mit aufgerissenen Augen; sie ließ ihr strahlendes Lächeln nicht erlahmen; sie fühlte die ungeheure Anziehungskraft Lyon Burkes, war sich aber trotzdem der öffentlichen Huldigung Tony Polars bewußt. Als Mann ließ Tony sich nicht mit Lyon Burke vergleichen. Vermutlich waren beide ungefähr gleich alt – so um die Dreißig. Der eine würde immer ein Junge bleiben, während der andere seit langem ein erwachsener Mann war. Aber Lyon Burke war bloß ein Agent, und Tony war ein Star. Damit war ihre Entscheidung gefallen. So einfach war das.

Sie zog sich aus und warf ihre Kleider achtlos über einen Stuhl. Vielleicht würde sie Robby morgen hier übernachten lassen. Sie konnte ein neues Abendkleid brauchen. Sie rümpfte die Nase. Er war reizlos und schnaufte so laut. Aber ihre Garderobe hatte Auffrischung nötig, und Männer, die wie Robby aussahen, waren immer großzügig. Sie mußten es einfach sein. Lyon Burke allerdings... Aber das war ein Luxus, den sie sich nicht leisten konnte. Wirklich schade, daß der Zeitpunkt an jenem Abend so ungünstig

gewesen war. Damals hatte sie die Wahl zwischen Lyon und Tony gehabt, und natürlich war Lyon automatisch ausgeschieden.
Er schien das begriffen zu haben. Plötzlich durchzuckte sie eine neue Erkenntnis: »Wir sind einander ähnlich!« Natürlich, das war die Erklärung. Auch sie war ein Luxus, den er sich nicht leisten konnte. Aber Anne – nein, Anne ließ sich in solche Erwägungen nicht einbeziehen. Dann kam ihr ein eigentümlicher und bisher unbekannter Gedanke: Vielleicht hatte sie Lyon nicht gefallen? Aber das war lächerlich! Sie gefiel jedem Mann. Sie ließ Büstenhalter und Höschen zu Boden fallen und stand vor dem lebensgroßen Spiegel. Mit kühler Sachlichkeit betrachtete sie ihren Körper. Er war makellos. Sie drehte sich zur Seite und sah sich prüfend das Profil ihrer Brüste an. Sie waren hoch wie immer. Sie verschränkte die Arme und machte gewissenhaft fünfundzwanzigmal eine Übung zur Straffung des Gewebes. Dann nahm sie einen großen Topf mit Kakaobutter aus dem Arzneischrank. Mit beinahe rituellem Ernst massierte sie die Creme mit sanften, aber energischen Aufwärtsbewegungen in die Brüste ein. Mit der gleichen Sorgfalt entfernte sie dann das Make-up von ihrem Gesicht. Sobald das geschehen war, schraubte sie eine andere Dose auf und klopfte etwas Creme unter die Augen. Darauf klebte sie ein V-förmiges Pflaster zwischen die Augen auf die Nasenwurzel. Nach weiteren fünfundzwanzig Turnübungen kroch sie ins Bett.
Sie sah auf die Uhr. Du liebe Zeit, es war beinahe vier, und sie war noch gar nicht müde. Wann schalteten die Leute in diesem Hotel die Heizung ein? Sie fror jämmerlich. Sie kroch unter die Decke und blätterte die Morgenzeitungen durch. Zwei Fotos vor ihr waren darin. Auf einem war sie mit Tony zu sehen. Dieser Tony! Wenn seine Schwester nicht gewesen wäre, hätte er ihr schon längst einen Heiratsantrag gemacht. Bei dem Gedanken an Miriam runzelte sie die Stirn. Das »Runzel«-Pflaster zog warnend an ihrer Haut. Sofort entspannte sie sich. Was sollte sie bloß mit Miriam tun? Nie konnte sie sie abschütteln. Einzig Tonys Gier, mit ihr zu schlafen, verdankte sie es, daß sie zeitweilig allein war mit ihm. Wenn sie es überlegte, waren das überhaupt die einzigen Stunden, wo sie Miriam loswurden.
Das Telefon läutete schüchtern, als hätte es Hemmungen, jemand um diese Zeit aufzuschrecken. Erwartungsvoll hob sie ab. Manchmal blieb auch Tony bis zum Morgengrauen wach. Aber es war die Telefonistin aus Cleveland. Sie nahm das R-Gespräch an.
»Jen«, kam die klägliche Stimme ihrer Mutter über den Draht. »Ich versuche schon die ganze Nacht, dich zu erreichen.«

»Ich bin eben erst heimgekommen, Mutter, und da hielt ich es für zu spät, dich noch anzurufen.«
»Wie hätte ich denn schlafen sollen? Ich habe solche Sorgen! Die Zeitungen von Cleveland haben einen langen Artikel über dich gebracht. Angeblich bekommst du nach deiner Annullierung nicht einen Cent vom Prinzen.«
»Das stimmt.«
»Bist du von allen guten Geistern verlassen, Jen? Du weißt doch, daß John nächstes Jahr pensioniert wird. Und von diesem winzigen Einkommen werden wir niemals leben können. Schon jetzt komme ich kaum durch.«
»Ich habe dir doch vorige Woche fünfzig Dollar geschickt, Mutter. Und sobald ich diese Woche meine Gage bekomme, schicke ich dir wieder fünfzig.«
»Das weiß ich, aber Großmutter war krank. Ich habe sie zum Arzt bringen müssen, und außerdem war die Ölheizung kaputt und —«
»Ich werde sehen, ob ich noch etwas auftreiben kann, Mutter.« Sie dachte wieder an Robby. »Aber ich verdiene bei der Show nur hundertfünfundzwanzig, und davon werden noch die Sozialabgaben und die Steuer abgezogen.«
»Jen, ich habe nicht gehungert und gedarbt, um dich in ein Schweizer Internat zu schicken, nur damit du jetzt als Revuegirl auftrittst und so lächerlich wenig verdienst.«
»Du hast niemals gehungert, Mutter. Das Geld hat mir Vater hinterlassen. Und du hast mich nur deshalb für ein Jahr in die Schweiz geschickt, damit ich mir Harry abgewöhne.«
»Weil ich nicht zusehen wollte, daß es dir genauso ergeht wie der armen Jeanette Johnson, und du einen Automechaniker heiratest.«
»Harry war nicht nur ein Automechaniker. Er wollte seinen Ingenieur machen, und ich habe ihn geliebt.«
»Jedenfalls ist er nach wie vor nur ein Mechaniker mit schwarzen Fingernägeln und drei schmierigen Kindern. Harriet Irons war einmal eines der hübschesten Mädchen der Gegend. Sie ist so alt wie du, aber seit sie mit ihm verheiratet ist, sieht sie aus wie vierzig. Die Liebe ist nicht von Dauer. Denk nur an deinen Vater! Der war eine Laus. Reich, hübsch und eine Laus. Aber ich habe ihn geliebt. Unsere Familie hat niemals Geld besessen, aber wir hatten einen Namen. Vergiß nicht, deine Großmutter ist eine Virginia Tremont. Und ich bin nach wie vor der Meinung, daß du Tremont als Bühnennamen verwenden solltest statt dieses lächerlichen North.«
»Aber wenn ich mich für neunzehn ausgebe, muß ich Jennifer

North sein. Unter Tremont könnte mich jemand in Virginia entdecken. Und als Johnson würden sich alle Leute in Cleveland an mich erinnern.«
»Bei deinem Reklamerummel erinnert sich jeder an dich. Die ganze Stadt klatscht über dich, seit du durchgebrannt bist, aber alle waren von dem Prinzen derart begeistert, daß das keine Rolle spielte. Und jetzt wirfst du die Flinte einfach ins Korn, ohne einen Penny herauszuschlagen.«
»Weshalb, glaubst du, bin ich ihm davongerannt, Mutter? Weil ich vor unserer Abreise nach Italien entdeckte, daß er kein Geld hatte.«
»Was soll das heißen? Ich habe die Pressefotos gesehen! Das Brillantkollier, den Nerzmantel..«
»Das Kollier gehört seiner Familie. Den Nerz hat er mir gekauft, aber ich glaube, er bekam ihn gratis, weil wir dadurch für das Pelzatelier Reklame gemacht haben. Er hat eine ganze Etage im Waldorf bewohnt, aber eine Weinfirma hat die Rechnung bezahlt. Er war für sie eine Art Aushängeschild. Sein Titel ist echt, aber er besitzt keinen Cent. Sie haben bei Mussolinis Machtübernahme alles verloren. Außerhalb von Neapel haben sie irgend so ein gräßliches altes Schloß, und dort könnte ich als Schmarotzer der internationalen Clique residieren, die Familienjuwelen tragen und in aristokratischer Armut vegetieren. Ein Glück, daß ich rechtzeitig dahintergekommen bin. Er hat vor mir den Wohlhabenden gespielt, weil er annahm, eine schöne amerikanische Frau könnte ihm dort drüben nützen. Erst nach der Hochzeit habe ich die bittere Wahrheit erfahren. Da hat er mir von einem reichen italienischen Weinhändler erzählt, dem ich schöne Augen machen und ihm notfalls auch gefällig sein sollte. Glaub mir, Mutter, genaugenommen war er nichts weiter als ein aristokratischer Zuhälter. Ich kann von Glück sagen, daß ich wenigstens den Nerz behalten konnte.«
»Und was ist mit diesem Tony Polar?« fragte ihre Mutter.
»Der ist süß, und ich finde ihn nett. Und zufällig ist er auch sehr reich. Außerdem meint mein Anwalt, ich könnte vielleicht beim Film unterkommen.«
»Schlag dir das aus dem Kopf. Du *bist* eben nicht mehr neunzehn. Aber du hast ein phantastisches Gesicht und genau den Körper, auf den die Männer fliegen, wenn sich eine solche Figur auch nicht lange hält. Was hast du diesem Tony Polar über dich erzählt?«
»Eine nicht zu widerlegende Geschichte mit einigen wahren Fakten. Daß mein Vater sehr reich war und bei einem Bombenangriff in England ums Leben kam und sein ganzes Vermögen seiner zweiten Frau vermacht hat –«

»Das stimmt. Was sonst noch?«
»Daß er mir ein bescheidenes Erbe hinterlassen hat, das eben für meine Erziehung in der Schweiz ausreichte. Da ich angeblich erst neunzehn bin, habe ich verschwiegen, daß ich mehr als fünf Jahre in Europa war.«
»Was hast du ihm von mir erzählt?«
»Daß du tot bist.«
»*Was?*«
»Was hätte ich ihm denn sagen sollen? Daß ich in Cleveland eine Mutter, einen Stiefvater und eine Großmutter habe, die es kaum erwarten können, zu uns zu ziehen? Wenn ich ihn heirate, dann bist du eben meine Tante — die liebe Schwester meiner Mutter, die ich unterstütze.«
»Auch recht. Paßt du auf dein Gewicht auf?«
»Ich bin sehr dünn, Mutter ...«
»Das weiß ich, aber daß du mir nicht zu- oder abnimmst! Das ist das schlechteste für deine Brüste. Große Brüste wie deine werden früh genug schlaff, und dann sind sie häßlich. Nütze sie aus, solange sie in Ordnung sind. Die Männer sind Tiere, die scheinen eine Schwäche für Brüste zu haben. Vielleicht hätte ich deinen Vater nie verloren, wenn ich nicht so flachbrüstig gewesen wäre. Dann hätte ich ein anständiges Leben führen können ..« Sie begann zu weinen. »O Jen, ich halte es nicht mehr aus. Ich möchte fort von hier und bei dir sein, mein Kleines!«
»Mutter!« Jennifer biß die Zähne zusammen und beherrschte ihre Ungeduld. »Bitte, Mutter! Warte doch, bis ich Tony geheiratet habe, dann werde ich schon für dich sorgen.«
»Hat er schon vom Heiraten gesprochen?«
»Noch nicht —«
»Worauf wartest du? In fünf Jahren bist du dreißig, Jen. Ich war neunundzwanzig, als dein Vater genug von mir hatte. Du hast nicht mehr viel Zeit, Jen.«
»So einfach ist das nicht, Mutter. Er hat eine Schwester. Sie ist sein Manager und stellt seine sämtlichen Schecks aus. Die Mutter ist bei Tonys Geburt gestorben. Sie hat ihn aufgezogen und liebt ihn. Und mich haßt sie.«
»Du darfst nicht lockerlassen, Jen. Du mußt sie loswerden, ihren Platz erobern. Sie darf nicht zu euch ziehen, wenn du ihn heiratest. Das würde dein Leben ruinieren — und sie würde nie dulden, daß ich zu dir komme. Sei gescheit, mein Kind. Wenn eine Frau Geld hat, kann ihr nichts mehr geschehen. Ich will doch nur dein Bestes, mein Kleines ...«

Die Heizkörper begannen zu knistern, die Sonne kroch unter den Jalousien herein, und Jennifer war noch immer wach. Der Anruf ihrer Mutter hatte sie nicht besonders aufgeregt. Daran war sie gewöhnt. Aber es machte ihr Sorgen, daß sie nicht schlafen konnte. Das erste Gebot der Schönheit hieß ausreichende Ruhe. Nur im Bett zu liegen und sich zu entspannen war beinahe ebenso gut, wie zu schlafen. Das hatte sie irgendwo gelesen. Sie zündete sich eine neue Zigarette an. Aber konnte man das Ruhe nennen, wenn man auf und ab lief und in einer Nacht ein ganzes Paket Zigaretten rauchte? Sie ging ins Badezimmer und klopfte noch etwas Creme in die Haut unter den Augen ein. Vorläufig hatte sie noch keine Krähenfüße, aber wie lange sollte das noch weitergehen? Sie hatte keine Nacht mehr als durchschnittlich drei Stunden geschlafen, seit – seit jenen verlorenen Wochen in Spanien. Sie seufzte. Vorher hatte sie jederzeit schlafen können. Ja, der Schlaf war für sie eine willkommene Flucht gewesen. Wenn sie mit manchen Problemen gar nicht zurechtkam, hatte sie die Nacht herbeigesehnt. Bis zu jenen letzten Wochen in Spanien mit Maria ...
Maria ... Sie war das schönste Mädchen des Internats gewesen, und Jennifer hatte, genau wie die anderen neuen Zöglinge aus aller Welt, die eisige spanische Schönheit angeschwärmt. Maria war älter als die anderen und sprach mit niemand. Die Anbetung, die ihr die anderen Mitschülerinnen entgegenbrachten, ließ sie kalt, falls sie es überhaupt bemerkte. Ihr Hochmut machte sie in den Augen der jüngeren Mädchen erst recht geheimnisvoll, und ihre Alterskolleginnen tuschelten neugierig und neiderfüllt über sie. Es sah so aus, als würde Maria die Schule abschließen und aus der Schweiz abreisen, ohne jemals ihren gläsernen Turm verlassen zu haben. Bis zu jenem Tag in der Bibliothek.
Jennifer las weinend einen Brief ihrer Mutter. Das Geld war ausgegangen, und sie sollte bei Semesterschluß nach Hause zurückkehren. Hatte sie wertvolle Verbindungen angeknüpft? Cleveland litt noch immer unter der Depression, wenn auch durch den Krieg in Europa neue Fabriken aus der Erde schossen. Harry hatte Harriet Irons geheiratet und arbeitete noch immer in der Tankstelle. Es war die Nachricht über Harry, die sie zum Weinen gebracht hatte.
»Aber, aber, so schlimm wird es schon nicht sein.«
Jennifer blickte auf. Es war Maria. Die unnahbare Maria sprach mit ihr! Maria zeigte sich teilnahmslos und hörte Jennifer zu.
»Keine Ahnung, was meine Mutter erwartet hat«, schloß Jennifer entmutigt. »Vielleicht hat sie geglaubt, der Englischlehrer wäre ein Lord mit einem alten Familienschloß ...«

Maria lachte. »Diese Eltern! Ich bin zweiundzwanzig und soll einen Mann heiraten, den mein Vater für mich ausgesucht hat. Weil sein Besitz an unseren anschließt und aus ähnlichen gemeinsamen Interessen. Seit dem Bürgerkrieg ist unser Land verwüstet. Es ist die Pflicht der wenigen reichen Familien, die es noch gibt, sich zusammenzuschließen. Ich finde das ja ganz richtig, nur erwartet man von mir als Frau leider, daß ich mit diesem Schwein schlafen soll.«

»Ich habe Harry geliebt«, sagte Jennifer traurig. »Aber er hat meiner Mutter nicht gepaßt.«

»Wie alt bist du, Jeanette?« Damals hieß Jennifer noch Jeanette.

»Neunzehn.«

»Schon jemals einen Mann gehabt?«

Jennifer wurde dunkelrot und starrte auf den Fußboden. »Nein, aber Harry und ich... wir sind ziemlich weit gegangen. Ich hab' ihm gestattet, daß er mich anfaßt – und einmal habe ich ihn dort berührt.«

»Ich war schon mit einem Mann im Bett«, stellte Maria fest.

»Und du hast richtig mit ihm geschlafen?«

»Aber natürlich. Vorigen Sommer. Ich machte mit einer Tante in Schweden Ferien. Dort habe ich einen sehr schönen Mann kennengelernt. Er arbeitete als Schwimmlehrer beim Olympiakader. Ich hatte die Männer gesehen, die mein Vater für mich in Betracht zog. Entweder stand mir ein dicker Deutscher bevor, der mit sämtlichen Kunstschätzen geflohen war, oder einer der Carillo-Familie. Keiner der Carillos hat ein Kinn. Deshalb beschloß ich, es wenigstens das erstemal mit einem hübschen Mann auszuprobieren!«

»Wenn ich das nur auch mit Harry gemacht hätte! Jetzt ist er mit einer anderen verheiratet.«

»Sei froh, es ist dir was erspart geblieben! Es war widerlich! So ein Mann nimmt deine Brüste in den Mund und zwängt sich in dich hinein. Das tut weh. Dann schwitzt er und keucht wie ein Tier. Ich habe geblutet und bin schwanger geworden.»

Jennifer traute ihren Ohren nicht. Maria, die hoheitsvolle Internatsgöttin, zog sie ins Vertrauen.

»Oren!« zischte Maria verächtlich seinen Namen. »Er hat die Sache in Ordnung gebracht. Ein Arzt, noch mehr Schmerzen – und adieu, Schwangerschaft. Dann bekam ich Fieber und war sehr krank. Man hat mich ins Spital gebracht – operiert –, und jetzt kann ich nie wieder ein Kind haben.«

»O Maria, das tut mir so leid.«

Maria lächelte verschlagen. »Aber nein, das ist gut so. Mein Vater soll nur seine Vorbereitungen treffen. Dann werd' ich es dem

Mann sagen. Kein Mann will eine Frau haben, die keine Kinder kriegen kann. Ich werde niemals heiraten müssen«, frohlockte sie.

»Aber was wird dein Vater sagen?«

»Oh, meine Tante hat schon eine Ausrede bereit. Ihr habe ich die Wahrheit sagen müssen. Aber da sie für mich verantwortlich war, muß sie zu mir halten. Ich werde erklären, daß ich krank war, einen Tumor im Uterus hatte, der entfernt werden mußte.«

»Stimmt das?«

Maria nickte. »Ja, man hat mir den Uterus herausgenommen, weil eine Bauchfellentzündung dazugekommen ist. Aber das ist wunderbar. Jetzt bleiben mir die monatlichen Beschwerden erspart.«

Jennifer hätte gern ihr Mitgefühl ausgedrückt, aber das war nicht möglich, da Maria den Zwischenfall als einmaliges Glück auffaßte.

»Na, für dich ist wenigstens alles im Gleis«, sagte sie. »Aber ich muß nach Cleveland zurück.«

»Du mußt gar nicht«, widersprach Maria temperamentvoll. »Du bist viel zu schön, um dein Leben damit zu verwarten, daß dich der erste in Frage kommende Mann mißhandelt.«

»Aber was kann ich tun?«

»In zwei Wochen ist das Semester zu Ende. Komm mit mir für den Sommer nach Spanien. Es wird uns schon etwas einfallen.«

»Maria!« Es war einfach umwerfend! »Aber ich habe kein Geld, bloß eine Rückfahrkarte.«

»Du bist mein Gast. Ich habe mehr Geld, als ich ausgeben kann.«

Die letzten beiden Wochen waren ein Siegeszug für Jennifer. Die Neuigkeit machte die Runde wie ein Lauffeuer — die kleine Jeanette Johnson war von Maria zur Freundin auserkoren worden. Mit neiderfüllten Augen starrten die Mädchen sie an. Maria bewahrte selbst jetzt Jennifer gegenüber ihre Unnahbarkeit. Einzig, wenn sie einander in der Diele begegneten, hielt sie kurz an und wechselte ein paar Worte mit ihr.

Kaum hatten sie das Internat verlassen, änderte sich Marias Haltung schlagartig. Sie wurde aufgeschlossen und herzlich. Es begann, als sie das Taxi nach Lausanne bestiegen. »Wir können nicht sofort nach Spanien fahren. Mein Vater hat telegrafiert.« Sie reichte Jennifer das Telegramm. Ihr Vater empfahl ihr, den Sommer in der Schweiz zu verbringen, Spanien hatte sich von den Kriegsfolgen nicht erholt. Bei einer Million Toten und einigen hunderttausend Verwundeten war es unmöglich, zur Zeit das nötige Personal für das Haus zu bekommen. Deshalb hatten sie es geschlossen und wohnten in einem Hotel. Aber die Lage würde bald wieder normal werden. Mittlerweile sollte sie ihr Leben im Ausland genießen. Er hatte ihr die Nummer eines Schweizer Bankkontos telegrafiert.

»Wir haben eine Menge Geld«, sagte Maria. »Genug für eine Reise rund um die Welt. Aber in Europa ist Krieg, also scheidet Frankreich aus. Deutschland und England ebenfalls.«

»Fahren wir nach Amerika«, schlug Jennifer vor.« Wir könnten uns New York ansehen. Ich war noch nie in New York.«

»Wie denn? Ich bin doch keine Amerikanerin. Solange es in Europa Krieg gibt, kann man keine Reisen machen. Ja, vielleicht mit einem Rot-Kreuz-Schiff — du als Amerikanerin hättest Priorität, aber wir müßten mit Minen und U-Booten rechnen. Außerdem habe ich keine Lust, nach New York zu fahren. Wir werden den Sommer hier bleiben. Über kurz oder lang ist der Krieg vorbei.«

Sie sollten drei Jahre in der Schweiz bleiben.

Gleich in der ersten Nacht wurden sie ein Paar. Wenn Jennifer auch über den Vorschlag verblüfft war, empfand sie doch keinerlei Abscheu. Sie war sogar ein wenig neugierig. Maria war noch immer das unerreichbare Schulmädchenidol. Und Marias logische Erklärung beseitigte jeden Beigeschmack des Anormalen. »Wir mögen einander. Ich will dich mit der Erotik bekannt machen, ich möchte, daß du atemberaubende Seligkeit erlebst, aber nicht, daß irgendein brutaler Mann dir Schmerzen zufügt. Wir tun nichts Schlechtes. Wir sind keine Lesbierinnen wie diese gräßlichen Monstren, die sich die Haare kurz schneiden und Männerkleidung tragen. Wir sind zwei Frauen, die einander bewundern, und wissen, wie man sanft und zärtlich ist.«

In jener Nacht entkleidete sich Maria und stand stolz vor Jennifer. Sie hatte eine reizvolle Figur, aber mit heimlicher Genugtuung stellte Jennifer fest, daß sie hübscher war. Verlegen ließ sie ihre Kleider zu Boden fallen. Sie hörte Marias hingerissenen Seufzer, als sie ihre Brüste entblößte.

»Du bist viel schöner, als ich es mir habe träumen lassen«, sagte Maria leise. Sanft und zärtlich strich sie über Jennifers Brüste. Sie neigte sich vor und lehnte ihre Wange dagegen. »Ich liebe deine Schönheit und achte sie. Ein Mann wäre jetzt schon über dich hergefallen.« Behutsam ließ sie ihre Finger über Jennifers Körper streichen. Überrascht merkte Jennifer, wie die Erregung in ihr hochstieg. Ihr Körper begann zu zittern.

»Komm.« Maria nahm sie bei der Hand. »Legen wir uns hin. Ich werde sehr sanft mit dir umgehen...«

Maria war sanft und geduldig. Jede Nacht wagte sie sich ein wenig weiter vor, langsam lehrte sie Jennifer zu reagieren und vermied jede Peinlichkeit. »Du kannst dich nicht bloß lieben lassen, du mußt auch Liebe spenden«, verlangte Maria. »Du mußt mich genauso in Verzückung bringen wie ich dich.« Nacht um Nacht ermunterte Maria sie, bis Jennifer schließlich die Leidenschaft mit der gleichen Stärke erwiderte und einen Grad der Ekstase erreichte, den sie niemals vermutet hatte.

Ihre Beziehung zu Maria hatte zwei verschiedene Seiten. Nachts wartete sie ungeduldig, voll Verlangen und Begierde auf sie. Tagsüber jedoch betrachtete sie Maria als gute Freundin. Mehr empfand sie nicht für sie. Wenn sie gemeinsam einkaufen gingen oder kleine, fremde Städte erforschten, war Maria nichts weiter als eine Kameradin. Sie empfand keine Liebe. Oft lernten sie gutaussehende Männer kennen — Skilehrer oder Studenten — und für Jennifer waren diese Begegnungen reichlich schwierig. Maria blieb bei den männlichen Annäherungsversuchen völlig unnahbar, aber Jennifer fand einige der Jungen recht ansprechend. Beim Tanzen spürte sie oft, wie ihr Körper sich in angenehmer Erregung straffte, wenn sie den kräftigen Männerkörper fühlte, der sie an sich gepreßt hielt. Flüsterte ihr ein Junge Zärtlichkeiten zu, dann hätte sie gerne darauf reagiert.

Einmal hatte sie sich zu einem kurzen Spaziergang mit einem besonders hübschen Medizinstudenten aus Panama davongeschlichen. Er wollte nach Kriegsende nach New York fahren, um dort seine Studien abzuschließen. Er begehrte sie. Sie küßten einander, und sie klammerte sich an ihn und erwiderte leidenschaftlich seine Küsse. Es war herrlich, die kräftigen Schultern eines Mannes zu halten, sich an eine breite Männerbrust zu lehnen, anstatt Marias weicher, zärtlicher Hand einmal eine kräftige Männerhand zu spüren und energische Lippen zu fühlen. Sie hatte ein irrsinniges Verlangen nach diesem jungen Menschen, aber sie riß sich von ihm los und kehrte ins Café zurück. Maria hatte ihre Abwesenheit bemerkt. Als sie abends allein waren, kam es zu einer kleinen Szene. Jennifer schwor, sie hätte Kopfschmerzen gehabt und bloß etwas frische Luft schöpfen wollen. Erst im Bett verzieh ihr Maria endlich.

Sonst aber war es meist wunderbar. Maria hatte die ausgefallensten Ideen. Sie kaufte Jennifer herrliche Kleider. Jennifer lernte Ski fahren. Die französische Sprache wurde ihr immer geläufiger und machte ihr bald keinerlei Mühe mehr. Als Lausanne sie zu langweilen begann, siedelten sie nach Genf über.

Nachdem sie drei Jahre in der Schweiz verbracht hatten, verlangte Marias Vater, daß sie heimkam, aber sie weigerte sich. Darauf, im Jahr 1944, blieben die Schecks aus, und sie mußte nachgeben. Jennifer wußte, daß sie ihre Freiheit verpfändete. Im letzten Jahr waren ihr Marias Forderungen immer lästiger geworden, aber Cleveland und ihre Mutter reizten sie noch weniger. Spanien jedoch! Vielleicht fand sie dort einen hübschen Spanier aus gutem Hause. Sie war dreiundzwanzig und vom medizinischen Standpunkt aus unberührt. Warum also nicht?

Jennifer blieb über ein Jahr in Spanien. Sie lernte viele Bewerber kennen. Einige davon waren nicht übel, aber Maria beobachtete jeden ihrer Schritte mit Argusaugen. Ständig wurden die beiden von einer von Marias Tanten begleitet. Maria wies jeden Annäherungsversuch ab und untergrub auch bei Jennifer jede sich anspinnende Bekanntschaft. Allmählich verzweifelte Jennifer. Marias Herrschsucht schnürte ihr die Luft ab. Zum erstenmal begriff sie die Angst ihrer Mutter vor der Armut. Mit Geld konnte man sich die Freiheit erkaufen, ohne Geld war man ausgeliefert. In Spanien bot sich ihr zwar ein luxuriöses Leben, sie trug die schönsten Kleider, aber sie gehörte Maria. Kehrte sie nach Cleveland zurück, stand ihr eine andere Art von Gefängnis bevor, nämlich die Ehe mit irgendeinem drittklassigen Mann, der ebenfalls Ansprüche an ihren Körper stellen würde. Wie man es auch betrachtete, als mittelloses Mädchen war sie immer die Gefangene eines Besser-Situierten. Aber es mußte einen Ausweg geben!

Nachts konnte sie nicht mehr einschlafen. Sie erduldete Marias Liebe, erwiderte sie mit einer Zärtlichkeit, die sie nicht empfand, und heuchelte Schlaf vor, bis Marias regelmäßige Atemzüge ihr verrieten, daß sie nun nichts mehr zu befürchten hatte. Dann glitt sie vorsichtig aus dem Bett, setzte sich ans Fenster, rauchte eine Zigarette nach der anderen, blickte zu den Sternen empor und grübelte...

Geld. Sie mußte sich Geld verschaffen. Aber wie? Die Lösung war ihr Körper, der würde für sie arbeiten. Er hatte sie bisher versorgt. Sie würde nach New York fahren, einen anderen Namen annehmen, ihr wahres Alter verschweigen – vielleicht konnte sie Fotomodell werden. Irgendwie mußte sie es schaffen! Nie wieder durfte die Falle über ihr zuschnappen!

Als die Atombombe abgeworfen wurde, wartete ganz Madrid gespannt auf die neuesten Nachrichten. Selbst Maria saß atemlos neben dem Radio, um ja keine Meldung zu versäumen. Jennifer nützte die Gelegenheit, um unbemerkt einen Brief an ihre Mutter

zur Post zu bringen, in dem sie ihr auftrug, sie wegen einer angeblichen Erkrankung zur unverzüglichen Rückkehr aufzufordern.
Ihre Mutter gehorchte, und Maria war machtlos. Sie trennten sich mit der Beteuerung ewiger Liebe. Jennifer schwor, sofort wiederzukommen, sobald ihre Mutter gesund sei. Ein wenig regte sich ihr Gewissen, als ihr Maria ein Heft mit Reiseschecks in die Hand drückte.
»In amerikanischer Währung sind das dreitausend Dollar. Versuch, genügend für die Rückreise aufzusparen, aber wenn du nicht auskommst, dann telegrafiere mir. Ich lebe ausschließlich für den Tag unseres Wiedersehens.« Um jedes Mißtrauen zu zerstreuen, ließ Jennifer den Großteil ihrer Kleider in Spanien zurück. Sie fuhr direkt nach New York und mietete sich in einem kleinen Hotel ein. Sie schickte ihrer Mutter fünfhundert Dollar und bat sie, ihr alle Post aus Spanien nachzusenden, aber keinesfalls ihre Adresse oder ihren neuen Namen zu verraten.
Am Anfang schrieb Maria täglich. Jennifer beantwortete keinen einzigen Brief. Durch einen glücklichen Zufall war sie gleich am ersten Tag in New York dem Medizinstudenten aus Panama in die Arme gelaufen. Sie erinnerte sich bloß daran, daß sie einander begegnet waren und er sie begehrt hatte. Ihren neuen Namen nahm er ohne jedes Staunen zur Kenntnis. Drei Wochen schlief sie jede Nacht mit ihm, dann stellte er sie dem Prinzen Mirallo vor...
Es war sieben Uhr. Sie drückte die letzte Zigarette aus. Sie mußte einfach schlafen. Sie wollte für Robby wirklich gut sein. Vielleicht bekam sie dann das Abendkleid *und* das Geld für ihre Mutter.

Januar 1946

Sämtliche New Yorker Kritiken waren vom *Siebenten Himmel* begeistert. Helen Lawsons Beliebtheit hatte einen neuen Höhepunkt erreicht, und Neely war mit einigen lobenden Zeilen bedacht worden. Sie reichten zwar nicht aus, um Helens Feindschaft zu erwecken, waren aber doch so anerkennend, daß sie Neelys wildeste Erwartungen überstiegen.

Niemand war mehr überrascht als Neely selbst. Einer der Kritiker hatte sie tatsächlich das meistversprechende junge Talent genannt, das ihm seit vielen Spielzeiten untergekommen war. Diese Schmeichelei und eine neue Wohnung ließen sie beinahe glauben, sie sei schon jemand.

Sie konnte den neuen Wohnkomfort gar nicht fassen. Anne war ein Wunder! Was sie anpackte, gelang! Und immer schienen die Wege zu Allen zu führen. Bloß war es diesmal Allens Vater gewesen. Gino hatte seiner Freundin Adele den Laufpaß gegeben. Die war darüber so erbost, daß sie einen Vertrag als Revuegirl im Londoner Dorchester-Hotel angenommen hatte. Knapp vor ihrer Abreise war ihr Anne begegnet und hatte ihre tolle Wohnung übernommen. Neely betastete alles — die Bettdecken, die Lampen... Sie hatte nicht einmal zu träumen gewagt, daß sie jemals in einem Wohnzimmer leben würde, das einen weißen Teppich hatte und so geräumig war.

Natürlich war es bloß zur Untermiete. Adele wollte ab 1. Juni die Wohnung wieder für sich haben. Aber mittlerweile würde Jennifer vermutlich Tony heiraten, vielleicht wurden Lyon und Anne offiziell ein Paar, und sie würde Mels Frau sein. Besonders, falls Mel seinen neuen Job behalten konnte. Der war ein richtiges Weihnachtsgeschenk aus heiterem Himmel.

Johnny Mallon stellte ihn mit zweiwöchiger Probezeit als Drehbuchautor für eine Rundfunksendung ein! Wenn er sich bewährte, konnten sie reich werden. Rundfunkschreiber verdienten fünfhundert wöchentlich, sagte Mel. Sogar noch mehr. Mels Anfangsgehalt war zweihundert Dollar, und sie verdiente ebenfalls zweihundert. Dabei waren sie drei Wochen früher als vorgesehen mit der Show in New York gelandet, weil sie Boston nicht mehr nötig gehabt hatten. Ehrlich, es war einfach eine Wucht!

Sie wollte sich auch ein paar todschicke Kleider kaufen. Schließlich hatte jeder das violette Taftkleid schon hundertmal gesehen. Nein, was Jennifer aus Philadelphia für Kleider mitgebracht hatte!

Kein Wunder, daß sie ständig pleite war. Sie behauptete, daß Tony Polar geizig sei, aber wie konnte sie so was sagen, wo er ihr doch diesen himmlischen, großen blauen Ring zu Weihnachten geschenkt hatte! Jennifer sagte, er sei bloß ein Aquamarin. Und wenn schon! Sie wäre selig mit einem solchen Stein. Na, für den Anfang wollte sie sich einen neuen Wintermantel kaufen.
Sie und Mel waren zu Johnny Mallons Silvesterparty eingeladen gewesen. Aber den Ausklang des alten Jahres hatten sie in Helens Garderobe gefeiert.
Johnnys Party war umwerfend. Neely war noch nie auf einer Gesellschaft mit so vielen Prominenten gewesen. Und alle kannten sie! Das war eine Riesenüberraschung. Sie konnte sich einfach nicht fassen. Und dann hatte Johnny Mallon zu Mel gesagt, er »könne sich als ständiger Mitarbeiter des Teams« betrachten. Ehrlich, das war toll. Sie mußte sich abgewöhnen, ständig »ehrlich« zu sagen. Mehrere Leute hatten schon darüber gelacht. Oh, nicht geringschätzig. Sie hielten das für eine schrullige Redensart von ihr. Aber wenn sie sich unter den stinkfeinen Freunden Mels bewegte, sollte sie einige gebildete Ausdrücke lernen. Hinter den Kulissen hatte sie nie etwas anderes als Worte gehört, die sie jetzt nicht mehr gebrauchen wollte. Und Mel drückte sich immer so gewählt aus. Er hatte eben ein College besucht. Ehrlich, ein Akademiker wie Mel – und er liebte sie!
Nie würde sie dieses Silvester vergessen. Mel sagte, er auch nicht. Sie hatte ihn in jener Nacht, als sie in seinem Hotel waren, fest in die Arme genommen. »O Mel, ich bin so glücklich, daß ich Angst habe.«
»Es war jedenfalls ein großartiger Auftakt 1946«, hatte Mel gesagt, als sie ins Bett fielen. »Aber weißt du, Helen Lawson hat mir richtig leid getan. Sie sah schrecklich einsam aus, als wir sie in ihrer Garderobe zurückgelassen haben.«
Neely rümpfte die Nase. »Ach, Helen ist nie verabredet. Heute hat sie noch Glück gehabt, daß sie dieser schwule Kostümzeichner zur Party mitgenommen hat. Ehrlich, Mel, dein Hotel ist eine Bruchbude. Die Heizung ist noch gar nicht in Betrieb, und es ist praktisch schon Morgen. Bei uns wird fast die ganze Nacht durchgeheizt.« Sie hatte sich fröstelnd in seine Arme geschmiegt.
»Na schön – bestimm das Datum, und ich ziehe um. Wir können jetzt heiraten, wenn es dir paßt. Ich werde eine hübsche Wohnung für uns suchen.«
Neely hatte sich an ihn gekuschelt und ihre Beine um die seinen geschlungen, um sich zu wärmen.

»Na, Neely, wie steht's? Du hast gehört, was Johnny heute abend gesagt hat. Ich bin ein gemachter Mann. Ich verdiene wöchentlich zweihundert Dollar.«
»Ich auch.«
»Dann heiraten wir doch,«
»Okay. Am ersten Juni.«
»Warum sollen wir so lange warten?«
»Weil ich bis dahin die Wohnung mit den beiden anderen gemietet habe. Wenn ich früher ausziehe, muß ich trotzdem ein Drittel der Miete bezahlen. Dazu haben wir uns alle verpflichtet, weil jede knapp vor der Hochzeit steht.«
»Wir werden es schon schaffen. Wir werden dein Drittel bezahlen.«
»Spinnst du? Ich soll doppelte Miete bezahlen?«
»Aber Neely, ich will dich für mich haben.«
Sie kicherte. »Das hast du doch. Komm schon, nimm mich – jetzt gleich ...«
»Aber Neely –«
»Wir heiraten am ersten Juni. Komm Mel, komm schon zu mir. Nein, nicht so, das ist heute zu gefährlich. Auf die andere Tour ... bitte, Mel, bitte ...«

Februar 1946

Anne und Jennifer sahen in stummer Ungläubigkeit zu, als Neely die Transportarbeiter mit größter Selbstverständlichkeit anwies, wohin sie den riesigen Flügel stellen sollten.
»Ich hab' eben bei der Agentur Johnson Harris abgeschlossen«, verkündete Neely.
»Was ist aus Henry geworden?« fragte Anne.
»Wir haben uns gestern ausführlich unterhalten. Ich habe ihm gesagt, daß Johnson Harris sich an mich gewendet hat, und da hat er mich sofort freigegeben. Schau, für einen Manager bin ich noch zu unbedeutend. Ich brauche eine große Agentur hinter mir. Henry war ganz meiner Meinung. Und seht nur, was dabei herausgekommen ist –«
»Die Agentur hat dir den Flügel geschenkt?« fragte Jennifer.
»Nein, aber sie zahlt die Leihgebühr. Und sie hat mich ins La Rouge vermittelt – in drei Wochen habe ich Premiere.«
»Aber du trittst doch im *Siebenten Himmel* auf«, wandte Anne ein.
»Macht nichts, Doppelbesetzung. Im La Rouge mach' ich nur in einer Mitternachtsrevue mit. Und dafür krieg' ich dreihundert die

Woche! Ist das nicht eine Wucht? Und wißt ihr was? Die Agentur hat mir Zeke Whyte besorgt — und *sie* bezahlt sein Honorar — und der wird meine Arrangements machen und meine Nummer einrichten. Zeke arbeitet nur mit den größten Stars. Als er mich singen hörte, hat er gesagt, daß ich bei einigem Fleiß ganz groß werden könnte. Er meint, ich sei eine Kreuzung zwischen Judy Garland und Mary Martin.«

Anne lachte. »Ist doch hübsch, einen Star in der Familie zu haben.«

Neely schnitt eine Grimasse. »Ich tue es nur wegen des Verdienstes. Wenn Mel und ich im Juni heiraten, dann will ich genügend Geld gespart haben, um mir eine Wohnung einzurichten, die genauso hübsch ist wie diese hier.«

»Wann hat Mel denn Gelegenheit, für Johnny Mallon zu schreiben?« erkundigte sich Jennifer. »Er scheint ja vierundzwanzig Stunden täglich damit beschäftigt zu sein, als dein Presseagent zu arbeiten. Ich habe noch nie erlebt, daß jemand so oft in der Zeitung steht wie du.«

»Warum auch nicht?« verteidigte sich Neely. »Schließlich ist alles, was ich verdiene, ein Baustein für unsere Zukunft.«

»Und du willst wirklich kein Star werden?«

»Wozu? Damit ich an Silvester allein dastehe und bestenfalls mit einem Schwulen ausgehen darf? Oh, ich werde auch als verheiratete Frau arbeiten, aber meine Ehe wird immer den Vorrang haben. Und du hast überhaupt kein Recht, so zu reden. Hast du nicht eben erst wegen Tony einen Vertrag mit der Twentieth-Filmgesellschaft ausgeschlagen?«

Jennifer zuckte die Achseln. »Es war kein guter Kontrakt. Bloß hundertfünfzig die Woche.«

»Aber nach Henrys Meinung hättest du annehmen sollen«, widersprach Neely. »Hättest du unterschrieben, wenn mehr Geld dabei herausgesprungen wäre?«

»Möglich. Aber im Gegensatz zu dir, Neely, habe ich kein Talent.«

»Tja, aber Talent allein genügt noch lange nicht. Und jetzt wollen wir die Bude auf Hochglanz bringen. Zeke muß gleich hier sein.«

In den folgenden drei Wochen beherrschte Zeke Whyte die Wohnung. Unermüdlich probte er mit Neely. Sooft Anne und Jennifer heimkamen, trafen sie ihn an. Er hatte einen beinahe weiblichen Charme, war sich seiner Bedeutung bewußt und war ein unnachsichtiger Lehrmeister und ausgezeichneter Musiker. Beim Studium kannte er keine Gnade.

»Was will er denn von mir?« begehrte Neely auf und rannte weinend ins Schlafzimmer. »In meinem ganzen Leben habe ich keine einzige Gesangsstunde gehabt und bin immer gut zurechtgekommen. Und jetzt auf einmal will er eine Opernsängerin aus mir machen — in drei Wochen! Anne geh rein und schick ihn fort.«
Dann erschien Zeke in der offenen Tür. »Okay, Neely, die hysterischen fünf Minuten sind vorbei. Zurück zur Arbeit.«
»Ich kann nicht«, jammerte sie. »Du erwartest zuviel von mir.«
»Natürlich. Warum willst du dich mit einer durchschnittlichen Leistung zufriedengeben, wenn du ganz groß sein könntest?«
Und Neely parierte jedesmal. Die Tonleitern wurden fortgesetzt ... es gab erneute Tränenausbrüche ... weitere Tonleitern ... es schien kein Ende nehmen zu wollen.
Am lautesten ging es aber gegen Schluß der zweiten Woche zu. Neely stürmte ins Büro von Bellamy und Bellows. »Wo ist er?« herrschte sie Anne an.
»Wer denn?«
»Henry! Er soll wieder mein Manager sein. Ich brauche ihn. Er muß mir Zeke vom Hals schaffen.«
»Henry ist beim N.B.C. Was hat Zeke denn jetzt wieder angestellt?«
»Er will alle meine Kleider verbrennen!«
»Was?«
»Du hast ganz richtig gehört. *Verbrennen!* Er sagt, er erlaubt mir nicht einmal, sie zu verschenken, so scheußlich seien sie. Einschließlich dieses neuen Mantels.« Liebevoll streichelte sie den roten Fuchskragen. »Dabei habe ich siebzig Dollar dafür bezahlt.«
Anne unterdrückte ein Lächeln. »Aber Neely, dafür brauchst du Henry doch nicht. Du kannst Zeke Whyte selbst deine Meinung sagen.«
»Nein, ich will nicht mit ihm streiten. Sonst läßt er mich vielleicht im Stich. Ehrlich, Anne — er hat wahre Wunder mit meiner Stimme vollbracht. Manchmal glaube ich gar nicht, daß ich das bin. Und in bloß zwei Wochen! Weißt du, jetzt glaube ich zum erstenmal daran, daß ich vielleicht wirklich eine Künstlerin werden könnte. Ich schaffe viel höhere Töne, als ich mir hätte träumen lassen, und ich kann sie auch richtig und kraftvoll halten. Er ist ein Genie.«
»Dann hat er vielleicht doch recht wegen deiner Kleider.«
Neely seufzte. »Also schön, er soll mir das Kleid für die Premiere aussuchen. Es wird eigens für mich entworfen, weil er mich bei ein paar Nummern ein bißchen tanzen läßt. Aber diesen Mantel gebe ich *nie* her ...«

In der folgenden Woche schickte sie den Mantel ihrer Schwester. Das Paket enthielt auch das violette Taftkleid und sechs neue Kleider, die sie sich seit Beginn der Show gekauft hatte. Zeke ließ sie für die Nachtklubpremiere ein Abendkleid kaufen und für untertags zwei Wollkleider und einen marineblauen Modellmantel. Tief beleidigt betrachtete sie ihre spärliche Garderobe. Sie trug die beiden Kleider abwechselnd und wagte nicht, etwas zu essen oder zu trinken, solange sie eines davon anhatte. Ein Fleck, und ihr halber Fundus war unbrauchbar.

»Stell dir vor, ich hab' hundertundfünfundzwanzig Scheinchen dafür hingelegt«, sagte sie zu Mel, als sie fürsorglich eine Serviette über das blaue Wollkleid breitete. Sie saßen bei Sardi, wo Neely jetzt immer einen besonderen Tisch bekam. Sie begriff diese Auszeichnung selbst noch nicht.

»Es ist sehr schick«, meinte Mel. »Aber man sieht es ihm nicht an, daß es so teuer war.«

»Zeke sagt, ich muß mir ein gewisses Aussehen zulegen, von dem ich nie abweichen darf, damit sich die Öffentlichkeit ein ganz bestimmtes Bild von mir macht.«

»Und welches Bild soll dieses Kleid von dir hervorrufen?«

Sie zuckte die Achseln. »Keine Ahnung. Wie wirkt es denn auf dich? Du hast ja ein College besucht.«

Mel biß in sein belegtes Brot und betrachtete das Kleid nachdenklich. »Tja, wie ein aufgehender Stern vom Broadway siehst du nicht aus, das ist sicher.« Er musterte sie. »Eher wie ein Schulmädchen. Ja, das ist es — als kämst du eben erst aus irgendeiner exklusiven Schule für höhere Töchter.«

»Ist das gut?«

»Das kann ich nicht beurteilen, Herzchen. Ich liebe dich in allem, sogar in diesem grauenhaften lila Zeug.«

»Mel! Du hast mir nie gesagt, daß dir mein Taftkleid nicht gefällt!«

»Du hast es bei unserem ersten Rendezvous getragen, und ich wollte dich nicht kränken.«

»Und was hast du von dem schwarzen Mantel mit dem Rotfuchskragen gehalten?«

»Also, er hat schon ein bißchen gewöhnlich ausgesehen — und irgendwie zu alt für dich.«

»Und dieser glatte dunkelblaue Mantel ist was Besonderes?«

»Ich weiß nicht, mein Liebes, aber ich glaube, er paßt zu dir. Schwule haben meist einen sehr verläßlichen Geschmack.«

»Na schön«, seufzte sie und steckte einen Bissen in den Mund.

März 1946

Niemand hatte damit gerechnet, daß Neelys Premiere derart einschlagen würde. Anne war mit Henry und Lyon gekommen. Jennifer saß mit Tony Polar, seiner Schwester, seinen Textdichtern und einigen seiner Schlagerkomponisten gegenüber an einem großen Tisch. Helen Lawson rauschte mit einem Regieassistenten ins Lokal. Sie winkte Henry zu und übersah Anne geflissentlich.

Es begann als typische Nachtklubpremiere. Die Reporter kamen, weil sie dazu verpflichtet waren. Keiner erwartete etwas Besonderes. Es war schon oft vorgekommen, daß eine kleine Elevin ein Erfolgsstück als Sprungbrett benützte, um ihr bescheidenes Honorar aufzubessern. Als sie erschien, brachte das Publikum ihrer Energie und ihrem Ehrgeiz Achtung entgegen. Bei ihrem Abgang hatte es sich in eine begeisterte, beifallklatschende Schar von Bewunderern verwandelt.

Anne konnte es nicht glauben. Während der Vorführung fing sie Jennifers Blick auf, und sie sahen einander überrascht an und glücklich. Henry Bellamy saß auf der äußersten Kante seines Stuhles.

Neely war phantastisch. Die Beleuchtung ließ das kindliche Gesicht beinahe schön erscheinen, und ihr Kostüm – eine schlichte, weißseidene Hemdbluse und ein kurzer dunkelblauer Seidenrock – brachte ihre hinreißenden Beine bestens zur Geltung. Anne war überrascht, daß sie ihr bisher noch nie aufgefallen waren, ebensowenig die ausgezeichnete zarte Figur mit der schmalen Taille und den mädchenhaften Brüsten.

»Der Star, der uns entwischt ist«, flüsterte Henry. »Herrgott – Lyon –, wie konnten wir uns die durch die Finger schlüpfen lassen?«

Lyon schüttelte den Kopf. »Wenn wir einen Fehler machen, dann zahlt er sich aus.«

»Sie ist wirklich großartig, nicht wahr?« flüsterte Anne.

»Gar kein Ausdruck«, erwiderte Lyon. »Sie ist unwahrscheinlich. Rundum kann ihr keine das Wasser reichen.«

Nach dieser Premiere herrschte ein solcher Wirbel um Neely, daß das Leben in der gemeinsamen Wohnung zum Chaos wurde. Ständig schrillte das Telefon, der Wohnraum mußte für Interviews, Fotos und Proben freigehalten werden. Neely trat als Gast in sämtlichen Radiosendungen auf. Sie schloß einen Vertrag mit einer großen Plattenfirma ab. Die Metro wollte sie haben. Die Twentieth wollten sie haben. Und Helen Lawson hörte auf, mit ihr zu reden.

Neely war tief betroffen. »Stellt euch vor, sie schneidet mich einfach.«
Jennifer grinste. »Das ist der beste Beweis, daß du ein Star bist. Zu mir ist sie unverändert süß.«
»Ich wollte auch in der kommenden Saison bei der Show bleiben«, erklärte Neely. »Aber jetzt hab' ich mir's anders überlegt. Case hat mir zwar ab ersten Juni einen neuen Vertrag mit einer Gagenerhöhung von hundert Dollar angeboten, und außerdem soll mein Name mehr in den Vordergrund gerückt werden. Aber ich kann nicht arbeiten, wenn Helen mich so behandelt.«
Anne lachte. »Ach Neely, ihr habt doch nicht eine gemeinsame Szene. Du beschwichtigst bloß dein Gewissen, weil du am ersten Juni austreten willst.«
»Warum soll ich mich Case verpflichtet fühlen? Ohne dich hätte er mich nie engagiert, Anne – und auch so hat er es nur getan, weil sich Helen vor Terry King gefürchtet hat.«
Schließlich schloß sie bei der Century Productions ab. »Es ist zwar ein kleineres Studio als andere«, sagte sie, »aber mein Agent meint, es wäre günstig für mich. Im Vorjahr haben zwei ihrer Filme den Oscar bekommen. Sie holen sich sämtliche neuen Stars und werden mich mit der nötigen Propaganda herausbringen.«
Mel war über den Filmvertrag nicht glücklich. »Aber das ist doch herrlich!« setzte sie ihm auseinander. »Ich bleibe bis Ende Mai bei der Show. Adele hat geschrieben, daß sie Mitte Juni zurückkommt und ihre Wohnung wiederhaben will, also–«
»Was wird aus Jennifer und Anne?« fragte Mel.
»Ach, der *Siebente Himmel* läuft bestimmt noch ein ganzes Jahr. Jennifer bleibt dabei, bis sie Tony heiratet, obwohl sich in dieser Richtung nichts zu tun scheint. Sie treffen sich bloß, aber von Heirat ist keine Rede.«
»Aber wo werden sie wohnen?«
»Heute ist das nicht mehr so schwierig. Vielleicht ziehen sie für eine Zeit ins Hotel Orwin. Dort kann man zu einem recht vernünftigen Preis schon eine Suite mieten.«
»Und was wird aus uns?«
»Wir heiraten – am ersten Juni, wie abgemacht.«
Mel lächelte. »Ich hab' schon gedacht, du wirst mich nie um mein Jawort bitten.«
Sie drückte seine Hand. »Dann fahren wir gleich nach Kalifornien und verbringen dort unsere Flitterwochen. Der Chef besorgt mir ein Haus.«
»Der Chef?«

»Oh, jetzt hab' ich ganz vergessen, dir von ihm zu erzählen«, plapperte Neely. »Er war vorige Woche hier. Cyril H. Bean. Aber kein Mensch nennt ihn Cyril oder Mr. Bean. Er heißt einfach Chef. Er ist ein süßer alter Knabe, ungefähr fünfzig, braungebrannt, mit hübschen, weißen Haaren. Er ist so freundlich und richtig väterlich. Er mietet mir ein riesiges Haus in Hollywood. Dreihundert im Monat, plus Swimming-pool, bloß hat er mir gesagt, ich dürfte nur ja nicht in die Sonne gehen, ich hätte schon jetzt zu viele Sommersprossen. Dann hat er gemeint, wenn ich mich richtig durchsetzen kann, verschafft er mir ein Haus in Beverly Hills.«
»Wo liegt da der Unterschied?«
»Woher soll ich das wissen? Vielleicht steht das jetzige auf der falschen Straßenseite. Er hat sich fast dafür entschuldigt, daß das Haus in Hollywood ist. Ich hab' so getan, als wüßte ich genau, wovon er spricht. Aber stell dir vor, Mel: ein Haus mit einem Swimming-pool.«
»Neely.« Mel griff nach ihrer Hand. »Du weißt, ich liebe dich –«
»Und meine Anfangsgage ist tausend Dollar pro Woche, Mel! Überleg bloß, wieviel Geld wir haben werden.«
»Neely ... die Johnny-Mallon-Show kommt aus New York.«
»Dann gib sie doch auf.«
»So mir nichts – dir nichts?«
»Menschenskind, Mel, wach doch endlich auf! Du verdienst bloß zweihundert wöchentlich.«
»Ab dem nächsten Jahr werden es schon dreihundert sein.«
»Aber ich werde *tausend* haben! Und dazu kommen noch die Tantiemen von den Schallplatten. Die Agentur hat mir gesagt, daß ich im kommenden Jahr allein an den Platten fünfundzwanzigtausend verdienen werde! Hast du Töne?«
»Und was soll ich tun? Im Schwimmbecken plätschern?«
»Du gehörst zu mir, Mel. Es geht doch immer um uns beide. Ich brauche dich. Und ich brauche jede erdenkliche Publicity. Das ist jetzt wichtiger als je zuvor.«
»Das Studio wird dir schon jemand zuteilen.«
»Bestimmt, aber du kannst doch keinen Fremden mit dir vergleichen. Der Presseagent wird mich und sämtliche andere Stars betreuen. Ich will aber, daß du ausschließlich für mich arbeitest. Und du mußt dich um sämtliche Finanzen kümmern, Mel. Ich hab' noch nie im Leben einen Scheck ausgestellt. Sogar beim Bezahlen der Miete für unsere gemeinsame Wohnung müssen mir die beiden anderen jedesmal sagen, wie hoch mein Anteil ist, und den zähle ich ihnen dann bar in die Hand. Und ehrlich, ich hätte keine

Ahnung, wie ich mit dem Dienstmädchen oder einer Köchin reden soll oder wie man sich benimmt, wenn man Personal einstellt. Ich hab' doch noch nie ein eigenes Haus gehabt. Das alles wirst du erledigen, Mel, du mußt einfach mitkommen. Ohne dich wäre ich da draußen erschossen.«

»Nein, Neely, das würde nicht guttun.«

»Warum nicht? Schließlich bist du für all das verantwortlich. Wie habe ich denn überhaupt das Engagement im La Rouge bekommen?«

»Durch die Agentur Johnson Harris.«

»Aber die ist doch erst durch die Publicity auf mich aufmerksam geworden, die du mir verschafft hast. Nach der Premiere vom *Siebenten Himmel* wäre ihnen nicht im Traum eingefallen, mir nachzulaufen. Vielleicht hab' ich damals noch nicht so gut gesungen wie heute, das verdanke ich Zeke, aber du hast den Leuten die Augen für mich geöffnet.«

Er hielt ihre Hände. »Zeke hat dir nicht deine Stimme gegeben, und ich habe dich nicht gemacht. Du verdankst deine Begabung dir ganz allein. Wir haben bloß nachgeholfen, die Öffentlichkeit auf dein Talent aufmerksam zu machen.«

»Dann hilf mir auch weiterhin, Mel. Ich brauche dich. Ich liebe dich.«

»Aber Neely, ich bin zwar noch nie in Hollywood gewesen, aber ich weiß, wie es dort zugeht. Ich wäre schlicht Mr. Neely O'Hara. Kein Mensch hätte Achtung vor mir.«

»Aber *wir* bleiben doch dieselben. Schau, Mel, ich habe die Absicht, schwer zu arbeiten, viel zu verdienen und in vielleicht fünf Jahren den ganzen Rummel aufzugeben. Jeder wird wissen, daß du für mich verantwortlich bist. Bitte, Mel, wenn du nicht mitkommst, fahre ich gar nicht. Mel ... bitte!«

Er drückte ihre Hand. »Na schön. Ich hab' mir schon immer gewünscht, mich von der kalifornischen Sonne braunbrennen zu lassen. Damit werde ich in Brooklyn einen ungeheuren Eindruck machen ...«

Jennifer

Dezember 1946

Jennifer stand auf einem Stuhl und versuchte, die Hutschachtel ins oberste Fach des Schrankes zu schieben. Dabei polterten zwei Koffer herunter und fielen ihr beinahe auf den Kopf.

»Die Schränke hier sind unmöglich«, ächzte sie.

Anne half ihr, die beiden Koffer wieder im Fach zu verstauen. »Ich würde dir ja meinen Schrank anbieten, aber der ist voll. Mit deinen abgelegten Kleidern.«

»Wie stellt sich so eine Hotelleitung vor, daß man mit zwei kleinen, engen Schränken zurechtkommen soll? Warum hat Adele nicht einen reichen englischen Lord kennenlernen und in London bleiben können? Himmel, wie mir diese Wohnung abgeht!«

»Die Schränke sind sehr geräumig, Jen. Ein gewöhnlicher Sterblicher hat nur nicht so viele Kleider wie du.«

»Und mir hängt jedes einzelne zum Hals heraus!«

»Jen, untersteh dich ja nicht, schon wieder ein neues Kleid zu kaufen. Ich bin bereits die bestgekleidete Frau New Yorks, weil dir deine Sachen nach zwei Tagen langweilig werden. Lyon fallen die Augen aus dem Kopf, weil ich jedesmal mit was Neuem angerauscht komme.«

»Wenn mir Tony den neuen Nerz zu Weihnachten schenkt, dann kriegst du meinen alten.«

»Dann werde ich ihn dir abkaufen.«

»Sei nicht albern!«

»Ich habe Geld, Jen. Henry hat das Geld aus dem Ringverkauf plus meinen zwölftausend in Aktien angelegt. Sie sind seither nicht stark gestiegen, aber sie werfen hübsche Dividenden ab.«

»Greif nur ja dein Kapital nicht an.«

»Ein Rat aus berufenem Munde. Diesen Monat sind deine Fotos in der *Vogue* und in *Harper's Magazine* erschienen, und du hast nicht einen Cent gespart. Wirklich, Jen, du mußt seit dem Vertragsabschluß mit der Agentur Longworth ein Vermögen verdient haben. Aber du gibst alles für Kleider aus. Dabei machst du dir gar nichts aus Toiletten.«

»Wie kann ich denn sparen? Den einen Teil verschlingt meine Garderobe, den anderen meine Mutter. Als Fotomodell verdiene ich drei- oder vierhundert wöchentlich, aber das sind doch keine Beträge. Nein, meine Trumpfkarte heißt Tony. Ich bin sechsundzwanzig, Anne, also habe ich nicht mehr viel Zeit und nichts Großartiges von der Zukunft zu erwarten. Tony ist von meiner Auf-

machung tief beeindruckt, und die Zeitungen nennen mich atemberaubend. In meinen Augen sind die Kleider nichts anderes als eine Investition. Ich setze mein ganzes Kapital auf eine Karte und wette auf Tony. Bringt das Blatt Heirat, bin ich für den Rest meines Lebens versorgt.«
»Das ist aber noch immer kein Grund, deinen Nerzmantel wegzugeben.«
»Darin hat mich jeder schon länger als ein Jahr gesehen. Und wenn ich Tony heirate, werde ich ein Dutzend haben. Und falls Lyons Buch sich nicht unerwartet als Bestseller entpuppt, wirst du hübsch lange auf einen Nerz warten müssen.«
»Na, ich drücke jedenfalls die Daumen. Er hat es vorige Woche beendet.«
»Wunderbar! Jetzt könnt ihr heiraten.«
Anne lachte. »So einfach ist das nicht. Zuerst muß ein Verleger das Buch annehmen. Er hat es Bess Wilson gegeben. Sie hat eine bedeutende Agentur. Gefällt es ihr und ist sie bereit, sich dafür einzusetzen, dann hat er schon halb gewonnen.«
»Wann wird er es erfahren?«
»Wir erwarten täglich die Antwort. Er hofft, noch vor Weihnachten. Hoppla, Neely ist steckengeblieben.« Mit einem Sprung war Anne beim Plattenspieler und schob die Nadel weiter. »Ich bin so stolz auf sie. Ich kann ihren ersten Film schon kaum mehr erwarten.«
Jennifer warf die Schranktür zu. »Darf ich das Zeug jetzt abstellen? Ich möchte lesen.«
»Es ist zwei Uhr, Jen. Du schläfst viel zuwenig. Was bedrückt dich denn? Ist es Tony?«
Jennifer zuckte die Achseln. »Ja und nein ... aber ich schlafe schon seit einem Jahr nicht mehr. Tony macht mir allerdings wirklich Sorgen. Im Februar fährt er nach Kalifornien, um eine Radioserie zu beginnen.«
»Vielleicht macht er dir noch vor seiner Abreise einen Antrag.«
»Solange Miriam in der Nähe ist, bestimmt nicht. Wenn wir allein sind, erreiche ich beinahe alles bei ihm. Aber wir sind nur im Bett allein. Ich kann ja keinen Friedensrichter unter dem Leintuch verstecken.«
»Was hältst du vom gemeinsamen Durchbrennen?«
»Daran habe ich auch schon gedacht. Maryland stünde uns ja immer offen. Aber so leicht geht das nicht. Im Bett verspricht er mir, was ich will. Kaum ist er aufgestanden, hört er auf Miriam.« Sie wandte sich zum Badezimmer. »Geh jetzt schlafen. Es hat ja

keinen Sinn, daß wir uns beide den Kopf zerbrechen. Mir wird schon etwas einfallen.«

»Versuch zur Abwechslung auch mal zu schlafen«, sagte Anne und klopfte sich das Kopfkissen zurecht.

»Werde mich bemühen. Aber zuerst muß ich meine Abendgymnastik erledigen und meine Mitgift ölen.« Jennifer schloß die Tür zum Badezimmer und nahm lustlos den Tiegel Kakaobutter zur Hand. Unter der unbarmherzigen Badezimmerlampe betrachtete sie ihr Spiegelbild. Einige zarte Fältchen zeichneten sich unter ihren Augen ab. In vier Jahren ist sie dreißig. Der *Siebente Himmel* blieb bis zum Juni auf dem Programm, aber sie wirkte bereits seit einem Jahr mit. Hier konnte sie also auf keine Wunder mehr hoffen. Natürlich blieb immer noch der Vertrag mit der Twentieth. Wenn sie ihn aber annahm und mit Tony nach Kalifornien fuhr, würde sie ihn nie bekommen. Aber wenn er allein fuhr, würde sie ihm genügend fehlen, daß er sie holen ließ? Keine Spur. Miriam würde schon dafür sorgen, daß sich schöne junge Mädchen um ihn rissen.

Natürlich hielt Tony sie für zwanzig. Aber wenn er einmal eine echte Neunzehn- oder Zwanzigjährige sah, dann würde sie daneben vielleicht etwas abgekämpft wirken. Miriam hatte sie in letzter Zeit mit Röntgenblicken betrachtet und versucht, sie mit Fragen über die Schulzeit in die Falle zu locken. Ein Glück, daß Tony kein Kirchenlicht war. Sie hielt plötzlich inne. Das stimmte — sehr intelligent war Tony nicht. Oder ließ Miriam ihm bloß keine Gelegenheit zu einem selbständigen Gedanken? In seinem Beruf war er ausgezeichnet. Sicher war es Miriam! Sie rieb sich mehr Creme unter die Augen. Sie *mußte* schlafen! Sie ging zu Bett und drehte das Licht ab.

Eine Stunde später war sie noch immer hellwach. Also wieder eine der vielen endlosen Nächte. Leise stand sie auf und ging ins Wohnzimmer. Sie konnte sich Schlaf verschaffen, wenn sie nur den nötigen Mut aufbrachte. Sie holte sich ihre Handtasche und entnahm ihr eine kleine Flasche. Sie starrte die kleinen roten Kapseln an. Irma hatte sie ihr gestern abend gegeben. (»Eine einzige Pille, und du schläfst stundenlang wie ein Murmeltier.«)

Seconal. Irma hatte ihr vier Stück geschenkt. (»Sie sind für mich Gold wert. Mehr kann ich dir nicht geben.«) Irma war in der Show an Neelys Stelle getreten. Sie behauptete, daß die kleinen roten »Püppchen« ihr das Leben gerettet hätten. (»Ich würde dir ja mehr davon überlassen, Jennifer, aber sie sind rezeptpflichtig. Ich kann nur zehn Stück pro Woche bekommen.«)

Sollte sie einen Versuch machen? Es war eine unbehagliche Vorstellung, daß eine derart kleine rote Kapsel einen Menschen in Schlaf versenken konnte. Sie ging in die enge Küche und schenkte sich ein Glas Wasser ein. Eine Sekunde lang hielt sie die Kapsel in der Hand. Ihr Herz klopfte wie verrückt. Das war ein Narkotikum. Ach was, lächerlich! Irma nahm jeden Tag eine Pille und fühlte sich prächtig. Sie war sehr nervös gewesen, als sie die Rolle in der Show übernommen hatte, und war es jetzt, sieben Monate später, noch immer. (»Ich habe das Gefühl, daß mich alle mit Neely vergleichen, wenn ich singe. Sie hat seit ihren Schallplatten so viele Fans.«)
Na, eine Pille konnte nicht schaden. Sie schluckte sie, steckte die Flasche wieder in die Tasche und ging eiligst ins Bett.
Wie lange würde es dauern? Sie war noch immer vollkommen munter. Sie konnte Annes regelmäßige Atemzüge hören, das Tikken der Uhr auf dem Nachtkästchen, die Geräusche der vorbeifahrenden Autos – ja, jeder Laut schien sogar noch deutlicher geworden zu sein.
Dann spürte sie es. O Gott, war das herrlich! Ihr ganzer Körper wurde federleicht. Der Kopf war schwer und doch gleichzeitig gewichtlos wie Luft. Sie würde schlafen ... schlafen ... ach, du süßes rotes Püppchen ...
Am nächsten Tag suchte sie Henrys Arzt auf. Er lehnte ihre Bitte glattweg ab. Sie sei in ausgezeichneter Verfassung. Was sollte dieser Unsinn! Nein, er würde ihr kein Rezept für Seconal ausstellen. Sie sollte aufhören, soviel Kaffee zu trinken, das Rauchen einschränken, dann würde sie schon schlafen. Und wenn nicht, dann brauchte ihr Körper eben nicht mehr Schlaf.
»So kannst du das nicht machen«, erklärte ihr Irma einige Tage später. »Du kannst nicht zu einem angesehenen Arzt gehen und ihn einfach darum bitten. Am besten, du suchst dir einen unbedeutenden Doktor, der es mit der ethischen Seite nicht so genau nimmt.«
»Aber woher nehmen? Irma, ich habe mit diesen himmlischen roten Puppen vier Nächte hintereinander geschlafen, und es war einfach eine Erlösung. Ohne die Pillen schlafe ich schon seit zwei Nächten nicht mehr.«
»Du mußt in eines jener drittklassigen Hotels an der West Side gehen. Bestimmt findest du ein Arztschild in einem schmierigen Fenster«, riet ihr Irma. »Aber du darfst nicht gleich mit der Tür ins Haus fallen. Du mußt gewisse Spielregeln einhalten. Geh hin und sag, du kommst von auswärts. Kalifornien ist immer gut. Zieh ja nicht den Nerzmantel an, sonst verlangt er das doppelte Honorar.

Sag ihm, du kannst nicht schlafen. Er wird so tun, als horchte er dein Herz ab, und du wiederholst, daß du nichts weiter brauchst als einige Nächte ungestörten Schlafs. Dann wird er zehn Dollar verrechnen und dir ein Rezept ausstellen, das für eine Woche reicht. Er weiß genau, daß du wiederkommst. Und er weiß, daß er verläßlich auf zehn Dollar pro Woche zählen kann. Aber glaub mir, die Ausgabe lohnt sich. Vielleicht mußt du dein Glück bei verschiedenen Ärzten versuchen, ehe du auf den richtigen stößt. Ich bin bei zweien abgeblitzt, aber schließlich findest du bestimmt einen. Geh aber nicht ins Hotel Mackley. Dort wohnt mein Doktor. Der schöpft sonst vielleicht Verdacht.«

Jennifer fand ihren Arzt in der Achtundvierzigsten Straße West. Sie wußte, daß sie an der richtigen Adresse war, als er gelangweilt ein verstaubtes Hörrohr hervorzog und den wenig überzeugenden Versuch machte, ihren Puls zu fühlen. Und richtig zückte er auch gleich seinen Rezeptblock. »Nembutal oder Seconal?« fragte er.

»Die roten«, murmelte Jennifer.

»Damit kommen Sie eine Woche aus.« Damit reichte er ihr das Rezept. »Damit sollten Sie wieder ins Lot kommen. Wenn nicht, dann lassen Sie sich wieder anschauen.«

Anne war über den Wechsel in Jennifers Wesen entzückt. Sie wußte nichts von den Pillen, aber sie war froh, daß Jennifer jetzt die ganze Nacht hindurch schlief. Heimlich fragte sie sich, ob Tony ein paar Anspielungen gemacht hatte, die Anlaß zu berechtigter Hoffnung gaben.

Wenige Tage vor Weihnachten, als Anne wieder ihr Köfferchen für das obligate Wochenende bei Lyon packte, traf Jennifer ihre große Entscheidung.

»Jetzt ist es soweit«, kündigte sie an. »Ich stelle Tony vor die Wahl, entweder heute nach Elkton zu fahren oder mich nie wiederzusehen. Das habe ich mir gestern nacht so zurechtgelegt. Klappt es nicht, dann habe ich zumindest noch sechs Wochen bis zu seiner Abreise Zeit. Bis dahin kann ich mich mit irgendeinem anderen Mann in verschiedenen Lokalen blicken lassen und dabei so hinreißend aussehen, daß er verrückt wird. Er muß so zappeln, daß er nachgibt und mich heiratet. Wenn ich warte, bis er nach Kalifornien fährt, habe ich verloren.«

»Wo ist Miriam heute abend?«

»Wo sie immer ist. Mit uns! Im La Bombra läuft eine neue Show an. Ich hab' Tony gesagt, daß ich nach dem Theater heimgehe, um mich umzuziehen, und er soll mich hier abholen. Miriam wird mit seinen Bekannten im La Bombra auf uns warten. Ich habe ihn also unter vier Augen und will ihn überrumpeln. Und wenn ich es richtig einfädle ...

Sie trug einen Morgenrock, als Tony erschien.
»Nanu ... beeil dich und zieh dich an. Die Vorstellung beginnt um halb eins.«
Sie trat auf ihn zu. »Nimm mich zuerst in die Arme«, sagte sie leise.
Als er sich von ihr losriß, keuchte er. »Baby, laß mich erst mal Luft holen. Herrgott! Ich brauche eine Bluttransfusion, wenn ich nur in deiner Nähe bin.« Seine Hände liebkosten ihre Brüste. Seine Finger machten sich unsicher an den Knöpfen ihres Seidenmantels zu schaffen. »Herrgott ... warum trägst du einen Morgenrock mit Knöpfen?« Er zog ihr den Mantel von den Schultern, daß sie bis zur Taille nackt dastand. Dann trat er einen Schritt zurück. Sein Atem ging stoßweise.
»Jen, diese Brüste sind direkt polizeiwidrig.« Behutsam betastete er sie.
Sie lächelte. »Sie gehören dir, Tony.«
Er vergrub sein Gesicht darin und sank auf die Knie. »O Gott. Ich kann es einfach nicht glauben. Sooft ich sie berühre, kann ich es einfach nicht glauben.« Sein Mund war gierig. Sie hielt seinen Kopf mit zärtlichen Händen. »Ich möchte ewig so bleiben«, murmelte er.
»Tony, heiraten wir doch.«
»Natürlich, Baby, natürlich ...« Ungeschickt öffnete er die restlichen Knöpfe ihres Morgenrocks. Er fiel zu Boden. Sie wich ihm aus. Auf den Knien kroch er ihr nach. Wieder wich sie zurück. »Alles gehört nicht dir, Tony« – sie fuhr sich über den Körper – »es gehört mir!«
Er kam ihr nach. Wieder entzog sie sich ihm. Sie ließ ihre Finger über ihre Hüften gleiten, griff zwischen ihre Schenkel. »Auch das gehört mir«, sagte sie leise. »Aber es verlangt nach dir, Tony«, flüsterte sie heiser. »Zieh dich aus.«
Er zerrte an seinem Hemd. Die Knöpfe rissen ab und kollerten zu Boden. Nackt stand er vor ihr.
»Was hast du für einen hübschen Körper«, sagte sie mit langsamem Lächeln. Dann rückte sie von ihm ab. »Aber meiner ist hübscher.« Mit aufreizender Gebärde streichelte sie ihre Brüste, als würde sie sich damit selbst in Erregung versetzen. Mit weitaufgerissenen Augen sah er ihr zu. Er atmete keuchend und stürzte sich auf sie, aber sie wich ihm aus.

»Ansehen ist gestattet«, sagte sie leise. »Aber anfassen nicht. Nicht, ehe das alles dir gehört ...«
»Aber es gehört mir — du gehörst mir!« Seine Stimme klang beinahe wie ein Knurren.
»Nein, ich bin nur eine Leihgabe.« Sie lächelte bezaubernd. »Und ich nehme sie zurück. Es sei denn, du wolltest sie wirklich haben.« Wieder streichelte sie ihre Brüste. »Für immer haben.«
Behend folgte er ihr nach. »Das will ich doch. Aber komm jetzt zu mir, sofort!«
»Nicht sofort. Nicht, ehe du mich geheiratet hast.«
»Aber ja«, erwiderte er mit belegter Stimme. »Ich heirate dich.« Er ging ihr ständig nach, aber sie entwischte ihm. Dabei lächelte sie einladend, streichelte ihren Körper, ließ ihre Hände mit ihren Brüsten spielen, fuhr sich zwischen die Schenkel und berührte sich auch dort. Ihr Blick war unablässig auf ihn geheftet.
»Wann wirst du mich heiraten, Tony?«
»Darüber reden wir später — gleich danach ...« Völlig von ihrem neuen Spiel hypnotisiert, folgte er ihr nach. Sie ließ ihn dicht an sich heran ... er griff nach ihren Brüsten ... sein Mund saugte gierig daran ... seine Hände griffen ihr zwischen die Beine. Dann wich sie zurück.
»Jen!« ächzte er. »Hör auf damit. Willst du mich umbringen?«
»Heirate mich, oder du hast mich zum letztenmal berührt.«
»Aber ich heirate dich ja.«
»Jetzt. Heute abend.«
»Wie sollen wir heute noch heiraten? Wir müssen Blutproben machen lassen, wir brauchen eine amtliche Genehmigung. Mit dem ganzen Klimbim fangen wir gleich morgen früh an. Das verspreche ich dir.«
»Nein. Bis dahin hat Miriam es dir längst wieder ausgeredet.«
Miriam zu erwähnen, war ein Fehler. Mit einem Ruck kehrte er in die Wirklichkeit zurück. Seine Leidenschaft verebbte. Mit wiegenden Hüften kam sie rasch auf ihn zu und liebkoste dabei ihre Brüste. »Du wirst uns fehlen, Tony«, hauchte sie.
Er rannte ihr nach und umklammerte sie.
»Heirate uns noch heute, Tony. Wir möchten dir so gern gehören ...« Sie rieb sich gegen ihn.
»Aber wie denn?« jammerte er.
»Hol deinen Wagen. Wir könnten nach Elkton, Maryland, fahren.«
Ratlos sah er sie an. »Du glaubst, die trauen uns dort so einfach?«
»Im Handumdrehen!« Sie schnippte mit den Fingern.
»Aber Miriam —«

»Der werde ich es sagen«, beschwichtigte sie. »Wir rufen sie gleich nach unserer Trauung an. Soll sie mich doch dann anbrüllen. Du wirst in meinen Armen liegen. Jeder Millimeter von mir wird dir gehören — für immer.« Wieder drückte sie ihren Körper dicht an ihn. »Faß mich an, Tony — das alles wird dir gehören. Du wirst mit mir tun dürfen, was du willst. Tony. Alles — selbst das, was ich dir bisher nicht erlaubt habe.« Sie glitt von ihm fort, stand leise schwankend da und bewegte ihre Hüften in aufreizendem Rhythmus. »Und ich werde dir alles zuliebe tun, worum du mich bisher vergebens gebeten hast — sobald wir verheiratet sind.«

»Jetzt gleich«, bettelte er. »Jetzt, bitte — dann fahren wir nach Elkton.«

»Nein, genau umgekehrt.«

»Das halte ich nicht aus. Ich kann nicht so lange warten!«

Sie trat dicht an ihn heran. »Und ob du kannst. Weil wir nämlich heute nacht, nachdem wir geheiratet haben« — zärtlich strichen ihre Finger über seinen Körper, zwickten ihn sanft ins Ohr —, »eine richtige Privatorgie feiern werden.«

Seine Lippen waren trocken. »Okay, du hast gewonnen. Nur flehe ich dich an, fahren wir gleich.«

Sie schlang ihm die Arme um den Hals. »Du wirst es nicht bereuen. Ich werde dich ganz verrückt machen.«

Es klopfte hart an der Tür. Jennifer zuckte zusammen. »Ich erwarte niemand. Hast du jemand gesagt, daß du hier bist, Tony?«

Er schüttelte den Kopf. Sie zog sich ihren Morgenrock an. Vor der Tür stand ein verlegener Telegrammbote.

»Es ist für Anne. Ich rufe sie lieber gleich bei Lyon an. Vielleicht ist es wichtig.«

Sie saß auf dem Bett und wählte Annes Nummer. Tony kam ins Schlafzimmer. O Gott, wie hatte sie so dumm sein können! Sie stand auf und wickelte ihren Morgenrock fest um sich. Wo steckte Anne bloß? Warum kam sie nicht an den Apparat?

»Hallo.« Das war Lyon. Ja, er würde Anne holen. Tony zerrte an ihrem Morgenrock. Sie stieß ihn fort.

»Hallo, Anne. Da ist ein Telegramm für dich gekommen. Klar, Sekunde.« Sie riß es auf. Tony drückte sie sanft, aber energisch aufs Bett. Sie hielt das Telegramm und den Hörer und versuchte, Tony lautlos fortzuschieben. Sie deckte den Hörer mit der Hand zu. »Nein, Tony, nicht jetzt. Nein!« Er war auf sie geklettert. Sie las das Telegramm. Tonys Lippen saugten an ihren Brüsten. O Gott ...

»Anne ... ja, ich bin hier ... Anne ... Du lieber Gott, deine Mutter ist tot!« Sie fühlte, wie Tony grob und selbstsüchtig von ihr Besitz ergriff. Sie biß die Zähne zusammen und sagte mit unbewegter Stimme: »Ja, Anne. Mehr steht nicht drin. Es tut mir schrecklich leid.« Sie legte auf. Tony war quer über sie gesunken und keuchte erschöpft und befriedigt.

»Tony, das war nicht fair. Du hast mich übervorteilt.«

Er grinste faul. »Baby, du bist schon mit Vorteilen zur Welt gekommen — zwei Stück davon.« Er schnippte gegen ihre Brust.

»Wir müssen uns anziehen. Anne kommt zurück.«

Er schlüpfte in sein Hemd. »Na, ich war vielleicht wild auf dich, was? Kein einziger Knopf ist drangeblieben. Ich mach' einen Sprung ins Hotel und hol' mir ein frisches Hemd.«

»Pack deine Reisetasche, Tony.«

»Wozu?«

»Weil wir nach Maryland fahren, weißt du's nicht mehr?«

Er grinste. »Nicht jetzt, Baby. Wenn wir uns beeilen, können wir noch einen Teil der Show im La Bombra sehen. Daß du mir angezogen bist, wenn ich zurückkomme. In zwanzig Minuten bin ich wieder da.«

»Tony, wenn wir uns heute nacht nicht heimlich trauen lassen, will ich dich nie wieder sehen.«

Er ging zu ihr und versetzte ihr einen gutmütigen Nasenstüber. »Du siehst mich wieder, Baby. Ich bin ja doch der Beste. Wer könnte mich schon ersetzen?« Damit ging er zur Tür. »Mach dich schön — die Presse wird dasein.«

Sie sah die Tür hinter ihm zufallen. Verdammt! Verdammt! Was für ein unseliger Zufall! Verdammt sei Annes Mutter! Verdammt seien alle Mütter. Selbst im Tod verpfuschten sie einem noch die besten Situationen. Plötzlich fiel ihr ein, daß sie ihrer Mutter diese Woche noch keinen Scheck geschickt hatte. Und Weihnachten stand vor der Tür. Ihre Mutter hatte einen Persianermantel gesehen, den sie einfach haben *mußte*. Sie wollte wenigstens *einen* Pelzmantel besitzen, ehe sie starb. Jennifer rannte an den Schreibtisch, stellte einen Scheck auf fünfhundert Dollar aus, steckte ihn in einen Briefumschlag und schrieb dazu: »Fröhliche Weihnachten. Glücklichen Persianermantel. Jeanette.« Na, dann hatte wenigstens ihre Mutter ein schönes Weihnachtsfest. Verdammt, wann würde sie selbst endlich eines haben?

Rasch begann sie sich anzuziehen. Tony durfte sie bei seiner Rückkehr nicht mehr antreffen. Sie mußte ihn zum Handeln zwingen. Und die Zeit war so knapp.

Sie würde Anne nach Lawrenceville begleiten. Natürlich! Diesen Freundschaftsdienst war sie Anne schuldig. Sie rief Henry Bellamy an. Seine schläfrige Stimme wurde munter, als sie ihm die Neuigkeit mitteilte. Selbstverständlich sollte sie mit Anne fahren. Kein Grund zur Besorgnis, um Gil Case würde er sich schon kümmern. Sie sollte auch einen Leihwagen mieten und ihm die Rechnung zuschicken. Es war einfacher, im Auto nach Lawrenceville zu fahren, als sich an die Zugverbindungen zu halten. Die arme Anne — Tante und Mutter innerhalb von einem Jahr.

Als Anne und Lyon eintrafen, war alles vorbereitet. Jennifer hatte sogar Annes Wochenendtasche gepackt. »Ich habe zwei schwarze Kleider und dein graues Kostüm hineingetan.«

»Wir können morgen einen Frühzug nehmen«, sagte Anne.

»Nein. Ich hab' einen Wagen bestellt. Er muß gleich vorfahren. Es ist erst halb eins, und ich schlafe ohnedies nie. Ich werde fahren. Du kannst solange im Auto schlafen. Am Morgen sind wir schon an Ort und Stelle.«

»Ich werde zum Begräbnis dasein«, sagte Lyon.

Anne wandte sich um. »Nein, Lyon, du hast Mutter nicht gekannt. Ich komme schon zurecht. Benütze die Zeit, um zu schreiben.«

»Ruf mich sofort nach deiner Ankunft an.«

Jennifer drängte sie in den Hausflur. Der Mann vom Leihwagendienst wartete mit einer glänzenden schwarzen Limousine. Er übergab Jennifer die Schlüssel und Wagenpapiere, und fünf Minuten später waren sie bereits unterwegs. Lyon sah, wie die Stopplichter im Verkehr untertauchten. Es war alles so rasend schnell gegangen. Er war sehr überrascht, mit welcher Umsicht Jennifer die Lage gemeistert hatte. Dann hatte er sie also falsch beurteilt; sie war doch nicht bloß eine hirnlose hübsche Larve. Er schlenderte die Straße hinab und verfehlte um Sekunden Tony Polar, der wohlgelaunt in einem Taxi vorfuhr.

Das Begräbnis fand am Montag statt und war sehr würdevoll. Lyon und Henry hatten Kränze geschickt, ebenso Miß Steinberg und die Kolleginnen. Am Spätabend nahm Anne die Kondolenzbesuche entgegen.

Am Dienstag morgen sprach Jennifer davon, nach New York zurückzufahren. Sie saßen in dem sonnigen Frühstückszimmer . . . Für Jennifer hatte Lawrenceville eine willkommene Abwechslung bedeutet. Die Bewunderung, mit der sie die Kleinstädter anglotzten, hatte sie amüsiert. Den tiefsten Eindruck aber machte das große Haus auf sie, das nun Anne gehörte.

»Ich kann nicht länger von der Show wegbleiben«, sagte sie. »Aber du wirst wohl eine Weile hierbleiben wollen.«

»Warum denn?« fragte Anne.
Jennifer sah sich um. »Na, dieses Haus. Du kannst es doch nicht einfach leerstehen lassen.«
»Ich habe bereits mit meinem Anwalt gesprochen und ihn beauftragt, es zum Verkauf auszuschreiben. Samt allem Mobiliar.«
»Aber es ist ein wunderbares Haus. Vielleicht solltest du es behalten und vermieten.«
»Ich hasse es. Ich hasse diese Kleinstadt. Ich will jede Verbindung abbrechen. Behalte ich das Haus, muß ich immer wieder zurückkommen. Habe ich es aber verkauft, dann weiß ich, daß ich nie, nie mehr hierher zurück muß.«
»War deine Kindheit so häßlich?«
»Das nicht. Bloß inhaltslos.«
»Du scheinst deine Mutter nicht geliebt zu haben.«
»Nein, aber ich habe sie auch nicht gehaßt. Sie hat mir zu beidem keinen Anlaß gegeben. Es war nicht ihre Schuld. Es war einfach Lawrenceville. Das erdrückt mich.« Sie schüttelte sich.
Jennifer schenkte Kaffee nach. »Tja, ich werde heute nachmittag aufbrechen. Dann bin ich am Spätabend wieder zu Hause. Zumindest komme ich dann morgen noch zur Matinee.« Sie runzelte die Stirn. »Tony glaubt vermutlich, man hat mich entführt. Ich habe im Hotel keine Nachricht hinterlassen. Miriam wird eine Siegesfeier veranstalten.«
Während der langweiligen Fahrt nach New York dachte sie über Tony nach. Selbst wenn alles klappte und sie seine Frau wurde, blieb Miriam ein ewiges Anhängsel. Ihr gegenüber war Tony völlig kritiklos. »Sie hat mich aufgezogen, hat mir ihr ganzes Leben gewidmet«, schrie er, wenn Jennifer sich über Miriams ständige Einmischung beklagte. »Sie ist die einzige Frau, die völlig zu mir hält.«
Aber Miriam konnte nicht mit ihm schlafen. Jennifer machte ein wild entschlossenes Gesicht. Es ging ihr nicht bloß um sein Geld und die gesellschaftliche Stellung. Sie wollte auch eine gute Frau sein. Sie wünschte sich ein Kind. Tony würde mehr bekommen, als er erwartete. Sie hatte nicht die Absicht, ihn zu betrügen. Weshalb auch? Ein Mann war genau wie der andere. Tony konnte sie genauso befriedigen wie jeder andere auch. Maria war eine gute Lehrmeisterin gewesen, und sie verstand es heute, sich ihr Vergnügen zu holen.
Ihr Brieffach im Hotel war randvoll mit Post. Einige Nachrichten stammten von der Agentur Longworth. O weh, sie hatte ganz vergessen, dort Bescheid zu sagen. Der Rest war von Tony. Die Tele-

fonistin teilte ihr mit, daß Mr. Polar eben angerufen hätte. Zum zehntenmal heute. Jennifer lächelte zufrieden. Es war zwei Uhr früh. Sie ging in ihr Appartement und zog sich aus, nahm aber kein Seconal. Sie legte sich hin und wartete.

Zwanzig Minuten später läutete das Telefon. Sie hörte die Erleichterung in Tonys Stimme, als sie sich meldete. Dann brummte er: »Wo, zum Teufel, hast du gesteckt?«

»Ich war fort.«

»Was du nicht sagst!« Dann veränderte sich sein Tonfall, und er sagte in einer plötzlichen Anwandlung von Leidenschaft: »Hör zu, ich habe beinahe den Verstand verloren. Wo bist du gewesen?«

Er war keinesfalls beschwichtigt, als sie es ihm sagte. Er war auch nicht ganz überzeugt.

»Seit wann reist du Hals über Kopf ab, um Begräbnisse zu feiern?«

»Anne ist meine beste Freundin.«

»Zugegeben, aber du bist irrsinnig lange weggeblieben. Was ist denn geschehen, war einer der Sargträger so hübsch?«

»Das waren sie alle«, sagte sie sanft. »Ich habe noch nie in einer einzigen Stadt so viele gutaussehende Männer gesehen.« Dabei hatte sie mit keinem Mann unter fünfzig gesprochen.

»Jen«, sagte er eindringlich, »darf ich zu dir kommen?«

»Es ist beinahe drei Uhr, Tony.«

»Ich könnte in fünf Minuten dort sein.«

Sie zwang sich zu einem Gähnen. »Bedaure, ich bin todmüde.«

»Also dann morgen. Am frühen Nachmittag. Um drei Uhr habe ich eine Schallplattenaufnahme, aber damit werde ich um vier fertig sein.«

»Ich habe eine Matinee. Morgen ist Mittwoch, das weißt du doch.«

»Gut, dann komme ich nachher zu dir.«

»Nein. Zwischen den Vorstellungen schminke ich mich niemals ab. Und außerdem würde meine Frisur darunter leiden.«

Er stöhnte. »Schön, schön. Dann komm' ich vorbei und hole dich zum Abendessen ab.«

»Wir werden ja sehen ...« Sie legte auf.

Nach der Matinee ging sie nicht heim. Sie zwang sich, die Pause zwischen den beiden Vorstellungen in einem Kino abzusitzen. Bei der Abendvorstellung sagte sie dem Bühnenportier, er solle Tony ausrichten, sie wäre schon fort, wenn er sie abholen kam. Sie saß in ihrer Garderobe, bis der Portier vorbeikam, um abzuschließen. Ja, Mr. Polar war hier gewesen, und er hatte ihm ihre Nachricht auftragsgemäß weitergegeben. Sie gab ihm fünf Dollar und ging nach Hause.

Das Telefon läutete, als sie die Zimmertür aufschloß. Sie ließ es läuten. Es schrillte alle zwanzig Minuten. Jedesmal fragte sie bei der Telefonistin nach – es war immer Mr. Polar. Um fünf Uhr morgens, nach dem dritten Läuten, hob sie endlich ab.
Er tobte. »Wo warst du?«
»Im Kino, zwischen den Vorstellungen.« Sie sagte es mit Absicht so, daß es unwahr klang.
»So, so. Und abends? Du mußt ja wie ein geölter Blitz verschwunden sein.«
»Ich war im Theater. Der Portier muß sich geirrt haben.«
»Und du warst vermutlich den ganzen Abend daheim?«
»Mmmmmm.«
»Damit du es weißt, ich habe seit halb zwölf alle zwanzig Minuten angerufen. Du bist eben erst heimgekommen!« rief er triumphierend.
»Dann muß ich geschlafen und das Telefon überhört haben.«
»Bestimmt. Wahrscheinlich mit einem jener Bostoner Jünglinge, die du beim Begräbnis kennengelernt hast.«
Sie hängte auf und legte sich mit triumphierendem Lächeln hin. Es funktionierte! Sie ging ins Badezimmer und holte sich ein Fläschchen, das bis an den Rand mit roten Kapseln angefüllt war. So ein Glück! In Lawrenceville hatte sie dem alten Dr. Rodgers ganz harmlos von ihrer Schlaflosigkeit erzählt. Ihr strahlendes Lächeln hatte ihn blind gemacht. Mitfühlend hörte er sie an. Begräbnisse lösten bei vielen Menschen Schlaflosigkeit aus. Am nächsten Tag war er mit einem Fläschchen mit fünfundzwanzig Stück Seconal erschienen!
Sie hörte das beharrliche Klingeln des Telefons. Tony ließ nicht locker. Sie bat die Telefonistin, sie für den Rest der Nacht nicht mehr zu verbinden. Als zusätzliche Vorsichtsmaßnahme schob sie den Riegel vor die Tür. Dann öffnete sie die Pillenflasche und nahm zwei Stück. Eine wirkte schon – aber zwei! Es war das herrlichste Gefühl der Welt. Genußvoll legte sie den Kopf aufs Kissen. Sanft machte sich die Betäubung in ihrem Körper bemerkbar. Oh, Gott! Wie hatte sie jemals ohne diese unbezahlbaren roten Puppen leben können!
Sie hielt dieses Katz-und-Maus-Spiel mit Tony noch zwei Tage lang aufrecht. Jede Nacht betrachtete sie liebevoll das Fläschchen mit dem Seconal. Ohne diese Wunderpillen hätte sie nie durchgehalten. Sie hätte sich schlaflos im Bett gewälzt, geraucht, sich den Kopf zerbrochen – und schließlich die Nerven verloren.
Freitag abend stand Tony an der Bühnentür, als sie zum Theater

kam. Ungestüm packte er sie beim Arm. »Okay, du bist die Stärkere«, fauchte er. »Ich hab' den Wagen da, wir fahren jetzt gleich nach Elkton.«
»Aber ich habe Vorstellung und morgen eine Matinee.«
»Ich werde dem Regisseur sagen, daß du krank bist.«
»Aber wenn wir uns heimlich trauen lassen, steht es morgen in allen Zeitungen. Man wird mich hinauswerfen, vielleicht sogar eine Konventionalstrafe von mir verlangen.«
»Na, und? Bis dahin bist du längst Mrs. Tony Polar. Du hast doch nicht die Absicht, weiterhin aufzutreten, oder?«
(Natürlich nicht! Sie war doch nicht verrückt! Außerdem würde Henry alles in Ordnung bringen. Jetzt ging es ums Ganze.)
»Gut, sag ihnen, daß ich krank bin, Tony.«

Jennifer war glücklich, Tony benommen. Sie waren verheiratet! Die Zeitungen von Elkton waren benachrichtigt worden. Sie hatten sich den Fotoreportern gestellt und Interviews für die Presseagenturen gegeben. Schließlich waren sie fortgegangen und hatten sich in einem kleinen Hotel am Stadtrand eingemietet.
Jetzt, als Tony auf dem Bett saß und Jennifer beim Auspacken zusah, ließ allmählich die Betäubung nach, die der Erregung gefolgt war. Plötzlich bekam er Angst.
»Miriam wird mich erschlagen«, sagte er gedehnt.
Jennifer ging zu ihm hin und nahm ihn in die Arme. »Du bist doch kein Kind mehr, Tony, du bist ein Mann.«
»Du mußt bei mir bleiben, wenn wir es ihr sagen«, murmelte er.
»Ich bin deine Frau, Liebling, ich werde immer bei dir sein.«
»Aber sie wird so wütend sein, Jen.« Die Tränen traten ihm in die Augen. Plötzlich vergrub er seinen Kopf ins Kissen und schluchzte. »Ich fürchte mich ... oh, ich fürchte mich ...«
Im ersten Augenblick rührte Jennifer sich nicht von der Stelle. Eine Welle des Widerwillens stieg in ihr auf. Sie hatte das verrückte Verlangen, sich abzuwenden und davonzulaufen. Aber wohin? Und zu wem? Keiner würde das begreifen. Alle würden denken, daß etwas mit ihr nicht stimmte. Diese Ehe mußte ein Erfolg werden. Tony war ein Star, und begabte Menschen waren überempfindlich. Er war einfach sensibler als der Durchschnitt.
Sie setzte sich aufs Bett und zog seinen Kopf an sich. »Es wird schon alles gut werden, Tony«, sagte sie leise.
»Aber Miriam wird toben. Sie wird mich anbrüllen.« Er sah aus nassen Augen zu ihr auf. »Du bist schuld daran. Du hast mich gezwungen.«

»Ich habe dir versprochen, daß ich mich mit Miriam auseinandersetzen werde.«
»Bestimmt? Wirst du das wirklich tun?«
»Aber ja.« Sie strich ihm übers Haar. »Vergiß nicht, ich bin deine Frau.«
Er streckte die Hand aus und berührte ihre Brüste. Langsam wischte er sich die Tränen aus den Augen und begann zu grinsen. Er musterte sie mit schlauen Blicken. »Und jetzt kann ich alles mit dir tun, was mir Spaß macht?«
Sie lächelte gequält. »Ja, Tony ...«
Er riß ihr den Morgenmantel herunter. »Dreh dich um«, knurrte er.
In stummer Qual biß sie die Zähne zusammen, als er sich auf sie stürzte. Seine Fingernägel krallten sich in ihren Rücken. Lächle, Jen, sagte sie sich vor. Du hast es geschafft – du bist Mrs. Tony Polar ...

Miriam hielt das zerknüllte Telegramm in der Hand und starrte ins Leere. Elkton! Jetzt war es also doch geschehen! Und sie hatte jede mögliche Vorkehrung getroffen. Wöchentlich hatte sie einem Detektiv zweihundert Dollar bezahlt, damit er Tony streng überwachte. Und nun war es doch passiert.
Jennifer war zu schlau gewesen. Sie seufzte. Da hatte sie sich solche Mühe gegeben, und jetzt war alles umsonst. Bisher hatte sie die Öffentlichkeit und jedermann getäuscht. Man hatte Tonys kindische Antworten charmant gefunden. Manche hielten diese Tour sogar für raffiniert. Einzig Miriam kannte die Wahrheit, und sie hatte sie jedem verschwiegen, selbst Tony. Bei den Frauen galt er als potenter Mann. Seine darstellerische Begabung war ein Geschenk des Himmels. Wenn er sang, machte er instinktiv alles richtig. Aber geistig und emotionell stand Tony auf der Stufe eines Zehnjährigen.
Und was sollte jetzt werden? Solange sie jedes Interview überwacht hatte, konnte sie immer im richtigen Moment eingreifen. Aber nun war Jennifer da.
Wie weit hatte Jennifer die Wahrheit erraten? Im Grund hatte Miriam nichts gegen das Mädchen. Vermutlich liebte Jen ihn wirklich. Warum auch nicht? Er war hübsch, begabt und äußerst temperamentvoll. Vielleicht hatte sie gar nichts gemerkt. Schließlich waren die beiden niemals allein, außer für einen gewissen Zweck. Darauf hatte sie schon geachtet. Immer war sie bei ihnen gewesen, hatte zumindest einen oder zwei der Textschreiber mit-

genommen. Sie hatte Tony eingedrillt: »Ein Star geht nicht ohne Gefolge aus«, und er hatte es hingenommen, sich immer inmitten einer Schar zu bewegen. Auf diese Weise konnte sich niemand längere Zeit ungestört mit ihm allein unterhalten.

Bis zu Jennifers Auftauchen war es leicht gewesen. Miriam wußte, daß er als normal veranlagter Mann Freundinnen haben mußte, und hatte diesem Verlangen immer Vorschub geleistet, ohne ein festes Verhältnis entstehen zu lassen. Und dann war Jennifer gekommen. Sie hatte alles versucht, die beiden auseinanderzubringen. Sooft er die Stadt verließ, hatte sie ihm die schönsten Mädchen praktisch in die Arme geworfen. Er hatte sie auch genommen, aber er war immer wieder zu Jennifer zurückgekehrt.

Miriam seufzte. Die meisten Menschen dachten, daß sie sich an Tony klammerte, um sich in seinem Glanze zu sonnen. Feiner Glanz das! Sie hätte alles dafür gegeben, ein eigenes Leben führen zu dürfen. Aber sie konnte Tony nicht allein lassen. Und so war sie zu einer vierundvierzigjährigen Jungfer geworden, die Tony in einen einmaligen Erfolg manövriert hatte. Die Sünden der Väter, dachte sie mit bitterem Spott. Ja, die hatten sich an Tony gerächt, bloß wußte er es nicht. Sie hatte die Bürde zu tragen. Und es waren gar nicht die Sünden des Vaters gewesen, sondern jene ihrer dirnenhaften Mutter! Wie viele Geheimnisse hatte sie vor Tony und der Welt bewahrt. Sie hatte ein rührendes Bild eines hübschen Vaters entworfen, der vor Tonys Geburt bei einem Zugunglück ums Leben gekommen war. Und von einer schönen, zarten Mutter, die der Schock derart geschwächt hatte, daß sie nach Tonys Geburt mit wehem Lächeln verschieden war und der vierzehnjährigen Miriam die Obhut des Neugeborenen überlassen hatte. Die Presse glaubte dieses Märchen. Tony ebenfalls. Nie hatte er erfahren, daß kein Mensch wußte, wer sein oder Miriams Vater gewesen war.

Sie stammten von verschiedenen Vätern, Fremden, die für eine Nacht im Bett ihrer Mutter gelandet waren. Sie hatte den Namen Polar aus sentimentalen Gründen gewählt. Der warmherzigste und beständigste Liebhaber ihrer Mutter war ein Mann namens Polarski gewesen. Er hatte das fette kleine Mädchen ehrlich ins Herz geschlossen und war nie gekommen, ohne ihr ein Geschenk mitzubringen und sie in die Wangen zu kneifen. Sie hatte ihn nie vergessen. Als stumme Huldigung hatte sie Jahre später seinen Namen verkürzt und ihn für sich und Tony angenommen.

Es machte keine Schwierigkeiten, Tonys wahre Abstammung vor ihm oder der Presse zu verheimlichen. Ihre Mutter war von Stadt

zu Stadt gezogen. Überall gibt es Frauen, wie Belle eine war – diese nicht mehr ganz jungen Mädchen, die Klavier spielen und in einem kleinen Nachtlokal mit rauchiger Stimme singen.
Miriam war im Fürsorgekrankenhaus von Philadelphia zur Welt gekommen. Belle hatte sie bis zu ihrem achten Jahr in einem Waisenhaus gelassen. Dann bekam Belle ein Engagement auf Coney Island, das nach längerer Dauer aussah, und ließ das Mädchen zu sich kommen. Einige Jahre lang genoß Miriam den Luxus einer Zweizimmerwohnung und die Zuneigung von Mr. Polarski – aber als der seiner Wege ging, kam eine ganze Kette von Nachfolgern. Belle wurde alt. Sie fielen beide aus allen Wolken, als Belle erkannte, daß sie neuerdings schwanger war. Du lieber Himmel! So ein Produkt der Wechseljahre war das letzte, was sie brauchen konnte.
Sie blieb noch sechs Monate im Engagement. Dann konnte sie ihren Zustand nicht länger verbergen und sie flog. Sie übersiedelten in ein Zimmer. Die nunmehr vierzehnjährige Miriam verließ die Schule und nahm eine Stelle als Kellnerin an. Sie hatten keine Freunde, keine Nachbarn. Und einmal spät nachts war es dann soweit. Unter dem Heulen der Krankenwagensirene wurde Belle in die Klinik gebracht. Zitternd saß Miriam neben ihr. Fünf Minuten nachdem der brüllende Junge das Licht der Welt erblickt hatte, starb Belle.
Miriam hatte das Baby nach Hause genommen. Der gleichgültige Leiter der Klinik hatte sich bereitwillig davon überzeugen lassen, daß zu Hause eine Großmutter wartete. Und ganz allein hatte das vierzehnjährige Mädchen Tony großgezogen.
Tony war vier Wochen alt, als er zum erstenmal von Krämpfen befallen wurde. Man brachte Tony ins Krankenhaus. Es wurden Tests gemacht, und sämtliche bekannten Ärzte studierten Tonys Fall. Sie behielten ihn ein Jahr lang dort. Miriam war krank vor Sorgen, aber zumindest konnte sie einen Ganztagsposten annehmen und etwas Geld beiseite legen. Dann wurde ihr Tony zurückgegeben. Er sah gesund aus. Aber es folgten weitere Krämpfe und erneute Krankenhausaufenthalte. So ging es, bis er fünf Jahre alt war. Dann legten sich die Krämpfe. Er ging in den Kindergarten, mühte sich durch die erste Klasse. In der ersten Klasse blieb er hängen. Man schlug eine Sonderschule für ihn vor, aber sie behielt ihn zu Hause. Ihr Tony sollte nicht zwischen geistig zurückgebliebenen Kindern aufwachsen. Geduldig unterrichtete sie ihn selbst und lehrte ihn, was er zu begreifen imstande war.
Ja, es war ein unmöglicher Anfang gewesen. Aber mit fünfzehn

überlebt man, allen Schwierigkeiten zum Trotz. Mit zwanzig nahm man den Kampf gegen die ganze Welt auf. Aber jetzt türmten sich neuerlich Hindernisse auf. Und Miriam war müde.
Einige Male hatte sie daran gedacht, Jennifer aufzusuchen und ihr die Wahrheit über Tony zu erzählen, damit Jennifer den Gedanken fallenließ, jemals Tonys Frau zu werden. Aber es stand zuviel auf dem Spiel. Angenommen, das Mädchen verbreitete die Geschichte in der ganzen Stadt? Das wäre das Ende von Tonys Karriere und damit auch von ihm selbst.
Jetzt konnte sie nicht mehr aufgeben. Dazu hatte sie zu lange und zu schwer gekämpft. Keine blonde Sexbombe durfte ihr Lebenswerk vernichten. Sie würde Ihnen nicht von der Seite weichen. In wenigen Wochen fuhren sie nach Kalifornien, und sie würde bei ihnen wohnen. Wer weiß, vielleicht ging doch noch alles gut.

Anne

Dezember 1946

In der gleichen Nacht kehrte Anne nach New York zurück. Sie fand die Wohnung in wildem Durcheinander vor. Jennifer hatte ihr eine flüchtig geschriebene Nachricht auf dem Nachttisch hinterlassen.

> Es war ein harter Kampf, aber ich habe gesiegt. Wenn Du das liest, bin ich bereits Mrs. Tony Polar. Wünsch mir Glück. Kuß
>
> Jen

Sie freute sich für Jennifer, aber deren Erfolg brachte ihr die eigene verfahrene Lage erst recht zu Bewußtsein.

Lyon hatte sie in Lawrenceville angerufen, um ihr die gute Nachricht mitzuteilen: Bess Wilson war von seinem Buch begeistert. Sie sagte ihm eine große Zukunft voraus. Allerdings war sie der Ansicht, daß er es von Grund auf umschreiben mußte, ehe sie es einem Verleger anbieten konnte. Lyon war ganz aufgeregt. Natürlich bedeutete das weitere sechs Monate an der Schreibmaschine, aber Bess Wilson gefiel das Buch, und sie war eine strenge Kritikerin. Sie hatte versucht, ihre Enttäuschung zu verbergen. Sechs Monate für die Umschreibearbeit. Und jetzt war Jennifer fort. Das Hotelappartement wirkte entsetzlich leer.

Sie konnte es auch allein behalten. Geld hatte sie genügend oder würde es zumindest haben, sobald alles geregelt war. Leider ließen sich sämtliche Bande zu Lawrenceville nicht einfach dadurch zerreißen, daß sie Mr. Walker die Schlüssel übergab. Es standen ihr langatmige notarielle Formalitäten bevor, die ihre Anwesenheit erforderten. Das Testament mußte gerichtlich bestätigt werden. Und dann die Möbel – die konnte man nicht einfach auf dem Gehsteig abladen. Mr. Walker sagte, daß jedes einzelne Stück seinen Wert besaß. Also mußte es beschriftet und nach New York oder Boston zur Versteigerung geschickt werden. Der Verkauf würde eine beachtliche Summe erbringen. Ihre Mutter hatte ihr fünfzigtausend Dollar in Wertpapieren und Bargeld hinterlassen. Auch das Vermögen Tante Amys fiel ihr jetzt zu, das waren weitere fünfundzwanzigtausend. Mr. Walker nahm an, daß sie allein für das Haus vierzigtausend Dollar erzielen konnte, da zu dem Gebäude ein Grundstück von einem halben Hektar gehörte. Ja, Geld würde sie haben, gut über hunderttausend Dollar, ohne den Erlös der Möbel. Bis dahin aber mußte sie doch zumindest für eine wei-

tere Woche, vielleicht auch länger, nach Lawrenceville zurückkehren. Bei der Aussicht schüttelte es sie.
Sie duschte rasch, zog sich um und fuhr im Taxi zu Lyon. Er saß an seiner Schreibmaschine, als sie eintraf. »Nur herein in den Zwinger«, sagte er und umarmte sie herzlich. Dann hob er einige zerknüllte Seiten auf, die er zu Boden geworfen hatte. »Stoß dich nicht an dem Mist. Ich habe jeden Abend gearbeitet. Es geht wunderbar vorwärts.«
Sie zwang sich zu einem Lächeln. »Wie schön, Lyon. Ganz bestimmt wird es ein gutes Buch.« Sie hob den Stoß der umgeschriebenen Seiten auf und sah sie flüchtig durch. »Ein schlechter Zeitpunkt, um in Lawrenceville festzusitzen. Aber ich kann ja einen Teil des Manuskriptes mitnehmen und dort ins reine schreiben.«
»Was täte ich ohne dich! Meine Schreiberei sieht aus wie Hieroglyphen.« Plötzlich runzelte er die Stirn. »Es ist wirklich eine Gemeinheit, die ich an dir begehe. Du warst so rührend geduldig. Und jetzt diese neue Verzögerung durch das dumme Umschreiben.«
Lächelnd erwiderte sie: »Ich habe dir doch gesagt, daß ich notfalls ewig auf dich warten werde. Laß dich von mir und meiner Stimmung nicht beeinflussen, Lyon. Es ist nur dieses Lawrenceville.«
Als sie später in seinen Armen lag, schien Lawrenceville Tausende von Meilen in die Ferne gerückt zu sein. Es war, als ob es niemals existiert hätte. Und erst später dachte sie daran, Lyon von Jennifers Neuigkeit zu erzählen.
»Das freut mich für sie«, sagte er. »Aber bringt dich das nicht in eine unbequeme Lage? Jetzt stehst du ohne Mitbewohnerin da.«
»Oh, ich habe Geld, Lyon. Mutter hat mir ziemlich viel hinterlassen. — Lyon, warum können wir nicht heiraten? Ich habe genug, daß wir beide — nun, längere Zeit keine Not zu leiden brauchen.«
»Nein, Anne, das würde nicht guttun. Ich habe etwas aus den letzten Abenden gelernt. Wenn man mehrere Stunden ungestört arbeitet, kommt man in einen gewissen Rhythmus hinein. Ich selbst bin auch nicht ganz mittellos, Anne. Aber ehe ich mit Einkünften aus meinem Buch rechnen kann, wäre mein Kapital verbraucht, und ich müßte dich um Zigarettengeld bitten. Das würde mich so stören, daß ich einfach nicht mehr schreiben könnte. Nein, mein Herz, so geht das nicht.«
»Aber was erwartest du eigentlich von mir? Daß ich dasitze und warte, bis du den Pulitzer-Preis gewinnst?«
»Nein, du sollst bloß abwarten, wie dieses Buch ankommt. Vorläufig ist es ja noch nicht angenommen, und ich habe keinerlei Garantie, daß es jemals verlegt wird.«

»Wie lange dauert es eigentlich, bis ein Buch verlegt wird?« fragte sie nachdenklich.

Er lachte und schloß sie in die Arme.

Anne lief auf dem Bahnsteig von Lawrenceville auf und ab. Der Lokalzug hatte natürlich wieder Verspätung. Der arme Lyon. Die fünfstündige Fahrt nach Boston war schon qualvoll genug, aber dann noch eine Stunde lang in dem ungeheizten Bummelzug zu sitzen, der überall anhielt ...

Die letzten drei Tage waren eine Nervenprobe für sie gewesen. Jede Kleinigkeit verlangte so viele Formalitäten, daß es ihr schien, als wäre überhaupt noch nichts erledigt. Sie mußte auch noch einen Teil der nächsten Woche hier bleiben. Sie saß rettungslos in Lawrenceville fest.

Aber Lyon kam übers Wochenende heraus. Sie hatten zwei wunderbare Tage vor sich, in denen selbst Lawrenceville erträglich sein würde. Zum erstenmal würde das mächtige Himmelbett ihrer Mutter zwei Menschen beherbergen, die glücklich miteinander waren.

Sie hörte den Personenzug keuchend einfahren. Sie sah Lyon zuerst. Es hatte leicht zu schneien begonnen, und ein paar Flocken schimmerten in seinem schwarzen Haar, als er über den Bahnsteig kam. Die Brust wurde ihr eng. Das geschah jedesmal, wenn sie Lyon sah. Würde sie ihn je als eine Selbstverständlichkeit empfinden und sich an dem wohligen Bewußtsein wärmen, daß er ihr gehörte? Bei seinem strahlenden Begrüßungslächeln war sie genauso überwältigt wie immer, daß dieser prachtvolle Mann tatsächlich ihr gehörte. Er hatte die lange Fahrt nach Lawrenceville auf sich genommen, nur um mit ihr zusammen zu sein!

»Ich habe schon gedacht, ich würde niemals ankommen«, sagte er und zog sie fröhlich an sich. »Durch was für unglaubliche Städte wir gefahren sind! Du lieber Gott, bestimmt weiß kein Mensch, daß es in Massachusetts ein Rom gibt.«

»Oder ein Lawrenceville«, sagte sie.

»Doch, das kennt jeder – du hast es berühmt gemacht. Und wie gelangen wir zu dem ehrwürdigen Familiensitz? Per Schlitten?«

Sie führte ihn zu einem Taxi und schmiegte sich eng an ihn, während er den Blick über die Landschaft schweifen ließ.

»Sollten wir ihm nicht sagen, wohin wir wollen?« flüsterte er.

»Mr. Hill kennt jeden Einwohner dieser Stadt. Wenn du allein gekommen wärst, hätte er dich automatisch ins Hotel gebracht.«

»Das finde ich aber reizend«, lächelte er. »Ein ganz anderer Kun-

dendienst als bei den New Yorker Taxifahrern. Du, das ist aber eine hübsche Gegend.«
»Im Schnee wirkt sie besser«, sagte sie ohne jede Begeisterung.
»Seit wann schneit es? In New York war es klar.«
Sie zuckte die Achseln. »Wahrscheinlich seit August. Hier schneit es ständig.«
Er legte ihr den Arm um die Schultern. »Du bist ein unnachgiebiger Mensch, was? Wenn du einmal etwas haßt, dann kennst du keine Gnade.«
Das Taxi fuhr durch den knirschenden Schnee der Auffahrt und hielt vor dem Haus an. Lyon stieg aus und sah sich wortlos und beeindruckt um.
»Das gehört dir?« Seine Augen strahlten Bewunderung aus, als er sich ihr zuwandte. »Aber Anne, das ist herrlich!«
»Höchst malerisch im Schnee«, erwiderte sie feindselig.
Er bezahlte den Taxifahrer, wünschte ihm frohe Weihnachten und ging ihr ins Haus nach. Anne mußte zugeben, daß das knisternde Feuer dem großen Wohnzimmer eine warme, einladende Atmosphäre verlieh. Sie führte ihn durch das ganze Haus, und er nickte wieder und wieder anerkennend. Sie wußte, daß er nicht bloß höflich war. Ihm gefiel das Haus wirklich.
Sie brieten sich ihre Steaks in der geräumigen Küche und aßen vor dem Kamin im Wohnzimmer. Lyon ließ es sich nicht nehmen, im Kamin des Schlafzimmers Feuer zu machen. Sie war überrascht, wie geschickt er dabei war. »Du vergißt, daß ich den Großteil meines Lebens in London verbracht habe, wo man nichts von Zentralheizungen hält«, erinnerte er sie.
Dann sagte er: »Dieses Haus ist einfach wunderbar. Dir fehlt nichts als der nötige Abstand, um es zu schätzen. Es paßt zu dir, verstehst du? Man sieht dir an, daß du hierher gehörst.«
»Das will ich nicht einmal im Spaß hören«, sagte sie drohend. »Ich betrachte das nicht als Kompliment.«
Am Sonntag hörte es auf zu schneien, und sie machten einen ausgedehnten Spaziergang. Dabei begegneten sie halb Lawrenceville, da der Gottesdienst eben zu Ende war. Sie winkte den Leuten zu, blieb aber nicht stehen. Als sie ihre Wanderung fortsetzten, spürte sie die neugierigen Blicke hinter sich.
Nachdem sie ins Haus zurückgekehrt waren, fachte Lyon das Feuer an, und Anne brachte ihm ein Glas Sherry. »Das ist das einzige, was ich finden konnte«, sagte sie entschuldigend. »Es gibt hier keinen Tropfen Whisky.«
»Du bist ein gefallenes Mädchen«, bemerkte er und trank seinen

Sherry. »Ich habe bemerkt, wie dir die lieben Nachbarn nachgestarrt haben. Sie erkundigen sich garantiert im Hotel und werden feststellen, daß ich dort nicht abgestiegen bin. Sieht ganz so aus, als müßte ich dich schleunigst heiraten, um deinen Ruf zu retten.«
»Ich mache mir nichts aus meinem Ruf in Lawrenceville.«
Er setzte sich neben sie. »Sei vernünftig, meine dickköpfige kleine Neuengländerin, und gib zu, daß du ein richtiges Prachthaus hast. Was für ein wunderbar harmonischer Raum! Und das Porträt über dem Kamin – ist das nicht ein Sergeant?«
»Ich glaube, ja. Es stellt meinen Großvater dar. Ich schicke es einer der Kunstgalerien in New York. Sie hat mir einen guten Preis dafür geboten.«
»Behalte es, es wird an Wert gewinnen.« Eine Zeitlang schwieg er. »Im Ernst, Anne ... du hast noch nie so schön ausgesehen wie jetzt in diesem Zimmer. Es ist einfach der richtige Rahmen für dich, und du machst mir keineswegs einen niedergeschlagenen Eindruck. Lawrenceville scheint dir gut zu bekommen.«
»Nur, weil du hier bist, Lyon.«
»Du meinst, man ist dort zu Hause, wo man liebt ...« Er drückte sie fest an sich, und sie blickten beide in die Flammen. Ohne den Blick von den prasselnden Scheiten zu wenden, sagte er nach einer Weile verträumt: »Vielleicht ginge es doch ...«
»Was denn?«
»Mit uns.«
Sie rückte dichter an ihn heran. »Das habe ich doch immer gesagt. Hör endlich auf, dich dagegen zu wehren. Es ist unvermeidlich.«
»Ich habe etwa sechstausend Dollar. Wie hoch sind hier die jährlichen Steuern?«
»Hier?«
»Können nicht zuviel ausmachen. Weißt du noch, ich habe immer gesagt, ich kann dich nicht heiraten und mich von dir erhalten lassen. Aber die Gastfreundschaft dieses wunderbaren Hauses könnte ich annehmen. Von meinen sechstausend Dollar ließen sich ein Jahr lang die Lebenskosten bestreiten. Und wenn ich einen anständigen Vorschuß für mein Buch bekomme, könnte ich ein zweites beginnen. Anne – es läßt sich tatsächlich verwirklichen!« Er stand auf, rieb sich die Hände und sah sich im Zimmer um. »Du lieber Himmel, es wäre großartig. Und ich könnte hier schreiben.«
»Hier?« Das Wort blieb ihr beinahe in der Kehle stecken.
»Anne.« Er kniete sich auf den Boden. »Unsere Beziehung war nie sehr schicklich. Aber hier, in der korrekten Atmosphäre dieses ungemein korrekten Hauses, werde ich dich in vorbildlich korrekter

Weise um deine Hand bitten – auf den Knien. Willst du meine Frau werden?«

»Natürlich. Aber du meinst doch nicht, daß ich das Haus behalten soll, damit du hierher übersiedeln und hier schreiben kannst? Ich würde dich ja immer gerne bei mir sehen – aber es wäre so schrecklich umständlich, jedes Wochenende herauszufahren.«

»Wir werden hier wohnen! Anne, das Haus gehört dir, aber ich könnte die anfallenden Steuern zahlen und für den Lebensunterhalt aufkommen. Ich würde dich erhalten. Eines Tages werde ich genügend verdienen, um das Haus erweitern zu lassen. Wir werden Wurzeln haben, Anne. Und ich werde es schaffen. Ich werde ein verflucht guter Schriftsteller sein. Du wirst schon sehen.«

»Hier leben?« Sie sah ihn entsetzt an.

»Ich fahre zurück nach New York und kündige Henry in unser beider Namen. Wenn du willst, können wir uns in New York trauen lassen. Jennifer ist dort –«

»*Alles* ist dort.«

»Nichts, worauf wir nicht verzichten könnten.«

»Aber, Lyon, ich hasse diese Stadt, dieses Haus ...«

Zum erstenmal bemerkte er ihre Panik. »Selbst wenn ich bei dir bin?« fragte er vorsichtig.

Sie lief nervös im Zimmer hin und her und versuchte verzweifelt, einen klaren Gedanken zu fassen. Er mußte sie begreifen.

»Du behauptest, du könntest hier schreiben. Durchaus möglich, vielleicht acht Stunden am Tag. Aber was tu' ich solange? Soll ich Mitglied des Damenkränzchens werden? Einmal in der Woche Bingo spielen? Meine sogenannten Freundschaften mit den langweiligen Mädchen erneuern, mit denen ich aufgewachsen bin? Und sie würden dich nicht so rasch akzeptieren, Lyon. Du bist ein Außenseiter. Man muß schon seit drei Generationen in Lawrenceville ansässig sein, um in dieser Kleinstadt anerkannt zu werden.«

Seine Miene entspannte sich. »Ach, das macht dir Sorgen? Laß dich doch nicht ins Bockshorn jagen. Ich habe ein dickes Fell. Wir werden zur Kirche gehen und uns überall sehen lassen. Wenn die Leute erst begriffen haben, daß wir bleiben wollen, werden sie ihre Zurückhaltung schon aufgeben.«

»Nein – *nein!* Das kann ich nicht! Ich werde nicht hier wohnen!«

»Aber jetzt sind wir doch zu zweit.« Er sah sie prüfend an.

»Aber nicht hier«, sagte sie stöhnend. »Nicht hier. Begreifst du denn nicht! Ein Teil von mir würde absterben.«

»Wenn ich dich recht verstehe, kannst du mich also nur in New York lieben.«

»Ich liebe dich, Lyon.« Die Tränen strömten ihr übers Gesicht. »Ich werde dich überall lieben. Und ich werde dir überallhin folgen, wohin dich deine Arbeit führt. Nur hier nicht ...«

»Und du wärst nicht einmal bereit, einen Versuch zu wagen – für ein oder zwei Jahre?«

»Lyon, ich verkaufe das Haus. Ich gebe dir den gesamten Erlös. Ich würde in einer winzigen Dachkammer mit dir hausen. Aber nicht hier!«

Er wandte sich ab und stocherte im Feuer. »Dann ist diese Frage wohl erledigt.« Dann sagte er: »Ich lege lieber noch ein Scheit auf, ehe ich gehe. Das Feuer ist schon ganz niedergebrannt.«

Sie sah auf ihre Uhr. »Es ist noch früh.«

»Am besten, ich nehme den Vieruhrzug. Morgen ist ein hektischer Tag, und am Mittwoch ist Heiliger Abend.«

»Ich begleite dich zur Bahn.« Sie rief Mr. Hill, den Taxifahrer, an.

Das Feuer war fast erloschen, als sie zurückkehrte. Ohne Lyon sah das Zimmer abweisend und bedrückend aus. O Gott, hatte Lyon sie begriffen? Er war in den Zug gestiegen, ohne sich umzusehen und ihr zu winken. Ihr war ganz übel geworden. Dieses verfluchte Lawrenceville! Es war wie ein Polyp, der seine Fangarme nach ihr ausstreckte, um sie in die Tiefe zu zerren.

Am nächsten Tag rief Jennifer an. Sie und Tony wohnten in einer sehr hübschen Suite im Essex House. Miriam hatte sich auf dem gleichen Flur ein Zimmer gemietet. Überhaupt hatte sich Miriam sehr nett benommen. Sie fuhren etwas früher als geplant nach Kalifornien, am zweiten Januar. Wann kam Anne nach New York? Sie wollten morgen abend eine große Weihnachtsparty geben.

»Ich werde dort sein«, versprach Anne. »Aber es sieht aus, als würde ich hier nie fertig werden. Doch zu Weihnachten bin ich jedenfalls in New York. Wenn Lyon heute abend anruft, erzähle ich ihm von eurer Party. Dann kommen wir beide.«

Lyon rief nicht an. Wahrscheinlich war er verärgert. Abgesehen von jener Meinungsverschiedenheit in Philadelphia war das ihr erster Streit. Sie würde jedenfalls nicht nachgeben. Aber sie wollte ihn morgen früh im Büro anrufen und ihm sagen, daß sie mit dem Mittagszug kam.

Um zehn Uhr vormittags meldete sie das Gespräch an. Henry war nicht im Büro und Lyon ebenfalls nicht. Sie sprach mit George Bellows.

»Ich weiß nicht, wo Lyon ist«, sagte George. »Mir sagt ja keiner was. Lyon war gestern hier und ist am Nachmittag fortgegangen.

Henry ist Freitag nach Kalifornien geflogen. Vielleicht hat er Lyon nachkommen lassen.«

Sie packte ihren Koffer wieder aus. Sinnlos, nach New York zu fahren. Sie war enttäuscht und gleichzeitig erleichtert. Wahrscheinlich war Lyon ebenfalls in Kalifornien. Deshalb hatte er sich nicht gemeldet. Zumindest war er nicht wütend. Vermutlich rief er abends an und erklärte alles.

Sie verbrachte den Heiligen Abend allein. Lyon rief nicht an. Um drei Uhr früh versuchte sie, ihn in seiner Wohnung zu erreichen. Vielleicht war er doch nicht nach Kalifornien geflogen. Vielleicht trotzte er wirklich. Sie bekam keine Antwort.

Es war die traurigste Weihnacht ihres Lebens. Daran war typisch Lawrenceville schuld. Das Brennholz war verbraucht, deshalb drehte sie die Ölheizung auf. Das Haus war gut geheizt, aber leer und ungemütlich. Sie trank Tee, sie knabberte lustlos an den Keksen. Auch das Radio konnte das pausenlose Glockengeläute nicht ganz übertönen, und die Weihnachtslieder deprimierten sie erst recht. Ein Fest der Freude. Und sie war allein. Jennifer war mit Tony, Neely in Kalifornien mit Mel. Aber sie saß allein in Lawrenceville.

Nach endlosen fünf Tagen spürte sie in ihrer Verzweiflung Henry im Beverly-Hills-Hotel in Kalifornien auf.

»Henry, wo ist Lyon?«

»Das wüßte ich selbst gern«, erwiderte er.

»Ist er nicht bei Ihnen?«

»Nein, ich habe angenommen, er wäre bei Ihnen.«

»Ich habe seit Sonntag nichts mehr von ihm gesehen oder gehört.«

»Das ist doch nicht möglich!« Mit einem Schlag klang Henrys Stimme beunruhigt. »Ich habe gestern nachmittag im Büro angerufen. George hat gesagt, er sei seit Montag nicht mehr dort gewesen. Natürlich habe ich angenommen, daß er Weihnachtsferien gemacht hat und bei Ihnen ist.«

»Henry, wir müssen ihn finden!«

»Warum? Ist etwas geschehen? Haben Sie irgendeinen bestimmten Verdacht? Ein Mensch verschwindet nicht einfach vom Erdboden. Ich habe drei Abende hintereinander seine Wohnung anzurufen versucht. Er war nicht dort.«

»Ich bin morgen in New York. Henry, finden Sie ihn! Um Himmels willen, finden Sie ihn!« Sie hatte plötzlich wahnsinnige Angst.

»Beruhigen Sie sich doch. Habt Ihr euch gezankt?«

»Eigentlich nicht. Eine kleine Meinungsverschiedenheit, aber ich habe nicht gedacht, daß es derart ernst sein könnte.«

»Ich bin auch morgen zurück«, sagte Henry. »Wahrscheinlich wird er am Montag mit einer einleuchtenden Erklärung aufkreuzen. Genießen Sie doch das Wochenende draußen.«
»Genießen? Ich kann es schon nicht mehr erwarten, von hier fortzukommen!«

In ihrem Hotel in New York erwartete sie Lyons Brief.

Liebe Anne,

es war eine ziemlich lange Bahnfahrt, und so hatte ich genügend Zeit, gründlich zu überlegen. Wie ich es sehe, befinde ich mich zur Zeit in einer Art Schwebezustand. Ich bin nicht mehr der zielstrebige Lyon Burke, den Henry einmal kannte, aber auch nicht der ganz in seinem Werk aufgehende Schriftsteller. Vor mir türmen sich lauter Halbwahrheiten auf — zur Hälfte Autor, zur Hälfte Manager. Ich verschiebe meine Kündigung bei Henry, bis ich als Schriftsteller finanziellen Erfolg habe, ich verschiebe die Heirat, weil ich nicht hauptberuflich Ehemann sein kann, ich verschiebe das Schreiben, weil ich bei Henry bleiben muß. Bisher habe ich Dir, Henry und der Schriftstellerei nur einen Teil meines Ichs gewidmet. Offenbar bin ich nicht imstande, Euch dreien gleichzeitig gerecht zu werden. Wenn ich das aber nicht kann, dann muß ich mich zumindest aus dem Leben jener zwei Menschen zurückziehen, die mir am meisten bedeuten. Ich habe das auch Henry geschrieben. George Bellows ist ein tüchtiger Bursche und genau der richtige für Henry. Und irgendwo in Deinem wunderbaren New York, meine Liebste, ist auch der richtige Mann für Dich, der nur darauf wartet, daß Du ihn findest.
Ich habe Dir gesagt, daß ich ein wenig Geld besitze. Außerdem steht mir ein geräumiges, ungeheiztes Haus in Nordengland zur Verfügung. Es gehört Verwandten, aber keiner benützt es. Ich werde ein paar Zimmer aufschließen. Dort kann ich mehrere Jahre für billiges Geld leben, und ich werde schreiben, selbst wenn mir die Finger dabei blau vor Kälte werden. Im Winter ist es dort nur wenige Stunden Tag. Im Vergleich dazu ist Lawrenceville eine tropische Gegend. Aber niemand wird mich stören. Ich lege Dir die Schlüssel meiner Wohnung bei, liebe Anne. Das ist die einzige nützliche Tat, die ich für Dich vollbringen kann. Da Jennifer verheiratet ist, bist Du jetzt allein, und es ist nach wie vor schwierig, eine Wohnung zu finden. Und ich verdanke sie, samt allen Möbeln, ja einzig Deiner Großmut. Es ist daher

nur gerecht, daß Du sie jetzt verwendest. Dein liebes Geschenk, die Schreibmaschine, habe ich mitgenommen. Begehe nicht den Unsinn, auf mich zu warten. Ich warne Dich – ich werde das erste dralle englische Mädchen heiraten, das für mich kochen und mir den Haushalt führen wird. Und Jahre später, falls ich es zu einem Buch gebracht haben sollte, das halbwegs gut ist, können wir beide sagen: »Das zumindest hat er mit ganzem Herzen getan.«

Ich habe Dich geliebt, Anne. Aber Du bist viel zu gut, um Dich mit einem so kläglichen Teil eines kläglichen Menschen zu belasten. Ich werde mich ganz aufs Schreiben konzentrieren. Auf diese Art werde ich zumindest niemand verletzen als mich selbst. Ich danke Dir für das schönste Jahr meines Lebens.

Lyon.

Jennifer

Mai 1947

Jennifer saß im Schatten neben dem Swimming-pool und las zum zweiten Male Annes Brief. Anne schien ganz glücklich zu sein. Es war jedenfalls der erste Brief, in dem sie Lyon nicht mehr erwähnte. Vielleicht hatte sie dieses Kapitel endgültig überwunden. Aber wie brachte sie es fertig, in seiner Wohnung zu leben? Hoffte sie noch immer, daß er eines Tages die Tür aufschließen würde? Nach fünf Monaten? Er hatte nie wieder von sich hören lassen! Das bewies einmal mehr, daß man nie wissen konnte, was im Kopf eines Menschen wirklich vorging. Wenn man sich nur die Fotos von Tony und ihr ansah! Sie machten einen strahlend glücklichen Eindruck — das ideale junge Hollywoodpaar!

Sie stellte den Schirm schräg, um sich vor der Sonne zu schützen. Ein Mädchen, das auf Sonne mit Ausschlag reagierte, mußte ja ausgerechnet in Kalifornien landen! Wütend starrte sie zu dem gleißenden Sonnenball empor. Der war immer da. Das einzige, worauf man sich in Kalifornien verlassen konnte. Ab und zu gab es am Morgen leichten Nebel, aber die zitronengelbe Scheibe tauchte unweigerlich auf, anfangs etwas schüchtern, bis sie zu flimmern begann und Nebel und Wolken schluckte, um als unbestrittene Herrscherin vom klarblauen Himmel zu grinsen.

Sie seufzte. Seit ihrer Ankunft im Januar war jeder Tag heiß wie im Hochsommer gewesen. Wie konnten denn diese verfluchten Orangen wachsen, wenn es niemals regnete? In New York wurde jetzt die Luft zum erstenmal lau. Die schweren Wintermäntel waren eingemottet worden, und die Leute saßen im Central Park. Und in New York konnte man zu Fuß gehen. Was für ein Genuß das war, erkannte man erst, wenn man in Kalifornien lebte. Sogar nachts konnte man durch New York schlendern. Wenn man nichts zu tun hatte, konnte man sich in der Fifth Avenue die Auslagen ansehen, eine Kinokarte kaufen oder den Broadway entlangbummeln und heiße Würstchen essen. Ging man aber hier nachts über den Beverly Drive, dann griff einen garantiert eine Polizeistreife auf.

Na, Anne hatte zumindest New York. Sie schrieb, daß sie sehr viel ausging, aber nie erwähnte sie jemand Bestimmten. Vermutlich wartete sie immer noch auf Lyon. Immerhin war das ein konkretes Ziel.

Und worauf wartete *sie*? Daß wieder ein Tag zu Ende ging? Heute abend gab es eine Party. Kein Grund zur Begeisterung, aber immer noch besser, als mit Tony Rummy zu spielen. Nicht einmal darauf

konnte er sich konzentrieren, weil Miriam ihm jede Karte vorsagte, die er ausspielen mußte. Wenn Miriam ihm nur ab und zu Gelegenheit lassen würde, einmal selbst zu denken!
Langsam trank sie ihr Cola. Das Eis war geschmolzen. Sie war zu faul, ins Haus zu gehen und frisches zu holen. Sie war für alles zu faul. Und die Party würde sicher auch kein Vergnügen sein. Es war ein Zwecktreffen. Tony sollte in Dick Meekers neuem Film die Hauptrolle spielen, deshalb mußte sie charmant und höflich sein. »Charmant und höflich«, trichterte Miriam ihr pausenlos ein. »Versuch nicht, die große Dame zu spielen. An diesem Ort bist du eine Null. Alle Leute sind hier prominent, also begnüge dich damit, charmant und höflich zu sein.«
Sie konnte sich nicht einmal mit maßlosen Einkäufen trösten, wie sie es vor ihrer Ehe gemacht hatte. In den fünf Monaten, die sie hier war, hatte sie sich erst ein einziges Abendkleid kaufen dürfen. »Bei dir hängen mehr Kleider umher als in einem Konfektionsgeschäft«, hatte Miriam gerügt. Möglich, aber die Sachen wurden ihr so rasch langweilig. Begriff Miriam nicht, daß es wichtig war, etwas Neues zu tragen? Aber Miriam hatte selbst nur drei Kleider, und eines sah aus wie das andere. Sie ging in einem fünf Jahre alten blauen Spitzenkleid und mit Gesundheitsschuhen zu Parties!
Miriam teilte ihr ein wöchentliches Taschengeld von fünfzig Dollar zu. Sie schickte es sofort an ihre Mutter weiter, und die schrieb ihr ständig, daß es zuwenig sei. Sie hatte versucht, mit Tony über die finanzielle Lage zu sprechen, aber sie bekam ihn kaum zu sehen. Entweder war er bei Schallplattenaufnahmen, lernte neue Schlager oder hatte Proben. Und am Abendessen nahm unweigerlich Miriam teil. Nachts, in dem breiten Bett, war er noch der alte Tony, der gierig nach ihr griff. Aber kaum war es vorbei, konnte sie nicht mehr zu ihm durchdringen. Sie hatte versucht, ihm klarzumachen, daß sie sich nicht langweilen würde, wenn sie an seinem Leben und seiner Karriere teilhaben dürfte, aber das schien er nicht zu begreifen. »Miriam kümmert sich um alles. Sprich mit ihr.«
Mit dem Geld war es genau dasselbe. »Sprich mit Miriam, sie wird dir geben, was du brauchst.« Und Miriam war nicht um Antworten verlegen. »Wozu brauchst du Geld? Ich bezahle das Essen und die Getränke. Das Benzin kannst du anschreiben lassen. Fünfzig Dollar genügen vollauf als Taschengeld.«
So konnte es nicht weitergehen! Wie lange sollte sie noch untätig neben dem Swimming-pool hocken? Allein in dieser Woche hatte sie schon drei Bücher gelesen, dabei war erst Freitag. Sie sprang auf. Vielleicht war Neely daheim. Sie hatte eben ihren zweiten

Film abgedreht, und das Studio hatte ihr einen einmonatigen Urlaub versprochen. Ihr erster Film war begeistert aufgenommen worden, und Jennifer hatte eine kurze Vorschau des neuen Films gesehen — er war großartig. Sie hatte zwar Neely in letzter Zeit nicht oft gesehen. Ab und zu telefonierten sie, aber Neely hatte wieder einmal ihre Nummer ändern lassen, und sie kannte die neue Geheimnummer noch nicht.

Sie fuhr die acht Häuserblocks entlang — undenkbar, in Kalifornien zu Fuß zu gehen. Mel öffnete ihr. Er trug eine Badehose, war braungebrannt und hatte zugenommen. Er führte Jennifer zum Swimming-pool.

»Willst du was essen? Ich nehme nur ein Sandwich.«

Jennifer schüttelte den Kopf und setzte sich in den Schatten. Der Swimming-pool sah genauso aus wie ihrer. Die gleiche Nierenform, die gleichen Umkleidekabinen, der gleiche Tennisplatz mit der Bar im Freien. Sie blickte zu den violetten Hügelketten. Saß Mel auch den ganzen Tag untätig herum?

»Neely ist im Atelier«, erklärte er. »Kostümprobe.«

»Ich dachte, sie hätte einen Monat Ferien?«

»Die Dreharbeiten fangen erst in einem Monat an. Bis dahin müssen die Kostüme probiert, das günstigste Make-up gefunden und Standfotos gemacht werden. Aber sie muß gleich kommen. Übrigens, weißt du es schon? Ted Casablanca ist ihr Kostümberater.«

»Dann hat sie es wirklich geschafft«, sagte Jennifer. »Ted arbeitet nur für Spitzenstars.«

Mel zog die knochigen Schultern hoch. »So was gibt es auch nur in Hollywood. Hier fallen die Frauen in Ohnmacht, bloß weil irgend so ein Schwuler es ablehnt, ihre Garderobe zu entwerfen. Neely hält jetzt Diät. Ist das nicht zum Lachen?«

»Warum? Hat sie zugenommen?«

»Sie wiegt hundertachtzehn Pfund, genau wie immer. Sie ist einszweiundsechzig groß, also ist das Gewicht angemessen. Aber dieser Casablanca will, daß sie fünfzehn Pfund abnimmt. Angeblich wird dadurch ihr Gesicht interessanter, und die Kleider wirken besser. Sie nimmt kleine grüne Pillen und ißt überhaupt nichts mehr.«

Plötzlich kam Neely in altem Ungestüm dahergefegt. Sie war über Jennifers Besuch entzückt. »Hast du schon gehört?« quietschte sie, »Ted Casablanca entwirft meine Kleider! Jennifer, er ist himmlisch! Zur Abwechslung werde ich jetzt einmal schön sein. Er macht mir ein paar feenhafte Sachen — so richtig snobistisch unterspielt. Ehrlich, wenn ich an das greuliche violette Taftkleid denke! Ted

meint, ich sei ein Gaminetyp – mutwilliges kleines Mädchen! Aber schick. Schließlich bin ich jetzt achtzehn, also höchste Zeit.«
»Ich höre, du fastest?«
»Ja. Mel, bring mir ein Glas Magermilch. Willst du was, Jen?«
»Ein Cola.«
»Wir haben bloß Sodawasser. Ich habe nichts im Haus, das dick macht. Mel, mach eine Limonade, ja?« Neely sah ihm nach, dann wandte sie sich wieder an Jennifer. Ihre großen Kinderaugen blickten besorgt.
»O Jen, ich weiß nicht mehr, was ich tun soll. Mel hat sich so verändert – er kommt einfach nicht mehr mit. Bei allem, was er anfängt, macht er Mist.«
»Wie kannst du das sagen! Er hat dir eine tolle Publicity verschafft. Diese Story im Filmmagazin war großartig.«
Neely schüttelte den Kopf. »Die ist vom Studio eingeschaltet worden. Die Leute haben ihm gesagt, er soll die Finger davon lassen. Ständig ist er im Weg. Sie wollen ihn nicht im Atelier haben. Angeblich bewege ich mich unfrei, wenn er in der Nähe ist. Und Casablanca sagt, daß schon die ganze Stadt über Mel lacht.«
»Das würde ich an deiner Stelle nicht ernst nehmen. Du weißt, wie niederträchtig Schwule sein können.«
»Schwul!« rief Neely mit zornfunkelnden Augen. »Sag ja nicht so was! Er – er ist einfach phänomenal! Dabei ist er erst dreißig und hat schon drei Millionen Dollar verdient! Und keine Spur von schwul!«
»Wirklich?«
»Klar. Was, glaubst du, habe ich heute gemacht? Kleider probiert? Das habe ich Mel erzählt. Wir haben's miteinander getrieben, Ted und ich – in jeder Stellung. In seinem traumhaften Studio mit der Klimaanlage. Und ich kann dir versichern, daß er kein –« Sie brach plötzlich ab. Mel brachte das Tablett mit den Getränken.
»Ich habe schon fünf Pfund abgenommen«, sagte Neely, während Mel ihr die Milch gab. Sie zog eine Flasche hervor und nahm eine grüne Kapsel in den Mund. »Eine Prachterfindung!« sagte sie. »Das ist einfach großartig, Jen. Sie vertreiben dir wirklich jeden Appetit. Der einzige Nachteil ist, ich werde davon so aufgekratzt, daß ich nicht schlafen kann.«
»Versuch's mit Seconal«, schlug Jennifer vor.
»Wirken die?«
»Wunderbar. Bildschöne, kleine rote Püppchen, die dir sämtliche Sorgen abnehmen und dir nachts neun Stunden seligen Schlafs schenken.«

»Was du nicht sagst! Das muß ich ausprobieren. Mel, ruf auf der Stelle Dr. Holt an. Er soll mir hundert Stück schicken.«
»Hundert?« wiederholte Jennifer mit erstickter Stimme. »Neely, das ist doch kein Aspirin. Man nimmt pro Nacht nur eine. Kein Arzt wird dir mehr als fünfundzwanzig geben.«
»Meinst du? Na, wollen wir wetten? Dr. Holt ist der Studioarzt. Er gibt mir alles, was ich verlange. Mel, ruf ihn gleich an.« Gehorsam trottete Mel zum Telefon. »Eine einzige Kapsel pro Nacht?«
Jennifer nickte. Weshalb sollte sie Neely verraten, daß sie manchmal bis zu drei Stück nahm? Eine würde Neely helfen. Außerdem wollte sie ihren Verbrauch drosseln, sobald sie sich mit Tony geeinigt hatte.
Mel war zum Telefon gegangen. Neely sah ihm nach, bis er verschwunden war. Dann rückte sie ihren Stuhl näher heran. »Ich muß mir ein neues Pessar anpassen lassen. Letzten Monat hat Mel zweimal nicht aufgepaßt. Dieses Miststück will mich schwängern.«
»Ich dachte, du möchtest Kinder haben.«
»Aber nicht von ihm. Den werd' ich nämlich abhängen.«
»Neely!«
»Ehrlich, Jennifer, er hat sich total verändert. Keinerlei Initiative. Ich hab' mit dem Chef über ihn gesprochen, und der ist ganz meiner Meinung. Mel steht mir einfach im Weg. Er hat mir die Hölle heiß gemacht, ich solle nicht abnehmen, weil ich so genau richtig sei. Weißt du, Mel ist einfach steckengeblieben. Er ist spießig und kann sich nicht anpassen. Aber ich muß schwer aufpassen. Wir haben Gütergemeinschaft. Mel könnte die Hälfte von allem für sich beanspruchen.«
»Was willst du tun?«
»Wird schon alles vorbereitet.« Sie senkte die Stimme und fuhr flüsternd fort: »Der Chef verschafft Mel einen dicken Job bei einer der größten Werbeagenturen in New York oder so. Ich werde ihm zureden, daß er annimmt. Dann wird der Chef es so einrichten, daß er *in flagranti* erwischt wird, verstehst du? Mit einem Mädchen. Und dann kann ich mich scheiden lassen.«
»Das kannst du doch nicht tun, Neely!«
»Was bleibt mir anderes übrig? Vorige Woche habe ich andeutungsweise von Scheidung gesprochen, und weißt du, was er gemacht hat? Geflennt wie ein Baby. Er sagt, er kann ohne mich nicht leben. Also, ist das nicht lästig? Ich brauch' einen Mann, der mir sagt, was ich tun muß, jemand, der mir eine Stütze ist, und nicht einen, der sich an mich klammert. Das fehlte gerade noch, daß der mir ein Kind anhängt! Dann werd' ich ihn nie los.«

»Wer sagt dir, daß er den Job annehmen wird?«
»So weit bringe ich ihn schon. Ich sage ihm einfach, wenn er Karriere macht, komme ich ihm nach, verschaffe mir ein Engagement am Broadway, krieg' ein Baby und lebe in New York.«
»Würdest du das?«
Neely sah sie mit sonderbarem Blick an. »Ich soll Kalifornien verlassen? Und das alles? Bist du verrückt? Hier hab' ich den Durchbruch erreicht. Nach meinem nächsten Film gehöre ich zur Spitzenklasse.«
»Aber das könntest du auch in New York sein, am Broadway.«
»Ein Broadway-Star! Was ist denn das schon! Damit gebe ich mich gar nicht erst ab. Als Filmstar gehört einem die ganze Welt. Weißt du, daß mein Film in London läuft? Stell dir das vor! Die Londoner wissen, wer ich bin! Ein Film, und ich bin zehnmal berühmter, als Helen Lawson es jemals sein wird. Und als Filmstar wird man auch wie ein rohes Ei behandelt. Die zerreißen sich für mich. Ehrlich, unsere Clos im Atelier sind eleganter als die Stargarderobe im Theater. Meine Garderobe ist ein Bungalow in der Größe von Helens Wohnung. Ich hab' nur einmal ganz beiläufig vor dem Chef erwähnt ... So nennen wir alle C. H. Bean. Er ist ein so süßer kleiner Mann. Mit dem kann man reden wie mit einem Vater. Ja, was ich sagen wollte, ich habe vor ihm erwähnt, daß ich abnehmen möchte. Und weißt du, was er getan hat? Er hat mir eine Sauna an meinen Bungalow anbauen lassen und ganz allein für mich auf Kosten der Firma eine Masseuse engagiert. Wenn ich irgendwohin fahren muß, sagen wir zu einer Premiere, dann schickt mir die Filmgesellschaft einen Wagen samt Chauffeur und borgt mir Toiletten und Pelze. Und der Chef sagt, wenn mein nächster Film so einschlägt wie meine ersten beiden, wird er mir einen neuen Vertrag mit einer riesigen Erhöhung geben. Vielleicht krieg' ich zweitausend die Woche.«
»Das wäre allerdings sehr viel, Neely.«
»Pah, die Agentur Johnson Harris behauptet, ich sei noch bedeutend mehr wert. Vielleicht greifen die sogar ein und treiben die Gage auf zweitausendfünfhundert. Und wahrscheinlich kriege ich's auch. Ich brauche nur mit den Fingern zu schnippen und kann haben, was ich will. Der Chef sagt, daß ich vielleicht in einem Jahr dieses Miethaus aufgeben und mir eines in Beverly Hills kaufen soll. Das hätte mehr Stil.«
»Wozu dieser große Aufwand? Warum sparst du dir nicht lieber was?«
»Wozu? Jetzt fürchte ich mich nicht mehr. Und weißt du, weshalb?

Weil ich weiß, daß ich Talent habe, Jen. In New York habe ich das noch gar nicht begriffen. Da dachte ich, jede könnte singen und tanzen. Aber mein zweiter Film hat mir bewiesen, daß ich auch eine Schauspielerin bin.«

Neely räkelte sich. »Mir gefällt es hier. Diese Stadt paßt mir.«

Mel kehrte zurück. »Die Pillen werden gleich hier sein. Dr. Holt fand die Idee ausgezeichnet.« Er setzte sich. »Möchtest du heute abend ins Kino gehen, Neely?«

»Unmöglich. Muß morgen um sechs Uhr aufstehen. Farbtests.«

Er starrte trübsinnig auf den Swimming-pool. »Ich kann im Bett bleiben, solange ich will. Das nutzlose Herumsitzen macht mich wahnsinnig ...«

Bei der Heimfahrt dachte Jennifer über Mel nach. Ob Tony sie wohl auch als Hemmschuh empfand? Falls Tony den Filmvertrag nicht bekam, dann würde sie darauf bestehen, nach New York zurückzukehren. Aber sicher kam der Vertrag zustande. Und sie würde Tony bald ebenso im Wege sein wie Mel Neely, wenn es nicht bereits soweit war. Sicher lernte er die schönsten Partnerinnen kennen, und die Starlets würden sich ihm an den Hals werfen. Wie lange konnte sie noch abwarten? Sie war beinahe siebenundzwanzig, und allmählich würde man ihr dieses Alter ansehen ...

Sie hätte beinahe ein rotes Licht überfahren, als ihr der Einfall kam. Warum hatte sie nicht schon früher daran gedacht? Ein Baby! Damit würde Tony ihr näher rücken, und sie hätte etwas, das ihre Gedanken ausfüllte. Etwas, das sie lieben konnte. Gott, wie sehr sie das Kind lieben würde. Als sie heimkam, war sie in Hochstimmung.

Sie kleidete sich mit größter Sorgfalt für die Abendgesellschaft an. Noch heute nacht wollte sie ihr neues Projekt starten!

September 1947

Im August blieb ihre Periode aus. Als sie sich auch im September nicht einstellte, war sie ihrer Sache sicher. Ihre Taille war um fünf Zentimeter dicker geworden.

Sie suchte einen Arzt auf, der ihre Hoffnungen bestätigte und ihr gratulierte. Tony befand sich bei einer Schallplattenprobe, und sie durfte ihn nicht stören. Aber irgend jemand mußte sie es sagen. Neely! Der konnte sie es erzählen! Es war beinahe fünf Uhr. Sicher hatte Neely ihre Dreharbeiten für heute beendet.

Sie fuhr ins Atelier. Der Portier wies ihr den Weg zu Neelys imposantem Bungalow. Neely wurde eben massiert.

»Hallo, nur herein mit dir!« rief sie. »Du hast dir genau den richtigen Zeitpunkt ausgesucht. Ich hätte dich heute abend angerufen. Stell dir vor – es ist alles fix. Mel fährt morgen nach New York!«
»Gehst du immer noch mit Ted?«
»Natürlich! Wofür hältst du mich? Für ein Flittchen? Ich bin eine monogame Frau. Ted und ich –« Sie brach ab und brüllte die Masseuse an. »Okay, das genügt, hau ab. Ich möchte ungestört mit meiner Freundin reden.«
Sobald die Frau gegangen war, ließ Neely das Badetuch fallen. »Na, wie gefällt dir die auf Stromlinie gebrachte Neely? Meine Taille mißt jetzt fünfzig Zentimeter, und ich wiege achtundneunzig Pfund.«
»Mag Ted dich so dünn?«
»Und wie!« Sie schlüpfte in einen Bademantel. »Sogar meine kleinen Brüste gefallen ihm. Sie sind etwas eingeschrumpft, aber er sagt, große Brüste erinnern ihn immer an eine Kuh. Und außerdem machen sie sich bei der heutigen breitschultrigen Mode ganz schlecht. Und weißt du was? Wir schließen einen Ehevertrag ab. Das war die Idee vom Chef. Auf diese Art wissen wir beide, daß wir aus Liebe und nicht aus Berechnung heiraten.«
Jennifer zwang sich zu einem Lächeln. »Ich hab' auch eine Neuigkeit, Neely. Ich bin im zweiten Monat.«
»Ach, du lieber Schreck!« Neely war sofort die personifizierte Hilfsbereitschaft. »Da gibt es einen Arzt in Pasadena, der sehr tüchtig sein soll. Der Chef schickte jede zu ihm, der was passiert ist. Zuerst versucht er es mit drei Spritzen, und wenn die nicht wirken ... Ein Abortus ist gar keine Sache. Er macht es mit Narkose.«
»Aber du hast mich mißverstanden, Neely. Ich will das Kind doch haben. Es ist ein Wunschkind. Ich bin sehr glücklich.«
»Oh! Ja, dann allerdings ist es wunderbar. Wenn man es weiß, merkt man es sogar schon. Du bist nicht mehr so märchenhaft schmal um die Taille. Wenn alles vorbei ist, geb' ich dir ein paar von meinen grünen Pillen, damit du deine gute Figur zurückbekommst.«
»Dir haben sie jedenfalls phantastisch geholfen.«
»Das schon, aber leider muß man sie ständig nehmen. Sobald ich aufhöre, fang' ich an wie eine Wilde zu fressen. Aber man fühlt sich großartig dabei, richtig aufgepulvert, als könnte man stundenlang tanzen. Und ich segne dich jede Nacht für die roten Püppchen. Die haben mir das Leben gerettet. Übrigens, hast du schon mal eine gelbe versucht? Sie heißen Nembutal. Wenn du je eine rote und

eine gelbe nimmst – Mensch! Das ist dann vielleicht ein Schlaf! Ich habe es rein zufällig ausprobiert. Durch die roten schläft man rasch ein, aber sie wirken nur sechs Stunden lang. Die gelben brauchen länger, aber sie halten auch länger an. Na, da hab' ich mir gedacht, warum soll ich die beiden nicht kombinieren? Ich nehm' sie aber nur zum Wochenende. Manchmal schlafe ich dann zwölf Stunden lang.«

»In meinem jetzigen Zustand nehme ich keinerlei Medikamente. Ich will dem Kleinen nicht schaden.«

»Ja, aber wenn du nicht schläfst, wirst du bestimmt schlecht aussehen, nicht?«

»Zum erstenmal im Leben ist mir das egal. Ich will ein strahlend gesundes Baby haben, und wenn ich die ganze Nacht wach liegen muß.«

»Du redest wie die Heldin eines Kitschromans«, sagte Neely grinsend. »Aber wahrscheinlich werde ich mich genauso benehmen. Sobald ich Ted geheiratet und meinen neuen Vertrag abgeschlossen habe, will ich auch ein Baby. Mittlerweile aber bin ich Gott für die roten, gelben und grünen Püppchen dankbar.«

Jennifer hoffte, daß Tony kein Programm für den Abend gemacht hatte. Sie wollte ohne Miriam mit ihm in ein kleines Restaurant gehen und ihm dort die große Neuigkeit verkünden.

In der Auffahrt parkte ein fremder Wagen. Er gehörte Delia, dem Aushilfsmädchen. Verdammt noch mal! Also stieg am Abend sicher eine Party!

Miriam erwartete sie. »Tony hat heute den Vertrag unterschrieben!« Ihr unschönes Gesicht strahlte. »Sie haben eben die Probeaufnahmen seiner Farbtests gesehen. Er hat einen Fünfjahresvertrag bei der Metro und beginnt Montag in zwei Wochen mit den Dreharbeiten. Du mußt heute sehr vornehm aussehen. Der Regisseur und seine Frau essen bei uns zu Abend. Und der musikalische Leiter und einige andere kommen später auf einen Sprung vorbei.«

Jennifer machte sich sorgfältig zurecht. Na schön, dann würde sie es heute abend verkünden. In aller Öffentlichkeit! Sie hatte etwas mit dem Reißverschluß ihres Kleides zu kämpfen. Lange konnte sie ihr Geheimnis nicht mehr für sich behalten, Tony würde es auf jeden Fall bald bemerken.

Sie trank einen Martini vor dem Essen. Miriam musterte sie verblüfft. Jennifer sah hinreißend aus. Sie machte mit der Frau des Regisseurs Konversation und reichte Brötchen – kurz, sie war das

Musterbeispiel einer Stargattin. Sie wartete, bis der Wein serviert wurde, dann stand sie langsam auf und hielt ihr Glas hoch. Geflissentlich vermied sie Miriams feindseligen Blick und sagte: »Ich möchte anstoßen — auf mich.« Dann kicherte sie. »Genauer genommen, auf das, was in mir ist. Tony und ich werden ein Kind haben.«

Alles jubelte, Gläser klangen, Tony sprang aus seinem Stuhl hoch und umarmte sie. Aber Jennifer war Miriams leiser Entsetzensschrei nicht entgangen. Als sich die allgemeine Aufregung legte, kreuzten sich ihre Blicke. Diesmal spiegelte Miriams feistes Gesicht nichts als ein wohlwollendes Lächeln.

Sobald sich der letzte Gast verabschiedet hatte, wandte sich Miriam an Jennifer. Sie lächelte noch immer. »Rasch ins Bettchen, junge Mutter«, sagte sie. »Du darfst dich jetzt nicht überanstrengen. Ich möchte noch einige Einzelheiten des Films mit Tony besprechen, dann schicke ich dir den frischgebackenen Daddy gleich nach.«

Kaum war Jennifer verschwunden, herrschte sie ihn an: »Ich hab dir doch gesagt, du sollst Präservative benützen.«

»Haben wir ja«, grinste Tony beschämt. »Muß wohl ein Unfall gewesen sein.«

»Was heißt hier Unfall?« fauchte Miriam. »Diese Dinger sind sehr haltbar. Ich kaufe nur die beste Marke für dich. Die reißen nicht.«

»Oh, wir benützen sie schon seit einigen Monaten nicht mehr. Jen hat gesagt, das sei nicht nötig. Sie trägt jetzt ein Pessar.«

»Ich habe dich gewarnt, laß dich niemals auf so etwas ein. Du könntest dir eine Krankheit holen —«

»Von Jen?« Er lachte. »Außerdem ist es angenehmer ohne.«

»Mit einem Baby bist du gebunden.«

»Ach wo. Wir haben schließlich Geld genug, nicht? Der Film kommt jetzt auch noch dazu. Und ich hätte gern ein Kind. Das wäre nett.«

Aus dem Augenwinkel bemerkte Miriam, daß Jennifer die Treppe herunterkam. Sie sagte: »Wenn du ein Baby hast, wirst du nicht so oft ausgehen können.«

Jennifer war auf der Treppe stehengeblieben und horchte. Tony hatte ihr den Rücken zugewandt und konnte sie nicht sehen.

»Na schön, bleibe ich eben daheim«, sagte er achselzuckend.

»Dann gibst du die rothaarige Sängerin auf?«

Er sah sie verängstigt an. »Wer hat dir das gesagt?«

»Hör mal, ich weiß immer alles über dich. Aber keine Angst — ich werde es Jennifer nicht verraten.«

»Was wirst du Jennifer nicht verraten?« sagte Jennifer und trat ins Zimmer.
Miriam spielte die Überraschte. Tony machte ein verschrecktes Gesicht. »Gar nichts, Jen. Miriam hat immer so verrückte Ideen. Bloß weil ich ein bißchen mit Betsy poussierte. Gar nichts Ernstes.«
»Daß ich nicht lache«, sagte Miriam bissig. »Dreimal wöchentlich vögelt er sie in seiner Garderobe im Atelier. Möglich, daß er bei dir keine Gummis benützt, Jennifer, aber ich besorge ihm jede Woche eine ganze Schachtel voll, und nie hat er welche!«
»Schau nur, was du angestellt hast!« jammerte Tony, als Jennifer aus dem Zimmer stürzte.
»Du mußt sie dazu überreden, das Baby loszuwerden. Hör auf mich, Tony. Es schadet deiner Karriere. Es gibt eine ganze Menge Ärzte, die so etwas machen.«
»Ich will es aber haben«, erwiderte er trotzig.
»Tony ...« sagte sie schmeichelnd. »Ein junger hübscher Filmliebling wie du – das Studio wird behaupten, daß du erst vierundzwanzig bist. Ein Kind würde deinen ganzen Nimbus zerstören.«
»Blödsinn! Sinatra hat Kinder, Crosby ebenfalls. Du wirst es uns nicht wegnehmen!« Er rannte Jennifer nach.
Sie lag schluchzend auf dem Bett, als er ins Schlafzimmer kam.
»Liebling.« Er setzte sich neben sie und massierte ihr sanft den Nacken. »Laß Miriam doch reden. Wir werden unser Kind haben.«
»Reden lassen!« Sie richtete sich auf. Die Wimperntusche hatte ihre Wangen verschmiert. »Reden lassen! Mit welchem Recht drängt sie sich in unser Leben! Sogar die Präservative kauft sie für dich! Ich hocke ständig in diesem Haus, langweile mich zu Tode, werde jeden Monat älter, und du vergnügst dich mit einer Sängerin! Miriam wird immer fetter und rechthaberischer dabei.«
»Was soll ich denn tun?« jammerte er.
»Sag ihr, sie soll verschwinden. Von jetzt an werde ich den Haushalt führen.«
»Das kann ich Miriam nicht antun. Wohin soll sie denn?«
»Wohin sie will, bloß weg von uns! Meinethalben schenk ihr die Hälfte deiner Gagen, aber wir wollen unser eigenes Leben leben, einmal Mann und Frau sein und nicht zwei Kinder, die sich von Miriam herumkommandieren lassen.«
»Aber wer kümmert sich dann um alles? Wer schreibt meine Schecks aus und studiert meine Verträge?«
»O Tony, andere Leute haben ja auch Agenten. Warum nicht du?«

»Wozu soll ich einen Fremden beauftragen, der mich doch nur bestiehlt? Meine eigene Schwester ist mein bester Freund.«

»Aber ich kann nicht mit ihr leben!«

Mißtrauisch fragte er: »Verlangst du, daß ich meine Schwester hinauswerfe?«

»Tony«, flehte sie. »Was haben wir denn vom Leben? Wir laden nur Leute ein, die dir beruflich nützen, weil Miriam es für Verschwendung hält, Parties zu geben. Und jetzt spricht Miriam davon, dieses scheußliche Haus zu kaufen. Sie hat mich nicht einmal gefragt, ob es mir gefällt. Weiß der Himmel, wozu wir dieses Haus überhaupt brauchen. Bei unserer Zurückgezogenheit kämen wir genausogut mit einer Zweizimmerwohnung aus.«

»Ehe du aufgetaucht bist, hat sie mir ihr ganzes Leben geopfert. Sie hat mich aufgezogen. Nie höre ich auch nur die leiseste Klage von ihr. Sie ist selbstlos, gut, warmherzig – und du willst, daß ich sie hinauswerfe!«

»Du mußt dich entscheiden, Tony: entweder Miriam oder ich.«

Einen Augenblick sah er sie wortlos an. Dann lachte er wie ein kleiner Junge. »Das sagst du so, Herzblatt. Du wirst dein Baby bekommen, das habe ich doch gegen sie verteidigt, oder nicht? Und jetzt gehen wir schlafen.« Er begann sich auszuziehen.

In der Dunkelheit griff er im Bett nach ihr.

»Wir haben noch nichts entschieden«, sagte sie unnachgiebig.

»Was gibt es da zu entscheiden?«

»Miriam.«

»Die bleibt. Und du auch.« Er riß ihr das Nachthemd vom Leib. Seine Lippen suchten ihre Brüste. Sie versuchte ihn von sich zu stoßen. »Nicht, ich will sie haben. Bald werden sie voll Milch sein. Mmmmm ... darf ich dann auch draus trinken?«

Sie begann leise zu schluchzen. Er blickte auf. »Na komm, sei nicht so. Warum weinst du denn?«

Ihr Schluchzen wurde heftiger.

»Es wird dich doch nicht stören, daß ich Betsy auch ab und zu die Freude gemacht habe?«

Sie sprang aus dem Bett. O Gott! Was war das für ein Mann!

Er setzte sich auf und drehte das Licht an. Verständnislos sagte er: »Ich liebe Betsy nicht.«

Sie sank in einen Sessel und deckte sich fröstelnd zu.

»Warum hast du es dann getan?« weinte sie.

Er zuckte die Achseln. »Es überkam mich einfach.«

»Aber ich war doch ständig für dich da.«

»Ich konnte ja nicht zwischen den Proben davonrennen, und sie war immer griffbereit ... Aber das hat doch nichts zu bedeuten. Ich verspreche dir, daß ich Betsy nicht mehr anrühre. Donnerwetter, ich werde sie noch morgen von Miriam hinauswerfen lassen — na? Und jetzt komm ins Bett.«

»Es geht nicht nur um Betsy, Tony. Es geht um dich. Ich begreife dich nicht. Was denkst du, was empfindest du?«

»Ich hab' einen Riesenappetit auf dich. Den empfinde ich. Na, komm, Herzblatt ...«

Sie konnte nicht gut die Nacht im Sessel verbringen, also legte sie sich hin und ließ sich sogar eine Umarmung gefallen. Er holte sich seine Befriedigung, dann rollte er sich zur Seite und schlief sofort ein. Jennifer stand auf und nahm drei rote Kapseln. Aber es dämmerte bereits, ehe sie einschlief.

Am nächsten Morgen rief sie Henry Bellamy an, sobald Miriam und Tony zur Probe gegangen waren. Sie erzählte ihm alles.

»Sieht so aus, als sollten Sie um Ihr Leben rennen«, sagte Henry. »Sie bringt es bestimmt fertig, daß Sie Ihr Kind verlieren — und wäre es nur aus Kummer.«

»Was soll ich tun?«

»Das hängt ganz davon ab. Wie stehen Sie zu diesem Komiker?«

»Ich weiß es wirklich nicht mehr. Manchmal tut er mir leid, weil Miriam ihn einer ständigen Gehirnwäsche unterzieht. Dann wieder ist er mir bloß widerlich, so wie heute nacht. Dabei hat Tony etwas ungemein Liebenswertes an sich. Er ist nicht schlecht. Das ist ja das Sonderbare. Er ist nur niemals erwachsen geworden. Daran ist Miriam schuld. Sie hat ihm eingeredet, die Welt sei ein Spielball, mit dem er alles tun kann, solange er nur brav singt. Ich glaube, wir könnten ein gemeinsames Leben aufbauen, wenn ich ihn bloß von Miriam loseisen könnte — aber da renne ich bei ihm gegen eine Wand.«

»Dann kommen Sie nach New York. Sie werden ja sehen, ob Tony Manns genug ist, Ihnen nachzufahren. Ich werde sogar versuchen, ihn davon zu überzeugen, daß ich seine Geschäfte genauso gut führen kann wie Miriam. Wir werden das alte Scheusal in Pension schicken, und Sie können einen echten Mann aus ihm machen. Wenn er darauf nicht einsteigt, haben Sie nichts verloren.«

»Sie haben recht, Henry. So geht es ja nicht mehr weiter.«

»Ich reserviere Ihnen ein Appartement bei Pierre. Lassen Sie einen Brief zurück, daß Sie wegen eines eventuellen Engagements nach New York berufen worden sind. Aber nehmen Sie nicht zu viele Kleider mit, damit Miriam nicht behaupten kann, Sie hätten Ihren Mann böswillig verlassen.«

»Aber Tony und Miriam wissen genau, daß ich nicht auftreten kann, wenn ich ein Kind erwarte.«
»Natürlich wissen sie das. Es ist auch nur eine Formalität. Und schreiben Sie jemand anders das gleiche — schreiben Sie Anne, damit Sie einen Beweis haben, falls Sie ihn brauchen. Und schicken Sie mir ein Telegramm, mit dem Sie meine Einladung nach New York bestätigen.«
Jennifer führte Henrys Anweisungen gewissenhaft aus. Zu ihrer größten Freude stieg Tony ins nächste Flugzeug und kam ihr nach New York nach. Er rannte im Wohnzimmer ihres Appartements auf und ab, er weinte, er machte ihr Vorstellungen, er schwor ihr, daß er sie liebte und alles tun würde, was sie wollte. Alles, mit Ausnahme einer Trennung von Miriam.
»Aber das ist das einzige, was ich verlange«, beharrte sie.
Tony zeigte sich unerbittlich. »Sie verwaltet mein Geld und ist mein Manager. Ich traue niemand außer Miriam.«
»Und was ist mit mir? Traust du mir nicht?«
»Dräng mich nicht, Jen. Du bist das Beste, was ich jemals im Bett hatte —«
»Mehr bedeute ich dir nicht?«
»Ja, was willst du denn eigentlich? Herrgott, Miriam hat recht. Du willst mich mit Haut und Haaren besitzen, mich aussaugen. Ich lege alles, was ich habe, in meinen Gesang.«
»Und was bleibt für mich?«
»Mein Schwanz. Und das sollte genug sein.«

Tony kehrte nach Kalifornien zurück. Henry entwarf einen vorläufigen Trennungskontrakt. Jennifer sollte bis zur Geburt ihres Kindes wöchentlich fünfhundert Dollar bekommen. Nachher standen ihr tausend Dollar wöchentlich plus Spesen und Alimente für das Kind zu. Vorläufig sollte ihre Schwangerschaft noch geheim bleiben, bis sie sich nicht länger verbergen ließ. Nach der Geburt des Kindes sollte sie sich von Tony scheiden lassen.
Die Trennung der beiden machte Schlagzeilen. In der ersten Woche vergrub sie sich in ihrem Hotel und verschlief mit Hilfe der roten Pillen die meiste Zeit. Schließlich machte Anne sich ernste Sorgen um sie und bestand darauf, daß Jennifer zu ihr übersiedelte. Sie zwang Jennifer, ins Theater zu gehen, und traf sie beinahe täglich zum Mittagessen, aber Jennifer blieb völlig teilnahmslos.
Einzig die Nacht brachte ihr Erlösung — mit den roten Püppchen.

Oktober 1947

Jennifer war schon im dritten Monat, als Miriam ankam. Sie rief gleich vom Flughafen an. Sie müsse Jennifer dringend sprechen, sagte sie.

Jennifers Lebensgeister regten sich. Sie hatte keine Angst mehr vor Miriam. Vielleicht hatte Miriam jetzt Angst vor ihr. Ihre Stimme hatte jedenfalls sehr unglücklich geklungen. Wahrscheinlich ließ Tony den Kopf hängen, vermutlich sang er nicht besonders gut, und sie kam, um eine Versöhnung zu erbitten. Gut, aber nur zu *ihren* Bedingungen. Miriam mußte fort. Und Tony sollte sich bei ihr entschuldigen.

Sie hatte ihm nicht verziehen, klammerte sich aber immer noch an die Hoffnung, daß Tony ohne Miriam selbständig werden würde. Und das Baby mußte einfach eine Änderung bewirken. Ihr Töchterchen sollte einen Vater haben und nicht wie sie in einem männerlosen Haushalt groß werden. Tony würde schon erwachsen werden. Er war ja noch jung.

Als sie Miriam die Tür öffnete, sonnte sie sich in dem Bewußtsein, daß sie blendend aussah und die Wohnung gepflegt und aufgeräumt war. Sie beherrschte die Lage vollkommen. Es gelang ihr sogar zu lächeln. »Setz dich, Miriam. Möchtest du Kaffee?«

Miriam ließ ihren unförmigen Körper in einen Fauteuil plumpsen und saß kerzengerade und gespannt da. »Danke, nein. Ersparen wir uns die Höflichkeiten und kommen wir zur Sache.«

»Und worin besteht die Sache?« fragte Jennifer mit unverändertem Lächeln.

Miriams Augen wurden schmal. »Ist Tony wirklich der Vater?«

»Warte, bis du das Kleine siehst«, zischte Jennifer. »Es wird ihm bestimmt wie aus dem Gesicht geschnitten sein.«

Miriam stand auf und begann hin und her zu laufen. Dann wandte sie sich Jennifer zu und fragte: »Wieviel verlangst du dafür, es wegmachen zu lassen?«

Jennifer maß sie mit eiskaltem Blick.

»Du bekommst eine großzügige Abfindung. Das gebe ich dir schriftlich. Und du kannst die tausend Dollar wöchentlich auch ohne Baby haben. Nur laß es verschwinden.«

Jennifer wußte nicht, was sie davon halten sollte. »Weiß Tony von diesem Vorschlag? Stammt er von ihm?«

»Nein, Tony hat keine Ahnung, daß ich hier bin. Ich habe ihm gesagt, ich fliege nach Chikago, um einen besseren Vertrag beim Radio für ihn auszuhandeln. Ich bin da, um dich zu bitten, dir das Kind wegmachen zu lassen, ehe es zu spät ist.«

Mit leiser, gepreßter Stimme sagte Jennifer: »Bisher habe ich dich nie gehaßt, Miriam. Ich habe dich zwar für egoistisch gehalten, aber du hast zumindest alles für Tony getan. Jetzt weiß ich es besser. Du bist ein böser Mensch.«
»Und du bist das Vorbild der amerikanischen Mutter!« sagte Miriam verächtlich. »Du kannst es wohl nicht mehr erwarten, den Kinderwagen zu schieben, wie?«
»Ich wünsche mir dieses Kind«, erwiderte Jennifer ernst. »In meinem ganzen Leben habe ich nicht einen Menschen gehabt, der sich wirklich etwas aus mir machte, Miriam. Für meine Mutter und Großmutter war ich nichts als eine Belastung. Ich bekam immer nur zu hören, wieviel ich esse, wie teuer die Schuhe für mich sind, wie rasch ich sämtliche Kleider auswachse. Ich hatte Angst, wenn ich merkte, daß mir die Schuhe zu klein wurden. Ich wußte, es würde wieder eine Szene geben. Als ich dann älter war, ging es nur darum, wieviel Geld ich nach Hause bringen konnte. Da hieß es nur — gib, gib und gib. Deshalb habe ich den Prinzen geheiratet. Es war vielleicht keine reine Liebesehe, aber ich habe mir gedacht, ich könnte auf diese Art meine Mutter und Großmutter unterstützen. Ich habe mich ehrlich bemüht, ihm eine gute Frau zu sein, aber er hat sich nichts aus mir gemacht. Auch für ihn war ich nur ein Mittel zum Zweck. Tony habe ich geliebt. Ich wollte nichts weiter als seine Frau sein. Aber du hast mir jeden Weg verriegelt. Du hast auf mir herumgetrampelt, hast mich schlechtgemacht. Jetzt aber werde ich eine Tochter bekommen. Sie wird mich lieben und mir gehören. Und ich werde für sie arbeiten. Ich lege mir schon jetzt Geld beiseite. Ich kaufe mir nicht mal Kleider. Nach der Geburt arbeite ich wieder als Fotomodell und werde sparen. Der Kleinen soll es an nichts fehlen.«
Einen Augenblick schwieg Miriam und starrte auf ihre dicken Finger. Schließlich sagte sie: »Vielleicht habe ich dir unrecht getan, Jennifer. Wenn ja, dann tut es mir leid.« Sie seufzte tief. »Also schön. Komm zu Tony zurück. Ich werde dich sein Haus führen lassen. Wir werden versuchen, uns zu vertragen. Ich werde alles tun, was in meiner Macht steht. Bloß laß dir das Kind nehmen!«
»Am besten gehst du jetzt, Miriam. Ich möchte dich nicht beleidigen. Ich werde mein Kind bekommen. Und Tony auch. Wenn das Kleine erst da ist, wird er es sehen wollen. Er wird uns beide haben wollen, mich und das Kind. Du wirst schon sehen.«
»Jennifer.« Miriams Stimme war beinahe gütig. »Hör mir gut zu. Du hast Tony verlassen und bist seine große Liebe gewesen. Stimmt's? Er aber hat nur einen einzigen kindischen Versuch ge-

macht, dich zurückzugewinnen. Mehr nicht. Seit damals war er jede Nacht mit einem anderen Mädchen aus. In knapp drei Wochen hat er dich völlig vergessen.«

»Bitte, geh, Miriam«, sagte Jennifer unter Tränen. »Du hast mir schon weh genug getan. Bist du jetzt zufrieden?«

»Ich versuche nur, dir zu helfen«, sagte Miriam eindringlich. »Was meinst du, weshalb ich dir von Tony und seinen Freundinnen erzählt habe? Um dich zu kränken? Nein, um dir weitere Kränkungen zu ersparen. Wenn du ein Kind in deinen Armen hältst, das nicht ganz gesund ist, dann trifft dich das tiefer, als ein Mann dich jemals verletzen kann. – Ist dir nie aufgefallen, Jennifer, daß Tony – na, sagen wir – sehr kindisch ist?«

Jennifer sah sie beunruhigt an. Miriams Stimme hatte einen ganz neuen Klang angenommen. »Kann schon sein«, gab sie zu. »Aber das ist vielleicht deine Schuld, Miriam –«

»Glaub mir, Jennifer, Tony ist geistig und emotionell ein Kind geblieben.«

»Bloß, weil du ihn viel zu sehr bemuttert hast.«

»Nein, sondern das war der Grund, daß ich ihn bemuttern mußte. Und deshalb möchte ich nicht, daß du dieses Kind bekommst. Deinetwegen genauso wie seinetwegen.«

»Ich begreife nicht...«

Miriam setzte sich neben sie. »Hör zu, Jennifer. Als Kleinkind hat er unter Krämpfen gelitten. Sein Gehirn war von Geburt an nicht richtig entwickelt. Die Ärzte haben es mir erklärt, aber ich war damals noch zu jung, um alles zu begreifen. Als Tony aber sieben Jahre alt war und schon die erste Klasse wiederholen mußte, da begann ich zu verstehen. Ich war damals nicht mehr so klein und ließ jede Art von Untersuchung an ihm durchführen.

Ist es dir denn nicht aufgefallen, Jen, daß Tony kaum imstande ist, Comic strips zu lesen? Seine Rechenkünste hören bei der Zahl fünfzig auf. Aber er hat keine Ahnung, daß er geistig zurückgeblieben ist. Ich habe ihm eingeredet, daß er von diesen Dingen nur deshalb nichts versteht, weil ich ihm sämtliche Pflichten abgenommen habe. Deshalb sage ich ihm ständig vor, daß es seine einzige Aufgabe ist zu singen.«

»Aber es besteht doch kein Grund, daß unser Kind nicht normal sein sollte«, wandte Jennifer ein.

»Seine Krankheit ist erblich. Die Ärzte kennen die eigentliche Ursache nicht, aber vieles spricht dafür, daß Tony im Alter von fünfzig Jahren geistig völlig umnachtet sein wird. Und sein Kind wird seine Krankheit erben. Wenn es Glück hat, wird es die Intelligenz eines Zwölfjährigen erreichen, aber es kann auch weit darunter bleiben.« Sie versank in Erinnerungen. »Du weißt nicht, was das heißt, Jennifer. Mich hat Tonys unheilbare Krankheit fromm gemacht. Was habe ich gebetet! In jede Kirche bin ich gelaufen und habe Tony mitgenommen. Ich habe ihn beim Kirchenchor untergebracht. Dadurch bin ich auf seine Stimme aufmerksam geworden. Ich habe sofort gewußt, daß sie seine einzige Chance ist. Ich habe jeden Cent, den ich verdiente, für seine Gesangstunden ausgegeben ...« Sie seufzte. »Das ist lange her, das Baby aber ist Gegenwart. Vermutlich wird es nicht Tonys Stimme erben, dafür aber seine unselige Krankheit.«

»Und was ist mit dir?« fragte Jennifer. »Wirst du auch verrückt werden?«

Miriam schüttelte den Kopf. »Wir haben nicht den gleichen Vater. Auch das weiß Tony nicht. Bitte, Jennifer, laß dir das Baby nehmen!«

»Wer garantiert mir, daß du die Wahrheit sagst?«

»Ich habe die ärztlichen Gutachten bei mir.« Sie stöberte in ihrer Tasche und zog einen dicken Briefumschlag hervor. »Ich habe nicht damit gerechnet, daß du mir glauben würdest. Weshalb solltest du auch? Ich war nie besonders nett zu dir.« Sie reichte ihr das Kuvert. »Bring diese Gutachten zu jedem beliebigen Neurologen. Aber, bitte, Jennifer, tu mir einen Gefallen: Behalte das Geheimnis für dich. Sonst wäre es mit Tonys Karriere zu Ende und er selbst ebenfalls erledigt. Ich weiß, daß er vermutlich eines Tages in einer psychiatrischen Klinik landen wird, aber wenn jetzt schon die Wahrheit bekannt würde, dann käme es bestimmt sofort zum Zusammenbruch. Aus diesem Grund spare ich ja so. Du hast mich für geizig gehalten, aber ich will ihm eine Lebensrente sichern. Dafür lege ich jeden Cent auf die hohe Kante. Ich will nicht, daß er nach meinem Tod in irgendeinem Armenasyl enden muß. Er soll so vermögend sein, daß er sich für den Rest seines Lebens den Aufenthalt in einem guten Sanatorium leisten kann. Bis dahin hat er aber vielleicht noch fünfzehn gute Jahre vor sich. Das hoffe ich wenigstens ...«

Jennifer gab ihr den Umschlag zurück. »Ich glaube dir, Miriam. Kein Mensch könnte eine so entsetzliche Geschichte erfinden.«

Miriam hatte Tränen in den Augen. »Jennifer ... ich wünsche dir wirklich alles erdenklich Gute. Du kannst jederzeit zu Tony zurückkehren, aber du verdienst ein besseres Los. Du wirst jemand anders kennenlernen. Bitte, sei gut zu Tony und sprich mit niemand über seine Krankheit. Laß das Baby verschwinden und vergiß ihn.«

Nachdem Miriam gegangen war, saß Jennifer stundenlang reglos da und starrte ins Leere. Dann nahm sie drei rote Pillen und ging schlafen.

Sie gab weder Anne noch Henry eine Erklärung für ihren plötzlichen Entschluß. Sie suchte sich selbst den Arzt aus, einen freundlichen, antiseptisch aussehenden Mann in New Jersy. Er hatte einen sauberen Operationsraum und eine tüchtige Assistentin. Nach zwei Wochen sah sie aus wie früher. Ihre Taille war wieder schlank geworden, und sie flog nach Mexiko, um sich dort scheiden zu lassen. Dann kehrte sie zurück, warf sich in den Strudel der Herbstpremieren und kaufte nach Herzenslust neue Kleider ein. Die Röcke wurden länger, und jedermann war von einem kleinen Bildschirm entzückt, der sich Fernseher nannte. Man konnte kaum etwas anderes als Ringkämpfe, Baseballspiele und Rennen sehen, aber jeder behauptete, diese neue Erfindung würde dem Radio den Garaus machen.

Jennifer meldete sich wieder bei Longworth und begann als Fotomodell zu arbeiten. Bald quollen Annes Schränke erneut von Jennifers abgelegten Kleidern über. Ständig läutete das Telefon – Jennifer hatte in ihrem neuen Leben bald festen Fuß gefaßt, und sie zog Anne mit sich.

Jennifer ging mit verschiedenen Männern aus, aber sie gab Claude Chardot den Vorzug, einem französischen Filmproduzent mit Esprit und Charme. Anne fand ihn nicht sympathisch, aber Jennifer begann eine glühende Affäre mit ihm. Sie saßen drei Stunden beim Mittagessen, er küßte ihre Fingerspitzen, sie tanzten in den mondänsten Lokalen. Er sprach nur wenig Englisch, und Anne war über Jennifer fließendes Französisch erstaunt.

Am Heiligen Abend schmückten Jennifer und Anne ein kleines Bäumchen. Claude und einige seiner Freunde wollten kommen.

»Er fährt in zehn Tagen fort«, seufzte Jennifer wehmütig.

»Hast du ihn wirklich gern? Ich meine *wirklich?*« fragte Anne.

Jennifer zog die Nase kraus. »Er ist so ganz anders. Was hältst du von ihm? Aber sei ehrlich.«

»Ich weiß es nicht. Die halbe Zeit über verstehe ich ihn ja nicht. Jedenfalls hab' ich von seinem Freund François erfahren, daß dein Claude zu Hause eine Frau hat.«

»Natürlich. Vermutlich auch eine Freundin«, sagte Jennifer gleichmütig. »Wenn ich mich verliebe, kannst du Gift darauf nehmen, daß es sich um einen Windhund handelt. Er möchte, daß ich nach Paris komme.«

»Du denkst doch hoffentlich nicht daran?«
Jennifer zuckte die Achseln. »Er will mich drüben als Filmstar herausbringen. Seiner Meinung nach wäre ich ein Volltreffer, weil ich so typisch amerikanisch aussehe und trotzdem Französisch spreche.«
»Aber du hast doch immer behauptet, kein schauspielerisches Talent zu haben.«
»Er will mich ja für Sexfilme. Künstlerisch zwar, aber halbnackt.«
»Was?«
»Das ist drüben so üblich, Anne. Viele große Stars machen das. Es hat gar nichts zu bedeuten. Oh, natürlich meine ich keine pornographischen Filme, sondern solche mit einer richtigen Handlung. Bloß, wenn man bei einer Szene in die Badewanne steigen muß, dann fotografieren sie einen dabei.«
»Aber hast du das nötig?«
»Warum nicht? Was erwartet mich denn hier? Ich war die große Sensation des letzten Jahres. Bald bin ich achtundzwanzig und habe zwei gescheiterte Ehen hinter mir. Hier werde ich nie einen anständigen Mann kennenlernen, denn jetzt bin ich schon abgestempelt. Vielleicht ist Paris die Lösung. Ich weiß, daß Claude nicht seriös ist. Er hat mit all seinen Liebesschwüren nichts weiter erreichen wollen, als daß ich einen Kontrakt bei ihm unterschreibe. Er hofft, gut an mir zu verdienen. Und wenn schon? Was habe ich zu verlieren?«
»Aber du bist doch erst so kurze Zeit in New York. Warum wartest du nicht noch ein wenig ab?«
»Weil ich zu bekannt bin. Hier passiert mir bestimmt nichts Neues. Natürlich könnte ich in einer anderen Show unterkommen, aber es wäre keine große Rolle. Und dann? So einmalig bin ich als Modell auch nicht. Durch die Alimente habe ich keine finanziellen Sorgen, aber ich habe die ewig gleichen Lokale mit den langweiligen Gesichtern einfach satt. Und was ist mit dir? Bedeutet New York für dich noch immer die ganz große Liebe?«
Anne schüttelte den Kopf. »Nein, seit Lyon fort ist, hat sich meine Begeisterung gelegt. Ich habe in der *Times* gelesen, daß sein Buch im nächsten Monat erscheint. Vermutlich schreibt er bereits am nächsten.«
»Hast du seit damals schon mit einem anderen Mann geschlafen?«
»Nein. Ich kann einfach nicht. Ich weiß, es ist albern, aber ich liebe Lyon immer noch.«

Januar 1948

Am Tage von Claudes Abreise fand ein dreistündiges Galaessen im Restaurant »21« statt. Als Anne eintraf, war die Party im besten Schwung. Es gab eine große Schüssel Kaviar, und der unvermeidliche eisgekühlte Champagner stand bereit. Jennifer spielte mit bezauberndem Lächeln die Gastgeberin für Claude, seinen Freund François und einen dritten Mann, den Anne nicht kannte.
»Mein Name ist Kevin Gillmore«, sagte der Fremde.
Jennifer lachte. »Du hast bestimmt schon von Kevin Gillmore gehört, Anne. Ihm gehört der Gillian-Kosmetikkonzern.«
»Natürlich. Ihre Erzeugnisse sind ausgezeichnet.« Sie nahm sich etwas Kaviar.
»Fahren Sie auch nach Paris?« fragte er.
»Nein, die neueste Sensation Frankreichs wird Jennifer heißen.«
»Sie wird die Stadt im Sturm erobern«, sagte Claude mit seinem unverkennbaren Akzent. »Aber bitte, Anne ... ich verlasse mich auf Sie, daß Jennifer auch wirklich das richtige Schiff nimmt. Sie muß zum Monatsende drüben sein.«
Jennifer lachte und kuschelte sich dicht an Claude. »Ich komme, sobald ich hier alles erledigt und meinen Paß habe.«
»Ist das nicht aufregend?« fragte Anne zu Kevin und bemühte sich, ihre mangelnde Begeisterung zu verbergen.
»Ja, sicher. Sind die Zähne echt?«
»Wie, bitte?«
»Ihre Zähne. Oder sind das Jacketkronen?«
Anne mußte lachen. Seine Unverblümtheit war entwaffnend. »Es sind meine eigenen Zähne. Warum?«
»Und die Haare?«
Sie fühlte, wie sie jetzt rot wurde. »Naturfarbe —«, versetzte sie beherrscht.
»Das weiß ich schon. Ich kenne mich mit Haartönungen aus. Aber sind es alles Ihre eigenen Haare?« Er zog leicht daran. »Oder tragen Sie einen Postiche?«
»Wie bitte?«
»Ein falsches Haarteil, damit die Frisur so dicht wird.«
»Wozu denn?«
Er lächelte unvermittelt. Sein Lächeln stand in krassem Widerspruch zu seinen unverfrorenen Fragen. Es war bescheiden und gewinnend. »Weil die meisten Mädchen Hilfsmittel brauchen, um so auszusehen.« Er schüttelte bekümmert den Kopf. »Deshalb ist

es ja so schwierig, ein passendes Mädchen zu finden. Entweder hat sie schöne Haare und unmögliche Zähne, oder gesunde Haare, gesunde Zähne und eine mißglückte Nase. Sicher sind Sie sehr beschäftigt. Sie wären wohl nicht daran interessiert, nur für uns zu arbeiten?«

»Als was?« Anne sah hilfesuchend zu Jennifer, aber die war vollauf damit beschäftigt, Claude französische Koseworte zuzuflüstern.

»Die Sache ist die: Das Fernsehen ist groß im Kommen. Meiner Meinung nach wird der Rundfunk innerhalb eines Jahres erledigt sein, zumindest was die großen Shows anbelangt. Ich möchte ein ›Gillian Girl‹ haben. Dieses Mädchen muß in meinen sämtlichen Annoncen erscheinen – für Shampoo, Nagellack, Lippenstifte, kurz – für alles. Mir hätten schon einige Mädchen zugesagt« – er schnurrte die Namen von fünf Spitzenmodellen herunter – »aber sie verdienen zuviel, um ausschließlich für mich zu arbeiten. Anderseits paßte es mir nicht, daß das Gillian-Girl für die Kleider Ted Casablancas in der *Vogue* Modell steht oder für Chanel-Parfüm in *Harper's Magazine* lächelt. Man muß sie einzig mit den Gillian-Erzeugnissen identifizieren. Und ich kann zu Beginn nicht mehr als dreihundert Dollar wöchentlich bezahlen.«

Anne nippte an ihrem Champagner. Sie wußte nicht, was sie darauf sagen sollte.

Er faßte ihr Schweigen als Ablehnung auf. »Ich würde Ihnen einen Jahresvertrag mit einer Erhöhung auf fünfhundert Dollar für die zweiten sechs Monate geben. Und Zusatzhonorar, wenn wir Sie für die Fernsehwerbung verwenden.«

Jennifer wurde mit einemmal lebendig. »Habe ich hier Dollar klingeln hören?« fragte sie.

»Ich sagte Ihrer Freundin eben, daß ich sie zum Gillian-Girl machen möchte.«

Jennifers Augen wurden rund. »Aber natürlich! Anne würde sich ideal dafür eignen.«

»Ganz bestimmt. Sie ist schön, aber nicht zu sexy. Der Prototyp der Amerikanerin«, sagte Kevin.

»Ich finde wirklich, Anne, daß du dir Kevins Vorschlag überlegen solltest«, sagte Jennifer. »Du brauchst eine Abwechslung. Die tut jedem von uns gut.«

Anne sagte stirnrunzelnd: »Ich bin kein Fotomodell und bin mit meiner Arbeit bei –«

Jennifer versetzte ihr einen diskreten Stoß und stand auf. »Ich glaube, es ist Zeit, daß wir uns mal ein bißchen auffrischen. Komm, Anne.« Während sie Anne aus dem Raum folgte, drehte

sie sich um und blinzelte Kevin verschwörerisch zu. Er nickte und zeigte ihr, daß er die Daumen hielt.
Sie saßen vor dem großen Spiegel, und Jennifer legte sofort los. »Warum nimmst du nicht an?«
»Ich habe keine Ahnung, wie man sich als Fotomodell zu benehmen hat.«
»Und ich verstehe nichts vom Filmen, aber das ist kein Hindernis. Was verdienst du bei Henry?«
»Zur Zeit hundertfünfzig wöchentlich. Aber das ist nicht so wichtig. Ich habe eben das Haus zu einem überaus günstigen Preis verkauft, Henry hat das Geld für mich angelegt, und meine Aktien haben stark angezogen. Geld brauche ich am allerwenigsten. Ich kann Henry nicht im Stich lassen.«
»Henry?« fragte Jennifer mit vorwurfsvollem Blick. »Kindchen, du redest mit mir, Jennifer. Du meinst, du kannst das Büro nicht verlassen, weil es die letzte Verbindung mit Lyon Burke darstellt. Aber der kommt nicht mehr zu dir zurück. Hör auf, davon zu träumen, daß er hier auftaucht und dich heiratet. Das ist vorbei!«
»Woher willst du das wissen? Nächste Woche erscheint schließlich sein Buch ... und ... er muß zur Veröffentlichung herkommen. Das tun doch die meisten Autoren, nicht wahr?«
Jennifer betrachtete angelegentlich ihre Handtasche und spielte mit dem Henkel. »Anne, ich wollte es dir eigentlich nicht sagen, aber jetzt halte ich es für besser. Er — er ist nach England zurückgefahren.«
»Zurück?« Ihr Mund war ganz ausgetrocknet. Sie hatte das Gefühl, daß ihr im nächsten Augenblick übel werden würde. »Heißt das, daß er da war?«
Jennifer nickte ernst. »Eine ganze Woche lang. Um mit seinem Verleger zu sprechen. Er hat das Buch vollkommen umgeschrieben. Deshalb hat es so lange gedauert. Aber es ist ein gutes Buch geworden. Das weiß ich von Henry. Er hat Lyon getroffen.«
»Was sagst du da?«
»Sie haben gemeinsam zu Mittag gegessen. Lyon hat bereits sein zweites Buch angefangen. Sein Verleger hat ihm einen recht anständigen Vorschuß gegeben. Und er ist nach London zurückgekehrt. Er will dort eine Wohnung mieten.«
»Er hat Henry getroffen ... Er war hier ...« Sie brach ab. Die Tränen liefen ihr übers Gesicht.
Jennifer schlang die Arme um sie. »Anne, nimm es nicht so schwer. Henry hat gesagt, Lyon denkt an nichts als seine Schriftstellerei. Alles andere ist ihm unwichtig.«

»Aber Henry weiß, was Lyon mir bedeutet. Warum hat er mir nicht gesagt, daß er hier war?«
»Weil er ein Mann ist, und die halten zusammen. Du siehst also, Anne, du bist Henry keineswegs verpflichtet. Und dir täte eine Veränderung gut. Das ist ein Wink des Schicksals. Claude hat Kevin Gillmore heute gar nicht eingeladen. Er kam zufällig ins Lokal und hat sich an unseren Tisch gesetzt. Sicher hat es so sein sollen.«
»Vielleicht hast du recht«, sagte Anne gedehnt. »Ich muß fort aus diesem Büro. Mir ist, als wäre ich dort lebendig begraben.«
»So ist's recht! Und gib die Wohnung auf. Und jetzt mach dein Gesicht zurecht. Du willst doch den Job nicht verlieren, ehe du ihn hast!«

Zuerst war Henry sehr bestürzt. Widerwillig gab er jedoch zu, daß es sich um ein ausgezeichnetes Angebot handelte. »Das ist Ihr Werk«, sagte er zu Jennifer, die Anne begleitet hatte, um Henry die Neuigkeit mitzuteilen.
»Sie wissen, daß es das beste für sie ist«, versetzte Jennifer munter. »Wie lange dachten Sie denn, daß Sie Anne hier anketten können, Henry? Sie ist keine Miß Steinberg, das ist Ihnen doch klar.«
»Okay, aber zeigen Sie mir den Vertrag, ehe Sie ihn unterschreiben«, murrte er. »Vielleicht können wir noch einige Sonderklauseln unterbringen. Das Fernsehen ist nicht mehr aufzuhalten. Wenn er Sie jetzt für seine Reklamefotos haben will, dann muß er Ihnen garantieren, daß er Ihnen auch die Werbesendungen überträgt.«
»Aber, Henry, mich würde vor einer Fernsehkamera der Schlag treffen«, protestierte Anne.
»Die unterscheidet sich auch nicht von der Kamera eines Standfotografen, und Sie werden bis dahin schon eine einjährige Erfahrung haben. Übrigens« – er kritzelte einen Namen auf einen Zettel – »wenden Sie sich gleich an Lil Cole. Nehmen Sie zumindest zwei Privatstunden wöchentlich bei ihr. Das wird teuer sein, aber Sie können es sich leisten.«
»Wer ist Lil Cole?« fragte Anne.
»Die beste Lehrmeisterin für klare Aussprache.«
»Wozu brauche ich das?«
»Weil mir meine Ahnung sagt, daß es bei Werbesendungen nicht bloß mit stummen Posen getan sein wird. Sie müssen Ihren Bostoner Akzent loswerden.«

»Aber ich werde doch nur Fotomodell sein und keine Schauspielerin«, wandte Anne ein.
»Hören Sie, Anne«, sagte er energisch. »Was immer man tut, soll man ganz tun. Mit halben Sachen kommt man in keinem Beruf vorwärts. Sie waren eine ausgezeichnete Sekretärin. Jetzt werden Sie also das Gillian-Girl, und zwar das beste, das man sich vorstellen kann. Außerdem, was haben Sie sonst schon zu tun? Vielleicht ist Beschäftigung die beste Therapie für Sie.«
Er sah mit einem Male sehr müde aus, als hätte ihn jede Kraft verlassen. Impulsiv umarmte Anne ihn. »O Henry, ich liebe Sie!«
Er brummte, um seine Rührung zu verbergen. »Wie gefällt Ihnen das, Jennifer? Zwei Jahre lang war ich in dieses Mädchen verschossen, und jetzt schiebt sie mich ab und redet mir ein, daß sie mich liebt.«
»Das tue ich auch, Henry, und werde es immer tun.«
»Schon recht. Und jetzt verschwinden Sie. Jennifer wird nicht mehr lange hier sein. Nützt die Zeit noch gut aus. Übrigens, Jennifer, Ihre Alimente belaufen sich nach Abzug der Steuern auf siebenhundert Dollar. Da ich Sie kenne, will ich Ihre Steuern lieber gleich einbehalten. Der Filmvertrag wird die finanzielle Situation etwas komplizieren. Soll ich Ihnen die Schecks nachschicken?«
»Nein, behalten Sie mein Geld. Legen Sie es für mich an. Machen Sie eine reiche Frau aus mir, genau wie aus Anne.«
Er lachte. »Da habe ich also gleich zwei Rockefellers an der Hand. Wer hat die irrige Behauptung aufgestellt, daß die Welt dem Mann gehört?«

1950

Müde klappte Neely das Drehbuch zu. Sinnlos, es nochmals durchzuackern. Sie kannte es im Schlaf. Genußvoll räkelte sie sich in dem breiten Bett und nippte an ihrem Whisky. Halb zwölf, und sie war noch nicht müde. Vielleicht sollte sie noch eins von den Püppchen nehmen. Zwei hatte sie schon geschluckt ... vielleicht noch ein rotes. Um sechs Uhr mußte sie im Atelier sein. Sie ging ins Badezimmer und schob sich eine rote Kapsel in den Mund. »Mach schon, mein Püppchen, wirk endlich!«

Sie stolperte ins Bett zurück. Ihr Terminkalender war aufgeschlagen. Hätte sie an etwas Bestimmtes denken müssen? Sie starrte darauf. Die Worte verschwammen, aber sie erkannte Teds Handschrift. »Komm heute früher nach Hause. Buds und Juds erster Geburtstag!«

O Gott! Ehrlich, ausgerechnet heute. Sie hatte am Morgen keinen Blick in das Buch geworfen. Die Pillen hatten sie so taumelig gemacht, daß sie die größte Mühe gehabt hatte, aus dem Bett zu kriechen. Sie hatte zwei Preludin gebraucht, um ganz zu sich zu kommen. Und jetzt hatte sie die Geburtstagsfeier versäumt! Sie sprang aus dem Bett und schlich auf Zehenspitzen ins Kinderzimmer. Unbändiger Stolz stieg in ihr hoch, als sie auf die beiden schlafenden Blondschöpfe sah. »Bud und Jud«, flüsterte sie in die Dunkelheit. »Mammi hat euren Geburtstag vergessen, aber sie liebt euch. O Gott, wie sehr sie euch liebt! Mammi hat das Buch nicht gesehen, sonst wäre sie bestimmt dagewesen – ehrlich!«

Auf den Zehenspitzen ging sie hinaus und torkelte in ihr Zimmer. Bestimmt war Ted wütend. Herrgott noch mal, es war doch nicht ihre Schuld! Sie hatte das verfluchte Buch nicht bemerkt. Na schön, hatte er es eben aufgeschlagen auf ihren Nachttisch gelegt. Aber wer, zum Teufel, sieht schon etwas um fünf Uhr früh? Sie lehnte sich in die Kissen zurück. Sicher hatten sie eine Torte bekommen. Mit einer Kerze. Und wahrscheinlich hatten Miß Sherman und Ted »Happy Birthday« für sie gesungen. Eine dicke Träne kollerte über die Cremeschicht auf ihrem Gesicht. Aber ehrlich, es waren doch noch Babies. Sie wußten nicht, daß sie Geburtstag hatten. Sie waren nicht traurig darüber.

Und jetzt revanchierte sich Ted bei ihr. Wo, zum Teufel, steckte er bloß? Sicher wieder hinter einem Abenteuer her, dieses bisexuelle Miststück! Sie erinnerte sich daran, wie sie ihn das erstemal ertappt hatte! Du liebe Zeit! Beide Arme hatte er um den englischen

Schauspieler geschlungen, und sie hatten sich gegenseitig die Zungen bis tief in den Schlund gesteckt. Damals hatte sie eine ganze Flasche Pillen genommen. Man mußte ihr den Magen auspumpen. Beim bloßen Gedanken daran verzerrte sich ihr Gesicht. Das würde sie nie wieder tun.
Aber nachher war Ted ganz entzückend gewesen. In der ersten Nacht nach dem Spital hatte er sie eng an sich gezogen und ihr erklärt, daß er es nur aus innerer Unsicherheit mit dem Burschen getrieben hatte. Sie war zwei Jahre hintereinander für den Oscar nominiert worden, und obwohl sie ihn nicht bekommen hatte, war sein Selbstbewußtsein zusammengeschrumpft, und er war sich neben ihr so unbedeutend vorgekommen. In jener Nacht hatte sie empfangen. Und gleich Zwillinge! Die beiden bildhübschen blonden Jungen im Kinderzimmer waren ihre Söhne! Sie waren aus ihrem Leib gekommen! Sie fühlte sich innerlich ganz warm und schwach. Erst einundzwanzig Jahre alt ... der größte Star der Century Filmgesellschaft ... ein eigenes Haus in Beverly Hills ... und Zwillinge!
Die Pillen nützten nichts. Ob Jennifer wohl jemals drei Stück nahm? Garantiert. Man brauchte einfach Medikamente, um solche Filme zu machen wie Jennifer! Allerhand! Der letzte war eine richtige Sensation gewesen. Man mußte stundenlang vor der Kinokasse Schlange stehen, um überhaupt hineinzukommen. Und dann lachte Jennifer mit ihren nackten Brüsten von der Leinwand und quatschte französisch wie eine Einheimische. Vielleicht dachte man sich in Paris nichts dabei, aber Untertitel unter einem nackten Hintern erhoben ihn immer noch nicht zur Kunst. Und ehrlich, der lange Artikel im *Look* – oder war es im *Life* gewesen? –, der Jen in ihrer märchenhaften Pariser Wohnung zeigte. Praktisch sagte er deutlich, daß sie mit Claude Chardot, diesem französischen Produzent, lebte.
Was wohl Anne darüber dachte? Ehrlich, sie war ihr einen Brief schuldig. Sie mußte sich für Lyons neues Buch bedanken, auch wenn es elende Kritiken hatte. Seine Berufskollegen waren der Meinung, daß er sich verschacherte – oder es versuchte und dabei keinen Erfolg gehabt hatte. Aber, verdammt, vielleicht brauchte er Geld und hatte gedacht, dieser Kitsch würde sich gut verkaufen. Schließlich war sein erstes Buch in den Himmel gehoben worden, aber er hatte trotzdem keinen Cent daran verdient. Ob Anne sich immer noch was aus Lyon machte? Bestimmt, sonst wäre sie nicht so interessiert daran, daß ihre sämtlichen Freundinnen seine Bücher lasen. Aber die Klatschspalten hatten durchblicken lassen, daß sie

Kevin Gillmores Freundin war. Ehrlich, Anne als das Gillian-Girl! Man konnte keine Zeitschrift aufschlagen, ohne ihr Bild zu sehen. Ach ja, Sonntag abend. Sie beugte sich vor und notierte es in ihrem Buch. Das durfte sie nicht vergessen. Anne sollte die Werbesendung für Gillian machen. Anne im Fernsehen!
Fernsehen ... Ehrlich, wie blöd sich alle Menschen in Kalifornien wegen dieses miesen kleinen Kastens benahmen! Als ob er jemals eine Gefahr für die Filmindustrie werden könnte. Sie waren ja geradezu am Rande einer Panik. Links und rechts entließen die Ateliers die Vertragsschauspieler und gaben niemand mehr langfristige Verträge, bloß noch für ein bis zwei Filme. Ein Glück, daß sie so berühmt war. Junge, die hatten es eilig gehabt, sie unter Kontrakt zu nehmen! Für fünf hübsche, verläßliche Jährchen. Damit war das Einkommen auf fünf Jahre gesichert ...
Wenn bloß Ted schon heimkäme! Er mußte morgen für sie den Kopf hinhalten. Die Tanzfolgen waren zu anstrengend. Natürlich konnte sie tanzen, aber das war einfach eine Zumutung. Ted sollte sagen, daß sie in den Kostümen nicht tanzen könnte, dann mußten sie die Nummern einfacher gestalten. Sie hatte heute kaum mehr Luft bekommen. Diese grünen Pillen waren eine Wucht und hielten einen schlank und munter, aber sie verursachten auch derartiges Herzklopfen, daß man keine zweistündigen Tanzproben durchstand. Vielleicht war Ted in seinem Büro. Vielleicht war er gar nicht verärgert, sondern arbeitete bloß. Sie langte nach dem Telefon. Nein, falls er nicht im Büro war, wollte sie es gar nicht wissen. Und was würde es außerdem schon beweisen? Er konnte sich auch einen Freund mit ins Büro genommen haben. Himmel, warum war sie so verrückt nach ihm? Er war nicht einmal ein richtiger Mann. Aber Mel war auch ein Schwächling gewesen. Weshalb reizten sie gerade solche Männer? Anfangs wirkten sie so stark – sie halfen ihr, berieten sie, boten ihr Halt – und dann schrumpften sie zusammen.
Sie sah auf den Wecker – Mitternacht. Die Pillen nützten nichts. Sie brauchte noch einen Whisky zum Nachhelfen. Verdammt, der Whisky war unten. Ein Glück, daß sie entdeckt hatte, daß die Pillen in Verbindung mit Alkohol besser wirkten. Ob Jennifer das auch wußte? Ohne Alkohol waren die Pillen gleich Null. Na schön, da mußte sie eben nach unten gehen und sich noch was zu trinken holen.
Barfuß lief sie die Marmortreppe hinunter. Das Personal schlief. Das Wohnzimmer war dunkel. Während sie nach dem Schalter tastete, hörte sie es im Swimming-pool planschen. Sie trat zur Tür, die in den Innenhof führte. Wer, zum Teufel, war im Schwimm-

becken? In den Kabinen brannte Licht, das sich im Wasser spiegelte. Ted! Sie lachte vor Erleichterung. Ehrlich, so ein Narr – geht nachts um zwölf nackt schwimmen! Sie zerrte an den Knöpfen ihres Pyjamas. Sie wollte ins Bassin springen und ihn überraschen. Nein, dann war sie bestimmt ganz wach, und sie mußte morgen früh aufstehen. Eben wollte sie nach ihm rufen, als sie sah, wie ein Mädchen aus der Kabine kam, verlegen zögerte und fest ein Badetuch an sich preßte.

»Komm nur, wirf das Tuch weg. Das Wasser ist vorgewärmt«, rief Ted.

Das Mädchen blickte zu dem dunklen Haus empor. »Und falls sie wach ist?«

»Red keinen Unsinn. Sie schluckt die Schlafmittel kiloweise. Nicht mal ein Erdbeben könnte sie wecken. Komm, Carmen, oder ich hole dich!«

Schüchtern ließ das Mädchen das Badetuch fallen. Selbst im Halbdunkel erkannte Neely, daß sie eine wunderbare Figur hatte. Neely blinzelte, bis ihre Augen nur mehr zwei Schlitze waren. Sie hatte dieses Mädchen schon irgendwo gesehen ... Na klar! Carmen Carver. Sie hatte irgendeine Schönheitskonkurrenz gewonnen und machte jetzt Probeaufnahmen.

Ted schwamm dem Mädchen entgegen. Neely hörte sie quietschen.

»Ach, Ted! Doch nicht im Wasser ... Laß mich!«

»Warum nicht? An Land haben wir doch schon alles durchprobiert.«

Neely spürte, wie sich ihr der Magen umzudrehen drohte. Du lieber Gott, nein! Das nicht! Ab und zu ein junger Bursche, da hatte sie noch ein Auge zugedrückt. Das war eine krankhafte Veranlagung Teds, hatte ihr der Psychiater erklärt, und keine Untreue. Aber das hier!

Sie riß eine Whiskyflasche an sich und stolperte die Treppe hoch. Sie trank den Whisky unverdünnt, nahm noch eine Pille und stieg ins Bett. Zum Teufel mit Ted und dieser Nutte! Ehrlich, morgen würde sie einen feinen Kater haben! Dabei mußte sie um fünf aufstehen.

Plötzlich setzte sie sich auf. Und was geschah, wenn sie nicht zur Aufnahme ging? In ihrem ganzen Leben war sie nie auch nur fünf Minuten zu spät zu einer Probe oder zu einem Interview gekommen. Und was hatte sie davon? Klar, sie verdiente jetzt wöchentlich ihre fünftausend Dollar – aber wie weit hatte sie es damit schon gebracht? Das Haus war noch nicht bezahlt. Das Studio hatte ihr das Geld vorgestreckt. Dr. Mitchel hatte gemeint, das eigene

Haus sei unerhört wichtig für sie, weil es ihr ein Gefühl der Geborgenheit geben würde, und dadurch könnte sie ihre aus der Kindheit datierende Rastlosigkeit loswerden. Toller Rat für fünfundzwanzig Dollar pro Sitzung! Sie mußte ihn morgen sprechen. Dann sollte er ihr die Szene am Swimming-pool erklären! Weil sie gerade daran dachte, was bezahlte Ted überhaupt? Das Personal, das Auto, sein Büro, das Essen und die Getränke. Vielleicht war es falsch gewesen, diesen Ehevertrag abzuschließen. Sein Geschäft ging phantastisch. Die *Vogue* gab ihm immer große Aufträge. Und was hatte *sie?* Das Studio zog ihr wöchentlich tausend Dollar für den Vorschuß auf das Haus ab, dann kam der Agent, die Einkommensteuer, ihre Zofe, die Sekretärin ... Herrgott, sie konnte nicht einen Cent sparen. Na, in drei Jahren hatte sie das Haus abgestottert. Sie nahm noch einen kräftigen Schluck. Ein Gefühl des Wohlbehagens durchrieselte sie. Wenn erst die Schulden bezahlt waren, würde alles in Ordnung kommen ...

In Ordnung? Was für eine bittere Ironie! Wenn Ted dort unten in *ihrem* Schwimmbecken ein Mädchen vernaschte? Mit einem Satz sprang sie aus dem Bett. Ihr war schwindlig, und ihr Kopf war schwer, aber sie mußte dieses Mädchen aus *ihrem* Swimming-pool hinauswerfen. Sie klammerte sich ans Geländer und torkelte die Treppe hinunter. Dann tastete sie sich zum Schalter und tauchte das Schwimmbecken triumphierend in grelles Licht.

Ted und das Mädchen krabbelten aus dem Bassin, als sie ins Freie stolperte.

»Amüsiert ihr euch, Kinderchen?« kreischte sie. »Vögelt es sich gut in *meinem* Bassin? Laß aber dann gefälligst das Wasser ab. Vergiß nicht, Ted – *deine* Kinder planschen jeden Morgen drin.«

Das Mädchen duckte sich entsetzt hinter Ted. Neely goß behutsam den Whisky ins Wasser.

»Vielleicht wird der Whisky es desinfizieren«, höhnte sie. Dann starrte sie Ted an. »Jetzt ist es also zur Abwechslung eine Nutte und kein Bursche. Wahrscheinlich wird Dr. Mitchel mir weismachen, daß du das auch brauchst!«

Ted stand hoch aufgerichtet und reglos da und hielt die Arme hinter sich, um das zitternde Mädchen abzuschirmen. Diese Beschützergeste steigerte Neelys Wut. »Wem gilt denn deine Ritterlichkeit? Einer Hure, die mein Bassin verdreckt hat? Du mußt wissen, Kleine, daß du ihm gar nichts bedeutest. Im allgemeinen sucht er sich sein Vergnügen bei jungen Männern. Vielleicht ist das der Grund – vielleicht bist du flach wie ein Bügelbrett, oder bist du etwa eine Lesbierin?«

Das Mädchen riß sich los und floh in die Kabine. Ted rührte sich nicht. Obwohl er nackt war, strahlte er eine lächerliche Würde aus. Für den Bruchteil einer Sekunde wäre sie am liebsten zu ihm hingerannt, um sich zu entschuldigen und ihm zu sagen, daß sie ihn liebte. Er war so groß und braungebrannt ... aber so leicht durfte sie es ihm nicht machen.

»Na, mein Schwuler, laß mich deine Ausreden hören!«

Er lächelte leise. »Ich denke, du brauchst eine Brille. Man kann wirklich nicht behaupten, daß sie wie ein Junge gebaut ist.«

Ihre Lippen zitterten. »Damit könnte ich noch leichter fertigwerden —«

»Sicherlich«, versetzte er langsam. »Du hast mich ja dazu getrieben.«

»Ich?«

»Fast wäre es dir gelungen, mir einzureden, daß ich wirklich homosexuell bin. Schön, ich hab's mit ein paar Jungen versucht. Ich hatte das verrückte Gefühl, dich damit nicht zu betrügen. Und du hast mir deutlich genug zu verstehen gegeben, daß ich für eine Frau reizlos bin. Wie lange ist es her, seit du mich zum letztenmal haben wolltest, Neely?«

»Du bist doch mein Mann. Was soll das: ›Dich haben wollen?‹ Ich will dich immer haben.«

»Ja, in deiner Nähe. Damit ich deine Streitigkeiten im Atelier beilege, deine Kleider entwerfe, dich zu Premieren begleite. Aber als Mann? Dazu warst du immer zu müde.«

»Du bist verrückt!« brüllte sie. »Das ist ja noch schöner, jetzt willst du den Spieß umdrehen! Ich ertappe dich auf frischer Tat, du stehst da und läßt deinen Schwanz im Wind baumeln, in meiner Kabine hockt ein nacktes Flittchen, und *du* hältst *mir* Moralpredigten! Wer, zum Teufel, bezahlt denn für dieses Bassin und das Haus?«

»Wer hat es denn haben wollen?« Lässig griff er nach einem Handtuch und schlang es sich um die Hüften.

»In deiner Wohnung hätten wir ja nicht hausen können.«

»Warum nicht? Sie hatte immerhin acht Zimmer. Aber du brauchtest einen Massageraum, einen Vorführraum und das ganze Drum und Dran.«

»Ich hab' nie ein Haus besessen.« Sie begann zu weinen. »Ich habe es mir so gewünscht. Es macht mir ja auch nichts, daß ich es allein bezahlen muß.«

»Warum wirfst du es mir dann zehnmal am Tag vor? Und wer versucht jetzt, den Spieß umzudrehen?«

»Ich ...« Sie vermochte kaum die Augen offenzuhalten. Seine

Stimme schien aus weiter Ferne zu kommen. Diese verfluchten Pillen! Ausgerechnet jetzt begannen sie zu wirken. Sie beobachtete, wie er sich gleichmütig auf einen Liegestuhl setzte.
»Ted ... ich komme um sechs aus dem Studio. Heute war es sogar acht. Ich bin fertig. Ich muß meinen Text für den nächsten Tag studieren. Ich brauche eine Massage. Wo bleibt mir da noch Zeit, ans Eheleben zu denken?«
»Weshalb hast du den neuen Vertrag unterschrieben?« fragte er ruhig.
»Das ist schon sechs Monate her. Kaust du immer noch daran?«
»Neely, du bist jetzt jemand. Und ich verdiene großartig. Ich war bereit, unseren Ehevertrag zu zerreißen. Du hättest mit jeder beliebigen Filmgesellschaft hier einen Kontrakt für zwei Filme jährlich abschließen und dir die Chance für ein Privatleben offenlassen können. Ich verdiene genug für uns beide, auch wenn du nie wieder arbeiten würdest. Aber ohne mir ein Wort zu sagen, gehst du hin und schließt für fünf Jahre ab.«
»Ich bin dem Studio doch das Geld für das Haus schuldig. Und, ehrlich, Ted, wo alle anderen wegen des Fernsehens den Kopf verlieren, ist es ein Glück, daß ich einen so langfristigen Kontrakt bekommen habe.«
»Na, jetzt hast du ja dein Haus und deinen Kontrakt. Und ich bin wieder im Besitz meines gesunden Menschenverstandes. Neben dir ist mir ja nicht viel von meiner Männlichkeit übriggeblieben. Aber das ist vorbei. Ich konnte mich wieder fangen.«
»Durch die kleine Hure?«
»Sie gibt mir das Gefühl, ein richtiger Riese zu sein.«
»Ted, ich brauche dich.«
»Das weiß ich. Aber nicht als Mann.«
»Immer das Bett. Kannst du denn an gar nichts anderes denken? Ich finde Sex wunderbar, aber alles zu seiner Zeit.«
»Einmal im Monat an einem verregneten Sonntag, wie? Zufällig regnet es in Kalifornien nie.«
»Hör jetzt auf damit. Die Person ist dort drinnen. Schaff sie fort.«
»Das werde ich.« Er drückte seine Zigarette aus und ging auf die Kabine zu.
»Und komm sofort rauf. Ich will mit dir reden.«
Sie rannte ins Haus, öffnete eine neue Flasche, schenkte sich ein und ging ins Bett. Vielleicht konnte sie den Seitensprung übersehen. Vielleicht sollte sie sich wirklich verführerischer zeigen. Himmel, wie sie ihn liebte! Sie betete ihn an. Aber wie soll man nachts

sexy sein, wenn man den ganzen Tag im Atelier steht? Sie betrachtete ihr einfaches Pyjama. Vielleicht sollte sie ein duftiges Spitzennachthemd tragen. Aber was würde das nützen! Eine dicke Cremeschicht klebte auf ihrem Gesicht, und die Haare standen ihr in öligen Strähnen vom Kopf. Sie hatte gesunde, dichte Haare, aber wenn sie mit dem Lack und all dem Goldstaub schlief, der ihr aufgesprüht wurde, weil sich das Licht darin zu gut reflektierte, dann wäre sie bald kahl. Sie mußte das Zeug jede Nacht ausbürsten und die Haare fest einölen. Am Morgen wurde es wieder gewaschen.
Sie dachte an das nackte Mädchen im Bassin. Schwankend erhob sie sich. Der Wandspiegel warf ihr Bild zurück. Du liebe Zeit, dachte sie. Ich seh' aus wie ein Gespenst. Aber, ehrlich, das Ding da unten hatte gut hübsch sein. Sie brachte ja auch keine fünftausend wöchentlich heim. Sie war nicht einer der begehrtesten Filmstars. Sie war nichts als ein Mädchen, das Karriere machen wollte. Als Star würde sie genauso mit Creme und Öl um neun Uhr im Bett liegen! Die Tränen liefen ihr über die Backen. O Gott, ihr ganzes Leben hatte sie davon geträumt, ein großes Haus zu haben, einen Mann, den sie liebte, und Kinder. Und jetzt blieb ihr keine Zeit, das alles zu genießen.
Sie ging ins Badezimmer und wischte sich die Creme vom Gesicht. Wenn sie bloß nicht so müde wäre! Wo lagen nur die hübschen Nachthemden? Ja, das gelbe hier war gut. Sie zog es an. Sie fand einen gelben Seidenschal und band ihn über den Kopf. Nicht übel, ehrlich. Dann ging sie wieder ins Bett. Ted mußte jeden Augenblick hier sein. Sie hörte das Knirschen der Wagenräder auf dem Kies. Na also, die Nutte fuhr heim. Jetzt würde er höchst beschämt angeschlichen kommen. Zuerst würde sie ihn ein bißchen zappeln lassen, um ihn dann zu überraschen. Sie würde ihn in die Arme nehmen, und dann würden sie's machen – genau wie früher. Und sie würde gut sein, nicht einfach nur stillhalten. Am Anfang war es so toll gewesen. Aber später war sie dann immer müde. Sie wurde immer müder ... Herrgott, wo blieb er denn nur! Sie sprang aus dem Bett und lief die Treppe hinunter.
»Ted!« Der Swimming-pool war dunkel. Sie riß die Haustür auf und rannte in die Garage. Der Kies schnitt in ihre nackten Fußsohlen. Der Wagen war weg! Vielleicht hatte er sie heimgefahren. Immerhin war sie ja mit ihm gekommen. Vielleicht hatte sie keinen Wagen. Scheiße! Er hätte sie doch im Taxi heimschicken können! Dem würde sie die Leviten lesen, wenn er heimkam. Sie begann zu schluchzen. Vielleicht kam er gar nicht wieder. O Gott, was hatte sie nur getan?

Drei Jahre lang wehrte sie sich gegen die Scheidung. Nach dem Zwischenfall am Swimming-pool hatte er seine Sachen geholt. Sie war eine volle Woche nicht zur Arbeit erschienen. Das Studio tobte. Hol sie der Teufel, dachte sie, und warf sich unruhig in ihrem Pillenrausch hin und her. Zum Teufel mit Ted! Am Anfang hatte sie sich unbedingt scheiden lassen wollen. Das konnte sie sich nicht bieten lassen! Aber der Chef war gegen die Scheidung. Das würde ihrer Publicity schaden. Amerikas Liebling mit den Zwillingen. Unzählige Artikel waren über ihr Privatleben erschienen, und auf zahllosen Fotos sah man sie und Ted mit den Zwillingen. Eine ideale Ehe. Nein, nur keine Scheidung. Wie die beiden zueinander standen, war dem Chef egal, solange nur der Schein vor dem Publikum gewahrt blieb.
Der Chef sprach auch mit Ted. Da er bei der Century Film unter Vertrag stand, mußte er sich fügen. Er hatte Neely zu den Premieren zu begleiten, mußte sich mit ihr für die Filmzeitschriften fotografieren lassen und alles tun, um völlige Harmonie vorzutäuschen.
Es war ein drei Jahre dauernder Alptraum gewesen. Ein Film jagte den anderen – Diät – Pillen – und die ganze Zeit über das Wissen, daß Ted irgendwo mit dem Mädchen lebte. Und erhalten mußte er sie obendrein. Sie arbeitete nicht. Um Neely zu beschwichtigen, hatte das Studio das Starlet auf die schwarze Liste gesetzt, und sie bekam nirgends mehr ein Engagement.
Dann wurde ihr der Oscar verliehen. Es war der schönste Augenblick ihres Lebens gewesen. Sie hätte nicht im Traum gedacht, daß sie ihn tatsächlich bekommen würde. Als ihr Name aufgerufen wurde, sah sie atemlos zu Ted. Sein Lächeln war voll Herzlichkeit. Er war genauso aufgeregt wie sie. Sie war aufs Podium gelaufen. Dann die Reporter und die Kameraleute, und Ted immer an ihrer Seite. Alles würde noch gut werden. Sie hatte den Oscar gewonnen, und Ted stand neben ihr und lächelte ihr zu.
Er war geblieben, bis die letzte Kamera geklickt hatte und der letzte Glückwunsch entgegengenommen worden war. Dann hatte er sie heimgebracht, ihr vor der Haustür gute Nacht gesagt und sie, die Oscar-Preisträgerin, stehenlassen, um sich in die Arme dieses Flittchens zu stürzen. Das war das Ende.
Am nächsten Morgen hatte sie den Chef angerufen und zu sich in ihren Bungalow bestellt. Jetzt konnte sie sich das erlauben. Und der Chef war auch gekommen! Diesmal diktierte sie die Regeln. Sie verlangte die Scheidung – und zwar auf der Stelle –, und

außerdem durfte das Studio Ted Casablanca nicht länger beschäftigen. Was so ein Oscar alles vermochte!
Sie begriff jetzt auch, daß es nicht eine Frage von Leben oder Tod war, wenn sie nicht jeden Tag zur Arbeit erschien. Sie war der berühmteste Star von Hollywood. Der Oscar bewies das. Hatte sie eine schlechte Nacht hinter sich – zum Teufel mit der Arbeit! Sie war Neely O'Hara! Und hatte sie durch den vielen Kaviar ein paar Pfund zugenommen, dann dauerte es eben eine Woche, bis sie wieder abgenommen hatte – und wenn schon! Die Gesellschaft verdiente ein Vermögen an ihren Filmen ...

Zitternd saß sie im luftgekühlten Bungalow des Studios. Zum drittenmal innerhalb von fünf Wochen hatte sie eine Szene abgebrochen. Dieser verfluchte John Stykes. Vielleicht war er der beste Regisseur der ganzen Welt, aber er machte sie mit seiner Arbeitsweise fertig. Sie riß sich die falschen Wimpern ab und klopfte empört Creme ins Gesicht.
»Nicht, Miß O'Hara! Es dauert eine Stunde, bis das Make-up wieder in Ordnung ist!« bat die Zofe.
»Schluß für heute«, sagte sie und wischte die Schminke ab.
»Aber wir sind sowieso schon im Rückstand.«
»Wir!« Neely wandte sich ihr zu. »Seit wann sagen Sie denn wir? Du liebe Zeit, heute ist aber auch jeder beim Film!«
Es klopfte, und John Stykes trat ein. »Komm, Neely, wir müssen weiter.«
Entmutigt bemerkte er, daß sie abgeschminkt war. »Ja, mein Guter – für heute ist Feierabend«, grinste sie boshaft.
Er setzte sich. »Na schön. Es ist drei Uhr. Wir hören eben früher auf.«
»Nur bin ich mit der letzten Aufnahme nicht einverstanden«, herrschte sie ihn an.
»Und warum nicht?«
»Das weißt du ganz genau. Immer sind nur unsere Füße in Großaufnahme zu sehen.«
»Neely, das Studio zahlt Chuck Martin für diese eine Tanzszene mit dir fünfzigtausend Dollar. Er ist ein berühmter Tänzer. Was sollen wir denn fotografieren? Seine Ohren?«
»Nein, verflucht noch mal, mich! Meine Figur – meine Füße kommen mit ihm nicht mit. So gut kann ich nicht tanzen.«
»Ich muß mich wohl verhört haben«, sagte er in gespieltem Erstaunen. »Du gibst allen Ernstes zu, daß vielleicht ein anderer begabter ist als du?«

»Hör mal, dieser Chuck Martin tanzt seit dreißig Jahren in Broadway-Shows. Aber sonst hat er nichts vorzuweisen. Er ist alt genug, mein Vater zu sein. Ich bin erst fünfundzwanzig, aber ich kann singen, tanzen und spielen. Wenn es ums Singen geht, da kommt mir keiner nach. Keiner! Was das Tanzen anbelangt, na schön, bin ich eben keine Ginger Rogers. Chuck Martin aber ist beinahe so gut wie Astaire. Muß ich deshalb so schlecht neben ihm abschneiden?«

John Stykes zündete sich eine Zigarette an. Neely nahm sich auch eine. Er gab ihr Feuer. »Seit wann rauchst du denn?«

»Seit dem Tag meiner Scheidung. Wenn ich rauche, esse ich weniger.«

»Schlecht für die Stimme, Neely.«

»Ich rauche nur etwa zehn Stück am Tag.« Sie inhalierte tief. »Na, ist das jetzt erledigt?«

Der Regisseur sah zur Zofe hin. »Könnten wir uns allein unterhalten, Neely?«

»Natürlich.« Sie entließ das Mädchen mit einer Geste. »Schluß für heute, Shirley. Morgen früh um sieben hier.«

John betrachtete sie lächelnd, sobald sie allein waren. »Ich bin froh, daß du nicht vorhast, die Aufnahmen zu schwänzen.«

»Wozu denn? Du mußt dir eben heute abend eine neue Einstellung für die Szene einfallen lassen, damit *ich* der Mittelpunkt bin und nicht Chuck Martins Füße.«

»Hast du dich nie gefragt, Neely, weshalb der Chef nicht einen unbedeutenden Revuetänzer engagiert hat?«

»Aber ja, wegen des Fernsehens! Heute hat ja jeder die Hosen voll. Aber mir macht das keine Angst. Wenn der Chef glaubt, daß er mit Chuck Martin und einem Extrahonorar von fünfzigtausend das Fernsehen überrundet, ist das seine Sache, solange die Großaufnahmen mir gehören.«

»Neely, deine beiden letzten Filme waren Verlustgeschäfte.«

»Aber, ich bitte dich! Ich hab' das *Varieté* gelesen und die Bruttoeinnahmen gesehen. Sie waren gigantisch. Mein letzter Film hat brutto vier Millionen eingespielt, dabei ist er noch gar nicht in Europa gelaufen.«

»Aber gekostet hat er über sechs Millionen.«

»Na und? Das Magazin schreibt, daß mein Film das beste Einspielergebnis des Jahres bringen wird.«

»Sicher, und das Studio hätte ein Vermögen daran verdient, wenn die Dreharbeiten die vorgesehenen zweieinhalb Millionen nicht überstiegen hätten. Vorläufig hat das Studio die richtigen Ziffern noch geheimgehalten. Kein Film hat jemals die Herstellungskosten derart überzogen. Der Chef hatte Angst, die Berichte veröffentlichen zu lassen. Seine Aktionäre würden sofort eine Sondersitzung einberufen. Er muß den Verlust mit diesem Film wieder einbringen.«

»Ich habe Grippe gehabt. Man kann ja schließlich nichts dafür, wenn man krank wird.«

»Du warst zehn Tage lang nicht ansprechbar, weil du ständig Schlafmittel genommen hast, Neely.«

»Und anschließend habe ich die Grippe bekommen.«

»Ich hab' den Film nicht gedreht, aber ich weiß Bescheid. Du hast hemmungslos getrunken und gegessen. Schön, du warst überreizt und bist krank geworden. Aber nachher hat es drei Wochen gedauert, ehe du das Übergewicht los warst. Und selbst dann hast du noch zehn Pfund zuviel gewogen, und sämtliche Kostüme mußten geändert werden. Schau, Neely, ich mag dich gern. Deshalb rede ich auch mit dir und nicht mit dem Chef. Ich werde ihm nichts davon sagen, daß du heute die Dreharbeiten unterbrochen hast. Aber wie lange, meinst du, läßt er sich das bieten?«

»Was denn?«

»Daß du davonrennst, Szenen machst ...«

»Ich habe nicht so geschuftet, um berühmt zu werden, damit ich mir den Kopf über die Kinokassen zerbreche. Ist man erst ein Star, dann müssen die anderen um einen herumtanzen. Das habe ich von Helen Lawson gelernt.«

»Helen Lawson ist vom Bau«, versetzte er gereizt. »Das kann man dir nicht nachsagen. Sie ist noch nie zu spät zu einer Probe gekommen. Wenn es um ihre Stimme geht, dann kalkuliert sie glasklar und richtig. Sie ist eine andere Art von Monstrum, als du es bist, Neely —«

»Ein Monstrum! Also das ist doch —«

Er lachte und zwickte sie in die Nase. »Natürlich bist du das«, sagte er gutmütig. »Jeder Star ist es. Aber auf Helen kann man sich verlassen wie auf einen Präzisionsautomat. Schau, Kleines, wir sind zehn Tage im Rückstand, aber wir können noch aufholen. Wir können die Barszene in einem Tag abdrehen, statt in dreien. Ich habe für morgen schon alles vorbereitet, du darfst mich nur nicht im Stich lassen, Neely.«

Sie schwankte einen Augenblick, dann grinste sie ihn mit unnachgiebigem Lächeln an. »Beinahe hättest du mich rumgekriegt, Johnny-Boy. Vor sieben Jahren hätte ich mich nach einem solchen Appell ans Gewissen in die Riemen gelegt und ›Jawohl, Sir!‹ ge-

sagt. Ich habe mich halbtot gearbeitet und dem Studio ein Vermögen eingebracht.«
»Und dich damit zum Star gemacht.«
»Und was hab' ich schon davon?« Sie ging durchs Zimmer und schenkte sich ein Glas Whisky ein. »Willst du was zu trinken?«
»Bier, falls du welches hast.«
Sie holte aus dem kleinen Eisschrank in der Bar eine Flasche Bier. »Das habe ich«, sagte sie, als sie ihm die Flasche gab. »Den besten Alkohol der Stadt, bloß soll ich nichts davon trinken, weil ich sonst dick werde. Ich habe auch einen Swimming-pool, den ich nicht benützen darf, weil ich nicht braun werden soll. Das macht sich schlecht in Technicolor. Ich habe zwei Schränke voll Kleider und weder die Zeit noch die Gelegenheit, sie zu tragen, weil ich jeden Abend daheim bin, um die Szenen des nächsten Tages durchzunehmen. John ...« Sie kniete neben ihm nieder. »Wie ist das alles nur so gekommen?«
Er kraulte ihren Kopf. »Du bist einfach zu rasch an die Spitze gelangt.«
»Das ist keine Antwort. Ich bin fünfundzwanzig und fühle mich wie neunzig. Ich kenne nichts anderes als Textzeilen, Lieder, Tanzproben, Fasten, Tabletten zum Schlafen und zum Aufputschen ... Das kann doch nicht alles sein, was das Leben zu bieten hat!«
»Du hast deine Kinder, Neely. Zur Zeit bist du vollauf damit beschäftigt, ein Star zu sein, aber du wirst auch wieder einen Mann finden, der zu dir paßt. Aber jetzt tu dir selbst einen Gefallen, Neely, und nörgle nicht an den Kostümen herum. Dreh morgen die Nachtklubszenen. Lern den Liedertext und sieh zu, daß wir den Film termingerecht abdrehen können.«
Ihre Augen wurden schmal. »Sieh mal an, das also war der Grund deiner seelenvollen Worte, wie? Du wolltest mich weichmachen, damit du deinen Kopf durchsetzen kannst.«
Er schmetterte sein Glas auf den Tisch. »Verdammt, hat sich deine Karriere so auf dich ausgewirkt, daß du jedem mißtraust? Ich hab' mit dir geredet wie ein Vater mit seiner Tochter, weil ich dich mag und ich nicht zusehen will, wie du samt deinem Talent untergehst.«
»Na schön, dann traue ich dir eben. Vielleicht hast du recht.«
»So ist's brav. Und du bist morgen pünktlich im Atelier?«
Sie nickte. Er küßte sie auf die Wange und ging.
Sie saß im Bett und hatte ein Tablett mit dem Abendessen vor sich. Sie versuchte sich den Liedertext einzuprägen. Warum hatte sie soviel Whisky getrunken? Sie konnte sich einfach nichts merken.

Vielleicht sollte sie jetzt schlafen. Ja, das war das klügste: ab neun Uhr schlafen und sich um fünf Uhr wecken lassen. Zwischen fünf und sieben konnte sie den Text noch leicht auswendig lernen. Nach acht Stunden Schlaf war sie bestimmt herrlich in Form.
Sie schickte das Abendessen unberührt zurück. Es konnte nicht schaden, mal eine Mahlzeit zu überspringen. Am Morgen hatte sie hundertdrei Pfund gewogen. Außerdem wirkten die Pillen auf leeren Magen immer rascher. Sie nahm zwei rote und eine gelbe. Dann schenkte sie sich ein halbes Glas Whisky ein. Die wohltuende, entspannte Müdigkeit machte sich bemerkbar. Mit langsamen Schlucken trank sie und wartete auf die eigentliche Reaktion, das schwebende Gefühl, das ihren ganzen Körper erfaßte und sie in den Schlaf ziehen würde. Aber es kam nicht, sie war bloß benommen. Das reichte nicht. Sie konnte noch immer denken, und dadurch empfand sie ihre Einsamkeit. Bald würde sie wieder an Ted und dieses Mädchen denken. Und sie hatte keinen Menschen.
Plötzlich wünschte sie, daß Anne bei ihr wäre. Die wußte immer Rat. Es war jammerschade, daß Anne so groß beim Fernsehen herausgekommen war. Sonst hätte sie sie zu sich holen können, hätte ihr wöchentlich zweihundert Dollar gezahlt und sie zu ihrer Privatsekretärin ernannt. Ehrlich, wäre das nicht traumhaft? Aber Anne mußte irrsinnig verdienen. Man konnte den Fernsehapparat nicht aufdrehen, ohne Anne beim Vorführen von Haarspray oder einem Lippenstift zu sehen. Aber warum hätte sie es nicht schaffen sollen, besonders, falls die Gerüchte über sie und diesen Gillmore stimmten? Immerhin, Anne war Klasse. Nicht wie Jennifer. Angeblich hatte Hollywood ihr ein Angebot gemacht, und Jennifer hatte es ausgeschlagen! Einfach unvorstellbar!
Sie nahm einen ausgiebigen Schluck Whisky. Sie wurde nicht müde, nur allmählich betrunken. Und hungrig. Herrgott, wie ihr Magen knurrte! Hätte sie doch bloß das Tablett nicht nach unten geschickt! Im Eisschrank war noch Kaviar. Nein, ausgeschlossen. Der Teufel hole Ted – daß er ihr den Geschmack an Kaviar beigebracht hatte! Aber die Kostüme waren ihr jetzt schon knapp. Das kam vom Alkohol. Ehrlich, sie aß doch nie was, aber wenn sie jetzt zusätzlich zum Whisky auch noch beim Essen sündigte – nein, das wäre John gegenüber nicht anständig. Er war heute so nett gewesen. Komisch, bisher war ihr noch nie aufgefallen, wie blau seine Augen durch das braungebrannte Gesicht wirkten. Er mußte um die fünfzig sein, aber er war ein schöner Mann. John neben ihr. Ach, wäre das nett! In seinen Armen käme sie sich beschützt vor.

Sie sah auf den Wecker. Halb elf. Vielleicht kam John noch zu ihr. Seiner Frau konnte er sagen, daß sie eine Szene durchsprechen müßten. Sicher saß er jetzt daheim, zerbrach sich den Kopf über sie und bangte um ihr morgiges Erscheinen. Sie lächelte. Nein, sie würde ihn heute nicht einladen. Sie hatte bereits Lanolin in den Haaren. Aber morgen würde sie wie ein Pferd arbeiten und ihn zu einem kalten Abendessen zu sich bitten. Und es würde nicht bloß so eine schnelle Affäre sein. Er mußte bei ihr bleiben und sie in seinen Armen halten, bis sie einschlief. Sie würde von jetzt ab sehr diszipliniert sein, und dann konnten sie den Film termingerecht beenden. Sie würde ihn als Regisseur für all ihre Filme verlangen. Seine Kinder waren erwachsen – wer weiß, vielleicht konnte er sehr häufig bei ihr bleiben. Sie wollte ihn anrufen und sagen, daß sie eben beim Textstudium war. Das wäre ein guter Anfang. Damit würde er wenigstens noch beim Einschlafen an sie denken.

Sie telefonierte mit dem Studio und ließ sich seine Geheimnummer geben. Dann rief sie seine Wohnung an. Eine Frau war am Apparat. Neely fragte mit ihrer süßesten Stimme: »Spricht dort Mrs. Stykes?«

»Nein, hier ist Charlotte, das Mädchen.«

»Oh. Ist Mr. Stykes da?«

»Nein, Madam, die Herrschaften sind ausgegangen. Kann ich etwas ausrichten?«

»Danke, nein.« Neely legte auf.

Mit seiner Frau ausgegangen. Sicher saß er bei Romanoff und erzählte ihr, wie er Neely O'Hara hereingelegt hatte. Sie konnte ihn direkt hören ... »Die frißt mir jetzt aus der Hand. Unter ihren Starallüren ist sie nichts weiter als eine dreckige kleine Irin, die eine Heidenangst hat. Man muß sie nur richtig behandeln.« Lächerlich, *niemand* konnte Neely O'Hara behandeln! Sie war zwar als kleine Irin zur Welt gekommen, aber jetzt war sie ein Star. Und sie konnte tun, was ihr paßte!

Sie stand auf und schlich auf Zehenspitzen über die Treppe. Plötzlich hielt sie inne. »Warum, zum Teufel, bin ich so leise? Das Haus gehört doch mir!«

In der Küche war niemand. Sie öffnete den Eisschrank und nahm eine große Dose Kaviar heraus. »Jetzt wollen wir es uns gutgehen lassen, Neely«, sagte sie laut. Sie nahm einen Löffel und aß die Dose leer. »Und jetzt? Tu dir keinen Zwang an, Neely, du kannst haben, was du dir wünschst. Weil du nämlich ein Star bist ... ein einmaliges Talent.« Sie taumelte gegen den Eisschrank. »Überlegen wir mal. Willst du noch Kaviar? Warum nicht? Hast ihn ja be-

zahlt.« Sie machte eine zweite Dose auf. »So! Und jetzt wollen wir uns eine Pastete mit nach oben nehmen, falls wir später noch was essen wollen. Für dich ist nichts zu gut, Neely.«
Sie langte nach einer neuen Flasche Whisky und stolperte mühsam die Treppe empor. Sie schenkte sich ein und ging zum Schrank im Badezimmer. »Na, Neely, was möchtest du – rote, gelbe oder blaue Püppchen? Brauchst es nur zu sagen, Baby.« Sie nahm zwei rote Kapseln. Dann torkelte sie ins Bett, griff nach dem Telefonhörer und läutete. Der Butler meldete sich. »Hör zu, Charlie, streich für morgen das Wecken. Du rufst das Studio an und sagst, Miß O'Hara hat ... hat eine Halsentzündung. Und ich nehme keine Anrufe entgegen. Ich will schlafen ... und essen ... und schlafen ... und essen ... vielleicht eine ganze Woche lang. Und wenn ich morgen aufwache, will ich Pfannkuchen mit Butter und recht viel Sirup haben. Ich laß eine Orgie steigen!«

1956

Neely hatte sich sorgfältig angekleidet. Weiße lange Hosen und eine lose Bluse, die den Speck um die Taille verbarg. Ehrlich, warum war es diesmal so schwer, die zehn Pfund loszuwerden? Die Kostümproben für den nächsten Film begannen in wenigen Tagen. Und plötzlich verlangte der Chef aus heiterem Himmel nach ihr. Was es wohl geben mochte? Darüber dachte sie auf der Fahrt zum Studio nach.
Der Anruf war am späten Nachmittag des Vortages gekommen. Eddie Frank, einer seiner Satelliten, hatte ihr die Nachricht bestellt. Ehrerbietig und ungezwungen. »Oh, Miß O'Hara. Der Chef möchte, daß Sie morgen mit ihm zu Mittag essen, wenn es Ihnen recht ist.«
Ha! Als ob man nein sagen dürfte, wenn der Chef einen rufen ließ. Junge, hatten die ein kurzes Gedächtnis. Vor drei Jahren, nach ihrem Oscar, da war *er* zu *ihr* gekommen. Na, nach dem neuen Film hätte sie wieder mehr Macht. Ehrlich, eine Bombenrolle. Und die Schlager ... Da mußte ein Oscar für sie herausspringen, das war klar.
Sie saß vor dem mächtigen Schreibtisch und bemühte sich, munter und jung auszusehen. So hatte er sie gern. Der Chef muß schon von Geburt alt gewesen sein, dachte sie bei sich. Er veränderte sich einfach nie mit seinem weißen, dichten Haarschopf und dem sonnenverbrannten Teint, in dem die Leberflecken untergingen. Seine Augen blinzelten vergnügt, und seine kleinen Hände spielten mit den Zeitungen auf seinem Schreibtisch.

»Wissen Sie, weshalb ich Sie hierher gebeten habe, Herzchen?«
»Nein, Sir, aber es ist mir ein Vergnügen, Sie zu sehen.« (Oh, sie kannte das ungeschriebene Zeremoniell.)
»Haben Sie die gestrigen Zeitungen gesehen?«
(O Gott, dieser Titel. Dieser gemeine Titel.)
»Miß Produzentenschreck 1956 — Neely O'Hara. Nicht sehr angenehm, wie?« fragte er freundlich.
Sie zappelte. »Ach, Sie wissen ja, wie es mit diesen Titeln geht«, antwortete sie mit ihrer Kleinmädchenstimme. »Es hat mich schrecklich gekränkt. Aber mir haben viele Leute versichert, daß das gar nichts zu bedeuten hat. Die Zeitungsleute setzen sich eben jährlich zusammen und suchen einen Sündenbock. Voriges Jahr haben sie Stewart Lane diesen Titel angehängt, und er ist der Spitzenstar der Twentieth.«
»Nein, das ist er nicht.« Seine Stimme war noch immer freundlich. »Nach dem Krieg hat er es nicht mehr geschafft. Jeder seiner Filme war ein Verlustgeschäft. Aber die Gesellschaft ist noch zwei Jahre an ihn gebunden, deshalb spricht sie nicht darüber.«
»Aber meine Filme gehen großartig.«
»An der Kinokasse, ja. Für uns nicht.«
Sie rückte unbehaglich hin und her. Na also, da war es wieder glücklich soweit — die Terminüberschreitung, die versäumten Proben, die ganze Moralpredigt ...
»Dieser neue Film ist sehr teuer«, sagte er. »Alle Preise sind gestiegen. Das Fernsehen ist eine ernsthafte Konkurrenz, und die Leute gehen nicht mehr wahllos ins Kino, um irgendeinen Film zu sehen, seit ihnen die Unterhaltung gratis frei Haus geliefert wird.«
Sie spielte mit ihren manikürten Nägeln. Was wollte er denn von ihr — sie hatte das verfluchte Zeug ja nicht erfunden.
»Wir investieren in *Heute gehen wir bummeln* mehr Geld als in jeden unserer bisherigen Filme. Ein Terminverlust, und wir sind erschossen. Sam Jackson arbeitet nach einem äußerst knappen Drehplan.«
»Sam ist einer meiner Lieblingsproduzenten«, sagte sie.
»Ich habe mit Sam folgendes vereinbart: Für jeden Tag, um den er die Drehzeit verkürzt, bekommt er eine Prämie von tausend Dollar.«
Da stand ihr ja eine tolle Hetzjagd bevor!
»Und am ersten Tag, den er den Drehplan überzieht, fliegt er.«
»Sie würden Sam Jackson einen Film wegnehmen?«
»Jeder, der meine Forderungen nicht erfüllt, fliegt. Hollywood hat sich verändert, Herzchen. Wir haben sämtliche Vertragsschauspie-

ler entlassen. Ihr gegenwärtiger Kontrakt läuft noch ein Jahr, und wenn oder falls wir ihn verlängern, dann bestimmt nicht zu den jetzigen Bedingungen.«

Worauf du dich verlassen kannst, dachte sie. Ich gründe meine eigene Gesellschaft, damit sich was rührt. Ich werde selbst etwas besitzen. Ihre Steuerberater hatten ihr diesen Vorschlag gemacht.

»Nein, Herzchen«, seufzte er. »Nichts ist mehr, wie es war. Ich kann den Aktionären auch nicht länger sagen, sie sollen sich um ihre eigenen Angelegenheiten kümmern. Heutzutage muß ich ihnen Rede und Antwort stehen, und die einzige Antwort, die sie hören wollen, heißt Gewinn.«

Sie nickte und fragte sich, wie lange die Unterredung noch dauern würde. Es war das übliche Propagandageschwätz. Der hatte vielleicht Nerven, sie dafür eigens herzuzitieren. Sie hatte Hunger. Er hätte wenigstens ein Mittagessen kommen lassen können. Sie hatte nicht gefrühstückt und nur eine Pille genommen.

»Deshalb habe ich Ihre Rolle umbesetzt«, sagte er.

Sie starrte ihn ungläubig an.

»Herzchen, ich kann es einfach nicht riskieren. Wenn Sam Jackson nicht spurt, kann ich ihn ersetzen. Haben Sie aber erst zu filmen begonnen, kann niemand anders für Sie einspringen. Ich müßte noch mal von vorne anfangen und jede Szene neu drehen.«

»Sie können mich doch nicht ersetzen, noch ehe ich begonnen habe«, stammelte sie.

»Warum nicht? Sehen Sie sich doch an. Sie sind schon wieder fett. Die Kostümproben sind für nächste Woche angesetzt, und Sie werden nicht soweit sein. Nein, das Risiko ist zu groß. Ich nehme Janie Lord.«

»Aber das ist doch eine blutige Anfängerin!« Das konnte nicht sein Ernst sein. Er wollte ihr bloß einen Schreck einjagen.

»Sie hat drei billige Filme gemacht, und alle haben gute Einspielergebnisse gebracht. Diesen Monat bringt jede Filmzeitschrift Artikel über sie. Nach diesem Film wird sie ein großer Star sein. Und sicherheitshalber habe ich Brick Nelson zu ihrem Partner gemacht.«

An den hatte sie auch schon gedacht. Er war teuer, und für gewöhnlich war sie in ihren Filmen der einzige Star mit einer Spitzengage. Blitzschnell rekapitulierte sie ihren Vertrag. Nein, es war kein Schreckschuß. Aber konnte er sie glatt übergehen, nachdem sie bereits nominiert worden war? Ohne Grund schachmatt setzen?

»Vom legalen Standpunkt aus sind Sie machtlos«, sagte er, als hätte er ihre Gedanken gelesen. »Ich habe die Rolle so umgeschrieben, daß sie jetzt von einer jüngeren gespielt werden muß.«

»Was heißt hier von einer jüngeren? Ich bin erst achtundzwanzig! Damit gehöre ich doch nicht zum alten Eisen!«
»Aber Sie sehen aus wie vierzig«, sagte er ungerührt.
»Weil ich ohne Make-up bin«, verteidigte sie sich.
»Sie haben Ringe unter den Augen und Ansätze eines Doppelkinns. Sie sehen verheerend aus.«
Die Tränen rannen über ihre sommersprossigen Wangen. Eine Woche Schlaf und Diät, und sie war so gut wie neu. Das wußte er genau. Warum benahm er sich so scheußlich?
Seine Sekretärin unterbrach mit der Ankündigung, daß ihn jemand aus Paris zu sprechen wünsche. Er hob den Hörer ab, und sein Gesicht strahlte in öligem Charme. »Hallo!« brüllte er ins Telefon. »Ja.« Seine Stimme verlor etwas an Umfang. »Ich höre Sie glockenklar. Großartig, was? Ja, Mr. Chardot ... ja, ich habe heute früh Ihren Brief erhalten. Deshalb habe ich das Gespräch mit Ihnen angemeldet. Ihre Bedingungen sind — nun ja ...« Er zwang sich zu einem leisen Lachen. »Unmöglich wäre noch eine höfliche Untertreibung. Natürlich möchte ich einen Film mit Miß North drehen. Und ich bin absolut bereit, Sie als Co-Produzent einzuschalten. Aber ein Vertrag für einen einzigen Film, bei dem Sie fünfzig Prozent der Auslandsrechte haben, ist indiskutabel. Schließlich werden wir Ihren Star anziehen und alle Spesen für sie übernehmen. Wer garantiert uns, daß sie hier die gleiche Anziehungskraft haben wird wie drüben? Ja, ich weiß, daß sie in ihren letzten drei Filmen nicht nackt war. Aber seien Sie doch ehrlich, Mr. Chardot, eine Schauspielerin ist sie nicht. Was? Schon möglich, daß sie diese Preise gewonnen hat ... vielleicht kommt es nur daher, daß ich kein Französisch verstehe. Aber wer weiß, wie sie in englischer Sprache ankommt? Und Sie geben mir nicht die Option auf einen zweiten Film — ist das denn fair? Ich gebe Unsummen für die Reklame aus, und dann schnappt sie mir ein anderes Studio für den zweiten Film weg. Ich bin nur bei einem Abschluß für drei Filme mit Ihren Bedingungen einverstanden. Das Geld wird auf ein Bankkonto in der Schweiz überwiesen ... Wieviel? ... Aber mein Bester, woher nehmen Sie diese Zahlen? Unmöglich, Mr. Chardot.«
Er hielt den Hörer stumm in der Hand und machte ein gequältes Gesicht. »Mr. Chardot, es wird Sie heute ein gewisser Louie Esterwald aufsuchen ... Was? Oh, bei Ihnen ist es bereits acht Uhr abends. Ich übersehe immer diesen großen Zeitunterschied. Gut, dann morgen vormittag. Er wird die Details mit Ihnen erörtern. Er spricht ausgezeichnet französisch. Und wir dürfen Sie im September hier erwarten ... Wenn wir bis Februar warten, Mr. Chardot,

dann kommen wir schon ins Jahr siebenundfünfzig. Ich möchte meinen Aktionären sagen, daß wir bereits im Jahre sechsundfünfzig einen Jennifer-North-Film starten. Schön, ich freue mich ebenfalls. Haben Sie schon mit Ihrem neuen Film begonnen? ... Bis zum November werden Sie noch zwei Filme drehen? Gott, wie ich Sie beneide! Ich muß mich glücklich schätzen, wenn ich bis zum November einen einzigen fertigkriege. Aber Sie haben auch nicht diese Gewerkschaftsprobleme und das verfluchte Fernsehen. Warten Sie's nur ab, in ein paar Jahren werden Sie es auch zu fühlen bekommen. Es ist wie ein Krebsgeschwür, dieses Fernsehen.«

Nachdem er aufgehängt hatte, meldete er sofort das nächste Gespräch an.

Plötzlich schien er sich an Neely zu erinnern. »In Ordnung, Sie können gehen«, winkte er sie fort.

»Ich dachte, wir essen zusammen«, sagte sie fassungslos.

»Überspringen Sie das Mittagessen. Bei dem Bauch tut Ihnen das besser. Wenn ich Sie nicht schon so oft gesehen hätte, würde ich glauben, Sie seien im vierten Monat. Ich muß warten, bis das Gespräch mit Louie Esterwald durchkommt.« Er seufzte. »Was mich das Nerven und Liebedienerei kostet, daß diese nackte Nutte einen Film für mich dreht! Vor zehn Jahren hätte man sie hochkantig hinausgeworfen. Jetzt kämpft jedes Studio um sie. Ich weiß nicht, was mit unserem Land los ist. Wir werden noch ganz unmoralisch. Und das ist das Werk des Fernsehens. Ich bin immer für saubere amerikanische Filme eingetreten, aber jetzt müssen wir die Television mit jedem erdenklichen Mittel bekämpfen – mit Busen, Hintern, französischen Huren ...«

»Sie ist keine französische Hure«, versetzte Neely, »sondern eine sehr nette Amerikanerin. Ich habe einmal mit ihr zusammen gewohnt.«

Sofort war er ganz Ohr. »Mit Jennifer North?«

»Ja, vor elf Jahren. Wir sind beide im *Siebenten Himmel* aufgetreten. Sie war nichts weiter als eine wunderschöne Staffage, und später hat sie Tony Polar geheiratet. Sie war in Kalifornien.«

»Natürlich! Er war mit einer Jennifer verheiratet ...« Dann schüttelte er den Kopf. »Nein, das muß eine andere gewesen sein. Diese Jennifer ist erst dreiundzwanzig Jahre.«

Neely lachte bitter auf. »In der französischen Filmindustrie ist jede dreiundzwanzig. Es ist die gleiche Jennifer, mit der ich zusammen gewohnt habe. Sie muß jetzt ... ehrlich, ich weiß es nicht – ich war damals siebzehn und sie angeblich einundzwanzig ...«

»Dann wäre sie heute zweiunddreißig«, sagte er erstaunt.

»Stimmt. Und Sie werfen mir meine achtundzwanzig Jahre vor.«
»Die muß ausgezeichnet in Form sein. Und verläßlich ist sie auch. Zwei Filme bis November.« Wieder schüttelte er den Kopf. »Sie hat bei ausländischen Filmfestspielen irgendeinen Preis bekommen, und jetzt hält sie sich für eine Schauspielerin. Mein Pech – die Franzosen haben sie als Nackedei gekriegt. Wenn sie zu mir kommt, muß ich sie schon als Schauspielerin behandeln.« Er seufzte so tief, daß sein ganzer Körper bebte.
»Und was mache ich inzwischen? Daumendrehen?« fragte Neely.
»Nehmen Sie erst einmal ab. Sie bekommen jede Woche ihre Gage.«
»Und wann filme ich wieder?«
»Das werden wir noch sehen.«
Mit funkelnden Augen fragte sie: »Für wen halten Sie sich, daß Sie glauben, so mit mir umspringen zu können?«
»Immerhin bin ich der Direktor des Studios. Und Sie sind eine kleine Rotznase, aus der ich einen Star gemacht habe. Bloß haben Sie sich in letzter Zeit nicht mehr bezahlt gemacht. Also lege ich Sie auf Eis, und Sie werden Ihre Lektion lernen. Wenn Sie miterleben müssen, wie ein paar neue Stars wie Janie Lord geboren werden, kommen Sie vielleicht auch zur Vernunft. Und jetzt verschwinde, ich habe Wichtigeres zu tun.«
Sie erhob sich. »Ich gehe und komme nie wieder.«
»Tun Sie das nur. Dann werden Sie nirgends mehr Arbeit finden«, sagte er lächelnd.

Schluchzend fuhr sie heim. Was sollte sie tun? Heimfahren und in dem scheunenartigen Haus hocken? Selbst die Zwillinge brauchten sie im Grunde nicht. Sie liebten ihre Nurse und gingen zur Schule. Wenn erst bekannt wurde, daß eine andere ihre Rolle spielte, noch dazu unmittelbar nach ihrem Titel als Produzentenschreck, dann war sie richtig allein. Keiner schert sich um einen Verlierer. Ehrlich, wie konnten die Menschen so gemein sein? Sie hatte so geschuftet, sich so bemüht – und jeder wollte ihr nur das Genick brechen.
Sie ging ins Haus und riß eine Flasche Whisky aus der Bar. Dann zog sie sich ins Schlafzimmer zurück, ließ die Jalousien herunter, um das Tageslicht auszusperren, stellte das Telefon ab und schluckte fünf rote Kapseln. Fünf Stück wirkten jetzt kaum mehr. Gestern nacht hatte sie nach drei roten und zwei gelben bloß drei Stunden geschlafen. Sie zog sich aus und legte sich ins Bett.
Es mußte Mitternacht sein, als sie erwachte. Sie stieß die Fenster-

läden auf. Nacht — und nichts zu tun. Sie schlenderte ins Badezimmer und stieg gedankenverloren auf die Waage. Sie hatte zwei Pfund abgenommen. Hoppla, das war eine Idee! Wenn sie nur schlief und Pillen nahm und nichts aß, konnte sie im Handumdrehen zehn Pfund loswerden. Sie schluckte eine Vitaminpille — wegen der Gesundheit —, nahm dann noch ein paar von den roten Püppchen und spülte sie mit einem herzhaften Schluck Whisky hinunter.

Die Sonne kroch unter den Vorhängen ins Zimmer, als sie erwachte. Sie tappte ins Badezimmer. Sie war benommen, aber nicht schläfrig. Nein, sie würde nicht auf die Waage steigen. Lieber abwarten und sich überraschen lassen. Sie fühlte sich leer und ausgehöhlt. Besser, zwei Vitamindragées zu nehmen ... Die enthielten alles, was der Mensch braucht. Sie rieb sich ein wenig Creme ins Gesicht und strich Lanolin ins Haar. Wenn schon, denn schon. Wenn sie die Kur hinter sich hatte, würde sie aussehen wie Zucker. Diesmal nahm sie fünf gelbe Kapseln und dann zwei rote. Das mußte die Wirkung beschleunigen. Es war grade noch genügend Whisky für einen ausgiebigen Schluck vorhanden ...

Sie schlug die Augen auf. Alles sah verdächtig sauber und grell aus. Wozu klebte diese verdammte Nadel an ihrem Arm? Und was sollte die Flasche, die verkehrt über ihr hing? Himmel! Das war ein Krankenhauszimmer! Sie versuchte sich aufzusetzen, und eine Schwester kam herbeigerannt.

»Nur ruhig, Miß O'Hara«, befahl die Schwester.

»Was tue ich hier? Was ist passiert?«

Die Schwester gab ihr eine Zeitung. Du lieber Himmel! Auf dem Titelblatt ein Bild von ihr — ein frisches, lächelndes Gesicht, eines ihrer ersten Standfotos. Aber das große Foto daneben — ein Mädchen, das von zwei Männern getragen wurde, ihr Kopf hing herunter, man sah ihre nackten Füße ... Mein Gott, das war sie selbst! Sie las die Schlagzeile: STAR VERGIFTET SICH MIT SCHLAFMITTELN. Darunter stand: »Der Direktor des Studios spricht von einem Unfall.« Als sie las, wie der Chef ihr zu Hilfe geeilt war, lächelte sie zum erstenmal. Natürlich hatte er Angst gehabt! Er wagte nicht zu sagen, daß er ihre Rolle umbesetzt hatte. Gespannt las sie weiter.

»Miß O'Hara und ich hatten vor fünf Tagen eine Unterredung« — Was, so lange war sie bewußtlos gewesen? — »und ich habe sie gefragt, ob sie nicht vielleicht zu erschöpft sei, um gleich wieder den nächsten Film zu drehen. Sie versicherte mir, daß sie sich ausgezeichnet fühle und nichts weiter brauche als einige Tage Ruhe. Offensichtlich hat sie versucht, sich diese Entspannung zu verschaf-

fen, um für den neuen Film frisch zu sein. Wenn sie am Leben bleibt —« Dem Chef war die Stimme gebrochen, und er mußte absetzen, um sich die Tränen aus den Augen zu wischen. Tränen! Dieses Geschmeiß konnte besser auf Befehl heulen als sämtliche Stars. Sicher hatte er bloß panische Angst, sie könnte einen Abschiedsbrief hinterlassen haben. Sie las weiter. »Wenn sie am Leben bleibt, wird sie die Hauptrolle in unserem größten Film spielen. Es stimmt nicht, daß wir Janie Lord statt ihrer engagieren wollten. Niemand kann Neely O'Hara ersetzen. Wir hatten bloß daran gedacht, das Drehbuch für den Fall umzuschreiben, daß Miß O'Hara sich den Anstrengungen der Filmarbeit nicht gewachsen fühlen sollte. In diesem Fall hätte vielleicht Janie Lord einspringen können. Unser größter Wunsch ist es jedoch, daß Neely wieder auf die Beine kommt. Jede Generation bringt nur einen Star von Neelys Format hervor.«
Wie wohl ihr das tat! Jeder Star, mit dem sie jemals gefilmt hatte, und solche, die sie kaum kannten, sprachen in größter Bewunderung von ihr. Selbst die Filmzeitschriften hatten ihr mehrere Spalten Lobhudelei gewidmet. Es war, als wäre man gestorben und könnte die Menschen beim eigenen Begräbnis beobachten. Ein herrliches Gefühl! Ehrlich, die mußten wirklich gedacht haben, daß sie ins Gras beißen würde. Sonst hätte der Chef wohl nicht diese kühne Behauptung aufgestellt. Jetzt *mußte* er sie filmen lassen.
»War ich sehr krank?« fragte sie die Schwester.
»Krank? Wir haben bis vor wenigen Stunden nicht gedacht, daß Sie durchkommen würden. Sie haben vierundzwanzig Stunden im Sauerstoffzelt gelegen.«
»Aber ich habe nur wenige Pillen genommen. Ich wollte wirklich nichts weiter als schlafen.«
»Ein Glück, daß Ihr Butler gleich den Arzt gerufen hat. Sie haben kaum mehr geatmet, als er eintraf. Er war sehr beunruhigt, weil Sie drei Tage lang nichts mehr gegessen hatten.«
Sie lachte. »Ich wette, daß ich jetzt wieder hübsch und dünn bin.«
Die Schwester wandte sich rasch ab. Im nächsten Augenblick kam der Arzt ins Zimmer. »Ich bin Dr. Keegan.« Der Name war ihr bekannt. Es war der Hausarzt des Chefs selbst.
»Na, wir haben es geschafft«, meinte er aufmunternd.
Das kann man wohl sagen, dachte sie. Aber da sie wußte, daß er dem Chef genauen Bericht erstatten würde, lächelte sie bloß schwach.
»So ein Unsinn! Wie kann man nur so etwas tun?« fragte er.
Damit habe ich mir die Rolle wieder geangelt, Freundchen. Aber

sie lächelte weiterhin wehmütig und rang sich für alle Fälle einige Tränen ab. Dann hauchte sie leise: »Ich ... ich wollte ohne diesen Film nicht weiterleben.«
»Ach, ja ... ja ... der Film. Kann Ihnen nicht versprechen, daß Sie dazu kräftig genug sind.«
Mit einem Ruck setzte sie sich auf. »Ich bin kräftig!«
»Sie haben einiges hinter sich. Wir werden sehen. Wenn ich der Meinung bin, daß Sie der Anstrengung noch nicht gewachsen sind, werde ich dem Studio Bescheid geben. Ich kann nicht dulden, daß Sie einen Rückfall riskieren.«
So war das also! Das war sein Hintertürchen! Sein Hausarzt würde sie einfach für zu schwach erklären.
Sie lächelte ihm süß zu. »Hoffen wir, daß Sie mich als gesund entlassen. Es war nämlich die Idee des Chefs, daß ich abnehmen soll, und zwar so rasch wie möglich. Übrigens war es der Chef, der mir seinerzeit die grünen Pillen als Appetitzügler gegeben hat. Ich war damals erst achtzehn. Und ich habe oft eine ganze Woche lang gearbeitet, ohne irgend etwas zu essen — auf seinen Befehl. Deshalb bin ich sicher, Sie werden mich bestimmt kräftig genug finden. Warten Sie mal ... die Kostümproben müssen in einigen Tagen beginnen. Ich bin mager genug, also stehe ich zur Verfügung. Dann habe ich bis zum Drehbeginn noch eine volle Woche Ruhepause.«
Am nächsten Tag bestellte sie ihren Anwalt und ihre Agenten an ihr Krankenbett. Es war eine todsichere Sache. Nach den Beteuerungen des Chefs vor der Presse konnte er ihr jetzt den Film nicht vorenthalten. Das war besser als jeder Vertrag. Und auch das Mitgefühl des Publikums stand auf ihrer Seite. Aber sie wagte nicht, auch nur einen einzigen Drehtag zu versäumen. Ihr Agent warnte sie ausdrücklich. »Ein Tag ... oder eine einstündige Verspätung, und Sie sind draußen.«
Am ersten Drehtag war sie sehr nervös. Sie sah Sam Jackson beim Aufnahmestab stehen, und auch er schien unruhig zu sein. Alle waren nervös. Aber sie hatte ihren Text gelernt und kannte die Szene auswendig.
»Ein Durchlauf, und dann vor die Kamera«, schlug Sam vor. »Beginnen wir mit dem Dialog, mit dem du dich an das Publikum in dem Nachtklub wendest. Du bittest zuerst um Ruhe, dann singst du.« Er wandte sich um und schrie: »Alles auf die Plätze! Wir beginnen!«
Das Szenenbild war aufgebaut, und sie spielte. Alles ging ausgezeichnet. Aber warum waren alle so nervös? Und weshalb wich Sam ihrem Blick aus? Das kannte sie gar nicht an ihm.

Die Scheinwerfer leuchteten die Kulisse aus, die Aufnahmeklappe fiel ... Herrgott, sie hatte noch nie nach einer einzigen Probe schon gefilmt. Das tat kein Mensch.

Es ging relativ gut. Sie verpaßte ein paar Einsätze, aber für eine erste Aufnahme ... Sie wandte sich ihm lächelnd zu, als es vorbei war.

»Du hast den Liedtext verheddert.«

»Zwei Zeilen«, sagte sie achselzuckend. »Der Ton ist bereits aufgenommen. Habe ich eben falsche Mundbewegungen gemacht, aber das nächste Mal —«

»Schön. Wiederholen wir gleich. Und diesmal die endgültige Fassung.«

Mein Gott, der war ja krank vor Angst. In dieser Verfassung würde er niemals den ganzen Film durchstehen. Aber schließlich war das ja sein Begräbnis.

Sie ging auf ihren Platz zurück. Diesmal stolperte sie über die Drähte des Handmikrophons, das sie benützen sollte.

»Aus!« brüllte er und kam zu ihr. »Fühlst du dich auch gut, Neely?«

»Ausgezeichnet. Hab' dich doch nicht so, Sam. Du hast doch nicht im Ernst erwartet, schon beim zweiten Versuch die Szene im Kasten zu haben.«

»Ich habe das beim erstenmal vorausgesetzt.«

»Bist du verrückt, Sam? Ich weiß, daß du unter Druck stehst, aber dreh doch nicht gleich durch.«

Er ignorierte sie und wandte sich an den Stab. »Fertigmachen für Einstellung drei.«

Schon wollte sie wütend davonrauschen, dann überlegte sie es sich anders. Du liebe Zeit, das wäre genau, was der Chef wollte. Sie ging zurück. Sie zitterte am ganzen Körper. Neely O'Hara mußte sich von diesem Mistregisseur herumkommandieren lassen.

Sie zwang sich, ihre Stellung wieder einzunehmen. Zitternd stand sie im Scheinwerferlicht, während die Zofe ihr Make-up ausbesserte. Die Klappe fiel — Nummer drei. Gleich zu Beginn versprach sie sich. Die Kameras stoppten. Nummer vier. Noch ein Versprechen. Nummer fünf. Nummer sechs ...

Am Spätnachmittag waren sie bei der fünfzehnten Wiederholung gelandet. Es war einfach lächerlich. In ihrem ganzen Leben hatte sie nie mehr als acht Wiederholungen an einem Tag gedreht. Sam war schuld daran. Seine Nervosität steckte sie an. Sie erinnerte sich jetzt an keine einzige Zeile mehr, und wenn ihr Leben davon abhängen sollte.

»Pause zum Abendessen. Wir machen um sieben Uhr weiter«, rief er.
Seit Beginn ihrer Karriere hatte sie abends nicht mehr gearbeitet. Und er hatte sie nicht mal gefragt! Steif ging sie auf ihn zu. »Ich nehme an, du willst die Szenerie rund um mich aufnehmen.«
Er konzentrierte sich auf den Sucher. »Ich drehe jetzt die gleiche Szene, bis du imstande bist, mir zu einer brauchbaren Aufnahme zu verhelfen.«
»Nein, Freundchen, da irrst du. Ich habe mein Bestes getan. Ich war pünktlich hier, und ich gehe auch pünktlich. Ich werde mir kein Bein ausreißen, damit du dir eine Tagesprämie herausschindest.« Damit ging sie.
»Wenn du jetzt die Aufnahme abbrichst, werde ich es melden.«
»Wie du willst!« zischte sie. »Ich habe auch gewisse Rechte!«
Aufnahmestab und Ensemble waren um sieben Uhr zurück. Sie warteten bis um zehn. Man rief Neely zu Hause an. Die Antwort lautete, daß sie sich bereits zurückgezogen hätte und nicht gestört werden dürfte. Sam Jackson stand auf und entließ den Stab. »Ihr braucht morgen nicht zu erscheinen. Bis auf weiteres wird nicht mehr gedreht.«
Er stieg in seinen Wagen und fuhr zum Strand hinaus. Vor einem kleinen Haus hupte er. Die Tür öffnete sich. Ein schönes Mädchen mit langen schwarzen Haaren stand auf der Schwelle. Sie winkte ihm zu, und er kam ins Haus.
»Janie, du hast die Rolle.«
Sie öffnete den Mund und zeigte lächelnd ihre regelmäßigen Zähne. »O Sam, du hast es erreicht! Ich bin so froh!« Dann wandte sie sich an den kleinen weißhaarigen Mann, der auf einem Stuhl saß und schweigend rauchte. »Hast du gehört? Sam hat es geschafft.«
Der kleine Mann lächelte. »Gut –« Er stand auf und zog an der Schnur ihres losen Bademantels. Der öffnete sich und entblößte ihren makellosen Körper. Der kleine Mann, der der jungen Göttin kaum bis zur Schulter reichte, strich mit seiner sonnengebräunten Hand leise über ihre vollen Brüste.
»Sieh dir das gut an, Sam. Aber nicht anrühren – das gehört mir.«
Sam nickte. »Jawohl, Sir.«
»Das wollte ich nur gesagt haben. Du bist jung, du könntest dich sonst Illusionen hingeben.«
Das Mädchen drehte sich um und schlang die Arme um den Kleinen. »Aber ich liebe dich, das weißt du doch.«
Der Mann nickte. »In Ordnung, Sam – saubere Arbeit. Und jetzt

verdufte. Ruf übermorgen alle ins Atelier zurück. Ich gebe die Meldung an die Presse durch. Und schick Neely ein Telegramm, daß sie nicht mehr zu kommen braucht, unterschreib mit meinem Namen.«

Sam nickte und ging. Der Weißhaarige wandte sich dem schönen Mädchen zu. »Okay, Janie Lord, jetzt wirst du ein Star. Du wirst *die* Miß Lord sein — solange du nicht vergißt, daß ich *dein* Lord bin.«

»Ja, Sir.« Und sie sank auf die Knie und begann ihn zu streicheln.

1957

Nachdenklich legte Anne den Hörer auf. Kevin Gillmore griff nach ihrer Hand. »War das wieder Neely?« Sie nickte. Er klopfte neben sich aufs Bett. »Komm zu mir und laß uns die Sache besprechen.«
Sie legte sich auf ihr eigenes Bett. »So einfach ist das nicht, Kevin.«
»Ich habe gehört, wie du dich am Telefon gewunden hast. Vermutlich will sie bei dir wohnen.«
Als Anne schwieg, sagte Kevin lachend: »Du hast deine neuenglische Prüderie immer noch nicht überwunden, wie? Warum hast du nicht einfach Farbe bekannt und gesagt: ›Ja, Neely, ich habe zwei Betten, aber mein Freund bleibt oft über Nacht bei mir!‹«
Anne griff nach dem Drehbuch, das sie eben durchgenommen hatte. »Weil es ganz überflüssig war, das zu sagen. Kevin, ich mache mir Sorgen. Neely geht es nicht gut.«
»Warum? Weil man ihre Option nicht verlängert hat? Sie sitzt seit sieben Monaten bequem auf ihrem Allerwertesten und bezieht dafür eine schöne Stange Geld. Heutzutage ist es keine Schande, keinen langfristigen Vertrag zu haben. Kein Studio stellt die mehr aus.«
»Aber ihre Stimme hat so sonderbar geklungen. Ganz verzweifelt. Sie sagt, sie muß fort von dort.«
»Sie kann sich ihre Angebote aussuchen. Sobald sie in New York ist, wird ihr jeder Broadwayproduzent nachrennen. Sie könnte im Fernsehen auftreten, alles tun, was sie nur will.«
»Aber mir sind so merkwürdige Gerüchte zu Ohren gekommen ...« Anne nahm sich eine Zigarette.
Kevin griff nach ihr und hinderte sie daran, die Zigarette anzuzünden. »Komm her, damit wir nicht zu schreien brauchen.«
Sie lächelte. »Ich werde ganz bestimmt schreien, Kevin, wenn ich vor die Kameras trete, ohne meinen Text zu können.«
»Machst du dir eigentlich etwas aus mir, Anne?« fragte er.
»Sehr viel sogar, Kevin.«
»Aber du bist nicht rasend in mich verliebt.«
»Diese Art des Überschwanges ist jungen Menschen für ihre erste Liebe vorbehalten«, erwiderte sie lächelnd.
»Verzehrst du dich immer noch nach diesem Schreiberling?«
»Ich habe Lyon seit Jahren nicht mehr gesehen. Das letzte, was ich von ihm gehört habe, war, daß er in London Drehbücher schreibt.«

»Warum hast du dich dann nie in mich verliebt?«
Sie griff nach seiner Hand. »Ich bin gern mit dir zusammen, Kevin, auch nachts. Ich arbeite gern für dich. Vielleicht ist das Liebe.«
»Wenn ich dir die Heirat anbiete, würdest du mich dann mehr lieben?«
Sie überlegte sich ihre Worte genau, bevor sie antwortete: »Am Anfang wäre ich sehr froh gewesen, heiraten zu können. Ich finde es peinlich, bei allen Leuten als deine Freundin bekannt zu sein. Aber jetzt ist der Schaden bereits da ...« Sie sprach ohne jede Erregung, da sie dieses Kapitel schon so oft durchgesprochen hatten.
»Welcher Schaden? Du bist berühmt. Überall kennt man dich als das Gillian-Girl.«
»Und als Gillmores Freundin. Aber das macht jetzt nichts mehr. Ich habe mir ein Kind gewünscht ... und ich wünsche es mir noch.«
»Anne.« Er stand auf und lief hin und her. »Du bist einunddreißig. Das ist ziemlich spät, um Mutter zu werden.«
»Ich kenne Frauen, die haben ihr erstes Kind mit vierzig bekommen.«
»Aber ich bin siebenundfünfzig. Ich habe einen erwachsenen Sohn und eine verheiratete Tochter – und obendrein noch ein zweijähriges Enkelkind. Wie würde es denn aussehen, wenn ich dich heirate und ein Kind habe, das jünger ist als mein eigener Enkel?«
»Viele Männer heiraten spät und gründen eine neue Familie.«
»Ich war fünfundzwanzig Jahre mit Evelyn verheiratet – Gott hab' sie selig –, und ich habe das alles hinter mir: Ferienlager, Kindermädchen, Masern. Ich habe nicht die Geduld, das ein zweites Mal auf mich zu nehmen.«
Sie lächelte mühsam. »Aber ein Mädchen träumt nicht davon, ihr Leben als Freundin zu verbringen. Sie hofft, zu heiraten und Kinder zu haben.«
»Ich habe auch daran gedacht, Anne, aber meinen Kindern wäre das gar nicht recht.« Er saß auf der Bettkante und sagte kühl: »Außerdem hab' ich dich auf diese Art sicherer. Sind wir erst verheiratet, dann siehst du mich als Selbstverständlichkeit an.« Er legte sich wieder ins Bett und griff nach der Zeitung. Kurz darauf war er im Börsenteil der *Times* versunken.
Anne nahm sich ihr Drehbuch vor. In einigen Monaten würde er das Thema wieder aufgreifen, und die Debatte würde auf die gleiche Art enden. Kevin hatte ein schlechtes Gewissen, daß er sie nicht heiratete, aber ihr machte es jetzt nichts mehr aus. Vielleicht war es wirklich zu spät, um noch an Kinder zu denken. Es stimmte

— jeder wußte, daß sie Kevins Freundin war. Aber sie war eben auch das Gillian-Girl, und das verdankte sie ihm. Die Arbeit machte ihr Spaß und war lukrativ. Sie mochte Kevin auch gern — nein, es war mehr als das, vielleicht war es wirklich Liebe. Nicht jene Liebe, die sie bei Lyon gekannt hatte. Mit Kevin gab es kein überschäumendes Glück. Ihre körperliche Beziehung ließ sie völlig unberührt. Sie erinnerte sich an die erste gemeinsame Nacht. Sie war völlig passiv geblieben. Und er forderte niemals mehr. Manchmal zwang sie sich zu einer lauwarmen Reaktion, die Kevin für Leidenschaft zu halten schien. Sehr bald war ihr klar, daß er trotz aller Welterfahrenheit in Liebesdingen völlig naiv war. Seine Frau war bestimmt sein erstes Erlebnis gewesen, und sie mußte genauso keusch und phantasielos gewesen sein wie er. Vermutlich waren sie über einige lahme Küsse und den mechanischen Vollzug der Ehe nie hinausgekommen. Sicher waren nach dem Tod seiner Frau verschiedene Mädchen in sein Leben getreten, von denen sich wohl manche sehr bemüht hatten, aber wahrscheinlich sah er in der Erotik etwas, was man nur leichten Mädchen zumuten durfte. Anne war eine Dame, genau wie seine Frau. Deshalb faßte er ihre Kälte als das selbstverständliche Attribut einer Dame auf, und da er ein Kavalier war, erwartete er auch gar nicht mehr.
Nein, bei Kevin erlebte sie keine Höhen und Tiefen, aber vielleicht sah die Liebe zwischen reifen Menschen nicht anders aus. Manchmal sagte sie sich, daß sie Glück gehabt hatte. Viele Mädchen lernten niemals jenes ungestüme Gefühl kennen, das sie mit Lyon verbunden hatte, und nur wenigen gelang es, sich die verläßliche Liebe eines Mannes wie Kevin zu sichern. Nein, sie war mit der gegenwärtigen Situation vollauf zufrieden. Sie wußte, daß Kevin immer für sie dasein würde.

Neely traf eine Woche später ein. Mühsam unterdrückte Anne das Entsetzen über Neelys verändertes Aussehen. Sie hatte zugenommen, ihr Gesicht war aufgedunsen, und sie machte trotz ihres teuren Kostüms einen ungepflegten Eindruck. Vor allem aber lag etwas Lebloses über ihrer Erscheinung. Neely funkelte nicht mehr. Wenn sie sprach, irrte ihr Blick ständig ziellos umher.
Anne hörte aufmerksam zu, als Neely ihr die klägliche Geschichte ihres Schiffbruchs erzählte — von den teuflischen Intrigen des Chefs, der gescheiterten Ehe, der Mißgunst in Hollywood ...
Kevin spielte den liebenswürdigen Gastgeber. Falls Neely sein Privatleben beeinträchtigte, so verbarg er seinen Ärger darüber ausgezeichnet. Er begleitete beide Mädchen ins Theater und in

Nachtlokale. Wo immer Neely erschien, erregte sie ungeheures Aufsehen. Unter den Beweisen der Bewunderung blühte sie auf. Es gab keine vergeudeten Tage mehr und keine endlose Trunkenheit. Sie kaufte neue Kleider ein, verlor innerhalb von zwei Wochen zehn Pfund und nahm kaum mehr als drei Pillen pro Nacht. Sie begann wieder zu sprühen und wurde zu dem lebenslustigen Mädchen, das Anne seit jeher gekannt hatte.
An einem heißen Septemberabend, als sie ein Theater verließen, drängte sich das Publikum um Neely und schnitt ihnen den Weg zum Taxi ab. Lachend, winkend und Autogramme schreibend, wurde sie von der begeisterten Menge hin und her geschoben, bis ihr Kevin mit Hilfe eines Polizisten endlich den Weg zur Straße bahnte.
Im Taxi wischte Kevin sich den Schweiß von der Stirn und schüttelte erstaunt den Kopf. »Das ist einfach phantastisch. Wenn die Leute schon so verrückt danach sind, Sie nur zu sehen, was würden sie erst tun, wenn Sie singen?«
»Vor Begeisterung ohnmächtig werden«, lachte Neely. »Aber meine Fans haben mich schon immer stürmisch verehrt«, fügte sie hinzu, und ihre runden Augen wurden plötzlich ernst. »Nicht einer meiner Filme war ein Mißerfolg. Ich habe immer volle Kassen gemacht.«
Kevin musterte sie, als wäre ihm eben erst der Sinn ihrer Worte aufgegangen. Seine Stimme bebte vor Aufregung, als er sagte: »Sie haben ganz recht. Ihre Filme waren immer ausverkauft. Man liebt Sie nach wie vor. Man will Sie wiedersehen. Neely, ich ziehe eine ganz große Fernseh-Show für Sie auf. Ich werde bei einem der Sender eine Stunde der besten Sendezeit kaufen. Mein Gott, das wäre eine Sensation!«
»Soll das ein Witz sein? Ich im Fernsehen? Eine volle Stunde Livesendung ohne die Möglichkeit einer zweiten oder dritten Aufnahme? Ehrlich, ich würde sterben.«
»Wenn Sie alle Schlager singen, die durch Sie populär geworden sind, dann brauchen Sie keine Zweitaufnahme«, beharrte Kevin. »Keine zusätzlichen Effekte, keine anderen Nummern — bloß Sie mit Ihren Liedern.«
»Schlagen Sie sich das aus dem Kopf«, erwiderte Neely. »Ich habe gehört, was einem diese Fernsehkameras antun: Sie machen einen um zehn Pfund dicker und zwanzig Jahre älter. Und außerdem, wozu brauche ich das? Die Agentur Johnson Harris ist eben dabei, für mich einen Vertrag für drei Filme bei der Metro abzuschließen.«

Da jedes öffentliche Erscheinen Neelys neue Begeisterungsstürme hervorrief, wurde Kevins Plan für ihn zur fixen Idee. »Red ihr zu«, bat er Anne. »Ich würde ihr vier Wochen Probezeit geben. Wir würden einen neuen Artikel einführen. Diese Reklame wäre für meine Produkte Millionen wert.«
»Wenn sie Angst hat, kann ich sie nicht zwingen«, widersprach Anne. »Und falls es ein Mißerfolg würde, käme ich mir verantwortlich vor.«
»Was soll denn schiefgehen? Sie ist ja nicht das untalentierte Treibhausprodukt eines Hollywooder Standfotografen. Neely ist beim Varieté großgeworden, sie hat am Broadway gespielt, sie ist routiniert.«
Kevin schnitt das Thema wiederholt an, und jedesmal erhielt er von Neely eine lachende Absage. Sie genoß ihre ersten richtigen Ferien, den ersten Kontakt mit ihren begeisterten Fans, den längst fälligen Entgelt für die Jahre der Abgeschlossenheit und des rückhaltlosen Einsatzes in der Filmfabrik.
Immer wieder führte Kevin Neely ins Theater, damit sie andere Schauspieler auf der Bühne sehen und an ihre eigene Vergangenheit erinnert werden sollte. Er besorgte Karten für die Premiere von Helen Lawsons neuem Musical, weil er hoffte, daß ihr Anblick Neelys Ehrgeiz anspornen und in ihr wieder die Lust erwecken würde, vor einem Publikum aufzutreten.
Helens Premiere war ein großes Ereignis. Sie hatte sich wieder einmal vom Broadway zurückgezogen gehabt, um zu heiraten. Diesmal war ihr Mann ein Gutsbesitzer aus Jamaica. Sie hatte begeisterte Abschiedsinterviews gegeben. Sie hatte die »ganz große Liebe ihres Lebens gefunden«. Man hatte Fotos einer verblühten Helen gesehen, die am Arm eines unscheinbaren, grauhaarigen Mannes hing. Sie verkaufte ihre New Yorker Wohnung samt allen Möbeln und übersiedelte nach Jamaica, um dort ein zufriedenes Leben als schlichte Hausfrau zu führen. Das zufriedene Leben dauerte ganze sechs Jahre. Dann kehrte Helen zurück, ließ sich in Mexico scheiden und übernahm sofort die Starrolle in einem neuen Musical.
Es war eine typische Helen-Lawson-Premiere. Sämtliche Leute, auf die es ankam, saßen im Theater und warteten nur darauf, die Königin jubelnd wieder in ihrer Heimat zu begrüßen. Bei ihrem Auftritt gab es ohrenbetäubenden Applaus, aber nach zehn Minuten schon hatte man das peinliche Gefühl eines Fiaskos. Kevin hatte voll Optimismus registriert, wie gespannt Neely auf der Kante ihres Stuhles saß und im Geiste jede Verneigung mit Helen teilte. Aber

seine Hoffnungen zerstoben, als Neely flüsterte: »Ich habe sie für alt gehalten, als ich sie kennenlernte. Aber, ehrlich, damals war sie im Vergleich zu heute der reinste Backfisch.«
Kevin mußte Neely recht geben. Helen hatte ihren Höhepunkt überschritten und war sehr dick geworden. Aber ihre Beine waren noch immer attraktiv, und sie schüttelte noch immer mutwillig ihre schwarze Mähne aus der Stirn.
»Junge, die ist vielleicht in den Farbtopf gefallen«, flüsterte Neely. »Mir gefällt schwarzes Haar gut, aber das kann doch nicht ihr Ernst sein. Das ist Schuhwichse.«
»Sie sollte eben Gillians Schwarzfärbung benützen«, bemerkte Kevin. »Die wirkt natürlicher.«
»In ihrem Fall käme jede Hilfe zu spät«, zischte Neely. »Und jetzt hat sie nicht mal mehr einen guten Text, der ihr unter die Arme greift. Warum hat sie nur die Rolle in dieser Show angenommen? Sie ist doch stinkreich?«
»Was soll sie denn sonst tun?« sagte Kevin vorsichtig. »Für eine Schauspielerin bedeutet die Bühne das Leben.«
»Pah«, tat Neely ihn mit einer Handbewegung ab. »Das ist leeres Gerede.«
»Das Stück hat erst begonnen«, flüsterte Anne. »Vielleicht wird es noch besser.«
»Es ist ein Reinfall. Das rieche ich«, gab Neely zurück.
Neely hatte recht. Es gab zwar viele Vorhänge, und die Premierengäste huldigten der Königin, wie es sich gehörte. Um so aufrichtiger aber waren die Bemerkungen, als sie zum Ausgang drängten.
»Ich kann nicht in ihre Garderobe gehen«, sagte Neely. »Bestimmt hat sie erfahren, daß ich im Theater bin, aber ehrlich, was soll ich ihr denn sagen? Daß wir wunderbare Plätze gehabt haben?«
»Wollen Sie zu Sardi gehen?« schlug Kevin vor. »Sicher wird sie dort sein, um die Gratulationen entgegenzunehmen.«
»Da irren Sie aber gewaltig«, antwortete Neely. »Hören Sie, keiner weiß besser als Helen, was für ein Tiefschlag das war. Außerdem singt Franco Salla heute zum erstenmal in der Türkischen Bar. Bei Ciro war er eine Sensation. Ich bin jeden Abend hingegangen und möchte seine New Yorker Premiere um keinen Preis versäumen.«
Ohne große Begeisterung bestellte Kevin einen Tisch in der Türkischen Bar. Die gleichen Kritiker und viele der Zuschauer, die Helens Premiere beigewohnt hatten, füllten das Lokal bis auf den letzten Platz. Als der Oberkellner Neely erblickte, wurde sofort ein neuer Tisch ans Parkett und vor eine empörte Gesellschaft geschoben, die üppige Trinkgelder verteilt hatte, um sich einen ungestör-

ten Blick zu sichern. Eine Welle der Erregung lief durch den Raum, als Neely eintrat.
Kevin bestellte Champagner, aber Neely rührte ihn kaum an. Anne sah sich die Gäste an. Das Lokal wurde immer voller. Als es schon unmöglich schien, auch nur noch eine einzige Person unterzubringen, sah Anne, wie ein Page noch einen winzigen Tisch ans Parkett schob. Er stand ihnen direkt gegenüber.
Helen erschien in Begleitung eines schlanken jungen Mannes. Er war ein kleiner Tänzer aus der Show, weibisch hübsch und irrsinnig stolz darauf, in den Mittelpunkt der allgemeinen Aufmerksamkeit gerückt zu sein.
Endlich wurde die Beleuchtung gedämpft, und Franco Salla trat auf — ein Sänger, den das Publikum sehr gut aufnahm und sogar zu einigen Draufgaben zwang. Nach ein paar Dankesworten wandte er sich an die neben dem Parkett stehenden Tische und verkündete feierlich: »Die Königin des Musicals, der seit Jahrzehnten unbestrittene Star ... Helen Lawson!«
Helen zwang sich zu einem mechanischen Grinsen. Sie stand auf und winkte der Menge freundlich zu. Der Applaus war herzlich und respektvoll.
Dann wandte Franco sich ab und sah Neely an. Die Zuschauer folgten seinem Blick. Seine Stimme wurde weich, und seine Augen nahmen den Ausdruck zärtlicher Bewunderung an. »Und jetzt, der Star, den es nur einmal in jeder Generation gibt ... Das Mädchen, das jeder von uns liebt ... Die Sängerin, die wir alle verehren ...« Er brach ab, als suchte er nach Superlativen, die Neely auch nur einigermaßen gerecht würden. Dann lächelte er und sagte schlicht: »Miß Neely O'Hara.«
Der Beifall glich einem Orkan. Plötzlich erhob sich das gesamte Publikum wie ein Mann, schrie, klatschte und verlangte nach einem Lied. Schließlich stand Neely auf und trat ans Mikrophon, zuckte ratlos die Achseln und wandte sich dem Orchester zu. Nach einer raschen Absprache über Tonart und Begleitung trat sie in die Mitte des Parketts und sang.
Sie war brillant, ihre Stimme klar und mühelos, und die Zuhörer reagierten mit der fanatischen Begeisterung einer religiösen Sekte. Sie sang insgesamt sechs Lieder, ehe sie überwältigt an ihren Tisch zurückkehren durfte. In ihren Augen schimmerten Freudentränen. Reporter kamen, um sie zu beglückwünschen, und elegant gekleidete Damen baten um Autogramme »für meine Tochter«. Neely schrieb gutmütig ihren Namen auf Speisekarten, Visitenkarten und Zettel. Als sich der Sturm endlich legte, leerte sie ihr Champagner-

glas in einem Zug. »Weißt du, daran könnte ich mich gewöhnen«, sagte sie.
»An das Auftreten in einem exklusiven Lokal?« fragte Kevin hoffnungsvoll.
»Nein, an das Champagnertrinken. Schmeckt sehr gut.« Sie schenkte sich nach. »Es ist zwar sicherer, man hält sich an Whisky oder Wodka, aber heute mache ich eine Ausnahme.«
»Neely, Sie waren einfach großartig«, begann Kevin.
Sie lachte. »Klar. Mit den alten Erfolgsschlagern ist das keine Kunst. Solche Sachen werden heute nicht mehr geschrieben.«
»Aber in meiner Fernsehsendung sollen Sie ja die alten Nummern bringen.«
»Na also, da wären wir ja wieder einmal soweit«, grinste sie.
»Neely, das Publikum betet Sie an —«
»Klar. Es liebt auch meine Filme. Ist es meine Schuld, wenn die Gewerkschaft und die Spesen so viel Geld verschlingen, daß die in Hollywood nicht auf ihre Rechnung kommen?«
»Angeblich waren es nicht nur die Gewerkschaften und die Spesen.«
Ihre Augen verengten sich, und die Fröhlichkeit verschwand daraus. »Was soll es denn gewesen sein?«
»Es heißt, Sie haben die Mehrkosten verursacht, Sie seien unzuverlässig, Sie hätten Ihre Stimme verloren.«
Anne rückte nervös hin und her und versuchte, Kevins Blick abzufangen, um ihn zu warnen, aber er kümmerte sich nicht um sie und ließ Neely nicht aus den Augen.
Neely lächelte gequält. »Na, Sie haben mich eben singen gehört. Also glauben Sie nicht alles, was in den Zeitungen steht.«
»Ich glaube es auch nicht, und keiner in diesem Saal glaubt es. Aber hier hat nur eine Handvoll Menschen Platz. Die Öffentlichkeit glaubt, was sie liest, und vielen Filmproduzenten geht es ebenso.«
Ihr Lächeln erlosch. »Hören Sie, Sie Spaßverderber, ich genieße diesen Abend. Ich bin aufgestanden und habe für mein Essen gesungen. Was wollen Sie eigentlich von mir?«
»Eine Fernsehsendung.«
Sie seufzte. »Schon wieder das alte Lied.«
»Glauben Sie mir, Neely. Sie haben heute jeden Anwesenden davon überzeugt, daß Sie singen wie ein Engel. Warum wollen Sie nicht die ganze Welt davon überzeugen?«
»Geben Sie's auf.« Sie griff nach dem Champagner. »Hoppla, die Flasche ist leer. Bestellen Sie nach. Anne und ich machen uns inzwischen ein wenig frisch.«

Anne seufzte und trottete hinter ihr zum Waschraum. Die Wartefrau und einige Damen, die ihr Make-up auffrischten, überschütteten Neely mit endlosen Schmeicheleien. Anne stand geduldig daneben, bis sich der Raum langsam leerte. Schließlich nahm Neely vor einem Spiegel Platz und begann sich zu kämmen.
»Ich bitte dich, Anne, schaff mir Kevin vom Hals. Er ist ja reizend, aber er ist wie eine steckengebliebene Schallplatte. Sag ihm ein für allemal, daß ich nicht die Absicht habe —«
Die Tür öffnete sich, und Helen Lawson rauschte herein.
Einige ungemütliche Sekunden lang musterte sie Anne mit eiskaltem Blick. Dann überlegte sie es sich plötzlich anders, nickte und sagte: »Freut mich, dich zu sehen, Anne. Wie ich höre, bist du ein großer Fernsehstar geworden.«
Anne lächelte angestrengt und war um eine Antwort verlegen. Aber Helen enthob sie dieser Pflicht. Sie setzte sich neben Neely und klopfte ihr herzlich auf den Rücken. »Du warst heute abend ganz groß, Kleine. Ich wollte, ich hätte einen Cole Porter oder Irving Berlin in der Schnulze, in der ich heute aufgetreten bin. Ich habe gehört, daß du im Theater gewesen bist. Warum bist du denn nicht nach hinten gekommen, um guten Tag zu sagen?«
»Äh ... wir waren ... äh ... in größter Eile, herzukommen. Du weißt ja, wie ungern die einen Tisch reservieren«, stotterte Neely.
»Ach, laß den Quatsch«, versetzte Helen. »Keiner kommt nach einem Reinfall gern hinter die Bühne. Warum ich mich habe überreden lassen, diesen Mist zu spielen ... Aber so geht es mir immer. Ich wollte zwei unbekannten Komponisten eine Chance geben.«
Neely lächelte freundlich. »Jemand muß das ja tun. Und wenn *du* ihre Musik nicht verkaufst, dann kann es niemand.«
»Ich lasse mich immer auf Risiken ein. Auf diese Art wird dann jemand wie du geboren. Eine abgetakelte Barsängerin hab' ich abgeschoben, um einem jungen Ding wie dir die Möglichkeit zu einem Auftritt zu geben. Aber kein Mensch sagt mir jemals Dank — du auch nicht, Süße.«
Neelys Lächeln verschwand. »Es war nicht deine Show, die mich nach Hollywood gebracht hat, Helen, sondern mein Auftritt im Nachtklub.«
»Und wie hast du den bekommen? Indem du mich als Sprungbrett benützt hast.«
»Also gut, Helen. Ich weiß zwar genau, daß ich dir jeden Abend dafür gedankt habe, aber nochmals vielen Dank. Ich bin ein dankbarer Mensch. Komm, Anne.«

»Bei mir brauchst du die Nase nicht so hoch zu tragen. Ich lese nämlich Zeitung. Du stehst ohne Vertrag da. Für das kleine Straßenmädchen, dem ich eine Chance gegeben habe, hast du es zwar weit gebracht, aber —«
Neely sprang auf und starrte Helen aus funkelnden Augen an. Die Wartefrau rückte erwartungsvoll näher. Das war eine angenehme Belebung ihres eintönigen Dienstes.
»Komm, Neely«, sagte Anne hastig. »Kevin wartet.«
Neely schob Annes Arm weg und fragte Helen drohend: »Wie hast du mich genannt?«
Helen stand auf und musterte sie kaltblütig. »Ein Straßenmädchen. Was warst du denn weiter? Ein drittklassiges Varietéflittchen, das niemals zur Schule gegangen ist. Ich war überrascht, daß du überhaupt die Texte lesen konntest. Ich habe dir ja nur geholfen, weil Anne und ich so dick befreundet waren.«
»Von wegen dick befreundet! Du wolltest doch nur, daß Anne die Kupplerin für dich spielt.«
»Du bist eine Dreckschleuder! Anne und ich waren die besten Freundinnen. Wir hatten eine kleine Meinungsverschiedenheit, und ich wollte sie nur davor bewahren, daß sie sich mit diesem schäbigen Engländer einließ.« Sie wandte sich an Anne. »Er war doch ein schäbiger Bursche, was? Und ich habe recht gehabt, nicht wahr, Anne? Ich habe dich immer für eine meiner aufrichtigsten Freundinnen gehalten.«
»Komm, Anne«, sagte Neely. »Dieses honigsüße Gerede haut mir auf den Magen.«
»Was hast du's so eilig?« fragte Helen unschuldig. »Was rennt dir denn davon? Soviel ich weiß, hast du doch massenhaft Zeit.«
»Wenn erst deine Kritiken draußen sind, wirst auch du mehr Zeit haben, als dir lieb ist«, konterte Neely.
Helen zuckte die Achseln. »Vielleicht wird die Show verrissen, aber ich persönlich kann bis morgen mittag garantiert unter sechs verschiedenen Angeboten wählen. Und was steht auf deinem Terminkalender? Weitere Gratiskonzerte, so wie heute?«
»Bei deinem Tremolo wird man dir bald nicht mal mehr geschenkt zuhören«, versetzte Neely. »Und ich habe nichts davon gehört, daß die Leute heute nach deinem Auftritt von dir verlangt hätten.«
Langsam färbte sich Helens Hals rot. Als sie antwortete, klang ihre Stimme schrill. »Was verstehst du abgetakelte Gammlerin denn von einem Tremolo? Ich halte seit dreißig Jahren die Spitze, und dort bleibe ich auch, solange es mir patßt. Aber du hast ganz recht, gratis zu singen, denn mehr schaut für dich nicht mehr heraus.

Natürlich klatschen die Leute, weil es sie nichts gekostet hat. Aber du bist erledigt, unten durch. Und jetzt mach Platz, du Ladenhüter. Auf mich wartet draußen ein Mann.«
»Mann nennst du das?« lachte Neely höhnisch. »Aber laß ihn nur warten, denn von jetzt ab wirst du bestenfalls noch einen Schwulen als Begleiter kriegen, und das nur, wenn du die Rechnung bezahlst.«
»Du mußt es ja wissen. Du warst schließlich mit einem Schwulen verheiratet«, kreischte Helen. »Und nicht einmal den hast du halten können. Trotz der Zwillinge als Draufgabe. Übrigens, sind das vielleicht auch Warme?« Sie wollte gehen, aber Neely verstellte ihr den Weg.
»Was sagst du über meine Kinder?« fragte Neely mit bebender Stimme.
»Was ist denn dabei, Warme als Söhne zu haben? Es heißt, sie seien sehr zärtlich zu ihren Müttern. Und jetzt mach Platz ...« Sie drängte sich an Neely vorbei und ging zur Tür.
»So leicht kommst du nicht davon, du alte Hexe!« brüllte Neely. Mit einem Satz sprang sie Helen nach und packte sie bei den Haaren. Helen versuchte sich loszureißen, aber es gelang ihr nicht.
Plötzlich stieß Neely einen verblüfften Schrei aus und starrte auf das Ding in ihren Fingern. Im gleichen Augenblick bedeckte Helen entsetzt ihren Kopf mit beiden Händen.
»Eine Perücke!« schrie Neely und hielt die langen schwarzen Haare hoch, damit Anne sie sehen konnte. »Du lieber Schreck, ihre Haare sind so falsch wie sie selbst.«
Helen griff nach ihrer Perücke, aber Neely sprang zurück.
»Sie hat scheußlich an dir ausgesehen, Helen. Ich finde dich mit kurzgeschorenen Haaren bedeutend interessanter.«
Helen zupfte an ihren kurzen, struppigen Haaren. »Ich lasse sie nachwachsen«, sagte sie trotzig. »Diese elenden Friseure in Jamaica verstehen nichts vom Färben, und als ich mir hier Dauerwellen machen ließ, sind mir alle Haare abgebrochen. Aber jetzt mach schon, Neely, gib mir die Perücke.«
Neely rannte mit blitzartiger Geschwindigkeit zu einer der Toiletten. Helen stürzte ihr nach, aber Neely war zu schnell. Sie riegelte von innen die Tür ab. Im nächsten Augenblick hörte man die Spülung.
»He, was zum Teufel treibst du?« kreischte Helen. »Herrgott, ich wette, sie läßt sie hinunter. Ich bringe sie um, das gemeine Mistvieh!«
Helen fluchte, während Anne und die Wartefrau versuchten, Neely

zur Vernunft zu bringen. Sie redeten ihr gut zu, aber statt einer Antwort war wiederholt das unheilvolle Gurgeln der Spülung zu hören. Helen hämmerte gegen die Tür, unter der eine Wasserpfütze hervorquoll. Die Tür öffnete sich, und Neely trippelte behutsam heraus und kicherte hysterisch. »Oh ... verdammt ...«, keuchte sie. »Das blöde Zeug geht nicht mal runter!«
Die Wartefrau hielt das tropfnasse Etwas zimperlich in die Höhe. Es sah aus wie ein ertrunkenes Tier.
»Sie ist kaputt!« heulte Helen. »Was soll ich jetzt tun?« Sie wandte ihr tränenverschmiertes Gesicht Anne zu. »Wie kann ich jetzt zurückgehen?«
Anne starrte sie wortlos an, während die Pfütze sich immer weiter ausbreitete.
Die Wartefrau brach das Schweigen. »Miß O'Hara — das war aber nicht nett. Vermutlich haben Sie den Abfluß verstopft.«
Neely lachte. »Schicken Sie mir die Rechnung. Der Spaß ist mir jeden Betrag wert.« Sie griff nach ihrer Handtasche und zerrte eine Fünfdollarnote hervor. »Da«, sagte sie. »Sie haben den besten Lokus der ganzen Stadt.« Dann zu Anne gewendet: »Komm, soll der alte kahle Geier in Frieden heulen. Hoffentlich holt sich ihr Schwuler keine kalten Füße.«
Anne folgte ihr durch die Tür. Draußen sagte sie: »Das war nicht fair, Neely.«
»Fair! Umbringen hätte ich sie können.«
»Aber sie kann nicht heraus, ehe alle Gäste gegangen sind.«
»Na schön, sitzt sie die Nacht eben fest. Morgen kann sie sich eine neue Perücke kaufen. Aber mir wird es auch noch morgen weh tun, wie sie meine Kinder und mich beschimpft hat. Ich bin also erledigt, wie? Kann nur noch gratis singen? Dieses elende —« Mit weitausholenden Schritten eilte sie auf ihren Tisch zu. »Kevin, wollen Sie mich noch immer für Ihre Fernsehsendung haben?«
Kevins Gesicht leuchtete erfreut auf.
»Na schön. Dann haben Sie es erreicht«, sagte Neely. Sie ließ sich auf den Stuhl fallen und schenkte Champagner ein. »Setzen Sie die Verträge auf und lassen Sie sie von meinen Agenten und Rechtsberatern prüfen.«
»Geschieht sofort morgen früh«, sagte Kevin strahlend.
Während sie noch plauderten, leerte sich das Lokal allmählich. Neely und Anne musterten den unruhigen jungen Mann an Helens Tisch. Er ließ die Tür nicht aus den Augen.
»Möchte bloß wissen, wo Helen Lawson so lange steckt«, sagte Kevin, als er zahlte. »Wahrscheinlich lassen Fans sie nicht los.«

»Ja, vielleicht hat sie einer skalpiert«, sagte Neely unschuldig.
Sie kamen am Waschraum vorbei, und Anne blickte durch das beinahe leere Lokal zu Helens Tisch zurück. Der junge Tänzer durchwühlte hysterisch seine Taschen, um die Rechnung zu begleichen, die ihm der Oberkellner präsentierte. Kevin drückte glücklich Annes Arm. »Aber Sie werden sich die Sache mit dem Fernsehen nicht noch mal überlegen, Neely, wie?«
Sie nahm übermütig Kevins Arm. »Keine Angst. Ich werde mir die Kehle für Sie und Ihre Schönheitswässerchen wundsingen — aber Sie werden mir sehr viel dafür bezahlen müssen.«
»Mit Vergnügen«, versetzte Kevin. In stummer Dankbarkeit sah er Anne an. Frauen sind doch komische Geschöpfe — da kann man sich die Seele aus dem Leib reden, ohne etwas zu erreichen; dann verbringen sie zehn Minuten gemeinsam im Waschraum, und plötzlich ist alles möglich ...

Kevin überschwemmte die Zeitungen mit Artikeln über die bevorstehende Fernsehsendung. Er stellte einen erstklassigen Choreographen, einen ebenso erstklassigen Regisseur und Produzenten an. Er trieb die Produktion neuer Kosmetikartikel voran, die bei der Show vorgeführt werden sollten, und für Anne baute man eigens Kulissen, um die neue Schönheitsformel zu propagieren. Die Show sollte anfangs November gesendet werden. Sie versprach das größte Fernsehereignis der Saison zu werden.
Neely übersiedelte in ein Hotel, mietete ein Klavier und pendelte den ganzen Monat Oktober zwischen ihrem Hotelappartement und den Nola-Studios hin und her. Mit alter Disziplin unterwarf sie sich der Probenarbeit und strenger Diät. Sie war entschlossen, es den Hollywood-Studios zu zeigen und Helen Lawson der Verleumdung zu überführen. Sie und erledigt? Sie und unzuverlässig? Nur noch für Gratisaufführungen zu gebrauchen? Sie hätte gern Helens Gesicht beim Zeitungslesen gesehen. Jedes Blatt bestätigte, daß ihr Honorar das höchste war, das eine Einzelperson bisher vom Fernsehen bezogen hatte. Die Zeitungen begrüßten auch Neelys Mut, den Sprung zu dem neuen Massenmedium zu wagen.
Neely hatte keine Angst. Zugegeben, bei einer Livesendung gab es keine Korrekturmöglichkeiten. Nun, um so besser. Bei den Interviews spielte sie die glucksende, nervöse, aufgeregte junge Neely. »Natürlich fürchte ich mich ... Sicher nehme ich mir da eine Menge vor.« Aber insgeheim wußte sie, daß es ein Kinderspiel war. Es konnte nicht danebengehen: zwölf bekannte Schlager, von denen sechs durch sie populär geworden waren. Kein unerprobtes

Material und keine einzige Szene zu studieren — man las einfach die Anfangsworte von den aufgestellten Texttafeln ab. Ehrlich, wenn die Trottel in Hollywood wüßten, wie leicht das war, würden sie das Fernsehen überrennen. Aber diese Ansicht behielt sie für sich.

Am Vorabend des großen Tages nahm Neely drei Seconal. Die Kostümprobe war für zehn Uhr vormittag angesetzt. Sie traf pünktlich und ausgeruht ein und wollte sich sofort in die Arbeit stürzen. In der ersten Stunde wurde ihr Make-up ausprobiert. Um halb zwölf begann dann die eigentliche Probe. Sie sprach die Eröffnungsworte unbefangen und mit jugendlichem Schwung. Dann begann sie ihr erstes Lied. Sie hatte drei Takte gesungen, als der Regisseur »Halt« rief. Er kam aus seiner Kabine und ging zur Bühne. »Neely, Sie haben in die falsche Kamera gesungen.«

»Ich verstehe Sie nicht«, sagte sie höflich. Sie hatte zu singen, die Kamera war das Problem des Kameramannes.

»Bei der Eröffnung war Nummer eins auf Sie gerichtet. Bei Ihrem Lied aber wenden Sie sich zu Kamera Nummer zwei.«

»Welche ist das?«

»Die mit dem roten Licht. Sie singen die erste Hälfte in dieser Richtung, wechseln dann für den Refrain zu Nummer drei und beenden die letzten acht Takte wieder vor Kamera zwei.«

»Ehrlich, da muß man ja ein mathematisches Genie sein. Brauchen wir so viele Kameras?«

»Herzchen, es klingt komplizierter, als es ist. Sie brauchen sich weiter nichts zu merken als das rote Licht. Das bezeichnet jene Kamera, die auf Sie gerichtet ist. Sie können sie gar nicht übersehen.«

Sie begann noch mal und beobachtete sorgfältig die Kamera. Es ging ganz gut, aber sie wußte plötzlich nicht mehr, wo die Texttafeln mit ihren Stichworten hingen. Kaum warf sie den Blick auf die Tafeln, hatte sie die Kamera drei verloren.

»Kümmern Sie sich nicht um die Texttafeln«, bat der Regisseur. »Der Mann wird Ihnen nachgehen. Sie folgen nur den Kameras.«

»Aber ich bin gewöhnt, daß die Kameras mir folgen«, jammerte sie.

Der Regisseur zeigte sich geduldig. »Sie werden es schon kapieren. Versuchen wir es jetzt noch einmal.«

Zwei weitere Proben. Das Gesicht des Regisseurs wurde blaß vor stiller Verzweiflung. »Neely, Sie sind zweimal über den Kreidestrich gegangen und damit aus dem Schußbereich der Kamera.«

»Aber ich muß mich bewegen, wenn ich singe.«

»Ausgezeichnet, Baby. Also zeichnen wir Ihre Stellungen ein, damit ich die Kameras richtig einsetzen kann.«
»Das ist ausgeschlossen. Ich bewege mich so, wie ich es empfinde, und das ist jedes Mal anders.«
Und so ging es Stunde um Stunde. Neelys Make-up begann zu schmelzen, und ihre Frisur löste sich auf. Um fünf Uhr hatten sie die Sendung noch kein einziges Mal vollständig durchgeprobt.
Der Regisseur legte eine Essenspause ein. Er kam zu Neely und legte ihr nonchalant den Arm um die Schulter. »Um sechs machen wir die Sendung einmal ganz durch, selbst wenn Ihnen dazwischen ein Fehler passiert. Ich muß die Zeit abstoppen. Dann werde ich Ihnen sagen, was für Fehler Sie machen und welche Veränderungen und Kürzungen es gibt. Ihnen bleibt danach genügend Zeit, Ihr Make-up auszubessern und vor der eigentlichen Sendung noch ein wenig auszuruhen.«
Für Neely war die Generalprobe ein einziger Angsttraum. Das rote Auge der Kamera schien ständig hin und her zu hüpfen, und die Tafeln mit den Stichworten ihrer Liedertexte verschwammen im grellen Licht. Sie vertiefte sich in ein Lied, empfand es aus vollem Herzen, erreichte glockenklare Töne ... Sie schloß die Augen, um sie dann entsetzt wieder aufzureißen. Es gab keine wohltuende Hollywoodkamera, die ihr nachfolgte, nur darauf wartete, jede ihrer Bewegungen aufzunehmen; niemand war da, der den Film schnitt und die besten Bilder aneinanderklebte. Nein, nur diese rotäugigen Ungeheuer, denen sie nachrennen mußte, und die Papptafeln mit den Stichworten, die immer an anderen Orten aufgrinsten. Sie fand sie nicht mehr – sie hätte die Augen nicht schließen dürfen! Wo waren sie nur? Sie summte eine Melodie. Er hatte gesagt, sie sollte weitermachen ... O Gott, wo waren die Tafeln? Und welches war die richtige Kamera? Die linke – ja, an der flammte das rote Licht. Gott sei Dank, das Lied war vorbei. Himmel, was kam jetzt? Ach, ja, Anne mußte das Schönheitsmittel ansagen. Endlich! Jetzt sprach Anne, und sie durfte kurz ausruhen. Aber nein! Sie hätte gleich in die Garderobe stürzen sollen. Dort stand die Zofe und winkte ihr verzweifelt. Jetzt war doch die dreiminütige Umkleidepause. Nur drei Minuten, und Anne war bereits halb fertig ...
»Ich kann nicht!« schrie sie. »Ich kann das nicht! Wie soll ich denn überzeugend singen, wenn ich ständig auf Kreidestriche, Kameras und ähnliches achten muß! Wenn ich die Augen schließen will, dann muß ich sie schließen. Weil mir eben danach zumute ist. Ich kann das nicht – ich kann nicht!«

Kevin rannte zur Bühne und versuchte gemeinsam mit dem Regisseur, sie zu beruhigen.
»Ich trete nicht auf! Ich mache mich doch nicht lächerlich!« Neelys Stimme schlug um.
»Neely, Sie sind doch vom Bau«, bat der Regisseur. »Wenn erst die Zuschauer ins Theater strömen und Sie den Applaus hören, klappt alles ganz von allein.«
»Nein«, schluchzte sie. »Ich brauche eine Woche, um mich an diese Kameras zu gewöhnen, ich kann nicht gleichzeitig acht verschiedene Dinge beachten und gut sein. Ich kann nicht auf bestimmten Kreidestrichen stehen und auf die Kameras und die Texttafeln aufpassen. Ich bringe es einfach nicht fertig. Es wird eine Katastrophe!«
»Neely«, sagte Anne und legte ihr den Arm um die Schulter. »Denk doch an Philadelphia. Da bist du in Sekundenschnelle in deine Rolle im *Siebenten Himmel* gesprungen.«
»Damals hatte ich nichts zu verlieren«, schrie Neely. »Ich war blutjung und habe keinen bekannten Namen riskiert. Heute bin ich ein Star. Wenn ich schlecht ankomme oder versage, bin ich erledigt.«
»Neely, dir bleibt keine Wahl«, redete Anne ihr zu. »Die Sendezeit ist bezahlt. Die Show startet in einer Stunde.«
»Ich kann nicht auftreten«, schluchzte sie.
»Dann werden Sie nie mehr arbeiten«, herrschte der Regisseur sie unvermittelt an.
»Als ob ich das wollte. Freiwillig kriegt mich keiner mehr in ein Fernsehstudio.«
»Es geht nicht nur ums Fernsehen. Wenn Sie die Arbeit einfach hinschmeißen, ist das Vertragsbruch, und für sämtliche Gewerkschaften des Film-, Bühnen- oder Fernsehgeschäfts gelten die gleichen Vorschriften.«
»Könnten Sie nicht durchsagen, daß ich plötzlich eine Halsentzündung bekommen habe?« bettelte sie.
Der Regisseur seufzte. »Der Arzt der Fernsehgesellschaft würde Sie auf jeden Fall untersuchen, Neely. Die Leute haben sich an der Reklame für Sie beteiligt und ein Vermögen ausgegeben. Hören Sie zu. Sie haben eine Stunde Zeit. Schalten Sie völlig ab, gehen Sie in Ihre Garderobe und denken Sie gar nicht an die Show.«
Neely ging in ihre Garderobe. Sie rief ihr Hotel an, und zehn Minuten später erschien ein Page bei ihr. Eine Zwanzigdollarnote und eine kleine Flasche wechselten den Besitzer. Neely starrte die Flasche an. »Ihr kleinen roten Püppchen«, sagte sie leise. »Ich flehe euch an, zeigt jetzt, was ihr könnt! Ich verlass' mich auf euch. Ich

kann nicht einmal mit Whisky nachhelfen, sonst heißt es, ich war betrunken.« Rasch schluckte sie sechs Stück. »Tut was, ihr Süßen«, flötete sie und legte sich hin. »Macht schon ... ich hab' nichts gegessen. Auf leeren Magen könnt ihr Püppchen doch rasch wirken.«

Nach zehn Minuten setzte das vertraute Gefühl der Schwerelosigkeit ein. Aber es genügte nicht. So konnte man sie mit schwarzem Kaffee wieder munter machen. Sie taumelte zum Wasserhahn und nahm noch zwei Kapseln. »Kommt, Herzchen, helft Neely, daß sie krank sein kann ...« Sie vernahm das gedämpfte Geräusch des hereinströmenden Publikums, das Stimmen der Musikinstrumente. Sie schluckte noch zwei Stück. Verschwommen hörte sie jemand ihren Namen rufen, aber sie schaukelte schon in weiter Ferne ...

Die Fernsehstation mußte zur Wiederaufführung eines alten Filmes flüchten. Man ließ verlauten, daß die Neely-O'Hara-Show aus technischen Gründen nicht gesendet werden konnte. Kevin brachte keine Klage gegen Neely ein, aber die Fernsehgesellschaft tat es. Hier ging es ums Prinzip, sagten die Leute. Für die kommende Saison waren zu viele bekannte Schauspieler für Sendungen engagiert worden, und wenn Neely ungestraft davonkam, dann war mit weiteren Katastrophen zu rechnen. Sie wurde mit einem einjährigen Auftrittsverbot belegt, und zwar für Film, Bühne, Nachtklubs und Fernsehen.

Anfangs war ihr das egal. Sie fuhr nach Kalifornien zurück und vergrub sich in ihrem Haus. Zeitungen und Filmzeitschriften griffen sie unbarmherzig an. Sie nannten sie launenhaft, ließen durchblicken, daß sie trank, und erklärten einstimmig, daß sie *passé* sei.

Manchmal blieb sie mehrere Tage hintereinander im Bett, bis ihre Haushälterin sie zwang, an die Luft zu gehen. Dann wieder sprang sie um Mitternacht ins Auto und fuhr in eine Bar. Dort stand sie, einen Schal ums Haar geschlungen, ohne Make-up, und kein Mensch erkannte sie. Ungestört trank sie ihr Bier und freute sich, unter Menschen zu sein. Sie hatte genügend Geld. Sie würde das Jahr eben abwarten. Einmal mußte es auch vorbei sein, und dann würde sie sich wieder in Form bringen und vielleicht am Broadway auftreten. Das wäre ganz nett. Sie würde es den Leuten schon zeigen. Bis dahin aber durfte sie alles essen, was sie freute – und trinken auch. Und sie hatte jederzeit die wunderbaren roten und gelben Kapseln zur Verfügung – und jetzt gab es sogar neue, blaugestreifte!

Anne war über Neelys Verhalten entsetzt. Im ersten Impuls wäre sie ihr am liebsten nach Kalifornien nachgefahren. Neely durfte in diesem Zustand nicht allein bleiben. Anderseits konnte sie sich über ihre eigenen Fernsehverpflichtungen nicht hinwegsetzen, und außerdem fühlte sie sich Kevin gegenüber auch für Neely und die unerhörten Spesen, die sie verursacht hatte, verantwortlich.
Als die Wochen verstrichen, ging ihre Sorge um Neely in den täglichen Anforderungen der Livesendungen unter. Ab und zu erschienen Artikel über Neely. Alle waren überzeugt, daß sich Neely in einer Phase der mutwilligen Selbstvernichtung befand, aber es war Anne trotzdem unmöglich, das Bild der nervösen, gequälten Neely mit dem großäugigen Kind in Einklang zu bringen, das einmal in der Zweiundfünfzigsten Straße unter ihr gewohnt hatte. *Das* war die echte Neely — dieses Phantom, das Hollywood geschaffen hatte, würde mit der Zeit verschwinden, und die wahre Neely mußte wieder zum Vorschein kommen.
Es konnte nicht sein, daß die Umgebung einen Menschen grundlegend änderte. Seit ihrer Ankunft in New York waren mehr als zehn Jahre vergangen, und doch glaubte sie, sich während der Zeit nicht verwandelt zu haben. Oder doch? Sie legte großen Wert auf ein sorgfältiges Make-up. War sie seinerzeit wirklich nur mit einem Hauch Puder und etwas Lippenstift ins El Marocco gegangen? Jetzt kam sie sich ohne diskrete Schminke, ohne Augenschatten und Wimperntusche nackt vor. Ihre Kleider waren zwar nach wie vor schlicht, stammten aber aus erstklassigen Modellhäusern. Jennifers Nerzmantel hatte sie schon lange abgelegt und trug jetzt ihren eigenen.
Nur ein einziges Mal drehte sich die Zeit für Minuten zurück, als sie zufällig Allen Cooper in einem Lokal begegnete. Sie war in Kevins Begleitung. Allen stellte seine hübsche junge Begleiterin als seine Frau vor. Sie trug einen großen, viereckig geschliffenen Brillanten, genau den gleichen, wie ihn Allen ihr einmal geschenkt hatte. Anne durchschoß die verrückte Vorstellung, daß Allen vielleicht eine ganze Schublade voll Brillanten zu Hause liegen hatte, deren Größe dem jeweiligen Anlaß angepaßt war.
Sie hatte sich oft gefragt, was sie tun oder empfinden würde, falls sie Allen zufällig treffen sollte. Und wie es bei den meisten im voraus durchdachten Begegnungen geschieht, verlief die Wirklichkeit ereignislos und etwas langweilig. Allens Haar wurde bereits schütter, aber er trug noch immer gestreifte Krawatten und hatte nach wie vor Gino bei sich. Gino war alt geworden; er wirkte zittrig und gebrechlich.

Sie wußte, daß Allen sich gleichgültig und blasiert geben wollte, aber die alte Bewunderung leuchtete aus seinen Augen. »Anne ... du siehst wunderbar aus.«
»Du auch, Allen.«
»Wir sehen dich immer im Fernsehen, nicht wahr, Gino?«
»Ja, ja«, antwortete Gino.
Es entstand eine Pause. Mein Gott, hatte man sich nach zehn Jahren gar nichts mehr zu sagen?
Man verabschiedete sich höflich. Anne war schwer ums Herz. Die Menschen trennten sich, die Jahre verstrichen, dann traf man sich wieder — und statt herzlicher Erinnerung blieb nur die bittere Erkenntnis, daß die Zeit nicht stehengeblieben und nichts so verlockend und begehrenswert war, wie es früher einmal geschienen hatte.
Sie dachte auch manchmal an Jennifer. Hatte Jennifer Angst zurückzukehren? Im letzten Monat hatte sie das Angebot der Century ausgeschlagen und war in Europa geblieben. Fürchtete sie sich vor Hollywood? Kaum. Sie war der berühmteste Star Europas, und ihre Filme waren in Amerika nicht minder beliebt. Sie sah großartig aus. Natürlich entging es Anne nicht, wie geschickt Jennifer jedesmal ausgeleuchtet wurde — Jennifer war siebenunddreißig, wenngleich sie sich in sämtlichen Zeitungsartikeln um zehn Jahre jünger machte. Vielleicht war es sehr schlau von ihr, in Europa zu bleiben. Falls Neely ein Beispiel war, dann hatte man allen Grund, sich vor Hollywood zu fürchten.

Jennifer

1957

Jennifer hatte tatsächlich Angst vor Hollywood, maßlose Angst sogar. Mit einer halben Flasche Seconal und einem ausgepumpten Magen hatte sie Claude gezwungen, seinen Plan aufzugeben und im Vorjahr nicht mit der Century abzuschließen. Aber jetzt lag ein neues phantastisches Angebot vor, das man nicht einfach übergehen durfte! Ein Vertrag über drei Filme – eine Million Dollar steuerfrei bei einer Schweizer Bank deponiert! Natürlich würde Claude die Gage mit ihr teilen, aber immerhin, eine halbe Million netto! Das konnte sie nicht ausschlagen. Und mit siebenunddreißig sah sie noch immer wunderbar aus. Bei geschickter Beleuchtung verschwanden sämtliche kleinen Fältchen. Das letzte Wort sprach bei jedem Film Claude, und er würde schon darauf achten, daß vor die Kamera ein Stück Seide gespannt wurde und kein greller Scheinwerfer erlaubt war.

Eine Woche nach Vertragsunterschrift besuchte Claude sie am frühen Morgen in ihrer Wohnung.

»Eben ist das Telegramm gekommen – das Geld ist bereits deponiert.«

»Getrennt?«

»Ja. Hier ist deine Kontonummer.«

Sie räkelte sich glücklich im Bett. »Ist das nicht prachtvoll? Ich kann vor meiner Abreise noch drei Monate Ferien machen. Vielleicht fliege ich nach Capri und dann nach New York. Ich werde eine schwarze Perücke tragen, mit Anne sämtliche Shows besuchen und mich herrlich amüsieren. Ach, wird es mir wohltun, wieder einmal englisch zu sprechen.«

Claude zog ihr die Decke weg und warf sie aus dem Bett. Dann riß er die Fenster auf und ließ das Tageslicht ein.

»Bist du verrückt?« fragte sie.

»Bleib am Fenster stehen, wie du bist.«

Sie fröstelte. Es war September und die Sonne blaß und kalt.

»Ja, sie ist nötig«, seufzte er.

»Was ist nötig?«

»Die Gesichtsstraffung.«

»Du spinnst ja!« Sie warf sich den Morgenrock über.

Er zerrte sie vor den Spiegel. »Da, schau dich selbst bei Tageslicht an. Nein, nicht den Kopf hochhalten und lächeln – du mußt dich in völlig entspannter Stellung betrachten.«

»Aber Claude ... ich lasse mich niemals ohne Make-up sehen. Und ich weiß, von welcher Seite ich am vorteilhaftesten wirke. Wer hat schon Gelegenheit, mich so zu sehen?«

»Hollywood! Die Maskenbildner, die Friseure des Ateliers – was glaubst du, wie rasch sich so etwas herumspricht.«

»Aber ich bin ja schließlich noch immer keine Vogelscheuche! Für meine siebenunddreißig sehe ich recht gut aus.«

»Aber nicht wie eine Siebenundzwanzigjährige!«

Sie musterte sich kritisch im Spiegel. Nun ja, die Kinnpartie war etwas erschlafft. Nicht stark, und wenn sie den Kopf zurücklegte und lächelte, sah man überhaupt nichts davon. Aber in Ruhestellung ließ es sich nicht leugnen. Ein Doppelkinn nannte es Claude. Ja, sie begriff schon, was er meinte; jenes gewissen Nachlassen der Haut, das den Unterschied zwischen den Zwanzig- und den Dreißigjährigen ausmacht. Keine sichtbaren Falten, aber das straffe jugendliche Aussehen war dahin. In einem Café oder bei vorteilhafter Beleuchtung bemerkte es niemand, aber immerhin. Vielleicht hatte er recht. Aber du liebe Zeit, eine Gesichtsstraffung mit siebenunddreißig Jahren! Sie hatte bei dem Wort »Straffen« immer an jene wächsernen, maskenhaften sechzigjährigen Gesichter gedacht. Nein, es war zu riskant.

»Claude, laß dich von Hollywood nicht ins Bockshorn jagen. Ich kenne es. Es ist halb so wild, wie du denkst. Jeder fürchtet sich vor jedem. Ich werde bestimmt durchkommen.«

»Aber das genügt nicht!« herrschte er sie an. »Du bist das Sexidol Europas. Ganz Hollywood wartet nur darauf, dich mit seinen eigenen Sexbomben zu vergleichen, mit der Monroe, Elizabeth Taylor – und die sind jung.«

»Ich bin weder die Taylor noch die Monroe. Ich bin Jennifer North. Ich bin ich.«

»Und was ist das, wenn ich fragen darf? Ein Gesicht und ein Busen. Mehr warst du nie!«

»Ich habe in meinen letzten sieben Filmen nicht eine Nacktszene gehabt!«

»Weil du bereits zum Begriff geworden bist. Du könntest einen Kartoffelsack tragen, und jeder wüßte, was darunter steckt. Das Publikum kennt jeden Zentimeter deines Körpers auswendig und sieht dich nackt, gleichgültig, was du anhast. Glaub ja nicht, daß du den Leuten darüber hinaus etwas zu bieten hast.«

»Dann existiert dieses Bild von mir auch in Amerika. Drüben sind alle meine Filme gelaufen.«

»Warum vertraust du meinem Urteil nicht, Jennifer?« sagte er und versuchte es mit einem sanften Lächeln. »Du hast mehr als eine gute Figur. Es gibt eine Menge Nackedeis in Europa, aber sie kommen nicht an dich heran, weil du jene süße Mädchenhaftigkeit hast, die der Französin fehlt. Aber dazu ist ein jugendliches Gesicht unerläßlich. Trotz deines goldenen Haares und den aufreizenden Brüsten erweckst du irgendwie den Eindruck der Unschuld, man könnte fast sagen, der Reinheit. Mit deiner Figur haben wir kein Problem. Die ist noch immer unschlagbar – aber du mußt zehn Pfund abnehmen.«

»Kommt gar nicht in Frage! Das hat Neely so fertiggemacht. Ich nehme jede Nacht drei bis vier Schlafpillen, um keine Ringe unter den Augen zu haben, aber du wirst mich nicht dazu bringen, irgendwelche Abmagerungs- und Aufputschmittel zu nehmen. Ich wiege hundertachtzehn Pfund und bin einsfünfundsechzig. Das ist dünn genug.«

»Für Nacktaufnahmen schon, aber nicht für anspruchsvolle Toiletten. Aber du wirst keine Aufputschmittel nehmen. Ich habe schon alles arrangiert. Du wirst zu einer Schlafkur in die Schweiz fahren.«

»Eine Schlafkur? Die wendet man doch nach Nervenzusammenbrüchen an, nicht wahr?«

»Sie regulieren auch das Gewicht ausgezeichnet. Ich habe den Leuten bereits gesagt, daß du zehn Pfund abnehmen willst. Sie werden dich acht Tage schlafen lassen, und wenn du erwachst, wirst du schlank, ausgeruht und schön sein. Allerdings wird das Gesicht erschlaffen. Deshalb wirst du es dir straffen lassen.«

Auf der Fahrt durch die Lausanner Gegend dachte sie an Maria und überlegte sich, was wohl aus ihr geworden war. Die Sache schien schon eine Ewigkeit zurückzuliegen, und doch erinnerte sie sich noch mit aller Deutlichkeit daran.

Das Sanatorium war wunderschön. Sie ließ sich unter einem angenommenen Namen eintragen, und nur eine Handvoll vertrauenswürdiger Leute wußte, wer sie wirklich war.

»Machen Sie sich keine Sorgen«, versicherte ihr der Chefarzt. »Sie werden zwar schlafen, aber wir werden Sie zu den Mahlzeiten wecken, und es wird ständig eine Krankenschwester bei Ihnen sein. Sie werden essen, ohne sich dessen bewußt zu werden, man wird Sie im Zimmer auf und ab führen, damit Sie Bewegung haben, man wird Sie ins Badezimmer bringen, aber Sie werden von all dem nichts merken. Eine Schwester wird stündlich Ihre Lage verändern. Und wenn Sie aufwachen, sind Sie um zehn Pfund leichter.«

So einfach war das. Eine freundlich lächelnde Schwester brachte ihr ein Glas Champagner, »damit Sie gut schlafen und angenehm träumen«. Langsam trank Jennifer. Bald darauf erschien ein junger Arzt. Er kontrollierte Puls und Blutdruck und führte dann behutsam eine Injektionsnadel in ihren Arm ein. Sie stellte das Glas nieder. Nie zuvor hatte sie ähnliches empfunden. Es begann bei den Zehenspitzen, kribbelte langsam durch die Beine aufwärts, strömte durch die Hüften ... und plötzlich schwamm sie ins Leere und spürte nichts mehr.

Sie mußte die ganze Nacht durchgeschlafen haben. Die Sonne schien, als sie die Augen aufschlug. Die Schwester kam mit dem Frühstückstablett. Jennifer lächelte. »Man hat mir gesagt, daß ich während des Essens schlafen werde, aber ich bin ganz wach.«

»Aber Sie haben geschlafen«, lachte die Schwester.

»Wie lange?«

»Acht Tage.«

Jennifer setzte sich mit einem Ruck auf. »Waaas?«

Die Schwester nickte. »Mademoiselle wiegen zwölf Pfund weniger — hundertsechs.«

»Oh, wie großartig!« rief Jennifer aus. »Das ist eine fabelhafte Erfindung.«

Sie kehrte nach Paris zurück, und Claude war entzückt. »Ich habe schon alles für die Gesichtsstraffung arrangiert«, sagte er. Diesmal widersprach sie ihm nicht. Der rasche Gewichtsverlust ließ sie hager erscheinen. Plötzlich verlangte er: »Zieh dich aus.«

Sie sah ihn erstaunt an. »Aber, Claude — das haben wir doch schon seit Jahren hinter uns.«

»Du mißverstehst mich«, antwortete er gereizt. »Ich will nur sehen, ob deine Figur unter dem Gewichtsverlust gelitten hat.«

Sie schlüpfte aus den Kleidern. »Es hat sich nichts geändert. Außerdem würde es auch keine Rolle spielen. Ich mache in Amerika ja keine Aktszenen.«

Er musterte ihre Brüste mit klinischer Strenge. »Ich habe veranlaßt, daß du ein paar Hormoninjektionen bekommst, damit deine Brüste festbleiben. Man wird sie dir geben, während du dich von der Straffung erholst.«

»Und wo sollen diese Wunder vollbracht werden?«

»Morgen früh meldest du dich unter einem falschen Namen in der Clinique Plastique.«

Die Operation selbst war ziemlich unangenehm gewesen, aber vor allem hatte die Rekonvaleszenz ihr stark zugesetzt. Sechs Wochen Isolierung, in denen sie ihr verschwollenes, entstelltes Gesicht, ihre blutunterlaufenen Augen, die scheußlichen schwarzen Stiche hinter

ihren Ohren im Spiegel anstarrte und sich fragte, ob sie jemals wieder aussehen würde wie früher oder ob sie einen verhängnisvollen Fehler begangen hatte. Bald aber waren die Narben nicht mehr flammend rot, sondern nahmen allmählich eine rosige Tönung an, die, wie sie wußte, mit der Zeit ganz verschwinden würde.
Die Schwellungen gingen zurück, und ihre Lebensgeister regten sich. Claude hatte sie bestens beraten; es war ein einmaliger Erfolg. Vermutlich war sie nicht einmal als Zwanzigjährige so perfekt gewesen. Sie wirkte nicht wie Zwanzig, aber sie sah umwerfend aus. Die straffe Haut verlieh ihr eine makellose Schönheit. Sie war überzeugt, Hollywoods schärfster Kritik gewachsen zu sein.
An einem strahlenden Dezembertag traf sie am Flughafen Idlewild ein. Als die Kameras aufblitzten und die Reporter sich um sie drängten, war sie Claude unendlich dankbar. Sie bemerkte, wie einige Reporterinnen sie scharf musterten, und lächelte selbstbewußt. Sie fürchtete weder das strahlende Sonnenlicht noch die Röntgenblicke. Sie wußte, daß sie wunderbar aussah. Und auch die Zeitungen bemerkten das. Jedes Blatt schrieb, daß sie *in natura* noch schöner sei als im Film.

1960

Im Frühjahr 1960 erlitt Kevin Gillmore eine schwere Herzattacke. Zwei Wochen lang lag er grau und leblos im Sauerstoffzelt. Kaum war er kräftig genug, um zu sprechen, griff er nach Annes Hand. »Anne, werde ich am Leben bleiben?«
Er schien beruhigt zu sein, als sie seine Hand drückte und nickte. »Versprich mir etwas«, flüsterte er. »Wenn ich es durchstehe, wirst du mich heiraten?«
Sie rang sich ein unverbindliches Lächeln ab. »Du sollst nicht sprechen, Kevin. Ruh dich aus und werde gesund.«
Tränen traten in seine Augen. »Bitte, Anne. Ich habe Angst. Ich schaffe es allein nicht. Bitte ... Nur wenn ich weiß, daß du mich daß du mich heiratest und mich nie verlassen wirst.«
»Du darfst dich nicht so anstrengen, Kevin. Es wird bestimmt alles gut werden.«
»Jetzt ist es für Kinder zu spät, Anne, aber sonst werde ich dir alles bieten. Ich verkaufe die Firma ... wir werden reisen. Sag nur, daß du mich heiratest und mich nie verlassen wirst.«
»Gut, Kevin, ich verspreche es«, sagte sie lächelnd.
Sechs Wochen lang hielt sie an seinem Bett Wache. Je kräftiger er wurde, desto öfter sprach er von ihrer Hochzeit, von allem, was sie tun wollten und wie er sie für alles entschädigen würde. Sie fügte sich. Warum sollte sie Kevin nicht heiraten? Worauf wartete sie noch? Sie war fünfunddreißig – du lieber Gott, fünfunddreißig! Wohin war die Zeit entschwunden? Ein Jahr ging ins andere über. So viel war geschehen – und eigentlich doch so wenig. Eine Aussicht auf die große Liebe und eigene Kinder bestand nicht mehr. Dafür war sie finanziell unabhängig, auch ohne Kevins Hilfe, falls sie nie wieder in ihrem Leben arbeiten sollte.
Gegen Ende seines Krankenhausaufenthaltes begann Kevin, ihre Hochzeitsreise zu planen. »Wird es dir auch sicher nicht leid tun, deine Arbeit aufzugeben?« fragte er ängstlich und nahm ihre Hand. »Ich liebe dich, Anne. Ich werde die Firma verkaufen ...«
Sie nickte. »Jetzt ruh dich aus. Mach deine Pläne für unsere Flitterwochen, wenn ich weg bin.«
Er gab ihre Hand nicht frei. »Mußt du schon fort?«
»Du vergißt, daß ich immer noch für dich arbeite, und heute abend ist Sendung«, sagte sie freundlich.
»Anne ... ich habe dir als Mann nichts mehr zu bieten. Auf lange Zeit nicht, vielleicht nie mehr.«

»Mach dir darüber keine Sorge, Kevin.«
Er begann zu schluchzen. »Ich werde dich verlieren. Ich weiß es!«
Trotz ihrer guten Vorsätze fühlte sie sich angewidert. Was war die Krankheit doch für eine schreckliche Macht — sie beraubte einen Menschen jeder Würde. Zärtlich tätschelte sie seine Hand. »Ich bleibe bei dir, Kevin, das verspreche ich.«
Im August nahm Kevin wieder seinen Platz hinter dem Schreibtisch ein. Er war vital und tatkräftig wie eh und je. Die angsterfüllten Tage im Sauerstoffzelt waren zur verschwommenen Erinnerung verblichen. Natürlich hatte er eine kleine Herzschwäche erlitten, aber sie hatte ihn nicht untergekriegt. Er war gesünder als je zuvor. Die Ruhe hatte ihm gutgetan. Und er würde Anne heiraten. Sicher ängstigte ihn das Alleinsein ab und zu. Falls ihm in der Nacht etwas zustoßen sollte ...
»Ich möchte so gut wie möglich abschneiden«, sagte er Anne. »Ich verlange zwölf Millionen und den Ehrenvorsitz im Aufsichtsrat. Solange die Firma meinen Namen trägt, will ich die Gewißheit haben, daß sie ihr Niveau beibehält. Vermutlich werde ich bis Jahresbeginn oder spätestens im Februar alles erledigt haben. Paßt dir das? Aber wenn du willst, können wir auch gleich heiraten.«
Sie lächelte. »Wir haben so lange gewartet, also brauchen wir uns auch jetzt nicht zu beeilen. Ich will eine schöne Trauung mit anschließender Hochzeitsreise.«
»Also, dann bleibt es beim Februar. Das ist der äußerste Termin, den ich mir selbst setze. Dann heiraten wir und machen eine Weltreise.«
»Eine richtige Weltreise? Nicht bloß London, Paris und Rom? Sondern auch den Orient, Indien, Griechenland und Spanien?«
»Selbstverständlich.« Er sah sie forschend an. »Du hast Spanien mit eingeschlossen. Na schön, wir werden Spanien von oben bis unten absuchen. Wir werden Neely schon finden.«
Ständig sorgte sie sich um Neely. Nach dem Fernsehfiasko hatte Neely ihr Jahr Arbeitsverbot abgewartet. Dann hatte sie mit einem unerhörten Aufwand an Publicity die Hauptrolle in einem großen Technicolorfilm übernommen. Sie war ganz dünn, strahlte und quoll über vor Lebensfreude. Schlagartig war sie wieder in den Mittelpunkt gerückt. Es war ein großes Ereignis — Neely O'Haras Comeback. Nach einigen Wochen Dreharbeit aber sickerten wieder die alten Gerüchte durch. Neely hielt die Produktion auf ... Neely hatte Rückenschmerzen ... Neely hatte Halsentzündung. Dann platzte die Bombe — der Film mußte abgesetzt werden, und die Gesellschaft erlitt einen Schaden von einer Million. Wieder einmal

war Neely als unzuverlässig und zur Zusammenarbeit untauglich gebrandmarkt. Gerüchte sprachen sogar davon, daß sie ihre Stimme verloren hätte.

Zehn Tage darauf war sie ohne jede Anmeldung in Annes Wohnung eingetroffen. Sie hatte kein Geld, aber ihre Anwälte leiteten den Verkauf ihres Hauses in die Wege, dann war sie wieder versorgt. Anne nahm sie bei sich auf, obwohl sie Neelys störenden Einfluß fürchtete. Das Fernsehen hatte ihr einen strengumrissenen Stundenplan auferlegt. Ihr Tag war eingeteilt in Textlernen, Kostümproben, nötige Ruhepausen und Besuch der Kosmetikerin, ehe sie sich der Kamera stellte.

Auf Neelys Eindringen folgte ein wahrer Wirbelsturm. Ständig läutete das Telefon. Ein Reporter gab dem anderen die Tür in die Hand, jeder verlangte Interviews. Verehrer machten die Gegend unsicher. Aber Anne wußte, daß Neely sie brauchte, und außerdem wollte sie nur wenige Wochen bleiben.

Doch die Wochen wuchsen sich zu Monaten aus. Ständig befand sich die Wohnung in chaotischem Zustand. Drei Mäden kündigten. Neely zerbrach eine Lampe und einen Ecktisch, als sie in halb bewußtlosem Zustand umhertorkelte. Immer wieder leerte Anne den Inhalt von Pillenfläschchen in den Ausguß, aber Neelly schien über unerschöpflichen Nachschub und stets neue Verstecke zu verfügen. Wenn sie nicht unter der Wirkung der Drogen schlief, wanderte sie triefäugig umher, trug eine Flasche Whisky bei sich und stieß Verwünschungen gegen Hollywood aus.

Schließlich bestand Kevin darauf, daß sie auszog. Er brachte sie in einem Hotelappartement unter. Dort konnte sie als sein Gast bleiben, solange sie wollte.

Als der Erlös aus dem Hausverkauf eintraf, zog Neely heimlich aus dem Hotel aus. Einige Wochen später tauchte sie auf einem Polizeirevier in Greenwich Village auf. Die Anklage lautete auf Hausfriedensbruch — ihre Nachbarn hatten sich über die lärmenden Gesellschaften beschwert, die sie gab. Auf den Zeitungsfotos war sie beinahe unkenntlich — dick, verquollen, rotäugig, mit wirr in die Stirn hängenden Haaren.

Anne eilte sofort zu ihr. Neely hatte sich in einem mondänen Haus in der unteren Fifth Avenue etabliert, aber die Wohnung sah aus wie ein Elendsquartier. Überall lagen leere Whiskyflaschen umher, die meisten Möbel waren beschädigt, beschmutzt oder von achtlos weggelegten Zigaretten versengt. Die zerknüllte Bettwäsche sah aus, als wäre sie seit Neelys Einzug nicht mehr gewechselt worden.

»Laß mich doch bei dir wohnen, Anne«, murmelte sie. »Ich hab 'ne Menge Geld. Ich halte es bloß allein nicht aus. Deshalb lade ich ständig Leute ein. Und schau, was dieses Gesindel aufgeführt hat. Die Wohnung war toll, als ich sie übernahm.« Sie sah sich beschämt um. »Die Dame, von der ich sie habe, stellt Schadenersatzansprüche, also muß ich hier raus ...«

»Neely, du mußt dich zusammennehmen. Ich habe mit deinem Agenten gesprochen. Du hast immer noch einen klangvollen Namen und könntest in einer Broadway-Show auftreten.«

»Geht nicht, bin unzuverlässig. Die haben Angst vor mir.«

»Aber nicht, wenn du dich aufraffst und in einem Engagement beweist, daß man sich auf dich verlassen kann.«

»Ich kann nicht singen, Anne, es geht einfach nicht mehr.«

»Bei deinem Lebenswandel ist das kein Wunder. Sag, warum gehst du nicht für ein paar Tage in ein Spital –«

»Nein! Das hat Dr. Gold mir auch geraten. Das ist mein neuer Psychiater. Er will, daß ich in irgendeine Nobel-Klapsmühle nach Connecticut fahre. Kostet tausend Dollar im Monat. Aber ich bin nicht verrückt, bloß unglücklich.«

»Sicher, Neely. Ich habe auch an ein richtiges Spital gedacht, wo du wieder zu einem regelmäßigen Leben zurückfinden könntest –«

»Nein. Laß mich zu dir ziehen. Ich werde brav sein. Keine Pillen, das schwöre ich dir.«

Anne hatte diesen Schwur schon früher gehört, aber sie versprach, sich die Sache durch den Kopf gehen zu lassen. Nachdem sie gegangen war, rief sie Neelys Arzt an. Er zeigte sich sehr besorgt. Zwar nahm er an, daß ein mehrwöchiger Krankenhausaufenthalt helfen könnte, aber er sah darin keine endgültige Lösung. Neely gehörte in drastische psychiatrische Behandlung.

In der gleichen Nacht verschwand Neely. Vielleicht hatte sie Angst vor einer Zwangseinweisung in eine Nervenklinik. Sie besaß über hunderttausend Dollar, aber bei ihrer Verschwendungssucht konnte selbst dieser Betrag nicht lange reichen. Sie tauchte in London auf, und die englische Presse widmete ihr die Titelseiten und nahm sie begeistert auf. Sie besuchte Parties und sonnte sich in der Bewunderung. Sie nahm ein Engagement im Palladium an, sagte aber im letzten Augenblick ab. Dann erschienen plötzlich Artikel über ihre Kapricen in Spanien. Sie schien sich dort endgültig niedergelassen zu haben und drehte einen Film. Die Reklame war ausgezeichnet, aber der Film erschien niemals. Allmählich wurde es still um sie. Annes Briefe kehrten mit dem Vermerk zurück »Empfänger unbekannt«. Neely war unauffindbar.

1960

Jennifer traf Ende November ohne jedes Aufsehen in New York ein. Ihr Anruf kam für Anne völlig überraschend.
»Ich muß dich sehen«, drängte sie. »Ich wohne im Sherry.«
»Ich komme sofort. Ist etwas passiert?«
»Nein, alles ist wunderbar, himmlisch! Anne, ich habe gelesen, daß Kevin die Firma verkauft. Wann heiratet ihr denn?«
»Wir hoffen, am fünfzehnten Februar.«
»Gut. Vielleicht können wir eine Doppelhochzeit daraus machen.«
»Sicherlich. *Was* sagst du da, Jen?«
»Komm her. Vergiß nicht, daß ich über ein Hoteltelefon spreche.«
Jennifer wartete ungeduldig, als Anne eintraf. »Die Sandwiches und Coca Cola stehen schon bereit. Wir können richtig gemütlich plaudern, so wie früher. Hast du Zeit?«
»Den ganzen Nachmittag. Wer ist es, Jen?«
Jennifers Augen strahlten. »Ach, Anne, ich bin so glücklich! Es stört mich nicht einmal, daß ich am Freitag vierzig Jahre alt werde. Ich bin noch nicht im Klimakterium, also kann ich noch immer Kinder bekommen; jetzt spielt mein Alter keine Rolle mehr.«
Vierzig! Das Wort traf Anne wie ein Peitschenhieb. Jennifer wurde vierzig! Sie sah hinreißend aus. Man konnte sie für fünfundzwanzig halten.
»Weißt du noch, wie ich in Washington auf der Wahlversammlung der Republikaner war?« fragte Jennifer.
»Und ob«, sagte Anne lachend. »Kevin schwört, daß nur du dafür verantwortlich bist, daß die Demokraten drangekommen sind.«
Jennifer lachte. »Es war eine Reklame fürs Studio. Ich hätte alles für die Leute getan, nachdem sie mich von Claude losgekauft hatten. Das hat sie viel Geld gekostet, aber sie haben es getan, um mich bei der Stange zu halten.« Sie schauderte. »Sein ewiges Herumkommandieren war einfach unerträglich. Für ihn war ich nichts weiter als ein Stück Fleisch, das hoch im Kurs steht. Nicht, daß das Studio etwas anderes in mir sieht, aber sie sind zumindest delikater. Sie tun sogar so, als wäre ich talentiert.« Darüber mußte sie selbst lachen.
»In deinem letzten Film warst du aber wirklich gut.«
»Sagen wir, annehmbar. Es war meine erste seriöse Rolle. Aber der Film zieht nirgends.«
»Das bedeutet gar nichts. Selbst die größten Stars drehen nicht ausschließlich Erfolgsfilme.«

Achselzuckend meinte Jennifer. »Wenn ich *ihn* nicht kennengelernt hätte, wäre ich halbtot vor Angst. Das Studio ist ganz hysterisch, daß der zweite Film auch ein Versager werden könnte. Für meinen nächsten Film haben sie die besten Drehbuchautoren und einen erstklassigen Regisseur engagiert, aber mich läßt das völlig kalt. Heute früh habe ich zwei neue Fältchen unter meinen Augen entdeckt, und nicht einmal das hat mir etwas ausgemacht.«

»Wer ist es denn?« fragte Anne.

Jennifer schob das unberührte Brötchen weg und trank ihr Cola. »Also, du erinnerst dich an die Tagung in Washington. An der hat er teilgenommen. Wir sind einander auf sämtlichen Cocktailparties begegnet. Er war immer sehr zuvorkommend, aber er hat sich nicht so wie alle anderen auf mich gestürzt. Er war zurückhaltend, höflich, aber ...«

Anne konnte sich nicht länger beherrschen. »*Wer,* Jen?«

Jennifers Augen wurden schmal. »Winston Adams.« Sie wartete ab, wie Anne reagierte.

Die explodierte beinahe. »Meinst du den Senator?«

Jennifer nickte.

»*Du* ... und Winston Adams!«

Jennifer sprang auf und tanzte durchs Zimmer. »Jawohl! Winston Adams. Seit langem Senator, beste Gesellschaft und Millionär — seine Vorfahren waren schon alle Millionäre. Aber, Anne, ich liebe ihn, und von mir aus brauchte er keinen Cent zu besitzen.«

Anne lehnte sich zurück. Winston Adams! Er war um die fünfzig — attraktiv, geistreich und ungemein beliebt. »Aber, Jen, soviel ich weiß, ist er die große Hoffnung der Republikaner, und sie dressieren ihn auf —«

Jennifer nickte. »Stimmt. Und er ist bereit, alles für mich aufzugeben.«

»Komm, das mußt du mir genau erzählen!«

Jennifers Blick wurde träumerisch. »Also, wir sind einander begegnet, und er hat sich geweigert, sich mit mir fotografieren zu lassen.«

»Daran hat er gut getan. Auf diese Art bist du wenigstens auf ihn aufmerksam geworden.«

Jennifer schüttelte den Kopf. »Es war ihm ganz ernst damit. Am Tag vor meiner Abreise, als der ganze Rummel vorbei war, hat er mich angerufen und mir gesagt, daß er mich gern zum Abendessen einladen würde, weil er mich sprechen wollte. Ich hatte mit einer großen Party gerechnet, doch wir waren nur zu zweit. Aber es ist nichts passiert. Du weißt schon, was ich meine. Er hat es nicht einmal versucht. Es war ständig ein Diener um uns. Nicht aufdringlich, aber man wußte, daß er da war. Er hat mir versichert, daß seine Weigerung, sich mit mir fotografieren zu lassen, keine Unhöflichkeit war, aber er scheut einfach jedes Aufsehen. Und dann sind wir ins Plaudern gekommen. Er hat mich alles mögliche gefragt und meinen Antworten aufmerksam zugehört. Wir haben über Paris gesprochen, weil er als junger Mann an der Sorbonne studiert hat, und er wollte wissen, wie sich Paris seit dem Krieg verändert hat.«

»Warum hast du die Bekanntschaft so geheimgehalten?« forschte Anne. »Er ist doch nicht verheiratet.«

Jennifer lächelte strahlend. »Bald wird es kein Geheimnis mehr sein. Vorige Woche waren es zwei Jahre, daß seine Frau gestorben ist. Er fand, daß es vorher nicht schicklich ausgesehen hätte.«

»Ja, das stimmt. Es soll eine sehr gute Ehe gewesen sein.«

»Nur nach außen. Es war eine jener abgesprochenen Heiraten, wie sie dir geblüht hätte, wenn du in Lawrenceville geblieben wärst. Beide kamen aus guten, versnobten, schwerreichen Familien. Eine Zeitlang dachte er, er liebte sie. Aber sie war eine von den Frigiden, weißt du? Doch das ist ihm bei mir nicht das Ausschlaggebende«, setzte sie rasch hinzu. »Er ist zwei Monate mit mir ausgegangen, ohne es auch nur zu versuchen. Wir haben uns heimlich an abgelegenen Orten getroffen — ich mit einer schwarzen Perücke! Dann kam er eine Woche nach Kalifornien, und dort ist es dann geschehen. Anne, er ist zauberhaft! So zärtlich, und er liebt mich wirklich um meiner selbst willen! Er war ganz sprachlos über meinen Busen — er hat immer gedacht, ich sei ausgestopft! Er hat nicht einen meiner europäischen Filme gesehen. Anne, er ist der erste Mann, der sich jemals in *mich* verliebt hat und nicht bloß in meinen Körper. Und er war so schüchtern! Am Anfang hat er sich nicht einmal getraut, meine Brüste anzufassen. Aber ich habe es ihm beigebracht und jetzt — allerhand!«

»Jetzt hat er die Liebe entdeckt«, sagte Anne lächelnd.

»Was heißt entdeckt, er benimmt sich, als ob er sie erfunden hätte. Aber bei ihm stört mich das nicht, denn er hat mich auch schon vor den Intimitäten geliebt. Und Anne, er wünscht sich Kinder! Seine Frau war so ein flachbrüstiger Pferdetyp aus Maryland, und sie ist nie Mutter geworden.«

»Aber, Jen, er ist doch nicht mehr jung. Und wieso bist du so überzeugt, daß du sofort ein Baby haben könntest?«

»Ach, ich habe sieben Abtreibungen hinter mir. Mein Körper wartet nur darauf, endlich einmal gebären zu dürfen. Und als ich Win

sagte, daß ich nichts mehr vom Filmen wissen will und Kinder haben möchte, war er so selig, daß er geweint hat. Richtig geweint, Anne! Er hat immer das Gefühl gehabt, daß ihm das Leben das vorenthalten hat, was er sich am meisten wünschte — eine Frau, die er lieben konnte, und Kinder. Deshalb hat er sich so restlos in seine Arbeit vergraben. Ihm ist es völlig einerlei, wenn ich seine Karriere zunichte mache. Er meint, die Republikaner werden zumindest in den nächsten acht Jahren keinen Präsidenten stellen, und als Senator können sie ihn nicht hinauswerfen, nur weil er einen Filmstar heiratet. Er wünscht sich ein Heim und Kinder.«
»Weiß Winston, wie alt du wirklich bist?«
Jennifer nickte lächelnd. »Er war entzückt. Natürlich habe ich ihm nichts von den kleinen Nähten hinter den Ohren erzählt. Wozu ihn kopfscheu machen, nicht wahr? Aber er war froh, daß ich keine Zwanzigjährige bin. Er hat befürchtet, er könnte zu alt für mich sein. Und einmal habe ich ihn auf seiner Farm besucht und bin das ganze Wochenende lang mit Zöpfchen und ohne jedes Make-up herumgelaufen, und er hat mich bezaubernd gefunden. Ach, Anne — es ist alles so wunderbar! Nächste Woche fliege ich zurück nach Kalifornien und versetze dem Studio den Dolchstoß. Den nächsten Film werde ich noch fertig machen. Die Außenaufnahmen sind bereits abgedreht und sämtliche Kostüme anprobiert — aber dann ist Schluß! Sollen sie Zeter und Mordio schreien! Werde ich eben nie wieder arbeiten, wen kümmert das schon? Dieses Kapitel ist für mich beendet.«
»Wann wollt ihr heiraten?«
»Ab heute abend zeigen wir uns offiziell. Wir gehen ins Theater, und dann treffen wir Senator Belson und Frau im ›21‹. Sicher schreiben morgen sämtliche Zeitungen darüber, und Win wird verlegen zugeben, daß wir verlobt sind.«
Anne lächelte. »Dann sehe ich dich vermutlich am Abend. Wir gehen nämlich auch ins ›21‹. Zu einem langweiligen Abend mit den Leuten, die Kevins Firma kaufen.«
Jennifer drückte Annes Hand. »Ach, mein Herz, ist das nicht märchenhaft? Wir sind beide auf dem Gipfel gelandet, haben Erfolg, Geborgenheit und einen Mann, den wir lieben und achten.«
Am Abend traf sie im »21« eine strahlende Jennifer, und sie mußte zugeben, daß Senator Winston Adams ein sehr eleganter Mann war. Er war groß, hatte kurzgeschnittenes, stahlgraues Haar, und seine gute Figur ließ auf tägliche Gymnastik schließen. Jennifer blieb an ihrem Tisch stehen, man stellte sich gegenseitig vor, und der Senator zeigte sich von seiner liebenswürdigsten Seite. »Mir ist,

als würde ich Sie kennen«, sagte er zu Anne. »Ich habe Sie schon so oft im Fernsehen bewundert. Und natürlich spricht Jennifer ständig von Ihnen.«
Sie beobachtete Jennifer den ganzen Abend hindurch. Jennifer wandte keinen Blick von ihrem Senator. Sie betrachtete ihn mit den bewundernden Augen eines rettungslos verliebten jungen Mädchens. Anne beneidete sie. Sie musterte Kevin. Gott sei Dank hatte er sich erholt. Er war so anständig und gut. Warum konnte sie nur nichts für ihn empfinden? Sie *durfte* ihn nicht mit Lyon vergleichen. Henry hatte ganz recht, Lyon war ein Wunschtraum.
Am nächsten Tag lächelte Jennifer von sämtlichen Titelblättern. Und Senator Winston Adams bestätigte, daß sie anfangs 1961 heiraten würden. Selig, in einem Strudel von Aufregung und Schlagzeilen, kehrte sie nach Kalifornien zurück, um ihren letzten Film zu drehen.

1961

In der ersten Januarwoche war Jennifer wieder in New York. Senator Adams wurde noch einige Tage in Washington zurückgehalten, und Anne begleitete sie beim Einkauf ihrer Ausstattung.
»Ich brauche neue Sachen«, sagte Jen. »Sie müssen schick sein, aber vornehm und damenhaft. Du mußt mir helfen, Anne.«
Sie standen in einer Kabine bei Bergdorf, als Jennifer sich plötzlich an die Wand lehnte. »Anne – hast du ein Aspirin bei dir?«
Sie war ganz grau im Gesicht, und ihre Augen wirkten riesengroß. Die Verkäuferin rannte nach einem Aspirin. Jennifer setzte sich. »Schau mich nicht so entsetzt an, Anne«, lächelte sie mühsam. »Es ist nur das monatliche Übel. Es ist zu früh gekommen, vermutlich durch die Aufregung. Ich habe irrsinnige Schmerzen.«
Anne atmete auf. »Du hast mich zu Tode erschreckt.«
Jennifer zündete sich eine Zigarette an. »Jetzt ist es wieder vorbei. Aber diese Schmerzen haben mir den Angstschweiß auf die Stirn getrieben. Wenn ich meine Kinder zur Welt bringe, werde ich mir einen Arzt suchen, der sich auf schmerzlose Geburten versteht.«
Die Verkäuferin kam mit dem Aspirin zurück.
»Ich mache das auch immer durch«, sagte sie. »Man glaubt, die Wände hochgehen zu müssen. Ein Glück, daß es nur einmal im Monat kommt.«
»Da geht es Ihnen besser als mir«, sagte Jennifer. »In letzter Zeit habe ich es alle zwei bis drei Wochen.«
Als sie später bei einem Glas Limonade saßen, fragte Anne nebenbei: »Wann hast du dich das letzte Mal untersuchen lassen?«

Jennifer überlegte. »Warte. Den letzten Abortus habe ich in Schweden gehabt. Dort ist das erlaubt. Das war vor vier Jahren. Der Arzt hat gesagt, daß ich völlig gesund bin.«
»Eine Kontrolle könnte dir nicht schaden. Mein Arzt ist ausgezeichnet.«
Jennifer nickte. »Ja, vielleicht sollte ich mich untersuchen lassen.«

Dr. Galens war ruhig und freundlich, als er ihren Befund schrieb. Die Untersuchung war beendet. Sie hatte sich angekleidet und saß ihm gegenüber. »Seit wann geht das schon so?« fragte er.
»Seit ein paar Monaten. Ich wäre ja gar nicht zu Ihnen gekommen, aber Anne hat nicht locker gelassen. Und als dann die Blutungen gar nicht aufhören wollten – sie dauern jetzt schon zehn Tage. Nächste Woche heirate ich, deshalb muß ich wissen, daß mir nichts fehlt. Schließlich möchte ich so rasch wie möglich Kinder haben.«
Er nickte. »Ist der Senator zur Zeit in New York?«
»Nein, er ist in Washington. Er kommt nächste Woche.«
»Dann ist es wohl das beste, Sie kommen gleich heute abend in die Klinik.«
»Heute?« Jennifer drückte ihre Zigarette aus. »Bin ich denn krank?«
»Durchaus nicht. Wenn Sie nicht nächste Woche heiraten wollten, würden wir warten, wie Ihre nächste Periode ausfällt. Sie haben Polypen im Uterus. Das kommt sehr häufig vor. Sie kommen heute abend in die Klinik – morgen werden Sie kürettiert und übermorgen schon wieder entlassen. Sie werden noch ein paar Tage Blutungen haben, aber wenn Sie die Sache gleich in Ordnung bringen, sind Sie bis zu Ihrer Hochzeit wieder völlig hergestellt.«
Beunruhigt rief Anne sofort Dr. Galens an. Er hatte Jennifer nichts verschwiegen, es war wirklich bloß ein harmloser Eingriff. Sie half Jennifer einen Koffer packen und begleitete sie in die Klinik.
Anne saß im leeren Krankenzimmer, nachdem Jennifer in den Operationssaal gebracht worden war. Sie war froh, daß es sich um nichts Ernsthaftes handelte. Jennifer wünschte sich so sehr ein Kind. Und sie verdiente es auch. Sonderbar, so befreundet sie waren, hatte ihr Jen niemals gesagt, weshalb sie sich Tonys Baby hatte nehmen lassen.
Eine Stunde später war Dr. Galens wieder da. Anne spürte sofort, daß etwas nicht stimmte.
»Sie schläft ihre Narkose aus«, sagte er.
»Was ist los?« fragte Anne. »Ich sehe Ihnen an, daß etwas geschehen ist. Es war wohl mehr als nur Polypen?«

»Nein, der Befund war ganz in Ordnung. Ihre inneren Organe sind völlig gesund«, erwiderte er. »Aber als der Narkosearzt ihr Herz abhorchte, fand er einen nußgroßen Knoten in ihrer Brust. Sie muß davon gewußt haben.«

Anne wurde ganz schwach. »Aber viele Knoten sind doch durchaus gutartig, nicht wahr?«

»Ich habe die Geschwulst entfernt«, entgegnete er. »Es war ein kleiner Einschnitt, der keine sichtbare Narbe hinterlassen wird. Ich habe das Gewebe sofort im Labor untersuchen lassen. Es ist bösartig, Anne. Sie muß morgen noch einmal in den Operationssaal, damit wir ihr die Brust entfernen.«

Eisiges Entsetzen stieg in Anne hoch. O Gott, warum ausgerechnet Jennifer? Und warum jetzt? Sie spürte, wie ihr die Tränen übers Gesicht rollten. »Das müssen *Sie* ihr sagen«, schluchzte sie. »Ich kann es nicht.«

Langsam schlug Jennifer die Augen auf und kehrte mühsam ins Bewußtsein zurück. Es war vorbei. Sie lächelte der Krankenschwester zu, die sie nur undeutlich vor sich sah. »Ist alles in Ordnung?«

»Dr. Galens ist schon hier«, antwortete die Schwester munter.

Er berührte sanft ihre Stirn. »Na, sind wir wieder da?«

»Mmm .. Sagen Sie, es waren wirklich nur Polypen, wie?«

»Ja, die sind wir los. Aber warum haben Sie mir nichts von dem Knoten in Ihrer Brust gesagt, Jennifer?«

Instinktiv fuhr ihre Hand zur Brust hinauf. Sie spürte den Verband.

»Ich habe ihn entfernt. Seit wann haben Sie ihn schon?«

»Weiß nicht ...« Sie wurde wieder schläfrig. »Ungefähr ein Jahr ... vielleicht länger.«

»Na, schlafen Sie sich aus. Wir sprechen später darüber.«

Trotz ihrer Benommenheit stieg kalte Angst in ihr auf. Sie streckte die Hand aus und packte den Arzt am Arm. »Worüber reden wir später?«

»Ich fürchte, Sie müssen morgen noch mal in den Operationssaal. Wir müssen ein wenig schneiden.«

»Schneiden? Was denn?«

»Wir werden eine Mastectomie durchführen. Dr. Richards wird es machen. Er ist einer unserer berühmtesten Brustchirurgen.«

»Was ist eine Mast — was haben Sie gesagt?«

»Wir müssen Ihnen die Brust entfernen, Jennifer. Die Geschwulst war bösartig.«

Mühsam richtete sie sich auf. »Nein! Niemals! Oh, Gott – *nein!*« Sie sank zurück, und ihr Kopf drehte sich. Sie fühlte den Einstich einer Nadel in ihrem Arm.
Sie fiel in unruhigen Schlaf, wachte bald wieder auf, klammerte sich an die Krankenschwester und sagte flehentlich: »Es war doch nur ein Traum, nicht wahr? Ich habe in der Narkose phantasiert, daß er mir das wegen der Brust gesagt hat, nicht? Reden Sie doch!«
»Aber, aber, ganz ruhig«, sagte die Schwester begütigend.
Sie sah das Mitleid in ihrem Gesicht. Es war kein Traum. Lieber Gott, es war wahr!

Anne stürmte in Kevins Büro und erzählte ihm schluchzend, was sie erfahren hatte. Er hörte sie schweigend an und fragte dann: »Hat Dr. Galens den Fall optimistisch beurteilt?«
Anne starrte ihn gereizt an. »Optimistisch? Hast du mir denn überhaupt nicht zugehört?«
»Doch. Sie wird eine Brust verlieren. Das ist entsetzlich, aber kein Weltuntergang. Hast du eine Ahnung, Anne, wie viele Frauen nach einer erfolgreichen Brustoperation ein langes und glückliches Leben führen? Es kommt nur darauf an, den Krankheitsprozeß rechtzeitig zu unterbrechen.«
Sie sah ihn dankbar an. Das war typisch Kevin – nie verlor er den Boden unter den Füßen. Er ließ sich mit Dr. Galens verbinden. Der Arzt war durchaus zuversichtlich. Dr. Richards teilte seine Ansicht. Es handelte sich um einen kleinen Tumor, und Brustoperationen waren kaum jemals lebensgefährlich. Wenn sich noch keine Metastasen gebildet hatten, waren die Aussichten sehr gut. Das ließ sich allerdings erst feststellen, nachdem die Brust entfernt und die Lymphdrüsen untersucht worden waren.
Von Kevins nüchternem Verhalten etwas beruhigt, kehrte Anne in die Klinik zurück. Jennifer war hellwach und sonderbar teilnahmslos. Sie griff nach Annes Hand. »Dr. Galens hat Win angerufen«, flüsterte sie. »Er fliegt sofort hierher.«
»Hat er es ihm gesagt?«
Jennifer schüttelte den Kopf. »Nein, das habe ich ihm verboten. Ich finde, er muß es von mir erfahren.« Sie lächelte der Schwester müde zu. »Es geht mir gut – würden Sie mich mit meiner Freundin allein lassen?«
»Sie darf in den nächsten zwei Stunden keinerlei Flüssigkeit zu sich nehmen«, mahnte die Schwester. »Soll ich Ihnen eine Nachtschwester bestellen?«

»Nein, ich werde erst morgen operiert, und Dr. Galens hat angeordnet, daß ich von da an nie ohne Krankenschwester bleiben soll. Mir fehlt nichts — lassen Sie uns nur, bitte, allein.«
Sie wartete, bis die Schwester gegangen war, dann sprang sie aus dem Bett.
»Was treibst du?« fragte Anne entsetzt.
»Ich verschwinde von hier, und zwar sofort.«
»Bist du verrückt, Jennifer?« fragte Anne und hielt sie am Arm fest.
»Ich lasse mich von keinem Menschen entstellen. Wie sollte ich Win dann noch gefallen können?«
»Du hast selbst gesagt, daß er sich in dein Wesen verliebt hat und nicht in deinen Busen. Sei nicht kindisch!«
Aber Jennifer stand schon neben dem Schrank und riß ihre Kleider heraus. »Ich will fort von hier. Das Risiko nehme ich nicht auf mich. Den Krebs hat er entfernt, die Brust wird er mir nicht nehmen!«
»Aber, Jennifer, das ist die einzige Möglichkeit, dir Gewißheit zu verschaffen. Vielleicht hat sich in einem anderen Teil der Brust ein Gewächs gebildet.«
»Das ist mir egal! Schlimm genug, daß ich Win keine Kinder schenken kann, aber deformiert komme ich nicht zu ihm.«
»Es ist heller Wahnsinn, wenn du jetzt gehst. Glaubst du, das wäre Win gegenüber fair? Daß du ihn jetzt heiratest und er ein Jahr später vielleicht deine Erkrankung miterleben muß? Seine erste Frau war krank. Und was hat das überhaupt mit einem Baby zu tun? Du kannst jederzeit Kinder haben. Dr. Galens hat gesagt, daß deine weiblichen Organe völlig intakt sind.«
»Aber ich darf nicht schwanger werden. Das hat er ebenfalls gesagt. Dadurch könnte in den Eierstöcken ein bösartiges Geschwür entstehen. Zwischen Brust und Eierstöcken besteht ein unmittelbarer Zusammenhang. Er hat sogar gesagt, daß er mir nach der Operation den Unterleib bestrahlen wird, damit ich bestimmt steril werde! Was habe ich Win dann noch zu bieten? Keine Kinder, einen verunstalteten Körper ...«
»Du hast dich zu bieten! Genau das, woran ihm am meisten liegt. Und wenn du Kinder haben willst, kannst du sie adoptieren.«
Langsam stieg Jennifer wieder ins Bett.
Hastig fuhr Anne fort: »Außer dir und Win braucht es kein Mensch zu wissen. Er wird dich lieben und sich wegen der Kinder bestimmt nicht kränken. Davon bin ich überzeugt. Und wenn du ein Kind adoptierst, wird es ganz so sein, als wäre es dein eigenes.

Und die Operation ist eine Kleinigkeit. Wirklich, Jen, wo es heute schon so phantastische schmerzstillende Mittel gibt und völlig naturgetreue Plastiken — Jen, davon stürzt die Welt nicht ein.«

Jennifer starrte angestrengt zur Zimmerdecke empor. »Weißt du, es ist komisch. Mein Leben lang hat das Wort Krebs soviel wie Tod oder etwas so Entsetzliches bedeutet, daß ich davor zurückgeschreckt bin. Und jetzt habe ich selbst Krebs. Das sonderbarste daran ist, daß ich mich vor dem Krebs selbst überhaupt nicht fürchte, sogar wenn er mein Tod sein sollte. Es geht mir nur darum, wie er mein Leben mit Win beeinflussen wird, und daß ich ihm keine Kinder schenken kann. Und der Gedanke an die Verunstaltung ist mir schrecklich.«

»Man wird nichts davon sehen, Jen. Manche Leute haben Autounfälle, die ihr Gesicht entstellen. Es gibt Frauen, die von Natur aus flachbrüstig sind, und trotzdem verzichten sie nicht auf das Glück. Du selbst hast immer erklärt, daß du nicht für deinen Körper leben willst. Dann zeige jetzt, daß du tapfer bist, daß du Selbstvertrauen besitzt. Beweise es. Und fang endlich an, an Win zu glauben.«

Jennifer lächelte schwach. »Okay, dann zieh' ich dieses Krankenhausgewand lieber aus. Und hol mir bitte mein Make-up. Ich möchte so hübsch wie möglich sein, wenn ich es ihm sage.« Sie setzte sich auf und kämmte sich. Als sie in das durchscheinende Nachthemd schlüpfte, sah sie auf die Brust mit dem kleinen Verband hinab. »Lebwohl, Sam«, sagte sie. »Du weißt es noch nicht, aber du wirst nicht mehr lange hier sein.«

Kevin traf Anne im Spital, und sie waren beide da, als Winston Adams um sieben Uhr ankam. Anne hatte für günstige Beleuchtung gesorgt. Jennifer sah hinreißend aus, und sie war beinahe heiter. Nach einer kurzen Begrüßung brachen Kevin und Anne auf.

Kaum waren sie gegangen, lief Winston zum Bett und schloß Jennifer in die Arme. »Mein Gott, ich bin beinahe gestorben vor Angst! Der Arzt war so merkwürdig am Telefon, hat gesagt, daß du operiert werden mußt und wir die Hochzeit vielleicht werden verschieben müssen. Und jetzt, wo ich dich so wunderschön vorfinde ... Um was für eine Operation geht es denn, Liebste?«

Sie betrachtete ihn forschend. »Eine ziemlich einschneidende, Win. Ich werde keine Kinder haben können ... und ich werde —«

»Pst, kein Wort mehr.« Er sah sie bewundernd an. »Soll ich dir etwas verraten? Ich bin nur deinetwegen so für Kinder gewesen.

In meinem Alter bedeuten sie nicht mehr so viel. Aber ich wollte dir eine Freude machen. Du hattest sie dir so sehr gewünscht, deshalb habe ich getan, als wären sie auch mir so wichtig. Aber wichtig bist einzig du mir — begreifst du das denn nicht?«
Sie drückte ihn fest an sich. »O, Win!« Tränen der Erleichterung liefen ihr übers Gesicht.
Er streichelte ihre Haare. »Du hast doch nicht befürchtet, mich zu verlieren? Oh, meine kleine Schönheit — das wird nie geschehen. Verstehst du nicht, daß ich durch dich zu leben beginne?« Durch das dünne Nachthemd küßte er ihre Brüste. »Du bist alles, was ich haben will — keine Babies, *dich*. Du bist die einzige Frau, die jemals ein Gefühl in mir erweckt hat. Du lieber Himmel, Jennifer, ehe ich dich gekannt habe, war ich oft im Zweifel, ob alles an mir in Ordnung ist. Ich habe Eleanor daran die Schuld gegeben. Die arme Eleanor — sie hat nichts dafür gekonnt. Aber bei dir ... Bei unserer ersten Begegnung habe ich mich von dir abgewendet, erinnerst du dich?«
Sie nickte und streichelte seinen Kopf, der an ihrer Brust ruhte. Er küßte die straffe Haut ihres Halses. »Aber du hast mich verändert, hast mich einsehen lassen, daß ich nicht vor dir davongelaufen bin, sondern bloß Angst hatte und vor mir selbst fliehen wollte. Und in dem Augenblick, wo du in meine Wohnung gekommen bist, habe ich es gewußt. Ich habe gewußt, daß von nun an alles anders sein wird. Du hast mir gezeigt, Jennifer, was Liebe ist. Darauf könnte ich nie wieder verzichten.« Er liebkoste ihre Brüste. »Das sind meine Babies«, sagte er zärtlich. »Das sind die einzigen Kinder, die ich haben will, um jede Nacht mein Gesicht daran zu lehnen...« Er brach ab, als seine Finger gegen den kleinen Verband stieß. »Was ist das? Was haben sie mit einem meiner Babies getan?«
Mit starrem Lächeln antwortete sie. »Ach, das ist nichts... Nur eine kleine Zyste...«
»Es wird doch keine Narbe bleiben?« rief er erschrocken.
»Nein, Winston, sie haben sie mit einer Nadel herausgezogen, es bleibt keine Narbe.«
»Das ist die Hauptsache. Sollen sie deine Eierstöcke entfernen — das ist mir völlig einerlei. Solange sie nur meinen Babies nichts tun...« Wieder streichelte er ihre Brüste. »Warum hat der Arzt am Telefon denn so bedrückt geklungen? Hat sich geweigert, mir Näheres zu sagen, und wollte nur, daß ich sofort komme.«
»Er — er hat gewußt, daß ich Kinder haben wollte — und...«
»Warum hat er nicht gleich gesagt, daß eine Hysterectomie nötig

ist?« Er schüttelte den Kopf. »Diese Ärzte sind doch die reinsten Trauerweiden. Aber ich bin froh, daß ich gekommen bin. Wenn ich wieder zurückfahre, kann ich ständig daran denken, wie ich dich hier in den Armen hielt. Ich werde nicht vor Freitag wieder da sein können.« Dann schrieb er eine Telefonnummer auf. »Anne soll mich gleich nach der Operation anrufen.«
An der Tür blieb er nochmals stehen und betrachtete sie mit einem Blick, als hätte er sie noch nie zuvor bewußt gesehen. »Ich liebe *dich*, Jennifer . . . das glaubst du mir doch, nicht wahr?«
Sie lächelte. »Ja, Win, das weiß ich.«
Noch lange nachdem er gegangen war, lag das Lächeln wie eine starre Maske auf ihrem Gesicht.
Um Mitternacht kam Dr. Galens auf einen Sprung vorbei. »Also, dann morgen um acht, Jennifer«, sagte er fröhlich. »Und es wird schon alles gut werden.«
Sie lächelte. »Worauf Sie sich verlassen können.«
Es war drei Uhr früh, als sie aus dem Bett glitt. Leise öffnete sie die Zimmertür. Der Korridor war schwach erleuchtet, aber sie sah die Krankenschwester neben dem Aufzug sitzen. Sie schloß die Tür und zog sich leise an. Ein Glück, daß sie lange Hosen und einen Trenchcoat getragen hatte, um den Fotografen zu entwischen. Sie nahm ein Tuch und band es über die Haare. Dann ging sie auf Zehenspitzen hinaus auf den Gang.
Sie preßte sich dicht an die Wand, dann versteckte sie sich in einer Nische. Die Nachtschwester saß unter einer grellen Lampe und schrieb etwas in ihr Buch. Um zum Aufzug zu gelangen, mußte man an ihr vorbei. Jennifer konnte nur stillstehen und beten, daß die Schwester irgendwann im Laufe der Nacht ihren Posten verlassen würde. Und daß niemand sie in ihrem Versteck aufspürte.
Die große Wanduhr tickte laut und unermüdlich. Der Schweiß lief Jennifer über den Hals. Sie fühlte die Hitze wellenweise in sich aufsteigen. Plötzlich ertönte ein Summer. Gott sei Dank! Ein Patient läutete. Aber die Schwester blieb sitzen. War sie denn taub? Wieder läutete es, diesmal beharrlicher. »So geh doch endlich!« schrie Jennifer innerlich. Wie auf ein Stichwort schlug der Summer wieder an und hörte nicht auf. Gleichmütig erhob sich die Schwester, sah nach, auf welche Zimmernummer der Pfeil deutete, und ging den Korridor entlang.
Jennifer wartete, bis sie in einem Zimmer verschwunden war, dann lief sie rasch zum Aufzug. Nein — vielleicht dauerte es zu lange, bis er kam, und vielleicht war er laut. Die Treppe . . . Sie lief acht Treppen nach unten. Atemlos langte sie im Flur an und sah sich vor-

sichtig um. Niemand kümmerte sich um sie. Der Aufzugführer rauchte und plauderte mit dem Portier. Sie rannte auf die Straße hinaus und ging einige Häuserblocks weit zu Fuß, ehe sie einem Taxi winkte. Es war vier Uhr früh, als sie im Hotel ankam.
Als die Schwester am nächsten Morgen das Zimmer leer fand, verständigte sie Dr. Galens, der sofort Jennifers Hotel anrief. In ihrem Zimmer meldete sich niemand, und er gab Auftrag, es gewaltsam zu öffnen.
Sie lag in ihrem schönsten Kleid und wie zu einem Auftritt geschminkt auf dem Bett und hielt ein leeres Fläschchen in der Hand. Neben ihr lagen zwei Briefe. Der an Anne gerichtete lautete:

Anne – Niemand könnte mich halb so gut einbalsamieren wie ich selbst. Dem Himmel sei Dank für die Tabletten. Tut mir leid, daß ich nun nicht mehr zu Deiner Hochzeit kommen kann. Ich habe Dich sehr lieb. Jen.

Für Winston Adams hatte sie folgende Zeilen hinterlassen:

Lieber Win – Ich mußte abtreten, um Deine Babies zu retten. Ich danke Dir, daß Du unseren Traum beinahe wahr werden ließest. Jennifer.

Senator Adams gab keinerlei Erklärung über die Zeilen ab. Als die Reporter ihn bedrängten, murmelte er zwischen zusammengebissenen Zähnen: »Kein Kommentar.« Anne schwieg ebenfalls beharrlich. Dr. Galens weigerte sich, über die Art von Jennifers Erkrankung zu reden. Sie hatte sich am Vortag einer unbedeutenden Operation unterzogen. Mehr hatte er nicht zu sagen.
Das Begräbnis war ein Alptraum. Eine hysterische Menschenmenge staute sich vor der Kirche und blockierte den Verkehr in der Fifth Avenue. Berittene Polizei mußte eingreifen, um die Ordnung aufrechtzuerhalten und den Durchgangsverkehr zu ermöglichen. Die Zeitungen brachten Jennifers Lebensgeschichte; Annes Fotos prangten auf sämtlichen Titelblättern; und um die heillose Verwirrung noch zu verstärken, traf Jennifers Mutter ein und erzählte bereitwillig jedem aufmerksamen Reporter ihre Aschenputtelversion; schluchzte, wo es angebracht erschien; und verlangte eine detaillierte Aufstellung über Jennifers sämtliche Kleider, Pelze und Schmuckstücke.
Mit Jennifers Mutter wäre Anne vielleicht noch fertiggeworden, aber Claude Chardots Erscheinen zog neue Verwicklungen nach

sich. Er wies ein Testament vor, und während Henry Bellamy verzweifelt nach einem neueren Testament suchte, bezeichnete er sich als Jennifers rechtmäßigen Erben. Den Gipfel aber bildete Neelys Ankunft.

Sie war außer sich, das Begräbnis versäumt zu haben. Sie war in Spanien gewesen, zog sofort zu Anne und lenkte die Aufmerksamkeit der Reporter auf sich. Die Zeitungsberichte schwenkten von Jennifer ab und befaßten sich mit Neely, die beängstigend mager und bezaubernd schön war. Sie wünschte sich nichts brennender, als zu arbeiten — aber natürlich erst, wenn sie sich von dem entsetzlichen Verlust ihrer Freundin erholt hatte.

Irgendwie gelang es Anne, ihren Fernsehverpflichtungen nachzukommen. Die Werbesendungen wurden jetzt aufgezeichnet, und die neuen Firmeninhaber baten sie inständig zu bleiben und boten eine gewaltige Gehaltserhöhung. Der Rummel um Jennifers Tod gab Annes Namen erhöhte Anziehungskraft, da die Publicity sich auch auf sie erstreckte. Jennifers Tragödie hatte ihre eigene Hochzeit hinausgeschoben. Das neue Datum lautete jetzt April.

Es dauerte drei Wochen, ehe die Zeitungen sich beruhigten. Nach zwei stillen Tagen, in denen Jennifers Name nicht mehr genannt worden war, machten neue Schlagzeilen die Runde. Senator Winston Adams hatte sein Amt niedergelegt. Er hatte einen leichten Nervenzusammenbruch erlitten und beabsichtigte, sich für ein Jahr auf Reisen zu begeben.

Anne ließ mehrere Werbesendungen im voraus aufzeichnen und floh mit Kevin nach Palm Beach. Dort verbrachte sie eines der angenehmsten Wochenenden seit Jahren. Und sie hatte sich auf diese Art auch der Hysterie entziehen können, die mit Neelys erstem Auftreten im Fernsehen verbunden war. Neelys neuer Agent hatte sie für eine erstklassige Varieté-Show als Gaststar gebucht und ihr eine schwindelerregende Gage verschafft. Da es sich nicht um eine Livesendung handelte, hatte Neely keine Angst.

Anne sah sich die Sendung in Palm Beach an. Neely war großartig. Jede Geste war gekonnt — ihre Stimme klang glockenrein, und sie strahlte eine ungeheure Anziehungskraft aus. Ihre Augen funkelten wie glühende Kohlen. Neely war kein Kind mehr, aber das koboldhafte Wesen hatte sie bewahrt. Die bebenden Lippen, das nervöse Lachen, die mädchenhafte Koketterie — all das kam an. Es war unglaublich — sie war besser als je zuvor. Wieder erhoben sich Rufe wie »Genie« und »einmalig«. Es war ein aufsehenerregendes Comeback. Sie schloß einen Filmvertrag für Hollywood ab. — Neely war wieder ganz oben.

1961

Achtlos schleuderte Neely verschiedene Sachen in einen Koffer. »Ich kaufe mir dort neue Kleider«, erklärte sie Anne. »Ehrlich, ich hab' fast alles in Spanien zurückgelassen. Darf ich jetzt ein paar Dinge bei dir deponieren?«

»Ich bin vermutlich verheiratet, ehe du zurückkommst, Neely, und ich plane eine Weltreise. Vielleicht werde ich die Wohnung vermieten.«

»So, das nehme ich lieber mit. Ich bin wie eine Zigeunerin, überall hab' ich meine Habseligkeiten. Aber ein Glück, daß das passiert ist. Ich war beinahe pleite. Übrigens, was ist aus Jennifers Geld geworden?«

»Das bekommt ihre Mutter. Das Pariser Testament war ein Schwindel — Henry hat ein paar dunkle Punkte darin entdeckt. Claude erhält fünfzig Prozent von sämtlichen Wiederaufführungen der Filme, die sie gedreht hat, solange sie bei ihm unter Vertrag stand. Aber der Rest geht an ihre Mutter. In erster Linie handelt es sich um Schmuck und Pelze. Vermögen war kaum vorhanden.«

Neely zuckte die Achseln. »Für eine unbegabte Person hat sie mehr als üppig gelebt. Warum, glaubst du, hat sie das gemacht? Den Selbstmord, meine ich.«

»Ich habe dir schon gesagt, Neely, daß ich es nicht weiß.«

»Aber ich hab' mir meinen Reim darauf gemacht. Ich glaube nicht, daß ihr etwas gefehlt hat. Manche Leute vermuten, sie hatte Tb, und ich habe sogar das verrückte Gerücht gehört, daß sie an unheilbarem Krebs gelitten haben soll. Ich glaube, in Wirklichkeit hat sie die Tabletten genommen, weil sie schon verblüht war.«

»Das ist einfach lächerlich! Jennifer war schöner als je zuvor.«

»Aber ihr letzter Film ist abgestunken. Ja, der neue wird wegen der Publicity volle Kassen bringen, aber ich hab' vernommen, er sei auch nicht besonders. Es ging einfach bergab mit ihr.«

»Aber sie wollte sich doch zurückziehen, Neely. Sie stand knapp vor der Hochzeit.«

»Ja, den Quatsch habe ich in Spanien gelesen. Die große Liebe ihres Lebens und so weiter. Aber, ich bitte dich — der Senator war keine Schönheit. Jen hat es nicht einmal neben Tony ausgehalten, einfach tatenlos dazuhocken und nichts weiter zu sein als die liebende Gattin — und Tony war jung und bildhübsch. Nein, nein, wenn du mich fragst, ist sie vor dieser Ehe zurückgeschreckt. Sie war nicht

mehr die jüngste, mit ihrer Schönheit wäre es bald aus gewesen, und der Senator war ihr als einziger Lichtblick nicht genug. Deshalb hat sie die Kapseln geschluckt. Ich dagegen werde mich niemals fürchten. Ich bin talentiert, und dick oder dünn, das spielt gar keine Rolle. Denk doch nur an Helen Lawson. Natürlich kannst du sie nicht mit mir vergleichen, aber jetzt, wo sie keine Stimme mehr hat, ist sie nach Kalifornien übersiedelt und spielt dort in einer Fernsehserie eine Charakterrolle. Und selbst ohne Stimme wird sie sich über Wasser halten, weil sie begabt ist.«
»Helen ist gefühlsarm«, sagte Anne langsam. »Ein Kummer sitzt bei ihr nicht tiefer als bei einem Kind. Er läßt sich mit einem neuen Spielzeug kurieren. Aber eine Stimme — selbst deine, Neely — muß gepflegt werden.«
»Nein, meine Stimme kommt von innen, aus meinem Erleben. Und eines hab' ich gelernt: Die Männer ziehen sich zurück, die Schönheit verschwindet, deine Kinder werden erwachsen, und alles, was man einmal bewundert hat, verliert seine Pracht. Verlassen kann man sich einzig auf sich selbst und sein Talent.«

Drei Wochen später kehrte Neely zurück. Sie befand sich am Rande des völligen Zusammenbruchs. »Anne — meine Stimme — am dritten Tag der Aufnahme war sie weg! Ich kann nicht singen!«
Anne versuchte sie zu beruhigen. Es gab ausgezeichnete Kehlkopfspezialisten. Sänger hatten oft diese Schwierigkeiten.
»Nein, ich bin erledigt«, jammerte Neely. »Mich hat schon jeder Arzt untersucht. Mein Hals ist nicht einmal verschwollen. Sie sagen, es sind die Nerven, aber das stimmt nicht — Gott straft mich, weil ich so schlecht über Jen gesprochen habe. Und der Film mußte abgeblasen werden. Jetzt bin ich für alle Zeiten unten durch. Keiner wird mich auch nur mit der Feuerzange anfassen.«
»Gott hat damit nichts zu tun«, tröstete Anne. »Wenn dich einer straft, dann bist du es selbst.«
»Das hat mir mein letzter Psychiater auch gesagt. Daß ich einen Trieb zur Selbstvernichtung habe und mich dauernd für eine eingebildete Schuld bestrafe. So ein Blödsinn. Ich hab' niemals was Böses getan.«
Neely fand einen neuen Psychiater. Dr. Massinger wurde allseits bestens empfohlen. Anne bestand darauf, daß Neely zu ihr zog. Sie war überzeugt, daß eine intensive Behandlung und der Halt, den sie ihr geben konnte, Neely aus ihrer Depression reißen würde. Bisher hatte sie sich noch jedesmal erholt.
Und Neely versuchte es. Sie bemühte sich, ordentlich zu sein und

die Wohnung nicht zu verwüsten. Aber sie schlief nie. Sie ging mit Musikern aus, kam spät nachts heim und saß dann bis zum Morgengrauen im Wohnzimmer, schluckte Seconal und hörte sich ihre alten Platten an.

Eines Morgens fand Anne sie zusammengekauert und in Tränen aufgelöst im Wohnzimmer. »Ich bin erledigt, Anne. Ich habe versucht, mit meinen Platten mitzusingen, und kann es nicht.«

»Aber Dr. Massinger sagt, daß es nur die Nerven sind. Deine Stimme kommt bestimmt wieder, Neely.«

»Er sagt, Hollywood hat mich ruiniert. Deshalb habe ich ja heute nacht ganz allein zum erstenmal ohne Kameras und ohne Hollywood zu singen versucht. Aber ich bringe keinen Ton heraus, Anne. Ich kann nicht singen.«

»Du bist doch erst ein paar Wochen hier, Neely. Hab Geduld.«

Neely stand auf. »Vielleicht.« Sie ging ins Bad und nahm ein paar Tabletten. »Hast du Whisky da? Ohne den wirken die Pillen nicht.«

Anne gab ihr eine Flasche. Sie wußte, was ihr bevorstand, wenn Neely in ihrem Medikamententaumel döste. Es war Sonntag, und sie hatte zu Hause bleiben wollen. Sie hatte Kevin zum Abendessen eingeladen und wollte ihm einen Krabbencocktail vorsetzen — das einzige, was sie zubereiten konnte. Aber jetzt würde Neely wieder den ganzen lieben Tag verschlafen.

Sie rief Kevin an und verabredete sich mit ihm in seiner Wohnung. Später wollten sie dann in einem Restaurant essen.

Neely hörte, wie sich die Tür schloß. Sie schlief nicht, aber es war einfach besser, sich schlafend zu stellen. Anne war so gereizt, wenn sie trank und Tabletten nahm. Sie hatte ständig Angst, daß sie etwas anstellen könnte. Neely setzte sich auf und schenkte sich puren Whisky nach. Sie zündete eine Zigarette an. Himmel, das war die letzte. Und todsicher hatte Anne die restlichen Zigaretten versteckt. Für alle Fälle. Na, sie würde bestimmt bald einschlafen.

Sie füllte ihr Glas nach, dann wurde ihr klar, daß sie zu rasch trank. Es war besser, kleine Schlucke zu machen und noch ein paar Tabletten zu nehmen. Sie griff unter ihr Kopfkissen. Dort hatte sie drei rote Püppchen versteckt. Sie nahm sie mit Whisky. Endlich begannen die Pillen zu wirken, und sie wurde allmählich apathisch. Aber sie konnte nicht schlafen. Wieder schenkte sie sich ihr Glas voll. Verdammt, die Flasche war beinahe leer. Und keine Zigaretten. Vielleicht noch ein paar Püppchen? Aber sie hatte schon so viele genommen, und das konnte gefährlich werden. Und wenn schon! Was erwartete sie noch, wenn sie nicht mehr singen konnte? Sie hatte nur noch zehntausend Dollar übrig. Das heißt, nein — es waren zehntausend gewesen, als sie aus Kalifornien abgereist war. Inzwischen hatte sie für die Zwillinge einen Scheck an die Schule geschickt — das waren zwölfhundert —, dem Psychiater zahlte sie seit drei Wochen täglich fünfundzwanzig Dollar, und ihr Flug hierher hatte auch ein paar hundert Dollar gekostet. Und sie hatte nach links und rechts Barschecks ausgestellt. Vielleicht besaß sie jetzt nur noch fünftausend. Wie lange reichte das schon? Und ewig konnte sie auch nicht bei Anne wohnen. Die heiratete im nächsten Monat. Ehrlich, wo sollte sie bloß Geld hernehmen? Das Haus war verkauft, versichert war sie nicht... vielleicht sollte sie einfach den Rest der Pillen schlucken. Ted würde sich um die Kinder kümmern müssen. Die machten sich ohnehin nicht viel aus ihr. Wenn sie sie in Kalifornien besuchte, hieß es nur immer: »Gib mir, schenk mir, kauf mir.«

Keiner Seele lag daran, ob sie lebte oder tot war. Niemand scherte sich um sie. Gott vielleicht, falls es den gab.

»He, Gott, bist du wirklich dort oben?« fragte sie. »Bist du ein mächtiger, weißhaariger Mann mit einem Bart? Verstehst du mich? Dann sag mir doch, was ich verkehrt gemacht habe! Nie bin ich unbescheiden gewesen. Ehrlich, ich wollte nichts weiter als eine Wohnung und einen Mann, der mich liebt. Ich habe es versucht — warum hast du es immer kaputtgemacht? Wozu, zum Teufel, hast du mir eine Stimme gegeben, wenn du nicht wolltest, daß ich aus den anderen hervorsteche? Warum hast du sie mir genommen?«

Sie leerte den letzten Tropfen und ließ die Flasche zu Boden fallen.

»He, Jen — bist du dort oben? Ich weiß, daß du nicht mit großen weißen Flügeln herumflatterst, aber falls es ein anderes Leben gibt und du irgendwo bist, dann kannst du mich vielleicht hören. War dir auch so zumute wie mir? Ehrlich, ich möchte bei dir sein... es muß dort besser sein als hier unten. Was erwartet mich hier? Noch ein Tag, noch eine Nacht, die ich durchstehen muß. Restaurantbesuche mit Nullen, die sich mit mir sehen lassen wollen, solange ich die Rechnung bezahle.« Sie trank ihr Glas leer.

»Jetzt bin ich zweiunddreißig, das ist nicht mehr jung. Es muß so etwas wie einen blödsinnigen Himmel geben... vielleicht ist es etwas wie eine Welt ohne Probleme. Es gibt so viele intelligente Menschen, die daran glauben. He, Jen, tut das Sterben weh? Hast du Angst gehabt? Bleib bei mir, Jen... ich hole mir noch ein paar Tabletten — ich komme zu dir.«

Sie rannte ins Bad, wo sie die Flasche hinter dem Badesalz versteckt hatte. Es waren nur noch sechs Stück übrig! Sie schluckte sie rasch. Aber sechs Stück genügten nicht. Vielleicht Aspirin? Ein volles Fläschchen Aspirin zusätzlich zu den Pillen? Verdammt! Davon waren auch bloß fünf Stück da. Sie nahm sie. Der Whisky war fertig, aber Anne bewahrte in der Bar immer für Kevin eine Flasche Kognak auf. Der auf den Whisky... Sie wollte aus dem Badezimmer gehen, stolperte, und das Glas fiel ihr aus der Hand und zersplitterte am Boden. Verdammt! Anne wurde so wütend, wenn sie etwas zerbrach. Sie blieb stehen, um die Scherben aufzuheben. Es war nur ein Trinkglas, aber wie sie Anne kannte, war es bestimmt aus Kristall oder so was. Sie hob einen langen Splitter auf. Junge, das war die Antwort. Ein Schnitt durchs Handgelenk, und ein Begräbnis wie das von Jennifer war ihr sicher. Ob die Leute sich ihretwegen auch in den Haaren liegen würden? Ob Ted Casablanca verlangen würde, daß sie in Kalifornien begraben wurde, oder ob ihre Schwester, diese halbe Portion, sich melden und sie auf den Friedhof ihrer Heimatstadt überführen lassen würde? Pfui Teufel, wenn man sich vorstellte, daß man den Rest seines Lebens auf einem elenden Friedhof verbringen sollte...! Anne war garantiert für ein würdevolles Begräbnis, aber sie wünschte sich noch größeres Aufsehen als bei Jennifer. Na ja, noch mehr Rummel war nicht möglich. Also dann genausoviel wie bei Jennifer. Falls es aber weder einen Himmel noch einen Gott gab? Dann war sie tot, aber sie konnte es nicht genießen. Allerdings — sie hielt den Splitter in der Hand —, falls sie *beinahe* tot war, gab das den gleichen Spektakel. Wie damals in Hollywood... Vielleicht würde man sie anflehen zurückzukommen, und alle wären wahnsinnig zerknirscht. Und wenn sie dann ihre Fahrigkeit überwunden hatte, konnte sie vielleicht wieder singen, und das Leben wäre wieder wunderbar...

»Trinken wir zuerst einen Kognak«, entschied sie und tappte zur Bar. Sie nahm die Flasche und schenkte sich ein Glas voll. Mit dem Glassplitter in der Hand ging sie ins Schlafzimmer zurück. Sie stieg ins Bett, nahm einen großen Schluck Kognak und betrachtete prüfend ihr Handgelenk. Wenn sie sich nun schnitt — nur so viel, daß es blutete. Sie drückte sich den Splitter ins Fleisch. Zwei Zentimeter tief, das genügte, nur nicht durch die Pulsader, denn dann war man wirklich tot — gut, das Blut begann zu fließen. Sie legte sich zurück und sah zu, wie es hervorquoll. Ehrlich, das war aber viel Blut, und wie rasch es sprudelte! He! Vielleicht hatte sie wirklich eine wichtige Ader verletzt? Verdammt, es hörte nicht auf! Sie griff nach dem Hörer. Wo, zum Teufel, steckte Anne! Das Blut floß immer rascher, und jetzt wirkten diese verfluchten Pillen. Der Kognak...

Sie wählte das Amt. Eine unpersönliche Stimme antwortete.

»Hier Neely O'Hara«, murmelte sie. »Ich sterbe...«

»Wie ist Ihre Nummer?«

»Meine Nummer?« Sie blickte auf den Apparat hinunter. Alles verschwamm ihr vor den Augen. »Ich weiß nicht... sie ist geheim... fällt mir nicht ein. Bitte helfen Sie mir. Ich hab' mir die Adern durchschnitten... Das Blut...«

»Ihre Adresse?«

»Zweiundsechzigste Straße Ost am Park. Wohnung gehört Anne Welles...«

»Dem Fernsehstar?« fragte die Telefonistin mit plötzlich erwachtem Interesse.

»Klar... klar...« Neely ließ den Hörer fallen, und ihre Augen schlossen sich. Gewaltsam öffnete sie sie wieder. O Gott, sie hatte Annes Bettzeug ruiniert. Ihr Arm hing leblos über die Bettkante, und das Blut tropfte auf Annes goldenen Teppich. »Bitte, Fräulein, schnell...« Soviel Blut, und es hörte gar nicht auf... aber sie würde nicht sterben. Man stirbt nicht, wenn man noch so klar denken kann... ich bin müde, nicht am Sterben... nur müde... verdammte Puppen... ausgerechnet jetzt mußten sie wirken...

Neely schlug die Augen auf und schloß sie schnell wieder. Es roch nach Spital. Dann lebte sie also! Die Erinnerung kehrte wieder. Die Sirenen, der Krankenwagen... Sie öffnete nochmals die Augen. Anne und Kevin saßen im Zimmer. Anne sprang auf. »O Neely, du bist wach, Gott sei Dank!«

Neely lächelte schwach. »Verzeih mir wegen der Wohnung.«

»Das macht doch nichts.«

»Wo bin ich?«

»Im Park North Hospital.«

Neely rümpfte die Nase. »Das ist aber nicht das vornehmste.«

Kevin trat an ihr Bett. »Hören Sie, meine junge Dame, Sie können von Glück sagen, daß sie hier sind. Wissen Sie, wohin die Sanitäter Sie gebracht hätten? Ins Bellevue!«

Neely setzte sich mühsam auf. »Das hätte mir noch gefehlt!«

»Ihr Glück, daß wir heimgekommen sind. Anne wollte rasch nach Ihnen sehen. Da haben wir den Krankenwagen und die Polizei vorgefunden. Man hat Sie ins Bellevue bringen wollen. Das ist Vorschrift. Jeder Selbstmordversuch wird ins Bellevue eingeliefert und muß dort eine Weile zur Beobachtung bleiben.«

»Feine Sache!«
»Davor hat Kevin dich bewahrt«, sagte Anne. »Er hat ihnen das zerbrochene Glas gezeigt und behauptet, daß es ein Unfall war.«
»Ich habe eine Menge Zwanzigdollarscheine verteilen müssen, um die Leute zu überzeugen. Und wir hatten keine Zeit zu einer umständlichen Wahl. Sie waren schon ziemlich hinüber, und dieses Krankenhaus war das nächste.«
»Es war eigentlich kein Selbstmord«, sagte Neely.
»Mir hat es gereicht«, sagte Anne.
»Hat es in der Zeitung gestanden?«
»Auf sämtlichen Titelblättern.« Anne rückte einen Stuhl an Neelys Bett. »Neely, wir müssen etwas mit dir unternehmen.«
Neely schossen die Tränen in die Augen. »Was denn? Ich kann nicht mehr singen.«
»Der Fehler liegt nur hier«, sagte Kevin und tippte sich an den Kopf, »nicht in Ihrer Kehle.«
»Dann sagen Sie es ihr. Ich möchte ja, aber die Töne wollen nicht.«
»Schön. In wenigen Tagen kommen Sie hier raus. Und was dann?« fragte Kevin streng.
Unter Tränen versicherte Neely: »Ich werde von Anne fortziehen, keine Angst. Ich miete mich in einem Hotel ein.«
»So geht das mit dir nicht weiter, Neely... nichts als Pillen und Alkohol. Das nächste Mal kommst du nicht mehr so glimpflich davon.«
Neely streckte sich. »Wenn ich nur schlafen könnte, richtig schlafen – eine Woche etwa – dann wäre ich wieder auf dem Damm. So aber döse ich immer nur wenige Stunden. Seit einer Ewigkeit habe ich keine Nacht mehr durchgeschlafen...«
»Die Schlafkur!« sagte Anne plötzlich.
Kevin und Neely blickten sie fragend an. »Natürlich, eine Schlafkur«, wiederholte Anne und erzählte von Jennifers Aufenthalt in der Schweiz.
Neely war begeistert. »Eine Woche schlafen! O Gott, dann könnte ich garantiert wieder singen. Aber die Schweiz – das kostet ein Vermögen.«
»Wenn der Heilschlaf eine anerkannte Therapie ist, läßt sie sich bestimmt auch hier durchführen«, sagte Kevin.
Dr. Massinger war dagegen. Ja, die Schlafkur war ihm bekannt. Aber Neelys seelische Störungen waren zu tief verwurzelt. Seiner Meinung nach gehörte sie zumindest für ein Jahr in eine Nervenklinik. »Es handelt sich um keine momentane Depression«, sagte

er entschieden, »sondern um eine ernste seelische Störung. Aus ihren eigenen Berichten geht hervor, daß sie schon vor zehn Jahren zum Selbstmord neigte. Ich habe ihr gleich bei ihrem ersten Besuch eine Nervenklinik empfohlen, aber dagegen hat sie sich gesträubt. Seit damals hat sie sich nur mehr durch Willenskraft und Pillen aufrecht gehalten. Aber jetzt bleibt ihr keine Wahl mehr. Sie muß in eine Anstalt.« Er nannte verschiedene Kliniken.

Neely wollte davon nichts wissen. »Ich in einem Narrenturm? Kommt ja gar nicht in Frage! Ich will mit Glacéhandschuhen angefaßt werden, genau wie Jennifer. Als Auftakt Champagner, eine verständnisvolle Pflegerin, eine sanfte Nadel ... und Schlaf, köstlichen Schlaf.«

Nach verzweifelten Telefonaten entdeckte Kevin schließlich eine große Privatklinik im Norden New Yorks. Ja, sie kannten die Schlafkur. Sie würden Miß O'Hara mit Vergnügen für eine solche Kur aufnehmen. Jawohl, man würde strengste Diskretion walten lassen. Die Presse würde nichts davon erfahren.

An einem milden Märzsonntag fuhren Kevin und Anne mit Neely nach Haven Manor. Auf Anne machte der ausgedehnte Park mit dem gepflegten Rasen den besten Eindruck. Neely hatte sich mit einigen Pillen Mut verschafft.

Der Chefarzt, Dr. Hall, begrüßte sie und schüttelte Neely die Hand. »Ich bin ein großer Bewunderer von Ihnen, Miß O'Hara.«

Neely lächelte gequält.

»Wenn Sie die Freundlichkeit hätten, die Formulare auszufüllen ...«

Neely setzte ihren Namen auf verschiedene Vordrucke. »Okay«, sagte sie munter, »her mit der Schlafkur.«

Dr. Hall drückte auf einen Knopf. Eine große, kräftige Frau im weißen Kittel erschien. »Das ist Dr. Archer, meine Assistentin. Sie wird Miß O'Hara auf ihr Zimmer bringen.«

Neely griff nach Annes Hand. »Ich weiß nicht, wie ich dir danken soll. Holst du mich in einer Woche ab?«

Anne nickte. Neely wandte sich an Kevin. »Ich weiß, daß Sie das hier bezahlen. Vielen Dank.«

Er schüttelte den Kopf. »Ich wollte es zwar, aber Anne hat es sich nicht nehmen lassen.«

Neely sah Anne mit verlegenem, schläfrigem Lächeln an. »Anne ... immer zur Stelle, wie? Danke dir.«

»Hauptsache, du bist bald wieder gesund, Neely«, sagte Anne.

»Ich will jetzt lange und tief schlafen.« An Dr. Archers Arm gelehnt, ging sie.

Anne stand auf, um sich von Dr. Hall zu verabschieden. Der Arzt räusperte sich »Miß Welles – und Mr. Gillmore. Könnten wir die Sache besprechen?«
»Was denn?« Anne setzte sich wieder.
»Die sogenannte Schlafkur. Ich habe mit Dr. Massinger telefoniert und habe Miß O'Haras bisherige Krankengeschichte hier. Er hat sie mir zugeschickt. Mit einer Schlafkur ist ihr nicht gedient.«
»Aber Sie sagten doch –«
»Daß wir diese Therapie anwenden können. Aber damals hatte ich weder ihre Krankengeschichte gekannt noch mit ihrem Arzt gesprochen. Ich würde die Schlafkur nicht empfehlen. Oh, sie fühlt sich nachher bestimmt erfrischt. Vielleicht wird sie sogar einige Wochen ein normales Leben führen, aber dann fällt sie unweigerlich in ihre alten Gewohnheiten zurück. Letzten Endes wird sie doch durch Selbstmord enden. Sie steuert direkt darauf zu. Sie ist eine großartige Künstlerin, und wir sind es ihr schuldig, sie zu heilen.«
»Aber wie?« fragte Anne.
»Weder mit Schlafkuren noch Pillen. Sie ist heute bereits süchtig. Die Sucht nach Schlafmitteln kann genauso ernst sein wie jede andere Sucht, und sie läßt sich bedeutend schwerer heilen, weil es für den Patienten leider ganz einfach ist, sich außerhalb der Klinik die Pillen zu verschaffen. Bei Kokain, Heroin oder Morphium ist das schon etwas schwieriger. Ist Ihnen bekannt, daß sie bei ihrem Selbstmordversuch fünfzig Pillen genommen hat? Ich habe bei ihrem Apotheker nachgefragt. Sie hatte am Tag zuvor ein Rezept bei ihm eingereicht. Von Dr. Massinger stammten die Kapseln nicht. Jedes Rezept trug den Namen eines anderen Arztes. Und die Flasche mit den fünfzig Pillen war leer, als man sie fand. Tabletten einerseits und eine kräftige Dosis Alkohol andererseits – eine gefährliche Mischung. Trotzdem wäre sie davon nicht gestorben. Sie ist giftunempfindlich, wie es Süchtige sind.«
»Was schlagen Sie vor?« Diese Frage kam von Kevin.
»Intensive psychiatrische Behandlung. Keinen Schock – zumindest vorläufig nicht. Bei ernster Anstrengung hoffe ich, sie der Welt als strahlendes Wesen zurückgeben zu können.«
»Wie lange würde das dauern?« fragte Anne.
»Mindestens ein Jahr.«
Anne lächelte mitleidig. »Dazu werden Sie Neely nie überreden. Sie wird die Anstalt sofort verlassen, wenn Sie ihre Schlafkur nicht bewilligen.«
»Sie hat unterschrieben«, erwiderte Dr. Hall mit müdem Lächeln

und klopfte auf ein Formular. »Damit ist sie gebunden. Natürlich hat sie gedacht, es handle sich nur um die Anmeldung. Aber hier steht ausdrücklich, daß sie zumindest dreißig Tage in der Anstalt bleiben muß.«

»Dreißig Tage«, wiederholte Anne nachdenklich. »Aber ich kenne Neely. Nach Ablauf dieser dreißig Tage wird sie die Klinik fluchtartig verlassen.«

»Dann können Sie verfügen, daß sie bleiben muß.«

»Ich?« sagte Anne entsetzt. »Niemals!«

»Dann könnten wir sie für geisteskrank erklären lassen.«

»Wieso?«

»Wenn unsere Psychiater der Meinung sind, daß sie eine weitere Behandlung benötigt, bringen wir den Fall vor Gericht. Drei unabhängige Psychiater werden zugezogen. Schließen sie sich der Ansicht unserer Ärzte an, dann verfügt das Gericht einen dreimonatigen Aufenthalt – und alle drei Monate wird die Verfügung automatisch verlängert. Wir machen das oft«, sagte er freundlich. »Das befreit die Verwandten und Freunde von jedem Schuldgefühl.«

»Aber das ist, als würden wir sie von vornherein verdammen«, protestierte Anne. »Sie glaubt, daß sie eine Woche schlafen wird.«

»Miß Welles, ich bewundere Miß O'Hara. Sie ist eine große Künstlerin. Der Aufenthalt in dieser Anstalt kostet fünfzehnhundert Dollar monatlich, und unsere Warteliste ist sehr lang. Wir haben Miß O'Hara nur eingeschoben, weil sie eben Künstlerin ist – sie muß wieder gesund werden. Ich bitte Sie, ihr diese Chance zu geben.«

»Aber Neely war so gegen eine Nervenklinik –«

»Miß O'Hara ist nicht in der Verfassung, über ihre Zukunft zu entscheiden. Würde man sie sich selbst überlassen, dann hätte sie keinerlei Zukunft mehr.«

Kevin schaltete sich ein. »Dr. Hall wird sicher am besten wissen, was nötig ist. Versuchen wir es doch wenigstens.«

Anne nickte stumm. »Wann dürfen wir sie besuchen?«

»Frühestens in zwei Wochen. Aber Sie können mich täglich anrufen, und ich werde Ihnen über ihre Fortschritte berichten. Ich verspreche Ihnen, daß Sie die Patientin bei Ihrem Besuch in bedeutend besserem Zustand vorfinden.«

Anne war auf der Rückfahrt sehr schweigsam. »Fünfzehnhundert Dollar monatlich, und das ein Jahr lang?« sagte Kevin. »Es wäre besser, du würdest das mir überlassen, Anne.«

»Nein, für Neely trage ich die Verantwortung. Kevin, ich habe eben überlegt... wenn ich mit Gillian abschließe... sie bieten mir zweitausend wöchentlich.«
»Und was wird aus unserer Hochzeit? Und der Weltreise?«
»Wir haben sie so lange hinausgeschoben – warum sollen wir nicht noch ein paar Monate warten? Außerdem kann ich nicht eine ausgedehnte Reise unternehmen, wenn Neely in Haven Manor ist. Ich muß sie doch besuchen.«
»Du willst mich nicht heiraten, wie?«
»Doch, aber –«
»Nein. Deshalb bezahlst du auch Neelys Rechnungen. Du fürchtest, mir sonst etwas schuldig zu sein.«
»Kevin, du hast mich viele Jahre warten lassen, ehe du dich zu einer Heirat entschlossen hast. Ich finde, daß wir Neely zumindest ein paar Monate schuldig sind.«
»Schön, wir verreisen also nicht, ehe Neely über dem Berg ist. Einverstanden. Aber warum heiraten wir nicht? Und weshalb willst du weiter arbeiten?«
»Wenn ich für Neely zahlen will, muß ich verdienen. Ich habe gestern mit Henry Bellamy gesprochen. Er sagte, daß sich mein Vermögen der Millionengrenze nähert. Ein Großteil ist in stabilen Wertpapieren angelegt. Ich kann jedoch Neelys Rechnungen nicht bezahlen, ohne mein Kapital anzugreifen, und Henry findet, das wäre ein heller Wahnsinn. Er erwartet eine große Wertvermehrung meiner Aktien. Ich kann mir Neely aber leisten, wenn ich mich bei Gillian für weitere sechsundzwanzig Wochen verpflichte. Das wäre bis Oktober – bis dahin müßte sich Neelys Zustand grundlegend gebessert haben. Dann werden wir heiraten und verreisen. Das verspreche ich dir.«
Kevin blickte in die Ferne. Er mußte Anne nachgeben. Der Kuckuck hole diese verdammte Nervensäge. Sooft sie auftauchte, gab es nichts als Ärger.
Anne seufzte. »Die arme Neely. Jetzt werden sie ihr vermutlich schon die Wahrheit beigebracht haben. Wie sie es wohl aufnimmt?«

Am Anfang war Neely geduldig gewesen. Sie saß in Dr. Archers Büro und beantwortete mit monotoner Stimme sämtliche Fragen der Ärztin, rauchte eine Zigarette nach der anderen und wartete auf die erlösende Nadel, die ihr den heißersehnten Schlaf schenken würde. Endlich läutete Dr. Archers Telefon. Neely nahm an, daß es Dr. Hall war, der ihr Anweisungen erteilte. »Jawohl, Herr Doktor.

Selbstverständlich, Herr Doktor. Bin sehr froh. Ganz meiner Meinung«, antwortete Dr. Archer kurz.
Neely gähnte. Fein. Das war gut. Und jetzt mach endlich vorwärts.
Dr. Archer drückte auf einen Knopf, und eine Schwester erschien.
»Das ist Miß O'Hara«, sagte Dr. Archer. »Bringen Sie sie auf vier.«
»Ist das die Abteilung für die Schlafkuren?« fragte Neely aus Höflichkeit, als sie der Schwester folgte. Die lächelte nur und führte sie durch ein Gewirr von Korridoren. Vor jeder Verbindungstür zog sie einen dicken Schlüsselbund hervor, schloß auf und sofort wieder ab, nachdem sie eingetreten waren.
Trakt vier sah aus wie ein Privathaus. In einem großen Zimmer saßen Frauen verschiedenen Alters beim Fernsehen. Neely fand, daß sie alle einen völlig normalen Eindruck machten. Die Schwester führte sie durch einen langen Flur mit vielen kleinen Kammern. Ehrlich, das waren schäbige Buden. Ihr Schlafzimmer in der Zweiundfünfzigsten Straße war dreimal so groß gewesen. Jeder Raum hatte ein Bett, ein Fenster, eine Kommode und einen Stuhl. Vielleicht brachte man sie nach oben in ein Luxusappartement. Hier jedenfalls war offensichtlich nicht die Abteilung für die Schlafkur.
Am Ende des Flurs blieb die Schwester vor einem winzigen Kämmerchen stehen. »Das ist Ihr Zimmer.«
Schon wollte Neely protestieren, aber dann fand sie es nicht der Mühe wert. Was tat es, wenn das Zimmer keine Aussicht hatte? Sie war hier, um zu schlafen. Sie warf sich aufs Bett. »Schön, bringen Sie die Nadel.«
Die Schwester ging. Minuten verrannen. Sie sah auf ihre Uhr. Wo blieben die nur so lange? Sie rief: »He... was ist los?«
Sofort erschienen zwei Krankenschwestern. »Wünschen Sie etwas, Miß O'Hara?«
»Allerdings. Ich warte auf meine Schlafkur.«
Die Schwestern blickten einander vielsagend an.
»Deshalb bin ich nämlich hier«, betonte Neely.
»Sie befinden sich im Trakt vier. Das ist das Haus für die Neueinlieferungen. Hier bleibt jeder neue Patient einige Tage, bis wir uns über seinen Fall schlüssig geworden sind. Dann wird er in den Trakt überführt, der sich am besten für ihn eignet.«
Neely trat an die Kommode, öffnete ihre Handtasche, und nahm sich eine Zigarette. »Rufen Sie Dr. Hall. Hier liegt ein Mißverständnis vor.«

Eine der Schwestern sprang herbei und entriß Neely die Streichhölzer.
»Was fällt Ihnen denn ein?« brüllte Neely.
»Streichhölzer sind hier nicht gestattet.«
»Und womit soll ich mir meine Zigaretten anzünden?«
Die Schwester nahm ihre Handtasche an sich. »Sie dürfen nicht rauchen. Nur zu festgesetzten Stunden und unter Aufsicht.«
Neely versuchte sich ihrer Tasche zu bemächtigen, aber die Schwestern waren zu zweit. »Rufen Sie Dr. Hall!« verlangte sie.
»Wir handeln in seinem Auftrag«, erwiderte eine der Schwestern. »Seien Sie vernünftig, Miß O'Hara. Um fünf Uhr werden Sie zwei Zigaretten bekommen. Kommen Sie mit, damit Sie die anderen Patienten kennenlernen.«
»*Was?* Ich soll mich unter die Verrückten mischen? Ich bin Neely O'Hara und such mir meine Freunde genau aus. Rufen Sie Anne Welles oder Kevin Gillmore an. Das ist einfach lächerlich! Hier bleibe ich nicht!« Sie wollte zur Tür.
Eine der Pflegerinnen hielt sie zurück. »Sie hat die Uhr noch an«, sagte die andere und löste sie gewaltsam von Neelys Handgelenk.
»Sie, die hat tausend Dollar gekostet!«
»Sie wird im Safe aufbewahrt. Sie bekommen Sie mit Ihren übrigen Sachen zurück, wenn Sie die Klinik verlassen.«
Panische Angst stieg in Neely auf. Nie zuvor hatte sie dieses Gefühl völligen Ausgeliefertseins gekannt. »Hören Sie, rufen Sie Anne Welles an«, bettelte sie. »Sie wird den Irrtum aufklären.«
Wieder verstrich eine halbe Stunde. Neely schwankte zwischen Wut und Furcht. Sie sehnte sich nach einer Zigarette. Die Wirkung der beiden Seconal hatte aufgehört, und sie war hellwach und verschreckt. Sie läutete. Eine Schwester kam, die ihr höflich, aber ausweichend antwortete. Miß O'Hara konnte sofort eine Zigarette haben, wenn sie in den Aufenthaltsraum kam. Es war sogar schon höchste Zeit. Wenn sie die Rauchpause versäumte, gab es bis neun Uhr keine Zigarette mehr.
»Wer, zum Teufel, sind Sie, daß Sie mir vorschreiben, wann ich rauchen darf?« kreischte sie. »Ich bin ja schließlich keine Fürsorgepatientin. Ich verlange, daß man mich mit Respekt behandelt.«
»Wir alle respektieren Sie, Miß O'Hara. Aber Sie müssen umgekehrt auch die Vorschriften Haven Manors respektieren.«
»Ich halte mich nicht an Vorschriften. Die mache ich mir selbst! Ich bin Neely O'Hara!«
»Das wissen wir. Und wir alle bewundern Sie sehr.«

»Dann tun Sie, was ich sage!« verlangte sie.
»Wir halten uns an die Weisungen Dr. Halls und Dr. Archers.«
»Schön, dann holen Sie Dr. Hall!« Sie kehrte der Schwester den Rücken zu. Die Angst zermürbte sie allmählich. Vielleicht versuchte dieser Dr. Hall, sie hereinzulegen. Ach, Unsinn, nichts als Einbildung! Es mußte sich um einen Irrtum handeln. Dr. Hall würde es niemals wagen. Wenn Anne und Kevin davon erfuhren, würden sie schon mit ihm Schlitten fahren!
Nach zehn Minuten kehrte die Schwester zurück. »Wenn Sie noch vor dem Abendessen rauchen möchten, Miß O'Hara, dann kommen Sie bitte heraus. Es sind nur noch zehn Minuten Zeit.«
»Ich setze mich nicht unter die Verrückten!«
Die Schwester ging. Neely wanderte hin und her. Junge, sie hatte diese Schlafkur bitter nötig! Sie brauchte ein paar Puppen — ihre Hände zitterten. Ehrlich, in letzter Zeit mußte sie schon stündlich zwei Puppen nehmen, um ruhig zu bleiben. Aber die Schlafkur wirkte bestimmt entwöhnend. Dr. Massinger glaubte, sie sei erst seit kurzem derart unempfindlich gegen Medikamente. Pah, was waren seit Spanien schon zwanzig oder dreißig Puppen am Tag? Ein Glück, daß sie von dort abgereist war, sonst wäre sie vielleicht noch ernstlich krank geworden. Verdammter Dr. Madera — er hatte ihr zum erstenmal diese Spritzen gegeben ... Gott, war das ein himmlisches Gefühl! Es hatte sie von sämtlichen Kümmernissen befreit. Nach der ersten Spritze hatte sie sechs Stunden lang im Bett gelegen und in einer Glückseligkeit geschwelgt, die sie bisher nie gekannt hatte. Sie hatte das Gefühl, besser als jemals zu singen, ja, Töne erreichen zu können, die es gar nicht gab; ohne die grünen Püppchen schlank zu bleiben und mehr Erfolg zu haben als früher.
Die Reaktion war natürlich scheußlich gewesen. Woher sollte sie den Schwung für den nächsten Tag, einen neuen Liebhaber, eine andere Party nehmen? Aber sie konnte jederzeit zu Dr. Madera flüchten, der ihren »kranken Rücken« behandelte. Das hatte sie bei den Filmschauspielern in Hollywood gelernt. Man mußte behaupten, unter Rückenschmerzen zu leiden. Weder mit Röntgenaufnahmen noch Untersuchungen ließ sich nachweisen, daß die Schmerzen nicht existierten. Damit hatte sie sich schon oft eine Arbeitspause verschafft. Auch bei Dr. Madera hatte diese Ausrede genützt. Bloß hatte ihr Dr. Madera die Spritzen gegeben. *Die* hatte sie in Hollywood nie bekommen. Und Dr. Madera war äußerst freigebig damit umgegangen. Er hatte ihr ein ganzes, prachtvolles Jahr hindurch drei Spritzen täglich verpaßt.

Nach kurzer Zeit blieb sie nicht einfach im Bett liegen. Durch die Spritzen war sie wieder arbeitsfähig. Sie stand auf, ging in Nachtklubs und sang. So gut hatte sie noch nie gesungen. Dieser Film, den sie in Spanien gedreht hatte – wenn der nur für die Staaten freigegeben worden wäre! Damit hatte sie einen neuen Höhepunkt erreicht. Sie war zerbrechlich zart und voll innerer Spannung gewesen. Die Spritzen nahmen ihr jeden Appetit. Ihre Augen hatten wie glühende Kohlen geleuchtet. Klar, weil sich die Pupillen durch die Spritzen erweiterten. Und ihre Stimme ... zart und rein.

Dann kam das Telegramm aus Kalifornien. Ted verlangte die elterliche Gewalt über die Zwillinge, falls sie nicht zurückkehrte und sich um die Kinder kümmerte. Als ob sie ihre Söhne bei der Hure leben ließe, die er geheiratet hatte! Und dann kam noch obendrein Jennifers Selbstmord. Sie mußte Spanien verlassen und damit die Spritzen aufgeben. Die Puppen halfen zwar etwas, aber sie brauchte jetzt sehr viel davon, mindestens dreißig Stück am Tag. Herrgott, heute hatte sie bloß ungefähr sechs genommen, und die letzte vor zwei Stunden! Wo, zum Teufel, steckte dieser Dr. Hall? Wann begann endlich die Schlafkur?

Eine Krankenschwester erschien und sagte, das Abendessen sei serviert. Würde sie bitte mit in den Speisesaal kommen? Fiel ihr nicht im Traum ein! »Ich will eine Zigarette und ein paar Seconal haben – wenigstens sechs –, damit ich auskomme, bis Dr. Hall mit der Schlafkur anfängt.«

Sie warf sich aufs Bett. Ihre Kehle war ausgetrocknet. Verdammt, wenn sie nur etwas zu trinken hätte, irgend etwas ... Dieser Käfig begann ihr auf die Nerven zu gehen. Wenn nicht bald etwas geschah, dann würde sie einfach fortgehen. Man konnte sie ja nicht daran hindern. Schließlich war sie nicht im Gefängnis. Sie hörte Schritte und setzte sich auf. Vielleicht war es jetzt endlich soweit. Eine Krankenschwester öffnete die Tür. Sie trug ein Tablett mit Essen. »Wenn Sie lieber auf Ihrem Zimmer essen würden . . .«

Neely riß plötzlich die Geduld. Sie hob das Tablett auf und schleuderte es quer durchs Zimmer. Die Schwester duckte sich. Sofort kam eine zweite angerannt. Neely kochte vor Wut. »Ich will weder essen noch mich anfreunden. Ich will nichts als schlafen. Und jetzt her mit meinen Zigaretten – und beginnen Sie auf der Stelle mit meiner Schlafkur, oder ich gehe. Mir reicht es!«

Eine Schwester, die offenbar mehr als die anderen zu sagen hatte, ergriff das Wort. »Sie warten vergebens auf die Schlafkur, Miß O'Hara.«

»Was soll das heißen?«
»Ich habe mich bei Dr. Hall erkundigt. Keine Schlafkur und keine Tabletten. Man wird Sie durch psychiatrische Behandlung heilen.«
»Adieu!« Neely wollte zur Tür, aber vier Arme hielten sie zurück. »Nehmt eure dreckigen Hände weg!« kreischte sie. »Laßt mich in Ruhe!« Sie hieb mit den Fäusten auf sie ein.
Eine Schwester gab Befehle. »Bringt sie ins Haus Weißdorn!«
»Ich gehe nach Hause«, schrie Neely. Weitere Schwestern drängten sich ins Zimmer, und Neely wurde durch einen Flur gezerrt. Das konnte doch nicht wahr sein! Sie, Neely O'Hara, von vier Schwestern abgeführt wie ein Stück Vieh! Und dieses gräßliche Gebrüll – das kam von *ihr!* Aber natürlich hatte sie keinen Anfall, sie war bloß so maßlos empört über diesen Betrug.
Sie wehrte sich erbittert, während man sie durch Türen schob und in ein winziges Zimmer in einem anderen Trakt brachte. Aber selbst in ihrer Wut bemerkte sie den Unterschied. In diesem Raum war kein Teppich, kein Vorhang, keine Kommode. Bloß ein Bett. Wie eine Zelle! Sie wurde auf das Bett gelegt. Ihre lange Hose war zerrissen. Ein Glück, daß sie eine zweite eingepackt hatte.
Eine junge Krankenschwester kam ins Zimmer und setzte sich neben sie. »Kommen Sie, Miß O'Hara, essen wir etwas.«
»Ich will nach Hause!« brüllte Neely.
»Zuerst das Abendessen. Und dann mache ich Sie mit den anderen Patientinnen bekannt.«
»Ich möchte schlafen«, schluchzte Neely. Sie saß in der Falle. Diese Hilflosigkeit war unerträglich! Sie blickte zum Fenster. Wenigstens keine Eisenstäbe, bloß ein Maschengitter – so etwas ließ sich durchschneiden. Aber womit? Sie stürzte aus dem Zimmer und rannte in einen großen Aufenthaltsraum. Dort saßen andere Patientinnen und sahen sich schweigend das Fernsehprogramm an. Verzweifelt blickte sie um sich. Womit ließ sich das Gitter zerreißen? In der Ecke stand ein Schrank voll Büchern und Spielen... ein Schachspiel! Sie packte eine Figur mit einem kleinen Kopf. Wenn sie die kräftig genug gegen das Gitter stieß, gab es vielleicht nach. Mit der Schachfigur in der Hand rannte sie in ihr Zimmer zurück.
Die Schwester saß auf dem Bett und sah ihr ruhig zu. Soll sie, dachte Neely. Ich bin kräftiger. Die soll nur versuchen, mich zu hindern. Sie öffnete das Fenster. Die Schwester rührte sich nicht. Sie setzte die Schachfigur am Gitter an, stieß dagegen, rüttelte daran. Dabei schluchzte sie ständig. Es mußte doch eine schwache Stelle haben, die sie durchlöchern konnte.

»Es sind Stahlmaschen«, sagte die Schwester gelassen. »Und selbst wenn Sie ausbrechen sollten, wären Sie erst im Park. Er ist zehn Hektar groß. Und das Tor ist verschlossen.«
Neely ließ die Schachfigur sinken. Sie setzte sich auf die Bettkante und weinte. Die Schwester versuchte sie zu beruhigen, aber ihr Schluchzen wurde immer verzweifelter. Sie dachte an Anne und Kevin. Die waren jetzt wieder in New York und glaubten vermutlich, sie liege längst in sanftem Schlummer. Warum war sie nicht in Annes Wohnung geblieben? Dort konnte sie sich frei bewegen, eine Zigarette rauchen, wann sie wollte, so viele Puppen schlucken, wie es ihr paßte, etwas trinken ... Hollywood fiel ihr ein. Der Chef ... wen kommandierte er wohl jetzt herum? Und Ted ... In Kalifornien war es früher Nachmittag, etwa drei Uhr. Und es war warm und sonnig. Wahrscheinlich saß Ted eben mit seiner Frau am Schwimmbecken. Und sie, die berühmte Neely O'Hara, war in einer teuren Klapsmühle eingesperrt! Sie weinte heftiger.
Sie mußte eine Stunde lang geweint haben, denn als sie endlich aufsah, war es draußen dunkel. Die Oberschwester erschien. An ihrer gestärkten Uniform steckte ein Metallschild mit dem Namen Miß Schmidt. Eine Person wie ein Flintenweib, fand Neely.
»Miß O'Hara, wenn Sie sich nicht endlich zusammennehmen, werden wir etwas tun müssen, um Sie zu beruhigen.«
Okay, das also war der Ausweg. Sie konnte sich ein paar Pillen oder eine Injektion erzwingen. Sie würde es denen schon zeigen! Keine Pillen, wie? Neely O'Hara würde diese Scheißvorschriften hier schon abschaffen! Sie begann aus vollem Hals zu schreien.
Sofort wurde es lebendig. Die vierschrötige Schwester tauchte wieder auf, zusammen mit zwei anderen.
»Miß O'Hara, Schluß jetzt! Sie stören die übrigen Patientinnen.«
»Die können mich alle!« brüllte Neely.
Miß Schmidt nickte den beiden Schwestern kurz zu. Sie ergriffen Neely bei den Armen und zerrten sie den Korridor entlang. Sie wehrte sich, schlug um sich – aber die anderen waren stärker. Sie landete in einem großen Badezimmer. Miß Schmidt und die beiden Schwestern befahlen ihr, sich auszuziehen.
»Was! Damit ihr Mannweiber euch aufgeilen könnt!« brüllte sie.
Wieder nickte Miß Schmidt, und die beiden Schwestern entkleideten Neely mit Gewalt. Man zwang sie, in eine Badewanne zu steigen, was sie kreischend tat. Eine riesige Zeltplane wurde so über sie gespannt, daß nur der Kopf frei blieb. Ein Kissen wurde ihr unter den Kopf geschoben. Eine Schwester mit Notizblock und Bleistift nahm neben ihr an einem Tisch Platz.

Neely fand das Bad im Grunde sehr angenehm. Für gewöhnlich badete sie sehr gern und genoß es, so lange im Wasser zu bleiben, bis ihre Haut ganz aufgeweicht war. Und dieses Bad war besonders raffiniert. Ständig floß Wasser zu und ab und umspülte sie plätschernd. Das war ungemein wohltuend. Sie überlegte das alles, hörte aber nicht auf zu schreien.

Miß Schmidt kehrte zurück und kniete sich neben sie. Ihre Augen blickten freundlich. »Miß O'Hara, warum versuchen Sie nicht, sich zu entspannen, damit das Bad wirken kann?«

»Bringen Sie mich fort von hier!« brüllte Neely.

»Sie bleiben in der Wanne, bis Sie zu schreien aufhören oder einschlafen.«

»Ha! In dem ganzen verfluchten Staat gibt es nicht genug Wasser, um mich einzuschläfern!« kreischte Neely.

»Manche Patientinnen haben bis zu fünfzehn Stunden in der Wanne gelegen«, antwortete Miß Schmidt und erhob sich. »In einer Stunde komme ich wieder vorbei. Vielleicht geht es Ihnen bis dahin schon besser.«

In einer Stunde! Neelys Kehle kratzte. Sie wollte sich zurücklehnen und ausruhen, aber genau das erwarteten und bezweckten die hier ja. Sie war hungrig ... Sie wollte rauchen und ein paar Pillen haben. Ein Königreich für ein paar Püppchen! Sie beschimpfte Dr. Hall, die Schwestern, das Sanatorium ... Als ihr Vorrat an Flüchen erschöpft war, begann sie zu schluchzen. Sie bemerkte, daß die kleine Schwester neben dem Tisch zu schreiben aufhörte, als sie schluchzte. So war das also. Die schrieb jedes Wort mit, das die Patientin sagte, damit der große Herr Dr. Hall es lesen konnte. Sich beruhigen, ha? Nein, solange Neely O'Hara hier war, sollten sie alle nicht zur Ruhe kommen.

Wieder begann sie zu schreien. Sie stieß die obszönsten Wörter aus und sah, daß die kleine Schwester dunkelrot anlief, wenn sie die Unflätigkeiten niederschrieb. Insgeheim tat die Kleine ihr leid. Sie war so jung, vielleicht neunzehn, und sie konnte ja nichts dafür ... sie hatte die Vorschriften nicht ausgeheckt. Aber sie gab kreischend jede Gemeinheit von sich, die ihr einfiel. Dazu bearbeitete sie die Zeltplane weiterhin mit den Knien, obwohl sie schon ganz wund waren. Plötzlich gelang es ihr, mit dem Kopf unter die Plane zu tauchen.

Die kleine Schwester sprang herbei und zog ihren Kopf hervor, dann rannte sie zur Klingel und läutete. Andere kamen, und der Schlitz um den Hals wurde enger gemacht. Neely schrie noch lauter ... die Schwester schrieb hastiger ...

Beim Untertauchen hatte sie neben dem Wasserhahn ein kleines Loch in der Plane entdeckt. Jetzt machte sie sich mit ihrem großen Zeh daran zu schaffen. Es vergrößerte sich — bald konnte sie den halben Fuß durchstecken. Sie fluchte wie ein Marktweib, um die Schwester beschäftigt zu halten. Mit übermenschlicher Anstrengung steckte sie schließlich den Fuß in das Loch und schnellte das Knie bis zur Brust hoch. Mit lautem Krach zerriß die Plane, und Neely sprang aus der Wanne. Die Schwester drückte auf die Alarmglocke. Ein Trupp Schwestern kam unter Führung von Miß Schmidt angestürmt. Eine frische Plane wurde an der Wanne befestigt, aber Neely hatte die bescheidene Genugtuung, zu hören, wie eine Schwester einer anderen zuflüsterte: »Das hat bis jetzt noch keine fertiggebracht!«

Sie mußte eine Ewigkeit geschrien haben. Die Wachen hatten einander abgelöst. Auch die Schwester, die jetzt dasaß, war jung, aber sie zuckte bei Neelys Flüchen mit keiner Wimper. Neely war heiser ... erschöpft ... ihr Rücken schmerzte ... ihre Knie schmerzten ... der Zeh fühlte sich wie gebrochen an, weil die Plane so schwer zu zerreißen gewesen war — aber sie brüllte entschlossen weiter. Die Tür öffnete sich. Ein Arzt trat ein. Er zog einen Hocker heran und setzte sich neben die Wanne.

»Guten Abend. Ich bin Dr. Clements und habe heute Nachtdienst.«

Sie las von seiner großen Armbanduhr die Zeit ab. Neun Uhr. Dann lag sie schon beinahe drei Stunden in dieser Wanne.

»Kann ich etwas für Sie tun?«

Nicht ich bin verrückt, sondern die sind es, dachte sie. Mein Kopf ragt aus dieser Scheißwanne hervor, und er fragt mich beiläufig, ob er etwas für mich tun kann.

»Kann ich Ihnen helfen?«

Sie wandte ihm das Gesicht zu, und die Tränen strömten ihr über die Wangen. »Ein feiner Psychiater sind Sie«, sagte sie schluchzend. »Ob Sie mir helfen können? Du liebe Zeit, jeder Arzt im Haus weiß, weshalb ich hier bin. Ihr alle wißt, daß man mich beschwindelt hat. Man hat mir eine Schlafkur versprochen, und weil ich auf meinem Recht bestehe, steckt man mich in diese Wanne!«

»Eine Schlafkur?« sagte er mit ungeheuchelter Überraschung.

»Genau. Deshalb bin ich hergekommen. Für acht Tage. Der drekkige Dr. Hall hat es mir versprochen. Aber kaum waren meine Freunde fort, bumm! War alles anders.«

Er sah die Schwester an. Die zuckte die Achseln. Sein Blick kehrte zu Neely zurück. »Ich habe eben erst meinen Dienst angetreten und bin nicht über Ihren Fall informiert. Ich mache bloß die Nacht-

visiten. Ich werde morgen meinen Bericht vorlegen und bin sicher, daß alles in Ordnung gebracht wird.«
»Leicht, lässig und elegant, wie?« Sie schrie nicht mehr. Sie hatte die Betroffenheit in den Augen des jungen Arztes bemerkt. Vielleicht war er ansprechbar. »Sie sollen mir doch helfen«, bat sie. »Haben Sie deshalb studiert? Sieht so Ihre Hilfe aus? Sie schreiben Ihren Bericht, dann gehen Sie heim und schlafen in Ihrem bequemen Bett, während mich das Wasser auslaugt. Wenn Sie ein menschliches Wesen mit einem Funken Mitgefühl wären, würden Sie mir eine Zigarette geben ... etwas zu essen ... ein paar Seconal ... nicht bloß etwas in Ihr Buch kritzeln und abmarschieren.«
Er ging weg. Wieder brüllte sie los. Ihre Kehle war wund, und sie war müde. Wenn sie nur aufhören könnte ... Das Wasser gluckste in gleichbleibender Wärme nach. Vielleicht konnte sie dabei einschlafen – aber dann hätte das Gesindel gewonnen! Jeder bleibt in der Wanne, bis er einschläft. Aber nicht Neely O'Hara! Wenn sie die erste Schlacht verlor, dann würde sie alle anderen auch verlieren. Sie brüllte lauter.
Eine Stunde später kehrte der junge Arzt in Begleitung von Miß Schmidt zurück. Er öffnete seine Tasche, schüttete etwas in ein Glas und reichte es Miß Schmidt. »Ich habe Dr. Hall angerufen. Seiner Meinung nach soll sie schlafen. Zumindest heute nacht.«
Miß Schmidt hielt das Glas an Neelys Lippen. »Trinken Sie.«
Neely wandte den Kopf ab. »Ich tue nichts, ehe ich nicht hier rauskomme.«
»Trinken Sie«, wiederholte Miß Schmidt leise. »Sie werden sofort einschlafen, und wir heben Sie heraus. Das verspreche ich ihnen.«
Neely begriff. Keine Patientin durfte die Wanne verlassen, ehe sie schlief, aber bei ihr half man dem Einschlafen nach. Sie hatte gesiegt. Keine Schlafmittel, wie? Was, zum Teufel, war dieses rauchgraue Zeug? Sie ließ sich von Miß Schmidt die Flüssigkeit einflößen. Sie trank das Glas bis auf den letzten Tropfen aus.
Du heiliger Schreck! Das war vielleicht ein Rezeptchen! Sie fühlte augenblicklich die Wirkung. Es war herrlich! Sie hörte auf zu schreien. Ein unbeschreibliches Gefühl erfaßte sie. Man nahm die Zeltplane ab ... jemand rieb sie mit einem Frotteehandtuch trokken ... man half ihr in ein Nachthemd ...
»Wir sind hier voll belegt«, sagte Miß Schmidt. »Können Sie mich verstehen, Miß O'Hara? Wir haben kein Einzelzimmer frei. Wir mußten Sie im Schlafsaal unterbringen.«
Neely winkte ab. Ein Bett ... schlafen .. das war alles, was sie wollte. Wo, war ihr einerlei.

Es war dunkel, als sie erwachte. Zum Teufel, wo war sie? In einem langen Raum mit vielen Betten. Verdammt, die Klapsmühle! Wie spät war es? Sie stand auf. Die Schwester, die vor der Tür gesessen hatte, sprang auf. «Ja, Miß O'Hara?«
»Wie spät ist es?«
»Vier Uhr früh.«
»Ich habe Hunger.«
Sofort wurden ihr auf einem hübschen Servierbrett ein Glas Milch und ein paar Kekse gebracht. Sie durfte auf einer Bank im Flur sitzen. Nur um Gottes willen die Verrückten nicht wecken. Sie trank ihre Milch aus. Könnte sie jetzt eine Zigarette haben? Bedaure. Sie waren höflich, aber Zigaretten gaben sie ihr keine. Schön, was hatten sie jetzt mit ihr vor? Sie war nicht müde. Außerdem schnarchte jemand im Saal. Miß Schmidt entschuldigte sich. In einigen Tagen würde ein Einbettzimmer frei.
Neely ging ins Bett zurück. In einigen Tagen! Sie verschwand, sobald es hell war. Man konnte ihr nicht verbieten, mit Anne zu telefonieren.
Sie mußte eingeschlafen sein, denn plötzlich herrschte rund um sie rege Tätigkeit. Alle waren aufgestanden. Eine neue Krankenschwester kam in den Saal.
»Guten Morgen, Miß O'Hara. Stehen Sie bitte auf und machen Sie Ihr Bett! Das Badezimmer liegt am Ende des Flurs!«
»Mein Bett machen!« zischte Neely. »Nicht bei diesen Preisen, meine Guteste. Ich habe seit fünfzehn Jahren kein Bett mehr gemacht und habe nicht die Absicht, jetzt damit zu beginnen.«
»Ich mache es für Sie.« Ein hübsches Mädchen mit sandfarbenem Haar kam zu ihr gerannt. »Ich heiße Carole.«
»Weshalb sollten Sie mein Bett machen?« fragte Neely.
Carole lächelte. »Sonst bekommen Sie einen schwarzen Punkt. Heute ist Ihr erster Tag hier. Sie werden sich schon eingewöhnen.«
»Ich werde den schwarzen Punkt verschmerzen.«
»Sie wollen doch nicht immer im Weißdorn-Pavillon bleiben, nicht war? Sie wollen zunächst zur Föhre, dann zur Ulme und zur Esche übersiedeln und schließlich zu den Patientinnen mit Ausgangserlaubnis.«
»Klingt ja wie in der Schule.«
»Ist es auch, in gewisser Hinsicht. Dieser Pavillon ist für die schwersten Fälle. Ich war schon bis zur Ulme vorgerückt, aber ich ... habe Faxen gemacht. Jetzt bin ich schon seit zwei Monaten im Weißdorn. Ich hoffe, bald zur Föhre zu kommen.«
Neely folgte Carole in ein großes Badezimmer. Dort standen etwa

zwanzig Frauen, die sich die Zähne putzten und wild durcheinanderschnatterten. Jedes Alter war vertreten. Manche waren etwa vierzig; eine reizende alte Dame von ungefähr siebzig Jahren war hier, und Carole mochte etwa fünfundzwanzig sein. Sechs oder sieben Frauen waren etwa so alt wie sie. Sie plapperten wie Schülerinnen im Schlafsaal eines Internats. Neely erhielt eine Zahnbürste, und eine Wärterin kam mit einem großen Karton. »So, meine Kinder, da sind eure Lippenstifte.« Neely meinte, sie sehe nicht recht. Im Karton lagen zwanzig Lippenstifte mit aufgeklebten Namensschildchen. Auch ihr eigener war dabei. Sie benützte ihn und gab ihn der Wärterin zurück.

Dann mußte sie sich mit den anderen für ihre Kleider anstellen. Eine Wärterin gab ihr einen Büstenhalter, ein Höschen, Pantoffeln, einen Rock und eine Bluse. Überrascht stellte sie fest, daß es *ihre* Kleider waren, alle mit Namen versehen. Sie hatte sie nicht eingepackt. Anne mußte sie nachts durch Boten hergeschickt haben. Dann wußte Anne also, daß sie keine Schlafkur machte!

Lähmender Schreck überfiel sie. Langsam zog sie sich an und versuchte krampfhaft, etwas Ordnung in ihre wirren Gedanken zu bringen. Sie ging Carole in den großen Aufenthaltsraum nach. Sonnenstrahlen fielen durch die Fensterscheiben und zauberten eine trügerische Atmosphäre der Heiterkeit vor. Sie sah auf die Uhr. Mein Gott, erst halb acht! Wie sollte sie diesen Tag durchstehen?

Statt Miß Schmidt machte nun eine Tagesschwester, Miß Weston, Dienst. Sie war genauso stämmig wie Miß Schmidt, und die fünf oder sechs jungen Schwestern gehorchten ihr mit der gleichen Bereitwilligkeit. Neely setzte sich mit den anderen an den Frühstückstisch. Der Speisesaal war hell und freundlich. An jedem Tisch saßen vier Frauen, und dazwischen rannte die Serviererin hin und her. Sie hatte beschlossen, nichts zu essen, aber der Duft von Speck und Eiern machte sie hungrig. Sie aß ausgiebig und schlurfte mit den anderen in den Tagesraum zurück.

Es waren durchaus wohlerzogene Verrückte, fand sie. Sie wußte, daß sie sie erkannten, aber sie lächelten ihr nur höflich und herzlch zu, ohne sie in Verlegenheit zu bringen. Sie sah grauenhaft aus. Zu dem Rock gehörte ein Gürtel, aber den hatte man entfernt. Ihr Haar war strähnig und ihre Knie zerschunden. Erinnerungen an die Nacht in der Wanne. Sie wollte, sie könnte die Kameradschaft und den Humor der anderen Mädchen teilen. Sie benahmen sich, als gefiele es ihnen hier!

Carole stellte sie allen vor. Ehrlich, jede schien vernünftig und normal zu sein. Sie setzte sich und wartete, was nun weiter geschehen würde. Eine Schwester betrat den Raum und alle drängten zu ihr hin. Sie hielt eine Schachtel und rief die Namen aus, auch »Miß O'Hara«. Neely ging zu ihr. Ehrlich, die hatten einen Drill hier — sogar ihre Zigaretten waren beschriftet. Die Schwester gab jeder Frau zwei Zigaretten; eine zweite Schwester stand daneben und reichte ihnen Feuer. Neely lehnte sich zurück und inhalierte dankbar. Die erste Zigarette nach zwölf Stunden! Beim ersten Zug wurde ihr schwindlig, der zweite war ein Genuß, und der dritte brachte ihr einen klaren Kopf. Sie, die täglich vierzig Stück geraucht hatte, war seit gestern nachmittag ohne Zigarette gewesen. Durch das Nikotin besänftigt, stand sie auf und ging langsam zu dem Tisch, an dem Miß Weston saß.

»Ich möchte telefonieren«, sagte sie. »Wo kann ich das?«

»Telefonate sind nicht gestattet«, sagte Miß Weston freundlich.

»Und wie erreiche ich meine Freunde?«

»Sie dürfen Ihnen schreiben.«

»Kann ich Papier und Bleistift haben?«

Die Schwester sah auf ihre Uhr. »Warten Sie lieber noch ein Weilchen. Der Doktor wird in fünf Minuten bei Ihnen sein.«

»Dr. Hall?«

»Nein, Dr. Feldman. Eine reine Routinesache.«

Er war Internist, kein Verrücktenspezialist. Er nahm ihr etwas Blut und untersuchte ihr Herz.

Sie bat die Schwester um Feuer für ihre zweite Zigarette. Ein hübsches, dunkelhaariges Mädchen kam zu ihr. »Machen Sie sich nichts aus der ärztlichen Kontrolle. Die wollen sich nur vergewissern, daß man gesund ist. Es wäre peinlich, wenn eine der Patientinnen an Krebs oder sonst etwas stirbt, während man ihren Geist kurieren will.«

Neely betrachtete das Mädchen. Entsprechend zurechtgemacht, mußte sie sehr gut aussehen. Sie hatte ein wohlgeformtes Gesicht und strahlende schwarze Augen. Bestimmt hatte sie einmal eine gute Figur gehabt, wenn sie auch jetzt ziemlich dick war. Neely schätzte sie auf dreißig.

Das Mädchen setzte sich. Sie hielt eine rechteckige Schachtel. »Ich heiße Mary Jane und will Ihnen einen Rat geben: wenn Sie zum Turnen gehen, kaufen Sie sich einen Karton Schreibpapier. Er kostet einen Dollar.«

»Aber ich habe kein Geld.«

Mary Jane lächelte. »Kommt alles auf Ihre Rechnung. Sie können den Karton als eine Art Handtasche verwenden.« Sie öffnete ihn.

Drinnen lag Schreibpapier – und eine Packung Zigaretten.

»Woher haben Sie –«

Mit einer raschen Geste brachte die Frau sie zum Schweigen. »An Besuchstagen darf man bei den Besuchern sitzen und kettenrauchen. Lassen Sie sich von jedem Besucher eine Schachtel bringen. Dann verstecken Sie sie und können zur erlaubten Zeit ein Dutzend rauchen.«

»Aber man zündet uns die Zigaretten an. Die Schwestern merken doch, wenn man mehr als zwei raucht.«

»Die Schwestern sind nicht dumm. Man kann sich die Zigarette ja immer bei einer anderen anzünden. Das ist erlaubt. Bloß Streichhölzer dürfen wir Verrückten nicht haben. Wieviel wir rauchen, ist den Schwestern egal. Sie wissen genau, daß wir auch unsere kleinen Freuden brauchen.«

Neely lächelte. »Sie sind nicht verrückt, nicht wahr?«

»Nein, ich wollte mich auf diese Art an meinem Mann rächen, nur wurde ein Bumerang daraus. Er ist ein Gauner, schwerreich, und er hat eine Freundin. Er wollte sich scheiden lassen, deshalb habe ich ihm einen Nervenzusammenbruch vorgespielt. Das war der größte Fehler meines Lebens.«

»Warum?«

»Ich habe bloß ein paar Pillen genommen – drei Stück – und zum Schein einen Abschiedsbrief hinterlassen. Und ehe ich recht wußte, was geschehen ist, war ich im Bellevue. Junge, dort kann man wirklich den Verstand verlieren! Rundum lauter Irre, die brüllen und sich völlig verrückt benehmen. Ich glaube, damals bin ich vor Schreck wirklich durchgedreht. Ich fing an zu schreien und landete in einer Zwangsjacke. Da mein Mann es sich leisten kann, kam ich also hier her. Freiwillig. Als ich später fortwollte, ließ er mich für geisteskrank erklären. Seit fünf Monaten bin ich schon da. Offiziell war ich im Ulmenhaus, das ist recht erträglich. Dort darf man rauchen und Gürtel tragen und sogar mehr Make-up verwenden. Aber als ich erfuhr, daß er mich nicht herausholen wollte, bin ich hysterisch geworden und habe eine Riesenszene gemacht. Jetzt bin ich im Weißdorn. Und ich gebe Ihnen den guten Rat – seien Sie eine gefügige Patientin. Ich war es nicht. Ich habe täglich Szenen gemacht, mich geweigert zu essen. Drei Wochen hab' ich in der verdammten Wanne verbracht. Man muß nachgeben. Sie sind stärker. Deshalb bin ich jetzt ein wahrer Engel und werde bald ins Haus Föhre überwiesen. Nach einer Weile kommt die Ulme, dann die Esche, dann der Pavillon für die Patienten mit Ausgang – und dann die Entlassung.«

Neely wurde es kalt vor Angst. »Aber das klingt nach monatelangem Aufenthalt.«

»Es wird etwa ein Jahr dauern«, versetzte Mary Jane fröhlich.

»Und das stört Sie nicht?«

»Doch. So sehr, daß ich wochenlang gebrüllt habe. Aber damit kommt man hier nicht durch. Die legen Ihre Krankengeschichte Ihrem Anwalt oder Mann vor oder wer für Sie verantwortlich ist. Schwarz auf weiß wirkt so etwas sehr schlecht: ›Patientin ist hysterisch. Patientin mußte gebändigt werden. Zwölf Stunden in der Wanne.‹ Dann fordern sie Ihren Anwalt auf: ›Verlängern Sie ihren Aufenthalt um weitere drei Monate. Wollen Sie nicht, daß sie als gesundes Mädchen in die menschliche Gesellschaft zurückkehrt?‹ Klar, für fünfzehnhundert monatlich können die sich Zeit lassen, soviel sie wollen.«

»Aber ich bin nur für acht Tage hier, zu einer Schlafkur.«

»Einer was?« Mary Jane musterte sie mißtrauisch.

Neely erklärte ihr, was eine Schlafkur ist. Mary Jane lächelte. »Die werden Sie hier niemals erleben. Hier bekommen Sie nicht einmal Aspirin. Sehen Sie sich Peggy an. Ihren Mann hat die Direktion auch weich gemacht.«

Peggy trat zu ihnen. Sie war eine attraktive fünfundzwanzigjährige Blondine.

»Weshalb sind Sie hier?« fragte Neely.

»Weil ich völlig verrückt war«, antwortete Peggy munter.

»Nein, das war sie nicht«, sagte Mary Jane. »Sie hat hintereinander zwei Totgeburten gehabt. Da würde jede Depressionen bekommen.«

Peggy lächelte mühsam. »Ich weiß bloß, daß ich zu weinen begann, wenn ich nur eine Puppe im Schaufenster sah. Als ich hierherkam, war es noch schlimmer. Ich habe vierzig Schockbehandlungen hinter mir. Jetzt fühle ich mich allmählich wieder wie ein Mensch.«

Neely packte das Entsetzen. Schockbehandlung! Mary Jane las ihre Gedanken. »Keine Angst. Wenn die Ärzte das für nötig halten, brauchen sie erst die Bewilligung dazu. Ihre nächsten Anverwandten sind für Sie verantwortlich.«

Erleichtert sagte Neely: »Das würde Anne niemals erlauben.«

Mary Jane lächelte. »Es sei denn, man setzt ihr so zu wie Peggys Mann. Wenn Dr. Hall und Dr. Archer die Leute erst richtig in die Mangel nehmen, erklären sie sich beinahe mit allem einverstanden. Peggys Mann war am ersten Besuchstag hier. Ihr ging es wunderbar, und sie wollte fort. Er war entzückt, versprach, gleich zur Direktion zu gehen und ihren Revers zu unterschreiben. Hah! Zwei Wochen hat er sich nicht mehr blicken lassen! Und am nächsten Tag begann Peggys Schocktherapie.«

»Aber warum?«

Peggy seufzte. »Ich mache Jim keinen Vorwurf. Jetzt nicht mehr. Man hat ihm meine Krankengeschichte vorgelegt. Ich war depressiv, schlief nicht, weinte viel – alles Anzeichen manischer Depression. Wer würde nicht weinen, nachdem er zwei Babys verloren hat und hier festsitzt? Aber sie haben Jim überzeugt, daß ich zu Hause rückfällig werde, und das vielleicht endgültig. Natürlich wünscht sich Jim eine glückliche Frau, deshalb unterschrieb er.«

Neely lauschte den Schilderungen. Die Geschichten waren alle ähnlich. Keine war verrückt. Ja, es schien sogar, daß die Patientinnen normaler waren als die Leute, die sie in der Außenwelt gekannt hatte. Eben hörte sie sich die siebente Lebensgeschichte an, als die Schwester rief: »Meine Damen, es ist soweit!«

»Was jetzt?« fragte Neely.

»Sportstunde«, erklärte Mary Jane.

In Zweierreihen gingen sie hinter der Schwester her und gelangten schließlich über endlose Korridore und nach häufigem Auf- und Zusperren von Türen in einen großen Turnsaal. Dort standen Pingpongtische und verschiedene Sportgeräte.

Neely setzte sich an die Wand, während die anderen begannen, Federball und Pingpong zu spielen. Sie kaufte sich einen Karton Schreibpapier, ließ sich aber keine Turnschuhe anpassen. Dazu bliebe sie nicht lange genug, sagte sie. Und das Briefpapier? Nun, sie mußte Anne schreiben. Sie durfte nicht die Nerven verlieren. Mary Jane hatte gesagt, daß jedes Zeichen von Angst als Krankheitssymptom gewertet wurde.

Um halb zehn verließen sie den Turnsaal und wurden in ein anderes Gebäude geführt – Beschäftigungstherapie. Alle Mädchen stürzten sich auf ihre angefangenen Arbeiten, und die Lehrerin erklärte ihr, daß sie sich in der Keramik versuchen, stricken oder irgend etwas anderes tun könne. Sie wollte gar nichts tun! Sie saß in einer Ecke. O Gott, wie war ihr das nur passiert? Sie lechzte nach einer Zigarette, nach einer Pille! Alles würde sie jetzt für eine Pille geben! In ihrem Nacken sammelte sich der Schweiß. Ihr Haar war feucht, und ihr Rücken schmerzte teuflisch. Sie stöhnte leise. Sofort kam die Lehrerin zu ihr gerannt. »Meine Rücken«, jammerte sie.

»Haben Sie sich beim Sport verletzt?» fragte die Lehrerin besorgt.

»Nein, die Schmerzen habe ich schon lange. Jetzt machen sie dir wieder zu schaffen.«
Sofort verlor die Lehrerin jedes Interesse. »Sie werden heute nachmittag um zwei mit ihrem Psychiater sprechen. Dem können Sie es dann sagen.«
Langsam schleppte sich der Tag dahin. Als um zwei Uhr endlich der Arzt zu ihr kam, waren ihre Nerven zum Zerreißen gespannt.
Er war ein magerer, rotgesichtiger Mann namens Dr. Seale. Während sie sprach, schrieb er mit. Sie redete sich ihre Empörung von der Seele — wie man sie um den Heilschlaf geprellt hatte und sie jetzt hin und her stieß. Dabei rauchte sie pausenlos. Während der Sitzungen mit Psychiatern durften die Patienten rauchen, soviel sie wollten.
»Mein Rücken tut mir wirklich weh«, beschwor sie ihn. »Bitte, geben Sie mir ein paar Seconal.«
Er schrieb weiter. Dann sagte er: »Seit wann nehmen Sie Seconal?«
Da riß ihr die Geduld. »Nun machen Sie keinen Staatsakt daraus. Wenn jeder, der solche Pillen nimmt, in's Irrenhaus müßte, dann hätten Sie halb Hollywood und den ganzen Broaway hier.«
»Halten Sie es für normal, tagsüber Schlafmittel zu nehmen, um die Schmerzen zu lindern?«
»Nein, eine Spritze ist mir bedeutend lieber.« Mit Genugtuung stellte sie fest, daß er die Augenbrauen ruckartig hochzog. »Jawohl«, lächelte sie. »In Spanien hab' ich ständig welche bekommen. Zwei- bis dreimal am Tag. Und ich war in erstklassiger Verfassung und habe sogar einen Film gedreht. Sie sehen also, daß zwei dämliche kleine Seconal für mich nicht mehr als ein Aperitif sind. Und jetzt geben Sie mir schon endlich ein paar. Wenn ich stündlich zwei Pillen haben kann, halte ich vielleicht sogar den Aufenthalt hier durch.«
»Erzählen Sie mir etwas über Ihre Mutter, Miß O'Hara.«
»Quatsch. Fangen Sie mir bloß jetzt nicht wieder mit Freud an. Das habe ich schon in Kalifornien hinter mich gebracht. Fünf Jahre und zwanzigtausend Dollar hat es mich gekostet, den Arzt davon zu überzeugen, daß ich mich nicht an meine Mutter erinnern kann. Wenn wir mit meiner Kindheit anfangen, bin ich eine alte Frau, ehe ich von hier fortkomme.«
»Ich werde mir Ihre Akten aus Kalifornien schicken lassen.«
»So lange bleibe ich nicht. Ich schreibe noch heute abend meiner Freundin.«

»Aber Sie müssen wenigstens dreißig Tage bleiben.«
»Was?«
Er klärte sie über die Formulare auf, die sie unterschrieben hatte. Sie schüttelte den Kopf. »Einen feinen Betrieb haben Sie hier aufgezogen. Wer nimmt sich schon einen Anwalt mit, der die kleingedruckten Paragraphen auf Ihren Formularen prüft?«
Er stand auf. »Wir sprechen uns morgen um die gleiche Zeit.«
Sie zuckte die Achseln. »Na schön, dann bleibe ich eben dreißig Tage lang hier in Kost und Logis.« Plötzlich fragte sie: »Aber nach Ablauf dieser Zeit darf ich doch fort, was?«
»Wir werden sehen«, antwortete er unverbindlich.
»Was soll das heißen?«
»Wir werden nach diesen dreißig Tagen Ihren Zustand beurteilen. Falls wir Sie für gesund befinden —«
»*Wir*. Wieso sprechen Sie im Plural? *Ich* bin es, die hier ist, und ich entscheide, ob ich heim will. Wie wollen Sie mich daran hindern?«
»Miß O'Hara, wenn Sie darauf bestehen sollten, die Klinik zu verlassen, und wir halten das für verfrüht, dann werden wir mit den Leuten sprechen, die für Sie verantwortlich sind — in Ihrem Fall also mit Miß Welles. Wir werden sie ersuchen, Ihren Aufenthalt um weitere drei Monate verlängern. Natürlich nur, wenn Sie selbst sich weigern sollten, der Verlängerung zuzustimmen.«
»Und wenn Anne sich weigert?«
»Dann haben wir Mittel und Wege, Ihren Aufenthalt zu erzwingen, indem wir Ihren Fall einem objektiven Ausschuß vortragen ...«
Sie war starr vor Angst. »Nette kleine Mausefalle haben Sie da aufgezogen.«
»Es ist keine Mausefalle, Miß O'Hara. Wir wollen die Menschen heilen. Entlassen wir eine Patientin vorzeitig, und sie begeht einige Monate darauf Selbstmord oder fügt jemand anders ein Unheil zu ... nun, das würde unserem Ruf sehr schaden. Wenn Sie nach einer Operation das Krankenhaus verlassen wollen, ehe die Wunde verheilt ist, hat der Arzt ja auch das Recht, Sie zurückzuhalten. Wenn wir in Haven Manor einen Patienten entlassen, dann ist er in der Lage, wieder seinen Platz in der menschlichen Gesellschaft einzunehmen.«
»Aber im Altersheim.«
Er lächelte. »Ich glaube, daß Sie noch ein langes und produktives Leben vor sich haben. Die ein oder zwei Jahre in unserer Klinik sind nicht verschwendet.«

»Ein oder zwei Jahre!« Sie begann zu zittern. »Nein! Hören Sie ... ich sage ja nichts gegen dreißig Tage, wenn es nicht anders geht. Aber nicht länger!«

Wieder lächelte er. »Sie werden jetzt Ihren Rorschachtest machen.«

Neely umklammerte seinen Arm. »Herr Doktor, ich versteh' nichts von Tests. Vielleicht werden meine Tintenkleckse besagen, daß ich verschroben bin, aber ich bin eben nicht wie der Durchschnitt. Deshalb bin ich ja ein Star. Man erreicht nicht meine Position, wenn man sich nicht von der Menge unterscheidet. Verstehen Sie denn nicht, daß es bei uns Künstlern eben die kleinen Marotten sind, die uns zu dem machen, was wir sind?«

»Da haben Sie ganz recht. Und es ist nichts gegen Marotten einzuwenden, solange sie Ihnen helfen. Aber wenn sie ins Gegenteil umschlagen und Sie zur Selbstvernichtung treiben, dann müssen wir eingreifen und den Kurs ändern.« Er führte sie zur Tür. »Wir reden morgen weiter.«

»Wann kann ich Anne sehen?«

»In zwei Wochen.«

Zwei Wochen! Neely kehrte in den Tagesraum zurück. Sie schob sechs Zigaretten in ihren Briefpapierkarton und überließ der Schwester die Packung. Streichhölzer hatte sie zwar nicht, aber sie würde sich schon zu helfen wissen.

Es gab eine Erholungspause. Die Patientinnen schrieben Briefe oder spielten Karten. Neely schrieb Anne einen langen, wütenden Brief, in dem sie alles schilderte, was mit ihr geschehen war. Am Ende forderte sie Anne nachdrücklich auf, für ihre sofortige Entlassung zu sorgen. Sie faltete das Schreiben und wollte den Umschlag zukleben. Die Schwester mit dem Namensschild »Miß Weston« kam vorbei. »Nicht zukleben«, warnte sie. »Schreiben Sie nur in die Ecke, wo die Marke hinkommt, den Namen Ihres Arztes. Er wird den Brief lesen und ihn absenden, wenn er es für richtig hält.«

Neelys Gesicht wurde lang. »Liest Dr. Seale alles, was ich schreibe?«

»Das ist hier so vorgeschrieben.«

Neely gab ihr den Brief. Dann würde Dr. Seale also lesen, daß er ihrer Meinung nach wie eine Gurke aussah. Geschah ihm ganz recht! Warum stellt er diese niederträchtigen Vorschriften auf! Sie legte den Kopf in die Hände. Herrgott, sie mußte fort von hier!

Mary Jane tippte sie auf die Schulter. »Sitzen Sie nicht so da, sonst steht in Ihrer Krankengeschichte, daß Sie unter Depressionen leiden.«

Neely lachte laut und bitter auf.
»Lachen Sie nicht so«, sagte Mary Jane. »Das ist hysterisch. Wenn Sie lachen, muß es normal klingen. Und isolieren Sie sich nicht. Sonst schreiben die, daß Sie kontaktarm und ungesellig sind ...«
»Hören Sie auf, das ist einfach zuviel!« rief Neely aus.
»Es stimmt aber. Was glauben Sie, weshalb auf uns zwanzig Patientinnen sechs Schwestern aufpassen? Damit wir unter ständiger Beobachtung sind. Zweimal wöchentlich erstatten die Oberschwestern den Ärzten über jede von uns Bericht. Und nicht nur die Schwestern, auch die Leiterin der Beschäftigungstherapie, die Sportlehrerin ... Sie haben schon jetzt zwei schwarze Punkte, weil Sie während der Sportstunde getrotzt haben und weil Sie keinen dieser süßen kleinen Keramikaschenbecher machen wollten. Vergessen Sie nicht, der Große Bruder ist überall.«
Als sie später am Nachmittag die Beschäftigungstherapie wieder aufnahmen, begann Neely, an einer Zigarettendose zu arbeiten. Die werde ich als meine Fünfzehnhundertdollar-Dose herzeigen, sagte sie sich. Hingebungsvoll bearbeitete sie das Holz mit Sandpapier und hoffte, daß die Lehrerin ihr zusah.
Um fünf wurden sie in den Massageraum geführt. Brause, Massage, Wassergüsse. Eigentlich hätte es durchaus angenehm sein können, aber ihr war jede Behandlung aus tiefster Seele zuwider. Ihr Rücken schmerzte wie verrückt, und ihre Hände zitterten. Wenn sie keine Puppen bekam, würde sie schreien. Die Übelkeit stieg in ihr hoch. Sie durfte nicht erbrechen, das gab einen schwarzen Punkt. Sie biß die Zähne zusammen und rannte schließlich zur Toilette, um sich heimlich zu übergeben. Sie kehrte zurück und ließ sich mit dem Wasserstrahl massieren. Schön, wenn Anne kam, mußte sie sie davon überzeugen, daß es ihr gut ging. Sie mußte nach dreißig Tagen fort von hier. Himmel, ein Jahr in dieser Anstalt mit Billard und Kunstgewerbe und Gymnastik, und sie würde tatsächlich den Verstand verlieren!
Um sechs Uhr kehrten sie in den Weißdorn-Pavillon zurück. Alle hockten herum und lasen und boten sich gegenseitig etwas zum Naschen an. Kein Wunder, daß sie alle dick wurden. Mary Jane gestand ihr, daß sie in fünf Wochen zwanzig Pfund zugenommen hatte.
Plötzlich stand Carole, das sympathische Mädchen, das ihr Bett gemacht hatte, auf. »Sie haben mich beleidigt!« herrschte sie die neben ihr sitzende Frau an.
Die blickte überrascht auf. »Carole, ich habe gelesen und kein Wort gesagt.«

»Sie haben mich eine latente Lesbierin genannt«, behauptete Carole. »Ich bringe Sie um!« Damit stürzte sie sich auf die Frau.
Augenblicklich trennten zwei Schwestern die beiden, Carole hieb um sich und brüllte, wehrte sich gegen die Schwestern und fluchte, als sie aus dem Raum gebracht wurde.
»Zwei Tage in der Wanne werden sie beruhigen«, stellte Mary Jane fest.
»Hat die andere etwas gesagt?« fragte Neely.
Mary Jane schüttelte den Kopf. »Carole leidet unter Verfolgungswahn. Ein schrecklich liebes Mädchen. Sie benimmt sich oft wochenlang absolut vorbildlich, und dann bildet sie sich aus heiterem Himmel heraus etwas ein. Ich glaube, sie ist unheilbar. Sie ist schon seit zwei Jahren hier.«
Zwei Jahre. In der Zeit mußte man ja verrückt werden. Neelys Angst wuchs ins Unermeßliche. Durch ihren Rücken zuckte der Schmerz, die Kehle brannte, aber sie durfte nicht nachgeben. Sie mußte durchhalten. War das wirklich sie, der das alles widerfuhr? Mein Gott, andere Stars stellten die verrücktesten Dinge an, und dann las man, daß sie in ein Nervensanatorium gingen. Das klang so harmlos, so einfach, als könnten sie kommen und gehen, wie es ihnen paßte. Saßen die in der gleichen Falle wie sie – hatten die das gleiche Fegefeuer hinter sich? Oder war sie die einzige, die heimtückisch überlistet worden war? Du wirst es schon schaffen, Neely, sagte sie sich vor. Du hast mit nichts begonnen und die Spitze erreicht. Du wirst auch hier wieder 'rauskommen. Nur nicht die Nerven verlieren, Neely.
Halb sieben: Abendessen. Dann duschten sie, und anschließend saßen alle in Pyjamas und Morgenröcken umher. Manche sahen dem Fernsehen zu. Gelangweilt verfolgte sie den Film und erinnerte sich, daß sie einmal mit dem männlichen Hauptdarsteller ein kurzes Verhältnis gehabt hatte. Wie gut ging es doch den Leuten außerhalb dieser Gefängnismauer! Wenn sie jemals wieder frei war, würde sie sich wunderbar benehmen. Keine Szenen mehr, keine Hysterie – bloß zwei Pillen am Abend. Sie sehnte sich nach einer Zigarette, aber sie hatte ihren eingeschmuggelten Vorrat bereits verbraucht. Mary Jane steckte ihr ein paar zu. Mehrere Insassinnen erzählten ihr ihre Lebensgeschichte, und Neely bemühte sich, interessiert zu wirken. Keine war verrückt – jede war nur durch ein Versehen hier.
Um zehn Uhr gingen alle ins Bett. Sie lag in dem Schlafsaal, und bald vernahm sie die regelmäßigen Atemzüge der anderen. Wer, zum Teufel, konnte um diese Zeit schon schlafen? Und jede halbe

Stunde kam eine Schwester herein und leuchtete mit der Taschenlampe jedes Bett ab. Sie preßte die Augen zu und stellte sich schlafend. Sonst hieß es am Ende noch, sie sei verrückt, wenn sie nicht schlief. Sie hörte die Uhr zwölf schlagen, dann eins.

Zwei Uhr. Sie mußte auf die Toilette. Würden sie ihr das als neurotisch ankreiden? Himmel, es war doch normal, einmal hinaus zu müssen. Sie stand auf und ging den Korridor hinunter. Mit einem Sprung standen zwei Schwestern neben ihr. »Fehlt Ihnen etwas, Miß O'Hara?« Nein, sie mußte nur mal eben. Das kam bei ihr häufig vor.

Sie betrat die Toilette, und eine Schwester stellte sich vor der Tür auf. Du liebe Zeit, man durfte nicht einmal unbewacht sein Geschäft verrichten...

1961

Anne saß am Fenster und rauchte. Der Besuch war grauenhaft gewesen. Neely hatte unter Tränen um ihre Freilassung gebettelt. Dr. Hall, Dr. Archer und Dr. Seale lasen ihr alle ihre Befunde vor und führten ihr vor Augen, daß Neely eindeutig unter einer geistigen Störung litt, daß sie einen Nervenzusammenbruch mit suiziden Tendenzen hatte und es Neelys Todesurteil gleichkommen würde, sie jetzt aus der Klinik zu nehmen. Vor ihrer Unterredung mit den Ärzten hatte sie Neely fest versprochen, sie sofort mitzunehmen, aber die Befunde waren beredter als Neelys Tränen.
Wie sollte sie diesen gequälten Augen standhalten und ihr sagen, daß sie zumindest drei Monate bleiben mußte? Sie hatte die Verlängerung unterschrieben. Kevin hatte darauf bestanden. O Gott, hatte sie richtig gehandelt? Die Ärzte behaupteten, daß Neely schon längst in eine Klinik gehört hätte und daß ein solcher Aufenthalt heute keineswegs mehr eine Schande sei. Nach ihrer Heilung stünde der Fortsetzung ihrer Karriere nichts im Weg. Natürlich war die Umstellung für Neely bitter, aber auf lange Sicht gesehen, würde sich die Kur bezahlt machen. Und sie war schließlich in keiner primitiven Irrenanstalt. Die Klinik war sehr schön. Für fünfzehnhundert monatlich durfte sie das allerdings auch sein. Aber die bettelnden Augen rüttelten immer wieder an Annes Gewissen. Es mußte grauenhaft sein, sich nicht frei bewegen zu können, wie luxuriös die Zelle auch sein mochte. Sie wollte Neely in zwei Wochen wieder besuchen. Vielleicht hatte sich ihr Zustand bis dahin schon gebessert.
Bei ihrem nächsten Besuch traf Anne Neely bei guter Laune an. Sie war ins Föhrenhaus überwiesen worden. »Ich bin avanciert!« rief sie, als Anne eintrat. »Jetzt hab' ich bereits Anspruch auf einen Augenbrauenstift und eine Kommode. Und jeden zweiten Tag bekomme ich ein Päckchen Zigaretten. Hast du mir welche mitgebracht? Gut. Ich werd' sie verstecken. Wir dürfen auch hier keine Streichhölzer haben, aber die Nachtschwester zählt zu meinen Fans. Gestern abend hat sie mich aus meinem Zimmer in ihres geschmuggelt, und ich konnte mir in der Nachtsendung einen meiner alten Filme ansehen. Wir haben beide gepafft wie die Wilden.«
Neely hatte etwas zugenommen, aber sie sah gut aus. Die Rückenschmerzen hatten sich noch nicht gelegt, klagte sie, und schlafen konnte sie auch nicht. Aber sie war bereit, die drei Monate abzusitzen. Sie sah alles ein — die Ärzte hatten Anne einer Gehirn-

wäsche unterzogen. Das taten sie mit jedem Verwandten. Sie haßte die Klinik, aber die Patientinnen waren nett. Nur hatte sie festgestellt, daß sie nicht ganz so normal waren, wie sie wirkten. Mary Jane war eine Trinkerin, und Pat Topmey, die behauptet hatte, bloß hier zu sein, weil ihr Mann nach der Scheidung die Kinder für sich beanspruchen wollte – hatte gar keine Kinder. Sie hielt sich mit Unterbrechungen seit ihrem sechzehnten Lebensjahr in psychiatrischen Kliniken auf. Das hatte die Nachtschwester ihr verraten. »Im Vergleich zu diesen Irren hier bin ich so normal, wie man es sich nur denken kann«, rief Neely aus. »Bei oberflächlicher Bekanntschaft aber machen alle einen vernünftigen Eindruck.«

Im Mai erlitt Neely einen Rückfall. Mit Hilfe der Nachtschwester, die kurz darauf fristlos entlassen wurde, hatte sie eine Flasche Nembutal gestohlen. Die halbleere Flasche wurde unter ihrer Matratze gefunden. Sie biß, kratzte, als man ihr die Pillen wegzunehmen versuchte, fluchte und bekam einen solchen Tobsuchtsanfall, daß sie für zehn Stunden in die Wanne gesteckt wurde, ehe sie sich beruhigte. Sie wurde wieder zurück ins Haus Weißdorn gebracht. Bei Annes Besuch verhielt sie sich bockig und schweigsam.

Anne besuchte sie regelmäßig jede Woche. Sie hatte sich für die neue Saison bei Gillian verpflichtet. Kevin hatte die Firma verkauft, aber er trieb sich im Studio herum, und seine stumme Anwesenheit war vorwurfsvoller als ein lautstarker Protest.

Insgeheim gab Kevin Neely an allem die Schuld. Natürlich konnte er sich auf Annes Zuneigung verlassen, sagte er sich. Mit oder ohne Ehering gehörte Anne zu ihm. Sie war ihm ja auch nicht davongelaufen, als er noch gegen die Heirat gewesen war. Er wußte, daß es nicht richtig war, sich immer wieder im Studio aufzuhalten, aber er hatte sonst nichts zu tun. Bei jedem Besuch schwor er sich, daß es der letzte sein würde.

Auch jetzt sagte er sich das wieder vor. Es war ein kalter, verregneter Junitag. Er saß draußen im Flur, während Anne im Studio probte. Na, in drei Wochen war Sommerpause. Anne hatte ihm versprochen, daß sie dann gemeinsam Urlaub machen würden, aber sicher fuhren sie nicht weit weg, damit sie nach wie vor einmal wöchentlich nach Neely sehen konnte.

Der Regisseur Jerry Richardson kam mit einem Unbekannten auf ihn zu. »Ich möchte Ihnen gern einen alten Freund von mir vorstellen, Kevin. Wir waren zusammen in der Armee. Kevin Gillmore, Lyon Burke.«

Kevin erstarrte, als er den Namen hörte. Es mußte sich um den gleichen Mann handeln. Der Name war zu ausgefallen. Er sah eher wie ein Schauspieler als wie ein Autor aus. Auch die Figur war gut, und diese herrliche Sonnenbräune... Mit einem Mal fühlte Kevin sich fahl und verbraucht. Auch wurde ihm bewußt, wie schütter sein Haar war. Burke hatte pechschwarzes, dichtes Haar, das an den Schläfen eben ergraute. Und wie entwaffnend dieses Ekel grinste! Kevin lächelte nervös und gab Lyon die Hand.

»Arbeiten Sie jetzt für das Studio?« fragte er.

»Nein. Ich bin erst vor wenigen Tagen in die Stadt gekommen, habe mit Jerry zu Mittag gegessen, und er hat mir erzählt, daß eine alte Bekannte von mir hier beschäftigt ist – Anne Welles. Da kam ich vorbei, um ihr guten Tag zu sagen.«

»Ich werde nachsehen, ob sie frei ist«, sagte Kevin rasch. »Sie ist meine Entdeckung... ich habe sie zum Gillian-Girl gemacht. Kommen Sie mit, sie ist im Studio.« Er griff nach Burkes Arm. Er mußte dabei sein, um zu sehen, wie Anne reagierte.

Anne besprach eben eine Änderung mit dem Produzenten, als die beiden Männer auf sie zusteuerten. Sie sah Kevin und lächelte ihm mit einem vertraulichen Zwinkern zu, das besagte: »Ich bin gleich fertig.« Zuerst schien sie über Lyon hinwegzublicken – dann sah sie ihn fassungslos staunend an.

»Ja, ich bin es«, sagte er mit strahlendem Lächeln. Er trat auf sie zu und griff nach ihren Händen.

Sie lächelte schwach. Sie fühlte, daß ihre Lippen zitterten. Lyon, umwerfender als je zuvor... Mit einiger Mühe fand sie ihre Stimme wieder und sagte, wie sehr sie sich freue, ihn zu sehen.

»Können wir uns nicht irgendwo hinsetzen?« fragte er. »Unter diesen Scheinwerfern ist es unerträglich heiß. Oder geht es für dich gleich weiter?«

»Nein, ich habe jetzt bis zur Aufzeichnung Pause.«

»Ich muß mich noch um verschiedenes im Büro kümmern«, sagte Kevin. »Warum wechselt ihr beiden nicht ein wenig die Tapeten? Ihr müßt euch ja viel zu erzählen haben nach so langer Zeit.« Er nickte und entfernte sich. Anne wußte, daß ihm in seinem ganzen Leben keine Geste so schwergefallen war wie diese.

Wie krampfhaft er darum rang, Stolz und Würde zu wahren, verriet sich in der starren Haltung seiner Schultern. Ihr Herz flog ihm zu. Er fürchtete sich, aber er spielte den Mutigen. Auch sie focht einen Kampf aus, als sie Lyon in ihre Garderobe führte. Da schneit er unversehens herein, dachte sie. Und ich soll jetzt fünfzehn Jahre des Schweigens vergessen und ihm die Arme entgegenstrecken? Und doch möchte ich genau das tun. Am liebsten möchte ich ihm

um den Hals fallen. Aber ich muß an Kevin denken. Wo wäre ich heute ohne Kevin? Und wo war Lyon in all den Jahren?
Sie setzten sich in ihre Garderobe. Er gab ihr Feuer, und sie überließ es ihm, ein Gespräch zu beginnnen.
»Sieht ganz so aus, als hättest du recht gehabt«, sagte er.
»Womit?«
»New York... deiner großen Liebe. Dir hat es hier gefallen, und du hast es geschafft, Anne. Ich bin wahnsinnig stolz auf dich.«
»Du hast es ebenfalls geschafft, Lyon.«
»Nicht, wenn man Dollar und Cent als Maßstab nimmt, und auch nicht literarischen Ruhm. Aber ja, man könnte sagen, ich habe es geschafft, weil ich das tue, was mir Freude macht. Und wenn mich nicht alles täuscht, hast du mir einmal gesagt, daß jeder Mensch sich selbst eine Chance schuldig ist.«
»Was treibst du in New York?«
»Wir sind unerhört von eurem kommerziellen Fernsehen fasziniert. Eine unserer Zeitungen hat mich beauftragt, eine Serie über sämtliche Aspekte des amerikanischen Fernsehens zu schreiben, über die Mädchen, die Millionen mit einer einzigen Hit-Schallplatte verdienen, die Cowboystars, die als Fabrikbesitzer enden — und die Mädchen, die durch den Verkauf von Nagellack Finanzgrößen werden.«
Sie lachte. »Gibt es das bei euch drüben nicht?«
»Noch nicht. Vermutlich kommt das noch, wir hinken euch um etwa zehn Jahre nach, aber zumindest kann ich die Engländer auf die zu erwartende Invasion vorbereiten.« Er lächelte. »Dieser Auftrag ist zwar meilenweit von der Schriftstellerei entfernt, die mir vorschwebte, aber er ist eine günstige Gelegenheit. Ich verdiene gut daran und habe obendrein die Möglichkeit, Amerika zu besuchen.«
»Wie lange wirst du bleiben?«
»Sechs Wochen, denke ich.«
»Warst du schon bei Henry?«
»Wir haben gestern zusammen zu Mittag gegessen. Henry ist ein müder Mann. Er will seine Firma verkaufen. George Bellows bemüht sich, den Kaufpreis aufzubringen, und wenn ihm das nicht gelingt, wird die Agentur Johnson Harris ihn auskaufen.« Er zündete sich eine Zigarette an. »Ich habe auch mit George gesprochen. Scheint sehr gut zu verdienen. Aber ich beneide ihn nicht. Es ist die gleiche Hetzjagd wie immer.«
»In keiner Branche hat man's leicht, Lyon.«
»Nein, nicht einmal beim Journalismus, den ich zur Zeit betreibe.

Dazu muß man Material sammeln und eine Menge Zahlen nachprüfen. Ich kann die Artikel nicht einfach aus dem Ärmel schütteln. Aber es macht mir Spaß.« Er beugte sich vor und nahm ihre Hände. »Und wie steht es mit dir? Keine Ehe – keine Babies – Henry sagt, daß du noch immer ledig bist.«
Sie sah weg und hoffte, daß ihr verlegenes Erröten durch die dicke Fernsehschminke nicht zu sehen war.
Er hielt ihre Hände fest umschlossen. »Auch ich stehe leer da«, sagte er. »Das ist das einzige, was ich bedaure. Es gibt keine, die dir gleicht, Anne, und es wird sie nie geben.« Er schwieg. »Ich würde dich sehr gerne treffen, solange ich hier bin. Natürlich verstehe ich, wenn du das nicht einrichten kannst. Henry sagt, daß du und dieser Kevin Gillmore –«
»Wir können uns treffen, Lyon«, sagte sie ruhig.
»Ausgezeichnet! Und wann?«
»Morgen abend, wenn du willst.«
»Wunderbar. Wo kann ich dich erreichen?«
»Ich rufe dich an«, sagte sie hastig. »Ich werde morgen nämlich viel unterwegs sein.«
Er schrieb ihr Adresse und Telefonnummer seines Hotels auf. Sie bemerkte, daß er nur drei Häuserblocks von ihrer Wohnung abgestiegen war. Sie lächelte und versprach, um sechs anzurufen.
Als er gegangen war, blieb sie noch lange reglos sitzen. Lyon war wieder da. Nichts hatte sich geändert. Doch – sie war nicht mehr zwanzig, und die Jahre hatten wohl eine Veränderung mit sich gebracht. Es gab Kevin, der ihr Liebe und Vertrauen geschenkt und eine Karriere verschafft hatte. Kevin braucht mich, dachte sie, und Lyon platzt zu einem unverbindlichen Besuch herein, und ich benehme mich wie eine Verrückte, bin bereit, mich aus der Bahn werfen zu lassen und all die Jahre der Einsamkeit zu vergessen. Ich werde ihn morgen anrufen und ihm sagen, daß ich keine Zeit habe. Oder vielleicht rufe ich nicht einmal an. Soll er warten, wie ich es so lange getan habe.
Aber sie wußte, daß sie mit ihm zusammenkommen würde.

Kevin sprach nicht darüber, bis sie das Abendessen beendet hatten. Dann fragte er beiläufig, was Lyon nach New York geführt hatte. Sie erzählte ihm von seinem Auftrag. Kevin hörte ihr aufmerksam zu und betrachtete angelegentlich sein Kognakglas. Dann sagte er: »Jetzt, wo ich ihn gesehen habe, begreife ich. Auf eine Zwanzigjährige muß ein Mann wie Lyon Eindruck machen. Natürlich merkt man ihm bei seinem Aussehen und dem unseriösen englischen

Charme den Herzensbrecher an, doch ein junges Mädchen würde das sehr attraktiv finden.«

Sie nippte an ihrem Glas. »Ein Teil von Lyons Anziehungskraft besteht aber darin, daß er nicht weiß, wie gut er aussieht —«

»Ha! Mach dir doch nichts vor!« sagte Kevin leicht gereizt. »Der Vogel kennt seine Stärke genau. Er benützt sein Aussehen als Angriffswaffe. Da gibt es nicht einen vergeudeten Augenblick. Er versteht es auch, sich bei Männern wie mir beliebt zu machen. Wahrscheinlich hätte ich ihn sympathisch gefunden, wenn er nicht dein Lyon Burke wäre.«

Sie lächelte und griff nach einer Zigarette.

»Anne.« Sein Ton war eindringlich. »Sag doch was. Ich versuche, die Szene zu unterspielen, wie es jetzt im Film Mode ist, aber um Himmels willen hilf mir, gib mir etwas, woran ich mich klammern kann, sag mir, daß es dich kaltgelassen hat.«

»Nein, Kevin. Das wäre eine Lüge.«

»Du triffst ihn doch nicht wieder?«

»Wenn du es nicht willst, werde ich nicht mit ihm zusammenkommen.«

»Aber du möchtest ihn sehen?« Er bettelte um ihr Nein.

Sie vermied seinen Blick. »Ich halte es für klüger – für uns beide. Vielleicht finde ich alles, was mir jemals an ihm gefallen hat, heute kindisch. Wie du gesagt hast, wirkt er irgendwie umwerfend, aber ich weiß ja nicht, was für ein Mensch Lyon Burke heute ist. Vielleicht habe ich es nie gewußt und nur die Verkörperung meines eigenen Wunschtraumes in ihm erblickt. Davor hat Henry mich gewarnt. Aber wenn wir jeden Schritt auf unserem Glück vermeiden wollen, dann muß ich mir zuerst über ihn klarwerden.«

»Mit anderen Worten, ich darf die Hochzeit in den Rauchfang schreiben, bloß weil dieser Taugenichts einen Zeitungsauftrag hat? Ohne den hättest du ihn nie wiedergesehen. Das ist dir doch klar!«

»Natürlich. Kevin, du weißt, wieviel du mir bedeutest. Wir haben viele Jahre zusammen verbracht, das läßt sich nicht auslöschen. Aber Lyon ist für mich ein unvollendetes Kapitel. Vielleicht endet es jetzt äußerst ernüchternd, aber davon muß ich mich erst überzeugen.«

»Tu es nicht, Anne! Triff ihn nicht mehr!« rief er heiser.

»Kevin ... bitte ...« Sie sah sich unsicher im Restaurant um.

Er tastete nach ihrer Hand und stieß dabei beinahe ein Glas Wasser um. »Anne, du bedeutest mir alles. Ich kann ohne dich nicht leben!«

»Das mußt du auch nicht, Kevin.«

Er sah ihr fest in die Augen. »Versprichst du mir das?«
Sie sah seine Tränen. »Ich verspreche es«, sagte sie bedrückt.

Am nächsten Tag konnte sie einfach keinen Entschluß fassen. Ein dutzendmal hatte sie schon nach dem Telefon gegriffen, um Lyon anzurufen und die Verabredung abzusagen. Aber nie wählte sie die Nummer zu Ende. Vielleicht fiel das Rendezvous wirklich enttäuschend aus, und sie konnte als freier Mensch von ihm gehen. Damit wären alle Probleme gelöst. Sie hatte Kevin versprochen, ihn nicht zu verlassen, aber sie hatte ihm nicht versprochen, Lyon nicht zu sehen. Sie mußte ihn sehen.
Sie waren um sieben Uhr im Kleinen Klub verabredet. Er saß an der Bar. Als sie eintrat, sprang er auf und führte sie an einen Tisch. »Du bist nicht der Typ, auf einem Barhocker zu sitzen«, sagte er. Nachdem er etwas zu trinken bestellt hatte, sah er sie prüfend an. »Anne, du siehst großartig aus. Du hast dich überhaupt nicht verändert. Nein, das stimmt nicht. Du bist noch schöner geworden.«
»Du hast dich auch nicht schlecht gehalten«, antwortete sie trokken.
»Ich habe oft an dich gedacht«, sagte er. »Manchmal, wenn ich mich nach dir sehnte, habe ich mich mit den verrücktesten Vorstellungen getröstet. Ich habe mir eingeredet, daß du dick bist und sechs oder sieben rotznäsige kleine Rangen an deinem Rockzipfel hängen. Dann war ich wenigstens wieder fähig, weiterzuschreiben.«
»O Lyon«, lachte sie. »Und ich habe mir ausgemalt, daß du eine Glatze hast.«
Damit war das Eis gebrochen. Sie berichtete ihm von Jennifer, wobei sie die Wahrheit vorsichtig umging. Sie sprachen auch über Neely. Henry hatte ihm von ihr erzählt, und er konnte einfach nicht glauben, daß es mit der lebenslustigen Neely so gekommen war.
»Sie ist so ungemein begabt«, sagte er. »Sie ist in England irrsinnig populär. Für Hollywooderzeugnisse waren ihre Filme ausgezeichnet. Trotz des ganzen billigen Flitters, mit dem man sie umgeben hat, spürte man die echte Künstlerin in ihr. Sie wird doch wieder gesund werden, nicht wahr?«
Annes Augen verdunkelten sich. »Angeblich hat sie eine Tendenz zur Selbstvernichtung, und ihre Art der Erkrankung soll unheilbar sein. Man kann den Prozeß hinauszögern, und mit ärztlicher Hilfe wird sie vielleicht sogar wieder arbeiten können, aber sie wird die Neigung zum direkten oder indirekten Selbstmord nie überwinden.

Das behaupten zumindest die Ärzte.«
Während des Essens plauderten sie über New York und die Veränderungen, die ihm aufgefallen waren. Erst beim Kaffee sagte er unvermittelt: »Es ist noch immer das gleiche, Anne. Ich möchte dich am liebsten auf der Stelle in die Arme nehmen. Mir ist, als wären wir niemals auseinandergegangen.«
»Ich möchte in deinen Armen liegen, Lyon.«
»Abgemacht«, sagte er mit übermütigem Grinsen. »Ich bezahle sofort, und dann verschwinden wir schleunigst.«
Es war nicht zu glauben. Da lag sie wieder neben ihm und sah den Rauchwolken nach, die zur Decke schwebten. Es hatte kein Zaudern, keine Fremdheit gegeben. Sie hatten sich in einem Strudel von Liebe und Verlangen gefunden.
Er strich ihr sanft über den nackten Rücken. »Es war wunderbar, Anne. Das war es immer.«
»Für mich auch, Lyon, aber nur mit dir.«
»Anne, wir können Kevin Gillmore nicht übersehen«, sagte er leise. Er fühlte sie zusammenzucken und streichelte ihre Haare. »Wenn ich eine Spur Charakter hätte, würde ich dich nach dem heutigen Abend nie mehr sehen«, sagte er.
»Lyon!« rief sie so entsetzt, daß er laut auflachte. »Ich sagte doch, falls ich eine Spur von Charakter hätte. Ich fürchte nur, Charakter war nie meine Stärke, und dein Anblick hat die letzten Reste beseitigt.« Dann sagte er sehr ernst: »Ich werde immer da sein, Anne, sooft du mich haben willst. Mehr kann ich dir nicht bieten.«
»Was heißt das?«
»Wenn ich diesen Auftrag erledigt habe, kehre ich nach England zurück. Ich habe ein neues Buch in Arbeit. Die erste Fassung ist schon geschrieben.«
Es dämmerte bereits, als sie vor ihrer Wohnungstür stand. Beim Aufschließen bemerkte sie den Lichtstreifen.
»Wieso konntest du dich denn so bald losreißen? Es ist fast noch Nacht.« Kevin saß im Wohnzimmer und rauchte.
Sie ging zu ihm und nahm ihm die Zigarette weg. »Du hast seit deinem Herzanfall nicht mehr geraucht. Was soll das?«
»Was kümmert dich meine Gesundheit?« höhnte er. »Nach der heutigen Nacht dürften meine Zukunftschancen mehr als bescheiden sein.«
»Warum bist du hergekommen, Kevin?«
»Weil ich wußte, daß du bei ihm bist. Erzähl doch, wie war es denn? Hat er dich von deinen Hemmungen befreit? Habt ihr am Kronleuchter geschaukelt?«

»Hör auf! Dieser Ton paßt nicht zu dir. Wenn du hier übernachten willst, dann geh ins Bett.«
»Würdest du heute nacht mit mir schlafen?« Er bemerkte ihre Ablehnung. »Wenn ja, dann bist du eine Hure. So nennt man doch eine Frau, die von einem Bett ins nächste hinüberwechselt. Also, wie steht's?«
»Kevin, wir haben seit deinem Herzanfall nichts mehr miteinander gehabt. Nicht, daß ich mich daran gestoßen hätte. Ich habe sehr gut verstanden, daß du nicht gesund genug bist und —«
»Zu alt. Na, sag es ruhig.«
»Was immer heute nacht geschehen ist, es geht einzig Lyon und mich an. Mit meinem Gefühl für dich hat es nichts zu tun.«
»Und damit soll ich mich abfinden? Lyon spielt den Zuchtbullen und ich den altersschwachen, wackeligen Satelliten? Nein, meine Beste. Du wirst dich schon entscheiden müssen.«
»Wenn du mich dazu zwingst, Kevin...« sagte sie müde.
Hastig klammerte er sich an sie. »Nein – nein! Verlaß mich nicht, Anne!« Er begann zu schluchzen. Sie hätte sich losreißen wollen. Statt dessen strich sie ihm über den Kopf.
»Kevin...« begann sie unsicher. »Wir wissen beide, daß ich bei Lyon war. Aber er fährt wieder zurück nach England. Und er weiß von dir. Er hat sogar gesagt, daß man vor dir den Hut ziehen müßte.«
»Da spricht der Engländer aus ihm. Alle Engländer sind dekadent. Wahrscheinlich bedeutet es einen Nervenkitzel für ihn, dich mit mir zu teilen.«
Sie wandte sich ab, ging ins Badezimmer und zog sich langsam aus. Als sie ins Wohnzimmer zurückkam, hockte er in sich gesunken und wie erschlagen da.
Sie streckte die Arme nach ihm aus. »Kevin, ich liebe dich. Zieh dich aus, es ist schon spät. Du mußt schlafen. Ich bin ja bei dir und werde es immer sein, solange du mich haben willst.«
Er stolperte auf sie zu. »Du wirst ihn nicht wiedersehen? Bestimmt nicht?«
»Nein, Kevin, nie wieder.«

Zwei Wochen kämpfte sie gegen den Wunsch an, ihn anzurufen. Sie versuchte, ihn aus ihrem Denken zu löschen. Obwohl er nicht anrief, wußte sie, daß er da war und wartete. Sie panzerte sich mit der ganzen Selbstbeherrschung, die sie besaß, und blieb fest. Es gab Nächte, in denen sie allein war. Dann war sie wie besessen von dem Wunsch, seine Nummer zu wählen, die kurze Entfernung bis

zu seinem Hotel im Laufschritt zurückzulegen. Statt dessen stand sie auf dem Balkon, atmete die milde Nachtluft ein und blickte zu den Sternen empor. Und beständig rief Kevin sie an, um sie zu kontrollieren. Früher hatte er das nie getan, aber jetzt telefonierte er oft zu den unmöglichsten Zeiten. Manchmal ging er von ihr weg und sagte anzüglich: »So, mein Mädchen, ich begebe mich in meine Junggesellenbude. Heute wartet ein warmes Bad und das Bett auf deinen Alten.« Drei Stunden später schloß er geräuschlos ihre Wohnungstür auf. »Ich konnte nicht schlafen«, sagte er. »Darf ich hier übernachten?« Sie lächelte und stellte mitleidig seine Erleichterung fest, daß sie daheim und allein war.
Sie saß mit Kevin und einem der neuen Inhaber der Firma Gillian im »21«, als Lyon hereinkam. Es war eine schwüle, bedrückende Nacht Ende Juni. Das Thermometer stand auf dreißig Grad. Sie war den ganzen Tag im Studio gewesen und fühlte sich müde und gelangweilt. Plötzlich sah sie Lyon eintreten. Seine Begleiterin war, was Kevin eine »Puppe« nannte. Lyon entdeckte sie nicht, da der Kellner ihn zu einem Tisch am anderen Ende des Raumes führte. Von ihrem Platz aus konnte sie ihn unbemerkt beobachten. Das Mädchen war etwa neunzehn Jahre alt, hatte kohlschwarze schulterlange Haare und ein hübsches Gesicht. Ihr dünnes Kleid mit dem großzügigen Dekolleté klebte herausfordernd an ihrem jugendlichen Körper. Immer wieder verflocht sie ihre Finger mit den aufreizend langen silbernen Nägeln mit Lyons Hand. Sie hing an seinen Lippen, schüttelte die Mähne aus ihrem Gesicht. Einmal sagte sie etwas, und Lyon warf den Kopf zurück und lachte. Dann beugte er sich zu ihr und gab ihr einen flüchtigen Kuß auf die Nasenspitze. Anne wurde ganz übel dabei.
Es war der schlimmste Abend seit langem. Aber endlich ging auch er zu Ende. Beim Gehen sah sie noch rasch einmal zu Lyon hin. Seine ganze Aufmerksamkeit galt dem Mädchen.
Sie gab vor, Kopfschmerzen zu haben, aber Kevin bestand darauf, zu ihr zu kommen. Kaum standen sie in der Wohnung, sagte er: »Ich habe sie auch gesehen.«
»Wen?«
»Deinen Liebhaber und das schöne Mädchen. Dir hat es das Herz zerrissen, wie?« Seine Stimme klang schadenfroh. »Vielleicht weißt du jetzt, wie mir zumute ist.«
»Ich bin müde, Kevin.«
»Sie könnte deine Tochter sein, Anne.«
»Aber, Kevin, ich bin erst sechsunddreißig.«
»Viele Frauen werden mit achtzehn Mutter. Sie könnte ganz gut

deine Tochter sein. Siehst du, mein Herz, Lyon genießt sein Leben immer noch in vollen Zügen. Er kann haben, wen er will. Hast du denn nie daran gedacht, daß er vielleicht nur aus Sentimentalität mit dir geschlafen hat? Aus Mitleid, so wie du mich bemitleidest? Na, Kopf hoch — wir sind ein Paar, du und ich. Zwei Abgelegte. Und in gewisser Hinsicht tust du mir nun leid. Wahrscheinlich träumst du immer noch von der unvergleichlichen Liebesnacht. Dabei hat er sie dir bloß aus alter Freundschaft und Schuldbewußtsein gewährt, wie man einen Brosamen hinwirft.« Sie litt unter seinen Worten, und das gab seiner Gehässigkeit neue Nahrung. »Natürlich war es nichts weiter als das! Oder hat er dich vielleicht angefleht, mich zu verlassen und ihn zu heiraten? Na, siehst du! Wenn er heiratet, dann bestimmt eine blutjunge Puppe. Du bist *passé*, meine Beste. Natürlich bist du noch eine schöne Frau Ende Dreißig. Aber du hast ihm als Zwanzigjährige gefallen, und selbst da hat er dich sitzenlassen. Und es war der gute, alte Kevin, der die Trümmer eingesammelt hat; Kevin, der dich reich und berühmt gemacht hat.« Er ging zur Tür und hielt auf halbem Wege inne. »Ich könnte jederzeit noch eine Zwanzigjährige haben, wenn ich wollte. Nein, keine Angst, ich bleibe schon bei dir, aber jetzt habe ich die Trümpfe in der Hand. Von jetzt an geschieht, was ich sage. Morgen kündigst du. Fällt mir gar nicht ein, daß ich nächste Saison noch dulde, daß du arbeitest. Und wir werden die geplante Weltreise machen. Allerdings sehe ich nicht mehr ein, weshalb ich dich vorher überhaupt noch heiraten sollte. Das muß ich mir erst überlegen.«
Sie hatte ihn mit großen Augen angestarrt. Als er zu sprechen aufhörte, sagte sie: »Kevin, du meinst nicht ein Wort von dem, was du sagst. Das bist nicht du.«
»Doch, meine Beste, jetzt bin ich endlich wieder der alte. Bisher war ich dir für dein Entgegenkommen ja so wahnsinnig dankbar — bis ich dich heute abend beobachtet habe. Einfach unwahrscheinlich, wie die Eifersucht einen Menschen verwandelt! Du hast dich vor meinen Augen aufgelöst. Plötzlich hast du neben der Puppe farblos und abgetakelt ausgesehen. Diese Kummerfalten in deinem Gesicht... meine Göttin ist unvermittelt vom Sockel gestürzt. Ich habe eine alternde Blondine gesehen, die mit offenem Neid auf einen Hengst starrte, der eine jüngere Stute gefunden hat.«
»Bitte, Kevin, geh jetzt. Du weißt nicht, was du redest.«
»Spiel dich vor mir nicht als *grande dame* auf. Das ist vorbei. Jetzt bist du eine Sitzengebliebene. Soll ich es dir beweisen? Sicher ist er mittlerweile schon in seinem Hotel. Er konnte es ja kaum erwarten, diese Puppe in sein Bett zu kriegen. Traust du dich, ihn jetzt anzu-

rufen? Sag ihm, du möchtest ihn sehen. Ich werde abstoppen, wie lange euer Gespräch dauert. Dich erwartet die größte Abfuhr deines Lebens.«

Sie ging ins Schlafzimmer. Er rannte ihr nach und drehte sie um. »Ich bin noch nicht fertig. Geh nicht einfach fort. Hast du mir nicht zugehört? Mir machst du nicht länger die große Dame vor.«

»Du haßt mich, Kevin, wie?«

»Aber nein, du tust mir leid.«

»Wenn das stimmt, dann geh bitte, Kevin — für immer.«

»O nein!« lächelte er siegessicher. »Nicht, ehe ich zugesehen habe, wie du total absäufst.« Er griff nach dem Hörer. »Ruf ihn an. Du kennst seine Nummer bestimmt auswendig. Sonst kann ich statt deiner telefonieren. Ich werde ihm sagen, daß du keinen Bissen angerührt hast, daß du krank vor Eifersucht warst. Ja, ja, ich weiß seine Nummer auch auswendig. Wir denken beide seit Wochen an ihn, nicht wahr?« Er hob den Hörer ab und begann die Nummer zu wählen.

Sie riß ihm den Hörer aus der Hand. Er stieß sie weg und nahm ihn an sich.

»Kevin!« Er hatte wirklich gewählt und verlangte jetzt bei der Telefonistin des Hotels eine Verbindung mit Lyon Burke.

»Bitte sehr. Sprich mit ihm. Na, mach schon, sonst rede ich.«

Sie nahm den Hörer. Sie hörte in seinem Zimmer läuten und betete, daß er nicht da sei. Diese Situation konnte nicht wirklich sein, sie war ein Angsttraum. Der Hörer wurde abgehoben.

»Hallo?« sagte Lyon.

»Lyon?« fragte sie zaghaft.

Es entstand eine kurze Pause. »Anne?«

»Red schon«, zischelte Kevin. »Sag ihm, du willst zu ihm kommen.«

Sie warf ihm einen flehenden Blick zu, und er wollte ihr den Hörer entreißen. Da sagte sie: »Lyon . . . ich möchte zu dir kommen.«

»Wann?«

»Jetzt gleich.«

Sekundenlanges Schweigen. Dann antwortete er fröhlich: »Gib mir zehn Minuten Zeit, damit ich hier etwas Ordnung schaffe, und dann komm.«

»Danke, Lyon.« Sie legte den Hörer auf und sah Kevin an. Jede Farbe war aus seinem Gesicht gewichen.

»Klar«, brüllte er. »Das hätte ich mir denken können. Ihr werdet euch zu dritt amüsieren. Du, Lyon und das Flittchen. Ich hab' dir ja gesagt, die Engländer sind dekadent... Und du wirst zu allem ja und Amen sagen, weil du keine andere Wahl hast.«

»O Kevin!« stöhnte sie. »Was haben wir einander nur getan?«
»Mir ist eben klargeworden, daß ich viele Jahre meines Lebens an eine Halbseidene verschwendet habe, die sich als Dame getarnt hat.« Er ging und warf die Tür hinter sich zu.
Sie blieb ganz still stehen, und ihre Wut wich einem Gefühl von Kummer und Erleichterung zugleich. Kevin hatte die Entscheidung getroffen. Sie fühlte sich beschwingt und schwerelos. Egal, wie es mit Lyon weitergehen würde, Kevin mußte sie jedenfalls nie heiraten. Das war vorbei — und sie war frei!
Sie machte rasch ihr Gesicht zurecht und ging mit schnellen Schritten in Lyons Hotel.

Die Tür wurde aufgerissen. »Allmählich habe ich schon die Hoffnung aufgegeben«, sagte Lyon.
Rasch suchten ihre Blicke das Zimmer ab.
»Sie ist schon fort«, sagte er ruhig.
Sie tat, als hätte sie ihn nicht verstanden.
»Ich habe dich gesehen, als ihr das ›21‹ verlassen habt. Mein charmantes kleines Rendezvous hat gequietscht: ›Oh, das ist doch Anne Welles!‹ Sie bewundert dich im Fernsehen.«
»Ich habe dich auch gesehen, Lyon.«
»Gut, das hat dich wenigstens zu mir geführt.« Er mixte auf einem Klapptischchen, das als improvisierte Bar diente, zwei Drinks. »Das Schaugeschäft unterscheidet sich heute grundlegend von früher«, sagte er. »Ich muß gestehen, daß es mir zu hoch ist. Aber mir steht ja kein Urteil zu. Die letzten beiden Platten von Connie Masters hatten eine Millionenauflage, und die Engländer beten sie an. Deshalb muß ich über ihr atemberaubendes Leben berichten.«
»Wer ist Connie Masters?«
»Das Mädchen von heute abend. Du willst doch nicht sagen, daß du ihren Namen nicht kennst?« Als er sah, wie sie den Kopf schüttelte, fuhr er fort: »Du und ich, wir gehören der alten Generation an. Wenn jemand von einer Sängerin spricht, dann denken wir an vergangene Berühmtheiten. Aber Connie Masters ist die Sensation von heute. Sie ist neunzehn Jahre, und jede Filmgesellschaft rennt ihr nach — aber ich kann mir ihre Platten nicht anhören, ohne mich vorher mit einem Whisky zu stärken.«
»Das kenne ich«, erwiderte sie lächelnd. »Täglich höre ich von Leuten, die mir völlig unbekannt sind.«
»Jedenfalls habe ich meine Pflicht gegenüber der englischen Presse und den Musikliebhabern der ganzen Welt erfüllt. Und ein Anruf hat mich davor bewahrt, mehr als meine Pflicht zu tun.«

»Heißt das, daß du sonst was mit ihr angefangen hättest?«
»Warum nicht? Man wird sehr einsam, wenn man allein hier sitzt und auf deinen Anruf wartet, der doch nie kommt. Oh, ich verstehe dich, wirklich. Aber sie war eben da, hat sich genau in den Sessel gekuschelt, in dem du jetzt sitzt, und hat mir gesagt, daß sie reife Männer unwiderstehlich findet. Was hätte ich tun sollen? Sie in die heiße Nacht hinausjagen?«
»Spiel nicht den Hilflosen, Lyon!« lachte Anne.
»Diese junge Brut hat es in sich.« Er kam zu ihr und zog sie empor. »Du bist schön, berühmt und gefährlich, und trotzdem fühle ich mich bei dir sicher.« Er küßte sie und drückte sie fest an sich. Plötzlich wurde ihre Umarmung vom Klingeln des Telefons unterbrochen.
Sie lächelte: »Deine junge Brut.«
Er nahm ab, und sie sah, wie seine Augen schmal wurden. Dann sagte er mit kalter Stimme: »Ich schlage vor, daß Sie selbst mit der Dame sprechen.« Er wandte sich zu Anne und hielt ihr den Hörer hin. Auf ihre unausgesprochene Frage antwortete er deutlich: »Kevin Gillmore.«
»Ich will nicht mit ihm reden.« Sie wich zurück.
»Tu es lieber doch«, versetzte er, und ihr fiel auf, daß er es nicht der Mühe wert fand, den Hörer abzudecken. Kevin hörte ihnen also zu.
Zaghaft nahm sie den Hörer. »Kevin?«
»Anne! Anne, verzeih mir! Ich habe eben Lyon Burke erklärt, daß ich heute abend verrückt war. Vergiß, was ich gesagt habe, Anne. Ich habe es nicht so gemeint. Hörst du mich, Anne?«
»Es hat keinen Zweck, Kevin. Es ist aus.«
»Bitte, Anne, komm nach Hause. Du kannst weiterarbeiten, du darfst alles tun, was du willst.« Seine Stimme brach. »Ich heirate dich morgen oder wann du willst. Mir ist alles recht. Bitte, Anne!« Er schluchzte wahrhaftig. »Bitte, Anne ... ich weiß, daß ich alt bin. Wenn du daneben mit Lyon Burke zusammenkommen willst, werde ich selbst dagegen nichts einwenden, nur sag es mir nicht. Du darfst alles tun, nur verzeih mir und verschwinde nicht aus meinem Leben.« Er rang mühsam nach Luft.
»Bist du krank, Kevin?«
»Nein, ich bin vermutlich zu rasch gegangen. Ich bin jetzt in deiner Wohnung. Ich bin den ganzen Weg gerannt. Bitte, Anne — für Lyon bist du doch nur eine Eroberung mehr, aber mir bedeutest du alles.«
»Wir reden morgen weiter, Kevin.«

»Anne, ich werde kein Auge zutun, wenn ich weiß, daß du bei ihm bist, und —« Sie hörte sein gequältes Atmen. »Bitte, Anne, komm heute zurück. Laß mich im zweiten Bett schlafen. Nur, damit ich weiß, daß du wieder da bist. Ich werde dich nie wieder kontrollieren, nur bleib bei mir. Ich kann mich nicht gegen ihn wehren, Anne — ich bin weder jung noch gesund. Bitte ... bitte!«

»Gut, Kevin.« Der Hörer lag bleischwer in ihrer Hand.

»Du gehst also fort von ihm?« Die neuerwachte Hoffnung in seiner Stimme rührte sie mehr als seine Tränen.

»Ja, jetzt gleich.«

»Wieder einmal zwischen zwei Feuern?« fragte Lyon. Er hatte ihr den Rücken zugewandt und schenkte sich nach.

»Was soll ich tun, Lyon?«

Achselzuckend meinte er: »Das kommt darauf an, wem du es recht machen willst. Dir oder deinem Gewissen. Was suchst du eigentlich? Glück oder Ausgeglichenheit?«

»Ist das nicht dasselbe?«

»Nein. Neben Gillmore wirst du bestimmt ausgeglichen sein und ein gutes Gewissen haben. Bei mir wirst du vielleicht mit deinem Gewissen kämpfen müssen. Aber Liebe bedeutet eben immer Kampf, oder nicht?«

»Soll das heißen, daß du mich liebst?«

»Du liebe Zeit, muß ich es mit Neonlichtern verkünden, damit du es begreifst? Natürlich liebe ich dich!«

»Woher soll ich das wissen? Du hast mich in den letzten vierzehn Tagen nicht einmal angerufen und auch nicht versucht, mich zu überzeugen.«

»Ich spreche von Liebe«, erwiderte er aufgebracht, »und nicht von Bettelei. Liebe muß man geschenkt bekommen. Man kann sie weder mit Worten noch Mitleid oder gar Vernunft kaufen. Ich werde dich niemals bitten, Anne. Ich liebe dich. Das mußt du fühlen. Ich werde dich immer lieben.«

»Aber du kehrst nach England zurück.«

»Und Kevin ist in Amerika«, ergänzte er lächelnd. »Ich habe von Liebe gesprochen, du von Geographie. Irgendwie kommt mir das sehr bekannt vor.«

»Aber Liebe bedeutet, daß man gemeinsame Pläne schmiedet, zusammen ist.«

»Liebe ist ein Gefühl. Für dich ist sie ein Vertrag mit unwiderruflichen Verpflichtungen.« Er ergriff ihre Hände. »Dafür ist es zu spät, Anne. Ja, ich werde nach England zurückkehren. Dort habe ich mir eine Existenz aufgebaut. Dich hält dein Leben hier fest.

Vielleicht solltest du zu Kevin gehen. Er paßt zu deiner Art von Leben. Ich habe dir nicht mehr zu bieten als ein paar weitere Wochen.«

»Vielleicht würde mir London gefallen. Hast du daran noch nie gedacht?«

»Ich bin Schriftsteller, Anne — vielleicht kein erstklassiger, aber ich bemühe mich jedenfalls. Du bist nicht mehr das opferbereite zwanzigjährige Mädchen, das meine Manuskripte ins reine geschrieben hat. Mit der Zeit würdest du dich langweilen und London zu hassen beginnen.«

Sie machte kehrt und lief aus dem Zimmer. Sie rannte den Korridor entlang und läutete nach dem Aufzug. Vielleicht kam er ihr nach. Wenn ja ... Die Lifttür öffnete sich. Seine Tür blieb geschlossen.

Langsam ging sie zu ihrer Wohnung zurück. Sie betrat aber das Haus nicht, sondern ging absichtlich weiter. Sie mußte zu einem Entschluß kommen. Lyon liebte sie, bot ihr aber keinerlei Zukunft. Kevin liebte sie und bot ihr ein Leben voll Zuneigung.

Sie kehrte zu ihrer Haustür zurück. Kevin wartete oben auf sie, und er brauchte sie. Wie konnte sie ihn verletzen wegen ein paar Wochen voll Glück? Aber plötzlich fielen ihr die Jahre ein, die sie mit ihm verloren hatte, und die leere Zukunft, die ihr noch bevorstand, wenn Lyon abgereist war.. Vorläufig aber war Lyon hier, und es war ihr möglich, bei ihm zu sein. Ja, das war die Lösung! Sie würde Lyon nicht drängen, sondern die wenigen Wochen genießen und es dabei bewenden lassen. Falls Kevin sie dann noch immer haben wollte, schön.

Sie machte kehrt und schritt eilig aus. Dann begann sie zu laufen, bis sie wieder von Lyons Hotel stand. Die Fahrt im Aufzug war eine Qual. Er öffnete die Tür, schlug die Arme um sie und hielt sie fest. Sie klammerte sich an ihn. »Solange du hier bist, Lyon, werde ich bei dir sein und nicht nach morgen fragen. Es zählt nur jede Sekunde, die wir gemeinsam haben können. Ich liebe dich.«

Er nahm ihr Gesicht in beide Hände, sah ihr in die Augen und sagte zärtlich: »Wir werden aus jedem Augenblick eine Stunde machen. Ich liebe dich, Anne.«

Am nächsten Tag traf sie Kevin an. Er sah elend aus. Sie versuchte, ihm zu erklären, daß sie mit Lyon zusammen sein mußte.

Er starrte sie wortlos an. Dann zeichneten sich rote Flecken in seinem Gesicht ab. Er rannte im Wohnzimmer auf und ab. »Du bist genauso dekadent wie dein englischer Hengst!« Die Wut schien

ihm neue Kraft zu verleihen. Er warf die Tür hinter sich zu und brüllte, daß er ihr diese Demütigung heimzahlen werde.
Diesmal gab es kein tränenreiches Telefongespräch mehr. In den folgenden Tagen setzte er seinen Ehrgeiz darein, jeden Abend mit bekannten Starlets gesehen zu werden. Kevin, der Nachtlokale haßte, ließ sich jetzt in den mondänen Bars Tische reservieren und zeigte sich mit den auffallendsten Schönheiten, die er auftreiben konnte. Kaum war ein neues Starlet in New York, wurde sein Name auch schon mit Kevin in Verbindung gebracht.
Sein letzter, unsinnigster Schritt war sein Versuch, Annes Vertrag mit Gillian zu hintertreiben. Da er noch immer im Aufsichtsrat saß, pochte er auf sein Recht, zu verlangen, daß das Image der Firma gewahrt würde, die er ins Leben gerufen hatte. Er behauptete, daß Anne als Gillian-Girl zu alt sei und das Publikum ein neues Gesicht sehen wollte.
Durch seine Einwendungen erzwang er eine Sitzung der Aufsichtsratsmitglieder. Damit schadete Kevin sich sehr. Er wurde überstimmt, und Anne erhielt einen neuen Zweijahresvertrag mit einer Erhöhung von zehntausend Dollar. Außerdem verpflichtete sie der Vertrag ausschließlich fürs Fernsehen. Das war ein weiterer Sieg Annes, die sich gegen die anstrengenden Reklameaufnahmen für Zeitungen schon lange gewehrt hatte.
Anne wußte von Kevins Kesseltreiben gegen sie, aber es kam kein Haß in ihr auf. Sie empfand nichts als tiefes Mitleid mit ihm und bedauerte es sehr, daß es zu diesem traurigen Ende hatte kommen müssen.
Lyon behielt sein Zimmer, aber er verbrachte jede Nacht in Annes Wohnung. Eines Abends sagte er: »Ich hole dich um sieben Uhr ab, aber zuerst muß ich einen Sprung in den Schrank tun, um mich umzuziehen.« Von da an hieß sein Hotelzimmer nur noch der Schrank. Die Wochen vergingen, und Lyons Aufenthalt näherte sich dem Ende. Er hatte seine Abreise mit keinem Wort erwähnt, aber ihr war klar, daß seine Zeit allmählich ablief. Dumpfe und beklemmende Verzweiflung ergriff sie.
Und dann, eines Abends im Juli, schöpfte sie unerwartet neue Hoffnung.
Sie aßen in einem Gartenrestaurant zu Abend. »Das war ein großartiger Vorschlag«, sagte Lyon. Er sah zum klaren Himmel auf und lächelte. »Dieses wunderbare Wetter vermisse ich in London sehr. Solche schöne Abende gibt es dort nicht. Es regnet regelmäßig.«
»Das ist die erste nette Bemerkung, die du über New York gemacht hast«, sagte sie mit gewollter Leichtigkeit.

»Ich liebe dich eben so sehr, daß ich für die Reize New Yorks empfänglich werde«, antwortete er. »Aber wie stehst du zum unvermeidlichen Regen? Ich warne dich, davon haben wir in London mehr als genug.«

Also doch! Er wollte sie nicht verlassen. Sie mußte auf der Hut sein, durfte ihn nicht drängen. Die Idee mußte von ihm kommen. Sie betrachtete das glühende Ende ihrer Zigarette. »Ich war noch nie in London.«

»Dann denk darüber nach«, war alles, was er sagte.

Sie konnte an nichts anderes mehr denken. Sie besprach die Möglichkeit mit Henry.

»Das würde niemals gutgehen«, sagte Henry entschieden. »Ich habe Lyons Wohnung gesehen. Er hält sie für einen Palast, aber sie hat keine Zentralheizung und nur vier winzige Zimmer.«

»Dafür bin ich doch eine reiche Frau. Wir könnten uns die beste Wohnung leisten.«

»Haben Sie noch immer nichts dazugelernt?« fragte Henry streng. »Lyon nimmt keine Unterstützung an. Sie müßten von seinem Verdienst leben.«

»Dann werde ich es eben tun«, sagte sie entschlossen. »Ich werde wohnen, wo er will. Ich kann nicht ohne ihn leben, Henry.«

»Und was geschieht mit Ihrem Vertrag bei Gillian? Wenn Sie ihn brechen, können Sie nie mehr im Fernsehen arbeiten.«

»Wie hoch ist mein Vermögen, Henry?«

»Über eine Million.«

»Wozu sollte ich dann arbeiten?«

»Und was werden Sie in London tun?«

»Bei Lyon sein.«

»Anne, Sie sind kein Kind mehr, das sich kopfüber in ein neues Leben stürzt, und Lyon ebensowenig. Er ist in seiner kleinen Welt dort drüben festgefahren. Sie werden keine Freunde haben. Er sitzt den lieben langen Tag an seiner Schreibmaschine – und Sie?«

»Das weiß ich nicht. Ich weiß bloß, daß ich nicht ohne ihn leben kann.«

Nach kurzer Überlegung sagte Henry: »Dann gibt es nur einen Ausweg. Sie müssen ihn hier in New York festhalten.«

»Aber wie? Sein Auftrag ist beendet. Und ihm gefällt London.«

»Sie müssen Zeit gewinnen. Je länger er bleibt, desto stärker gewöhnt er sich an New York. Lassen Sie mich nachdenken. Ich werde ein paar Bekannte anrufen. Vielleicht können wir ihm einen Auftrag auf eine Artikelserie für hiesige Zeitschriften verschaffen. Nur muß es so aussehen, als hätte sich das rein zufällig ergeben.«

»Und was versprechen Sie sich davon?«
»Daß er noch ein Weilchen bliebt – die Zeit arbeitet für Sie.«

Es war Neely, die rein zufällig die Lösung brachte. Anne war bei ihr zu Besuch, und sie saßen im gepflegten Garten des Sanatoriums und plauderten. Es war beklemmend heiß, aber Neely wollte im Freien bleiben. Sie war dick, schien sich aber eindeutig auf dem Weg der Genesung zu befinden. Sie war jetzt im Haus Esche, nur noch einen Schritt von der Urlaubsstation entfernt.
»Bin ich erst dort«, sagte sie glücklich, »dann komme ich übers Wochenende nach New York.«
»Hältst du das für klug, Neely?«
»Natürlich, anders geht es nicht. Ehrlich, man kann nicht sechs Monate lang eingesperrt sein und dann plötzlich losgelassen werden. Hier geschieht die Umstellung schrittweise. Zuerst kommt man ins Haus für die Patienten mit Ausgeherlaubnis. Nach einem Monat darf man an einem Abend in die nächste Stadt ins Kino oder in den Kosmetiksalon gehen. Wenn das klappt, darf man versuchsweise ein Wochenende in New York verbringen. Am Montag muß man wieder hier sein, und sie prüfen nach, ob man aus dem Gleichgewicht geraten ist. Nach einer Weile darf man eine Woche lang zu Hause bleiben. Dann wird man endgültig entlassen, aber man muß täglich zu seinem Psychiater, den man hier empfohlen bekommt. In der Außenwelt ist es der Druck, der eine gewisse Gefahr darstellt.«
»Meinst du bei deiner Arbeit?« fragte Anne.
»Nein, ich meine den Druck im allgemeinen. Hier gibt es so etwas nicht. Wenn ich schlafe, schlafe ich eben. Wenn nicht, spielt es auch keine Rolle. Höchstens fällt mein Keramikaschenbecher in der Beschäftigungstherapie nicht so prächtig aus, und ich bin weniger gut beim Badminton. Und ich esse, was ich will. Ehrlich, ich wiege jetzt hundertsechzig Pfund, aber daran stößt sich kein Mensch. Und ich singe wieder, Anne, Himmel, ich singe wie ein Kanarienvogel.«
»Ich bin ja so froh, Neely! Ich hab' gewußt, daß es so kommen würde.«
»Stell dir vor, was passiert ist. Einmal im Monat haben wir einen Tanzabend. Die männlichen Verrückten machen sich schön und wir auch, und dann kommen wir im Turnsaal zusammen. Unter Aufsicht, versteht sich. Ich mache mit, weil ich sonst einen schwarzen Punkt bekomme. Sie haben eine dreiköpfige Kapelle dort, und eines Abends geh' ich zu den Musikern und singe so zum Spaß ein bißchen. Es war nicht besonders gut, weil der Klavierspieler ein

Dorflehrer ist, der mit beiden Händen die Melodie mitspielt. Aber ich habe gesungen, und plötzlich kommt ein ganz schwer verrückter Grauhaariger dahergeschlurft. Er ist ein chronischer Fall, und ich hatte ihn noch nie gesehen. Die Unheilbaren kommen fast nie zu diesen Abenden. Na, jedenfalls dieser Mann, der richtig ausgebrannt aussieht, kommt zu mir. Eine Schwester stürzt sich sofort auf ihn, aber Dr. Hall war da und gab ihr ein Zeichen, sie soll ihn machen lassen. Wie ich nachher erfuhr, hatte der Irre seit zwei Jahren kein Wort gesagt, und der Arzt wollte sehen, was er vorhatte. Ich singe eine von Helen Lawsons alten Nummern, und der Verrückte steht wortlos neben mir.

Ich singe weiter — ich habe ein paar meiner alten Schlager gebracht —, und stell dir vor, plötzlich fällt er mit einer Musikalität und einem Einfühlungsvermögen ein, wie du dir's besser nicht denken kannst. Es war so großartig, daß ich hätte sterben können. Mir ist es ganz kalt über den Rücken gelaufen, Anne — dieser Irre konnte richtig singen! Und irgendwie kam er mir bekannt vor. Wir haben eine Stunde zusammen gesungen, und alle haben wie besessen geklatscht, sogar Dr. Hall und Dr. Archer. Und als es vorbei war, hat dieser Narr ganz sanft meine Wange gestreichelt und gesagt: ›Du hast es immer in dir gehabt, Neely — wir beide, wir sind Könner.‹ Dann ist er davongeschlurft. Ich stand da wie vom Donner gerührt. Dann ist Dr. Hall zu mir gekommen und hat gesagt: ›Er ist seit zwei Jahren bei uns und verfällt sichtlich. Wir haben seinen Aufenthalt geheimgehalten, aber ich sehe, daß Sie ihn kennen. Bitte, machen Sie keinen Gebrauch davon. Wir nennen ihn hier Mr. Jones.‹ Na, ich hatte keine Ahnung, wer er war, aber in diesem Narrenturm bin ich schlau geworden und weiß, wie man Dr. Hall hereinlegt. Ich tue also so, als wüßte ich Bescheid, und sage: ›Wie soll ich ihn denn nennen? Er sagt Neely zu mir.‹ Und Dr. Hall antwortet: ›Oh, Sie können ihn Tony nennen, aber bleiben Sie bei Jones.‹«

»Tony?« fragte Anne verständnislos.

»Tony Polar!« rief Neely aus. »Er leidet unter irgendeiner angeborenen Geisteskrankheit. Ein Glück, daß er und Jen nie Kinder hatten, die hätten wahrscheinlich auch den Verstand verloren.«

Die Abtreibung! Jennifer hatte es gewußt! Das war das Geheimnis. Tränen schossen Anne in die Augen.

»Du darfst es niemals verraten, wenn du von hier weggehst. Tony ist von der Bildfläche verschwunden. Es heißt, daß er sich in Europa aufhält, aber keiner weiß Näheres, und heute interessiert es auch niemand mehr. Dabei wollen wir es auch belassen«, sagte Anne.

»Klar«, nickte Neely verständnisvoll. »Aber daß ich hier bin, ist alles andere als ein Geheimnis. Eine Zeitschrift hat mir angetragen, meine Lebensgeschichte zu veröffentlichen. Sie wollen mir zwanzigtausend dafür zahlen. George Bellows will mir jemand besorgen, der die Artikel für mich schreibt.«

»George Bellows? Wieso ist denn der mit dir in Kontakt?«

»Na, du hast ja die Klatschspalten gelesen. Dort heißt es mehr oder weniger deutlich, daß ich dick bin und nicht singen kann, oder daß ich dünn bin und nicht singen kann. Da habe ich geantwortet, daß sie nur zur Hälfte recht haben – ich bin dick und habe noch nie so gut gesungen wie jetzt. Dann hat mir Dr. Hall erlaubt, eine Bandaufnahme von mir machen zu lassen, und ich habe das Band an Henry Bellamy mit der Bitte gesandt, es vor der Presse abzuspielen. Er muß es an George weitergegeben haben, denn kurz darauf hat George mich besucht. Und der hat mir dieses Angebot verschafft. Er will mich nach meiner Entlassung managen. Er versucht, sich das Geld zu verschaffen, um Henry auszukaufen.«

»Lyon sagt, daß die Agentur Johnson Harris mit Henrys Firma fusionieren will.«

Neely zuckte die Achseln. »Falls George in ein paar Wochen mit dem Angebot Johnsons konkurrieren kann, wird er die Firma kaufen. Ich hoffe aber immer noch, daß es ihm nicht gelingt. Sooft ich George sehe, bekomme ich eine Gänsehaut.«

Nachdem sich Anne von Neely verabschiedet hatte, nahm die Idee Gestalt an. Auf dem Heimweg war sie überzeugt, die Lösung gefunden zu haben. Henry hatte gesagt, sie müßte Zeit gewinnen, und hier war ihre Chance. Sie fuhr den Wagen in die Garage und rief Henry an, und sie verabredeten sich in einem kleinen Restaurant.

»Warum nicht?« sagte Henry, nachdem sie ihm ihren Plan entwickelt hatte. »Lyon würde sich am besten eignen, Neelys Geschichte zu schreiben. Er kennt sie seit ihren Anfängen. Und es würde ihn mindestens einen Monat länger hier festhalten.«

»Aber Sie müssen George die Idee mundgerecht machen, und der muß sie Lyon unterbreiten, damit ich nichts damit zu tun habe.«

Lyon war von Georges Angebot entzückt. Aber er weigerte sich, Neely zu besuchen. Er wollte sie in Gedanken als das muntere junge Mädchen vor sich sehen, das er gekannt hatte. Sonst könnte er nicht überzeugend schreiben, behauptete er. Er telefonierte mit ihr und schickte ihr sein Manuskript zur Begutachtung, und Neely war ganz hingerissen davon. Die endgültige Version sollte Ende September fertig sein.

Anfang Oktober traf Henry nach einem weiteren Blitzanruf von Anne im »21« mit ihr zusammen. Ihre Augen leuchteten, als sie ihm ihren jüngsten Vorschlag machte. Er hörte ihr aufmerksam zu, dann warf er die Arme hoch. »Sie sind wahrlich eine Panzerdivision – aber es wird nicht klappen.«
»Warum nicht?«
»Weil er keine Agentur haben will. Das weiß ich. Lyon möchte Schriftsteller sein.«
»Aber Sie können es doch versuchen, Henry. Sagen Sie ihm, wie unbehaglich Ihnen die Vorstellung ist, daß die Agentur Johnson Harris eine Firma weiterführt, in die Sie Ihr ganzes Leben investiert haben. Bitte, versuchen Sie es doch.«
»Aber selbst wenn ich ihm sage, daß ich ihm den Kaufpreis vorstrecke, Anne, wird er eines Tages die Wahrheit erfahren.«
»Darüber zerbreche ich mir den Kopf, wenn es soweit ist. Wir haben keine Minute zu verlieren, Henry.«

Nachdenklich trank Lyon seinen Kaffee. »Ich finde dein Angebot zwar schmeichelhaft, Henry, aber ich bin nicht der Richtige für dich.«
Der Kellner schenkte Henry Kaffee nach. Er wartete, bis sie wieder allein waren, ehe er antwortete. »Schau, Lyon, ich habe mein Herzblut in dieses Unternehmen gesteckt. Die Agentur Johnson Harris verdient den Kreis der Starklienten nicht, den ich aufgebaut habe. Es wäre auch ungerecht, George Bellows aufs tote Gleis zu schieben. Oh, natürlich würde die Agentur ihn übernehmen und ihn zum Vizedirektor machen, aber sie werden ihn so hoch hinaufbefördern, daß er nur noch eine nominelle Position ohne jeden Einfluß hat und einfach kündigen muß. Glaub mir, ich hab' viele Nächte lang überlegt. Deshalb biete ich dir einen Kredit an, damit du gemeinsam mit George die Agentur kaufen kannst.«
»Aber warum mir? Weshalb borgst du das Geld nicht George?«
»Warum, glaubst du, ist es George nicht gelungen, den erforderlichen Betrag aufzutreiben?«
»Vermutlich, weil es eine gewaltige Summe ist.«
»Nein, sondern weil alle wissen, daß George die Firma allein nicht führen kann. Er ist ein großartiger Geschäftsmann, aber mit Menschen kann er nicht umgehen. Die Hälfte der Stars würde abwandern. Wenn ich dich jedoch zu meinem Nachfolger ernenne ... Wir müßten die Sache natürlich richtig aufziehen und durch die gesamte Presse gehen lassen. Zuerst beginnen wir mit Gerüchten in den

Klatschspalten, dann bauen wir die Story immer weiter aus... Glaub mir, es gibt noch eine Menge Leute, die sich genau erinnern, wie erfolgreich du in dieser Sparte warst.«
Lyon schüttelte den Kopf. »Ich bin von deinem Vorschlag ebenso gerührt wie geschmeichelt, aber es geht nicht. London ist genau das richtige für mich. Mir sind die Hetzjagd und der Konkurrenzkampf bis aufs Messer verhaßt. Außerdem liebe ich die Schriftstellerei.«
»Und was wird aus Anne?«
Lyon starrte auf seine Zigarette. »Die wäre das einzige Motiv, das ins Gewicht fällt. Weiß sie von deinem Angebot?«
»Nein.« Henry hoffte, überzeugend zu klingen. »Denn wie ich Anne kenne, will Sie, daß du deine Entscheidung völlig unbeeinflußt triffst.«
»Aber es ist ein beängstigend hohes Darlehen, Henry.«
»Ich brauche das Geld nicht. Ich will bloß aussteigen. Mein letztes Kardiogramm hat klar und deutlich gezeigt, daß es höchste Zeit ist. Trotzdem wäre es mir lieb, wenn die Agentur bestehen bleibt. Du kannst mir das Darlehen in kleinen Jahresraten abstottern. Darum ist mir nicht bange.«
»Wärst du sehr enttäuscht, wenn ich ablehnte?«
»Ja, Lyon, das wäre ich. Du hast mich schon einmal im Stich gelassen, als ich dich brauchte. Jetzt brauche ich dich wieder. Ich möchte, daß du gemeinsam mit George mein Lebenswerk weiterführst.«

1962

Am zweiten Januar 1962 wurde aus der Firma Bellamy und Bellows offiziell Bellamy, Bellows und Burke. George war Direktor, Lyon Vizedirektor, und Henry zog sich völlig zurück, aber Lyon bestand darauf, ihn als Mitinhaber anzuführen. Man gab für Presse und Klienten einen Empfang, und bei dieser Gelegenheit verkündete Lyon, daß er und Anne tags darauf heiraten würden.
Als die Party auf vollen Touren lief, nahm Henry Anne beiseite. Niemand bemerkte das kurze Gespräch.
»Nächstes Jahr wird er den Schwindel entdecken«, flüsterte Henry.
»Warum denn?«
»Weil ihr im nächsten Jahr eine gemeinsame Einkommensteuererklärung abgeben müßt. Dann wird er erfahren, daß Sie ihm das Geld zum Ankauf der Firma vorgestreckt haben. Schließlich zahlt er ja Zinsen für den Kredit, die Sie in Ihrer Steuererklärung angeben müssen.«

»Aber warum leihen denn nicht einfach Sie ihm das Geld? Und ich würde es Ihnen borgen, und –«

»Und wir alle kämen in die schönsten Steuerschwierigkeiten. Anne, ich habe nicht soviel flüssiges Kapital wie Sie.«

»Was meinen Sie, wie Lyon es aufnehmen wird, wenn nächstes Jahr der Schwindel auffliegt?«

»Das hängt ganz davon ab. Wenn er zufrieden ist, die Firma gut geht und er wieder Fuß gefaßt hat, wird er vermutich darüber lachen. Schließlich kann es doch kein Mann übelnehmen, daß eine Frau, die ihn liebt, ihn dadurch vor den Traualtar bringt, daß sie ihm heimlich Geld leiht!«

»Mir macht einzig seine Dankbarkeit Ihnen gegenüber Sorge«, antwortete sie. »Er betont ständig, daß er Sie nicht enttäuschen darf – Sie müßten eine riesig hohe Meinung von ihm haben, weil Sie ihm ein solches Angebot machten. Er sagt, daß er die Firma im Grunde gar nicht übernehmen wollte, aber da Sie so an ihn glauben, war es ihm unmöglich, nein zu sagen.«

»Unsinn. Soviel ich sehe, hat er keine Zeit verloren, Ihnen die Heirat vorzuschlagen. Ich bin überzeugt, daß Sie für ihn der ausschlaggebende Faktor waren.«

»Möglich. Jedenfalls habe ich zumindest ein Jahr Vorsprung, ehe die Schwierigkeiten beginnen. Vielleicht geht wirklich alles glatt. Und wenn nicht, ist es mir auch egal. Ich kann nicht ohne ihn leben, Henry. Ich habe es fünfzehn Jahre lang versucht, und es war nichts weiter als ein Dahinvegetieren. Ich würde nicht vor Bestechung, Lüge und Betrug zurückschrecken, wenn ich nur Lyon dadurch bekäme. Er ist der einzige Mensch, der mir wichtig ist. Beten Sie eben für mich, wenn unser Geheimnis platzt.«

»Wie ich Sie kenne, Anne, werden Sie bis dahin längst in anderen Umständen sein, die Firma wird auf Hochtouren laufen und Lyon im stillen selig sein, daß Sie ein wenig Vorsehung gespielt haben, um seine Träume wahr zu machen.«

Sie wurden am nächsten Tag in Henrys Wohnung getraut. Richter Hellman, ein guter Freund Henrys, vollzog die Trauung, George und seine Frau waren Trauzeugen. Anne und Lyon fuhren sofort nach Palm Beach, um dort vier Tage lang Flitterwochen zu feiern. Sie hatten sich darauf geeinigt, in Annes Wohnung zu leben. Lyon und George sollten pro Woche je siebenhundert Dollar plus Spesen beziehen, die Gewinne verblieben in der Firma, und der Überschuß sollte am Ende jedes Fiskaljahres aufgeteilt werden.

Innerhalb von zwei Monaten hatte Lyon einige der führenden eng-

lischen Stars als Klienten gewonnen. Sie hatten auch mehrere Schauspieler von anderen Agenturen abgeworben. Das Personal wurde vergrößert. Lyon wollte in Kalifornien eine Filiale gründen, aber George war vorsichtig.
»Wir dürfen uns nicht vergaloppieren«, warnte er. »Zugegeben, wir haben sehr viele Klienten. Aber richtig verdienen kann man nur an den großen Fernsehverträgen. Wir müssen uns ein paar Favoriten sichern und sie dem Fernsehen anbieten. Wir brauchen klangvolle Namen ...«
»Ganz recht«, pflichtete ihm Lyon rasch bei, »bloß können wir die nicht bekommen. Die bekannten Stars haben alle ausgezeichnete Manager. Außerdem würden wir damit ausgetretene Pfade gehen. Ich finde, daß wir unsere Stars selbst machen sollten. Das ist es, was ich unter managen verstehe. Henry hat Helen Lawson herausgebracht. Wenn wir aus einem kleinen Namen einen Star machen können, werden sämtliche Stars sich darum reißen, bei uns abzuschließen.«
George sah die Liste der Klienten durch. »Wir vertreten niemand, von dem ein kometenhafter Aufstieg zu erwarten ist. Allerdings regt sich eine winzige Hoffnung in mir. Es gibt jemand, den wir bekommen könnten, und wenn wir imstande sind, sie wieder hochzuspielen, dann wären wir gemachte Leute. Ich meine Neely O'Hara.«
Lyon schnitt eine Grimasse. »Das lohnt sich nicht. Außerdem sitzt sie immer noch in Haven Manor fest. Und seien wir doch ehrlich, George, sie ist *passé*.«
»Das darf man von jemand wie Neely nicht behaupten. Das Publikum stellt sich immer auf die Seite der Verliererin. Es hat das Gefühl, sämtliche Schicksalsschläge mit ihr getragen zu haben. Sie hat sich auf dem Gipfel ihrer Karriere selbst zerstört. Die Leute sprechen von ihr wie von einer Toten. Sie glauben, daß ihre Laufbahn rettungslos zu Ende ist. Um so besser für uns. Wenn nämlich wir sie zurückholen und ganz groß ins Geschäft bringen, dann wird es heißen, daß für uns nichts unmöglich ist. Du wirst sehen, wie die Stars zu uns gerannt kommen. Sie werden uns für Zauberkünstler halten, die für sie die Sterne vom Himmel holen.«
Lyon war nicht überzeugt. »Mit Neely haben wir es aber nicht bloß mit einer abgetakelten Berühmtheit zu tun, sondern mit einer seelisch gestörten Frau, die jederzeit wieder durchdrehen kann. Anne sagt, daß sie sehr dick geworden ist. Und die jüngste ist sie auch nicht mehr.«
»Sie ist dreiunddreißig, und ich gebe dir in allem recht. Trotzdem

ist ihr Talent nach wie vor umwerfend. Ich habe einige Tonbandaufnahmen hier, die sie erst vorige Woche draußen in der Klinik gemacht hat. Sie hat jetzt bereits Ausgang und war voriges Wochenende bei mir und meiner Frau. Sie ist dick wie ein Schwein, aber singen kann sie!«

Lyon zuckte die Achseln. »Aber es wird ein Jahr dauern, bis sie wieder eine akzeptable Figur hat, und wer weiß, ob sie einer strengen Diät gewachsen ist. Früher war sie es nicht.«

»Sie muß gar nicht abnehmen! Das ist ja der springende Punkt! Laß sie dick bleiben. Sie singt — alles andere ist Nebensache.«

»Und was fangen wir mit einer dicken Sängerin an?«

»Wir buchen sie für Konzerte. Weißt du, wieviel Geld sich damit verdienen läßt? Lena Horne, Garland, Liberace sind alle auf die Art reich geworden. Die Leute werden schon aus purer Neugier kommen. In einem Jahr werden allein ihre Konzerte die Spesen unseres Büros tragen. Unsere anderen Klienten sind dann nur noch Zuckerkruste.«

»Wenn du es versuchen willst, habe ich nichts dagegen«, sagte Lyon. »Aber eines sag' ich dir gleich: Ich kümmere mich um das Büro, und du lancierst Amerikas neuesten Liebling.«

»So einfach ist das wieder nicht«, sagte George gedehnt. »Sie ist nicht gerade verrückt nach mir. Und meine Frau hat keinen guten Einfluß auf Neely. Sie trinkt selbst gern. Aber du bist Neely sympathisch, und sie ist Anne verpflichtet —«

»Augenblick«, fiel Lyon ihm ins Wort. »Anne arbeitet schwer. Neely O'Hara ist das letzte, was wir in unserem Privatleben brauchen.«

»Ich bitte dich ja nur darum, sie zum Unterschreiben des Vertrags zu bewegen. Alles übrige mache dann ich. Ich werde eine Pressekampagne starten und die Engagements verschaffen. Ich werde mit ihr reisen. Du mußt die Sache nur ins Rollen bringen. Sie darf das Narrenhaus in allernächster Zeit verlassen. Dann werde ich ihr ein Hotelappartement mieten. Sie hat kein Geld, also wird das Büro ihre Rechnungen bezahlen, inklusive ihrer Arrangeure und Proben. Wir werden eine Zofe engagieren, die sie Tag und Nacht bewacht. Ich kenne da eine dänische Masseuse, die kräftig wie ein Ochse ist. Und wir werden über jeden Penny, den wir für sie ausgeben, genauestens Buch führen. Beginnt sie erst zu arbeiten, ziehen wir ihr unsere Vorschüsse so lange ab, bis wir unsere Auslagen wieder drin haben. Und wenn sie ein Verlustgeschäft wird, kann man sie immer noch von der Steuer absetzen.«

»Ein reichlich gewagtes Spiel.«

»Wir haben wenig zu verlieren, und die Publicity wird vermutlich die paar Tausender wert sein, die sie uns kostet. Außerdem kann sie, wenn sie sich durchsetzt, ihre Schulden bei Anne abtragen: Ist dir klar, daß deine Frau alle Rechnungen für sie bezahlt hat? Sie schuldet Anne an die zwanzigtausend Dollar.«
Lyon schüttelte den Kopf. »Mir gefällt die Sache zwar nicht, aber wenn du es riskieren willst, unterstütze ich dich dabei. Allerdings werde ich nicht mehr tun als das Eis brechen. Den Rest besorgst du.«
George nickte. »Paß nur auf. Ich werde unseren Ladenhüter bis in die Stratosphäre treiben. Und sie wird uns bei ihrem Aufstieg mitnehmen.«

Anne schloß die Wohnung auf und stellte die Klimaanlage an. Sie bedauerte, daß ausgerechnet heute das Dienstmädchen Ausgang hatte. Es war schwül und dunstig, und die Hitzewelle brach alle Rekorde. Sie rannte ins Bad und übergab sich. Dann legte sie sich ein kaltes Tuch auf die Stirn. Sie lächelte spöttisch. Jeder Frau wird am Morgen übel, mir natürlich am Abend, dachte sie. Sie war überzeugt, schwanger zu sein. Zehn Tage über der Zeit. Sicher war sie natürlich nicht. Im Februar hatte sie einmal zwei Wochen Verspätung gehabt, und sie und Lyon hatten schon gefeiert. Dann war sie eines Morgens mit den typischen Krämpfen erwacht. Diesmal hatte sie Lyon nichts gesagt. Und gestern um halb sechs Uhr hatte diese Übelkeit begonnen, genau um die gleiche Zeit wie heute. Ach, laß es doch wahr sein, lieber Gott, betete sie. Sie war fast wunschlos glücklich, nur ein Baby fehlte ihr noch. Es würde ein Mädchen werden, das genauso aussehen mußte wie Lyon.
So viel Glück jagte ihr Angst ein. Kein Mensch hatte das Recht, derart selig zu sein. Einzig der Augenblick, wo Lyon die wahren finanziellen Zusammenhänge erfahren mußte, machte ihr etwas Angst. Aber die Firma florierte, und bis dahin würde das Kind da sein. Henry war überzeugt, daß Lyon ihr den kleinen Betrug verzeihen würde. Aber bei Lyon konnte man das leider nie wissen.
Sie waren gemeinsam zu Neely hinausgefahren, und Lyon war entsetzt gewesen, als Neely ihnen entgegengewatschelt kam. Das Übergewicht hatte sie völlig entstellt. Ihre Augen lagen hinter dikken Fettpolstern, und der Hals war ganz verschwunden, aber sie strahlte die Begeisterungsfähigkeit der alten Neely aus. Es mutete sonderbar an, diese kindliche Freude aus den mächtigen Fleischmassen hervorbrechen zu sehen.
Neely hatte sofort unterschrieben, obwohl sie die Nase rümpfte,

als Lyon sagte, ihr Comeback sei Georges Idee gewesen. Sie mochte George nicht, aber da Lyon sein Partner und Anne ihre beste Freundin war, hatte sie mit Vergnügen unterschrieben. Innerhalb einer Woche hatte man sie mit Christine, dem gewaltigen dänischen Wachhund, in einer kleinen Pension untergebracht. Christine war nicht dick, bloß wuchtig. Sie hatte geschworen, Neely so lange durchzukneten, bis sie wieder ganz groß in Form war.
»Neely muß nicht schlank werden«, hatte Anne rasch eingeworfen. »Wir dürfen sie wegen ihres Aussehens nicht in Panik versetzen. Ihre einzige Aufgabe ist es, sich ganz auf ihren Gesang zu konzentrieren.« Man hatte Christine auch beauftragt, Neely keinerlei Pillen oder Alkohol zu gestatten, und für zweihundert Dollar wöchentlich hatte Christine sich verpflichtet, vierundzwanzig Stunden täglich Dienst zu tun. Bisher schien sie Wort zu halten.
Anne verließ das Badezimmer und betrachtete nachdenklich die Wohnung. Sie war schön, aber falls ein Baby unterwegs war, mußten sie umziehen. Und Gillian mußte sie »wegen höherer Gewalt« aus ihrem Kontrakt entlassen.
Zwei Wochen später bestätigten sich ihre Hoffnungen. Zuerst nahm Lyon die Neuigkeit mit gemischten Gefühlen auf. Zwar freute er sich, aber ein Baby bedeutete immerhin einschneidende Veränderungen in ihren Lebensgewohnheiten. Anne konnte nicht mehr bis Ende Juni arbeiten. Das Baby wurde für Mitte Januar erwartet, und ihre Taille war bereits um zwei Zentimeter dicker geworden. Sobald sie ihn aber überzeugt hatte, wie reibungslos alles klappen würde, legten sich seine Zweifel, und er war genauso begeistert wie sie.
Mitte Juni flogen sie nach Toronto, um sich Neelys Konzert anzuhören. Krank vor Angst, saß Anne im verdunkelten Zuschauerraum. Von diesem Auftreten hing so viel ab! George und Lyon dachten an ihre Investition, aber sie fürchteten sich vor der Auswirkung, die ein Rückfall auf Neely haben mochte. In ihrer Garderobe hatte Neely ruhig und gelassen gewirkt. Sie lachte und sagte, daß sie nichts zu verlieren hätte. Schlimmstenfalls kehrte sie in die Klapsmühle zurück und fabrizierte dort Aschenbecher. George trommelte nervös auf die Armstütze seines Sitzes, und Lyons Augen waren gespannt und schmal.
Es wurde dunkel, und ein großes Orchester stimmte Neelys Thema an, einen Schlager aus einem ihrer Filme. Der schwere Vorhang teilte sich, und Neely trat auf die Bühne. Sie trug ein einfaches schwarzes, knielanges Kleid. Ihre Beine waren noch immer wohlgeformt, und das Kleid verbarg ihre Unförmigkeit ein wenig. Den-

noch holte das Publikum hörbar Luft, denn die Leute hatten unbewußt noch immer erwartet, daß Neely wie zu Beginn ihrer Filmkarriere aussehen würde. Neely hörte das schockierte Geflüster und lachte.
»Ich bin entsetzlich fett«, sagte sie gutgelaunt, »wie eine richtige Opernsängerin. Nur werdet ihr von mir keine Arien zu hören bekommen. Ich bin da, um mir für euch das Herz aus dem Leib zu singen, und da mein Herz ebenfalls dick und fett ist, werde ich, wenn es Ihnen recht ist, sehr viel singen.«
Der Beifall war ohrenbetäubend. Neely hatte das Publikum erobert, ehe sie begonnen hatte. Ihre Stimme war klar, süß und voll Zärtlichkeit. Das Publikum tobte wie hypnotisiert. Nie zuvor hatte Anne derartige Begeisterungsstürme erlebt.
In Montreal war es ebenso. Neely brach sämtliche Besucherrekorde. In Detroit war ihr Konzert schon Wochen vorher ausverkauft. Mittlerweile schrieben die New Yorker Zeitungen ausführlich über ihr Comeback, aber George war schlau genug, ihre Tournee weiter auszubauen. Er blieb bis September mit ihr unterwegs, während Lyon das Büro in New York führte. Anne war von Gillian aus ihrem Kontrakt entlassen worden und benützte ihre neuerworbene Freiheit, um die große Wohnung einzurichten, die sie inzwischen gefunden hatte.
Endlich war George der Ansicht, daß Neely es mit New York aufnehmen konnte. Die Premiere wurde für November angesetzt. Sie mieteten ein Theater und buchten sie für drei Wochen mit zwei Solokonzerten täglich am Broadway. Eine Woche vor der Premiere waren die Vorstellungen für alle drei Wochen ausverkauft.
Neelys New Yorker Premiere löste einen Jubel und eine Woge des Gefühlsüberschwanges aus, die alle Anzeichen von Massenhysterie trug. Mit tränennassen Augen klatschte das Publikum seiner verlorenen Tochter Beifall. Und Anne bemerkte, daß in Neelys Gesicht allmählich wieder ihre früheren Züge hervortraten. Sie war noch immer dick, aber nicht mehr grotesk. Christine hatte ihr dreißig Pfund heruntermassiert. Zwar hatte Neely noch ein Doppelkinn, aber ihr Hals war wieder aus dem Speck aufgetaucht. Außerdem ließ der Zauber von Neelys Stimme nach dem ersten Lied jeden vergessen, wie sie aussah.
Die Schwierigkeiten setzten in der zweiten Woche des New Yorker Engagements ein. George und Lyon versuchten, aus den vorliegenden Angeboten die lukrativsten auszuwählen. Neely wurde eingeladen, als Gast beim Fernsehen aufzutreten, eine Filmgesellschaft wollte sie haben, und mehrere Broadway-Shows drängten auf ihr

Mitwirken, aber Lyon verlangte hartnäckig, daß sie bei ihren Konzerten bleiben solle. »Mindestens noch ein zweites Jahr lang«, sagte er. »Vielleicht wird sie bis dahin weitere zwanzig Pfund los. Eine Sylphide wird sie nie mehr werden, und das Risiko einer strengen Diät dürfen wir nicht eingehen, aber die aufreibenden Konzerte zusammen mit Christines Massage können Wunder wirken. Dann haben wir immer noch Zeit, von Film und Fernsehen zu sprechen.«

»Wir müssen uns aber für einen Film oder eine Broadway-Show entscheiden«, sagte George stur. »Sie weigert sich, die Gastspielreisen fortzusetzen.«

»Aber ich habe eben erst Los Angeles, San Francisco und das Palladium in London gebucht«, wandte Lyon ein.

»Wir hatten gestern einen Riesenkrach«, sagte George achselzuckend. »Sie hat es wieder mal geschafft und ist jetzt genauso stahlhart wie vorher. Die alten Starallüren machen sich bemerkbar. Von Dankbarkeit keine Spur mehr, nur Dünkel. Sie hat mir gesagt, daß sie an einem Ort bleiben möchte. Was meiner Ansicht nach bedeutet, daß unsere Kleine Appetit auf einen Liebhaber hat.«

»Du liebe Zeit, wer kann die schon wollen?« fragte Lyon.

George lachte. »Mit diesem Problem habe ich mich in all diesen Monaten beschäftigen müssen. Wir vergessen, daß unsere Panoptikumfigur immerhin noch ein menschliches Wesen ist. Vielleicht hat man ihr im Narrenturm Brom ins Essen gemischt, aber jetzt kann sie's schon kaum mehr erwarten. Eine Zeitlang hatten wir einen Saxophonisten, der eine Schwäche für unförmige Weiber gehabt haben muß. Mit ihm war sie ganz zufrieden, aber eines Tages hat er die Band gewechselt. Ich glaube, er ist um sein Leben gerannt. Sie hat ein paar Eintagsfliegen gefunden, aber die hat sie jetzt auch satt. Sie will eine Wohnung und einen ständigen Freund – einen, der immer zur Stelle ist, wenn sie ihn braucht, hat sie mir gesagt. Wenn mich nicht alles täuscht, steckt die Agentur Johnson Harris dahinter. Wahrscheinlich haben die ihr einen ihrer Paradehengste in Smoking und engen Hosen geschickt, damit er ihr die Hand küßt und sich mit Komplimenten einschmeichelt. Ich glaube, sie sucht einen Vorwand, uns abzuhängen.«

Lyon lächelte. »Dann laß sie doch laufen. Wenn Johnson Harris bereit ist, uns ihren Vertrag abzukaufen, sage ich nicht nein – für eine halbe Million.«

»Daran habe ich auch gedacht, aber wir können den Köder nicht fortwerfen, wenn die Fische dran knabbern. Morgen mittag bin ich mit Paul Elson verabredet.«

Lyon pfiff anerkennend. »Das würde die Lawine allerdings wirklich ins Rollen bringen.«
George nickte. »Seine beiden letzten Filme haben sämtliche Kassenrekorde gebrochen. Wenn wir ihn bekommen, haben wir halb Hollywood. Vorläufig aber ist Neely unser Köder. Wir müssen sie festhalten.«
»Also, dann streng dich an.«
»Das habe ich schon getan. Schau, Lyon, sie hat mich nie leiden können. Am Anfang blieb ihr keine andere Wahl. Heute aber ist sie eine Zugnummer, deshalb kann sie es sich leisten, mich unsympathisch zu finden. Gestern abend hat sie mich ein schmieriges Schwein genannt. Stell dir vor, diese *Kuh* nennt *mich* ein Schwein. Nein, Lyon — jetzt bist du an der Reihe.«

Lyon saß in Neelys Garderobe. Die erste Vorstellung war beinahe vorbei. Er starrte auf die Telegramme, die am Rand ihres Spiegels klebten. Jede Bühnengröße hatte ihr gratuliert und Glück gewünscht. Er hörte den rauschenden Beifall und die Schlußakkorde des Orchesters und wappnete sich für den Kampf.
Neely war angenehm überrascht, Lyon in ihrer Garderobe zu finden. »Gott sei Dank, daß Ihr pompöser Partner ausgeblieben ist. Wir haben uns gestern ganz schön in den Haaren gelegen.« Sie nahm ein großes Glas Bier aus Christines Hand und goß es hinunter. »Ffff! Das schmeckt herrlich! Wollen Sie auch eines, Lyon?«
»Danke, nein. Was halten Sie vom Abendessen?« fragte er.
»Prima. Kommt Anne mit?«
»Nein, nur wir zwei Hübschen.«
Sie lachte vergnügt. »George schickt mir die erste Besetzung auf den Hals, wie? Trotzdem ist das Reisen bei mir abgemeldet. Aber ich gehe gern mit Ihnen essen. Wo kriegt man hier anständige Weinbergschnecken?«
»Gehen wir zu Louise. Die hat alles.«
»Großartig. Darf ich dort eintunken? Ich will einen Berg Knoblauchbutter und schwarzen Toast, mit dem ich sie auftunken kann. Das ist das angenehme an einer Solo-Show — da gibt es keinen männlichen Partner, der sich vor Knoblauchgeruch ekelt.« Dann setzte sie traurig hinzu: »Und ich habe auch keinen Freund, für den ich nach dem Auftreten gut riechen muß.«
»Der wird nicht mehr lange auf sich warten lassen«, tröstete Lyon. »Ganz New York liegt Ihnen zu Füßen.«
»Das ist es ja: zu Füßen — aber keiner liegt in meinen Armen. Ich will einen Freund haben. Und von jetzt an werde ich sehr wähle-

risch sein. Ich habe zwar nicht grade eine Mannequinfigur, aber ein Ungestüm bin ich schließlich auch nicht. Es geht mir nicht um ein Verhältnis — ich will jemand haben, der mich gern hat und vor dem ich Achtung haben und ihn lieben kann.«

»Das wollen wir bei den Weinbergschnecken besprechen«, schlug er vor.

Neely bestellte zwei Dutzend. Lyon quälte sich mit sechs Stück ab und hörte ihren Klagen zu. Er mußte zugeben, daß sie nicht unberechtigt waren. Außerhalb ihrer Konzertverpflichtungen war ihr Leben leer.

»Ich verstehe Sie ausgezeichnet, Neely«, sagte er und griff nach ihren Händen. »Aber absolvieren Sie noch die Verpflichtungen in Hollywood, Frisco und London. Dann machen wir Sie hier seßhaft, und vielleicht können Sie filmen oder am Broadway auftreten. Ich werde mich umsehen. Finden wir etwas Passendes, dann könnten wir im Herbst damit beginnen. Ein Musical am Broadway wäre eine ausgezeichnete Lösung.«

»Wer fliegt mit mir nach Kalifornien und London?«

»George natürlich.«

»Das schlagen Sie sich aus dem Kopf«, sagte sie entschieden.

»Aber George hat gleich zu Beginn an Sie geglaubt und den Weitblick gehabt, Ihren Erfolg vorauszusehen.«

»Und Sie nicht?«

»Ehrlich gesagt, nein. Ich hatte meine Zweifel, weil ich an die unvermeidlichen Strapazen dachte. Für mich war Ihr Comeback gleichbedeutend mit Diät, Anstrengung und Nervenbelastung. George war es, der steif und fest behauptete, das Publikum würde Sie so lieben, wie Sie sind. Und er hat recht behalten.«

Neely ließ das Brot sinken, das sie eben in die Buttersauce hatte tunken wollen. Sie schob den Teller weg. »Sie reden, als ob ich ein Ungetüm wäre.«

»Seien Sie vernünftig, Neely, Sie wissen genau, was ich meine. Ich finde Sie großartig — sowohl was Ihre einmalige Begabung als auch Ihr gewinnendes Wesen betrifft.«

»Aber eben ein fettes Schwein, wie?«

»Das nicht, aber auch nicht schlank wie eine Tanne, wie Sie es in Ihren Filmen waren.«

»Wahrscheinlich kann sich bei dem Aussehen kein Mann in mich verlieben«, sagte sie. »Meine Zwillinge haben mich entsetzt angestarrt, als ich sie in Detroit besuchte. Himmel, sind das hübsche Jungs! Ich bin froh, daß sie bei Ted wohnen. Es hat mich beinahe umgebracht, daß sie ihm zugesprochen wurden, während ich dort

in der Klapsmühle festgesessen bin, aber ich glaube, er hat sich recht gut herausgemausert. Seine Ehe scheint gut zu sein. Ich halte ihn nach wie vor für doppelgleisig, aber die Jungen wissen es nicht. Nie werde ich vergessen, wie die mich gemustert haben! Bud, der größere, hat gesagt: ›Wir haben uns neulich einen deiner Filme angeschaut, Ma, aber da hast du ganz anders ausgesehen.‹«
»Sie brauchen nicht schlank zu sein«, wiederholte Lyon.
»Ich könnte es, wenn es sich lohnen würde«, sagte sie bekümmert. »Von einem Filmboß lasse ich mir nichts befehlen, aber aus Liebe könnte ich abnehmen. Damals, als mir das Studio in den Ohren gelegen hat, ich müßte unbedingt dünn bleiben, habe ich begonnen, heimlich zu essen. Aber kaum hatte ich Ted kennengelernt und mich in ihn verliebt, da habe ich sofort fünfzehn Pfund abgenommen, weil er es so wollte. Deshalb möchte ich hierbleiben, Lyon. Ich will mich verlieben. Mir graust vor meinem eigenen Spiegelbild.«
»Absolvieren Sie Hollywood, San Francisco und London«, drängte er. »Das andere kommt von selbst.«
Sie versank in kurzes Nachdenken. Dann sagte sie: »Na, schön ... wenn statt George Sie mich begleiten.«
»Aber wie könnte ich das, Neely?«
»Ich kann George nicht ausstehen. Wenn ich tagaus, tagein in sein Vollmondgesicht schauen muß, wird mir übel. Nicht mal Rommé kann er spielen. Können Sie's?«
»Wie ein Halbgott. Aber ich kann nicht verreisen, Neely. Anne soll in sechs Wochen das Baby bekommen.«
»Oh, das hatte ich vergessen.« Plötzlich wurde ihre Miene heiter. »Verschieben Sie meine Termine. Buchen Sie mich nach der Geburt des Babys. Eine kleine Ruhepause täte mir ganz gut.«
»Ich kann Anne mit einem Neugeborenen auch nicht allein lassen.«
»Sie kann ja mitkommen. Hören Sie, ich habe Zwillinge gehabt. Ich kenne mich aus. In den ersten Monaten brauchen sie nichts weiter als eine verläßliche Säuglingsschwester. Sie sehen ja noch nicht mal was.«
»Ich will mir's durch den Kopf gehen lassen«, versprach er.

Das Palladium in London ließ sich leicht auf Mitte Februar verschieben. Aber an den Konzerten in Los Angeles und San Francisco war nicht mehr zu rütteln. Neely mußte zu Weihnachten und Neujahr dort auftreten. Lyon bemühte sich krampfhaft, Anne diese Schwierigkeiten zu verheimlichen, aber Neely verriet alles, als sie

auf einen Sprung vorbeikam, um sich die neue Wohnung anzusehen.
Sie machten es sich im Wohnzimmer gemütlich. Anne nippte an einem Sherry, Neely trank ein Bier. Es hatte leicht zu schneien begonnen, und Anne machte Feuer. »Unser erstes Feuer im Kamin«, sagte sie. »Wünsch dir was, Neely.«
»Warum?«
»Man hat immer einen Wunsch frei, wenn man etwas zum erstenmal tut.«
»Dann wünsche ich mir, daß du noch heute abend dein Baby bekommst.«
»Weshalb? Ich habe mindestens noch einen Monat Zeit.«
»Das weiß ich, aber ich fliege nicht nach Los Angeles, wenn Lyon nicht mitkommt, und er will nicht von hier weg, ehe das Kind da ist und du uns begleiten kannst.«
Anne wußte, das es Unstimmigkeiten zwischen Neely und George gab, aber sie erfuhr erst jetzt von den Terminverschiebungen. Sie hörte sich Neelys Darstellung der Dinge an.
»Aber ich würde auch im Februar nicht nach London fahren. Ich kann mein Baby doch nicht allein lassen«, sagte sie.
»Klar kannst du«, erwiderte Neely. »Bis dahin ist es noch nicht mal ein richtiger Mensch.«
»Das ist es für mich schon jetzt«, widersprach Anne empört.
»In den ersten paar Monaten sind sie bloß kleine Säugetiere, Anne. Ehrlich. Und ich fliege ohne Lyon nicht nach Kalifornien.«
»Bitte, Neely ... ich kann zu Weihnachten nicht ohne Lyon sein. Und es ist zu riskant, in meinem Zustand zu reisen.«
»Und wie mir zumute ist, das ist dir gleich, wie?« sagte Neely herausfordernd. »Muß sich denn alles nach deinem Kopf drehen? Du hast Vermögen, einen Mann, den du liebst, und jetzt sogar ein Baby. Ich dagegen habe gar nichts – bloß Arbeit. Ich habe mir mein Publikum wieder zurückerobert, aber das ist auch alles. Und überhaupt arbeite ich nur, um dir meine Schulden abzuzahlen.«
»Ich habe das Geld nie von dir verlangt«, protestierte Anne.
»Das weiß ich, aber ich habe George und Lyon gesagt, daß ich dir dein Geld zurückzahlen will. Nach meinem Auftreten in Kalifornien sind wir quitt. Bis dahin verdiene ich Geld für die Agentur deines Mannes, und da fällt auch für dich einiges ab.« Sie blickte sich in der Wohnung um. »Ich hause in einem schäbigen Hotelappartement mit diesem Mannweib Christine, die sich wie meine Wärterin benimmt. Ich bin allein und will nichts weiter, als daß Lyon mir zehn armselige Tage lang in Los Angeles Gesellschaft

leistet. Oder glaubst du, es fällt mir so leicht, vor den Vorhang zu treten und zu wissen, daß die Leute gaffen und tuscheln: ›Seht nur, wie dick die geworden ist —‹? Und dann muß ich grinsen und die Bande für mich gewinnen. Klar zwinge ich sie mit meiner Stimme in die Knie, aber ich muß diese erste grauenhafte Minute durchstehen, wenn sie die Mäuler aufreißen. Ich brauche jemand, der mir vor jedem Auftritt zuredet wie einem kranken Gaul. Ich *brauche* das, Anne. Ohne ein freundliches Gesicht neben mir würde ich zu Pillen oder Whisky greifen. Die haben mir in der Klapsmühle gesagt, daß ich in dem Augenblick, wo ich in meine alten Gewohnheiten zurückfalle, ein Kreuz über mich machen darf.«

»Wenn Lyon mitfahren will, werde ich ihn nicht davon abhalten«, entschied Anne.

»Du weißt ganz genau, daß er es nicht tun wird, wenn du ihm so kommst«, sagte Neely wütend.

»Nein, Neely, das ist mein Ernst. Ich hätte nichts dagegen.«

»Das genügt nicht. Du muß ihm zureden, daß er mit mir fährt. Sonst trete ich einfach nicht auf. Ich kann jederzeit eine Halsentzündung vortäuschen.«

Lyon weigerte sich, Anne zu verlassen, und war über Neelys erpresserische Methode zutiefst empört. »Wir lassen uns unser Leben nicht von diesem dicken Ferkel vorschreiben«, sagte er wütend. »Sie nützt unserer Agentur, aber so wichtig ist sie auch wieder nicht.«

Am nächsten Tag kam Lyon früher als gewohnt heim. Kalte Wut lag in seinen Augen. Er legte seinen Mantel ab und musterte Anne mit einem sonderbaren Blick. Sie stemmte ihren unförmigen Leib aus dem Sessel und begann, ihm einen Drink zu mixen. Sie witterte eine Krise. Bestimmt hatte es im Büro Ärger gegeben. Schweigend trank er.

»Ist George unangenehm gewesen?« fragte sie.

Er setzte sich und trank. Dann blickte er sie forschend an. »Sag, Anne, hältst du es für richtig, daß ich mit Neely nach Kalifornien fliege?«

Sie zögerte. Die Frage klang unverhältnismäßig schicksalsschwer. Sein Blick behagte ihr gar nicht. »Ich erwarte das Baby nicht vor Mitte Januar. Natürlich möchte ich zu Weihnachten nicht ohne dich sein, aber ich bemühe mich um ein objektives Urteil ...«

»Du sollst mir sagen, was ich tun soll«, wiederholte er in dem gleichen gezwungenen Ton.

»Das mußt du entscheiden«, antwortete sie. »Ich werde dir auf keinen Fall einen Vorwurf machen.«

»Nein, du bist am Ball. Du triffst doch auch sonst alle Entscheidungen. Sag, wieviel wird das Baby wiegen? Ich weiß, es wird ein Mädchen, weil du das beschlossen hast. Gibt es etwas, das du nicht bestimmst?«

»Wovon redest du, Lyon?«

»Von dir! Und der Agentur Bellamy, Bellows und Burke. Himmel, die ganze Stadt muß sich über mich schiefgelacht haben. Anne Welles hat mich gekauft. Außer mir hat das wohl jeder gewußt. Ich habe es eben erfahren – von Neely.«

»Neely? Woher weiß die es?« fragte Anne entsetzt. Nie zuvor hatte sie diesen erbosten Ausdruck bei Lyon gesehen.

»Ich weiß, es hätte ein Geheimnis sein sollen. Henry hat mir alles erklärt. Aber über kurz oder lang wäre es herausgekommen. Die wöchentlichen Schecks, die ich Henry geschickt habe, hat er indossiert und an dich weitergeleitet. In der Steuererklärung werden sie erscheinen.«

»Aber woher wußte Neely davon?«

»Von Henry. Anscheinend ist sie zu ihm gerannt, weil sie hoffte, er würde dich dazu bewegen, mich mit ihr fahren zu lassen. Und da hat Henry ihr die Wahrheit gesagt. Er hat gemeint, du würdest alles begrüßen, was von Vorteil für die Firma ist, weil ja dein Geld auf dem Spiel steht. Neely konnte gar nicht rasch genug ins Büro rennen, um mir die Geschichte brühwarm zu erzählen. Natürlich hat George den Überraschten gespielt. Aber alle haben es längst gewußt, nicht wahr?«

»Kein Mensch hat davon gewußt, Lyon. Henry hätte es Neely nicht sagen dürfen. Ich wollte es dir zum richtigen Zeitpunkt selbst sagen. Ich habe es nur aus Liebe zu dir getan, weil ich verhindern wollte, daß du nach England zurückfährst.«

»Und das ist dir geglückt. Du kannst dir kaufen, was du willst! Ist das die Erziehung Kevin Gillmores? Alles hat seinen Preis – man muß bloß den richtigen Betrag kennen. Glaub mir, von jetzt an wird bei mir das Geschäft an erster Stelle stehen. Du hast dein Geld riskiert und ich hole es dir zurück – jeden einzelnen Cent. Aber jetzt geht es um mehr als Geld, nämlich um meinen Stolz und meine Selbstachtung. Es gibt nur eine einzige Möglichkeit, sie mir zurückzuerobern, indem ich deine verfluchte Investition verdopple.«

»Lyon!« Sie schlang die Arme um ihn, aber er blieb hölzern und unversöhnlich. »Ich habe es aus Liebe getan. Begreifst du das denn nicht?«

»Ich begreife nur, daß die Agentur Bellamy, Bellows und Burke die mächtigste von ganz New York werden muß ... was heißt New York — von der ganzen Welt! Du hast sie für mich gekauft, meine Beste, und du sollst etwas für dein Geld haben. Ich werde es dir beweisen, und mein erster Schritt besteht darin, einen Platz zu reservieren, um mit unserem verfressenen Star nach Los Angeles zu fliegen.«

Jennifer Burke wurde am Neujahrstag geboren. Sie kam zwei Wochen verfrüht zur Welt und bereitete Anne und dem Arzt ein sehr anstrengendes Silvester. Sie ließ sich fünfzehn Stunden Zeit, bis sie endlich erschien, aber als sie schließlich da war, sah Anne weder die Runzeln noch das rote, verschrumpfte Gesicht des Neugeborenen — sie staunte nur über das Wunder des winzigen Lebens, das in ihr gewachsen war.

Ohne Lyon hatte sie sich sehr einsam gefühlt. Wenn er sie auch täglich aus Kalifornien anrief, stand etwas zwischen ihnen wie ein eisernes Tor. Sie fühlte es aus seinen gleichgültigen Koseworten. Bei der Geburt des Kindes jedoch sprang das Tor auf. Als sie aus dem Dämmerschlaf erwachte, rief er an, und sie sagte, beinahe beschämt: »Es ist wirklich ein Mädchen ...« Er lachte herzlich. »Das freut mich. Ich bin viel zu alt, um noch mit meinem Sohn Fußball spielen zu lernen. Bestimmt macht es mir mehr Spaß, einem Teenager das Tanzen beizubringen.«

Solange sie in der Klinik lag, rief er sie zwei- bis dreimal täglich an. Neelys Siegeszug in Los Angeles hatte die kühnsten Erwartungen übertroffen, und jetzt war sie bereit, nach San Francisco zu fahren. Das bedeutete eine weitere Trennung von drei Wochen. War Anne sehr böse darüber?

»Natürlich nicht«, antwortete sie rasch. Sie wollte jede Gelegenheit vermeiden, nochmals über die Firma oder Neelys Arbeit zu sprechen. Nicht jetzt, wo alles wieder so wunderbar war. »Jennifer Burke wird bis dahin zwar eine alte Dame sein, aber ich werde mich bemühen, daß du bei ihr nicht in Vergessenheit gerätst«, neckte sie ihn.

Ende des Monats kam Lyon nach New York geflogen. Die kleine Jennifer wog neun Pfund und hatte ihre Runzeln verloren. Sie war ein rosig-weißes Menschenkind, und er war ganz begeistert von ihr. Zärtlich lächelte er ihr zu, als er das winzige Gesichtchen studierte. »Ich habe große Angst, daß sie mir ähnlich sieht«, sagte er stirnrunzelnd. »Du hättest dich mehr anstrengen müssen, Anne. Ich wollte eine lebensechte Kopie von dir haben.«

»Ich habe mich angestrengt, und es hat genützt. Ich wollte, daß sie genauso aussieht wie du.«

Er war direkt vom Flughafen nach Hause gekommen und mußte jetzt ins Büro. »Wir feiern die Geburt der Infantin heute abend beim Essen«, versprach er.
Am Abend preßte sich Anne in ein Taillenmieder, und die Säuglingsschwester half ihr dabei. Es war unbequem, aber nach so vielen Monaten der Unförmigkeit wollte sie endlich wieder schlank und schick vor Lyon erscheinen. Nicht übel, stellte sie fest, als sie ihre Figur im Spiegel betrachtete. Sie wog genausoviel wie früher, nur die Taille war etwas dicker, aber hier half das Mieder nach. Schließlich war es erst einen Monat her. Jedenfalls war sie dankbar, endlich wieder mit Lyon schlafen zu können. Er hatte sie so lange nicht mehr angerührt — seit dem siebenten Monat. Armer Lyon!
Seine Sekretärin rief um sechs Uhr an. Lyon war bei einer Aufnahme und bat sie, ihn um sieben im Restaurant Danny zu erwarten. Etwas enttäuscht hängte sie ab. Sie hatte sich auf gemeinsame Cocktails zu Hause und ein anschließendes Abendessen in einem stillen Lokal gefreut, wo sie nicht unweigerlich Bekannte trafen. Sie ging gern zu Danny, aber das bedeutete, daß jeder an ihren Tisch kommen und sich geschäftlich mit Lyon unterhalten würde. Im allgemeinen störte sie das nicht, aber der heutige Abend war etwas Besonderes.
Sie wartete an einem Tisch in der Nähe der Bar. Es war schon Viertel vor acht, und sie trank bereits ihren zweiten Whisky, als Lyon endlich erschien. Zwei seiner Mitarbeiter und Bill Mack, der Fernsehregisseur, begleiteten ihn.
Er eilte auf sie zu und gab ihr einen flüchtigen Kuß. »Verzeih mir, bitte. Wir haben uns beim N.B.C. eine Aufzeichnung angesehen; der Mist ist gerissen, und wir mußten das Ganze nochmal abspielen. Liebling, du kennst doch Jim Handly und Bud Hoff«, sagte er, als er die beiden jungen Männer zum Tisch brachte. »Und Bill brauche ich dir gar nicht erst vorzustellen.«
Sie saßen an einem großen Tisch und sprachen über die Aufnahme, die sie eben gesehen hatten. Anne entnahm dem Gespräch, daß Bill Mack mit den drei B abschließen wollte, wie Bellamy, Bellows und Burke jetzt immer häufiger genannt wurden. Lyon war begeistert, um so mehr, als Joey Kling, der für die Hauptrolle in Frage kam, eben bei ihm unterschrieben hatte. Er war der neue Starkomiker des Jahres.
»Er wird mit Neely im Palladium auftreten«, erklärte Lyon. »Eigentlich müßte er gleich da sein. Ich habe ihm gesagt, er soll mich abholen.«

»Abholen?« Anne sah ihn überrascht an.
»Oh, mein Engel«, sagte er ehrlich betrübt, »das alles hat sich erst in den letzten drei Stunden ergeben. Joey fliegt nach Washington, um seine Nummer dort einzuspielen.«
»Aber du mußt doch nicht mit, nicht wahr?«
»Hast du eine Ahnung! Neely glaubt, daß sie den morgigen Abend dort allein bestreitet. Ich muß ihr erst auseinandersetzen, wieviel für Joey davon abhängt, daß er im gleichen Programm mit ihr auftritt.«
»Um die Aufgabe beneide ich Sie nicht!« sagte Bud Hoff.
Lyon lächelte. »Neely weiß, daß außer ihr im Palladium verschiedene andere Künstler auftreten werden, aber in den Staaten gab sie bisher nur Solokonzerte. Wenn ich ihr allerdings erkläre, daß ich Joey eben als Klienten angenommen habe ... Neely ist sehr kollegial, wenn man sie nur zu nehmen versteht.«
Er reist noch heute abend weiter! Wie ein Mühlrad drehte sich dieser Gedanke in ihrem Kopf! Er reist noch heute weiter!
»Wann kommst du zurück?« fragte sie.
»In zwei Wochen. Ich rufe dich gleich morgen früh an. Vielleicht könntest du übers Wochenende nachgeflogen kommen. Glaubst du, kann die kleine Jen einmal ohne uns auskommen?«
»Mußt du unbedingt noch heute abend fliegen, Lyon?«
»Es geht nicht anders. Ursprünglich wollte ich bis morgen bleiben, aber ich muß die Presse auf Joey aufmerksam machen, und da ist es am besten, ich bin gleich am frühen Morgen zur Hand.«
Er hatte nur eine einzige Nacht bei ihr bleiben wollen!
Plötzlich steckte Joey Kling den Kopf zur Tür herein. Lyon winkte ihm zu. »Mein Wagen wartet«, rief Joey, »und ich hab' keinen Parkplatz gefunden.«
Lyon sprang auf. »Nehmen Sie die Rechnung auf Spesen, Bud. Gute Nacht, mein Engel – ich rufe dich morgen an. Oh, Bud, Sie bringen Anne heim, nicht wahr?«
Sie flog übers Wochenende nicht nach Washington. Lyon erwähnte das Kapitel nicht wieder. Und am Freitag sagte er bloß: »Ich rufe dich morgen um die gleiche Zeit an.«

»Warum spielen Sie die stille Dulderin, statt ihn direkt zu fragen, was los ist?« fragte Henry.
Anne starrte in ihre Kaffeetasse, als erwartete sie, im Kaffeesatz Erleuchtung zu finden. »Weil im Prinzip ja nichts los ist«, antwortete sie. »Er ist nur etwas anders als sonst, aber das läßt sich nicht in Worten ausdrücken.«

Henry Bellamy seufzte. Anne war blaß und viel zu mager. Ihre Stimme hatte sehr bedrückt geklungen, als sie ihn bat, mit ihr zu Abend zu essen. Er fürchtete sich auch vor den Fragen, die sie ihm stellen würde.

»Henry, das Baby ist drei Monate alt. Lyon hat genau vier Tage mit seinem Töchterchen verbracht. Einen auf der Durchfahrt von Kalifornien nach Washington und drei zwischen Washington und London. Jetzt ist er bereits seit einem Monat in London. Neely hat in England einen Bombenerfolg. Ich weiß, daß sie drüben festgehalten wird, aber das ist doch kein Grund, daß er auch bleibt.«

»Was sagt George dazu?«

Sie lächelte. »Das gleiche alte Sprüchlein. Daß Neely nicht allein in London bleiben würde, daß Lyon eine Art Halbgott für sie ist und sie nur auf ihn hört, und daß sie dem Büro Gewinne bringt.«

Henry lächelte bekümmert. »Die alte Geschichte vom erfolgreichen Manager. Immer ist es die Ehefrau, die zu leiden hat.«

»Aber sie vertreten mittlerweile einige große Stars. Die Agentur geht großartig. Wie lange müssen sie für Neely noch das Kindermädchen spielen? Sie scheint sich völlig erholt zu haben. Ich finde, sie kann jetzt recht gut auf eigenen Füßen stehen.«

»Die beiden sind neu in der Branche, Anne. Alle beobachten sie mit Argusaugen. George ist noch nie ein großer Wurf gelungen. Oh, er ist ein prachtvoller Kaufmann, aber der Charmeur war immer Lyon. Und ob der jeweilige Star Neely oder anders heißt — irgend jemand wird immer da sein, der wie ein rohes Ei behandelt werden muß. Damit müssen Sie sich abfinden.«

»Soll das bedeuten, daß es mein Leben lang so bleiben wird?«

»Man gewöhnt sich daran.«

»Nein, das kann ich nicht.«

Er schwieg, dann sagte er: »Anne, man kann nicht alles haben. Ich habe Ihre Wohnung gesehen. Dieser Lebensstil ist kostspielig. Und Lyon gehört zu jenen Männern, die sich nichts schenken lassen.«

»Aber warum schlägt er mir denn nicht vor, daß ich zu ihm nach London kommen soll, Henry?«

Henry betrachtete interessiert seine Fingernägel. »Sie sind niemals im Ausland gewesen, Anne. Vielleicht würde er gern den Fremdenführer für Sie spielen, aber er sitzt die ganze Zeit im Theater fest. Ein großes Vergnügen wäre das für Sie auch nicht. Geben Sie sich zufrieden. Er muß ja in den nächsten Tagen zurückkommen.«

»In einer Woche. Wer weiß, wo Neely anschließend gebucht ist?«

»Zerbrechen Sie sich darüber nicht schon heute den Kopf«, riet Henry.

Zehn Tage später war Lyon da, aber er konnte bloß eine Woche bleiben. Neely sollte in Europa mit einer Reihe von Spitzenstars filmen. Die Dreharbeiten starteten in Frankreich und Italien. »Sie wird dabei zwar nicht reich werden«, erklärte er, »aber immerhin Hollywood und dem Fernsehen ihre Zuverlässigkeit beweisen, denn ich werde auf genaue Einhaltung der Termine achten.«
»Nimm mich mit, Lyon«, sagte sie unvermittelt.
»Geht nicht.«
»Warum nicht?«
»Neely kann richtig scheußlich sein, wenn sie will. Ihr Erfolg in London war atemberaubend. Du hast keine Ahnung, wie die Engländer außer Rand und Band geraten können, wenn sie erst einmal jemand ins Herz geschlossen haben. Ihre Anhänglichkeit ist einfach unfaßbar. Sie brüllen ihren Namen, wenn sie durch die Straßen geht, und stellen sich stundenlang an, um nur einen flüchtigen Blick auf sie werfen zu können. Zwei Vertreter der Agentur Johnson Harris sind mit einem verlockenden Fernsehangebot zu ihr geflogen. Jeder will sie für sich haben. Und dadurch schwillt ihr natürlich der Kamm.«
»Aber sie ist dir und George doch eine gewisse Treue schuldig. Schließlich habt ihr sie aus der Versenkung geholt.«
»Sie hat jeden Cent zurückgezahlt, den sie dir und dem Büro schuldete. Sie bekommt imponierende Gagen, an denen wir beteiligt sind. Seit damals hat sich die Situation grundlegend geändert. Ihrer Meinung nach hat sie sich zu unserer Wohltäterin entwickelt.«
»Ich verstehe bloß nicht, weshalb ich nicht mitfahren soll?«
»Weil das einer Ablenkung gleichkäme, die Neely sehr übelnehmen würde.«
»Keine Spur! Ich bin deine Frau und ihre beste Freundin. Wie könnte ich sie stören?«
»Sie ist heute wieder ein Kassenmagnet, sie weiß das, und alles hat sich einzig um sie zu drehen. Kämst du mit, müßte ich natürlich meine Zeit zwischen dir und ihr teilen. Ich würde dir Paris und Rom zeigen und bei dir sein wollen. Und was käme dabei heraus? Ich müßte Neely vernachlässigen. Bitte, Liebes, hab Geduld mit mir. In einem Jahr bin ich soweit, daß ich dir den Kredit zurückzahlen kann, den du der Firma gegeben hast. Im Augenblick aber ist Neely immer noch das Rückgrat der drei B, und wir dürfen nicht riskieren, sie zu verlieren.«
»Aber Neely hätte bestimmt nichts gegen meine Anwesenheit. Sie war es doch, die mir geraten hat, die Kleine allein zu lassen und mit euch zu reisen.«

»Neely hat sich inzwischen sehr verändert. Sie denkt einzig an sich selbst. Das mußt du verstehen, Anne. Du kennst sie nicht, wenn sie erfolgreich ist. Zu dir kam sie immer nur gerannt, wenn alles schiefgegangen war. Damals hatte sie menschliche Züge — heute ist sie unmöglich. Ich muß jede Sekunde aufpassen, daß sie sich nicht mit sämtlichen Leuten verfeindet, daß sie pünktlich zur Stelle ist. Ihr altes Machtgefühl ist zurückgekehrt. Sie hat sogar wieder mit ihren Launen begonnen. Zum Glück habe ich sie vorläufig noch in der Hand und kann nur hoffen, daß es so bleibt. Aber ich muß ihr meine gesamte Zeit widmen.«

Die folgenden drei Monate waren für Anne eine einzige Qual. Sie verbrachte so viel Zeit mit der kleinen Jennifer, daß die Kinderschwester sich überflüssig fühlte und sich darüber beklagte. Meldungen von Neelys sensationellem Erfolg im Ausland trafen ein. Lyon schrieb selten und rief nur einmal wöchentlich an. Mit dem Film ging es wunderbar vorwärts, obwohl der Anfang nochmals neu gedreht werden mußte, weil Neely bedeutend schlanker geworden war. Ende Juni wollte er wieder in New York sein. Dann hörte sie sieben Tage überhaupt nichts von ihm.

Am 4. Juli rief sie ihn an. Die Telefonistin des Hotels George V. meldete ihr, daß er vor genau einer Woche abgereist sei. Nein, sie wüßte nicht, wohin. Sie glaubte, zurück in die Staaten. Ja, Miß O'Hara war am gleichen Tag ausgezogen.

Anne begriff kein Wort. War er vielleicht mit dem Schiff gefahren? Aber warum nahm er die lange Reise auf sich, statt auf schnellstem Wege zu ihr und der Kleinen zu kommen? Sie rief George an. Der machte Ausflüchte. Ja, Lyon und Neely müßten bald hier sein. Nein, er hatte seit fünf Tagen keine Nachricht mehr von ihnen erhalten.

Am Abend lag sie im Bett und versuchte, sich das Fernsehprogramm anzusehen, aber immer wieder schweiften ihre Gedanken ab. Schließlich drehte sie den Apparat ab und vergrub sich in die Zeitungen. Plötzlich sprang ihr aus einer der Spalten grell wie Neonlicht eine Meldung entgegen:

> Ein Märchen unserer Zeit. Eine berühmte Sängerin führt ihr sensationelles Comeback und ihre wiedergewonnene wunderbare Figur auf ihre neueste Liebe zurück. Allerdings ist das Happy-End dieser Romanze mehr als zweifelhaft, da der Held der Liebesgeschichte ihr Manager ist, der eine vom Fernsehen her bekannte Schönheit zur Frau hat.

Ihr stockte der Herzschlag. Das konnte doch nicht wahr sein! Zwar hatte Lyon gesagt, daß Neely sehr schlank geworden war. Der kalte Schweiß trat ihr auf die Stirn. Sie zwang sich zur Vernunft. Schön, dann hatte Neely sich also in Lyon verliebt. Das war ja kein Wunder. Aber das bedeutete noch lange nicht, daß Lyon etwas für Neely übrig hatte. Vielleicht hielt er sie sich mühsam vom Leib. Wer weiß, ob er diese Entwicklung nicht längst vorausgesehen hatte. Vielleicht wollte er deshalb nicht, daß sie zu ihm nach Europa kam. Er hatte ihr eine peinliche Situation ersparen wollen. Aber wo war er jetzt?

Einer plötzlichen Eingebung folgend, griff sie zum Telefon und wählte das Beverly-Hills-Hotel in Kalifornien. Sie hoffte aus ganzem Herzen, sich jetzt gründlich zu blamieren. Die Telefonistin meldete sich. Ja, Mr. Lyon Burke war hier abgestiegen — schon vor drei Tagen. Nein, er war nicht auf seinem Zimmer. Ja, auch Miß O'Hara wohnte hier. Auch sie meldete sich nicht. In Kalifornien war es erst neun Uhr. Wollte die Dame es später noch mal versuchen? Anne strich die Voranmeldung und sank in die Kissen. Er war seit drei Tagen in Kalifornien! Er hatte nicht angerufen!

Sie zog hastig lange Hosen und eine Bluse an und stürzte in die Nacht hinaus.

Henry brauchte eine Ewigkeit, bis er die Wohnungstür öffnete. »Ja, was ist denn passiert?« fragte er verschlafen. Er band den Gürtel seines Morgenrocks fest und führte sie ins Wohnzimmer, machte Licht und bot ihr einen Stuhl an. »Setzen Sie sich. Was gibt es?«

»Sie haben es gesehen!« rief Anne hysterisch und zeigte auf die Morgenzeitungen, die auf dem Boden verstreut lagen. »Henry, spielen Sie nicht den Naiven. Ich bin eben dahintergekommen, daß Lyon seit einigen Tagen wieder hier ist, und zwar in Kalifornien — mit Neely. Er hat mich nicht einmal angerufen.«

»Trinken wir etwas«, schlug Henry vor.

»Helfen Sie mir, Henry!« Sie warf sich in einen Sessel und begann zu schluchzen.

Henry mixte gelassen einen Whisky-Soda und brachte ihn ihr. »Hysterie führt zu nichts, betrachten wir die Sache nüchtern. Sie wollen Ihre Ehe retten, nicht wahr?«

»Dann glauben Sie die Geschichte also auch?«

»Natürlich. Ich weiß es schon seit einiger Zeit.«

Sie brachte kein Wort heraus und starrte ihn an, als hätte der letzte Freund sie verraten.

»Benehmen Sie sich endlich wie ein erwachsener Mensch«, sagte er.

»Das war doch zu erwarten. Sie können sich entscheiden. Entweder duldet Ihr Stolz diese Situation nicht, dann müssen Sie sich von Lyon trennen. Oder er bedeutet Ihnen soviel, daß Sie sich tapfer damit abfinden und ihn wieder für sich gewinnen.«
»Ich kann ohne Lyon nicht leben«, schluchzte sie.
»Dann nehmen Sie sich zusammen. Wenn Sie ihm Szenen machen, dann treiben Sie ihn Neely geradewegs in die Arme.«
»Aber sie ist doch so dick! Sie kann ihm nicht gefallen.«
»Das stimmt nicht«, antwortete er müde. »Ich bin erst gestern abend aus Kalifornien zurückgekehrt. Zufällig habe ich Neely und Lyon bei Chasens getroffen. Sie sieht wunderbar aus und wiegt kaum hundert Pfund.«
»Neely?«
»Die Liebe scheint Wunder zu wirken. Bei ihrer ersten Fahrt nach Los Angeles hat sie bereits zehn Pfund abgenommen, etwa genausoviel in Frisco und Washington, und die drei Monate in Europa haben dann den Rest besorgt. Sie ißt überhaupt nichts. Ich habe sie beobachtet. Sie sieht aus, als würde sie sich im nächsten Moment in Rauch auflösen. Aber sie ist ganz verrückt nach Lyon. Sie wendet kein Auge von ihm, weicht nicht von seiner Seite ...«
Anne vergrub das Gesicht in den Händen. »Hören Sie auf, Henry! Wollen Sie mich umbringen?«
»Nein, ich versuche, Sie mit der Wahrheit vertraut zu machen. Sind Sie erst einmal informiert, dannn wissen Sie vielleicht auch, wie Sie sich wehren müssen. Nur der Unvorbereitete läßt sich überrumpeln. Deshalb will ich Ihnen nichts vormachen. Jetzt beißen Sie die Zähne zusammen. Ich weiß, daß Sie es treffen wird — man kann Lyon nicht nachsagen, daß er ihr die kalte Schulter zeigt.«
»Nein ... nein ...«, jammerte sie auf.
»Seien Sie nicht hysterisch! Lassen wir uns lieber einen Schlachtplan einfallen.«
Sie starrte ihn ungläubig an. »Sie müssen verrückt sein, Henry! Es ist vorbei — aus — erledigt.«
Er zuckte die Achseln. »Bitte sehr. Dann werde ich Ihre Scheidung übernehmen. Lyon wird für Sie und das Kind hohe Alimente zahlen müssen. Ich bin sicher, er wird sich mit allem einverstanden erklären.«
Sie weinte lauter. »Nein ... nein ... ich gebe ihn nicht her.«
»Dann reißen Sie sich zusammen. Sie sind nicht die erste, deren Mann fremdgegangen ist, und Sie werden nicht die letzte sein. Sie müssen sich darüber klarwerden, woran Ihnen mehr liegt: an Lyon oder an Ihrem Stolz.«

»Aber es kann nie mehr so werden, wie es einmal war.«
»Natürlich nicht. Das Wolkenkuckucksheim ist zerstört, aber Sie werden ihn haben. Und wenn ich Sie so gut kenne, wie ich annehme, ist Ihnen ein halber Lyon immer noch lieber als gar keiner.«
»Wie soll er mich aber noch achten, wenn er weiß, daß ich seinen Seitensprung einfach hinnehme?«
»Das ist es ja«, erwiderte er ungeduldig. »Das darf er niemals erfahren. Wenn er es weiß, bleibt Ihnen gar nichts anderes übrig, als die Scheidung zu verlangen. Darauf zielt Neely doch ab. Glauben Sie mir, Lyon ist völlig unschuldig in die Affäre geschlittert. Darüber müssen Sie sich im klaren sein. Es ist nur menschlich, daß es ihm zu Kopf gestiegen ist, Neelys Pygmalion zu sein. Auch der Zeitpunkt war bestens gewählt. Lyon hat so etwas zur Auffrischung seines Selbstbewußtseins gebraucht. Er ist ein schöpferischer Mensch, Anne, und hat das Gefühl, daß Sie seinem künstlerischen Schaffen einen Riegel vorgeschoben und ihn mit List ins kaufmännische Fach abgedrängt haben. Was natürlich ein Blödsinn ist. Wäre er wirklich begabt, dann hätte ihn kein Mensch aufhalten können. Jetzt aber ist er wieder schöpferisch tätig. Aus einer unförmigen Fettmasse hat er einen schlanken, sprühenden Star modelliert, der ohne ihn nicht existieren kann. Natürlich gibt ihm das unendliche Befriedigung. Und Neely unterstützt ihn in seinem Gefühl und spielt die Hilflose. Zwar ist sie nicht hilfloser als eine Kobra, aber das durchschaut er nicht. Für Lyon sind Sie die Starke. Dabei sind Sie nicht halb so stark wie Neely, Anne. Die Neelys dieser Welt sind unverwüstlich. Aber Sie sind beherrscht und selbstbewußt, und deshalb kommt er sich neben Ihnen weniger heldenhaft vor als neben Neely. Sicher hat er Ihnen noch nicht verziehen, daß Sie ihm die Agentur gekauft haben.«
»Wenn Sie bloß Neely nichts davon gesagt hätten«, stöhnte Anne.
»Es war Ende Dezember, Sie und Lyon waren glücklich, und Neely war Ihre beste Freundin — zumindest habe ich das angenommen. Herrgott, wissen Sie, wie oft sie mir versichert hat, daß sie alles im Leben Ihnen verdankt? Ich hätte nie gedacht, daß Neely sich einmal gegen Sie wenden oder gar Ihre Rivalin werden könnte. Das war ein schwerer Fehler meinerseits, aber ich habe in bester Absicht gehandelt. Ihnen bleibt jetzt nichts anderes übrig, als sich der Wahrheit zu verschließen. Sie müssen abwarten, bis seine Zuneigung zu Neely von selbst abflaut.«
»Wie soll ich das machen?« fragte sie verzweifelt.

»Sie müssen aufhören, den lieben Gott zu spielen, und eine Weile nichts weiter sein als eine Frau. Neely wird ganz von selbst ihren Giftzahn zeigen. Lyon ist nicht dumm. Sie müssen sich jetzt so benehmen, als ob nichts geschehen wäre. Leicht wird das nicht sein, ja, zeitweise wird es Ihnen beinahe unerträglich vorkommen, weil diese Affäre mit Neely noch hitziger werden wird, ehe sie abkühlt. Wenn Sie jedoch imstande sind durchzuhalten, wird sich das Blatt wenden. Am Ende wird er Neely hassen. Sie sollten einmal hören, wie Ted Casablanca über sie spricht. Am Anfang ist sie eitel Honig und Anschmiegsamkeit, aber wie bei allen Stars verbirgt sich unter der weichen Schale ein stahlharter Kern. Wenn Sie geschickt sind, werden mit der Zeit Sie als die weiche Frau dastehen, der er unrecht getan hat. Er wird sich schuldbewußt fühlen und versuchen, Sie zu beschützen. Die Ehe wird ein wenig gelitten haben, und vielleicht wollen Sie ihn bis dahin nicht einmal mehr, aber Sie können ihn jedenfalls haben. Es geht jetzt nur darum, wer die stärkeren Nerven hat, und ich traue Ihnen die nötige Kraft zu.«
»Ich werde es versuchen«, sagte sie müde. »Für mich ist eine Welt eingestürzt, Henry. Ich glaube, ich nehme heute abend mein erstes Püppchen.«
»*Was* werden Sie nehmen?«
»Ein Seconal«, sagte sie mit traurigem Lächeln. »Jennifer und Neely nannten es immer Püppchen. Ich habe mein ganzes Leben keins genommen, aber heute, glaube ich, habe ich eins verdient. Ich frage mich nur, woher ich es bekommen soll.«
Er ging zu seiner Hausapotheke und kehrte mit einem Fläschchen zurück. »Da ... das reicht für zwei Monate. Ich habe selbst eben auch eins geschluckt.«
»Sie auch?« lächelte sie resigniert.
»Seit zwanzig Jahren. Es gehört zur Grundausrüstung dieser Branche. Nehmen Sie eine Pille und geh'n Sie ins Bett. Rauchen Sie nicht. Wenn Sie nicht daran gewöhnt sind, wird sie rasch wirken.«
Sie nahm die Flasche und ging. Ihre Beine waren bleischwer, und während der Taxifahrt verfolgten sie quälende Vorstellungen von Neely und Lyon.
Zu Hause im Badezimmer starrte sie die Flasche nachdenklich an. Sie war bis an den Rand mit glänzenden roten Kapseln gefüllt. Anne leerte die Flasche aus und zählte sie. Fünfundsechzig Stück. Henry hatte sichtlich Vertrauen zu ihr. Warum auch nicht? Sie dachte nicht daran, kampflos abzutreten. Sie hatte ein Kind, das sie brauchte, und einen Mann, den sie zurückerobern mußte. Sie

wollte nichts weiter als ein paar Stunden Vergessen, um diesem Angsttraum begegnen zu können, der sie so unvermittelt überfallen hatte. Sie schluckte eine der Kapseln, ging ins Bett und nahm die Zeitungen auf, die sie zu Boden geworfen hatte. Sie begann zu lesen. Nach zehn Minuten verschwamm der Druck vor ihren Augen. Es war phantastisch ... ihr Kopf wurde leicht ... die Augen fielen zu ... Was für eine Wohltat ... Schlafen. Und morgen würde sie weiterdenken.

Lyon traf eine Woche später ein. Er sagte, sie seien über den Pol in die Staaten geflogen und hätten die Reise in Kalifornien kurz unterbrochen. Sie heuchelte Verwunderung. Er sah sie erstaunt an. »Du hast wirklich nicht gewußt, daß ich in Los Angeles war?« fragte er.

»Woher? Ich dachte, du seist in Europa aufgehalten worden.«

Er wandte sich rasch ab, aber nicht rasch genug, daß sie nicht die Überraschung in seinen Augen sehen konnte. Er hatte mit ihren Vorwürfen gerechnet und sich eine Reihe von Ausreden zurechtgelegt — und nun wurden sie ihm nicht abverlangt. Sie aßen in einem Restaurant und verbrachten ihren ersten Abend allein. Nachts benahm sie sich zärtlich und liebevoll. Das war sehr schwer. Am liebsten hätte sie ihm die Nägel ins Fleisch geschlagen, damit die Spuren bewiesen, daß er ihr gehörte. Energisch schob sie die quälenden Bilder von ihm und Neely im Bett beiseite und erwiderte seine Umarmung leidenschaftlich.

Sie verbrachten fünf wunderbare Tage zusammen. Beinahe glaubte sie schon, daß alles in Ordnung sei und jeder mögliche Zwischenfall der Vergangenheit angehörte. Dann traf Neely ein. Sie hatte einen Vertrag für zehn monatliche Sonderschauen im Fernsehen abgeschlossen. Da die erste Show im September gesendet werden sollte, begannen die Aufzeichnungen schon im August. Bis dahin aber hatte sie noch einen halben Monat Zeit und kam tatendurstig nach New York.

Es war an einem Donnerstag. Anne wußte nicht, daß Neely in der Stadt war. Sie und Lyon hatten Theaterkarten und waren anschließend im Nachtklub Copa mit dem Agenten eines neuen Sängers verabredet. Es schien, als versuchte jeder New Yorker Agent, seinen Klienten als Gast in Neelys Show unterzubringen.

Um fünf Uhr rief Lyons Sekretärin an. Mr. Burke war zu einer Sitzung mit den Finanziers der Show gerufen worden und konnte nicht ins Theater kommen. Er schickte ihr Bud Hoff als Begleitung und würde sie später in der Copa treffen.

Anne hatte nicht den leisesten Verdacht. Sie spielte mit ihrer kleinen Tochter, badete und zog sich in Ruhe an. Bud holte sie ab und begleitete sie ins Theater. Dann gingen sie in die Copa, wo der Agent schon einen ausgezeichneten Tisch für sie bereithielt. Anne erklärte, daß Lyon aufgehalten sei und später nachkommen würde.

Der Agent nickte. »Das habe ich gleich befürchtet, nachdem Neely heute gelandet ist.«

Sie fühlte, wie ihr die Wärme ins Gesicht stieg, aber es gelang ihr, freundlich zu lächeln. »Ja, natürlich, stimmt. Wann ist sie denn angekommen, Bud?« fragte sie und bemühte sich, so zu wirken, als sei sie im Bilde.

Bud schien sich nicht sehr wohl in seiner Haut zu fühlen. »Um die Mittagszeit, glaube ich. Jedenfalls hat sie um diese Zeit angerufen.«

Anne bestellte etwas zu trinken. »Der arme Lyon. Er hat gehofft, sie würde in Arizona bei ihren Söhnen bleiben.« Sahen Bud und der Agent einander bedeutungsvoll an, oder bildete sie sich das nur ein? Wie viele Leute kannten überhaupt die Wahrheit?

Sie zwang sich, dem Programm zu folgen, und äußerte sich lobend über den Sänger. Lyons leerer Stuhl schien sie höhnisch anzugrinsen. Mit starrem Lächeln entschuldigte sie die Verspätung ihres Mannes. Sie sah, wie enttäuscht der Agent war, aber sein Kummer war nichts im Vergleich zu ihrem eigenen. »Wahrscheinlich haben sich noch Fragen über Neelys Show ergeben. Sie verläßt sich völlig auf Lyons Urteil. Bestimmt bedauert er es aufrichtig, sich das Programm nicht ansehen zu können, aber Bud wird ihn genauest darüber informieren, nicht wahr, Bud?«

»Natürlich«, nickte Bud. Wieder war es ihr, als blinzelten die beiden Männer einander zu.

Es war bereits drei Uhr früh, als Bud sie an ihrer Wohnungstür absetzte. Sie wußte, daß Lyon noch nicht daheim war. Leise ging sie ins Kinderzimmer, küßte Jennifer und zog ihr die Decke zurecht. Liebe, süße kleine Jennifer mit dem schwarzen Haar und den blauen Augen ihres Vaters. Sie war so hübsch! Sie fühlte, wie ihr die Tränen die Kehle zuschnürten. Nein – sie mußte ungezwungen sein, wenn Lyon heimkam. Keine Tränen. Sie mußte jede Erklärung schlucken, die er ihr gab.

Um fünf Uhr schlich sie auf Zehenspitzen ins Wohnzimmer. Vielleicht war er bereits hier und hatte sie nicht stören wollen. Abe das Wohnzimmer war leer. O Lyon, warum? Und Neely – wi kannst du mir das antun? Sie ging ins Bad und nahm eine rot

Pille. Dem Himmel sei für diese segensreichen roten Püppchen Dank! Nur sie machten die Nächte erträglich.
Sie lag im Bett und fragte sich, wie lange Neely wohl bleiben wollte. Vielleicht nur ein paar Tage. Das Zimmer verschwamm vor ihren Blicken. Gott sei Dank, das Püppchen wirkte.
Sie wußte nicht, wie lange sie geschlafen hatte, aber unklar war sie sich Lyons Gegenwart bewußt, spürte, wie er behutsam umherging. Mühsam schlug sie die Augen auf – es war heller Tag. Er stand im Bad.
»Lyon?« Sie setzte sich auf und sah auf die Uhr – acht! War er eben erst gekommen? Auf dem Stuhl lag sein Anzug.
In Unterhosen kam er aus dem Bad und lächelte. »Tut mir leid, wenn ich dich geweckt habe.«
»Wie spät ist es?«
»Acht. Ich ziehe mich eben an.« Er ging durchs Zimmer und setzte sich rasch auf das unberührte Bett, um zu verbergen, daß das Leintuch noch genauso glatt war wie am Abend. Er versuchte tatsächlich, ihr vorzutäuschen, daß er die Nacht hier verbracht hatte!
»Wann bist du denn eingeschlafen?« fragte er unschuldig, während er sich die Schuhe anzog.
»So gegen drei«, log sie. Verdammte Pille! Sie konnte nicht klar denken.
»Ich bin gegen vier heimgekommen«, sagte er unbefangen. »Da hast du tief geschlafen.«
Sie lehnte sich in die Kissen zurück.
»Neely ist angekommen«, sagte er und schlüpfte in ein Hemd.
»Ja, Bud hat es mir erzählt.«
Sie wußte, daß er sie gespannt betrachtete, und preßte die Augen fest zusammen.
»Sie hat an der Sitzung teilgenommen. Sie wünscht einige Änderungen, zum Beispiel mehr Geiger im Orchester, und es hat lange gedauert, bis wir uns darüber einigen konnten, wer die zusätzlichen Kosten übernehmen soll.«
Bis acht Uhr früh? Sie hielt die Augen krampfhaft geschlossen. Du liebe Zeit, ich halte das nicht durch, dachte sie. Gleich werde ich schreien. Aber sie biß sich auf die Lippen und blieb still.
»Bist du wach, Liebling?« Bei ihrem schwachen Nicken lächelte er. »Du mußt ganz schön gebummelt haben, um so benommen zu sein. Übrigens, versuch doch, für heute abend etwas mit deinen Freundinnen auszumachen. Ich muß Neely und ein paar Agenturvertreter ins Künstlerviertel führen und mir einige Nummern ansehen.«

Jetzt war sie hellwach. »Kann ich nicht mitkommen?«
»Du würdest dich zu Tode langweilen«, versetzte er rasch. »Eine reine Geschäftssache. Keiner der Männer bringt seine Frau mit, sonst würde eine große Party aus der Angelegenheit. Man kann nicht in Begleitung von einem Lokal zum anderen hetzen.«
»Aber Neely wird dabei sein«, wandte sie ein.
»Natürlich«, sagte er überrascht. »Es geht doch um ihre Show. Sie muß mit jeder Nummer einverstanden sein, die ins Programm aufgenommen wird.« Dann lächelte er und sagte: »Ich höre Jennifer. Ich könnte schwören, es klingt, als würde sie ›Papa‹ sagen. Ich werde unserer kleinen Schönheit wohl beim Frühstück Gesellschaft leisten. Und du schlaf noch ein bißchen.«
Sie sah ihn fünf Nächte nicht, obwohl sie hörte, wie er am frühen Morgen heimkam und sich umzog. Manchmal erwachte sie und tat, als glaubte sie ihm, daß er eben aufgestanden sei. Nie vergaß er, das Bettzeug zu zerknüllen, wenn er heimkam, und immer hatte er eine glaubhafte Ausrede bereit. Und jeden Abend nahm sie eine rote Kapsel und versank in barmherzige Bewußtlosigkeit.
Am sechsten Tag sah sie sich einer neuen Krise gegenüber. Sie ließ sich vom Dienstmädchen das Essen und die Zeitungen ans Bett bringen. Interesselos schlug sie eine Zeitung auf. Im Bildteil stieß sie auf ein großes Foto von Lyon und Neely. »Miß Neely O'Hara tanzt mit ihrem Privatmanager Lyon Burke im El Morocco.«
Neely sah gut aus. Verblüfft fiel ihr ein, daß es eine Ewigkeit her war, seit sie Neely zum letztenmal gesehen hatte. Wann? Noch vor Jennifers Geburt. Das mochte acht bis neun Monate zurückliegen. Neely versuchte nicht einmal, ihr Verhältnis mit Lyon zu verbergen. Strahlend lächelte sie ihm zu. Und Lyon machte ebenfalls einen glücklichen Eindruck. Lieber Himmel, was jetzt? Wenn er ihr nur nicht erzählt hätte, daß er den Abend mit Ted Kelly verbracht hatte. Jetzt konnte sie nicht mehr die Arglose spielen. Sie rief Henry an.
»Verbrennen Sie die Zeitung«, riet er ihr. »Zeigen Sie ihm das Bild nicht. Sie müssen es ja nicht gesehen haben.«
»Ich kann so nicht weiter, Henry«, schluchzte sie, »ich kann nicht ...«
»Kommen Sie zu mir, Anne«, bat er.

Henry lief im Zimmer auf und ab. »Ich gebe zu, es ist hart«, sagte er. »Ich hätte sie nicht für so unverschämt gehalten. Ich dachte, sie würde sich auf die Tourneen beschränken.«
»Was soll ich tun? Die ganze Stadt wird schon über mich lachen.

Ich wage jetzt nicht einmal mehr, auswärts zu Mittag zu essen. Erst gestern habe ich gesagt, Lyon wartet nur darauf, daß Neely endlich wieder nach Kalifornien abfliegt, weil er es satt hat, ihr Kindermädchen zu spielen. Das habe ich beim Mittagessen vor drei Frauen erklärt. Dabei habe ich genau gewußt, daß sie heimlich gelacht haben. Jetzt kann ich nicht einmal mehr den Schein wahren.« Sie hob die Zeitung auf.

»Soll ich mit Lyon telefonieren?« fragte er. »Als Freund mit ihm sprechen, ohne zu verraten, daß Sie hier sind, und versuchen, die Lage zu retten?«

Sie schüttelte den Kopf. »Lyon weiß, daß Sie der einzige sind, dem ich vertraue. Er würde das Manöver durchschauen.«

Plötzlich griff er nach dem Telefon. »Was tun Sie?« fragte sie erschrocken.

»Ich rufe Neely an. Ich werde so tun, als wollte ich ihr den Rat geben, den sie bitter nötig hat. Gehen Sie ins Schlafzimmer und hören Sie von dort aus mit.«

Sie beobachtete ihn, wie er Neely zu ihrer guten Figur und ihren verschiedenen Erfolgen gratulierte. Schließlich kam er auf den Kern der Sache zu sprechen. »Neely, ich habe eben die Nachmittagszeitungen gesehen. Was, zum Teufel, soll die Geschichte mit Lyon Burke?«

Anne erschrak vor seinem grimmigen Gesichtsausdruck. Sie ging ins Schlafzimmer und hob leise den Hörer ab.

»Ich will dir was verraten, Henry«, sagte Neely, »ich liebe ihn, aber misch dich da nicht ein.«

»Deine Gefühle sind mir egal, Neely«, entgegnete er ruhig. »Selbst wenn du findest, daß du Anne nicht zu Dank verpflichtet bist, mußt du doch immer das Bild wahren, das sich das Publikum von dir macht. Jeder weiß, daß Lyon mit Anne verheiratet ist. Bisher haben bloß ein paar verschiedene Andeutungen in den Klatschspalten gestanden, aber das ... Schließlich wünschen deine Geldgeber sicherlich keinen Skandal, und Lyon lebt eben mit Anne.«

»Einen Dreck«, zischte Neely. »Er geht nur morgens heim, um sich umzuziehen. Er wartet doch nur darauf, daß sie ihn endlich ertappt, aber sie schläft immer.«

»Vielleicht bildest du dir nur ein, daß er ertappt werden möchte, Neely.«

»Blödsinn! Er verbringt jede Nacht mit mir. Gestern im Morocco hat er sogar gesagt: ›Vielleicht ist es ganz gut, daß man uns miteinander fotografiert – dann kommt die Sache wenigstens heraus.‹ Das waren seine Worte. Er hat bloß Angst, es Anne selbst beizu-

bringen. Und ...« hier zögerte Neely kurz, »na ja .. an seiner Tochter hängt er ehrlich.«
»Du wirst eines Tages bitter für das alles bezahlen müssen«, warnte Henry. »Du kannst dir nicht skrupellos alles aneignen, was du dir wünschst, ohne auf die Gefühle anderer Rücksicht zu nehmen. Jeder zahlt für seine Sünden.«
»Ich bin nicht jeder!« kreischte sie. »Höchste Zeit, daß ich mir endlich nehme, was ich haben will. Und weißt du warum? Weil ich mein ganzes Leben lang immer nur gegeben habe. Und ich bin nicht umzubringen, das sage ich dir. Ob Spritzen, Pillen, Narrenturm, Fett — nichts kann mir was anhaben. Aber Lyon bringt mich richtig auf Touren. Wenn er bei mir ist, brauche ich nichts zu essen. Ich kann trinken und Pillen schlucken, und es schadet mir gar nichts. Verdammt noch mal, Henry, mein Talent macht die Welt glücklich, und Lyon macht mich glücklich. Habe ich etwa kein Recht auf Glück? Ich brauche Lyon! Wer, zum Teufel, ist Anne schon?«
»Bloß die beste Freundin, die du jemals hattest.«
»Hab dich nicht so. Sie darf sich geschmeichelt fühlen, daß ich sie auch nur gegrüßt habe. Warum hätte es ihr nicht angenehm sein sollen, daß ich bei ihr gewohnt habe? Ich bin interessant, ich bin ein Star. Und wer ist sie, wenn man's genau nimmt? Selbst als blutige Anfängerin habe ich mehr los gehabt als sie. Schön, sie hat hochgestochene Manieren, aber das ist auch alles. Und wer ist sie heute? Eine magere Null, die im Fernsehen Nagellack verkauft und jahrelang mit einem Lebegreis geschlafen hat. Na schön, sie hat eben sein Geld benützt, um sich Lyon zu kaufen, und jetzt möchte sie die heilige Jungfrau mit dem Kind spielen. Mir hat man das Geld nicht nachgeworfen, weil ich eine hübsche Larve habe. Ich habe es mir mit meinem Können verdient. Sie ist jetzt um die achtunddreißig, und ich bin vierunddreißig, aber bei mir ist es egal, wie ich aussehe. Daraus habe ich niemals Kapital geschlagen. Wenn du Annes Freund bist, dann sag ihr, sie soll Lyon freigeben. Dann kann sie sich das Gesicht straffen lassen, und vielleicht wird Kevin Gillmore oder sonst ein Trottel sich ihrer annehmen. Sie hat es ja immer verstanden, Millionäre zu ködern!« Mit höhnischem Lachen knallte Neely den Hörer auf die Gabel.
Langsam legte Anne den Hörer auf und trat vor den Spiegel. Heute waren die feinen Linien um ihre Augen besonders tief, und auch in den Mundwinkeln sah man kleine Fältchen. Komisch, sie hatte sich Lyons wegen niemals Gedanken über ihr Aussehen gemacht, aber —
»Verschwinden Sie von dem Spiegel!« Henry war ins Schlafzim-

mer gekommen. »Das kleine Mistvieh hat Augenringe bis zum Kinn. Und ich bin froh, daß sie sich einbildet, sie könnte unbeschadet trinken. Sie hat schon heute eine Trinkerleber.«
Anne begann zu zittern. Henry nahm sie in den Arm und drückte sie fest an sich. »Seien Sie doch vernünftig! Ihre Worte waren nichts als Bosheit! Sie hat genau gewußt, daß ich mit Ihnen reden würde.«
»Vielleicht hat sie recht, Henry. Vielleicht möchte Lyon die Ehe wirklich lösen.«
»Er hat nichts dergleichen gesagt. Sie selbst haben mir erzählt, daß er das Bett zerwühlt. Er schwindelt Ihnen also zumindest etwas vor und verschanzt sich noch hinter Ausreden.«
»Sei dankbar für kleine Liebenswürdigkeiten!« schluchzte sie.
»Nicht schlappmachen, Anne. Neely hat gesagt, daß nichts und niemand ihr Talent zerstören kann. Das ist ein Irrtum. Sie selbst kann es. Und sie *wird* sich ruinieren, glauben Sie mir.«
Am gleichen Abend begründete Lyon sein Fernbleiben nicht einmal mehr telefonisch. Er blieb einfach aus. Gegen Mitternacht wollte Anne eben eine Pille nehmen, als sie das Baby weinen hörte. Jen war ein braves Baby und schlief meist die ganze Nacht durch. Da mußte etwas los sein. O Gott, und heute hatte die Schwester Ausgang! Anne rannte ins Kinderzimmer. Jens Gesichtchen war krebsrot, und sie brüllte. Anne hob sie behutsam aus der Wiege, wickelte die Kleine um und gab ihr etwas Wasser im Fläschchen, aber Jen wollte es nicht trinken und brüllte erst recht. Ihre Haut fühlte sich heiß an. Vielleicht bekam sie einen Zahn. Für alle Fälle holte Anne ein Thermometer. 39,4! Mit dem Baby auf dem Arm lief Anne den Korridor entlang und hämmerte gegen die Tür des Dienstmädchens. Es zog gehorsam seinen Morgenrock an und hielt das brüllende Kind, während Anne versuchte, den Hausarzt zu erreichen.
Es war Freitag, und Anne erhielt von der Ärztezentrale die Auskunft, daß er übers Wochenende verreist sei. Man gab ihr die Nummer seines Vertreters. Dort hieß es, er sei nicht daheim, sie solle es aber in einer Stunde nochmals versuchen. Lieber Gott, dachte sie verzweifelt, was tu' ich bloß? Wo war Lyon? Sie rief Henry an, aber er meldete sich nicht. Natürlich, er hatte irgendwo in Westport eine Villa. Waren denn alle Leute auswärts?
Entschlossen wählte sie die Nummer des Hotels, in dem Neely abgestiegen war, und nannte der Telefonistin ihren Namen. Nach einer Weile meldete sich Neely.
»Hallo, Neely«, sagte Anne mit ruhiger, unpersönlicher Stimme.

»Ist Lyon dort?«
»Nein.«
»Ich muß ihn finden. Es ist dringend.«
»Na ja«, gähnte Neely, »falls er anruft, werd' ich's ihm sagen.«
»Neely, das Baby ist krank.«
»Hol einen Arzt.«
»Das habe ich versucht. Er ist übers Wochenende verreist. Die Kleine schreit und hat 39,4.«
»Beruhige dich. Kleine Kinder haben immer gleich Fieber, meist steckt gar nichts dahinter. Gib ihr ein halbes Aspirin.«
»Aber wenn Lyon anruft, sag es ihm bitte.«
»Aber natürlich. Und jetzt gute Nacht. Ich habe morgen Aufnahme und muß schlafen. Die Zwillinge haben oft hohes Fieber gehabt — das hat gar nichts zu bedeuten.« Sie legte auf.
Anne glaubte Neely. Selbst Neely konnte nicht derart herzlos sein. Wo war Lyon bloß?

Neely griff zum Hörer und beauftragte die Telefonistin, sie nicht wieder zu stören. Wo, zum Teufel, steckte Lyon? Ach ja, er saß mit den Arrangeuren im Hotel Victoria und schrieb ein paar neue Texte für ihre Lieder. Er hatte gesagt, daß er bis zwei Uhr bleiben und dann vorbeikommen würde. Sollte sie ihn von Annes Anruf verständigen? Ach, Blödsinn. Kleinkinder fieberten häufig. Sicher wollte Anne bloß einen Druck ausüben — mit dem einzigen Mittel, das sie besaß. Manche Weiber schreckten aber auch vor nichts zurück! Na, sie fiel auf diesen Schwindel jedenfalls nicht herein. Wenn Lyon kam, schlief sie sicher schon längst. Ja, sie würde ihm einen Zettel aufs Kissen legen, daß sie um Mitternacht Pillen genommen hatte. Augenblick mal. Jetzt war es ein Uhr fünfzehn. Kein Mensch konnte es ihr übelnehmen, wenn sie den Anruf vergaß, nachdem sie die Pillen genommen hatte. Wahrscheinlich würde er sich einfach hinlegen. Oder vielleicht ging er auch zu seiner blöden Frau und der Kleinen heim, wenn sie fest schlief. Hol's der Teufel! Sie schluckte drei Pillen und trank ein Glas Whisky nach. Okay, dann ging er eben ausnahmsweise mal nach Hause. Die übrigen Nächte verbrachte er bei ihr. Sie lächelte zufrieden, als die Pillen zu wirken begannen. Schließlich schlief sie ein.

Das Baby war um zwei Uhr morgens in höchster Eile ins Krankenhaus gebracht worden. Der stellvertretende Arzt hatte sich endlich gemeldet. Anfangs hatte er Kinderlähmung befürchtet, aber schließlich stellten die Spitalärzte eine Lungenentzündung fest.

Als Lyon Neely in tiefem Schlaf antraf, ging er nach Hause. Zu seiner Verwunderung brannten die Lichter, aber von Anne war keine Spur. Das schluchzende Dienstmädchen berichtete ihm stammelnd, was geschehen war. Er stürzte aus der Wohnung und raste ins Krankenhaus. Anne saß blaß und verängstigt im Warteraum.
»Was fehlt ihr denn?« fragte er.
»Sie liegt in einem Sauerstoffzelt. Zwei Schwestern sind bei ihr. Sie lassen mich nicht ins Zimmer.«
»Ich habe mit dem Schlagerkomponisten an Neelys neuer Kennmelodie gearbeitet. Es hat lange gedauert, und als ich heimkam und du nicht da warst ...«
»Ich habe Neely schon vor Stunden angerufen«, sagte sie resigniert.
»Ich war nicht bei ihr«, antwortete er beinahe gekränkt. »Weshalb hast du sie angerufen?«
»Weil ich dachte, sie wüßte vielleicht, wo du bist. Du warst eine ganze Woche nicht mehr daheim – hast dich wohl um ihre Verträge gekümmert, nehme ich an.«
Er musterte sie mißtrauisch. »Es gibt viel zu tun, wenn man eine Fernsehshow aufzieht. Wir haben beschlossen, eine neue Kennmelodie für sie zu finden.«
»Wenn es dir recht ist, Lyon, würde ich im Augenblick lieber nicht von Neelys Show reden. Ich bin halbtot vor Angst wegen Jen.«
Er streckte die Arme aus und griff nach ihrer Hand. Es war eine unbewußte und natürliche Geste, aber sie traf sie mitten ins Herz. Waren sie einander früher einmal wirklich nahe gewesen? Hatte dieser phantastisch aussehende Fremde einmal ihr gehört? Heute war er ein Fremder, der wohl durch das Gesetz an sie gebunden war, aber jemand anders gehörte. Und doch liebte sie ihn. Das war ein demütigendes Geständnis. Wie gerne hätte sie ihn gehaßt. Statt dessen begehrte sie ihn mehr denn je, falls das überhaupt möglich war. Sie hatte keinen Stolz. Nie würde sie ihn hergeben, es sei denn, er bäte sie darum! Hoffentlich kam es nie dazu!
Nach einer Ewigkeit kam endlich der Arzt. Sie hielten den Atem an. Er lächelte! Also würde alles wieder gut werden Ja, das Fieber war zurückgegangen.
Lyon kam jeden Abend um sieben ins Krankenhaus. Anne wohnte im Zimmer neben Jen und verbrachte Tag und Nacht dort. Lyon bestand darauf, Anne täglich im Krankhausrestaurant zum Abendessen einzuladen, und blieb durchschnittlich zwei Stunden bei ihr. Zumindest waren damit Neelys Abende gestört, dachte Anne schadenfroh.

Zehn Tage später brachten sie die kleine Jennifer heim. Lyon hatte die Wohnung in ein Blumenmeer verwandelt. Sie aßen zu Hause, und er spielte mit seinem Töchterchen. In der Nacht verlangte er seit Wochen zum erstenmal wieder nach Anne, und sie schliefen in zärtlicher Umarmung.
Es war vier Uhr, als das Telefon klingelte. Anne erwachte als erste. In der Dunkelheit tastete sie nach dem Apparat.
Es war Neely. Sie sprach mit schwerer Zunge. Sicher hatte sie wieder einen Pillenrausch. »Hol mir den Hundesohn an den Apparat.«
»Er schläft, Neely.«
»Dann weck ihn auf.«
»Kommt gar nicht in Frage.«
»Weck ihn auf, oder ich komme hinüber und besorge es selbst.«
Lyon öffnete die Augen. Annes Lippen formten lautlos Neelys Namen. Er griff nach dem Hörer.
»Was gibt es, Neely?« Er lag quer über Anne, um den Apparat zu erreichen. Sie hörte Neelys schrille Stimme.
»Ich habe die ganze Nacht auf dich gewartet«, tobte sie.
»Heute abend ist die Kleine aus dem Spital gekommen.«
»Na und? Sie schläft doch ab sieben, nicht wahr?«
»Es war ihr erster Abend daheim.«
Anne preßte die Augen zu. Er entschuldigte sich bei Neely, daß er zugunsten von Frau und Kind ihr einen Abend vorenthalten hatte.
»Dann komm jetzt zu mir.«
»Es ist vier Uhr früh, Neely.«
»Du kommst. Ich habe sieben Pillen genommen und nehme sonst noch zehn Stück.«
»Neely! Du gibst morgen ein Interview für das *Life Magazine.*«
»Die können mir den Buckel runterrutschen! Ich werde mich nicht blicken lassen, außer du verfrachtest deinen Allerwertesten hierher.«
»Schön, Neely, ich komme.«
Anne sah zu, wie er aufstand. Ich darf nicht nachgeben, dachte sie. Er wollte sie heute nacht eigentlich nicht besuchen. Sie hat ihn dazu gezwungen. Wenn sie jetzt stur durchhielt, war das ihr erster Sieg. Sie lag ausgestreckt und mit geschlossenen Augen im Bett. Er kam vollständig angezogen zu ihr. »Du verstehst das doch, Anne?«
»Ich weiß, daß du nicht zu ihr gehen möchtest«, sagte sie.
»Die letzte Zeit war grauenhaft für dich, Anne. Wir werden wohl etwas unternehmen müssen.«

Ihr Triumph zerstob. Konnte er sich gegen sie und das Baby für Neely entscheiden?
»Es wird sich alles finden, Lyon«, sagte sie hastig. »Mitternächtliche Entscheidungen sind niemals glücklich.«
»Aber wir können so nicht weiter, weder du noch Neely, und ich auch nicht«, wandte er ein.
»Ich schon, weil ich weiß, daß es nicht so bleiben kann. Lyon, du hast dich verrannt.«
»Neely braucht mich. Sie ist unerhört begabt und völlig unbeherrscht. Man muß sie bei der Hand nehmen wie ein Kind. Du bist stark.«
Tränen traten in ihre Augen. »Nein, ich bin nicht stark. Das einzig Starke an mir ist meine Liebe zu dir.«
Er wandte sich ab und ging rasch aus dem Zimmer.
Als die neue Fernsehsaison begann, nahm Anne wieder ihre Arbeit auf. Henry hatte sie mit dem Produzenten einer neuen Fortsetzungsserie bekannt gemacht. Sie fand die Aufgabe leicht, und er engagierte sie auf der Stelle. Es war eine tägliche Sendung, die sie ständig beschäftigt hielt. Dadurch gelang es ihr auch besser, zu übersehen, daß Lyon immer mehr Zeit mit Neely verbrachte.
Ende September flogen Lyon und Neely nach Kalifornien, um ihre erste Show aufzunehmen.
Neelys Show war sensationell. Die Kritiker zählten sie zu den zehn besten Fernsehsendungen überhaupt, und Lyon heimste den Ruhm ein, die Seele der Inszenierung zu sein. Anne konnte den magischen Klang von Neelys Namen nur bewundern. Sofort unterschrieben mehrere namhafte Stars bei Lyon und George. Die Zeitschrift *Varieté* brachte Artikel über die drei B, die erfolgreichste Agentur New Yorks. Und diesen Aufstieg verdankten sie Neely O'Hara.
Lyon schob einige kurze Abstecher nach New York ein. Bei diesen Besuchen hatte Anne manchmal den Eindruck, daß sich etwas geändert hatte. Wenn er sie nachts in den Armen hielt, vergaß sie beinahe, daß er Neely genauso an sich drückte. Aber immer wieder kamen die Störanrufe aus Kalifornien, mit denen Neely bewies, daß sie die erste Geige spielte.
Ein paar Tage nach Weihnachten kam er mit einem Berg Spielsachen für Jennifer und einem teuren Schmuckstück für Anne in New York an. Sie begriff, daß er seine Zeit wieder einmal geteilt hatte – Weihnachten bei Neely, aber rechtzeitig zur Silvesterfeier bei ihr und der kleinen Jen.
Drei Tage später rief Neely an und verlangte, daß er unverzüglich zurückkehrte. Anne saß im Salon und hörte stumm mit.

»Ich komme bald«, versprach Lyon mit leiser Ungeduld.
»Heute nacht!« kreischte Neely. »Weißt du, was für ein Tag morgen ist? Silvester!«
»Und der erste Januar ist der erste Geburtstag meiner Tochter«, versetzte er energisch.
»Scheiße! Feiert doch heute! Die Kleine merkt den Unterschied bestimmt nicht.«
»Aber ich. Sei brav. Du ertrinkst in Einladungen, und einer der Leute aus der Agentur wird dich begleiten. Ich bin spätestens am fünften bei dir. Früher geht es nicht, weil ich die Premiere von *Rote Lippen* abwarten muß.«
»Diese Margie Parks wird sich als große Null herausstellen«, sagte Neely boshaft.
»Ich habe sie voriges Jahr im *Blauen Engel* gesehen«, erwiderte Lyon. »Sie hat das gewisse Etwas.«
»Ohne Mikrophon ist sie erschossen«, beharrte Neely. »Sie singt wunderbar. Ich bin die erste, die zugibt, wenn jemand gut ist. Sie spielt mit ihrer Stimme wie mit einem Instrument. Aber ich habe verschiedene Gerüchte gehört. Man hätte ihre Rolle beinahe einer anderen gegeben, bis man sich endlich entschloß, ihr mit dem Mikrophon aufzuhelfen. Ihre Stimme trägt nicht. Sie wird es nicht lange machen. In ein paar Jahren ist sie ausgeschrien. Mir wäre es genauso gegangen, wenn Zeke Whyte mich nicht gedrillt hätte.«
»Jedenfalls wollen wir sie unter Vertrag nehmen«, sagte Lyon unbeirrt, »deshalb muß ich mir die Premiere ansehen.«
»Willst du vielleicht deine Zeit an sie verschwenden?« fragte Neely drohend.
»Keine Spur. Auch George denkt nicht daran. Sie ist erst neunzehn. Bud Hoff wird sich um sie kümmern. Er gefällt den Frauen und wird sie wie ein Kindermädchen betreuen.«
»Bud Hoff ist ein Lackaffe«, sagte Neely. »Er bildet sich ein, daß er eine Gottesgabe für das weibliche Geschlecht ist. Der mit seinen schwarzen Anzügen und schwarzen Krawatten. Ehrlich, alle Männer in deinem Büro sehen aus wie in Uniform. Na, wahrscheinlich brauchst du solche Burschen ...« Sie gähnte. »Die verfluchten Pillen wirken allmählich. Wann bist du hier?«
»Spätestens am fünften«, versprach er.
»Liebst du mich?«
»Das weißt du doch«, sagte er hastig.
»Wie sehr?«
»Wahnsinnig.«
»Mehr als Anne und das Baby?«

»Macht ganz den Eindruck. Aber jetzt muß ich aufhören, Neely. Anne ist daheim. Sie könnte mithören.«
»Hoffentlich tut sie es.«
»Macht es dir Spaß, andere zu kränken?«
»Nein, aber wenn sie es wüßte, würde sie dich wenigstens freigeben.«
»Vielleicht weiß sie es«, erwiderte Lyon.
»Hast du es ihr gesagt?«
»Nein, aber Anne ist feinfühlig und nicht dumm. Und über uns tuschelt ja schon die ganze Stadt.«
»Warum läßt sie dich dann nicht laufen?«
Lyon schwieg.
»Verflucht noch mal, ich werde sie selbst anrufen und es ihr sagen. Dann muß sie dich freigeben. Das ist sie ihrem Stolz schuldig.«
»Tu das nicht.«
»Ich werde –«
»Nein. Außerdem würde es nichts nützen. Ich habe ... weißt du, wir haben nämlich schon miteinander geredet.«
»Wann? Das hast du mir gar nicht gesagt.«
»Gestern abend erst.«
Anne schrie innerlich auf. Gestern nacht hatten sie sich besonders gut verstanden.
»Und was war?«
»Gar nichts. Sie hat bloß gesagt, daß sie es längst weiß, aber nicht zur Kenntnis nimmt. Sie wird sich nie von mir scheiden lassen.«
»Dann werden wir sie eben dazu zwingen. Wir werden uns in aller Öffentlichkeit eindeutig benehmen.«
»Das hast du bereits versucht, Neely. Die Reporter haben eine Schwäche für dich und drucken nicht alles, was sie sehen.«
»Dann werde ich eine Pressekonferenz einberufen und sagen, daß wir heiraten möchten, aber deine Frau die Scheidung verweigert.«
»Und was wird dann aus deiner Show? Du weißt, daß dein Vertrag eine Moralklausel enthält. Dein Finanzier verkauft Nahrungsmittel. Man würde dich so rasch vor die Tür setzen, daß –«
»Na und? Wir könnten nach Europa fahren und drüben filmen.«
»Ich habe einen Geschäftspartner, Neely. Ein Skandal würde der Agentur enorm schaden. Ich darf nicht nur an mich denken.«
»Oh, du und deine Drecksagentur. Schön, wenn ich eine Million Dollar verdiene, kaufe ich dich aus, und wir sagen ihnen allen, sie sollen zum Teufel gehen. Ich will dich Tag und Nacht bei mir haben, jede Sekunde.«

Er lachte. »Wir sehen uns am fünften, Neely.«
»Hoppla, nicht so hastig. Ruf mich morgen mittag wieder an.«
»Abgemacht.«
»Liebst du mich?«
»Ich bete dich an.«
Dann hängten beide auf.

1964

Rote Lippen war der musikalische Haupttreffer der Saison. Anne sah, wie das kleine, magere junge Ding mit dem spitzbübischen Lächeln das Publikum eroberte. Sie war neunzehn und ohne Erfahrung, aber sie zündete, wie nur ein Star zünden kann.
»Da haben wir Glück gehabt«, flüsterte George. »Lyon hat darauf bestanden, sie noch gestern unter Vertrag zu nehmen. Nach dieser Premiere werden sich alle Theater um sie reißen.«
»Dieses Talent wirst ausschließlich du aufpäppeln müssen«, flüsterte Lyon, über Anne gelehnt.
»Du spinnst ja«, grinste George. »Sie wird sich begeistert Bud Hoff oder Ken Mitchell oder jedem anderen Vertreter unseres Büros anvertrauen, der sie unter seine Fittiche nimmt.«
Annes Gedanken eilten zu jenem Abend zurück, der nun schon so viele Jahre zurücklag. Auch damals hatte sie neben Lyon gesessen, und zwar bei Neelys Premiere am Broadway. Auch Neely war damals ein sympathisches Dingelchen ohne Launen gewesen. Neunzehn Jahre war das schon her! Sie hatte Lyon damals geliebt, und sie liebte ihn heute noch. Durch das Abhören von Neelys Anrufen wußte sie, daß sie gewonnen hatte — und doch war dieser Sieg sonderbar schal. Lyon log Neely vor, daß er sie um die Scheidung gebeten hatte. In Wirklichkeit wollte er sie gar nicht verlassen. Jetzt, da die Kobra in Neely den Kopf hob, wollte er nichts von einer Bindung wissen. Morgen war der fünfte, aber Lyon sprach gar nicht von Kalifornien. Ja, er hatte sogar eine neue Premiere am achten erwähnt, die er unbedingt sehen wollte. Aber hatte sie wirklich gewonnen, oder war es bloß ein Unentschieden? Neely war nach wie vor vorhanden und würde es wohl immer bleiben. Reizte ihn Neelys Körper? Erlebte er mit Neely, was er mit ihr erlebte? Das würde sie nie erfahren.
Selbst der Jubel hinter der Bühne war der gleiche. Margie Parks sah so jung, so schutzbedürftig, so völlig eingeschüchtert aus. Angesichts der Prominenten, die sich zu ihr drängten, um sie zu beglückwünschen, brachte sie kein Wort heraus.
Später, bei der Premierenfeier, saß Anne zwischen Lyon und

George. Als Lyon einmal an einen anderen Tisch gerufen wurde, rückte Margie näher und setzte sich auf seinen Platz. »Ich möchte Ihnen sagen, Miß Welles, daß ich Sie schon immer bewundert habe.«
Anne lächelte. »Meine jetzige Sendung? Ach, das ist doch nicht der Rede wert.«
»Ich finde Sie bezaubernd«, sagte Margie. »Aber als Gillian-Girl waren Sie einfach überwältigend. Ich erinnere mich genau, ich war damals zehn Jahre alt, und ich habe meiner Mutter einen Dollar aus der Handtasche gestohlen, um mir den Gillian-Lippenstift zu kaufen. Ich wollte genauso aussehen wie Sie.«
Anne lächelte. Mit einemmal begriff sie, was Helen Lawson empfunden hatte. Es war so herrlich, jung zu sein und zu glauben, daß man es ewig blieb. Trotzdem wußte sie, daß sie für Margie Parks der Inbegriff des Erfolgs war. Sie war elegant, mit einem bedeutenden Mann verheiratet und selbst nicht unbekannt. Margie war nicht hübsch. Sie trug ein grünes, höchst unvorteilhaftes Kleid, und ihr schwarzer Seidenmantel sah genauso aus wie jener, den Anne früher einmal im Ausverkauf ergattert hatte. Ihr war nicht entgangen, wie ehrfürchtig Margie ihren Nerzmantel bestaunt hatte. Aber wußte Margie auch, daß sie ihr dickes, seidiges Haar jetzt färben lassen mußte? Oder daß die Fältchen unter ihren Augen nach sorgfältigem Make-up verlangten? Bei gedämpftem Licht, wie heute abend, sah sie noch immer fabelhaft aus. Sie wußte genau, daß viele Köpfe sich nach ihr umdrehten, wenn sie ein Lokal betrat. Auch im Fensehen wirkte sie gut, und sie würde sich bei raffinierter Beleuchtung und entsprechendem Make-up wohl noch fünfzehn Jahre halten können. Aber sie wollte sich niemals für jünger ausgeben, als sie war. Wen sollte sie damit täuschen? Jeder kannte ihr wirkliches Alter.
Margie schnatterte unaufhörlich. Lyon war ganz sichtlich gelangweilt, und sie überließen sie eine Stunde später Georges Obhut. Als sie zu Hause waren, sah Lyon richtig müde aus.
Neely hatte mehrmals telefoniert. Unlustig rief er sie zurück. Er bemühte sich gar nicht, das Gespräch vor Anne geheimzuhalten, aber er faßte sich kurz und unpersönlich. Ja, die Show hatte eingeschlagen. Jawohl, sie hatten Margie Parks unter Vertrag genommen. Natürlich war sie nicht besonders begabt. Ja, er würde in wenigen Tagen in Kalifornien sein.
Aber Margies Erfolg griff wie ein Steppenbrand um sich. Ihre Lieder aus der Show gingen wie die warmen Semmeln ab, und die Schallplatten erreichten eine Rekordauflage. Im April vermittelte

ihr George einen gigantischen Fernsehvertrag mit wöchentlichen Sendungen, die in der nächsten Saison beginnen sollten.
Lyon pendelte weiterhin zwischen Anne und Neely hin und her. Neelys Shows kamen gut an, und sie war für die nächste Saison voll ausgebucht. Die drei B gründeten eine Niederlage in Kalifornien, und mehrere gute Agenten waren von Johnson Harris abgewandert, um nun für die drei B zu arbeiten.
Neely war an der Spitze der neuen Gesellschaft von Hollywood. Sie hatte ein Riesenhaus gemietet, einen Haufen Personal eingestellt, und bei ihren großen Parties erschien alles, was Rang und Namen hatte.
Sie nahm eben die letzte Show der Saison auf, als George Lyon nach New York zurückrief. Die Fernsehgesellschaft wollte einen Überblick über die Art der Show haben, die Margie Parks in der kommenden Saison plante.
Lyon war stillschweigend aus Kalifornien verschwunden. Er hatte Neely eine Nachricht hinterlassen, in der er versprach, in achtundvierzig Stunden zurück zu sein. Er hoffte, auf diese Weise eine Szene zu vermeiden, und wiegte sich einigermaßen in Sicherheit. Zwei Drittel der Show waren bereits aufgezeichnet.
Lyon verhandelte mit der Fernsehgesellschaft und den Finanziers. Alles lief bestens, und Lyon beschloß, sich mit der Rückreise etwas Zeit zu lassen. Er ging mit Anne ins Theater und ließ die kleine Jennifer zum erstenmal im Central Park auf einem Pony reiten.
Sie lagen im Bett und sahen sich die Nachtsendung an, als sich der Nachrichtensprecher einschaltete: »Neely O'Hara wurde soeben ins Krankenhaus eingeliefert. Sie schwebt in höchster Lebensgefahr.«
Sekunden später rief George an. Er hatte mit Kalifornien gesprochen und erfahren, daß Neely ihren jüngsten Selbstmordversuch vermutlich überleben würde. Sie hatte eine halbe Flasche Schlafmittel geschluckt. Lyon zog sich an, während Anne seine Koffer packte. Um halb zwei flog eine Maschine nach Hollywood, die er eben noch erreichen konnte. Neelys Show war noch nicht ganz fertig, aber jemand anders konnte einspringen. Man würde eben ein wenig improvisieren.
Neely war sehr geschwächt und sah Lyon aus tiefliegenden Augen an, als er ihr Krankenzimmer betrat. Sie war wieder bei Bewußtsein und streckte ihm die Arme entgegen. »O Gott, Lyon, als ich es erfahren habe, da war es aus mit mir. Ich wollte sterben!«
»Was hast du denn erfahren?« Er hielt sie sanft umschlungen und streichelte ihre Haare.
»Ich habe es in den Zeitschriften gelesen, während ich in der Gar-

derobe war. Angeblich bist du zurückbeordert worden, um Margie Parks als Star herauszubringen.«

»Und deshalb hast du versucht ...« Die Überraschung verschlug ihm die Rede.

»Ich will dir was sagen, Lyon. Ich habe nichts dagegen, wenn du ab und zu mit deiner Frau schläfst, ich könnte dir vielleicht ein flüchtiges Abenteuer mit einer anderen verzeihen — aber ich werde niemals dulden, daß du eine andere zum Star machst, solange ich da bin.«

»Aber Neely, du bist doch nicht unsere einzige Klientin.«

»Ich habe dein dreckiges Büro zu dem gemacht, was es heute ist — und ich kann es auch wieder ruinieren. Merk dir das gefälligst! Wenn ich mich nach einem anderen Agenten umsehe, wandert eure halbe Kundschaft mit mir ab. Du brauchst mich, Freundchen. Wenn ich also mit dem kleinen Finger winke, dann hast du von jetzt ab hier zu sein!«

Lyon stand auf und ging zur Tür. »Lyon! Komm sofort zurück!« Aber er ging bereits den Flur hinunter.

Lyon flog mit der nächsten Maschine nach New York. Er berief eine Sondersitzung mit George ein. »Ich habe eben den letzten Scheck an Anne ausgestellt«, sagte er. »Ab jetzt bin ich schuldenfrei. Jedes Risiko, das ich eingehe, ist ausschließlich meine Sache. Kein anderer hat jetzt ein Einspruchsrecht —«

»Mit Ausnahme meiner Wenigkeit«, mahnte George lächelnd.

»Natürlich. Trotzdem bin ich zu dem Schluß gekommen, daß wir Neely ausbooten müssen. Sie kostet mehr Nerven, als sie wert ist. Wir brauchen sie nicht mehr.«

»Glaubst du nicht, daß wir uns damit sehr schaden werden?«

Lyon schüttelte den Kopf. »Überhaupt nicht. Margies Show wird die doppelten Einspielergebnisse bringen. Vergiß nicht, daß es sich um eine wöchentliche Sendung handelt. Außerdem haben wir Joey Kling, und der ist ganz groß im Rennen. Neely wird sich eines Tages doch den Hals brechen. Vielleicht noch nicht nächstes Jahr, aber einmal kommt es bestimmt dazu, und wir wollen nichts mit ihrem Abstieg zu tun haben. Wir haben ihr ein Comeback ermöglicht und sind dadurch bekannt geworden. Schieben wir sie also ab, solange der Wind noch günstig ist.«

»Warum glaubst du, daß Neely nicht ewig volle Kassen bringen wird? Im Narrenturm hat sie sich wunderbar gemausert.«

Lyon lachte. »Wie lange kann sich schon jemand halten, der täglich zwei Spritzen bekommt?«

»Sie hat gesagt, es sind Vitamininjektionen«, widersprach George.
»Feine Vitamine! Schau, wir bilden in unserem Büro ein paar ausgezeichnete Mitarbeiter heran. Wir beide sind ein wunderbares Team, George. Du kannst verkaufen wie kein zweiter; ich habe eine Spürnase für Nachwuchskräfte und den verbindlichen Ton für Stars. Wir können nicht unsere halbe Energie damit vergeuden, daß wir ständig zwischen Hollywood und New York hin und her pendeln, um bei diesem Ungeheuer je nach Bedarf den Liebhaber oder die Krankenschwester zu spielen. Ich sag' dir, George, die verschlingt die Menschen bei lebendigem Leib! Der Himmel weiß, wie Anne es geschafft hat zu überleben. Aber ich habe genug von Neely. Ich weiß, daß Abe Kingman von Johnson Harris zu ihr geflogen ist, um mit ihr zu verhandeln. Geben wir sie frei.«
George grinste übers ganze Gesicht. »Einverstanden, du telegrafierst ihr das selbst. Ich glaube, das hast du dir ehrlich verdient.«

Neely unterschrieb bei der Agentur Johnson Harris und äußerte sich verächtlich über die Unfähigkeit ihrer früheren Manager. Den drei B schadete das nicht, und im September wurde die Margie-Parks-Show mit großem Erfolg gestartet.
Auch für Neely begann die neue Saison gut. Drei Leute ihrer neuen Agentur hatten nichts anderes zu tun, als ihr vierundzwanzig Stunden täglich zur Verfügung zu stehen.
»Glaubst du, es wird gutgehen?« fragte Anne.
»Eine Zeitlang bestimmt«, nickte Lyon. »Aber sie legt alles darauf an, sich selbst ins Unglück zu stürzen — das große Haus, das viele Personal, die Trinkgelage auf ihre Kosten. Sie ist wieder einmal ein Star, und daran ist sie schon früher beinahe gestorben.«
»Wenn sie zusammenbricht ...« Anne konnte ihr Mitleid nicht unterdrücken. Es war so etwas Erbarmungswürdiges an Neelys Zerstörungstrieb.
»Das wird sie garantiert tun.«
»Und dann?«
»Dann wird es zu einem neuen Comeback kommen, und so weiter und so weiter, solange ihr Körper mitmacht. Es herrscht eine Art Bürgerkrieg zwischen ihrer Unbeherrschtheit, ihrem Talent und ihren physischen Kräften. Irgend etwas muß vor die Hunde gehen.«

Anne bedauerte, daß sie sich dazu hatte überreden lassen, diese Silvesterfeier zu veranstalten. Sie starrte die endlose Gästeschar an. Es war ein ständiges Kommen und Gehen, die Leute drängten sich im Aufzug und standen in Dreierreihen an der Bar. Verschiedene Broadwaygrößen trafen ein. Es war ein Uhr vorbei, und sie hatte Lyon seit einem kurzen Kuß um Mitternacht nicht mehr gesehen. Jetzt war bereits der erste Januar, Jens zweiter Geburtstag. Sie verdrückte sich diskret und ging durch den Korridor ins Kinderzimmer. Im Schein der schwachen Lampe sah sie die Umrisse des schlafenden Kindes. »Prosit Neujahr, mein Engel«, flüsterte Anne. »Ich liebe dich ... o Gott, wie sehr ich dich liebe!« Sie beugte sich über die Kleine und küßte die klare Stirn, dann zog sie sich leise zurück. Das Wohnzimmer war eine einzige Schallmauer, auch der Salon quoll beinahe über, und an der Bar drängten sich die Gäste. Sie ging in ihr Schlafzimmer, löschte das Licht, und hoffte, daß keiner ins Zimmer kommen würde. Ihr Kopf schmerzte zum Zerspringen.

Sie streckte sich auf dem Bett aus. Das laute Gelächter schien aus weiter Ferne zu kommen. Musikfetzen drangen an ihr Ohr ... Von irgendwo hörte sie das Splittern von Glas ... Plötzlich vernahm sie Schritte. Zwei Schatten betraten das Zimmer. Sie blieb reglos auf dem Bett und hoffte, nicht bemerkt zu werden.

»Schließen wir die Tür«, flüsterte das Mädchen.

»Unsinnn. Das würde auffallen.«

Das war Lyons Stimme.

»Ich liebe dich, Lyon.« Die Stimme des Mädchens kam ihr bekannt vor.

»Aber du bist doch noch ein kleines Mädchen.«

»Das ist mir egal. Ich liebe dich. Vorige Woche war meine Show viel besser als bisher, weil du persönlich die Aufsicht geführt hast.«

Sein Kuß brachte sie zum Schweigen.

»Lyon ... wirst du jede Woche dort sein?«

»Ich will es versuchen.«

»Versuchen genügt nicht. Du mußt kommen!« bettelte sie. »Lyon, ich bin eine der besten Zugnummern der Agentur ...«

»Willst du meine Liebe erpressen, Margie?« fragte er kühl.

»Hat Neely O'Hara das getan?«

»Zwischen Neely und mir ist nie etwas gewesen.«

»Ha! Na, zwischen uns wird jedenfalls eine Menge sein. Ach, ich bin verrückt nach dir.«

Wieder küßte er sie. »Sei jetzt ein artiges Kind. Gehen wir zu den anderen, ehe unsere Abwesenheit auffällt.«
Anne lag ganz still, bis sie fort waren. Dann stand sie auf und strich sich ihr Kleid glatt. Sie ging ins Badezimmer und nahm eine rote Kapsel. Sonderbar, aber sie verspürte keinen Schmerz. Jetzt war es also Margie Parks ... Diesmal tat es ihr nicht mehr so weh. Sie liebte Lyon immer noch, aber eben weniger. Nach Neelys Abgang war er liebevoller als je zuvor gewesen. Aber sie hatte ihren Sieg nicht genossen. Etwas oder ein Teil ihrer selbst war seit der Affäre mit Neely dahin. Sie wußte jetzt, daß es immer eine Neely oder eine Margie geben würde ... aber jedesmal würde sie ein bißchen weniger darunter leiden, und danach würde sie Lyon etwas weniger lieben – bis eines Tages nichts mehr übrigblieb: kein Schmerz, aber auch keine Liebe.
Sie bürstete sich die Haare und frischte ihr Make-up auf. Sie sah gut aus. Sie hatte Lyon, die schöne Wohnung, die hübsche Tochter, eine beachtliche eigene Karriere, New York – alles, was sie sich jemals gewünscht hatte. Und von jetzt an würde nichts mehr sie ernstlich verletzen können. Tagsüber gab es zahllose Verpflichtungen, und nachts – in den einsamen Nächten – waren die prachtvollen Puppen immer ihre willfährigen Gesellschafter. Heute abend gönnte sie sich zwei Stück. Warum auch nicht? Schließlich war ja Silvester!

Die Liebesmaschine

Drei Frauen lieben ihn, den brillanten, rücksichtslosen Robin Stone. Sie kommen von ihm nicht los und können ihn doch auch nicht halten:
Maggie, die ehrgeizige junge Schauspielerin, die weiß, was sie will...
Amanda, das Top-Modell, schön und jung und doch schon vom Tod bedroht...
Judith, aristokratisch, reich, verheiratet, die verzweifelt nach Liebe sucht, ehe es zu spät ist...
Sie sind die Hauptakteure in jener harten, überhitzten Welt der Unterhaltungsindustrie, die Robin Stone erobern will, denn für ihn ist es die Welt des großen Geldes und der Macht. Aber hinter dem Erfolg, den teuren Restaurants, luxuriösen Büros und Privatflugzeugen, dem ganzen verschwenderischen Leben verbirgt sich noch eine andere Welt, von der die Öffentlichkeit nichts weiß – eine Welt zügelloser Orgien, »freier« Partys und zwielichtiger Geschäfte, bei denen Gefühl und Sex kaltblütig verschachert werden...

Lizenzausgabe mit freundlicher Genehmigung des
Scherz Verlages, Bern und München

Titel der Originalausgabe »The Love Machine«
Aus dem Amerikanischen von Gerhard Vockamp

Prolog

Der Mensch schuf die Maschine.
Eine Maschine empfindet keine Liebe, keinen Haß, keine Furcht; sie leidet weder an Magengeschwüren noch an Herzanfällen oder seelischen Störungen.
Vielleicht besteht die einzige Überlebenschance des Menschen darin, zur Maschine zu werden.
Einigen Menschen ist das gelungen.
Oft werden Gesellschaften von einer Maschine, die sich als Mensch ausgibt, regiert – ein Diktator zum Beispiel ist in seinem Land eine Machtmaschine. Ein begabter Künstler kann sich in eine Talentmaschine verwandeln.
Manchmal merkt der Mensch gar nicht, daß er zur Maschine wird. Vielleicht beginnt es damit, wenn er zum erstenmal sagt: «Ich bin verletzt» und sein Unterbewußtsein erwidert:
«Wenn ich alles Gefühl aus meinem Leben verbanne, kann ich nicht verletzt werden!»
Hätte man Amanda gesagt, daß es sich bei Robin Stone so verhalte, hätte sie gelacht – denn Amanda liebte ihn.
Robin Stone war ein gutaussehender Mann.
Er konnte nur mit den Lippen lächeln.
Er konnte beim Denken die Gefühle ausschalten.
Er konnte sie nur mit dem Körper lieben.

Robin Stone war die Liebesmaschine.

AMANDA

1

Um neun Uhr morgens stand sie auf den Eingangsstufen zum Hotel Plaza. Sie zitterte vor Kälte in dem leichten Leinenkleid. Eine der Sicherheitsnadeln, die das Kleid im Rücken zusammenhielten, fiel mit leisem Klirren zu Boden. Sie wurde eilends von einer Garderobiere ersetzt. Inzwischen legte der Fotograf einen neuen Film ein, besprühte der Friseur ein paar Haarsträhnen mit Spray. Dann ging es weiter. Die neugierige Menge, die sich ringsum versammelt hatte, war begeistert, daß sie eine der sagenumwobenen Schönheiten zu Gesicht bekam – ein Topmodell, das dort oben im dünnen Sommerkleid dem scharfen, kalten Märzwind trotzte. Die Schneewehen im Central Park, deren kühler Anblick an den kürzlichen Schneesturm erinnerte, verstärkten noch den seltsamen Eindruck dieser Szene. Die behaglich in ihre Wintermäntel gehüllten Menschen waren plötzlich nicht mehr neidisch auf das schimmernde Geschöpf vor ihnen, das an einem Vormittag mehr verdiente als sie selbst in einer ganzen Woche.

Amanda fror. Sie achtete nicht auf die Menge. Sie dachte an Robin Stone. Manchmal half es, an Robin Stone zu denken, besonders, wenn sie eine wundervolle Nacht zusammen verbracht hatten.

An diesem Morgen waren ihre Gedanken aber nicht tröstlich. Amanda hatte keine wundervolle Nacht mit Robin verbracht. Er hatte überhaupt nichts von sich hören lassen. Zwei Vorträge hatte er halten müssen, den einen Samstag in Baltimore, den anderen am Sonntag bei irgendeinem Essen in Philadelphia. »Um sieben pfeffere ich denen meine Rede hin und bin gegen zehn wieder in New York«, hatte er versprochen. »Dann gehen wir in die Lancer Bar eine Kleinigkeit essen.« Bis zwei Uhr morgens hatte sie ausgehfertig herumgesessen. Nicht einmal ein Anruf.

Der Fotograf war fertig. Der Moderedakteur eilte mit einem Mantel und heißem Kaffee zu Amanda. Sie ging ins Hotel, sank in einen der wuchtigen Lehnsessel, die in der Halle standen, und schlürfte ihren Kaffee. Allmählich tauten die Eiskristalle in ihren Adern auf. Gott sei Dank kamen jetzt Innenaufnahmen.

Amanda trank den Kaffee aus und ging hinauf in das für die Dauer der Aufnahmen gemietete Apartment. Sauber aufgereiht hingen dort die Modellkleider. Sie ließ sich von der Garderobiere aus dem Leinenkleid helfen, zog ein Paar Sommerhosen »fürs Haus« an, achtete darauf, daß die Schaumgummieinlagen ihres Büstenhalters richtig saßen, und überprüfte ihr Make-up. Als sie mit dem Kamm durch das volle, leicht honigfarben getönte Haar fuhr, knisterte es. Sie hatte es sich gestern selbst gewaschen und so frisiert, wie Robin es gern mochte; lang und lose fallend. Am Nachmittag standen ihr noch drei Stunden Aufnahmen für die Alwayso Cosmetics bevor, da würde man ihr wahrscheinlich eine andere Frisur machen. Jerry Moss mochte es lieber, wenn sie das Haar aufgesteckt trug; er behauptete, das gebe dem Artikel mehr Klasse.

Um elf schloß Amanda sich ins Bad ein und zog ihre eigenen Sachen an. Aus einer großen Tasche holte sie Zahnbürste und Zahnpasta und putzte sich die Zähne von oben nach unten. Bei Alwayso waren heute nachmittag die Lippenstiftfarben für den Sommer dran. Dem Himmel sei Dank für ihre Zähne, dem Himmel sei Dank für ihr Haar. Und ihr Gesicht. Die Beine waren gut, die Hüften schmal, sie war groß. Der Himmel hatte es sehr gut mir ihr gemeint. Nur eins hatte er vergessen. Betrübt starrte Amanda auf ihren falschen Busen. Sie dachte an all die Frauen, die ihr bei den Aufnahmen zugesehen hatten: Arbeiterinnen, Sekretärinnen, Hausfrauen mit schlechten Figuren und plumpen Fesseln – aber sie alle hatten Busen, den sie als etwas Selbstverständliches ansahen. Amanda war flach wie ein Knabe.

Seltsam, daß gerade das für ein Fotomodell die ideale Voraussetzung war. Für ihr Privatleben allerdings weniger. Sie erinnerte sich noch, wie enttäuscht sie mit zwölf Jahren gewesen war, als den anderen Mädchen in der Klasse da oben so zwei »Höcker« wuchsen. Sie war zu Tante Rose gerannt. Tante Rose hatte gelacht. »Die kommen schon noch, mein Herz; wollen wir hoffen, daß sie nicht so groß werden wie bei deiner Tante Rose!«

Aber sie waren nicht gekommen. Als Amanda vierzehn wurde, meinte Tante Rose: »Sieh mal, der liebe Gott hat dir ein hübsches Gesicht gegeben und einen gesunden Verstand. Außerdem kommt es darauf an, daß ein Mann dich um deiner selbst willen liebt.«

Solange Amanda zu Hause in der Küche saß und Tante Rose zuhörte, war gegen diese schlichte Logik nichts einzuwenden; damals ahnte ja niemand, daß sie einmal nach New York gehen und mit all den Menschen zusammenkommen würde, die sie heute kannte.

Zum Beispiel mit dem Sänger – in Gedanken nannte sie Billy nie anders. Als sie sich kennenlernten, war Amanda achtzehn und hatte gerade als Fotomodell angefangen. Schon auf der Schule hatte sie Billys Platten gespielt und mit zwölf Jahren einmal zwei Stunden nach einer Karte für ein Gastspiel angestanden. Ihm dann später in New York auf einer Party persönlich zu begegnen, war wie ein Traum gewesen, war »Liebe auf den ersten Blick«, wie Billy einem Klatschkolumnisten verriet. Vom selben Abend an gehörte Amanda zu seinem Kreis – ein für sie völlig neuer Lebensstil: Wagen mit Chauffeur, Nachtklubpremieren und überall ein ganzer Schwarm von Textern, Agenten, Arrangeuren, Journalisten. Obgleich Amanda niemanden kannte, wurde sie sofort als Mitglied in die Familie aufgenommen. Sie staunte über die Rasanz, mit der Billy ihr den Hof machte, und über die damit verbundene Publicity; vor den Kameras hielt er ihre Hand und küßte sie auf die Wange. Am fünften Abend waren sie endlich allein – in seiner Hotelsuite.

Bis dahin hatte Amanda noch nie ein Apartment im Waldorf betreten. Sie wohnte damals noch im Babizon-Hotel für Frauen. Bewundernd blieb sie mitten im Zimmer stehen und starrte auf die vielen Blumen und Flaschen. Billy küßte sie, band seine Krawatte ab und deutete mit einer Kopfbewegung zum Schlafzimmer. Brav folgte sie ihm. Er zog sich das Hemd aus und streifte lässig die Hose ab. »Was ist, mein Engel? – Mach dich frei!«

Amanda schlug das Herz im Halse. Langsam zog sie sich aus, bis auf Höschen und Büstenhalter. Billy küßte ihr Mund, Nacken und Schultern und nestelte dabei an ihrem Büstenhalter, der schließlich zu Boden fiel. Sichtlich enttäuscht trat der Sänger einen Schritt zurück. »Herrgott, Baby, zieh den BH wieder an.« Er sah an sich herunter und lachte. »Mein Charlie ist vor Schreck zusammengebrochen.«

Amanda zog den Büstenhalter wieder an, alles andere gleich dazu, und rannte aus dem Hotel. Am nächsten Tag schickte Billy ihr Blumen, belagerte sie mit Telefonanrufen, verfolgte sie. Amanda ließ sich erweichen, sie verlebten drei wundervolle Wochen zusammen, und wenn sie mit ihm ins Bett ging, behielt sie den Büstenhalter an.

Nach drei Wochen kehrte der Sänger an die kalifornische Küste zurück. Er rief nie wieder an. Um sein Gewissen zu beruhigen, schenkte er ihr zum Abschied einen Nerzmantel. – Amanda würde nie Billys verblüfftes Gesicht vergessen, als er feststellte, daß sie noch Jungfrau war.

Die Fotos und Gesellschaftsnotizen in der Presse trugen ihr einen Anruf der Agentur Nick Longworth ein. Amanda schloß einen Vertrag, und ihre Karriere als Fotomodell begann. Anfangs verdiente sie fünfundzwanzig Dollar die Stunde; heute, fünf Jahre später, gehörte sie zu den zehn amerikanischen Topmodellen und wurde mit runden sechzig Dollar die Stunde notiert. Nick Longworth fütterte sie mit Modeheften und ließ sie zum Mannequin ausbilden. Vom Babizon zog sie in ein hübsches Apartment auf der East Side, wo sie die meisten Abende allein verbrachte. Sie kaufte sich ein Fernsehgerät und eine Siamkatze, las aufmerksam die Zeitschriften und konzentrierte sich auf ihre Arbeit . . .

Robin Stone platzte auf einem Wohltätigkeitsball in ihr Leben. Zusammen mit fünf Kolleginnen war Amanda ausersehen worden, bei einem Wohltätigkeitsfest im Waldorf Kleider vorzuführen. Die Plätze kosteten hundert Dollar. Tanz und Unterhaltungseinlagen fanden wie üblich im großen Saal statt, und wie üblich kamen die Spitzen der Gesellschaft. Eines allerdings unterschied diesen Ball von all den anderen glanzvollen Wohltätigkeitsveranstaltungen: Mrs. Gregory Austin stand dem Festausschuß vor. Mrs. Gregory Austins Ball fand nicht nur in der gesamten Presse Beachtung, sondern wurde im Regionalprogramm des Senders IBC übertragen. – Warum auch nicht? Mr. Austin gehörte ja schließlich die Sendeanstalt.

Der große Saal des Waldorf war brechend voll. Die Mannequins wurden, da sie immerhin ihre Zeit zur Verfügung stellten, wie »zahlende Gäste« behandelt. Amanda saß mit den fünf anderen an einem Tisch und stocherte in ihrem Essen herum. Die IBC hatte den Mädchen sechs mittlere Angestellte als Begleiter zugeteilt, sympathische, höfliche Männer. Zunächst machten sie brav Konversation, gerieten aber bald untereinander in ein Gespräch über Testzahlen und Programmänderungen. Amanda hörte kaum zu. Verstohlen beobachtete sie den Tisch, an dem Mrs. Gregory Austin mit ihren Bekannten saß. Amanda kannte Judith Austin von Zeitungsfotos und freute sich, daß die prominente Dame der Gesellschaft ihr Haar genau in dem gleichen Ton gefärbt hatte wie sie. Amanda schätzte sie auf über vierzig – eine blendende Erscheinung, klein und von vollendet unauffälliger Eleganz. Frauen wie Judith Austin hatte Amanda im Anfangsstadium ihrer Ausbildung nachzuahmen versucht. Natürlich konnte sie sich auch heute noch nicht die Kleider leisten, die Mrs. Austin trug, wohl aber deren Kopien.

Nach dem Essen ging sie in den Ankleideraum, um sich für den Laufsteg fertigzumachen. Die IBC-Kameras waren schon aufgebaut. Die Modeschau sollte live in den Elf-Uhr-Abendnachrichten kommen. Amanda saß wartend mit ihren Kolleginnen in der Garderobe. Es klopfte leise. Robin Stone kam herein, um die Namen aufzuschreiben. Sie sagte »Amanda«. Er schrieb es auf und wartete. Lächelnd belehrte sie ihn: »Nur Amanda – das ist alles.« Ihre Augen trafen sich, auch er lächelte. Als er durch den Raum ging und die übrigen Namen aufschrieb, ließ sie keinen Blick von ihm. Er war sehr groß; die Art, wie er sich bewegte, gefiel ihr. Ein paarmal hatte sie ihn im Nachrichtenprogramm gesehen, bevor sie auf den Spätfilm bei CBS umschaltete, und ganz dunkel erinnerte sie sich, daß Robin Stone einmal den Pulitzer-Preis für Zeitungsreporter bekommen hatte. Das Fernsehen war bestimmt nicht das Richtige für ihn. Er hatte dichtes, dunkles Haar mit einem Anflug von Grau. Aber das wirklich Aufregende an ihm waren seine Augen, die sie plötzlich ansahen und ihren Blick festhielten – beinahe abschätzend. Dann grinste er leicht und ging.

Amanda sagte sich, daß er wahrscheinlich mit einer Frau verheiratet war, die so aussah wie Mrs. Austin. Bis zum Ende der Modeschau hatte sie sich dazu noch zwei Kinder vorgestellt, die ihrem Vater aufs Haar glichen.

Als er klopfte, war sie schon umgezogen. »Hallo, Miss Vorname«, sagte er grinsend. »Gibt es einen Mr. Vorname, der zu Hause auf Sie wartet, oder haben Sie Zeit, mit mir ein Bier zu trinken?«

Sie ging mit Robin ins P. J., drehte ein Glas Coca-Cola in der Hand und sah staunend, wie er fünf Wodkas trank und dabei völlig nüchtern blieb. Dann ging sie, ohne daß ein Wort darüber gewechselt wurde, mit ihm in seine Wohnung. Nur der Druck seiner Hand verriet, was er wünschte.

Fast wie in Hypnose betrat sie das Apartment. Ohne jede Furcht stand sie vor ihm, zog sich aus, dachte nicht an ihren Busen. Als sie zögerte, den Büstenhalter abzunehmen, trat Robin zu ihr und streifte ihn ab.

»Bist du enttäuscht?« fragte sie. Er schleuderte den ausgestopften Büstenhalter durchs Zimmer. »Nur Kühe brauchen Zitzen!« dann schloß er sie in die Arme, beugte sacht den Kopf und küßte ihre Brust. Noch nie hatte ein Mann das getan. Zitternd umfaßte sie seinen Kopf.

In jener ersten Nacht nahm er sie wortlos und behutsam, bis ihre erschöpften Körper voneinander ließen. Robin zog sie an sich.

»Willst du mein Mädchen sein?« fragte er. Statt einer Antwort klammerte sie sich nur noch fester an ihn. Er löste sich aus der Umarmung, seine klaren blauen Augen suchten ihr Gesicht. Die Lippen lächelten. Aber die Augen blieben ernst. »Kein Gängelband, keine Versprechungen, keine Fragen – auf beiden Seiten nicht, okay?«

Sie nickte stumm. Wieder griff er nach ihr und drang in sie mit einer seltsamen Mischung von Gewalttätigkeit und Zärtlichkeit. Schließlich sanken sie erschöpft und befriedigt zurück. Amanda warf einen Blick auf die Nachttischuhr. Es war drei. Sie schlüpfte aus dem Bett, aber Robin packte blitzschnell ihr Handgelenk. »Wohin willst du?«

»Nach Hause.«

Er verdrehte ihr das Handgelenk, daß sie vor Schmerzen aufschrie. »Wenn du mit mir schläfst, dann bleibst du! Dann gehst du nicht!«

»Aber ich muß. Ich bin im Abendkleid!«

Er ließ sie los, stand auf und zog sich an. »Dann komme ich mit zu dir.«

Sie lächelte. »Angst, allein zu schlafen?«

Seine Augen wurden dunkel. »Sag so etwas nicht noch einmal! Ich schlafe allein. Aber wenn ich mit einem Mädchen ins Bett gehe, schlafe ich mit ihr!«

Sie fuhren zu ihrer Wohnung. Dort gab sie sich ihm zum drittenmal hin. Als sie in seinen Armen einschlief, war sie von einem so brennenden Glücksgefühl erfüllt, daß ihr alle anderen Frauen auf der Welt leid taten, weil sie Robin Stone nicht kennenlernen würden.

Heute, drei Monate später, hatte sich sogar ihr Siamkater Slugger an Robin gewöhnt und kuschelte sich nachts an seine Füße.

Robin verdiente nicht viel Geld. An den Wochenenden ging er häufig auf Vortragsreisen, um sein Einkommen aufzubessern. Es machte Amanda nichts aus, auf die eleganteren Restaurants zu verzichten; ihr gefiel es im P. J., in der Lancer Bar, dem Piccolo Italia oder im Klub 21 – Robins Stammlokalen. Sie teilte auch seine Vorliebe für doppelte Kinovorstellungen und bemühte sich verzweifelt, den Unterschied zwischen Demokraten und Republikanern zu kapieren. Manchmal saß sie stundenlang in der Lancer Bar und hörte zu, wenn Robin und Jerry Moss politisierten. Jerry wohnte in Greenwich. Seine Agentur verwaltete den Werbeetat der

Alwayso Cosmetics, und aus Freundschaft zu Robin hatte er Amanda die Lippenstiftaufnahmen verschafft.

Sie stand vorm Badezimmerspiegel des Plaza-Hotels, zog ihr Wollkleid an und ging in den Salon. Den Behelfstisch hatte man schon wieder weggebracht. Der Fotograf packte seine Sachen zusammen; er hieß Iwan Greenberg und war ein guter Freund von ihr. Amanda winkte ihm und den Leuten, die die Kleider einpackten, zu und ging. Wie ein goldener Traum, mit lang wehenden Haaren, lief sie die Treppen hinab; der braune Nerz des Sängers warf seidige Wellen.

Aus der Hotelhalle rief sie den Auftragsdienst an. Kein Wort von Robin. Darauf wählte sie seine Nummer; hohl schrillte das Rufzeichen, so, wie es nur klingt, wenn niemand zu Hause ist. Sie hängte ein. Es war fast Mittag. Wo, um alles in der Welt, mochte er sein?

2

Er war im Hotel Bellevue Stratford in Philadelphia.

Beim Aufwachen dämmerte es ihm, daß er den Vormittag so gut wie verschlafen hatte. Auf dem Fenstersims gurrten Tauben. Er schlug die Augen auf und wußte genau, wo er sich befand. Wenn er in einem Motel übernachtete, wußte er es manchmal nicht, weil alle Motelzimmer gleich aussahen; dann mußte er sich jedesmal erst auf die Stadt besinnen, in der er war, oder auf den Namen des Mädchens neben ihm im Bett. An diesem Morgen war er allein, und es war auch kein Motelzimmer, in dem er lag. Das liebe alte Philadelphia mit seinem Bankett für den »Mann des Jahres« hatte ihm ein ganzes Apartment spendiert.

Er tastete nach seinen Zigaretten. Die Packung war leer. Nicht mal eine anständige Kippe lag im Aschenbecher.

Telefonisch bestellte er ein großes Glas Orangensaft, Kaffee und zwei Schachteln Zigaretten. Dann fischte er sich die am besten erhaltene Kippe heraus, zupfte das verkohlte Ende ab und zündete sie an. In dem Aschenbecher auf der anderen Seite des Betts lagen längere Kippen, mit orangefarbenem Lippenstift am Mundstück; aber er nahm keine davon, vielmehr stand er auf, schüttete sie in die Toilette und sah zu, wie sie weggespült wurden. Dabei hatte er das Gefühl, auch das Mädchen aus seinen Gedanken zu verbannen. Mann, er hätte schwören können, daß sie noch ledig war. Verheiratete Frauen, die auf ein Abenteuer aus waren, erkannte er meistens auf den ersten Blick. Die hier hatte ihn glatt getäuscht; vielleicht, weil sie ein gutes Stück über dem Durchschnitt stand. Na ja, sie waren alle nur etwas für eine Nacht. Was interessierten ihn die Ehemänner! Grinsend sah er auf die Uhr. Gleich zwölf. Er mußte um zwei den Zug nach New York erreichen.

Heute abend würde er mit Amanda feiern und auf Gregory Austin anstoßen, den Mann, der ihn aus diesem Dasein erlöste. Immer noch kam es ihm unwirklich vor; so wenig glaubwürdig wie Austins Anruf am Samstag morgen um neun. Erst hatte Robin gedacht, es sei ein Schwindel – der Aufsichtsratsvorsitzende des Senders IBC rief persönlich einen Nachrichtenkommentator an? Austin hatte gelacht und ihm empfohlen, zurückzurufen und sich zu vergewissern. Genau das tat Robin; schon beim ersten Rufzeichen hob Austin ab. Ob Mr. Stone sofort in sein Büro kommen könne? Zehn Minuten später stand er vor Gregory Austins Schreibtisch – mit Koffer, denn er mußte mit dem Mittagszug nach Baltimore.

Austin saß allein in seinem prächtigen Büro; er kam sofort zur Sache: Was Robin davon halte, Chef der Abteilung Nachrichten zu werden? Außerdem würde er es begrüßen, wenn Robin Pläne für eine Erweiterung der Abteilung entwickeln und anläßlich der Parteikonvente im Sommer ein eigenes Team aufstellen könne. Robin hielt sehr viel davon. Allerdings war »Chef der Abteilung Nachrichten« ein rätselhafter Titel. Morgan White war Präsident der Abteilung Nachrichten und Randolph Lester Vizepräsident. Was »Chef der Abteilung Nachrichten« bedeute, erkundigte er sich. Es bedeutete fünfzigtausend im Jahr, doppelt soviel, wie er jetzt verdiente, und zur Titelfrage meinte Austin: »Wir wollen es vorläufig mal dabei lassen, einverstanden?«

Eine phantastische Ausgangsposition! Als Austin erfuhr, daß Robin noch ein Jahr an seinen Rednervertrag gebunden war, erledigte er das mit zwei Anrufen. Der eine galt der Agentur, die die Verträge vermittelte, der andere seinem Rechtsanwalt, den er beauftragte, Robins Vertrag abzulösen. So einfach ging das – so einfach und so unauffällig. Robin sollte der IBC eine Woche lang fernbleiben und über die getroffene Vereinbarung Stillschweigen bewahren. Nächsten Montag sollte er den neuen Job übernehmen. Gregory Austin wollte seine Anstellung selbst bekanntgeben.

Robin schenkte sich Kaffee ein und zündete sich eine Zigarette an. Die schwache Wintersonne schien durch die Hotelfenster. Heute in einer Woche also würde er die neue Stelle bei der IBC antreten.

Nach einem tiefen Zug an der Zigarette verflüchtigte sich mit dem Rauch auch etwas von seiner guten Laune. Er drückte die Zigarette aus und hatte, ausgelöst durch diese Geste, plötzlich das Mädchen mit dem orangefarbenen Lippenstift vor Augen. Wie hieß sie nur? Peggy? Betsy? Beide Namen sagten ihm nichts. Aber so ähnlich war er gewesen. Billie, Mollie, Lillie? Was soll's? So wichtig war es nicht. Er lehnte sich zurück und schob den Kaffee zur Seite. Als er noch an der Harvard-Universität studierte, war er einmal übers Wochenende nach New York gefahren und hatte sich eine Show angesehen: »Lady in the Dark.« Darin kam ein Mädchen vor, das sich nur an bestimmte Takte einer Melodie erinnern konnte. Das gleiche passierte ihm gelegentlich, nur war es bei ihm keine Melodie, sondern ein visueller Eindruck, ein Bild ... das er nie ganz deutlich sah, er erahnte es nur. Es war ihm dann, als stände er dicht vor einer wichtigen Erinnerung, die das Gefühl süßer Wärme bei ihm auslöste, ein Glücksgefühl, das zum Schluß in schreckliche Angst umschlug. Es kam selten vor, aber letzte Nacht war es passiert; einmal ein flüchtiger Erinnerungsblitz – nein, zweimal! Das erstemal schon, als das Mädchen zu ihm ins Bett schlüpfte und er ihren weichen, bebenden Körper spürte – sie hatte einen wundervollen Busen. Gewöhnlich achtete er nicht sonderlich auf Busen. Robin flog auf schlanke, sehnige Frauen – möglichst blond.

Doch das Mädchen von heute nacht war dunkelhaarig gewesen und hatte einen wunderbaren, vollen Busen. Merkwürdig, daß sie ihn gereizt hatte. Jetzt fiel es ihm wieder ein. Im Orgasmus hatte er etwas gerufen. Aber was? Im allgemeinen tat er das nie, weder bei Amanda noch bei irgendeinem andern Mädchen, mit dem er schlief. Aber daß er diesmal etwas gerufen hatte, wußte er genau, und er wußte auch, daß es früher schon vorgekommen war und er sich hinterher nie an die Worte erinnern konnte.

Robin zündete sich eine neue Zigarette an und zwang sich, an die Zukunft zu denken. Er hatte allen Grund zum Feiern. Eine ganze freie Woche lag vor ihm. Mit dem Frühstück war auch eine Lokalzeitung gekommen. Auf Seite drei war er neben dem kahlköpfigen, dicken Richter abgebildet, der »Mann des Jahres« geworden war und auf den er die Laudatio gehalten hatte.

In der glücklichen Gewißheit, nie mehr eine Rede halten zu müssen, schlürfte er seinen Kaffee. Anfangs hatte alles so einfach ausgesehen. Nachdem er etwa ein Jahr als Redakteur für Lokalnachrichten bei der IBC tätig war, trat Clyde Watson, der Direktor der Universal Lecture Agency, die im ganzen Land Redner vermittelte, an ihn heran. »Meine Agentur könnte für Sie Wochenendvorträge abschließen. Ich bin überzeugt, daß wir fünfhundert, vielleicht sogar siebenhundertfünfzig verlangen können.«

»Wofür?«

»Suchen Sie sich die Themen aus. Ich habe Ihre Kolumnen gelesen.« Er deutete auf einen Ordner. »Erzählen Sie etwas Lustiges aus Ihrer Journalistenzeit, und verbinden Sie das mit irgendeinem passenden Thema. Sie werden viel Arbeit haben.«

»Weshalb sollten sich die Leute meine Vorträge anhören?«

»Schauen Sie in den Spiegel, Mr. Stone. Künstler und Redner werden bei mir hauptsächlich von Frauenvereinen angefordert, und die haben die Nase voll von Professoren mit Glatze oder Komikern ohne Sex-Appeal. Sie, Stone, würden einigen Glanz in ihre Hütten bringen. Ein Kriegsberichterstatter, ein Pulitzer-Preisträger – Sie wären an Vortragspulten und Ehrentafeln sehr gefragt.«

»Und wo bleibt die Zeit für mein Buch?«

»Ein Buch wollen Sie auch noch schreiben? Legen Sie es fürs erste beiseite. Sie würden Jahre brauchen. Aber mit den Verträgen können Sie in zwei Jahren genug sparen, um ein ganzes Jahr auszusetzen. Ziehen Sie sich an einen stillen Ort zurück. Wer weiß, vielleicht kommt ein zweiter Pulitzer-Preis dabei heraus. Sie wollen doch nicht Ihr Leben lang Fernsehkommentator bleiben, oder?«

Es klang höchst verlockend, trotz der fünfunddreißig Prozent, die die Agentur bekam. Robin unterschrieb bereitwillig. Seinen ersten Vortrag hielt er in Houston, dreihundertfünfundzwanzig für ihn. Dann las er das Kleingedruckte: Tagesspesen und Hotelzimmer gingen zu seinen Lasten. Von seinem ersten Honorar blieben ihm ganze dreiundreißig Dollar. Als er versuchte, aus dem Vertrag auszusteigen, hatte Watson höflich gelächelt. Das stehe ihm selbstverständlich frei – wenn er die Ablösesumme zahle.

Seither war Robin ein Jahr lang mit dem Flugzeug durch die Lande gereist, hatte seine ein Meter neunzig in die engen Sitze gezwängt und war oftmals die Nacht durchgeflogen, neben sich fette Weiber und schreiende Babys und vor sich die Aussicht auf diese schrecklichen Motels. Daß man ihm ein Hotelapartment zur Verfügung stellte wie in Philadelphia, war eine große Ausnahme.

Gott sei Dank, das war aus und vorbei. Jetzt war er »Chef der Abteilung Nachrichten«!

Von dem ersten Geld, das er mit seinen Vorträgen verdiente, hatte er sich eine Wohnung gemietet; nichts Aufregendes, aber immerhin besser als ein Hotelzimmer. Er legte sich einen neuen Schreibtisch zu, ersetzte seine winzige Reiseschreibmaschine durch eine neue elektrische und besorgte sich einen großen Stapel Schreib- und Durchschlagpapier. Leider hatte er fast nie Zeit, sich in der Wohnung aufzuhalten, denn tagsüber war er im Studio beschäftigt, die Nächte gehörten den Mädchen und dem Alkohol, und an Wochenenden reiste er. Das hörte jetzt auf. Er würde sich mit Bravour auf den neuen Job stürzen, jeden Cent, den er übrig hatte, sparen und sein Buch schreiben.

Manchmal zweifelte Robin an seiner schriftstellerischen Begabung. Konnte er wirklich schreiben? Der Pulitzer-Preis bewies gar nichts. Journalist sein bedeutete nicht, daß man auch ein Buch in der Feder hatte. Und er wollte ein Buch schreiben, unbedingt.

Materielle Dinge bedeuteten ihm wenig. Das lag vielleicht daran, daß er bis zum Tode seines Vaters, der Kitty, seiner Mutter, ein Vermögen in Höhe von vier Millionen Dollar hinterließ, immer alles gehabt hatte. Wenn Kitty einmal starb, würde das Grundkapitel zwischen Robin und seiner Schwester Lisa geteilt; bis dahin machte sich die glorreiche Kitty mit 12 000 Dollar Zinsen monatlich einen schönen Tag. Komisch, daß er seine Mutter in Gedanken immer die »glorreiche Kitty« nannte. Sie sah blendend aus – klein und blond –, das heißt, der Himmel mochte wissen, ob sie nicht inzwischen rot war. Als sie vor zwei Jahren nach Rom zog, war sie das, was er eine »scheckige« Blondine nannte. Kitty hatte behauptet, es sei Rauhreif. Robin grinste. Für ein neunundfünfzigjähriges Frauenzimmer sah sie wirklich nicht übel aus.

Er hatte eine schöne Kindheit gehabt, selbst während der Schulzeit. Sein alter Herr hatte lange genug gelebt, um für Lisa die größte Hochzeit in der Geschichte Bostons auszurichten. Heute lebte Lisa in San Francisco, ihr Mann war ein Trottel mit Bürstenhaarschnitt und einer der reichsten Grundbesitzer der Westküste. Sie hatten zwei entzückende Kinder – Gott, er hatte sie schon fünf Jahre nicht mehr gesehen. Lisa war . . . mal überlegen . . . als sie geboren wurde, war er sieben – also mußte sie heute dreißig sein. Dreißig Jahre, Mutter und in besten Verhältnissen. Er dagegen streunte immer noch herum. Was ihm nur lieb war. Vermutlich trug sein Vater die Schuld daran. Als Robin ungefähr zwölf Jahre alt war, hatte sein Vater ihn eines Tages zu seinem ersten Golfspiel mitgenommen.

»Du mußt an das Golfspiel herangehen, als wäre es ein Schulfach, wie Algebra – etwas, das man beherrschen muß. Du mußt ein guter Golfspieler werden, mein Junge, denn so manches Geschäft wird auf dem Golfplatz abgewickelt.«

»Hat alles, was man lernt, nur den Zweck, damit Geld zu verdienen?« hatte Robin gefragt.

»Wenn man eine Familie gründen möchte, ja«, erwiderte sein Vater. »Als ich klein war, träumte ich davon, ein berühmter Strafverteidiger zu werden. Doch dann verliebte ich mich in deine Mutter und begnügte mich mit Zivilrecht. Ich kann mich nicht beklagen, ich bin ein sehr reicher Mann geworden.«

»Aber hättest du nicht viel lieber Strafrecht gemacht, Dad?«

»Wenn man erst mal Familie hat, kann man nicht einfach mehr tun, was man möchte. Die Familie geht vor.«

Robin lernte Golf spielen. Als er zur Harvard-Universität ging, hatte er eigentlich geistesgeschichtliche Fächer belegen und im Hauptfach Zeitungswissenschaft studieren wollen. Sein Vater war dagegen gewesen; wie er ja auch wütend geworden war, als er Robin über Tolstoi und Nitzsche erwischte.

»Das nützt dir gar nichts für Jura«, sagte er.

»Ich will kein Jurist werden.«

Sein Vater starrte ihn wütend an und ging hinaus. Am nächsten Tag setzte Kitty ihm liebevoll auseinander, daß er seinen Vater stolz machen müsse, das sei er ihm schuldig, Herrgott noch mal, es schien Robin manchmal, als ob er nur das Wort »schuldig sein« zu hören bekäme. Er war es seinem Vater *schuldig,* Football zu spielen, weil das zu der Vorstellung paßte, die man sich von einem guten Rechtsanwalt machte. Also ließ er sich sämtliche Knochen im Leibe brechen, nur um der beste Verteidiger zu werden, den Harvard damals besaß. Als er 1944 sein Examen ablegte, hätte er Zivilrecht machen können, aber er war damals einundzwanzig, und es war Krieg. Darum meldete er sich zur Luftwaffe, versprach aber, nach seiner Rückkehr die juristische Ausbildung abzuschließen. Es sollte anders kommen. Er flog eine Menge Einsätze, wurde Hauptmann und, durch Schulterschuß verwundet, eines Tages auf Seite zwei der Bostoner Zeitung erwähnt – das zumindest machte seinen alten Herrn stolz auf ihn! Die Verwundung war nicht schwer, wurde aber durch eine alte Sportverletzung kompliziert. Robin mußte in Europa im Lazarett bleiben. Um die Langeweile zu vertreiben, schrieb er über das Leben im Lazarett und die Erlebnisse seiner Kameraden. Den Durchschlag schickte er einem Freund, der der

Northern Press Association angehörte. Der Bericht wurde gedruckt, und Robins Laufbahn als Journalist begann.

Als der Krieg vorbei war, wurde er Korrespondent der NPA. Natürlich mit den gewohnten Vorwürfen seines Vaters und Kittys. Er sei es seinem Vater *schuldig,* sein Jurastudium fortzusetzen. Zum Glück hatte Lisa inzwischen ihren Bürstenhaarschnitt kennengelernt, und der ganze Haushalt drehte sich um die Vorbereitungen zu ihrer Hochzeit. Fünf Tage nach der Hochzeit fiel der alte Herr beim Squash-Spiel tot um – ein Tod, wie Dad ihn sich gewünscht hätte, fand Robin. Im Vollbesitz seiner Kräfte und nach Erfüllung aller familiärer Pflichten.

Robin stand auf und schob den Frühstückswagen beiseite. Er war sein eigener Herr und keinem Menschen auf der Welt etwas schuldig. Und er war entschlossen, es künftig so zu halten.

3

Es begann wie ein normaler Montagmorgen. Die auf Grund der wöchentlichen Einschaltziffern ermittelten Bewertungen lagen auf den Schreibtischen der Abteilungsleiter. Um zehn gab es das erste Anzeichen einer Verwicklung in Gestalt einer einfachen Notiz: »Gregory Austin bittet Danton Miller um halb elf in sein Büro.«

Diese Nachricht wurde von Mr. Austins Privatsekretärin an Danton Millers Privatsekretärin Susie Morgan durchgegeben. Susie kritzelte sie auf ein Blatt Papier, legte sie auf Mr. Millers Schreibtisch neben die Wertungsnoten und ging in den Waschraum.

Dort herrschte schon lebhafter Betrieb. Später – sie war gerade dabei, sich die Wimpern zu tuschen – leistete sie ihren Beitrag zum hausinternen Klatsch: Austin hatte Miller zu sich bestellt! Die erste, die den Waschraum verließ, gab Susies Leckerbissen an eine Freundin in der Rechtsabteilung weiter, und in weniger als fünf Minuten hatte sich die Neuigkeit durchs ganze Haus verbreitet.

Als die Presseabteilung davon erfuhr, tippte Ethel Evans gerade ihren ersten Brief. Ethel war so gespannt, von Susie Näheres zu erfahren, daß sie nicht erst lange auf den Fahrstuhl wartete, sondern die vier Treppen hinunterrannte und atemlos im Waschraum des sechzehnten Stocks ankam. Susie war allein und im Begriff, ihren Lippen den letzten Glanz zu geben.

»Ich habe gehört, dein Boß kriegt seine Papiere«, sagte Ethel. »Wenn Austin Miller an einem Montagmorgen zu sich zitiert, weiß jeder, was das zu bedeuten hat; dein Chef fliegt. Hast du die letzten

Testergebnisse gesehen?«

Susie toupierte ihr Haar, obwohl es gar nicht nötig war; sie haßte Ethel Evans. Aber sie mußte vor allem ihre Sicherheit wiedergewinnen. Ethel Evans saß schließlich nur als eine unter vielen in der Presseabteilung, während sie, Susie, Danton Millers Privatsekretärin war. Ruhig antwortete sie: »Ja, Ethel, ich habe sie gesehen. Aber am schlimmsten ist die Abteilung Nachrichten betroffen, und deren Präsident ist Morgan White. *Er* hätte Grund zum Zittern. Nicht Danton Miller.«

Ethel lachte. »Morgan White ist mit Austins verwandt. Dem kann gar nichts passieren. Dein Boß sitzt in der Klemme.«

Jetzt fuhr Susie doch der Schrecken in die Glieder. Denn wenn Miller entlassen wurde, mußte auch sie gehen. Aber sie ließ sich nichts anmerken und musterte konzentriert ihre Frisur.

Ethel gab es auf. »Na schön, tu nur so, als könne dich das nicht erschüttern, aber ich wette mit dir um ein Steak, daß Dan gehen muß. Sein Stuhl wackelt mächtig.«

Susie blieb allein im Waschraum. Sie machte sich Sorgen um Dan, aber noch mehr Sorgen machte sie sich um ihre eigene Stellung. Wenn ein neuer Mann kam, würde er seine Sekretärin mitbringen . . .

Dan Miller war wirklich nervös. Schon beim Anblick der Testergebnisse hatte er Unheil geahnt, und als Susie ihm die Nachricht auf den Schreibtisch legte, befiel ihn lähmendes Unbehagen.

Um zehn Uhr siebenundzwanzig verließ er sein Büro und ging zum Aufzug. Er warf einen Blick über den Flur. MORGAN WHITE stand in goldenen Lettern drüben auf der gewichtigen Nußbaumtür, hinter der anscheinend nichts die Stimmung trübte. Klar, White konnte nichts passieren. Gregory Austin hatte sich Danton Miller jr. zum Opferlamm erkoren.

Er nickte dem Liftboy flüchtig zu und fuhr ins Dachgeschoß hinauf. Mit einem beherrschten Lächeln ließ er sich von der Sekretärin anmelden; sie erwiderte sein Lächeln und deutete mit einer Handbewegung an, er möchte hineingehen. Beneidenswert, wie sicher und friedlich sie da in ihrem getäfelten und mit einem nahtlosen Spannteppich ausgelegten Wohnzimmer saß.

Dan betrat den geräumigen Empfangsraum, in dem Austin gewöhnlich seine wichtigen Besucher begrüßte – große Konzernherren und Direktoren von Werbeagenturen, die von der IBC für viele Millionen Dollar Sendezeit kauften. Hinter dem Empfangsraum lag noch ein großes Konferenzzimmer und Austins luxuriöses

Privatbüro.

Dan setzte sich auf eins der Ledersofas und starrte verdrossen auf die hübschen altamerikanischen Möbel. Noch war er, Danton Miller jr., Präsident in einer Fernsehanstalt; in fünf Minuten konnte er schon stellungslos sein. Er nahm sich eine Zigarette aus dem Etui. Schwarzes Babykroko, die Fassung aus achtzehnkarätigem Gold. Seine Hände waren schweißfeucht. Er wollte diesen Job nicht verlieren! Die Stellung bedeutete Macht! Wohin konnte er danach noch gehen außer in die Walhalla der Ex-Fernsehpräsidenten, den Klub 21, mit dem täglichen martinifeuchten Vierstundenlunch?

Er starrte aus dem Fenster. Draußen schien eine wässerige Sonne. Es würde bald Frühling werden. Das Sofa, auf dem er saß, würde im Frühling noch hier sein. Er aber nicht mehr. Plötzlich wußte er, wie einem Verurteilten auf dem Weg zum elektrischen Stuhl zumute ist, wenn er die Zeugen seiner Hinrichtung vor sich sieht. Tief sog er die Luft ein, als wolle er jede Sekunde seines Lebens auskosten; als könne es ihm in wenigen Sekunden genommen werden: das große Büro, die Reisen an die Westküste, der Bungalow beim Beverly-Hills-Hotel, die Frauen . . . Dan war kein ausgesprochen religiöser Mensch, trotzdem sandte er jetzt ein Stoßgebet zum Himmel – ein Gelöbnis. Wenn er heute nicht flog, würde alles anders werden. Er würde dafür sorgen, daß die Zuschauerbeteiligung stieg – und wenn er der Konkurrenz die Zugnummer klauen mußte! Vierundzwanzig Stunden am Tag würde er arbeiten. Schluß mit dem Saufen, Schluß mit den Weibern. Das war ein Gelübde, er würde es halten. Hatte er nicht auch seinen Vorsatz gehalten, zum Mittagessen nichts mehr zu trinken?!

Nach Dans Überzeugung war der Mittagsmartini eins der größten Berufsrisiken beim Fernsehen. Darum hatte er sich tagsüber strenge Abstinenz auferlegt. Was er indessen nach Büroschluß tat, hielt er seit eh und je für seine eigene Angelegenheit. Im letzten Jahr hatte er es allerdings übertrieben. Wenn er seinen Job behielt, würde er auch mit der Hurerei aufhören. Er wollte mehrmals in der Woche zu Hause bleiben und sich auf der verdammten Mattscheibe die Konkurrenz ansehen, um herauszufinden, warum die IBC nicht mitkam. Was wollte das Publikum eigentlich sehen, zum Teufel? Nicht mal das Publikum wußte das.

Die mächtige Tür ging auf, und Gregory Austin kam heraus. Dan sprang auf. Sein Chef drückte ihm die Statistik in die Hand und winkte ihm, sich wieder hinzusetzen. Dan studierte die Zahlen, als sähe er sie heute zum erstenmal. Aus dem Augenwinkel beobachtete er, wie Gregory auf und ab ging. Woher nahm der Mann nur seine Energie? Dan war zehn Jahre jünger, aber er hatte nicht diesen federnden Gang; dabei überragte er Austin um etliche Zentimeter. Sogar seine Frau Judith wirkte neben Gregory größer, wenn sie hochhackige Schuhe anhatte. Trotzdem strahlte er Männlichkeit und Kraft aus. Seine ganze Erscheinung sprühte vor Temperament: das rote Haar, die Sommersprossen auf den kräftigen, braungebrannten Händen, die schlanke Figur, die lebhaften Bewegungen und das plötzliche, entwaffnende Lächeln. Es hieß, bevor er seine Frau kennenlernte, habe Austin sich intensiv mit Hollywoodstarlets beschäftigt. Danach hatte für Gregory anscheinend keine andere Frau mehr existiert.

»Was sagen Sie dazu?« fragte er plötzlich.

Dan verzog das Gesicht.

»Fällt Ihnen nichts auf?«

»Wir sind im Keller«, sagte Dan, als sei das eine plötzliche Entdeckung von ihm.

»Fällt Ihnen noch etwas auf?«

Dans Magengeschwür meldete sich mit heftigen Stichen. Er starrte auf zwei Bunte Abende, die unter den letzten zehn eingestuft waren. Sendungen, die er empfohlen hatte. Doch er zwang sich, Austin mit unschuldigen Augen anzublicken. Der klopfte ungeduldig mit dem Finger auf die Liste. »Schauen Sie sich das regionale Nachrichtenprogramm an. Es hat nicht nur seine Werte gehalten, sondern an manchen Abenden sogar die von CBS, ABC und NBC übertroffen. Der Grund dafür ist ein Mann namens Robin Stone.«

»Ich habe ihn verschiedentlich gesehen, er ist ausgezeichnet«, log Dan. Er hatte sich weder den Mann noch die Elfuhrnachrichten jemals angesehen, denn entweder lag er um diese Zeit schon besoffen im Bett, oder er hatte NBC eingeschaltet und wartete auf die »Abendschau«.

»Ich habe ihn mir seit einem Monat jeden Abend angesehen«, stellte Austin fest. »Meine Frau findet ihn glänzend. Und im allgemeinen bestimmen ja die Ehefrauen, auf welchem Kanal ihr Mann die Nachrichten empfängt. Bei allen anderen Sendungen haben vielleicht die Männer das letzte Wort, nur nicht bei den Nachrichten. Die Nachrichten sind nämlich auf allen Sendern gleich. Die Wahl richtet sich einfach danach, welcher Sprecher einem am besten gefällt. Das ist der Grund, weshalb ich Robin Stone aus dem

Regionalprogramm herausgenommen habe. Ich will ihm gemeinsam mit Jim Bold die Siebenuhrnachrichten geben. Ich habe einiges mit ihm vor. In dem Mann steckt eine Menge drin. Wir bauen ihn auf, während er umgekehrt die Siebenuhrsendung aufbaut. Ende dieses Sommers kennt ihn das ganze Land. Stone wird unser As für die Parteikonvente. Wir müssen aus unserer Nachrichtenabteilung etwas machen. Dazu brauchen wir eine Persönlichkeit, und Robin Stone ist unser Mann.«

»Könnte sein«, meinte Dan bedächtig. Er war gespannt, was nun kam. Das war im Grunde Morgan Whites Domäne.

Als könne er Gedanken lesen, fuhr Austin fort: »White muß gehen.« Er sagte es ruhig und sachlich. »Leider kann ich ihn nicht feuern. Er muß kündigen.«

Dan nickte. Er hatte Hemmungen, irgendeinen Kommentar abzugeben, Herrgott, was war er erleichtert, daß seine eigene Hinrichtung aufgeschoben war!

»White ist ein Vetter meiner Frau. Unbegabt, aber stolz. Das liegt in der Verwandtschaft: erstklassige Familie – keine Ahnung vom Geschäft –, aber stolz! Und darauf baue ich. Ich möchte, daß Sie White in einer Aktennotiz mitteilen, Sie hätten Robin Stone als Chef der Abteilung Nachrichten eingestellt.«

Dan nickte langsam. »Morgan wird behaupten, daß ich mir Übergriffe anmaße.«

»Was heißt Übergriffe? Als Präsident haben Sie das Recht, in jeder Abteilung Änderungen vorzuschlagen.«

Dan lächelte. »Vorzuschlagen ja, aber nicht durchzuführen.«

»Wir wollen uns nicht bei Wortklaubereien aufhalten. Jedenfalls wird White zu mir kommen. Ich tue so, als sei ich überrascht, erkläre ihm aber, daß Sie als Präsident berechtigt sind, neue Leute einzustellen.«

»Angenommen, White kündigt nicht.«

»Er wird kündigen«, sagte Austin. »Darauf gehe ich jede Wette ein.« Dan stand auf. Die Unterredung war zu Ende. Er war mit dem Leben davongekommen.

4

Am Tag nach der großen Ankündigung lief der Betrieb bei der IBC wieder normal. Robin Stones Bild erschien mit einem kurzen Hinweis auf seine Ernennung zum Präsidenten der Nachrichtenabteilung in der *New York Times*. Seine Untergebenen sahen seinem

Antritt mit einer Mischung aus Furcht und Spannung entgegen. Robin war immer ein Einzelgänger gewesen, darum beherrschte eine einzige Frage die Gemüter: Was für ein Kerl war Robin Stone eigentlich? Nur der Kameramann Bill Kettner kannte ihn – aber auch nur flüchtig. Zweimal waren sie nach den Elfuhrnachrichten gemeinsam in eine Kneipe gegangen und hatten sich ein Baseballspiel angesehen. Robin Stone war Baseballfan. Außerdem konnte er drei Wodka-Martini wegputzen, als wäre es Orangensaft. Das war aber auch wirklich alles, was man über Robin Stone herauskriegen konnte.

Ein paar Sekretärinnen hatten ihn, immer in Gesellschaft eines hübschen Mädchen, im P. J. gesehen. Manchmal war auch Jerry Moss dabei. Moss schien sein einziger Freund zu sein. Sie trafen sich täglich in der Lancer Bar.

»Wo, zum Teufel, ist denn die Lancer Bar?«

Sie sahen im Telefonbuch nach.

Es war die East Fifty-fourth Street.

Keiner war jemals dort vorbeigekommen.

Mittwoch nachmittag pilgerte die halbe Nachrichtenabteilung in die Lancer Bar.

Von Robin Stone keine Spur.

Am Donnerstag ging ein Mann aus der Dokumentation wieder hin, weil es ihm dort gefallen hatte.

Robin Stone war da.

Mit Jerry Moss und dem schönsten Mädchen der Welt.

Es blieb ihnen nichts anderes übrig, als zu warten, bis Robin Stone sich rührte. Das geschah am späten Freitagnachmittag. In der Nachrichtenabteilung lief eine Aktennotiz um:

»Am Montag morgen um zehn Uhr dreißig findet im Konferenzzimmer achtzehnter Stock eine Besprechung statt.

Robin Stone.«

Um zwanzig nach zehn kamen die ersten. Um fünf vor halb tauchte Ethel Evans auf. Sie hatte hier eigentlich gar nichts verloren, und sie war auch gar nicht so selbstsicher, wie sie sich gab. Sie bemerkte, daß die meisten zielstrebig auf einen Stuhl lossteuerten, als wäre das ihr angestammter Platz. Ethel zögerte, holte sich dann einen Stuhl von der Wand und zwängte sich zwischen einen Kameramann und einen Sportredakteur. Um halb elf ging die Tür auf, und Robin Stone kam herein.

Einige klatschten, aber irgend etwas in seinen Augen erstickte den Applaus, bevor er noch begonnen hatte. Dann grinste Robin, und sie kamen sich alle wie alberne Kinder vor, denen man eine Torheit verziehen hatte.

Nach einem flüchtigen Blick in die Runde, der auf niemandem haftenblieb, sondern gewissermaßen den Raum, die Szene und die Zahl der Anwesenden aufnahm, setzte Robin Stone noch einmal sein kurzes, unbekümmertes Grinsen auf. Ethel stellte fest, daß allenthalben der Widerstand zu schmelzen schien. Für Ethel war Robin plötzlich begehrenswerter als jeder Filmstar. Gott, was gäbe sie, wenn sie diese stählerne Fassade durchbrechen, diesen Mann in ihren Armen zum Erschauern bringen . . . ihn beherrschen könnte . . . und sei es nur für einen Augenblick! Sie saß weit genug weg, um ihn unbemerkt beobachten zu können, und erkannte plötzlich, daß er nur mit den Lippen lächelte. Seine Augen blieben kalt.

»Ich habe mich mit der Arbeitsweise der Nachrichtenabteilung vertraut gemacht«, begann er ruhig. »Jeder von Ihnen macht seine Sache gut. Aber die IBC krebst mit ihren Zahlen herum. Darum müssen wir mit etwas mehr Musik an die Sache herangehen. Ich bin an erster Stelle Nachrichtenmann, vergessen Sie das nicht. Ich führe zwar jetzt die Abteilung, arbeite aber weiterhin als Kommentator. Bei der Luftwaffe bekam ich zum Schluß ein paar Streifen, aber ich bin trotzdem noch als Jagdflieger meine Einsätze geflogen.«

Ethel beobachtete ihn gebannt. Er sah gut aus, unnahbar, aber gut. Er dürfte etwa sechsunddreißig sein; und kein Gramm Fett zuviel. Sie mußte unbedingt Diät halten. Wieder grinste er. Allein mit seinem Lächeln konnte er den Krieg gewinnen.

»Ich habe nicht die Absicht, den Betrieb hier umzukrempeln«, fuhr Robin fort. »Im Sommer möchte ich ein Spitzenteam aufstellen und zu den Parteikonventen schicken. Bis dahin dürfte Andy Parino von unserem Sender in Miami so fest im Sattel sitzen, daß er mit dabeisein kann. Ich möchte unsere Abteilung *ausbauen* – und nicht irgendwelche Leute auswechseln.« Er wandte sich an Randolph Lester, der schon unter White Vizepräsident gewesen war. »Doch zunächst sollten Sie mich vielleicht einmal um den Tisch herumführen und mir die Kollegen vorstellen.«

Die beiden gingen von einem zum andern. Robin schüttelte jedem die Hand. Das freundliche Grinsen verschwand nicht, aber der Blick war kühl und die Begrüßung unpersönlich. Man hätte meinen können, er sähe sie alle zum erstenmal.

Als sie zu Ethel kamen, schien Lester überrascht, er zögerte einen Augenblick und überging sie. Das Ganze geschah so rasch, daß

Ethel die bewußte Nichtbeachtung gar nicht merkte. Nachdem die beiden Männer an ihren Platz zurückgekehrt waren, blieb Robin stehen. Sein Blick wanderte den Tisch entlang und suchte Ethel.

»Ich glaube, wir wurden einander noch nicht vorgestellt«, sagte er.

Sie stand auf. »Ich bin Ethel Evans.«

»Was machen Sie Schönes?«

Ethel fühlte, wie ihr die Wärme ins Gesicht stieg. »Ich bin von der Presseabteilung.«

»Und was führt Sie hierher?« Er lächelte immer noch, und die Stimme klang freundlich, aber sein Blick war eisig.

»Ich . . . ich dachte . . . na ja, es wäre vielleicht ganz gut, wenn von der Presse auch jemand hier wäre. Wegen der Pressearbeit für die Nachrichten. Ich dachte, Sie brauchen jemanden.« Sie setzte sich rasch wieder hin.

»Wenn ich jemanden brauche, sage ich in der Presseabteilung Bescheid«, erwiderte Robin mit dem gleichen angedeuteten Lächeln. »Einstweilen schlage ich vor, daß Sie dorthin zurückkehren, woher Sie gekommen sind.« Jeder sah ihr nach, als sie hinausging.

Draußen auf dem Flur lehnte Ethel sich gegen die Tür. Ihr war ganz schlecht. Am liebsten wäre sie weggerannt, doch sie stand wie festgenagelt. War das ein Schlag! Sogar durch die Tür konnte sie noch seine Stimme hören. Jetzt fragte Lester, ob jeden Montag eine Besprechung stattfinden solle. »Nein«, erwiderte Robin, »keine wöchentlichen Besprechungen, nur von Fall zu Fall. Übrigens möchte ich eins geändert haben. . .«

Einen Augenblick lang war es mäuschenstill. Ethel sah förmlich, wie sich alle gespannt vorbeugten. »Schafft mir diesen Tisch hier 'raus, ich möchte einen runden.«

»Einen runden?« – Das war wieder Lester.

»Ja. Einen großen runden Tisch. Es gefällt mir nicht, am Kopfende zu sitzen beziehungsweise zu stehen. Ich will auch keine Sitzordnung. Wenn wir als ein Team arbeiten, wollen wir auch wie ein Team sitzen. Besorgt mir also einen großen runden Tisch.« Wieder blieb es einen Augenblick still, dann fingen alle auf einmal zu reden an. Ethel wußte, daß Robin den Raum verlassen hatte. Man hörte dem Stimmengemurmel die nervöse Erleichterung an. Jeden Moment mußten die ersten herauskommen. Sie wollte ihnen auf keinen Fall begegnen. Darum wartete sie nicht auf den Fahrstuhl, sondern rannte den Flur entlang, dann ein paar Treppen hinunter und veschwand in einer Toilette. Gott sei Dank, sie war leer. Ethel umklammerte den Rand des Waschbeckens, bis ihre Knöchel weiß wurden. Tränen der Demütigung liefen ihr übers Gesicht. »Du Dreckskerl, ich hasse dich!« Schluchzend wischte sie sich die Augen. »Ich hasse dich!« Sie starrte in den Spiegel, die Tränen strömten erneut. »O mein Gott«, klagte sie, »warum hast du mich nicht hübsch gemacht?«

5

Nach der entsetzlichen Vertreibung aus Robin Stones Besprechung verkroch Ethel sich für den Rest des Tages in ihrem Büro. Sie wollte keinen Menschen sehen. Man würde sich ja doch nur über ihren unfeierlichen Abgang lustig machen.

Die strenge Klausur kam ihrem Arbeitspensum zugute. Ethel schrieb die ganze Post weg, die sich auf ihrem Schreibtisch gestapelt hatte. Abends um halb sieben waren die Büros im gesamten Stock leer. Durch die angestrengte Arbeit waren Kummer und Zorn zum größten Teil verraucht. Ethel fühlte sich jetzt nur noch ausgelaugt – erschossen.

Sie holte ihren Spiegel hervor und versuchte, ihr Make-up aufzufrischen. Verzweifelt starrte sie ihr Gesicht an. Sie sah verheerend aus. Als sie fertig war und aufstand, warf ihr Rock tausend Falten. Er saß zu eng. Alles, was sie aß, setzte sich an ihren Hüften fest. Sie mußte jetzt wirklich strenge Diät halten.

Mit dem Aufzug fuhr sie in die Empfangshalle hinab, die so gut wie leer war. Aber die Kaffeestube war noch geöffnet. Um zu Louis und zu Armand zu gehen – unter dem Vorwand, jemanden zu suchen – und dort vielleicht in vergnügter Runde etwas zu trinken, war es jetzt zu spät. Ihre Bekannten waren längst gegangen, und bald kamen schon die ersten Gäste zum Abendessen. So setzte sie sich in die Kaffeestube und bestellte einen schwarzen Kaffee. Gewöhnlich nahm sie Milch und Zucker. Die Diät hatte offiziell begonnen.

Ethel holte die Puderdose hervor und erneuerte ihren Lippenstift. Schön war sie nicht, aber ganz passabel. Durchaus passabel. Der eine oder andere attraktive Zug hätte ihr freilich noch ganz gut getan. Mist, diese Zahnlücke da vorne! Und Mist, daß dieser niederträchtige Zahnarzt dreihundert Dollar für ein paar Jacketkronen verlangte! Sie hatte ihm angeboten, mit ihm ins Bett zu gehen, wenn er ihr die Kronen umsonst machte. Das hatte er für einen Witz gehalten. Als sie ihm erklärte, daß sie es ernst meine, hatte er so getan, als glaube er ihr nicht. Schließlich ging ihr auf, daß er sie nicht wollte! Dr. Irving Stein, ein mickeriger kleiner Zahnarzt, wollte sie nicht! Sie, Ethel Evans, die nur mit großen Leuten schlief und bei der ganzen IBC als »Starmatratze« bekannt war!

Um halb acht tauchte Danton Miller auf – allein. Er übersah sie geflissentlich, ging an ihr vorbei und setzte sich auf der anderen Seite der Bar zu ein paar Herren an den Tisch. Ethel hatte plötzlich Hunger und bestellte sich ein Hacksteak. Obgleich sie vor Hunger fast umkam, ließ sie das halbe Brötchen liegen. Himmel, sie wog jetzt hundertvierzig! Immerhin hatte sie eine schlanke Taille, und ihr Busen war sensationell. Oberweite achtundneunzig – hoch und straff. Problematisch waren Hinterteil und Oberschenkel. Wenn sie's jetzt nicht loswurde, würde sie's nie mehr loswerden, und nächsten Monat wurde sie dreißig. Und noch immer nicht verheiratet!

Fast hätte sie laut herausgelacht. Wenn sie mit einer gutbürgerlichen Partie zufrieden gewesen wäre, hätte sie längst den Kameramann von der CBS oder den Barmann in Greenwich Village heiraten können. Aber unter einem weltberühmten Namen tat es Ethel Evans nicht. Lieber ging sie eine Nacht mit einem prominenten Mann ins Bett, als daß sie mit irgendeiner Null eine Durchschnittsehe führte. Denn wenn sie einen Filmstar in ihren Armen hielt und er auf dem Höhepunkt »Baby . . . Baby« stöhnte, dann entschädigte sie dieser Augenblick für alles auf der Welt. In einem solchen Augenblick war sie schön – war sie jemand. Konnte sie vergessen, wer sie im Grunde war . . .

Schon als Kind hatte sie sich gewünscht, schön zu sein, die pummelige kleine Ethel Evanski aus Detroit-Hamtramack, die mit Kartoffelmus und Zwiebelsauce gefüttert wurde; die alle Leute in ihrer Straße Polnisch sprechen hörte; die Filmillustrierte las und sich von Hedy Lamarr, Joan Crawford und Clark Gable Autogramme schicken ließ; die mit Helga Selanski auf der Treppe saß und »Das Spiel« spielte: nämlich sich gegenseitig wilde Träume zu erzählen. Helga war ein gleichaltriges Polenmädchen mit strähnigem langem Haar. Der ganze Block in Hamtramack war polnisch. Und die zweite Generation der Polen schien keine andere Wahl zu haben, als untereinander zu heiraten. Man ging zwar ins Kino und sah, daß es noch eine andere Welt gab, doch niemand kam auf der

Gedanken, diese Welt zu betreten. Nicht so Ethel Evans. Für sie waren die Filme und alles, was sie darin sah, mehr als ein schöner Wahn, der nach zwei Stunden zu Ende ging. Hollywood war ein Ort, den es wirklich gab. New York und der Broadway existierten tatsächlich.

Ethel hatte immer gewußt, daß sie Hamtramack verlassen würde. Das Ziel ihrer Träume hieß New York. Eines Abends, als sie mit der kleinen Helga Tanzmusik im Radio hörte, die aus dem Paradise Restaurant in New York übertragen wurde, fing Ethel wieder »Das Spiel« an. Sie stellte sich vor, was sie anziehen würde, wenn sie groß wäre und in so ein Lokal ginge, und welcher Filmstar sie begleiten würde. Gewöhnlich spielte Helga mit, doch an diesem Abend reckte sie plötzlich ihr knochiges Kinn vor und erklärte: »Ich spiele das nicht mehr, dazu bin ich jetzt zu groß.« Ethel war überrascht. Sonst tat Helga alles, was Ethel wollte, aber diesmal blieb sie bockig. »Meine Mutter hat gesagt, wir sollten so was nicht mehr spielen; es wäre Zeit, daß wir vernünftig würden und aufhörten, herumzuphantasieren.«

Ethel hatte erwidert: »Ich phantasiere nicht. Eines Tages gehe ich dorthin, dann lerne ich Filmstars kennen, die gehen mit mir aus und küssen mich.« Helga hatte gelacht. »So siehst du aus! Dich und küssen! Erzähl das mal einem in unserer Straße. Du wirst nirgends hingehen, du wirst genauso hierbleiben wie wir alle, einen netten Polen heiraten und Kinder kriegen.« Ethel hatte die Augen zusammengekniffen: »Ich werde doch Stars kennenlernen . . . und mit ihnen ausgehen . . . vielleicht sogar einen heiraten.« Wieder lachte Helga. »Meine Mutter hat ganz recht: Man kann ruhig von Hollywood schwärmen, solange man an den Unsinn nicht selber glaubt. Verrückt bist du! Du wirst mit keinem Filmstar ausgehen. Du bist Ethel Evanski, du bist dick und häßlich und wohnst in Hamtramack. Welcher Star sollte wohl mit dir ausgehen?«

Ethel hatte Helga verhauen – tüchtig. Doch insgeheim hatte sie Angst, Helga könnte vielleicht recht haben. Aber sie würde nicht hierbleiben und einen netten Polen heiraten, Kinder großziehen und Kartoffelmus mit Zwiebeln kochen! Ach, warum waren ihre Eltern von Polen nach Detroit gekommen, wenn sie hier wieder nur in einem kleinen Polen lebten?

Als sie sechzehn war, trat ein Ereignis ein, das aus »Dem Spiel« entschlossenes Handeln machte. Peter Cinocek, ein Junge mit abstehenden Ohren und großen roten Händen, kam »zu Besuch«. Peter war der Sohn einer Freundin Tante Lottes und ein »guter

Fang«, halb Pole, halb Tscheche. Bei der Aussicht auf seinen Besuch hatten ihre Eltern vor Entzücken die Augen verdreht. Ethel erinnerte sich, wie ihre Mutter das Haus gewienert hatte. Noch heute sah sie ihre Eltern vor sich: ihre Mutter in einem frisch gestärkten Hauskleid, voll nervöser Erwartung; ihr Vater abgemagert und kahlköpfig, alt. Gott, er war erst achtunddreißig! Ethel war er immer verbraucht und blutlos vorgekommen. Aber ihre Mutter hatte einen starken, kräftigen Eindruck gemacht.

Sie würde nie den Abend vergessen, an dem Peter Cinocek ankam. Zuerst sah sie seine großen Ohren, dann die Pickel rings um einen großen Furunkel am Hals, der noch nicht aufgegangen war. Ihre Mutter hatte gestrahlt, als wäre er Clark Gable persönlich. Sie brachte ihnen einen Krug Limonade auf die Veranda und zog sich dann diskret abwartend in die Küche zurück.

Die ganze Straße wartete. Jeder in der kleinen Häuserzeile wußte, daß ein »Verehrer« zu Besuch gekommen war. Ethel saß mit Peter auf der Schaukel. Er hielt ihre Hand und erzählte von seiner Stellung in einem Kaufhaus. Seine Hand fühlte sich feucht und schlaff an. Er sagte, er hoffe auch einmal ein Heim und viele, viele Kinder zu haben. Das war der Augenblick, in dem Ethel von der Schaukel sprang und weglief. Als sie sicher sein konnte, daß Peter gegangen war, kehrte sie natürlich zurück. Zu Hause lachten sie. »Klein-Ethel hat Angst vor einem Jungen«, spotteten sie. Ach, sie sei doch dazu geboren, Kinder in die Welt zu setzen. Mit ihren schönen breiten Hüften werde sie es einmal leicht haben.

Ethel sagte gar nichts, sondern strengte sich in der Schule mächtig an. Im Sommer darauf bekam sie eine Anstellung in Detroit; es wurde eine recht tüchtige Sekretärin aus ihr. Nie ging sie mit einem Jungen aus, war aber deswegen nicht unglücklich. Sie sparte ihr ganzes Geld – und wartete.

Als sie zwanzig war, hatte sie fünfhundert Dollar gespart und fuhr nach New York. Zuletzt hatte sie in Detroit in einer kleinen Werbeagentur gearbeitet. In New York landete sie als Stenotypistin bei einer großen Werbeagentur, die auch verschiedene Fernsehsendungen laufen hatte. Eines Tages erschien dort Ethels große Chance in Gestalt eines angetrunkenen Filmstars, der in einer dieser Sendungen auftrat. Aufgeregt folgte sie ihm ins Hotel. Als sich herausstellte, daß er eine Jungfrau umarmt hatte, wurde er auf der Stelle wieder nüchtern, besann sich jedoch nicht mehr darauf, daß diese Jungfrau ihn praktisch vergewaltigt hatte. Er fürchtete, die Sache könne ein Nachspiel haben, und bot Ethel Geld an. Stolz lehnte sie ab. Sie habe es aus Liebe getan, versicherte sie. Das versetzte ihn erst recht in Panik; er war verheiratet und liebte seine Frau. Ob er irgend etwas für Ethel tun könne. Sie erklärte ihm, daß sie nicht gerade begeistert sei von ihrer Stellung als Stenotypistin ... Der Schauspieler schaltete sofort und sorgte mit Hilfe seines Managers schnell und geschickt dafür, daß Ethel vom New Yorker Pressebüro seiner Filmgesellschaft eingestellt wurde.

Das war für Ethel ein gefundenes Fressen. Sie lernte viele betrunkene und auch ein paar nüchterne Schauspieler kennen. Und sie tat es stets aus Liebe. Rasch verbreitete sich die Kunde; ihre Karriere hatte begonnen. Als die Presseabteilung der IBC jemanden suchte, griff Ethel zu. Das Talentaufgebot der Filmgesellschaft hatte sie ohnehin abgegrast. Die IBC bot mehr Geld und mit ihren ständig wechselnden Shows ein ganz neues Betätigungsfeld. In ihrer Arbeit war Ethel gut, in ihrem Hobby glänzend. Die Stellung bei der IBC war gesichert.

Daß sich ihr Ruf von Küste zu Küste verbreitet hatte, war ihr wohl bewußt. Sie genoß die Berühmtheit, sogar ihren Spitznamen genoß sie. Mit einer Freundin in Los Angeles tauschte sie umfangreiche Briefe aus. Ethel beschrieb jede ihrer Affären bis ins einzelne und bewertete den jeweiligen Partner, einschließlich seiner männlichen Proportionen, nach Verdienst beziehungsweise Größe. Da sie einen amüsanten Stil schrieb, ließ ihre Briefpartnerin Yvonne die Briefe vervielfältigen und verteilte sie großzügig im Büro. Als Ethel davon erfuhr, gab sie sich mit ihren Beschreibungen noch mehr Mühe. Sie hatten fast die Wirkung einer Anzeige. Viele Größen des Showgeschäfts riefen Ethel an, wenn sie nach New York kamen. Berühmte Männer ... schöne Männer.

Oft wünschte sie, Helga könnte sie sehen, wenn sie mit so einem gutaussehenden Filmstar ein Rendezvous hatte. Helga dürfte inzwischen verblüht sein und einen Stall voll Kinder haben. Sie hatte Peter Cinocek geheiratet.

Plötzlich schreckte Ethel aus ihren Gedanken auf. Danton Miller stand vor ihr. Stockbetrunken.

»Hallo, Baby«, sagte er mit seinem englischen Lächeln.

Sie lächelte knapp zurück. »Sieh an, sieh an, die Lichter der Großstadt!«

»Was meinen Sie damit?«

»Ich meine den gleichnamigen Film. Sie kennen einen auch nur, wenn Sie betrunken sind.«

Lachend zog er sich einen Stuhl heran. »Sie sind ein Mädchen mit Humor.« Er bestellte etwas zu trinken und sah Ethel grinsend an. »Man erzählt sich, Sie könnten es am besten. Wie wär's, wenn ich es mal ausprobierte?«

»*Ich* bestimme, mit wem ich ins Bett gehe, Mr. President. Aber keine Angst, Sie stehen längst auf meiner Liste, für den Fall, daß ich mich mal einen Abend langweile.«

»Langweilst du dich heute?«

»Es sah zunächst so aus . . .«

Er warf den Arm um sie. »Du bist ein häßliches Weibsbild. Genaugenommen bist du eine Kuh, aber es heißt ja, im Bett wärst du toll. Kommst du mit zu mir?«

»Das klingt wahnsinnig romantisch.«

Dan kniff die Augen zusammen. »Außerdem heißt es, daß du ein großes Maul hast, über deine Kerle herziehst und jedem, der dich fertigmacht, 'ne Zensur gibst.«

Sie zuckte die Achseln. »Warum nicht? Meine Zensuren haben einige meiner Freundinnen davor bewahrt, ihre Zeit mit einem Versager zu verplempern.«

Dans Lächeln war gemein. »Was glaubst du eigentlich, wer du bist, daß du dir anmaßt, Noten zu verteilen?«

»Sagen wir: Ich habe eine ausgezeichnete Vergleichsbasis.«

»Willst du was trinken?« fragte er, als der Kellner ihm seinen Scotch brachte.

Sie schüttelte den Kopf und sah zu, wie er sein Glas hinunterkippte. Dan starrte sie an. »Du wirst jede Minute hübscher, mein kleiner See-Elefant. Und ich werde immer neugieriger.«

»Und immer betrunkener.«

»Ja. Höchste Zeit, nach Hause zu fahren. Vielleicht nehm' ich dich mit.«

»Sie vergessen, Mr. President, daß *ich* die Entscheidung treffe.«

Fast demütig starrte er sie an. »Also schön, möchtest du?«

Frohlockend spürte sie das Gefühl ihrer Macht. Er bettelte jetzt. »Wenn ich mitkomme, müssen Sie mich hinterher im Taxi nach Hause bringen lassen.«

»Ich lasse dich im Rolls-Royce nach Hause bringen, wenn du nur halb so gut bist, wie man sagt.« Er stand schwerfällig auf und ließ die Rechnung kommen. Erleichtert stellte Ethel fest, daß er ihre anstandslos übernahm.

»Sind Sie denn auch nüchtern genug, um Spaß an der Sache zu haben?« fragte sie.

»Für den Spaß wirst du sorgen«, erwiderte er herausfordernd. »Ich glaube, es wird Zeit, daß *dir* jemand eine Zensur erteilt.«

Auf der Straße blieb sie stehen und sah ihn eindringlich an. »Wir machen das lieber ein andermal. Ich sehe nicht ein, daß ich meine Kunst an einen Betrunkenen verschwenden soll.«

Er packte sie am Arm. »Angst? Vielleicht ist dein Ruf ein Schwindel. Wird schon so sein. Was sollte dich wohl von anderen Dämchen unterscheiden?«

»Ich werde es dir beweisen, mein Kleiner.« Sie hielt ein Taxi an und half ihm hinein.

Er hatte eine hübsche Wohnung in den East Seventies. Typisch Junggeselle und typisch leitender Angestellter. Ohne Umschweife führte er sie ins Schlafzimmer und zog sich ungeschickt aus. Als er ihren prächtigen Busen sah, machte er ein überraschtes Gesicht.

»He, Baby, du bist gut bestückt.« Er streckte die Arme aus und warf sie aufs Bett. Sein Kuß war lasch, und bei dem Versuch, sie zu nehmen, versagte er. Ethel entwand sich seiner Umklammerung und wälzte ihn auf den Rücken.

»Nicht nervös werden, Sonnyboy«, sagte sie. »Wenn du auch Präsident beim Fernsehen bist, für mich bist du ein Mann wie alle anderen. Nun lieg still, Ethel wird dir zeigen, was Liebe ist.«

Er überließ sich ihrer erfahrenen Technik, und als sein Körper mit steigender Erregung reagierte, flüsterte er: »Baby, Baby ... du bist toll.« Da vergaß sie, daß er morgen auf dem Flur grußlos an ihr vorbeigehen würde. In diesem Augenblick war sie diejenige, die dem IBC-Präsidenten Genuß verschaffte. Und in diesem Augenblick fühlte sie sich großartig.

6

Danton Miller schob die Fachzeitungen zur Seite. Er konnte sich auf nichts konzentrieren; er wirbelte auf seinem Stuhl herum und sah aus dem Fenster. In einer Stunde sollte er mit Gregory Austin zu Mittag essen. Aus welchem Grunde, war ihm rätselhaft. Keinerlei Hinweise, bloß der telefonische Bescheid durch die unpersönliche Stimme der Sekretärin.

Die Noten hatten sich bis jetzt nicht geändert. Die Nachrichten saßen immer noch im Keller. Na ja, das war nicht Dans Bier. Er hatte sein eigenes. Der Bunte Abend war durch einen Western ersetzt worden; Dan hielt ihn für eine sichere Pleite und war entschlossen, die Sache mitten in der Saison noch mit einem Knüller aus dem Feuer zu reißen. Das war der Grund, weshalb er letzte Woche jeden Abend mit zwei Autoren und einem halbgaren Sänger namens Christie Lane verbracht hatte.

Zufällig war er letzte Woche in die Copa geraten, um sich einen bekannten Humoristen anzusehen – Christie Lane füllte nur das Programm. Anfangs hatte Dan diesen etwa vierzigjährigen, zweitklassigen Sänger, der aussah wie ein singender Kellner in Coney Island von anno dazumal, gar nicht beachtet. Doch plötzlich kam ihm ein Gedanke. Er wandte sich an Sig Hyman und Howie Harris, die beiden Autoren in seiner Begleitung, und meinte: »Der ist genau das Richtige für mich!« Er merkte, daß sie dachten, aus ihm spräche der Whisky. Doch am nächsten Morgen ließ er sie zu sich kommen und erklärte ihnen, er wolle mit Christie Lane einen Versuch machen. Sie starrten ihn ungläubig an.

»Christie Lane! Der ist doch auf dem absteigenden Ast und nur noch Lückenbüßer«, stellte Hyman fest.

Howie sprang ihm bei: »Nicht mal in der Sauregurkenzeit kriegt der im Concord oder bei Grossinger ein Samstagabendengagement. Haben Sie die Copa-Kritiken in *Variety* gelesen? Lane wurde gar nicht erwähnt. Die Kostüme der Girls kamen besser weg als er. In New York tritt er nur noch als Staffage für eine große Zugnummer auf. Na, und diese irischen Balladen –« Howie verdrehte die Augen.

Sig setzte das Tüpfelchen aufs I. »Außerdem sieht er aus wie mein Onkel Charlie aus Astoria.«

»Das ist genau das, was ich will«, beharrte Dan. »Jeder Mensch hat irgendwo einen Onkel Charlie, den er liebt.«

Sig schüttelte den Kopf. »Ich hasse meinen Onkel Charlie.«

»Sparen Sie sich Ihre Witze für das Manuskript auf«, erwiderte Dan. Was Sig über Christie Lanes Aussehen gesagt hatte, traf zu. Er sah aus wie Mr. Jedermann und war der Idealtyp für eine Unterhaltungs-Show fürs traute Heim. Allmählich ging Sig und Howie ein Licht auf. Sie waren Starautoren, die ausschließlich für bekannte Größen schrieben. Dan hatte ihnen vor drei Jahren einen Jahresvertrag gegeben, um sie für neue Projekte zur Verfügung zu haben.

»Wir machen aus Christie den Gastgeber«, erklärte Dan. »Bilden einen Standardrahmen um ihn herum – Sängerinnen, Conferenciers, Sketchs – und setzen auch seine eigene Stimme in der richtigen Weise ein; wenn man nämlich die Augen zumacht, hört er sich an wie Perry Como. Außerdem nehmen wir jede Woche einen großen Star als Gast mit in die Sendung, damit wir hohe Zuschauerquoten kriegen. So könnte es gehen!«

Wie viele Show-Künstler hatte Lane beim Tingeltangel angefangen. Er konnte tanzen, singen, Witze erzählen, Sketchs spielen. Dan schätzte ihn auf über vierzig. Er hatte spärliches blondes Haar, ein breites Durchschnittsgesicht und eine mittelmäßige Figur mit der Andeutung eines Bäuchleins. Seine Krawatten waren zu grell, seine Rockaufschläge zu breit, der Diamantring am kleinen Finger zu wuchtig und die Manschettenknöpfe so groß wie ein Halbdollarstück. Trotzdem hatte Dan das Gefühl, er könne aus dieser seltsamen, aber nicht unbegabten Mischung einen populären Typ machen. Christie war unermüdlich und mit geradezu hysterischem Eifer bei der Arbeit. Wo immer er aufgetreten war, hatte er sich auf die Jagd nach kleinen Nebenengagements gemacht und in diesem oder jenem Klub noch eine zusätzliche Gastrolle gegeben. Er lebte aus zwei Schrankkoffern, und wenn er in New York war, wohnte er im Hotel Astor.

Nach der ersten Woche nahm Dans Vorstellung langsam Gestalt an. Selbst die beiden Texter zogen mit. Sie ließen Christie, der sich allen Ernstes für gut angezogen hielt, seine schrecklichen Krawatten und die ausladenden Rockaufschläge. Das sei, so erklärte Dan, ein Schlüssel zu seinem Charakter. Und sie suchten ihm ein paar gute Songs aus. Gleichzeitig erlaubten sie ihm jedoch, ein paar schmalzige nach eigenem Geschmack zu singen.

Dan hatte Austin schon in der vergangenen Woche ein kurzes Exposé hinaufgeschickt. Vielleicht wollte er sich beim Essen mit ihm über die Show unterhalten. Nein, Gregory würde nicht seine Mittagszeit opfern, um ihm grünes Licht für einen Versuchsballon zu geben; das würde er mit einer Notiz abmachen. So oder so. Hoffentlich bekam er sein Okay. Zu ärgerlich, wenn der ganze Arbeits- und Zeitaufwand umsonst gewesen wäre. Der bloße Gedanke an die endlosen Nächte in der verräucherten Hotelsuite im Astor verursachte Dan schon Kopfschmerzen. Dieser Christie mit seinen billigen Zigarren! Und die kleine Tänzerin aus der Copa-Bar oder dem Latin Quarter, die geduldig und stumm dabeisaß, Morgenzeitungen las und wartete, bis Christie fertig war. Dann Eddie Flynn und Kenny Ditto – zwei sogenannte »Texter«, die Chrstie mit sich herumschleppte und die ihn angeblich mit Pointen versorgen sollten. Nach Dans Ansicht waren es zwei »Kümmerlinge«.

»He, Eddie, kümmere dich um Kaffee!« – »Kenny, hast du dich um die Sachen für die Reinigung gekümmert?« Christie kam aus einer Welt, wo man seine Bedeutung mit bezahlten Stichwortgebern bewies. Manchmal zahlte er Eddie und Kenny nicht mehr als fünfzig Dollar die Woche. Standen die Aktien gut, bekamen sie mehr. Jedenfalls gehörten sie zu ihm. Er nahm sie mit zu Nachtklubpremieren, auf die Rennbahn, auf Tourneen. Und Dan hatte er erklärt: »Meine Jungens müssen als Texter in der Show beschäftigt werden, und jeder muß zwei Hunderter die Woche kriegen.«

Dan hatte sich nicht anmerken lassen, wie erleichtert und amüsiert er war. Vierhundert Dollar die Woche fielen bei einer großen Fernsehproduktion gar nicht ins Gewicht.

Für einen kurzen Augenblick war er guter Dinge. Dann dachte er an das Mittagessen und spürte, wie sein Magengeschwür sich meldete. Was, zum Teufel, kam da auf ihn zu?

Um fünf vor halb eins betrat er den Fahrstuhl und fuhr ins Dachgeschoß. Er war auf alles gefaßt und gut vorbereitet. Gleich nach dem Anruf hatte er zwei Beruhigungspillen genommen.

Er ging in das zum Privatbüro gehörende Speisezimmer und sah, daß für drei gedeckt war. Er wollte sich eben eine Zigarette anstecken, als Robin Stone eintrat und gleich darauf Austin, der sie zu Tisch bat.

Zunächst drehte sich die Unterhaltung um Sport und Wetter. Welche Mannschaft eine Chance gegen die Yankees habe und wie sehr das Golfspiel unter dem schrecklichen Aprilwetter leide, einen Tag brütend heiß und schwupp, am nächsten nur wenige Grad über Null.

Beim Kaffee erzählte Gregory aus seinem Leben. Er schilderte Robin, wie er die IBC aufgebaut hatte, welche schweren Kämpfe es zu Anfang gab. Robin hörte aufmerksam zu und stellte hin und wieder eine kluge Frage. Als Gregory ihm ein Kompliment über den Pulitzer-Preis machte und sogar einige seiner älteren Artikel zitierte, war Dan mächtig beeindruckt. Der alte Herr mußte eine Menge von Robin Stone halten, wenn er sich so eingehend mit ihm bschäftigt hatte.

Schließlich schob Gregory sich eine kalte Zigarette zwischen die Lippen, und Dan ahnte, daß man nun auf das eigentliche Thema dieses gemeinsamen Mittagessens kommen würde.

»Robin hat ein paar glänzende Ideen«, eröffnete Gregory munter. »Es betrifft unsere Programmplanung, deshalb habe ich Sie dazugebeten, Dan.« Beinahe väterlich sah er Robin an.

Der beugte sich über den Tisch zu Danton Miller, ihre Blicke trafen sich. »Ich möchte eine Sendung machen unter dem Titel ›Schlagzeilen‹«, sagte er ohne Umschweife.

Dan griff nach seinem Zigarettenetui. In Robins Ton hatte keine Bitte gelegen. Es war eine Ankündigung. Er klopfte die Zigarette gegen das Etui. So also stand die Sache. Gregory hatte bereits seinen Segen gegeben, man tat nur noch so, als läge die Entscheidung bei Dan – eine Geste. Er sollte nicken und »Oh, wie wundervoll!« sagen! Einen Scheißdreck würde er! Er zündete sich die Zigarette an und machte einen tiefen Zug. »Was stellen Sie sich vor? Eine viertelstündige Nachrichtensendung?«

»Halbstündig. Vorgesehen für Montag abends um zehn«, erwiderte Robin.

(Diese Brüder hatten sogar schon die Zeit festgesetzt!) Mit ruhiger Stimme sagte er: »Ich dachte, da wollten wir den neuen Western bringen?« Er sah Gregory an.

Robins Stimme kam wie ein Messer. »Mr. Austin ist der Ansicht, daß die ›Schlagzeilen‹ um diese Zeit genau richtig liegen. Wenn wir eine ganz neue Art Nachrichtenschau machen und sie noch dazu in die Hauptsendezeit legen, steht die IBC einmalig da. Den Western können wir anderswo unterbringen.«

»Ist Ihnen klar, wieviel Geld wir damit verlieren? Eine halbstündige Nachrichtensendung können wir zum Beispiel nicht weiterverkaufen.« (Warum saß Gregory eigentlich stumm dabei und ließ ihn den Strauß mit diesem blödsinnigen Eierkopf ausfechten?)

Robin machte ein gelangweiltes Gesicht. »Ich habe wenig Ahnung von den finanziellen Dingen. Das können Sie mit den zuständigen Leuten aushandeln. Meine Aufgabe ist es, das Nachrichtenprogramm der IBC zu erweitern und Pfiff hineinzubringen, und ich glaube, das hier wird eine aufregende Sache. Ich möchte herumreisen und zu aktuellen Ereignissen von weltweitem Interesse ›Schlagzeilen‹-Interviews machen. Aus New York oder Los Angeles könnte ich live senden. Eines kann ich Ihnen jedenfalls versprechen: Ich werde Ihnen eine erstklassige und spannende Nachrichtenschau liefern.«

Dan traute seinen Ohren nicht. Er warf Gregory einen hilfesuchenden Blick zu; der lächelte ausweichend.

»Wann wollen Sie starten?« fragte er; es durfte einfach nicht wahr sein.

»Im Oktober.«

Jetzt schaltete sich Gregory Austin ein. »Dan, ich bin dafür, daß wir ihm mit seinen ›Schlagzeilen‹ eine Chance geben. Mag sein, daß unsere Seherbeteiligung dadurch kaum verbessert wird, aber wir müssen dringend etwas für unser Prestige tun. Wenn Robin sich bei den Parteikonventen einen Namen macht, könnte die ›Schlagzeilen‹-Sendung auch kommerziell ein Volltreffer werden.«

Dan blieb starrköpfig. »Ich glaube, das Publikum nimmt uns den hochgestochenen Quatsch einfach nicht ab.«

Robin grinste, aber Dan konnte seinen kalten Blick nicht übersehen. »Und ich glaube, Sie unterschätzen das Publikum.«

Dan schluckte seinen Ärger hinunter und nahm sich noch eine Zigarette. Als er sie anzündete, hatte er den gewünschten herablassenden Ton gefunden. »Ich halte Ihre Vorschläge für außergewöhnlich kühn und wohltönend. Aber während Sie gegen Windmühlen kämpfen, muß ich mich mit Lizenzen, Schnulzenprogrammen und Testziffern herumschlagen. Darum bin ich der Meinung, wir sollten, bevor Sie zu Ihrer Safari aufbrechen, uns ein paar interessierte Geldleute sichern – letztlich ist Fernseharbeit Teamarbeit. Sie können nicht einfach den Ball schnappen, wie eine Lokomotive davonpreschen und von mir erwarten, daß ich Sie decke, ohne überhaupt zu wissen, was gespielt wird. Nichts gegen Ihren Schwung, nichts gegen Ihre Begeisterung, aber haben Sie sich auch einmal die Programme von NBC, CBS und ABC angesehen: Wir brauchen Unterhaltungssendungen, mit denen wir konkurrieren können.«

Robins Stimme war eisig: »Ich werde Ihnen keinen Puderzucker in den Hintern blasen, Mr. Miller. Ich bin hier, um für die IBC ein spannendes Nachrichtenprogramm zu machen. Vielleicht besteht Ihr Job darin, herumzusitzen, sich anzugucken, was die anderen Fernsehanstalten ausstrahlen, und dann mit einem Abklatsch ihrer Erfolgssendungen herauszukommen. Meinetwegen, das ist Ihr Stil. Meiner nicht!«

Gregory Austin strahlte. Er sprang auf und schlug Robin auf die Schulter. »Als ich so alt war wie Sie, habe ich auch so geredet und mit der gleichen Begeisterung mein Viertes Programm gestartet, habe Regeln gebrochen, mich energisch durchgesetzt und nicht auf die Zweifler gehört. Fangen Sie an, Robin! Ich werde veranlassen, daß sämtliche Spesen übernommen werden. Bringen Sie mir dafür Material für Ihre Sendungen herein. Mr. Miller und ich kümmern uns um die geschäftliche Seite.«

Robin grinste und ging zur Tür. »Ich fange auf der Stelle an und halte Sie über alles auf dem laufenden, Mr. Austin.« Damit verließ er den Raum.

Dan saß immer noch am Tisch. Mühsam rappelte er sich auf. Gregory Austin starrte mit unverhohlener Bewunderung auf die Tür, die sich hinter Robin geschlossen hatte. »Ein toller Bursche!« sagte er.

»Wenn alles gutgeht«, erwiderte Dan.

»Es wird! Und selbst wenn nicht, er ist wenigstens drin im Laden und tummelt sich. Soll ich Ihnen was sagen, Dan? Ich glaube, ich habe das größte Arbeitstier der Branche eingekauft.«

Dan kehrte an seinen Schreibtisch zurück, auf dem er den Entwurf für die Christie-Lane-Show vorfand. Plötzlich kam ihm die ganze Idee schwach vor. Robin Stones knallharte Arroganz ließ ihn, Danton Miller, klein und häßlich erscheinen. Doch er nahm den Entwurf zur Hand und verabredete mit Sig und Howie für vier Uhr eine Zusammenkunft.

Als er die beiden um sieben Uhr aus seinem Büro entließ, geschah es mit dem Auftrag, ihm innerhalb von zehn Tagen eine erste Textfassung vorzulegen.

Nachdem die beiden gegangen waren, beschloß Dan plötzlich, sich zu betrinken. Das hatte er sich, weiß Gott, verdient. Er ging in den Klub 21, stellte sich an die Bar, nickte den üblichen Leuten zu und ließ sich einen doppelten Scotch geben. Irgend etwas ärgerte ihn plötzlich, etwas, das mit dem Wortstreit heute mittag nicht unbedingt zusammenhing. Es war auch nicht Gregorys Bewunderung für den Mann; Gregory stieß immer kräftig ins Horn, ob er nun lobte oder tadelte. Ein paar Wochen lang schlechte Testnoten, und er würde Robin Stone mit sehr viel nüchterneren Augen betrachten ... nein, irgend etwas in dem Speisezimmer hatte ihn beunruhigt, aber er kam nicht darauf, so deutlich er sich auch die Gespräche vergegenwärtigte. Nach einem zweiten doppelten Scotch ging er die Unterhaltung noch einmal Wort für Wort durch – sogar Gregorys Lebensgeschichte. Er wußte, wenn es ihm einfiel, würde er den Schlüssel für sein künftiges Verhalten haben, würde wissen, an welcher Front er kämpfen mußte. Der Krieg zwischen ihm und Stone war erklärt, ein Krieg, aus dem Dan als Sieger und stärker denn je hervorgehen mußte. Aber er wurde das Gefühl nicht los, einen gefährlichen Punkt zu übersehen.

Ethel fiel ihm ein. Eigentlich könnte er sich heute abend richtig vollaufen lassen, sie zu sich in die Wohnung bestellen und ihre Nummer abziehen lassen. Bei Ethel brauchte man sich nicht mit Befriedigungsversuchen abzugeben. Dan hatte das Gefühl, es war ihr überhaupt lieber, wenn sie sich gar nicht erst ausziehen mußte. Fast kehrte seine gute Laune zurück, aber das nagende Gefühl, daß irgend etwas in seiner Welt nicht stimme, etwas, das mit Robin Stone zusammenhing, wollte nicht weichen. Zum drittenmal wiederholte er sich von Anfang bis Ende die Gespräche am Mittagstisch. Was hatte Robin zum Schluß gesagt? »Ich fange auf der Stelle an.« Dan setzte sein Glas mit solcher Wucht nieder, daß es zerbrach. Ein höflicher Kellner wischte rasch alles auf, und der Barmann schenkte ihm ein neues Glas ein. Dan nahm es in die Hand. Himmel noch mal, das war es! Robins Abgangsvers: »Ich halte Sie über alles auf dem laufenden, Mr. Austin.«

Normalerweise hatte Robin Stone ihn, Danton Miller, zu unterrichten, und er würde dann Austin informieren. Das Arschloch überging ihn und wandte sich direkt an Gregory! Und Gregory hatte es zugelassen. Na ja, damit war alles klar. Er mußte einfach aus der Christie-Lane-Show einen Schlager machen. Sie mußte wie eine Bombe einschlagen!

Dan ging hinaus in die Telefonzelle und rief Ethel Evans an.

»Hast du Lust, zu mir zu kommen?« fragte er.

»Ich bin kein Call-Girl.«

»Was soll das heißen?«

»Ich habe noch nicht gegessen.«

»Schön, dann treffen wir uns im P. J.«

»Ist das das einzige Restaurant in New York?«

»Herzchen«, er senkte die Stimme, »es ist halb neun, und es darf nicht allzu spät werden. Nächste Woche führe ich dich aus, wohin du willst.«

»Ist das abgemacht?«

»Ich schwöre es.«

Ethel lachte. »Okay, ich ziehe mir nur noch Hosen an.«

»Warum das?«

»Wenn ein Mädchen abends um neun mit voller Takelage ins P. J. kommt, sieht es aus, als sei sie enttäuscht, verstehst du? Als hätte sie sich aufs Voisin oder aufs Colony gespitzt. Kommt sie aber in Hosen, denkt jeder, sie hätte nichts Besseres vorgehabt.«

»Du überlegst dir wohl jeden Schritt im voraus, was?«

»Ja. – Sogar bei dir, großer Boss.«

Dan lachte. Was sollte er lange hin und her reden. »Also gut, dann in einer halben Stunde.«

Er ging in die Bar zurück, trank sein Glas aus und sah auf die Uhr. Schlimm genug, mit Ethel gesehen zu werden; keinesfalls wollte er in aller Öffentlichkeit auf sie warten. Er bestellte einen neuen doppelten Scotch, und dann noch einen. Ja – die Christie-Lane-Show! Er würde sie zu einem Erfolg machen, und wenn es das letzte war, was er auf Erden tat. Bis dahin war Robin Stone mit seinen »Schlagzeilen« längst auf den Hintern gefallen, und die Nachrichtenabteilung würde einen neuen Präsidenten haben.

Als er das nächstemal auf die Uhr sah, war es schon zehn. Er zeichnete seine Rechnung ab und stellte plötzlich fest, daß er ziemlich betrunken war. Und Ethel wartete. Na, wenn schon! Heute abend wünschte er sich nur noch, ins Bett zu fallen. Sollte sie eben warten! Er hatte es schließlich nicht nötig, diesem Weibsstück irgendwelche Erklärungen zu geben. Sie war ein Flittchen, und er ein großer Boss.

7

Ethel wartete. Um halb elf rief sie Dan an. Nachdem es einigemal bei ihm geklingelt hatte, meldete er sich. »Ja, wer 's da?«

»Ich, du versoffenes Stück! Ich sitze im P. J. und warte auf dich.«

Der Hörer klickte in ihrem Ohr. Einen Augenblick starrte sie ihn an, dann schleuderte sie ihn wütend auf die Gabel. Wie hatte sie sich nur mit so was wie Danton Miller einlassen können! Er war kein Filmstar, der für eine Nacht ein Gastspiel gab. Und selbst von Stars ließ sie sich keine Frechheiten gefallen. Sie ging an ihren Tisch zurück und zahlte, als sie plötzlich merkte, daß sich alle Blicke im Lokal auf ein wunderschönes Mädchen richteten, das eben in Begleitung zweier Männer hereinkam. Gott, sie war atemberaubend schön! Sie kam Ethel bekannt vor – richtig, das Titelbild der letzten *Vogue*. Die drei nahmen an einem Tisch gleich neben der Tür Platz. Jetzt erst sah Ethel, wer die beiden Männer waren: Robin Stone und Jerry Moss, den sie von verschiedenen Partys kannte.

Sie trat zu ihnen an den Tisch. »Hallo, Jerry«, sagte sie lächelnd.

Jerry sah auf, blieb aber sitzen. »Oh, hallo!« erwiderte er nur ganz beiläufig.

Ethel lächelte Robin an. »Ich bin Ethel . . . wir kennen uns schon, ich arbeite bei IBC in der Presse.«

Robin sah sie an. Auch er lächelte. »Setzen Sie sich, Ethel, wir brauchen noch ein Mädchen. Das ist Amanda.«

Das Mädchen reagierte nicht auf Ethels freundliches Nicken. Ihr Gesicht war eine Maske, aber Ethel fühlte eine Welle der Abneigung auf sich zukommen. Wie kann sie nur auf mich eifersüchtig sein, dachte sie. Wenn ich so aussähe, wäre die Welt mein.

Ethel nahm sich eine Zigarette, und Robin gab ihr über den Tisch hinweg Feuer. Durch die Rauchwolken, die auf sein Gesicht zuwanderten, starrte sie ihn an, er war aber schon wieder mit seinem Glas beschäftigt.

Das Schweigen machte Ethel nervös. Amanda blieb abweisend. Jerry war die ganze Sache sichtlich unangenehm, und Robin trank vor sich hin.

»Ich habe bis eben gearbeitet«, sagte Ethel; es klang gezwungen, und nach kurzer Pause setzte sie fast flüsternd hinzu: »Und bin nur rasch hergekommen, um einen Happen zu essen.«

»Keine Erklärungen«, erwiderte Robin mit seinem gewohnten Grinsen. »Jetzt sind Sie hier. Genießen Sie die Entspannung.« Er winkte dem Ober. »Was möchten Sie trinken?«

Sie sah auf sein leeres Glas. Ethel achtete immer darauf, das gleiche zu trinken wie ihr Begleiter; man hatte dann von Anfang an etwas Gemeinsames. »Ich nehme ein Bier«, sagte sie.

»Bringen Sie der Dame ein Bier und mir ein Eiswasser.«

Als der Ober mit Bier und Wasser kam, trank Robin einen großen Schluck. Amanda nahm ihm das Glas aus der Hand und nippte daran. Angeekelt und mit einem heftigen Ruck schob sie es ihm wieder zu. »Robin!« – Ihre Augen blitzten wütend.

Er grinste. »Magst du kein Eiswasser, Baby?«

»Das ist purer Wodka!«

Aufgeregt und neugierig verfolgte Ethel die Szene. Robin nahm einen zweiten kräftigen Schluck. »Tatsächlich. Dann hat Mike sich wohl geirrt.«

»Du hast Mike so erzogen«, erklärte sie kühl. »Robin . . .«, sie rückte näher an ihn heran, »du hast gesagt,wir blieben heute abend zusammen.«

Er legte ihr den Arm um die Schulter. »Aber wir sind doch zusammen, Baby!«

»Ich meine . . .« Ihre Stimme war leise und flehend. »Nur du und ich. Nicht mit Jerry und noch einem Mädchen.«

Er spielte mit ihrem Haar. »Ethel ist für Jerry bestimmt. Jetzt sind wir ein Viergespann.«

Amanda verzog keine Miene. »Robin, ich habe morgen früh

Farbaufnahmen. Ich hätte eigentlich zu Hause bleiben, meine Haare waschen und früh ins Bett gehen sollen. Aber ich bin mitgekommen. Und jetzt sitzt du da und trinkst.«

»Findest du es nicht gemütlich?«

»Wenn ich dir nur beim Trinken zuschauen soll, hätte ich genausogut zu Hause bleiben können.«

Einen Augenblick starrte Robin sie an, dann erschien wieder das langsame Grinsen. Er wandte sich an Ethel. »Wann müssen Sie morgen aufstehen?«

»Ich brauche keinen Schönheitsschlaf; es würde sowieso nichts nützen.«

Robin lachte. »Jerry, wir tauschen unsere Mädchen.«

Amanda nahm ihre Handtasche und stand auf. »Ich möchte nach Hause, Robin.«

»Aber ja doch, Baby.«

»Also?« Ihre Augen glitzerten verdächtig.

»Setz dich wieder hin«, sagte er freundlich. »Mir gefällt es hier, ich möchte noch etwas bleiben.«

Jerry Moss rutschte unbehaglich auf seinem Stuhl hin und her. »Wie wär's, Ethel, wenn wir beide uns absentierten? Ein Freund von mir gibt eine schicke Party, es ist ganz in der Nähe . . .«

»Ich möchte, daß ihr beide bleibt«, sagte Robin ruhig. Es war ein Befehl. Er trank seinen Wodka aus und bestellte einen neuen. Dann, mit einem zärtlichen Blick auf Amanda: »Schön ist sie, nicht? Und schlafen sollte sie. Ich bin ein rücksichtsloser Bursche. Möchtest du wirklich Schluß für heute machen, Baby?«

Sie nickte, als mißtraue sie ihrer Stimme.

Er beugte sich zu ihr und küßte sie auf das Haar. Dann wandte er sich an Jerry. »Setz Amanda in ein Taxi, Jerry, und komm wieder her. Schließlich dürfen wir mit unserem Saufgelage nicht das Topmodell von New York um seinen Schlaf bringen.«

Amanda stand auf und ging, Jerry folgte ihr ratlos. Das ganze Lokal gaffte hinterher. Als sie draußen waren, verlor Amanda die Beherrschung. »Jerry, was habe ich falsch gemacht? Ich liebe ihn, ich liebe ihn so sehr. Was habe ich falsch gemacht?«

»Nichts, Amanda. Er hat einfach abgeschaltet heute abend. Wenn er abschaltet, kommt niemand an ihn heran. Bis morgen hat er das vergessen.« Jerry pfiff und winkte ein Taxi herbei.

»Mach ihm klar, daß ich ihn liebe, Jerry. Halt ihm diese häßliche Kuh vom Leib. Die versucht es doch bei ihm, oder?«

»Engelchen, Ethel Evans zieht mit jedem los. Robin kennt seine

Pappenheimer. Komm, schlaf dich erst mal richtig aus.«

Das Taxi fuhr vor. Er öffnete die Tür.

»Jerry, ich gehe zurück, ich kann ihn doch nicht so . . .«

Er schob sie in das Taxi. »Du kennst Robin erst seit ein paar Monaten, Amanda. Ich kenne ihn seit Jahren. Robin läßt sich von keinem Menschen vorschreiben, was er zu tun und zu lassen hat. Soll ich dir sagen, was du falsch gemacht hast? Meiner Ansicht nach hast du dich zu sehr wie eine Ehefrau aufgeführt. Mit dem Trinken, zum Beispiel. Rück ihm nicht zu sehr auf die Pelle. Robin braucht Bewegungsfreiheit. So war es immer schon, auch auf der Uni. Und nun fahr nach Hause. Geh ins Bett. Morgen ist bestimmt alles vorbei.«

»Jerry, ruf mich an, wenn du von ihm weggehst. Egal, wie spät es ist. Wie kann ich denn schlafen, nachdem wir so auseinandergegangen sind! Bitte, ich muß wissen, wie ich mit ihm dran bin, auch wenn er zu dir sagt, er sei fertig mit mir . . . oder wenn er dieses Mädchen mitnimmt . . .«

»Er wird mir gar nichts sagen. Das solltest du doch wissen.«

Plötzlich merkte er, daß der Taxifahrer interessiert zuhörte, während der Zähler munter weitertickte. Jerry nannte Amandas Adresse.

Sie drehte die Scheibe herunter und umklammerte seinen Arm. »Ruf mich an, Jerry. Bitte!«

Er versprach es und sah dem davonfahrenden Taxi nach. Amanda tat ihm leid. Dabei war Robin heute abend gar nicht absichtlich schroff gewesen. Er hatte einfach abgeschaltet. Jerry kannte diesen Zug an ihm. Vielleicht war das ein Teil seines Charmes. Bei Robin mußte man immer auf Unerwartetes gefaßt sein. Zum Beispiel, daß er Ethel Evans aufgefordert hatte, sich an ihren Tisch zu setzen.

»Wie wär's mit einem Würstchen?« fragte Jerry, als er zurückkehrte.

»Du könntest es dir mal leisten, eine Mahlzeit zu überspringen«, erwiderte Robin leichthin. »Letzte Woche hast du zweimal die Gymnastik geschwänzt.«

»Ich wohne nicht weit von hier«, sagte Ethel. »Wir könnten auch zu mir gehen. Mein Rührei ist berühmt.« Mit einem Blick auf Jerry fügte sie hinzu: »Und ich habe eine reizende blonde Mitbewohnerin. Möglicherweise rennt sie gerade mit einem Handtuch um den Kopf herum, aber wenn wir sie fünf Minuten vorher warnen, kocht sie inzwischen Kaffee.«

Robin stand auf. »Ich habe keinen Hunger. Jerry und ich bringen Sie nach Haus. Dann bringt Jerry mich nach Haus.« Er nahm die Rechnung und gab sie Jerry. »Du bist an der Reihe, Junior. Kannst du als Spesen absetzen.«

Ethel wohnte Ecke Fifty-seventh/First Avenue. Eifrig bemüht, mit Robin Schritt zu halten, fragte sie: »Wohnen Sie auch in der Nähe?«

»Ich wohne am Fluß«, erwiderte er.

»Dann sind wir vielleicht sogar Nachbarn.«

»Der Fluß ist lang.«

Schweigend gingen sie weiter. Zum erstenmal fiel es Ethel schwer, den Faden weiterzuspinnen. Robin hatte eine Art zu antworten, die jede Unterhaltung erstickte. Vor dem Haus, in dem Ethel wohnte, blieben sie stehen. »Möchten Sie wirklich keinen Schlaftrunk mehr?« fragte sie. »Ich habe hochprozentigen Wodka.«

»Nein, ich mache Schluß für heute.«

»Na, wir sehen uns dann ja. Sie werden sich sicher bei der IBC sehr wohl fühlen, und wenn ich irgend etwas für Sie tun kann . . .«

Robin lächelte träge und erwiderte: »Ich fühle mich überall wohl, Baby. Also dann . . .« Er drehte sich um und ging davon, Jerry stolperte hinterdrein.

Ethel starrte ihnen nach, bis sie um die Ecke verschwunden waren. Sie war so verrückt nach Robin, daß es fast weh tat.

»O Gott«, sagte sie laut, »ich möchte jemand sein! Ich möchte, daß ein Mann, der jemand ist, mich gern hat! Ist das wirklich zuviel verlangt?« Plötzlich fühlte sie sich unerträglich einsam. All ihre Träume, die Männer für eine Nacht – im Grunde hatte sie nichts. Ja, eine nette Wohnung, eine herrliche Wohnung im Vergleich zu Hamtramack, aber schließlich war es auch nur ein modernes Dreizimmerapartment, das sie mit einem anderen Mädchen teilte, ein Mädchen, das genauso einsam war wie sie und auch nur flüchtige Abenteuer suchte. Sicher, es war ein großartiges Gefühl, einen Star in den Armen zu halten. Aber am nächsten Abend war er nicht mehr da . . .

Robin und Jerry gingen schweigend durch die nächtlichen Straßen. Als sie an einer Bar vorbeikamen, meinte Robin: »Laß uns noch einen trinken; für den Heimweg.«

Jerry folgte ihm wortlos.

Als sie vor ihren Gläsern saßen, fragte Jerry: »Wo läßt du das?«

Anstatt wie üblich stumm zu grinsen, starrte Robin ernst auf sein

Glas. »Ich habe erst so spät angefangen zu trinken, daß ich eine Menge nachholen muß. Meine Familie hielt sehr auf Gesundheit. Vater hat Alkohol nicht angerührt.«

Jerry lachte. »Und ich hielt dich an der Uni für einen weißen Raben.«

Robin starrte ihn an, als sähe er ihn zum erstenmal. »Warst du denn zu meiner Zeit auch an der Harvard?«

»Ein Semester unter dir«, sagte Jerry kleinlaut. Er war froh, daß niemand ihr Gespräch hörte. Alle Welt wußte, daß Robin und er zusammen studiert hatten, und man nahm an, aus der Zeit stamme ihre Freundschaft. Das war wieder so ein störender Zug an Robin. Man wußte nie, ob er das, was man ihm erzählte, tatsächlich aufnahm, obwohl er scheinbar aufmerksam zuhörte. Plötzlich ärgerte Jerry sich über seine Unterwürfigkeit, und in einer seltenen Anwandlung von Trotz knurrte er: »Wo glaubst du, haben wir uns kennengelernt?«

Robin rieb sich nachdenklich das Kinn. »Ich habe nie darüber nachgedacht, Jerry. Ich lerne so viele Leute kennen. Mir kommt es vor, als hättest du eines Tages in der Lancer Bar vor mir gestanden, und das war's dann.« Robin zahlte. Schweigend gingen sie hinaus. Jerry brachte Robin zu dem großen Apartmenthaus am Fluß. Ihm wurde plötzlich bewußt, daß er noch nie in Robins Wohnung gewesen war. Entweder trafen sie sich in einer Bar oder bei der blöden Gymnastik.

Als Robin dann gleichgültig vorschlug: »Komm mit 'rauf, wir trinken noch was«, war Jerry verlegen; als hätten die klaren blauen Augen des anderen seine Gedanken gelesen.

»Es ist schon ziemlich spät«, murmelte er.

Robins Lächeln war beinah höhnisch. »Wartet deine Frau auf dich, um dir eine Szene zu machen?«

»Nein, aber ich habe noch eine lange Fahrt vor mir und muß morgen früh sehr zeitig zu einer Verabredung.«

»Ganz wie du meinst.«

»Also gut, ein Bier, auf die Schnelle.« Er ging mit Robin zum Fahrstuhl und nahm sich vor, ein gutes Wort für Amanda einzulegen.

Es war eine schöne Wohnung. Erstaunlich ordentlich und gut möbliert.

Robin deutete mit einer Armbewegung auf die Einrichtung. »Ein Mädchen, das ich vor Amanda kannte.«

»Warum hast du Amanda heute abend so schlecht behandelt?

Sie liebt dich. Hast du denn gar nichts für sie übrig?«

»Nein.«

Jerry starrte ihn an. »Sag mir eins, Robin: Empfindest du überhaupt irgend etwas?«

»Möglicherweise empfinde ich eine ganze Menge, ich kann es nur nicht zeigen.« Robin lächelte. »Ich glaube, wenn ich das könnte, wäre das Leben viel leichter für mich. Ich bin wie ein Indianer. Sobald ich krank werde, drehe ich mich mit dem Gesicht zur Wand und bleibe so lange in dieser Stellung, bis mir besser wird.«

Jerry stand auf. »Offenbar brauchst du niemanden, aber ich bin nun mal dein Freund, was immer du darunter verstehen willst. Warum, weiß ich nicht, aber ich bin's.«

»Kokolores! Du bist mit mir zusammen, weil es dich freut. Im übrigen hast du völlig recht: Ich brauche niemanden.«

»Hast du dich niemals einem Menschen gegenüber verpflichtet gefühlt?« Jerry konnte es nicht lassen, weiter zu bohren.

»Doch. Im Krieg. Da hat mir einer das Leben gerettet, der mich nicht mal kannte. Er saß in einer anderen Maschine und zeigte plötzlich auf meine rechte Seite. Von dort brauste eine Messerschmitt heran. Ich stellte meine Kiste auf den Kopf und kam davon. Zwei Minuten später erwischte es ihn. Diesem Mann verdanke ich verdammt viel. Ich verdanke ihm mein Leben. An dem Tag hatten wir sieben Abstürze; ich konnte nicht feststellen, wer er war. Ich hätte alles für ihn getan – sogar seine Witwe geheiratet, wenn sie mich gewollt hätte. Aber ich habe nie etwas über ihn erfahren.«

»Würdest du gegenüber einem Chirurgen, der dir das Leben rettet, genauso empfinden?«

»Nein. Denn es ist sein Beruf. Er wird dafür bezahlt. Der Mann aus dem Flugzeug kannte mich nicht, er brauchte mein Leben nicht zu retten.«

Jerry schwieg. »Bis zu welchem Grad sollte deiner Meinung nach ein Freund für den andern einstehen?«

Robins Lächeln war knapp. »Ich weiß es nicht. Ich hatte nie einen.«

Jerry ging zur Tür. »Ich will dir nicht mein Pfadfindermesser geben oder darauf warten, daß du bei Rot über die Kreuzung gehst und ich dein Leben retten kann. Trotzdem bin ich dein Freund, und ich gebe dir einen guten Rat: Laß Amanda nicht fallen wie irgendein beliebiges Mädchen. Ich kenne sie zwar nicht besonders gut, aber sie hat etwas an sich, ich kann nicht sagen, was es ist. Ich spüre es nur. Sie ist großartig.«

Robin stellte sein Glas hin und kam quer durchs Zimmer. »Großer Gott, ich habe den Vogel vergessen.« Er ging in die Küche und knipste das Licht an. Jerry folgte ihm. Auf dem Fußboden stand ein großer, reichverzierter Vogelkäfig, in dem ein jämmerlicher kleiner Spatz saß und sie anblickte.

»Das ist ein Spatz, nicht?« fragte Jerry.

Robin kam mit etwas Brot, einer Tasse Wasser und einer Glaspipette. Er langte in den Käfig und nahm den Vogel behutsam heraus. Der Spatz schmiegte sich vertrauensvoll in seine Hand. »Hat zu früh das Fliegen versucht, der dumme Kerl. Dabei ist er aus dem Nest auf meinen Balkon gefallen und hat sich irgend was gebrochen. Amanda kann ihn nicht mitnehmen wegen ihrer Siamkatze; das verdammte Viech klettert alle Wände hoch.«

Liebevoll hielt er den kleinen Vogel, der jetzt erwartungsvoll den Schnabel aufsperrte, in der Hand. Robin fütterte ihn mit Brotkrumen. Dann nahm er die Pipette und träufelte ein paar Wassertropfen in den winzigen Schnabel. Er lächelte verlegen. »Anders kann er nicht trinken.« Als er fertig war, setzte er den Vogel wieder in den Käfig und sperrte ihn zu. Der Spatz saß da und schaute Robin dankbar an, die glänzenden Äuglein fest auf den großen Mann gerichtet.

»Und jetzt wird geschlafen, Sam«, sagte Robin. Er machte das Licht aus und ging ins Wohnzimmer zurück. »Ich glaube nicht, daß ihm was weh tut«, meinte er. »Er frißt wie ein Scheunendrescher. Wenn ihm was weh täte, würde er doch nicht so fressen, oder?«

»Da bin ich überfragt«, erwiderte Jerry. »Ich weiß nur, daß frei lebende Vögel in der Gefangenschaft eingehen.«

»Sowie er gesund ist, lasse ich ihn fliegen. Er ist ein pfiffiger kleiner Kerl, der genau weiß, was er will. Hast du bemerkt, wie er den Schnabel zusperrte, als er die Brotkrumen gefressen hatte und Wasser haben wollte?«

Jerry war müde. Es erschien ihm widersinnig, daß ein Mann wie Robin so zärtlich zu einem kleinen Vogel und so gefühllos zu einem Mädchen sein konnte. »Du könntest eigentlich Amanda anrufen und ihr sagen, daß es dem Vogel gutgeht«, schlug er vor.

»Wahrscheinlich schläft sie schon zwei Stunden«, erwiderte Robin. »Ihre Karriere geht vor. Komm – mach dir keine Sorgen um Amanda. Sie ist kein hilfloses armes Hascherl, das die Spielregeln nicht kennt.«

Es war spät, als Jerry ging. Trotzdem beschloß er, zu Fuß zu seiner Garage zu gehen. Die frische Luft würde ihm guttun. Einen plötzlichen Eingebung folgend, trat er in einen Drugstore und rief Amanda an.

»Jerry, ich bin so froh, daß du anrufst. O Jerry, er war mit dieser Ziege zusammen, nicht? Sei ehrlich.«

»Zu deiner Beruhigung: Zwanzig Minuten, nachdem du gegangen warst, haben wir diese Ziege an ihrer Haustür verabschiedet.«

»Aber es ist doch so spät jetzt. Was habt ihr denn gemacht? Warum hast du mich nicht früher angerufen? Dann hätte ich wenigstens schlafen können!«

»Wir haben einen Spaziergang gemacht, sind noch in eine Kneipe gegangen und anschließend zu Robin. Da haben wir getrunken und geredet. Und den verdammten Vogel gefüttert. Als ich ging, pries Robin gerade seine Tugenden: wie intelligent er sei, und stell dir vor, er weiß sogar, wann er Wasser will.«

Sie lachte erleichtert auf. »O Jerry! Soll ich ihn anrufen?«

»Nein, halt dich zurück, Amanda. Laß ein wenig Zeit verstreichen.«

»Ich werde mein möglichstes tun. Wenn das Herz nicht dranhängt, macht man automatisch alles richtig und hält sich von allein zurück. Aber wenn man jemanden mag, ist es anders. Ich habe noch nie jemanden so gemocht. Ich liebe ihn, Jerry.«

»Zeig es ihm nicht.«

Amanda lachte gezwungen. »Ist das nicht verrückt? Jemanden lieben und es ihn nicht merken lassen . . . Du bist doch ein Mann, Jerry. Hat deine Frau sich auch zurückgehalten und dich dadurch bekommen?«

Er lachte. »Mary war kein Topmodell, und ich bin nicht Robin Stone. Und wenn ich jetzt nicht mache, daß ich nach Hause komme, bin ich meine Frau womöglich los. Gute Nacht, mein Schatz.«

8

Am nächsten Morgen wachte Robin um sieben auf. Er fühlte sich wohl. Gleichgültig wieviel Wodka er trank – seinen ersten Kater hatte er noch vor sich. Was auch immer dieses Phänomen bewirken mochte – er war dafür außerordentlich dankbar und entschlossen, es so lange wie möglich auszukosten. Es war ihm klar, daß es ihm eines Tages beim Aufwachen wie jedem anderen gehen würde, der zuviel getrunken hat. Er ging zum Kühlschrank und schenkte sich ein großes Glas Orangensaft ein. Dann holte er eine Brotkruste und nahm das Tuch vom Vogelbauer. Der Spatz lag steif mit weitgeöffneten Augen auf der Seite; er war tot. Robin nahm ihn in die Hand. Der kleine Bursche hatte daran glauben müssen. »Du hast dich auch nie beklagt, du kleiner Spatz«, sagte er. »Dein Stil gefällt mir.«

Er zog Jeans und ein Sporthemd an. Dann wickelte er den toten Sam in einen Plastikbeutel und ging hinunter ans Flußufer. »Ein Seemannsgrab, Sammy, was Besseres kann ich dir nicht bieten.« Träge kroch ein klappriger grauer Schleppkahn dahin. Robin warf den Beutel in das schwarze Wasser und sah zu, wie ihn die Bugwellen des Kahns fortspülten. »Tut mir leid, daß du's nicht geschafft hast«, sagte er. »Aber du hast wenigstens einen, der ehrlich um dich trauert, und das ist mehr, als die meisten Leute von sich behaupten können.« Er wartete, bis der Beutel verschwunden war, und ging dann zurück in seine Wohnung.

Zu Hause stellte er sich unter die kalte Dusche. Er hatte gerade das Wasser abgedreht, als das Telefon klingelte. Hastig schlang er sich ein Handtuch um die Hüften und rannte triefend durch die Wohnung, um abzuheben.

»Habe ich dich geweckt, Robin?« Es war Amanda. »Ich habe heute in aller Herrgottsfrühe Aufnahmen und wollte dich vorher noch erreichen.«

Er angelte nach einer Zigarette.

»Robin – bist du da?«

»Ja.« Er suchte nach Streichhölzern. Sie lagen am Boden.

»Es tut mir leid wegen gestern abend.«

»Was war denn gestern abend?«

»Na, daß ich einfach weggerannt bin. Aber ich konnte dieses Mädchen nicht ertragen, außerdem war ich wohl müde und . . .«

»Das war gestern abend. Vergiß es.«

»Sehen wir uns heute abend?«

»Gern. Kochst du mir was?«

»Mit Vergnügen.«

»Dann bleiben wir dabei. Mach Steaks und diesen irrsinnig guten Salat.«

»Robin, wie geht's dem Vogel?«

»Er ist tot.«

»Aber gestern abend lebte er doch noch.«

»So?«

»Na ja«, sie überlegte fieberhaft, »sonst hättest du mir doch wohl was gesagt!«

»Ach so, ja. Irgendwann zwischen zwei und fünf heute nacht muß er seinen letzten Seufzer getan haben. Als ich ihn fand, war er schon steif.«

»Was hast du mit ihm gemacht?«

»In den Fluß geworfen.«

»Robin!«

»Was hast du erwartet? Daß ich ihn aufbahren lasse?«

»Nein. Es klang nur so herzlos. Ach Robin, hast du denn überhaupt kein Gefühl?«

»Doch, jetzt zum Beispiel habe ich das Gefühl, naß zu sein.«

»Weißt du, was du bist? Du bist ein eiskalter Kerl.« Es klang nicht einmal verärgert, sondern wie eine sachliche Feststellung.

Robin lachte. Sie hörte, wie er an seiner Zigarette zog. Nach einer Pause fragte Amanda: »Robin, was wünschst du dir eigentlich vom Leben?«

»Oh, im Augenblick wünsche ich mir ein paar Spiegeleier.«

»Du bist unmöglich!« Sie lachte, um die beklommene Stimmung zu verscheuchen. »Also dann bis heute abend. Steaks und Salat. Möchtest du sonst noch etwas?«

»Dich.«

Wieder lachte sie, und etwas von ihrer Zuversicht kehrte zurück. »Ach Robin, das habe ich dir noch gar nicht erzählt. Nächste Woche bin ich zu dem großen Frühlingsball eingeladen. Ich habe zwei Freikarten. Eigentlich kostet jede hundert Dollar. Kommst du mit?«

»Um Gottes willen!«

»Aber ich müßte eigentlich hin . . .«

»Baby, ich weiß nicht mal, ob ich nächste Woche hier bin.«

»Fährst du weg?«

»Ja, nach Miami. Ich möchte langsam anfangen, ein Team für die Parteikonvente im Sommer aufzubauen, und zwar gemeinsam mit Andy Parino. Er gehört zu unserem AS in Miami.«

»Was ist ein AS?«

»Ein Außenstudio. Jede Fernsehgesellschaft hat Anrecht auf fünf Außenstudios. Möchtest du mitkommen? Warst du schon mal in Miami?«

»Ich habe keinen Urlaub, Robin. Ich arbeite ununterbrochen.«

»Gut, daß du mich erinnerst, ich muß auch arbeiten. Also bis heute abend, Baby. Und sperr, um Himmels willen, dieses Katzenvieh ins Bad. Das letztemal hat Slugger dauernd auf meinem Schoß gesessen.«

Amanda lachte. »Er betet dich an, Robin. – Und ich liebe dich.« Aber er hatte schon aufgelegt.

Amanda sprang in ein Taxi und hetzte zur Lancer Bar. Die letzten Aufnahmen hatten fünfunddreißig Minuten länger gedauert als vorgesehen. Das bedeutete eine Menge Geld, aber es bedeutete leider auch, daß sie nicht mehr nach Hause konnte, um sich umzuziehen, und sie hätte doch so gerne das neue blaßblaue Rohseidene angezogen. Robin war aus Miami zurück. Es war ihr letzter gemeinsamer Abend, bevor er zum demokratischen Parteikonvent nach Los Angeles flog.

Dieser gemeine Nick Longworth! Sie wäre so gerne für zehn Tage mit Robin nach Los Angeles gegangen. Herrlich wäre das gewesen! Natürlich hätte sie während des Konvents nicht viel von ihm gehabt, aber er und Andy Parino wollten hinterher ein paar Tage Urlaub nehmen und in Palm Springs Golf spielen. Robin hatte seine Einladung ganz nebenbei ausgesprochen, aber jedenfalls hatte er sie eingeladen!

Nick blieb unerbittlich. Sie sei dabei, eins der begehrtesten Fotomodelle zu werden. Im Herbst werde er ihr abermals das Honorar erhöhen, und für Juli seien ein paar wichtige Termine gebucht. Als sie Robin das erklärte, hätte sie am liebsten von ihm gehört: »Pfeif auf deine Termine – ich bin deine Zukunft!« Aber er hatte nur gesagt: »Ich versteh' dich, Baby. Man vergißt immer, wieviel Geld in der Modebranche steckt . . .« Und das hatte er ernst gemeint.

Sie sah auf die Uhr. Schon zehn Minuten über die Zeit, und das Taxi kroch förmlich. Sie lehnte sich zurück und rauchte eine Zigarette. Wozu die Aufregung? Wahrscheinlich war Robin sowieso mit Andy Parino zusammen. Seit Andy hier war, hatten sie jeden Abend zu dritt verbracht. Sie mochte Andy. Er sah gut aus – fast noch besser als Robin. Doch sein Äußeres ließ sie genauso unbeteiligt wie das der hübschen Dressmen, mit denen sie hin und wieder posieren mußte. Schöne Männer – na und? Wenn sie dagegen nur an Robin *dachte,* wurde ihr schon ganz warm ums Herz. Am liebsten wäre sie ausgestiegen und gerannt – zu ihm. Doch es war heiß, und die Luft war feucht. Bis sie ankam, wäre ihre Frisur ruiniert.

Ihr letzter gemeinsamer Abend. Nein, so etwas durfte sie nicht einmal denken. Robin blieb ja nur zehn Tage fort. Aber seit er Präsident der Nachrichtenabteilung war, reiste er dauernd irgendwohin. Er war schon zweimal in Europa gewesen. Ob Andy wohl den ganzen Abend dabeisein würde? Gestern und vorgestern hatten sie sich in der Lancer Bar getroffen, waren dann in ein italienisches Restaurant gegangen, und erst gegen Mitternacht hatte sie Robin für sich gehabt. Und jedesmal hatte er entsetzlich getrunken. Allerdings schien seine Liebesfähigkeit darunter nie zu leiden. Trotzdem war es ihr lieber, wenn er nüchtern blieb, denn dann wußte sie, daß es der Mann war, der die zärtlichen Worte flüsterte, und nicht der Wodka.

Blinzelnd trat Amanda in die trübe erleuchtete Bar. »Hier sind wir, Baby!« Sie hörte Robins Stimme und ging zu der Nische im hinteren Zimmer, wo sie saßen. Beide Männer erhoben sich, Andy mit seinem offenen, freundlichen Lächeln. Doch Robins Grinsen und die flüchtige Sekunde, in der sich ihre Blicke trafen und festhielten, löschte Andy aus, löschte die Bar mit ihrem Lärm aus – selbst Amandas Herzschlag schien in jenem wundervollen Augenblick der Intimität, an dem niemand sonst teilnehmen konnte, auszusetzen. Als sie dann neben ihm saß, unterhielt er sich schon wieder mit Andy über Politik. Die Bar und der Lärm kehrten in Amandas Bewußtsein zurück. Sie beobachtete Robin und hätte ihn gern berührt, doch sie lehnte sich zurück und setzte ein Nick-Longworth-Gesicht auf: angedeutetes Lächeln, entspannte Züge – keine Falten.

Der Kellner brachte ihr einen Martini.

»Den hab' ich für dich bestellt«, erklärte Robin. »Ich denke, du kannst ihn gebrauchen. An einem Tag wie heute unter den Scheinwerfern zu stehen, muß keine Freude sein.«

Sie mochte den Alkoholgeschmack nicht. Früher (vor Robin) hätte sie sich ein Coca bestellt und glatt gesagt: »Ich trinke keinen Alkohol.« Doch irgendwie hatte ihr Instinkt sie gewarnt, daß Robin es mit einer Frau, die nicht trank, nicht lange aushalten würde. Meistens nippte sie den ganzen Abend an einem Glas herum; manchmal goß sie noch die Hälfte in seines. Aber heute schmeckte der Martini kühl und angenehm. Vielleicht kam sie am Ende doch noch auf den Geschmack.

Robin und Andy kamen erneut auf die bevorstehende Nominierungen zu sprechen. Im Laufe des Gesprächs ergriff Robin unbewußt Amandas Hand und hielt sie fest. Das war seine Art, Amanda in eine Diskussion einzubeziehen, die über ihren Horizont ging. Sie nippte an ihrem Martini und musterte Robins Profil.

Um neun gingen sie in das italienische Restaurant. Als sie gegessen hatten und Andy vorschlug, im P. J. noch einen Nachttrunk zu nehmen, schüttelte Robin zu Amandas größter Freude den Kopf. »Du bleibst mir noch zehn Tage erhalten, Junior. Dies ist der letzte Abend mit meinem Mädchen.«

In jener Nacht war Robin ungewöhnlich zärtlich. Er fuhr ihr mit der Hand durch das helle Haar und sah sie liebevoll an. »Mein Liebstes – was bist du so sanft, so glatt und schön.« Er hielt sie eng an sich gepreßt, streichelte ihren Nacken und liebte sie, bis beide erfüllt und erschöpft zurücksanken. Dann sprang er aus dem Bett und zog Amanda mit sich. »Komm, laß uns zusammen duschen.«

Sie standen unter dem warmen Wasser. Es machte Amanda nichts aus, daß ihr Haar naß wurde, obgleich sie morgen früh um zehn schon die ersten Aufnahmen hatte; denn nur das Jetzt, dieser Augenblick, zählte. Als Robin das kalte Wasser andrehte, schrie sie auf. Lachend hielt er sie fest. Nach kurzer Zeit hatte ihr Körper sich daran gewöhnt; es war wundervoll. Robin küßte sie, während das Wasser über ihr Gesicht strömte. Dann drehte er die Dusche ab, nahm ein Handtuch und hüllte sich und Amanda darin ein. Sie sah ihm in die Augen. »Ich liebe dich, Robin.«

Er küßte sie, ihren Nacken, ihren flachen Busen. Dann sah er zu ihr auf. »Ich liebe deinen Körper, Amanda. Er ist wundervoll.«

Er trug sie ins Schlafzimmer zurück, und sie liebten sich noch einmal leidenschaftlich, bis sie, fest umarmt, in Schlaf fielen.

Amanda wurde wach, weil Robin auf ihrem Arm lag; sie hatte schon kein Gefühl mehr darin. Es war dunkel. Vorsichtig zog sie ihren Arm unter ihm hervor. Plötzlich sah sie die funkelnden Augen des Siamkaters vor sich. Großer Gott, er hatte es fertiggebracht, die Tür aufzustoßen! Jetzt schlich er heran und sprang aufs Bett. Amanda zog ihn zu sich und kraulte ihm das Fell; der Kater schnurrte vor Behagen. »Ich muß dich wieder ins Wohnzimmer bringen, Slugs«, flüsterte sie. »Robin mag es nicht, wenn er dich beim Aufwachen in seinem Bett findet.«

Mit dem Kater im Arm schlüpfte sie aus dem Bett. Robin bewegte sich, und seine Hand tastete über Amandas Kopfkissen. »Geh nicht weg!« schrie er. »Bitte, geh nicht weg!«

Amanda setzte Slugger ab und stürzte an Robins Seite. »Ich bin ja da, Robin.« Sie hielt ihn in ihren Armen. Er zitterte und starrte ins Dunkel. »Robin!« – Ihre Finger berührten seine feuchte Stirn. »Ich bin hier! Ich liebe dich!«

Er schüttelte den Kopf wie jemand, der aus dem Wasser kommt, blinzelte sie an, als sei er in diesem Augenblick erst erwacht, und zog sie grinsend an sich. »Was ist los?«

Amanda starrte ihn an.

»Ich meine, warum, zum Teufel, sitzen wir mitten in der Nacht aufrecht im Bett?«

»Ich wollte nur den Kater hinüberbringen und was trinken, da hast du geschrien.«

»Geschrien?«

»Ja. Du hast geschrien: ›Geh nicht weg!‹«

Einen Augenblick lang war in Robins Augen etwas wie Furcht zu lesen. Plötzlich lächelte er wieder. »Dann schleich dich bitte nicht noch mal davon.«

Amanda umklammerte ihn. Zum erstenmal hatte sie erlebt, daß er verwundbar war. »Ich werde dich nie verlassen, Robin, nie. Ich liebe dich.«

Er löste sich aus der Umarmung und lachte. »Du kannst mich verlassen, wann immer du willst, Baby. Nur nicht mitten in der Nacht.«

Verwundert sah sie ihn an. »Und warum nicht?«

Er starrte ins Dunkel. »Ich weiß nicht, wirklich nicht.« Dann blitzte sein unbekümmertes Grinsen auf. »Du hast mich auf einen guten Gedanken gebracht. Ich habe auch Durst.« Er gab ihr einen Klaps auf den Popo. »Komm, laß uns in der Küche ein Bier trinken!«

Sie tranken ein Bier, und dann liebte Robin sie zum drittenmal.

Für Amanda flossen die Jahreszeiten ineinander. Im Vorfrühling war Robin in ihr Leben getreten, und bis zum Sommer war aus ihrer Beziehung glühende Leidenschaft geworden. Robin war zu den Parteitagen nach Los Angeles und Chicago geflogen; jedesmal, wenn er zurückkam, schien ihr Verlangen größer geworden zu sein. Ihre Liebe war ohne Maßstäbe; sie flog himmelan in einer fieberhaften Grenzenlosigkeit. Und davor hatte Amanda Angst. Denn Robin war nicht fähig, auch nur annähernd Ähnliches zu empfinden. Der Erfolg, den er mit seinen politischen Sendungen hatte, trug erst recht nicht zu ihrer inneren Sicherheit bei. Vielmehr ragte sein neues Image wie eine Drohung vor ihr auf – alles, was ihn ihr wegnahm, war eine Drohung. Wenn sie ihn jemals verlieren sollte, würde alles für sie aufhören. Sie wünschte sich brennend, er wäre wieder ein unbekannter Nachrichtenkommentator in der Lokalredaktion.

Im Oktober sahen sie sich gemeinsam in seiner Wohnung seine erste »Schlagzeilen«-Sendung an. Gregory Austin gratulierte telefonisch, desgleichen Andy Parino. Andy rief aus Miami an. Er hatte gerade eine junge geschiedene Frau kennengelernt und war verliebt.

Robin lachte. »So ist's richtig! Miami wimmelt von hübschen Mädchen, und ein unbescholtener Katholik wie du gerät an eine geschiedene Frau.«

»Maggie Stewart ist ein Sonderfall!« behauptete Andy. Natürlich gebe es konfessionelle Schwierigkeiten, aber das Haupthindernis sei offenbar die Dame selber. Sie wolle ihn nicht heiraten. Andy habe sie für einen Fünf-Minuten-Sport in den Regionalnachrichten engagiert, und auf diese Weise, so meinte er, arbeiteten sie wenigstens zusammen.

Amanda hörte gelassen zu. Möglicherweise begann ihr Plan in jenem Augenblick Gestalt anzunehmen. Einige Abende später, als sie über ein Mädchen lachen mußte, das in der »Spätschau« mit dämlichem Gesicht ihren Werbespot ablieferte, entschloß sie sich zu handeln.

»Sei nicht überheblich«, sagte Robin. »Es ist nicht leicht, sich natürlich zu geben, wenn man das rote Auge der Kamera vor sich hat.«

»Was glaubst du, was ich tue?«

Robin zog sie an sich. »Du, mein Geliebtes, posierst für eine Aufnahme fünfzigmal, bis der Fotograf dich schließlich so engelhaft erwischt, wie du bist. Und wenn es nicht klappt, kann er immer noch retuschieren.«

Amanda ließ sich die Sache durch den Kopf gehen. Wenn sie eine Fernsehreklame gut brachte, würde Robin sie vielleicht wirklich anerkennen. Sie sprach Nick Longworth darauf an. Er lachte. »Mein liebes Kind, das ist eine glänzende Idee, aber erstens kannst du nicht sprechen; das ist eine Begabung für sich. Und zweitens können wir dich nicht in einer Gruppenszene einsetzen, denn dafür nehmen wir nur Anfänger. Ich habe gerade drei für eine Bierreklame eingeplant. Das einzige, was du tun könntest, wäre, ein Spitzenprodukt zu präsentieren. Und so was fällt einem nicht in den Schoß. Meistens werden dafür Hollywoodschönheiten genommen, die ausgebildete Sprecherinnen sind und einen Artikel verkaufen können.«

Weihnachten schmückten sie in Amandas Wohnung einen Baum. Robin schenkte ihr eine Armbanduhr – ein sehr schönes, überschmales Stück, freilich ohne auch nur die Andeutung eines Diamanten. Amanda ließ sich ihre Enttäuschung nicht anmerken. Sie hatte Robin ein flaches goldenes Zigarettenetui mit eingraviertem Namenszug geschenkt.

Als sie an diesem Abend zu Bett gingen, schlich sich Slugger mit ins Schlafzimmer. Amanda wollte ihn ins Wohnzimmer hinübertragen. »Laß ihn, heute ist Heiligabend«, meinte Robin. »Ach, ich habe was vergessen.« Er holte aus seiner Jackentasche ein flaches Päckchen. »Fröhliche Weihnachten, Slugger.« Er warf das Päckchen aufs Bett, und Amanda öffnete es. Als sie das weiche schwarze Lederhalsband sah, kamen ihr die Tränen. An dem Halsband hingen Silberglöckchen und ein kleines silbernes Schild, auf dem Sluggers Name stand.

Amanda umarmte Robin stürmisch. »Du hast ihn ja doch gern.«

»Klar hab' ich ihn gern«, lachte er. »Ich mag nur nicht, wenn er um meine Beine streicht. Jetzt geben mir die blödsinnigen Glöckchen wenigstens eine Vorwarnung.« Dann nahm Robin Amanda in die Arme und küßte sie. Die beiden hörten die Silberglöckchen nicht mehr, als Slugger voller Verachtung vom Bett sprang und das Zimmer verließ.

9

Im Januar wurden auf der Fernsehseite der *New York Times* die Programmänderungen für Februar angekündigt. Dan lächelte selbstgefällig, als er sah, daß die Christie-Lane-Show den Löwenanteil davontrug. Er hatte den Sommer über schwer geschuftet und Christie einen guten Pilotfilm förmlich abgerungen. Austin hatte sich's angesehen und Dan grünes Licht gegeben, und danach warf Dan als erstes seine Beruhigungspillen fort.

Heute abend würde er feiern. Unwillkürlich dachte er an Ethel. Vielleicht war es falsch gewesen, sie für die Christie-Lane-Show einzusetzen. Aber, liebe Zeit, irgendwie mußte er sich ihr ja erkenntlich zeigen. Keine, nicht eine, konnte mit dieser Person im Bett konkurrieren. Ethel hatte ihr neues Betätigungsfeld mit Feuereifer übernommen, und zwar nicht wegen der fünfundzwanzig Dollar, die sie mehr verdiente. Hauptanziehungspunkt waren die Hollywoodstars, die sie jede Woche kennenlernen würde. Nun gut, sie war nymphoman, aber kein schlechter Kerl – Dan konnte sie beim besten Willen nicht mehr als zweimal pro Woche beschlafen. Wenn sie in ihrer Freizeit eine Hollywoodberühmtheit einschieben wollte – bitte sehr, das war das wenigste, was er für den Flitzer tun konnte. Vielleicht würde sie dann aufhören, ihm dauernd mit ihrem »Geh mit mir in den Klub 21« in den Ohren zu liegen. Merkwürdigerweise hatte Ethel keine amourösen Absichten mit

Christie Lane. Sie behauptete, sie finde ihn grauenvoll. »Seine Haut ist so pappig weiß wie Hühnerbauch.« Seitdem nannte sie ihn nur HB.

Dan lehnte sich zufrieden lächelnd zurück. Im Februar würde er seinen großen Erfolg einheimsen. Die Alwayso Cosmetics wollte sich an den Kosten beteiligen, und er hatte Christie, dem »Mr. Durchschnittsmann«, eine Sängerin mit Dutzendgesicht und einen hausgemachten Conferencier an die Seite gestellt. Dazu würde jede Woche ein großer Star der Sendung als Gast einigen Glanz verleihen. Die Alwayso würde ihre Werbespots live bringen. Dan schwelgte geradezu: ein schönes Mädchen in den Werbe-Einblendungen bot den vollendeten Kontrast zum trauten Familienzuschnitt der Christie-Lane-Show.

Gerade jetzt dürften sich in Jerrys Agentur die schönsten Modelle New Yorks versammeln. Dan lächelte. Solche Probleme hätte er auch gern mal gehabt.

Jerry stand aber wirklich vor einem Problem. Es hieß Amanda. Amanda mit ihren kühlen nordischen Gesichtszügen, den hohen Wangenknochen und dem langen, vollen blonden Haar wäre der ideale Typ für den Alwayso-Artikel. Jerry hätte sie gern eingesetzt – aber wie würde Robin das aufnehmen?

Würde er sagen: »Was, zum Teufel, fällt dir denn ein? Willst du dich bei mir anbiedern?« Oder würde er sagen: »Das war verdammt nett von dir, Jerry. Ich rechne's dir hoch an!«

Plötzlich haßte er sich. Entscheidend war doch wohl, wer sich am besten für den Job eignete, und nicht, was Robin davon hielt! Jerry starrte auf das Foto von Mary und den Kindern vor sich auf dem Schreibtisch. Waren seine Gefühle für Robin anomal? Lächerlich! Er spürte kein sexuelles Verlangen nach ihm! Er mochte ihn einfach gern, war gern mit ihm zusammen. Aber *warum* war er gern mit ihm zusammen? Manchmal behandelte Robin ihn mit dem gleichen unpersönlichen Charme wie etwa den Barmixer in der Lancer Bar. Es gab Tage, an denen er fast überhaupt nicht mit ihm sprach. Dann wieder konnte er gesellig sein, als wenn er sich freue, ihn zu sehen. Insgeheim hatte Jerry den Verdacht, Robin würde ihn keine Sekunde vermissen, wenn er plötzlich die Beziehung zu ihm abbräche.

Er drückte auf die Sprechtaste und bat seine Sekretärin, Amanda zu holen. Wenige Augenblicke später kam sie herein. Gott, sie hatte auch noch den gleichen Gang wie ihr dämlicher Kater! Amanda trug einen Leopardenmantel, das blonde Haar hing lose auf die Schultern. Leopard! Außerdem hatte sie noch einen Nerz. Seine Frau trug bloß Otter.

Amanda setzte sich ihm gegenüber, ohne das Tageslicht zu fürchten, das voll auf sie fiel. Jerry hatte festgestellt, daß ältere Modelle das direkte Licht tunlichst vermieden. Aber Amandas Gesicht war makellos, und sie wußte es.

»Möchtest du die Sache wirklich machen?« fragte er.

»Wahnsinnig gern.«

Er sah, daß sie einen schnellen Blick auf ihre Armbanduhr warf; ihre Zeit war kostbar. Dann bemerkte er die Uhr. Allmächtiger, eine Vacheron! Die winzigste Uhr, die er je gesehen hatte. Mary hatte sie im Schaufenster bei Cartier bewundert; sie kostete über zweitausend Dollar.

»Was für eine schöne Uhr du hast!« sagte er.

Sie lächelte. »Vielen Dank . . . ein Weihnachtsgeschenk von Robin.« Jerry schwieg. Er hatte Robin eine Kiste Wodka geschickt. Robin hatte ihm nicht einmal eine Weihnachtskarte geschrieben.

Plötzlich beugte Amanda sich über den Schreibtisch. Sie sah Jerry eindringlich an. »Ich möchte diese Spots machen, Jerry. Ich möchte, daß Robin stolz auf mich ist. O Jerry, ich liebe ihn! Ich kann ohne ihn nicht leben! Du bist sein bester Freund. Sag mir, welche Chancen ich habe. Wir sind jetzt fast ein Jahr zusammen, und manchmal glaube ich, ich bin ihm keinen Schritt näher gekommen als am ersten Tag. Man weiß nie, wie man bei ihm dran ist . . . was ist dein Eindruck, Jerry? Ihr habt doch sicher über mich gesprochen.«

Jerrys Stimmung schlug um. Merkwürdigerweise konnte er sich in Amandas Lage versetzen. Es mußte schwer sein für ein Mädchen, in einen Mann wie Robin verliebt zu sein. Gott sei Dank, daß er selbst ein Mann und nur Robins Freund war!

»Jerry, ich möchte ihn heiraten«, sprach sie weiter. »Ich möchte Kinder mit ihm haben.« Ihre Züge spannten sich. »Weißt du, was ich in den Wochen, in denen er weg war, abends gemacht habe? Ich habe Sprechkurse belegt, ich habe in den Zeitungen die Politik verfolgt, und jetzt fange ich an, frühenglische Klassiker zu lesen. Als ich mit Robin darüber diskutieren wollte, hat er gelacht und gesagt, er habe keine Lust, ein zweiter Professor Higgins zu werden. Aber ich gebe es nicht auf. O Jerry, manchmal wünschte ich, daß ich ihn weniger liebte! Wenn er nachts bei mir war, nehme ich am nächsten Morgen das Handtuch, das er benützt hat, und drücke mein Gesicht hinein. Manchmal falte ich es zusammen, stecke es in meine große Tasche und trage es den ganzen Tag mit mir herum. Sooft ich es berühre, meine ich noch einen Hauch von Robin zu spüren ... Ich weiß, es klingt albern. Ich nehme das Handtuch sogar mit, wenn ich Robin abends in der Lancer Bar treffe. Und jedesmal, wenn ich die Bar betrete, sterbe ich vor Angst, er könnte nicht da sein. Aber er ist immer da. Oft, wenn ich neben ihm sitze und er mich angrinst, denke ich: O Gott, könnte ich doch diesen Augenblick festhalten! Wenn er doch nie vorüberginge! Und dann erschrecke ich, denn es könnte doch bedeuten, daß ich damit rechne, Robin eines Tages zu verlieren.« Amanda schlug die Hände vors Gesicht, als wollte sie sich gegen diesen Gedanken wehren.

Jerry war gerührt; sie tat ihm leid. »Du wirst ihn nicht verlieren, Amanda. Robin ist jetzt fast ein Jahr mit dir zusammen. Das allein ist schon ein Rekord!« Er reichte ihr den Vertrag. »Ich glaube, du wirst in den Werbespots großartig ankommen, und wir tun uns nur selbst einen Gefallen, wenn wir dich in die Show hineinnehmen.«

Amanda war den Tränen nahe. Sie kritzelte rasch ihren Namen unter den Vertrag. Als sie Jerry die Hand gab, hatte sie ihre Beherrschung wiedergewonnen.

Zwei Wochen später suchte Jerry zum erstenmal einen Psychiater auf. Es war erschreckend, wie selten er neuerdings mit Mary schlief. Als sie das Thema von sich aus anschnitt, hatte sie versucht, es auf die leichte Schulter zu nehmen. »Sag mal, du vielgeplagter Mann mit deinem ewigen Golf am Wochenende, hast du die Frau vergessen, die du liebst?«

Er hatte sie ehrlich verdutzt angesehen.

»Keinmal in diesem Sommer«, sagte sie gutmütig, »und jetzt haben wir Mitte September. Muß ich warten, bis es fürs Golfspielen zu kalt ist?«

Er hatte Ausflüchte gesucht und etwas davon gemurmelt, wie hektisch der Beginn einer neuen Saison immer sei. Im September herrsche Hochbetrieb.

Im November machte er die schlechten Straßenverhältnisse verantwortlich. Das Wetter sei zu unbeständig, um mit dem Wagen zu fahren, und morgens und abends zu den Zügen zu hetzen, sei eine Belastung. Nein, er sitze nicht mit Robin Stone in der Lancer Bar. Er *arbeitete* bis spät in die Nacht hinein!

Um weitere Auseinandersetzungen zu vermeiden, schwieg er beharrlich. Die häusliche Atmosphäre wurde immer gereizter. Und eines Abends kam es zur Explosion.

Es geschah an einem Dienstag, eine Woche nachdem er Amanda engagiert hatte. Jerry hatte tagsüber an den Werbetexten gearbeitet. Es war einer jener seltenen Tage gewesen, die ohne Pannen verlaufen, und er hatte sogar schon den Fünfuhrzug erreicht. Doch als er daheim eintraf, blickte Mary ihn argwöhnisch an.

»Du kommst ja so früh. Hat Robin Stone dich heute versetzt?«

Er wurde so wütend, daß er sich an seinem Martini verschluckte. Mary warf ihm vor, er habe ein schlechtes Gewissen, worauf er wütend aus dem Zimmer stürmte. In seiner Kehle bildete sich ein harter Knoten. Robin hatte ihn tatsächlich versetzt. Das heißt, ganz so konnte man es nicht nennen. Als Amanda sich um halb fünf verabschiedete, weil sie um fünf einen Termin für Aufnahmen hatte, war Jerry insgeheim froh gewesen: Robin würde allein in der Lancer Bar sein. Er rief ihn auf der Stelle an. »Lancer Bar um fünf?« fragte er.

Robin lachte. »Mensch, Jerry, ich bin erst einen Tag zurück. Amanda kocht für mich. Heute abend schenke ich mir die Bar, wir sehen uns dann morgen.«

Jerrys Gesicht hatte vor Wut gebrannt, aber er hatte sich rasch wieder beruhigt. Na, wenn schon! Dann würde er Robin eben morgen sehen. Und es war höchste Zeit, daß er Mary überraschte und endlich einmal früh nach Hause kam.

Natürlich hatte er sich mit Mary wieder versöhnt. Sie war ihm mit einem frischen Martini ins Schlafzimmer gefolgt, um Frieden zu schließen, doch als sie Jerry im Bett umarmte, regte sich bei ihm nichts. Das war ihm noch nie passiert. So sporadisch ihr Liebesleben im letzten Jahr auch gewesen war, so hatten sie es doch beide jedesmal voll genossen. Schluchzend wandte Mary sich von ihm ab. Er verdrängte seine Befürchtungen und entschuldigte sich bei ihr, schob es auf den vielen Alkohol und die berufliche Anspannung. Am nächsten Tag ging er zum Arzt und bat um eine Vitaminspritze. Dr. Anderson erklärte, er leide nicht an Vitaminmangel. Schließlich stotterte Jerry sein eigentliches Problem heraus. Anderson empfahl ihm Dr. Archie Gold.

Empört rannte Jerry aus dem Sprechzimmer. Er brauchte keinen Psychiater! Mein Gott, wenn Robin auch nur ahnte, daß er dergleichen in Erwägung zog, würde er ihn todsicher fallenlassen. Angewidert würde er auf einen solchen Schwächling herabsehen.

Es war ihm egal, was Dr. Anderson sagte, und es war ihm auch egal, daß viele normale, gesunde Männer einen Psychiater aufsuchten, wenn bei ihnen irgend etwas »blockiert« war. Nie würde er zu einem Tiefenheini gehen!

Mary brach seinen Widerstand. Abend für Abend empfing sie ihn lächelnd, nie mehr trug sie ihre rosa Lockenwickler. Jerry bemerkte auch, daß sie ein neues Augen-Make-up verwandte. Im Bett kuschelte sie sich zärtlich an ihn – zweimal hatte er einen Versuch gemacht, aber es hatte nicht geklappt, und nun fürchtete er sich vor weiteren Fehlschlägen. Sobald er im Bett lag, täuschte er mit regelmäßigen Atemzügen Schlaf vor. Dann lag er wach und starrte ins Dunkel und hörte, wie Mary schluchzend ins Bad schlich und ihr Pessar entfernte. So entschloß er sich endlich, doch zum Psychiater zu gehen.

Dr. Archie Gold war erstaunlich jung. Die erste Sitzung brachte ihn noch nicht sehr weit. Jerry kam sofort auf den Kern der Sache: »Ich kann mit meiner Frau nicht mehr schlafen. Dabei liebe ich sie, und es gibt auch kein anderes Mädchen. Was kann man da machen?« Ehe er sich's versah, waren die fünfzig Minuten um. Zu seinem Erstaunen schlug Dr. Gold ihm drei Besuche wöchentlich vor. Jerry hatte fest geglaubt, daß seine Schwierigkeiten in einer Stunde ausgeräumt werden könnten. Drei Sitzungen! Lächerlich! Doch dann dachte er an Mary, an ihr unterdrücktes Schluchzen im Badezimmer, und willigte ein: montags, mittwochs, freitags.

Nach zwei Wochen fühlte Jerry sich besser. Nach intensiver Seelenerforschung und Rückerinnerung bis in die Kindheit war er zu einigen beruhigenden Schlußfolgerungen gekommen. Er hatte Persönlichkeitsprobleme, war aber nicht homosexuell. Diese Befürchtung wenigstens hatte sich nicht bewahrheitet. Sie sprachen über seinen Vater, einen stattlichen, männlich aussehenden Mann, für den Jerry als kleines Kind kaum vorhanden war. Dann begann er ihn auf einmal zu Footballspielen mitzunehmen, und wenn Robin Stone mitspielte, hatte sein Vater sich heiser gebrüllt. »Der Junge ist großartig! Das nenne ich einen ganzen Kerl!« Einmal war Robin wie der Blitz durch die gegnerische Mauer gebrochen und hatte den Ball über die Torlinie geschossen. Jerrys Vater war auf die Füße gesprungen. »Toll, wie der Junge das macht – daran nimm dir ein Beispiel!«

Behutsam holte Dr. Gold andere persönlichkeitsschädigende Elemente ans Licht. Als sich zum Beispiel herausgestellt hatte, daß Jerry nicht größer als ein Meter sechzig würde, spottete sein Vater: »Wie habe ich nur einen solchen Knirps in die Welt setzen können? Ich bin einsfünfundachtzig. Jesses, du schlägst nach deiner

Mutter. Die Baldwins sind alle schwächlich.«

Nun gut. Zumindest verstand Jerry jetzt einige Dinge besser. Sein Bemühen, Robins Freundschaft zu gewinnen, bedeutete im Grunde genommen, daß er immer noch die Anerkennung seines Vaters suchte. Dann beschäftigten sie sich eine ganze Stunde lang mit Robin Stone, und allmählich kam die Sprache auch auf Amanda.

»Warum kann ich nicht wie Robin sein? Ohne Gewissen, frei«, fragte Jerry.

»Nach dem, was Sie mir von Robin Stone erzählen, würde ich kaum sagen, daß er frei ist.«

»Immerhin ist er sein eigener Herr. Selbst Amanda spürt, daß sie ihn nicht wirklich an sich fesseln kann.«

Als Jerry Dr. Gold von Amandas Geständnis über ihren Kult mit Robins Handtuch erzählte, verlor der Arzt seinen üblichen sanften Gesichtsausdruck. »Sie hat wirklich Hilfe nötig«, meinte er.

»Unsinn! Sie ist nur ein übertrieben sentimentales, verliebtes Mädchen!«

Dr. Gold schüttelte den Kopf. »Das ist nicht Liebe, das ist schon Besessenheit. Wenn das Mädchen all die Eigenschaften hat, die Sie ihr zuschreiben, dann sollte ihr die Beziehung von Robin Stone ein Gefühl der Erfüllung geben. Aber nicht solche wirren Phantastereien. Wenn er sie sich jemals zum Feind machen sollte . . .«

»Sie können Menschen nicht einfach so pauschal beurteilen. Sie kennen sie nicht.«

»Wann kommt Robin Stone zurück?« fragte Dr. Gold.

»Morgen. Warum?«

»Wie wäre es, wenn ich Sie in der Lancer Bar träfe? Dann könnten Sie mich Robin und Amanda vorstellen.«

Jerry starrte die Decke an. »Aber wie soll ich Ihre Anwesenheit erklären? Ich kann doch wohl kaum sagen: He, Robin, mein Seelendoktor möchte dich verarzten?«

Dr. Gold lachte. »Wir könnten doch ohne weiteres Schulfreunde sein. Wir sind etwa gleichaltrig.«

»Könnte ich einfach sagen, Sie seien Arzt, nicht Seelendoktor?«

»Einige meiner besten Freunde sind ganz normale Menschen«, antwortete Dr. Gold. »Könnten Sie nicht *einen* Freund haben, der Psychiater ist?«

Jerry war nervös, als er Dr. Gold die Lancer Bar betreten sah. Robin war beim dritten Martini angelangt, und Amanda mußte ausgerechnet heute arbeiten. Sie traf Robin später zum Abendessen im italienischen Restaurant.

»Ach, ich hab's ganz vergessen, dir zu sagen«, meinte Jerry, als Dr. Gold auf sie zukam. »Ein alter Schulfreund von mir kommt auf einen Drink vorbei.«

Jerry legte den Arm um Dr. Gold. »Archie –« Der ungewohnte Name blieb ihm fast im Hals stecken. »Das ist Robin Stone. Robin, Dr. Archie Gold.«

Robin sah den Mann mit geringem Interesse an. Er war in einer seiner schweigsamen Stimmungen und konzentrierte sich auf sein Glas. Auch Dr. Gold war nicht gerade gesprächig. Seine kühlen grauen Augen musterten Robin gelassen. Jerry begann nervös zu plaudern. Einer mußte ja sprechen!

Plötzlich beugte sich Robin herüber und sagte: »Sind Sie Chirurg, Archie?«

»In gewissem Sinn«, antwortete Dr. Gold.

»Er operiert Komplexe heraus.« Jerry versuchte seine Stimme ungezwungen klingen zu lassen. »Ob du's glaubst oder nicht, Robin, Archie ist ein Seelendoktor. Wir haben uns zufällig auf einer Party getroffen und unsere alte Freundschaft erneuert, und er erzählte mir –«

»Waren Sie schon immer an diesem Mumpitz interessiert?« warf Robin dazwischen, ohne Jerry zu beachten.

»Ursprünglich wollte ich Neurochirurg werden. Aber ein Neurologe sieht sich oft unheilbaren Krankheiten gegenüber. Er kann dann nur Medikamente verschreiben, um die Symptome zu mildern. Aber mit der Psychoanalyse kann er den Kranken heilen.« Dr. Golds Augen wurden plötzlich lebhaft. »In der Analyse liegt immer die Hoffnung auf ein besseres Morgen.«

Robin grinste. »Ich kenne Ihre Crux.«

»Meine Crux?«

Robin nickte. »Sie lieben die Menschen.« Er warf einen Schein auf die Theke. »He, Carmen.« Das Barmädchen kam sofort zu ihm. »Das reicht wohl für meine Rechnung. Gib meinen Freunden noch eine Runde und behalt den Rest für dich.« Dann streckte er Dr. Gold die Hand hin. »Tut mir leid, daß ich abschwirren muß. Ich hab' 'ne Verabredung mit meinem Mädchen.« Er verließ die Bar.

Jerry starrte ihm nach. Dann wandte er sich zu Dr. Gold um »Na? Was habe ich Ihnen gesagt? Er hat Sie auch beeindruckt nicht wahr?«

»Natürlich. Das wollte ich ja. Ich war mehr als aufnahmebereit.-

»Glauben Sie, daß er irgendwelche Verklemmungen hat?«

»Ich kann's nicht sagen. Oberflächlich gesehen, ist er völlig beherrscht, und er scheint Amanda wirklich gern zu haben.«

»Wie kommen Sie denn darauf? Er hat doch kein einziges Mal von ihr gesprochen.«

»Als er ging, sagte er: Ich habe eine Verabredung mit *meinem* Mädchen – besitzanzeigend. Er sagte nicht: Ich habe eine Verabredung mit einem Mädchen, womit ihre Bedeutung verneint und sie zu einer von vielen gestempelt würde.«

»Glauben Sie, daß er mich mag?« fragte Jerry.

»Nein.«

»Nein?« Panik schwang in Jerrys Stimme mit. »Sie meinen, er mag mich nicht?«

Dr. Gold schüttelte den Kopf. »Er weiß gar nicht, daß Sie existieren!«

Die Regiebox war überfüllt. Jerry fand noch einen Platz in der Ecke. In fünfzehn Minuten wurde die Christie-Lane-Show ausgestrahlt – live! Der ganze Tag war ein einziges Durcheinander gewesen. Die allgemeine Nervosität war sogar auf Amanda übergesprungen. Bei der letzten Probe hatte sie das Haarspray falsch gehalten und das Alwayso-Etikett verdeckt.

Laut Amanda wollte Robin sich die Show zu Hause ansehen. Komisch, Robin hatte nie ein Wort darüber verloren, daß Amanda die Werbespots machte. Verschiedentlich war Jerry drauf und dran gewesen, sie nach seiner Reaktion zu fragen, aber dann hatte er es doch nicht gewagt, sich die Blöße zu geben.

Plötzlich fragte er sich, ob die Show wohl ein Erfolg würde. Die Reaktion des Publikums hatte kaum etwas zu sagen. Studiopublikum war immer begeistert. Warum auch nicht – sie hatten den Spaß umsonst. Morgen würden dann die Kritiken erscheinen, aber Kritiken zählten beim Fernsehen auch nicht. Nichts zählte außer den verdammten Testergebnissen. Zwei Wochen lang hing man in der Luft. Natürlich bekam er schon morgen erste Zahlen über die Sehbeteiligung an die Hand, aber die zweite Woche war ausschlaggebend.

Jerry beschloß, hinter die Bühne zu gehen. Hier konnte er sich doch nicht nützlich machen. Sein Platz war an der Seite Amandas ... für den Fall, daß in letzter Minute noch das große Lampenfieber kam.

Sie saß in einer winzigen Garderobe und zupfte nervös an ihrem

Haar, aber ihr gelassenes Lächeln machte ihn wieder zuversichtlich. »Keine Angst, Jerry, ich werde das Haarspray so halten, daß die Aufschrift zu erkennen ist. Setz dich hin und beruhige dich.«

»Ich sorge mich nicht um dich, Liebes, ich sorge mich um die Show. Vergiß nicht, daß ich sie empfohlen habe. Hast du was von den Proben gesehen?«

Amanda rümpfte die Nase. »Vielleicht zehn Minuten . . . bis Christie Lane mit seinem Gebalze anfing.« Sie schüttelte sich. Als sie Jerrys Sorgenfalten sah, fügte sie rasch hinzu: »Mein Urteil zählt eigentlich nicht. Als Mann ist er abstoßend, aber das Publikum wird ihn vermutlich lieben.«

Dann ging die Tür auf, und Ethel platzte herein. Amanda sah sie an, wußte sie aber offensichtlich nicht recht unterzubringen. Blitzschnell schaute Ethel sich um. Sie schien überrascht, nur Amanda und Jerry vorzufinden. Mit einem impulsiven Lächeln streckte sie die Hand aus. »Hals- und Beinbruch, Amanda!«

Amandas Gesichtsausdruck blieb höflich, aber leicht verwundert. Sie wußte, daß sie das Mädchen schon mal irgendwo gesehen hatte.

»Ich bin Ethel Evans . . . wir haben uns letztes Jahr im P. J. kennengelernt, Sie waren mit Jerry und Robin Stone zusammen.«

»Ach ja.« Amanda wandte sich ab und fing an, ihr Haar zu besprühen.

Ethel setzte sich halb auf den Schminktisch. Ihre breiten Hüften nahmen ziemlich viel Platz ein. »Das Schicksal will es wohl, daß wir uns immer wieder über den Weg laufen.«

Amanda rückte ein Stück von ihr ab, und Jerry tippte Ethel auf die Schulter. »Komm, Ethel, du sitzt Amanda im Licht. Außerdem ist jetzt nicht der richtige Augenblick, um alte Bekanntschaften zu erneuern.«

Ethel stand mit einem freundlichen Lächeln auf. »Sie sind großartig, Amanda! Die Leute werden ein Pfeifkonzert veranstalten, wenn Sie herauskommen.« Sie zog ihren Mantel aus und hängte ihn, ohne zu fragen, an einen Haken an der Wand. »Irgendwo muß ich ihn schließlich lassen. Aber deswegen bin ich eigentlich gar nicht gekommen. Erstens wollte ich Ihnen Hals- und Beinbruch wünschen, und zweitens möchte ich von Ihnen und Christie nach der Show ein paar Fotos machen lassen.«

Amanda sah Jerry an, der unmerklich nickte, und erwiderte: »In Ordnung. Aber hoffentlich nicht zu lange.«

»Nur drei, vier Blitze.« Ethel ging zur Tür. »Ich sitze vorne und seh' mir die Show an. Und keine Sorge, Amanda. Sie werden ein-

Sensation! Gott, wenn ich so aussähe wie Sie – mir gehörte die Welt.«

Amanda taute ein wenig auf. Ethels Worte klangen ehrlich, und sie sah echten Neid in ihren Augen. Sie erwiderte: »Meine Tante hat mir immer gepredigt, es gehöre mehr zum Glück als ein hübsches Gesicht.«

»Genau wie meine Mutter«, meinte Ethel. »Aber das ist großer Quatsch. Ich habe einen Intelligenzquotienten von hundertsechsunddreißig. Den tauschte ich aber mit Kußhand für halb soviel Grips und ein hübsches Gesicht ein. Und ich möchte wetten, daß Ihr Freund derselben Ansicht ist. Mit *dem* gescheiten Kopf! – Kommt er übrigens her und sieht sich die Show an?«

»Robin? Hierher?« Die Vorstellung, Robin könne sich ins Studio unter die Zuschauer mischen, war so grotesk, daß Amanda lachen mußte. »Nein, er sieht sie sich zu Hause an.«

Als Ethel den Raum verlassen hatte, verflog Amandas heitere Stimmung. Sie ergriff Jerrys Hand. »Hoffentlich kann er stolz auf mich sein. Hat er irgend etwas gesagt?«

»Was hat er denn zu dir gesagt?« fragte Jerry dagegen.

»Er hat nur gelacht und gemeint, wenn ich mich unbedingt in diesen Hexenkessel stürzen wolle, dann sei das mein eigenes Vergnügen.« Amandas Blick wanderte zu der großen Uhr an der Wand. »Ich gehe lieber auf meinen Platz. Die Show läuft schon seit fünfzehn Minuten.«

»Du hast noch über zehn Minuten Zeit.«

»Ich weiß, aber ich möchte Robin noch anrufen. Du kennst ihn ja; es kann gut sein, daß er sich's mit ein paar Martinis bequem gemacht hat und eingeschlafen ist.«

Das Telefon hing neben dem Bühneneingang. Während Amanda auf dem zugigen Gang stand und wählte, trat Jerry ungeduldig von einem Bein auf das andere. Die Musik tönte laut herüber, der Beifall war stark, anscheinend ging alles gut. Amanda hängte ein, die Münze kam zurück. »Besetzt, Jerry. Und ich muß in fünf Minuten 'raus.«

»Geh jetzt lieber an deinen Platz.«

»Laß mich noch einmal versuchen!«

»Nun hör' schon auf«, sagte er fast barsch. »Sowie die Kamera schwenkt, mußt du an deinem Platz stehen. Kümmere dich um deine Requisiten. Robin kann ich ja anrufen.«

Er wartete, bis sie hinter dem Prospekt verschwunden war und vor der kleinen Kulisse auftauchte, die für die Alwayso-Reklame aufgebaut worden war. Dann wählte er Robins Nummer. Eintönig summte das Besetztzeichen. Er wählte bis unmittelbar vor Beginn des Werbespots weiter. »Verdammter Kerl!« fluchte er. »Er weiß doch, daß das Mädchen heute zum erstenmal auf dem Bildschirm ist. Warum muß er ihr das antun?«

Jerry stellte sich in die Kulissen, um Amanda noch einmal beruhigend zuzulächeln. Ihre strahlenden Augen verrieten, daß sie annahm, er habe Robin erreicht. Als sich die Kamera auf sie richtete, war Amanda gelöst und sicher.

Jerry beobachtete sie auf dem Monitor. Sie war fabelhaft telegen. Kein Wunder, daß sie so viel Geld verdiente. Hinterher konnte sie vor Aufregung kaum Luft holen. »War ich gut?«

»Mehr als das. Du warst großartig. Jetzt kannst du dich zehn Minuten entspannen – dann ziehst du dich um, machst den Lippenstift-Spot und bist fertig.«

»Was hat Robin gesagt?«

»Ich habe ihn nicht erreicht. Die Leitung war ständig besetzt.«

Ihre Augen bekamen einen verdächtigen Schimmer.

Er faßte sie an den Schultern und steuerte sie zum Treppenhaus. »Geh hinauf und zieh dich um. Und daß du mir nicht weinst und dein Make-up ruinierst!«

»Aber Jerry . . .«

»Aber was? Zu Hause ist er, das wissen wir wenigstens; und wahrscheinlich hat er sogar auf dem Bildschirm geguckt, während er an der blöden Strippe hing. Es kann doch etwas Dringendes gewesen sein – ein Anruf aus Übersee, irgendwo ist ein Krieg ausgebrochen; wer weiß was. Oder eine Atombombe ist explodiert. Ob du es glaubst oder nicht, die Christie-Lane-Show ist nicht das größte Ereignis von der Welt. Wir tun nur so, als entdeckten wir hier ein Krebsheilmittel.«

Christie Lane stolzierte an ihnen vorbei. »Habt ihr den Applaus gehört? Und alles für mich. *I'm the greatest!* . . . Ich bin der neue König!« Er legte Amanda die Hand auf den Arm. »Und du bist die Schönste. Wenn du es richtig anfängst, wäre es durchaus möglich, daß Onkel Christie dich nach der Show zu einem Butterbrot einlädt.«

»Nicht so stürmisch«, meinte Jerry und befreite Amandas Arm aus Christies Griff. »Immerhin macht die Konkurrenz auch ein paar hübsche Sachen, und was heißt schon Onkel?«

»Habt ihr nicht gehört, was der große Dan gesagt hat? Ich bin das Familien-Image. Ich erinnere die Leute an ihre Onkels oder

Ehemänner.« Er richtete seine wasserblauen Augen auf Amanda. »Erinnere ich dich auch an einen Verwandten? Hoffentlich nicht, denn bei den Gedanken, die ich habe, wäre das Inzest.« Bevor Amanda irgend etwas erwidern konnte, fuhr er fort: »Der Filmstar ist mit seiner Einlage fertig. Jetzt paßt mal auf, wie ein echter Profi die Leute von den Stühlen reißt.« Er stürmte auf die Bühne. Amanda blieb regungslos zurück, als könne sie nicht glauben, was sich abgespielt hatte. Dann drehte sie sich um und wollte zum Telefon gehen.

Jerry hielt sie zurück. »O nein, das kommt nicht in Frage. Du hast genau sechs Minuten Zeit, um dich umzuziehen und dein Make-up aufzufrischen. Nach der Show kannst du ihn anrufen. Und ich wette mit dir um ein Abendessen im Klub 21, daß er die Sendung gesehen hat. Im übrigen lade ich euch beide zur Feier des Tages sowieso dorthin ein.«

»Nein, Jerry, heute möchte ich mit Robin allein sein. Ich bringe ihm ein paar Würstchen mit.« Sie beobachtete Christie Lane auf der Bühne und zuckte die Achseln. »Vielleicht bin ich verrückt, aber die Leute scheinen ihn zu mögen.« Dann rannte sie die Treppe hinauf in ihre Garderobe.

Ihren zweiten Werbespot servierte Amanda mit der gleichen Gelassenheit. Als die Sendung vorüber war, verwandelte sich die kleine Hinterbühne zum Schauplatz einer Massenszene. Jeder puffte jeden in die Seite. Danton Miller, die Sponsoren und die Autoren bildeten eine dichte, händeschüttelnde Traube um Christie Lane. Ein Fotoreporter schoß Blitzlichtaufnahmen. Ethel drängte sich zu Amanda durch. »Ich brauche ein Bild von Ihnen und Christie.«

Amanda machte sich frei und rannte zum Telefon. Ethel folgte ihr. »Hat das nicht Zeit? Die Fotos sind wichtig.«

Amanda überhörte den Vorwurf und wählte; hinter sich spürte sie Ethels ungeduldige Blicke. Dann kam Jerry und stellte sich beschützend in ihre Nähe. Diesmal war nicht besetzt. Es läutete einmal, zweimal, dreimal. Nach dem zehnten Rufzeichen hängte sie ein. Die Münze kullerte unten heraus. Amanda wählte von neuem. Das gleiche monotone Läuten. Jerry und Ethel sahen zu. Ethels Mund verzog sich verdächtig. Amanda hängte ein und nahm, als wenn weiter nichts wäre, ihr Zehncentstück wieder an sich. Lächelnd sah sie Ethel und Jerry an. »Ich bin verrückt. Ich muß so nervös gewesen sein, daß ich völlig vergessen habe . . .« Sie suchte krampfhaft nach einer Ausrede.

»War immer noch besetzt?« fragte Jerry mitfühlend.

»Ja! Und weißt du, warum? Er hat mir gesagt, er würde den Hörer abnehmen, damit ihn niemand stört. Und ich Schaf hab's vergessen!« Sie wandte sich zu Ethel. »Jetzt machen wir die Fotos, und dann brause ich zu ihm. So war's nämlich verabredet. Ach Jerry, sei ein Engel und bestell mir ein Taxi, damit ich nachher nicht ewig warten muß.«

Damit setzte sie ihr schönstes Lächeln auf, ging zu Christie Lane und ließ sich Arm in Arm mit ihm fotografieren. Zum Glück war er so von Agenturleuten umringt, daß er gar nicht merkte, wie schnell sie sich nach den Aufnahmen wieder von ihm löste.

Jerry bestellte das Taxi. Er dachte noch über die Geschichte mit dem Telefon nach. Irgend etwas hatte da nicht gestimmt. Aber Amandas Lächeln war echt gewesen; sie hatte förmlich gestrahlt . . .

Auch Ethel war Amandas Sicherheit aufgefallen. Kein Wunder, wenn ein Robin Stone zu Hause wartete.

Als Amanda jedoch im schützenden Dunkel des Wagens saß, verging ihr das Lächeln. Sie nannte dem Chauffeur ihre Adresse. So hatte sie sich den Abend nicht vorgestellt. Trotzdem hatte sie das einzig Richtige getan: Hocherhobenen Hauptes war sie davongegangen . . . genau, wie es sich Robin gewünscht hätte.

Robin rief sie am nächsten Morgen in aller Herrgottsfrühe an. »Hallo, Star!« sagte er munter. Er war blendend gelaunt.

Sie hatte die halbe Nacht wach gelegen. Mal hatte sie ihn gehaßt und zum Teufel gewünscht, mal ihn entschuldigt; und bei allem hatte sie große Sehnsucht nach ihm gehabt. Sie war fest entschlossen gewesen, kühl zu reagieren, wenn er anrief. Doch der Anruf zu so früher Stunde überrumpelte sie.

»Wo warst du gestern abend?« fragte sie. (O Gott, das war genau das, was sie nicht hätte sagen sollen!)

»Ich habe dir zugeschaut«, gab er im gleichen Ton zurück.

»Davon ist kein Wort wahr!« Sie brach alle Vorsätze, aber sie konnte nicht dagegen an. »Robin, ich habe dich unmittelbar vor dem Spot angerufen, da war bei dir besetzt. Dann habe ich sofort danach noch mal probiert, aber da hast du nicht abgenommen.«

»Stimmt genau. Der blöde Apparat klingelte gerade, als die Show anfing. Das hat mich noch nicht einmal gestört – denn es war Andy Parino, und den höre ich immer noch lieber als Christie Lane. Aber gleich nach ihm rief jemand anders an, und da ich deinen großen Auftritt nicht verpassen wollte, habe ich den Apparat ausgehängt.«

»Aber du wußtest doch, daß ich dich anrufen würde.«

»Ich muß gestehen, daß ich völlig vergessen habe, den dämlichen Apparat wieder einzustellen.«

»Ja ... aber ...«, stotterte sie, »warum hast du denn nicht versucht, mich zu erreichen? Selbst wenn du nicht daran gedacht hast, dein Telefon anzustellen, hättest du mich doch anrufen können? Ist dir nicht eingefallen, daß ich gern mit dir zusammen gewesen wäre?«

»Ach, ich weiß doch, wie's an so einem Abend zugeht. Das Studio ist das reinste Tollhaus. Ich war überzeugt, die großen Geldgeber würden sich um dich reißen, und ich dachte, du würdest wahrscheinlich mit ihnen ausgehen und feiern.«

»Robin!« jammerte sie, jetzt völlig hilflos. »Ich wollte mit *dir* zusammen sein! Du hast mich doch gern, oder?«

»Klar hab' ich dich gern.« Seine Stimme hatte noch immer den leichten Ton. »Aber das bedeutet nicht, daß wir einander völlig ausgeliefert sind. Ich habe schließlich keinen Anspruch auf dich oder deine Zeit.«

»Möchtest du das nicht haben?« fragte Amanda. Es war ein falscher Zug, aber sie mußte es darauf ankommen lassen.

»Nein. Denn ich könnte von mir aus niemals dasselbe bieten.«

»Robin, ich möchte dir gehören ... ganz und gar. Ich möchte dir jede Minute meines Lebens schenken. Du bedeutest mir alles. Ich liebe dich. Ich weiß, daß du nicht heiraten willst« – ihre Worte überstürzten sich –, »aber deswegen kann ich dir doch gehören. In jedem Sinne des Wortes.«

»Ich möchte, daß du meine Geliebte bist – nicht mein Eigentum.«

»Wenn ich deine Geliebte bin, will ich alles mit dir teilen können. Und wenn du nicht bei mir sein kannst, möchte ich zu Hause auf dich warten, bis du kommst. Ich *möchte* dir gehören.«

»Amanda.« Seine Stimme klang immer noch unbeschwert, aber sie wußte, daß er es ernst meinte. »Schenk mir deine Liebe, Baby, aber mach mich nicht zum Inhalt deines Lebens. Es hat keinen Sinn, sich an Menschen anzuklammern. Selbst wenn sie sich lieben, gehen sie doch eines Tages davon.«

»Was willst du damit sagen?« Sie war den Tränen gefährlich nahe.

»Ich versuche dir nur meine Gedanken zu erklären. Es gibt ein paar Tatsachen, die wir alle kennen: erstens, daß man einen Menschen nicht festhalten kann, zweitens, daß wir eines Tages sterben müssen, jeder von uns ... das wissen wir, aber wir denken nicht daran. Vielleicht glauben wir, wenn wir nicht an den Tod denken, tritt er nicht ein. Tief innen wissen wir aber, daß er kommt. So geht es mir übrigens auch mit dem eisernen Panzer um mich, von dem du einmal gesprochen hast. Solange er da ist, kann ich nicht verletzt werden.«

»Hast du jemals versucht, diesen Panzer abzulegen?«

»Gerade eben versuche ich es.« Seine Stimme war ruhig. »Ich habe den Panzer ein Stück angehoben, weil ich mich dir verständlich machen möchte; ich habe dich nämlich sehr gern. Aber ich werde ihn auf der Stelle wieder anziehen.«

Amanda schwieg. Noch nie hatte Robin so offen zu ihr gesprochen. Sie wußte, er wollte noch etwas sagen.

»Amanda, ich habe dich wirklich gern. Und ich bewundere dich, denn ich glaube, du hast einen eigenen Panzer. Du bist schön, ehrgeizig und selbständig. Ein Mädchen, dessen einziger Lebenssinn ich wäre, könnte ich nicht lieben und achten. Ich glaube, die Felsbrocken in deinem Schädel füllen die Hohlräume in meinem aus. Ist nun alles klar zwischen uns?«

Sie zwang sich zu einem kleinen Lachen. »Alles ist wundervoll, es sei denn, du läßt mich heute abend zum Essen im Stich. Dann werde ich dir mit besagten Felsbrocken den Schädel einschlagen.«

Er stimmte in ihr Lachen ein. »Das kann ich nicht riskieren. Man sagt doch, daß die Schönen aus dem Süden sehr schlagfertig sind ...«

»Ich habe nie gesagt, daß ich aus dem Süden stamme.«

»Du erzählst mir überhaupt nie etwas, meine schöne Amanda. Vielleicht macht das einen Teil deines Charmes aus. Aber beim Sprechen klingt ab und zu ein wenig Georgia oder Alabama bei dir durch.«

»Beides falsch.« Nach einer Weile fuhr sie fort: »Ich habe dir deshalb nie etwas von mir erzählt, weil du mich nie gefragt hast. Dabei möchte ich gern, daß du etwas über mich weißt. Ich möchte, daß du alles über mich weißt.«

»Baby, nichts ist so langweilig wie eine Frau ohne Vergangenheit; und wenn man erst mal jede Einzelheit kennt, ist die Vergangenheit futsch – ersetzt durch ein langes, ödes Geständnis.«

»Aber du weißt buchstäblich nichts von mir ... bist du gar nicht neugierig?«

»Jedenfalls weiß ich, daß du nicht gänzlich unerfahren warst, als wir uns kennenlernten.«

»Robin!«

»Das ist gar nicht abfällig gemeint. Um mir eine Jungfrau heranzuziehen, bin ich zu alt.«

»So viele Männer waren es nun auch wieder nicht.«

»Vorsicht! Zerstör mir nicht die Illusion. Ich hatte immer eine Schwäche für Vollblutweiber wie Marie-Antoinette, Madame Pompadour oder gar Lucrezia Borgia. Wenn du mir jetzt erzählst, es hätte in deinem Leben nur den unbedarften kleinen Schulfreund gegeben, verdirbst du mir die ganze Chose.«

»Gut, dann werde ich dir also weder etwas von dem südamerikanischen Diktator erzählen, der sich für mich umbringen, noch von dem König, der mir zuliebe auf seinen Thron verzichten wollte. Ich könnte statt dessen Steak und Salat für heute abend machen, soll ich?«

Er lachte. Das Eis war gebrochen. Amanda wußte, daß er seine gute Laune wiedergefunden hatte.

»Okay, Baby. Steak und Salat. Ich bringe Wein mit. Dann bis sieben.«

Sie legte auf und ließ sich in die Kissen fallen. O Gott, so konnte es einfach nicht weitergehen. Und doch wußte sie, daß sie weiter mitspielen würde, spielen mußte, bis sie sein völliges Vertrauen gewonnen hatte. Dann erst würde seine Wachsamkeit nachlassen und . . .

Sie sprang aus dem Bett und ließ das Badewasser einlaufen. Ihre Stimmung war plötzlich umgeschlagen. Was für ein wunderbarer Tag – wenn ihr auch anstrengende Aufnahmen bevorstanden! Der schönste Tag ihres Lebens! Denn sie wußte nun, daß sie den Schlüssel zu Robin Stone in der Hand hatte. Halte dich zurück, verlange nichts. Je weniger sie verlangte, desto mehr würde er geben. Und bald würde er feststellen, daß er doch zu ihr gehörte . . . unmerklich würde das geschehen.

Zum erstenmal war sie zuversichtlich. Sie wußte, daß alles gut werden würde.

10

Amandas zuversichtliche, glückliche Stimmung hielt den ganzen Tag über an. Wenn eine Pose vor der Kamera sie ermüdete, rief sie sich das Telefongespräch mit Robin in Erinnerung, und sofort vergaß sie die Scheinwerfer, den Krampf im Nacken und den schmerzenden Rücken. Undeutlich hörte sie den Fotografen sagen: »Ja, Baby, so stimmt's; behalt diesen Ausdruck.«

Um vier war sie fertig und rief das Büro von Nick Longworth an, um sich die Termine für den nächsten Tag geben zu lassen.

»Du wirst dich freuen«, posaunte Nick. »Morgen früh um elf *Vogue*. Dein alter Freund Iwan Greenberg macht das Layout.« Amanda war selig. Der Nachmittag würde zwar anstrengend werden, aber dafür brauchte sie morgen erst um elf anzufangen. Das bedeutete, sie konnte bis neun schlafen und Robin Frühstück machen...

Sie fuhr nach Hause, fütterte Slugger, deckte den Tisch, machte den Salat und bereitete die Steaks vor. Wenn sie mit Robin zusammen war, brachte sie nie einen Bissen herunter; sie stocherte nur im Essen herum. Im letzten Jahr hatte sie zehn Pfund abgenommen. Bei einssechzig Größe wog sie nur hundertacht Pfund. Aber zum Fotografieren war es ideal, und bis jetzt hatte ihr Gesicht noch nicht unter der Magerkeit gelitten.

Sie schaltete im Fernsehen das Programm der IBC ein. Robin sah sich gerne Andy in den Siebenuhrnachrichten an. Gewöhnlich saß Amanda an ihn gekuschelt dabei, oder sie setzte sich in eine andere Ecke und beobachtete sein Profil. Heute abend würde sie die Sendung verfolgen; sie wollte sich für alles interessieren, das ihn anging.

Gregory Austin wartete gleichfalls auf die Siebenuhrnachrichten. Wieder einmal mußte er Robin Stone Anerkennung zollen. Es war richtig gewesen, Andy Parino heranzuziehen. Komisch, im Grunde hatte er Robin als Nachrichtenmann eingesetzt, und nun stellte sich heraus, daß er ein glänzendes Organisationstalent besaß – ein guter Mann, aber ein Phantom; man sah ihn so gut wie nie. Man sollte doch annehmen, daß jemand, der so viel auf IBC-Kosten herumreiste, zumindest gelegentlich hereinschaute und »hallo« sagte, wenn er zurückkam. Seine »Schlagzeilen« bekamen ausgezeichnete Kritiken, und die Noten kletterten beachtlich. Jeder andere hätte dafür gern Komplimente eingeheimst.

Danton Miller zum Beispiel bettelte geradezu um ein Lob. Er hing doch schon an der Strippe, kaum daß die Christie-Lane-Show vorüber war. Im übrigen bewies diese Sendung, daß man die Intelligenz des Fernsehpublikums nicht tief genug einschätzen konnte. Ein Haufen Banausen! Die Christie-Lane-Show war das Allerletzte. Judith hatte es nicht ausgehalten, sie bis zum Schluß anzusehen.

Und die Kritiken in der Morgenpresse waren grausam. Dafür war allerdings die Zuschauerbeteiligung sensationell hoch. Endgültiges ließ sich freilich erst erkennen, wenn in zwei Wochen die überregionalen Zahlen vorlagen.

Gregory saß in dem getäfelten Arbeitszimmer seiner Stadtwohnung und schaltete den eingebauten Farbempfänger ein. Für ihn waren die alten Technicolorfilme im Nachtprogramm das Schönste am ganzen Fernsehen. Stars wie Rita Hayworth, Alice Fay oder Betty Grable, die gab es heute nicht mehr. Manchmal, wenn er nicht schlafen konnte, plünderte er den Kühlschrank, setzte sich vors Fernsehgerät und schaute sich die Glamourgirls an, in die er früher einmal heimlich verliebt gewesen war. Den Farbfernseher verdankte er Judith. Das ganze Zimmer war übrigens eine Überraschung von ihr gewesen. Sie hatte es einrichten lassen, als sie letztes Jahr in Palm Beach waren. Gregory waren ihre verstohlenen Telefongespräche und die überraschenden Reisen zu ihrem Zahnarzt nach New York freilich nicht geheuer vorgekommen. Als sie dann aus Palm Beach zurückkehrten, hatte sie ihm den neu eingerichteten Arbeitsraum fix und fertig vorgeführt; sogar ein Willkommensspruch hing über der Tür. Gregory war gerührt gewesen. Judith hatte ausgesprochenen Geschmack. Das Zimmer war typisch männlich eingerichtet. Er wußte, daß jedes Möbelstück eine Geschichte hatte und sorgfältig ausgesucht worden war.

Nachdem er nun sein eigenes Zimmer hatte, übernahm sie allmählich die große Bibliothek, die sie ihrem Geschmack entsprechend modernisierte; neue Farben, neue Vorhänge und das eine oder andere neue Möbelstück. Gregory haßte den Raum, so wie er jetzt war. Er glich einer jener supervornehmen Hotelsuiten im Waldorf. Das handsignierte Eisenhower-Foto war in sein Arbeitszimmer gewandert. Dafür hatte Judith sich Verwandtenbilder im Silberrahmen auf den zierlichen Damenschreibtisch gestellt. Nun ja, warum, zum Teufel, sollte sie ihre Verwandtschaft nicht vorzeigen? Sie hatte ohnehin die bessere. Sollte sie doch in Gottes Namen ihre Zwillingsschwester – eine Prinzessin durch Heirat – in einem Silberrahmen zeigen; und die beiden kleinen Prinzessinnen, die ihre Schwester zur Welt gebracht hatte, dazu. Es war auch ganz in Ordnung, daß das Ölgemälde von Judiths Vater über dem Kamin hing. Mein Gott, der alte Herr sah aus wie eine Weinreklame. Gregory hatte keine Bilder von seinem Vater. Im Norden Irlands machte man keine Aufnahmen, um sie in Silberrahmen aufzustellen. Außerdem brauchte Judith eine Bibliothek, wo sie vormittags mit ihrer Sekretärin arbeiten konnte. Er lächelte bei dem Gedanken, daß man Judiths Beschäftigung als Arbeit bezeichnen könnte. Andererseits, die vielen Einladungen, Wohltätigkeitsveranstaltungen, der Platz auf der Liste der bestangezogenen Frauen – das alles bedeutete wohl tatsächlich viel Arbeit. Er mußte es Judith lassen: Ihre Publicity war so groß, daß die Leute glaubten, sie sei vermögend gewesen, als sie den irischen Selfmademann Gregory Austin heiratete. Er lächelte. Sie kam zwar aus guten Kreisen, hatte die richtigen Schulen besucht und im Ausland studiert, aber die Familie besaß keinen Pfennig. Als ihre Schwester den Prinzen heiratete, waren die beiden Mädchen plötzlich ins Blickfeld der Öffentlichkeit gerückt. Heute schien Judith tatsächlich zu glauben, sie sei schon vor ihrer Ehe reich gewesen. Na wenn schon – es war sicher schwer für sie gewesen, mit anzusehen, wie ihre Freundinnen in die Gesellschaft eingeführt wurden und sie nur unter großen Mühen mithalten konnte. Durch ihre Heirat mit ihm hatte sie den Anschluß an ihre Kreise verloren. Dafür hatte Gregory sie in eine andere Art von Gesellschaft eingeführt, eine Gesellschaft, die alle sozialen Schranken durchbrach: die Gesellschaft der Berühmten. Talent war der größte Gleichmacher der Welt. Ein Danny Kaye wurde bei Hof empfangen. Hohe Politiker speisten mit Königen. Und der Aufsichtsratsvorsitzende der IBC war überall willkommen. Judith war eine großartige Frau, und Gregory war stolz, daß er ihr das einzige, was in ihrem vollkommenen Leben gefehlt hatte, geben konnte. Heute verkörperte Judith Austin die Gesellschaft. Sie war nicht nur Mitglied der Gesellschaft, sie schuf sie. Sie machte Mode und erschien auf dem Titelbild der von allen Damen geliebten Zeitschrift *Woman's Wear*. Was immer Judith trug, wurde Mode. Er konnte es immer noch nicht recht fassen, daß diese Frau ihm gehörte. Immer noch schien sie ihm unerreichbar. Vom ersten Augenblick an hatte er das empfunden, und so war es geblieben.

Es war zwei Minuten vor sieben. Er ging zur Hausbar und schenkte für sich ein wenig Scotch mit Soda, für Judith einen Vermouth on the rocks ein. Wie sie nur so ein Zeug trinken konnte! Das schmeckte doch erbärmlich. Aber Judith behauptete, alle Schönheiten Europas tränken nur Wein oder Vermouth. Natürlich meinte Judith die Schönheiten über vierzig. Komisch, daß eine so schöne Frau wie Judith Angst vorm Altern haben konnte. Sie klopfte leise an die Tür, bevor sie hereinkam. Dieses Klopfen war ein Scherz. Sie bat gewissermaßen um die Erlaubnis, in sein Reich eindringen zu dürfen – ein Spiel, das Gregory gutmütig mitmachte. Irgendwie spürte er, daß sie damit ein Schuldgefühl wegen der Bibliothek verdrängte.

Judith setzte sich in den zweiten Ledersessel, und wie jeden Abend, wenn er sie dort sitzen sah, dachte Gregory auch diesmal: Gott, ist sie eine schöne Frau. Sie war sechsundvierzig und sah aus wie knapp fünfunddreißig. Plötzlich erfüllten ihn Stolz und Glück. Er liebte diese »Bude« hier, sie war ein Stück ihres gemeinsamen Lebens geworden. Selbst wenn er mit Judith ins Theater oder zu einem Abendessen ging, tranken sie in seinem Arbeitszimmer noch ein Glas und sahen sich die Siebenuhrnachrichten an. Für Gregory Austin fing der Abend erst nach den Siebenuhrnachrichten an, und Judith hatte ihr gesellschaftliches Leben pflichtschuldig diesem Gesetz untergeordnet.

Der Sprecher begann: »Guten Abend, meine Damen und Herren, wir bringen Ihnen Nachrichten und Kommentare. Doch zuvor eine Ankündigung. Am Schluß dieser Sendung wird Mr. Robin Stone, Präsident unserer Abteilung und Chefredakteur der Sendung ›Schlagzeilen‹, eine Erklärung abgeben.«

»Donnerwetter!« Gregory riß es von seinem Sessel hoch.

»Seit wann erscheint Robin Stone in den Siebenuhrnachrichten?« fragte Judith.

»Seit einer Minute. Ich höre zum erstenmal davon.«

»Er ist ein sehr gut aussehender Mann«, bemerkte Judith. »Wenn ich ihn in den ›Schlagzeilen‹ sehe, habe ich allerdings das Gefühl, daß er sich wahnsinnig bemüht, nur ja nichts von seinem eigenen Ich zu zeigen. Wie ist er denn in Wirklichkeit?«

»Genauso wie auf dem Bildschirm. Du hast den Nagel auf den Kopf getroffen. Er ist ein Rätsel. Großer Charme nach außen, alles andere bleibt verschlossen.«

In Judiths Augen blitzte Interesse auf. »Wir sollten ihn gelegentlich zum Abendessen einladen. Ich möchte ihn gern kennenlernen.«

Gregory lachte. »Meinst du das im Ernst?«

»Warum nicht? Viele meiner Freundinnen brennen darauf, ihn kennenzulernen. Man trifft ihn nirgends, und er ist überall im Gespräch.«

»Judith, du kennst meinen Grundsatz: Ich verkehre nicht mit Angestellten.«

»Wenn wir in Kalifornien sind, lassen wir uns doch auch zu ihren Partys einladen!«

»Das tue ich nur, damit du eine Abwechslung hast. Außerdem ist das etwas anderes. Dort geben sie die Partys für uns. Wir laden diese Leute aber nicht in unser Haus ein. Die einzige Ausnahme ist unser großer Neujahrsempfang, und der macht sich immer sehr gut. Da haben sie das Gefühl, bei Hof vorgestellt zu werden.«

Inzwischen war die Nachrichtensendung weitergelaufen. Judith starrte auf den Bildschirm, war aber mit ihren Gedanken woanders. »Dann wird Mr. Stone wohl bis zum nächsten Neujahrstag warten müssen«, meinte sie.

Plötzlich zeigte die Kamera Robin in Großaufnahme. Gregory beugte sich vor. Der Bursche sah wirklich blendend aus.

»Guten Abend, meine Damen und Herren . . .« Die metallische Stimme erfüllte den Raum. »Wir sind alle noch ganz erregt über die Nachricht von einem echten Piratenstück, das sich in diesen Tagen ereignet hat. Ich spreche von dem portugiesischen Vergnügungsdampfer ›Santa Maria‹, der von vierundzwanzig portugiesischen beziehungsweise spanischen Exilpolitikern und sechs Mitgliedern der Mannschaft in der Karibischen See mit Waffengewalt gekapert wurde. Anführer war ein ehemaliger Hauptmann der portugiesischen Streitkräfte namens Henrique Calvao. Vor drei Tagen ist Admiral Smith dreißig Meilen vor dem brasilianischen Hafen Recife an Bord der ›Santa Maria‹ gegangen, um auf hoher See mit Calvao zu verhandeln. Ich erhalte soeben die Meldung, Calvao habe eingewilligt, daß die Passagiere heute das Schiff verlassen können. Präsident Janio Quandros hat Calvao und seinen neunundzwanzig Gefolgsleuten in Brasilien politisches Asyl zugesagt. Es waren auch amerikanische Touristen an Bord. Ich möchte versuchen, von Henrique Calvao ein Fernsehinterview zu bekommen. Deswegen fliege ich noch heute abend nach Brasilien. Ich hoffe, daß ich in der nächsten ›Schlagzeilen‹-Sendung das Interview mit Calvao und einigen amerikanischen Passagieren, die sich an Bord des gekaperten Schiffes befanden, bringen kann. – Vielen Dank und gute Nacht.«

Gregory Austin schaltete das Gerät ab. Er schäumte vor Wut. »Wie kann er es wagen, einfach auf und davon zu gehen? Wieso verständigt er mich nicht? Vor zwei oder drei Wochen erst ist er aus London zurückgekommen. Ich will Live-Sendungen, keine Konserven. Das ist unser Hauptknüller gegenüber der Konkurrenz!«

»Er kann seine ›Schlagzeilen‹ nicht nur mit Live-Sendungen machen, Greg. Er muß sich berühmte Leute vor die Kamera holen; die sind das Salz in der Suppe. Ich, zum Beispiel, bin gespannt auf diesen Calvao. Ich möchte mir gern den Mann mal ansehen, der mit fünfundsechzig noch den Mut hat, einen Luxusdampfer mit sechshundert Passagieren zu kapern.«

Aber Gregory war schon am Telefon.

»Dan!« tobte er, rot vor Wut. »Sie haben wahrscheinlich keine Ahnung, was los ist, und sitzen seelenvergnügt im Klub 21 . . .«

Dantons Stimme kam kühl zurück. »So ist es. Ich habe auf einem gemütlichen Sofa im Klubraum gesessen und mir unsere Siebenuhrnachrichten angesehen.«

»Haben Sie gewußt, daß Stone nach Brasilien fliegen will?«

»Nein, wie sollte ich? Er ist ja niemandem Rechenschaft schuldig außer Ihnen.«

Gregorys Gesicht wurde einen Schatten dunkler. »Warum, zum Teufel, hat er mir dann nichts gesagt?«

»Vielleicht hat er's versucht. Sie waren ja heute nicht im Büro. Ich habe am Nachmittag auch mehrmals versucht, Sie zu erreichen. Es liegen neue Kritiken über die Christie-Lane-Show vor. Die Pressestimmen aus der Provinz sind großartig. Ich habe sie Ihnen auf den Schreibtisch gelegt.«

»Jawohl, ich *war* heute nachmittag nicht da!« schrie Gregory. »Und ich habe ja wohl das Recht, einen Nachmittag in der Woche wegzugehen!« Er hatte sich neue Pferde gekauft und war nach Westbury gefahren, um sie sich anzusehen. »Oder wollen Sie behaupten, daß der ganze Sender zusammenbricht, wenn ich einen Tag nicht da bin?«

»Es ist kaum anzunehmen, daß der Sender zusammenbricht, weil ein Mann von uns nach Brasilien fliegt. Mir mißfällt viel mehr, daß Stone die Siebenuhrnachrichten benutzt, um für seine eigene Sendung Reklame zu machen. Ich bin dagegen, daß ein Präsident der IBC diese Machtbefugnis hat. Leider ist Stone aber nun mal nicht verpflichtet, sich mit mir abzustimmen. Da er wiederum Sie nicht erreichen konnte, war die Ankündigung über den Bildschirm, von ihm aus gesehen, möglicherweise die beste Art, Sie zu informieren.«

Gregory schleuderte den Hörer auf die Gabel. Millers unverhohlene Freude an der Situation steigerte seinen Ärger zu hilflosem Zorn. Mit geballten Fäusten stand er da und starrte ins Leere. Judith brachte ihm ein neues Glas und sah ihn lächelnd an. »Übertreibst du nicht ein wenig? Der Mann hat für deinen Sender eine tolle Attraktion vorbereitet! Jeder, der eben die Nachrichten gehört hat, ist gespannt auf das Interview. Nun trink etwas und ärgere dich nicht mehr. Wir müssen um Viertel nach acht im Colony sein.«

»Ich bin angezogen.«

Sie fuhr ihm sanft über die Wange. »Ich finde, du solltest noch einmal mit dem Apparat über deine Stoppeln fahren. Wir essen heute abend mit Botschafter Ragil. Er hat drei arabische Pferde, auf die du scharf bist. Also komm, sei lieb. Wo bleibt der berühmte Austin-Charme?«

Gregorys Stirn glättete sich. »Ich muß wohl immer der Große Boss sein«, brummte er selbstkritisch. »Du hast recht, die TV-Ansage war bestes Showgeschäft. Ich ärgere mich nur, weil es *mein* Sender ist ... ich habe ihn geschaffen und aufgebaut. Ich kann es nicht leiden, wenn jemand über meinen Kopf hinweg Entscheidungen fällt.«

»Genausowenig kannst du es leiden, wenn dein Zureiter Pferde kauft, die du nicht vorher gesehen hast. Du kannst aber nicht an zwei Orten zugleich sein, Liebster.«

Er grinste. »Du hast recht wie immer, Judy.«

Lächelnd erwiderte sie: »Und ich denke, bis zu unserem nächsten Neujahrsempfang wird Robin Stone bedeutend genug sein, um eine Einladung zu verdienen ...«

Als Amanda Robins Ansage hörte, starrte sie fassungslos auf den Bildschirm. Das durfte doch nicht wahr sein! Jeden Augenblick mußte es läuten, und Robin würde vor der Tür stehen. Wahrscheinlich war er schon unterwegs, und sie fuhren dann gemeinsam zum Flughafen.

Sie wartete zehn Minuten. Bis Viertel nach acht hatte sie sechs Zigaretten geraucht. Sie rief in seiner Wohnung an; es meldete sich der Auftragsdienst; ohne ihren Namen zu hinterlassen, legte sie wieder auf. Dann wählte sie die Nummer der IBC. Dort hatte man keine Ahnung, welchen Flug beziehungsweise bei welcher Fluggesellschaft Mr. Stone gebucht habe.

Um halb neun läutete das Telefon. Sie sprang auf und stieß dabei mit dem Knöchel gegen das Tischbein.

»Hier ist Iwan der Schreckliche.«

Amanda rang um Fassung. Sie hatte Iwan Greenberg furchtbar gern, trotzdem liefen ihr jetzt vor Enttäuschung die Tränen übers Gesicht.

»Bist du's, Mandy?«

»Ja.« Ihre Stimme war leise.

»Oh, störe ich?«

»Nein, ich sitze vorm Fernsehapparat.«

Er lachte. »Das lob' ich mir. Als großer Fernsehstar mußt du schließlich die Konkurrenz im Auge behalten.«

»Iwan, nimm mir's bitte nicht übel – aber ich *muß* die Leitung frei halten! Ich erwarte einen wichtigen Anruf.«

»Okay, mein Herz, ich weiß schon ... der große Mr. Stone ist fort; deshalb dachte ich ja, wir könnten zusammen essen gehen.«

»Ich muß jetzt auflegen, Iwan.«

»In Ordnung. Schlaf dich gründlich aus, du hast erst um elf Aufnahmen.«

Amanda starrte regungslos auf das Telefon. Um Viertel nach neun rief sie die Pan American an. Der Flug für Mr. Stone war gebucht und die Maschine seit einer Viertelstunde in der Luft. Sie warf sich in einen Sessel. Die Tränen liefen ihr in schwarzen Rinnsalen über die Wangen. Vom Make-up blieb nicht mehr viel übrig, und die falschen Wimpern lösten sich. Sie riß sie ab und legte sie auf den Couchtisch.

Dann stand sie auf und lief ruhelos hin und her. Plötzlich drohte ihr die Decke auf den Kopf zu fallen. Sie mußte mit jemandem sprechen. Iwan war immer ein guter Freund gewesen.

Hastig wählte sie seine Nummer und atmete erleichtert auf, als er nach dem zweiten Rufzeichen abnahm.

»Iwan, ich möchte jetzt doch mit dir essen gehen.«

»Wunderbar! Ich war gerade am Gehen. Wir treffen uns im Tiger Inn. Das ist ein neues Lokal Ecke Firsth Avenue Fifty-third. Ganz in deiner Nähe.«

»Nein, hol ein paar Würstchen und komm zu mir.«

»Ach, ich verstehe. Großer Seelenschmerz.«

»Bitte, Iwan – ich habe auch Steaks, wenn du möchtest, und Salat.«

»Nein, mein Schatz. Wenn du zu Hause bleibst, kriegst du das große Heulen ... und das bedeutet morgen früh geschwollene Augenlider. Kommt nicht in Frage, wenn du für mich arbeitest. Als besagter Mr. Stone vor ein paar Wochen nach London flog, hatte ich stundenlang mit deinem Gesicht zu tun. Wenn du mit mir essen willst, dann treffen wir uns im Tiger Inn. Da mußt du dich nämlich zusammennehmen.«

»Ich sehe entsetzlich aus. Allein fürs Augen-Make-up brauche ich eine Ewigkeit.«

»Wie wär's denn mit einer Sonnenbrille?«

»Na schön.« Sie war zu müde, um noch länger Widerstand zu leisten. »In einer Viertelstunde bin ich da.«

Das Tiger Inn war zur Zeit sehr en vogue. Amanda erkannte ein paar Kolleginnen und ein paar Werbeleute. Sie saß Iwan gegenüber, rührte ihr Würstchen kaum an, und ihre Augen bettelten um Trostworte.

Iwan kratzte sich den Bart. »Es gibt keine Erklärung. Morgens liebt er dich, und abends ist er verschwunden. Von all den großen Fischen in unserer Stadt mußtest du dir ausgerechnet einen Typ wie Robin Stone angeln!«

Sie brachte ein schwaches Lachen zustande.

»Schon möglich, daß er ein netter Kerl ist. Ich kenne ihn ja nur aus deinen Schilderungen. Aber du solltest trotzdem gelegentlich mal an deine Karriere denken. Mach ihn stolz auf dich . . . das ist die beste Art, einen Mann zu halten!«

»Ach Iwan, das sagt sich so einfach.«

»Kann schon sein; aber wenn du herumsitzt und heulst, verlierst du ihn garantiert. Tu doch so, als ginge es dir blendend ohne ihn.«

»Dann hätte er erst recht einen Vorwand, mich fallenzulassen.«

»Nach allem, was ich von ihm gehört habe, braucht dieser Bursche keinen Vorwand für irgend etwas. Er tut sowieso, was er will. Versuch doch auch, deine eigenen Wege zu gehen.«

»Mit wem?«

»Liebchen, ich habe keinen Kavalierverleih. Junge Männer kennst du doch bestimmt scharenweise.«

Sie schüttelte den Kopf. »Seit einem Jahr war ich immer nur mit Robin zusammen.«

»Du meinst, niemand anders hat dir Avancen gemacht?«

Mit einem flüchtigen Lächeln erwiderte sie: »Niemand, der mich im geringsten interessiert hätte; das gilt auch für diesen schrecklichen Christie Lane. Er hat mir übrigens keine Avancen gemacht, er wollte nur mit mir ausgehen.«

»Du könntest es doch darauf ankommen lassen.«

Sie forschte in seinem Gesicht, ob er es ernst meinte. Als sie sah, daß er nicht scherzte, verzog sie angewidert den Mundwinkel.

»Was hast du gegen Christie Lane?«

»Hast du seine Show gesehen? Keine Spur von Sex-Appeal. Er ist ein Spießer.«

»Na ja, ich würde auch nicht gerade hinter ihm herrennen und um ein Foto für *Esquire* bitten. Er ist netter Durschschnitt, aber zufällig ein großer Star.«

»Er ist kein Star. Das heißt, er ist Star der Christie-Lane-Show, aber nach den Kritiken in der *Times* zu urteilen, dürfte er nach dreizehn Wochen passé sein.«

»In dreizehn Wochen könntest du eine Menge Publictiy aus ihm herausschlagen, wenn du mit ihm ausgehst.«

»Aber ich kann ihn nicht ausstehen!«

»Ich rede nicht davon, daß du mit ihm ins Bett gehen sollst. Ich sage ja nur, du sollst dafür sorgen, daß etwas von seiner Publicity auf dich abfällt.«

»Es wäre nicht anständig, wenn ich nur wegen der Publicity mit ihm ausginge.«

Iwan tätschelte ihr Kinn. »Du bist ein liebes Mädchen. Ein liebes, dummes Mädchen mit einem wunderschönen Gesicht. Ein liebes, dummes Mädchen, das glaubt, ihr Gesicht bliebe ewig so. Mandy, ich bin achtunddreißig, und ich kriege soviel Achtzehnjährige, wie ich will. Und wenn ich achtundvierzig oder achtundfünfzig bin und mein Bart grau ist, kriege ich sie immer noch. Wenn *du* achtunddreißig bist, kriegst du nur noch noble Mode, und zwar Totalaufnahmen. Sofern du dich gut gehalten hast. Aber keine Kosmetika mehr für Gesicht und Hände – auf denen dann die ersten häßlichen braunen Altersflecken erscheinen. Selbst ein Spießer wie Christie Lane schaut dich dann nicht mehr an. Heute aber und vielleicht auch noch in den nächsten zehn Jahren kannst du alles und alle haben.«

»Nur nicht den Mann, den ich möchte.«

Er seufzte. »Schau, ich weiß, daß du ein süßes, anständiges Mädchen bist. Sonst säße ich nicht hier mit dir, obwohl bei mir zu Hause ein Haufen Arbeit liegt und ich drei Weiber haben könnte, wenn ich nur mit dem Finger schnippte. Du mußt dich mit den Tatsachen abfinden. Robin empfindet nicht wie andere Menschen. Er ist wie eine große, phantastische Maschine. Wehr dich, Baby, das ist deine einzige Chance.«

Amanda nickte geistesabwesend. Mit dem Rührstäbchen malte sie die Initialen R. S. auf den Tisch.

11

Das Gespräch mit Iwan hatte Amanda geholfen. Bis zur zweiten Christie-Lane-Show hatte sie sich aus tiefer Verzweiflung in einen Zustand selbstgerechter Wut hineingesteigert. Diesmal herrschte nicht die aufgeregte Spannung wie beim erstenmal, wohl aber die gleiche Begeisterung. Humor und gutes Einvernehmen bestimmten die Proben, eine gewisse Sicherheit verlieh ihr den Vorgeschmack eines Bombenerfolgs.

Als Christie Lane sie erneut bat, nach der Sendung mit ihm auszugehen, willigte Amanda ein. Sie gingen in Danny's Hideaway, begleitet von den Kümmerlingen und einem Revuegirl aus dem Latin Quarter namens Agnes, das offensichtlich zu einem von ihnen gehörte. Amanda saß neben Christie; außer seiner Frage »Was möchtest du essen?« fand keine Unterhaltung zwischen ihnen statt. Jack E. Leonard, Milton Berle und verschiedene andere Komiker kamen an ihren Tisch und beglückwünschten Christie, der über so viel Aufmerksamkeit ganz selig war und mit den Kollegen Pointen auszutauschen suchte. Als Milton Berle an seinen Tisch zurückging, meinte Christie zu Eddie Ryan: »Ich glaube, wir sitzen auf den falschen Plätzen.«

Das Revuegirl sagte mit ihrer piepsigen Stimme: »Nein, Chris, ehrlich. Hier bist du genau richtig. Hier bist du *in*.«

»Woher willst denn du das wissen?« fauchte Christie.

»Ich weiß es«, erwiderte sie ruhig und strich sich Butter auf ein Brötchen. »Ich war hier mal mit einem Freund – oh, lange bevor wir uns kennenlernten, Schatz«, sagte sie zu Eddie und tätschelte ihm beruhigend den Arm. »Da hat man uns in einem der anderen Räume einen Tisch zugewiesen. Ich merkte sofort, wie der Hase lief, als ich sah, daß alle berühmten Leute hier hereingeführt wurden. Mein Freund hatte natürlich keine Ahnung. Er war aus Minnesota.«

»Berle sitzt aber ganz vorne dran. Und schau mal, die Maguire Sisters auch.«

»Red Buttons sitzt seitlich«, gab Kenny Ditto zu bedenken.

»Jaaa, aber *vorne* an der Seite. Eines Tages werde ich auch vorne dran sitzen. Genauso wie ich eines Tages in den Klub 21 gehen werde.«

»Warst du noch nie dort?« fragte Amanda überrascht.

»Einmal«, erwiderte Christie. »Ich war mit einem Mädchen verabredet, die partout mit mir im Klub 21 essen wollte. Also bestellte ich einen Tisch. Als wir ankamen, ging es – schwupp – hinauf in den ersten Stock und in eine Ecke. Wie Agnes schon sagte: Das Mädchen hatte keine Ahnung. Außerdem sammelte sie Streichholzschachteln. Aber ich wußte Bescheid.« Christie schien nachzudenken. »Ich muß dafür sorgen, daß mein Name in die Klatschspalten kommt. Diese Ethel Evans versteht nichts vom Geschäft. Eddie, ab morgen arbeiten wir mit einem eigenen Presseagenten. Hör dich mal ein bißchen um, ob du jemanden findest, der es für einen Hunderter die Woche macht. Er braucht weiter nichts zu tun, als mich dreimal wöchentlich in die Klatschspalten zu bringen. Das ist alles.«

So ging es während des ganzen Essens weiter. Christie Lane und seine Kümmerlinge entwarfen unzählige Pläne, um Christies Karriere zu fördern.

Amanda saß dabei und kam sich restlos überflüssig vor. Andererseits war sie froh, daß sie sich selbst überlassen blieb. Als Christie sie später zu Hause absetzte, stieg er nicht aus, sondern beauftragte Eddie, sie bis an die Tür zu bringen. »Wie wär's mit morgen abend?« rief er ihr nach. »In der Copa-Bar kommt eine neue Show heraus.«

»Ruf mich an!« Damit verschwand sie im Haus.

Am nächsten Morgen rief Christie sie an. Amanda sagte zu. Besser so, als zu Hause zu sitzen und wegen Robin Trübsal zu blasen. An diesem Abend strahlte Christie vor Zufriedenheit. In der Copa-Bar fühlte er sich »zu Hause«. Sie hatten einen guten Tisch, Amanda saß eingekeilt zwischen Christie, den Kümmerlingen und dem neuen Presseagenten, einem spindeldürren Kerl, der für eine große Agentur arbeitete. Er erklärte, kein vernünftiger Agent würde für so wenig Geld arbeiten, aber wenn Christie bar bezahle, dann werde er das »nebenher« machen und ihm drei Pressenotizen in der Woche liefern.

Hinterher wollte Christie noch in die Brasserie, aber Amanda drückte sich mit der Ausrede, sie erwarte am nächsten Morgen zeitig einen Anruf. Wer am nächsten Morgen anrief, war Iwan Greenberg. Er beglückwünschte sie zu einer Erwähnung in Ronnie Wolfes Gesellschaftsspalte; darin hieß es, sie und Christie seien das neue große Liebespaar in der Stadt. »Jetzt machst du endlich Nägel mit Köpfen«, sagte er. Zuerst war ihr ziemlich beklommen zumute, aber als sie nach drei Tagen immer noch nichts von Robin gehört hatte, beschloß sie, sich erneut mit Christie zu treffen. Wieder gingen sie zu einer Nachtklubpremiere, wieder saß Amanda dicht gedrängt neben den Kümmerlingen, dem Presseagenten und einer zweitklassigen Tanzgruppe, die sich in der Hoffnung auf ein Engagement in seiner Show an Christies Rockzipfel gehängt hatte.

Die dritte Christie-Lane-Show lief in Hochstimmung ab. Nach den neuesten Einschaltziffern lag die Sendung unter den ersten zwanzig. Die Sponsoren erschienen, Danton Miller schüttelte rundum die Hand, jeder gratulierte jedem. Die Alwayso Cosmeticx verlängerten ihren Vertrag für die nächste Saison. Neununddreißig

Wochen waren gesichert. An jenem Abend veranstaltete Danton Miller eine kleine Siegesfeier im Klub 21. Christie schob seine Kümmerlinge ab und ging nur mit Amanda hin. Auch Jerry Moss kam mit seiner Frau. Sie hatten ihren Tisch unten im mittleren Raum. Keiner der Empfangschefs kannte Christie Lane, aber alle kannten sie Danton Miller und einige auch Jerry Moss. Im Verlauf des Abends versuchte Danton Miller, Amanda ins Gespräch zu ziehen. Er machte ihr Komplimente, wie gut sie in den Werbespots sei.

»Ich bin die Kamera gewöhnt«, erwiderte sie zurückhaltend. »Das eigentliche Bravourstück bestand für mich darin, den Lippenstift zu halten, ohne daß meine Hände zitterten.«

»Sind sie schon irgendwo aufgetreten? Im Film? Auf der Bühne?«

»Nein, ich habe ausschließlich als Modell gearbeitet.«

Er machte ein nachdenkliches Gesicht. »Mir kam's so vor, als hätte ich schon von Ihnen gehört.«

»Vielleicht kennen Sie mein Bild aus Illustrierten.«

Plötzlich schnippte er mit den Fingern. »Robin Stone! Kann ich Ihren Namen im Zusammenhang mit ihm gehört haben?«

»Wir sind gelegentlich zusammen ausgegangen«, erwiderte sie reserviert.

»Wo, zum Teufel, steckt er bloß? Und wann kommt er zurück?« fragte Dan.

»Er ist nach Brasilien geflogen.« Amanda war nicht entgangen, daß Jerry Moss sein Gespräch unterbrochen hatte und ihnen zuhörte.

Dan winkte ab. »Das Material aus Brasilien kam schon vor einer Woche. Inzwischen hat er uns Bänder aus Frankreich geschickt. Er hatte tatsächlich de Gaulle vor der Kamera!« Dan schüttelte anerkennend den Kopf. »Jetzt soll er aber in London sein.«

Amanda nippte an ihrer Coca und machte ein höflich interessiertes Gesicht. »Ich könnte mir vorstellen, daß er großartiges Material von dort mitbringt.«

Danton lächelte. »Die Sehbeteiligung ist für eine Nachrichtensendung nicht schlecht. Aber unsere große Zugnummer ist Ihr neuer Freund.«

Ihr neuer Freund! Ihr wurde plötzlich übel – speiübel! –, und sie war froh, daß es an diesem Abend nicht spät wurde. Dan bestellte einen Wagen, mit dem er Amanda als erste nach Hause brachte. Zwei Tage darauf erschien in einer Mittagszeitung ein

Feature über Christie Lane. Titel: »Der Mann von nebenan.« Amandas Foto war dreispaltig eingerückt, dazu die Unterschrift: »Der Mann von nebenan geht nicht mit dem Mädchen von nebenan – er geht mit einem Top Covergirl.« Christie wurde zitiert: »Wir sind zwar erst ein paar Wochen zusammen, aber Mann! – mich hat's erwischt!« Angewidert warf Amanda die Zeitung fort, und als Iwan ihr am Telefon sagte: »Bravo, Mädchen; das machst du gut«, knallte sie den Hörer auf die Gabel.

Dann las sie den Artikel noch einmal. Es war entsetzlich – grauenvoll! Sie starrte auf Christies nichtssagendes Gesicht. Ihr wurde fast schlecht. Bis jetzt war ja stets sein Anhang dabeigewesen, aber was würde geschehen, wenn sie einmal allein sein sollten?

Kurz darauf klingelte das Telefon, und Christie jubelte: »Mädchen, hast du den Schmus in der Zeitung gelesen? Das war erst der Anfang! Christie wird immer, immer, immer berühmter! Heute abend feiern wir. Allein. Ich habe uns durch Miller einen Tisch im 21 bestellen lassen; dort trinken wir einen Cocktail, anschließend gehen wir ins El Morocco essen, Miller sorgt dafür, daß wir richtig sitzen und nicht unter den Heuschrecken.«

»Tut mir leid, Christie«, erwiderte sie. »Ich habe bis spät abends zu tun und muß morgens früh zeitig 'raus.«

»Sag ab. Du gehst mit dem neuen König aus.«

»Ich kann nicht meine Termine sausen lassen. Dazu steht zuviel Geld auf dem Spiel.«

»Herrje, was immer du verlierst, bezahl' ich dir. Was macht das summa summarum?«

Amanda überlegte rasch. An sich hatte sie um fünf Schluß und brauchte auch am nächsten Morgen erst später anzufangen. »Drei Stunden heute abend und zwei morgen früh.«

»Okay, macht wieviel?«

Sie hörte, wie er auf einer seiner stinkenden Zigarren herumkaute. »Zwischen dreihundertfünfundsiebzig und vierhundert Dollar.«

Christie pfiff durch die Zähne. »So viel staubst du ab?«

»Ich kriege fünfundsiebzig die Stunde.«

»Du bist verrückt!«

Amanda legte auf.

Zwei Minuten später rief er wieder an. »Entschuldige. Das ist mir so 'rausgerutscht. Ich habe mich ja fast auf den Hintern gesetzt. Eddies Freundin Aggie läßt sich manchmal für Herrenzeitschriften fotografieren. Da kriegt sie zehn Dollar, fünfzehn im Badeanzug und zwanzig, wenn sie ihre Titten zeigt.«

»Diese Art Fotos mache ich nicht.«

»Ich müßte Aggie das mal sagen. Wenn da so viel Geld drin steckt, sehe ich nicht ein, daß sie so schäbig bezahlt wird.«

»Christie, ich muß jetzt Schluß machen, es ist schon spät . . .«

»Ja, okay. Hör zu, Püppchen. Für so viel Geld brauchst du deinen Schlaf. Wir gehen ein andermal groß aus. Heute nehme ich eine Dame von *Life* mit in den Klub 21. Schade, daß du nicht dabeisein kannst. Wenn *Life* was über mich bringt, könntest du für dich eine Menge Publicity 'rausschlagen.«

»Tut mir leid, Christie.«

Sie legte auf und war entschlossen, nie mehr mit ihm auszugehen. Nie mehr!

Dann rief Iwan an. »Ich nehme an, du hast inzwischen die Zeitung ganz gelesen«, sagte er. »Zumindest wahrst du durch die Christie-Lane-Story das Gesicht.«

»Wie meinst du das?«

»Ich dachte, Amerikas Topmodell würde automatisch die Gesellschaftsspalten zuerst lesen . . . hast du wirklich noch nichts gesehen?«

»Nein.« Sie schlug ein paar Zeitungen auf.

»Seite siebenundzwanzig. Ich bleibe am Apparat, falls du dir die Pulsadern aufschneidest.«

Robins vertrautes Grinsen schnitt ihr ins Herz. Er hatte den Arm um eine Person namens Baronin Erika von Gratz gelegt.

»Bist du noch dran, Mandy?«

»Macht es dir Spaß, sadistisch zu sein, Iwan?«

»Nein, Amanda«, erwiderte er leise und ernst. »Ich möchte nur, daß du dich mit den Tatsachen vertraut machst. Wenn du mich brauchst, ich bin zu Hause.« Er legte auf.

Sie blieb sitzen und starrte auf die Zeitung. Baronin Erika von Gratz machte einen gelösten Eindruck. Amanda las den Text.

»Seit dem Tode ihres Mannes Baron Kurt von Gratz war Baronin Erika von Gratz nicht mehr in London. Alle, die die elegante Aristokratin vermißt haben, sind glücklich, daß sie seit dem Auftauchen des amerikanischen Fernsehjournalisten Robin Stone in die Gesellschaft zurückgekehrt ist. Ihr Mann kam beim Rennen von Monte Carlo ums Leben, und es stand eine Zeitlang zu befürchten, daß die bezaubernde Baronin ihre tiefe Depression nicht überwinden würde. In den vergangenen zehn Tagen jedoch sah man sie mit Mr. Stone im Theater und bei verschiedenen Abendgesellschaften.

Inzwischen ist das Paar in die Schweiz gereist, wo es sich im Chalet der Familie Rame y Blackton aufhält – eine Romanze im Schnee? Schwer zu sagen. Aber wir sind froh, daß unsere bezaubernde Erika wieder lächelt.« Amanda blätterte die Zeitung ganz durch und stieß auf ein weiteres Foto der beiden. Schluchzend warf sie sich aufs Bett und trommelte auf das Kopfkissen, als schlüge sie in Robins grinsendes Gesicht. Doch dann besann sie sich plötzlich und richtete sich auf. Um drei Uhr mußte sie mit Halstons Sommerhüten in die Kamera lächeln. Sie stürzte in die Küche, wickelte Eiswürfel in ein Handtuch und ließ heißes Wasser laufen: Wenn sie eine halbe Stunde lang abwechselnd heiße und kalte Kompressen machte, würden ihre Augen nicht mehr verheult aussehen. Sie mußte den Termin unbedingt einhalten – Robins wegen würde sie ihre Arbeit nicht vernachlässigen. Er verging ihretwegen sicher nicht vor Kummer.

Und in einem neuerlichen Stimmungsumschwung rief sie Christie an, der sofort abhob. »Hallo, ich war schon halb auf dem Weg zu den Fleischtöpfen. Du hast mich gerade noch erwischt.«

»Ich habe meine Termine abgesagt«, eröffnete Amanda ihm.

»Hör mal, ich habe das nicht ernst gemeint, als ich sagte, ich würde dir den Verlust ersetzen. Solche Preise kann ich mir nicht leisten.« Die Stimme klang ängstlich.

»Ich verlange nicht von dir, daß du zahlst. Ich habe nur plötzlich festgestellt, daß ich viel zuviel arbeite.«

Christies Ton schlug augenblicklich um. »Großartig. Ich habe noch nichts abgesagt. Dann treffen wir uns um halb sieben im 21, da kommt nämlich die Tante von *Life*.«

Der Abend wurde unterhaltsamer, als sie erwartet hatte. Die Kellner waren offensichtlich von Danton Miller unterrichtet worden: Christie bekam einen erstklassigen Tisch. Amanda zwang sich zu einem Scotch – der Alkohol machte alles ein wenig erträglicher. Das Mädchen von *Life* war außerordentlich nett. Sie erklärte, man habe sie hergeschickt, damit sie sich mit Christie über ein Interview »unterhalte«. Anschließend solle sie ihre Eindrücke zu Papier bringen, und dann werde der Chefredakteur entscheiden, ob man die Sache weiterverfolgen und eventuell jemanden beauftragen solle, die Story zu schreiben.

Christie lachte gequält. »Das ist ja eine ganz neue Masche – ein Interview für ein Interview! Was eine Illustrierte sich so alles einfallen läßt!« Die unerwartete Kränkung nagte an seinem Selbstbewußtsein. Amanda begriff plötzlich, daß seine betont forsche Art nichts weiter als eine Fassade war, hinter der er seine schreckliche Unsicherheit verbarg. Es rührte sie, und sie war Christie zum erstenmal zugetan. Freundschaftlich ergriff sie seine Hand.

Auch die Jorunalistin spürte, daß er verletzt war, und erklärte gewollt unbekümmert: »Das machen wir mit allen so, Mr. Lane. Erst letzte Woche habe ich mit einem bekannten Senator gesprochen, mit dem nun doch kein Interview gebracht werden soll.«

Daraufhin kehrte etwas von Christies Selbstsicherheit zurück. Er bestand darauf, daß die Journalistin mit ihnen ins El Morocco ging. Amanda merkte, wie versessen er auf die Story war. Er erzählte von seinen bescheidenen Anfängen, der Armut, den Bumslokalen, in denen er aufgetreten war. Zu Amandas Überraschung war das Mädchen ehrlich interessiert. Als sie anfing, sich Notizen zu machen, kannte Christies Begeisterung keine Grenzen. Er drückte Amanda an sich und zwinkerte der Journalistin zu. »Stellen Sie sich vor: ein Stromer wie ich mit einem der elegantesten Covergirls!«

Als sie aufbrachen, bat Amanda, als erste abgesetzt zu werden. Erschöpft schloß sie die Wohnungstür hinter sich. Sie war zum Umfallen müde. Sogar das Ausziehen strengte sie an. Am liebsten hätte sie sich sofort ins Bett fallen lassen. Sie schminkte sich ab und begann automatisch mit den hundert Bürstenstrichen, die sie jeden Abend absolvierte. Entsetzt sah sie, daß die Büste voller Haare war. Sie durfte das Alwayso-Spray nicht mehr benutzen, und wenn Jerry es noch so lobte; es war Mord für ihr Haar. Sie warf die Dose in den Papierkorb. Schließlich sank sie ins Bett, dankbar, daß sie so müde war – sie würde wenigstens nicht wach liegen und an Robin und die Baronin denken.

Die folgenden vier Abende verbrachte sie mit Christie. Sie wurden von einem *Life*-Journalisten mit seinem Fotografen begleitet. Aber sie konnte Robin Stone nicht vergessen. Am Ende der Woche war die *Life*-Story fertig. Höchstwahrscheinlich würden sie sie bringen, was man jedoch endgültig erst wußte, wenn man das Heft aufschlug. Die letzten Aufnahmen von Amanda wurden während ihrer Fernseharbeit gemacht.

Christie stand mit ihr hinter der Bühne und sah die *Life*-Reporter abziehen. »Die Sache ist im Kasten«, frohlockte er und legte Amanda den Arm um die Schultern. »Heute abend gehen wir groß feiern. Wir haben nämlich noch einen besonderen Anlaß: Nach den neuesten Umfragen bin ich unter den ersten zehn! Ist dir klar, was das bedeutet? Vor zwei Wochen war ich Nummer neunzehn. Jetzt bin ich Nummer acht – nur noch sieben vor mir! Das feiern wir, und zwar allein! Heute abend gehen wir zu Danny's Hideaway. Nur du und ich.«

Als sie an einen der vorderen Tische geführt wurden, freute Christie sich wie ein Kind. Es war, als hätten die neuesten Testergebnisse auf der Titelseite der *New York Times* gestanden. Das gesamte Lokal schien sie zu kennen. Alle Welt kam zu ihnen an den Tisch und gratulierte. Christie sonnte sich in seinem Ruhm. Er unterhielt sich mit Kollegen über mehrere Tische hinweg oder ließ Amanda allein und setzte sich für eine Weile zu ihnen. Dann bestellte er Steaks. Während Christie, beide Ellbogen auf den Tisch gestützt und den Kopf tief über dem Teller, mit Hingabe aß, rührte Amanda ihr Essen kaum an. Als er fertig war, holte er sich mit den Fingern Fleischreste aus den Zähnen und starrte auf Amandas halbvollen Teller. »War was mit deinem Fleisch?«

»Nein. Ich mochte nicht mehr. Den Rest lasse ich mir in ein Hundetäschchen packen.«

»Hast du einen Hund?«

»Eine Katze.«

»Ich hasse Katzen.« Dann lächelnd: »Kommt sie nachts in dein Bett?«

»Ja, sie kuschelt sich an mich.«

»Dann gehen wir heute nacht zu mir.« Er sah auf ihr Kleid. Es war ein perlenbesticktes Abendkleid, das sie in der Show getragen hatte. »Wir fahren kurz zu dir, damit du deine Katze füttern und dich umziehen kannst.«

»Warum soll ich mich umziehen?«

Er grinste verlegen. »Na ja, wie sieht denn das aus, wenn du morgen früh in der Aufmachung durch die Halle im Astor latschst?«

»Ich habe nicht die Absicht, durch die Halle im Astor zu latschen.«

»Soll das heißen, du willst nicht? Du willst nach Hause?«

»Ich will nach Hause. Und zwar sofort.«

»Was? Ohne Vögeln?«

Amanda wurde deutlich rot. »Chris, ich lasse dich ungern hier vor allen Leuten sitzen. Aber wenn du noch einmal derartige Ausdrücke benutzt, nehme ich keine Rücksicht mehr.«

»Ach komm, Mädchen. Du weißt doch, daß es nichts zu bedeuten hat, wenn ich so was sage. Werde mich aber in acht nehmen. Du weißt ja, ich bin auf der Bühne aufgewachsen und habe solche Ausdrücke gelernt wie andere Kinder Abzählreime. Paß auf, jedesmal, wenn ich eins von diesen Wörtern sage, schenke ich dir einen Dollar. Oder sagen wir einen Vierteldollar, sonst wirst du in kurzer Zeit so reich, daß du aufhören kannst zu arbeiten.«

Amanda brachte ein Lächeln zustande. Er gab sich Mühe, nett zu sein. Es war nicht seine Schuld, daß sie eine so starke körperliche Abneigung gegen ihn verspürte, aber sie sehnte sich danach, wegzukommen. »Chris, ich möchte nach Hause, allein. Ich habe Kopfschmerzen. Es war ein langer Tag.«

»Ja, ja. Du hast herumgestanden und einen schweren Lippenstift gehalten, während ich ja nur gesungen, getanzt und gespielt habe.«

»Aber du bist dafür begabt. Du hast das dein ganzes Leben lang gemacht. Ich kriege jedesmal Zustände, wenn ich die drei Kameras auf mich zukommen sehe. Und dann das Publikum . . . mich nimmt das sehr mit. Du bist dafür geboren.«

»Mag sein. Also gut, verschieben wir das V . . . – Schäferstündchen auf morgen. Nein, morgen hab' ich eine Wohltätigkeitsveranstaltung, lieber übermorgen. Abgemacht?«

»Ich weiß nicht.«

»Wieso?«

»Ich stürze mich nicht Hals über Kopf in so etwas hinein.«

»Wir sind schon eine ganze Zeit zusammen.«

»Drei Wochen und vier Tage.« (Vor vier Wochen und vier Tagen war Robin abgereist.)

»Schau an! Es muß dir ja ziemlich wichtig sein, wenn du schon die Tage zählst. Also wann? Oder hältst du immer noch Robin Stone die Stange?«

Sie reagierte empfindlich und wußte, daß man es merkte. Auf diese Frage war sie nicht gefaßt gewesen.

Christie schien es Spaß zu machen. »Ich habe nämlich Erkundigungen eingezogen.«

»Es ist kein Geheimnis, daß ich mit Robin Stone ausgegangen bin. Er ist ein sehr guter Freund von mir. Ein alter Freund. Ich kenne ihn schon über ein Jahr.«

»Dann bist du also nicht in ihn verknallt?«

»Wer hat dir das denn erzählt?«

»Ethel Evans.«

Amanda schwieg. Sie hatte keine Ahnung gehabt, daß Ethel so gut unterrichtet war. Heute abend zum Beispiel hatte sie sich doch wirklich so verhalten, als hätte sie nur Augen für Christie.

Christie glaubte, sie wisse nicht, wer gemeint war. »Erinnerst du dich nicht an Ethel Evans? Die Pressetante mit dem dicken Hintern und dem losen Mundwerk! Die sich von allen Bonzen flachlegen läßt! Gott, hast du gesehen, wie sie heute abend über unseren Gaststar hergefallen ist? Sie trägt ihren Spitznamen zurecht: die Starmatratze.«

»Vielleicht verdankt sie ihren schlechten Ruf Männern wie dir«, erwiderte sie.

»Was willst du damit sagen?«

»Ihr einen solchen Namen anzuhängen und es breitzutratschen! Hast du überhaupt jemals etwas mit ihr gehabt?«

»Ich nicht, aber alle, die ich kenne . . . alle berühmten Leute, die ich kenne, meine ich.«

»Folglich redest du über etwas, das du aus eigener Anschauung gar nicht weißt.«

»Warum legst du dich für diese großzügige Dame so ins Zeug. Du solltest mal hören, wie sie über *dich* herzieht.«

»Bring mich nach Hause«, sagte sie mit Nachdruck.

»Herrgott noch mal – es tut mir leid.« Er nahm ihre Hand und sah Amanda eindringlich an, dann drückte er ihre Hand gegen seine Brust. »Ich bin verliebt in dich, Mandy . . . es ist das erstemal, daß ich das zu einem Mädchen sage, und ich meine es ernst. Ich bin wirklich verliebt in dich. Und es könnte für immer sein.«

Sie sah den flehenden Blick in seinen großen grauen Augen. Das offene, gutmütige Gesicht war verwundbar – sie wußte, daß er die Wahrheit sprach. In der Sendung heute abend hatte er »Mandy« gesungen – das Lied, das einst Al Jolson berühmt gemacht hatte. Bei der Stelle »Mandy, there's a minister handy« hatte er sich umgedreht und seitlich in die Kulissen geschaut, wo Amanda stand. Die Kameraleute hatten Blut und Wasser geschwitzt, um ihre Einstellungen zu korrigieren. Amanda wollte ihm nicht weh tun. Sie wußte aus eigener, langer Erfahrung, wie weh es tat, wenn Liebe unerwidert blieb. »Hör mal, Christie«, sagte sie und streichelte seine Hand, »du wirst ein großer Star und hast noch alles vor dir. Du kannst tausend Mädchen haben, nette Mädchen, schöne Mädchen . . .«

»Die will ich nicht. Ich will dich.«

»Chris, wir sind erst ein paarmal zusammen ausgegangen. Du kennst mich doch kaum. Wie kannst du mich da lieben?«

»Mandy, ich bin ein gutes Stück im Leben herumgekommen. Ich habe den Abschaum gesehen, die billigen Nightclubs, die billigen Mädchen. Mein ganzes Leben lang habe ich mir etwas Besseres gewünscht, deshalb bin ich bis heute allein geblieben. Wenn ich wollte, habe ich mir eine von der Straße geholt. Aber in Gefühle habe ich mich nie verwickelt. Verstehst du, was ich meine? Zum erstenmal bin ich ganz oben, habe Riesenerfolg und dazu noch eine echte Dame an meiner Seite. Oh, ich habe auch früher schon Damen getroffen. Klasseweiber! Zum Beispiel bei Wohltätigkeitsveranstaltungen. Ich kenne den Unterschied. Aber die hatten alle vorstehende Zähne und waren dürr wie ein Brett. Du bist rundherum richtig – und dich möchte ich.«

Amanda wurde blaß, weil sie an ihren flachen Busen denken mußte. Ach was – es war sowieso gleichgültig, denn er würde ihn nie zu sehen bekommen. Sie blickte Christie voll an. »Ich habe dich gern, Chris. Aber ich bin nicht verliebt in dich.«

»Das genügt mir«, erwiderte er. »Ich warte gern. Versprich mir nur eins: Gib mir eine Chance. Geh mit mir aus, triff dich mit mir, dann wirst du eines Tages auch mit mir schlafen wollen. Und wenn es hinhaut, dann bleiben wir zusammen. Vielleicht heiraten wir sogar.« Ihre Einwände wehrte er ab. »Warte ab. Das ist alles, worum ich dich bitte.«

Sie wußte, wie ihm zumute war, und wenn ein kleiner Hoffnungsschimmer ihn so glücklich machte, warum nicht? Zumindest würde er dann heute nacht mit einem Traum zu Bett gehen. Am Ende wurde doch noch ein großer Star aus ihm – und je größer er wurde, desto weniger würde sie ihm bedeuten.

Als sie sich vor ihrer Haustür trennten, küßte sie ihn. Beim Eintreten sah sie ein Telegramm, das jemand unter der Tür durchgeschoben hatte. Sie riß es gleichgültig auf – wahrscheinlich war es eine Einladung. »Ankomme Kennedy Airport zwei Uhr nachts Ortszeit, TWA Flug Nr. 3. Wenn du wirklich mein Mädchen bist, nimm dir einen Wagen und hol mich ab. Robin.«

Amanda sah auf die Uhr. Viertel vor zwölf Gott sei Dank, es war noch zu schaffen! Sie stürzte ans Telefon und bestellte ein Taxi. Sie würde ja nie aus Robin schlau werden! Zum Abschied nicht mal ein Anruf, um auf Wiedersehen zu sagen, dafür eine telegrafische Ankündigung seiner Rückkehr! Es blieb ihr sogar noch Zeit, um sich umzuziehen und zurechtzumachen. Sie wollte tipptopp aussehen. Singend legte sie neues Make-up auf. Zum erstenmal seit vier Wochen und vier Tagen spürte sie nicht die geringste Müdigkeit.

Sie stand am Ausgang sieben. Die Maschine war eben gelandet, und schon kamen die ersten Passagiere. Amanda entdeckte Robin sofort. Er unterschied sich von den anderen. Sie gingen, aber Robin glitt sozusagen durch die Menge. Er ließ seine Aktentasche fallen und umarmte Amanda stürmisch. »Wie geht es dem neuen Fernsehstar?« fragte er.

»Der neue Fernsehstar ist begeistert, den größten Journalisten aller Zeiten zu sehen.« Amanda nahm den leichten Ton auf und schwor sich, die Baronin mit keinem Wort zu erwähnen.

Robin drückte sie an sich und führte sie zum Wagen.

»Ich denke, du warst in London«, sagte Amanda. »Deine Maschine kam aber aus Los Angeles.«

»Ich bin die Polarroute geflogen und ein paar Tage in Los Angeles geblieben.« Er griff in die Tasche und gab ihr ein kleines Päckchen. »Ein Mitbringsel – ich habe es nicht mal verzollt. Ich bin ein Schmuggler.«

Sie kuschelte sich an ihn und öffnete das Päckchen. Es war eine wunderschöne, antike Wedgewood-Zigarettendose. Ein teures Stück, das wußte sie. Trotzdem wäre ihr ein kleineres, persönliches Geschenk lieber gewesen.

»Ich hoffe doch, du rauchst noch«, meinte er lachend und bot ihr aus einer zerdrückten Schachtel eine englische Zigarette an. Es war starker Tabak, und beim Inhalieren erstickte sie fast. Robin nahm ihr die Zigarette fort und küßte sie leicht auf die Lippen. »Hast du mich vermißt?«

»Als du abflogst, hast du mich mit zwei Steaks sitzenlassen. Ich wußte nicht genau, ob ich dich vermissen oder umbringen sollte.«

Er starrte sie verständnislos an.

»Ich finde, du hättest mich wenigstens anrufen und mir sagen können: ›Baby, nimm die Steaks vom Herd, ich kann nicht kommen.‹«

»Habe ich das nicht gesagt?« Es klang ehrlich überrascht.

»Schwamm drüber. Der Kater hat sich gefreut.«

»Du wußtest aber, daß ich wegflog?« Eine leichte Unruhe schwang in seiner Frage mit.

»Das hast du ja in den Nachrichten angekündigt. Ach Robin, du warst so lange fort!«

Er zog sie enger an sich. »Jetzt bin ich ja wieder da. Müde?«

Sie drückte sich an ihn. »Bei dir nie.«

Er küßte sie lange und ausgiebig, sah ihr zärtlich in die Augen und umschloß ihr Gesicht mit den Händen, als müsse er es wie ein Blinder ertasten. »Mein Gott, Amanda. Du bist so wunderschön!«

»Robin, während deiner Abwesenheit bin ich mit Christie Lane ausgegangen.«

Da ihm der Name nichts zu sagen schien, erklärte sie: »Christie Lane ist der Star unserer Show.«

»Ach ja. Er hat offenbar ganz groß eingeschlagen.«

»Die Klatschkolumnisten haben über uns geschrieben.«

»Ist dein Honorar entsprechend gestiegen?« fragte er mit einem freundlichen Lächeln.

Amanda zuckte die Achseln.

»Es ist sowieso ziemlich hoch.«

»Gut.«

Sie sah ihn an. »Man glaubt, jedenfalls zum Teil, ich hätte was mit ihm. Das ist aber nur Gerede. Ich wollte dir's gleich sagen, damit du Bescheid weißt und dich nicht beunruhigst.«

»Warum sollte es mich beunruhigen?«

»Ich dachte . . .«

Robin zündete sich eine neue Zigarette an.

»Es war wohl dumm, mir deswegen Gedanken zu machen«, sagte sie.

Er lachte. »Du bist prominent. Und wenn man prominent ist, kommt man in die Klatschspalten.«

»Macht es dir nichts aus, daß ich mit Christie ausgegangen bin?«

»Wie kommst du denn darauf? Ich habe in London auch kein Einsiedlerleben geführt.«

Amanda rückte von ihm ab und sah zum Fenster hinaus in die Dunkelheit und auf die Lichter der entgegenkommenden Autos. Robin griff nach ihrer Hand. Sie entzog sie ihm.

»Willst du mir weh tun, Robin?«

»Nein.« Er sah sie offen an. »So wenig wie du mir.«

»Aber ich bin doch dein Mädchen, oder etwa nicht?«

»Und ob!« (Dieses blöde Grinsen.) »Ich habe aber nie gesagt, Amanda, daß ich dich an der Leine halten will.«

»Du meinst, es macht dir nichts aus, wenn ich auch weiter mit ihm ausgehe?«

»Natürlich nicht.«

»Und wenn ich mit ihm schliefe?«

»Das ist deine Sache.«

»Du fändest also nichts dabei?«

»Wenn du es mir erzähltest, doch.«

»Soll das heißen, du möchtest, daß ich es vor dir verheimliche?«

»Also was ist, Amanda? Schläfst du mit ihm oder nicht?«

»Nein. Aber er möchte. Er spricht sogar vom Heiraten.«

»Tu, was du für richtig hältst.«

»Robin, sag dem Fahrer, er soll zuerst zu mir fahren.«
»Warum?«
»Ich möchte nach Hause – allein.«
Er zog sie wieder in seine Arme. »Baby, du bist den ganzen Weg zum Flughafen herausgefahren, um mich zu treffen. Warum willst du mich nun plötzlich los sein?«
»Robin, begreifst du nicht, daß . . .«
Er küßte sie, und Amanda hörte auf, Erklärungen abzugeben.

Sie verbrachten die Nacht eng umschlungen. Von Christie Lane wurde nicht mehr gesprochen. Es schien, als wäre Robin nie fortgewesen. Es war wie zu Anfang, wie immer, wenn sie zusammen ins Bett gingen: voller Sinnlichkeit und Zärtlichkeit.
Später, als sie erschöpft nebeneinander lagen und rauchten, fragte Amanda: »Wer ist die Baronin?« Kaum war es heraus, hätte sie sich am liebsten die Zunge abgebissen.
Gleichgültig gab Robin zur Antwort: »Ein verkommenes Stück.«
»Na hör mal, ich habe gelesen, daß sie Baronin ist.«
»Das stimmt. Trotzdem ist sie ein verkommenes Stück. Eines dieser durch den Krieg verdorbenen Kinder. Als Zwölfjährige tat sie's für Schokolade mit amerikanischen Soldaten. Später heiratete sie den Baron – er war schwul und dazu noch Voyeur. Erika wußte bald auf jedem Gebiet Bescheid. Sie ist an sich kein übler Kerl. Die Heirat brachte ihr Titel und Geld. Sie genießt das Leben. Ich habe sie auf einer Orgie kennengelernt.«
Amanda fuhr im Dunkeln hoch. »Eine Orgie?!«
»Die sind in London weit verbreitet, und in Los Angeles sollen sie auch im Kommen sein.«
»Und du magst so etwas?«
Er grinste. »Was gibt es daran nicht zu mögen? Die Orgien sind drüben besser als das Fernsehen. Das hat nämlich nur zwei Kanäle.«
»Robin, sei doch mal ernst!«
»Das ist mein voller Ernst. Ist dir jemals ein Mann namens Ike Ryan begegnet?«
Der Name kam ihr bekannt vor. Plötzlich erinnerte sie sich. Ryan war ein amerikanischer Filmproduzent, der sich in Frankreich und Italien niedergelassen hatte und recht bekannt geworden war.
»Ich habe von ihm gehört, aber begegnet bin ich ihm noch nicht«, erwiderte sie.

»Er würde dir gefallen. Wir haben uns in London kennengelernt. Ich hatte miserable Laune, das Wetter war grauenhaft, und Ryan lud mich zu einer seiner Partys ein. Anwesend waren drei italienische Filmschauspielerinnen, die Baronin, Ike und ich. Überschrift: Die Schönen der Nacht im türkischen Bad.«

»Und da hast du mitgemacht?«

»Klar, warum nicht? Erst haben wir den Damen zugesehen, dann haben Ike und ich uns vom Harem verwöhnen lassen. Erika war die beste – typisch deutsche Perfektion –, darum reservierte ich sie für mich. Ike ist wirklich ein feiner Kerl. Er will in Los Angeles eine eigene Filmgesellschaft gründen. Das wird allerhand Wirbel geben.«

»Mit den Orgien?«

»Nein, mit Filmen. Er ist eine Spielernatur und hat Stil. Außerdem sieht er gut aus. Frauen mögen ihn.«

»Ich finde ihn widerlich.«

»Wieso?«

»Weil er solche Sachen macht.«

Robin lachte: »Bin ich widerlich?«

»Nein, du kommst mir vor wie ein kleiner Junge, der einen bösen Streich gewagt hat. Aber diese Ike Ryan hat damit angefangen ...«

»Baby, das haben schon die alten Griechen erfunden.«

»Möchtest du etwa, daß ich so einen Mann kennenlerne oder mich in der Öffentlichkeit mit ihm zeige? Bei unserem Anblick würden doch alle denken, ich sei auch so ein Mädchen. Möchtest du das?«

Er sah sie ernst an. »Nein, Amanda. Ich verspreche dir, ich werde dich nie zusammen mit Ike ausführen.«

Dann stand er auf und holte sich Bier und eine Schlaftablette. »Ich bin immer noch auf europäische Zeit eingestellt und todmüde. Möchtest du auch eine?«

»Nein, ich muß um zehn aufstehen.«

Robin legte sich wieder hin und umarmte sie. »O Liebling, es tut gut, bei dir zu sein. Weck mich nicht, wenn du morgen früh gehst. Ich habe einen anstrengenden Nachmittag vor mir – stapelweise Post, Besprechungen –, ich brauche etwas Schlaf.«

Am nächsten Morgen zog Amanda sich hastig an und ging so leise wie möglich. Sie war müde und nicht sehr konzentriert bei der Arbeit. Wieder stellte sie fest, daß ihr das Haar ausging. Sie rief Nick an und fragte ihn nach einem Hautarzt. Er lachte. »Du mau serst dich! Das ist reine Nervosität.«

»Damit könntest du recht haben«, erwiderte sie. »Robin ist nämlich zurück.«

»Ruf deinen Arzt an und laß dir eine Vitaminspritze oder so was geben. Und denk endlich mal nachts an Schlaf – und nicht nur an Liebe.«

»Ich habe keinen Arzt.« Sie lachte. »Ich habe nie einen gebraucht. Weißt du nicht einen guten?«

»Ich weiß, du bist so ekelhaft jung und gesund! Stell dir vor, ich habe sechs Ärzte: einen für Hals, Nase und Ohren, einen für die Prostata, einen für meine Bandscheiben und so weiter. Soll ich dir einen guten Rat geben? Pfeif auf die ganzen Ärzte. Schlaf dich lieber richtig aus, und wenn erst mal die *Life*-Story erscheint, ist dein Kummer vorbei.«

Wahrscheinlich hatte er recht. Als Amanda um drei fertig war, fuhr sie nach Hause, um sich etwas hinzulegen. Slugger sprang aufs Bett und schmiegte sich in ihre Arme. Sie küßte seinen braungelben Kopf. »Es ist noch nicht Nacht, Slugger. Wir ruhen uns nur aus.« Der Kater schnurrte vor Behagen. »Ich weiß, du bist das einzige verläßliche männliche Wesen. Aber sei mir nicht böse, wenn ich dich heute abend ins Wohnzimmer verbanne. Robin ist nämlich zurück.«

Als sie aufwachte, war es dunkel; sie fuhr entsetzt hoch und versuchte sich zu besinnen. Was für ein Tag war heute? Plötzlich fiel es ihr ein. Sie knipste das Licht an. Neun Uhr! Slugger sprang vom Bett und verlangte miauend sein Fressen.

Neun Uhr! Und Robin hatte nicht angerufen! Sie fragte beim Auftragsdienst an. Keine Anrufe. Dann wählte sie Robins Nummer. Als sich der Auftragsdienst meldete, legte sie auf, ohne eine Nachricht zu hinterlassen. Amanda verbrachte eine schlaflose Nacht. Slugger, der wohl spürte, daß irgend etwas nicht stimmte, kuschelte sich eng an sie.

Am nächsten Tag wartete sie bis sechs, ehe sie anrief. Womöglich war Robin krank. Er meldete sich: Es gehe ihm gut, bis auf die viele Arbeit auf seinem Schreibtisch. Morgen wolle er Amanda anrufen.

Am nächsten Morgen las sie in den Klatschspalten: »Ike Ryan und Robin Stone waren mit zwei bildhübschen italienischen Schauspielerinnen im El Morocco. Die Namen der beiden Schönen waren so lang, daß der Berichterstatter sie vergessen hat, aber unvergeßlich bleibt ihm ihr Aussehen und ihr Sex-Appeal!«

Amanda schleuderte die Zeitung zu Boden. Robin hatte gewußt, daß Ryan nach New York kam, und sie auf die Probe gestellt. O Gott, warum hatte sie nur gesagt, sie wolle nicht mit ihm gesehen werden!

An diesem Abend ging sie mit Christie in Danny's Hideaway. Sie war sehr still. Christie meckerte über den schlechten Platz. Vorne war der eine Tisch von Hollywoodprominenz besetzt, der andere reserviert.

»Wahrscheinlich sitzen da auch irgendwelche Filmgrößen«, brummte er mit einem neidischen Seitenblick. »Ich verstehe nicht, warum um die so viel Wesen gemacht wird. Mich kennen garantiert mehr Leute.«

Amanda versuchte, ihn aufzuheitern; warum sollten sie beide schlechter Laune sein? »Christie, das ist ein wunderbarer Tisch. Ich sitze gern in der Mitte. Da kann man alles sehen.«

»Mir sollte überall der beste Tisch zugewiesen werden.«

»Wo du sitzt, ist der beste Tisch«, erwiderte sie.

Er starrte sie an. »Glaubst du das?«

»Wichtiger ist, ob du es glaubst.«

Er grinste und bestellte das Essen. Nach einer Weile kehrte seine gute Laune zurück. »Die *Life*-Story ist unter Dach und Fach«, sagte er und sah Amanda dabei verlangend an. »Mandy, eines möchte ich im Augenblick noch lieber als *Life*. Was muß ich tun, um mich vor dir zu beweisen? Ich liebe dich und komme mir vor wie ein Schuljunge, der neben dir sitzt und Händchen hält. Ich habe über alles nachgedacht. Es ist doch unmöglich, daß du dich in mich verliebst, wenn du nicht mit mir schläfst. Ich weiß, daß du keinen anderen hast. Eddie wollte mir einreden, du klebtest an Robin Stone, aber seit ich heute die Klatschspalten gelesen habe . . .«

»Chris, da du schon davon sprichst, ist es wohl besser, wenn ich . . .« Sie verstummte, denn plötzlich wurde ihre Aufmerksamkeit von vier Gästen gefesselt, die Danny, der Besitzer des Restaurants, zu dem reservierten Tisch komplimentierte. Zwei bildhübsche Mädchen, zwei Männer. Einer davon Robin!

»Wenn du was . . .?«

Chris starrte sie an. Sie wußte, sie mußte etwas sagen, war aber unfähig, den Blick von Robin abzuwenden. Er beugte sich über eines der Mädchen und küßte es auf die Nasenspitze. Dann lachte er.

»Schau mal an, wer da an meinem Tisch sitzt«, sagte Christie. »Ich habe ihn mir neulich abends angesehen. Wollte mal einen Blick auf die Konkurrenz werfen. Länger als zehn Minuten habe ich es nicht ausgehalten. Er faselte was von Kuba und diesem ganzen Quatsch. Ungeheuer wichtig war das! Weißt du, an welcher Stelle er steht?«

»Unter den ersten fünfundzwanzig. Das ist für eine Nachrichtensendung ausgezeichnet.« Warum verteidigte sie ihn eigentlich?

»Wart nur ab: Ich werde noch Nummer eins. Ich werde jetzt schon so behandelt – nur von dir nicht.«

»Ich . . . ich habe dich sehr gern.«

»Dann beweis es doch.«

»Ich möchte nach Hause.« Sie fühlte sich wirklich elend. Robin hörte mit geneigtem Kopf seiner Begleiterin zu.

»Komm, Mädchen, wir wollen uns nicht streiten. Ich liebe dich, und es muß ja mal mit uns klappen.«

»Bring mich nach Hause . . .«

Er sah sie gekränkt an. »Wenn ich dich nach Hause bringen soll, heißt das, du willst mich abhängen.«

Er unterschrieb die Rechnung. Sie mußten an Robins Tisch vorbei. Im Hinausgehen blieb Christie fast an jedem Tisch stehen und verabschiedete sich auffällig von seinen Bekannten. Amanda wußte, daß Robin sie bemerken würde. Als sie an seinem Tisch vorbeikamen, stand er auf – nicht im mindesten verlegen. Er schien sich sogar noch zu freuen, Amanda zu sehen. Nachdem er Chris zu seiner Show beglückwünscht hatte, stellte er alle einander vor. Die beiden Mädchen hießen Francesca soundso – italienische Starlets –, der Mann war Ike Ryan. Amanda war bei seinem Anblick überrascht. Er war gut und gerne einsachtzig groß, kräftig gebaut, sonnengebräunt, mit schwarzem Haar und blauen Augen; er sah blendend aus – ganz anders, als sie ihn sich vorgestellt hatte.

»Das also ist die berühmte Amanda?« Ike wandte sich an die beiden Mädchen und sagte etwas auf italienisch. Dann erklärte er: »Ich habe ihnen erzählt, was für eine phantastische Frau Sie sind, Amanda.« Die beiden Francesca lächelten ihr zu.

»Erzählen Sie ihnen aber auch von mir«, schaltete sich Christie ein.

Ike lachte. »Das brauche ich nicht. Sie wissen, wer Sie sind. Die beiden waren kaum vom Fernseher wegzukriegen.«

Es schien eine Ewigkeit zu dauern, bis sie sich endlich verabschiedet hatten. Amanda warf Robin noch einen Blick zu, in der Hoffnung, in seinen Augen eine Botschaft zu lesen; er unterhielt sich aber bereits wieder mit einer der Italienerinnen. Sie lachte ihn an. Offenbar verstand sie *sein* Englisch.

Verdrossen hielt Christie ein Taxi an. Kurz entschlossen ergriff Amanda seinen Arm. »Ich komme mit zu dir, Chris.«

Schlagartig wechselte seine Stimmung. »O Mandy! – Aber was ist mit deinem eleganten Kleid? Sollen wir bei dir vorbeifahren, damit du dich umziehen kannst?«

»Nein, wenn wir ... ich meine ... hinterher fahre ich nach Hause.«

»Nein, lieber nehme ich den Kater in Kauf, und wir fahren gleich zu dir. Ich habe morgen früh nichts Besonderes vor. Ich kann schlafen, und du stehst auf, wann du möchtest.«

Alles in ihr sträubte sich. »Um acht kommt ein Fotograf zu mir. Es ist jetzt erst halb elf, ich kann also gut mit zu dir kommen und in ein, zwei Stunden nach Hause fahren.«

»Aber ich möchte die ganze Nacht mit dir zusammen sein und dich in meinen Armen halten.«

Amanda unterdrückte ihren Widerwillen. Sie hatte sich für das Astor als das kleinere Übel entschieden. Dort konnte sie wenigstens aufstehen und gehen, wenn es vorbei war.

»Entweder so oder gar nicht«, erwiderte sie ruhig.

»Herrgott, Mädchen: Ich nehm's ja, wie ich's kriegen kann. Du wirst Augen machen! *I'm the greatest* – warte nur ab.«

Als Amanda durch die Hotelhalle zum Fahrstuhl ging, war sie überzeugt, daß jeder ihr anmerkte, was sie vorhatte. Schon beim Aussteigen aus dem Taxi hatte sie das Gefühl, der Fahrer habe sie verächtlich angesehen. Und wie oft war sie in Robins Haus durch die Eingangshalle gelaufen! Hatte sogar dem Portier ein fröhliches guten Morgen zugerufen! Damals war ihr das alles so natürlich und wundervoll vorgekommen. – Nein, sie durfte jetzt nicht an Robin denken.

Sie zog sich in Christies Badezimmer bis auf die Haut aus, starrte auf ihren flachen Busen und ging dann entschlossen ins Schlafzimmer. Christie lag in kurzen Unterhosen auf dem Bett und las in einer Rennzeitung. Als er Amanda vor sich stehen sah, klappte sein Kinn vor Enttäuschung herunter. »Keine Titten!« Kühl und herausfordernd sah sie ihn an. Er lachte und streckte die Arme aus. »Wieder mal ein Beweis, daß alle echten Damen dürr sind. Wenigstens hast du keine vorstehenden Zähne. Komm her, du wirst mit meinem Apparat zufrieden sein. Schau, was der gute Chris hier für dich hat ...«

Im Dunkeln gab Amanda sich ihm hin. Er keuchte und stöhnte, während sie auf dem Rücken lag und seine hastigen Stöße erduldete. Sie wußte, daß er versuchte, ihr Genuß zu verschaffen. Aber selbst wenn es drei Stunden dauerte, würde sie nicht reagieren. Nie würde er sie zum Orgasmus bringen, nie! Innerlich flehte sie, es möge rasch vorübergehen. Plötzlich ließ er von ihr ab und wälzte sich stöhnend auf den Rücken. Nach einer Weile sagte er: »Keine Angst, Püppchen, ich habe aufgepaßt. Ich mache dir kein Kind.«

Amanda lag ganz still. Er nahm sie in die Arme. Sein Körper war schweißnaß. »Bei dir hat's nicht geklappt, was?« fragte er.

»Chris, ich . . .«

»Laß mir nur ein wenig verschnaufen, dann werde ich dich schon befriedigen.«

»Nein, Chris. Es war wundervoll! Ich war nur nervös, weiter nichts. Das nächstemal will ich mich vorher schützen.«

»Hör zu, ich habe einen Entschluß gefaßt. Wir werden am Ende der Saison heiraten. Im Sommer habe ich ein tolles Engagement in Las Vegas. Dort heiraten wir. Du wirst's genießen – es sind ja unsere Flitterwochen. Darum brauchst du dich auch nicht vorzusehen: Wenn du ein Kind kriegst, um so besser – dann heiraten wir eben früher.«

»Nein, ich möchte kein Baby, bevor wir verheiratet sind. Ich möchte nicht, daß die Leute denken, das sei der Grund gewesen.«

»Mädchen, ich bin siebenundvierzig. Ich mache dir nichts vor. Alle glauben, ich sei vierzig; nicht mal Eddie und Kenny wissen es. Weil du aber meine Frau wirst, sollst du alles wissen. Mein ganzes Leben lang bin ich mit Geld vorsichtig umgegangen, und meine vierzig- bis fünfzigtausend habe ich die letzten fünfzehn Jahre immer gemacht. Davon kam die Hälfte auf die hohe Kante. Wenn ich sechzig bin, habe ich 'ne Million in Papieren angelegt, die unser Sohn mal erben kann. Jetzt, wo ich dich habe, fehlt mir nichts mehr. Und ich möchte, daß wir ganz schnell einen Sohn kriegen, damit ich, wenn ich mal sechzig bin, mit ihm zum Baseballspiel gehen kann und ihn noch im College erlebe, wo ich leider nie war. Sag's nie weiter, aber ich habe nicht mal die Volksschule zu Ende gemacht. Mit zwölf habe ich beim Varieté Drops verkauft. Aber unserem Sohn soll's mal an nichts fehlen!«

Amanda blieb regungslos liegen. Was hatte sie getan! Dieser arme Narr . . .

Abrupt stand sie auf und ging ins Bad, um sich anzuziehen. Als sie zurückkehrte, war Christie auch beim Anziehen.

»Bitte, bemüh dich nicht«, bat sie. »Ich nehme mir ein Taxi.« Sie wollte so schnell wie möglich fort. Seinen liebeskranken Blick konnte sie einfach nicht länger ertragen.

»Nee, ist ja noch früh. Ich bringe dich nach Hause und gehe noch auf einen Sprung ins Stage Deli, wo Eddie und Kenny wahrscheinlich sitzen. Ich bin so glücklich, daß ich nicht schlafen kann. Am liebsten möchte ich es allen Leuten sagen.«

Amanda überließ ihm auf der Heimfahrt ihre Hand. Vor dem Fahrstuhl gab er ihr einen Gutenachtkuß. Dann fuhr sie in ihre Wohnung hinauf, rannte ins Badezimmer und übergab sich.

Am nächsten Morgen rief Robin an. Keine Rede von den beiden Italienerinnen. Er fliege am Nachmittag mit Ike Ryan, über den er eine »Schlagzeilen«-Sendung machen wolle, nach Los Angeles. Es sei richtiger, an Ort und Stelle in Ikes Büro und im Atelier zu drehen. Von Los Angeles fliege er wieder über den Pol nach London und habe keine Ahnung, wann er zurückkehre. Amanda erwähnte weder die Baronin noch die italienischen Starlets, und Robin sprach nicht von Christie Lane.

12

Am ersten Mai wachte Amanda eine Viertelstunde, bevor sie telefonisch geweckt werden sollte, auf. Morgen würde *Life* an den Kiosken sein, aber das Plaza-Hotel bekam *Time* und *Life* immer schon einen Tag früher. Rasch zog sie sich an. In den letzten sechs Wochen hatte sie zwischen Ungeduld und Furcht gelebt. Jeder wartete auf die *Life*-Story. Christie glaubte, er würde dadurch zu einer internationalen Berühmtheit, und Nick Longworth war bereit, Amandas Honorar auf hundert Dollar die Stunde zu erhöhen.

Sie fuhr im Taxi zum Plaza und lief in die Halle. Von draußen leuchtete ihr schon das hellrote Titelbild entgegen. Sie kaufte ein Heft und setzte sich in einen Sessel in Nähe des Palmengartens.

Der Beitrag mit dem Titel »Das Phänomen Christie Lane« ging über zehn Seiten. Er enthielt vier Fotos von ihr und Christie und eins von ihr allein; sie trug darauf ein Chiffonkleid. Iwan hatte die Aufnahme im Central Park gemacht, und es war keine Windmaschine nötig gewesen, um den Rock aufzubauschen. Amanda entsann sich noch sehr gut, wie kalt es an dem Tag war. Gespannt las sie den Text und freute sich, daß der Verfasser sogar ein bißchen in die Tiefe ging. Er beschrieb anschaulich, wie sie, ohne mit der Wimper zu zucken, im kalten Märzwetter ausharrte. Ein Fotomodell müsse ungewöhnliche Widerstandsfähigkeit mitbringen, schrieb er. Das Ganze war sehr schmeichelhaft für Amanda. Christie wurde als Mann aus dem Volk gezeichnet, wobei hinterhältig geschickt seine primitive Redeweise, sein auffälliges Äußeres und die Art, wie er in seinem neuen Ruhm aufging, zur Sprache kamen. (So weit, so gut.) Dann las sie den Schluß: »Christie Lane, der neue Star-Entertainer des Fernsehens, hat sich eine Gefährtin genommen, die seinem frisch erworbenen Ruhm wohl ansteht. Ein bildschönes Covergirl – Amanda. Sie ist nicht einfach das Mädchen, das er liebt. Sie ist ein Symbol. Sie ist der Beweis, daß die Welt der zweitklassigen Nachtklubs der Vergangenheit angehört. Denn Amanda ist fraglos first-class. Wenn man sie zusammen sieht, spürt man sofort, daß sie besser zueinander passen, als man meinen sollte. Christie Lane vergöttert die Eleganz dieser schönen Frau. Und vielleicht findet die bezaubernde Amanda in Christie Lane ein Stück handfeste Wirklichkeit. Wenn ein Mädchen bei fünf Grad draußen steht und mit einem Palm-Beach-Lächeln auf den Lippen ein Chiffonkleid vorführt, ist sie wahrscheinlich dankbar für die Redlichkeit eines Mannes wie Christie Lane. Vielleicht sehnt sich das Topmodell danach, eine Welt der umgekehrten Jahreszeiten zugunsten der sehr realen Welt dieses sehr realen Mannes aufzugeben.«

Amanda klappte das Heft zu. Der letzte Satz! Wie würde Robin ihn aufnehmen? Sie ging hinaus ins helle Sonnenlicht. Obwohl sie mit Christie ausging und gelegentlich auch mit ihm schlief, hatte sie das Gefühl, ihn noch kaum zu kennen. Abgesehen von den grauenvollen Stunden in seinem Hotelzimmer waren sie nie allein. Mindestens an zwei Abenden pro Woche saß Christie mit seinen Autoren zusammen; dann die Interviews, die Gastauftritte – das alles gehörte zum Leben eines Stars und nahm Zeit in Anspruch. Er hatte aber nach wie vor im Sinn, Amanda in Las Vegas zu heiraten! Sie hatte ihn reden lassen – der Sommer schien noch so weit. Doch nun war es schon Mai!

Sie mußte mit Christie Lane Schluß machen! Nur weil sie so einsam war und sich nach Robin sehnte, hatte sie sich mit ihm eingelassen. Doch sie würde nie einen anderen Mann als Robin lieben können . . .

Die *Life*-Story erregte großes Aufsehen. Amanda kam sich tatsächlich berühmt vor, besonders wenn sie nach der Sendung aus dem Studio kam und von Autogrammjägern umringt wurde.

Es war am vorletzten Sonntag im Mai. Amanda hatte eben mit

Christie telefoniert. Er trat für eine phantastische Gage bei Grossinger auf, und sie hätte mitkommen sollen, aber sie wollte nicht. Da klingelte das Telefon erneut. Die muntere Stimme brachte sie aus dem Gleichgewicht. »Holla, du berühmtes Wesen.«

»Robin! O Robin! Wo bist du?«

»Ich bin gerade angekomnen. Ich war in Israel und habe da eine Sendung gemacht. Im Flugzeug las ich die Geschichte über dich – ich hatte mich mit der alten *Life*-Nummer eingedeckt –, und plötzlich warst du da!«

»Wie fandest du's?« Sie bemühte sich, es ganz beiläufig klingen zu lassen.

»Einfach großartig!« sagte er begeistert. »Du wirkst beinahe so aufregend, wie du wirklich bist.«

Die Kehle war ihr wie zugeschnürt, aber sie behielt ihre Stimme in der Gewalt. »Das klingt fast so, als hättest du mich vermißt.«

»Hab' ich auch.«

Amanda hörte kaum hin. Sie plante schon das abendliche Programm. Es war fünf Uhr – zum Haarewaschen zu spät, aber sie konnte eine Perücke aufsetzen. Hoffentlich blieben sie zu Hause. Gott sei Dank war Sonntag; Jerry war auf dem Land und konnte ihr nicht dazwischenkommen. Sie hatte Steaks im Gefrierfach, nur leider keinen Tropfen Wodka.

»Bist du immer noch so schön wie eh und je?« fragte er.

»Komm und überzeug dich.«

»Fein. Treffen wir uns doch morgen um sieben in der Lancer Bar.«

Sie war so enttäuscht, daß es ihr die Sprache verschlug.

Robin hielt ihr Schweigen für Unschlüssigkeit. »Oder hat Christie mich ausgebootet?« fragte er leichthin.

»Nein – nur . . . er hat mir einen Heiratsantrag gemacht.«

»Eigentlich wäre er kein schlechter Fang; seine Show dürfte noch ewig weiterlaufen.«

»Würdest du es bedauern, Robin, wenn ich Christie Lane heiratete?«

»Natürlich. Ich fände es grauenhaft, dich zu verlieren. Aber mit einem Heiratsantrag kann ich nicht konkurrieren.«

»Warum nicht?«

»Schau, Baby, es gibt nur einen Grund für die Ehe: das ist der Wunsch nach Kindern. Ich will keine Kinder.«

»Warum nicht?«

»Weil sie eine ungeheure Verantwortung sind.«

»In welcher Beziehung?«

»Amanda – ich muß ungebunden sein, ich muß meinen Koffer packen und jederzeit überallhin fahren können. Bei einer Freundin kann man das, sogar bei einer Ehefrau. Aber einem Kind kann man das nicht antun. Was wäre ich dann für ein Vater!«

Amanda zitterte am ganzen Körper. Bisher hatte er sich immer geweigert, über die Ehe zu sprechen, und nun sprachen sie doch darüber.

»O Robin, ich glaube, du wärst ein wundervoller Vater.«

»Ein Vater sollte bei seinen Kindern sein.«

»Hat dein Vater dich allein gelassen?«

»Nein; er hatte im Gegensatz zu mir regelmäßig Bürostunden von neun bis fünf. Und Kitty war eine gute Mutter; wir hatten zwar Kindermädchen und Köchin, aber sie war immer da. Und so soll es auch sein.«

»Dann verstehe ich nicht, wieso du glaubst, du würdest davonrennen.«

»Weil mein Beruf mich dazu zwingt, Baby. Wenn ich als Kind meinen Vater nicht gehabt hätte, wäre ich verzweifelt gewesen – das weiß ich. Frag mich nicht, warum, ich spüre es einfach.«

»Robin, wir brauchen ja nicht gleich Kinder zu haben . . .«

»Warum dann heiraten?« fragte er.

»Um zusammenzusein.«

»Wir sind ja zusammen, außer wenn ich das Bedürfnis habe, allein zu sein. Wie heute abend zum Beispiel – auf meinem Schreibtisch türmt sich die Post. Ich hätte nicht übel Lust, sie in den Papierkorb zu werfen – vielleicht tue ich das auch, warte . . .« Er ging weg, und als er wenige Augenblicke später den Hörer wieder aufnahm, verkündete er: »So, das wäre erledigt. Die Rechnungen kommen sowieso noch mal, und ich nehme nicht an, daß man mir gleich den Strom sperrt, wenn ich einen Monat im Rückstand bin.«

»Wunderbar, die Post ist weg! Dann können wir uns doch heute abend sehen.«

»Amanda, das ist auch ein Grund, weshalb ich gegen die Ehe bin. Ich *möchte* heute abend allein sein.« Er wurde sanft. »Verstehst du mich jetzt, Amanda? Ich bin kein Mann für die Ehe. Ich habe die Dinge lieber so, wie sie sind.«

»Und die kleinen Feste, die Mister Ryan arrangiert!«

»Ike Ryan – wie kommst du denn plötzlich auf den? Ich habe seit Ewigkeiten nichts von ihm gehört.«

»Und was ist mit der Baronin, hast du von der auch seit Ewigkeiten nichts gehört?« Sie wußte, daß sie sich alles kaputtmachte, aber sie konnte nicht anders.

»Liebste Amanda, eine weitere schreckliche Sache an der Ehe sind die Erklärungen. Ich schulde dir keine, und du schuldest mir keine. Und nun sag mir, was mit morgen ist. Bist du frei?«

»Ich werde mich frei *machen*«, erwiderte sie mißmutig.

»Brav.«

»Bleibst du eine Weile hier, oder fliegst du wieder weg?«

»Baby, ich habe das Reisen so satt, ich möchte nie wieder weg. Bis zum Herbst rühre ich mich nicht vom Fleck.«

»Das ist gut.« Ihre gute Laune kehrte zurück. »Die erste Serie unserer Show läuft in vierzehn Tagen aus.«

»Ach, da fällt mir ein: Jerry Moss hat mich für das Wochenende am vierten Juli nach Greenwich eingeladen; er hat ein großes Haus mit Swimming-pool. Möchtest du mitkommen?«

»Wahnsinnig gern, Robin.«

»Bestens! Also dann bis morgen.«

Amanda blieb lange sitzen. Die halbe Nacht lag sie schlaflos im Bett. Am nächsten Morgen um neun rief sie Jerry Moss an.

»Jerry, ich muß dich unbedingt sprechen.«

»Wir sehen uns doch wahrscheinlich in der Lancer Bar. Ich treffe Robin dort um fünf.«

»Ich kann nicht vor sieben, und ich muß dich allein sprechen.«

»Wollen wir zusammen essen?«

»Nein, ich habe um zwölf Aufnahmen. Kann ich nicht zu dir ins Büro kommen, sagen wir um zehn?«

»Abgemacht, du kriegst sogar einen Kaffee.«

Sie saß vor Jerrys Schreibtisch, trank ihren Kaffee und erzählte die Geschichte mit Chris, wobei sie durchblicken ließ, daß sie keine intimen Beziehungen hätten. In gewisser Weise war das nicht mal eine Lüge – es bestand keine Intimität zwischen ihnen. Sie lag mit zusammengebissenen Zähnen da und ließ ihn gewähren.

Als sie mit ihrem Bericht fertig war, sagte sie: »Deswegen bin ich zu dir gekommen, Jerry. Du bist der einzige, der mir helfen kann.«

Verblüfft sah er sie an. »Helfen?«

»Wenn ich mit Christie nach Vegas gehe, muß ich ihn heiraten. Wenn ich nicht nach Vegas gehe, verliere ich ihn.«

Jerry nickte. »Eine einfache Entscheidung: den Spatz in der

Hand oder die Taube auf dem Dach.«

»Ich möchte die Taube auf dem Dach. Robin bleibt den ganzen Sommer über in New York und hat mich auch für den vierten Juli zu euch nach Greenwich eingeladen.«

Jerry schwieg, dann meinte er: »Geh nach Vegas, Schatz, heirate Chris. Du verschwendest nur deine Zeit mit Robin.«

»Wieso? Hat er irgendwas zu dir gesagt?«

»Nein, aber – ist dir der Name Ike Ryan ein Begriff?«

»Die Geschichte kenne ich von A bis Z. Robin sieht ihn nicht mehr – beziehungsweise macht bei diesen Sachen nicht mehr mit.«

Jerry lächelte. »Ich habe einen Freund, der ist Psychiater. Als mir Robin von den Geschichten mit Ryan erzählte, habe ich mich mit diesem Freund darüber unterhalten. Er meint, daß Robin wahrscheinlich die Frauen hasse.«

»Das ist Quatsch!« fuhr Amanda ihn an. »Willst du damit vielleicht andeuten, daß Robin schwul ist?« Sie war jetzt ernstlich böse.

»Nein. Ich behaupte nur, daß er für menschliche, freundschaftliche Beziehungen Männer vorzieht. Er ist verrückt nach Frauen, aber nur in bezug auf Sex. Er liebt sie nicht – im Gegenteil, er nimmt ihnen gegenüber eine Abwehrhaltung ein.«

»Bist du davon überzeugt?«

»Ja. Allerdings glaube ich, daß Robin *dich* mag – soweit er eine Frau mögen kann. Zu guter Letzt wird er dich unter Druck setzen; und du bist dann diejenige, an der alles hängt.«

»Jerry . . .«, sie sah ihn flehend an. »Hilf mir, Jerry . . .«

»Wie kann ich dir helfen?«

»Verschaff mir einen Grund, damit ich nicht mit Christie nach Vegas gehen muß. Sag ihm, ich hätte vor langem einen Vertrag für den kommenden Sommer unterschrieben und müßte hierbleiben, weil die Werbespots live gesendet würden.«

Er sah sie an. »Geh nach Vegas, Amanda. Christie Lane bietet dir eine Zukunft, Kinder, ein gutes Leben mit allem, was dazugehört.«

»Jerry«, sie bettelte jetzt, »ich möchte eine letzte Chance mit Robin.«

»Ich dachte, du hättest mehr Rückgrat, Amanda. Wo ist deine Courage geblieben? Wenn du schon an jemandem hängst, dann hab den Mut und spring ins Wasser. Brich mit Christie, setz auf Robin, schlag eine gute Ehe, schlag die Sicherheit in den Wind. Wärst du fünfunddreißig, würde ich sagen, du darfst es nicht. Aber du bist jung, und du mußt doch auch allerhand gespart haben.«

»Ich spare nichts. Das ist nicht drin.«

Jerry zuckte die Achseln. »Dann kauf dir nicht dauernd Modellkleider. Mein Gott, wenn ich denke, daß Mary sich ihre Sachen für fünfundvierzig Dollar in Greenwich kauft!«

»Mary verdient auch nicht hundert Dollar die Stunde. Außerdem darfst du nicht vergessen, daß Kleider mein Geschäft sind! Jerry, ich habe entsetzliche Angst, einmal ohne Geld dazusitzen!«

»Meiner Meinung nach braucht ein Mädchen, in das zwei Männer verliebt sind, keine Sorge vorm Alleinsein zu haben. Und ein Mädchen, das hundert Dollar die Stunde verdient, braucht auch keine Angst zu haben, einmal ohne Geld zu sein.«

Amanda preßte die Hände zusammen. »Jerry, bist du jemals arm gewesen? Ich meine bettelarm? Ich ja. Ich habe zum weißen Proletariat des Südens gehört. Wenn Chris erzählt, wie er in kleinen Klubs in Miami anfing und sich schwor, eines Tages in den großen Hotels aufzutreten, wird mir übel. Ich bin in Miami geboren – in einem Armenspital. Meine Mutter war Finnin. Sie arbeitete als Zimmermädchen in einem der eleganten Hotels. Sie muß hübsch gewesen sein. Ich erinnere mich nur daran, daß sie abgemagert und erschöpft war. Wer mein Vater war, weiß ich nicht. Vermutlich einer der reichen Hotelgäste, die sich in meine Muter vergafften. Ich weiß nur, daß er reich genug war, um den Winter in Miami verbringen und ein kleines Zimmermädchen verführen zu können. Nach meiner Geburt lebten wir in der sogenannten Niggerstadt, denn der einzige gute Mensch, der sich um meine Mutter kümmerte, war eine Farbige, die auch in dem Hotel arbeitete. Wir hausten in einer Wellblechbaracke. Wenn man zum Flughafen fährt, kommt man daran vorbei. Diese Farbige – sie hieß Rose – brachte meine Mutter in das Spital, in dem ich zur Welt kam, und nahm sie dann zu sich. Ich nannte sie Tante Rose. Sie ist der beste Mensch, den ich kenne. Später, als meine Mutter nachts arbeitete, kam Tante Rose nach Hause, machte mir Abendbrot und achtete darauf, daß ich lernte und meine Gebete sprach. Mutter starb, als ich sechs war. Tante Rose bezahlte das Begräbnis und hielt mich wie ihr eigenes Kind. Sie arbeitete für mich, kleidete mich, schickte mich zur Schule. Und dann setzte sie mich eines Tages in den Bus nach New York – mit fünfzig Dollar, die sie sich vom Munde abgespart hatte.« Amanda verstummte, in ihren Augen standen Tränen.

»Die hast du ihr bestimmt zurückgezahlt«, meinte Jerry.

»Sowie ich etwas verdiente, schickte ich ihr wöchentlich fünfzig Dollar. Aber ich könnte mein Leben lang nicht ihre Liebe zurückzahlen. Vor anderthalb Jahren hatte Tante Rose einen Schlaganfall. Ich flog nach Florida und sorgte dafür, daß sie in ein Krankenhaus kam – es war kurz, bevor ich Robin kennenlernte. In dem Krankenhaus war man nicht erbaut, eine kranke alte Negerin aufzunehmen, aber schließlich fand ich doch einen verständnisvollen Arzt, der mir half, ein Privatzimmer zu besorgen. Natürlich war sie nirgends versichert. Tante Rose mußte sechs Wochen liegen, das kostete einschließlich Krankenpflege und Behandlung viertausend Dollar. Mach das mal dem Finanzamt klar. Da heißt es: ›Ist sie eine Verwandte von Ihnen oder eine Angestellte?‹ – ›Nein, nur jemand, den ich liebe.‹ Die glauben, sie kriegt etwa hundertfünfzehn Dollar Sozialrente monatlich und kann zur Wohlfahrt gehen. Ich bin ja gesetzlich nicht mit ihr verwandt, weil sie mich nicht adoptiert hat. Und wenn die Leute da unten jemanden wie mich sehen, denken sie natürlich sofort: ›Ein Fotomodell, hundert Dollar die Stunde, die verdient ja mehr am Tag als ich in der ganzen Woche.‹«

»Wo ist sie jetzt?« fragte Jerry.

»Das ist es ja gerade. Als sie aus dem Krankenhaus entlassen wurde, konnte ich sie nicht allein lassen. Ich versuchte eine Pflege für sie zu bekommen, aber das klappte nicht. Da habe ich sie hier in einem Pflegeheim in Long Island untergebracht. Das kostete hundert Dollar pro Woche. Macht nichts – es ging ihr gut, und ich konnte sie jede Woche besuchen. Vor einem halben Jahr bekam sie einen zweiten schweren Schlaganfall. Ich mußte sie in einem anderen Pflegeheim unterbringen, wo sie vierundzwanzig Stunden am Tag unter Aufsicht ist. Dafür zahle ich wöchentlich zweihundertfünfzig Dollar.«

»Besuchst du sie immer noch jede Woche?«

Amanda schüttelte den Kopf. »Es tut mir zu weh. Sie erkennt mich auch nicht mehr. Ich gehe ungefähr einmal im Monat und am Neujahrstag. Zu Anfang rief ich sie immer am Silvesterabend aus New York an, aber einmal kam ich nicht durch, weil die Leitungen besetzt waren, und da habe ich die halbe Nacht nicht schlafen können. Da sagte Tante Rose: ›Von jetzt an rufst du mich Neujahr an. Ich möchte nicht, daß du wegen eines Telefongesprächs deine Nachtruhe opferst.‹«

Amanda richtete sich auf. »Ich habe schon in meiner Jugend gelernt, was Geld bedeutet, Jerry: Geld erlaubte es meinem unbekannten Vater, zu verschwinden und sein Leben weiterzuführen, ohne daß er mich überhaupt kannte. Mangel an Geld nahm meiner Mutter den Mut zu kämpfen, und das einzige, was Tante Rose heute ein wenig Erleichterung verschafft, ist Geld. Verstehst du also, Jerry, daß ich nicht leichtfertig etwas aufs Spiel setze? Ich muß auf Nummer Sicher gehen. Aber ich habe wohl das Recht, meine Chance bei dem einzigen Mann, den ich liebe, wahrzunehmen! Ohne es bei Robin versucht zu haben, kann ich Christie nicht heiraten.«

Jerry ging zu der kleinen Bar und schenkte zwei Glas Whisky ein. »Wenn ich es recht bedenke, müßte Alwayso seine Werbespots in diesem Sommer live bringen. Ich ordne hiermit an, daß du in New York bleibst.« Er stieß mit ihr an. »Ich spiele mit. Trinken wir auf den vierten Juli und einen langen, wundervollen Sommer. Wir wollen es uns schön machen!«

Der Sommer war vergangen. Amanda hatte jede Nacht mit Robin verbracht. An den Wochenenden fuhren sie manchmal 'raus, nur am Labor Day im September blieben sie in New York. Sie besuchten Greenwich Village, spazierten durch die schmalen Gassen und saßen stundenlang in einem Café an der Cornelia Street.

Jetzt war es Oktober – die neue Saison hatte begonnen. Die Christie-Lane-Show lief wieder an, und auch die »Schlagzeilen« gingen in die zweite Runde. Christie drängte auf einen Hochzeitstermin, und Robin war wieder viel auf Reisen. Es war, als habe es nie einen Sommer gegeben. Trotz ihres Vorsatzes wußte Amanda, daß sie wie bisher weitermachen würde: Christie hinhalten, auf Robin warten und hoffen. Die paar Pfund, die sie während des Sommers zugenommen hatte, verlor sie wieder – doch sobald Robin zurückkehrte, ging es ihr glänzend. Sie konnte keinen Entschluß fassen – sie wartete.

Seltsamerweise wurde sie dann durch den Geldgeber zu einer Entscheidung gedrängt. Am fünfzehnten Januar ließ Alwayso die Sendung für den Rest der Saison nach Kalifornien verlegen.

»Wir machen in Chicago Station, heiraten und kommen als Mann und Frau in Kalifornien an«, verlangte Christie.

»Unterwegs möchte ich nicht heiraten«, erwiderte Amanda. »Das können wir dann auch in Kalifornien tun.«

Der Beschluß, die Christie-Lane-Show aus Kalifornien zu senden, fiel eine Woche vor Weihnachten. Zwei Tage vorher war Robin nach London geflogen. Amanda wußte weder ein noch aus. Wenn Robin nicht bereit war, sie zu heiraten, konnte sie es sich nicht leisten, von ihrem Vertrag zurückzutreten. Alwayso zahlte ihr tausend Dollar pro Woche, dazu die Spesen im Beverly-Hills-Hotel.

Am Heiligabend traf Amanda sich mit Jerry in der Lancer Bar. Auch Jerry war nicht glücklich über die Verlegung nach Kalifornien. Für ihn bedeutete es, daß er viel unterwegs sein mußte . . .

Verdrossen starrten sie beide auf den lustigen kleinen Tannenbaum und die künstlichen Schneeflocken und Stechpalmenzweige, mit denen der Spiegel dekoriert war. Als ihre Blicke sich schließlich trafen, hob Amanda das Glas. »Fröhliche Weihnachten, Jerry.«

»Du siehst wie gerädert aus, Amanda.«

»Ich fühle mich auch so; gerädert und gevierteilt«, sagte sie.

Jerry ergriff ihre Hand. »Mein armer Spatz! So kannst du nicht weitermachen und die Dinge in der Schwebe halten. Stell Robin am Neujahrstag vor die Alternative.«

»Warum gerade dann? Woher soll ich wissen, daß ich ihn dann sehe?«

»Ist Chris denn nicht zu Mrs. Austins Neujahrsempfang eingeladen?«

Sie lächelte kläglich. »Seit Tagen redet er von nichts anderem. Für ihn ist es wie eine Hofvorstellung im Buckingham-Palast.«

»In gewisser Weise ist es das ja auch. Judith Austin dehnt den Kreis ihrer Gäste selten auf IBC-Leute aus. Dieses Jahr scheint eine Ausnahme zu sein. Danton Miller war ziemlich überrascht. Er erzählte mir, auch Robin sei eingeladen, folglich wirst du ihn dort sehen, denn abzusagen wird er nicht wagen.«

»Und was soll ich tun?« fragte sie. »Zu ihm hingehen und sagen ›Jetzt oder nie, Robin‹?«

»So ungefähr, ja.«

»Das kann ich nicht . . . außerdem gehe ich nicht zu diesem Empfang.«

»Warum nicht? Will Christie dich nicht mitnehmen?«

»Doch, natürlich. Aber am Neujahrstag besuche ich immer, wie du weißt, Tante Rose. Das habe ich Chris natürlich nicht erzählt. Ich werde ihm einfach sagen, daß ich Kopfschmerzen habe.«

»Ich denke, deine Tante erkennt dich nicht einmal mehr.«

»Das stimmt. Aber ich sitze dann doch wenigstens bei ihr, füttere sie . . . es ist einfach *unser* Tag.«

»Weiß sie, ob es der erste oder zweite Januar ist?«

»*Ich* weiß es, Jerry.«

»Amanda, geh zu dem Empfang. Bring die Sache mit Robin ins reine. Verlange ein klares Ja oder Nein von ihm. Wenn er nein sagt, dann schreibe ihn ab. Zwei Jahre auf einen Menschen zu warten, ist lange genug, selbst wenn dieser Mensch Robin ist. Deine Tante kannst du am nächsten Tag noch besuchen.«

Sie schien nachzudenken. Dann nickte sie. »Ja, so will ich's machen.« Sie kreuzte zwei Finger. »Auf das neue Jahr! Und auf das Entweder-Oder. Laß uns einen Wodka-Martini nach Art von Mister Stone trinken, und dann wollen wir dem Kerl, wo immer er sein mag, fröhliche Weihnachten wünschen!«

13

Auf der Einladung zu Austins Neujahrsempfang stand »Zum Cocktail von vier bis sieben«. Chris wollte Amanda um halb fünf abholen. Sie hatte ihren Plan fix und fertig. Es war leicht, Christie auf einer Cocktailparty zu entschlüpfen. Sie würde schnurstracks zu Robin gehen, ihm sagen »Ich möchte heute abend mit dir sprechen; es ist dringend« und sich für später, sobald sie Christie los war, mit ihm verabreden. So oder so würde die Sache heute abend geregelt werden. Christie glaubte, ihr Vertrag für Kalifornien sei unter Dach und Fach, in Wirklichkeit brauchte sie ihn erst Ende der Woche zu unterschreiben. O Gott, es mußte klappen!

Als sie Austins mit unaufdringlichem Luxus eingerichtete Stadtwohnung betraten, waren schon etwa zwanzig Personen anwesend. Ein Butler nahm ihnen die Mäntel ab und geleitete sie in den großen Salon. Amanda erkannte einen Senator, einen berühmten Komiker, verschiedene Filmstars und Gesellschaftstiere. Auch Danton Miller war schon da, und in einer Ecke saß Ike Ryan im ernsten Gespräch mit Mrs. Austin. Amanda erkannte ihn sofort wieder. Während der letzten Monate hatte er in Hollywood Furore gemacht und sich mit seinem ausgefallenen Lebensstil wirkungsvoll in Szene gesetzt. Bald kam sein erster großer Film heraus, für den schlagartig die Publicity eingesetzt hatte, nachdem einer der weiblichen Topstars von Hollywood für die Hauptrolle verpflichtet worden war. Die Schauspielerin hatte ihren Mann sofort verlassen und mit Ike eine wilde Romanze angefangen. Kaum war der Film beendet, ließ Ike sie fallen und fing etwas mit einem kleinen Starlet an, dem er eine Rolle in seinem nächsten Film versprach. Der verschmähte Star nahm Schlaftabletten, wurde aber von dem telefonisch herbeigerufenen Gatten noch rechtzeitig gerettet, und so weiter und so weiter ... Ryan war jedenfalls ständig im Gespräch.

Er sah wirklich gut aus. Seine Mutter war Jüdin, sein Vater ein zweitklassiger irischer Preisboxer gewesen, so jedenfalls stellte Ike es in Interviews dar und behauptete, er habe von beiden die besten Eigenschaften geerbt. Amanda schätzte ihn auf vierzig. Er hatte eine sonnengebräunte Haut, an den Schläfen wurde das schwarze Haar schon grau, und die kurze stumpfe Nase gab dem kantigen Gesicht einen jungenhaften Ausdruck. – Im Augenblick schien Judith Austin gänzlich von ihm eingenommen.

Allein und seltsam isoliert stand Amanda mit Christie in dem sich immer mehr füllenden Raum. Als Danton Miller sie entdeckte, kam er herüber und wechselte ein paar freundliche Belanglosigkeiten mit ihnen. Chris setzte ihm eifrig mit Fragen zu, und bald waren die beiden in ein Gespräch über die neuesten Zuschauerquoten vertieft.

Amanda sah sich um. Es war eine herrliche Wohnung. Tante Rose wäre begeistert, wenn sie das sehen könnte. Plötzlich fiel ihr das Pflegeheim ein. Sie entschuldigte sich und fragte den Butler nach dem Telefon. Er führte sie in die Bibliothek und schloß hinter ihr die Tür. Als Amanda die Nummer des Heims wählte, war die Leitung besetzt. Sie setzte sich und nahm sich aus dem Silberkasten, der auf dem Tisch stand, eine Zigarette; nach einer Weile versuchte sie es noch einmal; wieder besetzt.

Plötzlich ging die Tür auf. Es war Ike Ryan. Er grinste. »Ich sah Sie gehen, und als ich mich loseisen konnte, wolle ich doch mal nach Ihnen schauen. Ich bin Ike Ryan. Wir haben uns im vergangenen Jahr in Danny's Hideaway kennengelernt.«

Amanda hoffte, ihr ahnungsloses Gesicht mache ihm klar, daß sie sich an nichts erinnere. Dann erklärte sie in gleichgültigem Ton: »Ich bin hier hereingeommen, um zu telefonieren; aber es ist dauernd besetzt.«

Ike deutete mit einer schwungvollen Handbewegung auf das Telefon. »Genau das wollte ich auch. Erlauben Sie?« Ehe sie etwas antworten konnte, hatte er schon den Hörer genommen und fing an zu wählen. Mittendrin hielt er inne und wandte sich an Amanda. »Darf ich fragen, ob Sie nach der Party schon etwas vorhaben?«

Sie nickte.

Er wählte weiter. »Dann muß ich telefonieren. Ich nehme an, Sie sind ernstlich mit dem Spaßvogel liiert, mit dem Sie hergekommen sind. Als ich Sie bei Danny traf, waren Sie auch mit ihm zusammn.«

»Ich mache die Werbespots in seiner Show.« Ob Robin ihm etwas von ihr erzählt hatte?

Ikes Nummer war nicht besetzt. »Tag, mein Schätzchen, wollen wir um neun zusammen essen? Ich schicke dir meinen Wagen. Wir haben drei Einladungen zur Auswahl, können aber auch in einen Schlemmerladen in der Sixth Avenue gehen. Mal sehen, wie mir ist. Wie? 'türlich! Glaubst du, ich würde dich sonst mitten aus einer Verhandlung heraus anrufen? Okay, Liebchen.« Damit legte er auf und drehte sich zu Amanda um. »Sehen Sie, was Ihnen alles entgeht?«

Amanda lächelte verlegen.

Er starrte sie an. »Ich mag Sie. Die meisten Weiber fallen über mich her.«

»Ich gehöre nicht zu ihnen. – Ich soll in Kalifornien ein paar Werbespots fürs Fernsehen machen – den Vertrag habe ich schon –, und der ›Spaßvogel‹, mit dem ich hergekommen bin, ist zufällig sehr verliebt in mich.«

Er lächelte. »Wo werden Sie wohnen?«

»Im Beverly Hills – wenn ich fahre.«

»Wenn? Ich denke, Sie haben einen Vertrag.«

»Richtig. Ich habe ihn aber noch nicht unterschrieben.«

»Wohin besteht das Efscher?«

»Efscher?«

Ike lächelte. »Das ist ein jüdisches Wort. Meine alte Dame benutzte es, aber es läßt sich schwer übersetzen. Ich will versuchen, es Ihnen mit einem Beispiel zu erklären. Meine Schwester war potthäßlich, bis ich ihr eine Nasenoperation spendierte. Damit kriegte sie dann noch einen Mann, aber vorher hatte sie nie einen Freund. Und so fuhr sie an einem Wochenende mit mehreren Freundinnen zu Grossinger hinaus, eine wie die andere . . . zum Abschießen. Sie kennen den Typ? Nein, unmöglich. Jungfrauen, jüdisch und über fünfundzwanzig. Reine Hysterikerinnen. Mädchen, die zu kurz gekommen sind und jede Hoffnung verloren haben. So eine war meine Schwester. An besagtem Wochenende also, daran erinnere ich mich noch, packte meine Schwester einen Tennisschläger, ein Paar Hosen und einen Badeanzug ein, und meine Mutter sagte: ›Was denn, kein hübsches Kleid?‹ Darauf meine Schwester: ›Schau, Mammi, ich bin jetzt schon überall gewesen, und nirgends sind alleinstehende Männer. Diesmal will ich mich erholen. Ich will

Tennis spielen und faulenzen und nicht Ausschau halten.‹ Da holte meine Mutter das beste Kleid meiner Schwester, schmiß es in den Koffer und sagte: ›Nimm es mit, efscher!‹«

Amanda lachte. Sie stellte fest, daß sie sich ein wenig für Ike Ryan erwärmte.

»Haben Sie den Sinn erfaßt?« fragte er. »Efscher bedeutet ›vielleicht‹, ›man kann nie wissen‹, ›eine leise Hoffnung‹.« Dann, als spüre er, daß Amanda ihm weniger abweisend gegenüberstand, fragte er: »Wollen Sie es sich nicht doch noch überlegen? Ich kann meine Verabredung jederzeit rückgängig machen.«

»Aber ich pflege meine Verabredungen einzuhalten.«

»Das tue ich auch, wenn mir daran liegt.« Er sah sie unverwandt an. Dann lächelte er. »Kommen Sie nur an die Küste. Vielleicht haben wir eine gemeinsame Zukunft.«

Als er gegangen war, wirkte der Raum plötzlich leer. Amanda sah, daß es schon nach sechs war. Robin war wohl längst da. Rasch wählte sie die Nummer des Pflegeheims. Immer noch besetzt. Dann würde sie es eben später noch mal versuchen. Sie überprüfte ihr Make-up und kehrte in den Salon zurück.

Die Gesellschaft war inzwischen so angewachsen, daß sich die Gäste auch in Speisezimmer und Empfangsraum drängten. Amanda wanderte umher und musterte jedes Gesicht; aber Robin war nicht da.

Schließlich ging sie zu Chris zurück, der noch immer am selben Platz stand und sich mit Danton Miller unterhielt. Danton schien froh zu sein, daß sie endlich wiederkam, und ließ die beiden gleich darauf allein.

»Wo, zum Teufel, hast du so lange gesteckt?« fragte Christie.

»Ich habe mich gekämmt.«

»Zwanzig Minuten lang?! Miller wurde schon ganz nervös.«

»Wenn du so ein großer Star bist, wo sind dann deine vielen Fans?«

Christie starrte auf all die berühmten Leute. »Komisch«, seufzte er, »ich kenne alle, die ich sehe, aber ich sehe keinen, den ich kenne. Laß uns gehen, Mandy. Ich passe hier nicht her.«

»O Chris, versuch doch wenigstens, dir nicht anmerken zu lassen, daß du dich langweilst.«

»Warum? Wo steht geschrieben, daß wir verpflichtet sind, uns zu amüsieren? Wir sind eingeladen, na und? Eddie Flynn hat uns auch zu einer Party eingeladen. Sie findet in seinem Zimmer im Edison statt.«

Amanda sah zur Tür, ihr Herz schlug aufgeregt. Aber nein ... es war irgendein anderer hochgewachsener Mann.

Um Viertel nach acht gab sie es schließlich auf und ließ sich von Christie mit zu Eddies Party im Hotel Edison schleppen. Sie setzte sich auf die Couch und fing an, Scotch zu trinken. Chris war in seinem Element. Er brachte ihr ein paar belegte Brote.

»Hier – das ist besser als der labberige Kram bei Austins.«

Sie lehnte ab und schenkte sich neuen Whisky ein. »Iß lieber was«, warnte Christie, der sich die Brote nun selbst in den Mund stopfte. »Ich habe schon drei gegessen und brauche eigentlich kein Abendessen mehr.«

»Ich habe keinen Hunger«, erwiderte Amanda.

Gegen elf Uhr war sie ziemlich betrunken. Chris wollte noch irgendwo einen Kaffee trinken, war dann aber doch bereit, Amanda nach Hause zu bringen.

Er ließ das Taxi warten und begleitete sie zur Tür. Diese Geste hatte sie ihm zuletzt doch noch eingehämmert, obgleich er sie nach wie vor für albern hielt.

Amanda schloß ihre Wohnungstür auf und taumelte über die Schwelle. Sie hatte ein komisches Gefühl im Magen und verspürte die ersten Anzeichen grausiger Kopfschmerzen. Eine Rückfrage bei ihrem Auftragsdienst ergab, daß nur das Pflegeheim angerufen hatte. Klar – die Schwestern warteten auf die Zwanzigdollarscheine, die Amanda am Neujahrstag verteilte.

Robin hatte also nicht angerufen! Gut, damit war die Sache entschieden. Es gab kein – wie hieß das Wort? – efscher mehr. Sie würde nach Kalifornien gehen! Und Christie Lane heiraten! Eine Weile saß sie still da und machte sich entsetzt klar, was das bedeutete. Kalifornien! Wer würde Tante Rose besuchen? Amanda war einmal im Monat, immer an verschiedenen Tagen und zu verschiedenen Zeiten, hingefahren, um nachzuprüfen, ob sie es gut hatte. Wenn sie fortblieb, würde man Tante Rose vernachlässigen. Wieso hatte sie daran nicht gedacht? Vielleicht weil sie bis zu dieser Minute nie ernstlich geglaubt hatte, daß sie tatsächlich fortgehen würde. Sie hatte sich ja nicht einmal darum gekümmert, ihre Wohnung zu vermieten. Sie hatte immer noch auf Robin gehofft.

Amanda schwankte einen Moment und rief dann kurz entschlossen Jerrys Privatnummer an. Seine Frau meldete sich. Amanda entschuldigte sich für den späten Anruf, sie müsse dringend mit Jerry sprechen.

»Jerry ... ich kann nicht nach Kalifornien gehen.«

»Dann hat es also geklappt?« fragte Jerry freudig erregt. »Siehst du, ich habe dir ja gesagt, du mußt Robin vor die Wahl stellen.«

»Robin war gar nicht da«, erwiderte sie langsam.

»Warum gehst du dann nicht nach Kalifornien?«

»Das hat mit Robin nichts zu tun. Jerry ... ich war so ausschließlich mit mir selber, mit Robin und mit Chris beschäftigt, daß ich gar nicht an Tante Rose gedacht habe. Das ist mir eben erst eingefallen. Ich kann nicht einfach fortgehen. Wer besucht sie dann?«

»Es gibt doch bestimmt gute Pflegeheime in Kalifornien.«

»Aber Jerry, wie soll ich sie denn dorthin schaffen?«

»Chris soll ein Privatflugzeug chartern; und dann schick sie in Begleitung einer Schwester 'rüber.«

»Chris hat keine Ahnung von Tante Rose. Ich weiß gar nicht, wie er das aufnehmen würde ...«

»Amanda, Chris hat sich aus kleinen Anfängen hochgearbeitet. Er wird dich nur um so mehr achten, und es wird ihn glücklich machen, dir zu helfen.«

»O Jerry, wenn Chris das täte, würde ich versuchen, ihn zu lieben. Dann werde ich gut zu ihm sein. Wirklich. Dann würde ich ihn glücklich machen. Ich muß ihn sofort anrufen.«

Chris meldete sich nicht. Das bedeutete, er saß in der Copa-Bar, im Stage, bei Lindy oder im Toots Shor. Sie rief die Lokale der Reihe nach an und erreichte ihn schließlich im Toots Shor.

»Chris, kannst du zu mir kommen? Ich muß mit dir sprechen.«

»Mandy, ich sitze mit Toots zusammen, und gerade ist Ronnie Wolfe gekommen. Ich möchte, daß er mich in seiner Kolumne bringt.«

»Und ich möchte mit dir sprechen.«

»Herrje, alle sind hier, ist 'ne tolle Stimmung. Los, schwing dich in ein Taxi.«

»Chris, ich kann nicht vor all den Leuten mit dir sprechen. Es ist wichtig. Es geht um uns, um unsere Zukunft.«

»Meine Güte, wir waren den ganzen Abend zusammen. Bei Austins hast du wie ein Denkmal herumgestanden. Warum hast du's mir da nicht gesagt? Die Menschenhorden haben sich einen Dreck um uns gekümmert. Wir hätten Gelegenheit genug gehabt.«

»Also kommst du nun oder nicht?«

»Schön, sagen wir in einer halben Stunde.«

»Nein!« Der Scotch tat seine Wirkung, Amanda fühlte sich benommen. »Jetzt! Solange ich noch wach bin. Es ist wichtig. Komm bitte sofort.«

»Okay, ich komme.«

»Beeil dich.«

»Ist es dir recht, wenn ich vorher noch pinkeln gehe?«

Amanda legte auf. Dann zog sie sich aus. Wahrscheinlich würde er mit ihr schlafen wollen. Gut, wenn er dafür sorgte, daß Tante Rose in ein Pflegeheim in Los Angeles kam, konnte er jede Nacht mit ihr schlafen. Sie würde sich sogar bemühen, seine Zärtlichkeiten zu erwidern.

Amanda zog einen Morgenrock an, kämmte und schminkte sich.

Als Chris kam, zog er sich den Mantel aus, umarmte sie und fing an, sie zu küssen.

»Später, Chris, ich möchte erst mit dir sprechen.«

»Wir sprechen schon noch, aber vorher . . .« Er löste ihren Gürtel, der Morgenrock fiel auseinander. Plötzlich hielt Chris inne. »Okay, du hast gewonnen. Ich habe keine Lust, eine Statue zu bumsen. Da könnte ich genausogut ein *Playboy*-Foto angucken und es mir selber machen.«

Amanda schloß ihren Morgenrock wieder und ging durchs Zimmer. »Setz dich bitte, Chris, ich habe dir einiges zu sagen.«

Während sie sprach, blieb er ganz still sitzen. Sie verschwieg ihm nichts. Seine Augen wurden immer größer, und am Ende schüttelte er mitfühlend den Kopf.

»Du armer Wurm, du hast es genauso schwer gehabt wie ich.«

Amanda kamen die Tränen. »Dann hilfst du mir also, Chris?«

»Sag mir, wie ich dir helfen kann, Liebling.«

»Laß Tante Rose nach Kalifornien bringen.«

»Soll das ein Witz sein? Weißt du, was das kostet? Wir können doch ein krankes Niggerweib nicht einfach in ein Flugzeug setzen.«

»Untersteh dich, Tante Rose noch einmal so zu nennen!«

»Ja, ja, schon gut! Aber selbst wenn sie schneeweiß wäre – wir können nicht jemanden, der einen Schlaganfall gehabt hat, in ein Flugzeug setzen.«

»Du könntest eine Maschine *chartern*.«

»Ja! Für Tausende von Piepen!«

»Aber . . . du hast doch sicher Geld genug.«

Chris starrte sie an, dann stand er auf und ging auf und ab. Plötzlich wirbelte er herum und stieß ihr fast den Zeigefinger ins Gesicht. »Bist du eigentlich noch zu retten? Ich habe einen Vetter ersten Grades, mein eigen Fleisch und Blut, der wollte sich mal zweitausend von mir leihen und in ein Geschäft stecken ... denkste! Und warum? Weil ich so bin wie du. Nie hat einer für Klein-Christie auch nur einen Finger krumm gemacht. Meine Familie war arm. Mein Alter war Komiker beim Varieté und betrog meine Mutter, und die betrog ihn; die Ehe ging in die Brüche, jeder hat wieder geheiratet, mich wollte keiner, und mit zwölf Jahren hab' ich mich selber durchgeschlagen. Ich habe einen Halbbruder. Der kriegt keinen Cent von mir. Er würde mir nämlich umgekehrt nicht mal sagen, wie spät es ist.«

»Dann willst du also nicht einspringen?« fragte Amanda.

»Ja, Himmelherrgott noch mal! Nächstens verlangst du noch, daß wir deine Tante nach unserer Hochzeit bei uns aufnehmen!«

»Wenn es ihr besser ginge, warum nicht?«

»Heiliges Kanonenrohr!« explodierte er. »Das konnte auch nur mir passieren. Da bilde ich mir ein, ich habe *das* Klasseweib gefunden, und plötzlich läßt du als kleine Draufgabe eine schwarze Verwandte springen ... und noch dazu 'ne Kranke, die wir nicht mal als Hausangestellte ausgeben können! Du knallst einem wirklich Sachen hin, Püppchen!«

»Bitte geh, Chris.«

»Das werde ich auch, und du wirst die Sache noch mal überschlafen. Sei bloß nicht sauer und denk, ich liebte dich nicht. Ich liebe dich jede Menge, und ich habe auch keine Vorurteile. Habe nur gedacht, du kämst vielleicht aus 'ner dollen Familie, und mich dauernd wegen meiner Herkunft entschuldigt; und plötzlich erzählst du mir kaltlächelnd, daß du ein uneheliches Kind bist und von einer Schwarzen großgezogen wurdest. Bitte – es macht mir ja auch gar nichts aus. Nicht die Spur. Ich liebe dich trotzdem und möchte dich heiraten. Aber ich zwinge dir nicht meine saubere Familie auf, und du läßt mir gefälligst deine vom Hals. Das Geld, das wir nach der Heirat ausgeben, geben wir für unseren Sohn aus. Eins sage ich dir, Mandy ...«, er unterbrach sich. »Herrje, sogar dein Name kommt mir jetzt komisch vor. Womöglich wirst du unseren Sohn noch Martin Luther taufen. Von jetzt an soll keiner dich mehr Mandy nennen. Du heißt Amanda. Hat deine Tante dir das angehängt?«

»Nein«, erwiderte sie ruhig. »In Wirklichkeit heiße ich Rose. Als ich bei Nick Longworth als Fotomodell anfing, hat er Amanda daraus gemacht. Rose Jones war ihm zu gewöhnlich. Er fand, Amanda klinge englischer – ein bißchen nach Noel Coward und so.«

»Seit du mir die Geschichte von deiner lieben alten Tante Rose erzählt hast, stimmt's für mich nicht mehr. Ich will dir etwas sagen, Mädchen: Ich habe schon mit farbigen Kollegen dieselbe Garderobe benutzt. Wir waren Freunde. Eines Tages werden sich die Dinge ja mal ändern, jedenfalls hoffe ich's. Aber ich bin nicht groß genug, um als einzelner für sie 'ne Lanze zu brechen. Das soll jemand anders machen; dann schließ' ich mich an. Ich bin mein ganzes Leben lang zweite Garnitur gewesen, in den gemeinsten Kneipen bin ich aufgetreten. Aber ich habe es geschafft, ich bin was geworden; und das biete ich dir. Aber nur dir! Nicht deiner Tante und nicht meinem Vetter und nicht meinem Halbbruder – nur dir und mir!«

Er schnappte seinen Mantel und ging zur Tür. »Wir wollen dieses Gespräch vergessen, hörst du? Es hat nie stattgefunden. Ich weiß nichts von deiner Tante Rose. Du bist Amanda, das Topmodell – wir haben es beide geschafft.«

Er knallte die Tür hinter sich zu.

Minutenlang blieb Amanda regungslos sitzen. Dann stand sie auf und schenkte sich einen Whisky ein. Merkwürdigerweise verstand sie Christie gut. Jedenfalls, eins stand fest: Den Luxus einer großen Liebe konnte sie sich nicht leisten. Niemand hatte sie im Grunde gern gehabt. Jeder dachte nur an sich. Sie wollte weder Christie Lane noch Robin Stone wiedersehen. Sie wollte der Sendung adieu sagen und Nick Longworth bitten, nur noch Werbe- und Modefotos für sie abzuschließen, selbst wenn sie mit ihrem Preis heruntergehen mußte. Christie gegenüber hatte sie nun keinerlei Gewissensbisse mehr. Sie würde arbeiten, für Tante Rose sorgen und den ersten annehmbaren Mann heiraten, der ihr über den Weg lief; dann könnte sie ein Kind haben und ihm einen guten Start fürs Leben geben.

Amanda nahm eine Schlaftablette, stellte ihren Wecker und schaltete das Telefon ab.

Der Wecker klingelte um neun. Amanda hatte Kopfschmerzen. Sie langte zum Telefon, um den Auftragsdienst anzurufen, besann sich aber anders. Wenn für sie Anrufe gekommen waren, so bedeutete das doch nur Ärger.

Sie fuhr mit einem Taxi nach Queens. Das kleine Gesellschaftszimmer des Pflegeheims war halb leer. Ein paar alte Frauen saßen in Rollstühlen vorm Fernsehgerät. Eine spielte mit einem Kinderpuzzle, eine andere starrte ins Leere, ein Wärter entfernte einen verdorrten Weihnachtsbaum.

Amanda ging zum Aufzug und fuhr in den dritten Stock. Sie kam immer unangemeldet. Als sie das Zimmer ihrer Tante betrat, war das Bett leer und abgezogen. Miss Stevenson, die Oberschwester, kam aufgeregt angelaufen. »Wir haben versucht, Sie gestern abend zu erreichen«, sagte sie.

»Ich habe auch versucht, Sie anzurufen«, erwiderte Amanda, »aber es war besetzt. Warum haben Sie meine Tante umgebettet?«

Plötzlich erschrak sie. »Geht es ihr schlechter?«

»Sie ist tot«, sagte Miss Stevenson.

Amanda schrie auf und flog auf die Frau zu. »Was ist geschehen? Wie?« rief sie.

»Als wir ihr um sechs das Abendessen brachten, saß sie aufrecht im Bett. Ihre Augen waren ganz glänzend. Sie fragte: ›Wo ist Rosie?‹ Wir sagten ihr, daß Sie bald kommen würden. Da legte sie sich wieder hin und lächelte. ›Ich esse mit Rosie‹, meinte sie, ›ich mag nicht allein essen. Wir essen, wenn sie aus der Schule kommt‹...«

Amanda schluchzte. »Sie hat gedacht, sie wäre zu Hause in Miami. Hätte sie mich denn überhaupt erkannt?«

Miss Stevenson zuckte die Achseln. »Als es so aussah, als ob Sie nicht mehr kämen, haben wir ihr zugeredet, sie möge doch etwas essen, aber sie sagte immer nur: ›Ich warte auf mein Kind.‹ Um acht haben wir noch einmal nach ihr gesehen, da saß sie wieder aufrecht. Sie war tot. Wir haben versucht, Sie anzurufen, aber...«

»Wo ist sie jetzt?«

»Im Leichenschauhaus.«

»Im Leichenschauhaus?«

»Wir konnten sie nicht hier behalten.«

Amanda stürzte zum Fahrstuhl, Miss Stevenson folgte ihr. »Ich gebe Ihnen die Adresse, Sie können die Bestattung von dort aus veranlassen.«

Amanda unternahm die nötigen Schritte, damit die Leiche eingeäschert und kirchlich beigesetzt wurde. Dann fuhr sie nach Haus und legte sich ins Bett.

Als Jerry am nächsten Tag anrief, erzählte sie ihm alles.

Jerry bemühte sich, nicht zu zeigen, wie erleichtert er war, meinte aber, daß es doch so für alle am besten sei. »Jetzt kannst du ohne Gewissensbisse nach Kalifornien gehen.«

»Ja, Jerry, ich kann nach Kalifornien gehen.«

Am Abend dieses Tages trank Amanda eine ganze Flasche

Scotch, dann fiel sie schluchzend in ihr Bett und vergrub den Kopf im Kissen. »Ich hasse dich, Robin Stone! Ich habe auf dich gewartet, als Tante Rose starb, und wo warst du? O Gott, wo warst du!«

Robin hatte bis Mittag geschlafen. Er ging zum Kühlschrank, holte zwei hartgekochte Eier und eine Dose Bier heraus, trug alles ins Wohnzimmer, schaltete den Fernsehapparat ein und legte sich auf die Couch. Er war unruhig. Er schaltete vom CBS-Programm auf NBC um, erwischte einen alten Film und döste ein. Er stellte den Apparat ab und wählte Amandas Nummer. Mittendrin stockte er und legte auf. Sie war vermutlich ausgegangen, und außerdem wollte er die Beziehung zu ihr sowieso abkühlen lassen. Er war müde. Das Wetter in London war sehr schlecht gewesen, aber dieses englische Mädchen hatte sich als tolle Puppe erwiesen. Und als er sie mit der Baronesse zusammenbrachte, hatte sie sofort mitgemacht. Ike Ryan hatte ihn in das Spiel eingeweiht. Na ja, es waren keine Orgien – nur Gruppensex. Ike Ryan vertrat eine eigene Theorie darüber, wie man ein Mädchen richtig in eine Orgie miteinbezog. Zuerst nahm man sie selbst, dann ließ man sie's mit einem Freund machen, während man zuschaute, dann mit einem anderen Mädchen – und wenn es erst einmal soweit war, hatte man sie wieder zu dem gemacht, was jede Frau ohne ihr aufgeblasenes Getue war: zu einer Hure.

Vielleicht sollte er es einmal mit Amanda probieren. Das würde diesem Gerede von Heirat und Ehe zweifellos ein Ende setzen. Aber etwas in ihm sträubte sich gegen die Vorstellung. Denn er wußte instinktiv, daß sie mitmachen würde – sie würde alles tun, um ihn zu halten. Aber sie würde es nicht vergessen wie die Baronesse und das englische Mädchen. Und er wollte Amanda nicht weh tun. Gütiger Himmel, am Anfang hatte er sich bei ihr so sicher gefühlt. Aber in letzter Zeit schien sie immer am Rand der Hysterie zu sein. Nun, es war Zeit, Schluß zu machen. Er hatte ihr Grund genug dazu gegeben – ihm war es immer lieber, wenn das Mädchen diesen Schritt vollzog. Das verletzte zumindest ihren Stolz nicht. Vielleicht würde die Sache mit Chris Lane tatsächlich klappen.

Robin zog seinen Mantel an und ging in die Nacht hinaus. Es war kalt und sternenklar. Er spazierte die Third Avenue hinunter, ging bis zur 42. Straße. Er lief quer durch die Stadt und erreichte den Broadway mit der funkelnden Reihe von Kinos und Pizzalokalen.

Er ging auf ein Kino zu, kaufte eine Eintrittskarte und betrat den

Zuschauerraum. Nach einigen Minuten spürte er, daß ein Mantel wie zufällig über seine Beine gelegt wurde. Dann tastete sich eine zitternde Hand an seinem Schenkel entlang. Robin wechselte den Sitz. Fünf Minuten später schmiegte sich ein kräftiges Negermädchen mit einer blonden Perücke eng an ihn. »Möchtest du 'n bißchen Spaß haben, Süßer? Gleich hier? Ich lege meinen Mantel über dich und mach dir's mit der Hand, wie du's noch nie erlebt hast. Fünf Dollar.«

Wieder wechselte er den Sitz. Er saß nun neben zwei Teenagern. Plötzlich flüsterte eines der Mädchen: »Geben Sie mir zehn Dollar.« Er starrte sie an, als sei sie irre. Sie konnte höchstens fünfzehn sein. Ihre Freundin war etwa gleich alt. Er beachtete sie nicht. »Geben Sie mir zehn Dollar, oder ich schreie ganz laut, daß Sie versucht haben, mir untern Rock zu langen. Ich bin minderjährig – Sie werden ganz schöne Schwierigkeiten bekommen!«

Robin stand auf und rannte aus dem Kino. Er ging ein paar Häuserblocks weit und blieb vor einer Cafeteria stehen, die die ganze Nacht geöffnet war. Er griff in die Tasche – verdammt noch mal! Seine Brieftasche war weg. Wer war es gewesen? Der Schwule mit dem Mantel? Die Negerhure? Die kriminellen Teenager? Er schlug den Kragen hoch und ging nach Hause.

14

Die Polo-Bar im Beverly-Hills-Hotel leerte sich allmählich, aber es war immer noch zu laut, um von hier aus ein Ferngespräch zu führen. Jerry beschloß, auf sein Zimmer zu gehen. Gott, wie er diese Stadt haßte! Immerhin, die Show war in der Publikumsgunst an die zweite Stelle gerückt. Es war ein geschickter Schachzug gewesen, die Sendung während der zweiten Saisonhälfte von Kalifornien auszustrahlen. Doch das bedeutete: noch drei Monate im Land der ewigen Sonne, der Palmen und der Einsamkeit.

Von seinem Zimmer aus meldete Jerry ein Gespräch nach Hause an. Die Vermittlung rief zurück, die Leitung sei nicht frei. Da er sich um halb neun mit Amanda und Christie bei Chasen treffen wollte, meldete er das Gespräch wieder ab. Es kam selten genug vor, daß Amanda zum Ausgehen bereit war. In letzter Zeit war sie ständig müde. Ihr Zimmer lag am Ende des Ganges, und jeden Abend hing ab halb neun das Schild »Bitte nicht stören« an ihrer Tür – man konnte die Uhr danach stellen. Gewiß, ihr Tag war lang, die Branche riß sich um sie. Trotzdem machte Jerry sich

Gedanken. Amanda ging am Abend der Sendung mit Christie aus und dann höchstens noch zwei- oder dreimal in der Woche. Dabei schien ihr New York nicht im mindesten zu fehlen. Nie hatte sie besser ausgesehen, sogar einige Filmproduzenten begannen sich für sie zu interessieren. Ihr ganzes Auftreten wirkte anders – als habe das kalifornische Klima ihre Persönlichkeit verändert. Obwohl sie immer ein freundliches Lächeln für ihn bereit hatte, fühlte Jerry, daß sich in ihrer Beziehung etwas geändert hatte. Es war beinah so, als ob sie sich nie gekannt hätten. Sie zum Essen einzuladen, hatte er längst aufgegeben. Sie benutzte immer die gleiche Ausrede: »Im Grunde wahnsinnig gern, Jerry, aber ich bin zu müde und habe morgen früh anstrengede Aufnahmen.«

Na ja, vielleicht hatte sie ihn zusammen mit Robin abgeschrieben. Sie erwähnte Robin nie mehr und fragte auch nicht nach ihm.

Jerry sah auf die Uhr – Viertel vor neun! Christie und Amanda waren sicher schon böse. Er rief bei Chasen an. Christie kam sofort an den Apparat. »Wo steckst du, zum Teufel?«

»Ich warte auf einen Anruf aus New York . . .«

»Dann blasen wir die ganze Sache ab. Ich gehe zu Schwab hinüber.« Christie schien beleidigt zu sein.

»Na hör mal, es ist doch nicht so, als ob du ganz allein wärst. Du hast doch Amanda.«

»Amanda hat abgesagt.«

»Warum das denn?«

»Sie hat mich vor einer Stunde angerufen. Ihr Hals ist entzündet, wohl vom Smog. Sie hat eine Schlaftablette genommen und sich hingelegt. Ich sitze hier ganz allein. Gott, ist das eine Provinzstadt! Kein Mensch unternimmt was, nur am Wochenende. Und wenn man nichts mit der Filmerei zu tun hat, ist man der letzte Dreck. Ach! Da kommt gerade Alfie mit seiner Bande . . .«

»Alfie?«

»Jerry, du lebst hinterm Mond. Alfred Knigth!«

»Ach so, der englische Schauspieler.«

»Menschenskind, alles hopst um ihn herum, als wäre er Sir Alfred. Du müßtest mal sehen, was hier los ist. Ich hatte einen Tisch bestellt, und weißt du, wo sie mich hingesetzt haben? Hinten in die Ecke. Aber Alfie kommt einfach angetanzt und kriegt den besten Tisch im ganzen Lokal. Na, wenn der nicht warm ist! Oder sogar an beidem interessiert. Ich hasse nicht nur die Stadt, ich hasse auch die Leute.«

Jerry lachte. »Kopf hoch – die letzte Sendung kommt schneller, als du denkst.«

»Ich kann es kaum erwarten.«

Jerry legte auf, setzte sich aufs Bett und zündete sich eine Zigarette an. Vielleicht hatte Amanda Lust, mit ihm eine Kleinigkeit auf dem Zimmer zu essen. Er rief sie an.

Sie lehnte seine Einladung höflich ab.

»Ich könnte doch nichts essen, Jerry. Ich habe eine Halsentzündung und geschwollene Mandeln. Irgend etwas steckt mir in den Gliedern, und ich möchte bei der Sendung in zwei Tagen vernünftig aussehen . . . oder soll ich absagen? Das wäre doch schrecklich!«

Jerry legte auf. Er fühlte sich zurückgesetzt. Mißgestimmt öffnete er die Terrassentür, die auf einen kleinen, zum Zimmer gehörenden Garten führte. Drei Türen weiter lag Amandas Garten. Plötzlich wurde Jerry das Alleinsein unerträglich; er mußte einfach mit jemandem sprechen. Vielleicht schlief Amanda noch nicht. Tabletten wirkten ja nicht immer, das wußte er aus eigener Erfahrung. Da er sie aber, falls sie schlief, mit einem Anruf nicht stören wollte, trat er in den Garten hinaus, um zu sehen, ob in ihrem Zimmer noch Licht brannte. Pech, die einzelnen Terrassen waren durch hohe Holzwände gegen Einblicke geschützt. Jerry ging durch die Gartenpforte und näherte sich auf dem Weg, der hinter dem Garten entlangführte, Amandas Fenster. Plötzlich hörte er, wie eine andere Pforte geöffnet wurde, und versteckte sich rasch hinter einer riesigen Palme. Es war Amanda. Sie kam aus ihrem Garten und blickte sich vorsichtig um. In Hosen und Pulli steuerte sie auf einen der Bungalows zu. Unwillkürlich folgte Jerry ihr. Vor dem Bungalow blieb sie stehen, sah sich nochmals um und klopfte dann. Es öffnete Ike Ryan.

»Mädchen, wo bist du so lange gewesen?«

»Ich wollte nicht so früh fortgehen, für den Fall, daß Christie noch mal anrief. Jetzt gerade habe ich mein Telefon abgestellt.«

»Wann schiebst du diesen Hanswurst endlich ab?«

»Sobald die Sendung abgesetzt wird. Ich möchte diese Saison wenigstens durchhalten, ohne ein schlechtes Gewissen haben zu müssen.«

Die Tür schloß sich. Jerry sah durch das Fenster, wie sich die beiden umarmten. Er ging in sein Zimmer zurück, bestellte etwas zu essen und versuchte, sich auf ein Fernsehprogramm zu konzentrieren. Doch er war mit seinen Gedanken drüben in dem Bungalow. Es war zwei Uhr, als er Amandas Gartenpforte quietschen hörte. Kein Wunder, daß sie ewig müde war . . . geschwollene Mandeln!

Dabei hatte sie tatsächlich geschwollene Mandeln. Ike hatte es auch bemerkt. Als sie wieder in ihrem Zimmer war, starrte sie in den Spiegel. Ihr Make-up war dahin, Ike gehörte nicht gerade zu den sanftesten Liebhabern. Ob er sich etwas aus ihr machte? Amanda war dessen ziemlich sicher. Er drängte sie, mit Christie zu brechen. Als sie ihm erklärte, daß die Sendung ihre Haupteinnahmequelle sei, hatte er gesagt: »Solange du mit mir zusammen bist, Schätzchen, brauchst du dir um Geld keine Sorgen zu machen.« Ein ausgesprochener Heiratsantrag war das zwar nicht, aber sie würde es bis Juni in der Schwebe lassen und ihn dann unumwunden fragen. Wenn er nicht wollte, heiratete sie Chris. Ihr war beides recht. Plötzlich fühlte sie sich todmüde. Es war, als ob ihr das Blut aus den Adern wiche. Sie nahm seit einiger Zeit Aufputschmittel und mußte sich ständig zum Essen zwingen; heute abend zum Beispiel hatte sie kaum einen Bissen anrühren können. Jetzt sah sie, daß sich an ihrem Zahnfleisch und am Gaumen kleine Bläschen gebildet hatten. Vielleicht würde eine Penicillinspritze helfen? Oder ein gesunder Schlaf. Sie sank ins Bett.

Am anderen Morgen ging es ihr schlechter. Als sie sich die Zähne putzte, blutete das Zahnfleisch. Amanda war beunruhigt . . . offenbar hatte sie sich infiziert. Sie rief Jerry an. Jerry kannte zwar einen Arzt, meinte aber, daß es sich wohl in erster Linie um einen allgemeinen Erschöpfungszustand handle. »Warte bis nach der Sendung morgen und gurgele inzwischen mit Wasserstoffsuperoxyd und Wasser. Das hat mir auch mal geholfen. So eine Mundentzündung ist nicht schlimm.« Damit hängte er auf. Er wollte für eine Woche nach New York fliegen.

Amanda nahm zwei Benzedrintabletten und fuhr zu Aufnahmen. Ihr Herz klopfte wie wild. Im Badeanzug stand sie in der sengenden Sonne und verfolgte die Vorbereitungen für die Wasserski-Serie. Dann legte sie die Skier an, und der Start gelang auch gleich. Schon die erste Serie klappte, aber der Fotograf wollte zur Sicherheit noch einen zweiten Film machen. Wieder stieg sie in die Skier das Boot fuhr an, der Fotograf folgte. Amanda beugte die Knie, hielt den Griff umklammert und richtete sich dann mit zunehmender Geschwindigkeit auf. Plötzlich schien alles um sie herum in Schwingungen zu geraten . . . die Sonne fiel ins Meer, und Amanda spürte die weichen, kühlen Fluten des Ozeans über sich zusammenschlagen. Als sie die Augen öffnete, lag sie, in eine Decke gewickelt, am Strand. Alle starrten sie erschrocken an.

»Ich muß ohnmächtig geworden sein«, sagte sie.

Den Rest des Tages blieb sie im Bett. Als sie am nächsten Morgen aufwachte, sah sie besser aus. Die Entzündung in ihrem Mund schien zurückgegangen zu sein, dafür waren ihre Beine blau und schwarz angelaufen. Vermutlich blaue Flecke von dem Sturz ins Wasser. Gott sei Dank trug sie in der Sendung ein langes Kleid.

Am darauffolgenden Tag ging es ihr wieder schlechter. Die Bläschen hatten sich neu gebildet, doch am meisten ängstigte sich Amanda wegen der blauen Flecken. Sie waren zu einem violetten Muster zerflossen, das ihre Beine von den Knöcheln bis zu den Oberschenkeln überzog. Als Christie anrief, erzählte sie es ihm.

»Du hast dir ja diesen Irrsinnsjob selbst ausgesucht! Normale Menschen wären längst an Lungenentzündung eingegangen. Bei Eiseskälte in Sommerfähnchen herumzustehen! Du bist einfach fertig! Und jeder Mensch kriegt blaue Flecken, wenn er mit Wasserskiern stürzt.«

»Chris, such mir einen guten Arzt . . .«

»Mein Gott! Ich treffe mich in zehn Minuten mit den Textern. Anschließend habe ich ein UP-Interview. Es muß doch irgend so 'n Quacksalber im Hotel 'rumlaufen.«

Der Hotelarzt war nicht im Haus. Amanda war jetzt wirklich verzweifelt. Ihren Termin für nachmittags sagte sie ab. Sie hätte sich ohnehin nicht im Tennisdreß zeigen können, denn die fleckigen Beine ließen sich nicht überschminken. Als Ike anrief, war sie wieder eingedämmert. Zuerst machte sie Ausflüchte, doch dann sagte sie ihm die Wahrheit.

»Bleib schön liegen, mein Herz. Ich hole den besten Arzt von Los Angeles und komme so schnell wie möglich zu dir.«

Es dauerte keine zwanzig Minuten, da erschien Ike mit einem Arzt in mittleren Jahren, der die übliche Tasche bei sich trug. »Das ist Dr. Aronson. Ich lasse euch zwei jetzt allein, warte aber auf dem Flur. Schrei um Hilfe, wenn er dir was antut.« Aus der Art, wie er dem Arzt zublinzelte, konnte man schließen, daß sie alte Freunde waren.

Dr. Aronson untersuchte Amanda sachlich und ohne viel Aufhebens. Er horchte ihr Herz ab und prüfte den Puls. Amandas innere Anspannung ließ nach. Aus der ungezwungenen Art der Untersuchung schloß sie, daß es sich wohl um nichts Ernstliches handeln könne. Aronson leuchtete ihr auch in den Mund. »Wie lange haben Sie diese Bläschen schon?«

»Erst seit ein paar Tagen. Am meisten Sorge machen mir die Beine.«

Der Arzt tastete ihre Mandeln ab und nickte. Auch als er sich dann die bläulich gefleckten Beine ansah, veränderte sich sein Gesichtsausdruck nicht. Amanda erzählte ihm von dem Unfall mit den Wasserskiern.

»Glauben Sie, daß die Flecken davon kommen?« fragte sie.

»Das kann ich so nicht beurteilen. Wahrscheinlich haben die Ohnmacht, die Flecken, die Bläschen gar nichts miteinander zu tun. Ich möchte Sie gerne für ein paar Tage zur Beobachtung im Krankenhaus haben. Wann haben Sie zuletzt Ihr Blut untersuchen lassen?«

»Noch nie.« Sie bekam es plötzlich mit der Angst zu tun. »Herr Doktor, ist . . . ist irgend etwas nicht in Ordnung?«

Er lächelte. »Das möchte ich bezweifeln. Vermutlich ist es nur ein ganz altmodischer Fall von Anämie . . . ihr Mädchen von heute habt alle zuwenig Blut. Trotzdem hätte ich gern ein paar Tests gemacht.«

»Was denn, zum Beispiel?«

»Nun, Blutsenkung, EKG und so weiter.«

»Könnten Sie das nicht in Ihrer Praxis machen? Ich habe Angst vor Krankenhäusern.«

»Wenn Ihnen das lieber ist . . . Ich gebe Ike meine Adresse, und wir verabreden uns für morgen.«

Amanda sah ihm nach. Ihr war bedeutend wohler. Sie ging ins Bad und kämmte sich – schrecklich sah sie aus! Und jeden Augenblick kam Ike zurück. Rasch legte sie etwas Lippenstift auf, fuhr mit dem Bürstchen über ihre Wimpern und schlüpfte wieder ins Bett.

Ike kam mit einem strahlenden Lächeln ins Zimmer. »Hol deinen Koffer, pack deine schönsten Nachthemden ein und sei bitte parat, wenn ich zurückkomme. Ich gehe inzwischen hinunter zum Kiosk und kaufe dir die neuesten Bestseller.«

»Wohin komme ich?«

»Ins Krankenhaus . . . und keine Widerrede. Sieh mal, Schätzchen, der Arzt hält es für möglich, daß deine Mundgeschichte etwas Ansteckendes ist. Du würdest das halbe Hotel infizieren . . . und man würde dir nicht mal auf dem Zimmer servieren. Außerdem ist er der Ansicht, daß du unbedingt Bettruhe brauchst und zur Kräftigung möglicherweise sogar ein paar Bluttransfusionen.«

»Aber in ein Krankenhaus, Ike! . . . Ich war noch nie krank.«

»Du bist auch jetzt nicht krank, Schätzchen. Das ist nun mal so in Hollywood: Alles wird hier überlebensgroß gemacht. Und als

Ike Ryans Mädchen schleppst du dich nicht in eine Arztpraxis, um irgendwelche Tests machen zu lassen. Du residierst wie eine Herzogin. Ich habe das größte Eckzimmer für dich reserviert. Die Rechnung übernehme ich ... eine Person wie du dürfte kaum in der Krankenkasse sein.«

»Nein. Ich war immer gesund.«

»Okay. Also sei so gut und mach dich fertig. Sag im Hotel, du seist zu Aufnahmen nach San Francisco geflogen, wärst aber rechtzeitig bis zur Sendung zurück.«

Als Jerry aus New York zurückkam, lag Amanda immer noch im Krankenhaus. Sie war hochgebettet, hatte ihr Gesicht zurechtgemacht und sah wunderschön aus. Jerry besuchte sie, als sie gerade eine Bluttransfusion bekam, und erschrak mächtig. Amanda beruhigte ihn lächelnd. »Mach dir keine Sorgen, ich kriege nur meine Portion Tomatensaft.«

»Warum die Bluttransfusion?« fragte er und setzte sich auf die vordere Kante eines Stuhls.

»Damit ich schneller wieder fit bin für deine Sendung.«

Plötzlich ging die Tür auf, und Ike Ryan stürmte herein. »Tag, Liebes, ich bringe dir ein neues Buch und sämtliche Fernsehzeitschriften.« Neugierig sah er auf Jerry, den Amanda ihm vorstellte, und streckte dann die Hand aus. »Ich habe schon viel von Ihnen gehört. Amanda sagt, Sie seien der beste Freund von der Welt.«

»Wir vertragen uns gut«, erwiderte Jerry lahm. Die Energie dieses Mannes hatte etwas Niederschmetterndes. In dem Bemühen, seine Autorität wiederherzustellen, sagte er dann: »Das ist ja alles schön und gut, und ich weiß, wie dankbar Amanda ist, wenn man sie verwöhnt. Aber letzten Endes hat sie auch Verpflichtungen – mir, beziehungsweise unseren Auftraggebern gegenüber.« Er wandte sich an Amanda: »Wann gedenkst du das Krankenhaus zu verlassen?«

»Der Arzt meinte, Ende der Woche ...«

»Sie geht nicht eher, als bis sie sich vollständig erholt hat«, brauste Ike auf.

Jerry stand auf. »Ja, dann ist es wohl richtiger, wenn wir uns für den Rest der Saison nach einem Ersatz umsehen.« Gott, wie er sich haßte!

»Nein«, flehte Amanda. »O Jerry, bitte nicht ... Nächste Woche bin ich wieder da. Vielleicht schon diese Woche.« Inständig sah sie Ike an.

Der zuckte die Achseln. »Das mußt du selber wissen, Liebchen. Im übrigen muß ich jetzt mal 'runtergehen und telefonieren. Adieu, Sie guter Freund!« Er sah Jerry kühl an.

»Weißt du, Amanda«, sagte Jerry, als der andere draußen war, »es wäre vielleicht wirklich besser, wenn du die Show sausen ließest. Offenbar ist der Bursche ganz vernarrt in dich.«

»Einen Heiratsantrag hat er mir noch nicht gemacht.«

Jerry stöhnte. »Ach du liebe Zeit, fängt das alte Spiel von vorne an?«

Amandas Züge verhärteten sich. »Im Augenblick will Ike mich, weil Chris mich will. Stände ich aber ohne Job und ohne Chris da, wäre Ike mich sehr bald leid.«

»Woher nimmst du nur dein Vertrauen in die Menschheit?«

»Das ist angeboren«, erwiderte sie trocken. Dann sah sie ihn bittend an. »Jerry, ich komme zurück. Ich fühle mich schon wieder prachtvoll. Ich brauchte diese Ausspannung. Sechs Jahre lang habe ich nur geschuftet und nie Urlaub gemacht.«

Jerry strich ihr übers Haar. »Mach dir keine Gedanken, Liebes, der Job bleibt dir, solange du willst. Ich rufe dich morgen an.«

Er verließ das Zimmer. Ike hatte im Flur auf ihn gewartet und deutete auf einen kleinen Warteraum. »Hier herein, mein Guter.«

»Ich muß in mein Büro«, sagte Jerry.

»Nicht, bevor wir uns unterhalten haben. Sie sind mir ein schöner Freund. Hat Amanda nicht Sorgen genug? Müssen Sie ihr auch noch drohen?«

»Anämie ist ja nun gerade keine Tragödie.«

»Sie glaubt nur, daß sie Anämie hat.« Ike starrte ihn an. »Ich werde Sie ins Vertrauen ziehen. Bisher weiß es noch niemand. Nur Dr. Aronson und ich. Und es wird auch niemand erfahren, vor allem Amanda nicht. Sie hat Leukämie!«

Jerry sank auf eine Couch. Als er sich eine Zigarette anzündete zitterten ihm die Hände. Dann sah er auf.

»Wieviel Zeit bleibt ihr noch?«

»Es können Minuten sein, aber auch ein halbes Jahr.«

Jerry kamen die Tränen. Er wandte sich ab, aber er konnte das Schluchzen nicht unterdrücken. Ike setzte sich neben ihn und klopfte ihm auf die Schulter. »Man probiert ein neues Medikament bei ihr aus. Ich habe es herfliegen lassen. Es kostet tausend Dollar pro Spritze. Ihr Körper hat darauf reagiert, und seit zwei Tagen sind die Blutwerte gestiegen. Es ist noch zu früh, um Hoffnung zu schöpfen, aber wenn nicht alles trügt . . .«

»Sie meinen, sie hat noch eine Chance?«

»Sie hat die Chance, das Krankenhaus lebend zu verlassen. Sie hat die Chance auf vorübergehende Besserung bis zu einem halben Jahr ... und wer weiß, ob man bis dahin nicht eine Heilmethode kennt, vielleicht eine neue Wunderdroge.«

»Was kann ich tun?« fragte Jerry.

»Sie können in erster Linie den Mund halten. Sagen Sie Christie Lane, er soll ihr nicht dauernd in den Ohren liegen mit ›die Show muß weitergehen‹ und so'm Quatsch! Und versprechen Sie ihr, daß der Job auf sie wartet.«

»Das habe ich schon.«

Ike schüttelte den Kopf. »Das Fatale an der Sache ist, daß die Wirkung des Medikamentes, wenn es eine gibt, über Nacht eintritt, das heißt in spätestens einer Woche wird sie sich prächtig fühlen. Wie lange, weiß kein Mensch. Warum, zum Teufel, will sie überhaupt arbeiten ... wo ihr nur so wenig Zeit bleibt?«

»Weil Amanda denkt, Sie würden sie heiraten, aber nur wenn sie arbeitet und unabhängig ist.«

»Allmächtiger!« Ryan stand auf und ging ans Fenster.

Auch Jerry erhob sich. »Aber da ihr, wie Sie sagen, nur ein halbes Jahr bleibt, brauchen Sie sich deswegen ja nicht den Kopf zu zerbrechen. Es dürfte jedenfalls richtiger sein, *daß* sie arbeitet, dann glaubt sie eher an die Geschichte mit der Anämie.«

Ike drehte sich um und hielt ihm die Hand hin. Sie tauschten einen ernsten Händedruck. »Wenn irgend jemand was erfährt, schlage ich Ihnen den Schädel ein«, sagte er.

Jerry versprach zu schweigen, wußte aber, daß er sein Versprechen brechen und Robin unterrichten würde ... Robin war der einzige Mensch, der Amanda wirklich etwas bedeutete. Jerry hatte zwar festgestellt, daß sie auch Ike Ryan mochte ... mochte, aber nie sah sie ihn an, wie sie Robin angesehen hatte. Immerhin wollte er ein paar Tage abwarten und sehen, wie das neue Medikament anschlug.

Ike Ryan sah ihm nach, dann ging er langsam den Flur entlang zu Amandas Zimmer. Bevor er schwungvoll eintrat, reckte er sich und zwang sich zu einem Lächeln. Die Blutübertragung war beendet, eine Schwester befreite Amanda von der Apparatur.

»Heute abend bringe ich Sekt mit, aber jetzt muß ich leider an die Arbeit«, verkündete er, und beiläufig, schon halb auf dem Weg zur Tür, fügte er hinzu: »Übrigens wollte ich dich schon längst etwas fragen, mein Schatz. Aber ich hab's immer wieder vergessen –

willst du mich heiraten? Du hast zehn Minuten Zeit mit der Antwort, ich rufe dich aus dem Atelier an.«

Amanda reagierte positiv auf das neue Medikament. Innerhalb einer Woche waren ihre Blutwerte normal . . . es schien ihr wieder ganz gut zu gehen. Ike jubelte, doch Dr. Aronson warnte ihn: ein Zurückdrängen der Krankheitssymptome sei noch keine Heilung.

»Aber solange die Wirkung anhält, kann sie doch ein normales Leben führen, oder nicht?« fragte er.

»Erfüllen Sie ihr jeden Wunsch«, erwiderte der Arzt. »Der Himmel mag wissen, wie lange es ihr so gut geht wie jetzt. Ich möchte, daß sie einmal wöchentlich zu mir kommt und ihr Blut untersuchen läßt. Wir müssen die Zahl der roten Blutkörperchen ständig nachprüfen.«

»Jede Woche? Dann schöpft sie Verdacht.«

»Kaum. Da sie in glänzender Verfassung ist, wird sie nicht annehmen, daß ihr etwas Ernstliches fehlt.«

Als Amanda aus dem Krankenhaus entlassen wurde, holte Ike sie ab. »Ich habe am Canyon Drive einen Palast gemietet«, erzählte er. »Gestern bin ich eingezogen. Du wirst staunen! Ein Haus mit allen Schikanen, einschließlich Köchin und Butler. Wann wollen wir heiraten?«

»Wenn ich die Sendungen hinter mir habe.«

»Das ist doch nicht dein Ernst! Erst in sechs Wochen?«

»Chris darf es nicht eher erfahren. Die Zusammenarbeit würde sonst sehr unangenehm.«

»Wer sagt, daß du weiter mit ihm arbeiten mußt? Schmeiß den Laden doch einfach hin!«

»Das wäre nicht fair gegenüber Jerry. Ich hab' doch so gebettelt, daß er mir den Job läßt. Keines der Mädchen, die sie bisher ausprobiert haben, war die Richtige, und der ganze Haufen freut sich, daß ich morgen wieder mitmache.«

»Trotzdem finde ich, du solltest lieber noch eine Woche warten.«

»Ike, ich habe fast drei Wochen ausgesetzt, und ich fühle mich großartig.« Plötzlich wurde sie ernst. »Du, der Arzt hat gesagt, er will jede Woche mein Blut untersuchen. Warum das?«

Ike zuckte die Achseln. »Wahrscheinlich will er sichergehen, daß du nicht so schnell wieder schlappmachst.«

»Ich werde artig jeden Tag meine Leber essen. Ich habe auch allerhand über Blutkrankheiten gelesen – was alles gut fürs Blut ist, meine ich.«

»Nun fang bloß nicht an, und mach dir deine eigene Therapie zurecht«, sagte Ike.

Amanda hängte sich bei ihm ein, der Chauffeur nahm ihren Koffer. »Ike, ich bin so froh! Jetzt kann ich es ja zugeben: Als ich herkam, hatte ich eine Heidenangst. Du weißt, ich bin nie krank gewesen, und wie ich da am ersten Tag lag, dachte ich, es wäre doch schrecklich, wenn ich jetzt gehen müßte . . . sterben, ohne ein Kind zu haben. Ich bin so dankbar, daß es mir wieder gutgeht. Und ich weiß, was es heißt, unglücklich zu sein, verletzt zu werden. Darum möchte ich Christie jetzt nicht vor den Kopf stoßen, sondern die restlichen Sendungen in dieser Saison noch mitmachen.«

Ike setzte Amanda in ihrem Hotel ab. Sobald er in seinem Büro war, rief er Jerry an. »Sie müssen Amanda überreden, daß sie die Show aufgibt. Sie glaubt nämlich, sie sei es Ihnen schuldig, bis zum Schluß dabeizubleiben. Sie wissen, wie es um sie steht, ich möchte nicht, daß sie eine einzige Stunde verschwendet, geschweige denn sechs Wochen. Wenn *ich* sie zwinge, könnte sie argwöhnisch werden. Darum müssen Sie sich etwas ausdenken!«

Jerry starrte auf die blasse Sonne, die durch den trüben Smog-Himmel zu dringen versuchte. In Greenwich schien eine andere Sommersonne, leuchtete im Herbst ein orangeroter Feuerball. Amanda würde diese Sonne nie wiedersehen, nie mehr den klaren, kalten Winter erleben. Die Tränen traten ihm in die Augen.

Er nahm den Hörer ab und wählte. Robins Sekretärin ließ ausrichten, Mr. Stone sei in einer Konferenz. »Sagen Sie ihr, sie soll Mr. Stone aus der Konferenz herausholen!« brüllte er die Vermittlung an. »Es ist dringend!« Wenig später kam Robin an den Apparat.

»Ja, Jerry?«

»Sitzt du, Robin?«

»Los, komm schon: Ich habe zehn Leute drin sitzen, die auf mich warten.«

»Amanda hat Leukämie.«

Es folgte ein bedrückendes Schweigen. Dann sagte Robin: »Weiß sie's?«

»Nur drei Leute wissen es – der Arzt, Ike Ryan und ich. Du bist der vierte. Man hat ihr irgendein Medikament gegeben, das Wunder wirkt. Amanda macht sogar morgen die Sendung wieder mit. – Ein halbes Jahr noch, sagt der Arzt. Höchstens. Ich dachte, es wäre dir wichtig, das zu wissen.«

»Danke, Jerry.« Er legte auf.

Amanda genoß ihren ersten Tag im Hotel. Das Apartment stand voller Blumen. Unzählige Rosensträuße von Ike, Gladiolen von der Hotelleitung, ein Blattgewächs von den Kollegen und von Christie ein paar preiswerte Frühlingsblumen; auf dem dazugehörigen Kärtchen stand: »Mache Pressefotos, rufe dich um sechs an, Kuß Christie.« Um vier brachte der Kellner ihr eine gebackene Kartoffel, die mit persischem Kaviar und saurer Sahne gefüllt war. Ike schrieb dazu: »Damit du es bis zum Abendessen aushältst, Kuß Ike.«

Amanda aß begeistert. Welch ein Luxus! Allerdings würde sie auf ihr Gewicht achten müssen. Im Krankenhaus hatte sie fünf Pfund zugenommen.

Als um sechs das Telefon klingelte, nahm sie gleichgültig den Hörer ab; es konnte ja nur Christie sein.

»Hallo, Star . . . wie geht's?« tönte es vertraut aus der Leitung.

Im ersten Augenblick war sie sprachlos. Es war Robin! Aus heiterem Himmel und ohne ein Wort der Erklärung, weswegen er sich nicht ein einziges Mal gemeldet hatte . . .

»Ich bin gerade aus dem Krankenhaus entlassen worden,« brachte sie schließlich heraus.

»Was war denn los?«

»Anämie. Es geht mir aber wieder gut. Hat Jerry dir nichts erzählt?«

»Ich war weg und habe Jerry gar nicht gesprochen. Hör zu, Baby, ich habe verschiedene Dinge in Los Angeles zu erledigen und fliege Sonntag 'runter. Ich müßte gegen fünf Uhr Ortszeit ankommen. Meinst du, du kannst dich einen Abend für einen alten Freund frei machen?«

»Mit Wonne, Robin.«

»Gut. Dann halten wir fest: gemeinsames Essen am Sonntag abend.«

Amanda legte auf und lehnte sich in die Kissen. Kein Grund zum Jubeln. Wahrscheinlich blieb er nur ein paar Tage und dachte sich, die gute alte Amanda warte nur auf ihn. Deshalb der Anruf. Warum auch nicht? Auf sie war Verlaß. Sich mit ihr zu verabreden, war allemal leichter, als hinter einer anderen herzutelefonieren. Hollywood war schließlich nicht sein Jagdrevier. Er kannte wenig Leute hier und wollte den ersten Abend nicht allein sein. Na ja, man würde sich sehen . . . und ob man sich sehen würde! Und er sollte merken, wie es ist, wenn man im Stich gelassen wird! Aber wie? Ihn einfach versetzen? Ihn den ganzen Abend bei Chasen warten lassen?

Eine Stunde lang dachte sie darüber nach. Plötzlich wußte sie, was sie tun würde . . . großartig! Sie konnte den Sonntag kaum erwarten.

15

Um fünf fuhr Robin zum Beverly-Hills-Hotel. Der Portier händigte ihm einen Umschlag aus, darin eine hastig hingekritzelte Nachricht von Amanda: »Lieber Robin, heute ist mein Geburtstag, und Ike Ryan hat aus diesem Anlaß ein paar Leute zu sich eingeladen. Ich mußte früh dort sein, weil ich Ehrengast bin. Ich kann es kaum erwarten, dich zu sehen.«

Als er ausgepackt hatte, las er Amands Notiz noch einmal durch. Es waren Telefonnummer und eine Adresse am North Canyon Drive angegeben. Sein erster Impuls war, anzurufen und Amanda ausrichten zu lassen, daß er sie im Hotel erwarte. Dann besann er sich plötzlich anders. Von jetzt an würde nur noch geschehen, was Amanda wollte. Er holte den schmalen Goldring aus der Tasche . . . wenn sie die Party früh genug verlassen konnten, würden sie nach Tiajuana fliegen und heiraten. Er bestellte beim Portier ein Taxi.

Der North Canyon Drive war ein Labyrinth aus geparkten Autos. Robin zahlte und ging zum Haus. Die bescheidenen Fassaden von Hollywoodvillen täuschten. Sobald man eintrat, war man in Räumen von unglaublicher Großartigkeit. Ikes Haus bildete keine Ausnahme. Die marmorne Eingangshalle stand voller Menschen, und in dem riesigen Wohnraum war die übliche riesige Bar aufgebaut, um die sich die Partygäste in Dreierreihen drängten. Robin sah, daß der Raum in einen Garten überging, in dem ein Swimming-pool von olympischen Ausmaßen schimmerte; seitlich war sogar ein Tennisplatz zu erkennen. Er kam sich etwas fehl am Platz vor, weil er so unvorbereitet in eine Massenszene hineingeraten war. Dann grinste er: Eigentlich hätte er es ahnen sollen. Typisch Ikes Vorstellung von einer »kleinen Einladung«! Robin sah vertraute Gesichter, Gesichter, die er von der Leinwand kannte. Mit dem Geld, das hier versammelt war, hätte man einen kleinen Staat unterhalten können – Schauspieler, Produzenten, Atelierbesitzer, Regisseure und sogar die bekanntesten Drehbuchautoren. Dazu natürlich die übliche Auswahl schöner Mädchen.

Plötzlich kam Amanda auf ihn zu. Er hatte vergessen, wie bezaubernd sie war. Und dieser schlanke, herrliche Körper sollte den Tod in sich tragen?!

»Robin!« Sie umarmte ihn, und er war überrascht, daß sie ihn in aller Öffentlichkeit so zärtlich empfing. »Robin, da bist du ja! Es ist wundervoll, dich wiederzusehen!«

Sie führte ihn zur Bar. Ike Ryan begrüßte ihn herzlich, wandte sich aber gleich darauf einem Regisseur zu, der eben gekommen war. Amanda reichte Robin ein Glas. »Hier, dein geliebtes Eiswasser – hochprozentige Importware!«

Plötzlich wurde es still, gleich darauf setzte Geraune und Getuschel ein. Alle starrten auf den hübschen jungen Mann, der gerade eingetreten war.

»Schau an!« rief Amanda. »Ike hat sogar den großen Dipper eingeladen.« Ihre Augen glänzten, als Ike den gutaussehenden, braungebrannten Schauspieler zur Bar führte.

»Kennt ihr diesen prächtigen Burschen?« fragte Ike grinsend.

Amanda lächelte. »O Ike, wer kennt Dip Nelson nicht! Ich freue mich sehr, daß Sie gekommen sind, Mr. Nelson. Ike hat mir im Krankenhaus Ihren neuesten Film vorgeführt.«

Dip machte einen leicht verlegenen Eindruck. Auch Robin war verlegen. Was, zum Teufel, war bloß in Amanda gefahren. »Dip, das ist Robin Stone«, stellte Amanda ihn vor. »Ein uralter Freund von mir. Er gehört gewissermaßen zur Familie, stimmt's, Robin?«

Dip schüttelte Robin die Hand, wurde aber gleich darauf von Frauen umringt, die ihn buchstäblich mit sich fortzogen.

»Armer Dip«, meinte Amanda, »die Frauen lassen ihm keine Ruhe.«

Ike lächelte. »Der große Dipper wird sich schon zu helfen wissen. Talent hat er keins . . . nur Muskeln, Grübchen und eine hübsche Fratze. Aber er bringt volle Kassen, und das allein zählt.«

Amanda stieß Ike verstohlen in die Seite: »Apropos volle Kassen, Liebster: Sieh mal, wer da kommt!«

Robin sah ihnen nach, wie sie auf einen schlanken, gutaussehenden Mann zugingen – Alfred Knight, der englische Schauspieler, der in Hollywood beträchtliches Aufsehen erregt hatte. In einer Ecke entdeckte er auch Christie Lane. Armer Chris – nicht nur, daß er wie ein Außenstehender wirkte, er würde sich auch bald eine Geschichte für die Kollegen und die Presse einfallen lassen müssen. Im Augenblick hielt er sich immer noch für Amandas Verlobten. Robin trank seinen Wodka aus und ließ sich das Glas wieder vollschenken. Das versprach ja ein recht unterhaltsamer Abend zu werden!

Das Personal begann draußen am Swimming-pool Tische aufzustellen. Plötzlich blitzte in Robin die Erkenntnis auf, daß Amanda gar nicht Geburtstag haben konnte. Der war ja im Februar. Oder war es Januar? Jedenfalls im Winter. Er erinnerte sich, daß sie ihn einmal bei Schneesturm gefeiert hatten.

Er ließ sich gerade den vierten Wodka geben, als unvermittelt ein Trommelwirbel ertönte.

Amanda stand in der Mitte des Raumes.

»Bitte mal alle herhören. Ich . . . das heißt Ike und ich haben etwas bekanntzugeben.«

Sie hob ihre Hand, an der ein großer Diamantring funkelte. »Den hat Ike mir geschenkt. Aber es ist kein Geburtstagsgeschenk. Ich habe heute nämlich gar nicht Geburtstag. Es ist ein Verlobungsring. Ike und ich haben uns verlobt.«

Alle redeten durcheinander. Christie Lane sah aus wie ein weidwundes Tier; stumm und mit glasigem Blick stand er da. Jemand rannte zum Klavier und spielte den Hochzeitsmarsch von Mendelssohn. Schließlich legte sich die allgemeine Aufregung, jeder trank und schwatzte weiter. Quer durch den Raum trafen sich Amandas und Robins Blicke. Amandas Augen glühten triumphierende. Er hob sein Glas zu einem stummen Glückwunsch, da wandte sie sich ab und ließ sich von Alfie Knight fortziehen.

Als Robin Ike entdeckte, stellte er sein Glas ab und ging auf ihn zu. »Na, ich hab' doch immer noch Überraschungen auf Lager, was, alter Junge?« empfing Ike ihn lächelnd.

»Ich möchte mit dir reden.«

»Was denn? Gratulierst du mir nicht?«

»Wohin können wir gehen? Es dauert nicht lange.«

Ike ließ zwei Gläser bringen und führte Robin dann zum Swimming-pool, wo sich kaum jemand aufhielt.

»Schieß los. Was hast du auf dem Herzen?« fragte er.

»Amanda.«

»Richtig. Du hattest ja mal eine heftige Affäre mit ihr.« Ike nahm einen Schluck von seinem unverdünnten Bourbon und starrte auf Robin, der sein Glas, ohne zu trinken, in der Hand hielt. »Willst du nicht mit dem Bräutigam anstoßen?«

»Ich weiß, wie es um Amanda steht«, sagte Robin ruhig.

Ikes Augen verengten sich. »Was weißt du?«

»Jerry Moss ist ein Freund von mir.«

»Ich bringe dieses Klatschmaul um! Ich habe ihm extra gesagt, er soll die Schnauze halten!«

»Komm, spiel dich nicht so auf. Jerry hat getan, was er für richtig hielt. Ich bin hergekommen, um Amanda zu heiraten!«

»Sie braucht deine Mildtätigkeit nicht!« fauchte Ike.

»Ach, bekommt sie die von dir?«

»Das sagst du, nicht ich.«

»Ike, wir haben allerhand zusammen angestellt; nichts dagegen zu sagen. Es hat mir Spaß gemacht. Aber Amanda ist dafür nicht zu haben. Sie kann so etwas nicht, und jetzt schon gar nicht.«

Ike lächelte kalt. »Wenn ich dich nicht so gern hätte, würde ich dir sämtliche Zähne ausschlagen. Für wie gemein hältst du mich eigentlich?«

»Nicht für überdurchschnittlich. Ich möchte nur nicht, daß Amanda leidet.«

»Ich habe sie sehr gern . . . und mir liegt daran, daß sie für den Rest ihres Lebens glücklich ist.«

Ike nickte. »Dann wollen wir beide das gleiche.«

»Meinst du das ehrlich?«

Ike beugte sich über den Tisch, an dem sie Platz genommen hatten. »Hör zu, wir spielen hier nicht Bäumchen-wechsle-dich. Wir spielen das Wahrheitsspiel. Liebst du sie? Dann sag es mir. Sag mir, daß du sie liebst, und ich lasse Amanda auf der Stelle holen und gebe dir eine Chance. Sie soll entscheiden. Aber wenn du nur wegen einer großzügigen Geste hergekommen bist, dann vergiß es. Sie braucht deine Gunstbezeugungen nicht . . . ich denke, wenn die Zeit gekommen ist, bin ich eher in der Lage, ihr zu geben, was sie braucht.«

»Na schön, wenn wir das Wahrheitsspiel spielen . . .«, gab Robin zurück, »dann sag mir doch, ob *du* sie liebst. Mir scheint, diese Frage ist noch offen.«

Ike stand auf und starrte auf das dunkle Wasser. »Natürlich liebe ich sie nicht«, erwiderte er leise. »Aber du schließlich auch nicht.«

»Das hab' ich mir gleich gedacht«, sagte Robin. »Aber warum Amanda?«

»Warum nicht?« fragte Ike dagegen.

»Soweit ich es beurteilen kann, ist sie dir doch eine Last. Sie hemmt dich in deinen Unternehmungen.«

Ike lächelte. »Sie könnte aber für mein Image nützlich sein.«

»Kapier' ich nicht.«

»Wahrscheinlich liest du keine Zeitungen. Letzten Monat hat sich meine Frau – meine ehemalige Frau, von der ich seit zehn Jahren geschieden bin – umgebracht. Gott sei Dank in Wisconsin, wo sie über Ostern meinen Sohn besuchte. Er geht da zur Schule. Sie hat eine ganze Schachtel Pillen geschluckt und einen Brief hinterlassen, daß sie ohne mich nicht leben kann. Joey, mein Kleiner, war so geistesgegenwärtig, den Brief an sich zu nehmen und mich zu benachrichtigen. Ich konnte mit Geld verschiedene Mäuler stopfen und die Sache als Unfall hinstellen.« Ike seufzte. »Zehn Jahre lang habe ich das Weib nicht gesehen. Geliebt habe ich sie nie . . . wir sind zusammen zur Schule gegangen, und im letzten Schuljahr hat sie mit mir gepennt. Dann haben wir geheiratet, aber sie hat meinen Lebensstil nicht mitmachen wollen und mir dauernd die Ohren vollgejammert. Ich sollte für ihren Onkel Krawatten verkaufen! Das habe ich ausgehalten, bis Joey zwölf war, dann bin ich auf und davon. Ich habe ganz ordentlich bezahlt und ihr sogar angeboten, auch dann zu zahlen, wenn sie sich wiederverheiraten würde. Das wollte sie aber nicht. Sie lebte nur in der Vergangenheit und hatte sich in den Kopf gesetzt, mir durch ihren Selbstmord eins auszuwischen. Du hättest den Brief sehen sollen! Stellt sie mich doch als den größten Schurken der Welt hin! Joey und ich haben ihn verbrannt. Doch inzwischen liefen in Los Angeles schon häßliche Gerüchte um. Außerdem gab es noch zwei so irre Weiber, die meinetwegen Pillen schluckten . . . warum, ist mir schleierhaft. Ein so umwerfender Liebhaber bin ich gar nicht. Ein kleines Skandalblättchen griff mich an: ›Damen sterben für Ike Ryan.‹ Mein Ruf ist nicht der allerbeste, und ein wenig gute Presse könnte mir nicht schaden. Wenn Amanda stirbt, werden die Leute mich mit andern Augen ansehen. Sie werden sagen, daß ich einem todgeweihten Mädchen noch ein paar phantastische Monate geschenkt habe; denn ich will für Amanda den größten Rummel aufziehen, der je für ein Mädchen veranstaltet wurde. Und wenn sie ihre süßen Augen einmal zumacht, dann soll man wenigstens sagen, daß sie einen ganz großen Abgang hatte.«

Robin saß da und hörte benommen zu, dann sagte er heiser: »Du nutzt sie aus! Du Schwein nutzt sie aus!«

»Sagen wir lieber, ich brauche sie. Aber ich brauche sie nicht halb soviel wie sie mich. Du, Robin, hast Eiswasser in den Adern, also spiel dich mir gegenüber nicht zum Richter auf. Amanda versteht mich, und ich werde sie verdammt glücklich machen. Ich werde Flugzeuge chartern und mit ihr durch die ganze Welt reisen. Mit Diamanten werde ich sie behängen! Was kannst du denn für sie tun? Mit ihr ins Bett steigen. Das kann ich auch. Obgleich der Himmel wissen mag, wie lange sie dazu noch die Kraft hat. Aber kannst du ihr das bieten, was ich ihr bieten kann? Ich kenne Amandas Vergangenheit. Ich will sie auf Rosen betten, hier und heute. Kannst du mehr, du ... du Reporter?«

Robin stand auf. Die beiden Männer starrten sich an. »Nein, das kann ich nicht. Aber ich rate dir, deine großartigen Versprechungen auch zu halten. Ich rate es dir dringend. Sonst werde ich dich finden, Ike ... egal wo du bist ... und dir jeden Knochen im Leib einzeln brechen.«

Einen Augenblick standen sie stumm da und ließen einander nicht aus den Augen. Schließlich streckte Ike lächelnd die Hand aus. »Abgemacht.« Robin ergriff die Hand nicht. Da drehte Ike sich um und ging ins Haus. Robin ließ sich in einen Gartenstuhl fallen und trank. Er fühlte sich ausgelaugt, leer. Amanda lag ihm am Herzen. Ike lag sein guter Ruf am Herzen. Auf beides kam es wenig an. Entscheidend waren die Ergebnisse. Er sah auf die Uhr. Er konnte noch die Nachtmaschine nehmen.

»Zum Sonnenbaden ist es schon ein wenig spät.« Es war Dip, der plötzlich neben ihm stand.

Robin grinste. »Dabei würde mir etwas Sonne gar nicht schaden.«

Dip zündete sich eine Zigarette an. »Mann, ist das ein Betrieb da drin. Sind Sie aus New York?«

Robin nickte.

»Ich auch ... das heißt, bin da geboren. Groß geworden bin ich hier. Sind Sie auch von der Branche?«

»Nein, Gott sei Dank.«

»Hab' ich mir gleich gedacht.« Er musterte Robin nachdenklich. »Lassen Sie mich mal raten: Verwandter der Braut?«

»Ein entfernter. – Übrigens gehöre ich zu Ihren Bewunderern. Ich habe einige Ihrer Filme gesehen. Wie Sie mit Pferden umgehen können!«

Dip sah ihn verdutzt an. »Wollen Sie mich auf den Arm nehmen?«

»Durchaus nicht.«

»Komisches Kompliment. Über mein Talent sagen Sie nichts?«

»Damit ist es nicht weit her.« Robin lächelte.

Für den Bruchteil einer Sekunde schwankte Dip, ob er grob werden oder höflich bleiben sollte, doch dann gab er Robin lachend die Hand. »Wenigstens sind Sie ein ehrlicher Mensch! Und Sie haben völlig recht. Jahrelang habe ich nichts als diese Pferdefilme gedreht, primitive Western, einen nach dem andern. Dann kamen sie plötzlich in Mode, und ich war ein Star.« Nach einer Weile schlug er vor: »Ich habe eigentlich keine rechte Lust mehr, hier zu bleiben. Wollen wir uns nicht verziehen?«

Robin willigte erleichtert ein und ließ sich von Dip Nelson zu dem längsten Cadillac führen, den er je gesehen hatte. Sie rollten gemächlich die Straße entlang. Dip fuhr über den Sunset Boulevard. »Haben Sie noch was Besonderes vor?«

Robin lächelte. »Ich möchte nur um Mitternacht die Maschine nach New York erreichen.«

»Ein Mann wie Sie kommt sich in dieser Stadt wohl fehl am Platze vor?«

»Ein Mann wie ich bestimmt.«

»Wissen Sie, das hängt nur davon ab, ob man im Leben auf der Gewinnerseite steht; dann fühlt man sich sogar in Bombay wohl. Hat mir meine alte Dame beigebracht. Sie ist in einem Fürsorgeheim für Filmschaffende gestorben.«

»Oh, das tut mir leid.«

Dip winkte ab. »Sie hat es nie im Leben so gut gehabt wie da. Ich war damals noch nichts, darum hatten wir keine andere Wahl. Das Heim war toll aufgezogen, mit eigenen kleinen Häuschen, wo sie zusammenhocken und vom Film reden konnten. Meine Mutter war Komparsin. Und mein Alter Double für Fred Thompson und Tom Mix. Eins der besten. Von ihm habe ich reiten gelernt.«

»An der nächsten Ecke können Sie einbiegen und mich am Beverly-Hills-Hotel absetzen, wenn es kein zu großer Umweg für Sie ist«, sagte Robin.

»Warum so eilig, es ist erst sieben. Oder haben Sie etwas vor?«

»Nein, aber Sie doch sicher.«

Dip grinste. »Worauf Sie sich verlassen können. Wir wollen meine Freundin überraschen. Sie singt in einer Bar. Sie werden staunen, wenn Sie sie sehen. Sie ist erst neunzehn, aber schon ganz Weib.«

»Störe ich da nicht?«

»Nee. Außerdem möchte ich, daß Sie an eine Nacht in Hollywood eine gute Erinnerung haben.«

»Sie haben ja schon das Ihre dazu getan«, meinte Robin, »und keine Veranlassung, mich auch noch den Rest des Abends zu unterhalten.«

»Ach, Quatsch! Ich sitze sowieso allein, wenn Pauli singt. Sie werden sehen, die kommt noch mal groß 'raus. Es fehlt ihr nur noch der nötige Schliff. Leider können wir erst heiraten, wenn ich drei Kassenschlager im Rücken habe. Heute bin ich zwar die Sensation des Tages, aber nur durch einen Film. Wichtig sind die beiden nächsten. Wenn die hinhauen, kann ich Pauli heiraten. Dann kann mir keine Filmgesellschaft mehr Vorschriften machen, was ich zu tun und zu lassen habe.«

Dip Nelson hielt vor einem kleinen Restaurant. Der Besitzer empfing ihn überschwenglich und führte sie zu einem Tisch an der Wand. Das Lokal war halb voll.

»Paulis Auftritt ist in ungefähr zehn Minuten, anschließend kommt sie zu uns.«

Als es soweit war, drückte Dip Robins Arm. »Jetzt ... Sie werden sehen: Sie platzt vor Talent!«

Robin beugte sich vor. Ein schlankes junges Mädchen trat in den Scheinwerferkreis. Sie hatte rotes, gelocktes Haar, das, nach den Sommersprossen auf ihren Schultern zu schließen, echt war. Die Nase über dem breiten Mund war kurz und gestupst, was recht komisch aussah; die übergroßen Augen hatten ein unschuldiges Blau. Doch Paulis Gesang enttäuschte. Ihre Stimme war nicht schlecht, aber gewöhnlich; sie bot eine verzerrte Nachahmung von Judy Garland und Lena Horne. Robin hatte solche Mädchen zu Hunderten gehört, nur sahen sie alle besser aus. Das einzige, was ihn an Pauli überzeugte, war ihre Parodie auf Carol Channing. Da kam eine originelle komische Begabung zum Vorschein.

Als die Sängerin hinterher zu ihnen an den Tisch kam, erhoben sich die beiden Männer. »Das ist meine Verlobte Pauli«, stellte Dip sie vor.

Sie lächelte flüchtig, setzte sich und sah Robin neugierig an.

»Er ist aus New York«, sagte Dip rasch.

»Ach Dip, ehe ich's vergesse, du sollst deinen Presseagenten anrufen.«

Dip stand auf. »Unterhaltet euch solange. Mr. Stone ist bei der IBC.«

Pauli sah ihrem Bräutigam nach und wandte sich dann an Robin. »Sagen Sie mal, haben Sie nicht 'n Draht zur Christie-Lane-Show? Können Sie mir da nicht 'n Gastauftritt verschaffen?« Robin mochte sie nicht, er fühlte sich andererseits aber Dip gegenüber verpflichtet. »Ja, das wäre vielleicht zu machen.«

Ihre Augen leuchteten auf. »Ehrlich ... könnten Sie das wirklich?« fragte sie und gleich darauf argwöhnisch: »Wie denn?«

»Ich kann Christie Lane fragen.«

Sie musterte ihn abschätzend, und dann, angesichts der ungeheuren Chance, daß er ihr wirklich den Weg ebnen könnte, bekamen ihre Riesenaugen einen weichen Schimmer. »Wenn Sie ihn fragten, ich meine, wenn Sie das hinkriegten, dann ... also ich würde einfach alles tun, um in diese Show hineinzukommen.«

»Nach dem, was Dip mir erzählt hat, dachte ich, Sie wären gar nicht so ehrgeizig ... ich dachte, Sie wollten nur heiraten und Kinder kriegen.«

Sie machte eine angewiderte Handbewegung. »Welches Mädchen, das seine fünf Sinne noch beisammen hat, stellt sich wohl dreimal in der Nacht hierhin, um diesem Volk vorzusingen, wenn sie nicht wüßte, daß sie das Zeug zu einer großen Karriere hat? Ich weiß, daß ich begabt bin.«

»Und welche Rolle spielt Dip dabei?«

»Auf den lasse ich nichts kommen. Wirklich. Aber ich kenne Dip. Er würde es keine zwei Minuten bei einem Mädchen aushalten, das seinen eigenen Weg gehen will. Darum tue ich so, als wäre ich 'ne Null. Aber innerlich brenne ich, denn ich weiß, daß ich diejenige bin, aus der was Großes werden kann. Und wer geht hin und wird was? Mein lieber Dip! Nur weil er gut aussieht. Mehr als sein Aussehen hat er nicht. Keinen Funken Verstand im Kopf.«

»Wie er mir erzählt hat, möchte er Ihnen helfen«, meinte Robin.

»Sagt er, ja. So was spricht sich leicht dahin. Jedenfalls – wenn Sie mich in die Chris-Lane-Show bringen, dann bin ich für Sie da, wann immer und wo immer Sie wollen. Sie brauchen nur mit dem Finger zu schnippen. Ich bezahle immer, was ich bekomme. Ich bin einfach für Fairneß.« Robin nahm sich eine Zigarette, Pauli zündete ein Streichholz an und gab ihm Feuer.

Ohne die Stimme zu verändern, sagte Robin grinsend: »In einem haben Sie sicher recht! Dip hat nicht einen Funken Verstand, sonst hätte er Sie längst durchschaut. Er hält Sie für einen Engel, aber Sie sind eine ganz ordinäre Person, ein unbegabtes, widerliches Aas.«

Lächelnd stand er auf; seine Ruhe schien Pauli am meisten in Wut zu bringen. »Wenn Sie glauben, ich hätte Angst, daß Sie Dip was erzählen, dann irren Sie sich. Ich erzähl ihm, Sie hätten sich an mich 'rangemacht, wenn Sie Ihr Maul nicht halten.«

»Sagen Sie Dip, ich hätte einen Anruf bekommen.« Er legte einen Zehndollarschein auf den Tisch.

»Wofür ist das?«

»Ich glaube, der Preis für ein Call-Girl liegt zur Zeit bei hundert. Nehmen Sie das als Anzahlung. Sie dürften auf dem richtigen Weg sein.« Damit verließ er den Nachtklub.

16

In der ersten Juniwoche lief die Christie-Lane-Serie aus. Einen Tag später flog Christie nach New York.

Amanda und Ike heirateten am 4. Juli in Las Vegas. Die gesamte Boulevardpresse brachte Fotos und Berichte auf der Titelseite: das Hochzeitspaar umringt von Stars, die gerade in Las Vegas auftraten. Ihre Flitterwochen verlebten sie in Europa.

In seinem Apartment im Hotel Astor machte Christie seinen Kümmerlingen Eddie, Kenny und Agnes eine Szene. Weinend lief er im Zimmer auf und ab.

»Ich habe es so ehrlich mit ihr gemeint«, wiederholte er zum x-tenmal. »Warum hat sie mir das angetan?«

»Komm, Chris«, schlug Kenny vor, »wir bestellen uns einen Tisch in der Copa. Sie haben drei neue Tänzerinnen. Eine ist phantastisch! Erst neunzehn Jahre alt. Ein nettes Mädchen.«

Chris trat mit solcher Wucht gegen den Couchtisch, daß ein Bein abbrach und der Tisch zusammenstürzte. »Nettes Mädchen. Ich *hatte* ein nettes Mädchen ... ein phantastisches Mädchen. Gott, wenn ich auch nur ein unanständiges Wort in ihrer Gegenwart benutzte, hat sie mich schon schief angeguckt. Und dann stellt sich heraus, daß sie das verlogenste Geschöpf weit und breit ist. Die letzte Hure hätte sich nicht so gemein benommen. Jetzt ist's aus mit dem netten Jungen. Ich will von netten Mädchen nichts mehr wissen. Ich will 'ne Nutte, die behandle ich wie 'ne Nutte, das tut keinem weh. Schafft mir die größte Nutte von New York her.«

»Miss Evans, bitte!« rief Eddie im Ton eines Hotelboys.

Chris schnippte mit den Fingern. »Das ist genau die Richtige!«

»Aber 'ne häßliche Eule«, sagte Kenny.

»Ich will keine Schönheitskönigin, ich will eine, die die Beine breit macht. Schafft mir Ethel her.« Chris kniff die Augen zusammen. »Wenn ich mich mit diesem Weibsstück sehen lasse, weiß jeder Bescheid. Jeder wird denken, daß Amanda mir nicht viel bedeutet haben kann, weil ich mich mit einem Weib wie Ethel abgebe. Schafft sie 'ran!«

Eddie rief Jerry Moss an. Jerry seufzte und versprach, sein Bestes zu tun. Er erreichte Ethel nach längerem Suchen in einem Ferienort außerhalb von New York.

»Ethel, unser Star ist unglücklich. Er verlangt nach dir.«

»Aber ich nicht nach ihm.«

»Du würdest mir einen Gefallen damit tun.«

»Die Antwort ist: nein. Und damit wir uns gleich richtig verstehen: Ich bin kein Call-Girl. Wenn ich mich für einen Kerl hinlege, dann muß er mir gefallen. Zweieinhalb Jahre hat Mr. Lane mich nicht angeguckt, und plötzlich bin ich Elizabeth Taylor? Was ist in ihn gefahren?«

»Amanda hat heute Ike Ryan geheiratet.«

Es entstand eine Pause, dann lachte Ethel. »Ha! Das dürfte auch deinem Freund Robin Stone die Suppe versalzen. Warum soll ich ihn nicht trösten? Dafür würde ich zurückschwimmen.«

»Kommst du oder kommst du nicht?«

»Na schön, ich will mal nicht so sein. Wo finde ich den Frauenliebling?«

»Im Astor.«

Sie lachte. »Das hätte ich mir denken können. Mein Leben lang habe ich davon geträumt, jemanden kennenzulernen, der sage und schreibe im Astor wohnt!«

Christie war allein, als sie ankam. »Nanu? Was soll das denn heißen? Du bist in Hose und Pullover?«

»Ja. – Hattest du erwartet, daß ich nackt hereinspaziere?«

Er verzog keine Miene. »Nein, aber die Bande ist in der Copa. Ich wollte mit dir nachkommen.«

Sie starrte ihn an. »In die Copa?«

»Los!« befahl er. »Wir springen in ein Taxi und fahren zu dir. Ich will, daß du ein Kleid anziehst.«

Im Taxi drückte er sich mürrisch und einsilbig in seine Ecke, aber kaum hatten sie das Lokal betreten, war er wie ausgewechselt. Er setzte ein strahlendes Lächeln auf, ergriff Ethels Arm und stellte sie jedem mit Besitzermiene vor. Während des Programms hielt er ihre Hand; sogar eine Zigarette zündete er für sie an. Ethel ließ alles zornerfüllt über sich ergehen. Das Programm kannte sie längst, außerdem war sie müde und wollte die Sache hinter sich bringen.

Es war fast drei, als sie ins Astor zurückkehrten. Noch nie hatte sie einen so anstrengenden Tag verlebt. Erst die Vorstellung, dann an der Bar, danach die Brasserie und zuletzt noch auf einen Sprung zu Stage Delicatessen. Jetzt waren sie endlich allein. Schweigend zog sie sich aus. Chris war schon nackt und lag erwartungsvoll auf dem Bett. Bei seinem Anblick stieg Widerwillen in ihr hoch. Ein Mann mit einem solch schlaffen weißen Körper war wirklich etwas Abstoßendes. Wie hatte Amanda es nur über sich gebracht, einen Kerl wie Robin Stone wegen diesem Saftsack zu verlassen?

Als sie ausgezogen war, ging sie zum Bett. Chris verbarg sein Erstaunen über ihren üppigen, wohlgeformten Busen nicht.

»Teufel, für dein häßliches Aussehen bist du aber gut gebaut!« Er kniff sie in den Po. »Ein paar Pfündchen weniger am Fahrgestell, und deine Figur wäre beinahe tipptop.«

Ethel trat einen Schritt zurück. Seine Hände waren feucht. Sie wollte nicht, daß er sie anfaßte.

»Hast du irgendwo Rasiercreme?« fragte sie.

»Klar, warum?«

Sie ging ins Badezimmer und kehrte mit einer Tube Rasiercreme zurück, mit der sie sich beide Hände einseifte. »Nun leg dich zurück, du großer Fernsehstar.«

In knapp fünf Minuten stöhnte er vor Lust. Gott sei Dank, er war befriedigt. Ethel huschte ins Bad und zog sich rasch an. Als sie wieder ins Schlafzimmer kam, lag Chris mit geschlossenen Augen regungslos da.

»Wiedersehen, Chris.« Sie konnte nicht schnell genug fortkommen.

Er richtete sich auf und griff nach ihrer Hand. »So hab' ich's noch nie gehabt, Puppe. Aber es war nicht fair. Ich meine, weil du nichts davon hattest. Menschenskind, ich hab' dich ja nicht mal zwischen die Finger gekriegt.«

»Das macht nichts«, sagte sie leise. »Ich wußte, daß du heute in mieser Stimmung warst. Darüber wollte ich dir hinweghelfen.«

Er zog sie aufs Bett und starrte sie an. »Das ist das Netteste, was je ein Mensch zu mir gesagt hat. Das rechne ich dir hoch an. Ich weiß, daß du extra meinetwegen nach New York hereingefahren bist. Kann ich irgend etwas für dich tun?«

Am liebsten hätte sie gesagt: »Vergiß mich und laß mich in Ruhe.« Aber sie lächelte nur.

Er zog sie an sich. »Gib mir einen Kuß.«

Seine Lippen waren weich und feucht. Es gelang ihr, sich ihm zu entziehen, ohne ihren Ekel zu zeigen. Dann beugte sie sich herab, küßte ihn auf die schweißnasse Stirn und eilte davon – sie bat nicht einmal mehr um Taxigeld.

Am nächsten Morgen rief er sie an und lud sie zum Abendessen ein. Da sie nichts Besseres vorhatte, sagte sie zu. Zwei Wochen lang gingen sie Abend für Abend aus. Schon tauchten ihre Namen in den Klatschspalten auf.

Jerry Moss bekam es langsam mit der Angst. Er rief Christie an.

»Christie, du hast doch mit diesem Mädchen nichts Ernstes im Sinn?«

»Was wär' dabei?«

»Du kennst ihren Ruf.«

»Na und?«

»Ethel schadet deinem Image. Das Publikum will dich mit einem netten Mädchen sehen, einem schönen Mädchen.«

»Jetzt hör mal gut zu: Ich *hatte* ein nettes Mädchen, ein schönes Mädchen. Möglich, daß das Publikum damit glücklich war. Ich jedenfalls bin halb verrückt dabei geworden. Das Publikum war nicht da und hat meinen Schwanz gehalten, als Amanda heiratete. Aber Ethel Evans war da!«

»Jeder aus der Branche weiß über Ethel Bescheid«, hielt Jerry ihm vor. »Vorläufig tappt das Publikum noch im dunkeln, aber seit diese Gerüchte in der Presse aufgetaucht sind, will man natürlich mehr wissen. Was sollen die Leute denken, wenn sie erfahren, daß der erklärte Liebling von Onkel Joe und Tante Anne sich mit einer Hure einläßt?«

»Diesen Ausdruck verbitte ich mir!« fuhr Christie ihn grob an. »Ethel hat nie auch nur einen Penny genommen!«

»Chris, hast du wirklich ernste Absichten? Nimmst du Ethel mit, wenn du demnächst nach Las Vegas gehst?«

»Nein, das kommt zu teuer.«

»Dann hast du also keine ernsten Absichten?«

»Natürlich nicht. Aber eines weiß ich: Ethel ist immer da, wenn ich sie brauche. Sie ist nett zu mir. Sie belügt mich nicht. Seit ich mit ihr zusammen bin, hat sie keinen anderen Kerl gehabt, und sie macht alles, was ich will. Ich fühle mich wohl bei ihr.« Er verstummte, als dächte er über etwas nach. Dann lachte er. »Ethel nach Vegas mitnehmen, das wäre ungefähr so, als wenn man im Waldorf ein Leberwurstbrötchen auspackte.«

Es wurde ein langweiliger Sommer für Ethel, und sie war fast froh, als Christie nach New York zurückkehrte.

Den ganzen September über waren sie ständig zusammen. Die neue Serie der Christie-Lane-Show lief erst im Oktober an; Christie hatte die meisten Abende frei. Kenny, Eddie und Agnes ödeten Ethel an. Sie haßte auch die Copa-Bar und die chinesischen Restaurants (immer nur die billigsten), aber am meisten haßte sie die Rennbahn. Mit Christie zu schlafen, war ihr zuwider; erleichtert hatte sie festgestellt, daß er nicht besonders sexhungrig war. Zweimal pro Woche genügte ihm völlig. Hinterher lag er zufrieden im Bett und las Rennberichte.

Ethel zählte die Tage bis zum Beginn der Serie. Es wurde Zeit, daß die neuen Gaststars aufkreuzten. Dann würde sie Christie und seinem Anhang den Laufpaß geben.

Eine Woche vor der ersten Sendung brachten zwei Fernsehillustrierte ein Feature über Christie und Ethel.

Jerry saß in seinem Büro und starrte auf die Fotos des lächelnden Paares. Gott im Himmel – da hatten sich wahrhaftig die Richtigen gefunden! Aber nun mußte wirklich etwas geschehen. Die Sache drohte ihm aus der Hand zu gleiten. Er verabredete sich mit Danton Miller zum Mittagessen.

Anfangs war Dan belustigt. »Sie sehen Gespenster, mein lieber Moss. Draußen weiß doch niemand, wer und was Ethel Evans ist.«

Jerry ließ seine Fingerknöchel knacken. »Ich halte die Geschichte für ernst. Wenn eins der Skandalblätter sich einfallen läßt, ein paar Erkundigungen über Ethel einzuholen, sind wir erledigt! Sie hat in Kalifornien eine Freundin, die alle ihre Briefe nicht nur aufgehoben, sondern sogar in Kopien verteilt hat. Stellen Sie sich vor, so ein Brief kommt in die Presse! Übrigens habe ich erfahren, daß auch einer über Sie dabei ist.«

Dans Lächeln verschwand.

»Schauen Sie, ich bin ja nicht prüde. Für einen Schlagersänger mag so etwas eine gute Reklame sein, nicht aber für unseren Hausmusikanten. Sein Publikum sind die Durchschnittsfamilien. Die Sendung ist eine Groldgrube . . . und wir dürfen nicht zulassen, daß Ethel Evans uns in die Quere kommt.«

Dan schenkte sich eine zweite Tasse Kaffee ein. Was Jerry Moss da sagte, war nicht von der Hand zu weisen. Ein Hauch von Anrüchigkeit genügte, und die Firmen, die auf den Christie-Lane-Typ Wert legten, stiegen aus. Die Amanda-Romanze hatte man natürlich begrüßt, denn sie symbolisierte jedermanns Traum: Ein Durchschnittsmann bekommt das schönste Mädchen von der Welt. Wenn Christie das schaffte, dann war alles möglich. Er gab den Leuten Hoffnung. Als Amanda ihn sitzenließ und den umstrittenen Ike Ryan heiratete, hatte das Publikum sich womöglich noch stärker mit Christie identifiziert. Nun begann es sich für Ethel Evans zu erwärmen, gerade weil sie wie ein Durchschnittsmädchen aussah. O Gott . . . was für eine verzwickte Lage. Jerry hatte recht!

Das Mittagessen endete mit dem Aufmucken von Dans Magengeschwür und seinem festen Vorsatz, in der Sache Ethel Evans – Christie Lane sofort etwas zu unternehmen. Herrgott, was hatte sie bloß in dem verdammten Brief über ihn geschrieben?

Er rief die Presseabteilung an und erfuhr, daß Ethel im Schönheitssalon war. Schönheitssalon! Ohne plastische Operation war bei der kaum etwas zu verschönern. Er ließ sich die Nummer geben und rief dort an.

»Hallo!« klang es ihm fröhlich entgegen.

»Ist heute ein Feiertag, von dem ich nichts weiß? Wieso nimmst du dir frei?«

Sie lachte. »Ich habe neuerdings ein festes Verhältnis und muß gut aussehen. Heute abend ist allerhand los.«

»Heute abend?« Plötzlich fiel es ihm ein. Die Verleihung der Fernsehpreise! Die IBC hatte einen Tisch bestellt.

Dan wußte, daß der Zeitpunkt denkbar schlecht gewählt war, aber Ethel ging wirklich zu weit.

»Heute abend wirst du – egal, ob öffentlich oder privat – zum letztenmal mit Christie auftauchen.«

Sie schwieg einen Augenblick, dann fragte sie: »Und wenn ich mich weigere?«

»Dann fliegst du.«

Ethel sagte nichts.

»Hast du mich verstanden, Ethel?«

Ihre Stimme war hart. »Okay, Sonnyboy, du kannst mich feuern. Aber das ist mir vielleicht sogar egal. Die IBC ist nicht der einzige Sender in der Stadt.«

»Ich brauche nur durchblicken zu lassen, warum du fliegst, dann sind dir alle Möglichkeiten verbaut.«

»Ist es vielleicht verboten, mit Christie Lane zu schlafen – oder mit dem Präsidenten einer Fernsehgesellschaft?«

»Nein. Aber pornographisches Material mit der Post zu verschicken ist verboten. Zufällig kamen mir Kopien von Briefen, die du deiner Freundin in Los Angeles geschrieben hast, in die Finger . . . mit allen klinischen Details über dein Sex-Leben.«

»Du gemeines Aas!« Ethels Stimme schrillte durch die Leitung.

»Komm, sei vernünftig. Laß Christie fallen, dann behältst du deinen Job, und ich sorge dafür, daß du bei einer anderen Show die Presse machst. Aber vergiß nicht, daß das heute abend dein letzter Auftritt mit Christie ist. Wenn du morgen noch zur Sendung erscheinst, bist du erledigt.«

Abends zog Ethel sich mit aller Sorgfalt an. Sie trug ihr Haar jetzt länger und hatte es kastanienbraun tönen lassen. Das tiefausgeschnittene grüne Kleid saß gut und brachte ihren Busen voll zur Geltung. Die Hüften waren zwar immer noch zu breit, doch der weite Rock verbarg sie. Wohlgefällig betrachtete Ethel sich im Spiegel. Wenn sie auch keine Amanda war, so sah sie doch gar nicht so übel aus. Sie mußte nur daran denken, nicht zu lächeln, damit man ihre scheußliche Zahnlücke nicht sah.

Der große Ballsaal im Waldorf war überfüllt. Sie saßen am IBC-Tisch, dem Podium direkt gegenüber. Neben Ethel waren zwei leere Stühle. Sollten sie für Robin Stone sein? Sie mußten wohl – alle anderen waren besetzt. Das bedeutete, daß er direkt neben ihr sitzen würde. Mit einem solchen Glücksfall hatte sie nicht gerechnet.

Er traf spät mit Inger Gustar ein, einer neuen deutschen Schauspielerin. Ethel zog eine Zigarette heraus. Christie rührte keinen Finger, doch zu ihrer Überraschung hielt ihr Robin sein Feuerzeug hin.

»Ich bewundere Ihren Geschmack«, sagte sie leise. »Ich habe letzte Woche ihren Film gesehen. Spielen kann sie nicht, aber darauf kommt es ja auch gar nicht an.« Als er nicht reagierte, bohrte Ethel weiter. »Ist es diesmal ernst oder nur eine neue Affäre?« Sie versuchte, ihrer Stimme einen spöttischen Klang zu geben.

Er lächelte und sagte: »Essen Sie Ihre Grapefruit.«

»Ich mag Grapefruit nicht.«

»Sie ist gut für Sie.« Er sah nicht auf.

»Ich mag grundsätzlich Dinge nicht, die für mich gut sind.«

Das Orchester begann zu spielen. Robin stand plötzlich auf. »Okay, Ethel, versuchen wir's.«

Sie errötete vor Freude. Sollte das bedeuten, daß sie endlich bei ihm gelandet war? Vielleicht hatten das grüne Kleid und die rote Färbung ihrer Haare mehr bewirkt, als sie erwartete. Er tanzte einige Minuten lang schweigend. Sie schmiegte sich enger an ihn. Er wich zurück und musterte sie. Sein Gesicht war ausdruckslos, und seine Lippen schienen sich kaum zu bewegen. Doch seine Worte waren kalt und klar verständlich.

»Hören Sie, Sie verrücktes Weibsbild, wissen Sie denn nicht, daß

Sie vielleicht zum erstenmal in Ihrem Leben Aussichten auf einen Ehering haben? Ich habe Ihnen einige Intelligenz zugetraut – brauchen Sie sie jetzt. Versuchen Sie, die Sache zu einem guten Ende zu bringen.«

»Vielleicht bin ich an Eheringen nicht interessiert.«

»Was soll das heißen?«

»Daß Christie Lane nicht mein Typ ist.«

Er warf den Kopf zurück und lachte. »Sie sind wirklich wählerisch. Aber Ihr Mut gefällt mir.«

»Und mir gefällt alles an Ihnen.« Ihre Stimme klang einschmeichelnd und weich.

Sie spürte, wie sein Körper steif wurde. Ohne sie anzusehen, sagte er: »Tut mir leid, nichts zu machen.«

»Warum?«

Er lehnte sich zurück und sah sie an. »Weil ich auch wählerisch bin.«

Sie starrte ihn an. »Warum hassen Sie mich?«

»Ich hasse Sie nicht. Sagen wir, das einzige, was mir bis jetzt an Ihnen Eindruck machte, war, daß Sie ziemlich viel auf dem Kasten und Mut haben. Aber jetzt beginne ich daran zu zweifeln. Sie haben Christie Lane, geben Sie ihm nicht so ohne weiteres den Laufpaß. Er ist vielleicht kein Sinatra, aber seine Show ist ein toller Erfolg. Er wird's noch sehr lang machen.«

»Robin, sagen Sie mir eins. Warum haben Sie mich zum Tanz aufgefordert?«

»Weil die Nacht ziemlich lang sein wird und weil ich keine Lust habe, mir zehn oder zwölf versteckte Angebote von Ihnen anzuhören. Ich dachte, es sei am besten, klare Verhältnisse zu schaffen. Die Antwort ist nein!«

Sie blickte zu dem deutschen Mädchen hinüber, das in ihrer Nähe tanzte. »Nein für heute nacht.« Sie lächelte.

»Nein für alle Nächte.«

»Warum?« Sie sah ihm in die Augen.

»Soll ich offen sein?«

»Ja.« Sie lächelte, ohne ihre Zähne zu zeigen.

»Ich könnt' ihn für dich nicht zum Stehen bringen, Baby – so einfach ist das.«

Ihr Gesicht spannte sich. »Ich wußte nicht, daß Sie Schwierigkeiten haben. Das ist also Ihr schwacher Punkt.«

Er lächelte. »Bei Ihnen wenigstens.«

»Vermutlich hat Amanda Sie deshalb sitzenlassen und ist zu Ike

Ryan gegangen. Der große Robin Stone – viel Charme, viel Geschwätz, keine Tat. Sie hat Sie sogar mit Chris betrogen.«

Er blieb stehen und nahm ihren Arm. »Ich glaube, wir gehen besser an den Tisch zurück.«

Sie lächelte bös und rührte sich nicht vom Fleck. »Oh, hab' ich Sie getroffen, wo's weh tut, Mr. Stone?«

»Es schmerzt nicht, Baby. Ich bin nur der Ansicht, daß Sie kein Recht haben, über Amanda das Maul zu wetzen.« Wieder versuchte er sie zum Tisch zurückzuführen, doch sie zwang ihn, wieder Tanzhaltung einzunehmen.

»Robin, geben Sie mir eine Chance. Versuchen Sie's nur ein einziges Mal mit mir! Ohne jede Verpflichtung! Sie können mich jederzeit haben, wenn Sie nur mit den Fingern schnalzen. Und bei mir ist man in guten Händen. Ich werde Sie befriedigen – Sie werden Ihren Kopf nie wieder wegen eines Mädchens wie Amanda verlieren.«

Er sah sie mit einem merkwürdigen Lächeln an. »Und ich wette, Sie sind gesund wie ein Pferd.«

»Ich war noch nie krank.«

Er nickte. »Das sieht man.«

Sie sah ihn offen an. »Also?«

»Ethel«, – er seufzte fast –, »halten Sie sich an Chris Lane!«

»Ich kann nicht.« Sie schüttelte den Kopf. »Man hat mir befohlen, mich zu verdrücken.«

Er war echt interessiert. »Wer?«

»Danton Miller. Sicher, es ist bequem für ihn, mich flach zu legen, wenn er Lust dazu hat; aber heute nachmittag hat er mir mitgeteilt, daß ich Chris aufgeben muß – sieht so aus, als würde man schon zuviel über uns reden. Ich bin nicht gut für das Familienimage, und wenn ich nicht gehorche, schmeißt er mich 'raus.«

»Was werden Sie tun?«

Nun, immerhin hatte sie sein Interesse geweckt. Vielleicht war dies die richtige Taktik – sich nicht stark zeigen, die Mitleidmasche abziehen. Warum nicht? Sie hatte schon alles andere versucht. Jetzt versuchte sie sich ein paar Tränen abzuquälen, vergebens. Sie sagte: »Was kann ich schon tun?« und sah ihn hilflos an.

»Die Tour zieht bei mir nicht. Wenn Sie eine echte Frau sind, dann handeln Sie auch wie eine. Werden Sie nicht plötzlich kindisch und betteln um Mitleid.« Er grinste sie an. »Sie spielen ein männliches Spiel mit männlichen Regeln. Ich würde Ihnen gegen Danton Miller jederzeit einen Vorteil einräumen.«

Sie musterte ihn neugierig. »Sie meinen, ich sollte es mit Dan Miller aufnehmen?« Sie schüttelte den Kopf. »Ich habe keine Chance – es sei denn, Sie gäben mir einen Job bei Ihrer Show. Sie sagten, ich hätte Verstand – vergessen wir im Augenblick mal den Sex. Geben Sie mir eine Chance, Robin. Ich kann eine Menge für Ihre Show tun. Ich kann Ihnen entscheidende Publizität verschaffen.«

»Nicht nötig«, unterbrach er sie. »Ich bin kein Schauspieler –«

»Lassen Sie mich Ihrer Sendung zuweisen. Ich werde tippen, alles tun, was Sie wollen.«

»Nein.«

»Warum nicht?« Ihre Stimme klang flehend.

»Weil ich niemandem etwas aus Nächstenliebe, Mitleid oder Sympathie gebe.«

»Und wie ist's mit Freundschaft?«

»Wir sind keine Freunde.«

»Ich werde Ihr Freund sein. Ich werde alles für Sie tun – Sie brauchen's nur zu sagen.«

»Schön, im Augenblick wünsche ich mir nichts sehnlicher, als diesen Tanz zu beenden.«

Sie löste sich von ihm und starrte ihn haßerfüllt an. »Robin Stone – ich hoffe, Sie werden in der Hölle schmoren!«

Er grinste vergnügt, nahm ihren Arm und führte sie zum Tisch zurück. »So ist's richtig, Baby, so mag ich Sie lieber.«

Sie erreichten den Tisch. Er dankte ihr mit einem liebenswürdigen Lächeln für den Tanz.

Es war ein langer, langweiliger Abend.

Chris wurde als »bester Mann einer neuen Show« ausgezeichnet. Robins »Schlagzeilen« bekamen den Preis für Nachrichten. Als die Reden vorüber waren, rauschte am gegenüberliegenden Ende des Raumes ein Vorhang zur Seite, die Band spielte einen Tusch, die Stühle wurden umgedreht, und jeder stöhnte innerlich, denn nun mußte man noch das Unterhaltungsprogramm über sich ergehen lassen.

Robin Stone verdrückte sich mit seiner Begleiterin, sobald die Lichter erloschen. Chris dagegen blieb mit den übrigen Kollegen von der IBC am Tisch sitzen und folgte dem Programm.

Ethel starrte auf den leeren Stuhl. Wieso konnte dieser Mensch es sich leisten, einfach zu gehen? Sogar Danton Miller blieb, und Chris, der zweimal so wichtig war wie Robin Stone, hätte nicht gewagt aufzustehen. Genaugenommen war Chris sogar wichtiger als Miller. Dan konnte jederzeit hinausfliegen ... er stand im Augenblick nur deshalb in Gunst, weil Chris in Gunst stand. Und da wagt er es, ihr zu drohen! Solange sie Chris hatte, war sie stärker als Danton Miller. Plötzlich ging ihr auf, daß Chris ihr einziger Aktivposten war. Ethel war dreißig. Sie konnte nicht endlos so weitermachen und mit jedem prominenten Mann, der ihr über den Weg lief, ins Bett gehen. In ein paar Jahren war es damit aus und vorbei.

Sie saß im Dunkeln und achtete nicht auf das höfliche Gelächter des Publikums. Langsam ergriff ein Gedanke von ihr Besitz. Warum sollte sie Chris aufgeben? Daß sie mit ihm schlief, war nebensächlich, aber wenn sie nun Mrs. Christie Lane würde? Es nahm ihr fast den Atem. Natürlich bedeutete das einen langen, zähen Kampf. Sie mußte ihm den Floh ganz behutsam ins Ohr setzen. Dann konnten sie alle anderen am Arsch lecken. Dann war sie Mrs. Christie Lane! Mrs. Fernsehstar! Mrs. *Einfluß!*

Gegen drei Uhr morgens kamen sie ins Hotel zurück. Chris hatte Ethel angeboten, sie nach Hause zu bringen. »Ich habe morgen um elf Probe.«

»Laß mich bei dir schlafen. Es braucht ja gar nichts zu passieren. Ich möchte nur bei dir sein, Chris.«

Das biedere Gesicht zerfloß zu einem Lächeln. »Okay, Puppe. Ich dachte nur, du hättest es zu Hause bequemer mit Umziehen und so. Du mußt ja morgen bei der Probe auch dabeisein.«

»Eben nicht ... das ist es ja gerade.«

Chris drehte sich im dunklen Taxi um. »Sag das noch einmal.«

»Ich erzähle es dir im Hotel.«

Schweigend zog sie sich aus und schlüpfte zu ihm ins Bett. Chris las Rennberichte. Zwischen den Zähnen steckte eine Zigarre, unter der kurzen Pyjamahose wölbte sich der Bauch. Er deutete auf das Bett nebenan. »Schlaf da. Heute wird nicht gebumst.«

»Ich möchte nur nahe bei dir sein, Chris.« Ethel schlang die Arme um den schwammigen Körper.

Chris sah sie an. »Komisch ... was ist los?«

Sie brach in Tränen aus und war überrascht, wie leicht sie ihr kamen.

»Püppchen, um Gottes willen, was ist denn? Habe ich dir was getan? Sag's mir.«

»O nein, Chris. Es ist nur, weil das heute unser letzter Abend ist.« Sie schluchzte jetzt ehrlich, sie schluchzte wegen all der Männer, die sie nur für eine Nacht wollten, die sie nie geliebt, die sie alle wieder verlassen hatten.

»Was, zum Teufel, soll das denn heißen? Was faselst du da von unserem letzten Abend?«

Sie sah ihn an, die Tränen liefen ihr übers Gesicht. »Chris, wie stehst du zu mir?«

Er streichelte ihr Haar und starrte ins Leere. »Weiß nicht, Puppe, ich hab' noch nicht viel darüber nachgedacht. Ich hab' dich gern ... wir haben Spaß zusammen ... du bist ein feiner Kerl ...«

Wieder schluchzte sie auf. Dieses Schwein ... er wollte auch nichts von ihr wissen!

»Komm, sei vernünftig, Mädchen ... ich meine, sieh mal, daß ich mich nicht mehr verliebe, ist doch klar. Einmal ist genug. Ich habe aber keine andere. Du bleibst bei mir, solange du möchtest. Also was soll dieses Gerede von unserm letzten Abend?«

Ethel wandte sich ab und starrte vor sich hin. »Chris, du kennst meine Vergangenheit.« Sein Gesicht rötete sich vor Zorn. »Genau das ist es«, schluchzte sie, »aber das war nicht mein wahres Ich. Mein wahres Ich ist die Frau hier neben dir. Du bist verletzt wegen Amanda und möchtest das nicht noch mal erleben. Siehst du, und das gleiche ist mir auch passiert: mit einem Jungen im College. Wir waren verlobt. Ich war noch Jungfrau, und er hat mich sitzenlassen. Das hat mich so verletzt, daß ich mir vornahm, mit jedem Mann ins Bett zugehen, einfach um gleichzuziehen. Ich haßte ihn, ich haßte das Leben, und ich haßte mich selber, bis du kamst ... da war es, als ob alles von mir abfiele. Zum erstenmal begegnete ich einem Mann, an dem mir wirklich etwas lag. Ich fing an, mich selbst wieder zu achten, und die wahre Ethel Evans kam zum Vorschein. Meine Vergangenheit war nur Tünche. So, wie du mich kennst, bin ich wirklich.«

»Verstehe, Puppe; und ich fange ja auch langsam an, deine Vergangenheit zu vergessen. Also was soll's? Stelle ich dir Fragen?«

»Nein. Nur ... Chris, bevor du auftauchtest, da ... war ich auch mit Danton Miller zusammen.«

Chris fuhr auf. »Scheiße, der auch? Hast du denn keinen ausgelassen?«

»Chris, Dan war verknallt in mich. Er war auf alle eifersüchtig, mit denen ich was hatte, und um mich besser unter Aufsicht zu haben, hat er mir die Pressearbeit für deine Show übertragen. Als Jerry unsere erste Verabredung deichselte, tobte Dan, aber er dachte, es wäre nur für eine Nacht. Daß ich mich in dich verlieben würde, ahnte er nicht. Jetzt ist er eifersüchtig.«

»Das darf doch nicht wahr sein!«

»Doch! Er hat mich heute angerufen und von mir verlangt, daß ich mich nicht mehr mit dir treffe. Ich soll nur noch für ihn dasein. Ich habe ihm erklärt, er könnte mir den Buckel 'runterrutschen, aber er will, daß ich heute abend mit dir Schluß mache. Nicht mal zur Probe darf ich morgen noch erscheinen ... sonst schmeißt er mich bei der IBC 'raus. Wenn ich dich abschiebe, kann ich bleiben. Dann würde er mir sogar noch andere Sendungen zuschanzen, damit ich mehr verdiene. Aber ich bringe es nicht übers Herz, Chris ... ich kann ohne dich nicht leben.«

»Ich werde morgen mit Miller reden.«

»Der streitet alles ab, und dann hast du ihn dir zum Feind gemacht. Er behauptet, er habe dich groß gemacht, und er könnte dir jederzeit das Genick brechen.«

Chris biß die Zähne zusammen. Ethel merkte, daß sie einen falschen Zug gemacht hatte. Chris war noch immer unsicher, er hatte wahrhaftig vor Dan Miller Angst.

»Chris, du bist der Größte, er kann dir nichts anhaben. Aber mir! Es war wohl dumm von mir, einem Mädchen, das ich für meine Freundin hielt, lange Briefe zu schreiben ... über ein paar Erlebnisse mit Männern. Miller hat Kopien dieser Briefe.«

»Manche Weiber haben ein loses Mundwerk, aber du hast, weiß Gott, eine lose Schreibmaschine! Mußtest du denn diese Briefe schreiben, verdammt noch mal? Du kannst doch auch andere damit 'reinreißen.«

»Ich weiß. Wahrscheinlich ist das jetzt die gerechte Strafe. Aber woher sollte ich wissen, daß Yvonne Kopien machen würde? Ich habe diese Briefe aus einer Laune heraus geschrieben, zum Spaß. Na ja, das war einmal. Jetzt heißt mein Problem Miller.«

»Okay, dann hör eben mit der Show auf«, sagte Christie.

»Und dann?«

»Du kriegst doch jederzeit was anderes – CBS, NBC, es gibt tausend Sender.«

»Nein, Miller würde mich überall anschwärzen. Ich bin erledigt.«

»Dann besorge ich dir einen Job, und zwar jetzt.«

»Chris, es ist halb vier!«

»Das ist mir scheißegal!« Er nahm den Hörer ab und ließ sich verbinden. Nach einiger Zeit meldete sich eine verschlafene Stimme. »Herbie? Hier ist Chris Lane. Ich weiß, es ist spät, aber ich bin ein Mann von raschen Entschlüssen. Hör zu, hast du mir nicht neulich gesagt, du würdest sonst was tun, wenn dein Büro meine Public Relations übernehmen könnte? Du hast vielleicht eine Chance. Ab morgen.«

Herbies Stakkatostimme ratterte durchs Telefon. Er war Feuer und Flamme. Eine tolle Kiste werde er abziehen, morgen früh um elf sei er bei der Probe.

»Halt mal die Luft an, Herbie. An den Handel sind ein paar Bedingungen geknüpft. Ich zahle dir dreihundert pro Woche ... das Standardhonorar geht mich nichts an. Und du stellst Ethel Evans ein. Ja, die von IBC. Ich will, daß sie kündigt und nur für mich arbeitet. Was du ihr zahlen sollst? Na, sagen wir ... hundert pro Woche?« Er sah Ethel an. Die schüttelte heftig den Kopf. »Haut nicht hin, Herbie. Sagen wir hundertfünfundzwanzig?« Ethel schüttelte wieder den Kopf. »Wart mal 'n Augenblick, Herbie.« Er wandte sich an Ethel. »Was stellst du dir denn vor, ein Ministergehalt?«

»Bei der IBC kriege ich ein Grundgehalt von hundertfünfzig und fünfundzwanzig extra für die Show.«

»Herbie, hundertfünfundsiebzig, und die Sache ist geritzt. Dann bleiben dir zwar nur hundertfünfundzwanzig, aber dafür hast du mich als Aushängeschild. Was meinst du? Ja, das sehe ich ein. Also gut, hundertfünfzig.« Ethel stieß ihm den Ellbogen in die Seite, aber Chris ließ sich nicht beirren. »Geht in Ordnung, Herbie, sie ist morgen um zehn in deinem Büro.«

»Bei deinen Beziehungen soll ich noch im Preis 'runtergehen?« fragte Ethel empört.

»Der Mann hat recht. Er kann bei der Geschichte nicht weniger verdienen als du. Bei der IBC mußt du für viele Sendungen arbeiten, bei Herbie nur für mich. Und von hundertfünfzig kannst du gut leben.«

Ethel war wütend. Sie kannte Herbie. Er ließ sie nach der Stechuhr arbeiten, und das bedeutete eine grauenvoll lange Arbeitszeit. Bei der IBC hatte sie eine selbständige Position, in Herbies komischem Laden mußte jeder alles machen. Doch nun war es geschehen.

»Chris, ich habe mein Todesurteil unterschrieben, das weißt du.«

»Wieso? Ich habe dir doch gerade einen neuen Job verschafft!«

»Bei der IBC kamen Sozialleistungen, Krankenkasse und so weiter dazu, außerdem hatte ich ein schönes Büro mit Klimaanlage.«

»Dafür hast du jetzt mich, das wolltest du doch, oder?«

Sie schmiegte sich an ihn. »Natürlich, Schatz . . . dir zuliebe habe ich die IBC aufgegeben. Ich hätte ja bleiben und andere Sendungen übernehmen können, aber deinetwegen gehe ich nun zu Herbie Shine. Und was krieg' ich von dir dafür?«

»Spinnst du? Habe ich dir nicht gerade einen Job besorgt?«

»Ich möchte deine Freundin sein.«

»Himmelherrgott, das pfeifen doch schon die Spatzen von den Dächern!«

»Ich meine offiziell . . . können wir nicht wenigstens sagen, daß wir verlobt sind?«

Chris legte die Rennzeitung beiseite. »Schlag dir das aus dem Kopf! Ich werde dich nicht heiraten, Ethel. Wenn ich heirate, dann ein anständiges Mädchen. Ich will Kinder haben. Du bist wie der Lincoln-Tunnel – jeder ist da schon mal 'rein- und 'rausgefahren.«

»Amanda war wohl so ein anständiges Mädchen?«

»Ich hielt sie dafür. Ich wußte ja nicht, daß sie sich auch herumtrieb. Von dir weiß ich es.«

»Und glaubst du nicht, daß ein Mädchen sich ändern kann?«

»Vielleicht. Wir werden sehen.« Er nahm den Rennbericht wieder auf.

»Chris, gib mir eine Chance . . . bitte!«

»Schmeiß ich dich etwa aus 'm Bett? Du bist doch bei mir, wo immer wir sind. Oder etwa nicht?«

Sie warf ihm die Arme um den Hals. »O Chris, ich liebe dich nicht nur, ich bete dich an! Du bist mein Leben!«

Sie kroch zum Fußende des Bettes und fuhr mit der Zunge über Chris' Zehen. Zwar ekelte es sie an, aber sie versuchte sich ganz fest vorzustellen, er sei einer der Stars, in die sie mal verschossen war.

Chris fing an zu lachen. »He, du! Das ist gut. Das hat noch keine mit mir gemacht.«

»Bleib liegen. Ich will deinen ganzen Körper streicheln, von oben bis unten – damit du merkst, wie sehr ich dich anbete. Immer, egal was du tust. Immer werde ich dich lieben . . . o wie ich dich liebe!« Stöhnend verdoppelte sie ihre Anstrengungen, bis er seinen Orgasmus hatte. Später, als er erschöpft und schweißnaß dalag, meinte er: »Aber, Püppchen, das ist doch nicht fair. Für mich war's 'ne Wucht; bis in die Zehenspitzen. Aber bei dir hat sich doch gar nichts getan.«

»Bist du verrückt? Zweimal! Nur von der Berührung.«

»Im Ernst?«

»Chris, verstehst du denn nicht? Ich liebe dich! Du erregst mich. Wenn ich dich nur anrühre, werd' ich verrückt.«

Er legte den Arm um sie und rubbelte ihr Haar. »Na so was! Ein verrücktes Haus bist du, aber ich mag dich.« Er rülpste und widmete sich wieder seinen Rennergebnissen. Dann, nach einem Blick auf die Uhr: »Herrgott, es ist ja nach vier, und ich muß morgen arbeiten. Es ist besser, du schläfst im anderen Bett. Du mußt früh aufstehen.«

Ethel legte sich in das andere Bett und drehte Chris den Rücken zu. Zähneknirschend sagte sie: »Ich liebe dich, Chris.«

Ethel wußte, daß viele Leute sich fragten, was Chris eigentlich an ihr fand. Sie saßen in der Copa-Bar, Eddie und Kenny rissen Witze, und Ethel zwang sich zu einem Lächeln. An diesem Abend haßte sie Chris mehr denn je. Alles, was Rang und Namen hatte, war bei der Premiere von Ike Ryans neuem Film. Gut, zwischen Amanda und Chris hatte es böses Blut gegeben, aber dann hätten sie doch wenigstens zu Sardi gehen können, wo ein Teil der Premierengäste sich treffen wollte. Aber Chris fühlte sich bei Sardi nicht wohl. Man hatte ihm nur einen der hinteren Tische reserviert. Dieser gemeine Egoist. Ethel schaute auf ihr Kleid. Es war zwei Jahre alt. Als sie etwas von einem neuen Kleid zur Premiere andeutete, hatte Christie die Augen zusammengekniffen. »Was soll der Unsinn? Ich lade dich ständig zum Essen ein, und deine Miete ist nicht hoch. Von hundertfünfzig pro Woche müßtest du dich wie eine Prinzessin kleiden können. Außerdem hat Lou Goldberg gerade neue Aktien für mich gekauft.« Lou Goldberg war Chris' väterlicher Freund, an dessen Rat in allen Dingen er unbedingt glaubte. Alle Geldgeschäfte liefen über ihn, und er sah es als seine Lebensaufgabe an, Chris' Vermögen vernünftig zu verwalten. Er war der einzige Mensch, auf den Chris hörte – und von dem er abhängig war.

Lou Goldberg war die Festung, die es zu nehmen galt. Er kam nächste Woche. Sie mußte ihm um den Bart gehen und ihn überzeugen, daß sie genau die Richtige für Christie war. Ethel klappte ihre Puderdose auf und fuhr sich mit dem Lippenstift über die Lippen. Es wurde wirklich Zeit, daß sie ihre Zähne richten ließ. Sie hatte Chris auf jede erdenkliche Weise zu verstehen gegeben, daß ein Nerzmantel ein wunderschönes Weihnachtsgeschenk sei, aber da war sie bei Chris natürlich auf taube Ohren gestoßen. Jaja, sie würde warten, bis Lou Goldberg in die Stadt kam . . . dann würde sie ihre Geschütze auffahren lassen.

Als der Zahnarzt ihr die Novocain-Spritze gab, fuhr Ethel zusammen, obwohl sie wußte, daß es nicht weh tat. Hinterher entspannte sie sich wieder, und bald kroch ein taubes Gefühl in Lippen und Mund, ja bis zur Nase hinauf. Ethels Traum wurde Wirklichkeit. Sie bekam ihre Jacketkronen, und das verdankte sie Lou Goldberg.

Der Abend mit ihm war erfolgreicher verlaufen, als sie sich je hätte träumen lassen. Allerdings hatte sie es sehr geschickt angefangen. Sie war absichtlich bis zur letzten Minute im Büro geblieben und dann in einem blauen Wollkleid und ihrem Oppossum-Mantel zu Dinty Moore gestürzt. »Tut mir leid, daß ich mich nicht mehr umziehen konnte«, entschuldigte sie sich, »aber Mr. Shine ist der reinste Sklaventreiber. Und ich hätte doch so gern besonders nett für Sie ausgesehen, Mr. Goldberg. Chris hat mir schon so viel von Ihnen erzählt! Mir ist beinahe, als kenne ich Sie schon.«

Goldberg sah gut aus. Er war hochgewachsen, grauhaarig und älter als Christie, dabei aber schlank. Und er hielt sich wie ein junger Mann. Leicht war es nicht gewesen. Anfangs zeigte er sich argwöhnisch und blieb auf der Hut. Ethel zog die arglose, herzliche Platte ab. Alles, was sie sagte, drehte sich um Chris . . . seine Laufbahn, seine Begabung, wie sehr sie seine Karriere bewundere, wie glücklich er sich schätzen könne, einen Mann wie Lou Goldberg als Berater zu haben, und daß er gut daran tue, nicht wie andere Schauspieler mit Tricks eine falsche Fassade aufzubauen. »Alle lieben Chris heute«, sagte sie. »Sie würden ihn auch lieben, wenn er keinen so großen Namen hätte – einfach, weil er so nett ist. Ich bin sicher, daß er überall ankäme. Nur: Für später braucht ein Mann Sicherheit. Wenn er einmal krank wird, dann kümmert sich außer seiner Familie bestimmt niemand um ihn. Und Chris kann froh sein, daß er Sie hat, Mr. Goldberg.«

Goldberg schmolz geradezu dahin. Seine Wachsamkeit ließ nach, er widmete sich Ethel voll Interesse. Bald stellte er Fragen . . . persönliche Fragen. Das bedeutete, daß er Anteil nahm. Ethel gab sich offen und schlicht. Ihre Eltern seien Polen, brave, gottesfürchtige Leute, die jeden Sonntag in die Kirche gingen. Ja, sie lebten noch. Sie wohnten in Hamtramack. Die Behauptung, daß sie ihnen jede Woche fünfzig Dollar schicke, wollte ihr kaum über die Zunge, aber Goldberg schluckte sie glatt. Gott, wenn sie ihren Eltern nur fünfzig pro Monat schickte, würde sich ihr Vater schon pensionieren lassen!

»Das gefällt mir«, lobte Goldberg. »Die meisten Mädchen denken nicht an ihre Eltern und geben ihr ganzes Geld für schöne Kleider aus.«

»Weil sie Eindruck machen wollen«, erklärte Ethel. »Ich hatte auch erst Hemmungen, in diesem Kleid herzukommen. Aber dann habe ich mir gesagt, nach allem, was Chris mir erzählt hat, macht Ihnen das bestimmt nichts aus. Sie durchschauen die Leute sowieso, oder? Chris hat gesagt, Sie sähen schon von weitem, ob an jemandem was dran ist.«

»In der Regel ja«, gab Goldberg geschmeichelt zu. »Und Sie sind ein grundanständiges Mädchen.«

»Vielen Dank«, sagte sie bescheiden. »Seit ich Chris kenne, hat sich mein Leben total verändert. Ich war nicht immer so. Früher habe ich viele Dummheiten gemacht. Aber ich war jung, ich wollte das Gefühl haben, schön zu sein.« Sie lachte. »Ich weiß, daß ich's nie sein werde, heute ist mir das auch egal. Chris' Liebe ist alles, was ich mir wünsche.«

Lou tätschelte ihre Hand. »Sie sehen reizend aus, mein Kind.«

Ethel zeigte die Zähne. »Damit nie.«

»Aber so etwas kann man doch richten lassen«, meinte er. »Die Zahnärzte vollbringen heute wahre Wunder.«

Sie nickte. »Aber das kostet mindestens dreihundert Dollar.«

Lou Goldberg warf Chris einen fragenden Blick zu, Chris wich ihm aus. Ethel tat, als sei das Thema für sie erledigt, und widmete sich wieder ihrem Essen.

»Chris, ich möchte, daß du Ethels Zähne richten läßt«, sagte Lou.

»Mir gefällt sie, wie sie ist.«

»Ihretwegen! Wenn sie das Gefühl hat, nicht gut auszusehen . . .«

So kam es also. Lou hatte eigenhändig den Scheck ausgefüllt.

Ethel lehnte sich zurück. Ihre Mundpartie war jetzt ganz gefühllos. Das hatte sie fein hingekriegt! Und obendrein noch Goldbergs Vertrauen gewonnen. Seitdem war Chris wie ausgewechselt. Er glaubte tatsächlich, sie sei ein neuer Mensch geworden. »Ich komme mir vor wie der liebe Gott«, hatte er gemeint. »Ich habe aus einer Herumtreiberin eine Dame gemacht . . .« Am liebsten hätte sie ihm in sein blödes, selbstgefälliges Gesicht geschlagen, aber sie drückte ihm lächelnd die Hand . . . Jedenfalls bekam sie jetzt ihre Zähne, und sie würden sogar noch rechtzeitig zum Abendessen im Waldorf fertig sein. Natürlich, von einer Ehe mit Christie war sie noch ein gutes Stück entfernt. Zwar wurde hier und da in den Klatschspalten angedeutet, daß sie verlobt seien, doch nach wie vor war Heirat das letzte, woran Chris dachte. Ethel hatte schon mit dem Gedanken gespielt, schwanger zu werden, aber die wenigen Male, da er sich tatsächlich die Mühe machte, aktiv zu werden, hatte er ein Kondom benutzt. Meistens lag er träge da und überließ Ethel die Initiative. Er glaubte wahrhaftig, es genüge ihr, ihn zu berühren, um zum Orgasmus zu kommen .. Na ja, wenigstens hatte sie jetzt ihre Zähne und Goldbergs Wohlwollen. Das war ein guter Anfang. Und fürs Dinner würde sie sich ein neues Kleid kaufen.

Das Dinner im Waldorf glich allen früheren Dinners im Waldorf aufs Haar. Dan Miller erschien in Begleitung einer seiner präsentableren Freundinnen. Da Robin Stone nicht kam, blieben zwei Plätze am Tisch frei. Das einzig Bemerkenswerte an dem Abend war der Augenblick, in dem Ethel Mrs. Gregory Austin vorgestellt wurde! Das geschah, während sie an der Garderobe auf ihre Mäntel warteten. Ethel war ausgesprochen zurückhaltend, Mrs. Austin ausgesprochen charmant; sie machte Chris ein Kompliment über seine Show.

Als Chris sich an jenem Abend auszog, schwelgte er in der Erinnerung an diesen ruhmreichen Augenblick. »Hast du gehört? Gregory Austin kam persönlich zu mir und hat mir gesagt, wie großartig ich sei! Sogar seiner Frau gefalle ich. Das hat sie selbst gesagt. Weil ich einmalig bin!«

»Sie würde ihre gute Meinung von dir sehr bald ändern, wenn sie wüßte, wie du mich bei Herbie Shine schuften läßt.«

»Wenn ich dich aushielte, wäre sie erst recht schockiert«, brummte er. »Arbeit schändet nicht.«

»Ha! Alle Welt weiß, daß du mit mir schläfst. Man glaubt, du seist zu geizig, um jemanden auszuhalten.«

»Niemand sagt, daß ich geizig bin.«

»Ich selber bin der lebende Beweis dafür. Ein halbes Jahr sind wir jetzt zusammen. Man lacht schon über meine Kleider – aber das ist nicht an meine, sondern an deine Adresse gerichtet.«

Als sie sah, daß ihm Zornesröte ins Gesicht stieg, glaubte sie, zu weit gegangen zu sein, und gab ihrer Stimme einen weichen Klang. »Schau, mir ist es egal, ob du mir was schenkst oder nicht. Aber dieser Herbie macht mich krank. Andauernd ist er am Sticheln, du seist geizig, sonst würdest du mich nicht in so einem Büro arbeiten lassen. Und es ist wirklich eine Bruchbude, Chris. Ich finde es verkehrt, daß er für dich die Presse macht und du ihm noch dreihundert Dollar die Woche dafür bezahlst.«

»Hundertfünfzig. Die anderen hundertfünfzig kriegst du ja.«

»Glaubst du! . . . Ich muß laufend andere Sachen für ihn machen. Und du bezahlst dafür.«

»Dieses Schwein«, sagte er leise.

»Chris, ich habe eine wundervolle Idee. Engagier mich und schick Herbie zum Teufel! Gib mir zweihundert die Woche – das sind hundert weniger, als du Herbie zahlst. Du sparst dran, und ich arbeite nur für dich. Ich kenne die ganzen Presseleute und verkaufe ihnen, was du willst. Außerdem wäre ich immer zur Stelle, wenn du mich brauchst. Letzte Woche zum Beispiel, als wir in der Copa-Bar saßen, mußte ich schon um zwölf nach Hause, weil Herbie mich am nächsten Morgen in aller Herrgottsfrühe für irgendeine andere Sache brauchte. Wenn wir es so machen, wie ich vorschlage, kann Herbie nicht dein Geld einstecken und sich heimlich ins Fäustchen lachen.«

»Dieses Dreckstück! – Okay, Puppe: Ich engagiere dich. Ich habe Herbie bis Ende dieser Woche bezahlt. Hol dir am Freitag dein Geld und sag ihm, er soll mich am Arsch lecken.«

Sie sprang zu ihm ins Bett und bedeckte sein Gesicht mit Küssen. »O Chris, ich liebe dich! Du bist mein Abgott, mein Leben!«

»Okay, ans Werk. Mach' deinen Herrn und Meister glücklich.«

Nachdem sie Chris befriedigt hatte, überflog sie rasch die Morgenzeitungen. Die *Daily News* brachte auf Seite drei ein großes Foto von Amanda, wie sie auf einer Tragbahre ins Krankenhaus eingeliefert wurde. Ike Ryan ging nebenher und hielt ihre Hand. Selbst auf der Tragbahre sah diese Frau schön aus. Aufmerksam las Ethel den Text. Amanda war auf einer Party zusammengebrochen. Die Diagnose lautete auf innere Blutungen auf Grund eines Magengeschwürs. Ihr Zustand war als zufriedenstellend bezeichnet. Ethel versteckte die Zeitung. Chris hatte Amanda schon lange nicht erwähnt. Offensichtlich hatte er die Enttäuschung überwunden. Wie Robin Stone wohl zumute gewesen war, als Amanda einen anderen heiratete? Ethel mußte an die zwei leeren Stühle heute abend denken. Der Mann hatte Nerven! Einfach wegzubleiben!

17

Robin hatte ursprünglich kommen wollen. Er hatte Tina, der neuen Eroberung von Century Pictures, gesagt, sie solle sich auf acht Uhr bereithalten. Er hatte sogar einen Wagen bestellt. Eigentlich war er froh, daß er letzte Woche zu dieser Premiere gegangen war, obschon er sich für gewöhnlich lieber um solche Anlässe drückte. Doch er hatte wieder über seinem Buch gesessen und während Wochen jede Nacht daran gearbeitet. Ein wenig Entspannung war ihm nur willkommen. Und Gott hatte Tina St. Claire zu genau diesem Zweck geschaffen. Sie war eine schöne, hohlköpfige Idiotin und zur Premiere ihres Films nach New York gekommen. Zwar hatte sie in diesem Streifen nur eine kleine Rolle gespielt. Doch da gerade keiner der Hauptdarsteller verfügbar war, fiel Tina St. Claire die Verbeugungstour zu. Von dieser Gelegenheit hatte sie denn auch ausgiebig profitiert – in San Francisco, Houston, Dallas, St. Louis, Philadelphia und schließlich in New York. Die Filmgesellschaft hatte sie mit einem Presseagenten, einer vom Studio geliehenen Garderobe und einer Suite im St. Regis ausstraffiert, die sie jedoch kaum zu sehen bekam. Höhepunkt war die New Yorker Premiere mit anschließender Party gewesen, bei welchem Anlaß ihr der Presseagent eine Rückflugkarte (Touristenklasse) nach Los Angeles in die Hand gedrückt hatte mit der Anweisung, das Hotel bereits am folgenden Tag zu verlassen.

Tina war darüber untröstlich gewesen. Nach zwei Bourbon mit Coke hatte sie auf der Party Robin getroffen und ihm ihr Leid geklagt. Und nach zwei weiteren Bourbon mit Coke zog sie aus dem St. Regis aus und in seine Wohnung ein. Eine Woche lang lebte Robin mitten in einem Durcheinander von Wimperntusche, Augenschatten und Make-up. Er konnte nicht begreifen, daß ein Mädchen, um frisch und natürlich auszusehen, so viel Zeug in sein Gesicht schmieren mußte. Sie hatte mehr Farbpinsel als ein Maler. Es war ihm nichts anderes übriggeblieben, als sein Manuskript ins Büro mitzunehmen, denn Tina hatte behauptet, es gäbe nirgends so gutes Licht, um sich ihre falschen Wimpern anzukleben, wie an seinem Schreibtisch. Eigentlich gefiel es ihm ganz gut, im Büro zu arbeiten. Wenn er von fünf bis sieben das Telefon abstellte, konnte er eine ganze Menge verrichten.

Er zog das Blatt aus der Schreibmaschine und schaute auf die Uhr. Viertel vor sieben. Zeit, zusammenzupacken. Tina würde in vier Tagen abreisen, und dann konnte er wieder zu seiner nächtlichen Arbeit in der Wohnung zurückkehren. Sie war ein Teufelsmädchen. Dennoch bedauerte er es nicht, daß ihr Aufenthalt bald zu Ende ging. In mancher Beziehung war sie ihm ebenbürtig. Unersättlich im Bett, stellte weder Fragen noch Ansprüche.

Er legte das Manuskript weg und zündete sich eine Zigarette an. Große Lust auf dieses Abendessen im Waldorf verspürte er nicht.

Da es sich aber um eine von Mrs. Austins Wohltätigkeitsveranstaltungen handelte, mußte er erscheinen. Nun, er würde gleich nach den Tischreden mit Tina verduften. Er hatte ihr einen Abend im El Morocco versprochen. Das Lokal war zwar nicht nach seinem Geschmack, aber einen Besuch wenigstens war er der kleinen Nymphomanin schuldig! Er beschloß, sich im Büro zu rasieren, denn Tina hatte auch im Badezimmer einen ihrer Brückenköpfe errichtet. Sie bewahrte dort ihre Nachtcremes und Duschutensilien auf. Er stöpselte den Rasierapparat ein und schaltete auf die Siebenuhrnachrichten im Fernsehen um.

Er war eben mit dem Rasieren fertig, als Andy Parino ins Bild kam. Aufgeregt berichtete er über einen neuen Fall von fliegenden Untertassen. Robin hörte nur mit halbem Ohr hin, bis die Bilder des Flugobjekts gezeigt wurden. Sie waren verzerrt, sahen aber unerhört echt aus. Robin ging näher an den Apparat heran . . . er hätte schwören können, daß an dem verdammten Ding sogar Fenster zu erkennen waren.

»Das Pentagon behauptet, es handle sich um einen Wetterballon«, ließ sich Andys spöttische Stimme vernehmen. »Wenn das stimmt, warum hat man dann einen Sonderbeauftragten hergeschickt, um den Fall zu überpüfen?«

Robin war fasziniert. Er rief Andy an, gratulierte ihm und fragte nach näheren Einzelheiten.

»Es ist genauso, wie ich's in der Sendung gesagt habe«, erklärte Andy.

»Du hast das prima gemacht, mein Junge. Wer hat den Text geschrieben?«

Einen Augenblick blieb es still. Dann sagte Andy: »Maggie Stewart. Ich hab' dir schon von ihr erzählt.«

»Scheint ein tüchtiges Mädchen zu sein. Was habt ihr für Wetter?«

»Strahlender Sonnenschein. Zwanzig Grad Wärme. Komm' doch ein paar Tage 'runter, um dich zu erholen.«

»Ich wollte, ich könnte.«

»Überleg's dir. – Ich muß jetzt Schluß machen. Wir haben den Lehrer, der die fliegenden Untertassen gesehen hat, zum Essen eingeladen. Könnte mir denken, daß wir noch eine hübsche Geschichte herausholen . . . vielleicht für den Sonntagnachmittag.«

»Warte mal! Das wäre doch ein Knüller für die ›Schlagzeilen‹.«

»Soll ich dir das ganze Material schicken?« fragte Andy.

»Nein, ich komme selbst. Ich will mit dem Lehrer reden.«

»Bestens! Er steht dir zehn Tage zur Verfügung. Er hat nämlich Weihnachtsferien.«

Robin lachte. »Ich nehme nur deinen guten Ratschlag an: Ich brauche ein paar Tage Sonne.«

»Wann kommst du?«

»Heute nacht.«

»Gut, dann bestelle ich dir ein Apartment im Diplomat. Das Hotel liegt ganz in meiner Nähe und hat einen großen Golfplatz. Und zum Flughafen schicke ich dir einen Wagen.«

»Dann sehen wir uns um halb eins?«

»Nein, Robin. Du siehst eine leere schwarze Limousine. Ich bin mit Maggie verabredet.«

Robin lachte. »Lebt ihr zusammen?«

»Wenn du Maggie kennenlernst, wirst du begreifen, daß diese Frage völlig abwegig ist. Wir wohnen nicht mal im selben Haus.«

»Nichts für ungut, Andy. Also dann bis morgen früh.«

Es war Viertel nach acht, als Robin seine Wohnungstür öffnete. Tina stand im Abendkleid da und hatte ihr langes rotes Haar nach griechischer Manier hochgesteckt.

Er ging geradewegs ins Schlafzimmer und holte einen Koffer aus dem Schrank. Tina folgte ihm.

»Ich muß nach Miami«, sagte Robin.

»Wann?«

»Heute nacht. Kommst du mit?«

Tina zog eine verächtliche Schnute. »Du vergißt wohl, mein Süßer, daß ich in Los Angeles lebe. Es unterscheidet sich von Miami einzig durch seinen Nebel.«

Verwundert blickte sie ihm nach, als er zum Telefon ging und einen Platz im nächsten Flugzeug reservieren ließ.

»Robin, du kannst doch nicht einfach so abhauen. Und das Abendessen bei deinem Chef?«

»Ich werde morgen ein Telegramm schicken und mich gebührend entschuldigen.« Er ergriff den Koffer, nahm den Mantel und ging auf die Tür zu. Plötzlich besann er sich, stellte das Gepäck nochmals ab und warf eine Handvoll Geldscheine auf den Tisch. »Das sind ungefähr hundert Dollar.«

»Wann kommst du zurück?«

»In etwa drei bis vier Tagen.«

Sie lächelte. »Oh – dann bin ich ja noch da.«

Er sah sie an. »Lieber nicht.«

Bestürzt starrte sie ihm ins Gesicht. »Ich dachte, du magst mich.«

»Komm schon, Baby. Nimm mal an, wir hätten uns auf einer Vergnügungsfahrt in der Karibischen See getroffen. Nun läuft das Schiff im ersten Hafen ein, und du steigst aus.«

»Und was tust du, wenn ich nicht aussteige?«

»Dich über Bord werfen.«

»Nein!«

Er grinste. »Aber sicher. Das Schiff gehört mir.« Er küßte sie auf die Stirn. »Noch vier Tage – dann ist Schluß!«

Der Wagen erwartete Robin am Flughafen. Die Hotelsuite war genau das richtige, sogar Wodka und Eis waren vorhanden. Andy hatte ihm einen Zettel hingelegt: »Rufe dich morgen früh an. Schlaf gut, Andy.«

Er ließ sich die Lokalzeitungen heraufbringen, schenkte sich einen Wodka ein und machte es sich im Bett bequem. Sein Blick fiel auf das Foto eines Mädchens, das ihm vertraut entgegenlächelte . . . Amanda. Es war eine Modeaufnahme. Amanda hatte den Kopf zurückgeworfen, eine Windmaschine ließ ihr Haar flattern. Unter dem Bild stand: »Berühmte Fotoschönheit aus Miami erkrankt.« Robin überflog den Artikel und meldete ein Gespräch nach Los Angeles an.

»Ist es ernst?« fragte er, als Ike an den Apparat kam.

»Bei ihr ist jede Sekunde ernst. Du weißt: Seit vergangenem Mai lebt sie auf Abruf.«

»Ich meine, ist es . . .« Robin sprach nicht weiter.

»Nein, es ist noch nicht das Ende. Ich habe gelernt, mit dem Tod zu leben. Ich bin jeden Tag selbst ein bißchen gestorben. Und soll ich dir etwas sagen, Robin? Ich bin zum erstenmal in meinem Leben richtig verliebt. Alles, was ich besitze, gäbe ich dafür, wenn ich sie retten könnte.« Ike verlor die Beherrschung und fing an zu schluchzen. »Ich habe sie aus widerlichen, egoistischen Gründen geheiratet. Aber heute liebe ich sie, Robin.«

»Kann ich irgend etwas für dich tun, Ike?« Einen Mann wie Ike Ryan weinen zu hören, machte Robin zutiefst verlegen. »Ich wohne im Hotel Diplomat in Miami Beach. Du kannst mich jeden Abend anrufen.«

»Weißt du, was mir gerade einfällt? Ich werde mit Amanda das großartigste Weihnachtsfest feiern, das sie je erlebt hat. Robin, ich möchte, daß du auch kommst. Du mußt. Ich ziehe eine ganz große Fete auf.«

Robin schwieg. Er haßte Krankheit . . . Amanda gegenüberzutreten mit dem Wissen . . .

Ike spürte, daß er zögerte. »Das ist wohl sehr egoistisch von mir«, sagte er. »Du feierst vermutlich im Kreise deiner Familie. Ich dachte nur, Amanda jede erdenkliche Freude, ihr jede Sekunde kostbar zu machen.«

»Ich komme«, sagte Robin.

MAGGIE

18

Um zwei Uhr morgens lag Maggie Stewart noch wach. Sie hatte ein ganzes Päckchen Zigaretten geraucht. Drei Stunden lang war sie zwischen dem Wohnzimmer und der kleinen Terrasse mit Blick auf die Bucht von Miami hin und her gewandert. Sie liebte den Blick auf die Bucht. Der Ozean dehnte sich weit und leer hinter dem lebhaften Hafen. Große Jachten, deren Lichter schimmernde Reflexe auf das dunkle Wasser warfen, lagen dort. Maggie beneidete die Leute, die still und zufrieden auf den Schiffen schliefen, sanft geschaukelt von den plätschernden Wellen – wie in einer großen Wiege. Sie umklammerte das Terrassengeländer, bis ihre Knöchel weiß wurden.

Robin Stone war hier! In Miami! Morgen würden sie einander gegenüberstehen. Was würde sie sagen? Was würde er sagen? Seltsam, zum erstenmal seit beinah anderthalb Jahren dachte sie wieder an ihren Mann; bis jetzt hatte sie jeden Gedanken an ihn verdrängt. Schon vor langer Zeit, gleich nach der Hochzeit, hatte sie gelernt, daß es besser war, Leid und Unglück aus der Erinnerung zu verbannen. Je mehr man daran dachte, desto schwerer überwand man es. Doch in dieser Nacht ließ sie die Gedanken zurückschweifen, sah sie deutlich das Bild Hudson Stewarts vor sich, sein Lächeln, das allmählich bitter und zum Schluß erschreckend häßlich geworden war. Es war das letzte gewesen, was sie von ihm gesehen hatte, bevor sie das Bewußtsein verlor – dieses schreckliche Lächeln. So lange schien es schon her zu sein, daß sie als Mrs. Hudson Stewart III. in dem großen Haus gelebt hatte. Warum mußten Frauen sich nach der herrschenden Moral richten, während man Männern alles verzieh? Aber so war es nun mal. Früher. Heute nicht mehr. Heute lebte sie nach ihrer eigenen Moral.

Sie hatte Hudson mit zwanzig Jahren geheiratet. Offiziell waren es drei Jahre gewesen. Es fiel ihr schwer, sich daran zu erinnern, was damals in ihr vorgegangen war. Maggie hatte immer Schauspielerin werden wollen. Diesen Traum träumte sie seit ihrer Kindheit, seit sie zum erstenmal Rita Hayworth im Kino gesehen hatte. Später, nach ihrem ersten Theatereindruck, nahm der Traum feste Umrisse an. Die lebenden Schauspieler auf der Bühne ließen alles, was im Film geschah, blaß und unwirklich erscheinen. So eine

Schauspielerin wollte sie auch werden, und mit zwölf Jahren verkündete sie diesen Entschluß bei Tisch. Ihre Eltern lächelten. Maggie ließ sich nicht beirren und schloß sich noch während ihrer Schulzeit einer Laienspielgruppe an. Statt zum Tanzen zu gehen, verbrachten sie ihre Wochenenden mit Tschechow und anderer Lektüre. Den ersten großen Krach gab es, als sie erklärte, sie wolle nicht aufs College, sondern nach New York, um Schauspielunterricht zu nehmen. Ihre Mutter brach in einen Weinkrampf aus. »O Maggie«, schluchzte sie, »das kannst du mir doch nicht antun. Du bist am Vassar-College angenommen worden, und du weißt, wie sehr ich mich eingeschränkt und gespart habe, damit du eine gute Schulbildung bekommst!«

»Ich will aber nicht aufs College. Ich will Theater spielen!«

»In New York zu leben, kostet Geld ... es kann mehr als ein Jahr dauern, bis du Arbeit findest. Wovon willst du leben?«

»Gib mir die Hälfte von dem, was das College kosten würde.«

»Nicht einen Penny gebe ich dir! Damit du in New York mit Schauspielern und gräßlichen alten Männern herumschläfst, die ein Theaterstück produzieren? Das ist doch immer dasselbe.«

»Grace Kelly ist auch nach New York gegangen ... sie war ein anständiges Mädchen.«

Ihre Mutter blieb unerbittlich. »Die Kelly war eine unter Tausenden und noch dazu reich. O Maggie, ich konnte nie aufs College gehen, und dein Vater hat sich mühsam hocharbeiten müssen. Wir haben davon geträumt, unserer Tochter einmal die beste Schulbildung mitzugeben. Ich mache dir einen Vorschlag. Geh nach Vassar. Wenn du deinen Abschluß machst, bist du erst einundzwanzig. Dann kannst du immer noch nach New York.«

Maggie hatte nachgegeben. Während des letzten Schuljahres lernte sie Hudson kennen. Sie fand ihn ganz passabel, ihre Mutter dagegen war fast aus dem Häuschen vor Begeisterung. »Maggie, der Traum meines Lebens erfüllt sich! Hudson kommt aus einer der ersten Familien Philadelphias. Und so viel Geld. Hoffentlich sind Stewarts mit uns einverstanden. Immerhin ist dein Vater Arzt, und wir haben einen guten Namen.«

»Ich habe mich erst zweimal mit ihm getroffen, Mutter, und ich möchte trotzdem nach New York.«

»New York!« Die Stimme ihrer Mutter wurde schrill. »Nun hör mir mal gut zu, mein Fräulein: Schlag dir diesen Gedanken ein für allemal aus dem Kopf. Ich habe für deine Schulbildung gespart, und als du mir erzählt hast, daß du mit Lucy Fenton zusammen wohnst, da habe ich gewußt, daß du in den richtigen Händen bist und die richtigen jungen Männer kennenlernen würdest!«

»Und ich gehe doch nach New York!«

»Wovon willst du leben?«

»Ich werde schon Arbeit finden, und dann versuche ich mein Glück als Schauspielerin.«

»Und darf man fragen, welche Art von Arbeit du dir suchen willst? Du kannst nicht Maschine schreiben. Du kannst gar nichts. Nie hätte ich erlauben sollen, daß du dich auf der Schule dieser Laiengruppe anschließt. Aber ich dachte ja, das wäre nur so eine Marotte von dir. Und bilde dir nicht ein, daß ich nicht bemerkt hätte, wie du diesen Ausländer angehimmelt hast.«

»Adam ist in Philadelphia geboren.«

»Dann sollte man ihn mal in die Badewanne stecken und zum Friseur schicken.«

Maggie war überrascht, daß ihre Mutter sich noch an Adam erinnerte. Sie hatte ihn nie erwähnt. Er gehörte zu der Laiengruppe, war dann nach New York gegangen und eben in dieser Saison mit einer echten Broadway-Show nach Philadelphia gekommen. Natürlich war es nur ein Tournee-Theater, und Adam war nur Regieassistent. Immerhin, er hatte es geschafft. Er war ein Profi. Das Stück lief drei Monate, und sie sahen sich jedes Wochenende. Selbst Lucy fand ihn hinreißend. Nach der vorletzten Aufführung bat er Maggie, mit in sein Hotel zu kommen. Erst zögerte sie, doch dann hängte sie sich bei ihm ein und sagte: »Ich bleibe heute nacht bei dir, weil mir klargeworden ist, daß ich mein ganzes Leben lang bei dir bleiben möchte. Wir können aber erst heiraten, wenn ich mit dem College fertig bin. Meine Mutter fällt sowieso in Ohnmacht. Sie hat nie geglaubt, daß ich wirklich nach New York gehen und Schauspielerin werden will. Ich muß ihr wenigstens den Gefallen tun und den Abschluß machen.«

Adam nahm ihr Gesicht in beide Hände. »Maggie, ich habe dich wirklich wahnsinnig gern . . . aber heiraten? Sieh mal, ich wohne in New York im Village mit zwei Kollegen zusammen. Die meiste Zeit lebe ich von der Arbeitslosenunterstützung. Ich kann mir nicht mal eine eigene Wohnung leisten, geschweige denn eine Frau.«

»Soll das heißen, daß du mit mir schlafen und dann verschwinden willst?«

Er lachte. »Ich verschwinde nach Detroit, dann nach Cleveland, dann nach St. Louis und dann zurück nach New York, und ich hoffe nur, daß mein Agent mir für den Sommer einen neuen Job aufgetan hat. Ich möchte in die Regie hineinkommen – das bedeutet eine drittklassige Bühne und kein Geld. Ja, Maggie, ich gehe auf und davon. Ein Schauspieler ist immer auf Achse. Aber ich lasse dich nicht sitzen. Das ist ein Unterschied. Wir wollen immer in Verbindung bleiben.«

»Und wie sieht unser Leben dann aus? Was haben wir voneinander?«

»So viel, wie zwei Menschen voneinander haben können, die sich beim Theater durchkämpfen wollen. Ich mag dich, vielleicht liebe ich dich auch. Aber in unserem Beruf kann man keine Pläne machen. Wir haben keine festen Bürostunden mit einem festen Monatsgehalt. Keine Zeit für Babys, keine nette Wohnung. Ich find's prima, wenn du nach New York kommst. Dann zeig' ich dir die Tricks und bring' dich zu meinem Agenten. Vielleicht können wir sogar zusammenziehen.«

»Und was ist mit Heiraten?«

Er strich ihr zärtlich übers Haar. »Geh nicht aus Philadelphia fort, Maggie. Nicht, wenn du so denkst. Entweder bist du eine Schauspielerin, oder du bist eine Frau.«

»Kann ich nicht beides sein?«

»Nicht mit einem Schauspieler als Mann. Das würde nicht gutgehen. Schauspieler und Schauspielerinnen sind von ihrem Beruf besessen. Sie hungern ... sie arbeiten ... sie träumen ...«

»Verlieben sie sich nicht?« fragte sie.

»Ständig. Und wenn sie verliebt sind, schlafen sie miteinander. Aber wenn ein Job kommt, der sie trennt – na ja, dann läßt es sich eben nicht ändern. Eine Schauspielerin fühlt sich nie einsam, weil das, was man Talent nennt, in ihr brennt und sie ausfüllt.«

»Ich möchte mit dir schlafen, Adam«, sagte sie.

Er schwieg. »Hast du schon mal einen Mann gehabt?«

Sie sah ihn herausfordernd an. »Noch bin ich keine von deinen Schauspielerinnen, die innerlich verbrennen. Noch habe ich ein hübsches Schlafzimmer ganz für mich allein.«

»Dann wollen wir's dabei lassen. Besuch' mich, wenn du nach New York kommst.«

Als aber der Tag der Hochzeit immer näher rückte, begriff sie, und die sechs Monate, die sie zusammen verlebten, waren so aufregend, daß sie kaum Zeit fand, sich über ihre Gefühle klarzuwerden. Maggie versuchte, sich nicht von der überschwenglichen Begeisterung ihrer Mutter anstecken zu lassen. Aber der Wirbel, den

Hudson veranstaltete, riß sie einfach mit: der *Country Club*, der erste Besuch einer Rennbahn, die Ferienwochen in Ocean City als Gast von Mr. und Mrs. Hudson Stewart II.

Im September gaben sie ihre Verlobung bekannt. Hudson schenkte ihr einen siebenkarätigen Diamantring. Ihr Bild erschien im *Inquirer* und im *Bulletin*. Maggie »ging mit«, als spielte sie in einem Theaterstück und Hudson wäre ihr Partner. Nach dem dritten Akt würde der Vorhang fallen, der Applaus brandete, und alles wäre vorüber.

Als aber der Tag der Hochzeit immer näherrückte, begriff sie plötzlich, daß sie, wenn der Vorhang fiel, Mrs. Hudson Stewart III. sein würde. Merkwürdigerweise sah sie dem Termin mit Gelassenheit entgegen – bis zu dem Tag, etwa eine Woche vor der Hochzeit, an dem sie sich mit Lucy zum Essen verabredete.

Sie saßen im Warwick und sprachen über das bevorstehende Ereignis, als Lucy beiläufig erwähnte: »Hast du mal wieder etwas von diesem Schauspieler Adam gehört? Ich sah ihn neulich im Fernsehen. Er hat einen markanten Kopf. Juden sollen ja phantastisch sein.«

»Juden?« Das war ihr nie aufgegangen.

»Adam Bergman«, erinnerte Lucy sie. »Ich weiß noch, wie er eines Abends erzählt hat, sein Agent habe ihm vorgeschlagen, den Namen zu ändern, weil Bergman zu jüdisch klinge – du warst wahrscheinlich so verliebt, daß du gar nicht richtig zugehört hast. Adam wollte aber nicht. Er meinte, bei Ingrid Bergman habe es ja auch nicht geschadet.« Als Maggie darauf nichts erwiderte, fuhr Lucy fort: »Ja, so ist das im Leben; wir verlieben uns alle in den falschen Mann. Solange man wenigstens den richtigen heiratet, mag es noch hingehen – ich meine, um versorgt zu sein und Kinder zu kriegen. Das gilt ja besonders für dich . . . du kriegst für jedes Baby eine Million. Hudsons Schwester hat auf diese Weise schon zwei Millionen kassiert, und zwar innerhalb von zwei Jahren. Bud und ich erben erst beim Tode meines Vaters.«

»Aber du liebst Bud doch, oder?«

»Er ist ein netter Kerl.«

»Nett?« Maggie konnte ihre Überraschung nicht verbergen.

Lucy lächelte. »Ich bin nicht so hübsch wie du. Ich habe nur meinen Familiennamen und einen Haufen Geld.«

»Aber Lucy, dafür bist du . . .«

»Sag' bitte nicht ›eine Persönlichkeit‹ oder daß ich klug sei«, unterbrach Lucy sie lächelnd. »Ich bin klug, und so schlecht sehe ich nun auch wieder nicht aus. Darum bin ich ja mit dir in eine Bude gezogen. Ich dachte, wenn ich mit dem schönsten Mädchen vom College zusammen bin, fällt etwas von ihren Erfolgen für mich ab. Übrigens lernte ich in jenem Sommer Harry kennen. Er verdiente sich in Ocean City Geld als Hotelportier. Kannst du dir vorstellen, daß meine Mutter mich einen Harry Reilly heiraten läßt, der in Bronx wohnt und auf die Uni von New York geht? Er hat mir ja auch gar keinen Antrag gemacht. Im Herbst lernte ich dann Bud kennen, und nun ist meine Mutter natürlich selig. Ich eigentlich auch ... wir werden ein schönes Leben haben. Aber die zwei Monate mit Harry kann mir niemand nehmen.«

»Willst du damit sagen, daß ...?«

»Natürlich haben wir miteinander geschlafen. Adam und du etwa nicht?«

Maggie schüttelte den Kopf.

»Großer Gott, Maggie, du bist ein Idiot! Warum denn nicht? Eine Frau sollte wenigstens einmal im Leben mit einem Mann ins Bett gehen, in den sie wahnsinnig verliebt ist.«

»Was sagst du Bud? Ich meine, daß du nicht mehr ...«

»Das sind doch überholte Vorstellungen! Ich werde Bud erklären, das sei bei einer ärztlichen Untersuchung passiert.«

»Aber er merkt's doch an deiner Reaktion.«

»So etwas kann man vortäuschen. Ich brauche mich ja nur daran zu erinnern, wie es das erstemal mit Harry war. Ich werde mich ungeschickt anstellen, ein bißchen jammern und mich verkrampfen – das klappt schon. Soll ich dir was sagen? Ich habe nicht mal bei Harry geblutet. Er kam nur schwer 'rein – das hängt wahrscheinlich mit dem Hymen zusammen. Dem armen Kerl sind zwei Pariser geplatzt. Und Buddy werde ich's das erstemal auch recht schwermachen.«

Maggie brauchte Hudson nichts vorzumachen. Sogar die Schmerzen waren da. Hudson hatte rücksichtslos versucht, sofort in sie einzudringen. Es tat weh ... und die ganze Sache war ihr widerlich. In der zweiten Nacht war es das gleiche und in der dritten auch. Sie fuhren mit der »Liberté« nach Paris, wo sie ihre Flitterwochen verleben wollten. Obwohl sie eine Luxuskabine hatten, fühlte Maggie sich unwohl. Sie nahm Mittel ein, die sie in einen leicht benebelten Zustand versetzten. Vielleicht würde es besser, wenn sie an Land gingen. Im Hotel George V. in Paris wurde es eher noch schlimmer. Hudson, der übermäßig trank, fiel Abend für

Abend über sie her, ohne auch nur den Versuch einer zärtlich-liebevollen Umarmung zu machen. Er befriedigte sich und fiel gleich danach in tiefen Schlaf.

Als sie nach Philadelphia zurückkehrten und in das schöne Haus bei Paoli eingezogen, glaubte sie, die Dinge würden sich ändern. Hudson ging wieder seinen Geschäften nach, Maggie stellte Personal ein, gab Abendempfänge, nahm Golfunterricht und widmete sich verschiedenen wohltätigen Aufgaben. Ihr Name erschien in sämtlichen Klatschspalten. Sie war der aufgehende Stern in den Gesellschaftskreisen Philadelphias. Hudson besprang sie wie ein Hengst planmäßig jede Nacht. Nie hielt er sich damit auf, sie zu küssen oder ihren Körper zu liebkosen. Anfangs hatte Maggie geglaubt, sie mache etwas falsch, weil sie nicht zum Orgasmus kam, doch als die Monate dahingingen, ohne daß sich etwas änderte, gab sie die Hoffnung auf. Vorsichtig brachte sie bei Lucy das Gespräch darauf. Die meinte achselzuckend: »Manchmal klappt's bei mir, manchmal nicht. Ich stöhne aber jedesmal und tue so, als sei es wundervoll. Wie ist es denn mit Hudson?«

»Phantastisch«, erwiderte Maggie schnell, »aber immer klappt es auch nicht.«

»Ich hatte den letzten Orgasmus vor drei Monaten, bin aber jetzt trotzdem im zweiten Monat schwanger. Also hat das mit dem Kinderkriegen offensichtlich nichts zu tun. Ich würde dir raten, darauf zu achten, daß Hudson nicht so viel trinkt; sonst könnte er vorübergehend impotent werden.«

Maggie glaubte, wenn sie ein Kind bekäme, würde sich ihr Verhältnis zu Hudson ändern. Nach außen hin schien alles gut. Ihr Mann behandelte sie höflich, und wenn sie tanzten, hielt er sie eng umschlungen; doch sobald sie allein waren, hatten sie sich nichts mehr zu sagen.

Nach knapp einjähriger Ehe erfuhr sie von Sherrys Existenz. Hudson war in den beiden letzten Monaten häufig geschäftlich nach New York gereist. Eines Abends zog Maggie sich im Schlafzimmer zum Abendessen um, ihr Mann wartete unten. Da klingelte das Telefon. Sie wußte, das Mädchen würde abheben, und da sie sich verspätet hatte und nervös mit ihrer Frisur beschäftigt war, ließ sie es läuten. Doch es ging niemand an den Apparat, und als sie sich schließlich entschloß, selbst abzuheben, tat sie es durch einen jener schicksalhaften Zufälle genau in dem Augenblick, da Hudson unten den Hörer gleichfalls abnahm. Maggie wollte schon wieder auflegen, als sie eine weibliche Stimme flüstern hörte: »Huddie? Ich mußte dich unbedingt anrufen.«

Seltsam ruhig hörte sie sich das Gespräch an. Auch Hudsons Stimme klang verschwörerisch. »Herrgott noch mal, Sherry, ich habe dir ausdrücklich verboten, mich zu Hause anzurufen!«

»Huddie . . . es ist wichtig!«

»Hätte es nicht bis morgen Zeit gehabt? Ruf mich im Büro an.«

»Ich kann aus dem Geschäft kein Ferngespräch führen. Nicht wegen der Gebühren, sondern weil meine Kolleginnen zuhören. Ist deine Frau in der Nähe?«

»Sie muß jeden Augenblick herunterkommen. Was willst du?«

»Huddie, der Test ist positiv: Ich kriege ein Kind.«

»Herrgott, schon wieder?!«

»Ich kann doch nichts dafür, wenn das Pessar sich verschiebt – und du willst ja nichts nehmen.«

»Hast du noch den Arzt in Jersey?«

»Ja, aber er hat den Preis auf tausend Dollar erhöht.«

»Na schön, laß es machen.«

»Huddie, er will Bargeld. Ich bin nächsten Montag zu ihm bestellt.«

»Ich komme Sonntag nach New York und gebe dir das Geld . . . nein, es ist besser, ich komme in der Woche, sonst schöpft Maggie Verdacht. Also Donnerstag um acht bei dir. Wenn meine Frau nur halb so fruchtbar wäre wie du! Dein Baby kostet mich tausend, ihrs brächte mir eine Million.«

Er legte auf. Maggie wartete, bis auch das Mädchen aufgelegt hatte, dann hängte sie langsam den Hörer ein. Sie war wie betäubt. Sie wurde betrogen! Zwar hatte sie gehört, daß es anderen passierte, aber daß es auch ihr passieren konnte, schien ihr unvorstellbar. Aber was sollte es, wenn sie ihren Mann zur Rede stellte? Sie war zweiundzwanzig und hatte keinen Beruf erlernt. In Philadelphia war eine geschiedene Frau eine einsame Frau. Sie hatte keine Wahl. Wohin hätte sie gehen sollen?

Darum schwieg sie und schloß sich einer kleinen Theatergruppe an. Hudson hatte nichts dagegen. Er war entzückt über die vielen freien Abende. Nach der zweiten Aufführung kam der Programmdirektor vom IBC-Studio in Philadelphia und bot Maggie einen Job als Sprecherin der Wettervorhersage an. Erst wollte sie ablehnen, doch dann sagte sie sich, daß das tägliche, regelmäßige Arbeit bedeutete.

Sie nahm ihre neue Aufgabe sehr ernst, sah sich viele Fernsehprogramme, insbesondere Nachrichtensendungen an und nahm

Sprechunterricht, worin sie rasch Fortschritte machte. Nach einem halben Jahr wurde sie in die Nachrichtenabteilung versetzt und durfte täglich eine halbstündige eigene Sendung machen. Titel: »Maggies Magazin.« Sie interviewte berühmte Leute und berichtete von der Mode bis zur Politik über alles, was in der Stadt vorging. Innerhalb kurzer Zeit hatte sie sich einen Namen gemacht. Wenn sie mit Hudson ein Restaurant oder Theater betrat, drehten sich die Köpfe nach ihr um. Ihr Mann nahm ihren Erfolg halb verächtlich – halb amüsiert zur Kenntnis.

Sherry war inzwischen von einer Irma, die in seinem Büro arbeitete, abgelöst worden. Er gab sich nicht einmal mehr Mühe, eine Entschuldigung zu erfinden, wenn er abends ausging, war aber nach wie vor darauf bedacht, dreimal in der Woche mit seiner Frau zu schlafen, was sie in schweigender Passivität über sich ergehen ließ. Mehr denn je wünschte sie sich ein Kind.

So zog sich ihre Ehe über drei unerfüllte Jahre hin. Maggie wurde nicht schwanger, obwohl jede ärztliche Untersuchung erwies, daß sie empfängnisfähig war. Manchmal fragte sie sich, ob es immer so weitergehen würde und sie für alle Zeiten nebeneinander herleben sollten. Irgend etwas mußte diese inhaltlose Beziehung doch beenden!

Der Zufall kam zu Hilfe. Seit Monaten wurde das auf den ersten Sonntag im März festgesetzte Bankett für den »Mann des Jahres« vorbereitet. Maggie gehörte als prominente Persönlichkeit dem Bankettkomitee an. Für die Festrede hatte man Robin Stone gewonnen.

Maggie kannte ein paar von Robins Artikeln. Aus der Erfahrung, die sie bei ihren eigenen Interviews gewonnen hatte, wußte sie, daß die Leute selten dem Bild gleichen, das man sich auf Grund ihrer Arbeiten von ihnen macht. Bei der Lektüre von Stones Artikeln stellte man sich einen Mann vor, der stark, knapp in seinen Äußerungen, männlich und schonungslos war. Maggie war gespannt, wie er in Wirklichkeit war.

Um sechs wartete sie fertig angezogen auf Hudson, der seine Sonntage im *Country Club* zu verbringen pflegte. Als sie dort anrief, hörte sie, daß ihr Mann den ganzen Tag nicht dagewesen sei. Das hätte sie sich denken können . . . also auch nur ein Vorwand, um mit seiner augenblicklichen Freundin zusammenzusein.

Jedenfalls wollte sie den Empfang, der dem Abendessen voranging, nicht verpassen, denn möglicherweise war das die einzige Gelegenheit, Robin Stone kennenzulernen. Nach dem Essen eilten die Ehrengäste gewöhnlich zu ihren Zügen. Maggie sah auf die Uhr. Wenn sie gleich losfuhr, konnte sie es schaffen. Hudson mußte eben nachkommen.

Im Hotel ging sie sofort zum Gold Room. Robin Stone war von Menschen umringt. Er hatte einen Martini in der Hand und lächelte höflich.

Maggie bekam einen lauwarmen Scotch gereicht und wurde dann vorgestellt.

Robin sah sie an und lächelte. »Ein Nachrichtenmädchen? Das darf doch nicht wahr sein. Sie sind viel zu hübsch für eine Intellektuelle.« Übergangslos nahm er ihren Arm und schob sie von der Menge fort. »Sie haben kein Eis im Glas.«

»Nein. Es schmeckt ziemlich scheußlich«, erwiderte sie.

»Was ich hier habe, auch«, meinte er und trank seinen Martini aus. »Kommen Sie, Nachrichtenmädchen, wir holen Ihnen Eis.« Er führte sie durch den Raum. »Schauen Sie sich nicht um«, flüsterte er. »Werden wir verfolgt?«

Sie lachte. »Das bezweifle ich. Sie sind nur starr vor Staunen.«

Robin marschierte hinter die Bar und erklärte dem überraschten Barmixer: »Haben Sie etwas dagegen, wenn ich mich selbst bediene?« Bevor der Mann etwas erwidern konnte, hatte Robin Wodka in den Shaker gegossen. Er sah Maggie an. »Möchten Sie noch einen Scotch, oder wollen Sie einen ›Stone-Spezial‹ probieren?«

»Den ›Stone-Spezial‹ bitte!« – Idiotisch von ihr – sie mochte Martinis gar nicht, und wie albern, ihn so anzustarren! *Genieße diesen Augenblick, dachte sie. Morgen sitzt du wieder mit Hudson in deiner trostlosen Welt, und Robin Stone ist in einem anderen Hotel, in einer anderen Stadt, mixt einen anderen Martini.*

Er gab ihr das Glas. »Auf Ihr Wohl, Nachrichtenmädchen!« Dann nahm er wieder ihren Arm und führte sie zu einem kleinen Sofa.

Maggie wußte, daß sie von allen Seiten angestarrt wurde, aber sie spürte erneut dieses seltsame, beschwingende Gefühl der Freiheit. Laß sie starren. Aber *sie* konnte nicht einfach dasitzen und Mr Stone anstarren. Sie mußte etwas sagen.

»Ich habe gehört, daß Sie nicht mehr schreiben wollen, sondern auf Vortragsreisen gehen. Ihre Artikel werden mir fehlen.« Diese Worte kamen ihr schrecklich gedrechselt vor.

Robin zuckte die Achseln. »Wahrscheinlich hat man sie immer grausam zusammengestrichen, bevor sie hier erschienen.«

»Nein, manchmal waren sie ziemlich lang. Ich kann mir allerdings vorstellen, daß Ihnen Ihre jetzige Tätigkeit besser gefällt.« Er trank sein Glas aus und nahm sich dann ihres, aus dem sie noch nicht getrunken hatte. »Nein, sie gefällt mir nicht besser. Aber man muß ja leben.«

Er bot ihr eine Zigarette an und gab ihr Feuer. »Und was machen Sie Schönes auf dem Bildschirm?«

»Aktuelles . . . meistens für die Frau.«

»Und ich wette, Sie haben ein interessiertes Publikum.«

»Wäre das so verwunderlich?«

»Nein. Das ist eben Fernsehen. Eine wunderbare Einrichtung; es hat eine Rasse schöner Menschen gezüchtet.«

»Finden Sie nicht, daß es viel persönlicher wäre, wenn man sein Publikum sehen könnte? Daß man besser verstanden würde?«

Er zuckte die Achseln. »Auf jeden Fall erzeugt es Liebe zu *bestimmten* Menschen. Alle Welt liebt zum Beispiel Ed Sullivan und Bob Hope. Im Augenblick jedenfalls. Das Publikum ist ja unbeständig . . . erinnern Sie sich noch, wie heiß Onkel Miltie geliebt wurde? Sagen Sie mir, Nachrichtenmädchen, wen Sie beim Fernsehen lieben?«

»Ich würde sie lieben . . .«, entsetzt stockte sie.

Er grinste. »Sie sind das erste vernünftige Mädchen, das mir begegnet. Sie gehen gleich auf den Kern der Sache.«

»Ich meine, ich mag Ihre Denkweise, Ihre Ansichten.«

Robin trank aus. »Keine Erklärung, sonst verderben Sie alles. Mädchen, die Ausflüchte machen, gibt es genug. Mir gefällt Ihr Stil. Kommen Sie, wir trinken noch ein Glas.«

Sie folgte ihm zur Bar, erstaunt darüber, mit welcher Leichtigkeit er die beiden Gläser ausgetrunken hatte. Er schenkte zwei neue ein und reichte ihr eins. Maggie trank und hätte sich beinahe verschluckt: Es war fast purer Wodka. Andere Gäste traten wieder zu ihnen, in der Mehrzahl Damen, und bald war Robin erneut von Menschen umbringt. Höflich beantwortete er ihre Fragen, ließ aber Maggies Arm nicht los, sondern hielt sie fest an seiner Seite. Wiederholt wanderte ihr Blick zur Tür. Wenn Hudson nur nicht mehr käme!

Dann erklang ein Gong. Der Leiter des Komitees klatschte in die Hände.

»Wo sitzen Sie, Nachrichtenmädchen?« fragte Robin.

»Vermutlich ganz am anderen Ende.« Ihr Name wurde aufgerufen. »Das bin ich.« Sie löste sich von ihm und schloß sich der Reihe an.

Robin tippte dem Leiter, der neben ihm stand, auf die Schulter. »Würde es Ihnen etwas ausmachen, den Platz mit meinem Nachrichtenmädchen zu tauschen? Sie sind mir zwar lieb und wert, aber schließlich bin ich nicht hundertfünfzig Kilometer gereist, um zwischen zwei Männern zu sitzen, wenn sich mir die Chance bietet, eine bezaubernde junge Dame zur Seite zu haben.«

Kaum hatten sie den Saal betreten, da führte Robin die erstaunte Maggie zu dem Platz neben seinem Stuhl. Sie spürte die Blicke der anderen körperlich. Robin bestellte Martinis. Seine Trinkfestigkeit schien unbegrenzt.

Als Hudson endlich kam und am anderen Ende der Tafel Platz nahm, erklärte ihm sein Tischnachbar den unvorhergesehenen Tausch der Plätze. Sein verdutztes Gesicht bereitete Maggie ein ausgesprochenes Vergnügen.

Während der Leiter des Komitees ein paar Begrüßungsworte sprach, beugte Robin sich zu ihr und flüsterte ihr ins Ohr: »Ich verdrücke mich, so schnell ich kann. Ich habe hier im Hotel ein Apartment – ihr organisiert sehr großzügig. Wenn Sie sich frei machen können, erwarte ich Sie dort und bleibe bis morgen. Andernfalls fahre ich mit dem Nachtzug um halb zwölf zurück.«

Er stand auf, wartete, bis der Applaus sich gelegt hatte, beugte sich dann nochmals kurz zu ihr herab und raunte: »Wie war das mit dem Kern der Sache?«

»Ich komme.«

»Brav! Zimmer 17 B. Warten Sie ein Weilchen und kommen Sie dann nach.«

Robin hielt seine Rede, der Ehrengast erhielt einen Preis, Glückwünsche wurden ausgesprochen, Fotografen schossen Aufnahmen von Redner und Preisträger im Kreis der Damen. Robin gab ein paar Autogramme auf Menükarten, sah dann auf die Uhr und erklärte, er erwarte einen Anruf aus Übersee. Er winkte allen freundlich zu und verließ den Saal.

Es war elf. Hudson kam herüber und setzte sich auf Robins leeren Stuhl. »Na, war's spannend?«

»Ich habe mich recht gut unterhalten«, erwiderte sie.

»Komm, wir gehen!«

Maggie bekam plötzlich entsetzliche Gewissensbisse. Wie hatte sie nur Robin Stone so etwas versprechen können? Was war in sie gefahren? Sie konnte es nicht einmal auf den Alkohol schieben, denn sie hatte ja nur an ihrem Glas genippt. Sie hatte keineswegs vor, auf Robins Hotelzimmer zu gehen!

»Das war heute mein letzter Abendempfang«, erklärte Hudson. »Und du beklagst dich noch über die Samstagabende im *Country Club*. Da gibt's doch wenigstens was zu lachen, und man ist unter sich.«

»Es gehört nun mal zu meinem Job«, erwiderte sie.

»Job?« fragte er höhnisch. »Da muß sowieso bald etwas geschehen. Es wird schon viel zuviel darüber geredet. Dads Freunde finden es zum Beispiel auch nicht gut, daß du hinter einem Mikrofon sitzt und all diese Typen interviewst. Der Schiftsteller, mit dem du dich letzte Woche unterhalten hast, sah wie der reinste Kommunist aus.«

Sie gab keine Antwort. Diese Leier kannte sie. Das beste war, man ging darüber hinweg. Nach einer Weile sagte sie:

»Im Grunde machst du dir gar nichts aus mir, Hudson, oder?«

Er schenkte sich ein neues Glas ein. »Es geht nicht um dich ... es geht um uns ... um unsere Familien. Manchmal denke ich, ich hab' die Nase voll. Aber keine Angst, ich verlasse dich nicht. Was sollte ich anfangen? Keiner von uns beiden ist wirklich frei, bevor du nicht ein paarmal schwanger warst. Herrgott, das ist doch wohl das mindeste, was du tun könntest.«

Sie stand auf. »Hudson, du widerst mich an.«

»Komm, komm. Ich sehe noch deine Mutter vor mir, wie sie auf unserer Hochzeit strahlte, und dein Vater bestand nur aus Händeschütteln und Zigarrenanbieten. Was machte sie wohl so glücklich? Unsere junge Liebe? Nie im Leben! Aber die Stewart-Millionen. Und du erfüllst deinen Teil der Abmachung nicht. Von dir werden Babys erwartet.« Er starrte sie an. »Vielleicht sollten wir nach Hause gehen und es wieder mal versuchen.«

»Vielleicht solltest du nicht so viel trinken!«

»Vielleicht muß ich trinken, um Lust auf dich zu kriegen. Ich bin ein Mann, ich kann nicht so tun, als ob.« Mürrisch folgte er ihr. In der Garderobe trafen sie Lucy und Bud. Lucy erwartete schon wieder ein Kind und hatte einen Schwips.

»Wir fahren noch ins Embassy. Kommt ihr mit?«

Neidisch starrte Hudson auf Lucys Bauch. »Klar, warum nicht.«

Er schnappte Maggies Arm, gemeinsam drängten sie sich in den Fahrstuhl.

Buds Chauffeur wartete. »Laßt eure Wagen stehen«, schlug Lucy vor, »wir bringen euch wieder her.«

Das Embassy war überfüllt. Sie quetschten sich in dem verräucherten Raum um einen winzigen Tisch. Am Nebentisch saßen ein paar Bekannte aus dem *Country Club*, und man beschloß, die Tische zusammenzustellen. Die Herren gaben die ersten Witze zum besten, eine Flasche Scotch wurde bestellt, und Maggie saß eingekeilt dazwischen und dachte an den Mann auf Zimmer 17 B.

Sie mußte ihn unbedingt anrufen. Sie würde ihm die Wahrheit sagen: daß sie verheiratet sei und seinen Vorschlag nur aus einer törichten Augenblickslaune heraus zugestimmt habe. Es war nicht anständig, Robin Stone warten zu lassen. Er konnte seine Zeit nützlicher verbringen.

Hastig stand sie auf. »Ich muß mal 'raus.« In der Damengarderobe war sicher ein Telefon.

»Ich komme mit«, sagte Lucy. »Ich sterbe vor Neugierde, was Robin Stone dir erzählt hat. Ich sah euch dauernd zusammen tuscheln. Kommst du auch mit, Edna?« forderte sie eine der Damen auf.

Die drei gingen in den Waschraum, wo sich zwar ein Telefon befand, doch die Toilettenfrau saß so nahe, daß es hoffnungslos war, von hier aus ein Gespräch zu führen. Maggie frischte ihr Make-up auf. Über Robin gab sie nur spärlich Auskunft. Sie hätten sich übers Fernsehen unterhalten. Sie wollte die anderen vorgehen lassen, aber Lucy und Edna warteten auf sie. Als sie an den Tisch zurückkehrten, war Hudson verschwunden. Maggie entdeckte ihn an einem entfernteren Tisch, wo er in einer Runde saß und den Arm um eine junge Frau gelegt hatte. Sie kannte sie; es war ein neues Klubmitglied, deren Mann ihr gegenübersaß und nicht sehen konnte, wie Hudson ihren bloßen Rücken streichelte. Maggie stand auf.

»Setz dich wieder hin!« zischte Lucy. »Maggie, du weißt doch, daß das nichts zu bedeuten hat! Hud muß bei jedem neuen Mitglied seinen Charme zeigen.«

»Ich gehe.«

Bud ergriff ihren Arm. »Maggie, du brauchst dir wirklich keine Sorgen zu machen. Das ist June Tolland. Sie ist wahnsinnig verliebt in ihren Mann.«

Maggie machte sich los und lief hinaus auf die Straße. An der nächsten Ecke hielt sie ein Taxi an, fuhr zum Hotel Bellevue Stratford und läutete an der Tür zu Apartment 17 B. Die Klingel schrillte laut – ein hohles Geräusch, als wenn niemand zu Hause wäre. Sie sah auf die Uhr. Es war Viertel nach zwölf. Vielleicht hatte er sich schlafen gelegt oder war abgereist. Sie klingelte noch mal, wollte sich dann schon umdrehen und die Treppe hinuntergehen, als sich plötzlich die Tür öffnete. Robin hielt ein Glas in der Hand. »Komm herein, Nachrichtenmädchen, ich bin am Telefon.«

Maggie trat ein. Robin deutete auf die Wodkaflasche und ging wieder ans Telefon. Offensichtlich handelte es sich um ein geschäftliches Gespräch, denn es war von irgendwelchen Vertragsklauseln die Rede. Maggie schenkte sich einen Wodka ein. Robin hatte sein Jackett über einen Stuhl gehängt und die Krawatte gelöst, in Brusthöhe waren seine Initialen RS auf das Hemd gestickt. Er sprach ernst und bestimmt. Maggie sah, daß die Wodkaflasche halb leer war und wunderte sich erneut, wieviel er vertragen konnte. Endlich legte er auf.

»Entschuldige, daß ich dich warten ließ – aber eigentlich hast du auch nicht gerade einen Geschwindigkeitsrekord gebrochen.«

»Wohin fährst du morgen?«

Sie war plötzlich nervös und verlegen.

»Nach New York. Mit den Vortragsreisen ist jetzt Schluß.« Er stellte sein Glas hin und breitete die Arme aus. »Nun komm, Nachrichtenmädchen, oder kriege ich keinen Kuß?«

Sie kam sich vor wie ein Schulmädchen. »Ich heiße Maggie Stewart«, sagte sie. Dann lag sie in seinen Armen.

In der Nacht nahm er sie dreimal. Er hielt sie eng umschlungen, flüsterte ihr Zärtlichkeiten ins Ohr, liebkoste sie, ging so zart und liebevoll mit ihr um, als wäre sie zum erstenmal mit einem Mann zusammen. Sie begriff erst jetzt, was es bedeutete, wenn ein Mann eine Frau einzig liebt, um sie glücklich zu machen. Schon beim erstenmal hatte sie einen Orgasmus, dann noch einmal, und beim drittenmal sank sie erschöpft und dankbar zurück. Robin küßte sie zärtlich. Als er erneut mit Liebkosungen begann, entzog sie sich ihm. Er verbarg sein Gesicht an ihrer Brust. »Es war anders heute nacht . . . ich bin betrunken . . . sicher weiß ich morgen nichts mehr von allem . . . aber ich möchte dir sagen, daß es anders war als sonst.«

Maggie blieb ganz ruhig liegen. Irgendwie ahnte sie, daß er die Wahrheit sprach. Sie hatte Angst, sich zu bewegen, Angst, den Zauber zu brechen. Der kühle, schlagfertige Robin Stone schien ihr plötzlich so verwundbar. In dem dämmrigen Licht blickte sie auf sein Gesicht. Sie wollte und würde sich an jeden Augenblick erinnern – besonders an das Wort, das er jedesmal beim Orgasmus herausgeschrien hatte.

Plötzlich küßte er sie, löste sich aus der Umarmung und zündete zwei Zigaretten an. »Es ist halb drei.« Er deutete mit einer Kopfbewegung auf das Telefon. »Laß dich wecken, falls du zu einer bestimmten Zeit aufstehen mußt. Ich habe nichts Besonderes vor, will nur mittags den Zug nach New York kriegen. Um welche Zeit mußt du im Studio sein?«

»Elf.«

»Wie wäre es mit halb zehn? Dann stehe ich mit auf, und wir frühstücken zusammen.«

»Nein, ich . . . ich muß jetzt gehen.«

»*Nein!*« Es war ein Befehl, bei dem seine Augen sie flehentlich anblickten. »Geh nicht weg.«

»Ich muß, Robin.« Sie sprang aus dem Bett, rannte ins Badezimmer und zog sich hastig an. Als sie ins Schlafzimmer zurückkam, lag er bequem gegen das Kopfkissen gelehnt. Scheinbar hatte er sich völlig gefangen. Er zündete eine Zigarette an und sah mit einem seltsamen Ausdruck zu ihr auf.

»Wohin rennst du denn so eilig? – Zu einem Ehemann oder zu einem Liebhaber?«

»Ehemann«, erwiderte sie und versuchte, ihm in die Augen zu blicken. Sie waren erstaunlich blau und kühl.

Er inhalierte tief und blies den Rauch gegen die Decke. Dann sagte er: »Hast du mit deinem Besuch bei mir etwas aufs Spiel gesetzt?«

»Nichts, höchstens meine Ehe.«

»Nachrichtenmädchen, komm mal her.« Er streckte ihr die Hand hin. Maggie ging zu ihm. Er sah sie an, als wolle er ihre Gedanken lesen. »Ich möchte dir etwas sagen: Ich habe nicht gewußt, daß du verheiratet bist.«

»Mach dir deswegen keine Gewissensbisse«, sagte sie weich.

Er lachte. Aber es war ein merkwürdiges Lachen. »Gewissensbisse? Ich find's komisch . . . Also dann – mach's gut, Nachrichtenmädchen.«

»Ich heiße Maggie Stewart.«

»Baby, für Mädchen wie dich gibt's einen anderen Namen.« Er drückte die Zigarette heftig aus.

Sie blieb an seinem Bett stehen. »Robin, auch für mich war diese Nacht ungewöhnlich. Es war ein Erlebnis. Ein ganz großes Erlebnis. Bitte, glaub' mir das.«

Er setzte sich auf, schlang seine Arme um sie und verbarg sein Gesicht an ihrem Körper. Leise und drängend kam seine Stimme »Dann geh nicht weg. Du sagst, du liebst mich, aber trotzdem verläßt du mich!«

Sie hatte nie gesagt, daß sie ihn liebe. Behutsam machte sie sich frei und sah ihn verwundert an. Ihre Blicke trafen sich, aber Robins Augen schienen in weite Ferne zu blicken. Wie in Trance. Maggie nahm an, daß jetzt die Wirkung des Wodka eintrat. Er konnte nicht wissen und schon gar nicht ernst meinen, was er sagte.

»Robin, ich muß dich verlassen . . . aber ich werde dich nie vergessen.«

Er blinzelte und starrte sie dann an, als sehe er sie zum erstenmal. »Ich bin müde. Gute Nacht, Nachrichtenmädchen.« Damit knipste er das Licht aus, drehte sich auf die Seite und fiel sofort in Schlaf. Maggie stand fassungslos vor ihm. Er simulierte nicht. Er schlief!

Mit gemischten Gefühlen fuhr sie nach Hause. Das Ganze reimte sich nicht zusammen. Dieser Mann bestand aus zwei verschiedenen Wesen, die nicht miteinander im Einklang waren, außer im Liebesspiel. Morgen würde er sich bestimmt an nichts mehr erinnern; sie war eben nur eines der vielen Mädchen, die er auf seinen Reisen kennenlernte. Aber verhielt er sich bei all diesen Mädchen so? Egal. Nichts zählte außer dieser Nacht.

Leise schlich sie sich ins Haus. Es schlug vier. Hudsons Bett war leer. Das Glück stand auf ihrer Seite. Er war noch nicht zu Hause. Rasch zog sie sich aus und hatte kaum das Licht ausgedreht, als sie den Kies der Garageneinfahrt knirschen hörte. Sie tat, als ob sie schliefe, und verfolgte leicht amüsiert, wie verstohlen und vorsichtig ihr Mann ins Schlafzimmer schlich. Bald schnachrte er und schlief seinen Rausch aus.

Während der nächsten zwei Wochen stürzte Maggie sich in die Arbeit und verdrängte Robin Stone aus ihren Gedanken. Das gelang ihr auch fast – bis zu dem Tag, an dem sie in ihrem Kalender eine Verabredung eintrug und feststellte, daß sie schon vier Tage über ihre Periode hinaus war. Und Hudson hatte sie seit drei Wochen nicht angerührt! Robin Stone! Sie war völlig ungeschützt mit ihm zusammengewesen. Hudson hatte sie dermaßen beeinflußt, daß sie tatsächlich glaubte, sie sei nicht empfängnisfähig.

Entsetzt schlug sie die Hände vors Gesicht. Sie wollte es nicht abtreiben lassen. Sie wünschte sich so brennend ein Kind, Robins Kind . . . ein in Liebe empfangenes Kind. Und auch Hudson wünschte sich ein Kind . . . der Gedanke war ungeheuerlich! Aber warum eigentlich nicht? Was kam dabei heraus, wenn sie Hudson die Wahrheit sagte? Es würde ihn verletzen . . . und für das Kind einmal eine Belastung sein. Maggie stand auf, ihr Entschluß war gefaßt. Sie würde dieses Kind zur Welt bringen.

Als ihre Periode auch nach einer Woche noch nicht einsetzte, mußte sie einen Weg suchen, um Hudson zu verführen. So lange hatte er sie noch nie vernachlässigt. Das Mannequin, mit dem er zur Zeit schlief, schien ihn zu sehr zu beanspruchen. Oder vielleicht umwarb er gerade ein anderes Opfer. In den Anfängen einer neuen Romanze rührte Hudson seine Frau nie an.

Noch am selben Abend ergriff sie die Initiative, aber er wies sie brüsk ab.

Sie biß sich im Dunkeln auf die Lippen. »Ich möchte so gern ein Baby, Hudson.«

Sie zog ihn an sich, doch er stieß sie wieder zurück. »Hör mit dem Geturtel auf. Unser Geschäft ist das Kinderkriegen – also mach die Beine breit.«

Nachdem auch ihre zweite Periode ausgesetzt hatte, ging sie zum Arzt. Am nächsten Tag rief er sie an und gratulierte. Sie beschloß, noch ein paar Wochen zu warten, ehe sie es Hudson sagte.

Ein paar Abende später waren sie gemeinsam zu Hause, was selten genug vorkam. Während des Abendessens war Hudson ziemlich einsilbig, aber ohne den Zug von Verdrossenheit, den er meistens trug. Er wirkte ruhig und nachdenklich. Beinah höflich schlug er ihr vor, oben in seinem Arbeitszimmer noch einen Kognak zu trinken. Er setzte sich auf die Couch und sah Maggie beim Einschenken zu. Dann nahm er sein Glas, nippte nachdenklich und fragte: »Könntest du dich in etwa drei Monaten von deinen kleinen Fernsehpflichten lösen?«

»Ich könnte mir Urlaub nehmen. Warum?«

»Ich habe Dad erzählt, daß du ein Kind erwartest.«

Sie sah ihn verdutzt an. Dann sagte sie sich, daß der Arzt es ihm wahrscheinlich erzählt hatte. Zwar wußte er, daß sie es noch geheimhalten wollte, aber er nahm natürlich nicht an, daß das auch ihren Mann betraf. Daher also Hudsons Stimmungsumschwung. Erleichtert lächelte sie. Sie hatte also doch recht behalten: Ein Baby würde alles ändern.

»Hudson, deswegen brauche ich doch nicht aufzuhören. Ich könnte, wenn die Kamera nur mein Gesicht aufnimmt, bis kurz vor der Geburt weiterarbeiten.«

Er sah sie belustigt an. »Und wie erklären wir Dad und den anderen deine bildschöne schlanke Taille?«

»Aber ich . . .«

»Das können wir nicht vortäuschen. Jeder muß glauben, es sei echt. Ein einziger Schnitzer, und Dad kriegt es 'raus. Ich habe schon alles geplant. Wir sagen ihm, wir wünschten uns anläßlich der Schwangerschaft eine Weltreise, denn wenn das Kind erst einmal da sei, trauten wir uns nicht mehr fort. Dann lassen wir das Kind in Paris als Frühgeburt zur Welt kommen.«

»Ich verstehe das alles nicht, Hudson. Ich möchte mein Baby hier zur Welt bringen.«

Sein alter Hohn kehrte zurück. »Du scheinst das Spiel für Wirklichkeit zu halten! Ich habe dem alten Herrn nur erzählt, du seist schwanger. Davon bist du's ja noch nicht.«

Er stand auf und schenkte sich einen zweiten Kognak ein. »Es ist schon alles arrangiert. In Paris können wir ein Baby bekommen. Der Arzt, an den ich mich gewandt habe, hat Verbindungen. Sogar Haar- und Augenfarbe der Eltern werden berücksichtigt. In etwa sieben Monaten stehen drei Neugeborene zur Adoption zur Verfügung. Wir brauchen nur für die Mutter den Krankenhausaufenthalt erster Klasse zu bezahlen. Sie bekommt ihr Kind überhaupt nicht zu sehen und weiß nicht einmal, ob es ein Junge oder Mädchen ist, geschweige denn, wer es kriegt. Ich habe einen Jungen beantragt, und dieser Glückskerl bringt uns nicht nur eine Million bare Piepen ein, er erhält auch, wenn er will, die doppelte Staatsangehörigkeit. Anschließend kehren wir im Triumph nach Amerika zurück.«

Maggie lachte erleichtert. Sie stand auf und ging zu ihm. »Ich habe auch eine Überraschung für dich, Hudson. All diese sorgfältigen Pläne sind nicht nötig.«

»Was heißt das?«

»Ich bin tatsächlich schwanger.«

»Sag das noch mal!« fuhr er sie an.

»Ich bekomme ein Kind.« Sie hatte plötzlich Angst.

Er schlug ihr ins Gesicht. »Von wem?«

»Es ist meins, unseres . . .« Sie hatte Blutgeschmack auf der Zunge und fühlte, wie ihre Lippe anschwoll. Er trat dicht an sie heran und schüttelte ihre Schultern. »Sag mir, du Hure, was für einen Bastard du mir unterschieben willst!« Wieder schlug er sie. »Sag's oder ich schlage dich windelweich!«

Sie riß sich von ihm los und stürzte hinaus. Hudson rannte hinterher und holte sie auf dem Flur ein. »Sag mir, wessen Bastard du trägst!«

»Dir kann es doch ganz egal sein«, schluchzte sie, »wo du dir in Paris ein fremdes kaufen wolltest. Dies ist wenigstens meins.«

Sein Zorn verrauchte plötzlich, ein angedeutetes Lächeln spielte um seine Lippen. Er schob Maggie ins Zimmer zurück. »Du hast recht. Du hast völlig recht! Du wirst dieses Kind zur Welt bringen. Und von nun an jedes Jahr ein weiteres – zehn Jahre lang. Dann, wenn du brav warst, kannst du dich scheiden lassen und bekommst eine hübsche Unterhaltszahlung.«

»Nein.« Sie setzte sich auf die Couch und sah ihren Mann trotz ihrer inneren Erregung ruhig an. »Daraus wird nichts. Ich will mein Baby nicht in einer Atmosphäre von Haß aufziehen. Ich verlange die Scheidung jetzt.«

»Dann bekommst du keinen Penny.«

»Darauf kann ich verzichten«, sagte sie müde. »Ich werde bei meiner Familie leben und beim Fernsehen genug verdienen, um mein Kind großziehen zu können.«

»Nicht, wenn wir zwei miteinander fertig sind.«

»Wieso?«

»Dieses Kind bedeutet eine Million für mich. Entweder bringst du es für mich zur Welt, oder du findest nirgends mehr Arbeit. Ich zerr' dich durch alle Zeitungen. Dann ist Schluß beim Fernsehen. Und deine Familie kann sich auch nicht mehr sehen lassen.«

Sie begrub ihr Gesicht in den Händen. »O Hudson, warum? Warum mußte es soweit kommen? Ich habe einen Fehler gemacht ... einmal, mit einem einzigen Mann. Vorher habe ich dich nie betrogen und werde es auch künftig nicht tun. Ich habe mir so gewünscht, daß wir gut miteinander auskommen. Aber du hast mich unglücklich gemacht, mir das Gefühl genommen, eine richtige Frau zu sein. Sicher war es falsch, was ich getan habe, und ich will dir auch nicht vorhalten, was ich von dir weiß.« Sie schluchzte jetzt. »Ich dachte nur, wir hätten noch eine Chance. Vermutlich war es dumm von mir, aber ich habe wirklich geglaubt, du würdest dich freuen, wenn ich ein Kind bekäme ... wir würden uns versöhnen und vielleicht dann eigene Kinder haben ...«

»Du Idiot! Hast du noch nicht begriffen, daß ich steril bin?« schrie er. »Ich habe mich letzte Woche untersuchen lassen. Ich kann keine Kinder zeugen!«

»Und was ist mit den Abtreibungen, für die du gezahlt hast?«

»Woher weißt du das?«

»Ich weiß es.«

Er zerrte sie von der Couch und gab ihr eine Ohrfeige. »Dann hast du mir also Detektive auf den Hals gehetzt? Leider haben sie nicht die ganze Wahrheit 'rausgeschnüffelt: Diese angeblich von mir geschwängerten Weiber haben mich beschwindelt! So wie du eben.«

Maggie machte sich von ihm los. Die Tränen strömten ihr übers Gesicht, ihre Lippe war aufgesprungen. Trotzdem tat er ihr leid. Sie wollte hinausgehen, aber er hielt sie grob fest.

»Wohin gehst du?«

»Koffer packen«, erwiderte sie ruhig. »Ich kann nicht mehr mit dir unter einem Dach leben.«

»Ach!« rief er hämisch. »Du konntest es ja bis jetzt, obwohl du wußtest, daß ich dich betrog. Wir sind quitt, wir haben uns nichts vorzuwerfen. Möglicherweise ist das sogar die bessere Lösung. Jeder geht seiner eigenen Wege ... nur mein Vater darf nichts davon wissen.«

»Nein, so kann ich nicht leben.«

»Und wie bist du zu dem kleinen Bastard in deinem Bauch gekommen?«

»Ich wußte von deinen Frauengeschichten. Dann traf ich jemanden. Wie es dazu kam, weiß ich auch nicht. Ich glaube, ich brauchte einfach einen Menschen, der mich überhaupt wahrnahm, für den ich lebendig war, und sei es nur für wenige Stunden.«

Hudson schlug sie wieder. »Ist es das, was du brauchst?« Die Schläge prasselten ihr von rechts und links ins Gesicht. Vor Schmerzen riß sie den Kopf zurück, und es gelang ihr, mit einem Ruck freizukommen und hinauszurennen. Hudson lief ihr nach. »Bewußtlos werde ich dich schlagen ... ist es das, was du brauchst? Sherry habe ich mit meinem Gürtel vertrimmt. Gefiel ihr sehr!« Er zog seinen Gürtel aus den Schlaufen.

Maggie schrie und hoffte, die Dienstboten würden sie hören. Sie rannte zur Treppe. Hudson schwang den Gürtel und schlug zu. Er traf sie am Hals. Sie sah Haß und Perversion in seinem Gesicht und bekam Todesangst. Schreiend wich sie zurück. Wo waren nur die Mädchen? Dieser Mensch war wahnsinnig, er konnte sie blind schlagen. Sie trat noch einen Schritt zurück – und stürzte rückwärts die Treppe hinunter. Für den Bruchteil einer Sekunde hoffte sie, sie würde sich das Genick brechen und sofort tot sein, damit sie nie mehr dieses Gesicht sehen müßte. Und dann lag sie unten vor der Treppe. Hudson starrte auf ihre Beine. Sie spürte einen stechenden Schmerz und preßte die Hände auf den Bauch. Blut sickerte an ihren Beinen entlang. Dann war Hudson über ihr und ohrfeigte sie noch einmal. »Du blöde Gans hast eine Million Dollar zum Teufel gehen lassen!«

Es wurde mit einemmal kalt auf der Terrasse. Maggie ging ins Zimmer und schenkte sich einen Scotch ein. Das alles schien sich in einer anderen Welt ereignet zu haben, und doch war es kaum zwei Jahre her. Dunkel erinnerte sie sich noch an die Sirene des Krankenwagens, die Woche im Krankenhaus, wo niemand sie nach den Striemen am Hals und im Gesicht gefragt hatte, an den höflichen Arzt, der so tat, als glaube er an einen Unfall, schließlich daran, wie alle versucht hatten, ihr den Entschluß zur sofortigen Scheidung auszureden. Alle bis auf Hudson. Ihre Mutter glaubte, sie habe einen Nervenzusammenbruch erlitten. Sogar Lucy hatte sie angefleht, sich die Sache noch zu überlegen.

Maggie hatte sich zu einer Scheidung in Florida entschlossen. Es dauerte drei Monate. Sie wollte die Sonne und die Ruhe genießen und Zeit haben, die Erschütterung zu überwinden und neu anzufangen.

Obgleich Hudsons Anwälte eingewilligt hatten, die Scheidungskosten und Maggies Aufenthalt in Florida zu übernehmen, mietete sie sich nur ein kleines Apartment und lebte bescheiden. Nach zwei Monaten hatte sie die Demütigungen überwunden und empfand nur noch Leere: Hudson existierte für sie nicht mehr. Aber Maggie war jung, ihre Unternehmungslust kehrte zurück, und bald begann sie sich zu langweilen. Sie meldete sich beim Miami-Studio der IBC. Andy Parino stellte sie sofort ein. Andy gefiel ihr. Sie wollte wieder einen Menschen gern haben, wollte leben. So glitten sie in eine angenehme Affäre hinein. Bei Andy fühlte sie sich wohl, durch ihn erfüllte sich ihr Leben als Frau. Aber etwas hatte Hudson zerstört.

Nach ein paar Monaten wurde sie sicherer. Andy mochte sie gern, und ihr neuer Job gefiel ihr. Es wurde Zeit, die Teilnahmslosigkeit, mit der sie sich treiben ließ, abzuschütteln, wieder etwas zu fühlen, zu träumen, zu hoffen. Sie versuchte es, aber es gelang nicht. Es war, als ob Hudson ihre Gefühle abgestumpft hätte. Als Andy ihr einen Heiratsantrag machte, lehnte sie ab.

Und nun, an diesem Abend, war sie zum erstenmal wieder bis ins Innerste aufgewühlt. Sie würde Robin Stone wiedersehen! Sie konnte es kaum erwarten, den Ausdruck in seinen Augen zu sehen, wenn sie einander gegenüberstanden . . .

19

Maggie saß in Joe Sonkins Bar und fragte sich, ob man ihr die Nervosität anmerkte. Andy war den ganzen Tag mit Robin auf dem Golfplatz gewesen. Für die Elfuhrnachrichten hatte er sich auf Robins Anregung hin während der nächsten Tage vertreten lassen. Sie sah auf die Uhr . . . die beiden mußten jeden Augenblick kommen. Eben hatte sie sich eine neue Zigarette angezündet, als sie sah, daß die alte kaum angeraucht im Aschenbecher qualmte. Hastig drückte sie sie aus. Wie ein Schulmädchen kam sie sich vor, wie ein Schulmädchen vor ihrem ersten Rendezvous. Jeden Moment mußte Andy mit Robin Stone hereinkommen, und sie würden sich gegenüberstehen. Sie drückte auch die neue Zigarette aus.

In dem Spiegel über der Bar sah sie ihr Bild. Das beigefarbene Seidenkleid paßte vorzüglich zu der gleichmäßig gebräunten Haut. In Philadelphia hatte sie einen ganz weißen Körper gehabt. Als Robin ihre Brust streichelte, hatte er geflüstert: »Weiße, weiße, schneeweiße Haut.« Aber Braun war viel schmeichelhafter. Maggie wußte, daß sie schön war. Sie hatte es immer gewußt, doch darin nie mehr als einen statistischen Wert gesehen: man war entweder groß oder klein, häßlich oder schön. Bis jetzt hatte sie keine Freude an ihrer Schönheit gehabt, höchstens Unglück hatte sie ihr gebracht. Aber heute abend war sie plötzlich froh, daß sie schön war. Sie hatte sich sorgfältig angezogen. Das Kleid paßte nicht nur gut zu ihrer Haut, sondern auch zu dem Grün ihrer Augen. Katzenaugen. Andy nannte sie seinen schwarzen Panther. Heute abend fühlte sie sich wie ein Panther . . . gespannt und sprungbereit.

Es war ihre Idee gewesen, sich hier zu treffen. Sie wollte nicht, daß man sich eng aneinandergedrängt in einem dunklen Auto wiedersah. Sie wollte, daß die beiden Männer auf sie zukamen. Diesmal würde sie die Situation beherrschen.

Eben hatte sie ihr Glas ausgetrunken, als sie Andy zur Tür hereinkommen sah . . . allein. Er setzte sich zu ihr an die Bar und bestellte einen Scotch. Sie machte ein betont gleichgültiges Gesicht und bestellte für sich einen zweiten Scotch. Der Teufel sollte sie holen, wenn sie ihn fragen würde. Aber wo *war* er?

»Entschuldige die Verspätung, Maggie«, sagte Andy.

»Das macht nichts.« Sie konnte es nicht mehr aushalten. »Wo ist dein Freund?«

»Der große TV-Star?« Andy nahm einen kräftigen Schluck.

»Kommt er nicht?« Sie hätte Andy umbringen können, daß er

sich jedes Wort aus der Nase ziehen ließ.

»Kann sein. Du hättest erleben sollen, was für ein Aufsehen er im Hotel erregt hat – als wäre er Cary Grant persönlich. Anscheinend kennt jeder seine Sendung, zumindest jeder, den wir auf dem Hotelgolfplatz getroffen haben.«

Maggie zündete sich eine Zigarette an. Sie hatte sich Robins Sendungen mit Absicht niemals angesehen, genauso wie sie jeden Gedanken an Hudson verbannt hatte. Auch das gehörte zur Bewältigung ihrer Vergangenheit. Natürlich war Robin heute ein berühmter Mann – das war ihr bis jetzt gar nicht klargeworden.

»An jedem Loch mußte er stehenbleiben und Autogramme geben«, erzählte Andy. Maggie konnte sich noch gut daran erinnern, wie es im Hotel Bellevue in Philadelphia gewesen war, wo Robin Mühe hatte, sich nicht anmerken zu lassen, wie lästig ihm das Autogrammgeben war.

»Es war nicht zum Aushalten«, fuhr Andy fort, »bis am siebzehnten Loch die kleine Blonde auftauchte.«

Maggie wurde hellwach. »Wer?«

Andy zuckte die Achseln. »Ein Hotelgast. Sie kann höchstens neunzehn oder zwanzig sein. Sie ließ ihr Team stehen, um sich von Robin ein Autogramm zu holen, und blieb dann gleich bis zum achtzehnten Loch bei uns.« Andy lachte. »Betty Lou, richtig, so heißt sie.« Er hob sein Glas. »Auf Betty Lou! Ihr verdanke ich zwanzig Dollar.« Er trank aus und meinte dann: »Laß uns nach hinten gehen. Ich sterbe vor Hunger.«

Maggie wartete, bis sie ihr Essen bestellt hatten, dann fragte sie: »Und wo ist er jetzt?«

Andy lachte nur.

Es war fast neun, als Robin das Restaurant betrat. Er sah frisch und munter aus. Neben ihm tauchte die kleine Blonde auf. Maggie merkte sofort, daß sie mit Robin geschlafen hatte. Ihr Haar saß schlecht, und das Make-up war flüchtig erneuert. Andy stand auf. »Hallo, Betty Lou!« Er umarmte sie wie eine alte Freundin. Dann drehte er sich um. »Das ist Maggie Stewart. Maggie, Robin Stone.«

Er sah sie mit seinem unbekümmerten Lächeln an. »Andy hat mir erzählt, daß Sie auch Golf spielen. Sie müssen mal einen Nachmittag mitkommen.«

»Ich habe keine große Erfahrung«, sagte sie. »Ich fürchte, ich bin für Sie kein Partner.«

»Genau wie ich«, rief Betty Lou. »Da geben wir ein prächtiges

Vierergespann ab.«

Robin bestellte zwei Wodka-Martini. Betty Lou benahm sich, als gehörte ihr Robin nicht nur, sondern als kenne sie ihn schon jahrelang. Er behandelte sie mit nachlässiger Höflichkeit, gab ihr Feuer, zog sie kaum ins Gespräch, ließ sie jedoch fühlen, daß er froh war, sie bei sich zu haben. Maggie beobachtete, wie er Bettys Hand streichelte und dem Mädchen gelegentlich zulächelte. Die Unterhaltung führte er dagegen ausschließlich mit Andy.

Plötzlich kam ihr der Gedanke, ob er Betty Lou wohl absichtlich ins Spiel gebracht habe, um die »Gegenüberstellung« leichter zu machen. Er mußte ja wissen, wie sie zu Andy stand.

Um mit Robin gleichzuziehen, bestellte Betty Lou sich auch noch einen Martini. Schon der erste war nicht ohne Wirkung geblieben. Der zweite erwies sich als fatal. Gegen Ende der Mahlzeit stützte sie sich auf die Ellbogen, das Haar fiel in die Spaghetti, und ihre Augen blickten glasig von einem zum andern. Plötzlich fiel sogar Robin ihr Zustand auf. »Zuviel Sonne und zuviel Golf vertragen sich manchmal schlecht mit Alkohol«, meinte er.

Es gefiel Maggie, daß er das Mädchen, obwohl er sie kaum kannte, in Schutz nahm. Gemeinsam brachten sie Betty hinaus, verstauten sie in Robins Wagen und fuhren nach Hause. Danach schlug Robin vor, im Diplomat noch etwas zu trinken.

Sie saßen um einen kleinen Tisch. »Auf dein Wohl, alter Junge, und vielen Dank, daß du mich zu meinem ersten Urlaub seit zwei Jahren angestiftet hast. Und auf das Wohl deiner bezaubernden Begleiterin, Miss . . .« er hielt inne und sah Maggie an, als ziehe er einen Gedankenstrich.

»Maggie«, sagte Andy ruhig. »Maggie Stewart.«

Robin lächelte. »Ich habe ein schreckliches Namensgedächtnis.« Nachdem sie ausgetrunken hatten, standen sie auf und verabschiedeten sich in der Hotelhalle. Maggie sah Robin nach.

Auf der Heimfahrt war sie schweigsam. Andy sagte: »Du darfst es Robin nicht übelnehmen, daß er deinen Namen vergessen hat. So ist er nun mal. Wenn er nicht gerade mit einem Mädchen im Bett liegt, weiß er nicht, daß es existiert.«

»Bring mich nach Hause, Andy.«

Eine Weile fuhr er stumm durch die Straßen. »Wieder Kopfschmerzen?« fragte er schließlich. Seine Stimme war kühl.

»Ich bin müde.«

Verärgert hielt er vor ihrer Wohnung. Maggie machte nicht einmal den Versuch, ihn zu besänftigen. Sie sprang aus dem Auto und rannte ins Haus. Auf den Fahrstuhl zu warten, dauerte ihr zu lange. Sie stürmte die Treppen hinauf, schlug die Tür hinter sich zu und lehnte sich dagegen. Die Tränen liefen ihr übers Gesicht, das Schluchzen kam in trockenen, erstickten Stößen. Er erinnerte sich nicht nur an ihren Namen nicht, er erinnerte sich überhaupt nicht, ihr jemals begegnet zu sein!

Maggie warf das Rollenbuch auf den Tisch. Sie kannte es auswendig, und die Premiere im *Player's Club* war erst in drei Wochen ... aber sie wollte brillieren. Schließlich spielten sie O'Neill, und von Kalifornien kam extra Hy Mandel herüber, um sie zu sehen. Viel herauskommen würde dabei wahrscheinlich nicht. Der Leiter einer unabhängigen Filmgesellschaft hatte sie im Fernsehen gesehen und angefragt, ob sie an Probeaufnahmen interessiert sei. Maggie hatte ihm geantwortet, an Probeaufnahmen sei sie nicht interessiert, wohl aber daran, Schauspielerin zu werden. Denn ihre Sendung im Stich zu lassen, um nach Kalifornien zu fliegen, war unmöglich. Vielleicht lag es an ihrem mangelnden Interesse, daß der Filmmann nicht nachgelassen hatte. Kurz entschlossen rief er Hy Mandel, einen der besten Hollywoodagenten an und sang ein Loblied auf Maggie. Nun kam Mandel tatsächlich her, um sie in einer Theatergruppe, die sich halb aus Amateuren zusammensetzte, spielen zu sehen.

Sie sah auf die Uhr. Es war Zeit, sich anzuziehen. Heute war Robin Stones letzter Abend in Miami. Sie waren verschiedentlich zusammen ausgegangen. Betty Lou tauchte dabei nicht mehr auf. Am zweiten Abend war er mit einer Schwimmlehrerin namens Anne gekommen; am dritten mit einer geschiedenen Dame namens Beatrice. Dann hatte er sich ein Boot gemietet und war drei Tage lang allein angeln gegangen. Heute nachmittag war er zurückgekehrt, und Andy hatte ihr gesagt, daß sie zusammen essen gehen wollten. Sie war gespannt, mit wem er heute aufkreuzen würde. Mit Betty Lou? Mit Anna? Oder mit der Geschiedenen?

Gerade als sie mit ihrem Make-up fertig war, rief Andy an. Er war glänzender Laune. »Ich hatte eben ein langes Gespräch mit Robin. Rat mal, worüber? Er will die fliegenden Untertassen nicht in die ›Schlagzeilen‹ hereinnehmen, er will eine eigene Sendung haben ... und wir sollen sie machen. Das bedeutet eine Reise nach New York – auf Spesen!«

»Hoffentlich nicht gerade, wenn wir den O'Neill spielen.«

»Was ich dir noch sagen wollte, Maggie: Erwähne Robin gegenüber bitte nichts von Amanda.«

»Amanda?«

»Das Mädchen, dessen Bild ich dir vorgestern in der Zeitung gezeigt habe.«

»Ach, die an Leukämie gestorben ist?«

»Ja. Robin war mit ihr befreundet. Er war beim Angeln, als die Todesnachricht in den Zeitungen stand, und weiß es vermutlich noch nicht. Er kann sowieso nichts mehr unternehmen. Die Beerdigung war gestern. Warum soll man ihm also noch den letzten Urlaubstag verderben?«

»Aber sie war doch mit Ike Ryan verheiratet?«

»Ja. Die Freundschaft mit Robin war vorher. Die beiden waren fast zwei Jahre zusammen.«

Maggie dachte über das Gehörte nach. Zwei Jahre . . . das bedeutete, daß er, als sie die Nacht in Robins Hotel verbrachte, schon mit Amanda ging. Sie betrachtete sich im Spiegel und kniff die Augen zusammen. »Hast du es nun begriffen, du blöde Person? Du führst dich auf wie eine sechsundzwanzigjährige Jungfer. Hast du etwa insgeheim gehofft, etwas Besonderes für Mister Stone zu sein?«

Sie parkte ihren Wagen vor dem Diplomat. Als sie durch die Hotelhalle ging, drehten die Männer sich nach ihr um, was sie mit Genugtuung bemerkte. Sie warf ihr Haar in den Nacken und betrat die Bar. Robin Stone erhob sich lächelnd. »Andy kommt gleich zurück.« Er winkte dem Kellner. »Was soll's sein? Scotch wie üblich?«

Sie nickte. »Und wer ist heute die Dame Ihres Herzens? Die Geschiedene wie üblich?«

Er grinste. »Der heutige Abend gehört Ihnen. Ihnen und Andy. Ich will mich betrinken, mich gemütlich mit zwei guten Freunden betrinken.«

Andy kehrte an ihren Tisch zurück. »Dein Flug ist gebucht. Sechs Uhr morgen früh. Meiner Meinung nach ist es ja Quatsch, daß du schon zurückfliegst.«

Robin starrte auf sein leeres Glas und bestellte ein neues. »Ich wäre gern geblieben. Aber ich muß Heiligabend in Los Angeles sein. Das habe ich fest versprochen.«

Robin trank bereits sein viertes Glas, Maggie hatte ihr zweites kaum angerührt. Wieder einmal wunderte sie sich, wieviel er vertragen konnte. Auch in jener Nacht in Philadelphia, als er eingestand, sehr betrunken zu sein, hatte er einen völlig nüchternen

Eindruck gemacht. Dabei war er so betrunken gewesen, daß er sich nicht einmal an sie erinnerte!

Später fuhren sie ins Fontainebleau und kamen gerade noch rechtzeitig zu Sammy Davies' Auftritt. Maggie aß ein Steak. Robin mochte nichts anrühren, trank aber methodisch Wodka, und Andy strengte sich mächtig an, mitzuhalten.

Zu später Stunde landeten sie in einer verräucherten Spelunke an der Seventy-ninth Street. Robin ließ eine Flasche Wodka auf den Tisch stellen, Maggie blieb bei Scotch. Es herrschte ein solches Getöse, daß eine Unterhaltung unmöglich war. Robin trank schweigend vor sich hin, und Andy konnte sein Glas schon nicht mehr richtig halten. Gegen eins war er sternhagelvoll.

Sie brachten ihn nach Hause, Robin hievte ihn aus dem Auto, und gemeinsam schleppten sie ihn in seine Wohnung, legten ihn aufs Bett und lösten ihm die Krawatte. Maggie sah besorgt auf ihn herab. Es war das erstemal, daß sie erlebte, wie ein Mann sich bewußtlos trank. Robins Lächeln beruhigte sie jedoch. »Nicht einmal eine eurer fliegenden Untertassen bekäme ihn jetzt noch wach. Morgen früh wird es ihm grauenvoll gehen ... aber er wird's überleben.«

Sie gingen zum Auto zurück. »Ich wohne nur ein paar Straßen weiter, gleich das lange flache Gebäude dort drüben«, sagte sie, »aber mein Wagen steht noch beim Diplomat.«

»Holen Sie ihn morgen früh mit einem Taxi ab und lassen Sie's über die Spesenabrechnung laufen. Heute abend bringe ich Sie nach Hause, aber wie wär's, wenn wir uns noch einen Schlaftrunk gönnten?«

Sie stieg ein und dirigierte ihn zu einer kleinen Bar in der Nähe. Der Besitzer erkannte Robin und holte gleich eine Flasche Wodka. Die beiden Männer gerieten in ein Gespräch über Football. Maggie saß vor ihrem verdünnten Scotch und hörte zu. Es war unglaublich: Robin schien völlig nüchtern zu sein.

Als die Bar schloß, fuhr er Maggie zu ihrer Wohnung. Vor dem Haus blieben sie noch einen Augenblick in dem dunklen Wagen sitzen.

»Haben Sie Wodka oben?« fragte er.

»Nein, nur Scotch.«

»Wie schade. Ja, dann also gute Nacht, Maggie. Es war eine herrliche Zeit.«

»Gute Nacht, Robin.« Sie wollte schon die Tür aufmachen, drehte sich aber impulsiv nochmals um und küßte ihn. Dann stieg sie hastig aus und lief ins Haus. Singend zog sie sich aus, holte ihr Nachthemd, warf es zur Seite. Von jetzt an würde sie nackt schlafen. Von jetzt an wollte sie überhaupt ein paar etablierte Regeln brechen. Mit dem Kuß, zu dem die Initiative ja von ihr ausging, hatte sie schon einen Anfang gemacht. Sie schlüpfte ins Bett und schaltete das Licht aus. Wunderbar fühlte sich das kühle Bettzeug an . . . ein Gefühl von Freiheit, das sie nie gekannt hatte, ergriff sie, und obwohl sie gar nicht müde war, schloß sie die Augen.

Es klopfte an die Tür. Maggie machte Licht und sah auf die Uhr. Erst halb fünf. Sie mußte gerade eingeschlafen sein. Das Klopfen wurde lauter. Sie warf sich ihren Morgenrock über und öffnete die Tür bei vorgelegter Sicherheitskette. Robin Stone stand im Flur und schwenkte eine Flasche Wodka.

»Ich habe mir meinen Schlaftrunk mitgebracht«, sagte er.

Sie ließ ihn herein. »Die Flasche stand in meinem Zimmer – ein Geschenk der Hotelleitung. Ich hatte aber keine Lust, allein zu trinken.«

»Möchten Sie Eis?«

»Nein, ich trinke ihn pur.«

Sie gab ihm ein Glas, setzte sich auf die Couch und sah zu, wie er trank. Plötzlich stellte er fest: »Ich bin blau.«

Sie lächelte. Das Herz schlug ihr im Halse.

»Möchtest du mich, Baby?« fragte er.

Sie stand auf und ging ein paar Schritte auf und ab. »Ich möchte dich«, sagte sie leise, »aber nicht heute nacht.«

»Wir haben nur heute . . . ich fliege morgen.«

»Verschieb es um einen Tag.«

»Was macht es aus, ob du mich morgen oder heute hast?«

»Ich möchte, daß du dich an mich erinnerst.«

»Wenn du gut bist, Baby, vergeß ich dich nie.«

Sie drehte sich um und sah ihn an. »Tut mir leid, das habe ich schon mal mitgemacht.«

Mit einem Anflug von Neugierde sah er sie an. Plötzlich war er neben ihr und schlug ihren Morgenrock auseinander. Sie wollte danach greifen, aber Robin riß ihn von ihren Schultern, trat einen Schritt zurück und starrte sie nachdenklich an. Maggie kämpfte gegen ihre Verlegenheit, hielt aber seinem Blick trotzig stand.

»Große schöne Brüste«, sagte er. »Ich hasse große Brüste.« Mit einer zweiten unerwarteten Bewegung hob er sie hoch, trug sie ins Schlafzimmer und warf sie aufs Bett. »Und Brünette hasse ich auch.« Er zog das Jackett aus und band die Krawatte ab. Maggie hatte plötzlich Angst. In seinen Augen lag ein seltsamer Ausdruck ... als ob er sie gar nicht wahrnehme. Sie sprang auf, aber er stieß sie zurück. »Du wirst mich nicht verlassen. Ich bin schon ein großer Junge.« Merkwürdig klangen seine Worte – als spräche er mit sich selbst. Er starrte sie wie ein Blinder an.

Sie beobachtete, wie er sich auszog. Noch hätte sie davonrennen und um Hilfe rufen können ... aber sie blieb unbeweglich liegen. Die Neugier nagelte sie fest. So mochte es dem Opfer eines Mörders zumute sein: gelähmt ... unfähig, Widerstand zu leisten. Als er auch die Unterwäsche abgestreift hatte, setzte er sich zu ihr aufs Bett. Immer noch hatten die Augen diesen seltsamen ausdruckslosen Blick. Er beugte sich herab und küßte sie zärtlich. Ihre Angst verflog, heftig erwiderte sie den Kuß. Dann legte er sich zu ihr, ihre Körper berührten sich. Sie hörte ihn seufzen und spürte, wie er sich entspannte. Sein Mund suchte ihre Brustwarzen. Da fiel jede Hemmung von ihr ab, und sie umarmte ihn leidenschaftlich. Überwältigt von Sinnlichkeit und Zärtlichkeit gab sie sich ihm hin, und als sie mit ihm den Orgasmus erreichte, klammerte er sich an sie und schrie dieselben drei Worte, die er auch in Philadelphia gerufen hatte: »Mutter! Mutter! Mutter!«

Dann lag er schwer atmend neben ihr. Selbst im Dunkeln konnte sie erkennen, daß seine Augen den starren Blick behalten hatten. »Ich bin blau, Baby. Aber heute nacht war es anders als sonst.«

»Das hast du mir schon einmal in Philadelphia gesagt.«

»Ja?« Er zeigte keine Reaktion.

Sie schmiegte sich an ihn. »Robin, war es mit vielen Mädchen anders?«

»Nein – doch – ich weiß nicht.« Seine Stimme klang schläfrig. »Bitte geh nicht von mir.« Er zog sie an sich. »Versprich mir, daß du ... mich nie verläßt.«

Sie umarmte ihn. Jetzt! dachte sie. Nutz die Chance. Wirf ihn aus dem Bett. Sag: Good bye, Nachrichtenmann! – Aber sie brachte es nicht fertig.

»Ich werde dich nie verlassen, Robin, ich schwöre es.«

Er war schon halb im Schlaf. »Das sagst du nur so.«

»Ich habe das noch zu keinem Mann gesagt. Ich verspreche es. Ich liebe dich.«

»Nein, du wirst mich verlassen ... um ...«

»Um was?« Sie mußte es wissen.

Aber er schlief schon.

Maggie verbrachte eine unruhige Nacht. Alle paar Minuten wachte sie auf, starrte auf den Mann in ihren Armen und vergewisserte sich, daß sie dies alles nicht nur geträumt hatte. Bald kamen die ersten hellen Streifen der Morgendämmerung, und staunend nahm sie wahr, wie plötzlich die Sonne am Himmel stand.

Vorsichtig befreite sie sich aus Robins Armen und schlich auf Zehenspitzen ins Badezimmer. Er sollte seinen Wodkarausch gründlich ausschlafen. Er sollte sich wohl fühlen, wenn er aufwachte. Sie warf einen Blick in den Spiegel. Großer Gott, sie mußte gestern abend hübsch beschwipst gewesen sein! Nicht mal ihr Make-up hatte sie entfernt. Gott sei Dank war sie zuerst aufgewacht! Lippenstift und Wimperntusche waren restlos verschmiert. Sie cremte das Gesicht ein, ging unter die Dusche und legte hinterher ein leichtes Make-up auf. Das Haar band sie sich zu einem Pferdeschwanz, zog dann Jeans und eine Bluse an und ging in die Küche. Ob er Eier mochte? Schinken? Vielleicht würde ihm nach dem vielen Wodka allein schon vom Geruch übel werden. Sie setzte Kaffeewasser auf und öffnete eine Büchse Tomatensaft. Angeblich war das für einen Kater genau das richtige. Für den Fall, daß er doch Eier wollte, stellte sie die Pfanne griffbereit. Himmel, sie würde alles für ihn tun!

Es war fast Mittag, als er sich endlich rührte. Maggie schenkte ein Glas Tomatensaft ein und brachte es ihm ans Bett. Das Zimmer lag im hellen Sonnenschein. Robin sah sich blinzelnd um.

»Mein Gott. Maggie!« Fassungslos sah er auf das Bett und dann wieder auf Maggie. »Wie bin ich hierhergekommen?«

»Um halb fünf heute morgen. Auf deinen Beinen.«

Wie in Trance gab er ihr das leere Glas zurück. »Haben wir ... ja, vermutlich.« Er starrte das Bett an und schüttelte den Kopf. »Manchmal, wenn ich sehr betrunken bin, weiß ich nicht mehr, was ich tue. Verzeih, Maggie.« Dann sah er sie verärgert an. »Warum hast du mich 'reingelassen?«

Sie schluckte an dem Kloß in ihrer Kehle.

»Mein Gott!« Er fuhr sich mit der Hand durchs Haar. »Ich kann mich nicht erinnern. Ich kann mich einfach nicht erinnern.«

Sie spürte, wie ihr die Tränen übers Gesicht liefen, aber der aufsteigende Zorn gab ihr ihre Fassung zurück. »Das ist in dieser Situation der abgedroschenste Satz von der Welt, Robin. Aber spiel ruhig die alte Platte, wenn dir dabei wohler ist. Das Badezimmer ist nebenan.«

Sie warf den Kopf in den Nacken und ging ins Wohnzimmer, wo

sie sich eine Tasse Kaffee einschenkte. Ihr Zorn verrauchte ein wenig. Die Bestürzung in seinen Augen war echt gewesen, und plötzlich wußte sie, daß er die Wahrheit sprach. Er konnte sich wirklich an nichts erinnern.

Als er aus dem Badezimmer kam, war er noch damit beschäftigt, sich die Krawatte umzubinden. Das Jackett, das er über den Arm gehängt hatte, warf er auf die Couch. Maggie reichte ihm eine Tasse Kaffee.

»Wenn du Eier möchtest, oder Toast . . .« sagte sie.

Er schüttelte den Kopf. »Das Ganze tut mir wahnsinnig leid, Maggie. Andys wegen. Und am meisten deinetwegen. Hör zu, ich fliege heute ab. Du brauchst Andy ja nichts zu sagen. Ich werde das bei ihm irgendwie wiedergutmachen . . . ich finde schon eine Möglichkeit.«

»Und ich?«

Er sah sie an. »Du wußtest ja, was du tatest. Andy nicht. Er ist dein Freund.«

»Ich bin nicht verliebt in Andy.«

Er grinste. »Und vermutlich bist du rasend in mich verliebt.«

»Ja, genau.«

Er lachte, als sei das ein schlechter Witz. »Ich muß ja umwerfend sein, wenn ich blau bin.«

»Willst du damit sagen, daß dir so was oft passiert?«

»Oft nicht. Aber einige Male ist es schon vorgekommen, und dann packte mich jedesmal eine Heidenangst. Heute stehe ich zum erstenmal der unbestreitbaren Tatsache gegenüber, mich an gar nichts erinnern zu können. Gewöhnlich weiß ich beim Aufwachen, daß irgend etwas war. Meistens, wenn ich mich so richtig habe volllaufen lassen. Gestern abend fühlte ich mich jedoch ganz sicher und glaubte, ich könne gefahrlos tanken, weil ich ja nur mit dir und Andy zusammen war. Was ist denn überhaupt mit ihm los?«

»Wir haben ihn, als er völlig betrunken war, nach Hause gebracht.«

»Richtig, jetzt fällt's mir wieder ein. Ich glaube, das ist das letzte, woran ich mich erinnern kann.«

»Und von dem, was du mir gesagt hast, weiß du nichts mehr?«

Seine blauen Augen sahen sie offen an. »War ich häßlich zu dir?«

Maggie kamen die Tränen. »Nein, du warst so lieb zu mir wie nie ein Mensch zuvor.«

Er stellte die Tasse ab und stand auf. »Maggie, es tut mir leid

Ehrlich leid.«

Sie sah ihn an. »Bedeute ich dir etwas, Robin?«

»Ich mag dich, darum will ich dir nichts vormachen. Du bist eine gescheite, wunderschöne Frau – aber du bist nicht mein Typ.«

»Ich bin nicht dein . . .«, das Wort wollte ihr nicht über die Zunge.

»Maggie, ich weiß nicht, was mich veranlaßt hat, hierher zu kommen. Ich weiß weder, was ich gesagt, noch was ich getan habe . . . und, mein Gott, es tut mir leid, daß ich dich gekränkt habe.« Er trat an sie heran und wollte ihr sacht übers Haar streichen, aber sie wich ihm aus. »Schau, für dich und Andy bleibt alles beim alten. Wir löschen diese Nacht aus unserem Gedächtnis.«

»Geh bitte! Ich habe dir gesagt, daß es mit Andy aus ist; daß es schon vor dieser Nacht aus war.«

»Das wird eine bittere Pille für ihn sein, denn er hat dich sehr gern.«

»Ich bin nicht die Richtige für ihn. Ich bin nicht verliebt ihn ihn. Bitte, geh jetzt.«

»Ich will Andy nach New York holen«, sagte er plötzlich. »Miami gibt für Nachrichten nicht genug her. Wie ist es mit dir? Hast du Lust, in New York zu arbeiten?«

»Nun hör doch endlich auf, den lieben Gott zu spielen!«

Er sah ihr in die Augen. »Maggie, ich wollte, ich könnte die vergangene Nacht ungeschehen machen. Es ist sehr lange her, daß mir ähnliches passiert ist. Zuletzt in Philadelphia.«

Sie starrte ihn an. »Du erinnerst dich an Philadelphia?«

Er schüttelte den Kopf. »Als ich aufwachte, war das Mädchen fort. Ich weiß nur noch, daß sie einen orangefarbenen Lippenstift benutzte.«

»Ich benutze einen orangefarbenen Lippenstift.«

Robins Augen weiteten sich ungläubig.

Sie nickte stumm. »Verrückt, nicht? Ich machte in Philadelphia eine aktuelle Sendung.«

»Ja, um Himmels willen, reist du mir etwa nach?«

Sie war so empört über diese verletzende Bemerkung, daß sie ihm ins Gesicht schlug.

Er lächelte traurig. »Das habe ich wohl verdient. Du mußt mich ja hassen . . . so lange waren wir zusammen, und ich habe mich an nichts erinnert.«

»Ich hasse nicht dich«, erwiderte sie kühl. »Ich hasse mich. Ich hasse alle Frauen, die ihre Selbstbeherrschung verlieren oder sich wie sentimentale Idioten benehmen. Es tut mir leid, daß ich dich geschlagen habe. Du bist es nicht wert.«

»Gib dich nicht so hart, das paßt nicht zu dir.«

»Was weißt denn du von mir? Was kannst du schon von mir wissen? Du hast zweimal mit mir geschlafen und es vergessen. Woher nimmst du das Recht, mir zu sagen, was ich bin? Wer bist denn du? *Was* bist du?«

»Ich weiß es nicht, ich weiß es wirklich nicht.« Er drehte sich um und ging.

20

Gleich nach der Rückkehr ins Hotel bezahlte Robin seine Rechnung und fuhr zum Flughafen.

In New York herrschte klares, trockenes Wetter, die Temperaturen lagen bei fünf Grad. Der Kennedy Airport wimmelte von gutgelaunten Festtagsreisenden. Robin nahm ein Taxi und erreichte kurz bevor der Stoßverkehr einsetzte seine Wohnung. Er gelobte sich, bis zum Heiligabend in Los Angeles keinen Alkohol anzurühren.

In der Post fand sich nichts Besonderes, die Wohnung war sauber, trotzdem beschlich ihn eine merkwürdige niedergedrückte Stimmung. Er öffnete eine Büchse Tomatensaft und meldete ein Gespräch nach Los Angeles an. Vermutlich war Amanda inzwischen aus dem Krankenhaus entlassen worden.

»Wo, zum Teufel, hast du gesteckt? *Jetzt* rufst du an!« Ikes Stimme klang matt und teilnahmslos.

»Wie steht's?« fragte Robin fröhlich.

»*Ruf mich an, wenn du mich brauchst*«, äffte Ike ihn nach. »O Mann ... und ob ich dich angerufen habe! Zwei Tage lang habe ich dich angerufen!«

»Ich war auf einem Fischerboot. Warum hast du mir keine Nachricht hinterlassen?«

Ike seufzte. »Wozu? Du hättest die Beerdigung ohnehin verpaßt.«

Robin hoffte, er habe sich verhört. »Was für eine Beerdigung?«

»Es hat in allen Zeitungen gestanden. Erzähl mir nicht, du hättest es nicht gelesen.«

»Ike ... um Himmels willen, ich komme gerade nach New York zurück. Was ist los?«

Mit bleierner Stimme sagte Ike: »Amanda ist vorgestern beerdigt worden.«

»Aber vor einer Woche hast du mir noch erzählt, es ginge ihr gut!«

»Wir dachten es. An dem Tag, an dem sie starb . . . am selben Morgen sah sie noch großartig aus. Ich kam gegen elf ins Krankenhaus. Amanda saß – zurechtgemacht und in einem wunderschönen Morgenrock – im Bett und schrieb Weihnachtskarten. Das Medikament hatte angeschlagen. Ich hoffte, sie in wenigen Tagen nach Hause nehmen zu können. Plötzlich ließ sie den Kugelschreiber fallen und bekam einen ganz starren Augenaussdruck. Ich rannte zur Tür, rief nach Schwestern und Ärzten, und in Sekundenschnelle war das Zimmer voller Leute. Der Arzt gab ihr eine Spritze, darauf schlief sie ein. Drei Stunden saß ich an ihrem Bett. Dann schlug sie die Augen auf, sah mich an und lächelte schwach. Ich nahm sie in die Arme und sagte, es werde alles gut werden. Ihre Augen waren ganz klar, und sie sagte: ›Ike, ich weiß, ich weiß‹.« Er schwieg.

»Was meinte sie damit?« fragte Robin.

»Das mag der Himmel wissen. Sie wollte mir vielleicht zu verstehen geben, sie wisse, daß sie sterben müsse. Ich klingelte nach der Schwester, die sofort mit der Spritze kam, aber Amanda schob sie beiseite. Sie klammere sich an mich, als wüßte sie, daß sie nicht mehr viel Zeit hatte, und flehte: ›Robin, kümmere dich um Slugger – bitte, Robin!‹ Dann verlor sie das Bewußtsein. Die Schwester meinte, sie habe nicht gewußt, was sie sagte; sie habe sich in frühere Zeiten zurückversetzt geglaubt.

Ungefähr eine Stunde später wachte sie noch einmal auf, sah mich mit ihrem süßen Lächeln an und griff nach meiner Hand. O Gott, Robin, ihre Augen waren ganz weit offen und voller Angst. Sie sagte: ›Ike, ich liebe dich. Ich liebe *dich*.‹ Dann schloß sie die Augen. Sie hat das Bewußtsein nicht mehr wiedererlangt: Eine Stunde später war sie tot.«

»Ike, ihre letzten Worte galten dir! Das sollte dir ein Trost sein.«

»Wenn sie gesagt hätte ›Ike, ich liebe dich‹, Punkt, dann wäre es gut gewesen. Aber das tat sie ja nicht. Sie sagte: ›Ich liebe *dich*.‹ Als wollte sie mich überzeugen, daß sie nicht dich, sondern mich liebe. Daran erkennst du Amandas Warmherzigkeit und ihre Fairneß. Sie ahnte, daß ihr das Ende bevorstand, und sie wollte mir etwas zurücklassen, woran ich mich klammern konnte.«

»Ike, grüble nicht darüber nach. Sie wußte nicht, was sie sagte.«

»Ja. Hör mal, bist du einverstanden, wenn ich den Kater behalte?«

»Den Kater?«

»Na ja, von Rechts wegen gehört er dir. Ob Amanda nun bei Bewußtsein war oder nicht, sie hat jedenfalls gesagt, du solltest dich um Slugger kümmern. Und ich würde ihr auch diesen letzten Wunsch erfüllen. Aber ich hänge an dem Tier . . . mir ist, als wäre es ein Stück von ihr.«

»Selbstverständlich«, sagte Robin, »gehört der Kater dir.«

»Ich habe jede Nacht mit ihm geschlafen«, sagte Ike. »Slugger spürt, daß irgend etwas nicht in Ordnung ist. Wir sind beide zwei verlorene Seelen.«

»Ike, gib dem Kater einen Teller Milch und schlaf mit einer Blonden.«

»Mit meinem sprichwörtlichen Glück drehe ich als nächstes einen Kriegsfilm. Kein einziges Weib darin. Nur zwanzig Burschen, die alle aussehen wie John Wayne. Aber was hilft's, zum Teufel! Ich werde mich schon wieder aufrappeln. Fröhliche Weihnachten, Robin.«

»Danke. Alles Gute, Ike.«

Robin legte auf und lehnte sich zurück. Amanda war tot . . . es schien ihm unvorstellbar. Sie konnte nicht so an ihm gehangen haben. Ike war in seinem Kummer wahrscheinlich ganz durcheinander. Der arme Kerl! Was für ein trostloses Weihnachtsfest für ihn.

Auch für Robin war der Gedanke an Weihnachten nicht gerade erfreulich. Plötzlich hatte er das dringende Bedürfnis, Weihnachten mit einem Menschen zu verleben, der ihm nahestand. Wen gab es da? Seine Mutter? Seine Schwester? Kitty war in Rom, und Lisa – Gott, er hatte sie schon eine Ewigkeit nicht mehr gesehen. Hatte sogar vergessen, wie ihre Kinder aussahen. Kurz entschlossen meldete er ein Gespräch nach San Francisco an.

Lisa schien ehrlich überrascht. »Robin! Das ist doch nicht die Möglichkeit! Du rufst mich an: Laß mich raten – du heiratest!«

»Es ist eine Woche vor Weihnachten, und so seltsam es dir vorkommen mag – gelegentlich denke ich auch einmal an meine Familie. Besonders um diese Jahreszeit. Was machen die Kinder, und wie geht's meinem guten Bürstenschnitt-Schwager?«

»Er trägt ihn noch immer, den Bürstenschnitt, und ist noch immer der wunderbarste Mann der Welt. Eigentlich müßte ich dir böse sein, Robin. Du warst so oft in Los Angeles und hast nicht einmal angerufen. San Francisco liegt nur eine Flugstunde entfernt. Kate und Dickie würden dich so gern sehen. Du hast uns gerade noch erwischt. Wir fahren in einer Stunde nach Palm Springs und verbringen die Feiertage bei Dicks Familie. Wir sind Tennisnarren geworden. Wann sehen wir dich?«

»Wenn ich das nächstemal in Los Angeles bin, das verspreche ich.« Er schwieg einen Moment und fragte dann: »Was macht Kitty?«

Seine Schwester antwortete nicht sofort. »Robin, warum nennst du sie eigentlich immer so?« fragte sie schließlich.

»Weiß nicht. Ich glaube, seit der alte Herr tot ist.«

»Du meinst Vater.«

»O komm, Lisa. Wie geht es Kitty?«

»Warum nennst du sie Kitty?«

Er lachte. »Also schön, wie geht's unserer lieben Mami?«

»Sie war dir eine gute Mutter, Robin.«

»Das stimmt. Und ich bin froh, daß sie sich ein schönes Leben machen kann. Nun sag schon, wie geht's ihr?«

»Nicht gut. Sie hatte leichte Herzanfälle und war einen Monat im Krankenhaus. Es geht ihr zwar wieder besser, aber der Arzt hat sie dringend gebeten, in allem maßzuhalten. Sie nimmt Nitroglyzerintabletten, hat sich in Rom ein großes Haus gemietet und natürlich wieder jemanden aufgenommen – diesmal einen zweiundzwanzigjährigen Jüngling. Wahrscheinlich ist er schwul. Sie sagt, er kocht für sie und liest ihr jeden Wunsch von den Augen ab. Dafür zahlt sie ihm ein entsprechendes Taschengeld. Kannst du folgen?«

»Ich find's großartig. Willst du, daß sie sich einen arthritischen alten Mann ins Haus holt? Mir geht's genau wie Kitty; mir sind sie jung und knusprig auch lieber.«

»Möchtest du eigentlich nie Heim und Familie haben?«

»Nicht ums Verrecken ... und soll ich dir was sagen? Die gute Kitty wollte es im Grunde auch nicht. Ich glaube, sie hat uns nur in die Welt gesetzt, weil es sein mußte.«

»So etwas darfst du nicht sagen«, erwiderte Lisa heftig.

»Komm, komm, Lisa. Wir hatten immer ein Kindermädchen. Du zumindest. Ich kann mich noch erinnern, wie ängstlich Kitty war, wenn sie dich auf den Arm nehmen mußte. Und daß sie mich je auf den Arm genommen hätte, daran kann ich mich überhaupt nicht erinnern. Ich glaube, wir waren ein Programmpunkt – ein Junge und ein Mädchen, um die Familie zu vervollständigen.«

»Sie liebte Kinder«, sagte Lisa böse, »und hat sich brennend danach gesehnt. Als ich kam, hatte sie die Hoffnung schon halb aufgegeben.«

»Woran du siehst, wie wenig ich ihr bedeutet haben muß«, sagte er leichthin.

»Nein. Es war ganz anders. Schließlich sind wir ja sieben Jahre auseinander. Sie hat sich immer ein Haus voller Kinder gewünscht. Als ich zur Welt kam, wäre sie fast bei der Entbindung gestorben, und nach mir hat sie noch drei Fehlgeburten gehabt.«

»Wieso habe ich nie davon erfahren?«

»Ich habe es auch lange Zeit nicht gewußt. Nach Daddys Tod besuchte sie mich kurz. Ich erwartete damals Kate, und da sagte Mutter zu mir: ›Schaff dir nicht nur ein oder zwei Kinder an, Lisa, schaff dir ein ganzes Haus voll an. Du und Robin, ihr bekommt einmal so viel Geld, daß ihr euch beide viele Kinder leisten könnt. Das Leben ist leer ohne Kinder.‹ Und bei dieser Gelegenheit hat sie mir dann manches von früher erzählt. Ich wollte, daß sie bei uns blieb, aber sie war strikt dagegen. Sie meinte, ich hätte meinen Mann und mein eigenes Leben, und sie könne für sich selber sorgen. Sie war nicht davon abzubringen, nach Europa zu gehen.«

»Mädchen stehen ihren Müttern vermutlich näher«, meinte Robin ruhig.

»Das weiß ich nicht. Ich weiß aber wohl, daß Kinder wichtig sind. Mutter wußte das auch, und ich wünschte, du dächtest genauso.«

»Nun denn, Lisa, fröhliche Weihnachten und eine schöne Zeit in Palm Springs.«

»Danke Robin, frohe Weihnachten. Ich nehme an, ein paar Blondinen werden dir schon die Zeit vertreiben. Also schöne Tage.« Sie legte auf.

Nachdenklich rieb er sich den Kopf. In seiner Vorstellung hatte die Sendung über die fliegenden Untertassen schon Gestalt angenommen, aber er wußte, daß er vor dem ersten Januar doch nichts daran tun konnte. Jetzt waren erst einmal die Weihnachtstage zu überstehen. Er machte einen langen Spaziergang, sah sich dann die »Spätschau« an und ging schlafen. Um vier Uhr morgens wachte er schweißgebadet auf. Er zündete sich eine Zigarette an und verscheuchte die dumpfe Erinnerung an einen Alptraum. Vier Uhr morgens; dann war es in Rom bereits zehn. Je länger er darüber nachdachte, desto sinnvoller erschien ihm die Reise nach Rom. Er rief seine Mutter an. Es meldete sich eine männliche Stimme in steifem Englisch.

»Mrs. Stone bitte«, sagte Robin.

»Sie schläft noch. Kann ich etwas ausrichten?«

»Wer sind Sie?«

»Darf ich die Frage zunächst Ihnen stellen?«

»Ich bin ihr Sohn, Robin Stone, und nun sagen Sie mir vielleicht, wer Sie sind.«

»Oh!« Die Stimme wurde einen Ton herzlicher. »Ich habe viel von Ihnen gehört. Ich bin Sergio, ein guter Freund von Mrs. Stone.«

»Hören Sie zu, guter Freund, ich nehme die nächste Maschine nach Rom. Ich möchte Weihnachten bei meiner Mutter verleben. Wie geht es ihr denn?«

»Es geht ihr recht gut, aber wenn sie diese Nachricht hört, wird es ihr noch besser gehen.«

Wenn alle Gigolos diese Art von Charme versprühten, war es kein Wunder, daß so viele Frauen darauf hereinfielen. Dieser schickte seinen Charme sogar durchs Telefon von Kontinent zu Kontinent. Mit Absicht behielt Robin seinen nüchternen Tonfall bei.

»Sie könnten mir ein Telegramm ersparen, guter Freund, und mir ein Zimmer im Excelsior reservieren lassen.«

»Ich verstehe nicht . . .«

»Excelsior. Das ist ein großes Hotel an der Via Veneto.«

»Ich kenne das Hotel gut, aber warum wollen Sie dort wohnen? Ihre Mutter hat einen sehr großen Palazzo. Zehn Schlafzimmer. Sie wäre sicher sehr verletzt, wenn Sie nicht bei ihr wohnten.«

»Zehn Schlafzimmer?«

»Es ist eine hübsche Villa. Sehr ruhig.«

Das glaube ich gern, dachte Robin. Und mit viel Freiheit für den kleinen Sergio, seine Boyfriends einzuladen. Aber er sagte nichts.

»Wenn Sie Ihre Ankunft telegrafieren, werde ich Sie abholen«, schlug Sergio vor.

»Das ist nicht nötig.«

»Es wäre mir ein Vergnügen.«

»Okay, guter Freund, Sie verdienen sich Ihre Brötchen aber redlich, was?«

»Ich freue mich, Sie kennenzulernen.«

Die Maschine landete um elf Uhr abends Ortszeit, worüber Robin ganz froh war; er konnte Kitty noch begrüßen und dann gleich schlafen gehen. Im Grunde wäre ihm ein Hotel lieber gewesen. Die Rolle eines Hausgastes lag ihm nicht; nicht einmal im Hause seiner Mutter. Immerhin, ein Palazzo in Rom mit Sergio als Majordomus war natürlich nicht zu vergleichen mit der Villa, die sie in Boston bewohnt hatten. Außerdem war Robin überzeugt, daß Sergio nicht die entfernteste Ähnlichkeit mit seinem Vater aufwies.

Er sah den hübschen jungen Mann in den engen Hosen schon von weitem. Als er durch die Sperre kam, eilte Sergio auf ihn zu und wollte ihm das Handgepäck abnehmen.

Robin winkte ab. »So altersschwach bin ich noch nicht, junger Mann.«

»Ich bin Sergio. Darf ich Robin zu Ihnen sagen?«

»Habe nichts dagegen.« Sie gingen zur Gepäckausgabe. Der Junge sah ungewöhnlich gut aus. Besser als mancher Filmstar. Zweifellos war er von der anderen Fakultät, aber trotzdem nicht weibisch. Nicht nur sein Aussehen und sein Akzent hatten etwas Gewinnendes, er benahm sich auch gut. Eifrig und bereitwillig kümmerte er sich um alles, ohne sich anzubiedern. Der Bursche schien sich tatsächlich über Robins Besuch zu freuen. Im Handumdrehen hatte er das Gepäck besorgt – was immer er da auf italienisch herunterrattern mochte, es tat seine Wirkung. Robin bekam seinen Paß gestempelt, und während andere sich noch nach ihren Koffern drängten, zückte Sergio nur ein paar Lirescheine, und innerhalb von Sekunden kam ein gebeugter alter Gepäckträger und verstaute Robins Gepäck in einen langen roten Jaguar. Auf der Fahrt in die Stadt blieb Robin schweigsam.

»Netter Wagen«, sagte er schließlich.

»Er gehört Ihrer Mutter.«

»Und damit gondelt sie sicher jeden Tag durch die Gegend?« fragte er bissig.

»Nein, ich fahre. Sie hatte einen großen Rolls mit Chauffeur, aber bei dem Verkehr in Rom war das nicht praktisch. Und der Chauffeur ...« Sergio rollte die Augen. »Er hatte ein Arrangement mit Tankstellen, und viel Geld Ihrer Mutter verschwand in seiner eigenen Tasche. Jetzt übernehme ich das Fahren.«

»Und Sie tanken sicher nur da, wo der Sprit besonders preiswert ist?«

»Das verstehe ich nicht.«

»Schon gut, Sergio. – Wie geht es meiner Mutter?«

»Ich glaube, es geht ihr so gut wie seit langem nicht. Ihr Besuch hat sie sehr glücklich gemacht. Wir wollen Weihnachten eine große Party geben. Ihre Mutter liebt Partys, und ich glaube, es ist gut für sie. Dann zieht sie sich hübsch an. Und wenn eine Frau sich hübsch anzieht, sieht sie hübsch aus und fühlt sich wohl.«

Robin lehnte sich zurück und beobachtete, wie Sergio den Jaguar im dichten City-Verkehr durch ein Gewühl winziger Autos schlängelte. Allmählich kamen sie in eine weniger belebte Gegend und bogen schließlich in die Via Appia ein. Sergio fuhr eine riesige, von Bäumen gesäumte Auffahrt hoch. Robin stieß einen Pfiff aus. »Sieht aus wie Neros Sommerpalast. Wie hoch ist denn die Miete?«

»Keine Miete«, sagte Sergio. »Kitty hat es gekauft. Sehr nett, nicht?«

Kitty erwartete sie in der großen Marmorhalle. Robin schloß sie liebevoll in die Arme. Sie schien kleiner, als er sie in Erinnerung hatte, aber ihr Gesicht war glatt und faltenlos. Auf den ersten Blick wirkte sie in ihrem Hausanzug aus rotem Samt wie eine Dreißigjährige. Sie führte ihn in eine riesige Wohnhalle. Der Fußboden bestand aus rosa Marmor, die hohen Wände schmückten Fresken. Sergio verschwand. Kitty und Robin setzten sich. »O Robin, es tut so gut, dich wiederzusehen!« Er schaute sie zärtlich an. Plötzlich war er unbändig froh, daß sie seine Mutter war. Er sah die braunen Altersflecken auf ihren Händen, die so schlecht zu dem jugendfrischen Gesicht paßten. Jetzt, da sie ihm nah gegenüber saß, wirkte sie mit einemmal wie eine kleine alte Frau. Ihr Körper schien eingesunken, selbst das glatte Gesicht sah alt aus.

Als dann Sergio wiederkam, vollzog sich eine erstaunliche Wandlung mit Kitty. Sie setzte sich hoch, ihr Körper, scheinbar um Zentimeter gewachsen, verlor alles Hinfällige, ihr Lächeln war jung, und als sie von Sergio das Glas Champagner entgegennahm, *war* sie jung.

»Ich habe Ihnen einen Wodka-Martini mit Eis gemacht«, sagte Sergio. »Kitty hat mir erzählt, das sei Ihr Getränk. Ist er richtig gemacht?«

Robin nahm einen großen Schluck. Es war unglaublich. Der Bursche machte einen besseren Martini als der Barmixer in der Lancer Bar. Sergio verschwand wieder, Kitty ergriff Robins Hände. »Ich bin ein wenig müde. Morgen werden wir über alles reden. O Sergio, das ist süß von dir.« Der Junge war mit einer Platte kaltem Hummer zurückgekehrt.

Robin tauchte ein Stück Hummer in irgendeine Sauce. Er stellte plötzlich fest, daß er Hunger hatte. Sergios Talente waren unbegrenzt. Er beobachtete den jungen Mann, der aufrecht neben dem Kamin stand. Wie konnte jemand, der so aussah, schwul werden? Wenn es ihm ums Geld ging, hätte sich doch gewiß leicht eine junge, reiche Erbin finden lassen. Warum sich mit einer so viel älteren Frau einlassen? Nun ja: Eine ältere Frau war für die kleinste Aufmerksamkeit dankbar. Dankbar genug, um ihm hin und wieder einen Freund zu gestatten.

»Du hast gerade noch rechtzeitig angerufen«, sagte Kitty. »Wir hatten schon Flugkarten in die Schweiz. Ich hatte Sergio zehn Tage Skiurlaub versprochen.«

Robin machte ein bestürztes Gesicht. »Warum habt ihr mir nicht gesagt, daß ihr schon etwas vorhattet?«

Kitty winkte ab. »Für mich spielte es sowieso keine Rolle. Gott soll mich schützen, daß ich noch mit Skilaufen anfange. Nur der arme Sergio hatte sich schon so auf die Reise gefreut. Es war aber sein Entschluß, daß wir nicht fahren würden. Als ich aufwachte, erzählte er mir, daß du kämst und daß er unsere Zimmer abbestellt hätte.«

Robin sah Sergio an. Der junge Mann zuckte die Achseln. »Ich könnte mir denken, daß die Luft dort oben für Kitty sowieso zu dünn ist. Mit ihrem Herzen sollte sie vielleicht nicht in die Alpen fahren.«

»Unsinn! Der Arzt hat gesagt, es schade mir nichts!« sagte Kitty. »Aber so ist es ja viel netter. Wir sind alle zusammen. Und – hat Sergio dir schon erzählt? – Weihnachten geben wir eine große Party. Ich mache eine Liste. Viele Leute sind natürlich über die Feiertage verreist, aber wer immer sich in Rom herumtreibt, wird kommen. Robin, du bleibst doch bis nach Neujahr? Schließlich haben wir deinetwegen auf die Alpen verzichtet, da darfst du uns nicht gleich wieder davonrennen.«

»Aber wenn ich nur ein paar Tage bliebe, könntet ihr doch immer noch in die Schweiz fahren.«

»Nein. Jetzt bekämen wir keine Zimmer mehr. Die anderen mußten wir Monate im voraus bestellen. Also, jetzt wird hiergeblieben!«

Kitty stellte ihr Glas ab. »Es wird Zeit für mich, schlafen zu gehen.« Robin stand auf, aber sie winkte ab. »Trink in Ruhe aus, Liebling. Für mich ist es spät, aber du lebst ja noch nach amerikanischer Zeit und kannst folglich gar nicht müde sein.« Sie küßte ihn auf die Wange. Sergio bot ihr den Arm; sie sah ihn dankbar an. »Er ist ein lieber Junge, Robin. Ich bin sehr froh, daß ich ihn habe. Er könnte mein Sohn sein.« Dann ging sie mit Sergio hinaus. Robin sah ihnen bis zum Treppenaufgang nach und schenkte sich dann einen kräftigen Schuß Wodka nach. Er war auch müde, hatte aber noch keine Lust, ins Bett zu gehen. Er hatte nichts zu lesen, und dieses merkwürdige Gefühl von Einsamkeit ließ ihn nicht los. Sein Blick wanderte zur Treppe. Ob Kitty und Sergio miteinander ins Bett gingen? Er schauderte. Es war eine milde Winternacht – trotzdem war ihm kalt. Er ging zum Kamin. Vielleicht lag es an dem verdammten Marmor.

»Ich habe in Ihrem Zimmer den Kamin angemacht.«

Robin drehte sich um – am Fuß der Treppe stand Sergio.

»Ich habe Sie gar nicht gehört«, sagte Robin. »Sie schleichen aber wirklich auf leisen Sohlen durchs Haus.«

»Ich trage absichtlich Gummisohlen. Kitty legt sich oftmals ein wenig hin, und ich möchte nicht, daß meine Schritte sie stören.«

Robin ging wieder zur Couch und rückte, als Sergio sich neben ihn setzte, ganz auf eine Seite. Er sah den Jungen an. »Hören Sie zu, Sergio, wir wollen eins von vornherein klarstellen: Suchen Sie Ihr Vergnügen bei meiner Mutter oder bei anderen Männern, aber machen Sie sich bitte keine Hoffnungen auf mich.«

»Vierzig ist für einen Junggesellen ziemlich alt.«

Robin lachte, aber es war kein fröhliches Lachen. »Gut kombiniert. Trotzdem sind Sie auf dem falschen Dampfer. Ich habe ein Faible für Frauen, mein Freund – so sehr, daß ich mich nie für eine einzige habe entscheiden können.« Der schmelzende Blick aus Sergios dunkelbraunen Augen war ihm unangenehm. »Sagen Sie, warum sind Sie nicht mit Kitty im Bett? Dafür werden Sie doch bezahlt, oder nicht?«

»Ich bin mit ihr zusammen, weil ich sie gern habe.«

»Oh, ich habe sie auch gern. Aber als ich so alt war wie Sie, habe ich meine Mutter verlassen, obwohl sie da noch ein ganzes Stück jünger und hübscher war.«

Sergio lächelte. »Sie ist nicht meine *Mutter.* Wir lieben uns, aber nicht so, wie Sie denken. Ihre Mutter möchte keinen Sex, sie möchte Zuneigung, jemanden, der bei ihr ist. Ich hänge an ihr und werde immer sehr gut zu ihr sein.«

»Davon bin ich überzeugt, Sergy«, sagte Robin mit Nachdruck. Er begann den Jungen mit etwas anderen Augen zu betrachten und fand ihn nicht unsympathisch. Komischerweise dachte er, daß Kitty sich glücklich schätzen konnte; er war Sergio dankbar.

»Erzählen Sie mir von Ihrer Arbeit in den Staaten«, sagte Sergio.

»Da gibt's nicht viel zu erzählen ... ich bin Nachrichtenredakteur beim Fersehen.«

»Gefällt es Ihnen nicht?«

Robin zuckte die Achseln. »Was heißt gefallen? ... Es ist ein Job.« Er schenkte sich Wodka ein. Der junge Mann sprang auf und brachte ihm Eis.

»Jeder Mensch braucht einen Job«, sagte Robin langsam.

»Wir sind ein katholisches Land. Bei uns gibt es keine Ehescheidung. Die armen Leute bekommen viele Bambini, sie müssen jeden Job annehmen, ob er ihnen gefällt oder nicht, und schwer arbeiten. Aber wer reich ist, sucht sich einen Beruf, der ihm Freude macht. Alle Läden und Geschäfte schließen mittag von zwölf bis drei. Da führen die reichen Leute ein bequemes Leben. Sie besuchen mittags ihre Geliebten, essen mit ihnen, trinken Wein und gehen ins Bett. Und abends sind sie dann bei ihren Frauen und lassen sich verwöhnen. Aber ihr Amerikaner ... ihr nehmt einen Job an, an dem euch gar nichts liegt. Sagen Sie mir eins, trinken Sie jemals Wein zum Mittagessen?«

Robin lachte. »Der Gedanke käme mir nicht.«

»Aber warum nicht? Ihre Mutter vererbt Ihnen einmal so viel Geld – warum arbeiten Sie so schwer, wenn es für Sie nur ein Job wie jeder andere ist?«

»So schwer arbeite ich gar nicht. Mag sein, daß wir ziemlich gehetzt sind, dafür erwarten wir auch nicht, von Frauen ausgehalten zu werden; nicht von Geliebten und nicht von Müttern.«

Sergios Gesichtsausdruck veränderte sich nicht. Die Anspielung war an ihm abgeglitten.

»Wollen Sie diesen Job beim Fernsehen Ihr ganzes Leben lang ausüben?« Die Frage verriet ehrliches Interesse.

»Nee. Eines Tages mache ich Schluß damit und schreibe ein Buch.«

Sergios Augen leuchteten auf. »Ich lese den ganzen Tag. Kitty tut viel für meine Bildung. Ich weiß ja so wenig. Augenblicklich lese ich *Outline of History* von Wells. Schreiben Sie auch wie Mr. Wells?«

»Ich schreibe wie Robin Stone ... anders kann ich nicht, mag das nun gut oder schlecht sein. Das Dumme ist nur, daß ich kaum Zeit dafür habe.«

»Ich finde, Sie sollten Ihren Job aufgeben und zu uns kommen. Sie könnten hier schreiben, und wir würden zusammen herrlich leben. Bitte, Robin! Kitty wäre glücklich, und ich würde mich sehr freuen.«

Robin lächelte. »Ich bin zu alt für eine Hausgemeinschaft, mein Freund.«

»Sie hätten Ihr eigenes Zimmer. Wir würden Ihnen ein Apartment einrichten. Und in den Ferien könnten Sie mit mir zum Skilaufen fahren. Bitte, Robin!«

»Sergio, als mich das letztemal jemand so angesehen hat wie Sie jetzt, haben wir drei Tage im Bett verbracht – nur mit dem Unterschied, daß es sich um ein Mädchen handelte. Also, lassen Sie das.«

»Merkt man es?«

»Selbst ein Blinder würde es merken.«

»Stört es Sie?«

»Wenn Sie wollen, daß ich bleibe, dann hören Sie auf, mich so anzuschmachten.«

Sergio seufzte. »Ich verstehe. Es ist nur, weil . . . Sie alles sind, was ich mir von einem Mann erträume. Ich kann nichts dafür – so wenig wie ein Mädchen dafür könnte. Aber wenn ein Mädchen Sie so ansähe, wären Sie ihr nicht böse. Ich habe auch ein Herz, und für meine Gefühle kann ich nichts. Aber keine Sorge.« Er hielt ihm die Hand hin. »Schlag ein, Robin, wir wollen Freunde sein!«

Sergios fester Händedruck überraschte Robin. »Das soll ein Wort sein.« Er stellte sein Glas hin, stand auf und ging zur Treppe. »Ach, übrigens, wo schläfst du denn?«

»Neben dem Zimmer deiner Mutter.«

Robin grinste, aber Sergio sah ihn ernst an. »Sie ist herzkrank. Ich denke, es ist besser, wenn ich jederzeit in Rufweite bin.«

»Gute Nacht, Sergio . . . du hast mich abgehängt.«

Lächelnd ging Sergio zum Kamin. »Ich werde das Feuer löschen. Die Dienstboten kommen um sieben. Ich habe dir eine Thermosflasche mit heißem Kaffee auf den Nachttisch gestellt, falls du früher aufwachst.«

Robin lachte und ging nach oben. »Ich bin froh, daß es hier nur einen von deiner Sorte gibt – sonst wären die Mädchen am Ende überflüssig.«

Während der nächsten Tage stürzte Kitty sich in Weihnachtsvorbereitungen. Lebensmittel mußten gekauft werden, Wein,

Weihnachtsschmuck, ein Tannenbaum. Jeden Tag drückte sie Robin und Sergio eine Liste in die Hand und schickte sie wie zwei Kinder zum Einkaufen. Robin ließ sich vergnügt von der weihnachtlichen Ferienstimmung einfangen. Sergio fuhr mit ihm im Jaguar durch Rom. Er kannte alle Delikatessenläden. Der gemütliche Schlendrian machte Robin Spaß. Er trank sogar Wein. Sein Verhältnis zu Sergio war ungezwungen. Der Junge war nett und höflich. Robin faßte eine väterliche Zuneigung zu ihm.

Über Mittag, wenn die Geschäfte in der Stadt geschlossen waren, saßen sie oft bei einem ausgedehnten Mahl zusammen. Dann stellte Sergio eifrig Fragen über die Vereinigten Staaten, über New York, Chicago und vor allem Hollywood, das ihn zu faszinieren schien. Er hatte alle möglichen Filmillustrierten verschlungen und staunte über die verschwenderischen Grundstücke und Villen. »In Rom leben vielleicht drei oder vier Leute auf so großem Fuß, aber in Hollywood hat jeder seinen eigenen Swimming-pool. Ein herrliches Leben muß das sein! Hier habe ich beim Film keine Chance, weil viele junge Männer so wie ich aussehen. In Hollywood wäre das ganz anders.«

»Hast du denn überhaupt schauspielerisches Talent?« fragte Robin.

»Muß man das beim Film haben?« Sergio blickte ihn unschuldig an. »Soviel ich weiß, wird ein Film aus lauter kleinen Szenen zusammengesetzt, und der Regisseur sagt einem, was man machen muß.«

»Ich fürchte, ganz so einfach ist es nicht. Warum nimmst du nicht Schauspielunterricht? Kitty hätte bestimmt nichts dagegen.«

Sergio zuckte die Achseln. »Es ist ja nur ein Traum. Ich fühle mich so wohl bei Kitty, und die letzten Tage, Robin, waren die glücklichsten meines Lebens.«

Einen Tag vor Weihnachten schleppte Sergio ihn zu einem Juwelier in der Via Sistina. Der Ladenbesitzer, ein fetter Mann mit Glatze, zitterte vor Aufregung, als er Sergio sah.

»Sergio, du bist zurückgekommen!« rief er aus.

»Ich möchte mir den Spiegel nochmals ansehen«, erwiderte Sergio abweisend.

»Aber hör mal: Ich habe dir doch gesagt, daß er dir gehört, wenn du ihn gern haben möchtest.« Er holte aus einer Schublade einen wunderschönen kleinen vergoldeten Florentiner Spiegel hervor, den Sergio voller Bewunderung betrachtete.

»Was, zum Teufel, soll das?« fragte Robin, der sich langsam

unbehaglich fühlte. Der Ladenbesitzer starrte Sergio verlangend an, aber Sergio war für die Blicke des Mannes anscheinend unempfänglich.

»Er gefiel Kitty so gut«, erklärte Sergio. »Sie hat ihn vor einem Monat entdeckt. Ich habe zwar gespart, aber erst die Hälfte beisammen.«

»Sergio ...«, schmeichelte die ölige Stimme des Juweliers, »ich habe dir doch gesagt, bezahl, was du kannst. Den Rest will ich dir schenken.«

Sergio überhörte die Bemerkung und zog ein paar zerknitterte Lirescheine aus der Tasche. »Robin, ich brauche noch ... ungefähr zwanzig Dollar, das würde reichen. Können wir Kitty den Spiegel nicht zusammen schenken?«

Robin nickte und gab dem Mann, der sich mit einem enttäuschten Achselzucken anschickte, das Geschenk einzupacken, das Geld. Robin sah sich inzwischen im Laden um. Sergio meinte: »Er hat sehr schöne Stücke. Er ist Sammler.«

»Sieht so aus, als ob er nicht nur Schmuck sammelt.«

Sergio verzog das Gesicht. »Er ist dafür bekannt, daß er jungen Männern Geschenke macht.«

Robin lachte. »Sergio, so wie er dich angesehen hat ... bist du ein gemachter Mann. Heirate ihn doch!«

»Ich kenne ihn erst, seit ich nach dem Preis des Spiegels gefragt habe. Er wollte ihn mir schenken, wenn ich ...«

»Warum hast du's nicht getan, Sergio? Viel älter als Kitty ist er auch nicht.«

»Ich hätte mit ihm schlafen müssen.«

»Na und?«

»Ich schlafe nur mit jemandem, den ich liebe.«

Auch die Homos haben ihren Stolz, stellte Robin mit innerer Belustigung fest. »Das ist wahr, Robin«, fuhr Sergio fort. »Ich habe nur wenige Freunde gehabt, und seit mein letzter Freund krank geworden ist, bin ich allein.«

»Und wann wirst du Kitty wegen eines neuen Freundes verlassen?«

»Ich werde sie nicht verlassen. Es ist nicht leicht für mich. Ich verliebe mich meistens in normale Männer und fange nicht mit irgendeinem etwas an, nur weil er homosexuell ist. Lieber möchte ich bei Kitty bleiben.«

»Bleib bei ihr, Sergio. Ich verspreche dir, daß du das Nötigste bekommst, wenn Kitty einmal nicht mehr da ist.«

»Geld bedeutet mir nicht viel«, erwiderte Sergio achselzuckend. Nach einer Pause fragte er plötzlich: »Robin, schenkst du mir etwas zu Weihnachten? Zur Erinnerung?«

Sie standen vor einer Vitrine mit Herrenarmbanduhren, die von Brillanten strotzten. Robins Blick verriet einen leisen Argwohn. »Okay, was sticht dir in die großen braunen Augen?«

»Hier drüben.« Sergio führte Robin zu einem Kasten, in dem goldene Kettenarmbänder lagen. »So eins habe ich mir immer schon gewünscht.«

Robin unterdrückte ein Lächeln. Die Armbänder kosteten um die achtzehn Dollar. Er winkte mit der Hand. »Such dir eins aus.« Der Junge freute sich wie ein Kind und wählte schließlich das billigste aus: schlichte goldene Kettenglieder mit einer Namensplatte.

»Darf ich meinen Namen eingravieren lassen? Das kostet aber extra.«

Robin lächelte. »Nur zu. Laß dir eingravieren, was du willst.«

Sergio klatschte – kaum zu glauben! – in die Hände und stürzte sich in ein italienisches Geschnatter mit dem Ladenbesitzer, während Robin sich weiter in dem Geschäft umsah. Plötzlich fiel sein Blick auf eine Anstecknadel in Gestalt eines Panthers aus schwarzem Email, der ihn aus grünen Juwelenaugen anstarrte.

Er winkte den Verkäufer zu sich. »Wieviel kostet der Panther?«

»Viertausend.«

»Lire?« fragte Robin.

»Nein, Dollar.«

»Dollar?!«

Der junge Verkäufer legte die Brosche auf eine weiße Samtunterlage. »Es ist eines der schönsten Stücke in ganz Rom. Die Nadel stammte aus Indien und ist dreihundert Jahre alt. Sie wurde von einem Maharadscha in Auftrag gegeben. Die Smaragde in den Augen sind unbezahlbar. Bedenken Sie, daß es sich um eine Antiquität handelt, für die Sie keinen Zoll bezahlen müssen.«

Robin starrte den Panther an. Die Juwelenaugen hatten genau die Farbe von ... Er wandte sich ab. Doch dann besann er sich anders und ließ den kostbaren Schmuck kurz entschlossen einpacken. Warum auch nicht, zum Teufel? Schließlich war er Maggie nach jener Nacht noch etwas schuldig. Als er den Reisescheck ausfüllte, wurde ihm bewußt, daß er noch nie so viel Geld auf einmal ausgegeben hatte. Seltsamerweise versetzte ihn seine Großzügigkeit in die fröhlichste Stimmung. Er steckte die Schachtel ein und ging wieder zu Sergio, der sich nicht eher zufriedengab, als bis man ihm schriftlich bestätigte, daß die Gravur noch bis Ladenschluß fertig würde.

Robin konnte sich nicht erinnern, je ein schöneres Weihnachtsfest verlebt zu haben. Im Kamin knisterte das Feuer, der Baum reichte bis an die Decke – sie hatten ihn sogar mit Puffmais behängt –, und um Mitternacht packten sie ihre Geschenke aus. Robin und Sergio bekamen von Kitty diamantene Manschettenknöpfe. Gerührt und leicht verlegen nahm Robin von Sergio einen kleinen goldenen Christophorus-Anhänger entgegen. »Er ist geweiht«, erklärte der Junge. »Weil du doch so viel reist.« Kitty war entzückt über ihr Geschenk, und Sergio konnte den ganzen Abend lang nicht den Blick von seinem neuen Armband lösen.

Am nächsten Tag strömten die Gäste in die Villa. Robin trank eine Menge Alkohol und landete schließlich mit einer hübschen Jugoslawin, deren Mann auf Geschäftsreise in Spanien war, in einer Wohnung gegenüber den Borghese-Gärten. Auch den darauffolgenden Nachmittag verbrachten sie miteinander im Bett. Danach kehrte Robin erschöpft, aber zufrieden in Kittys Palazzo zurück.

Rasch ging die Woche dahin.

Sergio fuhr ihn zum Flughafen. »Ruf mich an, wenn es ihr nicht gutgeht. Und sorg dafür, Sergio, daß sie unter ärztlicher Aufsicht bleibt. Sie wird es dir nicht sagen, wenn sie sich nicht wohl fühlt – weil sie Angst hat, man könnte sie für eine alte Frau halten. Darum mußt du bei dem geringsten Verdacht den Arzt rufen.«

»Du kannst dich auf mich verlassen, Robin.« Sie gingen zur Paßkontrolle. Das Gepäck war schon aufgegeben, und der Flug wurde eben angesagt. »Aber vielleicht solltest du selbst mal zum Arzt gehen, Robin.«

»Wie kommst du darauf? Ich bin völlig gesund.«

»Ich meine einen anderen Arzt.«

Robin blieb stehen. »Was soll das denn heißen?«

»Irgend etwas quält dich. Zwei Nächte hintereinander hast du im Schlaf geschrien. Letzte Nacht bin ich sogar in dein Zimmer gerannt.«

»Was habe ich geschrien?«

»Du hast dich im Traum mit zerquältem Gesicht im Bett herumgewälzt, hast dein Kopfkissen an dich gepreßt und geschrien: ›Geh nicht weg! Bitte!‹«

»Zuviel Wodka«, sagte Robin abwehrend. Dann schüttelten sie sich die Hand, und er ging an Bord. Aber er dachte während des ganzen Rückflugs darüber nach. Er dachte darüber nach, als er durch die Zollkontrolle ging, die Brosche vorzeigte und einen gepfefferten Betrag nachzahlen mußte. Wehe, wenn ihm der Gauner aus der Via Sistina noch einmal über den Weg lief! Und er dachte auch auf der Fahrt zu seiner Wohnung darüber nach. Das Ganze reimte sich einfach nicht zusammen. Außerdem: Nie, nicht einmal auf dem Höhepunkt seiner Affäre mit Amanda, hatte er ein derart teures Geschenk gekauft, und nun kam er mit einem Viertausenddollarmitbringsel zurück – für ein Mädchen, das ihn nur in Erregung versetzte, wenn er betrunken war. Vielleicht war es schlechtes Gewissen – aber viertausend bare Piepen plus Zoll waren ein verdammt hoher Preis für eine Nacht. Eine Nacht, an die er sich nicht einmal erinnern konnte.

21

Robin stürzte sich sofort wieder in die Arbeit. Er veranlaßte die Rechtsabteilung der IBC, einen Vertrag für Andy Parino aufzusetzen, und schickte die Vereinbarung mit ein paar erklärenden Worten nach Miami. Gleichzeitig schickte er Maggie die Pantherbrosche; dazu schrieb er nur: »Nachträglich frohe Weihnachten – Robin.« Drei Tage später rief Andy an und sagte freudig zu.

»Wird es dir nicht schwerfallen, von da unten wegzugehen?« fragte Robin.

»Keine Spur. Mit Maggie und mir ist es sowieso aus.«

»Das tut mir aber leid.«

»Ach weißt du, es war einfach nichts drin. Sie ist – wie soll ich sagen? – zu kompliziert für mich. Im Augenblick probt sie wie eine Irre für ein Theaterstück. Irgend so ein Hollywoodagent kommt her, um sie sich anzuschauen. Ich brauche eine Frau, der ich wichtiger bin als O'Neill.«

»Na gut. Dann gehörst du also von jetzt an zu unserem New Yorker Team. Am Anfang sollst du bei den Interviews für meine ›Schlagzeilen‹ mitmachen. In etwa vier Wochen versuchst du's mal allein, und ich hoffe, in der nächsten Saison übernimmst du die Sendung ganz. Dann denke ich mir was Neues aus.«

Bis zum Wochenende hatte Robin alles aufgearbeitet und verschiedene Themen für die nächsten »Schlagzeilen« vorbereitet. Bei einem Blick auf den Terminkalender stellte er fest, daß der Nachmittag frei war. Aufatmend schloß er eine Schreibtischschublade auf und holte sein Manuskript hervor. Er hatte es schon seit einer Ewigkeit nicht mehr in der Hand gehabt. Heute abend wollte er es mit nach Hause nehmen und daran arbeiten – ohne Wodka. Er hatte die Lancer Bar noch nicht wieder betreten.

Da brachte ihm seine Sekretärin ein eingeschriebenes Päckchen. Robin kritzelte seinen Namen auf den Postabschnitt und starrte auf das braune Packpapier. Es war mit Stempeln bedeckt und hoch versichert. Beim Öffnen kam das italienische Lederetui mit der schwarzen Pantherbrosche zum Vorschein. Ein maschinegeschriebenes Kärtchen besagte: »Ich nehme nur Geschenke von Freunden an.«

Robin zerriß die Karte und legte das Etui in einen kleinen Safe, in dem er seine Verträge und Privatpapiere aufbewahrte.

Dann schob er das Manuskript wieder in die Schublade, verließ das Büro und fuhr in die Lancer Bar, wo er überschwenglich begrüßt wurde vom Barmixer Carmen. »Mr. Stone! Sie waren aber lange nicht da! Das Übliche?«

»Einen Doppelten zur Feier meiner Wiederkehr«, sagte Robin.

Er trank ziemlich rasch aus und bestellte nach. Heute würde ihm wieder eine eklige Nacht bevorstehen. Neuerdings graute ihm vor den Nächten . . . er wachte jetzt häufig schweißgebadet aus einem Alptraum auf, konnte sich aber nie erinnern, was er geträumt hatte. Auch in Rom hatte er sich nicht erinnern können, obwohl er laut Sergio zwei Nächte hintereinander im Schlaf geschrien hatte. Nach dem zweiten Glas bestellte er sich ein drittes. Daß Maggie ihm die Brosche zurückgeschickt hatte, ärgerte ihn. Warum eigentlich? Maggie bedeutete ihm doch nichts. Das eine paßte nicht zum andern. Komisch, in letzter Zeit erging es ihm anscheinend öfter so. Vielleicht hatte Sergio gar nicht so unrecht mit seinem Tip. Robin holte sich das Telefonbuch. Wenn ihm der Seelendoktor die Träume verscheuchte, würde sich der Besuch vielleicht lohnen. Er fuhr mit dem Finger die Spalten entlang. Golds gab es sicher wie Sand am Meer, aber einen Archibald Gold konnte es wohl nur einmal geben. Er fand ihn in der Park Avenue. Nach kurzem Zögern wählte er rasch die Nummer. Der Arzt meldete sich schon beim zweiten Rufzeichen.

»Hier Robin Stone.«

»Ja?«

»Ich möchte Sie gern sprechen.«

»Beruflich oder privat?«

Es entstand eine Pause. »Beruflich, wenn Sie wollen.«

»Könnten Sie mich um sechs wieder anrufen? Ich habe gerade einen Patienten.«

Robin legte auf, setzte sich wieder und trank weiter. Punkt sechs rief er den Arzt an. »Also, wann kann ich Sie sehen, Doktor?«

Er hörte das Rascheln von Papierseiten und nahm an, daß der Arzt in seinem Terminkalender nachsah. »Ich habe noch ein paar Termine offen. Verschiedene Patienten sind über den Winter in den Süden gereist. Würde es Ihnen am nächsten Montag passen? Sagen wir zehn Uhr. Wir könnten mit drei Besuchen pro Woche anfangen.«

Robins Lachen klang hohl. »Ich möchte keine Analyse, sondern nur ein Gespräch mit Ihnen. Ich möchte mit Ihnen über ein spezielles Problem reden. Wie wäre es, wenn Sie auf ein Glas in die Lancer Bar herüberkämen? Ich lade Sie ein und zahle das übliche Honorar.«

»Das ist für mich nicht die richtige Art von Berufsausübung.«

»Ich kann besser reden, wenn ich etwas trinke«, sagte Robin.

»Und ich kann besser zuhören, wenn ich in meinem Büro bin«, erwiderte der Arzt.

»Dann eben nicht.«

»Tut mir leid. Sie kennen ja meine Nummer – falls Sie es sich doch anders überlegen.«

»Wann haben Sie heute Ihren letzten Patienten?«

»Jetzt um sechs.«

»Das heißt, Sie sind um sieben frei.«

»Um sieben möchte ich nach Hause gehen.«

»Doktor . . . ich komme in Ihre Praxis, wenn Sie mich heute noch dran nehmen.«

Dr. Gold ließ sich durch Robins beiläufigen Ton nicht täuschen. Er hatte ihn ja kennengelernt, und er wußte, daß dieser Anruf einem Hilferuf gleichkam.

»Also schön, um sieben. Meine Adresse haben Sie?«

»Ja. Und hören Sie, Doc; ein Wort zu Ihrem Freund Jerry, und ich breche Ihnen das Genick.«

»Ich pflege nicht über meine Patienten zu reden. Aber wenn Sie Bedenken haben, sollten Sie lieber einen anderen Arzt aufsuchen. Ich kann Ihnen einige ausgezeichnete Kollegen empfehlen.«

»Nein, Archie, nichts für ungut. Sie sind mein Mann. Also bis sieben.«

Robin saß Dr. Gold am Schreibtisch gegenüber. Plötzlich kam er sich höchst lächerlich vor. Noch nie hatte er mit jemand anders über persönliche Dinge gesprochen. Wie konnte er diesem fremden Mann mit dem unbeteiligten Gesicht erzählen, was ihn beunruhigte?

Dr. Gold wußte, warum sein Besucher nur schwer einen Anfang fand. »Manchmal ist es leichter, über ganz private Dinge mit jemandem zu sprechen, den man nicht kennt. Darum werden zum Beispiel Barmixer so häufig zu vertrauten Gesprächspartnern. Psychiater und Barmixer haben überhaupt vieles gemeinsam. Wir bleiben an unserem Platz, und es steht jedermann frei, zu uns zu kommen oder nicht. Wir gehören nicht zu Ihrem täglichen Umgang.«

Robin lachte. »Eins zu null für Sie! Also . . . es ist im Grunde ganz einfach. Da ist ein Mädchen . . .«, er schwieg einen Moment, »die geht mir nicht aus dem Kopf, obwohl ich überhaupt nicht in sie verliebt bin. Das macht mich wahnsinnig.«

»Meinen Sie mit ›nicht verliebt‹, daß sie Ihnen unsympathisch ist?«

»Nein, ich mag sie gern. Sogar sehr gern. Aber im Bett bringe ich nichts zustande.«

»Haben Sie es denn versucht?«

Robin zuckte die Achseln. »Ich muß wohl zweimal völlig besoffen mit ihr geschlafen haben, und nach ihrer Reaktion zu urteilen, war ich ziemlich gut.«

»Wieso behaupten Sie dann, daß Sie im Bett nichts mit ihr zustande bringen?«

Robin zündete sich eine Zigarette an und blies den Rauch zur Decke. »Das war so: Beim erstenmal wachte ich morgens auf, und sie war weg. Ich konnte mich weder an ihr Gesicht noch an ihren Namen erinnern, ich wußte nur, daß sie brünett war und einen großen Busen hatte. Als ich an jenem Morgen über die Geschichte nachdachte, beunruhigte mich irgend etwas. Zwar konnte ich mich, wie gesagt, auf nichts besinnen, aber ich fühlte, daß ich irgend etwas gesagt oder getan hatte, was nicht hätte sein sollen. Jetzt kommt das Schönste: Zwei Jahre später begegne ich der Dame wieder, ohne mich auch nur im mindesten an sie zu erinnern. Sie lebt mit einem Freund von mir zusammen. Ich sah in ihr ein hübsches, nettes Mädchen und die Freundin meines Freundes. Es fiel mir nicht schwer, mich ihr gegenüber zurückzuhalten, denn wie ich schon erwähnte, war sie nicht mein Typ. Wir gingen ein paarmal zu viert aus, dann fuhr ich zwei, drei Tage zum Angeln. An meinem letzten Abend ging ich allein mit den beiden aus. Es sollte eigentlich ein gemütlicher Abend werden, artete dann aber zu einem Besäufnis aus. Mein Freund paßte ziemlich bald, wir mußten ihn nach Hause bringen, und ich selbst landete, ebenfalls stockbetrunken, bei der Dame. An die Nacht mit ihr habe ich keinerlei Erinnerung, ich weiß nur, daß ich am nächsten Morgen in ihrem Bett aufwachte. Anscheinend habe ich meine Sache nicht schlecht gemacht, denn das Mädchen servierte ein prächtiges Frühstück und flatterte selig um mich herum.«

»Was verspürten Sie ihr gegenüber?« fragte Dr. Gold.

Robin schauderte leicht zusammen. »Angst. Als hätte ich beim Aufwachen neben einem Mann oder einem Kind gelegen – jemandem, mit dem ich nicht hätte schlafen *dürfen*. Und weil ich das Mädchen gern mag, habe ich ihr reinen Wein eingeschenkt.« Er drückte die Zigarette aus. »Ich war ziemlich grob zu ihr und habe kein Blatt vor den Mund genommen. Sie war so verdammt hübsch – aber beim Gedanken, mit ihr ins Bett zu gehen, wäre mir fast schlecht geworden. Ich wußte einfach, daß ich es nicht schaffen würde.«

»Ekel gegenüber der Frau?«

»Nein. Gegen Sex mit ihr. Als wäre das etwas Schmutziges, Blutschänderisches. Trotzdem mag ich sie. Nur fühle ich mich sexuell nicht von ihr angezogen.«

»Sie möchten aber gern mit ihr schlafen? Oder lassen Sie es mich anders formulieren: Sie möchten diese Hemmung, von der Sie gesprochen haben, überwinden, um mit der Dame in jeder Beziehung glücklich sein zu können?«

»Wieder falsch. Es ist mir egal, ob ich sie jemals wiedersehe oder nicht. Ich vertrage nur keine dunklen Bereiche in meinem Gehirn. Das Mädchen ist bildhübsch . . . warum empfinde ich so? Und es ist ja nicht das erstemal. Ähnliches ist mir schon früher einige Male passiert – immer mit Brünetten. Nur hatten sie nicht dasselbe Format, und zum Glück habe ich sie nie wiedergesehen. Die Geschichte mit Maggie Stewart – so heißt sie – war eine Panne. Daß ich ausgerechnet an jenem Abend so viel trank, war reiner Zufall.«

»Zufall? Haben Sie etwas getrunken, woran Sie nicht gewöhnt waren?«

»Nein, Wodka. Ich trinke nie was anderes.«

»War Ihnen bewußt, daß Sie über Ihr normales Maß hinausgingen?«

»Ja, ich glaube schon.«

»Kommen wir noch einmal auf die erste Begegnung mit diesem Mädchen zurück. Vor zwei Jahren. Waren Sie sehr betrunken, als Sie sie kennenlernten?«

»Nein. Leicht alkoholisiert.«

»Und dann haben Sie sich ganz bewußt betrunken?«

»Bewußt?«

Dr. Gold lächelte. »So sieht es aus. Meiner Ansicht nach sind Sie nicht der Typ, der gedankenlos in etwas hineinschlittert.«

Robin machte ein nachdenkliches Gesicht. »Sie meinen, daß ich unbewußt das Mädchen begehrt und mich bewußt betrunken habe, um mit ihr zurechtzukommen?« Als Gold keine Antwort gab, schüttelte Robin den Kopf. »Reimt sich nicht zusammen, denn dieser Typ Frau war noch nie mein Fall. Warum hätte ich mir wünschen sollen, mit ihr ins Bett zu gehen? Ob nüchtern oder betrunken – sie ist nicht mein Typ!«

»Was ist Ihr Typ?«

»Schlanke, sehnige, goldblonde Mädchen. Ich mag den Duft von blondem Haar. Maggie ist hitzig wie eine Raubkatze.«

»Waren Sie eigentlich jemals richtig verliebt?«

Robin zuckte die Achseln. »Verknallt war ich öfter, konnte aber jedesmal leicht aussteigen. Soll ich Ihnen mal was sagen, Archie? Kein Mensch ist entweder heterosexuell oder homosexuell! Es gibt Menschen, die sind einfach sexuell ... Sie brauchen den Koitus, ohne deswegen gleich verliebt sein zu müssen. Amanda kennen Sie noch aus der Lancer Bar, oder? Gut – nehmen wir sie als Beispiel. Sie war ein großartiges Mädchen, und ich habe immer geglaubt, wir verstünden uns wundervoll. Aber wie ich von Jerry weiß, habe ich ihr furchtbar weh getan. Das ist mir nie klargeworden! Ich habe nur deshalb mit ihr Schluß gemacht, weil sie zuletzt versuchte, mich mit Haut und Haaren zu schlucken. Und selbst dann habe ich unsere Beziehung nur abkühlen lassen. Aber daß Amanda von Anfang an gelitten hat, kam mir nie zu Bewußtsein.«

»Wirklich nicht?«

»Wirklich nicht. Wenn ich geschäftlich nach Europa flog und nicht schrieb, dachte ich, Amanda verstünde das und wüßte, daß ich auf jeden Fall zu *ihr* zurückkäme. Und so war es auch jedesmal. Ich konnte es kaum erwarten, sie wieder bei mir im Bett zu haben. Es war herrlich.«

»Ihnen ist aber durchaus klar, daß Sie dieser Maggie weh getan haben?«

Robin nickte. »Ja.«

»Wie kommt es, daß Ihnen diese Tatsache bei einem Mädchen, das Ihnen gleichgültig ist, so stark bewußt wird, während Sie es bei Amanda, die Sie doch eigentlich begehrten, nie gemerkt haben?«

»Deswegen bin ich hier, Archie. Das sollen Sie mir sagen.«

»Wie sah Ihre Mutter aus?«

»Oh, hören Sie doch auf! Verschonen Sie mich mit Freud. Ich hatte eine gesunde, glückliche Kindheit. Kitty ist blond, schlank, charmant . . .« Er hielt inne.

»Und Ihr Vater?«

»Mein Vater war ein offener, unglaublich umgänglicher Mensch. Stark und muskulös. Außerdem habe ich noch ein nettes Schwesterchen. Alles in meiner Kindheit war, wie es sich gehört. Wenn wir da nachgraben, verschwenden wir nur unsere Zeit.«

»Schön . . . Vater, Mutter, Schwester – so weit, so gut. Suchen wir nach dem großen Unbekannten. Könnte es eine Kinderschwester gewesen sein? Ein Lehrer?«

»Meine erste Lehrerin war bucklig. Das war im Kindergarten. Meine Kinderschwester . . .? Ich nehme an, daß ich eine gehabt habe, aber ich kann mich nicht mehr an sie erinnern. Jedenfalls hatten wir Personal. Ein Chauffeur brachte mich zur Schule. Als meine Schwester Lisa geboren wurde, hatten wir bestimmt eine Kinderschwester – so ein grauhaariges Wesen.«

»Bestand zwischen Ihnen und Ihrer Schwester irgendeine Rivalität?«

»Unsinn! Ich war der große Bruder, der sie beschützte. Sie glich meiner Mutter; eine winzige Ausgabe von Kitty – blond und hellhäutig.«

»Ähneln Sie auch Ihrer Mutter?«

Robin runzelte die Stirn. »Ich habe ihre blauen Augen, aber mein Haar ist dunkel wie bei meinem Vater, das heißt, seit einiger Zeit wird es ziemlich grau.«

»Gehen wir noch einmal zurück bis vor Lisas Geburt. Welches ist Ihre früheste Erinnerung?«

»Der Kindergarten.«

»Und davor?«

»Nichts.«

»Sie müssen sich doch an irgend etwas erinnern können. Jeder Mensch erinnert sich an kleine Vorfälle aus seinen ersten Lebensjahren. An ein Haustier, einen Spielkameraden, Glücksgefühle, Unglücksfälle.«

Robin schüttelte den Kopf, aber Dr. Gold ließ nicht locker. »Ein Gespräch, ein Gebet?«

Robin schnippte mit dem Finger. »Ja, an etwas erinnere ich mich. Möglicherweise war es ein Gespräch; behalten habe ich nur einen Satz, und wer ihn gesagt hat, weiß ich auch nicht mehr. ›Männer weinen nicht. Wenn du weinst, bis du kein Mann, dann bist du ein Baby.‹ Aus irgendeinem Grunde hat sich mir das eingeprägt. Ich habe fest daran geglaubt und mir eingebildet, wenn ich nicht weine, bekäme ich alles, was ich wollte. Wer immer das gesagt hat, muß mir sehr nahegestanden haben. Ich habe nämlich danach nie mehr geweint.«

»Sie haben nie geweint?«

»Nicht daß ich wüßte.« Robin lächelte. »Na ja, wenn ich mir einen rührseligen Film ansehe, sitzt mir auch manchmal der Kloß in der Kehle. Aber aus persönlichen Gründen . . .«, er schüttelte den Kopf, »nie!«

Dr. Gold sah auf die Uhr. »Es ist fünf vor acht. Ist es Ihnen recht, wenn wir für nächsten Montag einen Termin vereinbaren? Mein Honorar beträgt fünfunddreißig Dollar die Stunde.«

Robin schaute ihn ungläubig an. »Sind Sie verrückt geworden? Jetzt sitze ich fast eine Stunde bei Ihnen, um über ein Mädchen zu reden, mit dem ich nicht klarkomme. Das Ergebnis ist gleich Null. Und da wollen Sie mich ein zweitesmal herzitieren?«

»Robin, daß jemand sich nicht an seine Kindheit erinnern kann, ist ungewöhnlich.«

»Das ist ja nun wirklich recht lange her.«

»Trotzdem müßten Sie sich die eine oder andere Erinnerung bewahrt haben, es sei denn . . .«

»Was?«

»Es sei denn, Sie hätten diese frühen Erlebnisse verdrängt.«

Robin beugte sich über den Schreibtisch. »Archie, ich schwöre zu Gott, ich habe nichts verdrängt! Vielleicht habe ich ein schlechtes Gedächtnis – oder kann es nicht sein, daß sich einfach nichts ereignet hat?«

Gold schüttelte den Kopf. »Es geschieht sehr häufig, daß das Gehirn bei traumatischen Erlebnissen ein Narbengewebe aus Gedächtnislücken aufbaut.«

Robin stand auf und drehte sich an der Tür noch einmal um. »Ich habe in einem schönen großen Haus mit liebevollen Eltern und einem reizenden Schwesterchen gelebt. In meinem Kleiderschrank lag kein Toter. Das scheint's überhaupt zu sein: Bei mir verlief alles zu harmonisch. Vielleicht war der Kindergarten der erste Markstein in meinem Leben – die bucklige Lehrerin, meine ich. Vielleicht reichen meine Erinnerungen deshalb nicht weiter zurück . . .«

»Wer hat Ihnen gesagt, daß ein Mann nicht weint?«

»Ich weiß es nicht.«

»War das vor dem Kindergarten?«

»Es muß davor gewesen sein, denn im Kindergarten habe ich schon nicht mehr geweint.«

»Wer hat es denn gesagt?«

»Archie, ich kann mich beim besten Willen nicht mehr erinnern. Doch wer immer es gewesen ist, hoch soll er leben! Ich mag es nicht, wenn Männer weinen. Nicht mal bei Frauen oder Kindern mag ich es.«

»Robin, ich würde Sie gern unter Hypnose befragen.«

»Sind Sie verrückt? Hören Sie zu, Doktor: Im Krieg hat man mich ganz hübsch zusammengeschossen. Ich habe einiges mitgemacht, das mir aufs Gemüt geschlagen sein könnte. Immerhin bin ich mit heiler Haut davongekommen. Ich habe Sie aufgesucht, um auf eine bestimmte Frage eine Antwort zu bekommen. Das Ergebnis ist gleich Null. Seien Sie doch ehrlich und geben Sie's zu. Aber versuchen Sie bloß nicht die Scharte auszuwetzen, indem Sie in meiner Kindheit herumkramen, ob ich vielleicht mit zwei oder drei Jahren von meiner Kinderschwester verprügelt wurde, weil ich mein Spielzeug nicht aufgeräumt hatte. Möglich wär's ja, und möglicherweise hatte sie sogar schwarzes Haar, grüne Augen und einen großen Busen . . . na und?«

»Sollten Sie sich dennoch zu einem Versuch entschließen, dann wissen Sie ja, wo Sie mich finden können«, erwiderte Dr. Gold ungerührt.

Robin grinste. »Vielen Dank, aber wahrscheinlich ist es einfacher und billiger, wenn ich mich verkrieche, sobald mir wieder eine grünäugige Brünette über den Weg läuft.« Robin schloß die Tür hinter sich und ging. Der Arzt blickte nachdenklich auf seine Notizen und heftete sie dann ab. Es war besser, sie aufzuheben. Robin Stone würde eines Tages zurückkehren.

Robin sah sich die Zuschauerquoten für den Februar an. Seine Nachrichtenabteilung war allmählich eine echte Konkurrenz für die anderen Fernsehanstalten geworden. Die »Schlagzeilen« lagen nach wie vor unter den ersten fünfundzwanzig. Vergangene Woche hatte

Andy die Sendung allein gemacht, es war gut gelaufen. Robin studierte das Exposé über die fliegenden Untertassen. Die Leute aus der Dokumentation hatten hochinteressantes Material beigebracht. Es versprach eine tolle Sendung zu werden.

Am nächsten Tag traf er sich mit Danton Miller, dem er erklärte, daß er sich aus der »Schlagzeilen«-Sendung zurückziehen und sie ab der kommenden Saison Andy Parino überlassen wolle. Seltsamerweise erhob Dan keine Einwände.

»Das wird Ihr Publikum aber gar nicht gern sehen, wenn Sie vom Bildschirm verschwinden.«

»Ich möchte einmal im Monat eine Sondersendung machen«, fuhr Robin fort. »Über Themen, die sonst niemand aufgreifen würde. Das hier könnte die Serie eröffnen.« Er reichte Dan das Untertassen-Exposé. Dan las es sorgfältig.

»Auf den ersten Blick scheint mir das etwas für den Sonntagnachmittag zu sein, ein gefundenes Fressen für Kinder«, meinte er, »aber natürlich keine Abendsendung.«

»Das glaube ich doch«, erwiderte Robin. »Warum wollen wir nicht im Mai oder Juni, wenn die Wiederholungssendungen laufen, einen Versuch während der Hauptsendungen machen? Das wäre doch ein zuverlässiger Test.«

»Nein. Ich bin gern bereit, die Sache im April oder Mai auf einen Sonntagnachmittag zu legen. Aber nicht abends.«

»Den Sonntagnachmittag will ich nicht«, sagte Robin. »Sie wissen ganz genau, daß die Sehbeteiligung miserabel wäre, weil die Baseballspiele alles kaputtmachen. Ich möchte aber im Herbst versuchen, ein paar Firmen für die Sendung zu interessieren.«

Dan lächelte. »Wenn Sie ein Team zusammenstellen und diesen Science-fiction-Kram aufnehmen wollen – bitte sehr, das ist Ihr Vergnügen. Die Einplanung ins Programm müssen Sie schon mir überlassen.«

Robin griff zum Telefon und nahm den Hörer ab. Eine Sekretärin meldete sich. »Würden Sie bitte Mr. Austin sagen«, trug Robin ihr auf, »daß Mr. Stone und Mr. Miller ihn so bald wie möglich sprechen möchten?«

Dan kochte vor Wut, zwang sich aber zu einem Lächeln. »Das war ein ungeschickter Zug«, warf er, scheinbar ungerührt, hin. »Sie haben über meinen Kopf hinweg gehandelt.«

»Aber nicht hinter Ihrem Rücken.« Einen Augenblick sahen die beiden Männer sich stumm an. Das Telefon schrillte unnatürlich laut. Dan hob ab. Es hieß, daß Mr. Austin die Herren gleich jetzt sprechen könne.

Robin stand auf. »Kommen Sie mit, Kollege?«

Dans Augen verengten sich. »Muß ja wohl.« Dann lächelte er. »Ich bin gespannt, wie Austin auf Ihre Weltraumabenteuer reagiert. Daß ich dagegen bin, wird ihm sofort klar sein. Aber die Rolle des Schiedsrichters schätzt er gar nicht. Darum hat er mir ja die Verantwortung in Programmfragen übertragen. Entscheidungen, die ich in dieser Hinsicht treffe, sind endgültig. Aber bitte, schaufeln Sie sich ruhig Ihr eigenes Grab.«

Während Robin in Austins Büro sein Untertassenprojekt erläuterte, lag Dan bequem zurückgelehnt in seinem Sessel. Am Schluß wandte Austin sich zuerst an ihn: »Ich gehe wohl nicht fehl in der Annahme, daß Sie dagegen sind.«

Dan lächelte und legte die Fingerspitzen gegeneinander. »Stone möchte diese Sendungen in der nächsten Saison einmal monatlich machen – während der Hauptsendezeit.«

Gregory warf Robin einen fragenden Blick zu. »Jeden Monat fliegende Untertassen?«

Robin lachte. »Nein. Ich möchte eine einstündige Sendung machen, die man etwa mit dem aktuellen Feature einer Illustrierten vergleichen könnte . . . Fliegende Untertassen, politische Themen, alles, was in der Luft liegt und interessant ist.«

In diesem Augenblick meldete die Sekretärin, daß Mrs. Austin am Apparat sei. Gregory erhob sich. »Ich spreche nebenan.«

Er kehrte bald zurück. »Verzeihen Sie, meine Herren. Gewöhnlich lasse ich mich bei geschäftlichen Besprechungen nicht von Privatgesprächen unterbrechen, aber meine Frau ist für mich doch eigentlich das wichtigste aller Geschäfte.« Sein Gesicht war bei diesen Worten weich geworden. Dann räusperte er sich und konzentrierte sich wieder auf das, was zur Diskussion stand. »Übrigens habe ich meiner Frau von Ihrem Projekt erzählt, Robin. Sie war sehr dafür. Ich hatte keine Ahnung, daß Frauen für Weltraumromantik empfänglich sind. Ich würde vorschlagen, Dan, wir machen die fliegenden Untertassen ruhig. Setzen Sie die Sendung für Mai aufs Programm. Wenn sie gute Noten bekommt, können wir immer noch über eine monatliche Serie reden.« Er sah Dan an. »Sonst noch etwas?«

Dan stand auf. »Das wär's wohl.«

Gregory wartete, bis die beiden an der Tür waren, und rief dann, als fiele es ihm eben erst ein: »Ach, Robin, könnten Sie noch einen Augenblick bleiben? Ich möchte etwas mit Ihnen besprechen.«

Dan ging hinaus, und Robin machte es sich erneut in seinem Sessel bequem. Gregory blickte auf die verschlossene Tür und lächelte. »Dan ist ein guter Mann. Ein ehrgeiziger Mann. Aber ehrgeizig sind wir ja alle, was? Es gefällt mir, Robin, daß Sie sich etwas Neues außerhalb der Nachrichtenabteilung einfallen lassen. Aber wenn von jetzt an Dinge auftauchen, die nicht in Ihr Ressort fallen, sollten Sie zuerst zu mir kommen. Ich reiche sie dann als meine eigene Idee an Miller weiter. Auf diese Weise erhalten wir den Frieden in unserer kleinen Familie.«

Robin lächelte. »Ich bin immer noch nicht ganz mit dem Fernsehprotokoll vertraut.« Da er spürte, daß dies nicht der eigentliche Grund war, weswegen Austin ihn zurückbehalten hatte, machte er noch keine Anstalten, aufzustehen.

»Robin ...« Gregory wurde plötzlich verlegen. »Ich weiß, was ich jetzt frage, mag Ihnen albern vorkommen, und es liegt mir auch fern, Ihnen irgendeinen Vorwurf zu machen. Ich hätte es nur gern gewußt: Wo haben Sie am ersten Januar gesteckt?«

Robin runzelte die Stirn ... soweit er sich erinnerte, hatte Sergio ihn zum Flughafen gebracht.

Gregory zündete sich eine Zigarette an. Dann gab er ein Stichwort: »Unser Neujahrsempfang.«

Robin sah ihn noch immer verständnislos an.

»Wir haben Sie zwei Jahre hintereinander eingeladen.« Gregory musterte die Asche an seiner Zigarette. »Nicht nur, daß Sie nicht gekommen sind, Sie haben uns auch nie eine Zeile des Bedauerns geschickt.«

»Mein Gott, wie ungezogen von mir! Ich war dieses Jahr in Rom, und das Jahr davor war ich, glaube ich ...« Er runzelte die Stirn und versuchte sich zu erinnern. »Da war ich in Europa, richtig, jetzt fällt's mir ein. Ich bin erst am Neujahrstag zurückgekommen. Auf meinem Schreibtisch türmte sich die Post, und da habe ich – dieses Jahr wieder! und ich schäme mich, daß ich Ihnen das gestehen muß – die ganze Post genommen und in den Papierkorb geworfen. Eine Antwort auf Weihnachtskarten erwartet doch niemand, und die Rechnungen, dachte ich, würden einen Monat später doch wieder kommen. Bestimmt waren die Einladungen Ihrer Frau auch dabei. Ich werde ihr sofort schreiben.«

Gregory lächelte. »Ich dachte mir schon, daß irgendein Mißverständnis vorlag, aber Sie wissen ja, wie Frauen sind; sie fühlen sich so leicht persönlich zurückgesetzt.«

»Ich möchte auf keinen Fall, daß Ihre Frau das denkt. Könnte ich sie wohl gleich anrufen?«

»Selbstverständlich.« Gregory schrieb ihm die Nummer auf.

Als Robin wieder in seinem Büro war, rief er sofort Judith Austin an.

»Es war aber wirklich nicht nötig, Mr. Stone, daß Sie mich extra deswegen anrufen. Ich nehme an, mein Mann hat Sie dazu veranlaßt.«

»Genau ... und ich bin ihm sehr dankbar dafür. Ich war beide Male über Neujahr nicht in New York.«

Dann erzählte er ihr, auf welche Weise er sich seiner Post entledigt hatte, worüber Judith herzlich lachen mußte. »Das ist eine großartige Idee«, sagte sie. »Ich wünschte, ich hätte auch den Mut dazu, es würde mir viele langweilige Einladungen ersparen.«

»Ich verspreche Ihnen, Mrs. Austin, nächstes Jahr meine Weihnachtspost Stück für Stück durchzusehen und nach Ihrer Einladung zu suchen.«

»Lassen Sie's gut sein, Robin ...« Sie stockte. »Verzeihen Sie, daß ich Sie einfach mit dem Vornamen anrede, aber wir sehen Sie so häufig im Fernsehen, daß ich das Gefühl habe, Sie schon lange zu kennen.«

»Wo immer ich am ersten Januar sein werde – unsere Verabredung halte ich bestimmt ein. Das verspreche ich Ihnen, Mrs. Austin.«

Judiths Lachen perlte durch die Leitung. »Ich hoffe doch, daß wir mit dem Kennenlernen nicht so lange zu warten brauchen.«

»Das hoffe ich auch. Jedenfalls sollen Sie wissen, daß ich mich auf den Cocktail bei Ihnen freue. Wirklich.«

»Mein Mann hat Ihnen sicher erzählt, daß er die Einladungen gar nicht mag. Ach, übrigens ...«, er hörte Papier rascheln, »am ersten März gebe ich ein kleines Dinner. Wir sind gerade von Palm Beach zurückgekommen – das Wetter war dort so unbeständig, daß wir beschlossen haben, in New York zu bleiben. Hätten Sie Lust, zu kommen?«

Wo war er da hineingeraten? Aber er mußte die zwei blöden Neujahrsempfänge wiedergutmachen. »Furchtbar gern, Mrs. Austin.«

»Ich gebe das Dinner für meine Schwester, die leider ohne ihren Mann hier ist; der Prinz war verhindert. Soll ich Sie neben meine Schwester setzen, oder möchten Sie jemanden mitbringen?«

»Ich würde gern eine junge Dame mitbringen«, erwiderte er rasch.

»Wunderbar«, stimmte Judith mit vollendeter Höflichkeit zu. »Also am ersten März, halb neun, dunkler Anzug.«

Robin legte auf und starrte auf das Telefon. Die Prinzessin war solo in New York, sieh an! Aber er würde sich nicht in die Rolle des ständigen Begleiters drängen lassen. War die Prinzessin nämlich erst einmal seine Tischdame, würden weitere gemeinsame Einladungen folgen. Dem hatte er gleich einen Riegel vorgeschoben. Nun mußte er nur irgendwo ein Mädchen auftreiben. Na, er hatte ja noch zehn Tage Zeit. Es würde ihm schon jemand einfallen.

In der kommenden Woche fand er kaum Zeit, an Mrs. Austin zu denken. Zwei Tage war er wegen der Untertassensendung in Washington. Einen Produzenten und einen Regisseur hatte er bereits verpflichtet. Die Aufnahmen waren für den fünfzehnten März vorgesehen; soweit stand alles zum besten – bis auf die Tatsache, daß er Maggie Stewart anrufen mußte. Im Grunde war er dazu nicht verpflichtet, aber ihr Fernsehbericht damals aus Florida war der zündende Funke für die ganze Sendung gewesen. Andy, selbst maßgeblich am Manuskript beteiligt, hatte Maggie versprochen, sie in die Sendung hereinzunehmen. Robin meldete das Gespräch an. Als er Maggie am Apparat hatte, erklärte er ihr ohne lange Umschweife, worum es sich handele und ob sie interessiert sei.

Maggie erwiderte im gleichen unpersönlichen Ton: »Natürlich hätte ich Interesse. Wann brauchst du mich?«

»So bald wie möglich!«

»Heute ist der fünfundzwanzigste. Sagen wir am ersten März? Dann hat das Studio hier Zeit, Ersatz zu finden.«

»Ausgezeichnet.« Robin schlug den Terminkalender auf und sah plötzlich die Notiz »20 Uhr 30 bei Austins«. »Maggie, noch etwas. Ich weiß, du hast eigentlich keinerlei Veranlassung dazu, aber du könntest mir trotzdem einen Riesengefallen tun.«

»Und?«

»Komm schon am achtundzwanzigsten Februar und bring ein Cocktailkleid mit.«

»Hat das was mit der Sendung zu tun?«

»Nein. Ich bin am ersten März zum Dinner eingeladen und möchte dich gern mitnehmen.«

»Tut mir leid. Ich komme nach New York, um zu arbeiten.«

»Ich verstehe deinen Standpunkt völlig. Trotzdem möchte ich dich bitten mitzukommen. Es handelt sich um einen formellen Empfang bei Austins.«

Maggie zögerte einen Moment. »Liegt dir wirklich daran, daß ich mit dir dorthin gehe?«

»Ja.«

Sie lachte, ihr Ton wurde etwas weniger frostig. »Du hast insofern Glück, als ich mir gerade ein schickes Kleid gekauft habe, das ich wahnsinnig gern einweihen möchte.«

»Danke, Maggie. Telegrafier mir deine Ankunft; ich schicke einen Wagen zum Flugplatz und bestell dir ein Zimmer im Plaza.«

Ihr Telegramm kam am achtundzwanzigsten morgens: »eintreffe fünf uhr kennedy airport stewart.«

Robin bestellte einen Wagen und rief in letzter Minute noch Jerry Moss an. »Kannst du dich für vier Uhr frei machen? Ich muß vom Kennedy Airport ein Mädchen abholen. Wagen habe ich schon . . .«

»Und was soll ich dabei?«

»Ich möchte nicht allein mit ihr sein.«

»Seit wann brauchst du eine Anstandsdame?«

»Jerry – ich habe meine Gründe.«

»Also gut, ich stehe um vier Uhr vorm Eingang der IBC.«

Es war elf Uhr abends. Robin trank langsam und beständig seinen Wodka, Jerry eine Tasse Kaffee. Ein verrückter Abend war das gewesen. Diese Maggie Stewart sah unglaublich gut aus, fand Jerry. Das schönste Mädchen, das er je gesehen hatte. Aber sie hatte Robin begrüßt, als ob sie ihn nur flüchtig kenne, und als Jerry vorschlug, in der Lancer Bar etwas zu trinken, hatten Robin und Maggie wie aus einem Munde abgelehnt. Sie brachten Maggie in ihr Hotel, anschließend schleppte Robin ihn zu Louis, wo sie etwas aßen, und da waren sie dann hängengeblieben.

»Ich will dir etwas sagen, Robin«, meinte Jerry schließlich. »Ich weiß ja nicht, was dir die Petersilie verhagelt hat, aber jedenfalls ist Maggie Stewart eine Klasse für sich. Wenn du der den Laufpaß gibst, stimmt irgend etwas nicht mit dir.«

»Dummes Zeug«, fauchte Robin. »Und merk dir bitte eins: Zwischen Maggie und mir spielt sich nichts ab. Ich habe sie nur nach New York geholt, weil sie gute Arbeit macht.«

Jerry stand auf. »Wenn du die ganze Nacht hier sitzen und trinken willst, bitte sehr. Ich habe dir Gesellschaft geleistet, weil ich dachte, du brauchst mich.«

»Ich brauche niemanden«, erwiderte Robin barsch. »Fahr nach Hause zu deiner Frau.«

Jerry ging, drehte sich aber noch einmal um. »Robin, ich will mich nicht im Streit von dir trennen, denn ich fühle genau, daß bei dir irgend etwas verquer sitzt. Du hast dich seit der Rückkehr aus Florida sehr verändert, und ob du willst oder nicht: Es hängt mit diesem Mädchen zusammen.« Dann verließ er das Lokal.

Robin blieb sitzen und trank weiter, bis das Restaurant geschlossen wurde. Zu Hause stellte er gleich das Radio an. Wenn das Radio an war, schlief er besser ein. Mit einem letzten, kräftigen Schluck Wodka ging er zu Bett, und als er am Einschlafen war, erzählte die Stimme im Radio etwas von einem Gesundheitswasser. Wasser . . . was für eine angenehme Vorstellung, dachte Robin; an ein Schiff zu denken, ein Schiff auf dem Wasser . . . eine gemütliche Koje . . . Schlaf . . . Schlaf . . . Er lag in einer Koje auf einem Schiff. Die Koje verwandelte sich in ein breites Bett. Maggie hielt ihn im Arm, streichelte ihn, sagte ihm, daß alles gut werde. Er fühlte sich wohl. Er glaubte ihr. Dann schlüpfte sie aus dem Bett. Im Nebenzimmer wartete Jerry. Jerry und sie liebten sich. Robin rannte nach nebenan, doch Maggie brachte ihn in sein Bett zurück, schmiegte sich an ihn und redete ihm ein, es sei nur ein böser Traum gewesen. Immerfort streichelte sie seinen Kopf. Er beruhigte sich . . . bei Maggie war es so schön warm . . . Dann hörte er, wie sie wieder aufstand, hörte sie im Nebenzimmer kichern. Abermals ging er ihr nach . . . Jerry war nicht mehr da. Statt dessen saß sie mit Danton Miller auf der Couch. Danton saugte an ihrer Brust . . . sah auf und lachte. »Er ist eifersüchtig«, sagte er. Maggie lächelte nicht. Ihr Gesichtsausdruck war ernst. »Geh wieder in dein Bett und bleib da!« Es war ein Befehl. Und seltsamerweise wußte er, daß er ihr gehorchen mußte.

Robin wachte auf. Es war vier Uhr morgens! Wieder einer dieser dumpfen Träume!

Am nächsten Abend holte er Maggie ab. Sie trug ein hinreißendes Kleid. Leider war die Gesellschaft bei Austins steif und langweilig, und Robin hatte Maggie gegenüber ein schlechtes Gewissen. Zwar waren alle nett und höflich, aber seichtes Partygeschwätz ging ihm nun mal auf die Nerven. Er saß links neben Judith Austin und mußte sich sehr anstrengen, um nicht unaufmerksam zu scheinen, doch irgendwie gelang es ihm, die richtigen Zwischenfragen zu stellen, wenn sie vom Wetter in Palm Beach oder über ihre Arbeit bei Wohltätigkeitsvereinigungen sprach. Sein Blick schweifte hinüber zu Maggie, die am anderen Tischende saß. Sie wurde von einem Neurologen und einem Börsenmakler mit Beschlag belegt.

Beneidenswert, wie angeregt sie sich unterhielten. Robin hätte für sein Leben gern gewußt, welches gemeinsames Thema sie wohl gefunden hatten.

Später, in der Hotelhalle, dankte er ihr, daß sie ihm »aus der Patsche geholfen« hatte. Er stellte fest, daß die Männer sich nach Maggie umdrehten, und es wunderte ihn nicht, denn sie sah wirklich atemberaubend aus. Einer plötzlichen Eingebung folgend, schlug er vor: »Laß uns noch etwas trinken! Ich finde, du hast ein Glas verdient.«

»Ich dachte, du seist zur Zeit Abstinenzler«, erwiderte Maggie. »Den Sauterne bei Austins hast du kaum angerührt! Traust du dir nicht mal ein Glas Wein zu, wenn du mit mir zusammen bist?« Die grünen Augen musterten ihn mit einem Funken Spott.

Er nahm ihren Arm und führte sie in den Oak Room. »Für die Dame einen Scotch«, bestellte er, »und für mich einen doppelten Wodka.«

»Du brauchst mir jetzt nicht das Gegenteil zu beweisen«, meinte Maggie. »Ich kenne deine schwachen Punkte.«

»Trinken gehört nicht dazu«, sagte er scharf.

»Ich dachte schon, dieses Talent wäre dir auch abhanden gekommen.«

Robin wartete, bis der Kellner ihnen die Getränke gebracht hatte, dann ergriff er Maggies Hand. »Ich möchte, daß wir Freunde werden, Maggie.«

Sie überließ ihm ihre Hand und sah ihm in die Augen. »Wir können niemals Freunde sein, Robin.«

»Haßt du mich immer noch?«

»Ich wollte, es wäre so. O Gott, wenn es doch nur so wäre . . .!«

Schroff zog Robin seine Hand zurück und trank seinen Wodka mit einem einzigen langen Schluck aus. Dann ließ er sich die Rechnung geben.

»Ich habe einen Haufen Arbeit zu Hause«, sagte er beim Unterschreiben.

»Du brauchst nicht zu lügen«, erwiderte sie. »Du hast es bisher nicht getan, also warum jetzt damit anfangen?«

»Es ist wirklich so. Ich habe noch eine Nebenbeschäftigung . . . ich schreibe an einem Buch und habe mir vorgenommen, jede Nacht fünf Seiten zu schaffen, egal wann ich nach Hause komme.«

Sie sah ihn interessiert an. »Ist das dein heimlicher Ehrgeiz?«

»Ich rede es mir ein und versuche mein Glück.«

»Also ist er es nicht?«

Robin sah plötzlich sehr müde aus. »Maggie, was, zum Teufel, ich eigentlich will oder nicht, weiß ich selbst nicht.«

Weicher im Ton fragte sie: »Bist du unglücklich, Robin?«

»Wer redet denn davon?«

»Jeder, der nicht weiß, was er will, hat Angst, es herauszufinden. Das ist doch ganz einfach.«

»Vielen Dank, Fräulein Doktor. Wenn ich wieder einmal eine Seelenmassage brauche, rufe ich dich an.« Er stand auf und half ihr in den Mantel.

Maggie schleuderte wütend die Abendtasche aufs Bett. Gerade, wo sich alles so großartig angelassen hatte! Halt! Sie wollte sich nichts vormachen. Alles bestand nur in ihrer Einbildung, und sie würde Robin Stone auf der Stelle aus ihren Gedanken verbannen. Seine Einladung zu Austins hatte falsche Hoffnungen in ihr geweckt. Er hatte lediglich eine attraktive Begleiterin gebraucht – so einfach war das. Na ja, vor ihr lag ein ganzes Wochenende, und sie würde bestimmt nicht im Zimmer hocken und auf einen Anruf von ihm hoffen! Sie würde früh aufstehen ... sich eine Nachmittagsvorstellung ansehen und abends ein Doppelprogramm im Kino. Wenn Robin dann anrief, war sie nicht da. Und Montag in seinem Büro würde sie so tun, als ob sie ihn kaum kenne. Sie nahm eine Schlaftablette, hängte das Schild *Bitte nicht stören* an die Tür und bestellte sich für zehn Uhr einen Weckanruf.

Als das Telefon schrillte, glaubte sie, erst wenige Minuten geschlafen zu haben. Sie wollte den Hörer abnehmen, war von der Schlaftablette aber so benommen, daß es ihr nur mit erheblicher Anstrengung gelang. Die unpersönliche Stimme einer Telefonistin erklärte: »Ich weiß, daß Sie nicht gestört zu werden wünschen, aber ich habe hier ein dringendes Telegramm für Sie.«

Maggie setzte sich auf und schaltete das Licht an. Es war erst Viertel nach sieben. »Schicken Sie's mir 'rauf«, murmelte sie. Sie stand auf und zog sich einen Morgenrock an; die Gewohnheit, nackt zu schlafen, hatte sie beibehalten, sogar in der kalten Jahreszeit.

Nachdem sie den Empfang des Telegramms bestätigt hatte, legte sie sich wieder hin; sie fürchtete sich plötzlich, es zu öffnen. Zuerst war sie vom Schlaf noch so benommen, daß sie an nichts gedacht hatte. Wer, um alles in der Welt, mochte ihr telegrafieren: War ihre Mutter krank? Oder ihr Vater? Sie riß es auf und las den Inhalt mit ungläubigem Staunen: »Stella Leigh schwanger. Muß sofort ersetzt werden. Habe dich an Century Pictures verkauft. Erbitte R-Gespräch bei Erhalt dieses Telegramms. Hy Mandel.«

Sie meldete das Gespräch sofort an, ließ es aber auf Hotelrechnung gehen. Mochten Robin Stone und die IBC das bezahlen! Während die Vermittlung noch die Verbindung herstellte, konnte sie schon Hys Stimme hören. Der Ärmste! – 'n Los Angeles war es erst fünf. Aber er hatte es ja so gewollt.

»Maggie!« Er war hellwach. »Wie schnell kannst du hier sein?«

»Immer mit der Ruhe«, erwiderte sie. »Wie gut ist die Rolle, und wie hoch ist die Gage?«

»Wie gut die Rolle ist? Spielt Stella Leigh Nebenrollen? Es ist die Hauptrolle als Partnerin von Alfie Knight. Sie haben etwa eine Woche gedreht. Stella dachte, sie hätte irgendeine Viruserkrankung, weil sie dauernd kotzen mußte. Die dumme Kuh wußte nicht mal, daß sie schwanger war! Die Century ist natürlich weit hinter ihrem Drehplan zurück. Ich habe zwanzigtausend steuerfrei für dich herausgeschlagen, dazu die Option auf einen zweiten Film, für den die Bedingungen noch vereinbart werden. Außerdem bezahlt man dir eine Suite im Beverly-Hills-Hotel.«

»O Hy, wie hast du das nur fertiggebracht?«

»Ich hatte, ehrlich gesagt, die Hoffnung schon fast aufgegeben. Du mit deiner Weigerung, Probeaufnahmen zu machen! Ich habe über deine Rolle in dem O'Neill-Stück wahre Lobeshymnen gesungen, aber niemand wollte etwas von dir wissen. Als gestern die Nachricht von Stella kam, habe ich es sofort wieder versucht, ohne mir, offen gestanden, viel davon zu versprechen, aber der Regisseur war Feuer und Flamme und meinte, du seist genau das, was er sich wünsche – ein neues Gesicht.«

»Wer ist es denn, und woher weiß er, wie ich aussehe?«

»Es ist zur Zeit der begehrteste Regisseur von Hollywood mit geradezu sensationellem Erfolg. Die Century hat ihn sich für Alfie gekapert. Es heißt Adam Bergman.«

»Adam!«

»Kennst du ihn?«

»Wir haben vor langer Zeit mal zusammen gespielt . . . in einer kleinen Theatergruppe. O Hy, ich bin ganz aufgeregt!«

»Nun hör zu, mein Schatz. Kannst du noch heute herkommen? Dann könntest du über Sonntag die Rolle studieren. Montag wollen sie dich schon für Kostüm- und Maskenproben haben. Ich bestelle dir dein Hotelzimmer.«

»Ja! Ja! Ich kann sofort abfliegen.«

»Okay. Telgrafier mir deine Ankunft, sobald du deinen Flug gebucht hast. Ich hole dich ab.«

Maggie legte auf und rang nach Fassung. Sie war überglücklich, daß sie Adam wiedersehen würde, aber mit noch größerer Genugtuung erfüllte es sie, daß sie Mr. Robin Stone sitzenlassen konnte.

Robin hatte sich den Untertassenfilm angesehen und war in sein Büro zurückgekehrt. Je mehr er darüber nachdachte, desto stärker war er davon überzeugt, daß es richtig war, diese Sendung an den Anfang einer neuen Reihe zu stellen, die im September anlaufen mußte. Ein ganz neuer Typ Show. Fast ein Happening. Das war überhaupt die Idee! Robin stand auf und ging in seinem Zimmer auf und hab. »Happening«, das würde der neue Titel sein. Wenn es ihm nur gelang, Austin dafür zu erwärmen. Aber dazu mußte er ihm noch ein paar andere Happening-Ideen hinwerfen können. Er dachte über Christie Lane nach: Welche geheimnisvollen Kräfte hatten bewirkt, daß aus ihm plötzlich ein Nationaldenkmal geworden war? Warum war er es vor fünf Jahren noch nicht gewesen, als er in den Kneipen dieselben Songs vorgetragen hatte? Das gäbe eine großartige Sendung ab: »Das Happening Christie Lane.« Er würde die Besitzer von Nachtklubs interviewen, in denen Christie aufgetreten war, als er noch keinen großen Namen hatte. Und er würde Christies »Kümmerlinge« interviewen. Auch seine Familie – irgendeine Art von Familie mußte er ja schließlich haben – und diese schreckliche Ethel Evans, mit der er herumzog. Bestimmt waren in der Umgebung von Christie eine Reihe interessanter Typen aufzutreiben, die irgendeine Beziehung zu seiner Vergangenheit hatten.

Robin setzte seinen Plan sogleich in die Tat um, indem er am nächsten Morgen einen inoffiziellen Besuch in Austins Dachgeschoß machte.

»Robin, Sie bringen mir da, ohne es zu wissen, einen Köder, den wir gerade jetzt dringend brauchen!« Gregory Austins Stimme jubilierte. »Sechs Rechtsanwälte beknien Lane, einen neuen Vertrag mit uns zu unterzeichnen. Und er läßt uns ganz schön zappeln! Wenn wir ihm aber sagen können, daß wir mit Ihnen als Moderator eine einstündige Sendung über ihn machen, das wäre einfach . . .« Gregory suchte nach preisenden Adjektiven. »Erzählen Sie aber noch niemandem davon. Besonders Miller nicht. Mit Christie Lane werde ich selbst sprechen.«

Drei Tage später verkündeten sämtliche Presseorgane, daß Christie Lane mit der IBC einen neuen Fünfjahresvertrag abgeschlossen habe. Am nächsten Tag bat Austin Robin Stone und Danton Miller zu sich und erklärte ihnen die Idee für die neue Sendereihe.

Dan hörte aufmerksam zu. Robin beobachtete seine Reaktionen. Obgleich Austin so tat, als sei ihm der Gedanke vor ein paar Tagen erst gekommen, war Robin davon überzeugt, daß Miller sich nicht hinters Licht führen ließ, aber keine andere Wahl hatte, als gute Miene zum bösen Spiel zu machen.

»Ich halte das für einen glänzenden Einfall, Mr. Austin«, erklärte Miller denn auch, »um so mehr, als dadurch Christie Lane an die IBC gebunden wurde.«

Gregory stand auf. »Es liegt mir daran, daß Stone selbst diese und die folgenden Sendungen der ›Happening‹-Reihe moderiert.«

Dan nickte bekräftigend mit dem Kopf. Dann wandte er sich an Robin. »Legen Sie nur nicht zu großes Gewicht auf sein Liebesleben«, warnte er.

»Das ist aber gerade das, was das Publikum will.«

»Kommt nicht in Frage«, sagte Dan giftig. »Das Publikum hat kein Interesse an Christies Liebesleben.«

Gregory schaltete sich ein. »Da sind Sie im Irrtum, Dan. Christie Lane muß ein Mädchen haben. Ich persönlich habe gewisse Vorbehalte gegenüber einem Mann, der noch nie verheiratet war und schon über vierzig ist. Im Fall Christie ist es verständlich. Er war immer ein Zigeuner. Trotzdem brauchen wir jetzt die Frauengeschichte. Wer ist das Mädchen, und inwiefern ist sie ein Problem?«

»Ethel Evans«, sagte Dan. »Sie arbeitete früher in unserer Presseabteilung und ist eine bessere Nutte.«

»Können wir nicht jemand anders für ihn finden?« fragte Austin. »Warum umgeben wir ihn nicht mit vielen Frauen? Engagieren ein paar bildhübsche Mannequins und lassen ihn ein paar Liebschaften gleichzeitig haben?«

»Da würde die Evans nie mitmachen«, meinte Dan. »Außerdem: Wenn wir schon Frauen ins Spiel bringen, müssen wir Ethel Evans auch dazunehmen. Die Öffentlichkeit hat schon viel zuviel von ihr gehört.«

»Was tut sie, außer mit ihm zu schlafen?« fragte Austin.

Dan lachte. »Ob sie es glauben oder nicht, sie ist sein persönlicher Presseagent!«

»Wunderbar«, unterbrach Robin. »Dann stellen wir sie genauso in der Sendung vor. Jeder Star hat eine treue Gefährtin zur Seite.«

Dan nickte bedächtig. »Das wäre eine Möglichkeit. Damit könnten wir alle Zweifel entkräften. Einfach unterschlagen dürfen wir sie, wie gesagt, nicht; dazu war ihr Bild zu oft in den Zeitungen.«

Robin lächelte. »Dann wäre ja alles klar. Jetzt müssen Sie die Chose nur noch Christie Lane beibringen.«

Dans Lachen klang ziemlich gequält. »Er wird es schon fressen . . . fragt sich nur, ob auch die Evans einverstanden ist.«

22

Danton Millers Anwesenheit schien die Schäbigkeit des Hotelzimmers im Astor noch zu unterstreichen. Ethel starrte auf einen Fleck im Teppich. Wie Christie es fertigbrachte, immer die scheußlichsten Zimmer zu bekommen, war ihr ein Rätsel. Wahrscheinlich, weil er stets das billigste verlangte. Ethel war gespannt wie ein Flitzbogen. Als Dan Miller ankündigte, er käme mal auf einen Sprung vorbei, um über die technischen Dinge der neuen Sendung zu sprechen, war sie sofort hellhörig geworden. Es sah Dan nicht ähnlich, »mal auf einen Sprung vorbeizukommen«.

Schweigend saß sie da und hörte zu. Zu ihrem Erstaunen war Christie von den Vorschlägen begeistert. Alles, was Dan sagte, regte Christies Appetit an und schmeichelte seinem Selbstgefühl. Für ihn nahm das »Happening« bereits die Ausmaße einer Fernsehpreisverleihung an. Er wollte den ersten Preis! Als die Rede auf die »technischen Einzelheiten« kam, kniff Ethel die Augen zusammen. Ihre schlimmsten Erwartungen erfüllten sich. Der ganze Schnickschnack, den Dan Miller da erzählte, war nur dazu bestimmt, Christie Sand in die Augen zu streuen. In Wirklichkeit ging es ihm hauptsächlich darum, Ethels Rolle herunterzuspielen. Ihre Bedeutung für Christie und der Platz, den sie in seinem Leben einnahm, sollten vernebelt werden. Es war einfach nicht zu fassen! Als wäre es das Selbstverständlichste von der Welt, sprach Dan Miller von den Mannequins, die sie engagieren und als Christies Freundinnen ausgeben wollten. Eine junge Debütantin, deren Vater eine große Ranch besaß, habe schon zugesagt, mit Christie zur Premiere des Nachtlokals Aqueduct zu gehen, und wenn die beiden später die elterlichen Stallungen besichtigten, würde man herrliche Aufnahmen machen können.

»Es gibt Ihnen eine andere Dimension«, sagte Dan. »Christie Lane ist nicht nur jedermanns Onkel Harry . . . er ist umringt von schönen Frauen, junge Damen der Gesellschaft schwärmen für ihn. Wir haben sogar eine Autorin aufgetrieben und zeigen euch, wie ihr den Verlag Doubleday besichtigt. Ein Christie Lane kennt sich aus in der Literatur. Natürlich wird auch Ethel eine große Rolle in der Sendung spielen. Wir zeigen, wie sie Ihre Post erledigt, Ihre telefonischen Verabredungen trifft und so weiter.«

Ethel heftete ihren Blick auf einen Sonnenfleck, der langsam über den verschossenen Vorhang wanderte. Das war die letzte Demütigung: Man warf sie mit den »Kümmerlingen« in einen Topf! Was war sie denn auch anders, wenn man sich die Sache genau besah? Kenny und Eddie dienten Chris als Laufburschen, sie diente ihm im Bett. Sie bekamen sogar das gleiche Gehalt. Zum erstenmal in ihrem Leben fühlte Ethel sich besiegt und verlor den Mut zum Kämpfen. Vielleicht lag es an Dans hochnäsiger Art, vielleicht an dem elenden Hotelzimmer. Sie kam sich plötzlich genauso schäbig vor wie die schmutzigen Gardinen vor den ungeputzten Fenstern. Am liebsten wäre sie in Tränen ausgebrochen, am liebsten hätte sie sich auf Danton Miller gestürzt und ihm das herablassende Lächeln vom Gesicht gekratzt . . . aber sie blieb stumm. Denn im Grunde hatte alles, was Dan sagte, Hand und Fuß. Die Mannequins, die Debütantin, die Autorin würden die Sendung mächtig aufputzen. Und für Christie kam es nur auf das Gelingen der Show an. Dan brachte Argumente vor, gegen die sie nie ankommen würde. Wegen der Kollegen war es ihr egal; die würden sowieso wissen, daß das Ganze nur fürs Publikum gemacht war. Aber seltsamerweise dachte sie zum erstenmal an ihre Eltern und sogar an ihre Jugendfreundin Helga. Bei ihnen galt sie als Christie Lanes »Verlobte«. Wie würde es aussehen, wenn man Christie mit all den Glamourgirls zeigte, und die fette kleine Evanski rückte unter die bezahlten Kräfte? Sie wagte nicht aufzublicken. Die Kehle war ihr wie zugeschnürt, und das Weinen saß ihr näher als das Lachen. Christies glanzlose Augen blickten nüchtern und nachdenklich. Dan steigerte seinen Redeschwall zum großen, überzeugenden Finale. Dann beugte er sich vor. »Nun, Christie, was halten Sie von der Sache?«

Christie biß die Spitze von seiner Zigarre ab und spuckte sie auf den Boden. »Ich finde, die Sache stinkt.«

Ethel sah auf. Dan war so überrascht, daß er nicht wußte, was er sagen sollte.

»Wozu der Quatsch mit der Debütantin und Autorin? Jeder weiß, daß ich mit Ethel gehe.«

Ethel blieb vor Überraschung der Mund offenstehen. Der Kerl hielt tatsächlich zu ihr!

Dan zuckte die Achseln. »Natürlich gehen Sie mit Ethel, Sie wissen es, ich weiß es. Aber glauben Sie mir, wir haben uns alle miteinander Gedanken gemacht und sind zu einem einstimmigen Entschluß gekommen. Wir sind davon überzeugt, daß die Sendung attraktiver wird, wenn wir Sie mit vielen und nicht nur mit einem Mädchen in Verbindung bringen.«

»Machen wir eine Sex-Show oder ein Happening über Christie Lane?« fragte er.

»Für die Sehbeteiligung ist es besser, wenn wir beides miteinander verbinden.«

»Meine Show ist unter den ersten fünf! Und zwar nicht wegen irgendwelcher Mannequins oder Debütantinnen, sondern meinetwegen!«

Dan nickte. »Wir dürfen aber nicht vergessen, Christie, daß Sie große Stars als Zugnummern und hübsche Madchen für die Werbespots in Ihrer Show haben; nicht selten singen bekannte Sängerinnen ein Duett mit Ihnen.«

»Was ist mit Ethel?« Christie war unnachgiebig.

»Ethel ist sehr reizvoll«, erwiderte Dan rasch. »Wirklich, Ethel, ich finde, Sie haben noch nie besser ausgesehen.« Sein Lächeln war verbindlich. Ethel erwiderte es mit einem bitterbösen Blick.

Christie ließ sich nicht beirren. »Aber?« fragte er.

»Aber wir fürchten die Skandalblättchen. Bis jetzt haben wir Glück gehabt. Fängt aber erst eines an, sich mit Ethels Vorleben zu beschäftigen, ziehen die anderen alle nach.«

»Dann gehe ich gerichtlich gegen sie vor«, sagte Christie. »Seit mehr als einem Jahr war sie nur mit mir zusammen. Das kann ich beweisen.«

»Das, fürchte ich, wäre nur Wasser auf die Mühle. Sicher, Ethel war bei Ihnen . . . hat mit Ihnen gelebt. Deshalb war man ja der Ansicht, sie als Ihre treue Gefährtin herauszustellen, sei der Knüller. Das würde erklären, warum sie ständig bei Ihnen ist.«

»Einen Moment mal.« Christie schwenkte seine Zigarre. »Wer ist überhaupt ›man‹?«

Dan holte sein Zigarettenetui hervor. »Ich will es einmal folgendermaßen ausdrücken, Christie. Wie Sie wissen, ist Robin Stone der Moderator dieser Sendung. Wenn die Skandalpresse ihn nach der ersten Folge Ethels wegen angreift, kann er für die ganze Serie Firmen verlieren, von denen das große Geld 'reinkommt. Sie dürfen nicht vergessen, daß es außer New York, Chicago und Los Angeles noch eine andere Welt gibt . . . eine Welt, in der die Leute jeden Sonntag zur Kirche gehen, in der sie heiraten und goldene Hochzeit feiern. Diese Leute lieben Sie. Sie kommen zu diesen Leuten in die Wohnstube. Sie können ihnen nicht einfach ins Gesicht sagen: ›Das ist das Mädchen, mit dem ich zusammenlebe – friß, Vogel, oder stirb!‹«

Christie verstummte, was Dan geschickt ausnützte, um noch einmal nachzustoßen. »Von welcher Seite Sie die Sache auch ansehen, Christie, es läuft immer auf denselben Punkt hinaus: Sie können es nicht wagen, Ethel in der Sendung als Ihre ständige Begleiterin vorzustellen.«

»Gut«, erwiderte Christie ruhig. »Dann wird sie nicht meine Freundin sein, dann wird sie meine Frau sein.«

Danton Millers Gesichtsausdruck wechselte von höflich zu fassungslos. Kein Wort kam über seine geöffneten Lippen. Ethel beugte sich vor. Was wollte Christie mit diesem Kniff?

Wie um sich seine Worte selbst zu bestätigen, nickte Christie. »Jawohl, ich werde sie heiraten! Haben Sie verstanden?«

Dan hatte sich von seinem Schock erholt und brachte ein schlaues Lächeln zustande. Christie lehnte sich zurück, als wäre die Sache damit für ihn erledigt, aber Ethel spürte, daß der Kampf eben erst begonnen hatte. Dan sammelte sich zu einem neuen Anriff.

Der ließ nicht lange auf sich warten. »Komisch.« Dans Ton war fast wehmütig. »Ich hatte in Ihnen immer den großen Romantiker gesehen.«

»Den was?« fragte Christie.

»Den Mann, der nur eine Frau in seinem Leben lieben kann. Ich war fest davon überzeugt, daß Amanda diese Frau für Sie war. An dem Tag, an dem Amanda starb, habe ich befürchtet, Sie würden die Sendung absagen. Aber Sie sind ein echter Profi. Ich wußte, wie Ihnen zumute war, aber Sie haben sich gesagt: Das Leben geht weiter. Wenn ein Mann das einzige verliert, was ihm wirklich etwas bedeutet, sucht er sich etwas, das ihn tröstet, einen vorübergehenden Ersatz.«

Zum erstenmal verstand Ethel, daß ein Mensch aus blindem Haß zum Mörder werden konnte. Sie hätte Dan Miller an die Kehle springen können, aber jetzt war nicht der Augenblick, dramatisch zu werden . . . nicht, solange Christie am Ball war. Sie umklammerte die Sofalehne, bis ihre Knöchel weiß wurden, und unter Aufbietung ihrer ganzen Selbstbeherrschung gelang es ihr, ganz vorsichtig zu äußern: »Sie scheinen zu vergessen, lieber Danton, daß Amanda Chris verlassen hat und zu Ike Ryan gegangen ist. Sie starb als Mrs. Ryan, nicht als Christies Freundin.«

In versöhnlichem Ton erwiderte Dan: »Gewiß, aber die größten Liebenden sind die unglücklich Liebenden. Für mich ist Christie Lane das immer gewesen.«

Christie sprang auf. »Was soll diese Scheiße. Was Sie da von einem großen Liebhaber faseln, ist für mich der letzte Kitsch! Soll ich vielleicht dasitzen und ein Weib anschmachten, das mich sitzengelassen hat? O nein, Danny-Boy, ich bin Christie Lane! Ich bin ganz oben, mein Freund! Und ich habe mich mühsam hochgearbeitet ... mich haut so was nicht um. In meinem Leben ist eine kleine Blonde kein weltbewegendes Ereignis.«

Er ging zu Ethel und ergriff ihre Hand. »Machen Sie Ihre Augen weit auf, Mr. Miller ... hier sehen Sie ein echtes Weib. Ein großartiges Weib. Jaja, ich weiß, was Sie sagen wollen: Anfangs waren Ethel und ich nur zwei, die sich treffen und wieder verlassen, wie so viele in dieser Stadt. Aber als wir ein paarmal zusammen waren, habe ich vergessen, daß es überhaupt jemals eine Amanda gegeben hat.«

Dan setzte ein trauriges Lächeln auf. »Ich habe erst kürzlich die *Life*-Story wieder gelesen und war richtig ergriffen. Besonders von der Stelle, wo Sie sagen, daß Amanda das einzige Mädchen gewesen sei, bei dem Sie jemals an Heirat gedacht hätten. Das einzige Mädchen, von dem sie ein Kind hätten haben mögen.« Er seufzte. »Wirklich jammerschade. Die Amanda-Episode sollte einen großen Raum in Ihrer Happening-Sendung einnehmen.«

»Was hat Amanda denn mit meinem Happening zu tun?« fragte Christie.

Dan sprach leise und eindringlich: »Wir wollten eure Bilder aus dem *Life*-Artikel in Vergrößerungen bringen, dazu einige von Amandas Werbespots, die wir mitgeschnitten haben. Vor allem die herrliche Szene, in der Sie ›Mandy‹ für Sie singen. Erinnern Sie sich, wie wir mit der Kamera auf die Kulissen schwenken mußten, um Amanda in Großaufnahme festzuhalten?« Betrübt schüttelte Dan den Kopf. »Sehen Sie die Szene vor sich? Keiner unter den Zuschauern, dem nicht die Tränen der Rührung kommen würden. Im ganzen Land würden die Zeitungen darüber schreiben – die Sendung mit der Liebesgeschichte des Jahrhunderts. Amanda, die einzige Frau in Chris' Leben. Und als sie einen anderen heiratete, trug er es ihr nicht nach. Mit ihrem Tode starb auch ein kleines Stück von ihm. Die Leute werden das fressen, und damit haben wir auch einen Aufhänger für die Mannequins und die Debütantin, denn nach Amanda kann es für Christie Lane nicht nur eine Frau geben. Verstehen Sie, worauf ich hinaus will, Christie?«

»Sie hätten Drehbuchautor werden sollen!« spottete Chris. Dann wurde seine Stimme hart. »Stellen Sie sich *das* unter einem Christie-Lane-Happening vor? Die Geschichte eines Mannes, der sich von kleinen Anfängen an hochgearbeitet hat, der noch an seinem vierzigsten Geburtstag zweite Garnitur war? Alle hatten ihn abgeschrieben . . . und zwei Jahre später war er oben! *Das* ist Ihre Geschichte – der rote Faden –, genau das! Das ist das Christie-Lane-Happening. Kapiert? Mein Happening . . . über *mich*! Sollte je der Tag kommen, an dem ich mit den Gebeinen eines toten Mädchens klappern muß, um anzukommen, stelle ich mich lieber gleich auf die Straße und verkaufe Schnürsenkel. Aber vorläufig verkaufe ich mein Talent, mein Leben. Und weder Sie noch Mr. Robin Stone werden mir vorschreiben, was ich bin. Ich bin ich! Kapiert? *Ich!* Und ich heirate das einzige Weib, das ich leiden kann – Ethel Evans!«

Dan ging zur Tür. »Tut mir leid. Ich habe wohl die *Life*-Story zu ernst genommen . . . alles, was Sie darin über ein Kind mit Amanda sagten, daß es aussehen sollte wie sie . . .«

»Scheiße!« schrie Christie. »Klar will ich ein Kind haben. Einen Sohn will ich haben, und ich will ihm alles geben, was ich nicht gehabt habe. Und dieses Kind werden Ethel und ich zusammen haben!«

Dan verbeugte sich knapp. »Ich darf Ihnen beiden Glück wünschen. Wie wundervoll! Jetzt, Chris, muß ich meine Meinung ändern. Sie und Ethel . . . man möchte fast sagen: Eine Ehe, die im Himmel geschlossen wurde.« Damit ging er.

Einen Augenblick starrte Christie noch auf die geschlossene Tür. Dann drehte er sich um und ging zum Schlafzimmer. Ohne Ethel eines Blickes zu würdigen, befahl er: »Ruf Lou Goldberg an. Sag ihm, er soll nach New York kommen. Ruf Kenny und Eddie an. Sag ihnen, sie sollen sich erkundigen wegen Dokumenten und diesem ganzen Quatsch. Ruf den Bürgermeister an und frag, ob er uns trauen kann.« Christie verschwand im Schlafzimmer.

Ethel saß auf der Couch. Sie konnte es noch nicht glauben. Er meinte es wirklich ernst! Sie würde Mrs. Christie Lane werden! Als er im Mantel aus dem Schlafzimmer zurückkam, sah sie ihn fassungslos an.

»Was sitzt du da herum? Willst du mich nicht heiraten?« fragte er. Sie nickte stumm. Christie schnippte mit den Fingern. »Dann ein bißchen hoppla, rühr dich und bereite alles vor.«

Ethel sprang von der Couch und warf sich ihm in die Arme. »O Christie!« Ihre Tränen waren echt. »Du meinst es wirklich ernst?«

Offensichtlich verlegen, befreite er sich sanft aus ihrer Umarmung. »Klar mein ich's ernst. Und nun erledige mal schön die Anrufe.« Er ging zur Tür.

»Aber wohin gehst du denn?«

Einen Augenblick schwieg er, dann meinte er mit einem schwachen Lächeln: »Ich gehe Ringe kaufen.«

Die Hochzeit fand einen gewaltigen Widerhall in Presse und Fernsehen. Sogar Ereignisse am Rande der Hochzeit standen im Mittelpunkt des Interesses. Lou Goldberg mietete den ersten Stock bei Danny und veranstaltete einen großartigen »Junggesellen«-Abschied. Jeder in New York verfügbare männliche Star war anwesend, und mancher Witz, der bei Tisch kursierte, fand sich nachher in den Klatschspalten wieder. Auch im Fernsehen machten Komiker und Conferenciers ihre gutmütigen Anspielungen. Niemand erlaubte sich allerdings einen Scherz über Ethel. Sie schienen alle zu spüren, daß der kleinste Stich den Deckel von dem Druckkessel reißen konnte, in dem Ethels Vergangenheit kochte.

Die Trauung fand in der ersten Maiwoche in der St.-Patricks-Kathedrale statt. Anwesend waren Ethels Familie, Lou Goldberg, die »Kümmerlinge« und Aggie. Christie hatte es so gewollt, und ehe nicht das letzte »Ja« gesprochen war, hütete Ethel sich, ihm zu widersprechen. Es war verrückt und kaum zu glauben – Christie hatte tatsächlich eine kirchliche Trauung vorgeschlagen. Nun jedenfalls war es ein gutes Zeichen – er nahm die Sache offenbar ernst. Was jedoch sie betraf, sie hätte sich auch von einem Medizinmann trauen lassen, vorausgesetzt, die Ehe wäre rechtsgültig gewesen. Sie hatte mit Pfarrer Kelly gesprochen – nein, sie brauchte nicht zu konvertieren, mußte nur versprechen, ihre Kinder im katholischen Glauben zu erziehen. *Kinder! Ein* Kind würde er bekommen. Ein einziges! Und nicht ehe sie dazu bereit war. Sie war nun zweiunddreißig und hatte lange genug ihre Kleider im Ausverkauf kaufen und die rechte Seite der Menükarte lesen müssen. Zum erstenmal nun würde sie eine herrliche Garderobe haben und sich Massagen und die besten Kosmetiksalons leisten können. Sie hatte keine Lust, jetzt schon sechs Monate lang in Umstandskleidern herumzulaufen, nachdem sie endlich all das bekommen würde, was sie sich ihr Leben lang gewünscht hatte.

Christie lud die Hochzeitsgesellschaft zum Essen ein, und anschließend brachten sie gemeinsam Ethels Familie zur Bahn. Als sie an diesem Abend zu Christie ins Hotel ging, war sie zum erstenmal beim Empfang offiziell angemeldet.

Ethel verkniff sich jeden Kommentar über ihre Flitterwochen im Astor. Christie steckte tief in seiner Arbeit. Dann jedoch würden sie für sechs Wochen nach Las Vegas gehen. Das war genau der richtige Zeitpunkt, um Pläne für ihre Zukunft zu machen. Sie würde ihm vorschlagen, jeden Monat fünftausend auf ein persönliches Konto auf ihren Namen einzuzahlen – vielleicht sogar zehntausend. Schließlich bekam er in nächster Zeit hübsch viel Geld von der IBC. Vor der Abreise würde sie noch eine Wohnungsagentur beauftragen, ihr ein Doppelapartment in der Park Avenue zu beschaffen.

Sie verbrachte die erste Woche ihrer Ehe damit, im verdunkelten Theater Christie bei der Arbeit am »Happening« zuzuschauen. Früher als ursprünglich geplant, rief sie schließlich die Wohnungsagentur an, und eines Tages erschien während der Probe eine elegante Dame, die sich Mrs. Rudin nannte, mit Grundrissen von verschiedenen Apartments, die in Frage kommen konnten. In der Pause tauchte Christie auf, und Ethel stellte ihn Mrs. Rudin vor. Ruhig hörte sich Christie Ethels Erklärungen an. Dann aber biß er entschlossen auf seine Zigarre: »Hören Sie, Verehrteste, rollen Sie Ihre Pläne schön wieder zusammen und vergessen Sie die ganze Angelegenheit. Ethel und ich fühlen uns im Astor absolut wohl.«

Ethels Gesicht brannte vor innerer Wut, doch sie wartete, bis Mrs. Rudin verschwunden war, ehe sie sich Christie vorknöpfte.

»Schämst du dich eigentlich nicht?«

»Schämen – wofür?«

»Mich vor dieser Agentin bloßzustellen.«

»Schlepp sie nicht her, und du wirst nicht bloßgestellt.«

»Aber wir brauchen doch eine Wohnung.«

»Wozu?«

»Christie, du kannst nicht wirklich von mir erwarten, daß ich ewig im Astor wohne, mit deinen zwei Kleiderkoffern, einem winzigen Schrank für uns beide, einem einzigen Badezimmer –«

»Nun hör mal schön zu! Ich habe das Loch gesehen, in dem du mit deiner Freundin gewohnt hast. Das war auch nicht gerade das Ritz.«

»Damals war ich nicht Mrs. Christie Lane.«

»*Mr.* Christie Lane gefällt's nun mal im Astor.«

Dieses war nicht der geeignete Ort, einen solchen Kampf auszutragen. Außerdem hatte Ethel ja den ganzen Sommer lang Zeit, Christie kleinzukriegen. »Ich gehe jetzt zu Saks, um mir einen Badeanzug für Vegas zu kaufen. Oh, daß ich's nicht vergesse, ich hätte gerne ein eigenes Konto.«

»So eröffne doch eins.«

»Womit?«

»Bevor wir heirateten, hast du wöchentlich zweihundert Dollar verdient. Ich habe mit Lou darüber gesprochen. Er ist bereit, dir weiterhin so viel zu bezahlen, wenn du wieder die Pressewerbung für mich machst. Du hast ja sonst ohnehin nichts zu tun.«

Sie sank in einen Sessel des leeren Theaters. Plötzlich hatte sie das Gefühl, geprellt worden zu sein – als hätte sie eine Ölquelle entdeckt und am andern Morgen festgestellt, daß sie eingetrocknet war. Dieses Gefühl hielt auch an, als sie in Las Vegas waren. Vom Laufburschen bis zum Direktor sagte zwar jeder im Hotel Mrs. Lane zu ihr, sonst aber hatte sich ihr Leben nicht geändert. Es war vor ihrer Ehe eigentlich sogar besser gewesen. Damals hatte es immerhin jede Woche ein paar Nächte gegeben, die ihr allein gehört hatten – Nächte, die sie ungestört bei Lillian in ihrer gemeinsamen Wohnung verbringen konnte. Nun aber hatte sie jede Sekunde Christie, die »Kümmerlinge« und Agnes am Hals. Und im Herbst in New York standen ihr erneut die Copa-Bar, Jilly's und Abendessen mit den »Kümmerlingen« bevor. Aber sie wollte verdammt sein, wenn sie wieder ins Astor zurückkehrte.

Sie brachte das Thema eines Nachts nach der Show von neuem aufs Tapet.

»Was paßt dir denn nicht am Astor?«

»Ich mag nicht dort wohnen.«

»Wo willst du denn wohnen?«

»In einem hübschen Apartment mit einem Eßzimmer, einem Balkon und *zwei* Badezimmern.«

»So viele Zimmer nur für uns beide? Ich hatte mal in Hollywood ein Haus. Damals lebten noch Eddie, Kenny und Aggie bei mir. Aber selbst zu viert hatten wir noch zuviel Platz. Sieh her, wenn wir mal ein Kind haben, können wir wieder über Wohnungen sprechen. Mit einem Kind muß auch ein Eßzimmer her, denn ich will, daß es alles richtig lernt. Aber für uns zwei genügt das Astor.«

In der folgenden Nacht ließ Ethel ihren Pessar unbenützt.

23

Beim Frühstückskaffee sah Robin Maggies Bild in der Zeitung. Er las die Unterschrift: »Maggie Stewart, Centurys neuer junger Star, in New York zu Außenaufnahmen für den Film ›The Target‹ (Die Zielscheibe).«

Sie trug ein kräftiges Make-up und längeres Haar, aber sie sah großartig aus wie eh und je. Plötzlich hatte er großes Verlangen, sie zu sehen, und rief das Plaza an. Sie war gemeldet, aber nicht auf ihrem Zimmer. Er hinterließ, daß er angerufen habe.

Später am Tage, er war gerade mitten in einer Besprechung, legte ihm seine Sekretärin einen Zettel hin: »Miss Stewart am Telefon.« Er winkte ab und setzte seine Besprechung fort. Erst nachmittags um fünf fand er Zeit, zurückzurufen.

»Hallo!« Ihre Stimme klang unpersönlich heiter.

»Wie geht es dem großen Filmstar?«

»Er ist erschossen. Ich spiele ein berühmtes Fotomodell, dessen Leben in Gefahr ist. Gleich in der ersten Szene, bei Modeaufnahmen im Central Park, findet ein Anschlag auf mich statt. Natürlich drehen wir diese Szene nach echter Hollywoodmanier zuletzt. Darum bin ich hier.«

»Klingt aufregend.«

»Ich hoffe, der Film wird es. Sobald wir hier abgedreht haben, soll er geschnitten werden und in den Verleih kommen.«

»Hast du schon einen neuen Vertrag?«

»Ich habe verschiedene Angebote, aber mein Agent will, daß ich warte, bis dieser abgelaufen ist. Es ist ein Vabanquespiel. Wenn ich gut bin, kriege ich mehr Geld und bessere Rollen. Falle ich durch, verliere ich selbst das, was ich jetzt haben könnte.«

»Dürfte ein ziemlich schwerer Entschluß sein.«

»Ich bin eine Spielernatur. Ich warte«, meinte Maggie.

»Brav! Sag mal, wie lange bleibst du hier?«

»Nur drei Tage.«

»Wollen wir uns im P. J. zum Essen treffen?« Es war ihm, ohne daß er es wollte, herausgerutscht.

»Gern. Das Servieren auf dem Zimmer dauert sowieso immer eine Ewigkeit. Du mußt mir nur Zeit lassen, mich von acht Schichten Schminke zu befreien und unter die Dusche zu gehen.«

»Sagen wir um sieben?«

»Fein. Wir treffen uns dort.« Sie hängte ein.

Robin starrte nachdenklich auf das Telefon. Maggie hatte ihm nicht mal die Möglichkeit gelassen, sie abzuholen. Gab sie sich absichtlich spröde? Das bedeutete, daß sie sich noch immer etwas in den Kopf gesetzt hatte ... Kurz entschlossen rief er Jerry Moss an. Um halb acht warteten sie noch immer im P. J.

»Vielleicht will sie mich versetzen«, meinte Robin lächelnd.

Jerry sah ihn neugierig an. »Was ist eigentlich los mit dir und diesem Mädchen?«

»Überhaupt nichts. Wir sind gute Freunde ... fast sogar alte Bekannte.«

»Warum hast du dann Angst, allein mit ihr zu sein?«

»Angst?«

»Als sie das letztemal nach New York kam, hast du Himmel und Hölle in Bewegung gesetzt, damit ich mit dir zum Flughafen fahre.«

Robin nahm einen Schluck von seinem Bier. »Das ist so, Jerry: Maggie ging früher mit Andy Parino, und als sie damals nach New York kam, hatte sie gerade mit ihm Schluß gemacht. Ich wollte nicht, daß er dachte, ich dränge mich dazwischen. Darum habe ich dich wohl gebeten, mitzukommen. Ich weiß es nicht mehr genau.«

»Aha, das erklärt alles. Und heute soll ich dich vermutlich gegen Adam Bergman abschirmen?«

Robin sah ihn neugierig an. »Adam Bergman?«

»Der begabteste junge Regisseur der Saison«, erklärte Jerry. »Er hat das Stück gemacht, das im vergangenen Jahr am Broadway sämtliche Preise einheimste ... den Titel habe ich vergessen – über einen Schwulen und eine Lesbierin. Mary und ich sind nach dem ersten Akt gegangen. Jedenfalls ist der Mann die neue Sensation.« Robin erwiderte nichts. »Es mag dir komisch vorkommen«, fuhr Jerry fort, »aber mir gefallen Stücke, die eine richtige Handlung haben, verstehst du? Mit Anfang, Mitte und Schluß. Aber heutzutage ...«, er hielt inne, denn durch das Lokal ging ein Raunen. Alle Köpfe drehten sich nach einer Frau um, die auf ihren Tisch zukam. Robin stand auf. Bei der Vorstellung tat Maggie, als erinnere sie sich noch gut an Jerry, aber er war überzeugt, daß sie schwindelte. Sie entschuldigte sich nicht wegen ihrer Verspätung, bestellte sich etwas zu essen und kramte in ihrer Handtasche nach den Zigaretten.

»Ich würde dir gern eine anbieten«, meinte Robin, »aber ich habe das Rauchen aufgegeben.«

»Dann hol mir doch bitte ein Päckchen. Ich habe meine vergessen.«

Aus irgendeinem Grunde freute es Jerry, wie Robin aufsprang und zu einem Zigarettenautomaten ging. Als er zurückkam, bot er Maggie eine Zigarette an und gab ihr Feuer.

»Seit wann rauchst du denn nicht mehr?« fragte sie.

»Seit zwei Tagen.«

»Und warum?«

»Wollte mir nur mal beweisen, daß ich es kann.«

Maggie nickte, als verstände sie das völlig. Nach dem Essen sagte sie: »Jetzt hätte ich auch gern ein Bier, und dann werde ich leider gehen müssen. Ich muß morgen sehr früh aufstehen.«

Robin bestellte das Bier. Am Eingang hatte sich eine Menschenschlange gebildet. Plötzlich stand Robin auf. »Entschuldigt mich, da sind zwei Freunde von mir.«

Er begrüßte das Paar, das in der Reihe stand. Wenige Augenblicke später brachte er die beiden an den Tisch.

»Maggie Stewart, Jerry Moss«, stellte er vor, »das ist Dip Nelson und Pauli . . .« Er wandte sich an die Frau. »Entschuldigen Sie, Pauli. Ich habe Ihren Namen vergessen.«

»Ich heiße jetzt auch Nelson.«

»Gratuliere.« Robin winkte nach zwei Stühlen. »Ich glaube, wenn wir uns ein bißchen zusammenquetschen, passen wir alle an den Tisch.«

»Ich kann nur einen Happen essen, dann muß ich gleich wieder fort«, erklärte Pauli, während sie sich auf ihren Stuhl sinken ließ. »Gott, bin ich müde! Wir haben den ganzen Tag geprobt. Bis zu unserem ersten Auftritt sind es nur noch drei Wochen.«

»Wir bringen eine Nachtklub-Show«, erklärte Dip. »Pauli ist eine gute Tänzerin, dadurch können wir die Gesangsnummern ein wenig auflockern. Zwei Wochen Vegas für fünfzehntausend die Woche sind schon unter Vertrag. Anschließend Reno, und im September der Persian Room am Plaza. Davon hängt alles ab . . . von den Kritiken in New York, meine ich.«

»Warum versteift ihr euch so auf Nachtklubs?« fragte Robin.

»Sie, ich kenne den Filmrummel«, meinte Dip, »wenn ich auch sonst vielleicht nicht viel weiß. Als mein Agent mit einem Angebot von nur hunderttausend von einer unabhängigen Produktion zu mir kam, da habe ich mir gesagt: ›Dip, jetzt ist es Zeit, abzuspringen!‹ Man muß aussteigen, bevor man passé ist. Unsere kleine Bühnen-Show wird ein Knüller. Hollywood wird vor uns auf den Knien liegen, und der Big Dipper wird wieder ganz oben an der Spitze stehen.«

»Und Pauli mit ihm!« sagte sie.

»Jawohl, mein Schatz. Ich habe es dir gesagt, als wir heirateten: Wir sind ein Team und bleiben es.«

»Außerdem«, vertraute Pauli der Tischrunde an, »will ich einfach keine Probeaufnahmen machen lassen.«

»Das kann ich nur unterschreiben.« Es war das erstemal, daß Maggie sich vernehmen ließ.

Pauli sah sie neugierig an. »Oh, sind Sie auch vom Fach?«

»Sie spielt die Hauptrolle in dem neuen Alfie-Knight-Film«, erklärte Robin.

»Ach so!« Pauli sah Maggie an, als erkenne sie sie jetzt erst. »Richtig! Sie hatten ja die große Affäre mit Adam Bergman.«

Maggie verzog keine Miene. Dip dagegen machte ein entsetztes Gesicht.

Eine Weile herrschte betretenes Schweigen. Pauli beschäftigte sich eifrig mit ihrem Steak; als sie den letzten Bissen in den Mund gestopft hatte, sagte sie: »Dip, zahl bitte. Ich muß ins Bett. Wir haben morgen wieder acht Stunden Probe.«

Robin lächelte. »Darf ich das übernehmen? Ich betrachte euch mit Vergnügen als meine Gäste. Allein schon der Gedanke, Pauli Nelson gekannt zu haben, bevor sie ein Star wurde, ist es mir wert.«

Pauli wandte den Kopf und sah ihn hinterhältig an. »Wissen Sie was? Auf Ihr Dreckessen verzichte ich gerne. Wer sind Sie denn schon? Dip zuliebe habe ich mir neulich Ihre ›Schlagzeilen‹ angesehen. Mein Gott, wird das aufgebauscht! Außerdem scheint man Sie 'rausgeschmissen zu haben – da sitzt jetzt ein anderer.«

»Pauli!« Dip ergriff ihren Arm. »Bitte verzeihen Sie, Robin! Es war nicht so gemeint. Es tut uns wirklich leid, daß man Ihnen die ›Schlagzeilen‹ weggenommen hat. Haben Sie was Neues in petto?«

»Ich fange im Herbst eine Sendung mit dem Titel ›Happening‹ an«, meinte Robin lächelnd.

Dip machte ein ehrlich erfreutes Gesicht. »Prima, alter Junge. Genau wie der Big Dipper. Unkraut vergeht nicht, was? Selbe Sender?« Als Robin zustimmend nickte, meinte Dip: »Sagen Sie, wie gut kennen Sie Andy Parino?«

»Ziemlich gut.«

»Dann könnten Sie mir vielleicht einen Riesengefallen tun.« Dip setzte sein strahlendstes Lächeln auf. »Bevor wir in New York im Plaza auftreten – könnten Sie's wohl deichseln, daß wir gelegentlich ein ›Schlagzeilen‹-Interview bekommen?«

»Wenn Ihnen daran liegt? Das läßt sich machen.«

»Ehrlich?«

»Mein Wort drauf.«

Dip stand auf. »Sowie wir nach New York zurückkommen, rufe ich Sie an.«

Als die beiden das Lokal verlassen hatten, nahm Robin Maggies Arm. »Komm, Jerry und ich laufen noch ein Stück und bringen dich ins Hotel.«

»Ich habe aber keine Lust zu laufen.«

»Jerry, bestell der Dame ein Taxi«, sagte Robin.

»Jerry, bestellen Sie der Dame kein Taxi«, äffte sie ihn nach. »Die Dame hat ihren eigenen Wagen.« Erst jetzt bemerkten sie, daß vor dem Eingang ein großes Auto wartete.

»Vielen Dank für das Bankett und die atemberaubenden Tischgespräche.« Maggie erhob sich. »Wenn du mal wieder in Kalifornien bist, werde ich mir alle Mühe geben, deine Gastfreundschaft zu erwidern.«

Jerry schaute dem Wagen nach.

»Der hast du's aber angetan«, bemerkte er ruhig.

»Klar, sie ist unsterblich verliebt in mich.« Robins Stimme klang bitter.

»Nein . . . ehrlich. Vergiß nicht, daß sie Schauspielerin ist. Und wahrscheinlich eine gute, denn heute abend hat sie ihre Rolle fabelhaft gespielt.«

»Wie meinst du das?«

»Das war ein ganz anderes Mädchen als das im Februar am Flughafen, und kein Mensch kann sich in drei Monaten so stark verändern.«

»Vielleicht hat dieser Adam . . . wie hieß er doch? . . . die Veränderung bewirkt.«

»Vielleicht.«

»Komm, wir gehen noch einen Sprung in die Lancer Bar und trinken was«, schlug Robin vor.

»Nein, ich gehe schön auf einen Sprung zum Bahnhof; dann erreiche ich nämlich noch den letzten Zug. Ich an deiner Stelle, Robin, würde Maggie Stewart anrufen und zu einem Whisky in die Plaza Bar einladen.«

»Nein, vielen Dank.«

»Sag mal, ist es mit diesem Mädchen so wie mit den Zigaretten?«

»Kapier' ich nicht.«

»Willst du dir dadurch, daß du dir Maggie Stewart abgewöhnst, irgend etwas beweisen?«

Maggie reiste ab, und Robin stürzte sich in die Arbeit. Jede Nacht schrieb er vier Seiten an seinem Buch. Die Vorbereitungen zur Happening-Serie nahmen ihn dermaßen in Anspruch, daß er jegliches Gefühl für die Zeit verlor. Eines Tages sah er auf seinen Kalender und stellte fest, daß der Unabhängigkeitstag am 4. Juli unmittelbar bevorstand. Er fiel auf einen Donnerstag, das bedeutete ein langes freies Wochenende. Da es um diese Zeit niemanden gab, mit dem Robin gerne zusammen gewesen wäre, sagte er gleichgültig zu, als Jerry ihn zu sich nach Greenwich einlud. Zwar war ihm klar, daß dort eine Party die andere ablösen würde, aber immerhin gab es einen Swimming-pool, und möglicherweise konnte er ein paar Runden Golf einlegen.

Am 2. Juli kam Maggies Telegramm: »Eintreffe dritten Juli zu TV-Publicity für Film. Glaubst du wirklich, daß Elizabeth Taylor auch so angefangen hat? Bleibe ein paar Tage in New York. Wäre für ein paar Stichworte beim Reden dankbar. Maggie.«

Robin rief Jerry an und sagte seinen Besuch ab. Am Mittwoch verließ er um fünf das Büro und rief von seiner Wohnung aus im Plaza an. Man sagte ihm, Miss Stewart sei vor zwei Stunden angekommen, habe aber das Hotel verlassen. Kein Grund zur Aufregung. Das ganze Wochenende lag noch vor ihm . . .

Donnerstag morgen rief er wieder an. Sie war nicht da. Er hinterließ eine Nachricht und fuhr Golf spielen.

Am Freitag hinterließ er zweimal eine Nachricht.

Samstag rief er gar nicht mehr an.

Sein Telefon klingelte Sonntag morgen um neun. Den Buckel konnte sie ihm 'runterrutschen! Nun sollte sie den ganzen Tag ohne ihn verbringen. Als nach dem dritten Rufzeichen der Auftragsdienst das Gespräch entgegengenommen hatte, stand er auf, duschte und fragte an, von wem der Anruf gekommen war.

»Ein Mr. Jerry Moss hat aus Greenwich angerufen.«

Er fühlte sich beinahe im Stich gelassen. Was mochte Jerry wohl am Sonntagmorgen um neun von ihm wollen?

Er rief zurück.

»Amüsierst du dich im heißen New York?« fragte Jerry.

»Ich sitze vor einem Haufen Arbeit.«

»Du hast eine Reihe phantastischer Partys verpaßt, plus eine Freundin von dir, die Ehrengast war: Maggie Stewart.«

»Was hat die denn bei euch gemacht?«

»Das gleiche wie wir alle: getrunken, getanzt und Mücken verjagt.«

»Weswegen wolltest du mich anrufen, Jerry?«

Es entstand eine Pause. »Na ja, ich ... ich dachte, es interessiere dich, daß Maggie hier war.«

»Inwiefern?«

»Ich dachte, wegen ...« Jerry wand sich vor Verlegenheit.

»Wenn du angenommen hast, daß ich mir aus ihr etwas mache, wäre das ein verdammt unnettes Spielchen gewesen. Willst du mir eins auswischen, Jerry?«

»Bestimmt nicht! Ich weiß doch, daß du dir nichts aus Maggie machst«, erwiderte Jerry rasch.

»Eben! Warum soll ich also deswegen meine Zeit mit Telefonieren verschwenden?« Robin legte auf.

An jenem Nachmittag sah er sich ein Doppelprogramm im Kino an. Als er herauskam, war es dunkel. Ziellos schlenderte er durch die Stadt. Plötzlich stand er in der Fifth Avenue vor dem Plaza.

»Na, wie wär's mit uns beiden?« redete ihn eine kleine Dicke mit grellgebleichten Haaren an; sie mochte Mitte Vierzig sein.

»Ich bin nicht dazu aufgelegt«, erwiderte Robin und ging weiter. Er hatte noch nicht die nächste Querstraße erreicht, als ihn die nächste ansprach.

»Fünfzig Piepen für eine Reise in den Himmel.«

Er lachte und ging weiter. Als er am Hampshire House vorbeikam, schlängelte sich wieder eine an ihn heran, Robin ging schneller. Plötzlich fiel ihm ein, daß es an der Seventh Avenue einen Buchladen gab, der nachts geöffnet war. Er würde sich irgendeine leichte Lektüre kaufen, unterwegs einen Sandwich essen, nach Hause gehen und lesen.

»Darf ich Ihnen etwas Hübsches zeigen, Mister?« Robin stand einer Amazone gegenüber. Sie war gut und gerne ein Meter achtzig groß, sah ordinär aus und hatte ihr tiefschwarz gefärbtes Haar bienenkorbartig aufgetürmt. Trotz des warmen Sommerabends trug sie eine Nerzstola; über ihrer langen schmalen Nase glänzten zwei schwarze Knopfaugen. Ein großes Weib ... großer Busen ... Plötzlich schienen tausend Blitze in Robins Gehirn aufzuzucken. Sein Lächeln wurde herausfordernd.

Sie lächelte zurück. »Fünfzig. Ich habe ein Zimmer.«

»Ein Stück weiter oben hat man mir ein besseres Angebot gemacht.«

»Weil du's bist, Süßer, und weil du gut aussiehst. Ich mach' dir's für vierzig.«

»Keine Vergünstigungen. Ich zahle den vollen Satz. Wo ist dein Zimmer?«

»Komm mit.« Sie hakte ihn unter und führte ihn zur Seventh Avenue. Ihr Zimmer lag in einem Gebäude in der Fifty-eighth Street. Offensichtlich wohnte sie dort nicht, und ebenso offensichtlich konnte man aus dem Umstand, daß kaum ein Fenster in dem Haus erleuchtet war, schließen, daß die meisten Zimmer zu ähnlichen Zwecken vermietet waren. Die Eingangshalle war menschenleer, ein halbautomatischer Fahrstuhl brachte sie keuchend zum zweiten Stock hinauf. Dort traten sie in einen dumpfen Flur. Von der schmalen Zimmertür, die die Frau aufschloß, blätterte die Farbe ab. »Ein Palast ist es nicht gerade. Ich nenne es mein Büro.«

Er trat ein. Ein schwarzes Rouleau verdeckte das vorhanglose Fenster. Außer dem Bett gab es noch ein Waschbecken, ein winziges Badezimmer mit Duschecke und eine Toilette. Das Deckenlicht war zu grell. Die Frau lächelte und begann sich mit geübten Griffen auszuziehen. Alles, was sie anhatte, war auf ihr Gewerbe zugeschnitten. Der schwarze Spitzenbüstenhalter hatte Öffnungen für die großen braunen Brustwarzen. Ein Höschen trug sie nicht, nur einen schmalen Strumpfhalter aus schwarzer Spitze.

»Soll ich die schwarzen Strümpfe anlassen oder ausziehen?« fragte sie.

»Alles ausziehen.« Robin erkannte seine eigene Stimme kaum wieder. Hastig schlüpfte er aus seinen Kleidern.

Die Frau nahm ein schmutziges Handtuch und wischte sich den grellen Lippenstift vom Mund. Ihr fülliger Körper war erstaunlich gut proportioniert.

»Erst die fünfzig Piepen, Liebchen. Das ist ehernes Gesetz.«

Er zog aus der Hosentasche zwei Zwanziger und einen Zehner, die sie in ihr Portemonnaie steckte. »Okay, du kannst alles tun, was du willst, wenn du nur mein Haar und meine Wimpern nicht durcheinanderbringst. Der Abend ist noch jung, und ich will noch ein paar Kunden fangen.«

Mit einer raschen Bewegung warf er sie aufs Bett und fiel mit heftigen Stößen über sie her. »He, Liebchen«, stöhnte sie leise, »laß dir Zeit! Was willst du denn beweisen?«

Gerade als er den Höhepunkt erreichte, ließ er von ihr ab und wälzte sich zur Seite.

»Das wäre nicht nötig gewesen. Ich nehme die Pille«, sagte sie und sah auf ihre Uhr. »Du hast genau drei Minuten gebraucht. Also auf zur zweiten Runde.« Sie beugte sich über ihn und fuhr mit der Zunge über seinen Körper, aber Robin stieß sie weg, drehte sie auf den Bauch und drang erneut in sie ein.

Angetrieben von einer Wut, die er selbst nicht verstand, stieß er mit grausamer Verbissenheit zu. Als er endlich genug hatte und sich zur Seite fallen ließ, stand die Frau rasch auf und ging zum Waschbecken. Während sie sich wusch, meinte sie murrend: »Jesses! Für einen feinen Pinkel gehst du aber ganz schön 'ran.«

Robin lag auf dem Bett und starrte geistesabwesend ins Leere. Die nackte Gestalt aus massigem weißem Fleisch stand vor dem Spiegel und schminkte sich die Lippen. »Was ist? Steh auf. Zeit, daß du zu deiner Frau nach Hause fährst. Bei der darfst du wohl nicht den wilden Mann spielen, was? Da wird hübsch manierlich gevögelt.«

»Ich habe keine Frau«, sagte er tonlos.

»Dann geh zu deiner Mutter. Ich wette, daß du mit ihr zusammen lebst. Kerle wie du tun das immer.«

Er sprang auf und fuhr ihr mit der Hand ins Haar.

»He, nicht so stürmisch, Liebchen . . . gib acht auf mein Haar! Ich habe dir gesagt, daß ich noch arbeiten muß. Geh jetzt zu deiner Mammi.«

Krachend landete seine Faust an ihrem Kinn. Einen schwebenden Augenblick lang, solange der Schmerz ihr Nervenzentrum noch nicht erreicht hatte, starrte sie ihn mit fast kindlicher Verblüffung an. Doch als sie dann den Schmerz wie einen Dolchstoß spürte, stöhnte sie auf und wollte im Badezimmer verschwinden. Robin hielt sie am Arm fest.

»Bitte«, wimmerte sie, »du weißt, daß ich keinen Lärm schlagen darf, wir hätten sofort die Bullen im Haus. Bitte . . . laß mich los.«

Er griff mit beiden Händen nach ihrem üppigen Busen und preßte ihn an seinen Mund.

»Du beißt mich«, stöhnte sie und versuchte energisch, sich loszumachen. »Für deine fünfzig Dollar hast du genug gehabt!« Mit einer letzten Kraftanstrengung gelang es ihr, ihm das Knie in den Unterleib zu stoßen und freizukommen, doch Robin setzte ihr sofort nach. Zum erstenmal trat ein Ausdruck von Angst in ihre Augen. »Ich mache dir einen Vorschlag!« schrie sie. »Ich gebe dir dein Geld wieder, und du gehst zu deiner Mutter nach Hause und nuckelst an ihrem Busen!«

»Was sagst du da?«

Die Frau spürte, daß sie einen wunden Punkt getroffen hatte, und das gab ihr Mut. Den nackten Körper zu voller Größe hochgereckt, rief sie: »Euch Mammakerle kenne ich . . . ihr seid verklemmte Schwule, ihr liebt eure Mammas. Sehe ich vielleicht aus wie eine Mamma, Sonnyboy? Hau ab, geh nach Hause! Diese Mamma hier muß an die Arbeit!«

Wieder krachte seine Faust an ihr Kinn, aber diesmal hörte er nicht nach dem ersten Schlag auf. Er schlug auf die Frau ein, bis ihr das Blut aus Mund und Nase floß. Eine zerbrochene Zahnprothese fiel zu Boden. Robin fühlte, daß er ihr den Kiefer gebrochen hatte, doch er hörte nicht auf, bis ihm die Knöchel schmerzten. Die Frau sackte zu Boden. Verwundert starrte er seine Hand an, als gehöre sie nicht zu ihm; sie war blutüberströmt. Er ging zum Bett, legte sich hin und verlor die Besinnung.

Als er die Augen wieder aufschlug, sah er zuerst das Deckenlicht und drei schwarze Flecken – tote Fliegen, die am Glas klebten. Dann sah er die blutigen Bettlaken. Er setzte sich hoch und blickte verwundert auf seine aufgeschlagenen Fingerknöchel. Plötzlich bemerkte er den schwerfälligen Körper der Frau am Boden. O Gott! . . . diesmal war es kein Alptraum gewesen, diesmal war es Wirklichkeit! Er stand auf und trat näher. Die Lippen waren grotesk verquollen, aus ihrem Mund rann Blut, und auf der Oberlippe war aus der Nase geronnenes Blut. Er beugte sich über sie. Sie atmete noch. Großer Gott, was hatte er getan? Rasch zog er sich an. Er hatte nur dreißig Dollar bei sich! Das war nicht genug. Die Frau mußte in ein Krankenhaus. Er konnte sie nicht hier liegen lassen. Robin sah sich in dem Zimmer um. Ein Telefon war nicht vorhanden. Er öffnete die Tür einen Spalt und äugte auf den Flur . . . auch nichts. Er mußte ihr einen Arzt schicken. Irgendwo in der Nähe würde ja eine Telefonzelle sein.

Die Eingangshalle war genauso öde und menschenleer wie bei seiner Ankunft. Er verließ das Haus und tauchte in der Dunkelheit der Fifty-eighth Street unter. An der nächsten Ecke lag ein Drugstore. Nur schnell telefonisch Hilfe herbeiholen!

»Hallo, alter Freund, was machen Sie denn hier?« Es war Dip Nelson in einem offenen Kabriolett.

Robin ging zu ihm. »Ich stecke in der Klemme«, sagte er leise.

»Tun wir das nicht alle?« Dip lachte. »Gestern abend sind wir im Concord aufgetreten und mit Pauken und Trompeten durchgefallen.«

»Dip . . . haben Sie Bargeld in der Tasche?«

»Immer . . . zehn Hunderter und einen Scheck. Warum?«

»Dip . . . geben Sie mir die tausend! Sie bekommen von mir einen Scheck dafür.«

»Steigen Sie ein und erzählen Sie erst mal, was los ist.« Sie fuhren durch den Park. Dip hörte schweigend zu. Als Robin mit seinem Bericht fertig war, meinte er: »Wir müssen an das Wichtigste zuerst denken: Glauben Sie, daß die Frau Sie wiedererkennt? Angenommen, sie hat Sie schon mal im Fernsehen gesehen, was dann?«

Robin zuckte die Achseln. »Dann ist der Teufel los.«

Ungläubig schüttelte Dip den Kopf. »Daß man so was wie Sie frei 'rumlaufen läßt! Wer ganz nach oben will, muß einfach dafür sorgen, daß ihm so etwas nicht passiert! Doch zur Sache. Im Ernstfall stände das Wort der Frau gegen Ihres. Wer wird schon einer Prostituierten glauben, wenn die Aussage eines ehrbaren Bürgers dagegensteht?« Er sah auf die Uhr. »Jetzt ist es halb elf. Wann, sagen Sie, ist es passiert?«

Robin zuckte wieder die Achseln. »Ich war im Kino. Ich trage keine Uhr. Als ich 'rauskam, war es jedenfalls schon dunkel.«

»Dann dürfte es etwa halb neun, allenfalls neun gewesen sein. Zur Sicherheit lassen wir das Alibi ab acht laufen.«

»Alibi?«

»Mich, mein Goldjunge. Der Big Dipper ist Ihr Alibi. Für den Fall, daß Sie eins brauchen. Wir geben an, ich hätte Sie um halb sieben in Ihrer Wohnung besucht, wir hätten eine Weile bei Ihnen gesessen und gefachsimpelt und seien dann im Wagen spazierengefahren. Wenn ich das Auto in die Garage bringe, sorge ich dafür, daß man uns dort bemerkt.«

»Und was wird aus dem Mädchen?« fragte Robin. »Die verblutet doch da!«

»Huren sterben nie. Morgen abend stöckelt sie wieder wie neu über die Straße.«

Robin schüttelte den Kopf. »Ich habe sie ziemlich schwer verletzt. Ich kann sie nicht einfach liegenlassen.«

»Warum haben Sie sich bloß so eine aufgetan, Mensch? Im P. J. hatten Sie doch kürzlich das schönste Weib bei sich!«

»Ich weiß es auch nicht. Ich kann mich noch daran erinnern, daß ich sie sah . . . dann ging bei mir eine Rakete los, und der Rest ist wie ein Traum.«

»Soll ich Ihnen einen guten Rat geben? Lassen Sie sie, wo sie ist. Auf eine Hure mehr oder weniger kommt es nicht an.«

Plötzlich umklammerte Robin den Türgriff. Dip sah ihn prüfend von der Seite an. »Ist was?«

»Dip . . . haben Sie schon mal das komische Gefühl gehabt, etwas zum zweitenmal zu erleben, die gleichen Worte zu hören, kurz hintereinander?«

»Klar, dafür gibt's sogar einen Namen. Hängt mit dem Gehirn zusammen, es hinkt ein paar Takte nach. Das passiert jedem mal. Wenn ich nicht irre, hat man auch einen Schlager darüber gemacht: ›Wo und wann‹.«

»Möglich«, erwiderte Robin nachdenklich.

Dip fuhr die Fifty-sixth Street entlang und bog in eine hellerleuchtete Garage ein. Der Monteur kam herbei und begrüßte ihn. »Na, wie fährt der Wagen, Mr. Nelson?«

»Phantastisch«, lobte Dip. »Es macht solchen Spaß, daß mein Freund und ich nun schon seit halb acht in der Stadt herumgondeln. Sie kennen ihn sicher; Robin Stone von der Fernsehsendung ›Schlagzeilen‹.«

Aus Höflichkeit nickte der Monteur zustimmend. Dann fragte er: »Mr. Nelson, haben Sie daran gedacht, mir das versprochene Foto mit Autogramm mitzubringen . . . für meine Tochter Betty?«

»Als ob ich so was vergäße!« Dip öffnete das Handschuhfach und gab dem Mann einen Umschlag. »Wie es sich gehört: Mit herzlichen Grüßen und Küssen.«

Sie verließen die Garage, und Robin schlug die Richtung zur Fifty-eighth Street ein. Dip, der sich an seine Fersen heftete, versuchte, ihm die Sache auszureden. »Nehmen Sie doch Vernunft an! Wahrscheinlich hat sie längst einen neuen Kunden!«

»Gebe Gott, daß es so ist«, murmelte Robin. Vor dem dunklen Haus blieben sie stehen. Dip sah sich vorsichtig um. »Wahrscheinlich bin ich genauso behämmert wie Sie, daß ich mit Ihnen da 'raufgehe. Also los!«

Abermals ächzte der halbautomatische Fahrstuhl zum zweiten Stock hinauf. Die Tür stand noch einen Spalt offen. Die beiden starrten auf die bewußtlose Frau am Boden. Dip stieß einen Pfiff aus. »Was 'n Riesenweib!« meinte er.

»Geben Sie mir die tausend«, bat Robin. »Ich stecke sie ihr ins Portemonnaie, und dann rufen wir von der nächsten Telefonzelle einen Arzt an.«

»Ja! Und der Arzt bringt sie ins Krankenhaus, dort kommt sie zu sich und identifiziert Sie.«

»Sie hat mich ja gar nicht erkannt.«

»Wenn eine Hure tausend bare Piepen bei sich hat, mein Freund, stellt man ihr 'ne Menge Fragen. Sie wird eine Beschreibung von Ihnen geben, und damit kommt die ganze Geschichte ins Rollen.«

»Was sollen wir denn sonst machen?« fragte Robin.

»Sie bleiben hier. Big Dipper hat eine Idee. Schließen Sie die Tür ab. Wenn ich zurückkomme, klopfe ich zweimal kurz an. Machen Sie niemandem sonst auf.« Bevor Robin etwas erwidern konnte, war er verschwunden.

Robin setzte sich aufs Bett, starrte auf den massigen weißen Körper am Boden und vergrub den Kopf in den Armen. Das arme Weibsbild. Was war bloß in ihn gefahren? Zum erstenmal hatte er es in nüchternem Zustand mit einer dunkelhaarigen Frau versucht. Und zum letztenmal! Mein Gott, wenn es nun Maggie gewesen wäre!

Die Frau am Boden regte sich und stöhnte. Er stand auf und schob ihr ein Kissen unter den Kopf. Dann hielt er sein Taschentuch am Waschbecken unter den kalten Wasserstrahl und versuchte, ihr das verkrustete Blut vom Gesicht zu wischen. Sachte strich er ihr das Haar aus der Stirn. »Es tut mir leid«, flüsterte er. Sie öffnete halb die Augenlider, stöhnte und verlor wieder das Bewußtsein. »Es tut mir leid, du verrücktes Stück – mein Gott, es tut mir wahnsinnig leid.«

Als es zweimal kurz klopfte, machte er die Tür auf. Dip schwenkte ein Glasröhrchen mit glänzenden roten Pillen. »Den Tag habe ich noch nicht erlebt, an dem mir nicht etwas einfällt.«

»Schlaftabletten?« fragte Robin.

Dip nickte. »Jetzt müssen wir sie unserer Brunhilde nur noch in den Rachen stopfen.«

»Sie kann daran sterben.«

»Ein normaler Mensch vielleicht, aber die nicht. Es sind ja nur acht . . . für dieses Walroß brauchten wir Dynamitpatronen.«

»Aber was wollen Sie damit erreichen?«

»Wir legen die Frau aufs Bett und die leere Glasröhre daneben . . . ein Etikett ist ja nicht drauf, also kann nichts herauskommen. Dann hauen wir ab und rufen die Polizei an. Ich verstelle meine Stimme und sage, ich hätte mit der Frau eine Verabredung gehabt und sie so vorgefunden. Sie hätte schon immer gedroht, Pillen zu schlucken. Die meisten Huren enden sowieso auf diese Weise, es sei denn, einer wie Sie nimmt ihnen die Arbeit ab. Also, die Polizei schickt dann den Krankenwagen, bringt sie ins Bellevue, und man pumpt ihr den Magen aus. Wenn sie wieder zu sich kommt, glaubt man ihr kein Wort, was immer sie erzählen mag – geschweige denn, daß man darauf eingeht. Und da sie einmal in Behandlung ist, wird man die Schäden, die Sie ihr beigebracht haben, gleich mitkurieren. Wir müssen jetzt nur noch unsere Amazone aufs Bett schaffen.«

Es war ein schweres Stück Arbeit. Als sie den Körper endlich auf dem Bett hatten, waren sie beide außer Atem. Dip schüttelte der Frau die Pillen in den Mund und versuchte, mit Wasser hinterherzuspülen. Sie röchelte, und Wasser und Pillen kamen wieder heraus. Er versuchte es ein zweites Mal mit mehr Wasser. Robin hielt der Frau den Kopf hoch, damit sie nicht ersticke. Er war schweißnaß, und es war für ihn eine unendliche Qual, mitanzusehen, wie Dip es schließlich fertigbrachte, die Pillen hineinzuzwingen.

»Okay, und jetzt nichts wie weg!« sagte Dip. »Augenblick noch . . .« Er nahm ein Taschentuch und wischte überall eventuelle Fingerabdrücke ab. Mit einem Augenzwinkern meinte er zu Robin: »Nun sind die vielen Krimis, die ich gedreht habe, doch noch zu was gut. Ich kenne sämtliche Tricks. Haben Sie sonst noch was angefaßt?« Dann holte er ein kleines Lederetui aus der Tasche und entnahm ihm Nagelschere und -feile. Gebannt vor Entsetzen sah Robin zu, wie Dip der Frau die langen roten Nägel kürzer schnitt.

»Für den Fall, daß ein Haar von Ihnen darunter war«, erklärte Dip. »Ich denke, das wär's.« Er sah sich um. Dann umwickelte er seine Hand mit dem Taschentuch und holte die Ausweispapiere aus der Handtasche der Frau. »Sie heißt Anna-Marie Woods und wohnt in der Bleecker Street.«

»Ich will mir die Adresse aufschreiben.« Robin notierte sich Namen und Anschrift. Dann verstaute Dip die Papiere wieder in der Handtasche. »Sie hat hundert Dollar bei sich . . . hier, nehmen Sie.«

»Sind Sie verrückt?« wehrte Robin ab.

»Sie haben sich die Adresse doch bestimmt nicht aufgeschrieben, um mit der Dame tanzen zu gehen, sondern um ihr Geld zu schicken, oder? Dann können Sie ihr die hundert Dollar dazulegen, sonst findet sich im Bellevue bestimmt ein Interessent dafür.«

Robin nahm das Geld und nickte. Er verstand jetzt, warum Dip es beim Film zu etwas gebracht hatte: weil er immer für sich und andere den nächsten Schritt vorausdachte. Wahrscheinlich mußte man so veranlagt sein, wenn man sich von kleinen Anfängen an hocharbeiten wollte.

Vorsichtig schlichen sie aus dem Zimmer. Sie hatten Glück und erreichten ungesehen die Straße. Dip rief die Polizei an. Robin bestand darauf, so lange in der Nähe zu bleiben, bis er sicher sein konnte, daß Hilfe kam. Obwohl Dip dagegen war, stellten sie sich gegenüber in einen Hauseingang. Es dauerte keine zehn Minuten, da hörten sie die Sirenen. Drei Streifenwagen fuhren vor. Zwei Minuten später kam ein Krankenwagen. Aus dem Nichts hatte sich eine große Menschenmenge gebildet . . . Robin kam es vor, als sei sie aus dem Boden gewachsen. »Ich muß hinübergehen und sehen, ob sie noch lebt«, flüsterte er.

Dip wollte mitkommen, aber Robin stieß ihn zurück. »Wo bleibt Ihre weise Voraussicht? Braungebrannt und blondgelockt, wie Sie sind, würde die Menge auf der Stelle über Sie herfallen und um Autogramme bitten. Mich erkennt so leicht keiner.«

»Da wär' ich nicht so sicher«, zischte Dip.

»Die Leute da sehen mir nicht so aus, als ob sie je eine ›Schlagzeilen‹-Sendung eingeschaltet hätten. Aber Ihre Krimis kennen sie bestimmt alle.« Robin überquerte die Straße und mischte sich unter die Neugierigen. Wenige Augenblicke später kamen die Krankenträger mit der Bahre aus dem Haus. Erleichtert atmete er auf. Der Kopf der Frau war nicht verdeckt, sie lebte also noch.

Nachdem der Krankenwagen mit Sirenengeheul davongefahren war und die Menge sich zerstreut hatte, ging Robin zu Dip zurück. Dip nahm seinen Arm. »Na, ist wohl noch mal gut gegangen, alter Junge, was? Ich nehme an, Sie haben heute abend einiges hinter sich, darum schlage ich vor, Sie gehen schleunigst ins Bett . . . allein.«

Robin starrte ihn an. »Dip, wie kann ich das wiedergutmachen?«

»Vergessen Sie's.« Der Schauspieler gab ihm einen freundschaftlichen Klaps auf den Arm. »Pauli und ich werden schon zurechtkommen. Sie können uns im September, bevor wir im Persian Room auftreten, ein ›Schlagzeilen‹-Interview verschaffen. Und jetzt gehen wir ein paar Straßen weiter und nehmen uns jeder ein Taxi. Auch das ist in guten Krimis so üblich.«

Als Robin zu Hause war, nahm er eine Schlaftablette und legte sich ins Bett. Eine Stunde später nahm er noch eine und spülte sie mit einem Scotch hinunter. Bald darauf fiel er in tiefen Schlaf. Am nächsten Morgen wachte er spät auf und rief Dr. Archie Gold an. »Hier ist Robin Stone. Ich glaube, ich bin jetzt reif für eine längere Behandlung.«

24

Als Robin sich Dr. Gold gegenüber in den Stuhl setzte, machte er einen entspannten Eindruck und schien sich völlig in der Gewalt zu haben.

»Sind sie früher schon mal zu einer Prostituierten gegangen?«

»Nie.«

»Haben Sie es jemals erwogen?«

»Nie.«

»Sie sagen, Sie hätten zuerst eine, die recht attraktiv war, abgewiesen. Weshalb sind Sie dann mit dieser anderen gegangen?«

Robin drückte seine Zigarette aus. »Um das herauszufinden, bin ich ja hier. Sie war dunkelhaarig.«

In Dr. Golds Augen blitzte Interesse auf. »Könnte es sein, daß Sie sich im Hinblick auf Miss Stewart prüfen wollten?«

»Wie meinen Sie das?«

»Wenn es bei Ihnen nicht zur Erektion gekommen wäre, hätten Sie höchstens Ihre fünfzig Dollar verloren, aber es wäre für Sie nicht peinlich gewesen.«

Robin schüttelte den Kopf. »Nein, so war es, glaube ich, nicht. Als die Frau näher kam, brannte in meinem Gehirn irgendeine komische Sicherung durch, und von dem Augenblick an kam mir alles Weitere wie ein Traum vor.«

Dr. Gold blätterte in seinen Notizen. »Sie werden sich erinnern, daß ich Ihnen das letztemal vorschlug, Sie unter Hypnose zu befragen. Ich würde nach wie vor dafür plädieren.«

»Unsinn! Wir können das doch auch in einem Gespräch klären.«

»Mr. Stone, es hat keinen Zweck, meine Zeit und Ihr Geld zu verschwenden. Ich lasse während der hypnotischen Befragung ein Tonband laufen. Dann können Sie hinterher Ihre Antworten abhören, und wir finden möglicherweise einen Punkt, von dem wir ausgehen können.« Er bemerkte, daß Robin die Stirn runzelte, fuhr aber unbeirrt fort: »Als wir uns im Januar unterhielten, stießen wir bei Ihnen an eine Wand. Es ist Ihnen unmöglich, sich auf Ihre frühe Kindheit zu besinnen. Nicht daß Sie sich weigern – Sie *können* sich nicht erinnern. Bis heute sind Liebe und Sexualität für Sie zwei getrennte Bereiche, die Sie nicht verbinden können. Was Sie für Miss Stewart empfinden, ist das Verlangen nach Liebe. Liebe verbunden mit Sexualität erscheint Ihnen jedoch inzestiös. Dafür müssen wir den Grund finden. In dem, was Sie mir bei Ihrem letzten Besuch erzählt haben, findet sich kein Anhaltspunkt, und ich nehme nicht an, daß Sie absichtlich etwas verschwiegen haben.« Er dachte einen Moment nach und fragte dann: »Wie alt sind Sie, Robin?«

»Ich werde nächsten Monat einundvierzig.«

»Haben Sie nie ans Heiraten gedacht?«

»Nein, warum sollte ich?«

»Normalerweise denkt jeder Mann daran, eines Tages zu heiraten. Wann ist Ihnen zum erstenmal bewußt geworden, daß Sie lieber allein leben möchten?«

»Ich weiß nicht. Ich habe es immer gewollt.«

»Sehen Sie, da haben wir's«, sagte Dr. Gold triumphierend. »Etwas, das Sie immer gewollt haben. Wann zuerst? Warum? Sehen Sie nicht ein, daß wir weiter zurückgehen müssen?« Er stand auf. »Robin, wir bewegen uns im Kreis. Aber lassen wir's für heute genug sein. Kommen Sie morgen wieder. Könnten Sie drei Stunden Zeit erübrigen?«

»Drei Stunden?«

»Ich befrage Sie unter Hypnose, lasse ein Tonband mitlaufen, anschließend hören wir gemeinsam das Tonband ab, und ich müßte mich sehr täuschen, wenn wir dann nicht auch gleich Ihrem Problem auf den Grund kämen.«

»Wir müßten es abends machen«, sagte Robin. »Wäre Ihnen sechs Uhr recht?«

»Ich erwarte Sie um sechs.«

Am nächsten Morgen überflog Robin die Zeitungen, ob irgend etwas über Anna-Marie darin stand. Schließlich fand er in den *News* eine kurze Notiz. »In einem möblierten Zimmer an der West 58th Street wurde eine brutal niedergeschlagene Frau aufgefunden. Die Polizei entdeckte die Verletzte, die nicht in dem Zimmer wohnt und für deren Aufenthalt dort man zunächst keine Erklärung hatte, auf Grund eines anonymen Anrufs. Erst im Bellevue-Krankenhaus, wohin man die Verletzte brachte, stellte sich heraus, daß sie eine seit langem registrierte Prostituierte ist. Die Frau ist nicht vorbestraft und war nicht imstande, den unbekannten Täter zu identifizieren. Ihr Zustand ist zufriedenstellend. Sie wird morgen aus dem Krankenhaus entlassen.«

Robin ging zur Bank, hob zweitausend Dollar ab und schickte sie der Frau in einem neutralen Umschlag an ihre Privatadresse.

Die Sache mit der Hypnose war ihm nach wie vor unsympathisch, doch wie verabredet, fand er sich um sechs Uhr bei Dr. Gold ein. Als sein Blick auf das Tonbandgerät fiel, konnte er ein leichtes Gefühl der Beklemmung nicht unterdrücken. »Glauben Sie wirklich, daß bei der Geschichte etwas herauskommt?« fragte er.

»Ich hoffe es«, erwiderte Dr. Gold. »Ziehen Sie den Mantel aus und binden Sie die Krawatte ab.«

Robin holte seine Zigaretten hervor. »Dann kann ich's mir ja bequem machen. Muß ich auf die Couch? Selbst dazu bin ich bereit, wenn es hilft.«

»Nein, bleiben Sie dort auf dem Stuhl. Und bitte nicht rauchen. Sie dürfen sich innerlich nicht gegen die Hypnose wehren, Robin, das ist doch klar?«

»Ich nehme es sehr ernst, Doktor.«

»Gut. Dann versuchen Sie jetzt bitte, an nichts Bestimmtes zu denken. Konzentrieren Sie Ihre Aufmerksamkeit auf die Meereslandschaft an der Wand. Sie sehen nur Wasser . . . Ihre Füße entspannen sich . . . werden gefühllos . . . auch Ihre Beine schweben . . . Das Gefühl zieht sich durch Ihren ganzen Körper . . . Sie sind gewichtslos . . . Ihre Hände fallen zur Seite . . . Kopf und Nacken sind entspannt . . . Sie sehen nur Dunkelheit um sich . . . eine samtene Dunkelheit . . . Sie schlafen ein . . .«

Es war Robin nicht entgangen, daß Dr. Gold gedämpftes Licht eingeschaltet hatte. Er war davon überzeugt, daß es nicht klappen würde, tat aber alles, was der Arzt ihm auftrug: starrte auf das blöde Seebild, redete sich ein, daß das Schweregefühl ihn verlasse, versuchte, jeden Gedanken aus seinem Gehirn zu verbannen, und achtete nur noch auf Dr. Golds ruhige Stimme . . . die Stimme hörte er genau . . . also schlief er doch nicht! Zwar lastete tiefe Dunkelheit auf seinen Augen, aber er war bestimmt nicht hypnotisiert!

Als er die Augen wieder aufschlug, lag er auf der Couch. Er fuhr hoch, blickte verwirrt im Zimmer umher und griff nach seinen Zigaretten. »Wie komme ich denn auf die Couch? Ich saß doch eben noch auf dem Stuhl!«

»Das war vor zweieinhalb Stunden!«

Robin sprang auf. »Wie spät ist es?«

»Viertel vor neun. Gekommen sind Sie um sechs.«

Robin nahm den Telefonhörer ab und rief die Zeitansage an. In vertrautem Singsang meldete die Stimme: »Beim nächsten Ton ist es acht Uhr siebenundvierzig Minuten und dreißig Sekunden.« Er sah Dr. Gold fassungslos an. Der Arzt lächelte

Robin warf einen fragenden Blick auf das Tonbandgerät. Dr. Gold nickte.

»Bitte, lassen Sie es abspielen, ich kann es nicht glauben!«

»Für heute habe ich Sie genug strapaziert. Ich möchte mir das Band erst einmal allein anhören. Morgen spiele ich es dann für Sie ab.«

»Ergibt das, was ich gesagt habe, einen Sinn?« fragte Robin.

»Es kamen ein paar erstaunliche Dinge zum Vorschein.«

»Dann lassen Sie es mich doch, um Gottes willen, jetzt hören – sonst habe ich eine schlaflose Nacht.«

Dr. Gold übergab ihm zwei grüne Pillen in einer Cellophanhülle. »Hier, nehmen Sie das, wenn Sie nach Hause kommen. Danach werden Sie gut schlafen. Können Sie morgen um sechs wieder hier sein?«

Die Pillen wirkten. Robin schlief tief und lange, war aber den ganzen folgenden Tag unruhig und gespannt. Er rauchte eine Zigarette nach der anderen und konnte sich nicht auf seine Arbeit konzentrieren. Als er abends in Dr. Golds Praxis kam, war er das reinste Nervenbündel.

»Robin«, sagte Dr. Gold, »ehe wir anfangen, möchte ich, daß Sie sich eines ganz klarmachen: Ein Mensch in hypnotischer Trance lügt nicht. Alles, was Sie jetzt hören werden, ist von Ihrer Stimme gesprochen. Manchmal mögen Sie sich fremd vorkommen; weil ich Sie bis in Ihre Kindheit zurückversetzte, sprechen Sie auch wie ein Kind. Aber ich möchte, daß Sie sich alles unvoreingenommen anhören und sich nicht innerlich gegen etwas sperren.«

Dr. Gold ging zu dem Gerät. »Sind Sie bereit?«

Robin nickte und setzte sich. Das Tonband summte. Zuerst kam die Stimme Dr. Golds:

Dr. Gold: Robin, Sie stehen jetzt unter Hypnose . . . Sie werden meine Stimme hören und alles tun, was ich Ihnen sage. Stehen Sie auf und gehen Sie zur Couch. Gut. Jetzt legen Sie sich hin. Wir gehen zurück . . . weit zurück . . . Du bist wieder ein kleiner Junge. Du bist fünf Jahre alt . . . du liegst im Bett . . .
Robin: Ja, ich liege im Bett.

Robin saß auf der Stuhlkante und drückte die Zigarette aus. Großer Gott, es war eine junge, helle Stimme, aber zweifelsohne *seine* Stimme.

Dr. Gold: Du bist im Bett. Was für ein Bett ist es?
Robin: Ein hübsches Bett. Kitty gibt mir einen Gutenachtkuß.

Dr. Gold: Robin, du bist vier Jahre alt. Du liegst im Bett . . . (Schweigen auf dem Band.)

Dr. Gold: Robin, du bist vier Jahre alt . . . vier Jahre alt . . .

Robin: Warum nennst du mich Robin? Ich heiße Conrad.

Dr. Gold: Schön, Conrad. Du liegst im Bett . . . was siehst du?

Robin: Mama ist bei mir im Bett, aber . . .

Dr. Gold: Aber was?

Robin: Sie tut nur so, als bliebe sie bei mir, bis ich eingeschlafen bin. Dann geht sie fort. Jeden Abend geht sie von mir fort.

Dr. Gold: Woher weißt du, daß sie fortgeht?

Robin: Weil ich immer aufwache und sie in dem anderen Zimmer höre . . . wenn die Männer da sind.

Dr. Gold: Wer sind die Männer?

Robin: Ich weiß nicht.

Dr. Gold: Wo ist dein Vater?

Robin: Wir haben keinen Vater.

Dr. Gold: Wir?

Robin: Meine Mutter und ich . . . wir haben keinen. Nur wir . . . und die Männer.

Dr. Gold: Wer sind die Männer?

Robin: Meistens ist es Charlie. Manchmal sind es Fremde.

Dr. Gold: Besuchen sie deine Mutter?

Robin: Ja . . . aber sie warten, bis ich eingeschlafen bin.

Dr. Gold: Was tust du, wenn du sie draußen hörst?

Robin: Nichts mehr, seit Charlie mich gehauen hat.

Dr. Gold: Wann hat Charlie dich gehauen?

Robin: Vor einiger Zeit . . . als ich in das andere Zimmer lief und gesehen habe, wie er auf Mama drauflag, auf der Couch.

Dr. Gold: Geht sie immer noch in das Wohnzimmer, wenn du eingeschlafen bist?

Robin: Ja, aber mit Charlie nicht mehr. Sie hat ihn nie wieder 'reingelassen. Weil er mich gehauen hat. Und ich bin der einzige Mann, den sie liebt . . . wir haben nur uns . . . keiner kümmert sich um uns . . .

Dr. Gold: Wie alt bist du?

Robin: Ich werde morgen vier, am zwanzigsten August. Und meine Mutter fährt mit mir nach Boston und zeigt mir die Tauben im Park.

Dr. Gold: Wo wohnt ihr?

Robin: In Providence, Rhode Island.

Dr. Gold: Feierst du denn deinen Geburtstag nicht mit deinen kleinen Freunden?

Robin: Wir haben keine Freunde, wir haben nur uns.

Dr. Gold: Rob ... Conrad, es ist eine Woche nach deinem Geburtstag. Was tust du gerade?

Robin: Ich bin immer noch böse auf Mama.

Dr. Gold: Warum?

Robin: An meinem Geburtstag ist ein Mann gekommen. Gerade als wir nach Boston fahren wollten, hat er an die Tür geklopft. Mama hat gesagt, wir führen weg ... er sollte abends wiederkommen. Da hat er Mama Geld gegeben und gesagt, jemand hätte ihn geschickt. Ich kriegte von Mama ein Zehncentstück, ich sollte mir an der Ecke ein Eis bestellen und so lange dort sitzen bleiben, bis sie mich holen kam. Aber ein großer Junge hat mir mein Eis weggenommen, und da bin ich nach Hause gerannt ... Mama lag in unserem Bett ... mit dem Mann. Und darum bin ich böse auf sie. Am Tag schläft man nicht. Es war doch mein Geburtstag. Sie hat mich angeschrien und gesagt, ich soll machen, daß ich wegkomme ...
(Schweigen auf dem Band.)

Dr. Gold: Conrad, es ist Thanksgivingday. Du bist vier Jahre alt ... was macht ihr?

Robin: Mama hat eine Gans gebraten. Große Familien haben einen Truthahn. Aber wir sind ja eine kleine Familie, nur wir beide ... darum haben wir eine Gans. Aber wir haben eine richtige Preiselbeersauce mit richtigen Beeren drin ... und Mama macht die Gans genauso wie zu Hause in Hamburg, als sie noch ein kleines Mädchen war.

Dr. Gold: Conrad, bist du mal in Hamburg gewesen?

Robin: Nein, meine Mutter ist da geboren. Wo's die vielen Matrosen gibt, da hat sie *ihn* kennengelernt. Und er hat sie mit nach Amerika genommen und geheiratet.

Dr. Gold: Und dann wurdest du geboren? War er dein Vater?

Robin: Nein. Er wurde totgeschlagen. Er war nicht mein Vater. Er hat nur meine Mutter geheiratet. Sie hat gesagt, er war böse. Er hat einen Lastwagen gefahren und Whisky verkauft, und das war verboten. Und eines Nachts wurden sie alle in dem Auto erschossen, und meine Mama war allein ... ich war noch gar nicht geboren, und sonst war keiner da, darum war sie allein. Aber der Mann, dem das Lastauto gehörte, hat zu meiner Mutter gesagt, sie sollte nicht traurig sein. Er hat ihr viele Männer geschickt, die sie besucht haben, damit sie nicht so allein war, und die ihr Geld gegeben haben, und ein Jahr später hat der liebe Gott mich geschickt.

Dr. Gold: Wußte deine Mutter, welcher Mann dein Vater war?

Robin: Ich habe dir doch gesagt . . . wir hatten keinen Vater. Wir waren nur Mutter und ich. Und wir sind viel umgezogen, denn die Polizisten erlauben es nicht, wenn ein kleiner Junge ohne Vater allein bei seiner Mutter wohnt. Wenn sie uns gekriegt hätten, hätten sie mich in ein Heim gebracht und Mama wieder nach Hamburg geschickt. Aber Mama spart Geld, und eines Tages fahren wir beide zusammen nach Hamburg und wohnen bei meiner Großmutter . . . und da sind Kinder, mit denen ich spielen kann, und dann brauche ich nicht mehr allein zu sein. Darum darf ich hier nicht mit den Kindern in der Nachbarschaft spielen. Die würden mich nach meinem Vater fragen . . . und dann würden sie es den Polizisten sagen, daß ich überhaupt keinen Vater habe . . .

Dr. Gold: Conrad, es ist eine Woche nach dem Thanksgivingday, abends. Was tust du?

Robin: Ich liege im Bett, aber Mama ist mit George im anderen Zimmer. Er kommt jeden Abend. Er sagt, er besorgt uns Pässe, und gibt Mama jeden Abend Geld.

Dr. Gold: Wer ist George?

Robin: Einer von den Männern.

Dr. Gold: Conrad, es ist vierzehn Tage nach dem Thanksgivingday, abends. Ist deine Mutter wieder mit George zusammen?

Robin: Nein . . . *Er* war hier.

Dr. Gold: Wer ist er?

Robin: Ein Mann.

Dr. Gold: Was für ein Mann?

Robin: Ich weiß nicht. Ich bin aufgewacht und liege allein im Bett. Ich weiß, Mama ist nebenan. Ich habe Hunger und will mir was aus dem Eisschrank holen, aber ich muß durch das Wohnzimmer, wenn ich in die Küche will, darum schleiche ich auf Zehenspitzen, denn ich weiß noch, wie Charlie mich gehauen hat, und Mama wird auch immer wütend, wenn ich aufstehe . . .

Dr. Gold: Was machte er?

Robin: Er hat ihr die Hände um den Hals gelegt. Ich bleibe ganz still stehen und gucke zu. Dann steht der Mann auf und geht weg, ohne Mama auf Wiedersehen zu sagen. Ich gehe zur Couch, Mama schläft . . . aber nicht richtig. Sie hat die Augen offen und tut nur so, als ob sie schliefe. Als ich sie wachrütteln will, rollt sie von der Couch 'runter und fällt auf die Erde. Die Zunge hängt ihr so komisch aus dem Mund, und ihr schwarzes Haar ist ganz durcheinander. Ich habe mich beim Einschlafen immer so gern an ihre Brust gekuschelt ... sie war so weich und warm unter ihrem Nachthemd, aber ich wußte nicht, wie sie unter dem Nachthemd aussah. Jetzt sehe ich die Brust zum erstenmal nackt, und sie sieht so häßlich aus. Ich hasse sie! Und das Haar ist so furchtbar schwarz neben dem Gesicht, die Augen gucken so komisch, sie gucken mich an, als ob sie mich gar nicht richtig sehen. Ich habe Angst! Mutter! Mutter! Mutter!

(Schweigen auf dem Band.)

Dr. Gold: Es ist einen Tag danach. Was tust du?

Robin: In einem großen Zimmer ... alle fragen mich was. Ich will wissen, wo Mama ist. Sie fragen mich, wie der Mann ausgesehen hat. Ich will zu Mama. Ich will zu meiner Mutter. Dann kommt eine dicke Frau in einem weißen Kleid, die bringt mich in ein anderes Zimmer, wo viele Kinder sind. Sie sagt mir, hier soll ich jetzt wohnen, und alle die anderen kleinen Jungen, in dem Zimmer hätten auch keine Mutter ... genau wie ich. Ich frage, ob meine Mutter nach Hamburg gefahren ist, sie sagt nein. Und einer von den Jungens sagt: »Deine Mutter ist tot.« Ich frage: »Ist Mama zu den Engeln gegangen?« Die dicke Frau in dem weißen Kleid lacht und sagt: »Deine Mutter nicht, mein Kleiner. Böse Menschen kommen nicht zu den Engeln. Deine Mutter hat bekommen, was sie verdient hat. Ein Kind wie dich zur Welt zu bringen und so ein Leben zu führen!« Und ich ... ich haue sie ... ich haue sie ...

(Die Stimme schreit. Nach einer Weile erzählt sie weiter.)

Alles wird dunkel ... Leute kommen. Aber ich weine nicht ... Mama hat gesagt, ich bin ein Mann, und Männer weinen nicht. Ich will nicht weinen ... ich will gar nichts sagen ... ich will nicht essen ... und nicht hinhören, wenn sie mir was sagen. Dann müssen sie mich zu meiner Mama zurückbringen. Sie hat es immer gesagt ... die Polizisten haben herausgekriegt, daß wir keinen Vater haben ... darum haben sie mich zu dieser dicken Frau gebracht ... weg von Mama. Ich werde gar nicht zuhören, wenn sie mir was sagen, ich werde überhaupt nicht denken ...

(Schweigen auf dem Band.)

Dr. Gold: Conrad, es ist Weihnachten. Wo bist du?

Robin (mit leiser Stimme): Es ist dunkel ... ich schlafe ... dunkel ... dunkel ... ein Rohr wie ein kleiner Strohhalm steckt in meinem Arm ... es tut aber nicht weh ... mir tut gar nichts weh ... ich schlafe ... schlafe ... schon seit die böse schwarzhaarige Frau mich allein gelassen hat ... sie hat mich nie richtig lieb gehabt ... ich will schlafen und nicht an sie denken ... sie war böse.

Dr. Gold: Es ist vierzehn Tage später. Wo bist du, Conrad?

Robin: Ich sitze in einem großen Bett mit Gittern ringsum. Zwei Frauen in weißen Kleidern sind bei mir, und eine freut sich, daß ich sitze. Sie fragt mich nach meinem Namen. Ich habe keinen Namen. Ich weiß nicht, wo ich bin. Ein Mann mit einem weißen Mantel kommt und leuchtet mir mit einer kleinen Lampe in die Augen. Er ist nett ... sie bringen mir Eis ...

Dr. Gold: Es ist an deinem fünften Geburtstag. Wo bist du, Conrad?

Robin: Warum nennst du mich Conrad? Ich heiße Robin Stone, und ich gebe eine Geburtstagsparty. Mami und Daddy und alle meine Freunde gucken zu, wie ich die Kerzen ausblase.

Dr. Gold: Hast du deine Mami lieb?

Robin: Klar. Ich war krank, wußtest du das? Als Mami und Daddy ins Krankenhaus kamen und mich abholten, kannte ich sie noch gar nicht. Aber jetzt kenne ich sie.

Dr. Gold: Wie sieht Mami aus?

Robin: Sie ist schön und lieb, sie hat gelbes Haar, sie heißt Kitty.

Dr. Gold schaltete das Tonbandgerät ab. »Das übrige entspricht genau dem, was Sie mir erzählt haben ... wie Ihre Schwester Lisa geboren wurde und so weiter.«

Robin lehnte sich zurück. Sein Hemd war schweißnaß, er sah leichenblaß aus. »Und was bedeutet das Ganze?« fragte er.

Der Arzt blickte ihm in die Augen. »Das ist doch ziemlich offensichtlich, oder nicht?«

Robin stand auf: »Es ist dummes, zusammengefaseltes Zeug ohne jede Beweiskraft.«

Dr. Golds Gesichtsausdruck verriet Mitgefühl. »Ich wußte, daß Sie so reagieren würden. Heute morgen um neun habe ich mit der Redaktion der Zeitung *Journal* in Providence telefoniert. Sie haben in ihrem Archiv die Ausgabe vom Thanksgivingday 1928 ausgegraben und sind auf folgende Notiz gestoßen: ›Auf Grund eines anonymen Anrufs drang die Polizei in eine Wohnung ein und fand eine erdrosselte Frau mit einem vierjährigen Jungen, der an ihrer Brust schlief. Die Frau war seit sieben Stunden tot. Sie war wiederholt wegen Prostitution angezeigt, aber nie überführt worden. Die Polizei vermutet, daß der Anruf von dem Mörder kam, von dem jegliche Spur fehlte. Der einzige, der den Mörder gesehen hat, ist das Kind, aber es kann ihn nicht beschreiben.‹«

»Ist das alles?« fragte Robin.

»Es gibt noch etwas«, fuhr Dr. Gold fort. »Drei Tage später wollte die Polizei dem Kind Fotos verschiedener Sexualverbrecher zeigen, aber der kleine Junge war in einem komaähnlichen Zustand. Man hatte ihn in das Good Shelter Home in Providence, Rhode Island, gebracht.«

Robin ging zum Fenster. »Ich bin also nicht ich, sondern ein anderer. Ein kleiner Bursche namens Conrad.« Er drehte sich um und starrte den Arzt an. »Warum haben Sie mir das angetan? Warum? Wäre es nicht besser gewesen, ich hätte nie etwas davon erfahren?«

»Wäre es besser, Sie griffen sich Prostituierte auf und brächten sie fast um? Wäre es besser, daß Ihnen eine unverkrampfte, harmonische Beziehung zu einer Frau für immer versagt bliebe?«

»Ich hätte mich von Huren ferngehalten. Ich war glücklich, so wie ich lebte.«

»Glauben Sie? Ich bezweifle, daß Sie sich von Huren hätten fernhalten können. Ihre Aversion gegen Miss Stewart hat etwas aufgestört und eine Kettenreaktion ausgelöst. Als Sie die Prostituierte sahen, spürten Sie unbewußt den alten Zorn auf Ihre Mutter, die Sie ›verlassen‹ hat, die eine ›böse Frau‹ war. In Ihrem Kopf explodierte etwas, wie Sie ganz richtig sagen. Sie haben sich ein Traumreich aus Haß und Liebe aufgebaut.«

»Wieso Haß? Der kleine Conrad liebte seine Mutter doch!«

»Natürlich liebte er sie. Liebte sie zu sehr. In seinem Leben gab es nur sie. Doch so jung er auch war, in seinem Unterbewußtsein wußte er, daß er seine Mutter hassen mußte, um weiterleben zu können. Aber selbst Haß kann qualvoll sein. Darum wollte er lieber alles vergessen . . . er verdrängte die Erinnerung an seine Mutter. Als Sie die Prostituierte sahen, tauchte etwas aus Ihrem Unterbewußten wieder auf – der Haß. Als Sie Miss Stewart begegneten, tauchte etwas anderes auf – Liebe. Die Liebe, die Sie für Ihre Mutter empfanden. Sie sahen in Miss Stewart auch die begehrenswerte Frau, aber Ihr Unterbewußtsein wehrte sich dagegen. Darum mußten Sie sich betrinken, um mit ihr schlafen zu können. In nüchternem Zustand identifizierte Ihr Unterbewußtsein diese Frau mit Ihrer Mutter und blockierte die erotische Ausstrahlung.«

»Nachdem Sie mir das nun alles erzählt haben, kann ich also hingehen und mit Maggie ins Bett steigen?«

»So einfach ist es auch wieder nicht. Nach einer gewissen Zeit, ja. Wenn Sie Ihre Motive und Wünsche beziehungsweise deren Ursprung kennengelernt haben und verstehen, brauchen Sie kein kühles, antiseptisch wirkendes blondes Mädchen mehr, um sexuell erregt zu werden. Dann werden Sie eine Frau wie Miss Stewart nicht mehr aus der Ferne lieben, sondern befriedigt und erfüllt mit ihr leben können.«

»Archie, ich werde einundvierzig! Ist es nicht ein bißchen spät für einen Persönlichkeitswechsel? Soll ich mir nicht lieber weiter ein nettes blondes Weibsbild angeln, wenn mir danach ist?« Er sank in einen Sessel. »Großer Gott, ich bin nicht ich . . . Kitty ist nicht meine Mutter. Wer mein Vater ist, weiß ich nicht. Ich weiß nicht mal, wer meine Mutter ist.« Sein Lachen klang gezwungen. »Und ich habe Amanda bemitleidet! Ich! Der letzte Bastard von der Welt! Wer bin ich, Conrad . . .?«

»Sie sind Robin Stone. Ein Name macht noch keinen anderen Menschen. Nur haben Sie mit einigen von Conrads vernarbten Gefühlen gelebt. Legen Sie sie frei, bringen Sie sie zum Vorschein, behalten Sie die guten und entledigen Sie sich der falschen.«

»Welches wären die falschen?«

»Der Haß auf Ihre leibliche Mutter.«

»Eine reizende Person muß das gewesen sein«, antwortete Robin bitter. »Amandas Mutter hat wenigstens nur mit einem gepennt. Meine war eine Nutte.«

»Sie war eine arme kleine Deutsche, die allein in einem fremden Land lebte. Offensichtlich war ihr Mann Alkoholschmuggler. Nachdem er ums Leben gekommen war, hat sein Boss Ihre Mutter wahrscheinlich auf die Straße geschickt. Und vergessen Sie nicht, daß Ihre Mutter Sie nach Ihrer Geburt hätte fortgeben, Sie vor einer Waisenhaustür hätte aussetzen können. Aber sie liebte Sie, hat versucht, Ihnen ein Zuhause zu geben, hat Geld gespart, um mit Ihnen in eine Welt zurückkehren zu können, die ihr vertraut war. Sie hat Sie geliebt, Robin!«

Robin ballte die Hände zu Fäusten. »Warum, zum Teufel, hat Kitty mir nichts gesagt? Warum hat sie mich in dem Glauben großgezogen, ich sei ihr eigenes Kind?«

»Es dürfte außer Frage stehen, daß Sie nach dem Mord an Ihrer Mutter einen Schock erlitten, bei dem Sie die Erinnerung an Ihre frühe Kindheit völlig verloren. Sie aufzuklären hätte vermutlich bedeutet, daß die furchtbaren Erinnerungen, die Sie – so jung Sie waren – zu verdrängen suchten, wieder lebendig geworden wären. Ich nehme an, man hat Ihren Adoptiveltern geraten, Ihnen nichts zu sagen.« Der Arzt bemerkte den harten Ausdruck in Robins Augen.

»Ich möchte Ihnen noch etwas sagen, Robin: Lassen Sie sich ja nicht dazu verleiten, sich selbst zu bemitleiden. Sie haben sehr viel Glück gehabt. Sie hatten eine Mutter, die Sie liebte, und eine Adoptivmutter, die Sie genug liebte, um sich Ihrer anzunehmen. Ein Mensch, dem so viel Liebe geschenkt wurde, hat nicht das Recht, durchs Leben zu gehen, ohne etwas von sich weiterzugeben.«

Robin stand auf. »Ich sehe es anders. Ich habe kein Recht, durchs Leben zu gehen, ohne etwas aus *mir* zu *machen*.«

»Wie meinen Sie das?«

»Meine Schwester Lisa kennt die Wahrheit . . . sie hat mal eine Bemerkung fallengelassen, deren Sinn mir jetzt erst klar wird. Und Kitty kennt sie natürlich auch. Wahrscheinlich sorgt sie sich um mich . . . daß schlechte Erbanlagen bei mir durchschlagen oder daß ich mit einem Fehlschlag ende. Sie glaubt, daß ich Schutz brauche, daß ich schwach bin. Meine Familie glaubt, ich brauche Frau und Kinder als festen Anker. Mein Gott, fünfunddreißig Jahre bin ich mit einem Freifahrtschein durchs Leben gesegelt. Kitty und Lisa bemitleiden mich insgeheim. Aber ich brauche kein Mitleid. Und ich brauche keine Frau. Ich brauche auch kein Kind . . . ich brauche niemanden. Auch Sie nicht! Ist das klar? Niemanden! Und von jetzt an lasse ich mir von keinem Menschen auch nur eine Brotkrume schenken . . . ich werde alles aus eigener Kraft schaffen. Ausschließlich!« Er schnappte sich sein Jackett und stürmte aus der Praxis.

25

Maggie streckte sich wohlig in dem breiten Bett. Sie lächelte, als sie Adams kräftigen Bariton aus dem Badezimmer herüberschallen hörte. Hoffentlich schlief sie gut. Morgen war Sonntag, und Adam hatte ihr versprochen, die neue Rolle mit ihr durchzuarbeiten. Sie blätterte in dem neuesten *Variety*-Heft. Irgendwie kam sie nie dazu, etwas Gescheites zu lesen, nur gerade die Film- und Fernsehzeitschriften; die konnte man beim Friseur oder beim Schminken rasch durchblättern. Wie lange hatte sie schon keine Tageszeitung mehr gelesen! Die Klatschkolumnisten griffen sie heftig an, weil sie ganz ungeniert mit Adam Bergman in seiner Strandvilla zusammen lebte. Man hatte herausgefunden, daß sie eine geschiedene Mrs. Hudson Stewart war, und verurteilte ihre offene Mißachtung bürgerlichen Anstands. Merkwürdigerweise war Hy Mandel anfangs darüber entzückt. Sie sei im Begriff, eine »Persönlichkeit« zu werden, fand er, und als man ihr die Starrolle in dem neuen Film anbot, verhalf die Publicity-Lawine ihr zu einem »hohen Handelswert«.

Eine vielgelesene Illustrierte nannte sie die »Lady von den Dünen« und brachte ein Bild von ihr und Adam barfuß im Mondschein am Strand von Malibu. Auch ihre hartnäckige Weigerung, zu den sogenannten »wichtigen« Partys zu gehen, trug ein wenig zu der Legendenbildung um ihre Person bei. In Wirklichkeit hatte sie eine Heidenangst vor dem ganzen Zirkus. Das Zusammenleben mit Adam gefiel ihr, sie arbeitete gern mit ihm zusammen, und es machte ihr Spaß, mit ihm zu schlafen. Keiner von ihnen dachte ans Heiraten. Das Thema stand überhaupt nicht zur Debatte.

Das alles ging Maggie durch den Kopf, während sie *Variety* durchblätterte. Als sie zum Fernsehteil kam, zündete sie sich eine Zigarette an und las jeden Beitrag sorgfältig durch, verglich vor allem die Sehbeteiligung. Christie Lane lag an erster Stelle, Robins »Happening«-Sendung unter den ersten zwanzig.

Sie hatte im Februar das letztemal von ihm gehört. Er plante damals ein »Happening« über die Welt der Mode und wollte Maggie als Mitarbeiterin gewinnen. Das Angebot kam in Form eines maschinegeschriebenen Briefes und lief auf ein Honorar von fünftausend Dollar für ihre Mitwirkung als Kommentatorin plus Tagesspesen und Luxusapartment im Plaza hinaus. Sie hatte auf einem Firmenbogen der Century Film geantwortet, Miss Stewarts Fernsehhonorar betrage fünfundzwanzigtausend Dollar, sie sei aber durch ihre Filmverpflichtungen leider verhindert, bei einer Sendung mitzuwirken. Unterschrieben hatte sie mit »Jane Biando (Sekretariat)«.

Adam kam, ein Handtuch um die Hüften geschlungen, aus dem Bad. Maggie sah zu, wie er sich mit Hingabe kämmte. Komisch, dachte sie. Ich bin verliebt in ihn und glücklich – warum denke ich dann trotzdem noch an Robin? Sehne ich mich immer noch nach ihm? Ja, verdammt noch mal! Ich sehne mich nach ihm. Vielleicht hatte Alfie Knight die beste Erklärung für diesen Zustand gefunden. Er war verliebt in Gavin Moore, den Designer. Dennoch war er während der Dreharbeiten ständig wie wild hinter ihr hergewesen. Auch später noch rief er sie dauernd an. Schließlich erklärte er: »Liebling, eigentlich müßte man dich zwingen, mit mir eine Affäre zu haben, damit ich nachher wieder ein glücklicher, ordentlicher Homo sein kann. Ich bin ganz einfach von dir besessen.«

Sie hatte Adam davon erzählt, und er hatte gelacht. »Das bist du ihm schon schuldig, er hat dich in diesem Streifen groß herausgebracht. Und Besessenheit ist eine der schlimmsten Krankheiten. Man wird davon verzehrt, wenn man nichts dagegen unternimmt.«

»Das heißt, du würdest mir erlauben, mit Alfie zu schlafen?« Sie fragte im Spaß.

»Sicher, wenn ich zusehen darf.« Er meinte es ernst.

Zu ihrer eigenen Verwunderung hatte sie Alfie angerufen und ihm von Adams Angebot erzählt. Er kam in ihre Strandvilla und liebte sie, während Adam neben ihnen auf dem Bett lag. Das Komische dabei war, daß sie daran nichts Anstößiges fand. Als es vorüber war, spielte sie die Zuschauerin, während es Adam und Alfie miteinander trieben. Später gingen sie alle drei in die Küche und machten Rühreier. Und bei alldem blieben sie die besten Freunde.

Möglich, daß Adam recht hatte. Alfie war nachher wieder zu Gavin zurückgekehrt. Sie dagegen war immer noch von Robin Stone besessen. Eines Tages würden sie zusammenkommen, davon war sie überzeugt. Er würde einen schweren Wodkarausch haben, denn anders ging es ja wohl nicht. Und wenn er dann wieder »Mutter! Mutter! Mutter« schrie, würde sie aus dem Bett springen und ihm einen Krug Wasser ins Gesicht schütten. Wenn er dann noch behauptete, er könne sich an nichts erinnern . . .!

Adam riß sie aus ihren Gedanken. Er hatte das Handtuch weggenommen und sich neben sie gelegt. Hinterher rannten sie ins Meer hinaus. Dann gingen sie wieder ins Haus. Maggie schmiegte sich in Adams Arme, schlief ein und träumte von Robin.

Zur Voraufführung ihres Films flogen sie nach San Francisco. Adam knabberte nervös an seinem Puffmais, Maggie umklammerte seinen Arm. Gebannt verfolgte sie den Film und wünschte, sie wäre objektiv genug, um ihr Spiel richtig beurteilen zu können. Sie wußte, sie hatte noch nie so hinreißend ausgesehen. Die Aufnahmetechnik war phantastisch: Maggie schien nur aus Augen, Backenknochen und windzerzaustem Haar zu bestehen. Ihre Garderobe war einmalig. Adam hatte sich beklagt, daß sie zu dünn sei, aber auf der Leinwand machte sich das glänzend. Nervös rutschte sie auf ihrem Platz hin und her. Gleich kam die große Szene. Als sie anfing, schielte Maggie vorsichtig auf das Publikum. Kaum zu glauben: Ihr Spiel schien tatsächlich Eindruck zu machen.

Dann wurde die Musik lauter, und der Film war aus. Adam packte ihre Hand, sie liefen den Gang entlang. »Baby, aus dir ist eine verdammt gute Schauspielerin geworden. Die letzte Szene hat es in sich!«

Eine Woche nach der inoffiziellen Premiere traf Maggie sich mit ihrem Agenten Hy Mandel in der Polo Lounge des Beverly-Hills-Hotels. Nachdem sie sich etwas zu trinken bestellt hatten, imitierte Hy einen Tusch und schob ihr den neuen Vertrag hin. »Wir haben es geschafft, mein Schatz! Schau dir die Bedingungen an . . . zweihundertfünfzigtausend für die nächsten beiden Filme, und dreihunderttausend für den dritten plus zwanzig Prozent der Nettoeinnahmen!«

Sie nickte und trank einen Schluck von ihrer Bloody Mary. Hy überschlug sich fast: »Nun hör zu, Goldkind: Die Aufnahmen mit dir beginnen erst im Februar. Am fünfzehnten Januar will man dich für Kostümproben haben.«

»Fünfzehnter Januar? Herrlich! Heute ist erst der zehnte Dezember!«

»Sehr richtig! Und darum haben wir einen hübschen kleinen Urlaub für dich arrangiert.«

Maggie sah ihren Agenten mißtrauisch an. Er lachte. »Na ja, vielleicht keinen ausgesprochenen Urlaub, aber wir mußten etwas Entgegenkommen zeigen. Die Premiere von ›Frau im Zwiespalt‹ findet mit einem Riesentamtam in New York statt, und . . .«

»›Frau im Zwiespalt‹? Hat man sich das etwa als Titel einfallen lassen?«

»Reg dich nur nicht auf, Maggie. Hätte man ›Henderson‹, den ursprünglich vorgesehenen Titel genommen, wäre automatisch dein Partner in den Vordergrund gerückt worden. So konzentriert sich das Interesse auf dich. Es ist dein Film, verstehst du?«

Sie lächelte. »Gut. Und wo liegt nun der Hase begraben? Was erwartet man von mir?«

»Im Grunde nichts Besonderes. Du sollst nach New York fahren und dich bei der Premiere verbeugen. Das ist ja nicht gerade Fabrikarbeit.«

»Es bedeutet nur jede Menge Interviews und Fernsehauftritte und keine freie Minute für mich.«

»Wieder falsch. Die Premiere ist am sechsundzwanzigsten Dezember, und vor dem zweiundzwanzigsten brauchst du nicht in New York zu sein.«

»Aber vom zweiundzwanzigsten bis zum Abend der Galapremiere bin ich pausenlos beschäftigt.«

»Stimmt. Aber von heute bis zum zweiundzwanzigsten hättest du frei und könntest, wenn du wolltest, auf Spesen früher nach New York fahren und ein paarmal ins Theater gehen. Du könntest auch nach der Premiere eine Woche länger bleiben. In beiden Fällen wären es bezahlte Ferien. Du mußt nur am fünfzehnten Januar wieder hier sein. Flieg doch gleich!«

Maggie schüttelte den Kopf. »Ich glaube, es ist richtiger, wenn ich hier bleibe und mich ausruhe, solange das gute Wetter noch anhält.«

»Maggie ...«, er stockte, »... ich sehe es nicht gern, daß du in Kalifornien bleibst.«

Sie sah ihn neugierig an. »Alle Welt weiß, daß ich mit Adam zusammenlebe.«

»Warum heiratest du ihn nicht? Du weißt, daß ich deine wilde Romanze zuerst ganz nützlich fand, aber nur für eine bestimmte Zeit.«

»Ich will ihn nicht heiraten.«

»Warum lebst du dann mit ihm zusammen?«

»Weil ich mich einsam fühle. Ich bleibe so lange bei ihm, bis ...«, sie schwieg.

»Bis du den richtigen Mann gefunden hast? Maggie, ist dir noch nie der Gedanke gekommen, daß du niemand anders finden wirst, solange du bei Adam bleibst?«

»Ich habe ihn schon gefunden.«

Mit unverhohlener Überraschung starrte Hy sie an.

»Schon vor vier Jahren«, fuhr sie fort, »aber ...«

»Er ist verheiratet?«

Sie schüttelte den Kopf. »Hy, wir wollen nicht mehr darüber reden. Ich bin glücklich mit meiner Arbeit und glücklich mit Adam.«

»Ich bin sechzig Jahre alt«, sagte er langsam, »und seit zweiunddreißig Jahren mit Rhoda verheiratet. Rhoda ist neunundfünfzig. Als wir heirateten, besaß ich ein kleines Büro an der West Forty-sixth Street. Rhoda war Lehrerin, siebenundzwanzig und noch Jungfrau. Das war nicht weiter erstaunlich. Damals wurde von den Mädchen erwartet, daß sie Jungfrauen waren. Heute wäre eine siebenundzwanzigjährige Jungfrau ein Phänomen. Und ein Mann, der seiner Frau treu bleibt, ist heute ein verrückter Kerl. Ich bin ein solcher Verrückter. Möglich, daß Rhoda zwanzig Pfund Übergewicht hat. Möglich auch, daß ich heute weniger Schwung habe als früher – es sind wohl zwei oder drei Jahre her, seit Rhoda und ich das letztemal zusammen schliefen. Aber wir führen ein gutes Leben. Wir haben Kinder und Großkinder, und wir haben immer noch ein Doppelbett und genießen es, nebeneinander darin zu liegen, und manchmal halten wir sogar Händchen, während wir fernsehen. Doch wir empfinden dabei eine andere Art von Liebe als früher. Seit ich ein erfolgreicher Agent bin – besonders aber, seit ich dein Agent bin –, bemerke ich immer wieder, wie mir hübsche einundzwanzigjährige Schicksen schöne Augen machen. Diese selben Schicksen hätten mich nicht mal gegrüßt, als ich in der Blüte meiner Jahre stand. Kürzlich war da eine – nie im Leben habe ich einen solchen Körper gesehen. Sie bückte sich nach vorn, und wenig fehlte, sie hätte ihre Brüste auf meinen Schreibtisch hüpfen lassen. Aber weißt du was? Jeden Morgen, wenn ich mich rasiere, sehe ich im Spiegel einen Kerl mit schütterem Haar und vorstehendem Bauch. Mag sein, daß mich so eine kleine Blondine noch ganz schön auf Draht brächte. Vielleicht würden wir sogar zusammen ins Bett steigen. Aber machen wir uns doch nichts vor. Sie kommt nicht wegen meiner schönen Augen mit mir ins Bett, sondern einzig wegen meiner Beziehungen. Lohnt sich das, frage ich mich? Die Antwort lautet: nein. Ich kenne Männer in meinem Alter, die lassen sich mit Mädchen ein, die jünger sind als ihre verheirateten Töchter. Aber sie prahlen nicht damit. Sie gehen brav jeden Sonntagabend mit ihren Ehefrauen ins La Rue. Sie gehen mit ihren Frauen auch zu Hillcrest. Verstehst du, was ich meine? Wenn sie Seitensprünge machen wollen, meinetwegen – aber vor ihren Kindern und ihren Frauen bewahren sie den Schein. Du hast zwar keine Kinder, Maggie – aber du hast ein Publikum, und es gibt viele Leute, die so denken wie ich. Sie geben keine drei Dollar dafür aus, ein hübsches Mädchen auf der Leinwand weinen zu sehen, weil es sterben und Kind und Gatte verlassen muß, wenn sie wissen, daß eben dieses Mädchen offenkundig ohne Ehering mit einem Mann in einer Strandvilla zusammen lebt.«

»Früher habe ich mich viel zuviel nach Sitte und Konvention gerichtet und damit einen Teil meines Lebens vergeudet«, meinte sie bitter.

Hy stieß einen tiefen Seufzer aus. »Was ist nur mit euch los? Bin ich denn schon so ein altes Eisen? Sieh mal, ich verlange ja nur, daß du entweder Adam heiratest oder dir eine eigene Wohnung nimmst. Dann kannst du mit ihm schlafen und Hand in Hand mit ihm am Strand entlanglaufen, soviel du willst . . . nur, bitte, nimm dir eine eigene Wohnung!«

Sie lachte. »Also schön, Hy. Wenn ich aus New York zurückkomme, ziehe ich hier ins Hotel. In der Zwischenzeit kannst du dich nach einer Wohnung für mich umsehen.«

»Ganz zufällig bin ich gerade dieser Tage auf ein Projekt gestoßen, das dir gefallen würde. Ein möbliertes Apartment mitten in Beverly Hills für vierhundert pro Monat.«

Die Wohnung war für Maggies Bedürfnisse ideal: großer Wohnraum, vollständig eingerichtete Küche, Schlafzimmer mit Doppelbett und kleine Wohndiele mit Bar. Der Makler hatte den Mietvertrag schon ausgefüllt. Maggie mußte lachen. Hy hatte die Wohnung also für sie ausgesucht, bevor sie miteinander gesprochen hatten! Am nächsten Tag half Adam ihr beim Umzug. Er blieb in seinem Strandhaus, wo er am Drehbuch für einen neuen Film arbeiten wollte.

Nachdem Maggie zwei Tage allein in ihrer neuen Wohnung verbracht hatte, wurde sie zappelig vor Langeweile. Adam flog in der nächsten Woche zu Außenaufnahmen nach Arizona, und dann würde sie ganz allein Los Angeles herumsitzen. Sie rief Hy an und erklärte ihm, wenn die Filmfirma ihr nach wie vor den Aufenthalt in New York bezahlen wolle, sei sie gern zu dem Werbefeldzug bereit.

Adam brachte sie zum Flughafen. Auch der Fluggesellschaft stellte sie sich für Werbefotos zur Verfügung. Zum Abschied tranken sie im Flughafenrestaurant einen Whisky. »Drei Monate werde ich mit diesem Film unterwegs sein«, sagte Adam. »Wenn ich zurückkomme, ziehe ich zu dir. Es ist eine hübsche Wohnung. Außerdem ist es mir im März zu kalt am Strand.«

Maggie blickte auf das Flugfeld hinaus, wo die Maschinen gewartet wurden. »Ich habe dir doch erzählt, was Hy gesagt hat.«

Er lächelte. »Du kannst ihm meinetwegen ausrichten, daß ich ein netter, sauberer Judenjunge bin. Wie er. Eigentlich könnten wir sogar heiraten, Maggie. Es würde bestimmt klappen mit uns. Oder würde es dich stören, wenn ich ab und zu mal einen Seitensprung mache?«

»Ich glaube, ich stelle mir unter Ehe etwas anderes vor«, erwiderte sie ruhig.

»Ach, du möchtest es so wohlanständig und bürgerlich haben wie damals in Philadelphia?«

»Nein, aber ich möchte in meiner Ehe nicht nur ein Teilwert sein – wie Wohnung und Möbel. Ich möchte, daß du eifersüchtig wärst, Adam.«

»Sag mal, spinnst du? Du redest plötzlich mit feuchten Augen von der Ehe? Das Leben, das wir beide am Strand geführt haben, ist alles, was für Leute wie uns in einer Ehe drin ist.«

Er nahm ihr Schweigen für Zustimmung und ergriff ihre Hand. »Laß uns heiraten, wenn ich aus Arizona zurück bin. Ich gebe morgen eine Pressenotiz durch.«

»Untersteh dich!« Sie zog ihre Hand zurück und blitzte ihn wütend an. »Ich denke nicht daran, alles fahrenzulassen, indem ich mit dir lebe und so tue, als sei Filmen Kunst. Es ist ein Geschäft! Aber ich verlange mehr vom Leben, als jeden Tag und jede Stunde diesem Geschäft zu widmen und mir sexuelle Eskapaden zu leisten mit der Begründung, ich sei ›Künstler‹. Ich will einen Ehemann, ich will keinen himmelstürmenden jungen Regisseur, der Haschisch raucht und sich zum Spaß gelegentlich einen jungen Kerl ins Bett holt.«

»Wenn du Wut hast, wirst du überdeutlich«, gab Adam böse zurück. »Dann ist es eben aus zwischen uns.«

»Vielleicht hat nie etwas zwischen uns bestanden, Adam.«

»Jedenfalls wünsche ich dir viel Glück. Solltest du mich einmal brauchen – du weißt ja, wo das Strandhaus liegt.«

Ein Presseagent der Century Pictures namens Sid Goff erwartete Maggie am Kennedy Airport in New York. Rasch überflog sie den Terminplan, den er ihr gab. »Unglaublich!« stöhnte sie. »Ich habe ja nicht mal den ersten Weihnachtstag für mich . . . Sie haben zwei Partys für mich vorgesehen!«

Als sie sein bekümmertes Gesicht sah, bedauerte sie ihren Protest. Der Mann tat schließlich auch nur seine Pflicht, und auf Diana Williams' Empfang, wo sicher die gesamte Presse versammelt war, konnte sie ja zumindest erscheinen; darum sagte sie hierfür – zu seiner großen Erleichterung – zu.

Da sie vier ganze Tage für sich hatte, lud sie ihre Eltern nach New York ein. Sie besorgte Theaterkarten und führte sie zum Essen aus. Sid Goff, die treue Seele, hielt ihr die Autogrammjäger vom Leib und kümmerte sich um Tischreservierungen und Taxis. Als ihre Eltern nach vier Tagen nach Philadelphia zurückflogen, taten sie es im Zustand eines gelinden Schocks über den jüngst erworbenen Ruhm ihrer Tochter.

Am Heiligabend fühlte Maggie sich unerträglich einsam. Ihre Eltern hatten ihr ein winziges Tannenbäumchen mitgebracht, und eine welkende Christrose kam mit den besten Wünschen der Century Pictures. Die endlosen Weihnachtslieder im Radio bedrückten sie erst recht, und so war sie heilfroh über Diana Williams' Weihnachtsparty im Forum ... wenigstens kam sie dadurch aus ihrer Hotelsuite heraus.

Am nächsten Tag rief Sid Goff sie um fünf an. »Wir brauchen nur eine Stunde zu bleiben«, erklärte er. »Dann können Sie verschwinden und mit Ihren Freunden feiern oder was immer Sie möchten.«

»Was tun Sie denn hinterher?« fragte sie.

»Dasselbe wie Sie. Ich verdrücke mich und verbringe den Abend mit meiner Familie. Sie warten mit dem Essen auf mich.«

Das Forum war überfüllt. Als Maggie hereinkam, schwenkten mehrere Kameras auf sie. Sie ging an der Bar vorbei, als sie plötzlich einem sonnengebräunten Mann gegenüberstand, der sie ungläubig anstarrte und dann ein vertrautes Lächeln um seine Lippen spielen ließ. Maggie traute ihren Augen nicht. Robin Stone auf einer Weihnachtsparty im Forum!

Nicht weniger erstaunt und hocherfreut, ergriff er ihre Hände. »Hallo, Star!«

»Hallo, Robin!« Es gelang ihr, ihm kühl zuzulächeln.

»Maggie, du siehst wundervoll aus!«

Sid Goff entfernte sich diskret, aber Maggie wußte, daß er danach fieberte, sie mit möglichst vielen Presseleuten in Kontakt zu bringen. »Ich bin nicht ausschließlich zu meinem Vergnügen hier, sondern muß mich ein bißchen um meine Publicity kümmern«, sagte sie.

Er grinste verständnisvoll. »Ich bin auch geschäftlich hier. Ich will versuchen, Diana Williams zu einer Happening-Sendung zu überreden. Ein mörderisches Vorhaben, selbst wenn sie zustimmt, aber ihr Regisseur, Ike Ryan, ist ein Freund von mir ...« Er schwieg einen Augenblick und meinte dann: »Entschuldige, Maggie. Aber eigentlich wollte ich dir sagen, wie sehr ich mich freue, dich wiederzusehen.«

»Ich glaube, ich darf meinen Presseagenten jetzt nicht länger warten lassen«, entgegnete sie kühl.

Robin hielt sie am Arm fest. »Ich finde, wir reden miteinander wie die ersten Menschen. Muß das sein?« Er lächelte. »Laß uns über wichtigere Dinge sprechen! Wann können wir uns sehen?«

»Ich weiß nicht.« Plötzlich kam ihr ein Gedanke, und sie lächelte Robin kokett an. »Morgen abend hat mein neuer Film Premiere. Vielleicht hast du Lust, dir anzuschauen, was die Jupiterlampen aus mir gemacht haben. Willst du mich nicht begleiten?«

»Ich gehe nicht gern im dunklen Anzug ins Kino. Ich sehe mir lieber einen Film an, wenn ich dabei die Beine von mir strecken und meinen Puffmais futtern kann. Wie wäre es mit dem nächsten Abend?«

Sie sah ihn voll an. »Ich habe dich gefragt, ob du morgen mit mir gehen willst, nicht übermorgen! Ich plane nicht gern so weit im voraus.«

Einen Moment blickten sie sich in die Augen. Dann grinste Robin.

»Okay, Baby, für dich verzichte ich auf meinen Puffmais. Um welche Zeit und wo soll ich dich abholen?«

»Acht Uhr im Plaza. Der Film fängt um halb neun an, aber vorher sind Fernsehaufnahmen eingeplant. Leider muß ich das mitmachen.«

»Keine Sorge. Ich bin pünktlich.«

Maggie wandte sich ab und ließ sich von Sid Goff zu den wartenden Reportern bringen. Robin sah ihr nach. Dann bahnte er sich einen Weg zu Diana Williams.

Um fünf vor acht begann sie nervös zu werden. Eigentlich lächerlich, sagte sie sich. Denn wenn Robin eines war, dann ein Gentleman. Er würde sie nicht versetzen, und außerdem waren sie ja erst um acht verabredet. Um drei Minuten vor acht überlegte sie, ob sie Goff anrufen und ihn bitten sollte, sich bereitzuhalten.

Punkt acht klingelte das Telefon. Robin wartete in der Halle. Sie warf einen letzten Blick in den Spiegel. Wahrscheinlich würde Robin ihre Aufmachung abscheulich finden: das perlenbestickte weiße Kleid (eine Leihgabe der Filmgesellschaft), den weißen Nerz (die Leihgabe eines Pelzhändlers aus Hollywood) und das lose fallende schwarze Haar (ein Theaterfriseur war ins Hotel gekommen und hatte ihr die Frisur mit einem Haarteil so hergerichtet). Verrückt, dachte sie, als sie im Fahrstuhl hinunterfuhr. Diese ganze Haarpracht zog ihr den Kopf nach hinten. Und dann die riesigen Diamantohrringe mit Smaragden (auch sie eine Leihgabe und schwer versichert)! Sie kam sich ziemlich kopflastig vor.

Als sie aus dem Fahrstuhl trat, begrüßte Robin sie mit einem Lächeln, und das leichte Kopfnicken, das es begleitete, drückte offensichtlich seine Zustimmung aus. Bis sie sich der Autogrammjäger, die trotz der Kälte vor dem Hotel ausharrten und Maggie ihr Bild entgegenhielten, erwehrt hatten, sprachen sie nicht viel miteinander. Endlich saßen sie dann im Auto, und Maggie lehnte sich aufatmend zurück – beugte sich aber rasch wieder vor. »O Gott, ich verlier' mein Haar!«

Robin lachte mit. »Es kam mir schon so vor, als wäre es seit gestern gewachsen.«

»Wirkt es übertrieben?« fragte sie ängstlich.

»Es sieht großartig aus«, beruhigte er sie. »Weißt du, du mußt dir nur einreden, du gingst auf einen Kostümball. Was anderes ist es ja im Grunde auch nicht. Du spielst den Filmstar. Zeig den Leuten etwas für ihr Geld. Wenn du schon den Rummel mitmachst, mußt du's ganz machen.«

Das Gedränge vor dem Kino war furchterregend. Ihr Wagen mußte eine Viertelstunde lang in einer endlosen Autoschlange warten. Juwelenbehängte Premierengäste stiegen aus, und jedesmal, wenn eine Dame im Nerz, die den Fans unbekannt war, auftauchte, ging ein Raunen der Enttäuschung durch die Menge. Aus der Sicherheit ihres Wagens peilte Maggie vorsichtig die Lage an. Absperrungen und ein Polizeikordon hielten die Menge zurück. Auf der anderen Straßenseite stand ein Lastwagen mit einem Scheinwerfer, und auf dem Bürgersteig vor dem Kinoeingang hatte man tatsächlich einen roten Teppich ausgerollt. Die nervös wartenden Fotoreporter wirkten merkwürdig unsicher in ihren Smokings. Als Maggies Wagen endlich vorfuhr, schwärmte die Presse aus, die Menge jubelte und durchbrach die Polizeikette. Hände streckten sich der Filmschauspielerin entgegen und berührten ihren Nerz. Rufe ertönten: »Maggie! Maggie!« Sid Goff stellte sich mit einem Kollegen schützend neben sie. Entsetzt stellte sie fest, daß Robin verschwunden war. Irgend jemand drängte sie zu einem großen Mann mit Mikrophon. Maggie trat an seine Seite, Blitzlichter flammten auf. Fernsehtechniker hielten Scheinwerfer hoch und leuchteten den Platz aus. Dann fuhr die Kamera auf Maggie zu. O Gott, wo war Robin nur?

Irgendwie gelang es ihr dann, mit Sid Goffs Hilfe in die Eingangshalle zu kommen, und dort stand Robin mit seinem wunderbaren, verständnisvollen Grinsen. Er nahm ihren Arm, gemeinsam boten sie sich den Blicken der eleganten Premierengäste dar, die im

Foyer versammelt waren und sich gegenseitig musterten. Maggie ließ sich zu ihrem Platz führen. Damit schien sie für alle das Stichwort zu geben, es ihr gleichzutun, jedenfalls begann ein hektisches Gesuche nach den Sitzen. Dann wurde es dunkel, die Musik setzte ein, und der Vorspann begann.

Als die Schlußszene kam, schlich Sid Goff den Gang entlang und winkte ihnen zu. Halb gebückt stahlen sie sich davon und verließen das Kino. Sie erreichten ihren Wagen gerade, als sich die Türen öffneten und das festlich gekleidete Publikum herausströmte.

Robin nahm ihre Hand. »Ich finde, du hast deine Sache fabelhaft gemacht. Du warst ausgezeichnet in der Rolle. Nun sag mir, was steht an diesem schrecklichen Abend noch alles auf dem Programm, oder bist du von jetzt an frei?«

»Ein Empfang mit Sekt und kaltem Büffet im Hotel Americana.«

»Dacht' ich's mir doch!«

Beide lachten. Plötzlich kam Maggie der Gedanke, mit all den fremden Leuten in einem hellerleuchteten Saal herumzustehen und ununterbrochen für Fotos zu posieren, unerträglich vor.

»Ich gehe nicht hin«, erklärte sie kurz entschlossen.

»Bestens! Wie wär's mit dem Oak Room im Plaza?«

»Nein, ich habe eine bessere Idee. Meine Ohrringe müssen sowieso in den Tresor zurück, und wenn ich nicht bald meine falschen Haare loswerde, kriege ich entsetzliche Kopfschmerzen. Ich schlage vor, ich ziehe mir etwas Bequemes an, und wir gehen ins P. J.«

»Du bist das gescheiteste Mädchen der Welt. Aber wenn du deine Staatsrobe ablegst, werde ich es auch tun. Weißt du was? Ich setze dich im Hotel ab und lasse dir den Wagen da. Wenn du fertig bist, kommst du mich abholen.«

Zwanzig Minuten später saß sie, in Hosen und warm in einen sportlichen weißen Lammfellmantel eingehüllt, wieder im Auto. Sie trug eine dunkle Brille und rauchte auf der Fahrt zu Robins Wohnung am East River nervös eine Zigarette. Robin wartete vor der Haustür. Er trug einen weißen Pullover zu grauen Hosen, keinen Mantel, und kam rasch zum Wagen. Als er sich neben sie setzte, meinte er: »Ich finde, im P. J. sitzen wir auch nicht ungestört. Laß uns lieber in die Lancer Bar fahren.«

Sie nickte. Der Fahrer schlug die Richtung zur Fifty-fourth Street ein. Die Bar war unverändert, selbst der Barmixer war noch der alte. Bis auf ein Pärchen, das in einer Ecke vor einem Bier saß und Händchen hielt, war das Lokal leer. Robin bestellte einen

Scotch für Maggie und für sich einen Wodka-Martini, dazu zwei große Steaks.

Dann führte er sie zu einem separaten Tisch. Nachdem sie Platz genommen hatten, hob er sein Glas. »Mit diesem Film wirst du ein großes Stück weiterkommen, Maggie.«

»Fandest du mich gut?«

»Ich will so sagen: Die Kritik wirst du davon überzeugen, daß du auch spielen kannst.«

»Aber du findest das nicht?«

»Kommt es darauf an?«

Sie lächelte. »Ich bin neugierig.«

Er schürzte nachdenklich die Lippen. »Spielen können, Baby, ist eine Begabung, die man hat oder nicht. Aber für den Film ist das ganz unerheblich, solange man sich so traumhaft fotografieren läßt wie du.«

Es war eins, als sie die Lancer Bar verließen. »Hast du morgen ein anstrengendes Programm?« fragte er.

Sie schüttelte den Kopf. »Von jetzt an bin ich zu meinem Vergnügen hier.«

Robin freute sich ehrlich. »Wie lange kannst du bleiben?«

»Wenn ich will, bis zum vierzehnten Januar.«

Der Wagen hielt vor dem Plaza. Robin sah sie ernst an. »*Ich* will«, erwiderte er. »Können wir morgen abend zusammen essen?«

»Mit Vergnügen, Robin.«

Er gab ihr einen flüchtigen Kuß und brachte sie zum Fahrstuhl. »Ich rufe dich vor Mittag an. Schlaf gut.« Dann surrte die Fahrstuhltür zu.

Am anderen Morgen um elf läutete das Telefon. Maggie ließ es ein paarmal klingeln, denn sie wollte für den Fall, daß es Robin war, richtig wach sein. Als sie abhob, fragte die unpersönliche Stimme des Portiers, um welche Zeit sie abzureisen gedenke.

»Ich reise überhaupt nicht ab«, erwiderte sie verärgert. »Ich bleibe mindestens noch zwei Wochen.« Damit legte sie auf und rückte sich das Kopfkissen wieder zurecht. Sie wollte weiterschlafen und erst aufwachen, wenn Robin anrief. Aber wenig später klingelte das Telefon erneut. Diesmal war es der Geschäftsführer.

Seine verbindliche Stimme erklärte in entschuldigendem Ton: »Miss Stewart, Sie hatten Ihr Zimmer leider nur bis heute bestellt. Es hieß, Sie würden uns rechtzeitig sagen, ob Sie länger bleiben wollen. Unglücklicherweise ist unser Hotel vollständig ausgebucht. Hätten Sie uns früh genug . . .«

Maggie war jetzt hellwach. Himmel, das hatte sie vergessen! Na ja, dann mußte sie eben in ein anderes Hotel umziehen. Der Geschäftsführer erbot sich eifrig, ihr dabei behilflich zu sein und sich persönlich um ein anderes Apartment zu kümmern. Eine Viertelstunde später rief er wieder an. »Miss Stewart, es sieht kritisch aus. Im Regency, Pierre, St. Regis, Navarro und Hampshire House ist nichts mehr frei, nicht mal ein Doppelzimmer. Bei den Hotels mittlerer Preisklasse habe ich es noch nicht versucht, weil ich nicht wußte, ob Ihnen das recht sein würde.«

»Haben Sie vielen Dank! Ich will mal sehen, ob die Century etwas machen kann.«

Sie rief Sid Goff an. Als sie ihm die Lage erklärte, wa er am Boden zerstört. »Maggie, ich habe Sie doch extra gebeten, nicht zu vergessen, Ihre Reservierung zu verlängern. Jetzt muß ich mich erst einmal an die Strippe hängen und sehen, was ich tun kann.«

Als Robin anrief, war sie schon am Packen. Sie berichtete ihm von ihrem Mißgeschick. »Es sieht so aus, als werde ich irgendwo in Brooklyn landen. Sid Goff hat noch nicht zurückgerufen, und wenn *er* nichts findet, ist es ganz aus.«

»Sag Sid Goff, er soll sich nicht weiter bemühen«, erwiderte Robin. »Ich werde die Sache in die Hand nehmen.«

Zwanzig Minuten später rief er sie aus der Halle an und bat sie, ihr Gepäck herunterzuschicken.

Vor dem Hotel wartete der Wagen. Nachdem sie eingestiegen waren, nannte Robin dem Fahrer seine Adresse. Maggie sah ihn verwundert an.

»Es ist zwar nicht gerade das Regency«, meinte er, »aber es kommt jeden Tag eine Putzfrau, und die Wohnung ist selbst für einen Star wie dich komfortabel genug. Ich ziehe ins Klubhaus.«

»Robin, das kann ich doch nicht annehmen!«

»Es ist schon alles geregelt – du kannst gar nichts mehr ändern.«

Die Wohnung gefiel ihr. Unwillkürlich wanderte ihr Blick zu dem riesigen Bett; sie hätte nicht wissen mögen, wer schon alles darin gelegen hatte. Robin gab ihr den Schlüssel. »Mach dir's gemütlich. Du kannst kommen und gehen, wann du willst. Zum Abendessen hole ich dich ab.« Er deutete auf die Bar. »Statt der Miete erbitte ich lediglich deine Dienste als Bardame. Als meine Freundin mußt du lernen, gute Wodka-Martinis zu machen. Auf drei Gläschen Wodka einen Tropfen Vermouth, keine Zitronenschale. Ich mag Oliven lieber.«

Gehorsam wollte sie zur Bar gehen, aber er hielt sie lachend zurück. »Maggie! Es ist ja erst Mittag. Ich spreche von heute abend.«

Um sieben standen die Martinis bereit. Sie hatte auch zwei Steaks und etwas tiefgefrorenen Spargel gekauft. Nach dem Essen machten sie es sich auf der Couch bequem und sahen sich das Fernsehprogramm an. Als die Elfuhrnachrichten kamen, holte Robin zwei Büchsen Bier aus der Küche und meinte: »Du bist hier zu Hause – sag mir, wann ich gehen soll.«

»Wann immer du möchtest.«

Er zog sie an sich. »Ich möchte aber nicht ...«

Er umarmte und küßte sie. So! dachte Maggie. Nun erklär ihm, daß *du* nicht in Stimmung bist, sag ihm, *er* sei nicht *dein* Typ. Aber sie klammerte sich an ihn und erwiderte seine Küsse, und als sie auf dem Bett lagen, begann ein leidenschaftliches Liebesspiel. Diesmal entsprang seine Zärtlichkeit nicht einem Wodka-Rausch. Als sein Körper sich im Orgasmus wie eine Feder spannte, rief er nicht nach seiner Mutter ... und Maggie brauchte ihm nicht den Krug kaltes Wasser ins Gesicht zu schütten.

Die nächsten fünf Tage mit Robin waren ein einziger Traum. Jeden Abend gingen sie zusammen essen, manchmal machten sie untergehakt einen langen Spaziergang, und einmal sahen sie sich im Kino an der Ecke ein Doppelprogramm an. Nacht für Nacht liebten sie sich und schliefen zärtlich umarmt ein.

Maggie ließ ihre Gedanken zurückwandern, als sie eines Morgens aufwachte und Robin noch schlief. Sie schlüpfte aus dem Bett, kochte Kaffee und starrte auf den grauen East River. Nie war sie so glücklich gewesen, und vierzehn Tage lagen noch vor ihr. Warum eigentlich nur vierzehn Tage ... warum nicht ihr ganzes Leben? Robin war verliebt in sie, daran gab es wohl keinen Zweifel. Über jenen schrecklichen Morgen in Miami hatten sie kein Wort mehr verloren; irgendwie spürte Maggie, daß der Fall erledigt war. Was sie beide jetzt miteinander erlebten, war kein flüchtiges sexuelles Abenteuer. Robin fühlte sich wohl bei ihr, genoß die Liebe ... vielleicht lag es bei ihr, den ersten Schritt zu machen? Natürlich! Wie konnte er von ihr verlangen, daß sie ihre Karriere aufgab? Sie mußte ihm zu verstehen geben, daß sie zum erstenmal in ihrem Leben glücklich war.

»An einem trüben Morgen wie heute sieht der Fluß schauderhaft aus.« Robin war in die Küche gekommen. Er stand hinter ihr und küßte sie auf den Nacken. »Genau besehen, ist er auch bei schönem Wetter scheußlich. Im Sonnenlicht sieht man nämlich seine Schönheitsfehler erst recht – die schrecklichen kleinen Inseln und die Schlepper.«

Maggie drehte sich um und umarmte ihn. »Es ist ein *zauberhafter* Fluß. Robin, ich möchte dich heiraten.«

Er hielt sie mit ausgestreckten Armen von sich und lächelte. »Ich muß schon sagen: ein verheißungsvoller Anfang für das neue Jahr.«

»Es würde gutgehen, Robin, bestimmt!«

»Vielleicht. Aber nicht gleich auf der Stelle . . .«

»Falls du Bedenken wegen meiner Karriere hast – damit würde ich mich leicht abfinden.« Er lächelte und schenkte sich Kaffee ein.

»Ich mache Eier«, sagte sie rasch. »Und dort steht Orangensaft.«

»Tu nicht so wie eine biedere Hausfrau«, sagte er leichthin. Dann nahm er seine Kaffeetasse und verschwand im Schlafzimmer. Maggie blieb zurück. Sie setzte sich an den kleinen Tisch, starrte auf den Fluß und schlürfte ihren Kaffee. Immerhin hatte Robin nicht rundheraus nein gesagt . . . aber von Begeisterung war, weiß Gott, auch nichts zu spüren gewesen.

Zehn Minuten später kam er wieder in die Küche. Zu ihrer Überraschung war er fertig angezogen. Er trug einen Rollkragenpullover und hatte den Mantel über dem Arm. »In einer Stunde bin ich zurück. Ich habe im Studio eine wichtige Arbeit zu erledigen.« Er beugte sich über sie und küßte sie auf den Kopf.

»Am Neujahrstag?!«

»Ich muß mir Aufnahmen ansehen und Anweisungen für den Schnitt geben. Ich kann besser arbeiten, wenn ich allein bin, besonders, wenn das ganze Haus leer ist. Ach, und noch etwas, Maggie. Ich hasse es, dir damit zu kommen – aber könntest du dich heute um fünf zu einer Party aufschwingen?«

»Einer Party?«

»Mrs. Austins Neujahrsempfang. Ich habe mich dreimal hintereinander gedrückt. Im vergangenen Jahr erinnere ich mich wenigstens noch telegrafisch abgesagt zu haben. Diesmal muß ich erscheinen.«

»O Robin, ich habe meine elegante Garderobe schon zurückgeschickt. Der ganze Zauber war geliehen. Ich selbst habe die letzte Zeit in einem Strandhaus gelebt . . . alles, was ich besitze, sind Hosen und ein paar schwarze Kleider – das, was im Kleiderschrank hängt.«

»Ein Mädchen, das mit leichtem Gepäck reist, gefällt mir sehr. Ein kleines Schwarzes ist genau richtig.«

»Aber es ist aus Wolle . . .«

»Maggie . . .«, er kam zu ihr und streichelte ihr das Gesicht, »was immer du trägst, du wirst überall Eindruck machen. Und nun spül schön das Geschirr ab und verdien dir dein Logisgeld.«

Dann verließ er die Wohnung.

Obwohl es kalt war, ging er zu Fuß. Archie Gold hatte erst nicht kommen wollen, aber Robin hatte ihm keine Ruhe gelassen. Er war überzeugt, daß Maggie von dem Telefongespräch nichts gehört hatte, denn die Küche lag auf der entgegengesetzten Seite der Wohnung, und er hatte leise gesprochen.

Fast gleichzeitig mit Dr. Gold erreichte er sein Büro. »Normalerweise gehe ich auf solche Wünsche nicht ein«, eröffnete der Arzt ihm gleich. »Vor anderthalb Jahren sind Sie aus meiner Praxis hinausgestürmt, und jetzt rufen Sie mich plötzlich an und erklären mir, es sei dringend!«

Robin machte es sich in einem Sessel bequem. »Maggie Stewart ist in New York. Wir wohnen zusammen und schlafen zusammen. Es klappt großartig!«

»Und wo steckt das Problem?« Dr. Gold zündete sich seine Pfeife an.

»Sie will mich heiraten.«

»Das wollen die meisten Mädchen.«

»Es würde nicht gutgehen. Schauen Sie. Zu einer Ehe gehört doch mehr, als daß ein Mann und eine Frau zusammen leben. Das gilt jedenfalls für eine Frau wie Maggie. In den vergangenen fünf Tagen hat sie mir ihr ganzes Leben erzählt . . . ihre erste Ehe, ihre Beziehung zu Parino, dem Freund in Kalifornien und die Zeit im Strandhaus. Sie hat nichts ausgelassen.«

»Und was haben Sie gemacht?«

»Ich habe zugehört. Und ich bin *nicht* bereit, meine Lebensgeschichte zu erzählen. Wo sollte ich anfangen? Ach, übrigens heiße ich ja gar nicht Robin Stone.«

»Es ist Ihr gesetzlicher Name.«

»Stimmt . . . aber irgendwie in mir steckt ein kleiner Bursche namens Conrad. *Das* bin ich auch. Maggie möchte Kinder haben . . . ein richtiges Familienleben.« Plötzlich schlug Robin mit der Faust auf den Tisch. »Herrgott noch mal, Doktor, ich war meines Lebens so froh, bevor ich Ihnen begegnet bin! Es machte mir Spaß, mit Mädchen zu schlafen, ich funktionierte einfach prächtig.«

»Sie funktionierten wie eine Maschine. Jetzt kämpft Conrad darum, mit Robin eins zu werden. Der Mann, der Conrad verdrängt hat, war nicht lebendig . . . er fühlte nicht. Das haben Sie selbst zugegeben. Und nun liegen Sie zum erstenmal im Streit mit sich selbst. Aber das ist ein gesundes Zeichen: Sie haben Empfindungen, Konflikte, Kummer. Und das ist normal.«

»Mir gefiel es anders besser. Als ich Sie das letztemal verließ, habe ich Ihnen gesagt, daß ich künftig in meinem Leben alles dem Namen Robin Stone verdanken möchte. Ich brauche Conrad nicht. Ich möchte ihn vergessen.«

»Robin, warum fahren Sie nicht nach Hamburg?«

»Was, zum Teufel, soll ich in Hamburg?«

»Sie kennen den Namen Ihrer Mutter. Suchen Sie doch einmal ihre Familie auf – vielleicht würde Ihre Herkunft Sie überraschen.«

»Conrads Mutter war eine Hure!« Voller Verachtung spuckte er diesen Satz aus.

»Sie wurde eine Hure, um Conrad zu ernähren. Wer weiß, ob Sie nicht eines Tages sogar stolz darauf sind, dieser Conrad zu sein.«

Robin stand auf. »Können Sie das nicht begreifen? Ich will von Conrad nichts wissen. Ich will keine Gewissensbisse haben, wenn ich Maggie Stewart weh tue! Ich will sie nicht vermissen, wenn sie nach Kalifornien zurückfliegt. Ich will niemanden vermissen oder nötig haben. Ich habe es nie . . . und werde es nie!«

Dr. Gold erhob sich gleichfalls. »Robin, laufen Sie nicht vor sich davon. Begreifen Sie nicht, was mit Ihnen geschieht? Sie haben begonnen, Liebe mit Sex zu verbinden. Diese neue Erfahrung hat Sie durcheinandergebracht. Das ist normal. Nur laufen Sie nicht davon! Natürlich wird es Probleme geben, aber an dem Tag, an dem Sie zu einem Menschen sagen können, *ich brauche dich,* werden Sie ganz zu sich selber gefunden haben. Und Miss Stewart ist dieser Mensch. Robin . . . Sie dürfen diese Frau nicht einfach aus Ihrem Leben aussperren.«

Aber Robin hatte bereits die Tür hinter sich zugeschlagen.

Trotz der Kälte machte er auch den Rückweg zu Fuß. Sein Kopf war wie leergebrannt, eine merkwürdige Ruhe hatte ihn ergriffen. Maggie, im kleinen Schwarzen, erwartete ihn im Wohnzimmer. Er sah sie prüfend an. »Wie spät ist es?« fragte er.

»Halb fünf.«

Er lächelte, aber seine Augen blickten kalt. »Zieh das Kleid wieder aus. Wir haben noch über eine Stunde Zeit, ehe wir auf der Party erscheinen müssen.« Dann trug er sie zum Bett und warf sich auf sie. Nachher betrachtete er Maggie mit einem abwesenden Lächeln. »Du weißt es nicht, mein Mädchen«, sagte er leichthin. »Aber soeben hat dich Robin Stone geliebt, und es hat geklappt.«

»Das hat es doch bisher immer«, erwiderte sie leise.

»Diesmal war es anders.« Dann gab er ihr einen kleinen Klaps aufs Hinterteil. »Los, auf, Baby! Wir werden auf einer Party erwartet.«

JUDITH

26

Judith Austin stieg aus der Badewanne und musterte sich von allen Seiten in den Spiegelwänden. Sie war gertenschlank, mußte allerdings ständig Diät halten. Mit fünfzig wagte man es nicht mehr, zuzunehmen. Sie schüttelte ein Bein hin und her. Ja, die Waden waren nicht mehr so fest wie früher. Ob sie ein wenig Sport treiben sollte? Um die Augen zeichneten sich, wie sie jetzt aus der Nähe im Spiegel feststellte, erst ein paar winzige Linien ab. Bei vorteilhaftem Licht konnte sie glatt für achtunddreißig durchgehen, sogar noch für sechsunddreißig. Auf der Liste der zehn elegantesten Damen der Gesellschaft hielt sie den ersten Platz, und sie galt noch immer als eine der schönsten Frauen New Yorks.

Judith setzte sich auf einen Hocker und frottierte sich langsam ab. Mit einem Schlag wurde ihr plötzlich bewußt, daß es in den letzten drei Jahren auch nicht den Anflug einer Romanze in ihrem Leben gegeben hatte. Vor drei Jahren hatte sie mit Chuck Schluß gemacht.

Sie hatten sich im Sommer in Quogue kennengelernt. Chuck war Golfprofi, achtundzwanzig Jahre alt, blond. Angefangen hatte es mit ein paar Golfstunden. Chuck hatte den Arm um ihre Taille gelegt, damit sie eine gerade Haltung einnahm, und erklärt: »Es ist ganz besonders wichtig, daß Sie sich nicht verkrampfen, Mrs. Austin.« Ihre Blicke trafen sich, und so begann es. Den Sommer über kam Gregory nur an langen Wochenenden heraus. Judith wollte arrangieren, daß Chuck vom Klub in Palm Beach angestellt wurde. Sie schwebte im siebenten Himmel – bis zu dem Tag, an dem Chuck die Bemerkung fallenließ: »Findest du nicht, Judith, daß ich einen großartigen Golfreporter im Fernsehen abgäbe, wie zum Beispiel Jimmy Demaret oder Cary Middlecoff?« Das hatte sie irritiert, aber sie hatte es bewußt übergangen.

Chuck hatte den Job in Palm Beach bekommen. Am zweiten Januar traf Judith ein und verlebte drei wundervolle Wochen mit ihm. Gregory war in New York geblieben, und jede Nacht schlich Chuck sich durch einen Seiteneingang in ihre Villa. Dann erwähnte er die Sache mit dem Fernsehen ein zweites Mal. Judith wich aus, worauf er achselzuckend meinte: »Na ja, dann muß ich eben versuchen, auf Turnieren zu spielen und herumzureisen.«

Herumreisen? Da böten sich allerhand interessante Möglichkeiten. Sie könnte die feste Beziehung lösen und sich trotzdem nach Belieben gelegentlich mit ihm treffen. Chuck sprach von den Turnieren, an denen er sich beteiligen wollte. Natürlich würde er etwa einen Monat lang täglich trainieren müssen, um den Anschluß zu finden. »Ich brauche ungefähr zehn- bis fünfzehntausend«, sagte er.

Judith starrte ihn an. »Zehn- bis fünfzehntausend was?« fragte sie.

»Dollar. Es kostet Geld, wenn man auf den Turnieren auftreten will. Sowie ich meine ersten großen Preise kassiere, zahle ich es dir zurück.«

Das war der Schlußstrich unter die Affäre mit Chuck gewesen. Nach jenem Abend hatte sie seine Anrufe nicht mehr entgegengenommen.

Zum erstenmal in ihrem Leben hatte ein Mann ihr mit materiellen Nebenabsichten den Hof gemacht. Drei Jahre war das nun her ... drei Jahre, in denen sich nichts Aufregendes in ihrem Leben ereignet hatte – nur Gregory. Sie liebte ihren Mann, gewiß, aber sie war nicht verliebt in ihn, und verliebt zu sein war das einzige, was das Leben lebenswert machte. Wäre ihre Schwester Connie nicht gewesen, hätte sie Gregory Austin nie geheiratet.

Die schönen Logan-Zwillinge: Judith und Consuelo. Töchter von Elizabeth und Cornelius Logan. Schöne Eltern, schöne Zwillingstöchter – ein phantastisches Erbteil. Sie besaßen alles – außer Geld. Nie würde Judith ihre »Armut« vergessen. Doch irgendwie gelang es den Logans immer, in einer »standesgemäßen« Wohnung zu wohnen; Judith und Connie gingen auch auf die »standesgemäßen« Schulen, und obwohl man sich zuraunte, Cornelius Logan habe sein ganzes Geld am Schwarzen Freitag verloren, wußte man doch, daß Großmama Logan noch immer ein gewaltiges Vermögen besaß. Großmama Logan war es denn auch, die den prächtigen Debütantinnen-Ball der Töchter finanzierte und die Mädchen an ihrem einundzwanzigsten Geburtstag auf eine Europareise schickte. Connie hatte Vittorio kennengelernt, Judith war mit leeren Händen zurückgekommen.

Als Gregory Austin in ihr Leben trat, war Judith schon sechsundzwanzig. Sie kannte sein Bild aus der Zeitung und wußte, daß er Verhältnisse mit Filmschauspielerinnen, Damen der Gesellschaft und auch blutjungen Mädchen hatte. Er war sechsunddreißig Jahre alt, unverheiratet und Besitzer einer Rundfunkanstalt. Wie man es häufig bei Menschen seines Schlages antrifft, protzte er mit seiner mangelhaften Bildung. »Ich bin über die Mittelschule nie hinausgekommen, dafür lese ich Börsenberichte schneller als Bernard Baruch.« Angefangen hatte er als Laufbursche in der Wall Street. Mit dem Börsenkrach spekulierte er sich seine erste Million zusammen, übernahm eine kleine Rundfunkstation im nördlichen Teil des Staates New York, kaufte Aktien, wenn die Kurse Tiefstand erreicht hatten, und verkaufte sie wieder, sobald sie einigermaßen anzogen. Und mit jedem Gewinn erwarb er eine neue Rundfunkstation. Mit dreißig bildete er die IBC-Sendergruppe. Sein forsches Auftreten und sein großzügiger Lebensstil machten ihn zu einer farbigen Persönlichkeit. Seine Aussprüche machten sich gut in Zeitungen. Er liebte die Frauen, schob aber den Gedanken an Heirat weit von sich – bis er Judith Logan kennenlernte. Möglicherweise war es ihre Gleichgültigkeit ihm gegenüber, die ihn reizte. Gregory hatte immer das Unerreichbare gesucht.

Da er sich sehr hartnäckig um sie bemühte, ging Judith ein paarmal mit ihm aus und fand sich danach zu ihrer Überraschung in den Klatschspalten der Presse wieder. Noch mehr erstaunte es sie, als ihre beste Freundin vorschlug, »diesen faszinierenden, rothaarigen Heißsporn« zu einem kleinen Dinner einzuladen. Und als dann auch noch Consuelo schrieb, sie habe ihn in London kennengelernt und finde ihn sexy und aufregend, da sah Judith ihren Gregory Austin plötzlich mit anderen Augen an. Ihr war auch durchaus bewußt, daß er ihr ein Königreich zu Füßen legte, und wenn es auch kein Wappenschild führte, so war das IBC-Signet doch für viele Kreise nicht minder eindrucksvoll, wenn nicht eindrucksvoller. Gregory Austin bot ihr ein luxuriöses Leben. Auch ihr Schwager Vittorio war reich. Aber Connies Schmuck war zum Beispiel »Familienschmuck«, den sie an Kinder und Kindeskinder weitergeben mußte. Gregory dagegen schenkte Judith zur Verlobung einen fünfundzwanzigkarätigen Diamantring und zur Hochzeit ein Diamantkollier nebst fünfzigtausend Dollar zur Eröffnung eines Kontos. Die Hochzeit selbst wurde zu einem in der Presse vielbeachteten Ereignis.

Gregory mußte verblüfft feststellen, daß er eine Jungfrau geheiratet hatte. Zu ihrem ersten Hochzeitstag schenkte er seiner Frau die Villa in Palm Beach, zum zweiten ein Diamantarmband. Am Ende ihres dritten Ehejahres gab es kaum noch etwas, das er ihr hätte schenken können. Und am Ende des dritten Ehejahres hatte Judith auch nur einen einzigen Wunsch: ein romantisches Liebesabenteuer. Sex mit Gregory war zur restlosen Enttäuschung geworden. Zwar hatte sie keine Vergleichsmöglichkeit, doch irgendwie spürte sie, daß eines Tages der Augenblick kommen werde, an dem sie die romantische Liebe entdecken würde. Er kam, als sie zweiunddreißig war. Da beschloß sie nämlich, Connie in Paris zu besuchen. Der Krieg war vorüber, alle Welt war frohgestimmt, und Judith konnte es kaum erwarten, Connie ihre Juwelen und Pelze zu zeigen. Gregory war leider unabkömmlich, aber er gab seiner Frau die besten Wünsche und ein gewaltiges Taschengeld mit auf den Weg. Sie lernte den Opernstar an Bord des Schiffes kennen, ließ Paris sausen und fuhr mit ihm nach London. Ihre Schwester Connie bekam sie auf der ganzen Reise nicht zu Gesicht, und Judith zu fragen, wieso ihre Briefe englische Marken und Poststempel trugen, fiel ihrem Ehemann nicht ein.

Von da an war es leicht gewesen. Als nächstes kam ein italienischer Filmstar, dann zwei Jahre lang ein englischer Bühnenautor, dann der französische Diplomat . . . Die gute Connie hatte sich auf die Dauer als sehr nützlich erwiesen – man konnte immer mal auf einen Sprung nach Europa hinüberfahren, um die Schwester zu besuchen. Zwillinge hängen ja sehr aneinander, sagt man. Später hatte natürlich auch Connie ein wenig Dolce vita genossen und war öfter in die Vereinigten Staaten gereist . . .

Nun aber, in den letzten drei Jahren, war Judith überhaupt nicht mehr »nach Paris gefahren«. Das alles ging ihr durch den Kopf, während sie da auf dem Hocker saß und sich abtrocknete. Drei Jahre *nichts*.

Mit aller Sorgfalt machte sie sich zurecht und musterte dann ihren nackten Körper im Spiegel. Anfangs war sie unglücklich gewesen, daß sie kein Kind bekam. Bis zum Alter von dreißig Jahren hatte sie sich verzweifelt danach gesehnt, sogar in Erwägung gezogen, ein fremdes Kind zu adoptieren, aber Gregory, der inzwischen vierzig war, lag nicht viel daran. »Der Sender ist mein liebstes Kind«, pflegte er zu sagen. Außerdem hätte es eine große Verantwortung bedeutet. Während sie jetzt ihren flachen Bauch begutachtete, war sie plötzlich froh, daß er noch immer hart und straff war. Aber ihr Busen wurde wirklich schlaff, und die Oberschenkel gingen langsam in die Breite. Sie reckte die Arme über den Kopf. So sah ihr Busen blendend aus . . . und wenn sie im Bett lag, fiel er, Gott sei Dank, auch in die richtige Lage. Leider fühlte sich die Haut am Bauch nicht mehr so fest und elastisch an wie früher.

Sie ging ins Schlafzimmer und nahm das veilchenfarbene Samtkleid aus dem Schrank, entschied sich dann aber doch für den raffiniert geschnittenen Hautdreß aus rotem Goldlamé. Dazu würde sie die goldene Kette mit den Rubinen tragen. Zum erstenmal seit langer, langer Zeit durchpulste sie ein Gefühl der Erwartung bei der Auswahl ihrer Garderobe. Seit Robin Stone vor drei Tagen zugesagt hatte, war ihre innere Erregung ständig gestiegen.

Bis zu diesem Augenblick hatte Judith nicht einmal sich selbst eingestanden, daß sie sich für Robin Stone schön machte. Schlagartig ging ihr jetzt auf, daß sie ihn begehrte, seit sie ihn zum erstenmal auf dem Bildschirm erblickt hatte. Jawohl, sie wollte Robin Stone erobern! Er sollte ihr letztes und aufregendstes Abenteuer werden. Ihr war allerdings klar, daß sie ihn den ersten Schritt tun lassen mußte und ihm nur auf das allerdezenteste andeuten durfte, daß sie interessiert sei. Bei einem Mann wie Robin würde das genügen. Die Situation war ideal. Da er viel auf Reisen ging, konnte sie sich leicht im Ausland mit ihm treffen.

Um halb fünf ging sie hinunter, um einen kurzen Blick auf die getroffenen Vorbereitungen zu werfen. Viertel vor fünf erschien Gregory im Smoking. Er sah abgespannt aus ... nun, ein paar Wochen Palm Beach, und er würde wieder auf dem Damm sein. Um fünf kamen die ersten Gäste – natürlich der Herr Senator mit Gattin! Warum kamen die langweiligen Gäste immer zuerst?

Als zehn Minuten später Danton Miller auftauchte, war Judith zum erstenmal froh, ihn zu sehen, denn es gab ihr Gelegenheit, den Senator sich selbst zu überlassen. Bald hörte das Klingeln an der Wohnungstür nicht mehr auf, und innerhalb von zwanzig Minuten waren Wohnhalle, Bibliothek und Speisezimmer voll von Menschen. Die Party war im Gange.

Robin Stone kam um sechs. Judith schwebte mit ausgestreckten Händen auf ihn zu.

»Sie haben Ihr Versprechen wirklich wahr gemacht!« Mit strahlendem Lächeln ließ sie sich Maggie vorstellen, als habe sie ihr Gesicht noch nie zuvor gesehen. Gleich darauf wandte sie sich ab und begrüßte neue Gäste. Diese Ziege! dachte sie wütend. Eine so schöne, hochgewachsene Frau! Judith hielt sich sehr aufrecht, trotzdem kam sie sich neben Maggie Stewart klein und gedrungen vor. Betont mühelos bewegte sie sich durch die Räume, begrüßte ihre Gäste, unterhielt sich mit ihnen ... und bei allem verfolgte sie mit einem Auge, was Robin Stone und Maggie Stewart machten. Allmächtiger, da stand ja auch Christie Lane mit seiner gräßlichen Frau! Gregory hatte darauf bestanden, daß sie eingeladen wurden. Die Frau – Ethel hieß sie wohl – unterhielt sich mit Maggie

Stewart, Christie stand wie ein Holzklotz daneben. Aber o Wunder! Robin hatte sich abgesetzt und sprach mit dem Senator.

Das war ihre Chance. Sie schlängelte sich an seine Seite, nahm wie zufällig seinen Arm und zog ihn mit sich. »Soll ich Sie auch spazierenführen?«

»Spazierenführen?«

»Ja.« Sie ging mit ihm auf die Diele hinaus. »Die meisten Gäste sehen sich gern in fremden Häusern um, kommen aber selten über die Wohnräume hinaus.« Vor einer massiven Eichentür blieb sie stehen. »Normalerweise dürfen unsere Gäste hier nicht herein, aber ich möchte gern, daß Sie einen Blick hineinwerfen. Es ist Gregorys Arbeitszimmer, sein Stolz und seine Freude.«

»Von außen täuschen die Proportionen«, meinte Robin. »Das Haus ist ziemlich geräumig, nicht?«

Sie lachte belustigt auf. »Wir haben aus zwei alten Häusern eins gemacht, die Trennwand herausreißen lassen und dadurch an Stelle von dreißig kleinen fünfzehn große Räume erhalten.«

Anerkennend sah Robin sich in dem Arbeitszimmer um. »Ein idealer Raum für einen Mann.«

Judith machte ein wehmütiges Gesicht. »Leider verbringt er hier viel zuviel Zeit.«

Robin nickte. »Kann ich mir denken. Hier brütet er über seinen Problemen.«

»Was tun Sie, wenn Sie sich einsam fühlen, Robin?«

Er sah sie verwundert an. Für den Bruchteil einer Sekunde trafen sich ihre Blicke. In Judiths Augen lagen Herausforderung und ein Hauch von Vertraulichkeit. Mit leiser Stimme sprach sie weiter: »Robin, ich liebe Gregory. Am Anfang unserer Ehe verband uns eine wundervolle Beziehung. Heute ist er mit der IBC verheiratet. Gregory ist viel älter als ich . . . die Arbeit im Sender füllt ihn aus. Selbst zu Hause bewegen ihn geschäftliche Dinge. Manchmal habe ich das Gefühl, daß ich für ihn gar nicht existiere. Ich sehe ihn nur noch in Gesellschaft – auf Empfängen, Partys und bei großen Veranstaltungen. Ich weiß, er liebt mich, aber im Grunde bin ich nur eine von vielen Provinzen in seinem Weltreich. Ich fühle mich so allein und einsam. Ich bin nicht der Typ Frau, der Karten spielt oder sich mit anderen Damen zum Lunch trifft.«

»Jeder hat seine eigene Einsamkeit, mit der er fertig werden muß«, erwiderte Robin.

»Aber warum? Das Leben ist so kurz, und wir sind nur so kurze Zeit jung. Ich glaube immer, einem Menschen nicht weh zu tun ist alles, worauf es ankommt.« Hilflos zuckte sie die Achseln. »Als Gregory jung war, hat er an der Börse spekuliert, und er hat einmal gesagt, das sei das größte und aufregendeste Glücksspiel der Welt. Heute sind die Zahlen der Sehbeteiligung seine große Leidenschaft. Aber eine Frau kann davon nicht leben. Sie braucht Liebe.« Judith sah auf ihre Hände herab und spielte mit dem großen Ring. »Ich habe sie ein- oder zweimal erlebt.« Sie sah ihn an. »Ohne daß es meine Liebe zu Gregory beeinträchtigt hätte. Es war eine andere Art Liebe. Ich habe nur einem anderen geschenkt, was Gregory von mir nicht erwartete, weil er weder das Bedürfnis noch die Zeit dafür hatte.« Nach einer Pause fuhr sie, etwas sachlicher im Ton, fort: »Ich weiß auch nicht, warum ich Ihnen das alles erzähle; ich kenne Sie ja kaum.« Sie lächelte verlegen. »Aber Freundschaft ist wohl nicht an Zeit und Umstände gebunden, sondern eine Frage des gegenseitigen Verstehens.«

Robin nahm sie bei den Schultern und lächelte. »Judith, Sie sind eine bezaubernde Frau, aber ich rate Ihnen, sich sehr sorgfältig zu überlegen, wem Sie Ihr Herz ausschütten.«

Sie sah ihn flehentlich an. »Ich schütte nicht jedem mein Herz aus. Ich habe das noch nie getan . . . ich weiß auch nicht, was mit mir los ist, Robin.«

Er drehte sie um und schob sie in Richtung Tür. »Zu viele Cocktails«, sagte er grinsend. »Und jetzt wollen wir zu den anderen zurück. Das ist zumindest eine Art, mit der Einsamkeit fertig zu werden.«

Judith sah ihn direkt an. »Ist das die einzige Lösung?«

Er nahm ihren Arm und führte sie in den Wohnraum zurück. »Ich bin in Begleitung einer jungen Dame, die sich möglicherweise unter den vielen Menschen auch sehr einsam vorkommt. Ich wünsche Ihnen ein frohes neues Jahr, Judith. Und hüten Sie sich vor den Cocktails!« Damit ließ er sie stehen und ging zu Maggie.

Judith war wie vom Schlag getroffen, aber sie mischte sich mit vollendetem Lächeln unter ihre Gäste.

Auch Maggie wahrte lächelnd ihr Gesicht. Sie hatte bemerkt, daß Robin mit der Dame des Hauses hinausgegangen war und daß es eine ganze Weile gedauert hatte, bis sie wieder auftauchten. Judith war immerhin eine bildschöne Frau. Aber als Maggie jetzt den großen, gut aussehenden Mann quer durch den Raum auf sich zukommen sah, verflüchtigte sich das unangenehme Gefühl, das sie gehabt hatte, sofort.

Robin nahm mit einer besitzergreifenden Geste ihren Arm und

führte sie von dem Ehepaar Lane weg. Plötzlich starrten alle auf einen neuen Gast an der Tür. Eine zerbrechliche Frau war soeben eingetreten, und man flüsterte sich ringsum einen Namen zu. Gleichgültig, wie unauffällig Diana Williams einen Raum zu betraten versuchte, sie *betrat* ihn. Zögernd stand sie, fast wie ein stehengelassenes Kind, einen Moment allein, dann eilte Gregory Austin auf sie zu und begrüßte sie. Schützend legte er den Arm um die Schauspielerin, und im Handumdrehen war sie von einer Menschentraube umringt. Diana ließ die vielen Vorstellungen mit natürlicher Liebenswürdigkeit über sich ergehen.

»Junge, diesmal weiß Ike Ryan bestimmt nicht, was er tut«, zischelte Ethel, die dem Durcheinander aus einiger Entfernung zusah. »Die Williams ist doch erledigt.«

Schließlich bahnte Diana Williams sich einen Weg durch die Menge und kam, noch immer vom Hausherrn geführt, zu Robin. »Robin«, schalt er, »warum haben Sie uns nicht gesagt, daß Sie Miss Williams zu unserer Party gebeten haben? Hätten wir gewußt, daß sie in New York ist, hätten wir sie selbstverständlich persönlich eingeladen.«

»Sie haben mich Weihnachten im Voisin aufgefordert, Sie zu begleiten«, erklärte Diana vorwurfsvoll, »und als Sie dann nicht mehr anriefen, dachte ich, ich hätte Sie mißverstanden und Sie hätten gemeint, wir sollten uns hier treffen.«

»Darf ich meine Ungehörigkeit wiedergutmachen, indem ich Ihnen sofort etwas zu trinken hole?« bat Robin. Gemeinsam mit Gregory führte er den Star zur Bar und überließ Maggie abermals dem Ehepaar Lane.

Ethel sprach von ihrer neuen Hotelsuite im Essex House. »Wir sind gestern erst eingezogen«, erzählte sie Maggie.

»Als wenn das groß was wäre«, brummte Christie. »Salon, zwei Schlafzimmer und dafür natürlich dreimal so teuer wie im Astor!«

»Willst du mir vielleicht zumuten, mit dem Kinderwagen auf dem Broadway spazierenzufahren?« gab sie scharf zurück. »Das Essex House liegt wenigstens gegenüber vom Park. Das ist für das Baby wichtig.«

»Oh, das wußte ich ja gar nicht. Gratuliere!« sagte Maggie mit geheuchelter Anteilnahme.

Christie strahlte über das ganze Gesicht. »Letzte Woche ist das Ergebnis gekommen. Als der Arzt es mir sagte, war ich einfach aus dem Häuschen. Ich war zu allen Schandtaten bereit.«

»Nur nicht dazu, aus dem Astor auszuziehen«, meinte Ethel giftig. »Aber zuletzt hat er dann doch eingewilligt.«

»Ja, und wir schlafen sogar in getrennten Zimmern, aber nur so lange, bis das Baby da ist. Dann nehmen wir das zweite Zimmer für eine Kinderschwester. Meine Frau hat recht, werdende Mütter brauchen ihre Ruhe. Und nun unterhaltet ihr beiden Frauenzimmer euch mal allein, ich muß mit dem großen Danton Miller reden.« Er bahnte sich einen Weg durch die Menge und zupfte Dan am Arm.

Maggie fühlte sich nicht besonders wohl in Ethels Gesellschaft. Erstens kannte sie sie nicht, und zweitens machte sie sich nichts aus Frauenklatsch. »Wann erwarten Sie Ihr Kind?« fragte sie höflich.

»Ende August oder Anfang September. Ich bin erst drei Wochen über meine Zeit hinaus, aber der Schwangerschaftstest war positiv.«

Darauf entstand eine etwas peinliche Gesprächspause, bis Maggie schließlich sagte: »Ich finde es sehr klug, daß Sie in die Nähe des Parks gezogen sind. Das wird dem Kleinen guttun.«

»Sie glauben doch wohl nicht, daß ich hier bleiben will?« fragte Ethel. »Christie hat noch keine Ahnung – aber in der nächsten Saison wird seine Show wieder aus Kalifornien gesendet.«

»Aha, ich verstehe.« Maggie verstand gar nichts, aber irgend etwas mußte sie ja sagen.

»Und dann werde ich die Sache deichseln. Für Christie heißt das Zauberwort ›Baby‹. Ich werde ihm erklären, daß der Park für unser Kind nicht gut ist . . . wegen der asozialen Elemente und so weiter. Und wenn wir erst mal dort unten sind, fängt ein neues Leben an . . . ein großes Haus, die richtigen Leute. Ich werde ihn dahin bringen, daß er sich in allen gesellschaftlichen Fragen von Spitzenfachleuten beraten läßt. Wir müssen einfach für unser Kind den richtigen Umgang finden. Ich sage Ihnen: Hollywood ist genau das richtige Pflaster für Ethel Evans-Lane.«

»Hoffentlich werden Sie nicht enttäuscht sein«, erwiderte Maggie. Sie hätte gern gewußt, wo Robin steckte, und warf einen prüfenden Blick durch die Räume.

»Er ist bei Diana Williams in der Bibliothek«, sagte Ethel.

»Wie meinen Sie, bitte?«

»Ihr Boyfriend . . . den hat Miss Williams zur Zeit im Schlepptau.«

Maggie war so verblüfft, daß es ihr die Sprache verschlug. Wieder entstand ein peinliches Schweigen. Dann kamen gottlob Dan Miller und Christie zu ihnen.

»Wir haben über die Termine für das übernächste Jahr gesprochen«, erklärte Chris. »Man sollte es nicht für möglich halten! Die großen Firmenchefs stehen meinetwegen Schlange und müssen zwei Jahre warten, bis sie ihre Werbung placieren können.«

Dan wandte sich lächelnd an Maggie. »Soll ich Ihnen das Glas nachfüllen lassen?« fragte er. Sie schüttelte den Kopf.

Aus dem Nebenraum hörte man lautes Gelächter. Offensichtlich hielt Diana hof. Lächelnd und mit leiser Verschwörerstimme meinte Dan: »Ich habe bemerkt, daß Sie mit Mr. Stone gekommen sind. Bedeutet das, daß Sie auch mit ihm gehen?«

»Normalerweise bedeutet es das wohl, oder nicht?«

»Schade, ich hätte Sie sonst gefragt, ob Sie mit mir essen gehen. Wie lange bleiben Sie in New York?«

»Noch ungefähr vierzehn Tage.«

»Darf ich Sie einmal anrufen?«

»An sich gern, nur ...« Sie überlegte rasch. Einfach abschlagen durfte sie es nicht, andererseits brauchte er auch nicht zu wissen, daß sie bei Robin wohnte. »Es ist vielleicht besser, ich rufe Sie an«, sagte sie. »Ich habe vor, meine Familie in Philadelphia zu besuchen, und weiß noch nicht, wie lange ich bleibe.«

»Wissen Sie, wo ich zu erreichen bin?«

»Bei der IBC«, meinte sie lächelnd. »Und nun sollte ich mich, glaube ich, doch mal um Robin kümmern.« Sie verabschiedete sich und ging in die Bibliothek. Diana Williams unterhielt ihr Publikum mit spaßigen Geschichten über ihre beiden Zwillingssöhne.

»Gott, sie wachsen sich zu Riesen aus«, erklärte sie gerade, »und ich kann ihr Alter nicht mehr verleugnen. Ihr Idol sind natürlich die Beatles. Sie haben schon genauso lange Haare und sind einfach absolut Pop. Neulich wollte ich sie jemandem als meine Babys präsentieren, und als ich auf diese siebzehnjährigen Hünen, die meine Kinder sind, starrte, konnte ich nur sagen: ›Darf ich Ihnen meine Zwillingstürme vorstellen?‹«

Alles lachte – schallender, als nötig gewesen wäre. Robin lachte nicht. Er beobachtete die Frau. Als sie ihm ihr leeres Glas reichte, winkte er dem Barmixer, er möge nachfüllen.

Maggie schlängelte sich an seine Seite und hängte sich bei ihm ein. »Es ist sieben«, flüsterte sie, »und ich sterbe vor Hunger.«

»Dort steht ein ganzer Tisch mit kalten Platten«, erwiderte er und ließ kein Auge von Diana.

»Ich möchte aber gern gehen.«

»Baby, ich arbeite.« Er pochte auf seine Jackentasche. »Ich habe einen Vorvertrag in der Tasche. Sie braucht nur noch zu unterschreiben. Wenn du noch ein wenig aushältst, kannst du Zeugin sein.«

»Wie lange dauert es noch?«

»Ich hoffe, daß es spätestens beim Essen klappt.«

»Sie kommt mit uns essen?« fragte Maggie.

»Sie kommt mit mir essen. Und wenn du Lust hast, kannst du auch mitkommen.«

Sie drehte sich um und ging. Sie spürte, daß er ihr kein einziges Mal nachsah. Dan Miller hatte schon den Mantel über dem Arm und war eben dabei, sich von Mrs. Austin zu verabschieden. Maggie sprach ihn an.

»Gilt die Einladung zum Abendessen noch?«

»Aber selbstverständlich. Was halten Sie vom Pavillon?«

»Es ist eines meiner Lieblingsrestaurants.«

Allmählich leerte sich der Pavillon. Maggie saß vor ihrem Kognak und stellte sich zum hundertstenmal die Frage, was Robin sich wohl gedacht hatte, als sie ihn einfach so stehenließ. Inzwischen war es kurz vor elf. Wahrscheinlich saß er zu Hause und sah sich die Nachrichten an. Ihr Zorn verflog, und plötzlich kam es ihr albern vor, daß sie davongelaufen war. Was wäre denn schon dabei gewesen, wenn Diana Williams mit ihnen gegessen hätte? Er brauchte doch ihre Unterschrift für sein »Happening«. Wie kindisch, sich so zu benehmen ... und was noch schlimmer war: Sie hatte sich vor allen Leuten aufgeführt wie eine sitzengelassene Geliebte! Noch nie hatte sie sich bei einem Mann so gehenlassen, nicht bei Adam und nicht bei Andy. Ja! – Weil es ihr nicht wichtig genug gewesen war. Möglicherweise lag darin das Geheimnis ihres Erfolges. Wirklich? Mußte man, um einen Mann festzuhalten, so tun, als interessiere man sich nicht für ihn? Da hatte sie nun dieses öde Abendessen über sich ergehen lassen, nur um Robin eins auszuwischen. Aber lächerlich ... er gehörte ihr doch! Sie liebte ihn. Warum saß sie im Pavillon und hörte sich Mr. Millers idiotische Lebensgeschichte an.

»Ich bin froh, daß zwischen Ihnen und Robin Stone nichts ist«, sagte er plötzlich.

Sie sah ihn überrascht an. »Warum sagen Sie das?«

»Weil ich ihn nicht mag.«

»Er ist ein sehr guter Freund von mir.« In ihrer Antwort lag ein warnender Unterton.

Dan lächelte. »Ich mag ihn trotzdem nicht ... und zwar nicht aus persönlichen Gründen.«

Maggie mochte Danton Miller weiß Gott auch nicht. Und besonders nicht sein dreckiges Grinsen. »Vielleicht haben Sie Angst vor ihm«, erwiderte sie kühl.

»Angst?«

»Wenn Sie sagen, daß er Ihnen nicht aus persönlichen Gründen unsympathisch ist, dann sind es wohl geschäftliche. Ich weiß, daß Sie Kollegen sind, und ich kenne mich beim Fernsehen ein wenig aus. Robins Einfluß reicht wahrscheinlich über die Nachrichtenvermittlung hinaus, und da muß es ja zwischen Ihnen zu einer Rivalität gekommen sein.«

Er warf den Kopf zurück und lachte. Als er sie schließlich wieder ansah, waren seine braunen Augen beinah zu Schlitzen verengt. »Ich habe keine Angst vor dem großen Mister Stone. Wissen Sie, warum? Weil er viel zu stolz ist . . . und das wird sein Untergang.«

»Ich könnte mir denken, daß Stolz in seinem Beruf eher ein Vorteil ist.«

»Beim Fernsehen kommt man mit Stolz auf die Dauer nicht zurecht. Ich will Ihnen etwas sagen, Miss Stewart: Wenn es hart auf hart geht, gebe ich nach; da zeige ich keinen Stolz, und darum werde ich überleben. Für jeden, wie hoch er auch stehen und wie mächtig er auch sein mag, kommt einmal die Zeit, da er ein wenig kriechen muß. Robin Stone wird niemals kriechen. Darum wird er nicht überleben. Und in unserem Beruf ist das A und O die Frage, wie man überlebt.«

Maggie nahm ihr Abendtäschen und hoffte, Dan werde den Wink verstehen und aufbrechen. Er reagierte auch sofort und ließ sich die Rechnung bringen. »Ich langweile Sie mit diesen Dingen«, meinte er entschuldigend. »Wollen wir noch etwas trinken?«

»Ich bin sehr müde, und ich muß morgen zeitig aufstehen«, wehrte sie ab.

Als er ein Taxi herbeigewinkt hatte, bat sie ihn, sie ins Plaza zu bringen. Dort verabschiedete sie sich von ihm, ging hinein, durchquerte die Hotelhalle, verließ das Plaza durch den Eingang auf der Fifty-eighth Street und nahm sich ein Taxi zu Robins Wohnung.

Unter der Wohnungstür schimmerte kein Lichtstreifen. Vielleicht hatte er sich schon schlafen gelegt. Sie machte kein Licht und schlich auf Zehenspitzen zum Schlafzimmer. Der Raum lag im Dunkeln, aber sie erkannte die Umrisse des vom Nachmittag noch zerwühlten Bettes. Es war leer. Gerade als sie sich umdrehen und das Licht im Wohnzimmer ausschalten wollte, bemerkte sie unter der Tür zu Robins Arbeitszimmer einen hellen Schein – er war noch auf und schrieb an seinem Buch! Sie ging auf die Tür zu und wollte eben die Klinke niederdrücken, als sie Stimmen hörte. Es war Diana Williams, und man merkte, daß sie betrunken war.

»Sehr weich ist dieser Teppich nicht gerade.«

»Ich habe dir ja gesagt, du solltest das Bett zurechtmachen.«

»Ich lege mich nicht in die Wäsche von anderen Weibern!«

Dann war es still.

Maggie öffnete leise die Tür. Sie traute ihren Augen nicht. Beide waren vollständig nackt. Robin lag mit geschlossenen Augen ausgestreckt im Klubsessel in der Ecke und hatte die Arme hinter dem Kopf verschränkt. Diana kniete vor ihm, den Kopf in seinem Schoß. Keiner von beiden sah Maggie, die lautlos einen Schritt zurücktrat und die Tür unbemerkt wieder schloß. Sie ging ins Schlafzimmer, machte Licht, holte ihren Koffer aus dem Schrank, besann sich aber plötzlich anders und stellte ihn achtlos zur Seite. Wozu die Umstände wegen eines Kleides und einiger Hosen? Das, was sie an diesen Tagen mit Robin getragen hatte, würde sie doch nicht mehr anziehen wollen. So nahm sie nur ihre Toilettensachen, stopfte sie in die Reisetasche und wandte sich zum Gehen. In der Tür drehte sie sich noch einmal um und starrte auf das Bett. Das Bett, das sie vor wenigen Stunden mit Robin geteilt hatte! Das Bett, das sie auch heute und von nun an jede Nacht mit ihm hatte teilen wollen, das ihr unlösbar mit ihrem künftigen Leben verbunden schien ... und in das Diana sich erst hineinlegen wollte, wenn es frisch bezogen war. Wie viele Frauen mochten hier geschlafen haben? Wie viele würden es noch sein? Maggie rannte zu dem Bett und zerrte an den Laken. Aber trotz ihrer erbitterten Wut gelang es ihr nicht, die Bettücher zu zerreißen. Niemand sollte je wieder in diesen Tüchern schlafen, niemand sich überhaupt noch einmal in dieses Bett legen können. Ihr fiel ein, daß im Medizinschränkchen eine Flasche Feuerzeugbenzin stand. Sie lief ins Bad, holte die Flasche, schüttete ihren Inhalt über das ganze Bett, zündete ein Streichholz und mit diesem ein Streichholzheftchen an und warf es auf das Bett. Eine heiße, gelbe Stichflamme zischte über die Laken.

Maggie rannte aus der Wohnung und erklärte unten dem Portier mit unnatürlich ruhiger Stimme: »Ich habe bei Mr. Stone geläutet. Es hat niemand aufgemacht, aber es roch so, als ob aus der Wohnung Rauch käme.« Während der Portier zum Fahrstuhl stürzte, überquerte sie die Straße und stellte sich in den Eingang des gegenüberliegenden Apartmenthauses. Mit einem befriedigten Lächeln beobachtete sie den Feuerschein hinter Robins Schlafzimmerfenster. Wenige Augenblicke später hörte sie die Sirenen, und es dauerte nicht lange, bis sich der Feuerschein in dunkle Rauchwolken verwandelte, die aus dem Fenster quollen. Sie sah Robin zusammen mit anderen Hausbewohnern auf die Straße laufen. Er trug ein Paar Hosen und hatte sich einen Tranchcoat übergeworfen. Auch Diana erschien, in ihren Mantel gehüllt, aber sie war barfuß und hopste auf dem kalten Pflaster von einem Bein auf das andere. Maggie warf den Kopf in den Nacken und lachte. »Hoffentlich holt sie sich eine Lungenentzündung!« Dann wandte sie dem Schauplatz den Rücken.

Als sie etwa fünf Querstraßen passiert hatte, setzte plötzlich die Reaktion ein. Sie fing an zu zittern, und auf ihrer Stirn bildeten sich Schweißtropfen. Mein Gott, was hatte sie getan! Es hätte sein Tod sein können. Es hätte der Tod aller Hausbewohner sein können! Ihr wurde fast schlecht bei dem Gedanken. Entsetzlich, was sie da getan hatte! Plötzlich verstand sie, daß Menschen in einem Anfall von Zorn töten können. Der Gedanke an die Gefahr einer Ausbreitung des Feuers war ihr gar nicht gekommen . . . Gott sei Dank war noch einmal alles gutgegangen! Sie hielt ein Taxi an und fuhr zum Kennedy Airport. Bis zum Abflug einer Maschine nach Los Angeles würde sie stundenlang warten müssen, aber das machte ihr nichts aus. Das Taxi fuhr durch die dunkle Allee zum East River Drive . . . es war die Straße, in der Austins wohnten. Maggie sah das solide gebaute Haus aus der Zeit um die Jahrhundertwende. Im ersten Stock brannte noch Licht. Wie sehr beneidete sie Judith Austin in ihrer schönen sicheren Sandsteinfestung . . .

Judith stand in diesem Augenblick vor dem Spiegel und betrachtete sich wohlgefällig. Sie lächelte ihrem Spiegelbild zu und prüfte ihr Lächeln. Es wirkte reichlich verkrampft. Kein Wunder, denn bis halb zehn, als die letzten Gäste gingen, war sie gewissermaßen aus dem Lächeln nicht herausgekommen. Sie spürte, daß sie Kopfschmerzen bekam, und hätte sich am liebsten gleich zurückgezogen, zwang sich aber, noch ein wenig mit Gregory in seinem Schlafzimmer zu plaudern. Bei einer Scheibe kalten Bratens hatte sie sich Gregorys brummigen Kommentar angehört. Die Partys würden immer lauter und gemischter. Nächstes Jahr werde er sich persönlich um die Gästeliste kümmern . . .

Normalerweise hätte Judith ihm widersprochen oder ihn besänftigt, aber heute abend war sie zu sehr mit ihren eigenen Gedanken beschäftigt. Nachdem sie ihm schließlich gute Nacht gesagt und ihr

Privatreich aufgesucht hatte, war sie angezogen aufs Bett gesunken und hatte versucht, die Ereignisse des Abends zu rekapitulieren.

Jetzt stand sie im Negligé vor dem Spiegel und mußte sich mit der bitteren Tatsache, daß Robin Stone den Köder nicht geschluckt hatte, abfinden. Plötzlich brach ihre Haltung zusammen, und die Tränen liefen ihr übers Gesicht – Tränen, die sie den ganzen Abend zurückhalten mußte, weil sie den Gedanken an die demütigende Zurückweisung gar nicht erst hatte aufkommen lassen. Das hätte sie sich – vor allen Gästen und im Beisein Gregorys – nicht leisten können. Aber sie *wollte* nicht weinen. Tränen waren ein Luxus, eine Wohltat, die sie sich nicht gönnen durfte. Judith putzte sich die Nase. O gewiß, ein paar reizende diamantene Tropfen nach einem traurigen Theaterstück oder bei der Nachricht vom Tode eines Freundes, das wohl! Tränen, die sacht aus den Augenwinkeln rollten und die Wimperntusche nicht verschmierten, schadeten nichts. Aber losheulen und schluchzen bedeutete geschwollene Augenlider und Tränensäcke am nächsten Tag. Und Judith war am nächsten Tag zum Lunch im Colony verabredet und hatte abends eine Einladung.

Trotzdem: Robin hatte sie abgewiesen. Das heißt, nicht eigentlich abgewiesen, sondern ihr verschleiertes Angebot nicht beachtet. Verschleiert! In ihrem ganzen Leben war sie einem Mann noch nie so unverhüllt entgegengekommen. Bisher hatten ein Blick, die Andeutung eines Lächelns genügt, um eine sofortige Wirkung hervorzurufen. O Gott ... sie sehnte sich so nach ihm. Sie brauchte jemanden, der sie in die Arme nahm und ihr sagte, wie bezaubernd sie sei. Sie brauchte Liebe. Sie brauchte Robin. Sie brauchte einen Mann im Bett, der ihr das Gefühl gab, jung und begehrenswert zu sein. Seit Monaten hatte Gregory sich nicht mehr um sie bemüht.

Als Mann hatte er sie nie gereizt. Selbst früher, als er noch kräftig und leidenschaftlich war, hatte der Funke gefehlt, der ein romantisches Feuer hätte entfachen können. Von Anfang an hatte Sex ihrem Mann kaum etwas bedeutet. Vom Liebesspiel hatte er keine Ahnung. Nie erwischte er den richtigen Augenblick, um das Richtige zu sagen ... kein einziges Mal hatte er sie genießerisch verführt. Vielleicht war es ihre eigene Schuld. Vielleicht hatte sie den Eindruck erweckt, als sei sie darüber erhaben. Jedenfalls hatte sie bei Gregory nie auch nur einen Hauch der Erregung verspürt, die ihre Liebhaber in ihr erzeugten. Er hätte ihre Leidenschaft in den Armen jener Männer nie für möglich gehalten – eine Leidenschaft, die der Romantik entsprang. Andererseits bewunderte sie

Gregory in vielen Dingen. Sie liebte ihn mit der gleichen Ehrerbietung, die sie ihren Eltern entgegenbrachte. Ohne ihn wäre sie verloren. Sie führten ein wunderbares Leben. Langeweile kannte sie mit ihm nicht. Nur verliebt war sie nicht, war es nie gewesen. Möglicherweise war ein so dynamischer Mann wie Gregory unfähig, die kleinen Sentimentalitäten zum Ausdruck zu bringen, die einer Frau nun einmal so viel bedeuten.

Aber Robin Stone war genauso energiegeladen wie Gregory, vielleicht sogar noch mehr. Und abgesehen von seiner Vitalität sah er auch noch blendend aus und zog sie körperlich an.

Und dieser Mann hatte sie abgewiesen. Vielleicht war es ihm zu gefährlich? Natürlich ... das mußte es sein! Wenn sie ein Verhältnis hätten, das mit einem Streit endete, würde er um seine Karriere fürchten müssen. Sie mußte ihm klarmachen, daß es seine Stellung bei der IBC in keiner Weise berühren würde, ob sie nun einen Monat zusammen waren oder ein Jahr, und aus welchen Gründen auch immer sie sich trennten.

Judith trat erneut vor den Spiegel und betrachtete forschend ihr Gesicht. Großer Gott, die Haut um Mund und Kinn gab gut zwei Zentimeter nach! Sie zog sie straff, und sofort sah sie wieder tadellos aus. Na, das war ein klarer Fall. Gleich morgen würde sie sich nach einem geeigneten Arzt umtun. Außerdem mußte sie sich ein paar Rezepte geben lassen. Seit fünf Monaten hatte ihre Regel aufgehört, und der Nachtschweiß, unter dem sie zur Zeit litt, war entsetzlich. Sie konnte schlecht mit einem Mann wie Robin schlafen und mitten in der Nacht schweißgebadet aufwachen.

Judith schlüpfte in den Morgenrock. Komisch, daß Gregory nicht noch auf einen Sprung herübergekommen war, und sei es nur, um eine letzte fürchterliche Drohung auszustoßen, daß es mit den Partys ein für allemal aus sei. Na, dann würde sie noch mal zu ihm hineinschauen, ihm einen Kuß auf die Stirn geben, wenn er noch wach war, und ihm ein gutes neues Jahr wünschen. Mit dem Entschluß, wegen ihres Gesichts etwas zu unternehmen, und dem neuen Plan zur Eroberung von Robin kehrte ihre gute Laune zurück. Die Sache mit der Gesichtsoperation brauchte sie Gregory nicht zu verschweigen, sie konnte ihm gut sagen, daß sie das ihrer weiblichen Eitelkeit schuldig sei. Mit der Begründung, sie besuche Connie in Rom, würde sich auch ein längeres Verschwinden von der Bildfläche leicht vertuschen lassen.

Als sie das Schlafzimmer ihres Mannes betrat, erstarrte ihr das

Lächeln auf den Lippen.

Gregory lag angezogen quer über dem Bett. Angst- und Gewissensbisse schnürten ihr die Kehle zu.

»Greg«, flüsterte sie.

»Diese Cocktails liegen mir wie ein Stein im Magen«, stöhnte er.

Judith atmete erleichtert auf. »Das sagst du jedes Jahr, dabei trinkst du am allermeisten. Das muß ja auch wirklich nicht sein. Du kannst genausogut Whisky trinken. Nun komm, zieh dich aus.«

»Ich kann mich nicht rühren, Judith. Bei der kleinsten Bewegung könnte ich vor Schmerzen schreien.«

»Gregory, du kannst nicht so liegenbleiben. Komm, sei vernünftig.«

Er versuchte sich aufzusetzen, krümmte sich aber vor Schmerzen. Sein Gesicht war kalkweiß, und er schaute sie starr an. »Judith, das ist keine Magenverstimmung.«

Sie war sofort neben ihm. »Wo tut es dir weh?«

»Hier, in der Darmgegend.«

»Dann ist es nur eine Verstopfung, Greg. Versuch dich auszuziehen, dann kannst du dich besser entspannen.« Als er sich erneut aufzurichten versuchte, schrie er aber vor Schmerzen. Judith stürzte zum Telefon und rief den Arzt an. Wäre Gregory die Sache harmlos erschienen, hätte er sie bestimmt daran gehindert . . . Aber er saß zusammengekrümmt auf dem Bett, die Hände an den Leib gepreßt.

Zwanzig Minuten später traf Dr. Spineck ein. Judith erwartete ihn unten und ließ ihn ein. »Ich bin froh, daß Sie kommen konnten.«

»Nach dem, was Sie sagten, scheint es sich nicht um einen Herzanfall zu handeln.«

»Ich vermute, es ist eine ganz altmodische Verdauungsstörung. Es tut mir außerordentlich leid, daß ich Sie noch herbemüht habe, aber in einem solchen Zustand habe ich meinen Mann noch nie gesehen.«

Während der Arzt den Kranken untersuchte, wartete sie draußen. Als er sie hereinrief, saß Gregory angezogen auf einem Stuhl. Er wirkte ziemlich ruhig.

»Ich habe Ihrem Mann eine schmerzlindernde Spritze gegeben«, erklärte Dr. Spineck. »Ich vermute, es ist die Gallenblase.«

»Also nichts Ernstes?« Es war mehr eine Feststellung als eine Frage.

»Wir müssen ihn natürlich gründlich untersuchen«, erwiderte er Arzt. »Aber Sie haben recht; ernst ist es nicht, nur unangenehm.«

Dr. Spineck fuhr sie in seinem Wagen zum Krankenhaus. Gregory bekam ein Eckzimmer. Schwestern wurden herbeigeläutet, Blutproben entnommen. Judith schob man in einen Warteraum ab, wo sie eine Zigarette nach der anderen rauchte. Nach einer halben Stunde erschien Dr. Spineck. »Ganz so einfach, wie wir dachten, wird es nicht gehen. Im Gallengang hat sich ein Stein festgesetzt. Wir müssen sofort operieren. Ich habe Dr. Lesgarn verständigt und erwarte ihn jeden Augenblick.«

Um eins wurde Gregory in den Operationssaal gefahren. Eine Schwester brachte Judith eine Tasse Kaffee. Sie setzte sich in Gregorys Zimmer, wartete und mußte dann wohl eingeschlafen sein, denn als Dr. Spineck sie sacht an der Wange berührte, fuhr sie hoch und starrte verwundert auf ihre Umgebung. Im nächsten Augenblick hatte sie aber schon die Orientierung wiedergefunden. Sie sah auf die Uhr, es war vier Uhr morgens. Ihr Blick traf auf das leere Bett. Entsetzt sah sie den Arzt an. Der lächelte. »Es ist alles in Ordnung«, meinte er. »Ihr Mann liegt auf der Beobachtungsstation, dort bleibt er noch eine Weile. Ich habe veranlaßt, daß eine Schwester bei ihm wacht.«

»Ist die Operation gut verlaufen?«

Er nickte. »Er dürfte schon seit längerem Gallensteine gehabt haben. Die Operation war schwieriger, als wir dachten. Erwarten Sie bitte nicht, daß Ihr Mann in vierzehn Tagen wieder aufstehen und ins Büro gehen kann. Er muß den ganzen Winter Urlaub machen und sich erholen.«

»Das tut er nie«, sagte Judith.

»Er wird müssen. Er ist nicht mehr der jüngste. Die Operation hat seinen gesamten Organismus angegriffen. Ich möchte bezweifeln, daß ihm in der nächsten Zeit der Sinn nach Arbeit steht.«

»Wann kommt er herunter?«

»Nicht vor morgen früh zehn oder elf. Ich fahre Sie nach Hause.«

Als Judith im Bett lag, graute schon der Morgen. Armer Gregory! – Es wird ihm schwerfallen, auf die Arbeit zu verzichten. Und sie würde den ganzen Winter über in Palm Beach bleiben müssen und . . . Plötzlich haßte sie sich. Wie konnte sie es wagen, jetzt an Robin zu denken? Tränen traten ihr in die Augen. »O Gregory, ich liebe dich doch«, stammelte sie in ihr Kopfkissen. »Ich liebe dich so sehr. Bitte, werde wieder gesund.« Und sie schwor sich, daß sie von jetzt an keinen Gedanken mehr an Robin Stone verschwenden würde – aber schon während sie sich dieses Versprechen gab, wußte sie, daß sie es nicht halten würde. Und wie sehr sie sich auch deswegen verachtete – sie fragte sich unwillkürlich, mit wem Robin Stone jetzt wohl im Bett lag . . .

Robin lag in dem schmalen Bett eines kleinen Zimmers im Harvard-Klub. Allein.

Er lächelte – zum erstenmal in dieser Nacht. Nachdem Maggie das Feuer gelegt hatte, war sie wenigstens noch vernünftig genug gewesen, dem Portier Bescheid zu sagen. Daß es Maggie gewesen war, wußte er sofort, als er ihren Koffer sah und das verkohlte Streichholzheftchen mit dem Aufdruck »Pavillon«. Allmählich gelang es ihm, dem Fall eine komische Seite abzugewinnen. Er mußte bei dem Gedanken, daß Maggie durch die Tür mitangesehen hatte, wie Diana an ihm herumlutschte, laut auflachen. Und das Schönste war, daß sich bei ihm noch nicht einmal etwas abgespielt hatte! Eigentlich konnte er dem Feuer sogar dankbar sein – mit diesem verrückten Frauenzimmer wäre es bei ihm nie zum Klappen gekommen. Sie wußte nicht einmal, wie man es richtig macht – ihre Zähne waren messerscharf gewesen. Auch auf Diana hatte das Feuer ernüchternd gewirkt, und sie war heilfroh, als er sie vor ihrem Hotel absetzte. Warum hatte er sie eigentlich mit nach Hause genommen? Den Vertrag hatte sie bei Jilly unterzeichnet, und zur Belohnung hätte er auch mit ihr ins Hotel gehen können. Archie Gold würde sagen, daß er sich von Maggie erwischen lassen wollte, damit er sie loswürde. Na ja – Ende gut, alles gut. Es hatte ihn ein Schlafzimmer gekostet. Und es hatte ihn Maggie Stewart gekostet. Zwischen seinen Augen bildete sich eine senkrechte Falte, doch dann zwang er sich zu einem Lächeln. »Nein, Conrad, *du* hast Maggie verloren. Nicht ich. Du bist tot, du kleiner Bastard, *tot.*«

Judith saß täglich an Gregorys Bett. Sein unrasiertes Gesicht war von weißen Stoppeln bedeckt. Er sah auf einmal wie ein müder alter Mann aus. Sie wußte, daß es ihm guttäte, sein Interesse an der Umwelt wieder zu wecken. Am Ende der zweiten Woche ließ er sich die Bewertungsquoten der Fernsehprogramme vorlegen und las die *Time*. Zu Judiths Entsetzen nahm er sofort nach der Lektüre den Telefonhörer ab und ließ sich mit der IBC verbinden.

»Bitte, Liebling – sowohl Dr. Lesgarn als auch Dr. Spineck haben dir verboten zu arbeiten. Sie bestehen darauf, daß du nach der Entlassung aus dem Krankenhaus erst einen langen Urlaub machst.«

»Das habe ich auch vor«, erwiderte er. »Wir gehen für den Rest des Winters nach Palm Beach. Seit Jahren mein erster Urlaub! Aber um die Dinge vorzubereiten, muß ich jetzt telefonieren.«

Sein erster Anruf galt Cliff Dorne, dem Direktor der Rechtsabteilung. »Dorne, ich möchte, daß Sie spätestens in einer halben Stunde bei mir sind. Und jetzt verbinden Sie mich bitte mit Stone.«

Robin Stone und Cliff Dorne erschienen um halb fünf. Judith saß in einem Sessel. »Soll ich solange hinausgehen?« fragte sie.

»Nein, Judith, bleib, bitte«, sagte Gregory. »Ich habe eine wichtige Entscheidung zu treffen und möchte, daß du zuhörst. Robin, was würden Sie sagen, wenn ich Sie zum Präsidenten der IBC machte?«

Robin gab keine Antwort. Die erste Reaktion kam von Cliff Dorne.

»Präsident der IBC?« wiederholte er. »Was ist dann Mr. Miller?«

Gregory zuckte die Achseln. »Miller ist Präsident der Fernsehanstalt.«

»Dann muß ich anders fragen: Was verstehen Sie unter einem Präsidenten der IBC?« bohrte Dorne.

»Es ist ein neuer Titel, den ich gerade erfunden habe. Er bedeutet weiter nichts als eine Gewaltenteilung während meiner Abwesenheit.«

»Ja – glauben Sie denn, daß Mr. Miller ruhig dasitzen und zusehen wird, wie Sie ihm Mr. Stone vor die Nase setzen?«

»Er wird nichts von seinem Einfluß verlieren. Weisungsgebunden war er immer. Künftig wird er sich in Fragen, die ich entscheiden mußte, an Robin wenden, und dieser setzt sich mit mir in Verbindung.«

Cliff Dorne nickte. Dann sahen sie beide zum erstenmal Robin an.

Der stand auf. »Bedaure, aber das muß ich ablehnen.«

»Sind Sie verrückt?« fuhr Gregory ihn an.

»Ich wäre es, wenn ich das Angebot annähme. So wie ich die Lage beurteile, würde ich zwei Monate lang erbittert mit Miller kämpfen und wäre im Grunde doch nicht mehr als ein besserer Wachhund und Botenjunge. Dann kämen Sie erholt und sonnengebräunt aus Palm Beach zurück, ich setzte mich wieder auf meinen Stuhl in der Nachrichtenabteilung, hätte zwei Feinde und eins von

Millers Magengeschwüren.«

»Wer sagt, daß Sie in die Nachrichtenabteilung zurückgehen?« fragte Gregory.

»Ich denke doch, daß meine neue Stellung nur vorübergehend ist. Ein ad hoc geschaffener Posten ist immer vorübergehend.«

Gregory rieb sich nachdenklich das Kinn. »Ich gebe zu, daß es mir anfänglich so vorschwebte, aber je mehr ich darüber nachdenke, desto sinnvoller erscheint es mir, aus dieser Regelung einen Dauerzustand zu machen.«

»Das ändert nichts daran, daß ich im Grunde Nachrichtenmann bin«, sagte Robin.

»Quatsch!« rief Gregory. »Sie haben die Happening-Sendung zu einer echten Unterhaltungsserie hochgetrieben. Wahrscheinlich ist Ihnen gar nicht bewußt, Robin, daß Sie längst über das Nachrichtenressort hinausgewachsen sind. Wenn ich sie nicht besser kennen würde, könnte man annehmen, Sie seien machthungrig.«

Robin lächelte höflich, aber seine Augen blickten eiskalt. »Vielleicht bin ich das.«

Gregory lächelte. »Ich bilde mir mein Urteil auf Grund von Tatsachen und habe mich bereits ein wenig mit Ihnen befaßt.« Er nahm vom Nachttisch ein paar Schriftstücke. »Sie zweifeln? Dann will ich es Ihnen beweisen: Sie stammen aus Boston und werden eines Tages eine hübsche Stange Geld erben. Ihr Vater war einer der angesehensten Anwälte von Boston. Ihre Mutter lebt in Rom. Sie ist leidend – was ich aufrichtig bedaure. In San Francisco haben Sie eine gutverheiratete Schwester. Wer aus einem solchen Milieu kommt, will meistens in seinem Beruf tüchtig sein, ist aber andererseits selten machthungrig, weil er eine gesicherte Existenzgrundlage hat. Die Verantwortung für den gesamten Etat würde ich Ihnen dagegen garantiert nicht überlassen, denn Sie haben Ihr Budget für die ›Schlagzeilen‹ regelmäßig überzogen. Sie haben eine Prestigesendung daraus gemacht. Seit Parino die Sache in der Hand hat und unser guter Cliff hier ein Auge auf die Finanzen wirft, bringt die Sendung zum erstenmal Geld. – Was ich sagen will, ist folgendes: Wenn wir Ihren guten Geschmack mit Danton Millers Geschäftssinn kombinieren, könnte eigentlich nichts schiefgehen.«

Robin preßte die Fingerspitzen gegeneinander und heftete den Blick darauf. Dann sah er auf.

»Wer soll die Nachrichtenabteilung übernehmen?«

»Machen Sie einen Vorschlag.«

»Andy Parino.«

»Ich glaube nicht, daß er der Richtige ist«, meinte Gregory.

»Unter meiner Anleitung doch; und ich würde mir wichtige Entscheidungen vorbehalten.«

Gregory nickte. »Gut, dann bin ich einverstanden.«

»Was ist mit meinem Vertrag?« fragte Robin.

»Miller hat auch keinen Vertrag.«

»Ich möchte aber einen.«

»Für wie lange?«

»Für ein Jahr.« Robin bemerkte den Ausdruck der Erleichterung in Gregorys Gesicht. »Mr. Austin, es ist fraglich, ob unser Experiment gelingt, aber ich möchte Ihnen eines von vornherein sagen: Ich bin nicht bereit, eine Art telefonischer Auftragsdienst für Sie zu werden, sondern ich werde Präsident der IBC. Ich werde Ihnen mit Vorschlägen kommen, werde für diese Vorschläge eintreten und um sie kämpfen, wenn ich es für richtig halte. Aber ich brauche ein Jahr Zeit. Niemand kann nach sechs Wochen sagen, ob die Sache gutgeht – wohl aber nach einem Jahr. Entweder läuft dann der Laden, oder ich lege den Titel wieder ab und gehe zurück in die Nachrichtenabteilung.«

Wieder nickte Gregory. »Das ist ein fairer Vorschlag. Ich biete Ihnen sechzigtausend im Jahr plus Spesen. Was halten Sie davon?«

»Davon halte ich nicht viel.«

»Dan Miller hat mit fünfzig angefangen.«

»Und was verdient er heute?«

»Fünfundsiebzig plus Spesen und Aktienoptionen.«

»Das klingt schon besser.«

Gregory schwieg einen Moment. Dann lächelte er. »Ihr Schneid gefällt mir. Außerdem gefällt es mir, daß Sie den Stier bei den Hörnern packen wollen. Also gut. Cliff kann den Vertrag aufsetzen.« Er streckte Robin die Hand hin. »Hals- und Beinbruch dem künftigen Präsidenten der IBC.«

Robin lächelte. »Und beste Erholung für den Aufsichtsratsvorsitzenden.« Und an Judith gewandt, mit einer Andeutung von Vertraulichkeit im Blick: »Geben Sie gut auf ihn acht, Mrs. Austin.«

Die Neuigkeit fegte wie ein Wirbelwind durch die Madison Avenue.

Dan Miller bekam einen Schock, tat aber so, als habe er selbst Robins Beförderung vorgeschlagen. Mit gewohntem Lächeln ließ er die Fragen der Reporter über sich ergehen und erklärte: »Stone ist ein guter Mann, und solange Mr. Austin fort ist, brauche ich jemanden, der sich ins Zeug legt.«

Niemand ahnte, daß er stundenlang am Fenster stand, auf die Skyline hinausstarrte und sich fragte, was die Angestellten und Mitarbeiter nun wohl von ihm denken mochten.

Sämtliche Zeitungen brachten lange Berichte zu Robins Ernennung. Anfangs weigerte er sich, einen Kommentar abzugeben, aber schließlich kapitulierte er und veranstaltete an dem Tag, an dem er in seine neuen Räume in Gregorys Dachgeschoß einzog, eine Pressekonferenz.

Er saß hinter seinem großen Schreibtisch und ließ die Fragen auf sich niederprasseln. Seine Antworten waren höflich, aber ausweichend.

»Lassen Sie uns doch lieber über das Medium Fernsehen als über mein neues Amt sprechen«, schlug er lächelnd vor.

»Was können Sie uns dazu sagen?« fragte ein junger Mann.

»Das Fernsehen ist ein Polyp. Es ist nicht mehr ein kleiner Kasten, es ist eine Liebesmaschine.«

»Wieso?« fragte ein Reporter.

»Weil es Liebe *verkauft,* Liebe *erzeugt.* Fernsehsprecher, ja sogar Präsidenten werden danach ausgewählt und eingesetzt, wie sie ›ankommen‹. Das Fernsehen verwandelt Politiker in Filmstars und Filmstars in Politiker. Es verspricht den Partner fürs Leben, wenn man das richtige Mundwasser wählt, behauptet, daß Ihnen alle Frauen nachlaufen, wenn Sie die richtige Frisiercreme benutzen, und ermahnt die Kinder, brav ihren Haferbrei zu essen, wenn sie den großen Sportskanonen nacheifern wollen. Aber wie alle großen Liebhaber ist die Liebesmaschine ein unzuverlässiger Patron. Sie übt eine magnetische Anziehungskraft aus . . . aber sie hat kein Herz. Ihr Herz wird durch Testzahlen ersetzt. Sinkt die Sehbeteiligung, stirbt das Programm. Die Liebesmaschine – das ist Pulsschlag und Herz des zwanzigsten Jahrhunderts.«

Der kleine Exkurs fand sich so oder ähnlich in der gesamten Presse wieder. Dan schäumte vor Wut, als er es las – besonders, weil in einigen Berichten ironische Anspielungen auf Robin gemacht wurden. »Vielleicht hat Mr. Stone den Bildschirm mit sich selbst verglichen«, schrieb ein namhafter Kommentator. »Es ist hinlänglich bekannt, daß er schönen Frauen viel Zeit widmet, sich aber nicht scheut, eine Beziehung kurzerhand abzubrechen – so wie man die Maschine, von der er sprach, ja auch mit einem schnellen Handgriff abschalten kann.«

Dan schleuderte die Zeitung beiseite. Das hatte ihm gerade noch gefehlt, daß Robins Image so aufgeputzt wurde! Sag einem Mann nach, er sei ein Weiberheld, und schon wird er zum Idol! Er nahm noch ein Beruhigungsmittel und fragte sich aufgebracht, was der verrückte Kerl wohl in seinem piekfeinen neuen Büro machte. Welche Pläne wälzte er? Die Proben für das Diana-Williams-Stück, das ein Teil des »Happenings« werden sollte, waren um zwei Wochen verschoben worden. Angeblich sei Byron Withers, ihr Partner, mit der Begründung ausgestiegen, seine Rolle sei zugunsten von Diana Williams beschnitten worden. Dan hoffte, daß es sich um eine Zeitungsente handelte und in Wirklichkeit Diana diejenige war, die Schwierigkeiten machte.

Auch Robin war im Zweifel, ob es nicht an Diana lag. Trank sie? Stand sie unter dem Einfluß von Drogen? Ike Ryan schwor, daß es ihr blendend ginge und sie den Probenbeginn kaum erwarten könne. »Uns fehlt nur der richtige Partner«, behauptete er. »Er braucht gar nicht mal großartig singen zu können . . . er muß nur der Rolle entsprechen.«

Zehn Minuten später kam Robins Sekretärin herein. »Ein Mr. Nelson ist hier und möchte Sie gern sprechen.«

Einen Augenblick starrte Robin sie verständnislos an, bis sie ihm auf die Sprünge half. »Dip Nelson, der Filmschauspieler.«

Robin lächelte erfreut. »Ja, natürlich! Führen Sie ihn herein.«

Dip stieß beim Eintreten einen bewundernden Pfiff aus. »Junge, Junge, da haben Sie sich aber was Hübsches hinstellen lassen.«

»Wie geht's Ihnen, Dip?«

Der gut aussehende blonde Mann ließ sich in einen Sessel fallen und warf die langen Beine über die Seitenlehne. »Ganz im Vertrauen – miserabel.«

»Was ist aus Ihrem Engagement im Persian Room geworden? Ich habe nirgendwo eine Vorankündigung gesehen.«

Dip zuckte die Achseln. »Unsere Show war ein Reinfall. Wir sind über ein Jahr damit gereist und haben herausgemolken, was herauszumelken war, aber ich habe es nicht gewagt, damit nach New York zu kommen. Inzwischen bin ich mir über verschiedenes klargeworden. Pauli und ich . . . wir passen nicht zusammen.«

»Meinen Sie Ihre Ehe?«

»Ehe? Die könnte nicht besser sein! Nein, Paul und ich sind zu verschiedene Persönlichkeiten. Wir passen nicht in ein und dieselbe Show. Jeder hat seinen eigenen Stil, das ist es. Folgendes, mein

Lieber: Ich weiß von meinem Agenten, daß Ike Ryan einen Partner für Diana Williams sucht . . . und das wäre für den großen Dipper das gefundene Fressen. Sie haben mal gesagt, Sie wären mir noch einen Gefallen schuldig. Könnten Sie Pauli und mich nicht in der Christie-Lane-Show als Gäste auftreten lassen? Das würde mich bei Ike Ryan einführen. Außerdem habe ich gehört, daß ihr fünftausend zahlt. Das könnten wir gut gebrauchen. Auch Pauli bekäme dadurch etwas Rückendeckung. Sie wird ohnehin toben, wenn ich unsere Show auffliegen lasse und mit Diana Williams auftrete. Kommt aber die Sache durch einen gemeinsamen Auftritt in der Christie-Lane-Show ins Rollen, sieht es nicht so aus, als sei ich der Drahtzieher gewesen.«

»Ich kümmere mich darum. Wann würde es euch passen?«

»Vorgestern!«

Robin griff zum Telefon und rief Jerry Moss an. »Jerry, wer tritt in der nächsten Woche als Gast in der Christie-Lane-Show auf? Lon Rogers: Boote ihn wieder aus. – Ist mir scheißegal, ob Arty Rylander ihn verpflichtet hat! Die IBC zahlt ihn aus. Ich möchte statt dessen Pauli und Dip Nelson in die Sendung nehmen. Wenn es Rückfragen gibt, sag, daß die Anordnung von mir kommt . . . Wunderbar!« Er legte auf und sah Dip lächelnd an. »Ihr seid dabei.«

Dip schüttelte andächtig den Kopf. »Junge, Junge! Während wir getingelt haben, sind Sie ein ganz schönes Stück die Treppe 'raufgefallen.«

Am nächsten Morgen meldete Robins Sekretärin, daß Mr. Miller im Vorzimmer warte. Da Robin gerade mit Austin in Palm Beach telefonierte, ließ er ihn eine ganze Weile draußen stehen.

Dan kochte vor Wut. Als er schließlich vorgelassen wurde, entlud sich schon in der Tür sein aufgestauter Zorn. »Sie erlauben sich nicht nur Eingriffe in meine Sendungen, sondern treiben es jetzt noch auf die Spitze, indem Sie mich wie einen dummen Jungen warten lassen!«

»Was gibt es denn so Wichtiges, daß Sie sich persönlich herbemühen?« fragte Robin mit einem freundlichen Lächeln.

Dan stand mit zusammengeballten Fäusten vor ihm. »Neuerdings schließen Sie also auch Engagements ab! Wie können Sie es wagen, über Rylanders Kopf hinweg miese drittklassige Leute für meine Spitzensendung zu verpflichten!«

»*Unsere* Spitzensendung«, stellte Robin richtig. »Nämlich die der IBC.«

»Was haben Sie zu Ihrer Entschuldigung vorzubringen?« fragte Dan.

Robin blickte ihn kalt an. »Ich habe schon mit fünf Jahren aufgehört, mich zu entschuldigen.«

»Vielleicht erklären Sie mir dann, was diese Dilettanten in der Show verloren haben«, zischte Dan.

»Zufällig gefallen sie mir. Es ist ein neues Team, das noch nicht auf dem Bildschirm zu sehen war. Das allein ist schon ein Effekt. Ich bin es leid, ewig die alten Hollywoodgesichter zu sehen, die bei uns fünftausend Dollar kassieren und ein paar Tage später zum üblichen Satz auf allen anderen Kanälen zu sehen sind. Von jetzt an wird in keiner unserer Sendungen mehr Reklame für Film gemacht.«

»Ich will Ihnen mal was sagen, Sie Groß . . .«

Die Sprechanlage summte. Robin schaltete ein. Man hörte die Stimme der Sekretärin.

»Ihr Platz nach Rom ist gebucht, Mr. Stone.«

»Rom!« Dan war wie vom Donner gerührt. »Warum, um alles in der Welt, fliegen Sie nach Rom?«

Robin stand auf. »Weil meine Mutter im Sterben liegt.« Er ging an Dan vorbei und drehte sich in der Tür noch einmal um. »Und ich habe Mr. Austins Einwilligung, daß ich so lange bleiben kann wie nötig. Ich hoffe, Sie kommen ein paar Tage ohne mich aus.« Als er das Büro verlassen hatte, blieb Dan noch eine Zeitlang wie angewurzelt in der Mitte des Raumes stehen.

27

Sergio erwartete Robin am Flugplatz. »Ich habe dir nicht eher telegrafiert«, erklärte er, »weil wir dachten, es sei einer der üblichen Anfälle. Aber gestern sagte der Arzt, ich sollte die Familie benachrichtigen. Habe ich es richtig gemacht?«

»Das ist völlig in Ordnung, Sergio«, erwiderte Robin. Er sah, daß dem Jungen die Tränen in den Augen standen, und wartete, bis sie im Wagen saßen. Dann fragte er: »Wie geht es Kitty?«

Sergio liefen die Tränen jetzt übers Gesicht. »Sie liegt im Koma«, sagte er.

»Hast du meine Schwester verständigt?«

»Lisa und Richard sind unterwegs. Ihre Namen standen in Kittys Adreßbuch. Ich habe ihnen das gleiche Telegramm geschickt wie dir.«

Um zehn Uhr vormittags fuhren sie in die Klinik. Robin durfte nur einen kurzen Blick auf das wachsbleiche Gesicht unter dem Sauerstoffzelt werfen. Abends um halb elf starb sie, ohne das Bewußtsein wiedererlangt zu haben. Eine Stunde nach ihrem Tode trafen Lisa und Richard ein. Lisa bekam sofort einen hysterischen Anfall, und man mußte ihr ein Beruhigungsmittel geben. Richard stand hilflos dabei.

Am nächsten Morgen trafen sich Robin, Sergio und Richard mit Kittys Anwalt, um die Beisetzungszeremonie zu besprechen. Das Testament sollte in Amerika eröffnet werden. Kitty hatte die Villa, den Wagen und ihren Schmuck Sergio vermacht, das Vermögen fiel zu gleichen Teilen an Lisa und Robin. Lisa blieb den ganzen Tag im Bett. Anderntags erschien sie zum Frühstück, gerade als die Männer ihre zweite Tasse Kaffee tranken.

»Kitty wollte eingeäschert werden«, sagte Robin. »Wir haben gestern das Nötige veranlaßt. Richard hat in deinem Namen unterschrieben.«

Lisa erwiderte nichts. Plötzlich wandte sie sich an Sergio: »Würde es Ihnen etwas ausmachen, Ihren Kaffee nebenan zu trinken? Ich möchte mit meinem Bruder reden.«

Robin kniff die Augen zusammen. »Das ist *sein* Haus«, sagte er. Aber Sergio hatte schon seine Tasse genommen und war in den Wohnraum gegangen. »Das war verdammt taktklos von dir«, meinte Robin empört.

Lisa überhörte den Vorwurf und wandte sich an ihren Mann. »Willst du's ihm sagen?«

Erst machte Richard ein verlegenes Gesicht, dann gab er sich einen Ruck und sagte mutig: »Wir wollen das Testament anfechten.«

»Welche Klausel des Testaments wollt ihr anfechten?« fragte Robin vorsichtig.

»Daß Sergio die Villa und den Schmuck bekommt. Damit kommen wir leicht durch.«

»Warum seid ihr so überzeugt?«

Richard lächelte. »Sobald wir ein Gerichtsverfahren einleiten, ist die Erbmasse blockiert. Da Sergio Geld zum Leben braucht und offensichtlich keins hat, wird er nach zwei Monaten froh sein, wenn er sich für ein paar tausend Dollar mit uns vergleichen kann. Natürlich werden wir außerdem behaupten, daß Kitty bei Abfassung des Testaments nicht im Vollbesitz ihrer geistigen Kräfte war ... daß der Junge sie beeinflußt hat.«

»Wenn ihr das tut, bekommt ihr es mit mir zu tun«, erklärte Robin ruhig.

»Was denn! Hältst du etwa zu dieser miesen Tante?«

»Ich halte zu jedem, der zu Kitty gut gewesen ist.«

»Und ich werde Nachforschungen anstellen lassen«, trumpfte Richard auf, »und beweisen, daß er eine kranke alte Frau ausgenutzt hat.«

»Was bildest du dir eigentlich ein? Bist du jemals hier gewesen? Du hast ja keine Ahnung, wie sie zusammen lebten. Aber ich! Darum wird mein Wort schwerer wiegen als deins.«

»O nein, das wird es nicht!« mischte sich jetzt Lisa mit ganz veränderter Stimme ein. »Zufällig halte ich auch noch ein paar Trümpfe in der Hand, die das Gewicht deines Wortes um einiges verringern. Und was dabei ans Licht der Öffentlichkeit kommt, dürfte deiner Fernseharbeit nicht gerade förderlich sein – von deinem zweifelhaften Privatleben ganz zu schweigen.«

Richard warf ihr einen warnenden Blick zu. »Lisa, wir können auf dem Rechtswege gewinnen. Lassen wir doch die persönlichen Dinge aus dem Spiel!«

»Ich hätte es mir gleich denken können«, fuhr Lisa Robin an. »Was bist du schließlich? Ein kleiner Bastard, der Glück gehabt hat . . .«

»Lisa!« warnte Richards Stimme noch einmal.

»Ach, laß mich doch in Ruhe! Warum soll ich eigentlich Rücksicht nehmen? Einmal möchte ich erleben, wie mein großer Bruder seine Kaltschnäuzigkeit verliert, einmal! Da würde sich wieder einmal erweisen, daß die Herkunft eines Menschen das Entscheidende ist. Er ist so wenig mein Bruder wie der warme Bruder da nebenan.« Dann, zu Robin gewandt: »Meine Eltern haben dich mit fünf Jahren adoptiert.«

Sie schwieg und wartete auf die Wirkung ihrer Worte. Der einzig Betroffene schien Richard zu sein. Verlegen wandte er den Blick ab und sah auf die Terrasse hinaus.

Robin blieb gelassen. »Nichts, Lisa, gibt mir im Augenblick größere Befriedigung als die Tatsache, daß wir in keiner Weise miteinander verwandt sind.«

»Deine Mutter war eine Hure!«

»Lisa!« sagte Richard beschwörend.

»Laß sie ausreden.« Robins Stimme verriet keinerlei Erregung.

»Ich habe nie etwas gesagt, ich weiß es selbst erst seit ein paar Jahren. Mutter erzählte es mir, als sie mal krank war. Sie sagte, wenn ich jemals in Schwierigkeiten geriete, sollte ich zu dir gehen, denn du seist eine starke Persönlichkeit. Sie sagte, sie hätte dich geliebt wie ihren eigenen Sohn. Du wurdest adoptiert, weil sie die Hoffnung auf ein eigenes Kind aufgegeben hatte, sich aber brennend ein Kind wünschte. Dad war mit einem Rechtsanwalt befreundet, der einen besonders tragischen Fall hatte und ihm von dem armen kleinen Waisenjungen erzählte, der mit einem Nervenschock in ein Heim eingeliefert worden war. Mutter wollte dich unbedingt adoptieren. Deine richtige Mutter wurde erwürgt! Einen Vater hattest du nicht! Mutter, *meine* Mutter, hat dich vergöttert. Zwei Jahre später geschah das Unmögliche: Ich kam! Daß du deinen Anteil vom Vermögen erhältst, kann ich nicht verhindern. Dad hat dieses törichte Testament aufgesetzt. Aber ich kann und werde dich daran hindern, diesem Schwulen irgend etwas zu überlassen.«

»Versuch's doch! Ich freue mich auf einen guten Kampf.«

Lisa sprang auf und schüttete ihm ihren Kaffee ins Gesicht. »Du hast es die ganze Zeit gewußt, das mit der Adoption! Du kaltblütiges Aas . . . ich hasse dich!« Dann rannte sie hinaus.

Richard saß entgeistert auf seinem Stuhl, während Robin sich seelenruhig Gesicht und Hemd abtrocknete. »Gott sei Dank war der Kaffee nur lauwarm«, meinte er lächelnd.

Richard stand auf. »Es tut mir leid, Robin. Lisa hat das nicht ernst gemeint. Sie wird schon darüber hinwegkommen.« Er wandte sich zum Gehen. »Und noch eins, Robin . . . mach dir keine Sorgen, ich werde nicht zulassen, daß sie das Testament anficht.«

Kittys Leichnam wurde eingeäschert. Schweigend nahm Lisa die Urne in Empfang. Einen Tag später flog sie mit Richard ab. Offensichtlich war sie von ihm beeinflußt, denn die Anfechtung des Testaments, soweit es Sergio betraf, kam nicht mehr zur Sprache. Nach ihrer Abreise schenkte Robin sich einen kräftigen Schluck Wodka ein. Sergio sah ihm schweigend zu.

»Ich möchte dir danken, Robin. Als dir deine Schwester die Szene machte, saß ich nebenan und mußte leider alles mit anhören. Stimmt es, daß du adoptiert worden bist?« – Robin nickte.

»Und stört es dich, daß du deine leibliche Mutter nie gekannt hast?«

»Ja – ich habe das Gefühl, ich sei eingesperrt und sehe keinen Ausgang«, sagte Robin langsam.

»Warum versuchst du dann nicht, herauszufinden, wer sie *wirklich* war?«

»Du hast gehört, was Lisa sagte. Leider stimmt es. Ich habe einen Zeitungsausschnitt in der Brieftasche, der ihre Behauptung bestätigt.«

»Deutschland ist nicht sehr weit von hier entfernt.«

»Was willst du damit sagen?«

»Du kennst den Namen deiner Mutter. Du weißt, wo sie gelebt hat. Vielleicht gibt es dort irgendwelche Verwandte oder Bekannte von ihr – von ihnen könntest du Näheres über sie erfahren.«

»Vergiß das.«

»Das heißt, du ziehst es vor, Lisas Worten und diesem alten Zeitungsschnipsel zu glauben? Du weißt, daß Lisa sagt, ich sei schwul. Sie hat recht. Aber ich bin trotzdem ein Mensch. Vielleicht war deine Mutter sogar ein guter Mensch.«

»Und wenn schon. Ich verstehe kein Wort Deutsch und bin noch nie in Hamburg gewesen.«

»Aber ich spreche ziemlich gut Deutsch und kenne mich in Hamburg ein wenig aus.«

Robin lächelte. »Sergio, du hast eine Menge verborgener Talente.«

»Wir könnten in wenigen Stunden in Deutschland sein. Ich würde mitkommen.«

Robin sprang hoch. »Weißt du was, Sergio? Ich möchte mir Deutschland ganz gerne mal ansehen. Besonders Hamburg. Außerdem habe ich eine spezielle Vorliebe für deutsche Mädchen. Du kannst zwei Flugplätze für uns buchen lassen. Ich habe zwar wenig Hoffnung, etwas über meine Mutter zu erfahren, aber sicher werden wir bei diesem Ausflug eine ganze Menge anderer Erfahrungen sammeln.«

Sie stiegen im Hotel Vier Jahreszeiten ab. Sergio hängte sich gleich ans Telefon und begann, der Reihe nach sämtliche Boesches anzurufen, die er im Verzeichnis fand. Robin ließ unterdessen eine Flasche Wodka kommen, setzte sich ans Fenster und beobachtete über den Rand seines Glases hinweg, wie sich langsam die Dämmerung auf die Stadt senkte. An der Bushaltestelle warteten Leute, Mütter zerrten ihre Kinder hinter sich her, die Geschäfte machten Feierabend. Es sah hier nicht anders aus als in irgendeiner amerikanischen Stadt. Mit halbem Ohr hörte er, wie Sergio eine Nummer nach der andern wählte. Nach dem achten Anruf schließlich kritzelte er aufgeregt ein paar Zahlen und eine Adresse auf ein Notizpapier.

»Wir haben Glück. Die letzten Boesches, die ich am Draht hatte, sind entfernte Verwandte einer Herta. Wir können morgen bei ihnen vorbeigehen.«

»Versuch's erst mal weiter«, sagte Robin. »Es ist nicht ausgeschlossen, daß es mehrere Hertas gibt.«

Nach einer Stunde hatte Sergio fünf Herta Boesche ausfindig gemacht, die nach Amerika gegangen waren. Eine davon lebte in Milwaukee – sie schied aus. Von den anderen hatte man nichts mehr gehört.

Sergio war niedergeschlagen. »Das Ergebnis ist nicht gerade ermutigend. Tut mir leid, Robin.«

»Nun heul nicht gleich in dein Bier. Komm, zeig mir lieber Hamburg. Hat diese Stadt überhaupt ein Nachtleben?«

Sergio lachte schallend. »Keine Stadt der Welt, mein lieber Robin, hat ein Nachtleben, das sich auch nur annähernd mit demjenigen von Hamburg messen könnte.«

Wenig später bummelten sie die hellerleuchtete Reeperbahn entlang. Alle paar Meter trat eine weibliche Gestalt aus einer Nebengasse oder einem dunklen Hauseingang hervor. Ihre Anträge ließen an Deutlichkeit nichts zu wünschen übrig.

Schließlich schwenkte Sergio in eine Seitenstraße ein. Sie kamen vor einen Bretterverschlag mit einem kleinen Tor. In großen weißen Lettern stand darauf »ZUTRITT VERBOTEN«! Sergio öffnete es, und Robin folgte ihm verwundert.

»Herbertstraße«, flüsterte Sergio.

Später kehrten sie zurück auf die Reeperbahn und landeten in einer Diskothek, wo man ihnen jedoch kurzerhand die Tür wies. Robin hatte mit einem einzigen Blick ein paar Frauen erspäht, die miteinander tanzten oder händchenhaltend an der Bar saßen. Männer waren hier nicht gefragt. Etwas weiter hielten sie vor einem Lokal, dessen Türsteher »die schönsten nackten Frauen versprach«. Es war gerammt voll Matrosen, und der Kellner führte sie zu einem kleinen Tisch im Hintergrund. Auf der erhöhten Bühne hatte sich ein Mädchen eben bis auf den letzten Faden ausgezogen. Splitternackt bedankte sie sich für den eher mageren Applaus und trat ab. Nach einem Tusch des Orchesters erschien ein neues Mädchen auf der Bühne. Robin schätzte sie auf ungefähr neunzehn. In ihrem rosa Chiffonkleidchen sah sie aus wie ein Teenager, der zu seinem ersten Ball geht. »Die wird vermutlich singen«, dachte er bei sich.

Sie spazierte rings um die Bühne, lächelte in Richtung der Matrosen und warf ihnen Kußhändchen zu. Die Männer grüßten gutgelaunt zurück – das Mädchen erfreute sich offensichtlicher Beliebtheit. Dann setzte die Musik ein, und sie begann sich auszuziehen. Robin traute seinen Augen nicht. Wäre er diesem Mädchen auf der Straße begegnet, hätte er sie vielleicht für eine attraktive und tüchtige junge Sekretärin gehalten – niemals jedoch für eine Stripperin in einer Matrosenspelunke. Nackt bis auf die Haut, aber unablässig fröhlich grinsend, drehte sie sich langsam im Kreis. Das Weibsstück tat ihre Arbeit anscheinend mit dem größten Vergnügen. Nun zog sie einen Stuhl in die Mitte der Bühne, setzte sich darauf und spreize die Beine, lächelnd und unbeschwert. Schließlich verließ sie den Stuhl wieder und kam von der Bühne herunter. Sie ging von Tisch zu Tisch, neigte sich zutraulich über die Männer und ließ sie an ihren Brüsten saugen. Als sie bei Robin und Sergio anlangte, stutzte sie einen Moment, schüttelte den Kopf und trat lachend an den nächsten Tisch.

Robin warf ein paar Geldstücke neben sein Glas und steuerte wortlos dem Ausgang zu. Sergio eilte hinterher. Auf der Straße wurden sie wieder alle zwei Meter von einer Frau angesprochen. »Komm, fahren wir zurück ins Hotel«, schlug Robin vor.

»Aber erst muß ich dir noch die Maison Bleue zeigen. Nachher gehen wir.«

Das Lokal, das Sergio meinte, lag an der Großen Freiheit. Es wirkte elegant und gediegen. Trotzdem erregten einige Gruppen von Männern Robins Mißtrauen. Doch dann entdeckte er einige heterosexuelle Paare, die Hand in Hand den sentimentalen Weisen eines Streichertrios lauschten.

»Die Küche hier ist ausgezeichnet«, meinte Sergio.

»Iß etwas. Ich lass' mich unterdessen vollaufen.«

Sergio bestellte ein Steak, das er mit solchem Heißhunger in Angriff nahm, daß Robin ein schlechtes Gewissen bekam – er hatte gar nicht mehr daran gedacht, daß sie seit Mittag nichts gegessen hatten. Er bestellte eine ganze Flasche Wodka. Der Schnaps glitt wie heißer weicher Samt durch seine Kehle . . .

Das Trio hatte inzwischen mit Spielen aufgehört. Ein Mann setzte sich ans Schlagzeug, schlug einen Trommelwirbel, und eine heisere Stimme kündigte die Show an. Robin sah ohne großes Interesse in den Lichtkegel der Scheinwerfer. Es schien, als sei er hier in einen jener vornehmen Klubs geraten, die einander auf der ganzen Welt zum Verwechseln ähnlich sehen. Eine Französin – als Véronique vorgestellt – sang mehrere Chansons. Sie hatte eine sehr gute Altstimme. Als der höfliche Applaus verklungen war, schrie der Ansager mit größter Lautstärke ins Mikrophon *»Brazillia«!* Ein zierliches dunkelhaariges Mädchen trat ins Scheinwerferlicht.

Robin reckte den Hals. Das Mädchen war einen Tusch wert. Sie trug eine schwarze Smoking-Jacke über einem hochgeschlossenen, schwarzen Tänzerkostüm. Auf ihrem Haar, das zu einem Knoten geschlungen war, saß verwegen ein schwarzer Schlapphut. Langsam bewegte sie ihre Füße zu den ersten Takten eines Apachentanzes. Sie war erstaunlich gut. Man spürte dahinter die solide, klassische Ballettausbildung. Nach einem wilden Schluß warf sie ihren Hut in die Luft und ließ ihr Haar wie eine Kaskade auf die Schultern fallen. Das Publikum klatschte begeistert. Sie wartete, bis sich der Beifall gelegt hatte und das Orchester mit einem Beat einsetzte. Nun fiel ihr Körper in ein rhythmisches Wiegen, während sie gleichzeitig aus der Jacke schlüpfte. Dann ging sie langsam in die Knie, und wie eine Schlange aus ihrer Haut, schälte sich aus dem dunklen Kostüm ihr glatter, weißer Körper, mit nichts weiter bekleidet als einem winzigen Silberbikini.

Die Musik wurde schneller, die Scheinwerfer begannen zu flackern, er sah den silberweißen Leib mehrmals in die Luft schnellen und zuletzt bewegungslos am Boden liegen. Das Licht wurde dunkler, und Robin bemerkte, daß sie ihren Bikini auszog. Plötzlich stand der nackte, schmale Körper mit den kleinen festen Brüsten im vollen Scheinwerferlicht. Nach wenigen Sekunden löschte es aus, und sie verschwand unter lautem Beifall. Die Show war vorüber, und Robin war ziemlich betrunken.

»Ich muß Brazillia sehen«, eröffnete er Sergio.

»Etwas weiter unten an der Straße liegt ein kleines Lokal, wo sich jeweils alle zum Frühstück treffen. Wir gehen nachher hin, und dann kannst du Brazillia sehen.«

Robin schaute auf die Uhr. »Du spinnst wohl. Es ist jetzt drei Uhr früh. Die packen hier in wenigen Minuten zusammen, und dann ist nirgends mehr offen.«

»In Hamburg gibt es Lokale, die sind vierundzwanzig Stunden im Tag geöffnet.«

Robin verlangte die Rechnung, aber er beharrte darauf, Brazillia eine Nachricht zu schicken, daß er sie unbedingt treffen möchte. Geduldig brachte Sergio Robins Wunsch auf Deutsch zu Papier und überreichte den Zettel mit einer Handvoll Mark dem Kellner. Kurze Zeit später kam der Mann zurück und wechselte einige deutsche Sätze mit Sergio. »Sie kommt«, sagte er zu Robin. »Also – gehen wir.« Gehorsam folgte ihm Robin.

Er wurde in einen Keller geführt, wo kleine Tische mit buntkarierten Decken standen. Robin ließ seine Blicke umherwandern, während er einen Wodka nippte. Ein großer, gutaussehender Mann betrat den Raum und setzte sich an einen Tisch am anderen Ende. Bald gesellten sich ein paar weibische Typen zu ihm. Der Große starrte unablässig zu Sergio herüber. Obschon er betrunken war, spürte Robin, wie zwischen beiden augenblicklich eine Art Radarwellen in Schwingung geriet. »Bist du sicher, daß Brazillia hierherkommen wird und daß das nicht nur ein Schwulennest ist?«

»Es ist alles. Unter anderem auch der einzige Ort im Viertel, wo man ein Frühstück bekommt.« Sergio konnte den Blick nicht von jenem entfernten Tisch losreißen.

Robin klopfte ihm auf die Schulter. »Okay, Sergy. Geh schon hin zu deinem Knaben.«

»Aber, Robin –«

»Muß ich dich hinübertragen?«

In diesem Augenblick trat Brazillia durch die Tür. Zögernd sah sie sich um. Robin stand auf und winkte. Sie kam direkt auf seinen Tisch zu. »Nun hau schon ab, Kumpel«, brummte Robin zwischen den Zähnen.

Sergio zuckte die Achseln und ging. Brazillia setzte sich zu Robin. Die Frau, die das Lokal führte, brachte ihr einen Kognak.

»Ich spreche ein wenig Englisch«, sagte das Mädchen mit einer tiefen, gutturalen Stimme.

»Du brauchst überhaupt nicht zu sprechen, Baby.«

Als er zufällig an ihr vorbeiblickte, sah er Sergio zusammen mit dem gutaussehenden Mann weggehen. Sergio winkte, und Robin machte mit den Fingern ein Siegeszeichen. Das Mädchen trank schweigend seinen Weinbrand. Er bestellte ihr einen zweiten. Dann ergriff er ihre Hand. Sie erwiderte seinen Druck. Nach einer Weile fragte sie: »Machen Sie hier Jagd auf besondere Abenteuer?«

»Mir ist jedes Abenteuer recht.«

»Wenn Sie etwas ganz Wildes, Ausgefallenes von mir erwarten – dann sind Sie an der falschen Adresse.« Ihre Stimme klang müde. »Sie sehen gut aus. Ich möchte sehr gerne mit Ihnen schlafen. Aber ich möchte eine richtige, herrliche Liebesnacht – nichts Krankhaftes. Verstehen Sie?«

»Geht in Ordnung.«

»Versprechen Sie es mir?« Das klang beinahe flehend.

»Komm, Baby, gehen wir.«

Vor dem Haus stand ein Taxi. Aber sie schüttelte den Kopf. »Es sind nur ein paar Schritte bis zu mir.«

Ihre Wohnung war klein, aber sehr feminin, blitzsauber und beinahe jungfräulich mit dem weißen Bettüberwurf und den Puppen auf dem Kissen. Auf dem Frisiertisch stand ein Bild von Brazillia, und auf dem Kaminsims sah er das Foto von einem der Mädchen aus der Show – Véronique. »Sie ist zu schade für eine Eröffnungsnummer«, erklärte Robin. »Sie könnte sogar in New York auftreten.« Dann streckte er den Arm nach Brazillia aus. »Und du tanzt viel zu gut für einen Strip. Du kannst wirklich tanzen.«

Brazillia zuckte die Achseln. »Ich werde dafür extra bezahlt und bin eine Zugnummer. Was spielt das schon für eine Rolle? Keiner von uns kann woanders hingehen, wenn er es auch noch so gerne möchte. Ist man einmal an der Reeperbahn gelandet, dann ist es für alles andere zu spät. Aber geh', du bist wie alle Männer – muß man denn immer erst seine Lebensgeschichte erzählen?«

»Du mußt mir gar nichts erzählen, Brazillia. Aber du bist zu jung und zu verdammt hübsch, um schon alle Träume zu begraben.«

Sie stieß ihn auf die Couch und setzte sich auf seine Knie. »Heute nacht wird einer meiner Träume in Erfüllung gehen.« Mit den Fingerspitzen folgte sie den Linien seines Profils, während ihre Zunge mit seinem Ohr spielte. »Ein Mann, der fabelhaft aussieht, wird heute nacht mit mir schlafen.«

»Worauf du dich verlassen kannst.« Als er sie küßte, preßte sie sich leidenschaftlich an ihn. Dann zog sie ihn hoch und führte ihn ins Schlafzimmer.

Sie übernahm von Anfang an die Führung und schien gleichzeitig überall zu sein. Ihre Zunge strich wie Schmetterlingsflügel über seine Lider, im Gesicht fühlte er die Fülle ihres langen Haares, und ihr kleiner Busen preßte sich fest gegen seine Brust. Brazillias Zärtlichkeiten trieben ihn sehr bald dem Höhepunkt zu. Machtlos lag er da, unfähig, etwas anderes zu tun, als ihre Liebe anzunehmen. Als es vorüber war, fühlte er sich schwach vor Wollust und Erschöpfung. Im dämmrigen Licht der Nachttischlampe suchte seine Hand nach ihrem Kopf und strich sanft über ihr Haar. »Brazillia, ich werde diese Nacht nie vergessen. Zum erstenmal in meinem Leben hat mich eine Frau so selbstlos geliebt wie du.«

»Du mochtest es doch, nicht wahr?«

»Nun bin aber ich an der Reihe.« Er streichelte ihr Gesicht und ihren Körper, und als er in sie eindrang, bewegte er sich in langsamem Rhythmus und hielt sich zurück. Er wollte ihr größtmögliche Lust verschaffen. Als er sich etwas schneller bewegte, klammerte sie sich an ihn. Doch er spürte, daß sie noch nicht bereit war. Das war ihm noch nie passiert. Noch bei keiner Frau hatte es so lange gedauert, bis sie kam. Er biß die Zähne zusammen und bewegte sich weiter, immer noch bemüht, sich zurückzuhalten. Doch dann fühlte er sich auf einmal von jener unerträglichen und dennoch wunderbaren Schwäche durchflutet, die seinem Orgasmus vorausging. Erschöpft glitt er von ihr. Er wußte genau, daß er sie nicht befriedigt hatte. Da berührte ihre Hand seine Wange. Sie kuschelte sich an ihn, küßte seine Brauen, seine Nase, seinen Hals. »Robin, du bist ein wundervoller Liebhaber.«

»Keine falschen Vorspiegelungen, Baby.« Er stand auf und ging ins Badezimmer.

»Wie hat es dir gefallen bei mir?« fragte sie, als er zurückkam, bereits zur Hälfte angezogen.

»Großartig. Tut mir leid, daß bei dir nichts passiert ist.«

Sie sah ihn an und lächelte. »Robin, bei mir tut sich alles hier.« Sie berührte ihre Brüste. »Dich zu halten und dich zu lieben verschafft mir höchste Lust.«

Er streichelte ihr Haar. »Willst du damit sagen, daß du überhaupt nie kommst?«

»Nicht mehr.«

»Was heißt nicht mehr?«

»Einige Dinge, die man mir weggemacht hat, können nicht ersetzt werden.« Plötzlich merkte sie, daß er keine Ahnung hatte, wovon sie sprach, und eine beklemmende Angst kroch in ihr hoch. »Robin, wußtest du denn nicht – oh, mein Gott –«, sie sprang aus dem Bett und rannte ins Nebenzimmer. Er folgte ihr. Sie preßte sich gegen die Wand und sah ihn verängstigt an.

»Brazillia.« Er trat auf sie zu. Sie wich zurück, als ob er sie schlagen wollte. »Brazillia, was ist los?«

Langsam hoben sich ihre dunklen Augen und suchten sein Gesicht. Sie zitterte. »Ich dachte, du wüßtest, was für ein Ort die Maison Bleue ist.«

»Keine Ahnung«, aber ein erster, schrecklicher Verdacht verdichtete sich immer mehr zur Gewißheit. »Du bist ein –«

Sie wich weiter von ihm weg.

»Ich bin eine *Frau*«, schrie sie. »Eine richtige Frau.«

»Aber früher hattest du Hoden«, sagte er langsam.

Sie nickte, und Tränen strömten über ihr Gesicht. »Doch jetzt bin ich eine Frau. Bitte, Robin, schlag mich nicht. O Gott, wenn du wüßtest, wie lange ich leiden mußte, um eine Frau zu werden. Hast du eine Ahnung, was das heißt, eine Frau zu sein und in einem männlichen Körper zu stecken? Wie eine Frau zu fühlen, wie eine Frau zu denken, wie eine Frau zu lieben? Innerlich war ich immer schon eine Frau.«

»Und dein Busen?«

»Kunststoff und Hormonspritzen. Schau her, fühl mein Gesicht an – ich rasiere mich nie. Und meine Arme und Beine sind ganz glatt. Ich *bin* eine Frau.«

Er sank auf die Couch. Ein Transvestit. Nun hatte er doch tatsächlich in einem verdammten Transvestiten gesteckt. Kein Wunder, daß der arme Bastard nicht kommen konnte. Er blickte auf die schmale Gestalt an der Wand. »Komm her, Brazillia. Ich schlage dich nicht. Du hast recht – du bist eine Frau.« Er griff in seine Tasche. Er hatte nur ein paar Mark bei sich. Aber er hatte mehr als hundert Dollar. »Da – kauf dir damit ein neues Kleid.«

»Ich will kein Geld.«

Er legte die Noten auf die Couch, ergriff seinen Mantel und ging. Als er die Tür zuzog, hörte er sie weinen. Plötzlich würgte ihn etwas im Hals. Nicht aus Bedauern über das, was ihm passiert war. Aber er hatte Mitleid mit dieser armen Kreatur, deren Schluchzen selbst das Knarren der Treppenstufen übertönte. Am Himmel zeigten sich bereits erste Anzeichen der Dämmerung. Die Nachtvögel der Reeperbahn waren auf dem Heimweg. Paare gingen Arm in Arm. Matrosen mit Strip-tease-Mädchen, Männer mit Männern, Männer mit Mädchen, die ihm plötzlich alle verdächtig männlich schienen. Menschen, deren Träume und Hoffnungen sich in Sägemehl verwandelt hatten. Diese Welt war nicht geschaffen für Verlierer. Nicht für Verlierer wie Brazillia.

Auf einmal kamen ihm seine eigenen Probleme sehr klein vor, und ein heißer Zorn stieg in ihm hoch. Gregory Austin hatte Angst vor Dan. Aber er hatte keine Angst vor Robin Stone, weil er Robin Stone für einen Verlierer hielt. Ha – von nun an würde er andere Saiten aufziehen. Plötzlich hatte er es eilig, nach New York zu kommen und zu dieser Nutte Maggie Stewart nach Kalifornien zu fliegen. Aber vorläufig mußte sie warten – mußte so lange warten, bis er der größte Gewinner war und sie alle miteinander in die Tasche gesteckt hatte!

28

Robin kehrte so rechtzeitig nach New York zurück, daß er noch den Auftritt von Dip und Pauli Nelson in der Christie-Lane-Show mitbekam. Dip sah großartig aus, sang falsch und bewegte sich hölzern. Pauli sah schrecklich aus, sang großartig und bewegte sich wie eine Ballerina. Robin konnte es kaum glauben. Sie kopierte nicht mehr Lena Horne, Judy Garland und Barbara Streisand, sondern hatte ihren eigenen Stil gefunden. Sie sang mit einer Stimme, die einen nicht losließ, und mit unglaublicher Phrasierung. Robin fragte sich, wann und wie diese Verwandlung stattgefunden haben mochte. Vielleicht hatte sie beim Tingeln durch die Nachtlokale ihren Größenwahnsinn aufgegeben und, weil sie keine Hoffnung mehr hatte, unbewußt das übertrieben Gekünstelte abgelegt, so daß schließlich die wahre Pauli zum Vorschein gekommen war. Was immer es bewirkt haben mochte, es grenzte an ein Wunder. Sogar die alberne Stupsnase und die vorstehenden Zähne paßten ins Bild.

Am nächsten Morgen um elf stürmte Dip in sein Büro. Er ließ sich in einen Sessel fallen, starrte mit blutunterlaufenen Augen ins Leere und beugte sich dann vor. »Ich bringe das Weibsstück um!«

»Welches?«

»Pauli « Dips Augen blitzten wütend. »Ike Ryan hat ihr einen Job als Ersatz für Diana Williams angeboten, und die blöde Gans nimmt an! Nach allem, was ich ihr beigebracht habe, geht sie hin und läßt sich als Ersatz verpflichten!«

»Vielleicht ist das gar nicht das Schlechteste«, meinte Robin. »So verdient ihr wenigstens etwas.«

»Sie kriegt dreihundert Dollar die Woche. Das habe ich im Beverly-Hills-Hotel allein an Trinkgeldern ausgegeben!« Dip sprang auf und ging hin und er. »Wissen Sie was?« – Seine Augen waren schwarz vor Wut. »Ich fahre nach Hause und packe! Ich will nicht da sein, wenn der *Star* mit diesem unterzeichneten Scheißvertrag zurückkommt. Soll sie doch sehen, wie sie ohne den Big Dipper fertig wird!« Damit drehte er sich um und stürmte aus dem Büro.

Robin dachte noch über Dip und Pauli nach, als das Telefon läutete. Es war Cliff Dorne. Gleichzeitig meldete die Sekretärin über die Sprechanlage, daß Danton Miller im Vorzimmer warte. Bevor Robin einem von beiden antworten konnte, war Dan schon im Büro. »Diesmal stehe ich mir draußen nicht die Beine in den Bauch. Haben Sie die Kritiken über die letzte Christie-Lane-Show gesehen? Gegen das Mädchen will ich ja gar nichts sagen, aber dieser Dip Nelson ist das Stumpfsinnigste, was ich je auf einer Bühne erlebt habe. Nach seinem Auftritt zog die Sendung einfach nicht mehr. Ich hoffe also, daß Sie künftig die Finger von meinen Angelegenheiten lassen.«

Robin beachtete ihn gar nicht und sprach ins Telefon: »Ja, Cliff. Entschuldigen Sie die Unterbrechung.« Dan bemerkte, daß er plötzlich ernst wurde.

»Wo liegt er? Mount Sinai? Ich komme sofort.« Er legte auf. Dan, wieder mal einem Wutanfall nahe, stand immer noch da.

Überrascht sah Robin ihn an, als fiele ihm seine Gegenwart jetzt erst auf. »Austins Zustand hat sich verschlechtert.« Er ging zur Tür.

»Ich denke, er ist in Palm Beach?« Dans Zorn war in Schrecken umgeschlagen.

»Er ist vor einer Stunde zurückgeflogen und liegt im Mount Sinai.«

»Ist es was Ernstes?«

»Das weiß man nicht. Dorne sagt, Austin habe sich die ganzen letzten Wochen schon nicht wohl gefühlt. Offenbar hat er sich in Palm Beach untersuchen lassen wollen, den Leuten da unten dann aber nicht getraut und sich kurzerhand hier angemeldet.«

»Soll ich mitfahren?«

Robin sah ihn groß an. »Natürlich nicht.«

Und wieder einmal ließ er Danton Miller mitten in seinem Büro stehen.

Gregory saß, in Seidenpyjama und Morgenrock, in einem Sessel. Er war sonnengebräunt, doch unter der gesunden Farbe sah das Gesicht angegriffen aus. Cliff Dorne wirkte beunruhigt. Robin zwang sich zu einem Lächeln und bemühte sich, die gedrückte Atmosphäre zu lockern.

»Wie ein Kranker sehen Sie aber nicht gerade aus«, begrüßte er Austin munter.

»Es ist Krebs«, gab Gregory düster zurück. »Ich weiß es.«

»Greg, du darfst so etwas nicht sagen«, flehte Judith.

»Kein Mensch braucht so lange, um sich von einer Gallenblasenoperation zu erholen, das ist mal sicher. Und ich habe dauernd Schmerzen.«

»An derselben Stelle?« fragte Robin.

»Wie soll ich das wissen? Alles tut mir weh. Ich kann nicht mal pinkeln ohne Schmerzen. Ich bin durch und durch verseucht, ich weiß es. Und das Gemeine ist, daß niemand mir die Wahrheit sagt.

In Palm Beach wollen sie mir einreden, es sei die Prostata. Aber ich weiß, daß sie meiner Frau etwas anderes gesagt haben ... es ist Krebs!«

Judith sah Robin flehend an. »Ich habe ihm hundertmal erklärt, daß es die Prostata ist. Aber er glaubt mir ja nicht.«

»Ach, hör auf«, fauchte Gregory. »Die werden mich hier von einem Test zum andern jagen und mir schöne Diagramme vorhalten, aus denen hervorgeht, daß das Ergebnis negativ ist. Jeder wird mich strahlend anlächeln und dann 'rumsitzen und zusehen, wie ich langsam abkratze.«

»Sie werden noch an *meinem* Grab stehen – und zwar sehr bald, wenn Sie nicht endlich mit diesem Unsinn aufhören!« Die energische Stimme gehörte Dr. Lesgarn, der eben eingetreten war.

»Ich habe mir die Untersuchungsergebnisse aus Palm Beach gründlich angesehen. Es *ist* die Prostata! Wir wollen morgen operieren.«

»Hab' ich's euch nicht gesagt?« triumphierte Gregory. »Bei Prostata operiert man doch nur, wenn es bösartig ist!«

»Ich will davon nichts mehr hören«, sagte der Arzt noch einmal nachdrücklich. »Außerdem möchte ich, daß man Sie jetzt allein läßt. Ich gebe Ihnen ein Beruhigungsmittel. Sie haben eine ermüdende Reise hinter sich und müssen morgen für die Operation in guter Verfassung sein.«

»Sie müssen also schneiden?« Aus Gregorys Stimme klang plötzlich Angst.

»Ja. Und dann ist alles in Ordnung.«

»Und wenn es doch bösartig ist?«

»Dann werden wir uns weiterunterhalten. Auch Krebs ist kein Todesurteil, Mr. Austin. Unzählige Männer haben nach der rechtzeitigen Entfernung eines bösartigen Prostatatumors noch ein langes gesundes Leben geführt.«

»Ja, davon habe ich gehört. Erst nimmt man ihnen die Hoden ab und dann auch noch den Penis. Hübsch der Reihe nach werden sie verstümmelt!«

Dr. Lesgarn gab Judith einen Wink. Sie stand auf und trat zu Robin und Cliff. Der Arzt nahm einen Wattebausch und rieb Gregorys Arm ein, aber Gregory schob ihn weg. »Sagen Sie mir nur eins: *Ist* es bei mir bösartig?«

»Niemand kann das mit hundertprozentiger Sicherheit bejahen oder verneinen, bevor wir nicht nachsehen. Aber ich will Ihnen eins sagen: Ich habe schon viele bösartige Prostatafälle operiert. Bei

Ihnen deutet kein Symptom darauf hin. Ich würde sagen, die Chancen stehen neunundneunzig zu eins. daß Sie nicht Krebs haben.«

»Aber diese kleine Möglichkeit besteht doch?«

Judith war sofort an seiner Seite und küßte ihn auf die Wange. »Komm, sei nicht albern. Du bist der größte Spieler der Welt, und nie haben die Chancen so zu deinen Gunsten gestanden. Warum bist du jetzt so zaghaft?«

Er brachte ein klägliches Lächeln zustande. Judith küßte ihn auf die Stirn. »Ich bin morgen früh vor der Operation hier, und nun tu, was der Arzt sagt . . . ruh dich aus und entspanne dich. Ich liebe dich, Greg!«

Dann verließ sie rasch mit Robin und Cliff das Krankenzimmer. Schweigend gingen die drei den Flur entlang. Erst als sie in den Fahrstuhl einstiegen, brach Judith das Schweigen. »Jedesmal, wenn ich ihm in die Augen blickte, sah ich seine Todesangst.« Sie schauderte. »Er glaubt wirklich, daß er sterben muß.«

Vor dem Krankenhaus wartete der große Lincoln. Ein Chauffeur hielt den Wagenschlag auf.

»Soll ich Sie nach Hause begleiten, Mrs. Austin?« fragte Cliff.

»Als erstes brauche ich einen Whisky«, sagte Judith.

»Ich glaube, wir könnten alle ein Glas vertragen«, schlug Robin vor.

»Da muß ich leider passen. Ich habe noch eine lange Fahrt vor mir und möchte morgen früh vor der Operation wieder hier sein.« Cliff verabschiedete sich.

»Möchten Sie in ein bestimmtes Lokal?« fragte Robin, als er und Judith im Wagen saßen. »Sonst wüßte ich eine nette kleine Bar.«

Judith lehnte sich zurück. »Nein, mir ist alles recht. Hauptsache, wir sind ungestört.«

Als sie die Lancer Bar betragen, sah sie sich neugierig um.

Das war also seine Stammkneipe. Dankbar stellte sie fest, daß ein angenehmes, gedämpftes Licht herrschte. Robin führte sie zu einer der hinteren Nischen, bestellte ihr einen Scotch und sich einen Wodka-Martini. Sie wartete, bis er einen ordentlichen Schluck getrunken hatte, dann fragte sie: »Wie wird es ausgehen, Robin?«

»Ich glaube, er wird die Operation gut überstehen.«

»Sie sagen das nicht nur so?«

»Nein. Leute, die glauben, daß sie sterben müssen, tun es in den seltensten Fällen. Er hat viel zuviel Angst, um zu sterben.«

»Sie machen mir wieder ein wenig Mut.«

»Leicht wird es in keinem Fall werden«, sagte er ruhig. »Die eigentlichen Schwierigkeiten beginnen erst nach der Operation.«

»Sex?« Sie zuckte die Achseln. »Zwischen uns hat sich nie etwas Aufregendes abgespielt, Robin, auch am Anfang nicht. Gregs einzige Leidenschaft war immer die IBC. Ich muß mich schon jahrelang damit abfinden.«

»Ich dachte eigentlich weniger an Sie«, sagte er hintergründig. »Ich dachte an Gregory ... er wird nicht glauben, daß es gutartig war.«

»Und wer denkt an mich?« fragte sie. »Gregory kann Rückschläge nicht hinnehmen. Krankheit ist ihm etwas Fremdes. Was glauben Sie, wie ich die letzten Monate überstanden habe? Ich habe mit einem jammernden Invaliden zusammengelebt, der nicht mal Golf spielen wollte und ständig seinen Puls fühlte ...«

»Ist nicht das der Sinn der Ehe? Gute und schlechte Tage zu teilen?«

»Glauben Sie daran?« fragte sie.

»Wenn ich verheiratet wäre, ja.«

»Mag sein«, erwiderte sie gedehnt. »Nur habe ich reichlich wenig von der Ehe gehabt.«

»Und das stellen Sie ausgerechnet jetzt fest?«

»Robin, schauen Sie mich nicht so an, als ob Sie mich haßten. Ich habe meinen Teil zu dieser Ehe beigetragen.«

»›Diese Ehe?‹ Und das von einer Frau? Müßte es nicht heißen, ›unsere Ehe‹?«

»Jetzt werden Sie sentimental.«

Er bestellte für beide einen zweiten Drink. »Das bin ich ganz bestimmt nicht. Aber ich dachte, Frauen seien sentimental.«

»Früher war ich's, ja. Als ich Greg heiratete, dachte ich, es würde wundervoll werden. Aber das, was eine Ehe im Grunde ausmacht, interessierte ihn nicht. Kinder zum Beispiel hatte er sich nie gewünscht. Er wollte das, was man mit dem schönen Wort ›Gattin‹ bezeichnet. Eine Frau, die seine Häuser zu führen verstand – Gregory hat immer am Besitz gehangen –, ein Haus in New York, ein Haus in Palm Beach, ein Haus in Quogue ... es war harte Arbeit.«

»Einen großen Sender zu leiten, ist auch nicht gerade eine Freizeitbeschäftigung.«

»Das weiß ich. Ich habe seine Arbeit immer geachtet. Ich habe alle seine Freunde mit offenen Armen empfangen und zu meinen Freunden gemacht. Aber eine Frau braucht mehr als Gesellschaftsleben, in dem sie die Rolle der perfekten Hausfrau spielt. Ich habe so viel entbehren müssen. Wenn ich heute zurückblicke, erscheint mir mein Leben ziemlich leer.«

»Ich finde, jetzt ist nicht der richtige Augenblick, in der Vergangenheit zu graben. Jetzt gilt Ihre Hauptsorge der Gesundheit Ihres Mannes. Er braucht Sie. Also hören Sie auf, darüber zu jammern, daß Sie für Ihren Mann nur eins von seinen Besitztümern gewesen sind. Von jetzt an werden Sie ihm alles sein: Florence Nightingale, Sigmund Freud und der beste Freund, den er je gehabt hat. Es hat mir gefallen, wie Sie vorhin mit ihm geredet haben . . . daß er ein Spieler sei, meine ich. Instinktiv haben Sie genau die richtigen Worte gefunden, Judith. Es ist wichtig zu wissen, wann man bei einem Kranken streng und wann man nachgiebig sein muß. Verletzte Gefühle sind ärger als körperliche Gebrechen. Das dürfen Sie nie vergessen. Krankheit ist etwas Fremdes für ihn. Er weiß nichts damit anzufangen. Auf geschäftliche Pannen und Zwischenfälle war er immer vorbereitet, aber es ist ihm nie in den Sinn gekommen, daß sein eigener Körper anfällig sein könnte. Diese neue Erfahrung hat ihm gewissermaßen den Boden unter den Füßen weggezogen. Hinzu kommt, daß Kranksein einem Mann wie Gregory etwas von seiner Würde nimmt.«

Juditz sah ihn flehentlich an. »Robin . . . helfen Sie mir.«

»Das will ich gern tun.«

Sie umklammerte seine Hände. »Robin, ich werde es versuchen. Aber allein schaffe ich es nicht. Ich habe so lange in einem Elfenbeinturm gelebt. Enge Freunde habe ich nicht. Wenn ich mich mit irgendwelchen Frauen zum Lunch treffe – mein Gott, dann erzählen sie mir von ihren Sorgen, gewiß. Aber ich habe mich ihnen nie anvertrauen mögen. Ich fühlte mich darüber erhaben. Heute stehe ich plötzlich da und habe niemanden, an den ich mich wenden kann. Ich will nicht, daß Gregorys Operation bekannt wird . . . es klingt ein wenig nach Kastrieren. Robin, darf ich Sie wohl gelegentlich anrufen und mich an Ihrer Schulter ausweinen?«

Er lächelte. »Ich habe breite Schultern, Judith.«

Sie lehnte sich zurück und nippte an ihrem Glas. Ihr Blick ging an Robin vorbei. »Greg macht sich auch Sorgen um den Sender. Millers ewige Interviews gehen ihm auf die Nerven. Es schlägt Gregory jedesmal auf den Magen, wenn er sie liest. Die IBC ist *sein* Sender, und er kann es nun mal nicht leiden, wenn ein anderer die Lorbeeren erntet.«

»Manchmal ist es schwer, die Presse abzuschütteln«, erwiderte

Robin. »Sie hängen sich an Dans Rockschöße, weil ich mich drücke. Nach meiner ersten Pressekonferenz habe ich total abgeschaltet.«

Sie lächelte. »Miller platzt bestimmt vor Neid. Mit Ihrer Weigerung, Interviews zu geben, haben Sie ihn, ohne es zu wollen, ausgespielt und sind selbst zum allgemeinen Rätsel geworden . . . die Presse berichtet und spekuliert ständig über Sie. Ich finde übrigens den Namen, den man Ihnen angehängt hat, gar nicht so schlecht: ›Die Liebesmaschine‹.«

Er runzelte die Stirn. »Sie werden sich schon wieder beruhigen. Publicity ist das letzte, hinter dem ich her bin.«

»Greg weiß das, und deshalb nimmt er Ihnen Ihre Publicity auch nicht übel. Bei Ihnen ist die Presse neugierig. Miller ist sein ganzes Leben lang in der Branche gewesen, aber Sie sind, obgleich man Sie vom Bildschirm kennt, für die Madison Avenue noch immer ein Geheimnis. Sie reizen die Presse, man möchte Ihnen auf die Schliche kommen, herausfinden, worin Ihr Erfolgsrezept besteht.«

»Ich glaube, Sie überschätzen das Interesse.« Er trank aus. »Wollen wir noch was trinken?«

»Nein, danke. Ich muß im Morgengrauen schon wieder in der Klinik sein. Kommen Sie auch?«

Robin schüttelte lächelnd den Kopf. »Einer muß ja im Laden stehen. Rufen Sie mich aber bitte gleich an, wenn das Ergebnis vorliegt.«

»Bestimmt. Haben Sie bei der IBC eine Privatnummer?«

Er nahm sein Notizbuch heraus und schrieb ihr die Nummer auf.

»Geben Sie mir auch die Telefonnummer Ihrer Wohnung«, bat sie noch.

»Die IBC kann jederzeit zu mir durchstellen. Ich habe eine direkte Leitung.«

»Robin . . . denken Sie daran, daß Sie mir Ihre breiten Schultern zum Ausweinen angeboten haben? Wenn ich mal niedergedrückt bin und das Gefühl habe, die Wände fallen mir auf den Kopf, dann möchte ich wissen, daß ich Sie jederzeit erreichen kann . . .«

Er schrieb die Nummer, die nicht im Telefonbuch stand, auf und gab ihr den Zettel.

Judith saß im Bett und übertrug beide Nummern in ihr Adreßbuch, und zwar unter dem Buchstaben L. Ohne Namen, nur die Nummer. »L« bedeutete Liebe. So hatte sie seit eh und je die Telefonnummern ihrer Flirts eingetragen. Wohlig streckte sie sich aus. Eine dicke Schicht Nachtcreme lag auf ihrem Gesicht, und sie trug ein Haarnetz, damit das Fett ihr nicht die Frisur verdarb. Judith war glücklich. Gregory hatte nicht Krebs. Und wenn die Operation erst einmal überstanden war, würde er vielleicht wieder zu seinem alten Ich zurückfinden. In der Genesungszeit konnte sie sich jeden Tag mit Robin treffen.

Um sechs Uhr am nächsten Morgen lag Gregory auf dem Operationstisch. Während der Operation rief Judith Robin zweimal an, um sich von ihm beruhigen zu lassen. Er sprach besorgt und teilnahmsvoll mit ihr, sagte ihr, daß er zwei Besprechungen habe, aber trotzdem sofort hinauskäme, wenn sie ihn brauchte. Zum Schluß vereinbarten sie, daß er abends auf einen Sprung vorbeikam. Immer wieder versicherte er, es werde schon alles gut werden.

Um drei Uhr nachmittags erschien endlich Dr. Lesgarn. Gregory lag auf der Beobachtungsstation. Der Arzt brachte die erfreuliche Nachricht mit, daß der Krebstest negativ sei.

Gregory wurde um fünf heruntergebracht. Er war bei Bewußtsein, aber das Röhrchen in der Nase und die Nadel im Arm gaben ihm etwas Lebloses. Wieder eine Stunde später kam Dr. Lesgarn und teilte ihm das Ergebnis mit. Verächtlich schnaubend wandte Gregory den Kopf ab.

Judith lief zu ihm ans Bett und ergriff seine Hand. »Wir sagen dir die Wahrheit, Greg, ich schwöre es!«

Er schob sie beiseite. »Lügen! Das Ganze klingt zu schön, um wahr zu sein! Du bist eine schlechte Schauspielerin, Judith!« Sie lief aus dem Zimmer und lehnte sich draußen zitternd an die Wand. Der Arzt folgte ihr kopfschüttelnd. »Ich habe ihm eine Spritze gegeben, aber ich fürchte, es wird noch ein hartes Stück Arbeit, bis er von seiner Manie geheilt ist.«

Beide sahen Robin entgegen, der schon den Gang entlangkam. Das vertraute Lächeln und sein unverschämt gutes Aussehen brachten Judith erst recht zum Bewußtsein, daß Gregory nur noch ein Schatten seiner selbst war.

»Ich habe schon vor einer Stunde mit Dr. Lesgarn telefoniert«, sagte Robin und deutete mit einer Kopfbewegung auf den Arzt. »Ich kenne die gute Nachricht schon.«

»Gregory glaubt uns nicht«, sagte sie.

Er sah sie mitfühlend an. »Cliff Dorne hat inzwischen die Presse verständigt. Wir haben angegeben, es handele sich um das alte Leiden: Gallenblase. Ich denke, damit ziehen wir uns am besten aus der Affäre.«

Der Arzt wandte sich an Judith: »Mrs. Austin, Sie haben einen langen Tag hinter sich. Ich schlage vor, daß Sie jetzt nach Hause fahren.«

Sie lächelte kläglich. »Erst einmal möchte ich mich irgendwo hinsetzen, etwas trinken und etwas essen. Ich habe den ganzen Tag noch nichts gegessen.«

Robin begleitete sie zur Lancer Bar. Diesmal schickte sie den Chauffeur nach Hause. So würde Robin sie ganz unbefangen heimbringen können. Sie setzten sich an denselben Tisch wie am Tage zuvor. Wieder sah Judith sich um und versuchte zu ergründen, warum Robin gerade dieses Lokal bevorzugte.

Offensichtlich hatte er ihren Gedanken erraten, denn er meinte: »Ich hätte Sie gern woanders hingeführt. Leider hatte ich mich schon mit jemandem hier verabredet. Aber die Steaks sind gut und die Getränke noch besser.«

Vorsichtig nippte Judith an ihrem Glas. Auf leerem Magen würde sie den Alkohol spüren, und gerade heute wollte sie auf keinen Fall beschwipst sein.

»Hoffentlich störe ich Sie bei Ihrer Verabredung nicht.«

»Überhaupt nicht.« Robin stand plötzlich auf, und Judith erstarrte, als ein hochgewachsenes junges Mädchen auf ihren Tisch zukam.

»Verzeih, Robin, daß ich so spät komme.«

»Macht nichts.« Er schob das Mädchen an sich vorbei und stellte sie vor: »Mrs. Austin, das ist Ingrid, Stewardeß bei der TWA. Wir sind viele Male zusammen geflogen.«

Das Mädchen wandte sich mit einem vertrauten, warmen Lächeln an Robin. »Heute abend mußten wir eine halbe Stunde über dem Kennedy Airport kreisen, weil die Landepisten so besetzt waren. Deshalb bin ich spät dran.«

Robin winkte dem Kellner, der Ingrid ungefragt einen Wodka mit Tonic brachte. Das hieß, daß sie schon öfter mit Robin hier gewesen war. Sie sprach mit einem leichten Akzent . . . Schwedin vermutlich oder jedenfalls Skandinavierin – ein großes, überschlankes Mädchen mit langem, glattem blondem Haar und Stirnfransen, die ihr bis über die Augenbrauen hingen. Sie trug ein starkes Augen-Make-up, aber keinen Lippenstift. Als sie jetzt ihre schmale Hand besitzergreifend unter Robins Arm schob, hätte Judith sie erdolchen können. O Gott, wäre sie nur nicht so jung! Neben Ingrid in ihrer weißen Bluse und dem einfachen Rock kam Judith sich in ihrem Chanel-Kostüm klein und pummelig vor. Das

Mädchen konnte höchstens zweiundzwanzig sein ... sie hätte ihre Tochter sein können. Auch für Robin war sie viel zu jung, aber sie starrte ihn mit unverhohlener Bewunderung an. O Gott, diese Welt war für Männer gemacht! Alter zählte bei ihnen nicht. Auch in zehn Jahren würde Robin noch eine zweiundzwanzigjährige Stewardeß haben, die ihn so anhimmelte wie Ingrid. Judith öffnete ihre Handtasche und nahm ein goldenes Zigarettenetui heraus. Robin beugte sich sofort über den Tisch und gab ihr Feuer ... wenigstens erinnerte er sich noch, daß sie vorhanden war. O nein, sie würde das Feld nicht kampflos räumen! Nicht bei diesem kleinen Mädchen ... das sie an Bord eines Flugzeuges bedienen würde – eine Kellnerin!

Judith beobachtete Robin genau. Wie konnte er sich nur mit einer Stewardeß einlassen? Ob er vielen unbedarften Mädchen dieser Art seinen Körper einfach so schenkte, während sie, Judith, dasitzen, Pläne schmieden und Listen erfinden mußte?

Robin bestellte eine neue Runde. Judith wünschte, sie hätte Appetit gehabt. Schon der erste Scotch war nicht ohne Wirkung geblieben. Robin hob sein Glas und trank auf Gregorys Gesundheit. Anschließend erklärte er Ingrid, um wen es sich handelte.

Mit ehrlicher Teilnahme wandte sich das Mädchen an Judith: »Das tut mir sehr leid für Sie, und ich wünsche Ihrem Mann eine recht baldige Genesung. War es etwas Ernstes?«

»Nein, er war nur ein paar Tage zur Beobachtung im Krankenhaus«, erklärte Robin. »Mr. Austin ist von Florida hergeflogen, weil er zu den New Yorker Ärzten mehr Vertrauen hat.«

»Fliegen Sie mit uns?« fragte Ingrid.

»Nein, wir haben ein Privatflugzeug«, erwiderte Judith.

»O wie schick!« Sonderlich beeindruckt schien Ingrid davon nicht zu sein.

»Judith, Sie müssen Gregory dazu bringen, daß er sich auch ein wenig um den Sender kümmert, solange er zur Beobachtung im Krankenhaus liegt.« Robin sah sie eindringlich an und betonte das Wort »Beobachtung«. »Ich möchte, daß Sie ihn zwingen, sich während dieser Zeit auch für die Arbeit zu interessieren, verstehen Sie?«

Sie nickte. Ingrid starrte die beiden verwundert an. »Ich habe Hunger«, sagte sie plötzlich.

Robin winkte dem Kellner. »Bringen Sie der Dame ein Steak und mir einen doppelten Wodka.« Dann wandte er sich an Judith. »Was möchten Sie essen? Das Steak kann ich empfehlen und den gemischten Salat.«

»Was nehmen Sie?«

Er zeigte auf sein Glas.

»Ich nehme noch einen Scotch«, sagte sie ruhig.

»Kein Steak?«

»Kein Steak.«

Langsam verzog sich Robins Gesicht zu einem Grinsen. »Judith, Ihr Stil gefällt mir. Sie lassen sich nicht so leicht auszählen . . . wenn der Gong ertönt, kommen Sie wieder aus Ihrer Ecke und schlagen zu. Ich glaube, das ist das Geheimnis Ihres Erfolges.«

»Habe ich Erfolg?« fragte sie herausfordernd.

»Und ob!« Er hob sein Glas und trank ihr zu. Ingrid machte ein verwirrtes Gesicht. Plötzlich stand sie auf. »Vielleicht solltest du mein Steak abbestellen. Mir scheint, ich bin hier überflüssig.«

Robin starrte auf sein Glas. »Wie du meinst, Baby.«

Sie holte ihren Mantel und ging zur Tür. Judith versuchte, sich ihren Triumph nicht anmerken zu lassen. »Robin, es wäre wohl besser, ich ginge. Sie und die Kleine . . .«

Er langte über den Tisch und nahm ihre Hand. »Spielen Sie kein Theater, Judith, das paßt nicht zu Ihnen. So wollten Sie's doch, oder?«

Aus dem Augenwinkel sah sie, daß Ingrid zögernd an der Tür stehenblieb, sicher in der Hoffnung, Robin werde ihr folgen. Judith wartete, bis sie gegangen war, dann sagte sie: »Ich möchte niemandem weh tun.«

»Ingrid wird das Herz nicht bluten . . . zumindest nicht lange«, gab er zur Antwort. Dann bestellte er das Steak ab und ließ sich die Rechnung bringen. Schweigend tranken sie aus und verließen das Restaurant. »Ich wohne am Ende der Straße«, sagte er.

Sie hängte sich bei ihm ein. Ganz so hatte sie es sich nicht vorgestellt – nicht so nüchtern und plötzlich. Nicht so ohne jede Romantik. Sie mußte ihm zu verstehen geben, daß er ihr etwas bedeutete. »Robin . . . ich habe dich schon immer sehr gemocht . . .«

Statt einer Antwort ließ er ihren Arm los und nahm sie bei der Hand. Nach einer Weile sagte er: »Du bist ein Erfolgsmensch, Judith. Versuche nicht, die Dinge zu erklären.«

Als sie seine Wohnung betraten, wurde sie auf einmal unsicher wie ein Mädchen, das mit seinem ersten Mann schläft. Plötzlich fühlte sie den Schweiß auf der Stirn und zwischen den Brüsten . . . Diese idiotischen Beklemmungen! Kleine Erinnerungsstützen, daß sie nicht mehr eine taufrische, junge Stewardeß war!

Robin schenkte ihr einen mit Wasser verdünnten Scotch und sich selbst einen großen Wodka ein, den er stehend in der Mitte des Wohnzimmers austrank. Judith setzte sich auf die Couch und wartete sehnsüchtig darauf, daß er zu ihr kam. Sie sah die Holzscheite neben dem Kamin. Wenn Robin doch nur Feuer machen würde, damit sie im Dunkeln sitzen und in den Schein der Flammen blicken könnten. Am liebsten hätte sie ein paar von den Platten gehört, die neben der Stereoanlage lagen, und sich zärtlich in Robins Arme geschmiegt.

Dann kam er plötzlich zu ihr, nahm ihr das Glas aus der Hand und führte sie ins Schlafzimmer. Judith war entsetzt. Sollte sie sich vor seinen Augen ausziehen? Bei Ingrid tat er es wahrscheinlich selbst . . . genoß ihre Nacktheit, ihren straffen, jungen Körper. Judith trug einen Hüftgürtel. Nichts war weniger sexy – denn obwohl sie schlank war, preßte der knappsitzende Halter ihren weichen Leib in unschöne Falten.

Robin deutete auf die Badezimmertür. »Geh dort hinein. Es ist zwar kein Ankleidezimmer, aber es wird gehen.«

Sie taumelte ins Bad und zog sich langsam aus. Neben der Tür hing ein braunseidener Morgenrock, den sie überwarf und zuband. Als sie wieder ins Schlafzimmer trat, stand Robin am Fenster und sah hinaus. Er hatte nur die Unterhose anbehalten. Der Raum lag im Dunkeln, aber das Licht aus dem Badezimmer fiel auf Robins breiten Rücken. An dem durchtrainierten Körper war kein Gramm Fett zuviel. Sie hatte nicht geahnt, wie gut er gewachsen war. Langsam ging sie auf ihn zu. Als er sie sah, drehte er sich um und nahm ihre Hand. Fast behutsam führte er sie zum Bett. Er sah sie lächelnd an. »Man sagt, erfahrene Frauen verschaffen den höchsten Genuß. Beweisen Sie es, meine Dame – leg dich hin und zeig mir, was du kannst!«

Judith prallte zurück. Aber sie begehrte ihn so sehr, daß sie auf seinen Wunsch einging. Schon nach wenigen Augenblicken warf er sie auf den Rücken und drang in sie ein. In knapp einer Minute war es vorbei. Robin streckte sich neben ihr aus und nahm sich eine Zigarette.

»Verzeih, daß ich die Szene so abgekürzt habe«, meinte er mit einem entschuldigenden Lächeln. »Aber ich bin nie sehr gut, wenn ich getrunken habe.«

»Für mich war es wundervoll, Robin.«

»Wundervoll?« fragte er erstaunt. »Inwiefern?«

»Weil du es warst.«

Er gähnte. »Wenn ich in der Nacht aufwache, will ich versuchen, dir etwas mehr Vergnügen zu verschaffen.« Dann küßte er sie flüchtig und legte sich auf die Seite. Es dauerte nicht lange, bis ihr seine regelmäßigen Atemzüge verrieten, daß er schlief. Sie starrte ihn an. Das also war der große Robin Stone, die Liebesmaschine! Und nun? Nun erwartete er, daß sie neben ihm einschlief. Und wenn sie im Schlaf eine unglückliche Stellung einnahm, würde ihr Busen schlaff zur Seite hängen. Plötzlich merkte sie, daß sie noch immer den seidenen Morgenrock trug. Robin hatte sich nicht einmal die Mühe gemacht, ihn ihr auszuziehen. Er hatte ihren Körper weder gesehen noch mit den Händen berührt, er hatte sie einfach genommen und sich Befriedigung verschafft.

Judith schlüpfte aus dem Bett, ging ins Badezimmer und zog sich leise an. Als sie zurückkam, saß Robin aufrecht im Bett. Er schien wieder völlig nüchtern zu sein.

»Judith, bin ich so schnell weggewesen? Wie spät ist es denn?«

»Mitternacht.« Nun, da sie wieder in ihrem Chanel-Kostüm steckte, hatte sie ihr Gleichgewicht wiedergefunden und fühlte sich sicher.

»Wieso bist du fix und fertig angezogen?«

»Ich glaube, es ist besser, wenn ich nach Hause fahre – falls ein Anruf aus dem Krankenhaus kommt.«

Robin sprang aus dem Bett und fuhr in seine Unterhose. »Natürlich. Ich ziehe mich an und bringe dich heim. Es dauert nur eine Minute.«

»Nein, Robin.« Sie ging zu ihm und umarmte ihn. Es war noch nicht spät. Wenn er aufstand und sich anzog, rief er möglicherweise Ingrid an. Außerdem würde er ihr innerlich grollen, wenn er ihretwegen noch mal das Haus verlassen mußte. »Ich nehme mir ein Taxi. Bitte, leg dich wieder hin. Du hast einen anstrengenden Tag vor dir.«

Er legte ihr den Arm um die Taille und brachte sie zur Tür.

»Sehe ich dich morgen?« fragte sie.

»Nein. Ich fliege für ein paar Tage nach Philadelphia. Diana Williams bringt dort ihr Stück heraus, und ich möchte eine Aufnahme von den Proben machen.«

»Wann bist du zurück?«

»In zwei, drei Tagen . . . das kommt ganz darauf an.«

Sie umarmte ihn. »Robin, du hast mich noch nie geküßt.«

Gehorsam küßte er sie auf die Stirn.

»Ich meine, richtig geküßt.«

Er lächelte. »In einem zugigen Hauseingang?« Spöttisch sah er sie an. »Na, komm her.« Er nahm sie in die Arme und küßte sie herausfordernd auf den Mund. »So!« sagte er, als er sie losließ. »Ich kann dich ja schlecht unbefriedigt nach Hause gehen lassen, wo du so viel gewagt hast.«

Während sie zum Fahrstuhl ging, dachte sie darüber nach, warum sie sich so gedemütigt vorkam. Sie war doch mit Robin zusammengewesen, und sie würde es wieder sein. Allerdings wollte sie das nächstemal darauf achten, daß er nicht so viel trank.

Aber in den folgenden zwei Wochen schloß die rasch voranschreitende Verschlechterung von Gregorys Allgemeinzustand jeden Gedanken an ein nächstes Mal aus. Zwar erholte er sich körperlich, aber seine seelische Verfassung ängstigte Judith. Wenn Robin auf einen Sprung vorbeikam, weigerte sich Gregory, über geschäftliche Dinge zu sprechen. Er saß in seinen Bademantel gehüllt da und starrte geistesabwesend aus dem Fenster.

Als er aus dem Krankenhaus entlassen wurde, legte er sich zu Hause ins Bett und starrte an die Decke. Er war nicht zu bewegen, den Ergebnissen der Laboruntersuchungen zu glauben, und klagte über Schmerzen im Hals und in der Hüfte. »Ich bin durch und durch verseucht«, stöhnte er, »ich weiß es!«

Eines Morgens war er von der Taille abwärts gelähmt. Er konnte weder die Beine bewegen noch sich aufrichten. Sofort wurde Dr. Lesgarn herbeigerufen. Er stach Gregory mit einer Nadel ins Bein und ließ, da die Reaktion ausblieb, einen Krankenwagen kommen. Noch am selben Tag wurde Gregory gründlich untersucht. Es war kein Schlaganfall, wie Judith befürchtet hatte. Sämtliche Tests verliefen negativ. Ein Neurologe wurde hinzugezogen.

Dr. Chase, ein führender Psychiater, unterhielt sich mit Gregory. Ein zweiter Internist untersuchte ihn: Ihrer aller Meinung war, daß Gregorys Lähmung keine körperliche Ursache haben könne.

Die Ärzte teilten Judith ihre Diagnose mit. Sie war zu Tode erschrocken. Stumm saß sie da, ihre Augen flehten um eine Erklärung.

»Ich schlage einen Klinikaufenthalt vor«, sagte der Psychiater.

»Sie meinen, er soll hierbleiben?« fragte Judith.

Der Arzt schüttelte den Kopf. »Nein, ich denke an eine psychiatrische Klinik.«

Judith schlug die Hände vors Gesicht. »Nein, nein, nicht Greg ... zwischen lauter Idioten herumsitzen, das könnte er nie!«

Der Psychiater reagierte sehr pikiert. »Mrs. Austin – die meisten dieser Patienten sind hochintelligente und hochsensible Menschen. Primitive Naturen erleiden selten einen Nervenzusammenbruch.«

»Das ist mir egal. Mein Mann würde lieber sterben, als mit dem Makel herumlaufen, in einer solchen Klinik gewesen zu sein. Es würde ihn ruinieren und die IBC-Aktionäre in Panikstimmung versetzen . . . nein, das Wagnis dürfen wir nicht eingehen.«

Dr. Lesgarn wandte sich nachdenklich an seinen Kollegen Chase. »Es gibt da noch dieses Sanatorium in der Schweiz. Dorthin könnte Mr. Austin unter falschem Namen gehen. Die Patienten leben in Bungalows, und ihre Frauen können während der ganzen Behandlung bei ihnen sein. Mr. Austin fände ausgezeichnete psychiatrische Betreuung, ohne daß davon etwas bekanntwürde. Der Presse gegenüber könnte man den Aufenthalt in der Schweiz als eine längere Europareise hinstellen.«

Der Arzt sah Judith an und lächelte ihr ermunternd zu. »Und Sie können ein übriges tun und hin und wieder nach London oder Paris fliegen, um Ihren Freunden und Bekannten von dort Ansichtskarten zu schicken. Ich sage Ihnen aber gleich: Sie müssen mit einem halben bis einem Jahr rechnen – wenn nicht sogar länger.«

»Ich lasse es darauf ankommen«, sagte sie entschlossen und bat Dr. Lesgarn, sofort alles Nötige zu veranlassen. Dann fuhr sie nach Hause und führte zwei Telefongespräche: eins mit Cliff Dorne, das andere mit Robin Stone. Sie bestellte beide Männer zu sich.

Sie kamen um sechs. Ohne ihnen etwas zu trinken anzubieten, führte Judith sie in Gregorys Arbeitszimmer und erzählte ihnen die ganze Geschichte. Zum Schluß sagte sie: »Wenn ein Wort davon nach außen dringt, werde ich alles abstreiten und Sie beide entlassen. Mein Mann ist entscheidungsunfähig, und für diesen Fall besitze ich als seine Frau die Generalvollmacht.«

»Niemand bestreitet das«, erwiderte Cliff ruhig. »Ich halte Ihre Entscheidung für richtig. Wenn die Öffentlichkeit etwas erführe, würden die Aktien an einem einzigen Tage um zehn Punkte fallen, und ich bin, wenn auch nur in kleinem Maßstab, selbst Aktionär.«

»Dann sind wir uns also völlig einig?« Als beide Herren nickten, fuhr sie fort: »Ich möchte, daß Mr. Stone die Leitung des Senders vollverantwortlich übernimmt. Sie, Cliff, wollen bitte morgen Danton Miller davon unterrichten. Erklären Sie ihm, daß mein Mann auf unbestimmte Zeit zur Erholung wegfährt und daß alle Dinge, die sonst mein Mann entscheidet, von Mr. Stone entschieden werden.«

Sie wich dem ungläubigen Blick Cliff Dornes aus, erhob sich und gab damit das Zeichen, daß die Unterredung beendet sei.

Am anderen Morgen um neun ließ Cliff Dorne die gesamte IBC-Belegschaft zusammentrommeln und verkündete die neue Anordnung. Um halb zehn reichte Danton Miller seine Kündigung ein. Cliff versuchte, sie ihm wieder auszureden, aber Dans Entschluß war endgültig.

Robin spürte, daß Cliff Dorne feindlich gegen ihn eingestellt war, aber es ließ ihn ziemlich kalt, und nach ein paar Wochen hatten die meisten im Sender schon vergessen, daß es jemals einen Mann namens Danton Miller gegeben hatte. Die Abteilungsleiter ließen ihre schwarzen Anzüge und Krawatten im Schrank und stellten sich auf Robins Oxford-Grau um.

Robin arbeitete hart. Jeden Abend sah er sich die Fernsehprogramme an und tauchte nur noch selten in der Lancer Bar auf. Allmählich verlor er ganz die Berührung mit der Außenwelt. Für ihn gab es nur noch die IBC und die Sendungen der Konkurrenz. Er studierte jeden Programmvorschlag, und in Hollywood warteten etliche Pilotfilme auf ihn.

Er wollte gerade zum Flughafen aufbrechen, als Dip Nelson anrief. In dem hektischen Durcheinander der letzten Wochen war Dip ihm völlig aus dem Sinn gekommen.

»Wie geht es meinem alten Kumpel, dem großen Fernsehboß?« trompetete Dip fröhlich durch die Leitung. »Ich wollte immer schon anrufen und Ihnen gratulieren, aber ich mußte mich dauernd um Pauli kümmern.«

Robin lächelte. »Wenn ich mich recht erinnere, waren Sie das letztemal, als wir uns sahen, drauf und dran, sie umzubringen.«

»Sie kennen mich doch! Ich bin leicht auf neunzig, aber ich rege mich auch ebenso schnell wieder ab. Abgesehen davon, wird sie ohne mich nicht fertig. So wie die Williams sich aufführt, dürfte feststehen, daß Pauli eine reelle Chance hat, nach der Eröffnung am Broadway die Rolle zu übernehmen. Wie ist's, haben Sie nicht Lust, heute abend mit mir nach Philadelphia zu fliegen, um die Aufführung zu sehen?«

»Ich bin sozusagen schon auf dem Weg nach Los Angeles, Dip. Da muß ich mir verschiedene Sachen ansehen, die wir für den nächsten Winter planen.«

»Okay, dann tun Sie mir einen Gefallen und verbreiten Sie da unten, ich hätte wieder mal ein großes Ding auf der Pfanne.«

»Haben Sie das denn?«

»Nee! Aber das spielt keine Rolle, die glauben in Hollywood sowieso alles.«

Der Flug nach Kalifornien war langweilig und ermüdend. Robin ertappte sich dabei, daß er über Judith Austin nachdachte. Bei ihrem letzten gemeinsamen Mittagessen waren ausschließlich geschäftliche Dinge zur Sprache gekommen. Erst ganz zum Schluß hatte sie ihm in die Augen geblickt und gesagt: »*Ciao* einstweilen.« Eigentlich hatte er die zärtlich flehende Bitte in ihren Augen übersehen wollen, doch dann kam Judith ihm so hilflos und verwundbar vor in dem großen Haus, daß er plötzlich an Kitty denken mußte. Darum hatte er ihr die Hand gedrückt, sich zu einem Lächeln gezwungen und erwidert: »Ja, *ciao* – einstweilen.«

Na ja, Gregory würde lange fortbleiben, und Judith hätte in Europa sicher nicht über Mangel an männlicher Gesellschaft zu klagen. Robin verdrängte sie aus seinen Gedanken und versuchte, sich auf den Film zu konzentrieren, der an Bord der Maschine gezeigt wurde. Nach dem Film las er in Manuskripten und Exposés. Er konnte es kaum erwarten, daß die verdammte Kiste landete und er von seiner schmachtenden Nachbarin befreit wurde, doch vor allem konnte er es kaum erwarten, Maggie Stewart wiederzusehen.

Er rief sie vom Beverly-Hills-Hotel an. Maggie war überrascht, seine Stimme zu hören, wollte sich aber um sechs mit ihm in der Polo Lounge treffen.

Als sie die Bar betrat, merkte er, daß er ganz vergessen hatte, wie schön sie war. Lächelnd setzte sie sich zu ihm. »Ich dachte, du würdest nach dem Feuer nie wieder ein Wort mit mir reden.«

Er drückte ihre Hand. »Das glaubst du doch selbst nicht! Ich fand es wahnsinnig komisch.«

»Was macht das neue Stück, in dem Diana Williams auftritt?«

»Keine Ahnung. Ich habe die Dame nicht mehr gesehen – außer bei ein paar geschäftlichen Besprechungen. Irgend jemand scheint unsere Romanze eingeäschert zu haben. Was macht übrigens dein neuer Film?«

Maggie verzog das Gesicht. »Vorige Woche habe ich die Musterkopie gesehen.« Sie trank ihren Scotch aus und bestellte einen neuen.

Robin sah sie neugierig an. »Ist er so schlecht?«

»Verheerend. Wenn ich nicht einen Vertrag für drei weitere Filme hätte, wäre ich erledigt. Sie wollen ihn nicht mal den Premierenkinos geben, sondern gleich in der Provinz starten.«

»*Einen* schlechten Film kann sich jeder Star leisten.«

Sie nickte. »Ich hätte die Möglichkeit, die Schlappe mit meinem nächsten wieder wettzumachen. Adam Bergman führt Regie.«

»Er ist glänzend.«

»Wem sagst du das? Unter seiner Führung wirke ich wenigstens wie eine Schauspielerin.«

»Wo ist der Haken?«

»Er will mir die Rolle nur geben, wenn ich ihn heirate.«

Robin schwieg.

»Aber ich werde ablehnen. Oh, du brauchst gar nicht so schuldbewußt zu tun. Ich habe ihm schon vor Weihnachten einen Korb gegeben.« Doch plötzlich blitzte sie ihn an. »Doch, du hast Schuld, du gemeiner Kerl! Du bist schuld daran, daß mich kein Mann mehr interessiert.«

Er grinste ungerührt. »Nicht dramatisch werden. So hinreißend bin ich auch nicht.«

»Damit hast du ausnahmsweise recht! *Ich* bin diejenige, welche ... ein verrücktes Huhn, wie du einmal gesagt hast. Übrigens war ich bei einem Seelendoktor und habe herausgefunden, daß ich mich selbst liebe.«

»Bei einem Psychiater? Aber was hat deine Selbstliebe damit zu tun, ob du Bergman heiratest oder nicht?«

»Ich lehne es ab, eine sogenannte Hollywoodehe zu führen, wie Adam sich das vorstellt. Als ich mit ihm in seinem Strandhaus lebte, habe ich Sachen mitgemacht, die ich bei mir nie für möglich gehalten hätte. Komisch, nicht? Liege ich aber auf der Couch, dann frage ich: ›Wohin sind alle entschwunden? Wo ist die Maggie aus Philadelphia mit ihrer Liebe, ihrer Hoffnung? Die Frau, die die verrückten Dinge tut, das bin nicht ich ...‹«

»Was hat dich veranlaßt, zum Psychiater zu gehen?«

»Das Feuer. Ich bekam einen wahnsinnigen Schreck, als mir klar wurde, daß dabei Menschen hätten ums Leben kommen können.«

»Mir hat die Geschichte ein nagelneues Bett eingebracht«, meinte Robin lächelnd, »mit einer feuerfesten Bettdecke.«

Zum Essen fuhren sie zu Dominik und anschließend wieder in die Polo Lounge. Robin verbrachte drei Tage in den Studios und drei Nächte mit Maggie. Kurz vor seinem Abflug trafen sie sich noch einmal in der Polo Lounge. Maggie überreichte Robin eine kleine Schachtel. »Mach auf«, sagte sie, »es ist ein Geschenk.«

Er starrte auf den kleinen goldenen Ring, der in dem Samtpolster steckte. »Was ist das? Es sieht aus wie ein winziger goldener Tennisschläger.«

Sie warf den Kopf in den Nacken und lachte. »Es ist ein Henkelkreuz.«

»Ein was?«

»Ein altägyptisches Lebenssymbol . . . Kleopatra trug eins. Es bedeutet Lebenskraft und Lebensdauer. Und das paßt zu dir. Du bist unausrottbar . . . keine Frau kann dich je vergessen. Ich glaube, du wirst ewig so weitermachen. Für mich ist es ein Sex-Symbol.« Sie schob ihm den Ring auf den kleinen Finger. »Schlank, glänzend und schön, nicht wahr? Genau wie Sie, Mr. Stone. Ich möchte, daß du ihn trägst. Ich drücke dir gewissermaßen ein Brandmal auf, obgleich mir natürlich klar ist, daß du den Ring fortwirfst, sobald du allein bist. Aber ich will mir einbilden, daß du ihn trägst und daß alle Frauen, die ihn sehen, dich nach seiner Bedeutung fragen. Vielleicht hast du sogar die Stirn, es ihnen zu erklären.«

»Ich trage nie Schmuck«, erwiderte er nachdenklich. »Meistens trage ich nicht einmal meine Armbanduhr. Aber diesen Ring werde ich tragen, wirklich.«

»Soll ich dir etwas sagen? Ich habe oft gehört, daß es Haßliebe gibt – aber was das eigentlich ist, weiß ich erst, seit ich dich kenne.«

»Du haßt mich nicht. Und du liebst mich auch nicht.«

»Ich liebe dich doch«, erwiderte sie ruhig. »Und ich hasse dich dafür, daß ich nicht anders kann, als dich zu lieben.«

»Wieviel Zeit hast du noch bis zum Beginn deines nächsten Films?«

»Zehn Tage.«

»Komm mit mir nach New York.«

Für einen kurzen Augenblick strahlten ihre Augen. »Meinst du das ehrlich? Möchtest du wirklich, daß ich mitkomme?«

»Ja. Ich habe für den Rückflug sogar eine private Düsenmaschine . . . kleine Aufmerksamkeit der IBC. An Bord ist ein Bett – wir könnten uns hübsch die Zeit vertreiben.«

Sie schwieg.

»Komm, Maggie, sag ja. Wir gehen ins Theater, und bei schönem Wetter fahren wir ans Meer. Könntest du dich frei machen?«

»Robin, ich würde meine ganze Karriere abschreiben, wenn ich wüßte, daß du mich *brauchst*! Von Heirat will ich gar nicht reden, nur davon, daß du mich brauchst. Mein Gott, ich ginge mit dir bis ans Ende der Welt.«

Er sah sie befremdet an. »Wer hat etwas davon gesagt, daß ich dich brauche? Ich habe dich lediglich gefragt, ob du mit mir nach New York kommst. Ich dachte, ein bißchen Luftveränderung täte dir gut.«

»Ach, eine kleine Vergnügungsreise?«

»Das ist doch das Leben, Baby.«

Maggie stand mit solcher Heftigkeit auf, daß ihr Glas auf dem Tisch überschwappte. »Jetzt habe ich aber endgültig genug. Keine Sorge: Ich lasse mich nicht verleugnen, wenn du anrufst. Wahrscheinlich gehe ich auch wieder mit dir ins Bett. Denn ich bin krank. Aber mein Psychiater wird mir schon helfen. Und eines Tages *wirst* du mich brauchen . . . aber dann ist es zu spät!«

Er sah sie jetzt kühl an. »Mir scheint, du machst dir ein falsches Bild, Baby. Ich brauche niemanden. Aber solltest du nicht vielleicht Adam Bergman brauchen, ohne den du keinen anständigen Film zustande bringst, wie alle Welt weiß?«

Sie beugte sich vor und starrte ihm in die Augen. »Ich stehe auf dich, Mr. Stone – um einen Ausdruck aus der Branche zu gebrauchen. O Gott, wie stehe ich auf dich. Aber von allen Männern, die ich kenne, bist du der letzte Dreck!«

Damit drehte sie sich um und ging. Robin trank langsam aus und fuhr zum Flughafen. Er war entschlossen, den Ring in den Papierkorb zu werfen, aber er saß so fest und ließ sich nicht abziehen. Robin lächelte. Es sah so aus, als habe sie ihn tatsächlich gebrandmarkt.

In New York erfuhr er, daß Diana Williams von ihrem Vertrag zurückgetreten war. Pauli war in Philadelphia eingesprungen und hatte einen solchen Begeisterungssturm entfesselt, daß Ike Ryan es wagen wollte, mit ihr auch am Broadway aufzutreten.

Dip pendelte zwischen Philadelphia und New York hin und her und versorgte Robin mit täglichen Bulletins. Um die auf Diana Williams abgestellte »Happening«-Sendung zu retten, fuhr Robin mit seinem Team nach Philadelphia und machte Aufzeichnungen von Pauli. In der ersten Hälfte der Sendung ging es um Diana: auf der Probe, im Gespräch über ihr Comeback, die Schlagzeilen über ihre »Erkrankung«. Die zweite Hälfte zeigte, wie Pauli einsprang. Unter anderem gab es ein Interview bei Übernahme der Stargarderobe. Das Ganze roch entsetzlich nach Kintopp, aber Robin wußte, daß die Sehbeteiligung anziehen würde.

Nach der Premiere in New York bekam Pauli phantastische Kritiken, aber merkwürdigerweise keine Filmangebote. Dip war außer sich. Die Erklärung ihres Agenten, Pauli sei eine Bühnenpersönlichkeit und würde ein Broadway-Superstar, hielt er für Humbug, und als er hörte, daß man in Hollywood einen bekannten Star für die Filmfassung verpflichtet hatte, war er furchtbar niedergeschlagen.

Robin setzte das Diana-Williams-Happening für Mitte Mai an. Es kam genauso, wie er es vorhergesehen hatte. Die Sendung schlug die derzeitige Konkurrenz um Längen.

Für ihn war es ein guter Sommer. Die Wiederholungssendungen machten sich nicht schlecht. Er bändelte mit dem einen oder anderen Mädchen aus Paulis Show an, bemühte sich sogar, auch zu Pauli nett zu sein, aber sooft er in ihrer Nähe auftauchte, drehte sie ihm den Rücken zu. Robin sah über ihre Feindseligkeit hinweg. Dip war ihm nach wie vor freundschaftlich zugetan und stellte ihm immer neue Mädchen vor, mit denen er dann bei Sardi saß. Neuerdings gefiel es ihm bei Sardi, doch je weiter sich die Legende seiner Macht verbreitete, desto lieber und häufiger verkroch er sich wieder in die Lancer Bar. Um Stars, Agenten und Agenten von Agenten aus dem Weg zu gehen, hielt er sich auch vom Colony und Klub 21 fern. Sehr rasch hatte er den Wert eines klaren »Nein« erkannt, wenn es um die Ablehnung eines Angebots ging. Er gelobte sich, niemals zornig zu werden und die Beherrschung zu verlieren. Nie sagte er: »Ich werd's mir überlegen.« Es war immer ein eindeutiges »Ja« oder »Nein«. Bald stand er in dem Ruf, ein kaltblütiger Hund zu sein, dessen bloßes Nicken genügte, um einen Schauspieler zu machen oder zu vernichten, und die wenigen Male, die er im 21 auftauchte, wunderte er sich über die Atmosphäre von Furcht, die sein Erscheinen auslöste.

Er mußte jedoch feststellen, daß sein neuer Ruhm von einem merkwürdigen Phänomen begleitet war. Zum erstenmal in seinem Leben fiel es ihm schwer, die richtigen Mädchen aufzutreiben. Mit den Starlets war Schluß, denn karrierehungrige junge Dinger konnte er sich nicht leisten. So verfiel er auf Stewardessen, aber auch das war auf die Dauer unbefriedigend. Sie erschienen in ihrer besten Kleidung und erwarteten, schick ausgeführt zu werden. Wenn sie dann merkten, daß sein gesellschaftliches Leben sich auf die Lancer Bar, einen Film oder seine Wohnung beschränkte, war die Enttäuschung meistens groß.

Daß sein Sexualleben nicht völlig zum Erliegen kam, verdankte er Dip. Dip hatte immer neue Mädchen für ihn parat. Leider wurde Robin durch seine Arbeit so in Anspruch genommen, daß er zufrieden war, zwei- oder dreimal pro Woche mit einer Neuen zu schlafen. Und immer trug er Maggies Ring. Wenn ein Mädchen ihn danach fragte, sagte er: »Das ist ein Symbol für langes Leben und nie versiegende Potenz; es bedeutet, daß ich in *alle* Frauen verliebt bin.«

Zweimal wöchentlich traf eine Karte von Judith ein. Cliff Dorne war peinlich darauf bedacht, daß in den Gesellschaftsspalten der Presse von Zeit zu Zeit eine weitere Station der Austinschen Europareise erwähnt wurde.

Einen Tag vor Labor Day stürmte Dip Nelson in Robins Büro und erklärte, er sei felsenfest davon überzeugt, daß Pauli ein Verhältnis mit ihrem Partner Lon Rogers habe. Gleichzeitig rief Cliff Dorne an und teilte ihm mit, Ethel und Christie Lane hätten einen neun Pfund schweren Sohn bekommen.

Robin beruhigte Dip, das sei alles nur Broadway-Tratsch, rief bei Tiffany an und ließ dem Ehepaar Lane einen silbernen Saftbecher schicken, schlenderte abends über den Broadway und sah sich einen schrecklichen Film an. Hauptrolle: Maggie Stewart.

29

Robin saß in seiner Wohnung und wartete auf die erste Christie-Lane-Sendung der neuen Saison. Die Presse hatte in den letzten Tagen verschiedentlich Andeutungen gemacht, daß Christie Lane für sein Publikum eine Riesenüberraschung bereithalte. Robin nahm an, daß er dem Publikum sein Baby vorstellen wollte.

Er reichte Dip Nelson sein Glas. »Schenk mir einen Scotch mit viel Wasser ein, Dip.« Nachdenklich sah er ihm nach, wie er gehorsam zur Bar ging. Er wußte, daß über ihre Freundschaft gemunkelt wurde. Jerry Moss hatte ihm hinterbracht, man erzähle sich, daß Dip für ihn Mädchen besorge. Robin hatte nur gelacht. In Wahrheit hatte er sich neuerdings nur deshalb enger an Dip angeschlossen, weil er ihm leid tat. Er spürte, daß Dip sich trotz seiner Begeisterung über Paulis Erfolg als »Ehemann eines Stars« nicht wohl fühlte, wenn er sich auch nie darüber beklagte.

Robin hatte Dip zweimal als Gast in Unterhaltungssendungen der IBC auftreten lassen, und jedesmal waren die Kritiken tödlich gewesen. Ein Rezensent hatte sich sogar erlaubt, auf Dips Beziehungen zu einem gewissen Mr. Allmächtig anzuspielen. Robin kümmerte sich nicht um das Gerede. Hätte Dip auch nur einen Funken Talent, würde er dafür sorgen, daß er in jeder nur möglichen Sendung beschäftigt wurde. Aber Dip auf dem Bildschirm – das zog einem die Schuhe aus! Ein hübsches Gesicht genügte eben nicht. Selbst die Kerle, die für Rasiercreme Reklame machten, sahen besser aus.

»Wieso trinkst du heute Scotch?« fragte Dip.

»Erste Sendung der Saison, da bin ich gern nüchtern. Wir fahren nachher in die Lancer Bar und lassen uns vollaufen.«

»Mir wäre lieber, du kämst mit mir in Danny's Hideaway, das wäre günstiger für mich.«

»Inwiefern?«

»Ein Beispiel: J. P. Morgan hat mal zu einem gesagt: ›Wenn ich mit dir durch die Börse gehe und dir den Arm um die Schulter lege, das ist die beste Sicherheit, die du haben kannst.‹«

Robin lächelte. »Okay, dann fahren wir nach der Sendung dorthin.«

Dip freute sich wie ein Kind, stürzte zum Telefon und bestellte einen Tisch, nicht irgendeinen, sondern einen ganz bestimmten, und er gab nicht eher Ruhe, als bis die Sache arrangiert war. Als er fertig war, stellte Robin den Ton für die Christie-Lane-Show, die eben anfing, lauter.

Er traute seinen Augen nicht. Zuerst glaubte er, da würde nur ein großer Gag vorbereitet; jeden Augenblick müßten Christies weißer Frack und weiße Schleife sich in einem wirbelnden Schwank auflösen. Aber als der erste Werbespot kam, ging ihm auf, daß dieser Limonadenstil ernst gemeint war. Sie versuchten tatsächlich, ein kitschiges Salon-Musical aufzuziehen! Es war so schlecht wie eine Schüleraufführung, hätte aber noch als Persiflage durchgehen können, wenn Christies Partnerin nicht der Sache zu allem Unglück einen halbseriösen Anstrich gegeben hätte.

Dip holte sich aus der Küche ein Bier. Er verfolgte die Sendung nur mit einem Auge und wunderte sich, weshalb Robin plötzlich so intensiv hinschaute. Er ging ins Arbeitszimmer und stellte sich dort auf dem kleinen Gerät einen Wildwestfilm ein. Robin würde das verstehen. Es wurmte ihn, sich ein Programm ansehen zu müssen, in dem für ihn selbst keine Lorbeeren zu holen waren.

Als sein Film zu Ende war, ging er zurück ins Wohnzimmer. Robin schien seine Abwesenheit nicht einmal bemerkt zu haben. Er stand mitten im Raum und starrte ins Leere.

»Na, wie war's?« fragte Dip fröhlich.

»Grauenvoll!«

»Nimm's nicht tragisch. Vielleicht ist es nächste Woche besser.« Dip hatte es eilig, zu Danny zu kommen.

»Es war einfach unbeschreiblich!« Robin war wie betäubt. »Ich möchte nicht wissen, wie viele Leute mittendrin abgeschaltet haben. Wir werden mit unseren Zahlen in den Keller rutschen.«

»Komm, laß uns zu Danny fahren. Wir können es doch nicht ändern . . . so ist das Leben!«

»Das wollen wir erst mal sehen«, sagte Robin eiskalt. Er rief die IBC an. »Hier Stone. Verbinden Sie mich mit Artie Rylander in Kalifornien. Sie haben die Nummer . . . ja, Brentwood.« Er zündete sich eine Zigarette an und wartete. »Es ist mir egal, wer auf der Direktleitung telefoniert! Schalten Sie sich ein und sagen Sie, die Leitung muß sofort freigemacht werden.«

Als er Artie am Apparat hatte, preßte er wütend durch die Zähne: »Wollen Sie mir bitte erklären, Rylander, was das soll? Wie konnten Sie das zulassen? Haben Sie nicht gesehen, daß die Sache ins Auge geht? Ach was! Dann hätten Sie mich anrufen sollen! Was soll das heißen, Chris hat Ihre Autoren hinausgeworfen? Ich weiß, daß wir ihm Mitspracherecht eingeräumt haben . . . aber er kann schließlich nicht über unseren Kopf hinweg entscheiden. Außerdem sind wir mehr als gleichberechtigte Partner, denn uns gehört die Sendezeit . . . Erzählen Sie mir doch nicht diesen Quatsch von einer Broadway-Show! Klar, daß eine Broadway-Show mit neuen Nummern herauskommen muß, da schreibt dann die Kritik darüber . . . *nachdem* sie auf Platten und in Musikboxen gespielt worden sind. Bei einer wöchentlichen Fernsehsendung haben wir für so was keine Zeit. Außerdem ist Chris Lane kein Rex Harrison. Er ist Amerikas Durchschnittsmann! Im Frack sieht er aus wie ein fetter blonder Pinguin. Sie werden ihm sagen, er soll die Show wieder auf die alte Masche trimmen. Holen Sie sich wieder die Allerweltssängerin, die in den Sketches mitgespielt hat, und dazu den Conferencier mit seinen Kalauern. Welcher Vollidiot hat sich bloß die Ballettgruppe einfallen lassen? Muß ich Ihnen erst sagen, daß Balletteinlagen auf dem Bildschirm nicht ankommen? Mir graut, wenn ich daran denke, was das alles gekostet hat! . . . Was heißt, er wird nicht wollen? Wir können ihn zwingen . . . Nein, den Vertrag habe ich mir noch nicht angesehen. Aber ich werde ihn mir ansehen, und zwar noch heute nacht! Sie hören gleich morgen früh von mir!« Er knallte den Hörer auf die Gabel.

»Robin . . .« Es war Dip. »Wenn wir uns nicht beeilen, ist unser Tisch bei Danny weg.«

Robin sprang auf und zog sich seine Jacke an. »Essen ist das letzte, woran ich denke.« Er ging wieder zum Telefon. »Verbinden Sie mich mit Mr. Dorne in Rye.« Er schnippte ungeduldig mit den Fingern. Das hieß für Dip »Zigaretten!«. »Hallo, Cliff, hier ist Robin Stone.«

»Oh . . . einen Moment, ich lege eben auf den anderen Apparat um.«

Robin zündete sich eine Zigarette an und wartete.

»Verzeihen Sie, Robin«, meldete Cliff sich nach kurzer Zeit wieder, »wir haben ein kleines Familienfest.«

»Was sagen Sie zu der Chris-Lane-Show?«

Schweigen.

»Sie finden sie also auch schlecht?«

»Ich habe sie, offen gestanden, gar nicht gesehen. Wissen Sie . . .«

»Was heißt, Sie haben sie nicht gesehen?«

»Robin, wir feiern den siebzigsten Geburtstag meiner Schwiegermutter. Die ganze Familie ist versammelt, und wir essen gerade.«

»Die Sendung war unter aller Sau«, erklärte Robin grob.

»Ich sehe mir morgen früh gleich das Video-Band an.«

»Nein. Wir treffen uns jetzt noch in Ihrem Büro.«

»Was?«

»Jetzt! Sie haben doch den Schlüssel für die Vertragsablage, oder?«

»Robin, hat das nicht Zeit bis morgen? Meine Schwiegermutter ist zu Besuch!«

»Darauf kann ich leider keine Rücksicht nehmen. Kommen Sie bitte so schnell wie möglich in die Stadt.«

»Robin, wenn es sich um *meine* Mutter handelte, würde ich nichts sagen. Meine Frau glaubt mir das nie. Mein Verhältnis zu ihrer Mutter war immer recht gespannt. Wir haben dreißig Jahre in einer Art Waffenstillstand gelebt. Wenn ich jetzt fortgehe . . .«

»Wird sie von Ihnen finanziell unterstützt?«

»Natürlich! Was denken Sie? Ich habe ihr jetzt sogar eine Nerzstola geschenkt. Völlig verrückt – einer siebzigjährigen Dame! Aber wie ich meine Schwiegermutter kenne, überlebt sie den Nerz noch.«

»Dann hören Sie auf, mir mit Sentimentalitäten zu kommen – von wegen Familienfeier und so. Ich erwarte Sie in Ihrem Büro.«

»Robin, das müssen wir leider auf morgen verschieben.«

»Dann dürfte Ihr Schreibtisch für einen Nachfolger frei werden.«

Cliff blieb einen Moment still, dann antwortete er kühl: »Ich komme, Robin. Aber ich möchte Ihnen empfehlen, sich auch meinen Vertrag einmal durchzulesen. Ich arbeite weder für Sie noch unter Ihnen. Ich bin Chef der Rechtsabteilung der IBC. Mich kann man nicht einfach herumschieben. Und ersetzbar bin ich auch nicht so leicht.«

»Wenn Sie in einer halben Stunde im Büro sind, können Sie Ihrer Schwiegermutter im nächsten Jahr noch eine Nerzstola schenken. Wenn nicht, lassen Sie sich die erste lieber morgen früh zurückgeben. Augenblicklich bin ich für die IBC verantwortlich, und es gibt niemanden, der nicht zu ersetzen wäre. Unsere beliebteste Sendung geht in die Binsen, wenn wir nicht sofort etwas unternehmen. Ich möchte feststellen, ob und wie das zu machen ist – und zwar gleich, nicht morgen.«

»Na schön.«

»Cliff, wenn Sie glauben, Sie können nicht mehr mit mir zusammenarbeiten, stelle ich Ihnen anheim, Ihren Schreibtisch noch heute nacht zu räumen.«

»Ich will schon mit Ihnen arbeiten«, erwiderte Cliff, »jedenfalls bis Mr. Austin zurückkommt. Dann sollten wir uns vielleicht mal zu einem Gespräch zusammensetzen.«

»Bitte sehr, ich habe nichts dagegen. Und nun blasen Sie die Kerzen aus, singen Sie Happy Birthday und machen Sie, daß Sie herkommen.« Er legte auf, trat ans Fenster und starrte auf die Lichter der City.

Dip lachte. »›New York, du wirst mir einst zu Füßen liegen!‹ – wie ich mal in einer Filmklamotte sagen mußte.«

Robin drehte sich um. »Was meinst du damit?«

»Es ist ein Klischee. Das Ur-Klischee schlechthin. Aber genauso hast du ausgesehen: der Riese, der sich anschickt, die Madison Avenue zu beherrschen, Imperien unter sein Joch zu bringen, über Leichen zu gehen ...«

»Ich mache nur meinen Job!«

»Was ist mit Danny?«

»Keine Zeit.«

»Ausgerechnet, wenn ein paar dicke Agenten dort aufkreuzen, wie ich zufällig erfahren habe, und ich den Tisch direkt neben ihnen bestellt habe!«

»Fahr hin, Dip. Sag, ich käme noch. Sag, ich sei Wachs in deinen

Händen, wenn's dir Spaß macht – das tust du ja ohnehin schon. Ruf mich unüberhörbar vom Tischtelefon aus an und sag: ›Okay, Robin, ich komme.‹ Dann bist du gedeckt.« Er langte in die Tasche und warf einen Fünfzigdollarschein auf die Couch. »Hier, das dürfte für das Essen reichen«, sagte er und ging zur Tür.

Dip steckte das Geld ein und folgte ihm. Sie nahmen sich gemeinsam ein Taxi.

Als Robin ausstieg, rief Dip ihm nach. »Komm noch vorbei, wenn du zeitig genug fertig bist. Ich warte eine Stunde mit dem Anruf.«

Es war vier Uhr morgens, als Robin und Cliff den Vertrag beiseite legten. »Fahren Sie nach Hause, Cliff«, sagte Robin müde. »Wir sind jede Klausel Wort für Wort durchgegangen. Uns sind die Hände gebunden.«

Cliff zog den Mantel an und rückte seine Krawatte zurecht. »Wir haben Christie die Entscheidungsfreiheit in allen künstlerischen Fragen gegeben und uns nur die Besetzungsfreiheit vorbehalten.«

Robin machte ein nachdenkliches Gesicht. »Können wir nicht das ganze Ensemble ablehnen und so lange nein sagen, bis er bereit ist, den ursprünglichen Charakter der Sendung wiederherzustellen?«

»Dafür müßten wir einen stichhaltigen Grund angeben. Wir müßten behaupten, das Image der werbenden Firmen leide unter der schlechten Qualität. Aber nach dem, was Sie mir erzählt haben, war die Sendung zwar gähnend langweilig, jedoch perfekt gemacht. Folglich können wir keine Einwände gegen die Besetzung erheben, ohne Christies Rechte zu verletzen.«

Robin drückte seine Zigarette aus. »Das bedeutet, unser Paradepferd wird den Weg alles Irdischen gehen.«

»War es denn wirklich so schlecht?« fragte Cliff.

»Sie können sich später selbst davon überzeugen. Und ich kann Ihnen jetzt schon sagen, wie die Sehbeteiligung aussieht.« Müde winkte er Cliff zum Abschied zu.

Es wurde schon hell, als er die Madison Avenue entlangging. Er wußte, was er zu tun hatte. Hinter der Christie-Lane-Show herzuweinen, war sinnlos. Er würde sie Ende Juni absetzen. Er würde sich um neue Ideen kümmern müssen . . . mehr Unterhaltungssendungen, mehr Gewalttätigkeit. Er würde seine Leute zusammentrommeln und auf die Suche nach Ideen und Manuskripten schicken; ferner Autoren engagieren, die Phantasie hatten und ihm originelle Sendungen schreiben konnten.

Im Januar machte Robin Schlagzeilen, als er ankündigte, daß die Christie-Lane-Show Ende Juni abgesetzt werde. Er beruhigte Jerry Moss und bat ihn, nicht die Nerven zu verlieren. In der neuen Saison werde er mit einem neuen Knüller herauskommen, und Jerrys Auftraggeber hätten dann Vorkaufsrecht. Die gesamte Branche, einschließlich der Fernsehspalten der *Times* und *Tribune,* widmete Christies Abgang ausführliche Kommentare. Seine Publicity war ungeheuer, und das Ehepaar Lane war die Attraktion aller Partys. Besonders eng hatten sie sich dem Clan um den Filmschauspieler Alfie Knight angeschlossen. Ethel wurde Alfis Vertraute. Jedesmal, wenn er mit einem jungen Mann eine Romanze hatte, zeigte sich Ethel mit ihm als Alibi in der Öffentlichkeit – kein Wunder, daß Alfie sie anbetete. Zu dritt erschienen sie auf Premieren, während Chris an seinen Sendungen arbeitete.

Obgleich Chris feste Angebote von zwei anderen Fernsehanstalten hatte, zögerte er einen Abschluß hinaus, denn er hoffte immer noch, er käme mit der IBC wieder ins reine.

Doch zu seinem Erstaunen mußte er bei seiner Ankunft in New York erfahren, daß es seinem Agenten nicht gelungen war, mit Robin eine Verabredung zu treffen. »Wenn der einmal nein sagt«, meinte der Agent, »dann ist nichts mehr zu machen. Er gibt einem nicht mal die Chance zu diskutieren, zu bitten oder zu klagen.«

Chris versuchte persönlich, Robin zu erreichen. Jedesmal bekam er die Auskunft, Mr. Stone sei »in einer Besprechung«.

Da rief er Danton Miller an. Dan war entzückt, von ihm zu hören, und schlug ein Treffen im Klub 21 vor.

Um vier Uhr nachmittags war das Restaurant fast leer. Sie saßen an einem der vorderen Tische in der Bar und rissen Robin Stone eine Stunde lang in Stücke. Danach fühlte Chris sich wohler.

»Sie haben wenigstens Angebote von anderen Sendern. Der da drüben ist viel übler dran.« Dan deutete auf Dip Nelson, der eben hereinkam und an ihnen vorbei zur Bar ging.

Er lächelte. »Er kommt fast jeden Tag, allein.«

»Warum?«

Dan zuckte die Achseln. »Was soll ein Mann, der keinen Job hat und dessen Frau ein Star ist, sonst machen?«

»Wie steht's bei Ihnen?« fragte Chris.

»Ich will mich mal so ausdrücken: Für mich geht's um Sein oder Nichtsein. Und der blonde Ochse, der da an der Bar steht, könnte mein Lebensretter sein.«

»Dip Nelson?«

»Ich könnte mir denken, daß er das Nichtstun leid ist. Und ich habe ihm etwas anzubieten . . .«

»Dip Nelson ist doch erledigt. An seine Frau sollten Sie sich ’ranmachen.«

»Seine Frau hat Robin Stone nicht in der Tasche. Wohl aber dieser Dip – aus einem unerfindlichen Grund.«

»Ja, ich weiß«, meinte Chris nachdenklich. »In Kalifornien ist das schon Tagesgespräch. Man munkelt, die beiden hätten was miteinander . . . Sie wissen schon.«

»Von mir aus sollen sie sich heimlich trauen lassen. Hauptsache, ich bekomme meine Serie auf den Bildschirm.«

»Wollen Sie sich wieder als Produzent betätigen?«

»Jawohl. Ich kenne dieses Geschäft aus dem Effeff . . . nur möchte ich mit der IBC abschließen. Ich möchte zur Stelle sein, wenn die sagenhafte Liebesmaschine auffliegt. Dann brauche ich nur den Platz, auf den ich gehöre, wieder einzunehmen, und bin größer und mächtiger als je zuvor.«

Christie nickte. »Da arbeiten Sie wenigstens auf ein Ziel hin.«

Dan lachte. »Christie . . . Sie haben doch Ihr Ziel längst erreicht. Ein großes Haus, mehr Geld, als Sie ausgeben können, und dazu einen prominenten Freundeskreis.«

Christies Gesicht verzog sich zu einem gequälten Lächeln. »Da haben Sie wohl recht. Aber vor allen Dingen habe ich meinen Sohn, Christie Lane jr.« Er zog ein Faltetui mit Fotos von einem lächelnden, dicken Baby hervor. »Wissen Sie, wenn ich Ethel eins verdanke, dann ist es mein Sohn – und das ist das einzige, was zählt. Für dieses Kind lebe ich . . . es ist wie ein Extra-Bonus für mich.« Dann sah er auf die Uhr. »Seien Sie mir nicht böse, aber ich muß zurück ins Hotel. Wohne jetzt im Plaza. Alfie Knight hat gesagt, unter dem könne man’s nicht machen. Sie sollten meine Suite sehen! Ich glaube, Lincoln war darin aufgebahrt. Um halb sieben ruft Ethel jedenfalls an und hält das Baby an die Sprechmuschel, und manchmal gluckst es ein bißchen . . . ein dolles Kind!«

Dan sah ihm nach und bestellte sich noch einen Martini. Dann schickte er Dip eine Notiz an die Bar. Dip las sie und kam an Dans Tisch.

»Warum soll jeder für sich trinken?« empfing Dan ihn. »Wir können uns ebensogut zu einem Glas zusammensetzen.«

»Ich wüßte nicht, aus welchem Grunde«, erwiderte Dip frostig. »Haben Sie sich nicht so aufgeregt, als Robin Stone mich für die Christie-Lane-Show verpflichtete?«

»Ich habe mich nur deshalb aufgeregt, weil ich keine Gelegenheit mehr hatte, für Ihren Auftritt den geeigneten Rahmen zu schaffen. Ich versichere Ihnen: Hätte man mir ein paar Wochen Zeit gelassen, wären die Kritiken anders ausgefallen.«

Dip setzte sich. »Die Presse ist immer vorneweg, wenn es darum geht, einen Filmstar fertigzumachen. Wer gut aussieht, hat für diese Leute von vornherein kein Talent. Sie – wenn ich singe, besonders in einer Live-Sendung – da bin ich nicht zu schlagen!«

»Was möchten Sie trinken?« fragte Dan.

»Eeeeh . . . ich warte auf einen Anruf von Robin, und so lange nähre ich mich brav von Bier. Später nehmen Robin und ich dann noch einen Schluck zusammen.«

»Wohl immer noch dicke Freundschaft, was?«

»So!« Dip verschränkte die Finger.

»Warum tut er eigentlich nichts für Sie, wenn Sie so enge Freunde sind?« fragte Dan. »Die Leute lästern, Sie wären nur sein Laufbursche.«

Dip blitze ihn wütend an. »Wagen Sie ja nicht, so etwas in meiner Gegenwart noch einmal zu sagen! Robin verläßt sich ganz und gar auf mich. Und wenn Sie's genau wissen wollen: Ich war derjenige, der Robin gesagt hat, er soll Chris Lane absetzen. Jawohl! Und soll ich Ihnen sagen, warum? Robin wollte ihn noch in die nächste Saison hinübernehmen, aber ich vergesse nichts . . . Chris Lane hat mich und Pauli wie den letzten Dreck behandelt, als wir in seiner Show auftraten. Ich habe ein gutes Gedächtnis. Ich halte mich zurück und warte. Aber wenn der Moment gekommen ist, schlage ich zu.«

»Wie lange läuft das Stück mit Ihrer Frau noch?«

»Bis Juni in New York, anschließend geht's für ein Jahr auf Tournee. Ich übrigens mit. Sie schreiben die Rolle des Bruders für mich um.«

»Warum wollen Sie eine Nebenrolle übernehmen?« fragte Dan.

»Um bei Pauli zu sein. Sie braucht mich.«

»Sie braucht Sie so wenig wie neue Zähne.«

»Soll ich Ihnen Ihre Zähne hier im Lokal einschlagen?«

»Nein. Ich möchte nur, daß Sie sich ein paar Dinge klarmachen.«

»Zum Beispiel?«

»Zum Beispiel, daß Sie jeden Abend mit dem mächtigsten Mann aus der Fernsehbranche zusammen sind. Niemand hat so viel Einfluß wie Robin Stone. Sie sollten das Eisen schmieden, solange es heiß ist. Eines Tages wird nämlich der Wind Mr. Stone wieder ins

Gesicht blasen. Ich habe ihn beobachtet. So wie der Kerl vorgeht, könnte man meinen, er wolle sich mit Gewalt sein eigenes Grab schaufeln. Es scheint ihm Vergnügen zu machen, möglichst viele Feinde zu haben – als ob er ausprobieren wolle, wie weit er gehen kann, wie tief sich die Leute demütigen lassen. Seine Energie und seine Arroganz haben etwas Krankhaftes. Wenn Sie schlau wären, würden Sie sich mal in Ruhe anhören, was ich ihnen zu sagen habe.«

»Ich brauche keinen Rat von jemandem, der passé ist«, höhnte Dip.

Dan reagierte mit seinem bewährten Katzengrinsen. »Vielleicht sollten zwei, die passé sind, ihre Kräfte vereinen. Was halten Sie davon, mein Ko-Produzent zu werden?«

»Ich verstehe nichts von Produktion.«

»Sind Sie heute abend schon zum Essen verabredet?«

»Nein. Das heißt, ich weiß noch nicht, was Robin vorhat.«

»Können Sie sich frei machen?«

Dip lächelte. »Ich kann tun und lassen, was ich will.«

»Dann kommen Sie mit mir. Ich habe eine Verabredung mit Peter Kane von der Agentur Johnson-Harris im Voisin. Sie haben für die Tournee Ihrer Frau doch nicht etwa schon abgeschlossen?«

»Nein, ich will erst abwarten, was sie aus der Rolle machen.«

Dan bezahlte die Rechnung mit einem Scheck. »Gehen wir. – Aber halten Sie ja den Mund.«

»Wie reden Sie eigentlich mit mir?« knurrte Dip.

»Ich darf es mir erlauben«, entgegnete Dan freundlich, »denn ich werde Sie zu einem sehr reichen Mann machen.«

Dip nippte an seinem Bourbon mit Wasser, Dan und Peter Kane tranken Martini.

Dan brachte das Gespräch sofort auf Dips Karriere. Komischerweise schien Peter Kane höchst interessiert. Alle waren sich darin einig, daß die Kritik ihre Antipathie gegen Robin Stone an dem Schauspieler ausgelassen hatte.

»Dieser arme Kerl«, erklärte Dan, »hat Stones sämtliche Feinde geerbt, aber keinen seiner Freunde.«

»Was für Freunde hat der schon? Nicht einmal eine ständige Begleiterin! Ich habe gehört, Ike Ryan organisiert manchmal eine Dreiergeschichte für ihn. Sagen Sie, Dip, ist Robin andersrum?«

»Er steht auf Frauen.«

»Sei es, wie es wolle. Jedenfalls bin ich der Ansicht, daß Robin

Stone Ihre Karriere auf dem Gewissen hat«, sagte Peter Kane ernst. »Jeder, der vom Fach ist, weiß, daß er Ihr bester Freund ist. Und so sagt man sich, wenn *er* Sie nicht mal engagiert, müssen Sie schon ziemlich schlecht sein. Folglich interessiert man sich nicht für Sie. Daß Stone Sie nicht für eine große Show verpflichtet, hat Ihnen ungeheuer geschadet.«

»Unter dem Gesichtspunkt habe ich die Sache noch nie betrachtet«, meinte Dip nachdenklich. »Vielleicht ist tatsächlich was dran.«

Dann unterhielten sich die beiden anderen über verschiedene Sendungen. Dip saß ruhig dabei. Nach dem Essen sagte Peter Kane zu Dan: »Ich habe den Vorführraum ab neun, vielleicht sollten wir jetzt lieber 'rüberfahren.«

Dan wandte sich an Dip. »Wir machen eine neue Sendereihe. Ich habe die Rechte, und Kanes Agentur verhandelt. Es ist eine Krimi-Serie, die wir billig drehen können. Ich möchte, daß Sie sich's mal anschauen und mir sagen, ob es Ihnen gefällt.«

Dan zahlte, und sie fuhren ins Büro der Agentur Johnson-Harris. Dip sah sich den Film genau an. Es war ein gutgemachter Krimi mit viel Schießerei. Der Held taugte nichts, und Dip wußte, daß ihm die Rolle auf den Leib geschneidert war.

Als das Licht wieder anging, sah Dan ihn gespannt an. »Na, was sagen Sie?« fragte er.

»Ich könnte mir denken, daß das eine tolle Serie wird«, meinte Dip begeistert.

»Gehen wir nach unten«, schlug Peter Kane vor. »Gegenüber ist eine ruhige kleine Bar, da können wir die Einzelheiten besprechen.«

Sie setzten sich an einen der hinteren Tische. Dip bestellte sich einen Bourbon und trank ihn auf einen Zug aus. Wenn Dan und Peter ihn als einen mit allen Wassern gewachsenen Kriminalbeamten sahen, konnte er sich schlecht anmerken lassen, daß er gewöhnlich nur Bier trank.

»Wir wollen hundertfünfundzwanzigtausend pro Folge verlangen. Herstellen können wir für neunzigtausend, die eine oder andere Woche auch noch billiger. Ziehen wir die Provision für die Agentur ab, bleibt ein Reingewinn von dreißigtausend, der höchstens durch drei geteilt würde.«

»Sie meinen, ich bekäme statt einer Gage ein Drittel des Gewinns?« fragte Dip.

»Oh, ich glaube, wir könnten zusätzlich einen gewissen Betrag für Sie festhalten, sagen wir tausend pro Woche plus Bürospesen.«

»Wozu brauche ich ein Büro?«

»Für Ihre Firma. Sie können das Geld nicht als Gage vereinnahmen, dann würde nämlich alles die Steuer fressen. Meine Firma heißt Danmill ... für Ihre können Sie sich einen Namen aussuchen. Wenn Sie wollen, erledigt mein Anwalt diese Dinge für Sie.«

»Moment mal!« Dip ging das alles zu schnell. »Woher weiß ich denn, daß ich Ihrem Anwalt trauen kann?«

»Weil wir die Sache so arrangieren, daß Ihre Firma die Gewinne einnimmt, von denen Sie meinen Anteil der Firma Danmill überweisen.«

»Und wo drehen wir? Hier oder in Los Angeles?«

»Das soll die IBC entscheiden. Sie hat ja in Los Angeles große Studios. Lieber wäre mir allerdings, wir drehten die Außenaufnahmen in den Straßen von New York, damit wir die Atmosphäre der Großstadt einfangen.«

»Ach, dann hat die IBC die Serie gekauft?« fragte Dip.

»Noch nicht.«

Dip blickte begeistert. »Jedenfalls liegt mir die Rolle sehr, da hol' ich was 'raus!«

Dan und Peter sahen sich an. Dan sprach. »Davon sind wir überzeugt. Nur ist es leider so, daß wir mit dem anderen schon für zwei Jahre abgeschlossen haben.«

»Wozu bin ich dann hier?« fragte Dip.

»Weil Sie die Chose Robin Stone verkaufen können.«

Dip wollte aufstehen, aber Dan packte ihn am Arm. »Setzen Sie sich! Was wollen Sie lieber, Ihr Leben lang als Schauspieler herumdilettieren oder Millionär werden, he? Sagen Sie mir das bitte!«

Dip funkelte ihn zornig an. »Ich glaube, Sie legen es schon den ganzen Abend darauf an, daß ich Sie zusammenschlage!«

»Dip, machen Sie sich doch nichts vor«, mischte sich jetzt Peter ein. »Sie haben es nicht geschafft. Jedenfalls nicht beim Fernsehen, denn da haben Ihnen ja wirklich alle Türen offengestanden. Warum wollen Sie nicht vernünftig werden und jetzt einfach mal Geld machen? Ein Ko-Produzent hat viel mehr Macht und Ansehen als ein Schauspieler.«

»Wie kommen Sie überhaupt darauf, daß die IBC die Serie kauft?« fragte Dip plötzlich.

Dan kniff die Augen zusammen. »Wenn ich mich nicht irre, lassen Sie sich doch gern bei Danny sehen und verbreiten, daß Sie Robin Stone in der Tasche haben. Bitte schön! Jetzt ist der Augenblick gekommen, es zu beweisen. Verkaufen Sie ihm die Serie. Im

Januar laufen etliche Sendungen aus. Ködern Sie ihn mit einem Drittel der Gewinne, das er in jeder Form ausbezahlt bekommen kann . . . bar, Reisen, ein Haus.«

»Und was wird das Finanzamt sagen?«

»Wir haben einen ausgezeichneten Steuerberater. Es gibt verschiedene Möglichkeiten, Stones Anteil zu verschleiern. Wenn er beispielsweise einen Cadillac haben möchte, benutzen wir den Wagen in ein paar Szenen und verbuchen ihn unter Ausstattung. Ein Landhaus kaufen wir eben für Außenaufnahmen. Wenn er Möbel haben möchte, bauen wir entsprechende Innenräume auf, und auch Barsummen können wir mit vorgetäuschten Ausgaben abdecken. Es gibt hundert Möglichkeiten, das lassen Sie nur unsere Sorge sein.«

»Sie meinen, ich soll einfach zu ihm hingehen und ihm das sagen?« fragte Dip.

»Sie werden schon wissen, wie Sie ihm das am besten beibringen«, meinte Dan achselzuckend.

»Und wieviel, sagten Sie, springt für uns dabei 'raus?«

»Zehntausend pro Folge, wenn wir zu dritt teilen.«

»Was ist mit Kane?«

»Ich bin zufrieden, wenn meine Agentur die Provision bekommt«, sagte Kane. »Mir kommt es vor allem auf den Abschluß mit der IBC an. Dann wird nämlich für mich ein Vizepräsidentenstuhl frei.«

Dip starrte ins Leere. »Ich muß im Vorspann als Produzent genannt werden.«

»Einverstanden«, willigte Dan sofort ein. »Dann mache ich den Produktionsleiter.«

Dip lächelte. »Geben Sie mir zuerst einen unterschriebenen und beglaubigten Vertrag, in dem steht, daß mir bei Verkauf der Serie zwei Drittel der Gewinne zustehen, denn sonst riskiere ich, daß ich Robin breitschlage, und ihr rückt hinterrher nicht mit den Zechinen 'raus.«

»Ich lasse den Vertrag gleich morgen früh aufsetzen«, sagte Dan.

Am nächsten Nachmittag traf Dip Robin in der Lancer Bar. Den Vertrag hatte er in der Tasche, doch bevor er auf den Pilotfilm zu sprechen kam, wartete er, bis Robin vor seinem zweiten Martini saß. Anschaulich beschrieb er dann, worum es sich handelte und wie die Hauptrolle angelegt war, und bot ihm zum Schluß das Bonbon an: »Ein Drittel der Gewinne wandert geradewegs in deine

Tasche, mein Junge!«

Robin packte ihn am Rockaufschlag und zog ihn zu sich heran. »Jetzt hör mal genau zu, du Gauner! Als Danton Miller bei der IBC war, ist er mit solchen Geschäften reich geworden. Ich habe alle Agenten, die mit ihm gekungelt haben, an die Luft gesetzt. Laß dir ja nicht einfallen, meinen Namen mit diesen windigen Geschichten in Verbindung zu bringen!«

»Dann ist die Sache also gestorben«, brummte Dip enttäuscht.

»Gestorben in bezug auf das für mich bestimmte Schmiergeld«, erklärte Robin, lenkte dann aber ein: »Ich mache dir einen Vorschlag! Wenn du eine gute Sache hast, zeig sie mir. Taugt der Film was, nehme ich ihn. Ob Miller deinen Namen vorschiebt oder nicht, ist seine Sache. Mir ist es egal.«

Dip grinste erleichtert über das ganze Gesicht. »Dann bist du also nicht sauer?«

»Nur, wenn du versuchst, mich in deine Machenschaften mit hineinzuziehen. Andererseits weißt du ja, daß ich dauernd auf der Suche nach Stoffen und Sendungen bin. Warum solltest du nicht in die Produktion einsteigen? Du bist gerissen wie ein Gangster, das habe ich schon immer an dir bewundert. Wenn ich diese Sendung kaufe, und sie nennen dich als Produzenten, dann ist mir sonnenklar, daß Miller die Arbeit macht. Hoffentlich sitzt du aber künftig nicht nur herum und läßt dich hofieren, sonst nehme ich zurück, was ich über deine Intelligenz gesagt habe. Bleib am Ball, lerne alles, was es zu lernen gibt, schau den Kameraleuten zu, kümmerte dich um die Sonderausgaben, denn die fressen deinen Gewinn, wenn du nicht achtgibst . . . zusätzliche Musiker zum Beispiel oder Überstunden. Aber was mein Drittel am Gewinn betrifft, das schlag dir aus dem Kopf. Teil dir den Segen mit Miller beziehungsweise diesem sauberen Agenten, dem ihr ja wohl auch was geben müßt!«

Gemeinsam mit Dip sah Robin sich dann den Film an. Hinterher stand er auf und erklärte: »Das ist nicht nur gut, das ist großartig! Bestell Dan Miller, der Handel sei perfekt!«

Nachdem er sich von Robin getrennt hatte, machte Dip einen langen Spaziergang. Er kam zu dem Schluß, daß er Robin verabscheute und Danton Miller erst recht. Er haßte alle diese Arschlöcher! Wie war er nur in eine solche Situation geraten? Eine Frau, die ein Star war und ihn wie ihren Sklaven behandelte. Männer wie Robin und Dan, die ihm glatt ins Gesicht sagten, daß er ein miserabler Schauspieler sei. Wo waren die Tage seines Ruhms geblieben, wo die Zeit, da er einen Raum nur zu betreten brauchte, um Freude und Glanz zu verbreiten, und sich ihm die Frauen an den Hals warfen? Heute verdrückten sie sich, wenn er kam. Pauli hatte ihm gesagt, er solle die Finger von den Mädchen aus ihrem Ensemble lassen ... keine wollte mehr mit Robin Stone ausgehen. Wenn er aber bei Robin gut angeschrieben sein wollte, mußte er ihm Mädchen 'ranschaffen. Der war sowieso komisch mit Frauen ... Dip würde nie vergessen, wie Robin die Nutte zugerichtet hatte. Aber die Mädchen beklagten sich über seinen Geiz ... nie ging er mit ihnen aus, nur gerade in die Lancer Bar und dann ab ins Bett. Und wenn sie nicht taten, was er verlangte, schickte er sie ohne Taxigeld nach Hause.

Dip seufzte und machte sich auf den Weg zu Sardi. Er hatte sich angewöhnt, mittags dort nachzuschauen, ob er vielleicht eine ehrgeizige junge Schauspielerin für Robin auftreiben konnte. Natürlich hatte Robin ihn nie ausdrücklich um eine solche Vermittlung gebeten. Aber wenn Dip ihm dann zublinzelte und sagte: »Ich habe ein neue Nummer für dich, mein Junge ... da ist wirklich etwas dran«, schien Robin ganz erfreut.

Wie war er in diese Lage hineingeraten? Na, von jetzt an würde alles anders werden. Er würde wieder ganz groß 'rauskommen. Dreißigtausend geteilt durch zwei pro Woche ... wieso eigentlich *geteilt durch zwei*? Woher sollte Dan Miller wissen, ob Robin seinen Anteil nahm oder nicht? Das erfuhr der doch nie! Er, Dip, würde zwei Drittel einstecken und sein Gehalt dazu. Den anderen würde er sagen, Robin wolle Bargeld haben. Mochten Dan und sein schlauer Steuerberater sich ausdenken, wie das zu bewerkstelligen war. Diese zehn Tausender extra pro Woche kamen in einen Tresor. *Steuerfrei*! Dip würde ein reicher Mann! Wie kam er dazu, sich um irgndwelche Arbeitsvorgänge oder Produktionstechniken zu kümmern? Das sollten gefälligst Knilche wie Dan Miller tun. Der konnte für sein schäbiges Drittel schließlich auch was leisten. Dip würde seinen doppelten Anteil kassieren und sich einen flotten Tag machen. Und ganz behutsam würde er hier und da durchblicken lassen, daß Robin beteiligt sei; dann würde nämlich jeder andere Produzent, der etwas zu verkaufen hatte, zu ihm kommen und ihm auch zwei Drittel anbieten – eins für Dip, eins für Robin. Ein mächtiger Mann konnte er werden! Pauli würde ihm in den Hintern kriechen ... und ihm nicht mehr mit diesem Quatsch kommen von wegen »zu müde« und so, wenn er 'ne Nummer mit ihr schieben wollte. Dann wäre er bald so weit, *ihr* einen Job zu geben. Plötzlich schlug seine Hochstimmung um. Mein Gott, diese Pauli steckte ihm wie eine Krankheit in den Knochen! Er kam einfach nicht von ihr los. Manchmal hätte er sie umbringen können. Trotzdem war sie die einzige unter all den attraktiven Frauen seiner Umgebung, die ihn sexuell erregte. Na, wenn erst mal eine Sendung von ihm über den Bildschirm flimmerte – vielleicht zwei oder sogar drei –, dann würde Pauli schon klarwerden, wer der größte Mann in New York war.

Robin plante, Dips Sendung bei dem ersten Ausfall im kommenden Februar einzuschieben. Ein entsprechender Vertrag wurde aufgesetzt, Dan Miller gab sein Einverständnis, und nun brauchte Dip nur noch abzuwarten, welche der neuen Sendungen ein Mißerfolg zu werden versprach.

Im Juli ging Pauli auf Tournee. Dip blieb in New York. Als Pauli erfuhr, daß Dip demnächst zehntausend Dollar pro Woche verdienen würde, änderte sich ihre Haltung ihm gegenüber (von den zweiten zehntausend, die er im Tresor verschließen wollte, sagte er ihr nichts). Sie schrieb ihm von unterwegs lange Briefe und vergaß nie, ihm zu versichern, wie sehr sie ihn vermisse.

Gleich im September, zu Beginn der Saison, landete die IBC mit einer von Robin ausgewählten Sendung einen Volltreffer. Zwei andere waren so-la-la, aber das Tagesprogramm war insgesamt abgerundet. Die Unterhaltungsklamotte abends schlug wie eine Bombe ein, und auch die beiden Quizabende würden sich durchsetzen. Von den zwei Sendungen, die auf der Kippe standen, würde die eine mit Sicherheit im Februar eingehen. Sie sollte dann durch Dips Serie ersetzt werden . . . damit war Robin ein für allemal seine Verpflichtungen gegenüber Dip los.

Er dachte über Dip nach . . . Anfangs hatte er ihn wirklich gern gemocht. Dip war aufgeschlossen und lebenslustig, und das gefiel Robin. Doch als er monatelang mitangesehen hatte, wie Dip sich von Pauli behandeln ließ, verwandelte sich seine Sympathie allmählich in Abneigung. Dip mußte doch wissen, daß Pauli ihn betrog! Robin hatte ihn absichtlich wie einen Sklaven behandelt, um ihn wachzurütteln und seinen Widerstandsgeist zu wecken. Er hatte gehofft, Dip würde sich auflehnen und mit der Aufsässigkeit auch seine alte Kraft wiederfinden. Aber Dip schluckte alles.

Je mehr Robin sich über Dips Hörigkeit gegenüber Pauli Gedanken machte, desto weniger verlockte es ihn, sich intensiver an eine Frau zu binden. Die wenigen Male, da er versucht war, sich in eine Art Romanze einzulassen, hatte er automatisch an Maggie denken müssen, und da war das jeweilige Mädchen einfach verblaßt. Robin mußte sich eingestehen, daß sich Maggies Bild tief in sein Unterbewußtsein eingeprägt hatte. Es machte ihn wütend. Keine Frau sollte in sein Leben eindringen! Die Leitung eines Fernsehsenders war eine Aufgabe, die einen Mann restlos ausfüllte. Seit einem Jahr hatte er keine Zeile mehr an seinem Buch geschrieben. Ja, gestern hatte er sogar die dreihundert Manuskriptseiten verpackt und abgelegt. Er war gespannt, wann Gregory zurückkommen würde ... wenn überhaupt. Judiths letzte Karte stammte vom August und war in Cannes abgestempelt: Gregory gehe es ziemlich gut, er spiele sogar stundenlang Chemin-de-fer.

Ende September kam das Ehepaar Austin ohne Aufsehen nach New York zurück. Judith hatte es so gewollt. Wenn sie sich erst einmal wieder richtig zu Hause fühlten, sollte die »offizielle« Rückkehr mit großem Tamtam verkündet werden. Auf keinen Fall wollte sie sich durch einen Presseauflauf am Pier den Überraschungseffekt nehmen lassen. Die Heimkehr mußte mit einer Riesenparty gefeiert werden. Sie dachte sogar daran, den Ballsaal im Plaza zu mieten, um auch wirklich alle wichtigen Leute einladen zu können.

Gregory war wieder ganz der alte, und er war nun endlich überzeugt, daß er keinen Krebs hatte. Gelegentlich hatte er sogar versucht, mit seiner Frau zu schlafen. Judith fand, daß sie eigentlich einen Orden verdiente – so verrückt hatte sie getan und ihm immer wieder gesagt, daß er der großartigste Geliebte der Welt sei. Nicht mal während ihrer Flitterwochen hatte sie so viel Leidenschaft gezeigt, aber sie war nun einmal zu allem entschlossen, nur damit ihr Mann sich wohl fühle ... und vor allem lag ihr daran, möglichst bald nach New York zurückzukehren. Anderthalb Jahre waren sie fort gewesen!

Aber Judith hatte die Zeit nicht ungenützt verstreichen lassen. Während der ersten drei Monate in Lausanne war Gregory so krank, daß er keinen Besuch empfangen durfte. Vierzig Elektroschocks, dann die grauenvolle regressive Phase, in der er sich sogar beschmutzte, und schließlich die allmähliche Besserung ... Judith hatte sich in der Nähe des Sanatoriums eine kleine Wohnung gemietet und, während ihr Mann in strenger Isolierung lag, einen berühmten Facharzt für kosmetische Chirurgie konsultiert.

Er hatte wahre Wunder gewirkt, obwohl sie zuerst enttäuscht war. Denn sie hatte sich tatsächlich eingebildet, sie würde nachher wieder wie zwanzig aussehen. Sie sah jetzt wie achtunddreißig aus, eine schöne, sehr gepflegte Frau von achtunddreißig Jahren. Der Arzt war ein Genie. Natürlich waren vor den Ohren winzige Fältchen zurückgeblieben, und hinter den Ohren waren die Narben deutlich sichtbar. Aber da Judiths Haare jetzt weich und bauschig über die Ohren fielen, wurde alles verdeckt. Vidal Sassoon hatte die Frisur eigens für sie entworfen, und sie stand ihr hinreißend. Gregory hatte keine Ahnung von der Operation. Er meinte nur, sie sehe wundervoll aus, und die neue Frisur sei ein Meisterstück. Judith lächelte. Sah er denn nicht, wie straff ihre Kinnlinie war? Aber er hatte weder bemerkt, daß ihr Busen geliftet war, noch die winzigen Narben in der Leistengegend gesehen, die von der Straffung der Oberschenkel zurückgeblieben waren.

Auch Gregory sah gut aus, schlank und sonnengebräunt. Allerdings zeigte er nicht die geringste Lust, seine Arbeit im Sender wiederaufzunehmen. Nun waren sie schon eine Woche zu Hause, und er war noch nicht einmal ins Büro gegangen. Jeden Tag kam er mit einer anderen Ausrede. Einmal mußte er zu seinem Schneider – er hatte nämlich zehn Pfund abgenommen, und keiner seiner Anzüge paßte mehr. Das anderemal zu seinen Pferden. Anfangs der zweiten Woche mußte Judith ihn buchstäblich aus dem Haus werfen und ihn ins Büro schicken.

Kaum war er aus dem Haus, rief sie Robin an. Sie hatte damit absichtlich bis jetzt gewartet. Er wußte, daß sie zurück waren. Gregory hatte mehrmals mit ihm telefoniert. Sicherlich wunderte er sich, weshalb sie nicht anrief. Inzwischen würde er schon ungeduldig sein . . .

Auf seinem Privatapparat meldete sich niemand. Judith war enttäuscht, aber im Büro eine Nachricht zu hinterlassen, schien ihr sinnlos, denn wahrscheinlich war Robin bei einer Besprechung. Um drei Uhr nachmittags erreichte sie ihn schließlich. Es hörte sich an, als freue er sich ehrlich über Judiths Anruf. Er habe den ganzen Vormittag mit Gregory zusammengesessen, sagte er, und es sei phantastisch, wie gut er aussehe.

»Wann sehen wir uns?« fragte sie.

»Wann immer du willst«, erwiderte Robin leichthin. »Sowie Gregory Lust dazu verspürt, werde ich euch beide mit Vergnügen zum Essen ausführen.«

»So meinte ich es nicht, Robin«, sagte sie ruhig. »Ich möchte dich allein sehen.«

Er schwieg.

»Bist du noch dran, Robin?«
»Ja, ich bin hier.«
»Wann kann ich dich sehen?«
»Morgen um sechs bei mir.«
»Gut, ich komme. Ich sage Gregory, daß ich zu einem Wohltätigkeitscocktail muß. Dann bin ich zeitlich nicht gebunden. Gregory fällt nach dem Abendessen meistens todmüde ins Bett.«

Sie fuhr zu einem neuen Schönheitssalon in der Gegend der East Sixties. Zu ihrem bisherigen konnte sie sich nicht hinwagen, denn dort kannte sie das gesamte Personal, und die Nachricht von den Narben hinter ihren Ohren hätte sich wie ein Lauffeuer in der Park Avenue verbreitet.

Sie nahm als Mrs. Wright in einer Nische Platz und bildete sich fest ein, daß niemand sie erkannt habe. Wie denn auch? Vor über einem Jahr war ihr Bild zum letztenmal auf der Titelseite von *Woman's Wear* erschienen. Was das anging, so würde sie erst in ein paar Wochen wieder die Initiative ergreifen. Einigermaßen beruhigt lehnte sie sich zurück. Wenn die Frau nur nicht so heftig ihre Kopfhaut massieren würde! Sie mußte ja die ekligen Narben fühlen.

Als die Friseuse mit der Haarwäsche fertig war, führte sie Judith lächelnd in eine andere Kabine. Während Judith in einer älteren *Harper's* Ausgabe blätterte, flüsterte die Friseuse draußen ihrem Kollegen Dickie zu: »Von der kriegst du bestimmt ein anständiges Trinkgeld . . . das ist Mrs. Gregory Austin unter einem falschen Namen und mit einer Kollektion taufrischer Narben. Sei vorsichtig mit den Wicklern.«

Während der schlanke junge Mann ihr Haar auf die großen Lockenwickler rollte, zog Judith nervös an einer Zigarette. Sie bemerkte, daß er einen verstohlenen Blick auf ihre Ohren warf. »Ich hatte dort häßliche Warzen«, erklärte sie ganz beiläufig. »Die habe ich mir im vergangenen Jahr operieren lassen.«

Dickie nickte mitfühlend. »Der Freund, mit dem ich zusammen wohne, hatte auch welche.«

Endlich saß sie unter der Trockenhaube und atmete auf. Wenn Dickie sie gekämmt hatte, würde sie in einer freien Kabine ihr Make-up auffrischen. Sie trug die wundervolle Unterwäsche, die sie sich in Paris gekauft hatte. Gott sei Dank waren die Narben unter ihrer Brust nicht zu sehen. Das Liften von Busen und Oberschenkeln war wirklich eine Qual gewesen, aber die Strapazen hatten sich gelohnt. Heute abend würde sie sich vor Robins Augen entkleiden.

Sie konnte es jetzt mit jeder Stewardeß aufnehmen!

Um halb sechs verließ sie den Salon. Sie sah großartig aus ... Vidal hatte ihr Haar so gut geschnitten, daß selbst Dickie daran nichts verderben konnte. Judith gab ihm zehn Dollar Trinkgeld. Seit Jahren hatte sie sich nicht mehr so beschwingt gefühlt. Sie hätte jubeln mögen, singen ... beschränkte sich aber darauf, in einem nahegelegenen Drugstore eine Tasse Tee zu trinken, um die Zeit bis zu ihrer Verabredung zu überbrücken. Um fünf vor sechs nahm sie sich ein Taxi und fuhr zu Robin.

Atemlos vor Aufregung läutete sie. Er öffnete, winkte ihr, hereinzukommen, und ging wieder ans Telefon. Mein Gott, das war ja der reinste Antiempfang! Robin sprach mit Kalifornien ... es hörte sich nicht anders an, als wenn Gregory mit irgend jemandem über diese blöde Sehbeteiligung telefonierte. Judith sah sich um. Sie war ja erst einmal hier gewesen, hatte sich aber die Wohnung in dem zurückliegenden Jahr immer wieder in Erinnerung gerufen. Jede Sekunde ihres Zusammenseins mit Robin hatte sie noch einmal durchgekostet. Jedes Wort, jedes Möbelstück hatte sich ihr unauslöschlich eingeprägt.

Sie fühlte sich leicht unbehaglich in ihrer neuen Unterwäsche. Der durchsichtige Büstenhalter und das winzige Spitzenhöschen kratzten. Aber wenn sie beim Ausziehen Robins Gesicht sah, würde sich jedes Opfer gelohnt haben und aller Ärger vergessen sein. Sie nahm sich vor, beim Auskleiden sehr langsam und bewußt vorzugehen. Mit ihrem Kostüm hatte Valentino sich selbst übertroffen. Die Seidenbluse war vorne durchgeknöpft – es gab nichts, das sie hätte über den Kopf ziehen müssen. Und ihre falschen Wimpern saßen bombenfest – ein neues Patent, das sie entdeckt hatte.

Endlich legte Robin auf, kam zu ihr und ergriff zum Willkommensgruß ihre Hände. Er bemühte sich, ihr zuzulächeln, aber zwischen seinen Augen hatten sich zwei senkrechte Falten gebildet.

»Ärger?« fragte sie.

»Roddy Collins.«

»Wer ist das?«

Diesmal lächelte er ungezwungen. »Du bist nicht nur ein Jahr lang weggewesen, sondern du hast auch seit deiner Rückkehr offensichtlich keinen einzigen Blick auf den Bildschirm geworfen.«

»Nein. Gregory auch nicht. Und das verdanken wir dir.«

Robin setzte sich und bot ihr eine Zigarette an. Die Falten zwischen seinen Augen bildeten sich erneut. »Unser neuer Star Roddy Collins spielt die Hauptrolle als edler Revolverheld in einer Westernserie, die auf Anhieb unter die ersten zehn aufgestiegen ist. Er ist ein bildschöner Junge, einsneunzig groß, nichts als Muskeln. Eben erfahre ich, daß er stockschwul ist.«

Judith zuckte die Achseln. Sie wünschte sich sehnlich, daß Robin sie in die Arme nahm. Jetzt war er wieder aufgestanden, ging nervös im Zimmer auf und ab und hatte kaum einen Blick für sie. In Gedanken beschäftigte er sich noch mit dem Telefongespräch. »Ist das Liebesleben eines Stars nicht seine Privatsache?« fragte sie.

»Natürlich! Solange es sich in seiner Privatsphäre abspielt, ist es mir egal, mit wem er schläft. Aber anscheinend genügt es unserem Star nicht, mit einem Jungen ins Bett zu gehen. Er zieht auch noch Frauenkleider an, taucht damit in der Öffentlichkeit auf und macht sich an jeden Mann heran! Kannst du dir das vorstellen? Ein Kerl von ein Meter neunzig, das Idol von ganz Amerika und von millionenschweren Firmen dazu ausersehen, Zahnpasta und Seife an den Mann zu bringen – kannst du dir vorstellen, wie so jemand als Frau verkleidet in Bars auftaucht, um sich 'nen Mann aufzugabeln?«

Judith fing an zu lachen.

»Es ist leider gar nicht komisch, Judith. Anscheinend hat ein Opfer unseres Freundes so unsanft reagiert, daß die Polizei kam. Wir haben natürlich sofort unsere Anwälte eingeschaltet und drei Leute eidesstattlich erklären lassen, es habe sich um eine Wette gehandelt, und sie seien ihm gefolgt, um den Spaß mitzuerleben. Schön, diesmal ist es noch gutgegangen. Aber wir können Roddy Collins nicht dauernd unter Aufsicht halten.«

»Robin, ich bin so lange fort gewesen. Das alles liegt mir noch so fern. Ich weiß, so etwas kommt bald genug wieder auf mich zu. Aber nicht jetzt, nicht zu unserem ersten gemeinsamen Abend.«

Er wandte ihr den Blick zu, als sähe er sie zum erstenmal. »Natürlich . . . möchtest du etwas zu trinken?«

»Gern.« Gott, wenn doch irgend etwas das Eis zwischen ihnen bräche!

Er schenkte zwei Scotch ein und reichte ihr ein Glas. »Gregory sieht gut aus«, meinte er, »und es freut mich, daß er mir die Leitung des Senders lassen will. Trotzdem solltest du dafür sorgen, daß er wieder mehr Anteil am Geschehen nimmt.«

»Tut er das nicht?«

»Nein. Heute hat er die Belegschaft zusammentrommeln lassen und vor versammelter Mannschaft verkündet, wie stolz er auf mich sei. Morgen geht er Golf spielen, und übermorgen will er sich ein paar neue Pferde ansehen.«

Sie zuckte die Achseln. »Es ist jetzt dein Sender, Robin.«

»Ja, das stimmt«, erwiderte er ruhig.

»Dann laß Gregory doch Golf spielen und sich mit seinen Pferden beschäftigen.«

»Judith, ich habe geglaubt, er werde nach seiner Rückkehr die Zügel wieder selbst in die Hand nehmen. Ich war bereit, um meine Stellung zu kämpfen. Das Programm besteht zu dreißig Prozent aus Sendungen, die ich hereingeholt habe. Aber Gregory interessiert sich für gar nichts mehr – und das ist ungesund. Ich mag Gregory, ich möchte Hand in Hand mit ihm arbeiten, mit neuen Ideen bei ihm aufkreuzen und mich mit ihm auseinandersetzen, wenn er anderer Meinung ist. Es würde dem Programm zu gute kommen. Außerdem heißt es überall, die IBC sei jetzt mein Sender, und ich möchte nicht, daß Gregory sich über dieses Gerede ärgert.«

Sie stellte ihr Glas hin und sah ihn zärtlich an. »Laß das nur meine Sorge sein. Die IBC ist ja auch mein Sender.«

»Das kannst du jetzt gut sagen, Judith. Aber warte erst einmal ab, bis dich das Leben hier wieder aufgesogen hat. Ich gebe keine Interviews, und wenn man der Presse glauben will, bin ich nicht gerade ihr Hätschelkind. Bleibt Gregory dem Sender fern und läßt mich schalten und walten, wie ich will, wird er sehr bald in Vergessenheit geraten. Solange er fort war, spielte es keine Rolle. Die Tatsache aber, daß er zurück ist und nicht die Ärmel aufkrempelt, ist für die Presse eine gefundenes Fressen. Von Stund an wird der Sender de facto mein Sender, weil die Presse sich dann ausschließlich mit mir beschäftigt. Vor allem haßt mich ein Klatschkolumnist, dem ich die Teilnahme an einer unserer Quizsendungen verweigert habe – ein aufgeschwemmter, mißgünstiger Kerl. Tagtäglich steht etwas über mich in seiner Kolumne. Er nennt mich die ›Liebesmaschine‹ – eine Formulierung, die ich mal in bezug auf das Fernsehen benutzt habe, unter der er aber vermutlich so etwas wie einen erotischen Roboter versteht.«

»Und erweist du dich dieses Titels würdig?« fragte Judith. Ihre Augen hatten sich verengt.

Robin nahm einen Schluck von seinem Scotch und grinste.

»Dazu müßte ich erst mal gründlich ausspannen. Du bist im Meer geschwommen – ich hatte nicht einmal Zeit für ein Wochenende im Grünen.«

»Einen schwächlichen Eindruck machst du aber nicht gerade, Robin!«

Er zog sie vom Sessel hoch. Judith schlang die Arme um seinen Nacken. Das schrille Läuten des Telefons unterbrach sie. »Geh nicht 'ran«, bat sie.

»Es ist die IBC-Leitung!« Er löste sich aus ihrer Umarmung und ging zum Telefon. »Hallo. Ja. Was, tatsächlich, Dip? Hat Dan ihn schon gesehen? Nein, von Preston Slavitt habe ich noch nie etwas gehört. Ach richtig, dieser Off-Broadway-Autor, der aussieht, als hätte er noch nie in einer Badewanne gesessen! Nee, tut dem Talent keinen Abbruch. Wirklich gut? Okay, wie lange hast du den Vorführraum? Also dann in zwanzig Minuten.« Robin hängte ein.

Judith sah ihn überrascht an. »Wer ist Dip?«

»Ach, das ist eine lange Geschichte, Baby. Er war früher Filmstar und ist jetzt Produzent. Wir haben ihm und Dan Miller, mit dem er zusammenarbeitet, eine Serie abgekauft.« Er reichte ihr die Hand. »Du hast gehört, daß ich leider fort muß. Ich glaube, es ist besser, du gehst voraus, und ich komme in ein paar Minuten nach.«

»Wann sehen wir uns?«

»Ich rufe dich morgen gegen elf an.«

Er küßte sie flüchtig auf die Wange und begleitete sie zur Tür. Judith spürte, daß er mit seinen Gedanken schon bei der Vorführung war. Sie fuhr im Fahrstuhl hinab und nahm sich ein Taxi. Zu Hause mixte sich Gregory eben einen Martini. Die Freude, mit der er sie begrüßte, war echt. »Herrlich, daß du so früh kommst! Als ich deinen Zettel las, fürchtete ich schon, allein essen zu müssen. Du siehst ja phantastisch aus!«

Sie ließ sich einen Martini geben und trank geistesabwesend einen Schluck. Plötzlich fiel ihr ein, daß Robin Stone nicht eine einzige Bemerkung über ihr verändertes Aussehen gemacht hatte.

Als er um eins noch nicht angerufen hatte, wurde Judith wütend. Wahrscheinlich war er zum Lunch verabredet – aber dann war vor drei Uhr nicht an einen Anruf zu denken. Dabei hatte er gesagt, er riefe um elf an. Nervös wanderte sie im Schlafzimmer auf und ab. Sie war noch im Negligé, aber schon fertig zurechtgemacht. Ihre Hoffnung auf ein langes, ruhiges Mittagessen, bei dem sie sich gemütlich unterhalten und an die vergangene Episode wiederanknüpfen konnten, war dahin! Nun konnten sie sich allenfalls zum Cocktail treffen. Wenn sie Gregory ausrichten ließ, daß ihr mit dem Ball zugunsten der Waisenkinder etwas dazwischengekommen sei, würde sie bis neun Uhr fortbleiben können.

Sie streckte sich auf dem Bett aus und legte eine Patience. Wenn sie fünf Karten aufdeckte, würde Robin sie um vier anrufen, aber nur, um mit ihr zu sprechen. Bei zehn Karten würde er um drei anrufen – auch nur für ein Gespräch. Bei fünfzehn würde er sie zum Cocktail, bei zwanzig für den ganzen Abend einladen. Und sollte das Spiel aufgehen, dann würde er ihr sagen, daß er wahnsinnig in sie verliebt sei, und Judiths Traum ging in Erfüllung.

Sie legte ein Spiel mit acht Karten und beim zweiten Versuch mit fünfzehn . . . nein, so ging es nicht. Noch ein drittes Mal, und das sollte dann gelten. Keine einzige Karte fiel. Allmächtiger, hieß das, daß er gar nicht anrief?

Um fünf war sie so verzweifelt, daß sie seine Privatnummer im Sender wählte. Niemand meldete sich. Also saß er nicht am Schreibtisch. Als Gregory um sechs nach Hause kam, war sie immer noch im Negligé. Er sah ihr Make-up und fragte: »Gehen wir irgendwohin?«

»Ich wünschte, wir täten es«, erwiderte sie.

Gregory lächelte flüchtig. »Wir waren lange fort. Die Leute wissen noch gar nicht, daß wir wieder da sind.«

»Du hast recht. Ich glaube, ich muß langsam anfangen herumzutelefonieren.«

Er seufzte. »Mir gefällt's ganz gut so. Wir können doch in Ruhe zusammen essen und uns hinterher das Fernsehprogramm ansehen.«

»Was glaubst du, was ich in den letzten anderthalb Jahren gemacht habe?« fragte sie betont ruhig.

Er sah sie zerknirscht an. »Dann schlage ich vor, du ziehst dir etwas Hübsches an, und wir gehen ins Colony.«

»Allein?«

»Wir beide.«

»Wie würde das denn aussehen?« fragte sie.

»Wie ein Abendessen zu zweit im Colony.«

»Es würde so aussehen, als ob wir keinen einzigen Freund hätten.«

»Vielleicht haben wir das auch nicht, Judith. Die wenigsten Menschen haben nämlich Freunde.«

»Das ist Unsinn. Wir haben uns vor Einladungen nie retten können.«

»Ja, Einladungen«, wiederholte er müde. »Einladungen zu Premieren und Premierfeiern, Gegeneinladungen . . . ich nehme an, wir sind inzwischen außer Kurs geraten.«

»Dann wollen wir sehen, daß wir wieder in Kurs kommen«,

beharrte sie.

Gregory zuckte die Achseln. »Darum mußt du dich kümmern. Das ist schon immer deine Sache gewesen.«

Judith wollte sich gleich morgen darum kümmern. Vielleicht ein kleines Abendessen? Sie würde Dolores und John Tyron anrufen, die waren immer *in*.

Dolores gab sich entzückt. »O Judith, mein Engel, wie himmlisch, daß du zurück bist! Geht ihr nächste Woche zu der Party von Joan Sutherland?«

»Ehrlich gesagt, ich habe keine Ahnung, was da alles auf uns zukommt. Du bist die erste, die ich anrufe. Ich habe ja noch kaum ausgepackt.«

»Du mußt ganz erschossen sein von den vielen Festen in Europa. Ich sterbe vor Neugier! Habt ihr Grace besucht, als ihr in Südfrankreich wart? Sie soll ja einen märchenhaften Empfang gegeben haben.«

»Da waren wir gerade in Capri.«

»Ach, dann habt ihr den Korda-Ball mitgemacht? Himmlisch, nicht?«

»Das erzähl' ich dir, wenn wir uns sehen. Jetzt interessiert mich vor allem, wie es euch geht und was all unsere Freunde machen, die wir so lange nicht gesehen haben.«

»Es muß phantastisch gewesen sein, daß ihr so lange weggeblieben seid! Und ist Gregory nicht ein Glückspilz, daß dieser Zaubermensch ihn so blendend vertritt! Sag mal, stimmen die tollen Sachen, die man über ihn hört?«

»Was hast du gehört?«

»Es ist unglaublich . . . Orgien, und außerdem soll er andersrum sein! Man sieht ihn ja nur noch mit diesem hübschen ehemaligen Filmstar . . . dem Mann von Pauli Nelson.«

»Wer ist Pauli Nelson?«

»Da sieht man, wie endlos ihr fort wart, Liebes! Sie war letztes Jahr *die* Sensation am Broadway. Du, aber dieser Robin Stone muß ein irrer Typ sein. Ich würde ihn für mein Leben gern kennenlernen.«

»Ich hatte eigentlich vor, ein kleines Abendessen zu geben, und könnte ihn dazu einladen. Würde es dir diese Woche passen?«

»Herzchen, wir haben bis Dienstag in acht Tagen nicht eine Minute mehr frei. Aber arrangier doch die Sache in etwa zwei Wochen. Du kannst mich ja noch anrufen und mir den genauen Termin sagen, dann notier' ich mir das gleich vor. O Judith, mein

Engel, der andere Apparat klingelt, und eben kommt Freddy zum Frisieren. Großer Gott! Ich muß in einer Stunde im La Grenouille sein.«

Judith telefonierte noch eine Weile herum. Alle ihre Freundinnen waren entzückt, daß sie wieder da war, alle waren in der nächsten Zeit völlig ausgebucht, und alle schwatzten endlos über die Ereignisse der kommenden Saison; natürlich dachten alle, sie und Gregory seien auch überall eingeladen. Aus dem kleinen Abendessen im Colony wurde also nichts; unter einem formellen Empfang in den eigenen vier Wänden ging es nicht.

Sie beschloß, ihn auf den ersten Oktober zu legen, und rief Dolores noch einmal an. Dolores war sozusagen schon nicht mehr da, aber selbstverständlich wollte sie rasch noch einmal auf ihren Kalender schauen. »Judith, bitte nicht am ersten Oktober. Da ist Premiere im *New Regal Club*. Ihr kommt doch sicher auch. Sieh deine Post mal durch . . . es ist zwar eine geschlossene Vorstellung, aber ich bin sicher, daß man euch eingeladen hat. Leg doch deine Party auf den . . . warte mal, wie wär's mit dem achten Oktober? Da sind wir frei. Ich trage es schon mal dünn mit Bleistift ein. Du kannst ja noch anrufen und es festmachen. Liebes, es wird höchste Zeit für mich. Wir sehen uns sicher vorher noch.«

Judith rief Betsy Ecklund an. Achter Oktober? Ob Judith denn nicht zu der Privatvernissage in der Galerie Berner gehe? Die Herzogin von Windsor käme auch. Judith möge nur ihre Post durchsehen . . . sicher sei die Einladung dabei.

Sie legte auf und schaute sich die Post auf dem Frühstückstisch an. Ein paar Rechnungen, eine Reklamesache, ein Brief von ihrer Schwester. Es war nicht zu glauben! Das gesellschaftliche Leben New Yorks spielte sich ohne Judith Austin ab. *Sie* mußte Dolores und Betsy fragen, welcher Abend ihnen recht sei . . .! Früher hatte sie einfach ein Datum festgesetzt und ihrer Sekretärin die Einladungsliste gegeben. Niemand sagte ab. Jetzt mußte sie ihre Party mit den Terminen ihrer Gäste abstimmen. Genügte eine Abwesenheit von anderthalb Jahren, um die Dinge dermaßen auf den Kopf zu stellen?

Inzwischen war es halb eins. Da sie nichts vorhatte, wählte sie, aufs neue zu einem Vorstoß entschlossen, Robins Nummer. Nach dem dritten Rufzeichen nahm er ab. Judith hörte Stimmen im Hintergrund. Offensichtlich hielten sich mehrere Leute in seinem Büro auf. »O ja, ich weiß.« Er sprach betont unpersönlich. »Ich bitte sehr um Entschuldigung, daß ich nicht angerufen habe, aber es geht heute hektisch zu. Kann ich heute nachmittag oder gleich morgen früh zurückrufen?«

Judith legte den Hörer wieder auf die Gabel. Was nun? Sie *mußte* ihn sehen. Wenn sie leibhaftig vor ihm stand, würde er schon reagieren. Der bewundernde Blick, mit dem Robin sie in seiner Wohnung empfangen hatte, war ihr nicht entgangen . . . bis dieser verdammte Anruf dazwischenkam.

Sie würde ihm einfach über den Weg laufen. Ganz zufällig! Ja, das war eine gute Idee. *Heute.* Mal überlegen . . . gegen eins würde er wahrscheinlich zum Essen gehen und etwa um zwei zurückkommen. Das war die beste Gelegenheit, am IBC-Gebäude vorbeizuschlendern und ihm ganz unbeabsichtigt zu begegnen.

Sehr sorgfältig zog sie sich an . . . keinen Hut und den hellen Mantel mit dem Zobelkragen. Zehn vor zwei war sie bei der IBC. Aus einer Telefonzelle rief sie Robins Büro an und meldete sich bei der Sekretärin als Miss Weston vom Meinungsforschungsinstitut Nielsen.

»Soll Mr. Stone zurückrufen, Miss Weston? Er müßte bald zurück sein.«

»Nein, vielen Dank. Ich melde mich dann wieder.« Judith hängte ein. Gut, er war also noch nicht vom Essen zurück. Neben der IBC lag eine Buchhandlung. Dort bezog sie Posten und tat, als sehe sie sich die Auslage an. Sie wollte so lange dort stehenbleiben, bis Robin zurückkehrte. Sowie sie ihn auftauchen sah, würde sie langsam weiterschlendern und dann plötzlich überrascht vor ihm stehen.

Nach zehn Minuten wurde sie ungeduldig. Wie lange konnte man sich Bücher ansehen? Und es war windig. Gott sei Dank hatte sie mehr Haarspray als gewöhnlich genommen. Ob der Pförtner von der IBC sie wohl bemerkte oder womöglich erkannte? Sie fröstelte. Es war richtiggehend kalt geworden. Ihre Augen begannen zu tränen, und die Wimperntusche verlief. In dem Spiegel neben der Ladentür sah sie schwarze Tuschflecke auf ihrem Augapfel. Die untere Wimpernreihe hatte kaum noch Farbe. Auch ein Nachteil ursprünglich blonder Frauen: Die Haare dunkelten mit den Jahren nach, die Wimpern nie. Sie holte ihr Taschentuch hervor, um die schwarzen Streifen unter den Augen wegzuwischen.

»Hast du etwas im Auge?«

Sie drehte sich um. Es war Robin.

Als sie jetzt im hellen Tageslicht sein sonnengebräuntes Gesicht so nahe vor sich sah, wurde ihr plötzlich bewußt, wie leicht durchschaubar ihr ganzes Manöver war. Es gelang ihr aber, sich lächelnd wieder zum Spiegel zu drehen. »Nur etwas Tusche. Ich war zum Essen verabredet und glaubte, es sei ein so herrlicher Tag, daß ich zu Fuß gehen könne. Darum habe ich den Wagen weggeschickt. Sieht so aus, als wollte es plötzlich Winter werden.«

»Soll ich dir ein Taxi besorgen?«

»Bitte.« Sie versuchte, sich ihre Verlegenheit nicht anmerken zu lassen.

Robin ging mit ihr zum Straßenrand und winkte ein Taxi heran. »Ich wollte dich wirklich anrufen, Judith, aber es kam mir dauernd etwas dazwischen.«

»Das verstehe ich, nur . . .«

Schon stand das Taxi da. Judith war wütend. Sonst bekam man nie eins, aber dieser Idiot da war auf sie losgeprescht, als ginge es um den Großen Preis von Monte Carlo. Robin öffnete den Schlag. »Ich rufe dich an, Judith.«

Sie wartete, bis sie in ihrem Schlafzimmer war; dann brach ihre Haltung zusammen. Sie warf sich schluchzend aufs Bett, und die nagelneuen Wimpern schwammen mit den Tränen davon.

Um fünf nahm sie eine von Gregorys Schlaftabletten und ließ ihm ausrichten, sie habe Kopfschmerzen. Bald fiel sie in einen dumpfen Schlaf. Ihr letzter Gedanke war, ob Robin wohl gemerkt hatte, daß ihr »zufälliges Zusammentreffen« beabsichtigt war.

Das »zufällige Zusammentreffen« war Robin erheblich gegen den Strich gegangen. Den ganzen Nachmittag dachte er darüber nach, und seine Laune verschlechterte sich zusehends. Er herrschte seine Sekretärin an, ließ Andy Parino kurz abfahren, und als Jerry Moss ihn schließlich auf ein Glas in die Lancer Bar einlud, gab er ihm eine sehr unhöfliche Absage. Abends setzte er sich zu Hause mit einem Wodka-Martini vors Fernsehen und versuchte, sich auf das Programm zu konzentrieren, aber Judith ging ihm nicht aus dem Sinn . . . Sie hatte so jämmerlich ausgesehen, wie sie da vor dem Buchladen stand. Ihre kindische Ausrede hatte ihn richtig erschüttert . . . das arme Ding, so verzweifelt zu sein, daß sie sich in der Hoffnung, ihn zu treffen, auf die Straße stellte. Großer Gott, wie war so etwas möglich? Ob es Kitty bei ihren Freunden auch so ergangen war?

Er nahm eine Zeitung zur Hand. Der Teufel sollte die Weiber holen! Amanda hatte versucht, ihn festzunageln. Unzählige Frauen hatten auf seine Anrufe gewartet . . . Frauen ohne Stadtvillen und ohne Ehemänner mit Fernsehsender . . . Aber es waren doch wenigstens junge Frauen gewesen und keine Fünfzigjährigen mit geliftetem Gesicht ... Er hatte seinen Augen nicht getraut, als er Judith wiedersah: eine so glatte, feste Haut – wie bei Kitty ... Viele Frauen von fünfzig ließen das über sich ergehen, verdammt noch mal! Warum hatte er bei Judith deswegen Gewissensbisse?

Um auf andere Gedanken zu kommen, blätterte er die Zeitung durch. Plötzlich hatte er ein grinsendes Foto von Dip Nelson vor Augen. Unter der Überschrift »Neuester Fernsehabschluß« folgte ein typisches Dip-Interview. »Das Fernsehen braucht frisches Blut«, hieß es da. »Deshalb hat Robin Stone bei der neuen Serie, die Danton Miller und ich gemeinsam produzieren, sofort zugegriffen. Der Nachteil beim Fernsehen ist, daß zu viele Leute dort beschäftigt sind, die nichts vom Showgeschäft verstehen.«

Robin warf die Zeitung beiseite und rief Dip an. »Schluß mit den Interviews«, fauchte er. »Du redest zuviel! Laß künftig die Sendungen für dich sprechen. Das ist ein Befehl!«

»Schon gut, mein Junge. Übrigens bin ich nach wie vor der Meinung, du hättest den zweiten Film auch kaufen sollen. Er ist ein echter Knüller.«

»Der Film ist Scheiße!«

»Du bist ja in reizender Laune!«

Robin legte auf und schenkte sich einen kräftigen Wodka ein. Gegen elf war er sehr betrunken.

Judith erwachte am nächsten Morgen mit der verschwommenen Erinnerung an etwas ausgesprochen Unangenehmes. Dann fielen ihr die Ereignisse des Vortages wieder ein, und erneut kamen ihr die Tränen. Es war neun. Gregory wollte sich heute in Westbury Pferde ansehen. Vor ihr lag ein endloser Tag. Auf Zehenspitzen schlich sie in Gregorys Schlafzimmer. Er war schon fort. Er hatte ja auch einen Grund, zeitig aufzustehen – mit seinen Pferden und mit seinem Golf! Sie hatte nichts. Im Apothekenschränkchen fand sie die grünen Schlafpillen, die sie in einen totenähnlichen Schlaf versetzt hatten. Warum sollte sie nicht noch eine nehmen? Dann würde sie wenigstens den Tag verschlafen – und das war immer noch besser als herumzusitzen und auf einen Anruf zu warten, der nicht kam.

Die Tablette wirkte rasch. Judith hatte den Abend vorher nichts gegessen und überlegte, ob sie sich Tee bringen lassen sollte. Aber sie war so benommen, daß sie gleich einschlief.

Als sie das Telefon läuten hörte, glaubte sie, es käme aus weiter

Ferne, doch je mehr sie sich wach rüttelte, desto näher rückte der Ton. Sie nahm den Hörer ab . . . meine Güte, es war halb vier, sie hatte tatsächlich den ganzen Tag verschlafen!

»Hallo, Judith.«

Robin! Robin am Telefon! Er rief sie an! Und sie lag da wie betäubt, unfähig, einen klaren Gedanken zu fassen.

»Habe ich dich gestört?« fragte er.

»Nein, nein, ich hatte nur einen anstrengenden Tag.« Warum wurde denn ihr Kopf nicht klar? »Ich bin eben nach Hause gekommen und hatte mich zu einem Nickerchen hingelegt.«

»Dann rufe ich lieber ein andermal wieder an.«

»Nein, ich bin wirklich ganz wach.« Hoffentlich merkte er ihrer Stimme nicht an, wie benommen sie war.

»Ich habe mein Tagewerk so gut wie hinter mir, und da dachte ich, dir wäre vielleicht nach einem Whisky zumute.«

»Das ist eine glänzende Idee.«

»Fein. In einer halben Stunde bei mir?«

»Sagen wir in einer Stunde«, bat sie. »Ich erwarte noch ein paar Anrufe.«

Sie taumelte aus dem Bett und klingelte nach dem Mädchen. Eine Kanne Kaffee würde helfen. O Gott, warum hatte sie bloß die Pille genommen? Er hatte sie angerufen! Er wollte sie tatsächlich sehen!

An ihrem Toilettentisch schlürfte sie drei Tassen Kaffee, aber das dumpfe Gefühl im Kopf wollte nicht weichen. Alles schien nur aus einer gewissen Entfernung zu ihr zu dringen, doch sie hatte wenigstens eine ruhige Hand und konnte das Make-up auflegen. Ihre Frisur war ein einziges Chaos; sie kam unter die Perücke. Sie stach mit den Haarnadeln bis auf die Kopfhaut, damit die Perücke sich nur ja nicht löste. Möglich, daß sie gar nicht ins Bett gingen – aber sie wollte auf alles vorbereitet sein . . . sie allerdings würde nichts herausfordern . . . Er hatte angerufen! Er wollte sie sehen, und das bedeutete, er würde wieder anrufen.

Für Gregory hinterließ sie eine der üblichen Ausreden.

Als sie bei Robin läutete, war sie noch immer halb beduselt. Robin hatte sein Jackett ausgezogen und den Krawattenknoten gelockert. Er ergriff ihre Hände, zog Judith herein und küßte sie zart auf den Mund. Da schlang sie plötzlich mit einer Leidenschaft, die sie nie an sich erlebt hatte, die Arme um seinen Hals und küßte ihn mit unverhüllter Gier. Robin nahm sie bei der Hand und führte sie ins Schlafzimmer. Judith bewegte sich wie in Trance – alle Geräusche schienen gedämpft, alle Gesten langsamer ... aber sie fühlte keinerlei Hemmungen. Sie zog sich gelassen aus, stand vor ihm, Robin legte sich aufs Bett, zog sie zu sich herab. Sex mit Robin schien ihr plötzlich das Natürlichste von der Welt zu sein, und sie gab sich ihm hin, als hätte sie ihn bereits ihr ganzes Leben lang gekannt.

Gegen halb zehn kam sie nach Hause. Gregory saß im Bett und sah sich ein Fernsehprogramm an. Judith umarmte ihn stürmisch. »O Schatz, es tut mir so leid, daß ich nicht mit dir essen konnte!«

Lächelnd tätschelte er ihr den Kopf. »Du kommst wohl allmählich wieder in den gesellschaftlichen Trubel hinein, was?«

»Ein bißchen. Die Besprechung zog sich eine Ewigkeit hin, dann waren wir noch im Klub 21, und ehe ich mich's versah ...«

»Das macht doch nichts. Soll ich dir noch was zu essen bringen lassen?«

Sie schüttelte den Kopf. »Ich habe zwei Bloody Mary getrunken. Ich glaube, ich gehe am besten gleich ins Bett.«

Dabei *hatte* sie Hunger, aber sie wollte mit ihren Gedanken allein sein und sich auch wirklich bald schlafen legen, um den Tag zu beenden. Denn »morgen« hieß »Robin« – und das allein zählte.

In den folgenden Wochen konzentrierte Judiths Leben sich auf das Telefon. Gewöhnlich rief Robin um elf an. Sie trafen sich in der Lancer Bar, manchmal gingen sie in seine Wohnung, und gestern hatte sie ihn zum Flughafen gefahren, denn er mußte für kurze Zeit nach Kalifornien. Judith trug ihre neuen europäischen Modelle und machte schon Pläne für ihre Wintergarderobe. Gregory wollte den Winter in Palm Beach verbringen. Um so besser. Sie würde Zahnbehandlung und Renovierungsarbeiten vorschieben, um öfter nach New York zu fliegen, und dann konnte sie ganze Nächte mit Robin verbringen. Dr. Spineck hatte ihr wunderbare Hormontabletten verschrieben; sogar ihre Schweißausbrüche waren verschwunden. Und was das Schnarchen anging, na ja – sie würde eben nicht schlafen. Wie konnte sie auch, wenn sie das Glück hatte, eine ganze Nacht in Robins Armen zu verbringen, mit ihm aufzuwachen und zu frühstücken? Natürlich mußte sie scheinbar vor ihm aufwachen, damit sie sich zurechtmachen konnte. Sie wollte sich eine der neuen Krokotaschen kaufen, die es jetzt gab und in denen so herrlich viel Platz war ...

Im übrigen hatte sie noch keinen Finger gerührt, um ihr gesellschaftliches Leben wieder in Gang zu setzen. Robins Anrufe waren das einzige, worauf es ankam. Manchmal erschrak sie über die

Heftigkeit ihrer Gefühle. Sie war verliebt, daran bestand kein Zweifel. Und das Beängstigende an dieser Romanze war Judiths Bedürfnis, ständig in Robins Nähe zu sein. Nachts lag sie wach und malte sich alles mögliche aus ... Gregory würde sterben, schnell und unerwartet. Robin würde sie trösten, und nach einer angemessenen Frist könnten sie heiraten.

Heiraten! Sie setzte sich im Bett auf. *Robin heiraten!* Mein Gott, den armen Gregory sterben zu lassen, und wenn es auch nur im Traum war, schien ihr schrecklich, grauenhaft! Aber sie liebte Robin! Ja, sie liebte ihn ... diesmal war es echt. Was sie empfand, war Liebe, wie sie in Romanen vorkommt; im Vergleich dazu verblaßten ihre früheren Abenteuer. Alles verblaßte neben Robin. Er war ihr Leben. Und Gregory sah nicht danach aus, als ob er plötzlich tot umfiele ... er wurde täglich kräftiger.

Angenommen, sie ließe sich von Gregory scheiden? Nein, das ginge nicht, dann müßte Robin die IBC verlassen. Aber wieso eigentlich? Hatte er ihr nicht erzählt, er schriebe an einem Buch und habe den ersten Entwurf schon fertig? Ein Buch über große Männer der Geschichte, die nach dem ersten Scheitern noch einmal zur Spitze aufstiegen. General de Gaulle zum Beispiel oder Winston Churchill ... Robin vertrat die Theorie, daß die Rückkehr nach einem Sturz aus großer Höhe nur dem wahrhaft großen Mann möglich sei. Es einmal zu schaffen, sei leicht; es aber zweimal zu schaffen, mache den Unterschied zwischen den nur Glücklichen und den Großen aus.

Judith hatte ja selbst Geld. Und wenn sie von Gregory auch nichts annahm, belief sich ihr Vermögen immer noch auf über fünfhundert Millionen. Außerdem wußte sie aus Gesprächen mit Gregory, daß Robin wohlhabend war. Sie könnten nach Mallorca gehen und sich dort ein Haus mieten. Judith wollte alles von ihm fernhalten. Sie könnten am Strand spazierengehen, segeln, abends vorm Kamin sitzen, und Robin würde ihr sein Manuskript vorlesen.

Je mehr sie darüber nachdachte, desto mehr steigerte sie sich in die Vorstellung hinein. Robin liebte sie, davon war sie überzeugt. Seit sechs Wochen waren sie ständig zusammen, und wenn sie sich abends mal nicht sahen, saß Robin vor dem Bildschirm. Oft schlich sie sich dann in ihr Schlafzimmer und rief ihn an, und nie legte sie sich schlafen, ohne ihm vorher noch telefonisch gute Nacht gesagt zu haben ... Robin war immer zu Hause. Es war so wundervoll, im Dunkeln zu liegen, zu wissen, daß Gregory friedlich nebenan schlief, und an Robin zu denken. Freilich, der Satz »Ich liebe dich«

war ihm noch nie über die Lippen gekommen. Robin war nicht der Typ dafür. Aber er sagte immerhin jedesmal: »Schlaf gut, mein Liebes.«

Sie sah auf die Uhr. Es war zwölf Uhr mittag, also elf Uhr in Chicago. Sie hatte Robin am Abend vorher in Los Angeles angerufen und wußte, daß er heute mit einer Stunde Aufenthalt in Chicago zurückflog.

Kurz entschlossen sprang sie aus dem Bett. Sie wollte Robin in Chicago abholen und auf dem Rückflug mit ihm über ihre neuen Pläne sprechen. Gregory bekam den üblichen Zettel hingelegt ... Gott sei Dank war er immer so müde, daß er bald nach dem Abendessen schlafen ging.

Um vier war sie in Chicago. Sie setzte sich in den Warteraum für Very Important Persons und ließ Robin ausrufen. Etwas außer Atem kam er an und war bei ihrem Anblick zunächst sprachlos.

Judith flog ihm in die Arme. Es war ihr gleichgültig, ob man sie erkannte ... von jetzt an würden sie immer zusammen sein. Während die Maschine aufgetankt wurde, saßen sie an der Bar. Zum erstenmal war Judith froh, daß Robin das IBC-Flugzeug benutzte. Ihr überraschendes Auftauchen schien ihn ziemlich aus dem Gleichgewicht gebracht zu haben, aber sie nahm an, es sei die Begeisterung. Mit dem Thema hielt sie solange zurück, bis sie in der Maschine saßen und auf dem Flug nach New York waren. Seltsamerweise war es dann Robin, der ihr das willkommene Stichwort gab.

Er nahm ihre Hände und sagte: »Das war ein wunderbarer Einfall, aber trotzdem darfst du so etwas nie wieder tun. Der Pilot hat dich bestimmt erkannt, und wir wollen doch Gregory nicht weh tun.«

»Gerade weil ich Gregory so gern habe, möchte ich, daß wir einen schnellen und klaren Trennungsstrich ziehen, Robin. Ich werde Gregory um die Scheidung bitten.«

Er schwieg und blickte hinaus auf die Wolken, die unter dem Flugzeug dahinzogen.

»Du hast mich doch gern, Robin, oder?«

»Warum sollen wir Gregory das antun?«

»Ich möchte dich heiraten.«

Er nahm ihre Hände. »Judith, ich möchte nicht heiraten.« Als er die Tränen in ihren Augen sah, fuhr er rasch fort: »Ich habe nie heiraten wollen. Keine der Frauen, die ich kannte.«

»Robin, wir würden eine gute Ehe führen. Du könntest von der

IBC weggehen und dein Buch schreiben, ich wäre bei dir ... es wäre ein so wundervolles Leben, Robin! Bitte sag nicht nein. Denk darüber nach. Mehr verlange ich jetzt nicht ... bitte, denk darüber nach!«

Er lächelte. »Also gut, wir wollen beide sehr gründlich darüber nachdenken. Und jetzt wird nicht mehr davon geredet.« Er stand auf, ging zu der kleinen Bar und mixte zwei Cocktails.

»Auf uns«, sagte sie und hob ihr Glas.

»Auf dich, Judith. Ich möchte dir niemals weh tun. Bitte, glaub mir das.«

Sie schmiegte sich an ihn. »Ach Robin, ich wünschte, dieser Flug ginge nie zu Ende.«

Am nächsten Morgen kam kein Anruf von ihm. Zuerst machte sie sich deswegen keine Gedanken. Sie blieb im Schlafzimmer und wartete. Um drei rief sie ihn im Büro an. Er meldete sich beim zweiten Rufzeichen.

»Verzeihen Sie, daß ich Sie nicht angerufen habe«, sagte er formell, »aber ich hatte heute vormittag verschiedene Besprechungen. Durch meine Abwesenheit drängen sich jetzt die Termine ein wenig.«

Sie kicherte. »Du hast Leute bei dir, nicht?«

»Ja.«

»Wie lange bleiben sie?«

»Es sieht so aus, als ob der heutige Nachmittag ziemlich besetzt ist.«

»Ich könnte doch um sechs zu dir in die Wohnung kommen.«

»Das geht leider nicht, weil ich bis sieben eine Verabredung habe und mir anschließend eine neue Sendereihe ansehen muß, die heute beginnt.«

»Wunderbar, dann schauen wir sie uns gemeinsam an.«

»Ich bin im Hause eines Geschäftsfreundes. Hinterher findet noch eine Party oder ein Empfang oder so etwas statt. Kann ich nicht zurückrufen?« Sein Ton klang zum Schluß leicht gereizt.

Er rief nicht zurück. Judith aß mit Gregory zu Abend. Ihr Mann war müde. Während sie sich die neue Fernsehsendung ansahen, nickte er immer wieder ein. Das Wissen, daß Robin auch zuschaute, gab Judith das Gefühl, ihm nahe zu sein. Wahrscheinlich langweilte er sich zu Tode, und die Party war ein Reinfall; sie kannte die Einladungen von Agenturleuten.

Am folgenden Morgen las sie die Kritiken. Die IBC hatte wieder einmal einen Treffer gelandet. Die *Times* brachte eine glänzende Besprechung und betonte, daß Robin Stone dem Sender eine regelrechte Adrenalinspritze verpaßt habe. Doch dann kamen die Nachmittagszeitungen, und die versetzten Judith in Alarmbereitschaft. Es hatte tatsächlich eine Party stattgefunden – allerdings nicht privat, sondern im Rainbow Room, wo die gesamte Prominenz aus dem gesellschaftlichen und kulturellen Leben versammelt war. Unter den zahlreichen Fotos tauchte ein besonders großes auf, das Robin zwischen einem weiblichen Musical-Star und einem Mannequin zeigte. Lächelnd beugte er sich zu der Sängerin. Was aber Judith ins Herz schnitt, war die Art, wie sich seine Hand mit der des Mannequins verschränkte. Die Geste sprach Bände. Sie hatten etwas miteinander!

Judith wartete eine Woche lang vergeblich auf seinen Anruf. Sicherlich ließ ihm die Arbeit keine freie Minute, denn er konnte sie ja nicht absichtlich so vor den Kopf stoßen. In ihrer Verzweiflung rief sie schließlich seine private Büronummer an. Die unpersönliche Stimme einer Telefonistin erklärte ihr, die Nummer sei abgemeldet und der Anschluß erloschen. Allmählich beschlich Judith ein Angstgefühl . . . das würde er nicht wagen! Das konnte er nicht! Sie wählte die Nummer seiner Wohnung. Die gleiche Stimme verkündete: »Bedaure, unter dieser Rufnummer kein Anschluß. Nein, die neue Nummer darf ich Ihnen nicht nennen. Sie steht nicht im Telefonbuch.«

Judith wurde blaß vor Wut. Das hatte er nur getan, um sie abzuschütteln! Sie brach in Tränen aus und vergrub ihr Gesicht im Kopfkissen. In dieser Nacht lag sie bis zum Morgengrauen wach. Das würde sie ihm heimzahlen! Sie wollte Gregory veranlassen, ihm zu kündigen!

Gleich am nächsten Morgen begann sie mit ihrem Angriff. »Er hat dir den Sender weggenommen, wir gehören gar nicht mehr dazu . . . ist dir das eigentlich klar? Unsere Einladungen gehen längst an Robin Stone!«

Gregory hörte sich den Ausbruch unbeteiligt an. Dann sagte er: »Judith, ich bin zweiundsechzig, die Aktien haben noch nie so gut gestanden, der Sender funktioniert und ist durchorganisiert, und ich denke nicht daran, an diesem Erfolg herumzupfuschen. Mir gefällt es, ehrlich gesagt, ab und zu mal hereinzuschauen, mich davon zu überzeugen, daß alles läuft, und dann wieder für Golf und die Pferde frei zu sein.«

»Und was soll ich inzwischen anfangen . . . den ganzen Tag zu

Hause hocken? Abends, wenn ich gern ausgehen möchte, bist du müde.«

»Ich dachte, deine wohltätigen Aufgaben füllten dich voll und ganz aus. Du schienst in der letzten Zeit recht glücklich gewesen zu sein.«

Judith vermied es, ihren Mann anzusehen. »Wie oft soll ich noch zu einem Wohltätigkeitsessen gehen?« (Sie hatte an keinem einzigen teilgenommen.) »Das kann ich schließlich nicht ewig machen. Ich habe mich um der guten Sache willen gezwungen, bei allen möglichen Empfängen zu erscheinen, aber einmal muß das aufhören. Außerdem fragen sich die Leute allmählich, was für Vorteile mein Patronat eigentlich bringt, wenn man uns nirgends sieht. Ich schäme mich zuzugeben, daß wir zu keiner wirklich wichtigen Party mehr eingeladen werden.«

»Hast du das denn nicht bis zum Überdruß gehabt? Überall dieselben Leute, alle Frauen in Modellkleidern, mit denen sie einander auszustechen suchen?«

»Nein . . . ich gehe *gerne* aus.«

»Na, ich finde so was jedenfalls stinklangweilig, und ich dachte wirklich, du seist in letzter Zeit vernünftig geworden. Es war so erholsam und gemütlich zu Hause. Und jetzt willst du, daß ich mich wieder an Robin Stones Schreibtisch setze, nur weil er an unserer Stelle zu den Partys eingeladen wird? Judith, das ist doch kindisch.«

»Ich bin ja auch noch nicht zweiundsechzig und impotent!« schrie sie ihn an.

Gregory verließ den Raum. Judith blieb sehr still sitzen. Dann strömten ihr die Tränen über das schöne, neue, straffe Gesicht. »O Gott!« stöhnte sie. »Wie konnte ich ihn nur so kränken? Und weswegen? Wegen Robin Stone!« Sie rannte in ihr Schlafzimmer und warf sich aufs Bett. Ihr Schluchzen kam in trockenen, harten Stößen. Plötzlich fühlte sie eine streichelnde Hand auf ihrem Kopf. Gregory saß neben ihr. »Nicht weinen, mein Schatz, ich bin nicht böse. Ich weiß doch, daß du es nicht so gemeint hast.«

Sie drehte sich um und klammerte sich an ihn. »O Gregory, ich liebe dich so.«

»Das weiß ich. Laß mich nur erst wieder seetüchtig werden. Vorläufig bin ich den Stürmen des Fernsehbetriebs noch nicht gewachsen. Diesen Winter gehen wir nach Palm Beach – und wir werden uns amüsieren, das verspreche ich dir.«

Judith nickte langsam.

Vom nächsten Tag an unternahm sie einen Versuch, ihrem gesellschaftlichen Leben neuen Auftrieb zu geben, aber er endete mit einem völligen Mißerfolg. Wut und Enttäuschung betäubten fast die Qual der Trennung von Robin. Doch es verging kein Abend, an dem sie nicht auf das Telefon starrte und sich all die wunderbaren Abende in Erinnerung rief – Abende, an denen sie ihn hatte anrufen und ihm zärtliche Worte hatte zuflüstern können. Doch mit der Erinnerung kamen Tränen und Schluchzer, die sie im Kopfkissen erstickte.

Judith beschloß, noch vor Weihnachten nach Palm Beach zu reisen. Ihren traditionellen Neujahrsempfang wagte sie nicht mehr zu geben . . . alle Welt fuhr nach Acapulco, auf die Bahamas oder ging zu Partys, die von den neuen Sternen der Gesellschaft gegeben wurden.

Wenn sie an Robin dachte, dann in einer Mischung aus Haß und Verlangen. In Palm Beach verbrachte sie ihre Tage träge und lustlos auf der Terrasse, legte Patience und quälte sich mit der Vorstellung, daß Robin mit hübschen jungen Mädchen ins Bett ging.

Aber es gab keine hübschen jungen Mädchen in Robins Leben. Er arbeitete zehn Stunden täglich und war der Konkurrenz immer um Brustbreite voraus. Dips neue Sendung wurde für Februar angesetzt. Dip blieb ständig mit Robin in Verbindung. »Kann ich was für dich tun, mein Junge?« Manchmal ließ Robin sich von ihm in die Lancer Bar lotsen, manchmal, wenn die Wände ihm auf den Kopf zu fallen drohten, rief er Dip abends um zehn noch an: »Wir treffen uns vor meiner Wohnung. Ich möchte noch spazierengehen.«

»Mensch, wir haben draußen minus drei Grad, und ich liege schon im Bett.«

»Kommst du, oder kommst du nicht?«

»Okay, gib mir zehn Minuten zum Anziehen.«

Wenn Dip nicht »auf Abruf« saß, ließ er sich bei Danny von Agenten hofieren. Ja, er werde sehen, was er für sie tun könne . . . nein, Robin Stone kaufte keine Sendung, ohne ihn nicht vorher zu fragen. Dip schwelgte in seiner neuen Macht. An Agenten, die ihm die kalte Schulter zeigten, rächte er sich, indem er überall herumerzählte, er werde dafür sorgen, daß sie mit der IBC nicht ins Geschäft kämen. Seltsamerweise glaubten die Leute ihm, daß er so viel Macht über Robin Stone besäße. Einer meinte: »Für den Mann, den er liebt, tut ein Mann alles.«

Ausgerechnet Danton Miller stellte dieses Gerücht in Abrede. Er lachte über die Behauptung, die beiden Männer seien homosexuell. Nicht Liebe sei es, was Dip seinem Freund schenke, sondern bares Geld . . . ein hübsches Bestechungssümmchen.

Das Gerede wollte nicht verstummen und erreichte sogar Gregory in Palm Beach. Als er auf dem Bildschirm Danton Millers neue Sendung sah, bei der Dip Nelson im Vorspann auffällig als Produzent herausgestellt wurde, rief er anderntags Cliff Dorne an.

»Die Sendung ist nicht schlecht«, erklärte er, »aber wenn dieser Schmierenkomödiant, der im Leben noch keinen Film produziert hat, so protzig im Titel erscheint, daß muß etwas faul sein. Ich glaube nicht an die Homo-Geschichte, aber wahrscheinlich ist Bestechung im Spiel.«

»Ich habe die Verträge sorgfältig geprüft«, erwiderte Cliff. »Sollte es sich so verhalten, dann ist die Sache sehr geschickt kaschiert. Ich habe Stone rundheraus gefragt, wieso er von Dip Nelson eine Filmserie kauft. Darauf hat er mir geantwortet: ›Cliff, wenn Sie einen einigermaßen guten Film hätten, würde ich ihn auch von Ihnen kaufen.‹«

Gregory legte auf. Judith hatte das Gespräch mit angehört. Sie saßen auf der Terrasse. »Was wirst du nun machen?« fragte sie.

Er zuckte die Achseln. »Zunächst einmal Golf spielen.«

Robin Stones Karriere schien unaufhaltsam. *Life* brachte – ohne sein Dazutun – eine Geschichte über ihn. Der Beitrag basierte auf Interviews mit seinen Mitarbeitern und ehemaligen Freundinnen. Ein Fotomodell behauptete, er sei der romantischste Mann, dem sie je begegnet sei; eine Schauspielschülerin hingegen, er sei eine große Null. Maggie Stewart sollte geäußert haben: »Kein Kommentar.« Robins Publicity schwoll wie eine Lawine an, aber er achtete nicht sonderlich darauf. Er ging mit Dip ins Kino, traf sich mit Jerry in der Lancer Bar, und meistens arbeitete er.

Jerry war es, der ihn als erster auf Gregorys keimendes Mißtrauen aufmerksam machte. »Wie oft fragst du Austin um Rat, wenn du einen neuen Stoff oder Film kaufst?« fragte er ihn, als sie wieder einmal in der Lancer Bar saßen.

»Nie«, sagte Robin. »Ich halte es nicht für nötig. Im Augenblick prüfe ich zum Beispiel Filme, die wir Mitte der nächsten Saison starten könnten. Ich werde Gregory höchstens auffordern, meine Auswahl zu begutachten.«

»Wie gnädig von dir«, meinte Jerry.

Robin gab keine Antwort. Er konzentrierte sich scheinbar ausschließlich auf den Eiswürfel in seinem Glas.

Aber Jerry ließ nicht locker. »Er hat dir eine Chance gegeben. Wenn du bleiben willst, wo du bist, würde ich dir raten, ihn wenigstens ab und zu der Form halber um Rat zu fragen.«

»Ich glaube, daß man inzwischen nicht mehr ihn, sondern mich mit der IBC identifiziert«, sagte Robin langsam.

»Ja, das ist richtig.«

Robin lächelte. »Dann soll Gregory mir den Sender doch wieder wegnehmen!«

»Das heißt?«

»Das heißt, daß ich mich den Teufel um Gregorys Plazet schere. Ich habe mich nicht um den Sender gerissen. Und jetzt, da er mein Werk ist, werde ich ihn Gregory nicht auf einem silbernen Tablett zurückgeben. Er soll ruhig gegen mich antreten und darum kämpfen.«

Jerry sah ihn von der Seite an. »Soll ich dir mal was sagen? Irrgend jemand hat behauptet, du seist ein Selbstmordkandidat. Ich glaube, das stimmt.«

Robin lachte. »Das wollen wir mal den Psychiatern überlassen.«

Ende April stand das Herbstprogramm so gut wie fest. Robin wollte eben sein Büro verlassen, als Dip Nelson hereinstürmte. »Hör zu: Pauli beendet morgen ihre Tournee und kommt nach New York zurück. Mir ist da eine großartige Idee gekommen, die ich aber mit Dan noch nicht besprochen habe. Statt jede Woche ein anderes Mädchen in die Sendung hereinzunehmen, könnten wir das doch von Pauli machen lassen. Die Serie bekäme dadurch einen stärkeren Zusammenhalt. Was hältst du davon?«

»Gar nichts.« Robin setzte sich hin und erklärte Dip mit einer seltenen Anwandlung von Nachsicht seinen Standpunkt. »Sieh mal, es tut nicht gut, mit einer erfolgreichen Sendung herumzuspielen. Pauli kann jedes Boradway-Musical haben . . . Ike Ryan zum Beispiel ist für sein neues Stück scharf hinter ihr her.«

»Aber Pauli gehört einfach auf den Bildschirm!«

»Du sollst dich lieber um dein eigenes Geschäft kümmern. Eine Serie läuft nicht ewig. Sieh zu, daß du neue Stoffe bekommst. Dan Miller hat mir gerade jetzt einen sensationellen Vorschlag gemacht.«

Dips Gesicht verfinsterte sich. »Das ist doch wohl nicht dein Ernst! Dieses gemeine Aas! Es war ausgemacht, daß wir nur gemeinsam abschließen.«

»Hast du das schriftlich?«

»Nein, wir haben es mit Handschlag besiegelt.«

Robin lachte. »Darauf würde ich mich bei keinem von euch beiden verlassen.«

Dip kniff die Augen zusammen. »Das soll er mir büßen.« Dann fragte er aus einem plötzlichen Stimmungsumschwung heraus mit jungenhaftem Lächeln: »Was ist, kommst du mit zu Danny? Man sieht dich nirgends mehr. Die Leute müssen ja denken, wir hätten uns verkracht.«

Robin schüttelte den Kopf. »Ich fliege noch heute abend nach Kalifornien, um jemanden zu suchen, der aus Dans Idee ein Filmexposé machen kann. Außerdem hat Ike Ryan eine Serie für mich, die ich möglicherweise kaufe, wenn ich den richtigen Schauspieler finde.«

Dip verging das Lächeln. »Wieso arbeitest du plötzlich so eng mit Ryan?«

»Wie meinst du das?«

Dip setzte sich auf die Schreibtischkante und grinste. »Komm, alter Junge! Der Big Dipper kennt deine Schliche. Da ist doch irgendwo was faul. Hast du wieder 'ne Hure verprügelt?«

Robin packte Dip an der Krawatte. »Jetzt hör mir mal gut zu, mein sauberer Freund! Niemand hat mich an der Leine, auch du nicht. Wäre Millers Angebot schlecht gewesen, wäre ich nicht darauf eingegangen. Hat Ike Ryan eine gute Sendung, kaufe ich sie, und fällt die Sendung eines guten Freundes durch, dann setze ich sie genauso schnell ab wie jede andere. Bitte, merk dir das ein für allemal!«

Dip zog sich lächelnd den Krawattenknoten wieder gerade. »Warum regst du dich so auf? Der Big Dipper hat dich gern und würde für dich durchs Feuer gehen, vergiß das nicht. Durchs Feuer! Freunde wie mich findest du nicht alle Tage.«

Sobald Robin im Beverly-Hills-Hotel eingetroffen war, rief er Maggie an.

»Es ist elf Uhr«, sagte sie. »Was auch immer du zu sagen hast – ich bin zu müde, um es mir anzuhören.«

»Nach New Yorker Zeit ist es zwei Uhr nachts, und wenn ich nicht zu müde zum Sprechen bin, wirst du mir ja wohl zuhören können. Außerdem ist es etwas Geschäftliches. Wollen wir morgen früh um neun zusammen frühstücken?«

»Wenn du elf gesagt hättest, würde ich es mir überlegen.«
»Ich muß mir zwischen zehn und elf zwei Filme ansehen.«
»Entschuldige – aber ich lasse mich wirklich nicht gern zwischen andere Termine einklemmen.«
»Maggie, ich möchte etwas Geschäftliches mit dir besprechen!«
Sie gähnte. »Okay, dann tu es jetzt.«
»Also gut: Ich habe deinen letzten Film gesehen.«
Ihr wissendes Lachen schnitt ihm fast das Wort ab. »Du brauchst nichts weiter zu sagen ... vermutlich *war* es mein letzter Film.«
»Er war schrecklich, aber du hast phantastisch ausgesehen. Ich möchte dich für eine neue Fernsehserie haben.«
»Warum?«
»Weil du der richtige Typ bist.«
»Dann unterhalte dich mit meinem Agenten. Vielleicht frühstückt *er* mit dir. Er heißt Hy Mandel und steht im Telefonbuch.« Sie legte auf.

Während der nächsten zehn Tage war Robin vollauf damit beschäftigt, sich Pilotfilme anzusehen. Er hatte beschlossen, Maggie eine Weile links liegenzulassen. Dabei sehnte er sich nach ihr. Manchmal hatte er den Telefonhörer schon in der Hand, aber stets widerstand er, denn er spürte, wie verkehrt es war, sich zu treffen, miteinander zu schlafen und sich wieder zu trennen. Und auf eine Ehe war er wirklich nicht erpicht.

Eines Abends saß er untätig in seinem Hotelzimmer. Es war einer jener ruhelosen, einsamen Abende, die nirgendwo einsamer sind als in Los Angeles. In New York konnte man immer noch spazierengehen. Aber wenn man in Beverly Hills durch eine der Alleen spazierte, kam sofort ein Streifenwagen angefahren. In Los Angeles ging man nicht zu Fuß. In der Woche schlief die ganze Stadt abends um zehn ein. Natürlich hätte Robin jederzeit ein Mädchen haben können ... in der Polo Lounge wimmelte es von ehrgeizigen Starlets und von Agenten, die ihn fürchteten und sich um seine Aufmerksamkeit bemühten. Plötzlich war er alles leid ... Warum gab er den Sender nicht einfach an Gregory zurück und verschwand? Aber wohin? Und was sollte er tun?

Das Läuten des Telefons riß ihn aus seinen Gedanken. Er sah auf die Uhr. Halb acht ... zu spät für einen geschäftlichen Anruf. Die Vermittlung meldete einen Mr. Milano. Einen Augenblick lang wußte Robin den Namen nicht unterzubringen, doch plötzlich grinste er. »Bitte stellen Sie gleich durch«, bat er.
»Robin! Ich bin so froh, daß ich dich erreiche.«

»Sergio, wie schön, deine Stimme zu hören! Wo, zum Teufel, steckst du denn?«

»Ich bin erst heute zurückgekommen und las in älteren Filmzeitschriften, daß du hier bist.«

»Du sprichst schon genau wie ein Schauspieler. Was gibt's Neues? Ich habe gehört, daß du in Rom einen Film gedreht hast.«

»Ja, und nächste Woche fange ich hier einen neuen an – meine große Chance! Die Hauptrolle! Ich bin jetzt Schauspieler, Robin, ist das nicht wundervoll?«

»Was machst du gerade?«

»Ich sage doch, ich fange einen neuen Film an.«

»Nein, ich meine jetzt, in dieser Minute?«

Sergio schwieg einen Augenblick. »Robin, ich habe jemanden kennengelernt, den ich sehr gern habe . . .«

»In Ordnung, da wünsche ich dir viel Glück. Ich freue mich für dich, Sergio, wirklich.«

»Wir essen heute abend zusammen. Es ist Alfie Knight.«

»Ihr seid ein prachtvolles Gespann«, meinte Robin gutmütig.

»Wir könnten uns doch morgen auf ein Glas treffen«, schlug Sergio vor.

»Abgemacht. Fünf Uhr Polo Lounge.«

»Ich werde pünktlich da sein.«

Robin bestellte sich das Abendessen aufs Zimmer und schaltete den Fernsehapparat ein; er wollte sich Dips neue Sendung ansehen.

Die Sendung begann, gerade als der Kellner das Essen brachte, mit dem üblichen Conferenciergeblödel. Der erste Bissen, den Robin in den Mund schob, drohte ihm im Hals steckenzubleiben. Vor ihm erschien Pauli in Großaufnahme. Dieser verdammte Dip . . . er hatte ihm doch ausdrücklich verboten, sie zu nehmen! Er schob den Serviertisch beiseite und ließ kein Auge von dem Programm. Es war schlecht. Die ganze Sendung litt unter der Anstrengung, aus Paulis Auftreten etwas Bleibendes zu machen. Robin meldete ein Gespräch mit Dan Miller an.

Dan fiel aus allen Wolken. »Dip hat mir weisgemacht, das sei eine strikte Anordnung von Ihnen. Die nächste Folge ist schon im Kasten. Ich habe Pauli für den Rest der Saison unter Vertrag genommen.«

Außer sich knallte Robin den Hörer auf die Gabel und rief Dip an. Die Leitung war besetzt. Klar, der Idiot sammelte seine Lorbeeren ein! Robin buchte einen Platz in der Nachtmaschine. Plötzlich fiel ihm die Verabredung mit Sergio ein; er wußte nicht mal seine Telefonnummer. Na ja, er würde in der Polo Lounge eine Nachricht hinterlassen.

Um acht Uhr früh landete Robin auf dem Kennedy Airport, fuhr sofort ins Büro und bestellte Dip und Dan Miller zu sich. Mit eisiger Miene verlangte er, daß Pauli nach der nächsten Sendung aus dem Vertrag ausstieg.

»Das kann ich ihr nicht antun«, wehrte Dip sich. »Sie gibt heute ein großes Interview. Die gesamte Presse weiß, daß Pauli alle Sendungen begleiten wird. Wenn wir sie jetzt vor die Tür setzen, schadet es ihrem Ruf.«

»Es ist ein Befehl«, sagte Robin.

»Ich habe die Rechte«, erwiderte Dip bockig.

Robin wandte sich an Dan. »Sie haben die gleichen Anteile.«

Dan starrte ihn verwundert an. »Ich habe nur ein Drittel der Anteile, bin aber bereit, mich auf Ihre Seite zu stellen.«

»Wer hat das andere Drittel?« fragte Robin.

Niemand sagte etwas.

Schließlich sah Dan ihn an und erklärte: »Ich denke, das haben Sie.«

Einen Augenblick machte Dip ein erschrockenes Gesicht. Dann strafften sich seine Züge, und er reckte sich angriffslustig. »Nein, ich habe zwei Drittel – die Mehrheit der Anteile und damit der Rechte liegt bei mir.« Und dann lächelnd: »Ich denke, damit ist die Angelegenheit erledigt.«

Robin stand auf und sah ihn an. »Dip, du hast mir einmal einen großen Gefallen getan. Tu mir einen zweiten. Komm mir nie mehr unter die Augen!«

Dip empfahl sich mit einer übertriebenen Verbeugung, während Dan nervös von einem Fuß auf den anderen trat und auf Robins Reaktion wartete. Der drehte sich plötzlich um und meinte kühl: »Also, da werden Sie sich wohl mit Pauli abfinden müssen. Viel Glück!«

»Aber mir können Sie doch nichts vorwerfen«, empörte sich Dan.

»Ihnen werfe ich vor, daß Sie angenommen haben, ich ließe mich auf einen solchen Kuhhandel ein.«

»Wirkt sich das auch auf meine neue Sendung aus?« fragte Dan.

»Ist Dip beteiligt?«

»Nein.«

»Dann gilt der Handel.«

Mit Paulis Auftritten sank die Sehbeteiligung. Im Juni setzte Robin die Sendung ab. Dip war ohne Job. Seltsamerweise stieg Paulis Zugkraft durch den gescheiterten Fernsehauftritt. Sie bekam ein Filmangebot. Dip ging mit ihr nach Kalifornien, und Robin konzentrierte sich auf die neue Herbstsaison.

Im November berief Gregory Austin die Aktionäre zu einer Hauptversammlung nach Los Angeles ein. Gewöhnlich erledigte er das mit Cliff Dorne in drei Tagen, aber diesmal beschloß er, eine ganze Woche zu bleiben. Judith brauchte Ablenkung.

Gregory starrte Robins Foto auf der Titelseite von *Newsweek* an. Ihm war durchaus bewußt, daß die Aktionäre in Robin ihren Gott sahen und in ihm, Gregory, einen müden alten Mann, der die Verantwortung für den Sender mehr und mehr von sich schob. Dabei fühlte er sich in letzter Zeit glänzend, und er hatte die größte Lust, das Steuer wieder in die Hand zu nehmen. Ein paarmal hatte er schon behutsam versucht, wieder Einfluß zu gewinnen, aber bis jetzt waren seine Bemühungen fehlgeschlagen. Robin hörte sich seine Vorschläge an und damit basta. Hinterher tat er, was er für richtig hielt, und was er für richtig hielt, war noch immer richtig gewesen. Noch nie hatten die Umfrageergebnisse der Sendungen so hohe Werte gehabt. Die IBC war Robin Stones Sender.

Trotzdem hatte Gregory noch nicht aufgegeben. Der Sommer in Quogue war für ihn recht angenehm verlaufen, obgleich Judith sich gelangweilt hatte. Herrgott noch mal, da arbeitete man dreißig Jahre, um einen Sender aufzubauen und ein schönes Leben zu führen, und dann kommt eine Krankheit, man fällt anderthalb Jahre aus, und wenn man zurückkommt, hat sich alles grundlegend geändert!

Zärtlich dachte er an Judith. Er hatte die Narben hinter ihren Ohren gesehen. Machte sie sich wirklich weis, er habe nicht bemerkt, wie straff ihr Busen plötzlich war? Zweifellos hatte sie die Operation während seiner Quarantänezeit machen lassen. Wie fabelhaft sie sich während seiner Krankheit verhalten hatte! Und nun enttäuschte er sie. Anfangs war es ihm ganz lieb gewesen, daß Robin den Sender in der Hand hatte – das ließ sich nicht leugnen. Es war so angenehm, sich auf jemanden verlassen und sich ungestört erholen zu können. Selbst den Sommer in Quogue hatte er noch genossen und sich bemüht, Judiths tiefe Seufzer zu überhören, wenn sie abends vor dem Fernsehschirm saßen. Was Gregory indessen bewog, nun doch energisch etwas zu unternehmen, war Judiths Verhalten nach ihrer Rückkehr in New York.

Sie fing an, tagelang im Bett zu bleiben. Manchmal nahm sie alle vier Stunden eine Schlaftablette. An solchen Tagen ließ Gregory eine Krankenschwester kommen und schlief nachts in Judiths Zimmer. Die Vorstellung peinigte ihn, sie könne in ihrem benommenen Zustand rauchen und dabei verbrennen. Lag sie nicht im Bett, schlurfte sie ungepflegt in einem alten Morgenrock durchs Haus. Es war, als überließe sie sich einem selbstzerstörerischen Trieb. Aber tat er denn nicht genau das gleiche, wenn er sich scheinbar den Luxus gönnte, seinen Sender von Robin Stone leiten zu lassen? Plötzlich wurde ihm vieles klar, und ein neuer Energiestrom durchpulste ihn. Er wußte, wie er Judith aus ihrer Lethargie aufrütteln konnte. Leicht würde es nicht sein, aber sein alter Kampfgeist war zurückgekehrt.

Zunächst einmal mußte er die IBC wieder unter sein Kommando nehmen. Als er Robin aufsuchte und ihm erklärte, er wünsche die Entscheidungen für das Programm der nächsten Saison selbst zu treffen, sah Robin ihn mit einem wissenden Lächeln an.

»Warum?« fragte er.

Gregory war verlegen. Robins kühlen, unpersönlichen Blick ertrug er nicht.

»Schauen Sie, Robin, ich habe Sie vom Nachrichtenredakteur zum Präsidenten dieses Senders gemacht. Ich bin stolz auf Sie, ich möchte mit Ihnen zusammenarbeiten, Sie sind mein bester Sachwalter . . .« Er hatte versucht, offen und herzlich zu sprechen.

Robins Blick wurde hart. »Ich bin mein eigener Herr!« sagte er scharf. »Seit ungefähr zwei Jahren habe ich jeden Schritt hier allein verantwortet. Ich kann jetzt nicht mehr zurück und Sie bei jeder Kleinigkeit um Erlaubnis fragen. Wenn Sie das wollen, dann suchen Sie sich einen anderen *Sachwalter*!«

Nun hätte Gregory zwar sicher einen Ersatz für Robin gefunden, er durfte aber nicht riskieren, daß er zur Konkurrenz ging. Aber sooft er Judith in ihrem Zustand sah, festigte sich seine Entschlossenheit . . . arme, unglückliche Judith! Da hatte sie all die Operationen auf sich genommen und sollte nun durch seine Schuld in Vergessenheit geraten! Er würde die Leitung der IBC wieder übernehmen.

Von der Reise nach Los Angeles erhoffte er sich eine gewisse Förderung seiner Pläne, wenngleich er nicht damit rechnete, daß die Aktionäre sich für ihn begeistern würden . . . Er würde abwarten müssen. So verrückt es auch war, er mußte darauf bauen, daß

Robins Sendungen Mißerfolge wurden und die IBC-Aktien fielen. Er mußte sich ins eigene Fleisch schneiden und auf einen großen Verlust hoffen. Nur so konnte er seinen Sender zurückbekommen.

Durch eine Agentur in Hollywood hatte Gregory ihre Ankunft in Los Angeles publizieren und sich für alle größeren Partys Einladungen verschaffen lassen. Daß er zu solchen Maßnahmen greifen mußte, schmeckte ihm gar nicht. Aber Judiths Wohlergehen war das einzige, worauf es ankam. Verschiedene Einladungen waren noch per Post nach New York gekommen. Judith hatte prompt die Schlaftabletten beiseite gelegt, war zum Friseur gegangen und hatte sich für Kalifornien eine völlig neue Garderobe gekauft. Vielleicht würde die Woche in Los Angeles Judith für immer aus ihrer Apathie herausreißen.

Die Abreise wurde auf einen Sonntag festgesetzt. Am Freitag vorher rief Gregory Judith an und fragte, um welche Zeit sie abfliegen möchte.

»Muß ich mich jetzt schon festlegen? Sag doch, sie sollen die Maschine für mittags bereithalten.«

Gregory trug seiner Sekretärin auf, dem Piloten entsprechend Bescheid zu sagen. Die Sekretärin machte ein erstauntes Gesicht. »Aber Mr. Stone ist doch schon vor zwei Stunden mit der Maschine abgeflogen!«

»Was ist er?«

»Ja! Er fliegt übers Wochenende nach Las Vegas, um sich dort ein paar Leute anzusehen, und anschließend zur Aufsichtsratssitzung nach Los Angeles. Ich dachte, Sie wüßten das.«

»Das hatte ich ganz vergessen«, sagte Gregory schnell. Er lehnte sich zurück. Wie konnte Robin es wagen, einfach das Flugzeug zu nehmen? Er ließ Cliff Dorne kommen.

Cliff seufzte. »Was heißt ›Wie kann er es wagen?‹ Das Flugzeug ist Eigentum des Senders, und Stone leitet den Sender. Wissen Sie, wie man das Flugzeug in der Madison Avenue getauft hat: ›Die fliegende Couch.‹ Stone hat das Innere umgestalten und ein breites Bett von Wand zu Wand einbauen lassen! Und er fliegt selten ohne irgendein Mädchen, das besagtes Bett mit ihm teilt. Ich kann nicht ständig hinter ihm her sein. Meistens weiß ich nicht einmal, wo er ist.«

»Wir müssen ihn bremsen!« sagte Gregory.

»Leider hat Ihre Frau ihm während Ihrer Krankheit die alleinige Verantwortung übertragen. Ich kann Ihnen gar nicht sagen, wie oft ich schon drauf und dran war, zu kündigen. Aber damit hätte ich ihm nur einen neuen Trumpf zugespielt. Wenn er nämlich einen eigenen Mann in die Rechtsabteilung gesetzt hätte, wären wir erledigt gewesen.«

»Wir *sind* erledigt«, erklärte Gregory ruhig.

»Nein, er gräbt sich sein eigenes Grab.«

»Was wollen Sie damit sagen?«

»Es kann gar nicht ausbleiben . . . besonders wenn er so weitermacht wie im letzten halben Jahr. Er trifft unvernünftige Entscheidungen und riskiert zuviel. Zum Beispiel hat er zwei Sendungen gemacht, die mit Sicherheit hätten durchfallen müssen; es wurden sensationelle Erfolge.«

»Er ist genau wie alle anderen«, sagte Gregory nachdenklich. »Machtgierig.«

»Nein, das glaube ich nicht. Auf der einen Seite scheint es ihm zu gefallen, daß sein Name Schlagzeilen macht . . . auf der anderen Seite tut er alles, um seinem Ruf zu schaden. Ich muß Ihnen ganz ehrlich sagen, daß ich aus Robin Stone nicht schlau werde. Es geht sogar das Gerücht um, er sei schwul, obwohl er ständig mit Mädchen zusammen ist. Außerdem erzählt man sich, wie Sie ja wissen, er sei bestechlich. Ich bin der Sache sehr sorgfältig nachgegangen. Es ist nicht der Fall. Nur auf einen einzigen merkwürdigen Fingerzeig bin ich gestoßen. Es gibt einen Schauspieler namens Sergio Milano, dem Stone bis vor kurzem jede Woche fünfhundert Dollar geschickt hat. Das weiß ich, weil sein Steuerberater und mein Steuerberater Vettern sind. Sergio Milano hat ein Verhältnis mit Alfred Knight.«

»Sie glauben also, daß Robin Stone was mit Männern hat?«

»Es sieht so aus. Dieser Sergio ist ein attraktiver junger Italiener. Er hat es noch nicht sehr weit gebracht, aber immerhin schon ein paar gute Rollen gespielt. Offenbar verdient er genug eigenes Geld, um auf Stones Unterstützung nicht angewiesen zu sein. Vielleicht aber wurden die Zahlungen auch eingestellt, weil Alfred Knight jetzt Sergios neuer Liebhaber ist.«

»Können wir in dieser Angelegenheit irgend etwas unternehmen? Ich kenne mich da nicht so aus.« Gregory machte ein verlegenes Gesicht.

»Ich habe schon veranlaßt, daß Robin Stone in Kalifornien beschattet wird. Wenn wir befürchten müssen, daß an der Spitze unseres Unternehmens ein Präsident steht, der mit dem Sittengesetz in Konflikt geraten könnte, dann halte ich eine solche Maßnahme für berechtigt. Das sind wir den Aktionären schuldig.«

»Cliff, ich wünsche keinen Skandal. Ob wir einen unliebsamen Mann loswerden oder ihn vernichten, ist ein großer Unterschied.«

Cliff lächelte. »Ich möchte nur einen schriftlichen Bericht. Es ist wichtig, daß wir genug zutage fördern, womit wir Stone konfrontieren können. Auch er wird keinen Skandal wollen. Er muß an seine Angehörigen denken – seine Schwester führt ein großes Haus in San Francisco. Außerdem weiß er genau, daß er sich einen öffentlichen Skandal nicht leisten kann, weil damit seine Karriere beendet wäre. Dies vorausgesetzt, erklären wir ihm, daß wir ihm jemanden an die Seite stellen. Wir teilen die Macht. Führen Sie meinetwegen einen neuen Titel ein, dann kann Stone Präsident der IBC bleiben. Wir holen uns Dan Miller zurück. Dann ist die Macht geteilt, und alle Entscheidungen liegen wieder bei Ihnen.«

Gregory nickte. »Der Gedanke, Miller zurückzuholen, gefällt mir; ihn kann ich leicht in der Hand halten. Fragt sich nur, ob er damit einverstanden ist, daß Robin genausoviel zu sagen hat wie er – denn deswegen ist er ja seinerzeit gegangen.«

»Nein, gegangen ist er, weil Stone *mehr* zu sagen hatte.«

»Und angenommen, Robin geht ... zur Konkurrenz?« fragte Gregory.

»Das wird er nicht können. Nicht, wenn wir besagten Bericht haben.«

»Gut, das müssen wir zunächst einmal abwarten. Vorher können wir gar nichts unternehmen.«

»Irgend etwas werden wir schon in die Hand bekommen. Wenn nicht bei dieser Reise, dann bei der nächsten. Möglicherweise läßt sich auch in New York etwas in Erfahrung bringen. Ich habe eine gute Detektei beauftragt, die ihre Leute in jeder großen Stadt sitzen hat. Bis dahin müssen wir Geduld haben.«

Gregory nickte. Dann überlegte er krampfhaft, wie er Judith beibringen sollte, daß sie mit einer Linienmaschine flogen. Merkwürdigerweise nahm sie es gelassen auf. »Um so besser. Ich hasse dieses alberne Privatflugzeug. Verkauf's doch!«

Robin landete am Sonntag nachmittag in Los Angeles. Im Hotel erwartete ihn ein ganzer Stoß Nachrichten. Agenten, Schauspieler und Fernsehredakteure hatten angerufen und ihm einiges zur Begrüßung geschickt. Sein Zimmer glich einer gutausgerüsteten Bar. Unter den Nachrichten fand sich auch eine von Sergio.

Er schenkte sich einen Wodka ein. In der Polo Lounge wimmelte es jetzt bestimmt von IBC-Leuten, ganz zu schweigen von den blöden Aktionären. Da würde er bestimmt nicht hingehen. Er rief Sergio an.

»Robin, nächsten Monat kann ich dir das geliehene Geld zurückzahlen. Ich habe eben einen großartigen Vertrag mit Century Pictures unterschrieben.«

»Das laß schön bleiben. Du würdest damit nur meine Steuererklärung durcheinanderbringen. Ich schenke es dir, weil du mir und Kitty immer ein guter Freund warst.«

»O danke, Robin, das ist wirklich fabelhaft von dir. Alfie gibt übrigens heute abend eine große Party. Es fängt um acht an. Komm doch her.«

»Ich mach' bei so etwas nicht gern mit.«

»Nicht, was du denkst. Es ist eine richtige große Einladung.« Sergio lachte. »Wenn ich ein Star werden will, könnte ich mir eine Sex-Party gar nicht leisten. Ich habe eine Moral-Klausel im Vertrag. Alfie auch.«

»So habe ich es nicht gemeint. Mir ist der ganze Hollywoodrummel schon zuwider. Tut mir leid, Kleiner. Du mußt ohne mich feiern. Wohnst du eigentlich bei Alfie?«

»Nein, er hat nur ein kleines Haus. Ich wohne in einem Apartmenthaus in Melton Towers. Vielleicht kaufen wir uns zusammen ein Haus. Das wäre mein Traum.«

»Melton Towers? Da wohnt eine Schauspielerin, die ich kenne ... Maggie Stewart.«

»O ja. Wir treffen uns manchmal im Aufzug. Sie sieht sehr gut aus.«

Nachdem er aufgelegt hatte, rief Robin Maggie an.

Sie hob sofort ab.

»Sieh da, Mr. Superman mit seiner fliegenden Couch ist eingetroffen! Ich las es schon in der Presse, daß du hier erwartet wirst.«

»Maggie, ich möchte dich sehen.«

»Ich komme gerade von Aufnahmen für eine Quizfolge. Drei heute, zwei morgen. Fünfmal ziehe ich mich komplett um und platze vor Klugheit, Munterkeit und sprühendem Tagescharme. Glaub mir, nichts ist gefährlicher für die Moral einer Frau, als wenn sie ihren Charme bei Tage versprüht.«

»Ich möchte dich sehen«, wiederholte er.

»Das sagtest du bereits.«

»Warum schnatterst du mir dann etwas von Quizsendungen und diesem ganzen Quatsch vor?«

»Weil ich verrückt bin. Und weißt du, warum? Weil ich dich *auch* sehen möchte. Das kann nur bedeuten, daß ich verrückt bin . . . als sehnte ich mich nach einer Strafe.«

»Willst du zu mir kommen? Wir könnten auf dem Zimmer essen. Oder lieber bei Matteo?«

»Nein, komm du zu mir«, erwiderte sie langsam. »Ich trage kein Make-up, meine Haare sind strähnig, im Eisschrank liegen ein paar Schnitzel, und ich kann eine Büchse Bohnen aufmachen.«

»Ich bin in zehn Minuten da.«

»Bitte, laß mir eine Stunde! Ich möchte duschen und mich wenigstens halbwegs herrichten.«

Nachdem er aufgelegt hatte, schenkte Robin sich Wodka nach und schaltete das Fernsehgerät ein. Ob Gregory Austin wohl inzwischen angekommen war? Er zuckte die Achseln. Na wenn schon . . . er sah ihn ja am Dienstag auf der Aufsichtsratssitzung.

Gregory saß in dem großen Wohnraum eines der zum Beverly-Hills-Hotel gehörenden Bungalows. Normalerweise hätte er das Bel Air vorgezogen. Es lag abseits der großen Heerstraße und hätte ihm die dauernde Begegnung mit dem ganzen Fernsehvolk erspart. Er war jetzt schon ganz erschlagen. Und dann mußte ausgerechnet noch Clint Murdock, ein pensionierter General und heute ein großes Tier im Aufsichtsrat, anrufen. Seine Frau habe sie ankommen sehen, und ob sie nicht heute abend gemeinsam im Hotel drüben essen könnten. Gregory war eigentlich viel zu müde, aber was sollte er machen? Der General war zu wichtig, als daß man ihn einfach hätte abblitzen lassen können. Na ja, er würde die Sache möglichst schnell hinter sich bringen. Mit etwas Glück konnte er vor Mitternacht wieder zurück sein. Er gähnte. Vielleicht war noch Zeit für ein kurzes Nickerchen . . . sie waren erst um acht mit dem General verabredet. Er mußte es Judith sagen. Mrs. Murdock war zwar stinklangweilig, aber Judith konnte wenigstens eins ihrer neuen Kleider anziehen. Vielleicht könnten sie sogar auf einen Whisky in die Polo Lounge hineinschauen. Und ab morgen waren sie dann jeden Abend zu einer Party eingeladen.

Judith kam herein. »Ich weiß nicht, was ich machen soll. Ich bekomme kein Mädchen mehr zum Bügeln.«

»Wir lassen gleich morgen jemanden kommen«, tröstete er sie.

Judith lächelte. »Dann muß ich heute abend eben den Goldlamé-Anzug tragen. Das ist das einzige, was nicht zerknittert ist.«

»Heute abend?« – Sie schwenkte eine Einladungskarte. »Alfie Knight gibt heute abend eine große Party. Alles, was Rang und Namen hat, geht hin.«

»Judith, ab morgen haben wir jeden Abend eine andere Party. Heute habe ich mich schon mit General Murdock und seiner Frau zum Essen verabredet.«

»General Murdock? Mit dem würde ich nicht mal essen wollen, wenn ich gar nichts vorhätte! Aber seinetwegen Alfie Knigths Party versäumen . . .«

Gregory stand auf und versuchte, ihr begütigend den Arm um die Schultern zu legen. »Judith, ich brauche ihn. Murdock ist mir im Aufsichtsrat eine große Stütze.«

Ihr Gesicht verzerrte sich verachtungsvoll. »Ja, ja, wir werden stundenlang mit ihnen herumsitzen, und ich muß mit Mrs. Murdock idiotische Banalitäten austauschen, während du dir die neuesten Angelergebnisse vom General erzählen läßt. Robin Stone würde sich nicht so erniedrigen. Der geht auf Alfie Knights Party. Alle gehen!« Sie riß sich von ihm los und stürzte ins Schlafzimmer.

Panik ergriff ihn, als er sie in der Nachttischschublade wühlen sah. »Judith, was willst du tun?«

Sie hielt das Röhrchen mit den Schlaftabletten in der Hand. »Ich werde zwei nehmen! Ich weigere mich, mich mit diesen langweiligen Menschen an einen Tisch zu setzen! Wenn ich schlafe, werde ich mich wenigstens nicht ärgern, daß ich eine der schönsten Partys von Los Angeles versäume.«

Er nahm ihr die Tabletten aus der Hand. »Ich kann zwar die Verabredung mit dem General nicht rückgängig machen, aber wenn dir so viel an der Party liegt, dann geh nur hin. Ich erfinde für Murdocks irgendeine Ausrede.«

»Ich kann doch nicht ohne Begleitung auf einer Party erscheinen, Greg.« Sie streckte die Hand nach dem Röhrchen aus. »Laß mir die Pillen, bitte! Ich bin nicht imstande, ein endloses Abendessen mit diesen Menschen zu ertragen.«

»Nein! Ich besorge jemand, der dich begleitet.« Plötzlich kam ihm ein Gedanke. »Vielleicht ist Robin Stone bereit, mitzugehen.«

Mit unbewegtem Gesicht erwiderte sie: »Ich bin überzeugt, daß er schon eine Verabredung hat.«

»Wenn er nur zum Essen verabredet ist, könnte er dich trotzdem hinterher begleiten.« Gregory ging zum Telefon. Es war ihm sehr unangenehm, Robin um einen Gefallen bitten zu müssen . . . aber er dachte an Judith. Er durfte um keinen Preis zulassen, daß sie wieder mit den Pillen anfing.

Als Robin sich meldete, fiel Gregory sofort mit der Tür ins Haus. »Robin, heute abend findet eine Party statt, die irgend so ein

Filmstar gibt . . . Alfie Knight, wenn ich nicht irre. Nun ist folgendes. Meine Frau ist eingeladen und würde sehr gern hingehen. Sie hat diesen Hollywoodtrubel ja schon lange nicht mehr mitgemacht und fände es mal ganz amüsant. Leider habe ich mit einem Herrn vom Aufsichtsrat eine Verabredung zum Essen, und Sie würden mir daher einen außerordentlichen Gefallen tun, wenn Sie Judith zu der Party begleiten könnten.«

Judith beobachtete Gregorys Gesicht; sein Schweigen sprach Bände. Sie hörte förmlich, wie Robin ablehnte . . .

»Mir geht es ganz genauso«, erwiderte Gregory, »aber Sie würden mir einen persönlichen Gefallen damit tun. Aha, verstehe. Aber sagen Sie, Robin, könnten Sie nicht Ihre Verabredung zum Essen einhalten und hinterher mit meiner Frau auf die Party gehen? So etwas fängt doch gegen neun oder zehn erst richtig an. Ich wäre Ihnen wirklich dankbar . . .«

»Herrgott noch mal, nun hör schon auf zu betteln!« rief Judith. Sie rannte zu ihm und nahm ihm den Hörer aus der Hand. »Robin, hier ist Judith. Es ist wirklich nicht nötig. Gregory hatte den Einfall, nicht ich.«

»Möchtest du wirklich gerne hingehen, Judith?« fragte er.

»Es hätte mir Spaß gemacht, ja. Ein bißchen Abwechslung hätte mir, glaube ich, ganz gutgetan. Aber ich möchte Ihnen auf keinen Fall lästig fallen.«

»Ich hasse Hollywoodpartys. Aber wie wäre es, wenn wir später gingen, sagen wir um zehn?«

»Das wäre wundervoll. Dann könnte ich mich vorher sogar noch ein wenig hinlegen.«

»Fein. Ich rufe dich aus der Hotelhalle an.«

Sie legte auf und versuchte, sich ihre Freude nicht anmerken zu lassen. Er hatte nicht gehen wollen, aber ihr zuliebe tat er's doch. Das bedeutete, daß er immer noch etwas für sie übrig hatte. Sie hatte ihm jede Möglichkeit gelassen, abzulehnen. Und wahrscheinlich war er mit einer Frau verabredet, die er nun ihretwegen abschieben mußte. Judith ging zu Gregory und küßte ihn flüchtig auf die Wange. »Dein armer kleiner Fernsehpräsident . . . sie springen immer noch, wenn du sie um etwas bittest.«

Gregory war froh, daß sie wieder glücklich war. »Na, gesprungen ist er ja nun nicht gerade . . . jedenfalls nicht für mich. *Du* hast sein Herz zum Schmelzen gebracht. Aber diese Fähigkeit hast du schon immer besessen, Judith.«

Sie war so selig, daß sie zu allen Menschen nett sein wollte. »Bist du auch bestimmt nicht böse, daß ich dich mit den Murdocks sitzenlasse?«

»Natürlich nicht. Ich werde ihnen sagen, die Reise hätte dich zu sehr angestrengt. Daß du auf Alfie Knights Party gehst, erfahren sie nie, denn *sie* sind mit Sicherheit nicht eingeladen!«

Sie küßte ihn auf die Stirn. »Jetzt werde ich mein Gesicht eincremen, in aller Ruhe ein warmes Bad nehmen und mich noch ein wenig hinlegen . . . weck mich, wenn du gehst.«

Singend ließ sie das Badewasser einlaufen. Sie würde Robin wiedersehen! Und auch er freute sich, sie zu sehen, das fühlte sie. Ganz bestimmt. Sie hatte ihm mit ihrem Gerede vom Heiraten einen Todesschrecken eingejagt. Nun, sie wollte ihm zu verstehen geben, daß sie sich von jetzt an seinen Bedingungen fügte. Keine Ultimaten mehr. Sicher würde sie ihn in dieser Woche jeden Abend sehen, denn sie waren garantiert zu denselben Partys eingeladen. Und in New York würden sie ihre Cocktailverabredungen wiederaufnehmen . . . O Gott, wie herrlich war das Leben!

Robin mietete sich einen Wagen und fuhr den Sunset Boulevard entlang zu Maggies Wohnung. Es war kurz vor sieben. Einen schönen Schlamassel hatte er sich da eingebrockt, aber Judiths Stimme hatte so verzweifelt geklungen. Nach ihrem Heiratsantrag hatte er kurzen Prozeß gemacht und eigentlich angenommen, daß sie inzwischen längst jemand anders habe. Aber der falsche Stolz in ihrer Stimme, als sie ihm erklärte, er brauche sie nicht zu begleiten . . . das war ein Hilferuf gewesen. Er hatte es nicht übers Herz gebracht, ihr diesen Wunsch abzuschlagen.

Merkwürdig, daß er für Judith Mitleid empfand, wo er doch sonst für niemanden etwas empfand. Außer für Maggie . . . Maggie begehrte er, es war körperliches Verlangen, nicht mehr und nicht weniger. Außerdem bewunderte er ihren Dickkopf. Sie schlug zurück, war eine Herausforderung, kein schwächlicher Typ mit traurigen Augen wie Amanda. Maggie konnte kämpfen, sie war wie er. Aber Judith? Was, zum Teufel, schuldete er ihr? Warum hatte er sich ihretwegen den Abend mit Maggie verdorben? Es ärgerte ihn. Er verdrängte das ungelöste Problem aus seinen Gedanken und parkte vor dem Haus, in dem Maggie wohnte.

Maggie sah erschöpft aus, wirkte aber trotzdem unvergleichlich schön. Er bemerkte die violetten Ringe unter ihren Augen. Sie hatte auch abgenommen. Trotzdem erschien sie ihm aus irgendeinem Grunde noch begehrenswerter als früher.

Sie aßen an dem Couchtisch. Hinterher half er ihr abtrocknen, und als sie mit der Küche fertig waren, führte Maggie ihn mit einem verlegenen Lächeln ins Schlafzimmer. Robin ließ es verwundert geschehen, daß sie alle Zärtlichkeit, deren er fähig war, in ihm wachrief ... und später, als sie in seinen Armen ausruhte, fühlte er sich zum erstenmal seit langer, langer Zeit restlos erfüllt und glücklich. Konnten sie nicht Waffenstillstand schließen und auf irgendeine Weise miteinander auskommen? Er wußte, daß er sie gerne für immer bei sich gehabt hätte, aber er konnte sie nicht bitten, einfach so mit ihm zu leben. Er lag da, streichelte ihr Haar und erwog zum erstenmal den Gedanken an Heirat. Es könnte gutgehen ... wenn sie ihm nur die Freiheit ließe, zu kommen und zu gehen, wie er wollte. Seltsamerweise konnte er sich keine Frau vorstellen, mit der er gerne auf und davon gegangen wäre. Großer Gott, gleich mußte er auf und davon, um Judith zu der blöden Party zu begleiten! Verstohlen schielte er auf die Uhr. Viertel vor neun.

»Maggie ...«

»Hm?« Sie streckte sich und rieb ihr Gesicht an seinem Hals.

»Hast du bestimmte Pläne bezüglich deiner Karriere? Abgesehen von den Quizsendungen, meine ich.«

»Alfie Knight will einen Film machen, in dem ich gerne spielen möchte.«

»Mein Angebot, die Hauptrolle in einer neuen Fernsehserie zu übernehmen, gilt nach wie vor.«

»Lieber mache ich den Film.«

»Warum willst du nicht im Fernsehen auftreten? Es wäre ein glänzender Rahmen für dich und ein gutes Geschäft. Alfie dreht doch erst im nächsten Jahr.«

Sie wandte ihm langsam den Blick zu. »Du würdest alle paar Monate hier eintrudeln. Wir sehen uns, wir schlafen miteinander und reden über meine Karriere. Meinst du das?«

»Ich werde sehr viel hier sein ...«

»Das heißt, wir schlafen und reden viel.« Sie stand auf.

»Dann sag mir, was *du* möchtest, Maggie.«

Sie stand in der Mitte des Zimmers. Das Licht aus dem Badezimmer beleuchtete ihren Körper. Robin sah den Zorn in ihren Augen. »Ich möchte *dich*! Heute abend war es wundervoll mit dir. Aber wie stets werde ich mich morgen früh hassen. Ich werde mir vorkommen wie die Bewohnerin eines Absteigequartiers ... wie deine kalifornische Nutte!«

Mit einem Satz war Robin aus dem Bett und nahm sie in seine Arme. »Du weißt verdammt gut, daß das nicht wahr ist. Ich könnte hier jedes Mädchen haben – einfach, weil ich ihr einen Job zu bieten habe.«

»Eben! Du hast mir ja gerade mein Zuckerstück gereicht ... den großen Job, die Hauptrolle in einer Serie. Und dafür wird von mir erwartet, daß ich auf Abruf für dich da bin. O Gott, es klingt wie ein drittklassiger Film! Sag mir, welches Mädchen du dir in New York parat hältst, das auf Abruf in die Lancer Bar rast? Und hast du nicht auch eins in Chicago? Darum solltest du dich kümmern – denn dort mußt du ja zwischenlanden, um die fliegende Couch aufzutanken.«

Sie löste sich von ihm, zog einen Morgenrock über und zündete sich eine Zigarette an. Aufgebracht sah sie ihm beim Anziehen zu.

Robin grinste plötzlich. »Die fliegende Couch ... Heißt mein Flugzeug so im Volksmund?«

»Hast du die letzte Nummer von *Undercover* nicht gelesen?«

»Was, zum Teufel, ist das nun wieder?«

»Ein Skandalblatt. Du ziertest das Titelblatt. Du erscheinst nicht nur in *Newsweek* und *Time!* Du erscheinst in vielen Zeitschriften. Und laut *Undercover* ist es dir egal, ob Männlein oder Weiblein deine fliegende Couch bevölkern, Hauptsache, du hast was im Bett!«

Er gab ihr eine schallende Ohrfeige. Maggie brach in Tränen aus. Dann sank sie ihm in die Arme. »O Gott, Robin, warum versuchen wir, uns gegenseitig zu zerstören?« schluchzte sie.

»Ich habe dich gern, Maggie, und ich wünschte, du nähmst mein Angebot an.«

»Ich will keine Bezahlung!« Die Tränen liefen ihr übers Gesicht. »Verstehst du das denn nicht? Das einzige, was ich will, bist du!«

»Aber du hast mich doch. Mehr als jede andere Frau sogar. Ich trage immer noch deinen komischen kleinen Ring.«

Als sie ihm darauf keine Antwort gab, fragte er: »Liegt dir so viel an einem Ehering?«

»Ja.«

»Okay.«

»Okay was?« fragte sie.

»Okay, wir heiraten.« Er sah auf die Uhr. Es war Viertel nach neun ... er mußte zu Judith, aber er wollte vorher die Sache mit Maggie ins reine bringen. »Das bedeutet, du wirst Mrs. Robin Stone. Aber ich behalte die Freiheit, zu kommen und zu gehen, wann ich will. Wie zum Beispiel jetzt: Ich muß weg.«

Sie starrte ihn an. »Was mußt du!«

»Ich muß eine Dame zu einer Party begleiten.«

Einen Augenblick sah sie ihn ungläubig an. Dann trat sie einen Schritt zurück, als habe er sie geschlagen. »Willst du damit sagen, du bist mit einer Verabredung für später zu mir gekommen? Du hast gewußt, du würdest aus meinem Bett zu einer anderen laufen?«

»Es ist nicht so, wie du denkst. Es handelt sich um Mrs. Austin.«

»Ach, und da mußt du gleich strammstehen? Schließlich ist sie ja nicht die Frau des amerikanischen Präsidenten!«

»Maggie, wir wollen Mrs. Austin aus dem Spiel lassen.«

»Ja, natürlich, sie steht über allem!« Maggie lachte. »Du willst frei sein? Springen mußt du, wenn Mrs. Austin mit dem Finger schnippt! Hast du auf diese Weise deine Stellung bei der IBC bekommen?«

»Maggie, ich gehe jetzt. Ich möchte nicht, daß du Dinge sagst, die dir hinterher leid tun. Ich rufe dich morgen an.«

»Ruf mich nie mehr an!« Ihre Augen funkelten wütend.

»Das ist nicht dein Ernst, Maggie!«

Sie wandte sich ab und weinte. Robin ging zu ihr und zog sie in die Arme. »Maggie, ich habe dich wahnsinnig gern. Liebe Zeit, was soll ich denn noch tun, um es zu beweisen? Ich bitte dich, mich zu heiraten. Ich will dich haben. Wenn du mich auch haben willst, dann nimm mich, wie ich bin.«

»Ich möchte, daß du mich brauchst, Robin«, schluchzte sie. »Ich war mit einem Mann verheiratet, der mich nicht gebraucht hat – bis auf eine Ausnahme: Er wollte einen Erben von mir. Robin, versteh mich doch! Ich liebe dich so sehr, daß ich manchmal darüber erschrecke. Hudson hat mich belogen und betrogen; das hat mich furchtbar getroffen, obwohl ich ihn nie geliebt habe. Aber wenn du mich eines Tages fallenließest, würde ich es nicht überleben. Glaubst du, ich hätte nicht versucht, dich zu vergessen? Mit Andy, mit Adam – mit allen meinen männlichen Partnern. Aber es war mir nicht möglich. Ich möchte nicht, daß du mich heiratest, weil du glaubst, mir einen Gefallen damit zu tun. Ich möchte, daß du mich heiratest, weil du mich brauchst, weil du alles mit mir teilen möchtest . . . deine Gedanken, deine Liebe, deine Probleme. Nicht nur das Körperliche. *Ich möchte, daß du mich brauchst.*«

»Es sieht so aus, als kämen wir doch nicht ins Geschäft«, sagte er langsam. Dann lächelte er gequält. »Weißt du, Baby, ich brauche nämlich niemanden.«

Sie nickte – im Bewußtsein ihrer Niederlage. »Das hat Dan Miller auch einmal von dir gesagt.«

»Dann ist er klüger, als ich dachte.« Robin ging zur Tür. »Willst du die Rolle?«

»Nein.«

»Willst du die Ehe?«

Sie schüttelte den Kopf. »Nicht zu deinen Bedingungen.«

»Ich bin noch vier oder fünf Tage hier«, sagte er und öffnete die Tür. »Solltest du dir das eine oder das andere Angebot noch überlegen . . .«

Sie sah ihn mit tränenüberströmtem Gesicht an. »Ruf mich nicht mehr an, Robin. Bitte. Nie mehr!«

»Meinst du das ganz ehrlich?«

Sie nickte. »Es sei denn, du willst mir sagen, daß du mich brauchst.«

Sie wartete, bis sie die Fahrstuhltür zuschnappen hörte, ehe sie sich schluchzend aufs Bett warf.

Robin betrat die Halle des Beverly-Hills-Hotels um eine Minute vor zehn. Fünf Minuten später rauschte Judith wie eine schimmernde Goldwolke herbei. Sie hatte noch nie so gut ausgesehen und noch nie so starkes Mitleid in ihm erregt. Er dachte an Maggie mit ihrem Pferdeschwanz und den violetten Ringen unter den Augen, und er wußte, er würde nie mehr mit Judith schlafen können, auch wenn er sich noch so große Mühe gab.

Es gelang ihm, ihr mit einem strahlenden Lächeln entgegenzugehen. »Sämtliche Filmstars werden heute neben dir verblassen«, sagte er.

»Es ist das einzige, was unzerknittert blieb. Und in New York habe ich diesen Anzug schon auf allen möglichen Partys getragen.«

»Ich habe nur einen alten Rambler gemietet. Der ist gar nicht elegant genug für dich«, meinte Robin, als sie zum Wagen gingen.

Sie schmiegte sich auf dem Vordersitz an ihn. »Mir gefällt es so viel besser als in einer großen Limousine.«

Während er die sanft geschwungenen Hänge hinabfuhr, sah sie ihn verlangend von der Seite an. »Robin, ich habe dich vermißt«, sagte sie leise.

»Eine so schöne Frau wie du sollte niemanden vermissen«, scherzte er. »Judith, sei so gut und achte auf die Straßenschilder. Alfies Haus liegt am Swallow Drive.«

»Eben ging die Doheny ab«, sagte sie.

»Dann sind wir richtig. Irgendwann muß ich hier scharf rechts abbiegen.«

Judith konzentrierte sich auf die Straßenschilder.

»Ich habe mich albern aufgeführt«, sagte sie vorsichtig.

»Wann?«

»Als ich dich in Chicago abholte.«

»Ich fand es ein bißchen leichtsinnig, aber ganz charmant.«

»Robin, ich habe viel nachgedacht. Ich darf Gregory nicht weh tun. Er braucht mich.«

»Du bist ein lieber Kerl, und ich glaube, du brauchst ihn auch.«

»Nein, ich brauche dich.«

»Ah, hier ist es ja. Und wo die ganzen Rolls-Royce und Bentleys stehen, muß Alfies Haus sein.«

Als Robin am Straßenrand parken wollte, hielt ein Streifenwagen neben ihnen. »Gehen Sie dort hinein?« fragte der Polizeibeamte.

Robin nickte. »Ich nehme an, da ist eine Party.«

Der Polizist lachte. »Ich werde schon zum drittenmal hergeschickt. Seien Sie doch so nett, Alfie Knight auszurichten, ich sei zwar ein großer Filmfreund und er hätte durchaus das Recht, sich zu amüsieren, aber am Ende der Straße wohnt eine Dame, deren Baby Zähne kriegt.«

»Ich werde mein möglichstes tun«, versprach Robin. Er half Judith aus dem Wagen.

Der Polizist sah sie prüfend an, erkannte in ihr aber keine Berühmtheit und wandte seine Aufmerksamkeit wieder Robin zu. »Sagen Sie, kenne ich Sie nicht? Sie kommen mir so bekannt vor. Natürlich! Ich habe Sie in der Sendung ›Schlagzeilen‹ im Fernsehen gesehen. Sie sind doch Robin Stone, stimmt's?«

»Richtig.«

»Auf der Party da ist alles versammelt, was Rang und Namen hat. Ich find's übrigens schade, daß man Sie nicht mehr auf dem Bildschirm sieht.«

»Er macht jetzt die Happening-Sendung«, sagte Judith mit einem Anflug von Besitzerstolz.

»So? Ich hatte in der letzten Zeit viel Nachtdienst, da bin ich nur wenig zum Fernsehen gekommen.« Er ließ Robin zum Eingang gehen und rief ihm dann leise nach: »Mr. Stone, könnte ich Sie einen Augenblick allein sprechen?«

Robin zögerte, aber Judith nickte ihm lächelnd zu. Er kehrte zu dem Streifenwagen zurück.

»Hören Sie, Mr. Stone: Ich weiß, daß die Dame in Ihrer Begleitung nicht Ihre Frau ist, denn ich habe gerade vor kurzem gelesen, daß Sie nicht verheiratet sind.«

Robin sah ihn kühl an und wartete auf eine nähere Erklärung.

»Ich will mich nicht aufdrängen – ich will Ihnen nur einen Tip geben, für den Fall, daß die Dame mit jemand anders verheiratet ist.«

»Ich glaube, ich verstehe nicht recht«, sagte Robin.

»Wissen Sie, mir entgeht so leicht nichts. Als wir vorhin zusammen sprachen, habe ich bemerkt, daß Sie beschattet werden.«

»Daß ich was?«

»Daß Sie beschattet werden. Ich glaube, Sie werden von einem Mann beobachtet. Sind Sie vielleicht in einer brenzligen Situation?«

»Nicht daß ich wüßte.«

»Während wir uns unterhielten, ist jemand die Straße entlanggefahren, hat gewendet, ist zurückgekommen, hat wieder gewendet, und das Ganze noch einmal. Jetzt parkt er da vorne, ein Stück die Straße 'runter. Ich habe ihn erkannt. Es ist ein Privatdetektiv.«

»Vielleicht beobachtet er jemanden, der schon im Haus ist. Die Dame, mit der ich zusammen bin, begleite ich auf ausdrücklichen Wunsch ihres Mannes.«

Der Polizist zuckte die Achseln. »Na ja, kann ja auch sein, daß er eine andere Villa beäugt und darauf wartet, daß der Mann irgendeiner anderen Dame 'rauskommt. Jedenfalls verfolgt er wen.«

»Mich bestimmt nicht.« sagte Robin. »Trotzdem vielen Dank.« Dann ging er zu der wartenden Judith.

Als sie eintraten, lief ihnen Sergio entgegen. Er strahlte dermaßen vor Überraschung und Freude, daß Robin schon halbwegs mit dem Besuch dieser Party ausgesöhnt war. Er erkannte mehrere namhafte Regisseure, zwei oder drei Stars und die übliche Ansammlung von Starlets. Nachdem er Judith mit Alfie und Sergio bekannt gemacht hatte, holte er zwei Gläser und steuerte mit seiner Begleiterin auf eine Sitzgelegenheit zu. Ein großer Siamkater spazierte durch den Raum. Plötzlich sah er Robin, stieß ein leises Fauchen aus, sprang auf ihn zu und war mit einem mächtigen Satz auf seinem Schoß.

Alfie hätte fast sein Glas fallen lassen.

»Herrgott, haben Sie einen Sex-Appeal. Slugger kann sonst niemanden leiden.«

»Slugger!« Beim Klang von Robins Stimme fing der Kater an zu schnurren. »Woher haben Sie ihn?«

»Ike Ryan hat ihn mir geschenkt. Er gehörte seiner Frau. Ike ist so oft auf Reisen, daß das arme Tier sich meistens auf der Straße 'rumtrieb. Und ich habe eine Schwäche für Katzen. Es ist eine große Ausnahme, daß Slugger sich so mit Ihnen anfreundet.«

»Nein, Slugger und ich sind alte Freunde.« Er kraulte den Kater am Hals und bemerkte, daß er noch immer das silberne Namensschildchen trug.

Wenig später, Robin hatte sich eben an die Bar gestellt, schlängelte sich Judith an ihn heran und flüsterte ihm zu: »Wir brauchen nicht zu bleiben, wenn du nicht magst.«

»Langweilst du dich schon?« fragte er. »Oder sind es dir zuviel Leute?«

»Wenn ich mit dir zusammen sein kann, ist mir jeder Dritte zuviel. Wie wär's mit einem Whisky bei dir?«

»Das wäre zu unhöflich gegenüber Alfie und Sergio. Sergio ist ein alter Freund von mir.«

Judith ließ sich von einigen Schauspielern ins Gespräch ziehen. Robin unterhielt sich mit Sergio und Alfie. Er trank langsam, aber stetig und war entschlossen, den Abend zu einer langen Nacht zu machen . . . so daß es zu spät sein würde, Judith noch mitzunehmen.

Gegen Mitternacht wurde es allmählich leerer. Judith löste sich aus dem Kreis ihrer Gesprächspartner und kam zu Robin an die Bar. Ihr Lächeln war gezwungen. »So«, sagte sie, »jetzt habe ich dir Zeit genug gelassen, dich mit den beiden Knaben zu unterhalten. Jetzt bin *ich* an der Reihe. Was ist mit unserem Drink?«

»Welche Sorte möchtest du trinken?«

»Was du hast.«

»Alfies Bar ist gut ausgestattet. Du brauchst nur zu wählen.«

»Du weißt genau, daß ich es nicht so gemeint habe!« sagte sie wütend.

Alfie schlenderte vorbei. »Kummer, Schatz?«

Robin unterdrückte ein Grinsen. Alfie Knight gehörte zu den wenigen Schauspielern, die keine Fernsehverträge abschlossen. Mrs. Gregory Austin war ihm daher kein Begriff.

Sie lächelte. »Keinen Kummer. Ich sagte nur zu Mr. Stone, daß es Zeit sei, heimzufahren.«

»Wenn Sie müde sind, Mädchen, besorge ich Ihnen jemanden, der Sie zu Hause absetzt.«

Judith überhörte den ungebührlichen Ton und wandte sich erneut an Robin. Diesmal war ihre Stimme ernst. »Robin, ich möchte nach Hause.«

Grinsend erwiderte er: »Alfie, Sie haben gehört, was die Dame sagt. Wer fährt in Richtung Beverly-Hills-Hotel?«

»Dort drüben steht Johnny, er wohnt am North Canyon . . . he, Johnny, wann haust du ab?«

Der junge Mann gestikulierte quer durch den Raum, daß er gerade gehen wolle. »Da haben Sie Ihren Kutscher!« sagte Alfie befriedigt.

»Was erlauben Sie sich!« Judith drehte Alfie empört den Rücken zu. »Robin, bring mich nach Hause!«

»Gern, aber noch nicht jetzt. Erst möchte ich in Ruhe austrinken.«

Alfie ging hinter die Bar und reiche ihm eine neue Flasche. »Mir scheint, Sie brauchen Nachschub.«

Judith sah, daß Robin sich neu einschenkte. »Ich möchte gehen, Robin . . . mit dir.«

»Hören Sie doch mal zu«, meinte Alfie. »Keiner von uns kann haben, was er will. Ich zum Beispiel will Sergio heiraten und Kinder von ihm haben. Das geht leider auch nicht.«

In heller Wut sah sie jetzt Robin an. »Gefällt es dir bei diesen perversen Typen?«

»Es gefällt mir bei meinen Freunden.« Er ließ sie stehen und ging zur Couch hinüber. Alfie und Sergio folgten ihm.

Judith blieb sprachlos zurück. So etwas war ihr noch nie passiert! Alfies verächtlicher Spott . . . Man behandelte sie wie ein hergelaufenes Mädchen aus der Stadt . . . sie, Mrs. Gregory Austin, wurde herumgeschubst und stehengelassen! Sie schenkte sich einen großen Scotch ein. Die Uhr über der Bar tickte laut. Plötzlich wurde Judith bewußt, daß so gut wie alle Gäste gegangen waren. Nur Robin und diese beiden Tunten hockten noch zusammen auf der Couch. Robin tat das nur, um sie zu demütigen! Plötzlich sah sie etwas auf dem Boden blinken. Es war ein goldenes Armband. Sie hob es auf und las die Inschrift. Ihr Mund verzog sich zu einem hämischen Lächeln. Sie hielt das Armband, wie um sich nicht zu beschmutzen, mit zwei Fingern hoch und ging zu den Männern auf der Couch.

»Jetzt verstehe ich, warum ich gehen sollte. Ihr drei Hübschen wollt gern unter euch sein, was?«

Die Männer sahen sie erstaunt an. Alfie bemerkte das Armband, sprang auf, griff automatisch an sein Handgelenk und dann nach dem Armband, aber Judith trat einen Schritt zurück. »Sie Aas, wo haben Sie das her? Ich trug es doch heute abend.«

»Ich habe es gefunden. Es lag vor der Bar auf dem Boden.« Sie ließ das Armband vor seinen Augen hin und her baumeln.

»Wahrscheinlich ist der Verschluß kaputtgegangen. Wirklich ein hochinteressantes Stück.«

Jetzt sprang Sergio auf und trat zu ihr. »Geben Sie es ihm zurück!«

Mit einer raschen Bewegung ließ Judith das Schmuckstück in ihren Ausschnitt gleiten. »Jetzt ist es dort, wo keine von euch Schwestern gern hinfaßt.«

Robin stand gemächlich auf. »Anscheinend hast du mich vergessen. Ich habe keine Angst vor Busen.«

»Du bist genausoeiner«, sagte sie, trat aber vorsichtshalber einen Schritt zurück. »Die Liebesmaschine . . . Mädchen für den guten Ruf und Knaben zum Vergnügen. Das Armband ist der beste Beweis.«

»Was habe ich denn mit Alfies Armband zu tun?«

»Stell dich nur dumm!« spottete sie. »Auf der Vorderseite steht Sergios Name, auf der Rückseite: ›Von Robin Stone, Weihnachten in Rom.‹ Leider trug es aber Alfie. Wolltest du deshalb unbedingt hier bleiben, Robin? Wolltest du mit Alfie abrechnen, weil er dir deinen Liebhaber weggenommen hat?«

»Es ist das Armband, um das ich dich in Rom gebeten habe«, erklärte Sergio, zu Robin gewandt. »Weißt du noch? Du hast gesagt, ich könnte eingravieren lassen, was ich wollte. Und da habe ich deinen Namen daraufsetzen lassen. Es war mir das Liebste, was ich besaß. Aber Alfie hat mir seins geschenkt.« Sergio hielt das Handgelenk hoch, an dem ein ähnliches Armband blinkte. »Alfie hatte es von seiner Mutter, und es war *sein* liebster Besitz. Da haben wir getauscht.«

Alfie nickte: »Ich habe sehr an dem Armband gehangen, Robin.«

Judith warf den Kopf in den Nacken und lachte schallend. »Das ist wirklich die rührendste Geschichte, die ich je gehört habe! Na ja, ich weiß, was ich zu tun habe. Gregory wird entzückt sein über das Armband, und die Skandalblätter wohl auch. Das geht gerade noch rechtzeitig bis zur Aufsichtsratssitzung am Dienstag an die Presse. Und danach wird man wohl zu dem Schluß kommen müssen, Robin, daß du – wie ist das Wort? – ach ja: untragbar bist.«

»Judith, wegen meiner Stellung im Sender ist es mir schnurzegal. Wenn du mir eins auswischen willst – bitte sehr! Aber laß Alfie und Sergio aus dem Spiel. Es geht um ihre Karriere.«

Sie sah ihn an und lachte. »Deine Fürsorglichkeit paßt ins Bild!« Dann wandte sie sich an Alfie. »Ich denke mir, die Skandalblätter werden sich um Ihre Geschichte reißen!« Ihre Augen funkelten vor Schadenfreude. Sie drehte sich um und ging zur Tür.

Alfie stürzte ihr nach und zerrte sie in die Mitte des Zimmers zurück. Robin wollte eingreifen, aber inzwischen hatte Sergio sich hinter der Bar hergeschlichen und verstellte Judith von der anderen Seite den Weg. Sie suchte wie ein gehetztes Tier nach einem Ausweg. Plötzlich bemerkte sie die schimmernde Oscar-Figur. Sie griff danach, und als Sergio auf sie zukam, holte sie aus und schlug ihn auf den Kopf. Sergio stürzte wie ein gefällter Baum zu Boden.

»Biest!« schrie Alfie. »Er ist bewußtlos ... Sie haben ihn umgebracht!« Schluchzend kniete er über dem bewußtlosen Freund.

Judith raste zur Tür, aber Alfie sprang auf und lief hinterher. »O nein, so kommen Sie nicht davon!« Er schlug ihr ins Gesicht. Robin hob Sergio auf und legte ihn auf die Couch. Er hörte Judith zwar schreien, und ihm war klar, daß Alfie sie verprügelte, aber er dachte sich, bis auf ihre Würde werde wohl nichts zu Schaden kommen. Seine Hauptsorge galt Sergio. Er holte etwas Eis und legte es ihm auf den Kopf. »Seien Sie vorsichtig!« rief Alfie. »Er kann einen Schädelbruch haben!«

Robin drehte sich um, sah Judith und lief zu ihr. Die Lippen waren ihr aufgeplatzt, die Nase blutete, und das verrutschte Haarteil gab dem arg mitgenommenen Gesicht auch noch eine lächerliche Note. Robin versuchte die beiden zu trennen, aber Alfie zerrte Judith an den Haaren aus seiner Reichweite ... ein Wunder, daß er das Toupet nicht in der Hand behielt. Sie schrie aus voller Kehle. Robin packte Alfie am Arm und zwang ihn, Judith loszulassen. Ihr Abendanzug aus Goldlamé war am Dekolleté eingerissen. Darunter kam ihr Büstenhalter zum Vorschein. Klirrend fiel das Armband zu Boden. Alfie schnappte es sich, und um die Tracht Prügel für Judith gut abzuschließen, gab er ihr noch einmal eine Ohrfeige.

Robin stellte sich schützend vor sie; sie schluchzte und klammerte sich verzweifelt an ihn. »Tut mir leid, Judith«, sagte er, »aber wenn du dich wie ein Marktweib benimmst, mußt du dich nicht wundern, wenn du wie ein Marktweib behandelt wirst.«

Alle vier erstarrten, als sie plötzlich Pochen an der Tür und lautes Klingeln hörten. »Aufmachen! Polizei!« rief eine kräftige Stimme.

»O Gott!« schluchzte Judith. »Das überlebt Gregory nicht. Schau, wie ich aussehe!«

»Wie *Sie* aussehen? Was ist denn mit *mir*?« schrie Alfie. »Und Sergio! Diese Art von Publicity kann uns alle ruinieren . . . und nur Ihretwegen, Sie Idiot!«

Judith umklammerte Robin. »Bring mich hier 'raus! O Gott, bitte, bring mich hier 'raus! Ich will ja niemals wieder etwas Falsches tun.«

»Na, das finde ich herrlich! Sie haben Ihre Millionen im Rücken! Was soll ich denn sagen? Ich habe eine Moral-Klausel in meinem Vertrag!« giftete Alfie sie an.

Robin preßte Judith an sich und griff mit seiner freien Hand nach Alfie. »Alfie, ich hole euch hier 'raus, aber unter einer Bedingung: Maggie Stewart kriegt die weibliche Hauptrolle in Ihrem neuen Film.«

»Film! In welchem Film? Man wird uns mit Schimpf und Schande aus der Stadt jagen!«

»Judith!« Er hielt sie auf Armeslänge von sich und sah in ihr blutverschmiertes, entstelltes Gesicht. »Du sagst folgendes: Ich hätte mich betrunken an dich 'rangemacht und dir das Kleid zerrissen. Sergio sei dir zu Hilfe geeilt, ich hätte ihm einen Schlag versetzen wollen, aber statt dessen dich getroffen – das erklärt deinen Zustand –, anschließend hätte ich Sergio bewußtlos geschlagen.«

»Und was habe ich gemacht?« fragte Alfie.

»Im Prinzip das gleiche: Sie haben ihr helfen wollen und von mir einen Schlag abbekommen.« Robin holte aus und gab Alfie einen gutgezielten Kinnhaken. Alfie schrie auf. »Tut mir leid, Kleiner«, meinte Robin lächelnd, »wenn Sie eine Dame verteidigen, müssen Sie so etwas schon mal einstecken können.« Robin stellte fest, daß das Hämmern an der Tür aufgehört hatte. Ihm war klar, daß die Polizei dabei war, sich Zutritt durch den Hintereingang zu verschaffen.

»Alles klar? Weiß jeder, was er zu sagen hat? Ich hoffe es, denn da kommen schon die Hüter des Gesetzes . . .«

Die Polizeibeamten kamen eben über die Terrasse vor dem Schlafzimmer. In panischem Schrecken rannte Judith zum Vordereingang, riß die Haustür auf und zuckte vor grellen Kamerablitzen zurück. Reporter schwärmten in die Wohnung. Da stürzte sie wieder zu Robin und versuchte, sich hinter ihm vor Polizei und Presseleuten zu verstecken. Wie betäubt hörte sie Alfies Erklärungen. »Das Ganze ist ein schreckliches Mißverständnis. Mr. Stone blieb noch, um mit mir über Miss Maggie Stewart zu sprechen – ich möchte sie für meinen neuen Film haben. Wir haben natürlich etwas getrunken, und Mr. Stone hatte wohl ein Glas zuviel. Er wußte einfach nicht mehr, was er tat. Großer Gott, er würde sich in nüchternem Zustand bestimmt nicht an Mrs. Austin heranmachen, die könnte ja seine Mutter sein!«

Judith preßte die geschwollenen Lippen zusammen. »Du dreckiges, kleines Miststück«, zischte sie.

»Ruhig, ruhig«, flüsterte Robin ihr zu. Dann lallte er laut: »Ich weiß auch nicht, wie das alles passiert ist.«

Kurz darauf traf der Krankenwagen ein, und ein Arzt beugte sich über Sergio.

»Was ist mit ihm?« fragte Alfie ängstlich.

»Wahrscheinlich eine Gehirnerschütterung«, meinte ein Krankenträger. »Genaues kann man erst nach dem Röntgen sagen.« Er schüttelte den Kopf. »Ihr Filmleute habt aber rauhe Sitten.«

Der Polizist, der Robin bei seiner Ankunft vor dem Haus angesprochen hatte, nahm ihn beim Arm und führte ihn mit gekränkter Miene hinaus – als ob er sagen wollte: Und Ihnen habe ich getraut! Alfie wurde aufgefordert, als Zeuge mitzukommen, und auch Judith wurde mitgenommen, obwohl sie auf eine Anzeige verzichtete.

Auf dem Polizeirevier spielte sich, bis auf die Anwesenheit der Presse, alles routinemäßig ab. Robin hatte das Gefühl, die ganze Presse der Stadt habe sich auf der Wache versammelt. Natürlich war auch ein Fernsehreporter des Regionalsenders aufgetaucht. Robin gab sich keine Mühe, den Kameras auszuweichen, schützte aber Judith, so gut er konnte, vor unliebsamen Aufnahmen. Als es einem findigen Fotoreporter gelang, sich zwischen sie zu drängen und einen Schnappschuß von Judiths geschwollenem Gesicht zu machen, langte Robin zu und zertrümmerte ihm die Kamera – eine Szene, die wiederum von den anderen geknipst wurde. Die Polizei stellte augenblicklich die Ordnung wieder her. Auch Alfie erstattete keine Anzeige. »Schließlich habe ich ihm zuerst einen Rippenstoß gegeben«, erklärte er.

Der Arzt rief an und sagte, es gehe Sergio gut, er habe nur eine leichte Gehirnerschütterung. Robin bezahlte seine Ordnungsstrafe, schrieb dem Fotoreporter einen Scheck für die zerbrochene Kamera aus, und danach wurden alle nach Hause geschickt.

Robin brachte Judith ins Hotel, parkte aber so, daß sie ihren Bungalow ungesehen zu Fuß erreichen konnte.

»Robin ...«

Er sah sie an. Ein Auge färbte sich schon blau, die Lippen waren aufgesprungen und blutverkrustet.

»Leg dir ein paar kalte Kompressen aufs Gesicht«, riet er. »Morgen hast du ein hübsches Veilchen am Auge.«

Sie betastete vorsichtig ihr Gesicht. »Was soll ich Gregory sagen?«

»Genau das gleiche, was du der Polizei gesagt hast.«

Sie nahm seine Hand. »Robin, ich weiß, es wird dir albern vorkommen, was ich jetzt sage, aber ich habe dich wirklich geliebt.« Tränen traten ihr in die Augen. »Und nun habe ich deine Karriere zerstört.«

»Nein, Baby, das habe ich selbst getan . . . und vielleicht wurde es höchste Zeit.«

Er brachte sie zum Bungalow. Innen war alles dunkel.

»Ich will Gregory nicht mehr wecken«, sagte sie. »Morgen ist Zeit genug, um ihm alles zu erzählen.«

»Schlaf gut, Judith.«

Sie umarmte ihn kurz. »O Robin, warum mußte alles so kommen?«

»Geh hinein«, flüsterte er, »und bleib dort. Bleib, wohin du von nun an gehörst.« Dann trennte er sich von ihr und ging ins Hotel. Er schaltete das Telefon ab, fiel angezogen aufs Bett und schlief sofort ein.

Am anderen Morgen um sieben wurde Gregory Austin von Cliff Dorne geweckt. »Mein Gott, Mr. Austin«, sagte Cliff. »Mir ist beinahe übel geworden, als ich davon erfuhr. Wie geht es ihr?«

»Wem?« Gregory bemühte sich, den Schlaf abzuschütteln.

»Ihrer Frau!«

Gregory starrte auf seine Nachttischuhr. »Wovon, zum Teufel, reden Sie eigentlich?«

»Mr. Austin, in der Halle wimmelt es von Reportern. Ich weiß, Sie haben angeordnet, daß Sie nicht gestört werden wollen. Ich habe die Vermittlung nur überreden können, indem ich schriftlich die volle Verantwortung übernahm. Haben Sie denn die Morgenzeitungen nicht gelesen?«

»Ja, Menschenskind noch mal, ich schlage gerade die Augen auf! Was soll das ganze Gerede, was ist los mit meiner Frau?«

»Robin Stone hat sie verprügelt.«

»Was?« Gregory legte den Hörer neben das Telefon, sprang aus dem Bett und rannte in Judiths Schlafzimmer. Sie schlief noch und hatte den Kopf halb ins Kopfkissen gewühlt. Er zupfte sie vorsichtig am Arm, bis sie verschlafen etwas murmelte und langsam wach wurde. Entsetzt starrte er sie an. »Judith . . . dein Gesicht! Du hast ein blaues Auge! Was ist geschehen?«

»Halb so schlimm.« Sie versuchte, ihr Gesicht im Kopfkissen zu verstecken.

Aber Gregory ließ nicht locker und zog sie hoch, bis sie aufrecht im Bett saß. »Dorne ist am Telefon. In der Halle warten Reporter. Anscheinend steht irgend etwas in der Zeitung. Sag mir doch, um Gottes willen, was geschehen ist!«

»Bestell mir einen Kaffee«, bat sie leise. »So schlimm, wie du denkst, war es nicht.«

Gregory rannte wieder in sein Schlafzimmer. »Judith ist soweit in Ordnung. Kommen Sie sofort herüber und bringen Sie sämtliche Zeitungen mit.« Er legte auf, nahm wieder ab und bestellte Kaffee. Inzwischen war Judith aufgestanden und ins Wohnzimmer gekommen. »Ich sehe schlimmer aus, als ich mich fühle«, sagte sie mit einem kläglichen Lächeln.

»Erzähl mir, was geschehen ist!«

»Da gibt es gar nicht viel zu erzählen. Robin hatte ein wenig zuviel getrunken und plötzlich versucht, mich an sich zu ziehen. Sergio – das ist ein Italiener, den Robin aus Rom kennt – kam zu Hilfe, Robin wollte ihm einen Kinnhaken geben, der traf aber leider mich, denn Sergio hatte sich geduckt, Robin erwischte ihn erst beim zweitenmal und schlug ihn bewußtlos . . . Und weil ich so laut geschrien habe, daß man es bis auf die Straße hörte, kam auch gleich die Polizei.«

»Na, ich danke bestens!« empörte sich Gregory. »Schau, wie du aussiehst! Warum hast du mich nicht gerufen? Oder Cliff Dorne?«

Judith schlürfte ihren Kaffee. »O Greg, du machst aus einer Mücke einen Elefanten. Die Polizei hat uns nach Klärung des Falles sofort entlassen. Du wirst lachen, Robin hat mich sogar noch nach Hause gebracht.«

»Er hat dich nach Hause gebracht?«

»Ja. Er war ziemlich ernüchtert.« Sie hörte es klingeln und stand hastig auf. »Das ist wahrscheinlich Dorne. Ich möchte nicht, daß er mich so sieht.« Sie verschwand in ihrem Schlafzimmer.

Cliff hatte sämtliche Zeitungen unterm Arm. Erschüttert starrte Gregory auf die Titelseiten, die in großen schwarzen Schlagzeilen ein und dasselbe Thema variierten:

Die Liebesmaschine läuft Amok
Fernsehpräsident überfällt Gattin seines Chefs
Liebesmaschine wird Vernichtungsmaschine
Stones Fäuste hart wie Eisen

Und zu allen Schlagzeilen dieselbe Geschichte. Gregory besah sich die Bilder. Alle Beteiligten, bis auf Robin, schienen einem Zusammenbruch nahe; er wirkte gelassen. Um seine Lippen spielte sogar ein leichtes Grinsen.

Cliff saß da wie ein begossener Pudel. Das Klingeln an der Tür hörte nicht auf. Unzählige Telegramme von Judiths New Yorker Freunden trafen ein. An der Ostküste war es beinah Mittag, die Pressemeldungen mußten inzwischen im ganzen Land bekannt sein.

Gregory ging auf und ab. »Wieso war denn die Presse gleich zur Stelle?« fragte er.

»Unser Mann hat den Tip gegeben«, erklärte Cliff verdrossen. »Der, von dem wir Stone beschatten lassen. Er konnte ja nicht ahnen, daß Ihre Frau in die Geschichte hineinverwickelt war.«

Judith tauchte aus ihrem Schlafzimmer auf. Sie hatte das blaue Auge überschminkt und sah, von den aufgesprungenen Lippen abgesehen, ganz gut aus. Sie brachte es sogar fertig, Cliff Dorne mit einem Lächeln zu begrüßen. »Tja«, meinte sie, »ich kann wohl sagen, ich habe einen Blick in eine andere Welt getan. Und alle unsere Freunde erinnern sich plötzlich, daß wir noch leben, Greg! Stell dir vor, man hält mich für ein Glamourgirl! Du solltest die Telegramme lesen. Peggy Ashton will eine große Party für uns geben. Sie schreibt, ich sei die Frau des Jahrhunderts . . . weil zwei Männer gegen einen dritten um meine Ehre kämpften!« Judith lächelte tatsächlich in kindlichem Entzücken.

»Wir müssen eine Presseerklärung herausgeben«, sagte Cliff. »Stone geht natürlich. Schade, daß es auf diese Weise geschehen mußte« – er warf Judith, die mit dem Öffnen ihrer Telegramme beschäftigt war, einen forschenden Blick zu –, »aber so haben wir gegenüber dem Aufsichtsrat wenigstens einen stichhaltigen Grund.«

»Nein. Er bleibt«, sagte Gregory.

Judith und Cliff starrten ihn an.

»Wir müssen diese Sache vertuschen, sie als ein großes Mißverständnis hinstellen – jedenfalls soweit wir betroffen sind. Wir werden vor der Presse erklären, daß Robin niemals versucht habe, sich meiner Frau zu nähern, sondern daß sie ausgerutscht und die Treppe hinuntergefallen sei. Oder etwas in dieser Richtung.«

»Das werden wir nicht tun!« Judith stand auf. »Ich will nicht zum allgemeinen Gespött werden, und man soll Mr. Robin Stone nicht zum Helden abstempeln. Er hat sich mir zu nähern versucht, und dabei bleibt es!« Wütend rannte sie aus dem Zimmer.

»Ihre Frau hat recht«, sagte Cliff. »Ein Dementi würde den Gerüchten nur neue Nahrung geben. Werfen Sie Stone hinaus, und in ein paar Tagen hat der Sturm sich wieder gelegt.«

»Er bleibt! Melden Sie ein Gespräch mit Danton Miller an und bieten Sie ihm seine alte Stellung an. Sagen Sie ihm, er werde mit Robin zusammenarbeiten, beide haben die gleichen Machtbefugnisse, und keiner entscheidet ohne meine Zustimmung. Von jetzt an nehme ich das Steuer wieder in die Hand.«

»Ich glaube, Sie machen einen großen Fehler«, sagte Cliff. »Sie haben nach einer Möglichkeit gesucht, Stone loszuwerden. Hier haben Sie sie!«

»Ich wollte meinen Sender wiederhaben; und den habe ich wieder. Außerdem hat Robin meine Frau auf meinen ausdrücklichen Wunsch hin zu diesem Fest begleitet. Sie wollte es ja nicht anders; künftig wird sie sich wenigstens mehr auf unsere eigenen Kreise beschränken. Ich bin jedenfalls nicht bereit, Robin Stone den Wölfen zum Fraß vorzuwerfen.«

»Ich glaube, Sie machen einen großen Fehler«, sagte Cliff. »Kein anderer Sender würde ihn jetzt nehmen. Er ist untragbar.«

»Ich bezahle Sie nicht für Ihre unmaßgebliche Meinungen«, fauchte Gregory, »sondern für Ihre Rechtsberatung! Die IBC verdankt Robin Stone viel zuviel, als daß wir ihn wegen einer durchzechten Nacht einfach vor die Tür setzen können. Die Gemüter werden sich schon wieder beruhigen. Die Aufsichtsratssitzung verlegen wir um einen Tag. Bis dahin habe ich mich durch die Berichte durchgearbeitet. Ich referiere selbst. Lassen Sie Miller herfliegen. Er und Stone werden als meine engsten Mitarbeiter hinter mir sitzen, während ich spreche.«

Robin erwachte durch lautes Klopfen an der Tür. Er sah sich um, er lag noch immer quer über dem Bett. Auf unsicheren Beinen schwankte er zur Tür. Cliff Dorne kam geschäftig herein und warf einen Packen Zeitungen auf den Tisch.

Robin nahm sie zur Hand. Es war schlimmer, als er befürchtet hatte.

»Ich komme eben aus Austins Bungalow«, sagte Cliff.

Robin nickte. »Ich nehme an, er wünschte meine Kündigung.«

»Was denn sonst! Aber er hat noch Mitleid mit Ihnen. Danton Miller soll Ihren Posten wieder übernehmen, aber Sie können bleiben, bis Sie etwas anderes gefunden haben. So wahren Sie zumindest das Gesicht.«

Robin ging zum Schreibtisch und schrieb ein paar Zeilen auf ein Blatt Papier. »Ich denke, damit ist die Sache erledigt«, sagte er. »Mein Vertrag ist sowieso vor einiger Zeit abgelaufen . . . hier ist meine Kündigung. Sie können als Zeuge unterschreiben.«

Cliff lächelte. »Ich darf wohl sagen, daß ich lange auf diesen Augenblick gewartet habe.«

»Ich fliege mit der ersten Maschine, die ich erreichen kann, nach New York und mache dort mein Büro frei. Ja – und hier in der Aktentasche sind sämtliche Unterlagen für das Frühjahrsprogramm, statistisches Material, Pläne für die Zukunft und auch mein Bericht für den Aufsichtsrat.« Er übergab ihm die Aktenmappe.

»Ich schicke Ihnen die Tasche in New York zurück«, sagte Cliff.

»Nicht nötig. Sie haben sie mir letztes Jahr zu Weihnachten geschenkt und können sie behalten.« Damit ging er zur Tür und öffnete sie für seinen Besucher.

Gregory Austin starrte kopfschüttelnd auf Robins Kündigung. »Haben Sie ihm gesagt, daß ich ihn behalten will?« fragte er Cliff.

»Er hatte seine Kündigung schon geschrieben, als ich kam«, erwiderte Cliff.

Gregory zuckte die Achseln. »Er hat die Tür zur amerikanischen Fernsehbranche mutwillig hinter sich zugeschlagen. Zum Teufel mit seinem Stolz! Wäre er geblieben und hätte mit Miller weitergemacht, wäre Gras über die Geschichte gewachsen . . . Vielleicht sollte ich noch einmal mit ihm reden.«

»Wenn du das tust, bist du mich los«, erklärte Judith plötzlich.

Die beiden Männer sahen sie überrascht an.

»Ich möchte, daß er aus unserem Leben verschwindet, Gregory. Damit ist es mir sehr ernst.«

Gregory nickte. »Also schön. Cliff, machen Sie die Sache mit Miller perfekt. Ich möchte Sammy Tebet auf Robins Stuhl setzen. Sammy ist ein guter Mann . . . allerdings nicht mit Robin Stone zu vergleichen. So was wie ihn dürfte es wohl nur einmal geben.«

»Warum nimmst du ihn dann überhaupt? Begnüg dich doch mit Miller«, meinte Judith.

Gregory lächelte. »Ich will zwei Männer im Sender haben, die sich gegenseitig im Nacken sitzen.«

Cliff nickte und verließ den Bungalow.

Robin hatte fertig gepackt, ging aber noch einmal ans Telefon und nahm den Hörer ab. Das Mädchen von der Hotelvermittlung erklärte aufgeregt: »Oh, Mr. Stone! Ich hatte tausend Anrufe für Sie. Beinah' jede Zeitung wollte Sie sprechen, und in der Hotelhalle sitzt ein Journalist von *Time* mit einem Fotoreporter. Wenn Sie ihm aus dem Weg gehen wollen – das Hotel hat einen Ausgang zum Crescent Boulevard, wie Sie sicher wissen.«

»Vielen Dank, Sie sind ein Engel. Würden Sie mich jetzt bitte mit dem Apartmenthaus Melton Towers verbinden? Das ist eine Sammelnummer.«

»Ja, die Nummer ist mir bekannt. Ich wollte Ihnen nur noch sagen, Mr. Stone, daß ich Sie großartig finde – egal, was die Zeitungen schreiben! Man hört heutzutage selten, daß ein Mann gegen zwei andere Männer um eine Frau kämpft. Ich finde das toll romantisch.« Sie kicherte und stellte dann die Verbindung her.

Maggie meldete sich mit schlaftrunkener Stimme. Robin schloß daraus, daß sie von den Ereignissen der vergangenen Nacht noch nichts gehört hatte. »Wach auf, Schlafmütze, ich denke, du wirst im Studio für die Quizsendung erwartet!«

»Erst um eins ... *Robin*!« Sie war plötzlich hellwach. »Du rufst mich an? Bedeutet das ...«

»Das bedeutet, ich fliege heute mittag nach New York zurück.«

Es entstand ein langes Schweigen, dann fragte Maggie: »Ist das der Grund für deinen Anruf?«

»Ja. Und dann wollte ich dir sagen, daß ...«, er hielt inne.

Plötzlich schien es ihm nicht mehr wichtig, ihr zu erklären, daß die Darstellung in der Presse falsch war. Irgendwie wußte er, daß Maggie es richtig verstehen würde. Er wollte nur nicht einfach ohne ein Abschiedswort abfliegen. »Weißt du, Maggie, ich ...«

Aber die Leitung war tot. Maggie hatte aufgelegt.

30

Mit der neuesten *Variety*-Nummer unter dem Arm eilte Dip Nelson zum Lunch bei Sardi. Als er das Lokal betrat, durchpulste ihn ein Gefühl der Macht. Er war der Broadway-Produzent Dip Nelson, und Robin Stone war nur noch ein Name aus einer dunklen Vergangenheit; Robin Stone war von der Bühne abgetreten, während der Big Dipper immer noch im Gespräch blieb. Er war wieder da. Wenn auch nicht als Schauspieler, so doch als Spitzenproduzent am Broadway. Dip ging von Tisch zu Tisch und zeigte seinen Bekannten den großaufgemachten Beitrag in *Variety*. Alle hörten ihm zu. Alle hatten die Geschichte in *Variety* gelesen, alle wußten, daß Pauli der Topstar war ... alle wußten auch, daß sie mit ihrem Partner ein Verhältnis hatte.

Christie Lane las die *Variety* im Flugzeug. Sein Gesicht zerfloß zu einem breiten Grinsen. Dann riß er eine Seite heraus. »Was hast du denn da?« fragte Ethel.

Er zeigte es ihr. »Von Los Angeles nach New York: Christie Lane, Ethel Lane, Christie Lane jr.«

Er faltete den Ausschnitt zusammen und steckte ihn in seine Brieftasche. »Seine erste Pressemeldung in *Variety*!«

Ethel beugte sich lächelnd über das Baby in ihrem Arm. »Unsere Premiere wird eine schicke Sache«, meinte sie. »Alfie und Sergio fliegen auch 'rüber. Halb Hollywood kommt.«

Christie nickte. Er lehnte sich zurück und versuchte ein Nickerchen zu machen. Er fand es großartig, in einem Broadway-Musical aufzutreten. Es machte ihm auch nichts aus, daß Ike Ryan der Produzent war. Bis jetzt hatte Ike noch keine Pleite erlebt. Als Dip Nelson versucht hatte, sich als Ko-Produzent aufzudrängen, hatte er ihn kurzerhand abblitzen lassen. Dip hatte dann ja Paulis Show produziert, und das war ein großer Hit geworden. Man mußte es dem Burschen lassen: Er hatte allerhand von Robin Stone gelernt. Komisch, Robin war der größte von allen gewesen und wie mit einem Schlag vom Erdboden verschwunden. Plötzlich mußte Christie an Amanda denken – heute konnte er das ohne Bitterkeit; sie war für ihn nur noch eine ferne Erinnerung. Ethel hatte ihm das einzige geschenkt, was er sich wirklich gewünscht hatte: einen Sohn. Er lächelte zufrieden.

Ethel drückte das Baby an sich und küßte es auf die Stirn. Wenn sie daran dachte, daß sie am Anfang das Kind nur gewollt hatte, um Christie zu angeln! Heute war das Baby das Wichtigste in ihrem Leben, das einzige, was ihr wirklich etwas bedeutete. All die enttäuschte Liebe, die sie an die vielen Männer ihres Lebens verschwendet hatte, schenkte sie nun ihrem Kind. Trotzdem würde sie kein Muttersöhnchen aus ihm machen ... sie würde ihm schon seine Freiheit lassen. Es war ihr Kind und würde einmal ein herrliches Leben führen. Sie freute sich auf Christies Broadway-Premiere. – Alfie und Sergio hatte sie als Seelenfreundin unter ihre

Fittiche genommen. Sie galt als *die* Gastgeberin von Hollywood. Im Grunde genommen war der Traum der kleinen Ethel Evanski in Erfüllung gegangen.

Auch Danton Miller las in *Variety,* insbesondere die Kritik über seine neue Sendung; sie war vernichtend. Die einzigen Sendungen, die sich gut hielten, waren die alten, verdammt noch mal! Die von Robin Stone. Na schön, er war eine Rakete gewesen. Aber wie alle Raketen war er in der Luft explodiert. Sooft Sammy Tebet versuchte, sich etwas herauszunehmen, hämmerte Dan ihm das ein. Sammy war intelligent, Dan würde ihn im Auge behalten müssen, denn einen zweiten Robin Stone konnte er sich nicht leisten. Aber Gregory würde schon aufpassen. Gregory war wieder da – in vollem Einsatz. Gregory würde die neue Unterhaltungssendung, die Dan im September gestartet hatte, absetzen, und zwar gleich morgen bei der Wochenbesprechung – das spürte Dan in allen Knochen. Er zündete sich eine Zigarette an. Sein Magengeschwür peinigte ihn wieder. Mit einem beschwörenden Blick an die Decke gelobte er sich, nie mehr eine Zigarette anzurühren, wenn er morgen ungeschoren durch die Sitzung kam. Ob Gregory die *Variety* schon gelesen hatte?

Gregory *hatte* die *Variety* gelesen. Doch im Augenblick schaute er sich *Women's Wear* an. Judith prangte auf der Titelseite. Gerührt betrachtete er ihr Bild. Wenn er sich an die Fotos auf den Titelseiten der Zeitungen in Los Angeles erinnerte, schauderte ihn jetzt noch! Merkwürdigerweise hatten sie ihren ehemaligen Ruhm in Gesellschaftskreisen wieder aufleben lassen. Daß sie Objekt einer unbeherrschten Leidenschaft, dazu noch von Robin Stone, gewesen war, verlieh ihr bei ihren New Yorker Freunden neues Ansehen. Kenne sich einer bei den Frauen aus! Judith schwamm wieder obenauf. Diese Woche waren sie jeden Abend auf einer Party oder bei einer Premiere. Plötzlich fiel Gregory ein, daß er um fünf Anprobe bei seinem Schneider hatte. Auf Judiths ausdrücklichen Wunsch mußte er sich für den Neujahrsempfang eine neue Smokingjacke aus Samt zulegen. Die Party sollte dieses Jahr prächtiger denn je werden. Lächelnd schaute er auf ihr Foto. Nie hatte sie besser ausgesehen, und nie schien sie glücklicher gewesen zu sein . . .

Sie alle lasen *Variety,* aber keiner schaute in den literarischen Teil, und keiner sah die kleine Meldung, in der es hieß: »Robin

Stone, der ehemalige Präsident des Senders IBC, hat ein Buch geschrieben, das im Spätherbst bei Knopf erscheint.«

Maggie Stewart bestieg die Maschine nach London. Auch sie trug eine *Variety* unter dem Arm. Die große Schlagzeile auf der Titelseite bezog sich auf einen Bericht im Innern des Heftes, der sich mit ihrem Vertragsbruch befaßte. Sie hatte die Rolle in Alfie Knights Film von einem Tag zum andern hingeworfen. Doch als die Maschine in der Luft war, las sie nicht in *Variety* . . . immer und immer wieder las sie ein Telegramm:

DORCHESTER HOTEL LONDON ENGLAND
MISS MAGGIE STEWART MELTON TOWERS
BEVERLY HILLS, CALIF.
ICH BRAUCHE DICH
ROBIN.

Knaur

Bailey, Douglass
Shimabara
Japan 1630: Soldaten im Dienste ehrgeiziger Jesuiten kämpfen mit den kaiserlichen Armeen des Shogun. Und inmitten von Krieg, Blut und Gewalt wächst die verbotene Liebe zweier Menschen, die für ihr Glück ihr Leben aufs Spiel setzen...
400 S. [1591]

Africano, Lillian
Straße der Sehnsucht
Nach vielen Ehejahren, in denen sich Kate nur ihrem Mann und den Kindern gewidmet hatte, wird sie von ihrem Partner verlassen. Doch sie geht ihren Weg – aus der Tiefe ihrer Verlassenheit zu Erfolg und Glück. 368 S. [1431]

Demski, Eva
Scheintod
Frankfurt, Ostern 1974. Ein Anwalt der linken Szene wird in seiner Kanzlei im Bahnhofsviertel tot aufgefunden. Natürlicher Tod, Mord oder Selbstmord? Seine Frau, die von ihm seit Jahren getrennt lebte, ist plötzlich gezwungen, sich mit seiner Arbeit, seinem Leben und auch mit ihrer Liebe zu ihm auseinanderzusetzen.
368 S. [1240]

Ferolli, Beatrice
Fährt ein Schiff nach Apulien
Seit Jahren ist Simone, Dozentin an einer Universität, mit Sebastian verheiratet. Als ihr Mann nach Amerika geht und ihr Sohn auszieht, entdeckt sie, daß einige ihrer Studenten sie mehr als nur verehren... 496 S. [1446]

Sommerinsel
Im Mittelpunkt dieses Liebesromans steht die erfolgreiche Bühnenautorin Karen und der berühmte amerikanische Dichter Thornton King – es ist Liebe auf den ersten Blick. Schon drei Tage später ist Karen auf dem Weg nach Amerika, um mit King zusammenzuleben. Doch nicht nur Freunde besuchen die beiden Liebenden auf der Sommerinsel...
496 S. [1401]

Die Kürbisflöte
Das Mädchen Angharad wird in einem englischen Klosterinternat streng erzogen. Erst der Tod des Adoptivvaters beschert dem Mädchen und seiner Mutter in Indien ein gemeinsames, schöneres Leben. Doch die rätselhafte Melodie des Schlangenbeschwörers in Delhi erzählt von drohendem Unheil... 464 S. [1463]

Hunter, Evan
Alles Liebe, Dein Daddy
Wenn der Vater anfängt, sich zu emanzipieren, kommt so manche progressive Tochter ins Schleudern. Die bekenntnishafte Geschichte der spannungsreichen Liebe zwischen Vater und Tochter. 368 S. [1460]

Saat der Gewalt
Terror und Gewalt, Haß und Argwohn erwarten einen jungen Lehrer an der Schule eines der verrufensten Bezirke New Yorks. Doch nach harten Kämpfen gelingt es ihm, seine Schüler in den Griff zu bekommen.
352 S. [1249]

Jong, Erica
Fallschirme und Küsse
Erica Jong beschreibt das turbulente Leben der seit »Angst vorm Fliegen« überaus bekannten Isadora Wing. Voller Klugheit wird der Weg einer Frau zu sich selbst geschildert.
544 S. [1511]

Kary, Elizabeth
Liebe, Ehre und Verrat
Die atemberaubende Geschichte einer großen Liebe vor dem Hintergrund des britisch-amerikanischen Krieges.
512 S. [1502]

Romane